源氏物语

上

〔日〕紫式部 ⊙ 著
丰子恺 ⊙ 译

上海译文出版社

图书在版编目(CIP)数据

源氏物语/(日)紫式部著;丰子恺译.—上海:
上海译文出版社,2020.5(2023.5 重印)
ISBN 978-7-5327-8250-5

Ⅰ.①源… Ⅱ.①紫… ②丰… Ⅲ.①长篇小说-日本-中世纪 Ⅳ.①I313.43

中国版本图书馆 CIP 数据核字(2020)第 043192 号

源氏物语
紫式部

源氏物语

[日]紫式部/著 丰子恺/译
责任编辑/姚东敏 装帧设计/张志全工作室
上海译文出版社有限公司出版、发行
网址:www.yiwen.com.cn
201101 上海市闵行区号景路 159 弄B座
浙江新华数码印务有限公司印刷

开本 890×1240 1/32 印张 39.5 插页 18 字数 814,000
2020 年 5 月第 1 版 2023 年 5 月第 3 次印刷
印数:8,001—10,000 册

ISBN 978-7-5327-8250-5/I·5063
定价(上下册):180.00 元

本书中文简体字专有出版权归本社独家所有,非经本社同意不得连载、摘编或复制
如有质量问题,请与承印厂质量科联系。T:0571-85155604

桐壶
源氏物语画帖
土佐光吉、长次郎

帚木
源氏物语画帖
土佐光则

空蝉
源氏物语图色纸
（传）土佐光吉

末摘花
源氏物语画帖
土佐光吉、长次郎

红叶贺
屏风贴付源氏物语图色纸
（传）土佐光则

花宴
源氏物语画帖
土佐光吉、长次郎

杨桐
源氏物语画帖
土佐光信

花散里
源氏物语画帖
土佐光吉、长次郎

须磨
源氏物语画帖
土佐光则

明石
源氏物语图色纸
土佐派

松风
源氏物语画帖
土佐光吉、长次郎

赛画
源氏物语"赛画"卷封面图
(传)土佐光信

槿姬
源氏物语画帖
土佐光吉、长次郎

少女
源氏物语图色纸
土佐派

玉鬘
源氏物语图画帖（原屏风贴交色纸）
土佐派

蝴蝶
源氏物语手鉴
土佐光吉

萤
源氏物语画帖
土佐光则

常夏
源氏物语画帖
土佐光信

篝火
源氏物语画帖
土佐光吉、长次郎

行幸
源氏物语图画帖（原屏风贴交色纸）
土佐派

朔风
源氏物语手鉴
土佐光吉

兰草
源氏物语手鉴
土佐光吉

真木柱
源氏物语画帖
土佐光信

梅枝
源氏物语画帖
土佐光则

藤花末叶
源氏物语画帖
土佐光则

目录

《源氏物语》及其作者紫式部 …………… 001

第一部

第 一 回　桐壶 …………………………… 003
第 二 回　帚木 …………………………… 021
第 三 回　空蝉 …………………………… 052
第 四 回　夕颜 …………………………… 060
第 五 回　紫儿 …………………………… 092
第 六 回　末摘花 ………………………… 125
第 七 回　红叶贺 ………………………… 148
第 八 回　花宴 …………………………… 169
第 九 回　葵姬 …………………………… 178
第 十 回　杨桐 …………………………… 211
第 十 一 回　花散里 ……………………… 245
第 十 二 回　须磨 ………………………… 249
第 十 三 回　明石 ………………………… 282
第 十 四 回　航标 ………………………… 311
第 十 五 回　蓬生 ………………………… 333
第 十 六 回　关屋 ………………………… 348
第 十 七 回　赛画 ………………………… 353
第 十 八 回　松风 ………………………… 366
第 十 九 回　薄云 ………………………… 382
第 二 十 回　槿姬 ………………………… 402

第二十一回　少女 …………………………………… 416
第二十二回　玉鬘 …………………………………… 448
第二十三回　早莺 …………………………………… 474
第二十四回　蝴蝶 …………………………………… 484
第二十五回　萤 ……………………………………… 499
第二十六回　常夏 …………………………………… 511
第二十七回　篝火 …………………………………… 526
第二十八回　朔风 …………………………………… 530
第二十九回　行幸 …………………………………… 541
第 三 十 回　兰草 …………………………………… 558
第三十一回　真木柱 ………………………………… 568
第三十二回　梅枝 …………………………………… 593
第三十三回　藤花末叶 ……………………………… 606

第二部

第三十四回（上）　新菜 …………………………… 627
第三十四回（下）　新菜续 ………………………… 684
第三十五回　柏木 …………………………………… 741
第三十六回　横笛 …………………………………… 763
第三十七回　铃虫 …………………………………… 775
第三十八回　夕雾 …………………………………… 784
第三十九回　法事 …………………………………… 825
第 四 十 回　魔法使 ………………………………… 837
第四十一回　云隐 …………………………………… 853

第三部

第四十二回　匂皇子 ………………………………… 857

第四十三回	红梅	866
第四十四回	竹河	875
第四十五回	桥姬	901
第四十六回	柯根	923
第四十七回	总角	947
第四十八回	早蕨	1001
第四十九回	寄生	1014
第 五 十 回	东亭	1069
第五十一回	浮舟	1107
第五十二回	蜉蝣	1150
第五十三回	习字	1183
第五十四回	梦浮桥	1224

译后记 ············ 1235

附一 源氏物语人物关系图 ············ 1237
附二 平安京皇宫大内图 ············ 1243
附三 平安京皇居图 ············ 1245

《源氏物语》及其作者紫式部

张龙妹

从794年迁都平安京到1192年镰仓幕府成立,这一段时间在日本历史上被称为平安朝。其间,日本文学产生了一种新的文体——物语。"物语"的原义为"谈话"、"日常杂谈"、"讲述"、"讲故事"或是被讲述的"故事"。物语文学分为和歌物语和传奇物语两类,和歌物语这一概念是由明治时期的日本国文者提出来的。之所以把它从"物语"中单独划分出来,是因为它的最大特点是以和歌为中心,而散文叙述部分在很大程度上是为了引出并突出和歌的,所以散文部分的作用与和歌的"词书①"有类似之处。只是,和歌物语的散文叙述并不仅仅是些对和歌进行解说的辅助性、说明性文字,和歌物语中的散文部分往往与和歌互相呼应,构成了一个具有无限诗情的有机体,代表性作品有《伊势物语》《平中物语》与《大和物语》。"传奇"本是我国的一种文学体裁,从奈良时代到平安时代,我国的《搜神记》《汉武内传》等描写神仙志怪的作品相继传入日本,受此影响,日本也先后出现了《浦岛子传》《柘枝传》等汉文传奇,《竹取物语》便是在这样的文学土壤中产生的和文传奇作品。

到了平安朝中期,随着摄关政治的确立,后宫成为政治的中心,加之假名文字的成熟,女性文学得到了极大的繁荣,产生了《枕草子》《源氏物语》等至今在世界文学舞台上都堪称绝唱的文学作品。

就物语文学而言,《源氏物语》是在充分继承先行传奇物语、和歌

---

① 说明和歌创作场合的文字,相当于我们的诗序,也可以翻译为歌序。

物语的基础上产生的，成书于 11 世纪初。她的出现标志着物语创作已经走向成熟，也是日本物语文学的巅峰之作。

1.《源氏物语》的时代背景

上文提到了摄关政治与女性文学的关系，那么何谓摄关政治？它又与女性文学的繁荣存在着怎样的联系呢？《万叶集》的最后一首和歌是大伴家持在天平宝字三年（759 年）的正月一日于因幡国的官府举办宴会时创作的庆贺新春之作（见《万叶集》第 4516 首）。其后"和歌弃不被采"（见《古今集》真名序），进入所谓的"国风黑暗时代"。和歌重新获得生机是在 849 年。那年的三月，为了庆祝仁明天皇四十诞辰，兴福寺的僧侣献上佛像 40 尊、《金刚寿命陀罗尼经》40 卷、日本传说中的浦岛子像，并附长歌一首（见《续日本后纪》）。这一时期也是日本从律令制向摄关政治过渡的时期。律令制时代天皇亲政，天皇与群臣的关系，在文化上的体现便是《文化秀丽集》中展示的那样一种君臣唱和的关系。但是到了仁明天皇时代，以敕撰三集为代表的君臣唱和的世界已经基本解体。早在弘仁十四年（823 年），嵯峨天皇让位于皇太弟淳和天皇的时候，曾是敕撰三集编撰者也是主要汉诗作者的左大臣藤原冬嗣、大纳言良岑安世、参议小野岑守相继去世。到了仁明天皇的承和年间（834—848 年），上述三位重臣的下一代藤原良房、良岑宗贞、小野篁登场，其中以汉诗文闻名的只有小野篁，良岑宗贞因仁明天皇去世而伤心出家，成为后来的六歌仙之一的僧正遍照，而藤原良房却已不再拘泥于汉诗人身份，他通过承和之变（842 年）、善恺诉讼事件（846 年）、应天门之变（866 年）等一系列政治事件，拥立其妹顺子所生的道康亲王（后来的文德天皇）为皇太子，同时扫清政治上的绊脚石。在文德天皇时代，良房又强行将自己的女儿明子送入后宫。明子于 850 年顺利产下文德天皇的第四皇子，此后良房力排众议让年仅八岁的四皇子超越成年兄长的次序，于 858 年即位，即后来的清和天皇，自己成为第一个非皇族出身的摄政。良房去世后，养子藤原基经把持了清和天皇、阳成天皇、光孝天皇、宇多天皇四代朝政。到了醍醐天皇时代，基经之子时平将自己的妹妹稳子送入后宫成为醍醐天皇的女御，同时设计陷害汉诗文出身的菅原道真，使得汉诗文出身的官员从此彻底失势，从而迎来了外戚掌管朝政的摄关政治时期。

摄关政治时期，后宫自然成为权力斗争的中心。达官贵人们竞相将自己的女儿送入后宫，又为其选择才能出众的仕女①，营造风流文雅的后宫文化，以博取天皇的宠爱，生下下一代天皇，自己成为摄关大臣。于是，后宫以及大贵族家庭成了才女们一展才华的场所。到了10世纪末11世纪初，以皇后、斋院等女性为中心的文化沙龙达到了顶点。源为宪在《三宝绘词》的序言中称当时的物语多如沙滩的沙砾、森林里的丛草。而日本文学史上的两大巨著《枕草子》和《源氏物语》，就是一条天皇（986—1011年在位）的两位皇后藤原定子和藤原彰子的仕女清少纳言和紫式部创作的，这两部作品也是女性文学空前繁荣的象征。

2.《源氏物语》的作者紫式部

紫式部是藤原为时（949—1029?）之女，具体生卒年份不详，大约存世于970—1031年之间，本名不详。平安朝的女子没有自己的名字，作了贵族仕女以后，就在姓氏后加上父兄或丈夫的官职作为称呼。藤原为时曾任式部丞和式部大丞，式部之称由此而来。当时还有一个习惯，为了使自己的名字听起来像中国人，贵族往往改双姓为单姓，藤原为时就成了藤为时。所以，紫式部本应是藤式部。至于被称为紫式部的原由，历来众说不一，大概是与成功地塑造了《源氏物语》中的女主人公紫姬有关。其父为时不仅是有名的歌人，还是一条天皇时为数不多的汉文诗人和汉学家，其汉学方面的造诣给紫式部的影响

---

① 日语写作"女房"，包含在宫廷任职的女官和属于私人雇佣关系的近似嫔妃家庭教师性质的女性，在此称其为"仕女"。

应该非同一般。紫式部年近三十时，与已过了不惑之年的藤原宣孝结婚，于婚后的第二年（999年）生下一女贤子。这个女儿后来成为后冷泉天皇（950—1011）的乳母，被称为大贰三位。紫式部作有私人歌集《紫式部集》，收载了几首闺怨歌，大概由于宣孝另有妻室，紫式部婚后也常常体味空闺的寂寞。尽管如此，她毕竟和平安朝的大多数女子一样，有了一个平淡而又正常的生活。然而，好景不长，宣孝因感染流行病于1001年去世。不足三年的短暂婚姻对紫式部的精神造成了深重的打击，从自己的不幸遭遇中，她领悟到了普遍意义上的人生短暂与人世无常。在百无聊赖的寡居日子里，紫式部以写作物语来打发时日，《源氏物语》大概就是在这样的心境下开始创作的。可能是《源氏物语》为她赢得了才名，宽弘二年（1005年）或三年的十二月二十九日，紫式部出仕一条天皇的中宫（皇后）彰子。置身于荣华富贵之中，紫式部依旧忘不掉凄凉的身世，对自己偶尔产生的世俗欲望和乐观情绪，她都要作出深刻的反省。不过，作为彰子的家庭教师，紫式部的能力还是得到了一定的承认。彰子要她讲授《白氏文集》，一条天皇读了《源氏物语》后称赞道：「この人は、日本紀をこそ読みたまふべけれ。」（这位女子一定读了日本史书）。但在当时，日本的史书是用汉文撰写的，而精通汉籍是男子为官的途径，而非女子的美德，加之贵族仕女之间复杂的竞争关系，上述一条天皇的赞美之辞就招来了「日本紀の御局」（女太史令）这样一个带有嘲讽意味的绰号。为此，紫式部总是小心谨慎，凡事唯恐惹人注目，向中宫进讲乐府诗一事更不敢让旁人知晓。至紫式部入仕中宫，《源氏物语》已有多少卷问世已无从考证。据《小右记》的记载，至长和二年（1013年）五月，紫式部仍在已成为皇太后的彰子身边，这是有关她的最后文字记录。也有紫式部于宽仁三年（1019年）再度入仕太皇太后彰子的推测，但无确实的史料佐证。

如上所述，摄关政治使得后宫成为文化的中心，直接导致了女性文学的繁荣,然而,保存至今的作品其实屈指可数。从《大斋院前御集》等作品中可以获知,当时的物语创作是女官、仕女们的集体行为。这样的作品,在历史的长河中应该是逐渐被淘汰了。而从《紫式部日记》可知,紫式部的物语创作则是她有关婚恋、信仰、人生的思考的结晶。

3.《源氏物语》的内容

全书共五十四卷,现在通常分为三部。第一部从〈桐壶〉至〈藤花末叶〉,共三十三卷,以光源氏为主人公,描写了他不同寻常的出生、奔放的爱情生活、谪居须磨以及起死回生后飞黄腾达乃至位极人臣的经过。感情与政治,似乎是风马牛不相及的事情,可在光源氏,他的政治地位的起伏,直接受到情感生活的左右。谪居须磨表面上为的是与右大臣之女胧月夜的暧昧关系,而实际上则是与继母藤壶皇后私通有关,他之所以能登上准太上天皇的宝座,也正是因为他与继母所生之子继承了皇位的缘故。第二部从〈若菜上〉至〈魔法使〉,共八卷。光源氏的情形与第一部就大不相同了。在第一部中,从结果来看,奔放多彩的情感生活给光源氏带来了政治生活上的辉煌,可在第二部,为了保住现有地位而迎娶的三公主,却给他中年后的个人生活罩上了浓重的寂寞与无奈。他最爱的妻子紫姬在寂寞中死去,三公主也在生下一个私生子后出家为尼,留下光源氏独自品味人生的万般无奈。第三部从〈匂皇子〉至〈梦浮桥〉,共十三卷,是光源氏去世后的故事,以光源氏的外孙匂亲王和名义上的幼子薰君为主人公,描写了他们复杂的感情生活以及作为他们恋爱对象的宇治三姐妹多舛的命运。

4.《源氏物语》的主题

作品大概可以从纵向分为两个小组。以光源氏及其后裔为主人公的部分,情节主要是按照有关光源氏命运的三个预言展开的。在〈桐壶〉卷中,来自高丽的相面者预言他有帝王之相,但一旦继承皇位的话，国家就会出现动乱。这与光源氏在〈藤花末叶〉中当上准太上天皇、位极人臣的事实相符。第二个预言是在〈紫儿〉卷，占梦者告诉光源氏，说他在实现他的荣华之前将会有一场磨难。这场磨难就是〈须磨〉〈明石〉卷所描写的须磨谪居。第三个预言出现在〈航标〉卷中，星相师说光源氏将有三个儿女：一个继承皇位，君临天下；一个当上皇后，总领后宫；最差的将辅佐国事，位极人臣。这些也都与故事的情节相一致。显然，描写光源氏一族的荣华是作品的主题之一。

再从女主人公方面来看，藤壶虽然贵为皇后、皇太后，但她由于与光源氏的私情，对桐壶帝一直怀有深深的负罪感。在桐壶帝去世后，她担心事情败露将危及冷泉皇子的太子地位而毅然出家。而在冷泉太子即位之后，她又为自己的欺世盗名而自责，不敢逞皇太后应有的骄奢。即使是在冥府，藤壶依旧在为与光源氏的私情而饱受折磨。至于紫姬，她虽然出身孤苦，但在即将遭受嫡母虐待之前遇到了白马王子光源氏，从此过上了美满的生活，被世人称作幸运儿。可是，就在即将步入暮年，紫姬以为自己与光源氏的生活不再会有什么变故的时候，光源氏突然决定迎娶三公主为正室。这对多年来已经习惯了正室待遇的紫姬来说无异于晴天霹雳，加之对她的幸运一直嫉恨不已的嫡母的恶语中伤和世人的流言，一直没有生育的她不由得倍感孤独，并对自己在六条院中的地位以及日后的生活产生了不安。由此她开始信奉佛法，决心皈依佛门，只因遭到了光源氏的反对而没有付诸行动。浮舟自幼就品尝了人生的艰辛，又经历了婚姻的变故，最后陷入与薰君和匂亲王的三角关系之中。为了彻底从这种痛苦的关系中摆脱出来，没有贵族修养的她选择了自杀，获救后毅然削发为尼。

不只是女性如此，就连光源氏，与藤壶的私情使他早在18岁的时候就萌发了出家的念头。经历了须磨谪居之后，与藤壶所生的冷泉帝即位虽然给他带来了无与伦比的荣华，然而，自己的荣华是建立在与继母的私通之上的，这种负罪感如影随形，使得他即使在政治上达到登峰造极的时候，依旧心向佛法。薰君也不例外，出于对自己的身世的怀疑和由此而来的对仕途的担忧，他也是一心向往出家。总之，作品的主要人物都信仰佛法，他们希望通过出家来改变目前的处境，以达到心灵的安宁。只是，他们中的绝大多数都没能付诸行动，即使出家了，像六条御息所、藤壶、浮舟那样，也未必得到了真正意义上的安宁。由此可见，人需要不需要佛教信仰，信仰在人们的精神生活中的意义，信仰能不能从真正意义上拯救人的灵魂，对于这些有关佛教信仰的根本思索，便是这部作品的另一个主题。

再来看纵向的另一小组，这部分虽由可称作短篇小说的各卷构成，但也不是没有统一的主题可寻。〈帚木〉开卷就是有名的"雨夜品评"，其中头中将的故事中提到的女子就是日后光源氏迷恋的夕颜，而她的女儿玉鬘则是"玉鬘十帖"的主人公。玉鬘历尽艰辛回到京城后被光源氏收养，许多贵公子为了加盟光源氏的六条院而纷纷向她求婚，出人意料地玉鬘落入了髭黑大将之手。不过髭黑大将虽然其貌不扬，但毕竟是太子的舅父，在朝廷中起着举足轻重的作用，玉鬘也过上了几年幸福的日子。只是在髭黑大将去世后，无依无靠的她就不得不为一群儿女的前程和婚事操劳了。在这里，女子如何获得人生的幸福就是作品的主题，这也是作为女性读物的物语吸引读者的重要方面。

5.《源氏物语》的创作方法

从现存的作品来看，在《源氏物语》诞生之前，日本的物语文学只有《竹取物语》《宇津保物语》《落洼物语》三部作品。《竹取物语》是由五个求婚谭构成的中篇小说，《宇津保物语》共二十卷，在字数上也具有了长篇小说的规模，但从第二卷〈藤原君〉到第十二卷的〈冲之白波〉一共描写了十四个不同男子的求婚故事，占用了将近一半的篇幅。显然《宇津保物语》与《竹取物语》一样，都是以求婚谭为主要母题的。《落洼物语》则是一部讲述嫡母虐待庶出女儿的成长性故事，也只是一部中篇小说。而在我们中国，当时也只有唐代传奇这样的短篇集。即便在世界范围内,也只有《一千零一夜》这样的民间传说集。

正因为如此,成书于镰仓时代的《无名草子》称《源氏物语》"诚乃祈佛所得""非凡夫之所能"。但通过分析文本我们可以知道,母题的继承、重叠和变异在物语的长篇化过程中起到了至关重要的作用。比如,作品的女主人公紫姬。她的母亲应该是兵部卿亲王的外室,在她母亲和外祖母去世以后,生父决定接她到亲王府上居住,亲王嫡妻也打算着好好调教调教她。这里显然预告了类似于《落洼物语》中嫡妻虐待庶出子女的故事。但是,就在他的生父前来接她之前,光源氏抢先一步,将她接回了自己的二条院。这样,故事就变成了掠夺婚型。但又与传统的掠夺婚故事不同。传统的掠夺婚型故事,是身份低的男子爱慕身份高的女子,在正当结婚无望时采取的自灭性行为,所以这类故事也都是以男女双方的死亡而告终的。但光源氏的身份远远高出紫姬,所以他们的结合反倒使紫姬被世人称为"幸运儿"。而通过掠夺婚形式摆脱了被嫡母虐待的紫姬,她日后也成了嫡母,但因为她自己没有生育,所以她不再是那个虐待庶出子女的黑腹嫡母,而是能够将明石姬所生的女儿视为己出。在光源氏与紫上的关系中,又有着对恋母和"形代"(替身)型故事的继承和变异。《源氏物语》的创作方法可举出很多,但在继承传统母题的基础上,将两个以上的母题进行重叠、变异,无疑是作品长篇化的主要方法。

6.《源氏物语》的成就

《源氏物语》的成就不是三言两语可以概括的。比如从语言方面来说,与《宇津保物语》相比就会发现,《源氏物语》的词汇量大大超越了之前的文学作品。她的词语大多数来自汉语词汇的和语化,像"目を側める(侧目)"、"長き恨み(长恨)"等训读语可谓俯拾皆是。

在这里主要想强调两点,即作品的文学性和思想性。文学性体现在诸多方面,比如散文与和歌融为一体的优美文体、细腻的心理描写、超凡的虚构能力以及冷峻的洞察力。关于文体与心理描写一般的介绍性文章都会涉及，在此不作赘述，仅举例说明后两个方面的特色。在虚构方面最为有代表性的，当属六条妃子生灵事件的描述。作者借助于当时人们对于"物怪"的俗信，将六条妃子和光源氏分别因疑心所生的暗鬼"生灵"描写得活灵活现，创造了日本文学中不可磨灭的典型形象。而有关迂腐的博士形象的刻画，表达了作者对摄关政治时期已经过气了的、包括她的父兄在内的汉学者的揶揄，体现了作者对时代脉搏的深切感知。再比如有关末摘花故事。她的父亲本来贵为常陆亲王，从她的衣着和使用的器皿，可以知道亲王在世时她的生活是富足的。但在父母过世、兄长出家后，庭院成了放牛娃出没的场所，嫁给了地方官的姨妈不仅不接济她，反而要把她变为自己女儿的侍女。末摘花的故事道出了上层贵族落魄的过程，揭露了世态之炎凉。

至于思想性，也许要与"物哀"论来一并思考。自从本居宣长的"物哀"论提出以后，似乎它就成为了《源氏物语》的标签。"物哀"论认为物语不是儒佛道方面的作品，并非是为了治国修身齐家的有用之作，只是为了感知"物哀"而已。这一观点的提出，对于主张文学作品本身的价值，是有积极意义的。只是，"物哀"并不能概括作品的全部内容。比如，作品中的主要人物都向往出家，按照自己心愿出家了的人也没有得到救赎，光源氏从18岁起即怀道心，但他反对紫姬出家，在紫姬去世后直至从物语舞台上消失也没有迈出出家这一步，而反倒是并没有什么教养也没有道心浮舟，在经历了与匂亲王和熏君的感情纠葛后，义无反顾地削发为尼。通过这一系列人物的有关信仰的描写，表达了作者关于人的灵魂与信仰的深刻思考，构成了作品与同时代其他物语截然不同的思想性。

7.《源氏物语》各中译本

钱稻孙早在20世纪50年代末就接受人民文学出版社的委托翻译《源氏物语》，但只翻译了前五卷。最早出版的中译本当数林文月译本

（台湾大学外文系中外文学月刊社、1974年）。丰子恺尽管在20世纪60年代就完成了《源氏物语》的翻译，但直到1980年才由人民文学出版社出版。丰子恺译文出版后，有冠名为殷志俊译《源氏物语》（远方出版社、1996年），该书只是对丰译本作了部分词语上的变换，由于变换而造成的篡改也不乏其例，注释也几乎是照抄丰译本。梁春翻译的插图本《源氏物语》（云南人民出版社、2002年）、夏元清译《源氏物语》（吉林摄影出版社、2002年），译文性质与殷译本同。姚继中译《源氏物语》（深圳报业集团出版社、2006年）对原文进行了一定的删减，同年郑民钦译本由北京燕山出版社出版。近年又有译本出版，不在此一一列举。

由于《紫式部日记》宽弘五年（1008）的记述中有关于《源氏物语》的文字，现在普遍把1008年看作是《源氏物语》的成书年份。2008年，在日本国内外举办了超过一千场的《源氏物语》千年祭活动，毫无疑问，作为世界上最早的长篇小说，作为日本最具代表性的文学作品，《源氏物语》俨然已是世界文学的重要组成部分，迄今已被翻译成20多个国家的语言，各种形式的翻译、改编之作的出版达290次以上。而此次上海译文出版社将丰子恺译本新装再版，从各个方面做出了崭新的尝试，以帮助读者的阅读理解，可谓是我国《源氏物语》爱好者的一大幸事。

第一部

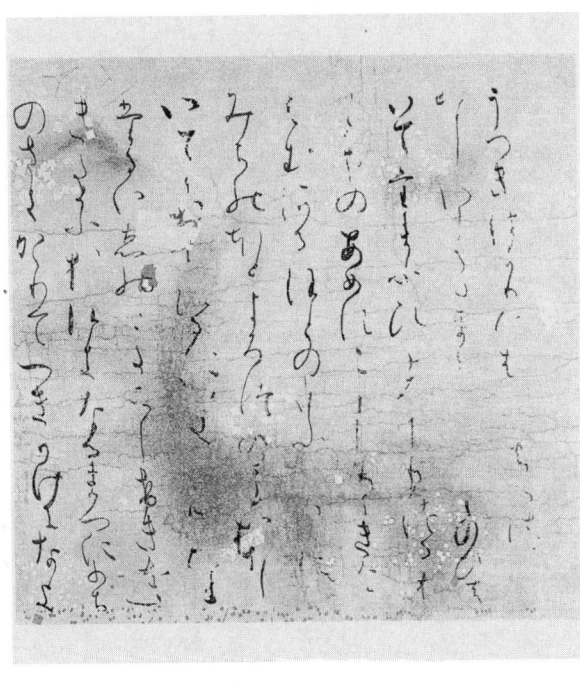

第一回　桐　壶

　　话说从前某一朝天皇时代，后宫妃嫔甚多，其中有一更衣①，出身并不十分高贵，却蒙皇上特别宠爱。有几个出身高贵的妃子，一进宫就自命不凡，以为恩宠一定在我；如今看见这更衣走了红运，便诽谤她，妒忌她。和她同等地位的，或者出身比她低微的更衣，自知无法竞争，更是怨恨满腹。这更衣朝朝夜夜侍候皇上，别的妃子看了妒火中烧。大约是众怨积集所致吧，这更衣生起病来，心情郁结，常回娘家休养。皇上越发舍不得她，越发怜爱她，竟不顾众口非难，一味徇情，此等专宠，必将成为后世话柄。连朝中高官贵族，也都不以为然，大家侧目而视，相与议论道："这等专宠，真正教人吃惊！唐朝就为了有此等事，弄得天下大乱。"这消息渐渐传遍全国，民间怨声载道，认为此乃十分可忧之事，将来难免闯出杨贵妃那样的滔天大祸来呢。更衣处此境遇，痛苦不堪，全赖主上深恩加被，战战兢兢地在宫中度日。

　　这更衣的父亲官居大纳言②之位，早已去世。母夫人也是名门贵族出身，看见人家女儿双亲俱全，尊荣富厚，就巴望自己女儿不落人

---

① 妃嫔中地位最高的是女御，其次为更衣，皆侍寝。又次为尚侍（亦可侍寝）、典侍、掌侍、命妇等女官。尚侍为内侍司（后宫十二司之一）的长官，典侍为次官，掌侍为三等官，命妇又次之。

② 当时的中央官厅称为太政官。左大臣为太政官之长官，右大臣次之。太政大臣在左右大臣之上，为朝廷最高官。左右大臣之下有大纳言、中纳言、宰相（即参议）。太政官下设少纳言局、左弁官局、右弁官局。少纳言局的官员有少纳言三人，外记次之，外记有左右大少各一人。弁官有左右大中少弁各一人。左弁官局统辖中务、式部、治部、民部四省；右弁官局统辖兵部、刑部、大藏、宫内四省。统称八省。省下面是各职和各寮，均属省管。省的长官称卿，次官称大辅、少辅，三等官称大丞、少丞。职的长官称大夫，次官称亮，三等官称大进、少进。寮的长官称头，次官称助，三等官称大允、少允。

后,每逢参与庆吊等仪式,总是尽心竭力,百般调度,在人前装体面。只可惜缺乏有力的保护者,万一发生意外,势必孤立无援,心中不免凄凉。

敢是宿世因缘吧,这更衣生下了一个容华如玉、盖世无双的皇子。皇上急欲看看这婴儿,赶快教人抱进宫来①。一看,果然是一个异常清秀可爱的小皇子。

大皇子是右大臣之女弘徽殿女御所生,有高贵的外戚作后盾,毫无疑义,当然是人人爱戴的东宫太子。然而讲到相貌,总比不上这小皇子的清秀俊美。因此皇上对于大皇子,只是一般的珍爱,而把这小皇子看作自己私人的秘宝,加以无限宠爱。

小皇子的母亲是更衣,按照身份,本来不须像普通低级女官这样侍候皇上日常生活。她的地位并不寻常,品格也很高贵。然而皇上对她过分宠爱,不讲情理,只管要她住在身边,几乎片刻不离。结果每逢开宴作乐,以及其他盛会佳节,总是首先宣召这更衣。有时皇上起身很迟,这一天就把这更衣留在身边,不放她回自己宫室去。如此日夜侍候,照更衣身份而言,似乎反而太轻率了。自小皇子诞生之后,皇上对此更衣尤其重视,使得大皇子的母亲弘徽殿女御心怀疑忌。她想:这小皇子可能立为太子呢。

弘徽殿女御入宫最早,皇上重视她,决非寻常妃子可比。况且她已经生男育女。因此独有这妃子的疑忌,使皇上感到烦闷,于心不安。

更衣身受皇上深恩重爱,然而贬斥她、诽谤她的人亦复不少。她身体赢弱,又没有外戚后援,因此皇上越是宠爱,她心中越是忧惧。她住的宫院叫桐壶。由此赴皇上常住的清凉殿,必须经过许多妃嫔的宫室。她不断地来来往往,别的妃嫔看在眼里怪不舒服,也是理所当

---

① 按那时制度,坐月子照例是在娘家的。

然。有时这桐壶更衣来往得过分频繁了,她们就恶意地作弄她,在板桥①上或过廊里放些龌龊东西,让迎送桐壶更衣的宫女们的衣裾弄得肮脏不堪。有时她们又彼此约通,把桐壶更衣所必须经过的走廊两头锁闭,给她麻烦,使她困窘。诸如此类,层出不穷,使得桐壶更衣痛苦万状。皇上看到此种情况,更加怜惜她,就教清凉殿后面后凉殿里的一个更衣迁到别处去,腾出房间来给桐壶更衣作值宿时的休息室。那个迁出外面去的更衣,更是怀恨无穷。

小皇子三岁那一年,举行穿裙仪式②,排场不亚于大皇子当年。内藏寮③和纳殿④的物资尽行提取出来,仪式非常隆重。这也引起了世人种种非难。及至见到这小皇子容貌漂亮,仪态优美,竟是个盖世无双的玉人儿,谁也不忍妒忌他。见多识广的人见了他都吃惊,对他瞠目注视,叹道:"这神仙似的人也会降临到尘世间来!"

这一年夏天,小皇子的母亲桐壶更衣觉得身体不好,想乞假回娘家休养,可是皇上总不准许。这位更衣近几年来常常生病,皇上已经见惯,他说:"不妨暂且住在这里养养,看情形再说吧。"但在这期间,更衣的病日重一日,只过得五六天,身体已经衰弱得厉害了。更衣的母亲太君啼啼哭哭向皇上乞假,这才准许她出宫。即使在这等时候,也得提防发生意外、吃惊受辱。因此决计让小皇子留在宫中,更衣独自悄悄退出。形势所迫,皇上也不便一味挽留,只因身份关系,不能亲送出宫,心中便有难言之痛。更衣本来是个花容月貌的美人儿,但这时候已经芳容消减,心中百感交集,却无力申述,看看只剩得奄奄一

---

① 板桥是从一幢房子通到另一幢房子之间的桥。
② 旧时日本装,男子是穿裙的,现在仅用于礼服。穿裙仪式为男童初次穿裙时举行的仪式,古时在三岁,后来也有在五岁或七岁时举行的。女子亦举行此种仪式。
③ 内藏寮是管理金银珠宝、绫罗绸缎以及服装等物的机构,属中务省。
④ 纳殿为收藏历代御物之所。

息了。皇上睹此情状,茫然失措,一面啼哭,一面历叙前情,重申盟誓。可是更衣已经不能答话,两眼失神,四肢瘫痪,只是昏昏沉沉地躺着。皇上狼狈之极,束手无策,只得匆匆出室,命左右准备辇车,但终觉舍不得她,再走进更衣室中来,又不准许她出宫了。他对更衣说:"我和你立下盟誓:大限到时,也得双双同行。想来你不会舍我而去吧!"那女的也深感隆情,断断续续地吟道:

"面临大限悲长别,
留恋残生叹命穷。

早知今日……"说到这里已经气息奄奄,想继续说下去,只觉困疲不堪,痛苦难当了。皇上意欲将她留住在此,守视病状。可是左右奏道:"那边祈祷今日开始,高僧都已请到,定于今晚启忏……"他们催促皇上动身。皇上无可奈何,只得准许更衣出宫回娘家去。

桐壶更衣出宫之后,皇上满怀悲恸,不能就睡,但觉长夜如年,忧心如捣。派往问病的使者迟迟不返,皇上不断地唉声叹气。使者到达外家,只听见里面号啕大哭,家人哭诉道:"夜半过后就去世了!"使者垂头丧气而归,据实奏闻。皇上一闻此言,心如刀割,神志恍惚,只是笼闭一室,枯坐凝思。

小皇子已遭母丧,皇上颇思留他在身边。可是丧服中的皇子留侍御前,古无前例,只得准许他出居外家。小皇子年幼无知,看见众宫女啼啼哭哭、父皇流泪不绝,童心中只觉得奇怪。寻常父母子女别离,已是悲哀之事,何况死别又加生离呢!

悲伤也要有个限度,终于只得按照丧礼,举行火葬。太君恋恋不舍,哭泣哀号:"让我跟女儿一同化作灰尘吧!"她挤上前去,乘了送葬的众侍女的车子,一同来到爱宕的火葬场,那里正在举行庄严的仪式呢。太君到达其地,心情何等悲伤!她说得还算通情达理:"眼看着遗骸,总当她还是活着的,不肯相信她死了;直到看见她变成了灰烬,方才确信她不是这世间的人了。"然而哭得几乎从车子上掉下来。众侍女忙来扶持,百般劝解,她们说:"早就担心会弄到这地步的。"

宫中派钦差来了。宣读圣旨:追赠三位①。这宣读又引起了新的悲哀。皇上回想这更衣在世时终于不曾升为女御,觉得异常抱歉。他现在要让她晋升一级,所以追封。这追封又引起许多人的怨恨与妒忌。然而知情达理的人,都认为这桐壶更衣容貌风采,优雅可爱,态度性情,和蔼可亲,的确无可指责。只因过去皇上对她宠爱太甚,以致受人妒恨。如今她已不幸身死,皇上身边的女官们回想她人品之优越、心地之慈祥,大家不胜悼惜。"生前诚可恨,死后皆可爱。"此古歌想必是为此种情境而发的了。

光阴荏苒,桐壶更衣死后,每次举行法事,皇上必派人吊唁,抚慰优厚。虽然事过境迁,但皇上悲情不减,无法排遣。他绝不宣召别的妃子侍寝,只是朝朝暮暮以泪洗面。皇上身边的人见此情景,也都忧愁叹息,泣对秋光。只有弘徽殿女御等人,至今还不肯容赦桐壶更衣,说道:"做了鬼还教人不得安宁,这等宠爱真不得了啊!"皇上虽然有大皇子侍侧,可是心中老是记惦着小皇子,不时派遣亲信的女官及乳母等到外家探问小皇子情况。

深秋有一天黄昏,朔风乍起,顿感寒气侵肤。皇上追思往事,倍觉伤心,便派韧负②命妇③赴外家存问。命妇于月色当空之夜登车前

---

① 位是日本朝廷诸臣爵位高低的标志,从一位到八位(最低位)共三十级,各有正、从之分,四位以下又有上、下之分。女御的爵位是三位,更衣是四位。追赠三位,即追封为女御。

② 京中武官有左右近卫、左右卫门、左右兵卫,共称六卫府。近卫府负责警卫皇宫之门内,左右近卫府的长官称大将,次官称中将、少将,三等官称将监,四等官称将曹。左右近卫大将、中将等,略称左近大将、右近中将、右大将、左中将等。中将、少将亦称佐、助等。卫门府负责警卫皇宫之门外,左右卫门府的长官称督,次官称佐、权佐,三等官称大尉、少尉。卫门府又特称韧负司,其佐、尉称韧负佐、韧负尉。兵卫府负责警卫皇宫之门外,并巡检京中。其官名与卫门府同。

③ 当时宫中较下级之女官或贵族家的侍女,均以其父或其夫之官名来称呼。

往。皇上则徘徊望月，缅怀前尘：往日每逢花晨月夕，必有丝竹管弦之兴。那时这更衣有时弹琴，清脆之音，沁人肺腑；有时吟诗，婉转悠扬，迥非凡响。她的声音笑貌，现在成了幻影，时时依稀仿佛地出现在眼前。然而幻影即使浓重，也抵不过一瞬间的现实呀！

韧负命妇到达外家，车子一进门内，但见景象异常萧条。这宅子原是寡妇居处，以前为了抚育这珍爱的女儿，曾经略加装修，维持一定的体面。可是现在这寡妇天天为亡女悲伤饮泣，无心治理，因此庭草荒芜，花木凋零。加之此时寒风萧瑟，更显得冷落凄凉。只有一轮秋月，繁茂的杂草也遮它不住，还是明朗地照着。

命妇在正殿①南面下车。太君接见，一时悲从中来，哽咽不能言语，好容易启口："妾身苟延残喘，真乃薄命之人。猥蒙圣眷，有劳冒霜犯露，驾临蓬门，教人不胜愧感！"说罢，泪下如雨。命妇答道："前日典侍来此，回宫复奏，言此间光景，伤心惨目，教人肝肠断绝。我乃冥顽无知之人，今日睹此情状，亦觉不胜悲戚！"她踌躇片刻，传达圣旨："万岁爷说：'当时我只道是做梦，一直神魂颠倒。后来逐渐安静下来，然而无法教梦清醒，真乃痛苦不堪。何以解忧，无人可问。拟请太君悄悄来此一行，不知可否？我又挂念小皇子，教他在悲叹哭泣之中度日，亦甚可怜。务请早日带他一同来此。'万岁爷说这番话时，断断续续，饮泪吞声，又深恐旁人笑他怯弱，不敢高声。这神情教人看了实在难当。因此我不待他说完，便退出来了。"说罢，即将皇上手书呈上。太君说："流泪过多，两眼昏花，今蒙宠赐宸函，眼前顿增光辉。"便展书拜读：

"迩来但望日月推迁，悲伤渐减，岂知历时越久，悲伤越增。此真无可奈何之事！幼儿近来如何？时在念中。不得与太君共同抚养，实

---

① 当时贵族的宫殿式住宅中的正屋亦称正殿。

为憾事。今请视此子为亡人之遗念，偕同入宫。"

此外还写着种种详情。函末并附诗一首：

"冷露凄风夜，深宫泪满襟。
遥怜荒渚上，小草太孤零。"

太君未及读完，已经泣不成声了。后来答道："妾身老而不死，命该受苦。如今面对松树①，尚且羞愧，何况九重宫阙，岂敢仰望？屡蒙圣恩宣慰，不胜铭感。但妾自身，不便冒昧入宫。惟窃有所感：小皇子年齿尚幼，不知缘何如此颖悟，近日时刻想念父皇，急欲入宫。此实人间至情，深可嘉悯。——此事亦望代为启奏。妾身薄命，此间乃不吉之地，不宜屈留小皇子久居也……"

此时小皇子已睡。命妇禀道："本当拜见小皇子，将详情复奏。但万岁爷专候回音，不便迟归。"急欲告辞。太君道："近来悼念亡女，心情郁结，苦不堪言。颇思对知己之人罄谈衷曲，俾得略展愁怀。公余之暇，务请常常惠临，不胜盼感。回思年来每次相见，都只为欢庆之事。此次为传递此可悲之书柬而相见，实非所望。都缘妾身命薄，故遭此苦厄也。亡女初诞生时，愚夫妇即寄予厚望，但愿此女为门户增光。亡夫大纳言弥留之际，犹反复叮嘱道：'此女入宫之愿望，务必实现，切勿因我死而丧失锐气。'我也想到：家无有力之后援人，入宫后势必遭受种种不幸。只因不忍违反遗嘱，故尔令其入宫。岂料入侍之后，荷蒙主上过分宠幸，百般怜惜，无微不至。亡女也不敢不忍受他人种种不近人情之侮辱，而周旋于群妃之间。不料朋辈妒恨之心，日积月累，痛心之事，难于尽述。忧能伤人，终于惨遭夭死。昔日之深恩重

---

① 松树常用作长寿的象征，故如此说。

爱,反成了怨恨之由。——唉,这原不过是我这伤心寡母的胡言乱道而已。"太君话未说完,一阵心酸,泣不成声。此时已到深夜了。

命妇答道:"并非胡言乱道,万岁爷也如此想。他说:'我确是真心爱她,但我何必如此过分,以致惊人耳目?这就注定恩爱不能久长了。现在回想,我和她的盟誓,原来是一段恶因缘!我自信一向未曾做过招人怨恨之事。只为了此人,无端地招来了许多怨恨。结果又被抛撇得形单影只,只落得自慰乏术,人怨交加,变成了愚夫笨伯。这也是前世冤孽吧!'他反复申述,泪眼始终不干。"她这番话絮絮叨叨,难于尽述。

后来命妇又含泪禀告道:"夜已很深了。今夜之内必须回宫复奏。"便急忙准备动身。其时凉月西沉,夜天如水;寒风掠面,顿感凄凉;草虫乱鸣,催人堕泪。命妇对此情景,留恋不忍遽去,遂吟诗道:

"纵然伴着秋虫泣,
哭尽长宵泪未干。"

吟毕,还是无意登车。太君答诗,命侍女传告:

"哭声多似虫鸣处,
添得宫人泪万行。

此怨恨之词,亦请代为奏闻。"此次犒赏命妇,不宜用富有风趣之礼物。太君便将已故更衣的遗物衣衫一套、梳具数事,赠与命妇,藉留纪念。这些东西仿佛是专为此用而遗留着的。

随伴小皇子来此的众年轻侍女,人人悲伤,自不必说。她们在宫中看惯繁华景象,觉得此间异常凄凉。她们设想皇上悲痛之状,甚是同情,便劝告太君,请早日送小皇子入宫。太君认为自己乃不洁之身,倘随伴小皇子入宫，外间定多非议。而若不见此小皇子，即使暂时之间，也觉心头不安。因此小皇子入宫之事，一时未能断然实行。

命妇回宫，见皇上犹未就寝，觉得十分可怜。此时清凉殿庭院中秋花秋草，正值繁茂。皇上装作观赏模样，带着四五个性情温雅的女官，静悄悄地闲谈消遣。近来皇上晨夕披览的，是《长恨歌》画册。这是从前宇多天皇命画家绘制的，其中有著名诗人伊势①和贯之②所作的和歌③及汉诗。日常谈话，也都是此类话题。此时看见命妇回宫，便细问桐壶更衣娘家情状。命妇即将所见悲惨景象悄悄奏闻。皇上展读太君复书，但见其中写道："辱承锦注，诚惶诚恐，几无置身之地。拜读温谕，悲感交集，心迷目眩矣。

嘉荫凋残风力猛，
剧怜小草不胜悲。"

此诗有失言之处④，想是悲哀之极，方寸缭乱所致，皇上并不见罪。皇上不欲令人看到伤心之色，努力隐忍，然而终于隐忍不了。他历历回想初见更衣时的千种风流、万般恩爱。那时节一刻也舍不得分离。如今形单影只，孤苦伶仃，自己也觉得怪可怜的。他说："太君不欲违背故大纳言遗嘱，故尔遣女入宫。我为答谢这番美意，理应加以优遇，却终未实行。如今人琴具杳，言之无益矣！"他觉得异常抱歉。接着又说："虽然如此，更衣已经生下小皇子，等他长大成人，老太君定有享

---

① 伊势姓藤原，是十世纪中有名女歌人，乃三十六歌仙之一，著有《伊势集》。
② 贯之姓纪，亦十世纪中名歌人，曾与纪友则、凡河内躬恒、壬生忠岑编撰《古今和歌集》。
③ 和歌即日本诗歌。
④ 嘉荫比喻已故更衣，小草比喻小皇子。意思是：遮风的树木已经枯死，树下的小草失却了保护者。这里蔑视了小皇子的父亲皇上，故曰失言。

福之日。但愿她健康长寿。"

命妇便将太君所赐礼物呈请御览。皇上看了,想道:"这倘若是临邛道士探得亡人居处而带回来的证物钿合金钗……"①但作此空想,也是枉然。便吟诗道:

"愿君化作鸿都客,
探得香魂住处来。"

皇上看了《长恨歌》画册,觉得画中杨贵妃的容貌,虽然出于名画家之手,但笔力有限,到底缺乏生趣。诗中说贵妃的面庞和眉毛似"太液芙蓉未央柳"②,固然比得确当,唐朝的装束也固然端丽优雅,但是,一回想桐壶更衣的妩媚温柔之姿,便觉得任何花鸟的颜色与声音都比不上了。以前晨夕相处,惯说"在天愿作比翼鸟,在地愿为连理枝"之句③,共交盟誓。如今都变成了空花泡影。天命如此,抱恨无穷!此时皇上听到风啸虫鸣,觉得无不催人哀思。而弘徽殿女御久不参谒帝居,偏偏在这深夜时分玩赏月色,奏起丝竹管弦来。皇上听了,大为不快,觉得刺耳难闻。目睹皇上近日悲戚之状的殿上人④和女官们,听到这奏乐之声,也都从旁抱不平。这弘徽殿女御原是个非常顽强冷酷之人,全不把皇上之事放在心上,所以故作此举。月色西沉了。皇上即景口占:

"欲望宫墙月,啼多泪眼昏。
遥怜荒邸里,哪得见光明!"

---

① 参看白居易《长恨歌》。
② 同上。
③ 同上。
④ 殿上人是被允许上殿的贵族。

他想念桐壶更衣娘家情状，挑尽残灯，终夜枯坐凝思，懒去睡眠。听见巡夜的右近卫官唱名①，知道此刻已经是丑时了。因恐枯坐过久，惹人注目，便起身进内就寝，却难于入寐。翌日晨起，回想从前"珠帘锦帐不觉晓"②之情景，不胜悲戚，就懒得处理朝政了。皇上饮食不进：早膳勉强举箸，应名而已；正式御餐，久已废止了。凡侍候御膳的人，看到这光景，无不忧愁叹息。所有近身侍臣，不论男女，都很焦急，叹道："这真是毫无办法了！"他们私下议论："皇上和这桐壶更衣，定有前世宿缘。更衣在世之时，万人讥诮怨恨，皇上一概置之不顾。凡有关这更衣之事，一味徇情不讲道理。如今更衣已死，又是日日愁叹，不理朝政。这真是太荒唐了！"他们又引证出唐玄宗等外国朝廷的例子来，低声议论，悄悄地叹息。

过了若干时日，小皇子回宫了。这孩子长得越发秀美，竟不像是尘世间的人，因此父皇十分钟爱。次年春天，该是立太子的时候了。皇上心中颇思立这小皇子为太子。然而这小皇子没有高贵的外戚作后援；而废长立幼，又是世人所不能赞许之事，深恐反而不利于小皇子。因此终于打消了这念头，不露声色，竟立了大皇子为太子。于是世人都说："如此钟爱的小皇子，终于不立为太子，世事毕竟是有分寸的啊！"大皇子的母亲弘徽殿女御也放了心。

小皇子的外祖母自从女儿死后，一直悲伤，无以自慰。她向佛祈愿，希望早日往生女儿所在的国土。不久果蒙佛力加被，接引她归西天去了。皇上为此又感到无限悲伤。此时小皇子年方六岁，已经懂得人情，悼惜外祖母之死，哭泣尽哀。外祖母多年来和这外孙很亲密，舍不得和他诀别，弥留之际，反复提及，不胜悲戚。此后小皇子便常住在宫中了。

---

① 宫中巡夜，亥时（十点钟）起由左近卫官值班，丑时（两点钟）起由右近卫官值班。值班时各自唱名。
② 见《伊势集·诵亭子院长恨歌屏风》。下句是"长恨绵绵谁梦知"。

小皇子七岁上开始读书，聪明颖悟，绝世无双。皇上看见他过分灵敏，反而觉得担心。他说："现在谁也不会怨恨他了吧。他没有母亲，仅为这一点，大家也应该疼爱他。"皇上驾临弘徽殿的时候，常常带他同去，并且让他走进帘内。这小皇子长得异常可爱，即使赳赳武夫或仇人，一看见他的姿态，也不得不面露笑容。因此弘徽殿女御也不欲摒弃他了。这弘徽殿女御除了大皇子以外，又生有两位皇女，但相貌都比不上小皇子的秀美。别的女御和更衣见了小皇子，也都不避嫌疑。所有的人都想：这小小年纪就有那么风韵娴雅、妩媚含羞的姿态，真是个非常可亲而又必须谨慎对待的游戏伴侣。规定学习的种种学问，自不必说，就是琴和笛，也都精通，清音响彻云霄。这小皇子的多才多艺，如果一一列举起来，简直如同说谎，教人不能相信。

　　这时候朝鲜派使臣来朝觐了，其中有一个高明的相士。皇上闻此消息，想召见这相士，教他替小皇子看相。但宇多天皇定下禁例：外国人不得入宫。他只得悄悄地派小皇子到招待外宾的鸿胪馆去访问这相士。一个官居右大弁的朝臣是小皇子的保护人，皇上教小皇子扮作这右大弁的儿子，一同前往。相士看了小皇子的相貌，大为吃惊，几度侧首仔细端详，不胜诧异。后来说道："照这位公子的相貌看来，应该当一国之王，登至尊之位。然而若果如此，深恐国家发生变乱，己身遭逢忧患。若是当朝廷柱石，辅佐天下政治呢，则又与相貌不合。"这右大弁原是个富有才艺的博士，和这相士高谈阔论，颇感兴味。两人吟诗作文，互相赠答。相士即日就要告辞返国。他此次得见如此相貌不凡之人物，深感欣幸；如今即将离别，反觉不胜悲伤。他作了许多咏他此种心情的优美的诗文，赠与小皇子。小皇子也吟成非常可爱之诗篇，作为报答。相士读了小皇子的诗，大加赞赏，奉赠种种珍贵礼品。朝廷也重重赏赐这相士。此事虽然秘而不宣，但世人早已传闻。太子的外祖父右大臣等闻知此事，深恐皇上有改立太子之心，顿生疑忌。

　　皇上心地十分贤明。他相信日本相术，看到这小皇子的相貌，早就胸有成竹，所以一直不曾封他为亲王。现在他见这朝鲜相士之言和他自己见解相吻合，觉得此人实甚高明，便下决心："我一定不让他做个没有外戚作后援的无品亲王①，免得他坎坷终身。我在位几年，也是说不定的。我还不如让他做个臣下，教他辅佐朝廷。为他将来打算，这也是得策的。"从此就教他研究有关此道的种种学问。小皇子研究学问之后，才华更加焕发了。教这人屈居臣下之位，实甚可惜。然而如果封他为亲王，必然招致世人疑忌，反而不利。再教精通命理的人推算一下，见解相同。于是皇上就将这小皇子降为臣籍，赐姓源氏。

岁月如流，但皇上思念已故桐壶更衣，无时或已。有时为消愁解闷，也召见一些闻名的美人。然而都不中意，觉得像桐壶更衣那样的人，世间真不易再得。他就从此疏远女人，一概无心顾问了。一天，有一个侍候皇上的典侍，说起先帝②的第四皇女，容貌姣好，声望高贵；母后钟爱之深，世无其例。这典侍曾经侍候先帝，对母后也很亲近，时常出入宫邸，眼见这四公主长大成人；现在也常隐约窥见容姿。这典侍奏道："妾身入宫侍奉，已历三代，终未见与桐壶娘娘相似之人。惟有此四公主成长以来，酷肖桐壶娘娘，真乃倾国倾城之貌也。"皇上闻言，想道："莫非真有其人？"未免留情，便卑辞厚礼，劝请四公主入宫。

母后想道："哎呀，这真可怕了！弘徽殿女御心肠太狠，桐壶更衣分明是被她折磨死的。前车可鉴，真正教人寒心！"她左思右想，犹豫不决。此事终于不曾顺利进行。不料这期间母后患病身死，四公主成了孤苦伶仃之身。皇上诚恳地遣人存问，对她家人说："教她入宫，我把她当作子女看待吧。"四公主的侍女们、保护人和其兄兵部卿亲王都

---

① 亲王的等级是一品到四品，四品以下叫作无品亲王。童年封亲王，规定是无品亲王，地位甚低。
② 此先帝与皇上的关系不明。或说是皇上的堂兄弟或伯叔父，则此四公主是皇上的侄女或堂姐妹。

想道："与其在此孤苦度日，不如让她入宫，心情也可以宽慰一些。"便送四公主入宫。她住在藤壶院，故称为藤壶女御。

皇上召见藤壶女御，觉得此人容貌风采，异常肖似已故桐壶更衣。而且身份高贵，为世人所敬仰，别的妃嫔对她无可贬斥。因此藤壶女御入宫之后，一切如意称心。已故桐壶更衣出身低微，受人轻视，而恩宠偏偏异常深重。现在皇上对她的恋慕虽然并不消减，但爱情自然移注在藤壶女御身上，觉得心情十分欢慰。这也是人世常态，深可感慨也。

源氏公子时刻不离皇上左右，因此日常侍奉皇上的妃嫔们对他都不规避。妃嫔们个个自认为美貌不让他人，实际上也的确妩媚窈窕，各得其妙。然而她们都年事较长，态度老成；只有这位藤壶女御年龄最幼，相貌又最美，见了源氏公子往往含羞躲避。但公子朝夕出入宫闱，自然常常窥见姿色。母亲桐壶更衣去世时，公子年方三岁，当然连面影也记不得了。然而听那典侍说，这位藤壶女御相貌酷似母亲，这幼年公子便深深恋慕，因此常常亲近这位继母。皇上对此二人无限宠爱，常常对藤壶女御说："你不要疏远这孩子。你和他母亲异常肖似。他亲近你，你不要认为无礼，多多地怜爱他吧。他母亲的声音笑貌，和你非常相像，他自然也和你非常相像。你们两人作为母子，并无不相称之处。"源氏公子听了这话，童心深感喜悦，每逢春花秋月、良辰美景，常常亲近藤壶女御，对她表示恋慕之情。弘徽殿女御和藤壶女御也合不来，因此又勾起她对源氏公子的旧恨，对他看不顺眼了。

皇上常谓藤壶女御名重天下，把她看作盖世无双的美人。但源氏公子的相貌，比她更加光彩焕发，艳丽动人，因此世人称他为"光华公子"（光君）。藤壶女御和源氏公子并受皇上宠爱，因此世人称她为"昭阳妃子"。

源氏公子作童子装束，娇艳可爱，改装是可惜的。但到了十二岁上，照例须举行冠礼①，改作成人装束。为了举办这仪式，皇上日夜操心，躬亲指挥。在例行制度之外，又添加种种排场，规模十分盛大。当年皇太子的冠礼，在紫宸殿②举行，非常隆重；此次源氏公子的冠礼，务求不亚于那一次。各处的飨宴，向来由内藏寮及谷仓院③当作公事办理。但皇上深恐他们办得不周到，因此颁布特旨，责令办得尽善尽美。在皇上所常居的清凉殿的东厢里，朝东设置皇上的玉座；玉座前面设置冠者源氏及加冠大臣的座位。

源氏公子于申时上殿。他的童发梳成"总角"，左右分开，在耳旁挽成双髻，娇艳可爱。现在要他改作成人装束，甚是可惜！剪发之事，由大藏卿执行。将此青丝美发剪短，实在不忍下手。此时皇上又记念起他母亲桐壶更衣来。他想：如果更衣见此光景，不知作何感想。一阵心酸，几乎堕泪，好容易隐忍下去。

源氏公子加冠之后，赴休息室，换了成人装束，再上殿来，向皇上拜舞。观者睹此情景，无不赞叹流泪。皇上看了，感动更深，难于禁受。昔日的悲哀，近来有时得以忘怀，而今重又涌上心头。此次加冠，他很担心，生怕源氏公子天真烂漫之风姿由于改装而减色。岂知改装之后，越发俊美可爱了。

加冠由左大臣执行。这左大臣的夫人是皇女，所生女儿只有一人，称为葵姬④。皇太子爱慕此葵姬，意欲聘娶，左大臣迁延未许，只因早已有心将此女嫁与源氏公子。他曾将此意奏闻。皇上想道："这孩子加冠之后，本来缺少外戚后援人。他既有心，我就此玉成其事，教

---

① 当时男童十一岁至十六岁时，为表示转变为成年人，举行改装、结发、加冠的仪式。称为冠礼。
② 紫宸殿为当时皇宫的正殿，又称南殿。
③ 谷仓院是保管京畿诸国的纳贡品和无主官田、没收官田等收获物的官库。
④ 本书原文中人物大都无专名词，后人为便于阅读起见，根据各回题名或诗文内容给某些人物取名。葵姬即其一例。

她侍寝①吧。"曾催促左大臣早做准备。左大臣正好也盼望早成。

礼毕，众人退出，赴侍所②，大开琼筵。源氏公子在诸亲王末座就席。左大臣在席上隐约提及葵姬之事。公子年事尚幼，腼腆含羞，默默不答。不久内侍宣旨，召左大臣参见。左大臣入内见驾。御前诸命妇便将加冠犒赏品赐与左大臣：照例是白色大褂一件、衣衫一套。又赐酒一杯。其时皇上吟道：

"童发今承亲手束，
合欢双带绾成无？"

诗中暗示结缡之意，左大臣不胜惊喜，立即奉和：

"朱丝巳绾同心结，
但愿深红永不消。"

他就步下长阶，走到庭中，拜舞答谢。皇上又命赏赐左大臣左马寮③御马一匹、藏人所④鹰一头。其他公卿王侯，也都罗列阶前，各依身份拜领赏赐。这一天冠者呈献的肴馔点心，有的装匣，有的装筐，概出右大弁受命调制。此外赐与众人的屯食⑤，以及犒赏诸官员的装在古式柜子里的礼品，陈列满前，途几为塞，比皇太子加冠时更为丰富。这仪式真是盛大之极。

---

① 宫中惯例，皇太子、太子加冠之夜，即由公卿之女侍寝，行婚礼。
② 帝王公卿家中执掌家务之所。
③ 宫中设左右马寮，掌管有关饲养马匹之事。
④ 藏人所是供奉天皇起居、掌管任命仪式、节会等宫中大小杂事之所。
⑤ 屯食是古代宫中及贵族飨宴时赏赐下僚吃的糯米饭团。

是晚源氏公子即赴左大臣邸宅招亲①。结婚仪式之隆重，又是世间无比的。左大臣看看这女婿，的确娇小玲珑，俊秀可爱。葵姬比新郎年纪略长，似觉稍不相称，心中难以为情。

这位左大臣乃皇上所信任之人，且夫人是皇上的同胞妹妹，故在任何方面，都已高贵无比。今又招源氏公子为婿，声势更加显赫了。右大臣是皇太子的外祖父，将来可能独揽朝纲。可是现在相形见绌，势难匹敌了。左大臣姬妾众多，子女成群。正夫人所生的还有一位公子，现任藏人少将之职，长得非常秀美，是个少年英俊。右大臣本来与左大臣不睦，然而看中这位藏人少将，竟把自己所钟爱的第四位女公子嫁给了他。右大臣的重视藏人少将，不亚于左大臣的重视源氏公子。这真是世间无独有偶的两对翁婿！

源氏公子常被皇上宣召，不离左右，因此无暇去妻子家里。他心中一味认为藤壶女御的美貌盖世无双。他想："我能和这样的一个人结婚才好。这真是世间少有的美人啊！"葵姬原也是左大臣的掌上明珠，而且娇艳可爱，但与源氏公子性情总不投合。少年人是专心一志的，源氏公子这秘密的恋爱真是苦不堪言。加冠成人之后，不能再像儿童时代那样穿帘入幕，只能在作乐之时，隔帘吹笛，和着帘内的琴声，借以传达恋慕之情。有时隐约听到帘内藤壶妃子的娇声，聊觉慰情。因此源氏公子一味喜欢住在宫中。大约在宫中住了五六日，到左大臣邸宅住两三日，断断续续，不即不离。左大臣呢，顾念他年纪还小，未免任性，并不见罪，还是真心地怜爱他。源氏公子身边和葵姬身边的侍女，都选用世间少有的美人；又常常举行公子所心爱的游艺，千方百计地逗引他的欢心。

---

① 按当时风习，除天皇、皇太子外，男子结婚一般都去女家。婚后女子仍居娘家，男子前往住宿。适当时期后，新夫妇另居他处，或将妻子迎至丈夫邸内。

在宫中，将以前桐壶更衣所住的淑景舍（即桐壶院）作为源氏公子的住室。以前侍候桐壶更衣的侍女，都不遣散，就叫她们侍候源氏公子。此外，桐壶更衣娘家的邸宅，也由修理职、内匠寮①奉旨大加改造。这里本来有林木假山，风景十分优胜；现在再将池塘扩充，大兴土木，装点得非常美观。这便是源氏公子的二条②院私邸。源氏公子想道："这个地方，让我和我所恋慕的人同住才好。"心中不免郁悒。

世人传说："光华公子"这个名字，是那个朝鲜相士为欲赞扬源氏公子的美貌而取的。

第二回 帚 木③

"光华公子源氏"（光源氏），只此名称是堂皇的；其实此人一生遭受世间讥评的瑕疵甚多。尤其是那些好色行为，他自己深恐流传后世，赢得轻佻浮薄之名，因而竭力隐秘，却偏偏众口流传。这真是人之多言，亦可畏也。

话虽如此说，其实源氏公子这个人处世非常谨慎，凡事小心翼翼，并无逗人听闻的香艳逸事。交野少将④倘知道了，一定会笑他迂腐吧。

源氏公子职位还是近卫中将⑤的时候，经常在宫中侍候皇上，难得回左大臣邸宅。左大臣家的人都怀疑：莫非另有新欢？其实源氏公子的本性，不喜欢世间常见的那种一时冲动的色情行为；不幸而有一种癖好，偶尔发作，便违背本性，不顾遗恨无穷，而做出不应该有的行

---

① 修理职和内匠寮是掌管宫中营造和修缮的机构。
② 京城地区，以条划分，有一条到九条。
③ 本回写源氏公子十七岁夏天之事。
④ 交野少将是今已失传的一部古代色情小说的主角。
⑤ 警卫皇宫门内的近卫府武官，其左右长官称大将，次官称中将、少将，三等官称将监，四等官称将曹。

为来。

梅雨连绵,久不放晴;其时宫中正值斋戒期间,不宜出门,人人连日笼闭室内,以避不祥。源氏公子就长住宫中。左大臣家盼待日久,不免怨恨。然而还是备办种种服饰及珍贵物品,送入宫中供用;左大臣家诸公子也天天到源氏公子的宫中住室淑景舍来奉陪。诸公子中,正夫人所生的那位藏人少将,现已升任头中将①,此人和源氏公子特别亲昵,每当游戏作乐之时,此人总是最可亲、最熟悉的对手。这头中将与源氏公子相似:右大臣重视他,赘他为婿,但他是个好色之徒,不喜欢去这正夫人家,而把自己家里的房间装饰得富丽堂皇。源氏公子来了,他在此室中招待他;去了,他陪他同行,两人片刻不离。不论昼夜,不论学问或游艺,都两人共同研习。他的能耐竟也不亚于源氏公子。无论到什么地方,一定相与偕往。这样,两人自然非常亲爱,相处不拘礼节。心中感想,也无所不谈了。

一日,下了整天的雨,黄昏犹自不停。雨夜异常岑寂,在殿上侍候的人不多;淑景舍也平日更为闲静。移灯近案,正在披览图书,头中将从近旁的书橱中取出用各种彩色纸写的情书一束,正想随手打开来看,源氏公子说:"这里面有些是看不得的,让我把无关紧要的给你看吧。"头中将听了这句话很不高兴,回答说:"我正想看不足为外人道的心里话呢。普通一般的情书,像我们这种无名小子也能收到许多。我所要看的,是怨恨男子薄情的种种词句,或者密约男子幽会的书信等。这些才有看的价值呢。"源氏公子就准许他看了。其实,特别重要而必须隐藏的情书,不会随便放在这个显露的书橱里,一定深藏在秘密地方。放在这里的,都是些次等的无足轻重的东西。头中将把这些情书一一观看,说道:"有这么多形形式式的!"就推量猜度:这是谁

---

① 藏人所的长官称为别当,由左大臣兼。下设"头"二人:一人由弁官兼任,称为头弁;另一人由中将兼任,称为头中将。再下面是五位藏人三人,六位藏人四人。

写的，那是谁写的。有的猜得很对，有的猜错了路子，疑惑不决。源氏公子心中好笑，并不多作解答，只是敷衍搪塞，把信收藏起来。随后说道："这种东西，你那里一定很多吧。我倒想看些。如果你给我看了，我情愿把整个书橱打开来给你看。"头中将说："我的，恐怕你看不上眼吧。"说过之后，他就发表他的感想：

"我到现在才知道：世间的女人，尽善尽美、没有缺点可指摘的，实在不易多得啊！仅乎表面上风雅，信也写得漂亮，交际应酬也能干——这样的人不计其数。然而如果真个要在这些方面选拔优秀人物，不落选的实在很少。自己懂得一点的，就拿来一味夸耀而看轻别人，这样令人厌恶的女子，也多得很。

"有的女子，父母双全，爱如珍宝，娇养在深闺中，将来期望甚大；男的从传闻中听到这女子的某种才艺，便倾心恋慕，也是常有的事。此种女子，容貌姣好，性情温顺，青春年华，闲暇无事，便模仿别人，专心学习琴棋书画，作为娱乐，结果自然学得了一艺之长。媒人往往隐瞒了她的短处而夸张她的长处。听者虽然怀疑，总不能全凭推测而断定其为说谎。如果相信了媒妁之言，和这女子相见，终于相处，结果很少有不教人失望的啊！"

头中将说到这里，装作老成模样，叹一口气。源氏公子并不完全赞同这番话，但觉也有符合自己意见之处，便笑道："真个全无半点才艺的女人，有没有呢？"头中将又发议论了：

"呀，真个一无所长的女人，谁也不会受骗而向她求爱的。完全一无可取的与完全无瑕可指的，恐怕是同样地少有的吧。有的女子出身高贵，宠爱者众，缺点多被隐饰；闻者见者，自然都相信是个绝代佳人。其次，中等人家的女子，性情如何，有何长处，外人都看得到，容易辨别其优劣。至于下等人家的女子，不会惹人特别注意，不足道了。"

他说得头头是道，源氏公子听了深感兴味，便追问道："这等级是什么意思？分上中下三等，以什么为标准呢？譬如有一个女子，本来门第高贵，后来家道衰微，地位降低，身世零落了。另有一个女子，生于平常人家，后来父亲升官发财了，自命不凡，扩充门第，力求不落人后，这女子就成了名媛。这两人的等级如何判别呢？"正在提问之际，左马头与藤式部丞两人进来参加值宿了。左马头是个好色之徒，见闻广博，能言善辩。头中将就拉他入座，和他争论探讨上中下三等的分别，有许多话不堪入耳。

左马头发表议论说："无论何等升官发财，本来门第并不高贵，世人对他们的期望总是两样的。还有，从前门第高贵，但是现在家道衰微，经济困难了；加之时势移变，人望衰落了，心中虽然还是好高，但是事与愿违，有时会做出不体面的事来。像这两种人，各有各的原因，都应该评定为中等。还有一种人，身为诸国长官①，掌握地方行政，其等级已经确定。但其中又有上中下之别，选拔其中等的女子，正是现时的好尚。还有一种人，地位不及公卿，也没有当过与公卿同列的宰相，只是有四位的爵位。然而世间的声望并不坏，本来的出身也不贱，自由自在地过着安乐的日子。这倒真是可喜的。这种家庭经济充足，尽可自由挥霍，不须节约；教养女儿，更是郑重其事，关怀无微不至。这样成长起来的女子之中，有不少才貌双全的美人呢！此种女子一旦入宫，侥幸获得恩宠，便享莫大幸福，其例不胜枚举。"

源氏公子笑道："照你说来，评定等级完全以贫富为标准了。"头中将也指责他："这不像是你说的话！"

左马头管自继续说："过去家世高贵，现在声望隆重，两全其美；然而在这环境中成长起来的女子，教养不良，相貌丑恶，全无可取。人们看见了，一定会想：怎么会养成这个样子呢？这是不足道的。反之，

---

① 掌管地方诸国国政的行政机构为国司厅，其长官称国守，次官称介，三等官称掾，四等官称目。

家世高贵、声望隆重之家，教养出来的女儿才貌双全，是当然的事。人们看见了，觉得应该如此，毫不足怪。总之，最上品的人物，像我这样的人是接触不到的，现在姑且置之不谈。在另一方面，世间还有这样的事：默默无闻、凄凉寂寞、蔓草荒烟的蓬门茅舍之中，有时埋没着秀慧可喜的女儿，使人觉得非常珍奇。这样的人物怎么会生在这样的地方，真个出人意外，教人永远不能忘记。

"有的人家，父亲年迈肥蠢，兄长面目可憎。由此推察，这人家的女儿必不足道，岂知闺中竟有绰约娇姿，其人举止行动亦颇有风韵，虽然只是小有才艺，实在出人意外，不得不使人深感兴味。这种人比较起绝色无疵的佳人来，自然望尘莫及。然而这环境中有这样的人，真教人舍不得啊！"

他说到这里，回头向藤式部丞一望。藤式部丞有几个妹妹，声望甚佳。他想道：左马头这话莫非为我的妹妹而发？便默默不语。

源氏公子心中大约在想：在上品的女子中，称心的美人也不易多得，世事真不可解啊！此时他身穿一套柔软的白衬衣，外面随意地披上一件常礼服，带子也不系。在灯火影中，这姿态非常昳丽，几令人误认为美女。为这美貌公子择配，即使选得上品中之上品的女子，似乎还够不上呢。

四人继续谈论世间种种女子。左马头说："作为世间一般女子看待，固然无甚缺陷；但倘要选择自己的终身伴侣，则世间女子虽多，实在也不容易选中。就男子而论：辅相朝廷，能为天下柱石而安民治国之人虽然很多，但要选择真能称职之人才，实在难乎其难。无论何等贤明之人，一二人总不能执行天下一切政治；必须另有僚属，居上位者由居下位者协助，居下位者服从居上位者，然后可使教化广行，政通人和。一个狭小的家庭之中，主妇只有一人。如果细考其资格，必须具备的条件甚多。一般主妇，往往长于此，短于彼；优于此，劣于彼。明知其有缺陷而勉强迁就的人，世间很少有吧。这并不是像那好色之徒的玩弄女性，想罗致许多女子来比较选择。只因此乃终身大事，会当白头偕老，所以理应郑重选定，务求其不须由丈夫费力矫正缺陷，完全如意称心。因此选择对象，往往难于决定。

"更有一种人，所选定的对象，未必符合理想；只因当初一见倾心，此情难于摈除，故尔决意成全。此种男子真可谓忠厚之至；而被爱之女子，必有可取之处，此亦可想而知。然而纵观世间种种姻缘配合之状，大都庸庸碌碌，总不见出乎意外之美满姻缘。我等并无奢望，尚且不能找到称心之人；何况你们要求极高，怎样的女子才及格呢？

"有些女子，相貌不恶，年方青春，洁身自好，一尘不染；写信措辞温雅，墨色浓淡适度。受信的男子被弄得魂牵梦萦，于是再度致书，希望清楚地见到她。等得心焦，好容易会面。隔着帘帷，遥寄相思，但也只是微闻娇音，听得三言两语而已。这种女子，最善于隐藏缺点。然而在男子看来，这真是个窈窕淑女，就一意钟情，热诚求爱，却不道这是个轻薄女子！此乃择配第一难关。

"主妇职务之中，最重要者乃忠实勤勉，为丈夫做贤内助。如此看来，其人不须过分风雅；闲情逸趣之事，不解亦无妨碍。但倘其人一味重视实利，蓬首垢面，不修边幅，是一个毫无风趣的家主婆，只知道柴米油盐等家常杂务，则又如何？男子朝出晚归，日间所见所闻，或国家大事，或私人细节，或善事，或恶事，总想向人谈谈，然而岂可执途人而语之？他希望有一个亲爱的妻子，情投意合，心领神会，共相馨谈。有时他满怀可笑可泣之事，或者非关自己而动人公愤之事，颇想对妻子谈论。然而这妻子木头木脑，对她谈了又有什么用处。于是只得默默回思，自言自语，独笑独叹。这时候妻子便对他瞠目而视，骇然问道：'您怎么啦？'这种夫妇真是天可怜见！

"与其如此，倒不如全同孩子一般驯良的女子，可由丈夫尽力教导，养成美好品质。这种女子虽然未必尽可信赖，但教养总有效果。和她对面相处之时，眼见其可爱之相，但觉所有缺陷，都属可恕；然而一旦丈夫远离，吩咐她应做之事，以及别离期间偶尔发生之事，不论玩乐还是正事，这女子处理之时总不能自出心裁，不能周到妥帖，实甚遗憾。这种不可信赖的缺点，也是教人为难的。更有一种女子，平时冥顽不灵，毫无可爱之相，而偶值时机，却会显示高明手段，真乃意想不到。"

　　左马头详谈纵论，终无定见，不禁感慨叹息。过后又说："如此看来，还不如不讲门第高下，更不谈容貌美丑，但求其人性情不甚乖僻，为人忠厚诚实，稳重温和，便可信赖为终身伴侣。此外倘再添些精彩的才艺，高尚的趣致，更是可喜的额外收入。即使稍有不如人之处，也不会强求补充吧。只要是个忠诚可靠的贤内助，外表的风情趣致后来自会增添。

　　"世间更有一种女子：平时娇艳羞涩，即使遭逢可恨可怨之事，亦隐忍在心，如同不见，外表装出冷静之态。到了悲愤填胸、无计可施之时，便留下无限凄凉的遗言、哀伤欲绝的诗歌、令人怀念的遗物，逃往荒山僻处或天涯海角去隐遁了。我儿时听侍女们诵读小说，听到此种故事，总觉得异常悲伤，这真是可歌可泣之事，使我不禁掉下泪来。但是现在回想，这种人也太过轻率，不免矫揉造作了。目前虽有痛苦之事，但抛撇了深恩重爱的丈夫，不体谅他的真心实意而逃隐远方，令人困惑莫解。借此试探人心，这行径正是一失足成千古恨，也可谓无聊之极了。只因听见旁人赞扬道：'志气好高啊！'感伤之余，便毅然决然地削发为尼。立志出家之初，心怀澄澈，对俗世毫无留恋。后来相知者来访，见面时说道：'唉，可怜啊！没想到你竟有这决心！'丈夫情缘未断，闻得她出家的消息，不免流泪。侍女老妈子们见此情状，便对她说：'老爷真心怜爱您呢，出家为尼，太可惜了。'这时候她伸手摸摸削短的额发，自觉意气沮丧，怅惘无聊，不禁双眉紧锁了。虽然竭力隐忍，但一旦堕泪之后，每每触景生情，不能自制。于是后悔之心，日渐滋长。佛见此状，定当斥为秽浊凡胎。这不彻底的出家，反会堕入恶道，倒不如从前委身浊世的好呢。有的前世因缘较深，尚未削发之时，即被丈夫寻获，相偕同归，幸未为尼；然而事后回思，每感不快，此举就变成了怨恨的源泉！不拘好坏，既已成为夫妻，无论何时，必须互相容忍谅解，这才不失为宿世因缘。但是一旦发生此事，今后夫妇双方，都不免互相顾忌，心中已有隔阂了。

"更有一种女子，看见丈夫略把爱情移向他人，便怀恨在心，公然和丈夫离居，这也是下愚之策吧。男子即使稍稍移爱他人，但回想新相知时的热爱，还能眷恋旧情。此心可能使夫妇重新言归于好；如今怀恨离居，此心便起动摇，终于消失，从此情缘断绝了。总之，无论何事，总宜沉着应付：丈夫方面倘有可怨之事，宜向他暗示我已知道；即使有可恨之事，亦应在言语中隐约表示而勿伤感情。这样，丈夫对她的爱情便可挽回过来。在多数情况之下，男子的负心是全靠女子的态度来治疗的。然而女子如果全不介意，听其放恣，虽然丈夫可以自由自在而感谢妻子的宽大，但女子取这态度，亦不免过于轻率吧。那时这男子就像不系之舟，随波逐流，漫无归宿，才真是危险的。你道是与不是？"

头中将听了这话，点头称是，接着说道："如今有这样的事，女子真心爱慕男子的俊秀与温柔，而男子有不可信赖的嫌疑，这就成了一大问题。这时候女子认为只要自己没有过失，宽恕丈夫的轻薄行为，不久丈夫自必回心转意。可是事实并不如此。那么只有这样：即使丈夫有违心的行为，女子惟有忍气吞声，此外没有别的办法了。"说到这里，他想起自己的妹妹葵姬恰恰符合此种情况；但见源氏公子闭目假寐，并不做声，自觉扫兴，心中好不快快。

于是左马头当了裁判博士，大发议论。头中将想听到这优劣评判的结果，热心地怂恿他讲。他就说：

"且将别的事情来比拟吧：譬如细木工人，凭自己的匠心造出种种器物来。如果是临时用的玩赏之物，其式样没有定规，那么随你造成奇形怪状,见者都认为这是时势风尚,有意改变式样以符合流行作风,是富有趣味的。但倘是重要高贵的器物,是庄严堂皇的装饰设备,有一定的格式的,那么倘要造得尽善尽美,非请教真正高明的巨匠不可。他们的作品,式样毕竟和普通工人不同。

"又如:宫廷画院里有许多名画家。选出他们的水墨画稿来,一一比较研究,则孰优孰劣,一时实难区别。可是有个道理:画的倘是人目所不曾见过的蓬莱山,或是大海怒涛中的怪鱼的姿态,或是中国深山猛兽的形状,又或是眼所不能见的鬼神的相貌等等,这些都是荒唐无稽的捏造之物,尽可全凭作者想象画出,但求惊心骇目,不须肖似实物,则观者亦无甚说得。但倘画的是世间常见的山容水态、目前的寻常巷陌,附加以熟悉可亲、生动活现的点景;或者是平淡的远山景象,佳木葱茏,峰峦重叠:前景中还有篱落花卉,巧妙配合。这等时候,名家之笔自然特别优秀,普通画师就望尘莫及了。

"又如写字,并无精深修养,只是挥毫泼墨,装点得锋芒毕露,神气活现;约略看来,这真是才气横溢、风韵潇洒的墨宝。反之,真才实学之书家,着墨不多,外表并不触目;但倘将两者共陈并列,再度比较观看,则后者自属优胜。

"雕虫小技,尚且如此;何况人心鉴定。依我愚见,凡应时的卖弄风情、表面的温柔旖旎,都是不可信赖的。现在我想讲讲我的往事,虽是色情之谈,也要奉屈一听。"

他说着,移身向前,坐得靠近些。此时源氏公子也睁开眼睛,不再假寐了。头中将大感兴趣,两手撑住面颊,正对着左马头,洗耳恭听。这光景正像法师登坛宣讲人世大道,教人看了发笑。但在此时,各人罄吐肺腑之言,毫不隐讳了。左马头就开始讲:

"早先,我职位还很低微的时候,有一个我所钟情的女子。这女子,就像刚才说的那样,相貌并不特别漂亮。少年人重色,我无意娶此人为终身伴侣。我一面与此人交往,一面颇觉不能满意,又向别处寻花问柳,这女子就嫉妒起来。我很不高兴,心想:你气量宽大些才好,如此斤斤计较地怀疑于我,实在讨厌!有时又想:我身份如此微贱,藐不足数,而这女子对我绝不看轻,如此重视,真是难为她了!于是我的行为自然检点起来,不再浮踪浪迹。

"她的能耐真不错呢:即使是她所不擅长的事,为了我就不惜辛苦地去做。即使是她所不甚得意的艺能,也决不落后地努力下工夫。凡事都尽心竭力地照顾我,丝毫也不违背我的心愿。我虽认为她是个好胜的人,但她总算顺从我,态度日益柔和了。她惟恐自己相貌不扬,因而失却我的欢心,便勉力修饰;又恐被人看见,有伤郎君体面,便处处顾虑,随时躲避。总之,无时不刻意讲究自己的打扮。我渐渐看惯,觉得她的心地也真不坏。只是嫉妒一事,却使我不能堪忍。

"当时我想:'这个人如此顺从我,战战兢兢地防止失却我的欢心。我如果对她惩戒一番,恐吓一下,她的嫉妒之癖也许会改去,不再啰苏了。'实际上我的确忍无可忍了。于是又想:'我若向她提出:从此断绝交往,如果她真心向往于我,一定可以惩戒她的恶癖吧。'我就装出冷酷无情的样子来。她照例生气,怨恨满腹。我对她说:'你如此固执,即使宿缘何等深厚,也只得从此绝交,永不再见。如果你情愿今朝和我诀别,尽请吃你的无名之醋吧。但倘要做久长夫妻,那么即使我有不是之处,你也该忍耐,不可认真。只要你改去了你的嫉妒之心,我便真心爱你。今后我也会升官晋爵,飞黄腾达。那时你作了第一夫人,也不同凡俗了。'我自以为这番话说得高明,便得意忘形,信口开河。岂知这女子微微一笑,回答道:'你现在一事无成,身微名贱,要我耐心等待你的发迹,我毫无痛苦。但倘要我忍受你的薄幸,静候你的改悔,则日月悠长,希望渺茫,却是我所最感痛苦的!那么现在就是诀别的时候了。'她的语气异常强硬。我也愤怒起来,厉声说了许多痛恨的话。这女子并不让步,拉过我的手去,猛力一咬,竟咬伤了我一根手指。我大声叫痛,威吓她道:'我的身体受了摧残,从此不能参与交际,我的前程被你断送了。我还有何面目见人?只有入山削发为僧了!那么今天就和你永别吧。'我屈着受伤的手指走出门去,临行吟道:

'屈指年来相契日,
瑕疵岂止妒心深?

今后你不能再怨恨我了吧。'那女子听了,终于哭起来,答道:

'胸中数尽无情恨,
此是与君撒手时。'

虽然如此赠答,其实大家不想永别,只是此后一段时期,我不寄信与她,暂且游荡他处。

"有一天,正是临时祭①预演音乐的那天,夜深时分,雨雪纷飞。诸人从宫中退出,各自归家。我左思右想,除了那女子的住处之外,无家可归。在宫中借宿一宵,也太乏味;到另外那个装腔作势的女子那里去过夜,又难得温暖。于是想起了那个女子,不知道她后来作何感想,不妨顺便前去一探。便掸掸衣袖上的雪珠,信步前往。到了门口,又蹑手蹑脚,觉得不好意思进去。继而一想,今宵寒夜相访,往日的怨恨大约可解除了吧,便毅然直入。一看,壁间灯火微明,大熏笼上烘着些软软的厚厚的日常衣服,帷屏②高高揭起,仿佛今宵正在专候。我觉

---

① 临时祭是节日之一,或称贺茂临时祭,于十一月内第二个酉日举行,前几天预先演习音乐。
② 帷屏是置于贵妇人座侧以障隔内外之用具:在台座上竖立两根高约三四尺的细柱,柱上架一长条横木,在这横木上挂五幅垂布(冬天用熟绢,夏天用生绢或斜纹织物等)。

得很好，心中自鸣得意。但她本人不在，只留几个侍女管家。她们告诉我："小姐今晚在她父亲那里宿夜。"原来自从那事件发生之后，她并未吟过香艳的诗歌，也没有写过言情的书信，只是默默地笼闭在家。我觉得败兴，心中想道：难道她是有意叫我疏远她才那样嫉妒的么？然而并无确实证据，也许是由于心情不快而胡乱猜测的吧。向四周一看，替我预备的衣服，染色和缝纫都比以前更加讲究，式样比以前更加称心。足见决绝之后，她还是忠心地为我服务。现在虽不在家，却并非全然和我绝交。这天晚上我终于没有见到她。但是此后我多次向她表明心迹，她并不疏远我，也不躲避得使我没处寻找。她温和地对待我，绝不使我难堪。有一次她说："你倘还像从前一样浮薄，恕我不能忍受。你倘改过自新，安分守己，我便和你相处。"我想：她话虽如此，岂肯和我决绝，我再来惩治一下吧。我不回答她今后改不改，但用盛气凌人的态度对付她。不料这女子大为悲伤，终于郁郁地死去了。我深深领会，此类无心的恶戏，是千万做不得的！

"我现在回想，这真是一个可以委托一切的贤妻。无论琐屑之事或重大之事，同她商量，她总有高明见解。此外，讲到洗染，她的本领不亚于装点秋林的立田姬①。讲到缝纫，她的妙手不劣于银河岸边的织女姬。在这些方面她也是全才呢。"

他说到这里，耽于回忆，无限感伤。头中将接口说：

"织女姬的缝纫技术，姑置不论，最好能像她和牛郎那样永缔良缘。你那个本领不亚于立田姬的人，实在不可多得啊！就像变幻无常的春花秋叶，倘色彩不合季节，渲染不得其法，也不会受人欣赏，只得白白地枯死。何况才艺兼备的女性，在这世间实在很难求得。这品定真不容易啊！"他用这话来怂恿，左马头就继续讲下去：

"再说，同时我还有一个相好的女子。这女子人品很好，心地也

---

① 立田姬是司秋的女神，秋林红叶是她染成的。

诚实，看来很有意思。诗歌也会作，字也会写，琴也会弹，手很妙，口齿伶俐，处处可以看出来。相貌也说得过去。我把那嫉妒女子家里作为经常的宿处，有时偶尔悄悄地到这个女子家里去过夜，觉得很可留恋。那嫉妒女子死后，我一时茫然若失，悲哀痛惜，觉得也是枉然，便常常亲近这女子。日子一久，就发见这个人略有浮华轻薄之处，教人看不惯。我觉得靠不住，就逐渐疏远她。这期间她似乎另有了情夫。

"十月里有一天，月白风清之夜，我正要从宫中退出，有一个殿上人招呼我，要搭我的车子。这时候我正想到大纳言①家去宿夜，这贵族说：'今晚有一个女子在等候我，要是不去，我心里怪难过的。'我就和他同车出发。我那个女子的家，正好位在我们所要经过的路上。车子到了她家门口，我从土墙坍塌之处望见庭中一池碧水，映着月影，清幽可爱。过门不入，岂不大杀风景？岂知这殿上人就在这里下车，我也悄悄地跟着下车了。他大约是和这女子有约的，得意扬扬地走进去，在门旁廊沿上坐下了，暂时赏玩月色。庭中残菊经霜，颜色斑斓，夜风习习，红叶散乱，景色颇有情趣。这贵族便从怀中取出一支短笛，吹了一会，又信口唱起催马乐来：'树影既可爱，池水亦清澄……'②这时候室内发出美妙的和琴③声，敢是预先调好弦音的吧，和着歌声，流畅地弹出，手法的确不坏！这曲调在女子手上委婉地弹奏，隔帘听来，好似现代乐器的声音，与目前的月夜景色十分调和。这殿上人大为感动，走近帘前，说了些令人不快的话：'庭中满地红叶，全无来人足迹啊！'然后折了一枝菊花，吟道：

'琴清菊艳香闺里，

---

① 此大纳言是否左马头之父，不详。
② 催马乐是一种民谣。《飞鸟井》云："投宿飞鸟井，万事皆称心。树影既可爱，池水亦清澄。饲料多且好，我马亦知情。"
③ 和琴是日本固有的琴，状似筝，但只有六弦。

不是情郎不肯留。

打搅了。'接着又说:'再三听赏不厌的人来了,请你尽情地献技吧。'女的被他如此调情,便装腔作势地唱道:

'笛声怒似西风吼,
如此狂夫不要留!'

他俩就这么说着情话,那女子不知道我听得很生气,又弹起筝来了,她用南吕调奏出流行的乐曲,虽然手法灵敏,不免有些刺耳。

"我有时遇见几个极度俏皮轻狂的宫女,便和她们谈笑取乐。且不管她们如此,偶尔交往,亦自有其趣味。但我和这个女子,虽然只是偶尔见一次面,要把她当作心头意中的恋人,到底很不可靠。因为这个人过分风流了,令人不能安心。我就拿这天晚上的事件为理由,和她决绝了。

"把这两件事综合起来想想,我那时虽然是个少不更事的青年,也能知道过分轻狂的女子不通道理,不可信赖。何况今后年事日增,当然更加确信此理了。你们诸位都是青春年少,一定恣意任情,贪爱着一碰即落的草上露、一摸即消的竹上霜那样的香艳旖旎、潇洒不拘的风流韵事吧。诸君目前虽然如此,但再过七年,定能领会我这道理。务请谅解鄙人这番愚诚的劝谏,小心谨防轻狂浮薄的女子。这种女子会做出丑事,损伤你的芳名!"他这样告诫。

头中将照例点头称是。源氏公子面露微笑,心中大概在想:这话的确不错。后来他说道:"这些都是见不得人的猥琐之谈啊!"说着笑了起来。头中将说道:"现在让我来讲点痴人的话儿吧。"他就说下去:

"我曾经非常秘密地和一个女子交往。当初并不想到长远之计。

但是和她熟悉之后，觉得此人十分可爱。虽然并不常常相聚，心中总当她是个难忘的意中人。那女子和我熟悉之后，也表示出想依靠我的意思来。有时我心中自思：她想依靠我，一定会恨我足迹太疏吧？便觉有些对她不起。然而这女子毫无怨色，即使我久不去访，也不把我当作一个难得见面的人，还是随时随地表示殷勤的态度。我心中觉得可怜；也就对她表示希望长聚的意思。这女子父母双亡，孤苦伶仃；每有感触，便表示出想依靠我的样子，教人怪可怜的。我看见这女子稳静可靠，便觉放心，有一时久不去访。这期间，我家里那个人①吃起醋来，找个机会，教人把些凶狠毒辣的话传给她听。我是后来才知道这件事的。起初我想不到会发生这等烦恼的事，虽然心中常常惦记，却并不写信给她，只管久不去访。这期间她意气沮丧，更觉形单影只了。我俩之间已经有了一个小孩。她寻思之余，折了一枝抚子花②教人送来给我。"头中将说到这里，潸下泪来。

源氏公子问道："信中怎么说呢？"

头中将说："没有什么特别的，只这一首诗：

'败壁荒山里，频年寂寂春。
愿君怜抚子，叨沐雨露恩。'

我得了信，惦念起来，便去访问。她照例殷勤接待，只是面带愁容。我望望那霜露交加的萧条庭院，觉得情景凄凉，不亚于悲鸣的虫声，教人联想起古昔的哀情小说来。我就回答她一首诗：

'群花历乱开，烂漫多姿色。

---

① 指他的正夫人，右大臣家的四女公子。
② 抚子花即瞿麦花，此处用以比喻那小孩。

独怜常夏花,秀美真无匹。'①

我姑且不提比拟孩子的抚子花,却想起古歌'夫妇之床不积尘'之句,不免怀念夫妇之情,就用常夏花来比拟这做母亲的人,给她安慰。这女子又吟道:

'哀此拂尘袖,频年泪不干。
秋来风色厉,常夏早摧残。'②

她低声吟唱,并无真心痛恨之色。虽然不禁垂泪,还是羞涩似的小心隐饰。可知她心中虽然恨我薄情,但是形诸颜色,又觉得痛苦。我看到这情景,又很安心了。此后又有一个时期不去访她。岂知在这期间她已经销声匿迹,不知去向了!

"如果这女子还在世间,一定潦倒不堪了吧!以前如果她知道我爱她,因而常常向我申恨诉怨,表示些缠绵悱恻的神色,那么也不至于弃家飘泊吧。那时我对她就不会长久绝迹,我一定把她看作一个难分难舍的妻子,永远爱护她了。那孩子很可爱,我设法寻找,但至今杳无音信。这和刚才左马头所说的不可信赖的女子,同此一例。这女子表面不动声色,而心中恨我薄情。我却一向不知,只觉此人可怜,这也是一种徒劳的单相思吧。现在我已渐渐忘怀,但她恐怕还是惦记我,更深人静之夜,不免抚胸悲叹吧。这是一个不能偕老、不可信赖的女子。这样看来,刚才说的那个爱嫉妒的女子,回想她尽心服侍的好处,也觉得难于忘怀,但倘和她对面共处,则又觉得噜苏可厌,甚至可以决绝的了。又如,即使是长于弹琴、聪明伶俐的才女,但其轻狂浮薄是罪

---

① 常夏花是野生的抚子花的别名。故后文亦称此女子为常夏。
② 秋来风色厉,暗指四女公子吃醋之事。

不容恕的。刚才我所说的那个女子，其不露声色，也会令人怀疑。究竟如何是好，终于不能决定。人世之事，大都如此吧。像我们这样举出一个一个的人儿来，互相比较，也不容易决定其优劣。具足各种优点而全无半点缺陷的女子，哪里找得到呢？那么只有向吉祥天女①求爱，然而佛法气味太重，教人害怕，毕竟是亲近不得的啊！"说得大家都笑起来。

头中将看看藤式部丞，说道："你一定有好听的话儿，讲点给大家听听吧。"式部丞答道："像我这样微不足道的人，有什么话儿可讲给你们听呢？"头中将认真起来，连声催促："快讲，快讲！"式部丞说："那么教我讲些什么呢？"他想了一想，说道：

"我还是书生的时候，看到过一个贤女之流的人。这个人就像刚才左马头讲的那人一样，国家大事也谈得来，私人生活、处世之道方面也有高明见解。讲到才学，直教半通不通的博士惭愧无地。不拘谈论何事，总使得对方不得开口。我怎么认识她的呢？那时我到一位文章博士②家里去，请他教授汉诗汉文。听说这位博士有好几个女儿，我便找个机会，向一个女儿求爱。父母知道了，办起酒来，举杯庆祝，那位文章博士就即座高吟'听我歌两途'③。我同这个女子其实感情并不十分融洽，只因不宜辜负父母好意，也就和她厮混下去。这期间，这女子对我照料得非常周到：枕上私语，也都是关于我身求学之事，以及将来为官作宰的知识。凡人生大事，她都教我。她的书牍也写得极好：一个假名④也不用，全用汉字，措辞冠冕堂皇，潇洒不俗。这样，我自然

---

① 吉祥天女是帝释天中的天女，相貌端丽无比。帝释天是《佛经》中的名称。
② 文章博士是古代官名。
③ 白居易《秦中吟》十首之一《议婚》："……主人会良媒，置酒满玉壶。四座且勿饮，听我歌两途：富家女易嫁，嫁早轻其夫；贫家女难嫁，嫁晚孝于姑。……"
④ 假名即日本字母。

和她亲近起来,把她当作老师,学得了一些歪诗拙文。我到现在也不忘记她的师恩。可是,我不能把她看作一个恩爱而可靠的妻子,因为像我这样不学无术的人,万一有时举止不端,在她面前现丑,是很可耻的。像你们那样的贵公子,更用不着此种机巧泼辣的内助。我明知此种人不宜为妻,然而为了宿世因缘,也就迁就了。总之,男子实在是无聊的啊!"说到这里,暂时住口。头中将要他快讲下去,催促着说:"啊,这倒真是一个很有意思的女子!"式部丞明知这是捧场,仍然得意扬扬地讲下去:

"后来有一时,我久不到她家去。有一天我顺便又去访问,一看,变了样子:不像从前那样让我进内室去畅谈,而且设了帷屏,教我在外面对晤。我心中很不舒服,猜量她是为我久疏而生气,觉得有些可恶。又想:既然如此,乘此机会一刀两断吧。可是不然,这个贤女决不轻易露出醋意,她通情达理,并不恨我。但闻她高声说道:'妾身近患重感冒,曾服极热的草药①,身有恶臭,不便与君接近。虽然隔着帷屏,倘有要我做的杂事,尽请吩咐。'口气非常温和诚恳。我没有什么话回答,只说了一声'知道了',便想退出。大概这女子觉得太简慢了吧,又高声说:'改天妾身上这恶臭消尽之后,请君再来。'我想:不回答呢,对她不起;暂时逗留一下呢,又忍不住,因为那股恶臭浓重地飘过来,实在难当。我匆匆地念了两句诗:

'蟢子朝飞良夜永,②
缘何约我改天来?

---

① 即大蒜。
② 唐诗人权德舆所作《玉团体》:"昨夜裙带解,今朝蟢子飞。铅华不可弃,莫是藁砧归?"蟢子是蜘蛛之一种,藁砧是丈夫。《古今集》中亦有和歌云:"乐见今朝蟢子飞,想是夜晚我郎来。"

你这借口出我意外。'话没有说完就逃出去了。这女子派人追上来,答我两句诗:

　　'使君若是频来客,
　　此夕承恩也不羞。'

到底是个才女,答诗这么快。"他不慌不忙地侃侃而谈。源氏公子等都觉得稀奇,对他说道:"你撒谎!"大家笑起来。有的嫌恶他:"哪有这等女子?还不如乖乖地和鬼作伴吧。真令人作呕呢!"有的怪他:"这简直不成话!"有的责备他:"再讲些好听一点的话儿吧!"式部丞说:"再好听的没有了。"说着就溜走了。

　　左马头便接着说:"不论男女,凡下品之人,稍有一知半解,便尽量在人前夸耀,真是可厌。一个女子潜心钻研三史、五经①等深奥的学问,反而没有情趣。我并不是说做女子的不应该有关于世间公私一切事情的知识。我的意思是:不必特地钻研学问,只要是略有才能的人,耳闻目见,也自然会学得许多知识。譬如有的女子,汉字写得十分流丽。写给女朋友的信,其实不须如此,她却一定要写一半以上的汉字,教人看了想道:'讨厌啊!这个人没有这个毛病才好!'写的人自己也许不觉得,但在别人读来,发音佶屈聱牙,真有矫揉造作之感。这种人在上流社会中也多得很。

　　"再说,有的人自以为是诗人,便变成了诗迷。所作的诗一开头就引用有趣的典故。也不管对方感不感兴趣,就装模作样地念给人听。这真是无聊之事。受了赠诗而不唱和,便显得没有礼貌。于是不擅长此道的人就为难了。尤其是在节日,例如五月端阳节,急于

---

① 三史指《史记》《前汉书》《后汉书》;五经指《诗经》《书经》《易经》《春秋》《礼记》。

入朝参贺，忙得无暇思索的时候，便千篇一律地拉着菖蒲的根为题，作些无聊的诗歌。又如在九月重阳节宴席上，凝思构想，制作艰深的汉诗。心无余暇之时，匆匆忙忙地取菊花的露珠来比拟骚人的泪水，作诗赠人，要人唱和，实在是不合时宜的行径。这些诗其实不要在那天发表，过后从容地看看，倒是富有情趣的。只因不合那天的时宜，不顾读者的障眼，贸然向人发表，就反而被人看轻了。无论何事，如果不了解何以必须如此，不明白时地情状，那么还是不要装模作样，卖弄风情，倒可平安无事。无论何事，即使心中知道，还是装作不知的好；即使想讲话，十句之中还是留着一两句不讲的好。"

这时候源氏公子心中只管怀念着一个人。他想："这个人没有一点不足之处，也没有一点越分之处，真是十全其美。"不胜爱慕之情，胸怀为之郁结。

这雨夜品评的结局，终于没有定论。末了只是些散漫无章的杂谈，一直谈到天明。

好容易今天放晴了。源氏公子如此久居宫中，深恐岳父左大臣心中不悦，今天就回左大臣邸。走进葵姬房里一看，四周布置得秩序井然；尤其是这个人，气品高雅，毫无半点瑕疵。他想："这正是左马头所推重选拔的忠实可靠的贤妻吧。"然而又觉得过于端严庄重，似乎难于亲近，不免美中不足，实为遗憾。他就同几个姿色翘楚的青年侍女如中纳言君、中务君等随意调笑取乐。这时候天气甚热，公子缓带披襟，姿态潇洒，侍女们看了，个个心中艳羡不已。左大臣也来了。他看见源氏公子随意不拘的样子，觉得不便入内，便在帷屏外就坐，想和公子隔着屏障谈话。公子说："天气这么热……"说着，皱了皱眉头。侍女们都笑起来。公子说："静些儿！"就把手臂靠在矮几上，态度煞是悠闲。

傍晚时分，侍女们报道："今晚从禁中到此间，中神当道，方向不利①。"源氏公子说："怪不得,宫中也常常回避这方向。我那二条院也在这个方向。教我到哪里去回避才好呢?真是恼人啊!"他就躺下来想睡了。侍女们齐声说："这可不行!"有人报道："侍臣中有一个亲随,是纪伊的国守,他家住在中川边上,最近开辟池塘,导入川水,屋里很凉爽呢。"公子说："那好极了。我心里懊恼,懒得多走,最好是牛车进得去的地方……"其实,他有许多恋人,今宵要回避中神,尽有地方可去。只恐葵姬想:你久不来此,今天故意选取回避中神的日子,一到就转赴别处——这倒是对她不起的。他就对纪伊守说知,要到他家去避凶。纪伊守立刻遵命。但他退下来对旁的人说："我父亲伊豫介家里最近举行斋戒,女眷都寄居我家,屋里狭窄嘈杂,生怕得罪了公子呢。"说着很担心。但源氏公子已经听到了这话,他说："人多的地方最好呢。在没有女人的屋子里宿夜,心里有些害怕似的。我只要在她们的帷屏后面过夜就行了。"大家都笑道："那么,这地方真是最好的宿处了。"便派人去通知纪伊守家里。源氏公子心中想道:不要大肆声张,悄悄地走吧。便匆促动身,连左大臣那里也没有告辞,只带几个亲近的随从。

纪伊守说："太匆促了。"心中着急。但人们都不理他。他只得把正殿东面的房间收拾干净,铺陈了相应的设备,供公子暂住。这里的池塘景色颇有趣致,四周围着柴垣,有田家风味,庭中花木也应有尽有。水风凉爽,处处虫声悠扬,流萤乱飞,好一片良宵美景!随从们都在廊下泉水旁边坐地,相与饮酒。主人纪伊守则匆忙奔走,张罗肴馔。源氏公子从容眺望四周景色,回忆起前日的雨夜品评,想道:"左马头所谓中等人家,大概就是指这种人家了。"他以前听人说起,纪伊

---

① 中神又名天一神。当时认为:此神游行的方向是不利的,出门必须回避。

守的后母①作姑娘时是矜持自重的,常思一见,便耸耳倾听,但闻西面的房间里有人声:裙声窸窣,语声娇嫩,颇为悦耳。只为这边有客,故意低声,轻言窃笑,显然是装腔作势的。

那房间的格子窗本来是开着的。纪伊守嫌她们不恭敬,教关上了。室内点灯,女人们的影子映出在纸隔扇②上。源氏公子走近去,想窥看室内,但纸隔扇都无隙缝,他只得耸耳倾听。但听见她们都已集中在靠近这边的正屋里,窃窃私语。仔细一听,正是在谈论他。有一人说:"真是一位尊严的公子啊!早就娶定了一位不称心的夫人,也真可惜。但是听说他有心爱的情人,常常偷偷地往来。"公子听了这话,想起了自己的心事,不免担忧。他想:"她们在这种谈话的场合,说不定会把我和藤壶妃子的事情泄漏出来,教我自己听到了,如何是好呢?"

然而她们并没有谈到特别的事情。源氏公子便不再听下去。他曾经听见她们说起他送式部卿家的女儿③牵牛花时所附的诗,说得略有不符事实之处。他想:"这些女人在谈话中毫无顾忌地胡乱诵诗,不成样子。恐怕见了面也不过如此吧。"

这时候纪伊守来了。他又加了灯笼,剔亮了灯烛,摆出些点心来。源氏公子引用催马乐,搭讪着说:"你家'翠幕张'好了么?倘招待得不周到,你这主人没面子呢!"纪伊守笑道:"真是'肴馔何所有?此事费商量'了④。"样子甚是惶恐。源氏公子就在一旁歇息。随从者也都睡静了。

---

① 作者没有说出这个女子的名字,根据下一回的题名和回末两首和歌,后人称她为空蝉。
② 隔扇是日本的一种室内装置,以木料构成骨架,从两面糊纸或布。
③ 式部卿是皇上的兄弟,他的女儿槿姬是源氏的堂妹,后来称为槿斋院。
④ 催马乐《我家》全文:"我家翠幕张,布置好洞房。亲王早光临,请来作东床。肴馔何所有?此事费商量。鲍鱼与蝾螺?还是海胆羹?"源氏引用此歌,意在空蝉。

这里的主人纪伊守家里,有好几个可爱的童子。其中有几个是在殿上当侍童的,源氏公子觉得面熟;有几个是伊豫介的儿子。在这许多童子中,有一个仪态特别优雅、年方十二三的男孩。源氏公子问道:"这是谁家的孩子?"纪伊守答道:"这是已故卫门督的幼子,名叫小君。他父亲在日很疼爱他。小时候死了父亲,就跟随他姐姐到这里来了。人还算聪明,是个老老实实的孩子。希望当个殿上侍童,只因无人提拔,还未成功呢。"源氏公子说:"很可怜的。那么他的姐姐就是你的后母吧?"纪伊守说:"正是。"源氏公子说:"你有这个后母,很不相称呢。皇上也知道这个女子,他曾经问起:'卫门督有过密奏,想把这女儿送入宫中服务。现在这个人怎么样了?'想不到她终于嫁给了你父亲。人世因缘真是渺茫无定啊!"他说时装出老成的样子。纪伊守接口道:"她嫁过来,是事出意外的。男女因缘,从古以来难以捉摸。女人的命运,尤为渺茫难知,真可怜啊!"源氏公子说:"听说伊豫介很重视她,把她看作主人一般,真的么?"纪伊守说:"不消说了。简直把她当作秘藏的主人呢。我们全家人都看不惯,这老人太好色了。"源氏公子又说:"所以他不肯把这女子让给像你那样年貌相称的时髦小伙子呀。你父亲年纪虽老,是个风流潇洒的男子呢。"谈了一会,他又问:"这女子现在在什么地方?"纪伊守答道:"我教她们都迁居到后面的小屋里去。但是时间局促,她还来不及迁走呢。"这时候随从者酒力发作,都在廊上睡得肃静无声了。

源氏公子不能安然就寝。他觉得独眠很是无聊。张目四顾,想道:"这靠北的纸隔扇那边有女人住着。刚才说起的那个女子大概就躲在这里面吧。可怜的人儿啊!"他心驰神往,便从容地站起身来,走到纸隔扇旁边,倾耳偷听,但闻刚才看到的那个小君的声音说:"喂,你在哪里?"带些沙音,却很悦耳。接着一个女声回答道:"我睡在这里呢。客人睡了吧?我怕相隔太近,不好意思,其实隔得还算远。"是躺在床里说的,语调随意不拘。但很像那孩子的声音,听得出这两人是姐弟。又听得那孩子悄悄地说道："客人睡在厢房里呢。我听说源氏公子很漂亮，今天初次看到，果然是个美男子。"他姐姐说："倘是白天，我也来偷看一下。"声音带着睡意，是躺在被窝里说的。源氏公子嫌她态度冷淡，没有向她弟弟详细探问他的情状，心中略感不快。接着弟弟又说："我睡在这边吧。唉，暗得很。"听见他挑灯的声音。那女子睡的地方，似乎是这纸隔扇的斜对面。她说："中将①哪里去了？我这里离开人远，有些害怕呢。"睡在门外的侍女们回答道："她到后面去洗澡了，立刻就回来的。"

不久大家睡静了。源氏公子试把纸隔扇上的钩子打开，觉得那面没有上钩。他悄悄地把纸隔扇拉开，但见入口处立着帷屏，灯光暗淡，室中零乱地放着些柜子之类的器具。他就从这些器具之间走进室内，走到这女子所在的地方，但见她独自睡着，身材很小巧。他觉得有些不好意思，终于伸手把她盖着的衣服拉开。这空蝉只当是她刚才叫的那个侍女中将回来了，却听见源氏公子说："刚才你叫中将，我正是近卫中将②，想来你了解我私下爱慕你的一片心吧。……"空蝉吓了一跳，不知如何是好，疑心自己着了梦魇，惊慌地"呀"的叫了一声。她用衣袖遮着自己的脸，说不出话来。源氏公子对她说道："太唐突了，你道我是浮薄浪子一时冲动，确也难怪。其实我私心倾慕，已历多年；常想和你罄吐衷曲，苦无机会。今宵幸得邂逅，因缘非浅。万望曲谅愚诚，幸赐青睐！"说得婉转温顺，魔鬼听了也会软化，何况他是个容姿秀丽、光彩焕发的美男子。那空蝉神魂恍惚。想喊"这里来了陌生人"，也喊不出口。只觉得心慌意乱，想起了这非礼之事，更是惊恐万状；喘着气低声说道："你认错了人吧？"她那恹恹欲绝的神色，教人又是可怜，又是可爱。源氏公子答道："并不认错人，情之所钟，自然

---

① 中将是一个侍女的称呼。
② 此时源氏的官位是近卫中将，正好和那侍女的称呼相同。

认识。请勿佯装不知。我决不是轻薄少年,只是想向你谈谈我的心事。"这人身材小巧,公子便抱了她,走向纸隔扇去。恰巧这时候,刚才她叫的那个侍女中将进来了。源氏公子叫道:"喂,喂!"这中将弄得莫名其妙,暗中摸索过来,但觉一阵阵的香气,直扑到她脸上,便心知是源氏公子了。中将大吃一惊,不知道这是怎么一回事,说不出话来。她想:"若是别人,我便叫喊起来,把人夺回。然而势必弄得尽人皆知,也不是道理。何况这是源氏公子。怎么办呢?"她心中犹豫不决,只管跟着走来。源氏公子却若无其事,一直走进自己房间里去了。拉上纸隔扇时,他对中将说:"天亮的时候你来迎接她吧!"

空蝉听到这话,心中想道:不知中将作何感想?只此一念,已使她觉得比死更苦,淌了一身冷汗,心中懊恼万状。源氏公子看她很可怜,照例用他那一套不知哪里学得的情话来百般安慰,力求感动她的心。空蝉却越发痛苦了,她说:"我觉得这不是事实,竟是做梦。你当我是个卑贱的人,所以这样作践我,教我怎不恨你?我是有夫之妇,身份已定,无可奈何的了。"她痛恨源氏公子的无理强求,说得他自觉惭愧。公子回答道:"我年幼无知,不懂得什么叫作身份。你把我看作世间一般的轻薄少年,我很伤心。我从来不曾有过无理强求的暧昧行为,你一定也知道的。今天与你邂逅,大概是前世的宿缘了。你如此疏远我,我也怪你不得。今天的事,我自己也觉得不可思议。"他一本正经地说了许多话。然而空蝉对于这位盖世无双的美男子,愈加不愿亲近了。她想:"我不从他,也许他会把我看作不解风情的粗蠢女子。我就装作一个不值得恋爱的愚妇吧。"于是一直采取冷淡的态度。原来空蝉这个人的性情,温柔中含有刚强,好似一枝细竹,看似欲折,却终于不断。此刻她心情愤激,痛恨源氏公子的非礼行为,只管吞声饮泣,样子煞是可怜。源氏公子虽然觉得对这女子不起,但是空空放过机会,又很可惜。他看见空蝉始终没有回心转意,便恨恨地说:"你为什么把我看作如此讨厌的人呢?请你想想:无意之中相逢,必有前生宿缘。你佯装作不解风情之人，真教我痛苦难堪。"空蝉答道："我这不幸之身，倘在未嫁时和你相逢，结得露水姻缘，也许还可凭仗分外的自豪之心，希望或有永久承宠之机会，借此聊以自慰。如今我乃有夫之妇，和你结了这无凭春梦似的刹那因缘，真教我寸心迷乱，不知所云。现在事已如此，但望切勿将此事泄露于人！"她那忧心忡忡的神色，使人觉得这真是合理之言。源氏公子郑重地向她保证，讲了许多安慰的话。

晨鸡报晓了。随从们都起身，互相告道："昨夜睡得真好。赶快把车子装起来吧。"纪伊守也出来了，他说："又不是女眷出门避凶。公子回宫，用不着这么急急地在天色未明时动身！"源氏公子想："此种机会，不易再得。今后特地相访，怎么可行？传书通信，也是困难之事！"想到这里，不胜痛心。侍女中将也从内室出来了，看见源氏公子还不放还女主人，心中万分焦灼。公子已经许她回去，但又留住了，对她说："今后我怎么和你互通音信呢？昨夜之事，你那世间无例的痛苦之情，以及我对你的恋慕之心，今后便成了回忆的源泉。世间哪有如此珍奇的事例呢？"说罢，泪下如雨，这光景真是艳丽动人。晨鸡接连地叫出，源氏公子心中慌乱，匆匆吟道：

"恨君冷酷心犹痛，

何事晨鸡太早鸣？"

空蝉回想自身境遇，觉得和源氏公子太不相称，心中不免惭愧。源氏公子对她如此热爱，她并不觉得欢喜。她心中只是想着平日所讨厌的丈夫伊豫介："他可曾梦见我昨夜之事？"想起了不胜惶恐。吟道：

"忧身未已鸡先唱，

和着啼声哭到明。"

天色渐渐明亮，源氏公子送空蝉到纸隔扇边。此时内外人声嘈杂，他告别了空蝉，拉上纸隔扇，回到室内的时候，心情异常寂寥，觉得这一层纸隔扇不啻蓬山万重啊！

　　源氏公子身穿便服，走到南面栏杆旁边，暂且眺望庭中景色。西边房间里的妇女们连忙把格子窗打开，窥看源氏公子。廊下设有屏风，她们只能从屏风上端约略窥见公子的容姿。其中有几个轻狂女子，看了这个美男子，简直铭感五中呢。下弦的残月发出淡淡的光，轮廓还是很清楚，倒觉得这晨景别有风趣。天色本无成见，只因观者心情不同，有的觉得优艳，有的觉得凄凉。心中秘藏恋情的源氏公子，看了这景色只觉得痛心。他想："今后连通信的机会也没有了！"终于难分难舍地离开了这地方。

　　源氏公子回到邸内，不能立刻就寝。他想："再度相逢是不可能的了。但不知此人现在作何感想？"便觉心中懊丧。又想起那天的雨夜品评，觉得这个人并不特别优越，却也风韵娴雅，无疵可指，该是属于中品的。那个见多识广的左马头的话，确有道理。

　　此后有一时期，源氏公子一直住在左大臣邸内。他想起今后和空蝉音信断绝，薄幸名成，心中痛苦不堪，便召唤纪伊守前来，对他说："能不能把前回看到的卫门督的小君给我呢？我觉得这孩子可爱，想教他到我身边来，由我推荐给皇上当殿上侍童。"纪伊守答道："多蒙照拂，实深感激。我当把此意转告他姐姐去。"源氏公子听到姐姐两字，心中别的一跳。便问："这姐姐有没有生下你的弟弟来？""没有。她嫁给我父亲还只两年。她父亲卫门督指望她入宫，她违背了遗言，不免后悔。听说对现在这境遇很不满意呢。""那是很可怜的了。外间传说她是个才貌双全的美人，实际上如何？"纪伊守答道："相貌并不坏。不过我同她疏远，知道的不详。照世间的常规，对后母是不便亲近的。"

　　过了五六天，纪伊守把这孩子带来了。源氏公子仔细一看，相貌虽然算不得十全,却也秀丽可爱,是个上品的孩子。便召他进入帘内,十分宠爱他。这孩子的小心坎里自然不胜荣幸。源氏公子详细探问他姐姐的情况。凡无关紧要的事,小君都回答了,只是有时羞涩不语,源氏公子也不便穷究。然而说了许多话,使这孩子知道他是熟悉这女子的。小君心中隐约地想:"原来两人之间是有这等关系的!"觉得出乎意外。然而童心幼稚,并不深加考虑。有一天,源氏公子叫他送一封信给他姐姐。空蝉吃惊之余,流下泪来。又恐引起这孩子怀疑,不当稳便;心中却又颇想看这封信,便端起信来,遮住了脸,从头阅读。这信很长,末了附诗一首:

"重温旧梦知何日,
　睡眼常开直到今。

我夜夜失眠呢。"这信写得秀美夺目。空蝉热泪满眼,看不清楚。只是想起自己本来生不逢辰,今又添了这件痛心之事,自叹命穷,悲伤不已,便躺下了。

次日,源氏公子邸内召唤小君前去,小君即将动身,便向姐姐要封回信。空蝉说:"你回答他说:此间没有可拜读此信之人。"小君笑道:"他说并没弄错,怎么好对他如此说呢?"空蝉心中忧虑,想道:"可知他已经全部告诉这孩子了!"便觉无限痛苦,骂道:"小孩子家不应该说这种老头老脑的话!既然如此,你不要去了。"小君说:"他召唤我,怎么好不去呢?"管自去了。

纪伊守也是个轻薄之徒,艳羡这后母的姿色,常思接近,好献殷勤,因此巴结这个小君,常常陪他一同来去。源氏公子召唤小君进去,恨恨地对他说:"昨天我等了你一天!可见你是不把我放在心上的。"小君脸红了。公子又问:"回信呢?"小君只得一五一十地把实情告诉他。公子说:"你这个人靠不住。哪有这等事情!"便叫他再送一封信去，对他说："你这孩子不知道：你姐姐认识伊豫介这个老头子以前，先和我相识了。不过，她嫌我文弱不可靠，因此嫁了那个硬朗的老头子，真是欺侮我！如今你就做我的儿子吧。你姐姐所依靠的那个老头子，寿命不长了。"小君听了，心中想道："原来如此！姐姐不理睬他，也太忍心了。"源氏公子便疼爱这孩子，时刻不离地要他在身边，也常常带他进宫去。又命宫中裁缝所替他新制服装，待他真同父母对儿子一样。此后源氏公子还是常常要他送信。但空蝉想：这毕竟是个小孩，万一把消息泄漏出去，此身又将添得一个轻薄的恶名。公子的多情她也觉得很感谢；然而无论何等恩宠，一想起自己身份不配，便决心不受，因此始终不曾写过恳切的回信。她也常常想起：那天晚上邂逅相逢的那个人的神情风采，的确英爽俊秀，非同凡俗。然而一想起便立刻自己打消念头。她想：我的身份已定，现在向他表示殷勤，有何用处呢？源氏公子则无时不思量她。一想起她，总觉又是可怜，又是可爱。回思那天晚上她那忧伤悲痛的样子，不胜怜悯，始终无法自慰。然而轻率地偷偷去访，则彼处人目众多，深恐暴露了自己的胡行妄为，对那人也是不利的，因此踌躇不决。

  源氏公子照例常在宫中住宿数日。有一次，他选定一个应向中川方面避凶的禁忌日，装作从宫中返邸时突然想起的样子，中途转向纪伊守家去了。纪伊守吃了一惊，以为他家池塘美景逗引公子再度光临，不胜荣幸。早间源氏公子已将计划告知小君，和他约定了办法。小君本来早晚随从，今夜当然同去。空蝉也收到了通知。她想："源氏公子作此计划，足见对我的情爱决非浅薄。但倘不顾身份，竭诚招待他，则又使不得，势必重尝梦也似的过去了的那夜的痛苦。"她心乱如麻，觉得在此等候光临，不胜羞耻。便乘小君被源氏公子叫去之时对侍女们说："这里和源氏公子的房间太接近了，很不方便。况且我今天身上不好，想教人捶捶肩背，迁居到远些的地方去吧。"就移居到廊下侍女中将所居的房间里，作为躲避之所。

源氏公子怀着心事，吩咐随从者早早就寝。空蝉处派小君去通消息，但小君找她不着。他到处都找遍，走进廊下的房间，好容易才找到。他觉得姐姐太过无情，哭丧着脸说："人家会说我太无能了！"姐姐骂道："你怎么干这无聊的事？孩子们当这种差使，最是可恶！"又断然地说："你去对他说：我今晚身上不好，要众侍女都在身边，好服侍我。你这样赶来赶去，教人见了怀疑！"但她心中这样想："如果我身没有出嫁，住在父母之家的深闺里，偶尔等待公子来访，那才是风流韵事。但是现在……我勉强装作无情，坚决拒绝，不知公子当我是何等不识风趣的人？"想到这里，真心地感伤起来，方寸缭乱了。但她终于下个决心："无论怎样，现在我已经是毫不足道的薄命人了，我就做个不识风趣的愚妇吧！"

源氏公子正在想："小君这件事办得怎么样了？"他毕竟是个小孩，公子有些担心，便横着身子，静候回音。岂知小君带来这么一个不好的消息。公子觉得这女子的冷酷无情，世间少有，便极度懊丧，叹道："我好羞耻啊！"一时默默无言。后来长叹数声，耽入沉思，吟道：

"不知帚木奇离相，
　空作园原失路人。"①

不知所云了。"小君将诗传告空蝉。空蝉毕竟也不能成眠，便报以诗道：

"寄身伏屋荒原上，

---

① 传说信州伊那郡园原伏屋地方，有一怪树，名曰帚木。此树远看形似倒置的扫帚，走近去就看不见了。此诗中以帚木比空蝉。

虚幻原同帚木形。"

　小君因见公子伤心，也不思睡眠，只管往来奔走。空蝉深恐别人怀疑，甚是担心。

　　随从人等照例都酣睡了。源氏公子百无聊赖，只管左思右想："此女异常无情，但我对她恋念未消，不免情火中烧。而且越是无情，越是牵惹我心。"一方面作如是想，一方面又念此人冷淡令人吃惊，我也可就此罢休了吧。然而终于不能断念，便对小君说："你就带我到她躲藏的地方去吧。"小君答道："她那里房门紧闭，侍女众多，怕去不得呢。"他觉得公子十分可怜。源氏公子便道："那么算了吧。只要你不抛撇我。"他命小君睡在身旁。小君傍着这青年美貌的公子睡觉，心中十分欢喜。源氏公子也觉得那姐姐倒不及这孩子可爱。

第三回　空　蝉①

　　却说源氏公子当晚在纪伊守家里，辗转不能成眠，说道："我从未受人如此嫌恶，今夜方知人世之痛苦，仔细想来，好不羞耻！我不想再活下去了！"小君默默无言，只是泪流满面，蜷伏在公子身旁。源氏公子觉得他的样子非常可爱。他想："那天晚上我暗中摸索到的空蝉的小巧身材，和不很长的头发，样子正和这小君相似。这也许是心理作用，总之，十分可爱。我对她无理强求，追踪搜索，实在太过分了；但她的冷酷也真可怕！"想来想去，直到天明。也不像往日那样仔细吩咐，就在天色未亮之时匆匆离去，使小君觉得又是伤心，又是无聊。

　　空蝉也觉得非常过意不去。然而公子音信全无。她想："敢是吃了苦头，存戒心了？"又想："倘就此决绝，实甚可哀。然而任其缠绕不

---

①　本回紧接上回，也是写源氏公子十七岁夏天之事。

清,却也令人难堪。归根结底,还是适可而止吧。"虽然如此想,心中总是不安,常常耽入沉思。源氏公子呢,痛恨空蝉无情,但又不能就此断念,心中焦躁不已。他常常对小君说:"我觉得此人太无情了,太可恨了。我想要把她忘记,然而不能随心所欲,真是痛苦!你替我设法找个机会,让我和她再叙一次。"小君觉得此事甚难,但蒙公子信赖,委以重任,又觉得十分荣幸。

小君虽然是个孩子,却颇能用心窥探,等待良机。恰巧纪伊守上任去了,家中只留女眷,清闲度日。有一天傍晚,天色朦胧,路上行人模糊难辨之时,小君赶了他自己的车子来,请源氏公子上车前往。源氏公子心念此人毕竟是个孩子,不知是否可靠。然而也不暇仔细考虑,便换上一套微服,趁纪伊守家尚未关门之时急急忙忙前去。小君只拣人目较少的一个门里驱车进去,请源氏公子下车。值宿人等看见驾车的是个小孩,谁也不介意,也就没有来迎候,倒反而安乐。小君请源氏公子站在东面的边门口等候,自己却把南面角上的一个房间的格子门砰的一声打开,走进室内去。侍女们说:"这样,外面望进来看得见了!"小君说:"这么热的天,为什么把格子门关上?"侍女回答道:"西厢小姐①从白天就来这里,正在下棋呢。"源氏公子想道:"我倒想看看她们面对面下棋呢。"便悄悄地从边门口走到这边来,钻进帘子和格子门之间的狭缝里。小君打开的那扇格子门还没有关上,有缝隙可以窥探。朝西一望,设在格子门旁边的屏风的一端正好折叠着。因为天热,遮阳的帷屏的垂布也都挂起,源氏公子可以分明望见室内的光景。

座位近旁点着灯火。源氏公子想:"靠着正屋的中柱朝西打横坐着的,正是我的意中人吧。"便仔细窥看。但见这个人穿着一件深紫色的花绸衫,上面罩的衣服不大看得清楚;头面纤细,身材小巧,姿态十分

---

① 住在西厢的小姐,人称轩端荻,是伊豫介前妻所生的女儿。

淡雅。颜面常常掩映躲闪，连对面的人也不能分明看到。两手瘦削，时时藏进衣袖里。另一人朝东坐，正面向着这边，所以全部看得清楚。这人穿着一件白色薄绢衫，上面随随便便地披着一件紫红色礼服，腰里束着红色裙带，裙带以上的胸脯完全露出，样子落拓不拘。肤色洁白可爱，体态圆肥，身材修长，鬟髻齐整，额发分明，口角眼梢流露出无限爱娇之相，姿态十分艳丽。她的头发虽不甚长，却很浓密；垂肩的部分光润可爱。全体没有大疵可指，竟是一个很可爱的美人儿。源氏公子颇感兴趣地欣赏她，想道："怨不得她父亲把她当作盖世无双的宝贝！"继而又想："能再稍稍稳重些更好。"

这女子看来并非没有才气。围棋下毕，填空眼①时，看她非常敏捷；一面口齿伶俐地说话，一面结束棋局。空蝉则态度十分沉静，对她说道："请等一会儿！这里是双活②呢。那里的劫③……"轩端荻说："呀，这一局我输了！让我把这个角上数一数看！"就屈指计算："十，二十，三十，四十……"机敏迅速，仿佛恒河沙数也不怕数不完似的。只是品格略微差些。空蝉就不同：常常用袖掩口，不肯让人分明看到她的颜貌。然而仔细注视，自然也可看到她的侧影。眼睛略有些肿，鼻梁线也不很挺，外观并不触目，没有娇艳之色。倘就五官一一品评，这容貌简直是不美的。然而全体姿态异常端严，比较起艳丽的轩端荻来，情趣深远，确有牵惹心目之处。轩端荻明媚鲜妍，是个可爱的人儿。她常常任情嬉笑，打趣撒娇，因此艳丽之相更加引人注目，是个讨人喜欢的女孩。源氏公子想："这是一个轻狂女子。"然而在他的多情重色的心中，又觉得不能就此抹杀了她。源氏公子过去看到的女子，大都冷静严肃，装模作样，连颜貌都不肯给人正面看一看。他从来不曾看见过女子不拘形迹地显露真相的样子。今天这个轩端荻不曾留

---

① 填空眼，双活，劫，都是围棋里的名称。
② 同上。
③ 同上。

意，被他看到了真相，他觉得对她不起。他想看一个饱，不肯离开，但觉得小君好像在走过来了，只得悄悄地退出。

源氏公子走到边门口的过廊里，在那里站着。小君觉得要公子在这里久候，太委屈了，走来对他说："今夜来了一个很难得来的人，我不便走近姐姐那里去。"源氏公子道："如此说来，今夜又只得空手回去了。这不是教人太难堪么？"小君答道："哪里的话！客人回去之后，我立刻想办法。"源氏公子想："这样看来，他会教这个人顺从我的。小君虽然年纪小，然而见乖识巧，懂得人情世故，是个稳健可靠的孩子呢。"

棋下毕了，听见衣服窸窣之声，看来是散场了。一个侍女叫道："小少爷哪里去了？我把这格子门关上了吧。"接着听见关门的声音。过了一会，源氏公子对小君说："都已睡静了。你就到她那里去，给我好好地办成功吧！"小君心中想："姐姐这个人的脾气是坚贞不拔的，我无法说服她。还不如不要告诉她，等人少的时候把公子带进她房间里去吧。"源氏公子说："纪伊守的妹妹也在这里么？让我去窥探一下吧。"小君答道："这怎么行？格子门里面遮着帷屏呢。"源氏公子想："果然不错。但我早已窥见了。"心中觉得好笑，又想："我不告诉他吧。告诉了他，对不起那个女子。"只是反复地说："等到夜深，心焦得很！"

这回小君敲边门，一个小侍女来开了，他就进去。但见众侍女都睡静了。他说："我睡在这纸隔扇口吧，这里通风，凉快些。"他就把席子摊开，躺下了。众侍女都睡在东面的厢房里。刚才替他开门的那小侍女也进去睡了。小君假装睡着，过了一会儿，他拿屏风遮住了灯光，悄悄地引导公子到了这暗影的地方。源氏公子想："不知究竟如何？不要再碰钉子啊！"心中很胆怯。终于由小君引导，撩起了帷屏上的垂布，钻进正房里去了。这时候更深人静，可以分明地听到他的衣服的窸窣声。

空蝉近来看见源氏公子已经将她忘记，心中固然高兴，然而那一晚怪梦似的回忆，始终没有离开心头，使她不能安寝。她白天神思恍惚，夜间悲伤愁叹，不能合眼，今夜也是如此。那个下棋的对手说："今晚我睡在这里吧。"兴高采烈地讲了许多话，便就寝了。这年轻人无心无思，一躺下便酣睡。这时候空蝉觉得有人走近来，并且闻到一股浓烈的香气，知道有些蹊跷，便抬起头来察看。虽然灯光幽暗，但从那挂着衣服的帷屏的隙缝里，分明看到有个人在走近来。事出意外，甚为吃惊，一时不知如何是好。终于迅速起身，披上一件生绢衣衫，悄悄地溜出房间去了。

源氏公子走进室内，看见只有一个人睡着，觉得称心。隔壁厢房地形较低，有两个侍女睡着。源氏公子将盖在这人身上的衣服揭开，挨近身去，觉得这人身材较大，但也并不介意。只是这个人睡得很熟，和那人显然不同，却是奇怪。这时候他才知道认错了人，吃惊之余，不免懊恼。他想："教这女子知道我是认错了人，毕竟太傻；而且她也会觉得奇怪。倘丢开了她，出去找寻我的意中人，则此人既然如此坚决地逃避，势必毫无效果，反而受她奚落。"既而又想："睡在这里的人，倘是黄昏时分灯光之下窥见的那个美人，那么势不得已，将就了吧。"这真是浮薄少年的不良之心啊！

轩端荻好容易醒了。她觉得事出意外，吃了一惊，茫然不知所措。既不深加考虑，也不表示亲昵之状。这情窦初开而不知世故的处女，生性爱好风流，并无羞耻或狼狈之色。源氏公子想不把自己姓名告诉她。既而一想，如果这女子事后寻思，察出实情，则在他自己无甚大碍，但那无情的意中人一定恐惧流言，忧伤悲痛，倒是对她不起的。因此捏造缘由，花言巧语地告诉她说："以前我两次以避凶为借口，来此宿夜，都只为要向你求欢。"若是深通事理的人，定能看破实情。但轩端荻虽然聪明伶俐，毕竟年纪还小，不能判断真伪。源氏公子觉得这女子并无可憎之处，但也不怎么牵惹人情。他心中还是恋慕那个冷酷无情的空蝉。他想："她现在一定躲藏在什么地方，正在笑我愚蠢呢。这样固执的人真是世间少有的。"他越是这么想，偏生越是想念空蝉。但是现在这个轩端荻，态度毫无顾虑，年纪正值青春，倒也有可爱之处。他终于装作多情，对她私立盟誓。他说："有道是'洞房花烛虽然好，不及私通趣味浓'。请你相信这句话。我不得不顾虑外间谣传，不便随意行动。你家父兄等人恐怕也不容许你此种行为，那么今后定多痛苦。请你不要忘记我，静待重逢的机会吧。"说得头头是道，若有其事。轩端荻绝不怀疑对方，直率地说道："教人知道了，怪难为情的，我不能写信给你。"源氏公子道："不可教普通一般人知道。但教这里的殿上侍童小君送信，是不妨的。你只装作若无其事的样子。"他说罢起身，看见一件单衫，料是空蝉之物，便拿着溜出房间去了。

小君睡在附近，源氏公子便催他起身。他因有心事，不曾睡熟，立刻醒了。起来把门打开，忽听见一个老侍女高声问道："是谁？"小君讨厌她，答道："是我。"老侍女说："您半夜三更到哪里去？"她表示关心，跟着走出来。小君越发讨厌她了，回答说："不到哪里去，就在这里走走。"连忙推源氏公子出去。时候将近天亮，晓月犹自明朗，照遍各处。那老侍女忽然看见另一个人影，又问："还有一位是谁？"立刻自己回答道："是民部姑娘吧。身材好高大呀！"民部是一个侍女。这人个子很高，常常被人取笑。这老侍女以为是民部陪着小君出去。"不消多时，小少爷也长得这么高了。"她说着，自己也走出门去。源氏公子狼狈得很，却又不能叫这老侍女进去，就在过廊门口阴暗地方站定了。老侍女走近他身边来，向他诉苦："你是今天来值班的么？我前天肚子痛得厉害，下去休息了；可是上头说人太少，要我来伺候，昨天又来了。身体还是吃不消呢。"不等对方回答，又叫道："啊唷，肚子好痛啊！回头见吧。"便回屋子里去。源氏公子好容易脱身而去。他心中想："这种行径，毕竟是轻率而危险的。"便更加警惕了。

源氏公子上车，小君坐在后面陪乘，回到了本邸二条院。两人谈论昨夜之事，公子说："你毕竟是个孩子，哪有这种办法！"又斥责空蝉的狠心，恨恨不已。小君觉得对公子不起，默默无言。公子又说："她对我这么深恶痛绝，我自己也讨厌我这个身体了。即使疏远我，不肯和我见面，写一封亲切些的回信来总该是可以的吧。我连伊豫介那个老头子也不如了！"对她的态度大为不满。然而还是把拿来的那件单衫放在自己的衣服底下，然后就寝。他叫小君睡在身旁，对他说了种种怨恨的话，最后板着脸说："你这个人虽然可爱，但你是那个负心人的兄弟，我怕不能永久照顾你呢！"小君听了自然十分伤心。公子躺了一会，终于不能入睡，便又起身，教小君取笔砚来，在一张怀纸①上奋笔疾书，不像是有意赠人的样子：

"蝉衣一袭余香在，

睹物怀人亦可怜。"

写好之后，塞入小君怀中，教他明天送去。他又想起那个轩端荻，不知她作何感想，觉得很可怜。然而左思右想了一会，终于决定不写信给她。那件单衫，因为染着那可爱的人儿身上的香气，他始终藏在身边，时时取出来观赏。

次日，小君来到中川的家里。他姐姐等候已久，一见了他，便痛骂一顿："昨夜你真荒唐！我好容易逃脱了，然而外人怀疑是难免的，真是可恶至极！像你这种无知小儿，公子怎么会差遣的？"小君无以为颜。在他看来，公子和姐姐两人都很痛苦，但此时也只得取出那张写上潦草字迹的怀纸来送上。空蝉虽有余怒，还是接受，读了一遍，想道："我脱卜的那件单衫怎么办呢？早已穿旧了的，难看死了。"觉得

---

① 把横二折、竖四折的纸叠成一叠，藏在怀内，用以起草诗歌或拭鼻。此种纸称为怀纸。

很难为情。她心绪不安，胡思乱想。

　　轩端荻昨夜遭此意外之事，羞答答地回到自己房中。这件事没人知道，因此无可告诉，只得独自沉思。她看见小君走来走去，心中激动，却又不是替她送信来的。但她并不怨恨源氏公子的非礼行为①，只是生性爱好风流，思前想后，未免寂寞无聊。至于那个无情人呢，虽然心如古井之水，亦深知源氏公子对她的爱决非一时色情冲动可比。因念倘是当作未嫁之身，又当如何？但今已一去不返，追悔莫及了。心中痛苦不堪，就在那张怀纸上题了一首诗：

　　"蝉衣凝露重，树密少人知。
　　似我衫常湿，愁思可告谁？"

第四回　夕　颜②

　　话说源氏公子经常悄悄地到六条③去访问。有一次他从宫中赴六条，到了中途休息的地方，想起住在五条的大式乳母④曾生了一场大病，为了祈愿复健，削发为尼，源氏公子便前去探望。到了那里，看见可以通车的大门关着，便派人叫乳母的儿子惟光大夫出来，打开大门。源氏公子坐在车子里望望这条肮脏的大街上的光景，忽见乳母家隔壁有一家人家，新装着丝柏薄板条编成的板垣，板垣上面高高地开

---

① 当时风习：男女共寝后，次日早晨男的必写信作诗去慰问，女的必写回信或答诗。第二天晚上男的必须再到女的那里宿夜，才合礼貌。
② 本回与前回同年，是源氏公子十七岁夏天至十月之事。
③ 已故皇太子的妃子（源氏公子的婶母）寡居在六条，人称六条妃子。源氏公子和她私通。
④ 为对外关系而设置在筑前（九州的一国）的行政机构称为太宰府，其长官称帅，次官称大式、少式。这里是乳母的丈夫的官职名称。

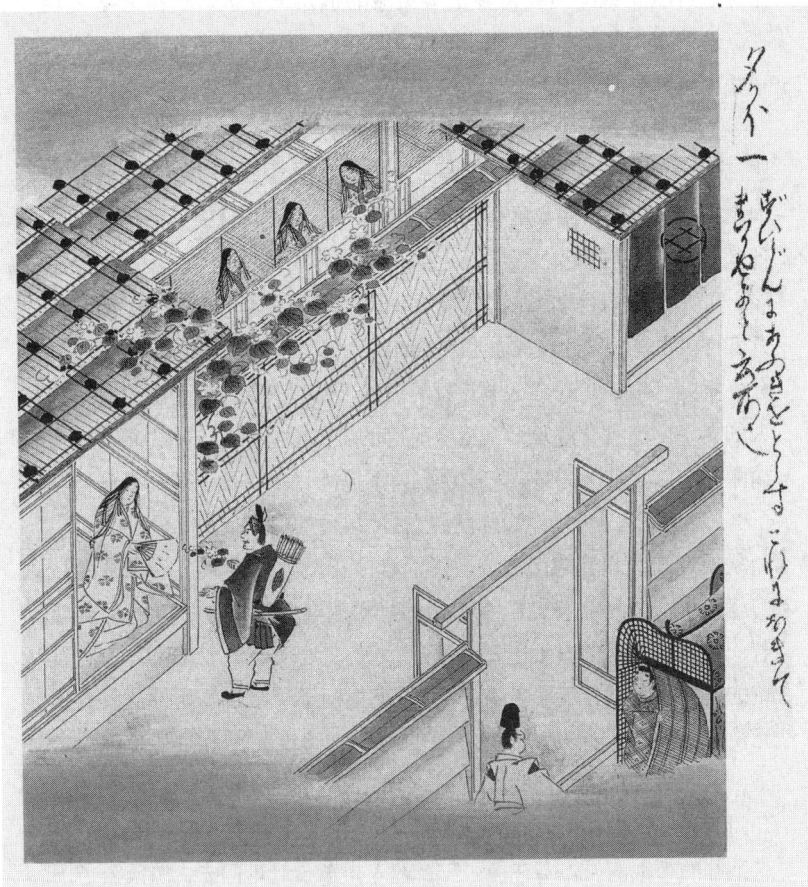

着吊窗,共有四五架①。窗内挂的帘子也很洁白,看了觉得很凉爽。从帘影间可以看见室内有许多留着美丽的额发的女人,正在向这边窥探。这些女人移动不定,想来个子都很高。源氏公子觉得奇怪,不知道里面住的是何等样人。

因为是微行,他的车马很简陋,也没有教人在前面开道,他心想:"反正也没人知道我是谁。"就很自在。他坐在车中望去,看见那人家的门也是薄板编成的,正敞开着。室内很浅,是极简陋的住房。他觉得很可怜,想起古人"人生到处即为家"②之句。又想:玉楼金屋,还不是一样的么?这里的板垣旁边长着的蔓草,青葱可爱。草中开着许多白花,孤芳自赏地露出笑颜。源氏公子独自吟道:"花不知名分外娇!"随从禀告:"这里开着的白花,名叫夕颜③。这花的名字像人的名字。这种花都是开在这些肮脏的墙根的。"这一带的确都是些简陋的小屋,破破烂烂,东歪西倒,不堪入目。这种花就开在这些屋子旁边。源氏公子说:"可怜啊!这是薄命花。给我摘一朵来吧!"随从便走进这开着的门内去,摘了一朵花。不意里面一扇雅致的拉门里走出一个身穿黄色生绢长裙的女童来,向随从招手。她手里拿着一把香气扑鼻的白纸扇,说道:"请放在这上面献上去吧。因为这花的枝条很软弱,不好用手拿的。"就把扇子交给他。正好这时候惟光出来开大门,随从就把盛着花的扇子交给惟光,由他献给源氏公子。惟光惶恐地说:"钥匙放在什么地方,一时忘记了。到现在才来开门,真是太失礼了。这里虽然没有不识高低的人,但有劳公子在这杂乱的街上等候,实在……"便教人把车子赶进门去,源氏公子下车,走进室内。

---

① 房屋两柱之距离称为一架。
② 此句出自《古今和歌集》:"陋室如同金玉屋,人生到处即为家。"
③ 瓠花或葫芦花,日本称为夕颜。

惟光的哥哥阿阇梨①、妹夫三河守和妹妹都在这里。他们看见源氏公子光临，认为莫大荣幸，大家惶恐致谢。做了尼姑的乳母也起身对公子说："我这身体已死不足惜。所恋恋不舍者，只是削发之后无缘会见公子，实为遗憾，因此踌躇不决。今幸蒙佛力加被，去病延年，仍得拜见公子光临，心愿已足。今后便可放怀一切，静候阿弥陀佛召唤了。"说罢，不免伤心泣下。源氏公子说："前日听说妈妈身上不好，我心中一直挂念。如今又闻削发为尼，遁入空门，更是不胜悲叹。今后但愿妈妈长生不老，看我升官晋爵，然后无障无碍地往生九品净土。倘对世间稍有执著，便成恶业，不利于修行，如是我闻。"说着，也流下泪来。

凡是乳母，往往偏爱她自己喂养大来的孩子，即使这孩子有缺点，她也看成完美无缺的人。何况这乳母喂养大来的是源氏公子这样高贵的美男子，她当然更加体面，觉得自己曾经朝夕服侍他，也很高贵，竟是前世修来的，因此眼泪流个不住。乳母的子女们看见母亲这般光景，都不高兴。他们想："做了尼姑还要留恋人世，啼啼哭哭的，教源氏公子看了多么难过！"便互相使眼色，交头接耳，表示不满。源氏公子深深体会乳母的心情，对她说："我幼小时候疼爱我的人，像母亲和外祖母，早已故世了，后来抚养我的人很多，然而我所最亲爱的，除了你妈妈之外没有别人了。我成人之后，为身份所拘，不能常常和你会面，又不能随心所欲地来访。然而久不相见，便觉心情不快。诚如古人所说：'但愿人间无死别！'"他殷勤恳切地安慰她，不觉泪流满颊。举袖拭泪，衣香洋溢室中。乳母的子女们先前抱怨母亲啼啼哭哭，现在也都感动得掉下泪来，想道："怪不得，做这个人的乳母，的

---

① 僧官的最高级为僧正（其中大僧正最高，僧正次之，权僧正又次之），其次为僧都（分大僧都、权大僧都、少僧都、权少僧都四级），再下面是律师（分正、权二级），阿阇梨又在律师之下。

确与众不同，真是前世修来的啊！"

源氏公子吩咐，请僧众再作法事，祈求佛佑。告别之前，教惟光点个纸烛①，仔细看看夕颜花的人家送他的那把扇子，但觉用这把扇子的人的衣香芬芳扑鼻，教人怜爱。扇面上潇洒活泼地写着两句诗：

"夕颜凝露容光艳，
　料是伊人驻马来。"

随手挥写，不拘形迹，却有优雅之趣。源氏公子觉得出乎意外，深感兴味，便对惟光说："这里的西邻是哪一家，你探问过么？"惟光心里想："我这主子的老毛病又发作了。"但并不说破他，只是淡然地回答道："我到这里住了五六天，但因家有病人，操心看护，没有探听过邻家的事。"公子说："你道我存心不良么？非也，只为关于这把扇子的事，想问问看。你给我去找一个知道那家情况的人，打听一下吧。"惟光到那人家去向看门的人打听，回来报道："这房子的主人是扬名介②。听他们的仆役说：'主人到乡下去了。主母年纪很轻，性喜活动。她的姐妹都是当官人的，常常来这里走动。'详细的情况，这做仆役的不知道。"源氏公子推想："那么这把扇子是那些官人用的。这首诗大约是熟练的得意之笔吧。"又想："这些人身份都不见得高贵；但特地赋诗相赠，此心却很可爱，我倒不能就此丢开了。"他对这些事本来是很容易动心的。便在一张怀纸上用不像他自己的笔迹写道：

"苍茫暮色蓬山隔，

---

① 纸烛是古代禁中所用的一种照明具。松木条长一尺五寸，径三分。上端用炭火烧焦，涂油，点火用；下端卷纸。
② 扬名介是只有官名而没有职务、没有俸禄的一种官职名称。这人是夕颜（即第35页头中将提到的常夏）的乳母的女婿。

遥望安知是夕颜？"

写好后，教刚才摘花的那个随从送去。那人家的女子并未见过源氏公子，然而公子容貌秀美，一看侧影便可推想而知，所以在扇上写了诗送他。过了一会不见回音，正觉扫兴之际，忽然看见公子特地遣使送诗来，大为兴奋，大家就一起商量如何答诗，踌躇不决。随从不耐烦起来，空手回转了。

源氏公子教把前驱的火把遮暗些，勿使惹人注目，悄悄地离开了乳母家。邻家的吊窗已经关上，窗缝里漏出来的灯光，比萤火还幽暗，看了很可怜。来到了目的地六条的邸宅里，看见树木花草皆与别处不同，住处安排得优雅娴静。六条妃子品貌端庄秀丽，更非一般女子可比。公子到此，便把墙根夕颜之事忘记了。次日起身略迟，到了日上三竿之时，方始动身。他那容姿映着晨光，异常优美，外人对他的称誉确是名副其实的。今天归途又经过那夕颜花的窗前。往常赴六条时，屡屡经过此地，却一向不曾注意。只为了扇上题诗那件小事，从此牵惹了公子的心目，他想："这里面住的毕竟是怎样的人呢？"此后每逢赴六条，往返经过其地，必然注目细看。

过了几日，惟光大夫来参谒了。他说："老母病体始终未见好转，奔走求医，至今始能抽身前来，甚是失礼。"谢罪之后，来到公子身边，悄悄地报道："前日受命之后，我就教家人找个熟悉邻家情况的人，向他探问。然而那人知道的也不很详细，只说'五月间有一女子秘密到此，其人身份如何，连家里的人也不让知道。'我自己有时也向壁缝中窥探，看到几个侍女模样的年轻人。她们都穿着罩裙，足见这屋子里有主人住着，要她们伺候的。昨天下午，夕阳照进这屋子里，光线很亮，我窥探一下，看见一个女人坐着写信，相貌实在漂亮！她似乎在沉思。旁边的侍女似乎在偷偷地哭泣，我看得很清楚呢。"源氏公子微微一笑，想道："打听得更详细点才好。"惟光心中想："我的主子身份高贵,地位尊严,然而年方青春,容姿俊秀,天下女子,莫不风靡。倘无色情之事,未免缺少风流,美中不足吧。世间愚夫俗子,藐不足数的人,看见了这等美人尚且舍不得呢。"他又告诉公子:"我想或许可以多探得些消息,所以有一次找个机会,送一封信去,立刻就有人用熟练的笔致写了一封回信给我。看来里面确有很不错的青年美女呢。"源氏公子说:"那么,你再去求爱吧。不知道个底细,总觉得不安心。"他心中想:"这夕颜花之家,大约就是那天雨夜品评中所谓下等的下等,是左马头所认为不足道的吧。然而其中也许可以意外地看到优越的女子。"他觉得这倒是稀世珍闻呢。

却说那空蝉态度过分冷淡,竟不像是这世间的人,源氏公子每一念及,心中便想:"如果她的态度温顺些,那么就算我那夜犯了一次可悲的过失,也不妨从此决绝。但她态度那么强硬,教我就此退步,实在很不甘心。"因此他始终没有忘记过她。源氏公子先前对于像空蝉那样的平凡女子,并不关心。自从那次听了雨夜品评之后,他很想看看各种等级的女子,便更加广泛普遍地操心用思了。那个轩端荻大概还在天真地等待着他的好音吧,他想起了并非不觉得可怜。然而这件事如果被无情的空蝉知道了,他又觉得可耻。因此他想先探实了空蝉的心情再说。正当此时,那伊豫介从任地晋京来了。他首先前来参见源氏公子。他是乘海船来的,路途风霜,不免脸色带些黝黑,形容有点憔悴,教人看了不快。然而此人出身并不微贱,虽然年老,还是眉清目秀,仪容清整,迥非凡夫俗子可比。谈起他那任地伊豫国,源氏公子本想问问他当地情况,例如浴槽究竟有多少①等事。然而似乎无心对他讲这些,因为心中过意不去。他正在回忆种种事情。他想:"我对着这忠厚长者,胸中怀着此种念头,真是荒唐之极,惭愧之至!这种恋爱真不应该!"又想起那天左马头的劝谏,正是为此种行为而发的,便觉得对

---

① 伊豫地方多浴槽。古语"伊豫浴槽",是形容数目甚多。

不起这个伊豫守。后来又想："那空蝉对我冷酷无情，原属可恨；但对丈夫伊豫守，她却是个忠贞多情的女子，令人佩服。"

后来伊豫守说起：此次晋京，为的是要办女儿轩端荻的婚事，并且携带妻子同赴任地。源氏公子听到这话，心中焦虑万状。伊豫守去后，他和小君商量："我想再和你姐姐会一次面，行不行？"小君心里想：即使对方是同心的，也不便轻易偷会，何况姐姐认为这份姻缘与身份不相称，是件丑事，已经断念。至于那空蝉呢，觉得源氏公子如果真正和她决绝，将她忘记，到底是扫兴的，是可悲的。因此每逢写回信等时，她总是措词婉转，或者用些风雅词句，或者加些美妙动人的文字，使源氏公子觉得可爱。她采取这样的态度，因此源氏公子虽然恨她冷酷无情，还是不能忘记她。至于另一个女子呢，虽然有了丈夫，身份已定，但看她的态度，还是倾向这边，可以放心。所以听到她结婚的消息，也并不十分动心。

秋天到了。源氏公子心事重重，方寸缭乱。久不赴左大臣邸宅，葵姬自然满怀怨恨。那六条妃子呢，起初拒绝公子求爱，好容易被他说服；岂知说服之后，公子的态度忽然一变，对她疏远了。六条妃子好不伤心！她现在常常考虑：未曾发生关系以前他那种一往情深的热爱，如今何以没有了呢？这妃子是个深思远虑、洞察事理的人。她想起两人年龄太不相称①，深恐世人谣传，两人为此疏远，更觉痛心。每当源氏公子不来、孤衾独寝之时，总是左思右想，悲愤叹息，不能成眠。

有一日，朝雾弥漫，源氏公子被侍女催促起身，睡眼蒙眬，唉声叹气地将要走出六条邸宅。侍女中将把一架的格子窗打开，又将帷屏撩起，以便女主人目送。六条妃子抬起头来朝外观看。源氏公子观赏着庭中彩色缤纷的花草，徘徊不忍遽去，这姿态真是美妙无比。他走

---

① 她今年二十四岁，源氏公子今年十七岁。

到廊下,中将陪着出来。这侍女身穿一件应时的淡紫面子蓝里子罗裙,腰身纤小,体态轻盈。源氏公子向她回顾,教她在庭畔的栏杆边小坐,欣赏她那妩媚温柔的风度和款款垂肩的美发,觉得这真是个绝代佳人,便口占道:

"名花褪色终难弃,
爱煞朝颜欲折难!①

如何是好呢?"吟罢,握住了中将的手。中将原是善于吟诗的,便答道:

"朝雾未晴催驾发,
莫非心不在名花?"

她措词巧妙,将公子的诗意推在女主人身上了。当时就有一个眉清目秀的男童,姿态妩媚动人,像是为这场面特设的人物,分花拂柳地走进朝雾中,听凭露水濡湿裙裾,摘了一朵朝颜花,回来奉献给源氏公子。这情景简直可以入画。即使是偶尔拜见一面的人,对源氏公子的美貌无不倾心。不解情趣的山农野老,休息时也要选择美丽的花木荫下。同理,瞻望过源氏公子风采的人,都考虑着各人身份,情愿教自己的爱女替公子服役。或者,家有姿色可观的妹妹的人,无不想把妹妹送到公子身边来当侍女,也不嫌身份卑贱。何况中将那样,今日幸得机会,蒙公子亲口赠诗,目睹公子温柔容姿,只要是略解情趣的女子,岂有看作等闲之理?她担心着公子不肯朝夕光临,开怀畅叙呢。此事暂且不提。

---

① 朝颜即牵牛花,比喻侍女中将。名花比喻六条妃子。

却说惟光大夫奉命窥探邻家情状,大有收获,特来报告。他说:"那家的女主人是何等样人,竟不可知。我看此人态度十分隐秘,绝不让人知道来历。但闻生活寂寞无聊,因此迁居到这向南开吊窗的陋屋里来。每逢大街上车轮声响,青年侍女们便出来窥看。有一个主妇模样的女子,有时也悄悄地跟着出来。隐约望去,此人容颜十分俊俏。有一日,一辆车子在大街上开路喝道而来。一个女童窥见了,连忙走进屋子里叫道:'右近大姐!快出来看,中将大人从这里经过呢!'就有一个身份相当的侍女走出来,向她摇手,说道:'静些儿!'又说:'你怎么知道是中将大人呢?让我来看看。'便要走过来窥看。通这屋子的路上有一道板桥。这侍女急急忙忙地赶出来,衣裾被板桥绊住,跌了一跤,几乎翻落桥下。她骂道:'该死的葛城神仙①!架的桥多危险!'窥看的兴致就消减了。车子里那位头中将②身穿便服,带着几个随从。那侍女便指着这些人说,这是谁,那是谁。她说出来的正是头中将的随从和侍童的名字。"源氏公子说:"车子里的人确是头中将么?"他心中想:"那么,这女子莫非就是那天晚上头中将说他恋恋不舍的那个常夏么?"惟光看见公子意欲知道得更详细些,又报告道:"不瞒您说:我已搭上了一个侍女,亲昵得很;因此他家情况我全都知道了。其中有一个年轻女子,装作侍女同伴模样,说话也用平辈口气,其实是女主人呢。我假装不知,在他家进进出出。那些女人都严守秘密。可是有几个女童,有时不小心,对她称呼时不免露出口风来。那时她们就巧言掩饰,硬装作这里并无主人的样子。"说着笑起来。源氏公子说:"几时我去探望奶妈,乘便让我也窥探一下吧。"他心中想:"虽说是暂住,但看家中排场,正是左马头所看不起的下等女子吧。然而这等级中也许有意想不到的乐趣呢。"惟光一向丝毫不肯违背主人的

---

① 日本古代传说:葛城山的神仙在葛城山与金峰山之间架石桥,他宣誓一夜竣工,结果并未完成。后人戏称桥或架桥者为葛城神仙。
② 即左大臣的儿子,源氏的妻兄。

意愿；加之自己又是一个不放过一切机会的好色者，便用尽心计，东奔西走，终于教源氏公子和这家的女主人幽会了。其间经过，不免琐屑，照例省略了。

源氏公子不能探得这女子的来历，因此自己也不把姓名告诉她。他穿上一身粗陋服装，以免受人注目；也不像平常那样乘车骑马，只是徒步往来。惟光心中想："主子对这个人的爱，不是平常的了。"就将他自己的马让给公子乘用，自己徒步随从。一面心中懊恼，他想："我也是个情郎，这么寒酸地步行，教情妇看见了丢脸！"源氏公子生怕被人认出，身边只带两个人，一个就是那天替他摘夕颜花的随从，另一个是别人完全不认识的童子。还怕女家有线索可寻，连大式乳母家也不敢去访了。

那女人也觉得奇怪，百思不得其解。因此每逢使者送了信回去时，便派人追踪。破晓公子出门时，也派人窥察他的去向，探究他的住处。然而公子行踪诡秘，总不给她抓住线索。虽然如此艰辛，公子对她总是恋恋不舍，非常常见面不可。即使有时反省，觉得此乃不应有之轻率行为，痛自悔恨，然而还是屡屡前去幽会。原来关于男女之事，即使谨严之人，有时也会迷乱失措。源氏公子一向谨慎小心，不做受人讥评之事，然而此次奇怪之极：早晨分手不久，便已想念不置；晚间会面之前，早就焦灼盼待。一面又强自镇定，认为此乃一时着魔，并非真心热爱。他想："此人风度异常温柔绰约，缺少沉着稳重之趣，独多浪漫活泼之态，却又不是未经人事之处女。出身亦不甚高贵。那么她到底有什么好处，故能如此牵惹我心呢？"反复考虑，自己也觉得不可思议。他非常小心：穿上一身粗陋的便服，样子完全改变，连面孔也遮蔽，不教人看清。夜深人静之时，偷偷地出入这人家，宛如旧小说中的狐狸精。因此夕颜心中怀疑，不免恐惧悲叹。然而他那优越的品貌，即使暗中摸索，也可分明觉察。夕颜想道："这究竟是何等样人呢？多分是邻家那个好色鬼带来的吧。"她怀疑那个惟光。惟光却假装不知，仿佛完全没有注意这件事,照旧兴高采烈地在此进进出出。夕颜弄得莫名其妙,只得暗自沉思,其烦闷与一般的恋爱是不一样的。

源氏公子也在考虑:"这女子对我装作如此信任,使我掉以轻心,有朝一日乘我不防,悄悄地逃走了,教我到哪里去找寻她呢?况且这里原是暂住的,哪一天迁居别处,也不得而知。"万一找不到她的去处,倘能就此断念,看作一场春梦,原是妥善之事。可是源氏公子决不肯就此罢休。有时顾虑人目,不便前去幽会,孤衾独寝之夜,他总是提心吊胆,忧虑万状,痛苦不堪,生怕这女子在这夜间逃走了。于是他想:"一不做,二不休,我还是不说她是何人,将她迎回二条院吧。如果世人得知,引起物议,这也是命定之事,无可奈何。虽说此事取决于我,但我对人从不曾如此牵挂,今番真个是宿世姻缘了。"他便对夕颜说:"我想带你到一个地方去,那里比这里舒服得多,我们可以从容谈心。"夕颜道:"您虽这么说,但您的行径古怪,我有些害怕呢。"她的语调天真烂漫,源氏公子想:"倒也说得有理。"便微笑着说:"你我两人中,总有一个是狐狸精。你就当我是狐狸精,让我迷一下吧。"说得多么亲昵!于是夕颜放心了,觉得不妨跟他去。源氏公子认为这虽然是世间少有的乖戾行为,但这女子死心塌地地服从我,这点心确是可怜可爱的。他总怀疑她是头中将所说的常夏,便回想起当时头中将所描述的这女人的性情来。但他认为她自有隐瞒自己身份的理由,所以并不寻根究底。他看这女子的模样,觉得并无突然逃隐的意向。倘疏远了她,也许她会变心;如今则可以放心。于是他想象:"如果我略微把心移向别的女子,看她怎么样,倒是很有趣味的呢。"

八月十五之夜,皓月当空,板屋多缝,处处透射进月光来。源氏公子觉得这不曾见惯的住房的光景,反而富有奇趣。将近破晓之时,邻家的人都起身了。只听见几个庸碌的男子在谈话,有一人说:"唉,天气真冷!今年生意又不大好呢。乡下市面也不成样,真有些担心。喂,北邻大哥,你听我说!……"这班贫民为了衣食,天没亮就起来劳作，嘈杂之声就在耳旁，夕颜觉得很难为情。如果她是一个爱体面的虚荣女子，住在这种地方真有陷入泥坑之感。然而这个人气度宽大，即使有痛苦之事、悲哀之事、旁人认为可耻之事，她也不十分介怀。她的态度高超而天真，邻近地方极度嘈杂混乱，她听了也不很讨厌。论理，与其羞愤嫌恶，面红耳赤，倒不如这态度可告无罪。那春米的碓臼，砰砰之声比雷霆更响，地面为之震动，仿佛就在枕边。源氏公子心中想："唉，真嘈杂！"但他不懂得这是什么声音，只觉得奇怪与不快。此外骚乱之声甚多。那捣衣的砧声，从各方面传来，忽重忽轻。其中夹着各处飞来的寒雁的叫声，哀愁之气，令人难堪。

源氏公子所住的地方，是靠边一个房间。他亲自开门，和夕颜一同出去观赏外面的景色。这狭小的庭院里，种着几竿萧疏的淡竹，花木上的露珠同宫中的一样，映着晓月，闪闪发光。秋虫唧唧，到处乱鸣。源氏公子在宫中时，屋宇宽广，即使是壁间蟋蟀之声，听来也很远。现在这些虫声竟像从耳边响出，他觉得有异样之感。只因对夕颜的恩爱十分深重，一切缺点都蒙原谅了。夕颜身穿白色夹衫，罩上一件柔软的淡紫色外衣。装束并不华丽，却有娇艳之姿。她身上并无显然可指的优点，然而体态轻盈袅娜，妩媚动人。一言一语，都使人觉得可怜。真是个异常可爱的人物。源氏公子觉得最好再稍稍添加些刚强之心。他想和她无拘无束地畅谈，便对她说："我们现在就到附近一个地方去，自由自在地谈到明天吧。一直住在这里，真教人苦闷。"夕颜不慌不忙地答道："为什么这样呢？太匆促吧！"源氏公子对她立了山盟海誓，订了来世之约，夕颜便真心信任，开诚相待，其态度异常天真，不像一个已婚的女子。此时源氏公子顾不得人之多言了，便召唤侍女右近出来，吩咐她去叫随从把车子赶进门内。住在这里的别的侍女知道源氏公子的爱情非寻常可比，虽然因为不明公子身份而略感不安，还是信赖他，由他把女主人带去。

天色已近黎明，晨鸡尚未叫出；但闻几个山僧之类的老人诵经礼拜之声，他们是在为朝山进香预先修行①。想他们跪拜起伏，定多辛苦，觉得很可怜。源氏公子心中自问："人世无常，有如朝露；何苦贪婪地为己身祈祷呢？"正在想时，听见念着"南无当来导师弥勒菩萨"而跪拜之声②。公子深为感动，对夕颜说："你听！这些老人也不仅为此生，又为来生修行呢！"便口占道：

"请君效此优婆塞③，
莫忘来生誓愿深。"

长生殿的故事是不祥的，所以不引用"比翼鸟"的典故④，而誓愿同生在五十六亿七千万年之后弥勒菩萨出世之时。这盟约多么语重心长啊！夕颜答道：

"此身不积前生福，
怎敢希求后世缘？"

这样的答诗实在很不惬意呢。晓月即将西沉，夕颜不喜突然驰赴不可知之处，一时踌躇不决。源氏公子多方劝导，催促动身。此时月亮忽然隐入云中，天色微明，景色幽玄。源氏公子照例要在天色尚未大明之时急速上道，便轻轻地将夕颜抱上车子，命右近同车，匆匆出门。

不久到达了离夕颜家不远的一所宅院⑤门前，叫守院人开门。但见三径就荒，蔓草过肩，古木阴森，幽暗不可名状。朝雾弥漫，侵入车

---

① 赴吉野金峰山朝山进香，须预先修行一千日。
② 当来即来世。佛说：释曾入灭后五十六亿七千万年，弥勒菩萨出世。
③ 优婆塞是佛语，即在家修行之男子。
④ 白居易《长恨歌》中句："七月七日长生殿，夜半无人私语时：在天愿作比翼鸟，在地愿为连理枝。"
⑤ 称为河原院。

帘，衣袂为之润湿。源氏公子对夕颜说："我从未有过此种经验，这景象真教人寒心啊！正是：

戴月披星事，我今阅历初。
古来游冶客，亦解此情无？

你可曾有过此种经验？"夕颜羞答答地吟道：

"落月随山隐，山名不可知。
会当穷碧落，蓦地隐芳姿。①

我害怕呢。"源氏公子觉得周围景象果然凄凉可怕，推想这是因为向来常和许多人聚居一室之故，这一变倒也有趣。车子驱进院内，停在西厢前，解下牛来，把车辕搁在栏杆上。源氏公子等人就坐在车中等候打扫房间。侍女右近看看这光景，不胜惊异，心中偷偷地想起女主人以前和头中将私通时的情状。守院人东奔西走，殷勤服侍。右近已看出源氏公子的身份了。

天色微明，远近事物隐隐可辨之时，源氏公子方才下车。室中临时打扫起来，倒也布置得清清爽爽。守院人说："当差的人都不在这里。怕很不方便呢。"这人是公子亲信的家臣，曾经在左大臣邸内伺候。他走近启请："可否召唤几个熟手来？"源氏公子说："我是特地选定这没有人来的地方的。只让你一人知道，不许向外泄露。"吩咐他要保密。这人立刻去备办早粥，然而人手不够，张皇失措。源氏公子从来不曾住过这么荒凉的旅寓，现在除了和夕颜滔滔不绝地谈情之外，没有别的事可做。

---

① 月比喻她自己，山比喻源氏。

二人暂时歇息，到了将近中午，方才起身。源氏公子亲自打开格子窗一看，庭院中荒芜之极，不见人影，但见树木丛生，一望无际，寂寥之趣，难于言喻。附近的花卉草木，也都毫不足观，只觉得是一片衰秋的原野。池塘上覆着水草，荒凉可怕。那边的离屋里设有房间，似乎有人住着，然而相隔很远。源氏公子说："这地方人迹全无，阴风惨惨的。可是即使有鬼，对我也无可奈何吧。"这时候他的脸还是隐蔽着。夕颜对此似有怨恨之色。源氏公子想："亲昵到了这地步，还要遮掩真面目，确实是不合情理的。"便吟道：

"夕颜带露开颜笑，

只为当时邂逅缘。"①

那天你写在扇子上送我的诗，有'夕颜凝露容光艳'之句，现在我露真面目了，你看怎样？"夕颜向他瞟一眼，低声答道：

"当时漫道容光艳，

只为黄昏看不清。"

虽是歪诗，但源氏公子觉得也很有趣。这时候他对夕颜畅叙衷曲，毫无隐饰，其风采之优美，真是盖世无双，和这环境对比之下，竟有乖戾之感。他对夕颜说："你对我一向隐瞒，我很不快，所以也不把真面目给你看。现在我已经公开，你总可把姓名告诉我了。老是这样，教人纳闷呢。"夕颜答道："我是个无家可归的流浪儿②！"这尚未完全融洽的样子倒显得娇艳。源氏公子说："这便无可奈何了！原是我自己先做

---

① 此处"夕颜"比拟源氏公子。
② 和歌："惊涛拍岸荒渚上，无家可归流浪儿。"见《和汉朗咏集》。

榜样的，怪你不得了。"两人有时诉恨，有时谈情，度过了这一天。

惟光找到了这地方，送些果物来。但他深恐右近怪他拉拢，所以不敢走进里面去。他看见公子为了这女子躲藏到这种地方来，觉得好笑，推想这女子的美貌一定是值得迷恋的。他想："本来我自己可以到手的，现在让给公子，我的气量总算大了。"心中有些懊悔。

傍晚时分，源氏公子眺望着鸦雀无声的暮天。夕颜觉得室内太暗，阴森可怕，便走到廊上，把帘子卷起，在公子身旁躺下。两人互相注视被夕阳照红了的脸。夕颜觉得这种情景之奇特，出乎意外，便忘却了一切忧思，渐渐地显出亲密信任之态，样子煞是可爱。她看到周围的情景，觉得非常胆怯，因此尽日依附在公子身边，像一个天真烂漫的孩子，十分可怜。源氏公子便提早把格子门关上，教人点起灯来。他怨恨地说："我们已经是推心置腹的伴侣了，你还是有所顾忌，不把姓名告诉我，真教我伤心。"这时候他又想起："父皇一定在找寻我了吧，教使者们到哪里去找我呢？"既而又想："我何以如此溺爱这女子，自己也觉得奇怪。我久不访问六条妃子，她一定恨我了。被人恨是痛苦的，然而也怪不得她。"他怀念恋人时，总是首先想起这六条妃子。然而眼前这个天真烂漫、依恋不舍的人，实在非常可爱。此时想起六条妃子那种多心过虑令人苦闷的神情，便觉稍稍减色了。他在心中把两人加以比较。

将近夜半，源氏公子蒙眬入睡，恍惚看见枕畔坐着一个绝色美女，对他说道："我为你少年英俊，故尔倾心爱慕。岂知你对我全不顾念，却陪着这个毫不足道的女人到这里来，百般宠爱。如此无情，真真气死我也！"说着，便动手要把睡在他身旁的夕颜拉起来。源氏公子心知着了梦魇，睁开眼睛一看，灯火已熄。他觉得阴气逼人，便拔出佩刀来放在身旁，把右近叫醒。右近也很害怕，偎依到源氏公子身边来。公子说："你出去把过廊里的值宿人唤醒，叫他们点纸烛来。"右近说："这么黑暗，教我怎么出去呢？"公子笑道："哈哈，你真像个小孩子。"便拍起手来①。这时候四壁发出回声，光景异常凄惨。值宿人却没有听见，一个人也不来。夕颜浑身痉挛，默默无言，痛苦万状。出了一身冷汗之后，只剩得奄奄一息了。右近说："小姐生来胆怯，平日略有小事，便惊心动魄，现在不知她心里多么难过呢！"源氏公子想："的确很胆怯，白天也是望着天空发呆，真可怜啊！"便对右近说："那么我自己去叫人吧。拍手有回声，很讨厌。你暂且坐在她身边吧。"右近便走近夕颜身边。源氏公子从西面的边门走出去，打开过廊的门一看，灯火也已熄灭了。外边略有夜风。值宿的人很少，都睡着了。共只三人，其中一个是这里的守院人的儿子，即源氏公子经常使唤的一个年轻人，一个是值殿男童，另一个便是那个随从。那年轻人答应一声，便起身了。公子对他说："拿纸烛来。你对随从说，叫他赶快鸣弦，要不断地发出弦声②。你们在这人迹稀少的地方怎么可以放心睡觉？听说惟光来过，现在哪里？"年轻人回答："他来过了。因为公子没有吩咐他什么，他就回去了，说明天早上再来迎接公子。"这年轻人是宫中禁卫武士，善于鸣弦，便一面拉弓，一面叫喊"火烛小心"，向守院人的屋子那边走去。

源氏公子听到鸣弦声，便想象宫中的情况："此刻巡夜人大概已经唱过名了。禁卫武士鸣弦，正是这时候吧。"照此推想，还没夜深。他回到房间里，暗中摸索一下，夕颜照旧躺着，右近俯伏在她身旁。源氏公子说："你怎么啦？用不着这么胆怯！荒野地方，狐狸精之类的东西出来吓人，原是可恶的；可是我在这里，不要怕这些东西！"便用力把右近拉起来。右近说："太可怕了，我心里很不舒服，所以俯伏在地。小姐现在不知怎么样了？"公子说："唉，这是怎么一回事！"暗中伸手把夕颜抚摸一下，气息也没有了。再把她的身体摇一下，但觉四肢松

① 日本人习惯，拍手是表示叫人来。
② 当时认为弓弦的声音可以驱除妖魔。

懈，全无神志。源氏公子想："她真是个孩子气的人，被妖魔迷住了吧。"然而束手无策，焦灼万状。那个禁卫武士拿纸烛来了。此时右近已经吓得不能动弹。源氏公子便亲自把旁边的帷屏拉过来，遮住了夕颜的身体，对武士说："把纸烛拿过来些！"然而武士遵守规矩，不敢走近，在门槛边站住了。源氏公子说："再拿过来些！守规矩也要看情况！"拿纸烛一照，隐约看见刚才梦中那个美女坐在夕颜枕边，倏忽之间便消失了。

源氏公子想："这种事情，只在古代小说中读过，现在亲眼看到，真是太可怕了。要紧的是这个人到底怎么样了？"心乱如麻，几乎连自身也忘记了。他就躺倒在夕颜身旁，连声唤她。岂知夕颜的身体已经渐渐冷却，早已断气了！此时他噤口无言，不知如何是好。旁边并无一个有力的人可以商量。倘有一个能驱除恶魔的法师，此时正用得着。然而哪里有法师呢？他自己虽然逞强，毕竟年纪还轻，阅历不多，眼看着夕颜暴亡，心中无限悲痛，却毫无办法，只是紧紧地抱住她，叫她："吾爱，你活过来吧！不要教我悲痛啊！"然而夕颜的身体已经完全冷却，渐渐不像人样了。右近早已吓昏，此时突然觉醒过来，便号啕大哭。源氏公子想起了从前某大臣南殿驱鬼的故事①，精神就振作起来，对右近说："现在虽然好像断气了，可是不会就此死去。夜里哭声会惊动人，你静些吧。"他制止了右近号哭。然而这件事太突如其来，他自己也茫然不知所措。

终于叫了那个武士来，对他说："这里出了怪事：妖魔把人迷住，痛苦得很。你赶快派个使者到惟光大夫住的地方去，叫他马上到这里来。再秘密地告诉他：他的哥哥阿阇梨如果在他家，叫他带他同来。他母亲知道了也许要责问，所以不可大声说话。因为这尼姑是不赞许

---

① 太政大臣藤原忠平暗夜在紫宸殿（即南殿）的御帐后面走过，有鬼握住了他的佩刀的鞘尾，他就拔出刀来斩鬼，鬼向丑寅方向逃走了。事见历史故事《大镜》所载。

这种秘密行为的。"他嘴上侃侃而谈，其实胸中充塞了悲痛之情。这个人的死去非常可哀，加之这环境的凄惨难于言喻。

时候已过夜半，风渐渐紧起来。茂密的松林发出凄惨的啸声。怪鸟作出枯嘎的叫声，这大概就是猫头鹰吧。源氏公子想来想去，四周渺若烟云，全无声息。"我为什么到这种荒僻地方来投宿呢？"他心中后悔，然而无法挽救了。右近已经不省人事，紧紧地偎在源氏公子身旁，浑身发抖，竟像要抖死了。源氏公子想："难道这个人也不中用了？"他只是茫茫然地把右近紧紧抱住。此时这屋子里只有他一个人像人，然而一点办法也想不出来。灯光忽明忽暗，仿佛在眨眼，凄凉地照映着正屋边的屏风和室内各个角落。背后似乎有窸窸窣窣的脚步声正在走近来。源氏公子想："惟光早点来才好。"然而这惟光浮踪浪迹，宿所无定，使者东寻西找，一直找到天亮。这一段时间在源氏公子看来仿佛过了千夜。好容易听见远方鸡鸣。源氏公子回肠百转地思量："我前世作了什么孽，今世消受这性命攸关的忧患呢？罪由心生，这是我在色情上犯了这逆天悖理、无可辩解的罪过所得的报应，故尔发生这罕有其例的横事吧。无论怎样秘密，既有其事，终难隐藏。宫中自不必说；世人闻知，亦必群起指责，我就被世间轻薄少年当作话柄了。想不到我在今日博得了一个愚痴的恶名！"

好容易惟光大夫来了。此人一向朝朝夜夜侍候在侧，偏偏今宵不来，而且找也不易找到，源氏公子觉得可恶。然而见了面，又觉得想说的话没有勇气说出，一时默默无言。右近看看惟光的模样，察知他是最初的拉拢者，便哭起来。源氏公子也忍不住了。他本来自命为惟一健全的人，所以抱着右近。现在一见惟光来到，透了一口气，悲痛之情涌上心来，便放声大哭，一时难于自制。后来镇静下来，对惟光说："这里出了怪事！恐怖之状不是用惊吓等字眼所能表达的。听说逢到这种急变时，诵经可以驱除恶魔，我想赶快照办，祈求佛佑，让她重生。

我要阿阇梨也一起来，怎么样了？"惟光回答道："阿阇梨昨天已经回比叡山去了……这件事真是奇怪之极。小姐是否近来有病？"源氏公子哭道："一向很好，并没有病。"他这哭诉的姿态哀怨动人，惟光看了不胜悲戚，也呜呜地哭了起来。

归根到底，只有年事较长、见多识广、阅历丰富的人，逢到紧急关头才有办法。现在源氏公子和惟光大夫都是年轻人，这时候毫无主意了。还是惟光强些，他说："这件事给这宅院里的人知道了，不当稳便。这个守院人原是可靠的，但他的家眷也住在这里，他们知道了一定会泄露出去。所以我们首先要离开这宅院。"源氏公子说："可是，哪里有比这里人更少的地方呢？"惟光说："言之有理。如果回到小姐本来的屋子里，那些侍女一定要哭。那里人多，一定有许多邻人要责问，把消息传播到外间去。最好到山中找个寺院，那里常常有人举行殡葬，我们夹在里头，没有人注目。"他想了一会，又说："从前我认识一个侍女，后来做了尼姑，迁居在东山那边。她是我父亲的乳母，现在衰老得很了，还住在那里。东山来往的人很多，但她那里却非常清静。"此时天色将近黎明，惟光便吩咐准备车子。

源氏公子自己已经没有气力抱夕颜了。惟光便用褥子把她裹好，抱上车子。这个人身材小巧，尸体并不给人恶感，却教人觉得可怜。那褥子很短小，包不了全身，乌黑的头发露在外面。源氏公子看了，伤心惨目，悲怆欲绝。他定要跟随前往，目送她化作灰尘。惟光大夫拦阻道："公子赶快回二条院去，趁现在行人稀少的时候！"他就叫右近上车伴随遗骸，又把马让给源氏公子骑上，自己撩起衣裾，徒步跟在车子后面，走出了这院子。他觉得这真是奇怪而意想不到的送殡。但是看到公子的悲戚之状，就顾不得自身，径向东山出发了。源氏公子则仿佛失却知觉，茫茫然地到达了二条院。

二条院里的人相与议论："不知从哪里回来？看样子懊恼得很

呢。"源氏公子一直走进寝台的帐幕①里，抚胸冥想，越想越是悲恸。"我为什么不搭上那车子一同前往呢？如果她苏醒过来，将作何感想呢？她知道我抛撇了她而去，定将恨我无情吧。"他在心绪缭乱之中，念念不忘此事，不觉胸中堵塞，气结难言。他觉得心痛，身体发烧，非常痛苦。他想："如此病弱，不如死了罢休！"到了日上三竿之时，犹未起身。众侍女都觉得惊讶，劝用早膳，亦不举箸，只是唉声叹气，愁眉不展。这时候皇上派使者来了。原来昨天早就派使者找寻公子行踪，不知下落，皇上心甚挂念。所以今天特派左大臣的公子们前来探视。源氏公子吩咐只请头中将一人"来此隔帘立谈"②。公子在帘内对他说："我的乳母于五月间身患重病，削发为尼。幸赖佛佑，恢复健康。不料最近旧病复发，衰弱特甚，盼望我前去访问，再见一面。此乃我幼时亲近之人，今当临终之际，若不去访，于心不忍，因此前去问病。不料她家有一仆役正在患病，突然病势转重，不及送出，即在她家死去。家人不敢告我，直到日暮我去之后，才将尸体送出。过后我得知此事。现在将近斋月③，宫中正在准备佛事。我身不洁，未便造次入宫参见。我今晨又感受风寒，头痛体热，颇觉痛苦。隔帘致辞，实属无礼。"头中将答道："既然如此，我当将此情由复奏皇上。昨夜有管弦之兴，其时皇上派人四处寻找，未得尊踪，圣心甚是不乐。"说罢辞去，既而折回④，又问道："您到底碰到了怎样的死人？刚才您所说的，怕不是真话吧？"源氏公子心中吃惊，勉强答道："并无何等细情，但请将偶尔身蒙不洁之情由奏闻可也。怠慢之罪，实无可逭。"他

---

① 王朝时代殿内主屋中设有比地面略高之寝台，四周垂挂帐幕，为贵人坐卧之用。
② 当时认为，接触过死人的人，身上不洁，不可请来客坐，只可与他隔帘立谈。
③ 九月是斋戒之月，宫中举行种种佛事。夕颜是八月十六日死的，此时宫中正准备佛事。
④ 头中将以钦差身份来的，所以谈毕公事后出去了再折回来谈私事。

说时装作若无其事，然而心中充满着无可奈何的悲哀，情绪异常恶劣，因此不欲和别人对面谈心，只是召唤藏人弁①入内，叫他将身蒙不洁之情由如实奏闻。另外备一封信送交左大臣邸，信中说明因有上述之事，暂时不能参谒。

日暮时分，惟光从东山回来参见公子。这里因为公子对人宣称身蒙不洁，来客立谈片刻旋即退出，所以室内并无外人。公子立刻召他入内，问道："怎么样了？终于不行了么？"说着，举袖掩面而哭。惟光也啼啼哭哭地说："已经毫无办法了。长久停尸寺中，不当稳便。明日正是宜于殡葬的日子。我有一个相识的高僧在那里，我已将有关葬仪一切事情拜托这高僧了。"源氏公子问："同去的那个女人怎么样了？"惟光答道："这个人似乎也不想活了。她说：'让我跟小姐同去！'哭得死去活来。今天早上她似乎想跳岩自尽，还说要将此事通知五条屋里的人，我百般安慰她，对她说：'你暂且镇静下来，把前前后后的事情考虑一下再说。'现在总算没事。"源氏公子听了这话，悲伤之极，叹道："我也痛苦得很！此身不知如何处置才好！"惟光劝道："何必如此感伤！一切事情都是前世注定的。这件事决不泄露出去，万事有我惟光一手包办，请公子放心。"公子说："这话固然不错。我也确信世事皆属前定。可是，我因轻举妄动，害死了一个人的性命，我身负此恶名，实甚痛心！你切勿将此事告诉你的妹妹少将命妇；更不可教你家那位老尼姑知道。她往常屡次劝谏我不可浮踪浪迹，如果被她知道了，真教我羞惭无地啊！"他嘱咐惟光保密。惟光说："外人自不必说，就是那个执行葬仪的法师，我也没有将真情告诉他。"公子觉得此人可靠，便稍稍安心。众侍女窥见此种情状，都弄得莫名其妙，她们私下议论："真奇怪，为了什么事呢？说是身蒙不洁，宫中也不参谒，为什么又在这里窃窃私谈，唉声叹气呢？"关于葬仪法事，源氏公子叮

---

① 藏人弁为官名。此人是左大臣之子，头中将之弟。

嘱惟光道:"万事不可简慢。"惟光说:"哪里会简慢!不过也不宜过分铺张。"说着便欲辞去。但公子忽然悲恸起来,对惟光说:"我有一言,怕你反对:我若不再见遗骸一面,心中总不甘愿。让我骑马前去吧。"惟光一想,此事实在不好,但也无法阻止,答道:"公子既有此心,那也没有办法。但请趁早出门,夜阑之前务须回驾。"源氏公子便换上最近微行常穿的那套便服,准备出门。此时源氏公子心情郁结,痛苦不堪,设想走这条荒山夜路,生怕遭逢危险,一时心中踌躇不决。然而不去又无法排遣悲哀。他想:"此时若不一见遗骸,今后哪一世才能再见呢?"便不顾一切危险,带了惟光和那个随从,出门前去。只觉得路途遥远。

　　行到贺茂川畔时,十七夜的月亮已经上升,前驱的火把暗淡无光。遥望鸟边野①方面,景象异常凄惨。但今宵因有重大心事,全不觉得可怕;一路上只是胡思乱想,好容易到达东山。这沉寂的空山中有一所板屋,旁边建着一座佛堂,那老尼姑在此修行,生涯好不凄凉!佛前的灯从屋内漏出微光,板屋里有一个女人正在哭泣。外室里有两三位法师,有时谈话,有时放低了声音念佛。山中各寺院的初夜诵经都已完毕,四周肃静无声。只有清水寺方面还望得见许多灯光,参拜者甚多。这里的老尼姑有一个儿子,出家修行,已成高僧,此时正用悲紧之声虔诵经文。源氏公子听了,悲从中来,泪如泉涌。走进室内,但见右近背着灯火,与夕颜的遗骸隔着屏风,俯伏在地。源氏公子推想她心情何等颓丧!夕颜的遗骸并不可怕,却非常可爱,较之生前毫无变异。源氏公子握住了她的手说:"请让我再听一听你的声音!你我两人前生结下何等宿缘,故尔今生欢会之期如此短暂,而我对你却又如此倾心爱慕?如今你匆匆舍我而去,使我形单影只,悲恸无穷,真是太残酷了!"他不惜声泪,号啕大哭,不能自已。僧人等不识此是何人,但

---

① 鸟边野是平安时代京都的火葬场。

觉异常感动，大家陪着流泪。源氏公子哭罢，对右近说："你跟我到二条院去吧。"右近说："我从小服侍小姐，片刻不离左右，至今已历多年。如今匆匆诀别，教我回到哪里去呢？别人问我小姐下落，教我怎么回答呢？我心悲伤，自不必说，若外人纷纷议论，将此事归罪于我，实在使我痛心！"说罢，大哭不已。后来又说："让我和小姐一同化作灰尘吧！"源氏公子说："怪不得你。但此乃人世常态，凡是离别，无不悲哀。然而不论这般那般，尽属前生命定。你且宽心，信任我吧。"他一面抚慰右近，一面又叹道："说这话的我，才真觉得活不下去了！"这话真好凄凉啊！此时惟光催促道："天快亮了。务请公子早归！"公子留恋不忍遽去，屡屡回头，终于硬着心肠离去了。

夜露载道，朝雾弥漫，不辨方向，如入迷途。源氏公子一面行路，一面想象那和生前一样躺着的姿态、那天晚上交换给她的那件红衣盖在遗骸上的样子，觉得这真是何等奇特的宿缘！他无力乘马，摇摇欲坠，全赖惟光在旁扶持，百般鼓励，方能前进。走到贺茂川堤上，竟从马上滑了下来。心情十分恶劣，叹道："我将倒毙在这路上了吧？看来回不得家了！"惟光不知如何是好，心中想道："我要是主意坚决，即使他命令我，我也决不会带他来走这条路，但现已后悔莫及。"狼狈之极，只得用贺茂川水把两手洗洗干净，合掌祈求观音菩萨保佑，此外毫无办法。源氏公子自己也勉强振作起来，在心中念佛祈愿，再靠惟光帮助，好容易回到了二条院。

二条院里的人见他如此深夜出游，都觉得奇怪，相与议论道："真教人难当呢。近来比往常越发不耐性了，常常偷偷地出门。尤其是昨天，那神色真苦恼啊！为什么要这样东钻西钻呢？"说罢大家叹息。源氏公子一回到家，实在吃不消，便躺下了，就此生起病来，非常痛苦。两三天之后，身体显得异常衰弱。皇上也闻知此事，非常担心，便在各处寺院里举行祛病祈祷：凡阴阳道的平安忏、恶魔祓禊、密教的念咒祈祷，无不举行。天下人纷纷议论，都说："源氏公子这盖世无双、过于妖艳的美男子，不会长生在这尘世间的。"

源氏公子虽然患病，却不忘记那个右近，召她到二条院，赐她一个房间，叫她在此服侍。惟光为了公子的病，心绪不宁，但也强自镇定，用心照顾这个孤苦伶仃的右近，安排她的职务。源氏公子病况略有好转时，便召唤右近，命她服侍。不久右近便参与朋辈之中，做了这二条院的人。她身穿深黑色的丧服①，相貌虽不特别俊美，却也是个无瑕可指的青年女子。源氏公子对她说："我不幸而遭逢了这段异常短促的姻缘，深恐自身也不能长久活在世间。你失去了多年来相依为命的主人，自然也很伤心。我很想慰藉你，如果我活在世上，你万事有我照顾。只怕不久我也会跟着她去，那真是遗憾无穷了。"他的声音异常细弱，说罢，气息奄奄地吞声饮泣。此时右近不得不把心中那种不可挽回的悲哀暂时丢开，一味担心公子的病况，不胜忧虑。

二条院殿内的人们也都担心公子的病况，大家非常狼狈，坐立不安。宫中派来的问病使者，穿梭似地络绎不绝。源氏公子闻知父皇如此为他操心，觉得诚惶诚恐，只得勉强振作，感谢圣恩。左大臣也非常关怀，每日来二条院问病，照拂无微不至。大约是各方眷顾周到之故，公子在二十几天重病之后，果然渐渐复健，没有留下什么毛病。到了身蒙不洁满三十天的时候，公子已经起床，禁忌也已解除，情知父皇盼待心切，便在这天入宫参见，又赴宫中值宿处淑景舍小憩。回邸时左大臣用自己的车子迎送，并详细叮嘱病后种种禁忌。源氏公子一时觉得如梦初醒，仿佛重生在一个新世界里了。到了九月二十日，病体已经痊愈，面容消瘦了许多，风姿却反而艳丽了。他还是常常沉思冥想，有时呜咽哭泣。见者有的觉得诧异；有的说："莫非鬼魂附体？"

有一个闲静的黄昏，源氏公子召唤右近到身边，和她谈话。他说："我到现在还觉得奇怪：为什么她隐瞒自己的身份呢？即使真像她

---

① 对死者关系亲、哀思深的，丧服的黑色亦深。

自己所说，是个无家可归的流浪儿，但我如此倾慕她，她不体谅我的真心，始终和我隔膜，真教我伤心啊！"右近答道："她何尝想隐瞒到底？她以为以后总有机会将真姓名奉告。只因你俩最初相逢，便是意想不到的奇怪姻缘，她以为是做梦。她推察：您所以隐名，是为了身份高贵，名誉攸关之故；您并非真心爱她，只是逢场作戏而已。她很伤心，所以也对您隐瞒。"源氏公子说："互相隐瞒，真是无聊。但我的隐瞒，并非出于本心。只因此种世人所不许的偷情行为，我一向不曾做过。首先是父皇有过训诫；此外对各方面有种种顾忌。偶尔略有戏言，即被夸张传扬，肆意批评，因此我平日小心翼翼，不敢胡言妄为。岂知那天傍晚，只为一朵夕颜花的姻缘，对那人一见倾心，结了不解之缘，现在想来，这正是恩爱不能久长之兆，多么可悲！反过来想，又觉得多么可恨：既然姻缘短促，何必如此倾心相爱？现在已毫无隐瞒之必要，愿你详细告诉我吧。七七之内，要教人描绘佛像送寺中供养，为死者祝福。若不知姓名，则念佛诵经之时，心中对谁回向①呢？"右近说："我何必隐瞒？只因小姐自己已经隐瞒到底，我在她死后将实情说出，深恐有些冒失而已。小姐早岁父母双亡。父亲身居三位中将之职，对女儿十分疼爱；只因身份低微，无力提拔女儿，教她发迹，故而郁悒不欢，终于身亡。其后小姐由于偶然机会，认识了那位头中将，那时他还是少将。两人一见倾心，情深如海，三年以来，恩爱不绝。直至去年秋天，右大臣家②派人前来问罪，百般恐吓。我家小姐生性胆怯，受此打击，不胜恐怖，便逃往西京她的乳母家躲藏了。然而那里生涯艰苦，实难久居。她想迁居山中，可是今年这方向不吉。为了避凶，就在五条的那所简陋小屋里暂住，不料在那里又被公子发现，小姐曾为此而叹息。小姐性情与一般人不同，非常小心谨慎，善于隐忍，即使忧

---

① 回向是佛教用语，乃转让之意。即将念佛诵经的功德转让给别人。此处是指转让给死者，为她祝福。
② 右大臣家的四女公子，是头中将的正妻。

思满腹,也不形之于色,认为被人见了是羞耻的。在您面前,她也装作若无其事。"源氏公子想:"不出所料,果然就是头中将所讲的那个常夏。"他越发可怜她了。便问:"头中将曾经忧叹,说那小孩不知去向了。是否有个小孩?"右近答道:"有的。是前年春天生的,是个女孩,非常可爱。"源氏公子说:"那么这孩子现在在哪里呢?你不要让别人知道,悄悄地把她领来交给我吧。那人死得影迹全无,甚是可怜。如今有了这个遗孤,我心甚喜。"既而又说:"我想将此事告知头中将,但是受他抱怨反而无趣,且不告诉他吧。总之,这孩子由我养育,并无不当之处①。你想些借口,搪塞了她的乳母,叫她一同来此吧。"右近说:"能够如此,感恩不尽。教她在西京成长,真是难为了她。只因此外别无可托之人,权且寄养在那里。"

此时暮色沉沉,夜天澄碧。阶前秋草,焜黄欲萎。四壁虫声,哀音似诉。满庭红叶,幽艳如锦。此景真堪入画。右近环顾四周,觉得自身忽然处此境中,甚是意外。回想夕颜五条的陋屋,不免羞耻。竹林中有几只鸽子,鸣声粗鲁刺耳。源氏公子听了,回想起那天和夕颜在某院泊宿时,夕颜听到这种鸟声非常恐怖的样子,觉得很可怜。他对右近说:"她究竟几岁了?这个人和一般人不同,异常纤弱,所以不能长生。"右近答道:"十九岁吧。我母亲——小姐的乳母②——抛撇了我而死去,小姐的父亲中将大人可怜我,留我在小姐身边,两人时刻不离,一起长大。现在小姐已死,我怎么还生存在这世间呢?悔不该与她生前过分亲近,反教死别徒增痛苦。这位柔弱的小姐,原是多年来和我相依为命的主人。"源氏公子说:"柔弱,就女子而言是可爱的。自作聪明、不信人言的人,才教人不快。我自己生性柔弱,没有决断,所以喜欢柔弱的人。这种人虽然一不小心会受男子欺骗,可是本

---

① 这孩子是源氏心爱的情人的遗孤,又是他妻子的侄女,故如此说。
② 是另一个乳母,不是西京的乳母。

性谦恭谨慎,善于体贴丈夫的心情,所以可喜。倘能随心所欲地加以教养,正是最可爱的性格。"右近说:"公子喜欢这种性格,小姐正是最适当的人物,可惜短命而死。"说罢掩面而泣。

天色晦暝,冷风袭人,源氏公子愁思满腹,仰望暮天,独自吟道:

"闲云倘是尸灰化,
遥望暮天亦可亲。"

右近不能作答诗,只是在想:"此时若得小姐随伴公子身旁……"想到这里,哀思充塞胸中。源氏公子回想起五条地方刺耳的砧声,也觉得异常可爱,信口吟诵"八月九月正长夜,千声万声无了时"的诗句①,便就寝了。

且说伊豫介家的那个小君,有时也前去参谒源氏公子,但公子不像从前那样托他带情书回去,因此空蝉推想公子怨她无情,与她决绝了,不免心中怅惘。此时闻知公子患病,自然也很忧虑。又因不久即将随丈夫离京赴任地伊豫国,心中更觉寂寞无聊。她想试探公子是否已经将她忘记,便写一封信去,信中说:"侧闻玉体违和,心窃挂念,但不敢出口。

我不通音君不问,
悠悠岁月使人悲。

古诗云:'此身生意尽',信哉斯言。"源氏公子接得空蝉来信,甚是珍

---

① 白居易《闻夜砧》:"谁家思妇秋捣帛,月苦风凄砧杵悲。八月九月正长夜,千声万声无了时。应到天明头尽白,一声添得一茎丝。"

爱。他对此人还是恋恋不忘。便复书道:"叹'此身生意尽'者,应是何人?

> 已知浮世如蝉蜕,
> 忽接来书命又存。

真乃变幻无常!"久病新愈,手指颤抖,随便挥写,笔迹反而秀美可爱。空蝉看到公子至今不忘记那"蝉壳"①,觉得对不起他,又觉得有趣。她爱作此种富有情味的通信,却不愿和他直接会面。她但望一方面冷淡矜持,一方面又不被公子看作不解情趣的愚妇,于愿足矣。

另一人轩端荻,已与藏人少将结婚。源氏公子闻知此消息,想道:"真是不可思议。少将倘看破情况,不知作何感想。"他推察少将之心,觉得对他不起,又颇想知道轩端荻的近况,便差小君送一封信去。信中说:"思君忆君,几乎欲死。君知我此心否?"附诗句云:

> "一度春风归泡影,
> 何由诉说别离情?"

他将此信缚在一枝很长的荻花上,故意教人注目。口头上吩咐小君"偷偷地送去",心中却想道:"如果小君不小心,被藏人少将看到了,他知道轩端荻最初的情人是我,就会赦免她的罪过。"此种骄矜之心,实在讨厌! 小君乘少将不在家时把信送交。轩端荻看了,虽然恨他无情,但蒙他想念,也可感谢,便以时间匆促为借口,草草地写了两句答诗,交付小君:

---

① 指公子取去的那件单衫。

"荻上佳音多美意,
　寸心半喜半殷忧。"

书法拙劣,故意用挥洒的笔法来文饰,品格毕竟不高。源氏公子回想起那天晚上下棋时灯光中的面貌来。他想:"那时和她对弈的那个正襟危坐的人,实在令人难忘。至于这个人呢,另有一种风度:挑达不拘,口没遮拦。"他想到这光景,觉得这个人也不讨厌。这时候他忘记了苦头,又想再惹起一个风流名声来。

却说夕颜死后,七七四十九日的法事,在比叡山的法华堂秘密举行。排场十分体面:从僧众装束开始,以至布施、供养等种种调度,无不周到。经卷、佛堂的装饰都特别讲究,念佛、诵经都很虔诚。惟光的哥哥阿阇梨是个道行深造的高僧,法事由他主持,庄严无比。源氏公子召请他所亲近的老师文章博士来书写法事的祈愿文。他自己起草,草稿中并不写出死者姓名,但言:"今有可爱之人,因病身亡,伏愿阿弥陀佛,慈悲接引……"写得缠绵悱恻,情深意真。博士看了说:"如此甚好,不须添削了。"源氏公子虽然竭力隐忍,不禁悲从中来,泪盈于睫。博士睹此光景,颇为关心:"究竟是怎样的一个人?并未听说有人亡故呢。公子如此悲伤,此人宿缘一定甚深!"源氏公子秘密置备焚化给死者的服装,此时叫人将裙子拿来,亲手在裙带上打一个结①,吟道:

"含泪亲将裙带结,
　何时重解叙欢情?"

---

① 当时习惯:男女相别时,相约在再会之前各不恋爱别人,女的在内裙带、男的在兜裆布带上打一个结,表示立誓。

他想象死者来世之事:"这四十九日之内,亡魂飘泊在中阴①之中,此后不知投生于六道②中哪一世界?"他肃然地念佛诵经。此后源氏公子会见头中将时,不觉胸中骚动。他想告诉他那抚子③无恙地生长着。又恐受他谴责,终于不曾出口。

且说夕颜在五条居住的屋子里,众人不知道女主人往何处去了,都很担心。行方不明,无处寻找。右近也音信全无,更是奇怪之极,大家悲叹。她们虽然不能确定,但按模样推想这男子是源氏公子,便问惟光。但惟光装作不知,一味搪塞,照旧和这家侍女通情。众人更觉迷离如梦,她们猜想:"也许是某国守的儿子,是个好色之徒,忌惮头中将追究,突然将她带往任地去了。"这屋子的主人,是西京那个乳母的女儿。这乳母有三个女儿。右近则是另一个已死的乳母的女儿。因此这三个女儿猜想右近是外人,和她们有隔阂,所以不来报告女主人的情况。便大家哭泣,想念这女主人。右近呢,深恐报告了她们,将引起骚乱。又因源氏公子现在更加秘而不宣了,所以连那遗孤也不敢去找。一直将此事隐瞒下去,自己躲在宫中度日。源氏公子常想在梦中看见夕颜。到了四十九日法事圆满之前夜,果然做了一梦,恍惚梦见那夜泊宿的某院室内的光景:那个美女坐在夕颜枕边,全和那天同一模样。醒来他想:"这大约是住在这荒凉的屋子里的妖魔,想迷住我,便将那人害死了。"他回想当时情状,不觉心惊胆战。

却说伊豫介于十月初离京赴任地。此次是带家眷去的,所以源氏公子的饯别异常隆重。暗中为空蝉置备特别体己的赠品:精致可爱的梳子和扇子不计其数,连烧给守路神的纸币也特别置备。又把那件单衫归还了她,并附有诗句:

---

① 中阴是佛家语。人死后七七四十九天之内,投生何处,尚未决定,叫作中阴,又称中有。
② 六道是佛家语,谓天道、人道、阿修罗道、畜生道、饿鬼道、地狱道。
③ 指夕颜与头中将所生的女孩(名玉鬘),事见第34页。

> "痴心藏此重逢证,
> 岂料啼多袖已朽。"

又备信一封,详谈衷曲。为避免叨絮,省略不谈。源氏公子的使者已归去,后来空蝉特派小君传送单衫的答诗:

> "蝉翼单衫今见弃,
> 寒冬重抚哭声哀。"

源氏公子读后想道:"我虽然想念她,但这个人心肠异常强硬,竟非别人可比;如今终于远离了。"今日适值立冬,天公似欲向人明示,降了一番时雨,景象清幽沉寂。源氏公子镇日沉思遐想,独自吟道:

> "秋尽冬初人寂寂,
> 生离死别雨茫茫!"

他似乎深深地感悟了:"此种不可告人的恋爱,毕竟是痛苦的!"

此种琐屑之事,源氏公子本人曾努力隐讳,用心良苦,故作者本拟省略不谈。但恐读者以为"此乃帝王之子,故目击其事之作者,亦一味隐恶扬善",便将此物语视为虚构,因此作者不得不如实记载。刻薄之罪,在所难免了。

第五回　紫　儿①

源氏公子患疟疾,千方百计找人念咒,画符,诵经,祈祷,总不见

---

① 本回写源氏十八岁暮春至初冬之事。

效，还是常常发作。有人劝请道："北山某寺中有一个高明的修道僧。去年夏天疟疾流行，别人念咒都无效，只有此人最灵，医好的人不计其数。此病缠绵下去，难以治疗，务请早日一试。"源氏公子听了这话，便派使者到北山去召唤这修道僧。修道僧说："年老力衰，步履艰难，不能走出室外。"使者反命，源氏公子说："那么，没有办法，让我微行前去吧。"便带了四五个亲随，在天色未明时向北山出发了。

　　此寺位在北山深处。时值三月下旬，京中花事已经阑珊，山中樱花还是盛开。入山渐深，但见春云暧叇，妍丽可爱。源氏公子生长深宫，难得看到此种景色，又因身份高贵，不便步行远出，所以更加觉得珍奇。这寺院所在之地，形势十分优胜：背后高峰矗天，四周岩石环峙。那老和尚就住在这里面。源氏公子走进寺内，并不说出姓名，装束也十分简朴。然而他的高贵风采瞒不过人，那老和尚一见，吃惊地说："这定是昨天召唤的那位公子了。有劳大驾，真不敢当！贫僧今已脱离尘世，符咒祈祷之事，早已遗忘，何劳屈尊远临？"说着，笑容满面地看着源氏公子。这真是一位道行极高的圣僧。他便画符，请公子吞饮，又为诵经祈祷。此时太阳已经高升，源氏公子便步出寺外，眺望四周景色。这里地势甚高，俯瞰各处僧寺，历历在目。附近一条曲折的坡道下面，有一所屋宇，也同这里一样围着茅垣，然而样子十分清洁，内有齐整的房屋和回廊，庭中树木也颇饶风趣。源氏公子便问："这是谁住的屋子？"随从人答道："公子所认识的那位僧都，就住在这里，已经住了两年了。"公子说："原来是有涵养的高僧居住之处，我这微行太不成样子啊。也许他已经知道我到此了。"但见这屋子里走出好几个很清秀的童男童女来，有的汲净水①，有的采花，都看得清楚。随从人相与闲谈："那里有女人呢。僧都不会养着女人吧。这些到底是什么人？"有的走下去窥探，回来报道："里面有漂亮的年轻女人和

---

① 供在佛前的清水，叫作净水。

女童。"

源氏公子回进寺内,诵了一会经,时候已近正午,担心今天疟疾是否发作。随从人说:"请公子到外边去散散心,不要惦记那病吧。"他就出门,攀登后山,向京城方面眺望。但见云霞弥漫,一望无际;万木葱茏,如烟如雾。他说:"真像一幅图画呢。住在这里的人,定然心旷神怡,无忧无虑的了。"随从中有人言道:"这风景还不算顶好呢。公子倘到远方去,看看那些高山大海,一定更加开心,那才真像美丽的图画。就东部而言,譬如富士山,某某岳……"也有人将西部的某浦、某矶的风景描摹给公子听。他们谈东说西,好让公子忘了疟疾。

有一个随从,名叫良清的,告诉公子道:"京城附近播磨国地方有个明石浦,风景极好。那地方并无何等深幽之趣,只是眺望海面,气象奇特,与别处迥不相同,真是海阔天空啊!这地方的前国守现在已入佛门,他家有个女儿,非常宝爱。那邸宅实在宏壮之极!这个人原是大臣的后裔,出身高贵,应该可以发迹。可是脾气古怪得很,对人落落不群。把好好的一个近卫中将之职辞去,申请到这里来当国守。岂知播磨国的人不爱戴他,有点看不起他。他便叹道:'教我有何面目再回京城!'就此削发为僧了。既然遁入空门,应该迁居到深山才是,他却住在海岸上,真有些儿乖僻。在这播磨地方,宜于静修的山乡多得很。大概他顾虑到深山中人迹稀少,景象萧条,年轻的妻女住在那里害怕;又因为他有那所如意称心的邸宅,所以不肯入山吧。前些时我回乡省亲,曾经前去察看他家光景。他在京城虽然不能得意,在这里却有广大的土地,建造着那么壮丽的宅院。虽说郡人看他不起,但这些家产毕竟都是靠国守的威风而置备起来的。所以他的晚年可以富足安乐地度过,不须操心了。他为后世修福,也很热心。这个人当了法师反而交运了。"

源氏公子问道:"那么那个女儿怎么样?"良清说:"相貌和品质都不坏。每一任国守都特别看中她,郑重地向她父亲求婚。可是这父亲概不允诺，他常常提起他的遗言，说：'我身一事无成，从此沉沦了。所希望者，只此一个女儿，但愿她将来发迹。万一此志不遂，我身先死了，而她盼不到发迹的机缘，还不如投身入海吧。'"源氏公子听了这话颇感兴味。随从者笑道："这个女儿真是宝贝，要她当海龙王的王后，志气太高了！"报告这件事的良清，是现任播磨守的儿子，今年已由六位藏人晋爵为五位了。他的朋辈议论道："这良清真是个好色之徒，他打算破坏那和尚的遗言，将这女儿娶作妻子，所以常去窥探那家情况。"有一人说："哼，说得这么好，其实恐怕是个乡下姑娘吧！从小生长在这种小地方，由这么古板的父母教养长大，可想而知了！"良清说："哪里！她母亲是个有来历的人，交游极广，向京城各富贵之家雇来许多容貌姣好的青年侍女和女童，教女儿学习礼仪，排场阔绰得很呢。"也有人说："不过，倘使双亲死了，变成孤儿，怕不能再享福了吧。"源氏公子说："究竟有什么心计，因而想到海底去呢？海底长着水藻，风景并不好看呢。"看来他对这件事很关心。随从人便体察到公子的心情，他们想："虽然只是一个乡下姑娘，但我们这位公子偏好乖僻的事情，所以用心听在耳朵里了。"

　　回进寺里，随从人禀告："天色不早了，疟疾看来已经痊愈。请早早回驾返京。"但那老僧劝道："恐有妖魔附缠贵体，最好今夜再静静地在此诵经祈祷一番，明天回驾，如何？"随从人都说："这话说得是。"源氏公子自己也觉得这种旅宿难得经验到，颇感兴味，便说："那么明天一早动身吧。"

　　春天日子很长，源氏公子旅居无事，便乘暮霭沉沉的时候，散步到坡下那所屋宇的茅垣旁边。他叫别的随从都回寺里去，只带惟光一人。向屋内窥探一下，正好窥见向西的一个房间里供着佛像，一个修行的尼姑把帘子卷起些，正在佛前供花。后来她靠着室中的柱子坐下，将佛经放在一张矮几上，十分辛苦地念起经来。看她的样子，不是一个平凡的人。年纪约有四十光景，肤色皙白，仪态高贵，身体虽瘦，而面庞饱满，眉清目秀。头发虽已剪短①，反比长发美丽得多，颇有新颖之感，源氏公子看了觉得很愉快。尼姑身旁有两个相貌清秀的中年侍女，又有几个女孩走进走出，正在戏耍。其中有一个女孩②，年约十岁光景，白色衬衣上罩着一件棣棠色外衣，正向这边跑来。这女孩的模样，和以前看到的许多孩子完全不同，非常可爱，设想将来长大起来，定是一个绝色美人。她的扇形的头发披展在肩上，随着脚步而摆动。由于哭泣，脸都揉红了。她走到尼姑面前站定，尼姑抬起头来，问道："你怎么了？和孩子们吵架了么？"两人的面貌略有相似之处。源氏公子想："莫非是这尼姑的女儿？"但见这女孩诉说道："犬君③把小麻雀放走了，我好好地关在熏笼里的。"说时表示很可惜的样子。旁边一个侍女言道："这个粗手粗脚的丫头，又闯祸了，该骂她一顿。真可惜呢！那小麻雀不知飞到哪里去了，近来越养越可爱了。不要被乌鸦看见才好。"说着便走出去。她的头发又密又长，体态十分轻盈。人们称她"少纳言乳母"，大概是这女孩的保姆。尼姑说："唉！不懂事的孩子！说这些无聊的话！我这条性命今天不知道明天，你全不想想，只知道玩麻雀。玩弄生物是罪过的，我不是常常对你说的么？"接着又对她说："到这里来！"那女孩便在尼姑身旁坐下。女孩的相貌非常可爱，眉梢流露清秀之气，额如敷粉，披在脑后的短发俊美动人。源氏公子想道："这个人长大起来，多么娇艳啊！"便目不转睛地注视她。继而又想："原来这孩子的相貌，非常肖似我所倾心爱慕的那个人④，所以如此牵惹我的心目。"想到这里，不禁流下泪来。

那尼姑伸手摸摸她的头发，说："梳也懒得梳，却长得一头好头发！只是太孩子气，真教我担心。像你这样的年纪，应该懂事了。你

---

① 当时尼姑并不剃光头，但把头发剪短。
② 此女孩即紫儿，后称紫姬。
③ 犬君是一个小丫鬟的名字。
④ 指藤壶妃子。

那死了的妈妈十二岁上失去父亲,这时候她什么都懂得了。像你这样的人,我死之后怎样过日子呢?"说罢,伤心地哭起来。源氏公子看着,也觉得伤心。女孩虽然年幼无知,这时候也抬起头来,悲哀地向尼姑注视。后来垂下眼睛,低头默坐。铺在额上的头发光彩艳丽,非常可爱。尼姑吟诗道:

"剧怜细草生难保,
蕙露将消未忍消。"①

正在一旁的一个侍女听了深受感动,挥泪答诗:

"嫩草青青犹未长,
珍珠蕙露岂能消?"

此时那僧都从那边走来了,对尼姑说:"在这屋里,外边都窥得见。今天你为什么偏偏坐在这里呢?我告诉你:山上老和尚那里,源氏中将来祈病了,我此刻才得知呢。他此行非常秘密,我全不知道。我住在这里,却不曾过去请安。"尼姑说:"呀,怎么好呢!我们这种简陋的模样,恐怕已被他的随从窥见了!"便把帘子放下。但闻僧都说:"这位天下闻名的光源氏,你想拜见一下么?风采真美丽啊!像我这样看破了红尘的和尚,拜见之下也觉得世虑皆忘,却病延年呢。好,让我送个信去吧。"便听见他的脚步声。源氏公子深恐被他看见,连忙回寺。他心中想:"今天看到了可爱的人儿了。世间有这等奇遇,怪不得那些好色之徒要东钻西钻,去找寻意想不到的美人。像我这样难得出门的人,也会碰到这种意外之事。"他对此事颇感兴趣。继而又想:

---

① 细草比喻紫姬,蕙露比喻尼姑自己。蕙露即草上之露。

"那个女孩相貌实在俊美。不知道是何等样人。我很想要她来住在身边，代替了那个人①，朝朝夜夜看着她，求得安慰。"这念头很深切。

源氏公子躺下休息。其时僧都的徒弟来了，把惟光叫出去，向他传达僧都的口信。地方狭小，不待惟光转达，源氏公子已经听到。但闻那徒弟说："大驾到此，贫僧此刻方始闻知，应该倒屣前来请安。但念贫僧在此修行，乃公子所素知，今公子秘密微行，深恐不便相扰，因此未敢前来。今宵住宿，应由敝寺供奉，乞恕简慢。"源氏公子命惟光转复道："我于十余日前忽患疟疾，屡屡发作，不堪其苦。经人指示，匆匆来此求治。因念此乃德隆望重之高僧，与普通僧众不同，万一治病不验，消息外传，更是对他不起。有此顾虑，所以秘密前来。我此刻即将到尊处访问。"徒弟去后，僧都立刻来了。这僧都虽然是个和尚，但人品甚高，为世人所敬仰。源氏公子行色简陋，被他见了觉得不好意思。僧都便将入山修行种种情况向公子叙述。随后请道："敝处也是一所草庵，与此间无异；只是略有水池，或可聊供清赏。"他恳切地邀请。源氏公子想起这僧都曾经对那不相识的尼姑夸奖自己容貌之美，觉得不好意思前往。但他很想知道那可爱的女孩的情况，便决心前去投宿了。

果如僧都所言：此间草木与山上并无不同，然而布置意匠巧妙，另有一般雅趣。这时候没有月亮，庭中各处池塘上点着篝火，吊灯也点亮了。朝南一室，陈设十分雅洁。不知哪里飘来的香气②沁人心肺，佛前的名香也到处弥漫，源氏公子的衣香则另有一种佳趣。因此住在内室中的妇女都很兴奋。僧都为公子讲述人世无常之理，以及来世果报之事。源氏公子想起自己所犯种种罪过，不胜恐惧。觉得心中充塞了卑鄙无聊之事，此生将永远为此而忧愁苦恨，何况来世，不知将受何

---

① 指藤壶妃子。
② 中古时代贵族人家有来客时，于别室焚香，或将香炉藏在隐处，使来客但闻香气，不见香源。

等残酷的果报！想到这里，他也欲模仿这僧都入山修行了。然而傍晚所见那女孩的面影，历历在心，恋恋不忘。便问道："住在这里的是什么人？我曾经做一个奇怪的梦，梦中向你探问此事。想不到今天应验了。"

僧都笑道："这个梦做得很蹊跷！承公子下问，理应如实奉答，但恐听了扫兴。那位按察大纳言已经故世多年了。公子恐怕不认识这个人吧。他的夫人是我的妹妹。大纳言故世之后，这妹妹便出家为尼。近来她患病，因我不住京城，闲居在此，她便来依靠，也在此间修行。"公子又揣度着问："听说这位按察大纳言有个女儿，她现在……啊，我并非出于好奇之心，却是正经地探问。"僧都答道："他只有一个女儿，死了也有十来年了吧。大纳言想教这女儿入宫，所以悉心教养，无微不至。可惜事与愿违，大纳言就此去世。这女儿便由做尼姑的母亲一人抚养长大。其间不知由何人拉拢，这女儿和那位兵部卿亲王①私通了。可是兵部卿的正夫人出身高贵，嫉妒成性，屡次谴责，百般恐吓，使这女儿不得安居，郁郁不乐，终于病死了。'忧能伤人'这句话，我在亲身见闻中证实了。"

源氏公子猜度："那么，那女孩是这女儿所生的了。"又想："这样看来，这女孩是兵部卿亲王的血统，是我那意中人的侄女，所以面貌相像。"他觉得更可亲了。接着又想："这女孩出身高贵，品貌又端丽，幼年毫无妒忌之心，对人容易投合，我可随心所欲地教养她长大起来。"他想明确这女孩的来历，又探问："真不幸啊！那么这位小姐有没有生育呢？"僧都答道："病死之前生了一个孩子，也是女的，现在靠外婆抚养。但这老尼姑残年多病，照料这外孙女不免辛劳，常常叹苦呢。"源氏公子想：果然不错！便进一步开言道："我有一个不情之

---

① 此兵部卿亲王是藤壶妃子之兄。兵部卿和藤壶妃子同是后妃所生，故称为亲王。

请：可否相烦向老师姑商量，将这女孩托付与我抚养？我虽已有妻室，但因我对人生另有见解，与这妻子不能融洽，经常独居一室。但恐你等将我看作寻常之人，以为年龄太不相称，此事不甚妥当吧？"

僧都答道："公子此言，实在令人感激！可是这孩子年纪太小，全不懂事，恐怕做公子的游戏伴侣也还不配呢。但凡女子，总须受人爱抚，方能成人。惟贫僧乃方外之人，此种事情不能详谈，且待与其外祖母商议之后，再行禀复。"这僧都语言冷淡，态度古板，年轻的源氏公子听了这话觉得难以为情，便不再谈下去。僧都说道："此间近正安设佛堂，须做功德。今天初夜诵经尚未结束。结束之后，当即前来奉陪。"说罢，便上佛堂去了。

源氏公子正在烦恼之际，天忽降下小雨，山风吹来，寒气逼人，瀑布的声音也响起来了。其中夹着断断续续的诵经声，其声含糊而凄凉。即使是冥顽不灵之人，处此境地亦不免悲伤，何况多情善感的源氏公子。他左思右想，愁绪万斛，不能成眠。僧都说初夜诵经，其实夜已很深。内屋里的妇女分明尚未就寝。她们虽然行动小心谨慎，但是念珠接触矮几之声①隐约可闻。听到衣衫窸窣之声，更觉得优雅可亲。房间相去不远。源氏公子便悄悄地走到这房间门前，将围在外面的屏风稍稍推开，拍响扇子，表示招呼。里面的人料想不到，但也不便置若罔闻，便有一个侍女膝行②而前。到得门口，又倒退两步，惊诧地说："咦！怪哉，我听错了吧。"源氏公子说："有佛菩萨引导，即使暗中也不会走错。"这声音多么温柔优雅！那侍女觉得自己的声音相形见绌，不敢回话了。终于答道："请问公子欲见何人，幸蒙开示。"源氏公子说："今日之事，过分唐突，难怪你惊诧。须知：

---

① 日本人是席地而坐的，坐时一肘靠在矮几上，故念珠可以触碰矮几。
② 日本女人坐时双膝下跪，坐在脚跟上。所以膝行甚便，与中国人的膝行意义不同。

自窥细草芳姿后，
　　游子青衫泪不干。

可否相烦通报一声？"侍女答道："公子明知此间并无可接受此诗之人，教我向谁通报呢？"公子说："我呈此诗，自有其理，务请谅解！"侍女不得已，入内通报了。那老尼姑想："啊，这源氏公子真是个风流人物。他以为我家这孩子已经知情懂事了么？可是那'细草'之句他何由知道呢？"她怀着种种疑虑，心情缭乱。但久不答诗是失礼的，便吟道：

　　"游人一夜青衫湿，
　　怎比山人衲褐寒？

我等的眼泪永远不干呢。"

　　侍女便将此答诗转达源氏公子。公子说："如此间接传言通问，我从未经历，颇感不惯。但愿乘此良机，拜见一面，郑重申诉。不胜惶恐待命之至。"侍女反报，老尼姑说："公子想必有所误解了。我觉得很难为情，对这位高贵人物，教我怎么回答呢？"众侍女说："若不会面，深恐见怪。"老尼姑说："说得有理。我若是年轻人，确有不便之处；老身何必回避？来意如此郑重，甚不敢当。"便走到公子近旁。源氏公子开言道："小生唐突奉访，难免轻率之罪！但忠心耿耿，并无恶意。我佛慈悲，定蒙鉴察。"他看见这老尼姑道貌岸然，气度高雅，心中不免畏缩，要说的话，急切不能出口。老尼姑答道："大驾降临，真乃意外之荣幸。复蒙如此不吝赐教，此生福缘非浅！"源氏公子说："闻尊处有无母之儿，小生愿代其母，悉心抚育，不知能蒙惠许否？小生孩提之年，即失慈亲，孤苦度日，以至于今。我俩同病相怜，务请视为天生良伴。今日得仰尊颜，实乃难得之良机。因此不揣冒昧，罄吐愚诚。"老尼姑答道:"公子此意,老身不胜感激。惟恐传闻失实,甚是遗憾。此间确有一无母之儿,依靠此衰朽之老身艰辛度日。但此儿年尚幼稚,全不解事。即使公子气度宽宏,亦决难容忍。为此未敢奉命。"源氏公子说:"凡此种种,小生均已详悉,师姑不须挂念。小生恋慕小姐,用心非寻常可比,务求谅鉴。"老尼姑以为年龄太不相称,公子不知,故发此言。因此并不开诚答复。此时僧都即将来到,源氏公子说:"罢了。小生已将心事陈明,心里就踏实了。"便将屏风拉上,回进室内。

将近破晓,佛堂里朗诵"法华忏法"①的声音,和山风的吼声相呼应,倍觉庄严。其中又混着瀑布声。源氏公子一见僧都,便赋诗道:

"浩荡山风吹梦醒,
　静听瀑布泪双流。"

僧都答诗道:

"君闻风水频垂泪,
　我老山林不动心。

想是听惯了之故吧?"天色微明,朝霞绮丽。山鸟野禽,到处乱鸣。不知名的草木花卉,五彩斑斓,形如铺锦。麋鹿出游,或行或立。源氏公子看了这般景色,颇感新奇,浑忘了心中烦恼。那老僧年迈力衰,行动困难,但也勉为其难,下山来替公子做护身祈祷。他念陀罗尼经文②,那嘶哑的声音从零落的牙齿缝隙中发出,异常微妙而庄严。

---

① 《法华经》是佛经之一。演诵《法华经》的仪式作法,叫作"法华忏法"。
② 陀罗尼是佛语,意思是总持,即具足众德。

京中派人前来迎接，庆祝公子疟疾痊愈。宫中的使者也来到了。僧都办了俗世所无的果物，又穷搜远采，罗致种种珍品，为公子送行。他说："贫僧立下誓愿，今年不出此山，因此未能远送。此次匆匆拜见，反而增人离思。"便向公子献酒。公子答道："此间山水美景，使我恋恋不舍。只因父皇远念，我心惶恐，理应早归。山樱未谢之时，当再前来访晤。

　　归告宫人山景好，
　　樱花未落约重游。"

此时公子仪态优美，声音也异常清朗，见者无不目眩神往。僧都答诗道：

　　"专心盼待优昙华①，
　　山野樱花不足观。"

源氏公子笑道："这花是难得开的，不容易盼待吧。"老僧受了源氏公子赏赐的杯子，感激涕零，仰望着公子吟道：

　　"松下岩扉今始启，
　　平生初度识英姿。"

这老僧奉赠公子金刚杵②一具，以为护身之用。僧都则奉赠公子金刚子

---

① 优昙华是佛经中一种想象的花，每隔三千年，佛出世时，开花一次。此处用以比喻源氏。
② 金刚杵是密教用的佛具之一，用金属制，状似匕首，两端尖锐。

数珠①一串，是圣德太子②从百济取得的，装在一只也是从百济来的中国式盒子里，盒子外面套着镂空花纹袋子，结着五叶松枝。又奉赠种种药品，装在绀色琉璃瓶中，结着藤花枝和樱花枝。这些都是与僧都身份相称的礼物。

源氏公子派人到京中去取来种种物品，自老僧以至诵经诸法师，皆有赏赐。连当地一切人夫童仆都受得布施。正在诵经礼佛，准备回驾之时，僧都进入内室，将源氏公子昨夜委托之事详细转达老尼姑。老尼姑说："不论是否，目下未便草草答复。倘公子果有此意，也须过四五年再作道理。"僧都如实转告，公子郁郁不乐，便派僧都身边的侍童送诗与老尼姑：

"昨宵隐约窥花貌，
今日游云不忍归。"

老尼姑答诗云：

"怜花是否真心语？
且看游云幻变无。"

趣致高超优雅，却故作随意挥洒之笔。

源氏公子正欲命驾启程之际，左大臣家众人簇拥着诸公子前来迎接了。众人说："公子没有说明到什么地方去，原来在此！"公子所特别亲近的头中将及其弟左中弁，以及其他诸公子，先后来到。他们恨

---

① 金刚子是印度产的一种乔木，其果实之核可做数珠。
② 圣德太子（公元 574—622 年）是推古天皇的太子，曾努力输入外国文化，提倡佛教。

恨地对源氏公子说道："这等好去处，你没有约我们同来取乐，太无情了！"源氏公子道："此间花荫景色甚美，若不稍稍休憩而匆匆归去，未免遗憾。"便相将在岩石荫下青苔地上环坐，举杯共饮。一旁山泉轻泻，形成瀑布，饶有佳趣。头中将探怀取出笛来，吹出一支清澄的曲调。左中弁用扇子按拍，唱出催马乐"闻道葛城寺，位在丰浦境……"之歌①。这两人都是矫矫不群的贵公子。而源氏公子病后清减，倦倚岩旁，其丰姿之秀美，盖世无双，使得众人注视，目不转睛。有一个随从吹奏筚篥，又有吹笙的风流少年。僧都亲自抱了一张七弦琴来，对公子说："务请妙手操演一曲，如蒙俯允，山鸟定当惊飞。"他恳切地劝请。源氏公子说："心绪紊乱，深恐不能成声。"但也适当地弹了一曲，然后偕众人一同上道。

公子去后，此间无知无识的僧众及童孺，也都伤离惜别，叹息流泪，何况寺中老尼姑等人，她们从来不曾见过如此俊秀的美男子；相与赞叹道："这不像个尘世间的人。"僧都也说："唉，如此天仙化人，而生在这秽浊扶桑的末世，真乃何等宿缘！想起了反而令人心悲啊！"便举袖拭泪。那女孩的童心中，也赞慕源氏公子的美貌。她说："这个人比爸爸还好看呢！"侍女们说："那么，姑娘做了他的女儿吧！"她点点头，仿佛在想："若得如此，我真高兴！"此后每逢弄玩具娃娃或画画，总是假定一个源氏公子，替他穿上美丽的衣服，真心地爱护他。

且说源氏公子回京，首先入宫参见父皇，将日来情状禀告。皇上看见公子消瘦了许多，甚是担心，便探问老僧如何祈祷、治病，如何奏效等情况。公子一一详细复奏。皇上说："如此看来，此人可当阿阇梨了。他的修行功夫积得如此之深，而朝廷全未闻知。"对这老僧十分重视。此时左大臣入宫觐见。他见了源氏公子，对他说道："本来我也想

---

① 催马乐《葛城》全文："闻道葛城寺，位在丰浦境。寺前西角上，有个榎叶井。白玉沉井中，水底深深隐。此玉倘出世，国荣家富盛。"见《续日本纪》。

到山中迎接，听说公子是微行的，恐有不便，因此未果。今后当静静地休息一两天。"接着又说："现在我就送你回邸吧。"源氏公子不想赴葵姬家，但情不可却，只得退朝前往。左大臣将自己的车子给源氏公子乘坐，自己坐在车后。源氏公子体察左大臣如此体贴入微的一片苦心，心中不胜抱歉。

左大臣家知道源氏公子即将返邸，早有准备。源氏公子久不到此，但见洞房清宫，布置得犹如玉楼金屋，万般用品，无不齐备。但葵姬照例躲避，并不立刻出来迎接。经左大臣百般劝诱，好容易出来相见。然而只是正襟危坐，身体一动也不动。端正严肃，犹如故事画中的美女。公子想道："我想馨谈胸中观感，或叙述山中见闻，但愿有人答应，共同欣赏才好。可是这个人不肯开诚解怀，一味疏远冷淡。相处年月越久，彼此隔阂越深，真教人好生苦闷！"便开言道："我希望看到你偶尔也能有家常夫妇亲睦之相，至今未能如愿。我近日患病，痛苦难堪。你对我绝不理睬，向来如此，原不足怪，但心中不免怨恨。"葵姬过了一会才答道："你也知道不理睬是痛苦的么？"说着，向他流目斜睨，眼色中含有无限娇羞，颜面上显出高贵之美。公子说："你难得说话，一开口就教人吃惊。'不理睬是痛苦的'，是情妇说的话，我们正式夫妻是不该说的。你一向对我态度冷淡，我总希望你回心转意，曾经用尽种种方法。可是你越来越嫌恶我了。罢了罢了，只要我不死，且耐性等候吧。"说罢，便走进寝室去了。但葵姬并不立刻进去。公子已经倦于谈话，叹息数声，便解衣就寝。心绪不快，不欲再与葵姬交语，便装作想睡的样子，却在心中寻思世间种种事情。

他想："那个细草似的女孩，长大起来一定非常可爱。但老尼姑以为年龄不称，也是有理之言。现在要向她求爱，倒是一件难事。我总得想个法子，轻松愉快地将她迎接到这里来看着她，可以朝朝暮暮安慰我心。她的父亲兵部卿亲王，品貌的确高尚优美。但并无艳丽之相。何以此人生得如此艳丽，使人一望而知其为藤壶妃子的同族呢？

想是同一母后血统之故吧？"因有此缘，更觉恋恋不舍，便呕心沥血地考虑办法。

次日，源氏公子写信给北山的老尼姑。另有一信给僧都，也约略谈及此事。给老尼姑的信中说道："前日有请，未蒙惠允。因此惶恐，不敢详诉衷情，实甚遗憾。今日专函问候。小生此心，实非寻常之人可比。倘蒙俯察下怀，三生有幸。"另附一张打成结的小纸，上面写道：

"山樱倩影萦魂梦，
无限深情属此花。

常恐夜风将此花吹散也。"手笔之秀美，自不必说。只此小巧的包封，在这老年人看来也觉得香艳绮丽，令人目眩。老尼姑收到了这封信，甚是狼狈，不知如何答复才好。终于写了回信："前日偶尔谈及之事，我等视为一时戏言。今蒙特地赐书，教人无可答复。外孙女年龄幼稚，连《难波津之歌》①也还写不端正，其实难于奉命。况且：

山风多厉樱易散，
片刻留情不足凭。

这一点教人担心。"僧都的回信，旨趣与老尼姑大致相同。源氏公子好生不乐。

过了两三天，公子召见惟光，吩咐道："那边有一个人，叫作少纳言乳母的，你去找她，同她详细谈谈。"惟光心中想道："我这主子在

----

① 昔日日本儿童学字之初，必书《难波津之歌》。歌云："辽阔难波津，寂寞冬眠花；和煦阳春至，香艳满枝丫。"难波津是古地名，今大阪。

女人上面的用心，真是无孔不入啊！连这无知无识的黄毛丫头也不肯放过。"他回想那天傍晚隐约看到的那女孩的模样，心里觉得好笑。便带了公子的信去见那僧都。僧都蒙公子特地赐书，心甚感激。惟光便提出要求，和少纳言乳母会了面。他把公子的意思，以及自己所看到的大体情况，详详细细地告诉了这乳母。惟光原是个能言善辩之人，这番话说得头头是道。但是老尼姑那里的人都想：姑娘实在是个毫不懂事的小孩，源氏公子为什么对她用心呢？大家觉得奇怪。源氏公子的信写得非常诚恳，其中说道："她那稚拙的习字，我也想看看。"照例另附一张打成结的小纸，上面写道：

"相思情海深千尺，
　却恨蓬山隔万重。"

老尼姑的答诗是：

"明知他日终须悔，
　不惜今朝再三辞。"

惟光带了回信，如实复告源氏公子："且待老尼姑病愈，迁回京邸之后，再行奉复。"源氏公子心中怅惘。

却说那藤壶妃子身患小恙，暂时出宫，回三条娘家休养。源氏公子看见父皇为此忧愁叹息，深感不安。但一方面又颇想乘此良机，与藤壶妃子相会。因此神思恍惚，各恋人处都无心去访。无论在宫中或在二条院私邸，总是昼间闷闷不乐，沉思梦想，夜间则催促王命妇[①]，要她想办法。王命妇用尽千方百计，竟不顾一切地把两人拉拢了。此

---

① 以后文看王命妇以前曾经引导源氏与藤壶妃子幽会过。

次幽会真同做梦一样，心情好生凄楚！藤壶妃子回想以前那桩伤心之事，觉得抱恨终天，早已决心誓不再犯；岂料如今又遭此厄，思想起来，好不愁闷！但此人生性温柔敦厚，腼腆多情。虽然伤心饮恨，其高贵之相终非常人可比。源氏公子想道："此人身上何以毫无半点缺陷呢？"他觉得这一点反而令人难以忍受了。虽然相逢，匆促之间岂能畅叙？惟愿永远同宿于暗夜之中。但春宵苦短，转瞬已近黎明。惜别伤离，真有"相见争如不见"之感。公子吟道：

"相逢即别梦难继，
但愿融身入梦中。"

藤壶妃子看见他饮泪吞声之状，深为感动，便答诗云：

"纵使梦长终不醒，
声名狼藉使人忧。"

她那忧心悄悄之状，实在引人同情，教人怜惜。此时王命妇已将公子的衣服送来，催他回去了。

源氏公子回到二条院私邸，终日卧床饮泣。写了慰问信送去，王命妇回来说她是照例不看的。此虽是常有之事，但公子心中更增烦恼。他只是茫茫然地沉思冥想，宫中也不去朝觐，在私邸笼闭了两三天。想起父皇或许会担心他又生病了，心中不免惶恐。藤壶妃子也悲叹自己命苦，病势加重了。皇上屡次遣使催她早日回宫，但她无意回去。她觉得此次病状与往常不同，私下寻思：莫非是怀孕了？心中更觉烦闷，不知今后如何是好，方寸缭乱了。

到了夏天，藤壶妃子更加不能起床了。她怀孕已有三个月，外表已可分明看出。众侍女也都谈起。但妃子对此意外宿缘，只觉得痛心。别人全然不知道底细，都惊诧道："有喜三个月了，为什么还不奏闻？"此事藤壶妃子自己心中分明知道。此外只有妃子的乳母的女儿弁君，因经常服侍入浴，妃子身上一切情况她都详细知道；还有牵线的王命妇当然知道。她们都觉得此事不比寻常，但也不敢互相谈论。王命妇想起自己的牵线造成了这样的结果，觉得这也是不可避免的前世宿缘，人的命运真不可知啊！向宫中奏闻，只说因有妖魔侵扰，不能立刻看出怀孕征候，所以迟报。外人都信以为真。皇上知道妃子怀孕，更加无限地怜爱她了。问讯的使者不绝于路。藤壶妃子只是忧愁惶恐，镇日耽于沉思。

却说中将源氏公子做了一个离奇古怪的梦，便召唤占梦人前来，叫他详梦。岂知判语是公子所意想不到的怪事①。那占梦人又说："此福缘中含有凶相，必须谨防。"源氏公子觉得此事不妙，便对占梦人说："这不是我做的梦，是别人做的梦。在你的判语尚未应验之前，决不可向外人宣扬！"他心中却想："到底是怎么一回事？"从此心绪不宁。后来听到了藤壶妃子怀孕的消息，方才悟道："原来那梦所暗示的是这件事！"他觉得更加恋恋不舍，便千言万语地嘱托王命妇，要和妃子再见一面。但王命妇想起了以往的事，心中异常恐惧。况且今后行事更加困难，竟毫无办法。以前源氏公子还可偶尔得到妃子片言只语的回音，此后完全音信断绝了。

到了七月里，藤壶妃子回宫。久别重逢，皇上见了她觉得异常可爱，恩宠不可限量。她的腹部稍稍膨大，因怀孕呕吐而面容消瘦，然而另有一种无可比拟的娇艳之相。皇上照旧朝朝夜夜住在藤壶妃子宫中。时值早秋，管弦丝竹之兴渐渐浓厚起来，便时时宣召源氏公子来御前操琴吹笛。源氏公子努力隐忍，然而不可遏制的热情不免时时外露。藤壶妃子暗察他的心事，好生怜惜，心中便有无限思量。

---

① 指源氏应做天子之父。

且说北山僧寺里的老尼姑,病情好转,回京城来了。源氏公子探得了她的住处,时时致信问候。老尼姑的回信总是谢绝之辞,这也是当然之理。近几月来,为了藤壶妃子之事,源氏公子心事重重,无暇他顾,所以平安无事地过去了。到了暮秋时分,源氏公子寂寞无聊,常常忧愁叹息。有一天月白风清之夜,难得心情好转,便出门去访问他的情妇。天空忽然降下一番时雨。要去的地方是六条京极,从宫中到那里,似觉路程很远。途中看见一所荒芜的邸宅,其中古木参天,阴气逼人。一向刻不离身的惟光言道:"这便是已故按察大纳言①的邸宅。前些日子我因事经过此地,乘便进去访问,听那少纳言乳母说:那老尼姑身体衰弱,毫无希望了。"源氏公子说:"很可怜啊!我该去慰问一下,你为什么不早点告诉我呢?现在就叫人进去通报吧。"惟光便派一个随从进去通报,并且吩咐他:但言公子是专诚来访的。随从走进去,对应门的侍女说:"源氏公子专诚前来拜访师姑。"侍女吃惊地答道:"啊呀,这怎么好呢!师姑近日病势沉重,不能见客呀!"但她又想:就此打发他回去,毕竟是失礼的。便打扫起一间朝南的厢房来,请公子进来坐憩。

侍女禀告公子:"敝寓异常秽陋,蒙公子大驾光临,多多委屈了!仓促不及准备,只得就在此陋室请坐,乞恕简慢之罪!"源氏公子觉得这地方的确异乎寻常。便答道:"我常想前来问候。只缘所请之事,屡蒙见拒,故尔踌躇未敢相扰。师姑玉体违和,我亦未能早悉,实甚抱歉。"老尼姑命侍女传言道:"老身一向疾病缠绵。今大限将至,猥蒙公子亲临慰问,不能亲起迎候为歉。前所嘱一节,倘公子终不变心,则且待此伶仃弱女而去,亦不能瞑目往生西方也。"老尼姑的病房离此甚近,她那凄凉的话声,源氏公子断断续续地听到。但听见她继续说道:"真不敢当啊!要

---

① 是紫姬的外祖父,老尼姑的丈夫。

是这孩子到了答谢的年龄就好了。"源氏公子听了这话,颇为感动,便说:"若非情谊深挚,我岂肯抛头露面,在人前作此热狂之态?不知有何宿缘,偶尔一见,便倾心相慕。此真不可思议之事,定是前生早有注定也。"接着又说:"今日特地奉访,倘就此辞去,未免扫兴。但愿一闻小姐天真烂漫之娇音,不知可否?"侍女答道:"此事实难奉命,姑娘无知无识,目下正在酣睡呢。"

此时但闻邻室足音顿顿,传来说话的声音:"外婆,前些日子到寺里来的那个源氏公子来了!您为什么不去见他?"众侍女困窘了,连忙阻止她:"静些儿!"紫儿却说:"咦?外婆说过的:'见了源氏公子,病就好起来了。'所以我告诉她呀!"她这样说,自以为学会了一句聪明话。源氏公子听了觉得很有意思,但恐众侍女无以为颜,只装作没听见。他郑重地说了一番问候的话,即便告辞。心中想道:"果然还是一个全不懂事的孩子。但以后可以好好地教养起来。"

次日,源氏公子写了一封诚恳的信去慰问。照例附着一张打成结的小纸,上面写道:

"自闻雏鹤清音唳,
苇里行舟进退难。

所思只此一人。"他故意模仿孩子的笔迹,却颇饶佳趣。众侍女说:"这正好给姑娘当习字帖呢。"少纳言乳母代为复信道:"辱承慰问,不胜感戴。师姑病势转重,今日安危难测,现已迁居山寺。眷顾之恩,恐只能以来世报答了!"源氏公子看了回信不胜惆怅。此时正值衰秋夕暮,源氏公子近来为了藤壶妃子之事,心绪缭乱。紫儿与藤壶妃子有血统关系,因此他的谋求之心更加热切了。他回想起老尼姑吟"蕹露将消未忍消"那天傍晚的情况,觉得这紫儿很可怜爱。转念一想,求得之后,是否会令人失望,心中又感不安。便独吟道:

"野草生根通紫草,
何时摘取手中看?"①

到了十月里,皇上即将行幸朱雀院离宫。当天舞乐中的舞人,都选用侯门子弟、公卿及殿上人中长于此道之人。故自亲王、大臣以下,无不忙于演习,目不暇给。源氏公子也忙于演习。忽然想起了迁居北山僧寺的老尼姑,许久不曾通信,便特地遣使前去问候。使者带回来的只有僧都的信,信中说道:"舍妹终于上月二十日辞世。会者必离,生者必灭,固属人世之常道。然亦良可悲悼。"源氏公子看了此信,痛感人生之无常。他想起老尼姑所悬念的那个女孩,不知怎么样了。孤苦无依,定然恋念这已死的外祖母吧。他和自己的母亲桐壶更衣永别时的情状,虽然记忆不清,还可隐约回想。因此他对这紫儿十分同情,诚恳地遣使吊唁。少纳言乳母答谢如仪。

紫儿忌期过后②,从北山迁回京邸。源氏公子闻此消息,便在几天之后择一个闲暇的黄昏,亲自前去访问。但见邸内荒凉沉寂,人影寥寥,想见那可怜的幼女住在这里多么胆怯啊!少纳言乳母照例引导公子到朝南的那间厢房里请坐,啼啼哭哭地向公子详述姑娘孤苦伶仃之状,使得公子涕泪满襟。少纳言乳母说:"本当送姑娘到她父亲兵部卿大人那里去。可是已故的老太太说:'她妈妈生前认为兵部卿的正妻冷酷无情。现在这孩子既非全然无知无识,却又未解人情世故,正是个不上不下之人。将她送去,教她夹在许多孩童之间,能不受人欺侮?'老太太直到临死还为此事忧愁叹息呢。现在想来,可虑之事的确甚多。因此之故,承蒙公子不弃,有此一时兴到之言,我等也顾不得公子今后是否变心,但觉在此境况之下的确很可感谢。只是我家姑娘娇憨

---

① 野草比喻紫儿,紫草比喻藤壶妃子。两人有姑侄关系,故曰"根通"。紫儿这个名字,便是根据这首诗来的。
② 外祖母的丧服三个月,忌期三旬。

成性，不像那么大年纪的孩子，只有这一点放心不下。"源氏公子答道："我几次三番表白我的衷心诚意，决非一时兴到之言，你又何必如此过虑呢？小姐的天真烂漫之相，我觉得非常可怜可爱。我确信此乃特殊之宿缘。现在勿劳你等传达，让我和小姐直接面谈，如何？

　　弱柳纤纤难拜舞，
　　春风岂肯等闲回？

就此归去，岂不扫兴？"少纳言乳母说："辜负盛情，不胜惶恐。"便答吟道：

　　"未识春风真面目，
　　低头拜舞太轻狂。

此乃不情之请！"源氏公子看见这乳母应对如流，心情略觉畅快，便朗吟"犹不许相逢"的古歌①。歌声清澈，众青年侍女听了感入肺腑。
　　此时紫儿为恋念外祖母，正倒在床上哭泣。陪伴她玩耍的女童对她说："一个穿官袍的人来了。恐怕是你爸爸呢。"紫儿就起来，走出去看。她叫着乳母问道："少纳言妈妈！穿官袍的人在哪里？是爸爸来了么？"她一边问，一边走近乳母身边来，其声音非常可爱。源氏公子对她说："不是爸爸，是我。我也不是外人。来，到这里来！"紫儿隔帘听得出这就是上次来的那个源氏公子。认错了人，很难为情，便依傍到乳母身边去，说："去吧，我想睡觉。"源氏公子说："你不要再躲避了。就在我膝上睡觉吧。来，走近来些！"少纳言乳母说："您看，

---

① 此古歌载《后撰集》，歌云："焦急心如焚，无人问苦衷。经年盼待久，犹不许相逢。"

真是一点也不懂事的。"便将这小姑娘推近源氏公子这边去。紫儿只是呆呆地隔着帷屏坐着。源氏公子把手伸进帷屏里，摸摸她的头发。那长长的头发披在软软的衣服上，柔顺致密，感觉异常美好。他便握住了她的手。紫姬看见这个不相熟的人如此亲近她，畏缩起来，又对乳母说："我想睡觉呀！"用力把身子退进里面。源氏公子便乘势跟着她钻进帷屏里面去，一面说："现在我是爱护你的人了，你不要讨厌我！"少纳言乳母困窘地说："啊呀，太不像样了！无论对她怎样说，都没有用的啊。"源氏公子对乳母说："对她这样年幼的人，我还能把她怎样呢？只是要表白我的一片世间无例的真心。"

　　天上下雪珠了，风猛烈起来，夜色十分凄惨。源氏公子说："如此人迹稀少、荒凉寂寞的地方，如何住得下去！"说着，流下泪来，竟不忍抛舍而去，便对侍女们说："把窗子关起来！今夜天气可怕，让我也来值夜吧。大家都到这里来陪伴姑娘！"便像熟人一般抱了这小姑娘走进寝台的帐幕里去了。众侍女看了都发呆，觉得这真是意想不到的怪事！尤其是那个少纳言乳母，她觉得情形不妙，非常担心。但又不便声张，只有唉声叹气。这小姑娘心里害怕得很，不知如何是好，浑身发抖，那柔嫩的肌肤感到发冷。源氏公子看到这状态，觉得也很可爱。他紧紧地抱住这个仅穿一件夹衫的小姑娘，自己心中却有一种异乎寻常的感觉，便轻言细语地对她说："你到我那里去吧。我那里有许多美丽的图画，还有许多玩偶。"他讲的都是孩子们爱听的话，态度非常温存。因此紫儿的幼小的心渐渐地不感到害怕了；可是总觉得很狼狈。她不能入睡，只是局促不安地躺着。

　　狂风通夜不息。众侍女悄悄地互相告道："今晚如果源氏公子不来，我们这里多么害怕！要是姑娘年纪和公子相称，多么好呢！"少纳言乳母替姑娘担心，紧紧地坐在她身旁。后来风渐渐停息了。源氏公子要在天没有亮之前回去，此时他心中觉得仿佛是和情人幽会之后一般。便对乳母说："我看了姑娘的样子，觉得非常可怜。尤其是现在，我觉得片刻也舍不得她了。我想让她迁居到我二条院的邸内来,好朝夜看到她。这种地方怎么可以常住呢?你们真好大胆!"乳母答道:"兵部卿大人也说要来迎接她去。且过了老太太断七①之后再说吧。"公子说:"兵部卿虽然是她父亲,可是一向分居,全同他人一样生疏吧。我今后一定做她的保护人。我对她的爱,比她父亲真心得多呢。"他说过之后,摸摸紫儿的头发,起身告辞,还是屡次回头,依依不忍遽去。

门外朝雾弥漫,天空景色幽奇,遍地浓霜,一白无际。源氏公子对景寻思:此刻倘是真的幽会归来,这才够味。但现在终觉美中不足。他想起了一个极秘密的情妇,她家就在这归途上。便在那里停车,叫人去敲门。然而里面没有人听见。计无所出,便叫一个嗓子好些儿的随从在门外唱起诗歌来:

"朝寒雾重香闻近,
岂有过门不入人?"

连唱了两遍,里面走出一个口齿伶俐的侍女来,回答道:

"雾重朝寒行不得,
蓬门不锁任君开。"

吟毕就进去了。以后不再有人出来。源氏公子觉得就此回去,不免乏味。然而天色渐明,教人见了不便,就不进门去,匆匆回二条院了。

源氏公子回到私邸之后,躺在床上回想那个可爱的人儿,觉得非常留恋,便独自微笑。睡到日高三丈,方才醒来。决定写信慰问紫

---

① 断七,即人死后七七四十九日。

儿。但这信与寻常不同,时时搁笔寻思,好容易写成。附赠几幅美丽的图画。

且说正在这一天,紫儿的父亲兵部卿亲王来探望她了。这邸宅比往年更加荒芜,广厦深宫,年久失修,屋多人少,阴气逼人。父亲环顾四周,慨然地说:"这种地方,小孩一刻也不能留的。还是到我那边去吧。那边万事都很方便:乳母有专用的房间,可以安心服侍;姑娘有许多孩子作伴,不致寂寞。一切都很舒服。"他唤紫儿到身边来。源氏公子身上的衣香沾染在紫儿身上,气味非常馥郁。父亲闻到了这香气,说道:"好香啊!可惜这衣服太旧了。"他觉得这女孩很可怜。接着又说:"她好几年和患病的老太太住在一起。我常常劝老太太将她送到我那边去,也好和那边的人熟悉些。可是老太太异常嫌恶我家,始终拒绝。于是我家那个人心中也不快了。到这时候才送去,其实反而不体面呢。"少纳言乳母说:"请大人放心。目前虽然寂寞,也是暂时之事,不须挂念。且待姑娘年事稍长,略解人情世故,再迁居府上,较为妥善。"又叹一口气说:"姑娘日夜想念老太太,饮食也少进了。"紫儿的确瘦损了不少,然而相貌反而清秀艳丽了。兵部卿对她说:"你何必如此想念外祖母?现在她已经不是这世间的人了,悲伤有什么用处呢?有我在这里,你可放心。"天色渐暮,兵部卿准备回去了。紫儿啼啼哭哭,依依不舍。做父亲的也不免流下同情之泪,再三地安慰她:"千万不要这么想不开!我不久就来迎接你!"然后回去。

父亲去后,紫儿不堪寂寞,时常哭泣。她还不懂得考虑自己身世问题。她只是记念外婆,年来时刻不离左右,今后永远不能再见,想起了好不伤心!虽然还是个孩子,也不免愁绪满怀,日常的游戏都废止了。白昼还可散心,暂时忘忧;到了晚上,便吞声饮泣。少纳言乳母安慰乏术,只得陪着她哭,并且悲叹:"照此情况,日子如何过得下去!"

源氏公子派惟光前来问候。惟光转述公子的话道:"我本当亲自前来问候,只因父皇宣召,未能如愿。但每逢想起凄凉之状,不胜痛心。"又命惟光带几个人来值宿。少纳言乳母说:"这太不成话了!虽然他们在一起睡只是形式而已,可是一开始就如此怠慢,也太荒唐了。倘被兵部卿大人得知,定将责备我们看护人太不周到呢!姑娘啊,你要当心!爸爸面前切勿谈起源氏公子的事!"然而紫儿全然不懂这话的意思,真是天可怜见!少纳言乳母便把紫儿的悲苦身世讲给惟光听,后来又说:"再过些时光,如果真有宿缘,定当成就好事。只是目前实在太不相称;公子如此想念她,真不知出于何心,我百思不得其解,心中好生烦恼!今天兵部卿大人又来过了,他对我说:'你要好好地照顾她,千万不可轻举妄为!'经他这么一嘱咐,我对源氏公子这种想入非非的行径,也就觉得更加为难了。"说到这里,她忽然想起:如果说得太过分了,深恐惟光竟会疑心公子和姑娘之间已经有了事实关系,倒是使不得的。因此她不再那么哀叹了。惟光确也莫名其妙,不知二人之间究竟是怎么回事。

惟光回二条院,将此情况禀复公子,公子觉得十分可怜。但他又想:自己亲自常去问候,到底不合适;况且外人知道了也将批评我轻率。想来想去,只有迎接她到这里来最好。此后他常常送信去慰问。

有一天傍晚,又派那个惟光送信去。信中说:"今夜我本当亲自前来探望,因有要事,未能如愿。你们将怪我疏远么?"少纳言乳母对惟光说:"兵部卿大人突然派人来言:明天就要迎接姑娘到那边去。因此我心中乱得很。这长年住惯的破屋,一朝要离去,到底也有点不忍。众侍女也都心慌意乱了。"她草草地应对,并没有好好地招待他。惟光看见她们手忙脚乱地缝衣服,整理物件,觉得也不便久留,便匆匆回去报命。此时源氏公子正住在左大臣家。葵姬并不立刻出来相见。源氏公子心中不快,姑且弹弹和琴,吟唱"我在常陆勤耕田……"的风俗歌①。歌声优美而飘荡。正在这时候惟光来了。他便唤他走近,探问那边情况。惟光回话"如此如此",源氏公子心中着急。他想:"迁居兵部卿家之后,我倘特地前去求婚,并且要迎接她来此,这行径未免太轻薄了。倘不告诉他,擅自把她迎接来此,也不过受到一个盗取小孩的恶评罢了。好,我就在她迁居以前暂时教乳母等保密,把她迎接到这里来吧!"便吩咐惟光:"天亮以前,我要到那边去。车子的装备就照我到这里来时一样,随身带一两人够了。"惟光奉命而去。

源氏公子独自寻思:"怎么办呢?外人得知了,自然会批评我轻薄吧。如果对方年龄相当,已经懂得男女之情,那么外人会推想那女的和我同心,这就变成世间常有之事,不足怪了。可是现在并不如此,怎么办呢?况且如被她父亲寻着了,很不好意思,有什么道理可说呢?"他心乱如麻。但念错过这机会,后悔莫及,便决心在天未亮之前出发。葵姬照例沉默寡言,没有一句知心话。源氏公子便对她说:"我想起二条院那边有一件紧要的事,今天非办好不可。我去一去马上回来。"便走了出来,连侍女们都没有发觉。他走到自己房间里,换上那套便服,但叫惟光一人骑马跟随,向六条出发了。

到了那里,敲敲大门,一个全不知情的仆人开了门。车子悄悄地赶进院子里。惟光敲敲房间的门,咳嗽几声。少纳言乳母听得出是他的声音,便起来开门。惟光对她说:"源氏公子来了。"乳母说:"姑娘还在睡呢。为什么深夜到这里来?"她料想公子是顺路到此的。源氏公子说:"我知道她明天要迁居到父亲那里去,在她动身以前有一句话要对她说。"少纳言乳母笑道:"有什么事情呢?想必她会给您一个干脆的回答的!"源氏公子一直走进内室去。少纳言乳母着急了,说道:

---

① 风俗歌《常陆》云:"我在常陆勤耕田,胸无杂念心自专。你却疑我有外遇,超山过岭雨夜来。"

"姑娘身边有几个老婆子放肆地睡着呢!"公子管自走进去,一面说:"姑娘还没睡醒么?我去叫她醒来吧!朝雾景致很好,怎么不起来看看?"众侍女慌张了,连个"呀"字都喊不出来。

紫儿睡得正熟,源氏公子将她抱起唤醒。她醒过来,睡眼蒙眬地想:父亲来迎接我了。源氏公子摸摸她的头发,说:"去吧,爸爸派我来迎接你了。"紫儿知道不是父亲,慌张起来,样子非常恐惧。源氏公子对她说:"不要怕!我也是同爸爸一样的人呀!"便抱着她走出来。惟光和少纳言乳母等都吃惊,叫道:"啊呀!做什么呀?"源氏公子回答道:"我不能常常来此探望,很不放心,所以想迎接她到一个安乐可靠的地方去。我这番用意屡遭拒绝。如果她迁居到父亲那边去,今后就更加不容易去探望了。快来一个人陪她同行吧。"少纳言乳母狼狈地说:"今天的确不便。她父亲明天来时,叫我怎么说呢?再过些时光,只要有缘,日后自然成功。现在突如其来,教侍从的人也为难!"源氏公子说:"好,算了,侍从的以后再来吧。"便命人把车子赶到廊下来。众侍女都惊慌地叫:"怎么办呢!"紫儿也吓得哭起来了。少纳言乳母无法挽留,只得带了昨夜替姑娘缝好的衫子,自己也换了一件衣服,匆匆上车而去。

这儿离二条院很近,天没有亮就到达,车子赶到西殿前停下了。源氏公子轻松地抱了紫儿下车。少纳言乳母说:"我心里还像做梦一样,怎么办呢?"她踌躇着不下车。源氏公子说:"随你便吧。姑娘本人已经来了,你如果要回去,就送你回去吧。"少纳言乳母没有办法,只得下车。这件事太突如其来,她吃惊之下,心头乱跳。她想:"她父亲知道了将作何感想,将怎么说呢?姑娘的前途怎么样呢?总而言之,死了母亲和外祖母,就命苦了。"想到这里,眼泪流个不住;又念今天是第一天到此,哭泣是不祥的,便竭力忍耐。

这西殿是平常不用的屋子,所以设备不周。源氏公子便命惟光叫人取帐幕和屏风来,布置一番。只要把帷屏的垂布放下,铺好席位,把应用器什安置妥帖，便可居住。再命把东殿的被褥取来，准备就寝。紫儿心中十分恐惧，四肢发抖，不知源氏公子要拿自己怎么样。总算不曾放声啼哭，只是说："我要跟少纳言妈妈睡！"态度真同小孩一样！源氏公子便开导她："今后不该再跟乳母睡了。"紫儿伤心得很，啼啼哭哭地睡了。少纳言乳母睡也睡不着，只是茫茫然地淌眼泪。天色渐渐明亮。她环视四周，但见宫殿的构造和装饰无限富丽，连庭中的铺石都像宝玉一般，使得她目眩神移。她身上服饰简朴，自惭形秽，幸而这里没有侍女。这西殿原是偶尔招待不大亲近的客人住宿用的，只有几个男仆站在帘外伺候。他们窥知昨夜迎接女客来此住宿，相与悄悄地谈论："不知来的是何等样人？一定是特别宠爱的了。"

　　盥洗用具和早膳都送到这里来。源氏公子起身时太阳已经很高。他吩咐道："这里没有侍女，很不方便。今天晚上选几个适当的人来此伺候。"又命令到东殿去唤几个女童来和紫儿做伴："只拣年纪小的到这里来！"立刻来了四个非常可爱的女孩。

　　紫儿裹着源氏公子的衣服睡着。公子硬把她唤醒，对她说道："你不要那样地讨厌我。我倘是个浮薄少年，哪能这样地关怀你呢？女儿家最可贵的是心地柔顺。"他已经开始教养她了。紫儿的容貌，就近仔细端详起来，比远看时更加清丽可爱。源氏公子和她亲切地谈话，叫人到东殿去拿许多美丽的图画和玩具来给她看，又做她所喜爱的种种游戏。紫儿心中渐渐高兴，好容易起来了。她身上穿着家常的深灰色丧服，无心无思地憨笑，姿态异常美丽。源氏公子看了，自己也不知不觉地跟着微笑。源氏公子到东殿去一下，这期间紫儿走出帘前，隔帘观赏庭中的花木池塘。但见经霜变色了的草木花卉，像图画一样美丽，以前不曾见过的四位、五位的官员，穿着紫袍、红袍在花木之间不绝地来来往往，她觉得这地方确实有趣。还有室内屏风上的图画，也都很有意思。她看了很高兴，忘记了一切忧愁。

　　源氏公子此后两三天不进宫，专心和紫儿做伴，使她稔熟起来。

他写许多字，画许多画给她看，就拿这些给她当作习字帖和画帖。他写的、画的都很精美。其中一张写的是一曲古歌："不识武藏野，闻名亦可爱。只因生紫草，常把我心牵。"①写在紫色纸上，笔致特别秀丽。紫儿拿起来看看，但见旁边又用稍小的字题着一首诗：

"渴慕武藏野，露多不可行。
有心怜紫草，稚子亦堪亲。"②

源氏公子对她说："你也写一张看。"紫儿仰望着源氏公子说："我还写不好呢！"态度天真烂漫，非常可爱。源氏公子不由得满面堆上笑来，答道："写不好就不写，是不好的。我会教你的。"她就转向一旁去写了。那手的姿势和运笔的方法，都是孩子气的，但也非常可爱，使源氏公子真心地感到不可思议。紫儿说："写坏了！"羞答答地把纸隐藏起来。源氏公子抢来一看，但见写着一首诗：

"渴慕武藏野，缘何怜紫草？
原由未分明，怀疑终不了。"③

写得的确很幼稚，但笔致饱满，显然前途有望。很像已故的外祖母的笔迹。源氏公子看了，觉得让她临现世风的字帖，一定容易进步。书画之外，源氏公子又特地为她制造玩偶住的许多屋子，和她一起玩耍。他觉得这是最好的消遣方法。

却说留在紫儿邸宅里的众侍女，担心兵部卿亲王来问时没有话可

---

① 武藏野地方多紫草，故紫草称为"武藏野草"。此古歌见《古今和歌六帖》。
② 武藏野和紫草比喻难见的藤壶妃子。稚子指与藤壶有血缘关系的紫儿。
③ 此诗暗指紫儿不懂得源氏与藤壶的关系。

以回答，大家很忧愁。源氏公子临走时，曾叮嘱她们"暂时不要告诉别人"。少纳言乳母也对她们这么说。因此众侍女都严守秘密。兵部卿问时，她们只说"少纳言乳母带她逃出去躲避了，去向不明"。兵部卿没有办法，心中猜想："已故的老尼姑竭力反对送她到父亲处，少纳言乳母体念老太太的心愿，因此干了这越分的行为。她不好意思公开声言姑娘不便去父亲处，便自作主张悄悄地带她逃出去躲避了。"他只得挥着眼泪回去。临行时吩咐道："倘探得了姑娘去处，立刻来报告。"众侍女都觉得很为难。

兵部卿到北山的僧都那里去探问，也毫无踪迹。他回想这女儿的秀丽的容貌，心中又挂念，又悲伤。他的夫人本来妒恨紫儿的母亲，但现在此心早已释然，颇思将紫儿领来，按自己的愿望教养她。如今未能如愿，亦感遗憾。

且说二条院西殿里，侍女渐渐地多起来。陪伴紫儿游戏的童女和幼孩，看见这一对主人都很漂亮，都很时髦，大家很高兴，无心无思地在那里游戏。源氏公子不在家时，寂寞之夜，紫儿想起了外婆，不免啼哭。但她并不怎么想念父亲。原来她从小不亲近父亲，并无可恋。现在她只是亲近这个后父似的源氏公子，镇日缠住他。每逢源氏公子从外面回来，她总是首先出去迎接，亲切地向他问长问短，投身在他怀里，毫无顾忌，毫不识羞。这真是一种异乎寻常的爱情！

如果这女孩子年龄更大些，懂得嫉妒了，那么两人之间一旦发生不快之事，男的便会担心女的是否有所误解而心怀醋意，因而对她隔膜。女的也会对男的怀抱怨恨，因而引起疏远、离异等意外之事。但是现在这两人之间无需此种顾忌，竟是一对快乐的游戏伴侣。再说，如果这孩子是亲生女儿，那么到了这年龄，做父亲的也不便肆意地亲近她，和她同寝共起。但是现在这紫儿又并非亲生女儿，无需此种顾忌。源氏公子竟把她当作一个异乎寻常的秘藏女儿。

第六回　末摘花①

　　话说那夕颜朝露似的短命而死，源氏公子异常悲恸，左思右想，无法自慰。虽然事过半载，始终不能忘怀。别的女人，像葵姬或六条妃子，都骄矜成性，城府甚深，丝毫不肯让人。只有这夕颜温良驯善，和蔼可亲，与他人迥不相同，实在很可恋慕。他虽遭挫折，终不自惩，总想再找一个身份不高而品貌端妍、无须顾忌的人。因此凡略有声誉的女子，没有一个不保留在源氏公子的心目中。其中稍具姿色、差强人意的人，他总得送封三言两语的信去暗示情愫；收到了信而置若罔闻或远而避之的人，几乎一个也没有。这也未免太平淡无奇了。

　　有的女子，态度冷酷顽强，异常缺乏情趣，过分一本正经，完全不解事理。然而这态度终于行不通，后来只得放弃素志，嫁了一个平凡的丈夫。所以，对这种女子，源氏公子起初与之交往而后来中绝的，亦复不少。他有时想起那个顽强的空蝉，心中不免怨恨。遇着适当机会，有时也写封信给轩端荻。那天晚上在灯光之下弈棋时她那种娇痴妩媚之态，他至今不忘，很想再看一看。总而言之，但凡接触过的人，源氏公子始终不忘。

　　且说源氏公子另有一个乳母，叫作左卫门的，他对她的信任仅次于做尼姑的大式乳母。这左卫门乳母有一个女儿，叫作大辅命妇的，在禁中供职。她的父亲是皇族出身，叫作兵部大辅。这大辅命妇是个青年风流女子，源氏公子入宫时也常要她伺候。她母亲左卫门乳母后来和兵部大辅离婚，改嫁筑前守，跟着他赴任地去了。因此大辅命妇依父亲而居，天天赴宫中供职。

　　有一天，这大辅命妇和源氏公子闲谈，偶然说起一个人来，已故

---

① 本回的事发生在与前回相仿之时，即从源氏十八岁春天至十九岁春天。

的常陆亲王晚年生下一个女儿，非常疼爱，悉心教养。现在这女儿死了父亲，生涯十分孤寂。源氏公子说："那是怪可怜的！"便向她探问详情。大辅命妇说："品性、相貌如何，我知道得不详细。但觉这个人生性好静，对人疏远。有时晚上我去望她，她和我谈话时也隔着帷屏。只有七弦琴是她的知己朋友。"源氏公子说："琴是三友之一①，只是最后一个对女子无缘。"接着又说："我想听听她的琴呢。她父亲常陆亲王是此道的能手，她的手法一定也不平凡。"大辅命妇说："也不值得您特地去听吧。"公子说："不要搭架子！这几天春夜月色朦胧，让我悄悄地去吧。你陪我去！"大辅命妇觉得麻烦，但近日宫中空闲，春日寂寞无事，也就答应了。她的父亲兵部大辅在外面另有一所邸宅，也常常到常陆亲王的旧宅里来探望这个小姐。大辅命妇不爱和后母同住，却和这个小姐要好，常常到这里来住宿。

果如所说，源氏公子于十六日月白风清之夜来到了这邸宅里。大辅命妇说："真不巧啊！这种月色朦胧的春夜，弹起琴来声音不清朗的。"公子说："不妨，你去劝她弹吧，略弹几声也好。既然来了，空空地回去多么扫兴啊！"大辅命妇想起自己的房间太简陋，要公子躲在里面等候，不好意思，并且对他不起。然而也顾不得，便独自往常陆亲王小姐所居的正殿那里去了。一看，格子窗还开着，小姐正观赏庭中月下的梅花。她觉得机会很好，便开言道："我想起您的琴弹得极好，就乘这良夜来此，想饱饱耳福。平时公事繁忙，匆匆出入，不能静心拜听，实甚遗憾。"这小姐说："琴要弹给像你那样的知音者听才好。不过你是出入宫闱的人，我的琴怕不中听吧。"就取过琴来。大辅命妇担心：不知源氏公子听了作何感想？她心中忐忑不安。

小姐约略弹了一会儿。琴声很悦耳，但也并无特别高明之处。原

---

① 三友指琴、诗、酒。白居易诗："今日北窗下，自问何所为？欣然得三友，三友者为谁？琴罢辄举酒，酒罢辄吟诗。三友递相引，循环无已时。"

来七弦琴音色甚好，与别种乐器不同，所以源氏公子并不觉得难听。他心中有种种感想："在这荒芜岑寂的所在，当年常陆亲王曾经遵照古风，尽心竭力地教养这小姐，可是现在已经影迹不留，这小姐住在这里好生凄凉啊！古代小说中所描写的凄惨情景，正是发生在这种地方的吧！"他想向这小姐求爱，又觉得太唐突，难以为情，心中踌躇不决。

　　大辅命妇是个乖巧的人，她觉得这琴弹得并不特别好，不便教公子多听，便说道："月亮暗起来了。我想起今晚有客人来，我不在屋里，怕会见怪。以后再从容地听吧。我把格子窗关上了，好么？"她并不劝她再弹，便回自己房里去了。源氏公子对她说："我正想听下去，怎么不弹了？还没听出弹得怎么样，真可惜了。"看来此种气氛使他产生了兴趣，接着他又说："反正是听了，不如让我再靠近一点听，好么？"大辅命妇但愿适可而止，便回答道："算了吧。她这种萧条冷落的光景，走近去听岂不败兴？"源氏公子想："这话也说得是。男人和女人初次交往就情投意合，是另一种身份的人做的事。"他对这女子颇有怜惜之意。便答道："那么，你以后乘便先把我这点心愿告诉她。"他似乎另有密约，蹑手蹑脚地准备回去。大辅命妇便嘲笑他："万岁爷常常说你这个人太一本正经，替你担心。我每次听到这话，总觉得好笑。你这种偷偷摸摸的样子，教万岁爷看见了，不知道他老人家怎么说呢。"源氏公子回转身来，笑道："你又不是外人，不要这样挖苦我吧！你嫌我这种模样轻佻难看，你们女人家的轻佻模样才难看呢！"源氏公子一向认为这大辅命妇是个风骚女子，时常对她说这一类话，大辅命妇听了很难为情，默不作声了。

　　源氏公子正要回去，忽又想道：如果走到正殿那边，也许可以窥察这小姐的情况，便偷偷地走过去。这里的篱笆大部分已经坍损，只剩下一点点。他便走到篱笆遮隐的地方去。岂知早有一个男人站在那里。他想："这是谁？一定是追求这位小姐的一个色情儿了。"他便躲在月光照不到的暗处。这个人是头中将。这一天傍晚，源氏公子和头中将一同从宫中退出。源氏公子不回左大臣邸，也不回二条院私邸，在途中和头中将分手了。头中将觉得奇怪，心想："他到哪里去呢？"他自己原要去和一个情妇幽会，此时暂且不去，却跟在源氏公子后面，窥察他的行踪。头中将骑着一匹全无装饰的驽马，穿着一身家常便服，所以源氏公子不曾注意他。他看见源氏公子走进这个意想不到的地方，心里更觉奇怪。忽然里面发出琴声，他便站着倾听。他料想源氏公子不久会出来的，所以一心站在那里等候。

源氏公子不辨此人是谁。他但愿自己不被人认出，只管踮着脚尖悄悄地退出去。头中将却走过来了，他抱怨道："你半途上抛开了我，教我好恨！我就亲自送你到这里来了。

共见东山明月上，
不知今夜落谁家。"①

源氏公子听了这话有些不高兴，但看出这人是头中将，不觉失笑。讨厌地回答道："你这把戏倒是别人所想不到的。

月明到处清光照，
试问今宵落哪边？"

头中将说："以后我常常这样地跟着你走，怎么样？"接着又说："老实对你说：做这种事，全靠随身者能干，才得成功。以后我经常跟着你走吧。你一人改了装偷偷地出门，难免发生意外之事呢。"他再三劝谏。源氏公子这种勾当，过去常常被头中将看破，心中很懊恼。但想起夕颜所生的那个抚子，头中将却找不到，便居功自傲，引以为快。

----

① 东山比喻宫中，明月比喻源氏。

这晚上两人都有密约,但挪揄了一阵之后,都不去了。他们并不分手,共乘了一辆车子回左大臣邸去。月亮也解风情,故意躲入云中;两人在车中吹着笛,沿着幽暗的夜路迤逦前进。到了家门,叫前驱者不要作声,悄悄地走进屋里。在没有人的廊下脱下便衣,换上常礼服,装作刚从宫中退出的样子,拿出箫笛来吹奏。左大臣照例不肯放过此种机会,拿了一支高丽笛来和他们合奏。他擅长此道,吹得非常动听。葵姬也在帘内命侍女取出琴来,叫会弹的人操奏。其中有一个侍女叫作中务君的,善弹琵琶。头中将曾经看中她,但她不理睬,却对于这个难得见面的源氏公子始终不能忘情。两人的关系自然不能隐瞒,左大臣夫人听到了很不高兴。因此这时候中务君闷闷不乐,不便上前,没精打采地靠在角落里。然而离开很远,全然看不到源氏公子,她又觉得寂寞无聊,心中烦恼。

源氏公子和头中将想起了适才听到的琴声,觉得那所荒凉的邸宅实在古怪,便兴味津津地联想种种情状。头中将耽入空想:"这个美丽可爱的人儿孤苦伶仃地在那里度送了悠长的年月,如果我首先发现了她,依依地恋慕她,那时世人一定议论纷纷,而我也不胜相思之苦了。"又想:"源氏公子早有用心,特地去访,决不会就此罢休。"想到这里,不免妒火中烧,心情不安。

此后源氏公子和头中将都写信给这位小姐。然而都不曾收到回信。两人都等得心焦,头中将尤其着急,他想:"此人太不解风情了。如此闲居寂处之人,应该富有趣致。看到一草一木之微、风雨晦明之变,随时可以寄托情怀,发为诗歌,使读者体察其心境,因而寄予同情。无论身份何等高贵,如此过分韬晦,令人不快,毕竟是不好的。"两人本来无所不谈,头中将便问源氏公子:"你收到了那人的回信么?不瞒你说,我也试写了一封信去,可是音信全无。这女人太无礼了!"他牢骚满腹。源氏公子想:"果然不出我所料,他也在向她求爱了。"便微微一笑,答道:"唉,这个人,我本来不希望她回音。有没有收到,也记不清了。"头中将猜想公子已经收到回信,便恨那个女子不理睬他。源氏公子呢,本来对这女子并无深情,加之此人态度如此冷淡,因此早已兴味索然。现在得知头中将向她求爱,想道:"头中将能说会道,他只管去信,深恐这女人爱上了他,搭起架子来,将我这个首先求爱的人一脚踢开,这倒是很可悲的。"他便认真地嘱托大辅命妇:"那小姐音信全无,拒人于千里之外,实在教人难堪!大约她疑心我是个浮薄少年吧。我其实决不是个薄幸郎。只有女的没长心,另抱琵琶,半途里把我抛开,反而归罪于我。这位小姐无拘无束,独居一处,没有父母兄弟来干涉她。这样无须顾虑的人,实在是最可爱的。"大辅命妇答道:"这倒也不见得。你把她那里看作温柔乡,毕竟是不相称的。不过这个人腼腆含羞,谦虚沉静,倒是世间少有的美德。"她把自己所见的情况描述给公子听。公子说:"那么,她大约不是一个机敏干练的人。然而像小孩那样天真烂漫,落落大方,反而可爱。"他说这话时心中回想夕颜的模样。这期间源氏公子患了疟疾,又为了藤壶妃子那件事,怀着不可告人的忧愁,心中繁忙得没有休息的时候。一春已尽,夏天也过去了。

到了秋天,源氏公子冥想前尘,愁思萦绕。回忆去年此时在夕颜家听到的嘈杂的砧声,也觉得很可恋慕。想起常陆亲王家那位小姐很像夕颜,便时时写信去求爱。但对方依然置之不理。难道这女子是铁石心肠么?源氏公子不胜愤懑,愈加不肯就此罢休了。便督促大辅命妇,恨恨地对她说:"到底是怎么一回事?我有生以来不曾碰过这种钉子!"大辅命妇也觉得不好意思,答道:"我决不相信这段因缘真不相称。只是这位小姐的怯懦怕羞,太过分了,什么事也不敢妄为。"源氏公子说:"这是不懂得人情世故的缘故。倘是无知无识的幼儿,或者有人管束、自己不能做主的人,那么还有理由可说。如今这位小姐无拘无束,万事都可自作自主,所以我才写信去的。现在我百无聊赖,寂寞难当,如果她能体谅我的心情,给我个回音,我就心满意足了。我并不像世间一般男子那么贪色,只要能够站在她那荒芜的邸宅的廊上就好了。老是这样下去,教我狐疑满腹,莫名其妙。即使她本人不允许,总要请你想个法子,玉成好事。我决不会做出不端的行为,使你为难。"

原来源氏公子每逢听人谈起世间女子的情况,看起来似乎当作家常闲话听取,其实他牢记在心,永远不忘。大辅命妇不知道他有这个脾气,所以那天晚上寂寞无聊,闲谈中偶逢机缘,随随便便地说起"有这样的一个人"。不料源氏公子如此认真,一直同她纠缠不清,她实在觉得有些困窘。她顾虑到:"这小姐相貌并不特别漂亮,和源氏公子不大相称。如果硬把两人拉拢了,将来小姐发生不幸之事,岂非反而对不起她么?"但是她又念头一转,想道:"源氏公子如此认真地托我,我倘置之不理,也未免太顽固了。"

这小姐的父亲常陆亲王在世之日,由于时运不济,宫邸里也一向无人来访。亲王身故之后,这庭草荒芜的邸宅越发无人上门了。如今这个身份高贵、盖世无双的美男子源氏公子的芳讯常常飘进这里来,年轻的侍女们都欢喜庆幸,大家劝小姐:"总得写封回信去才是。"然而小姐惶惑不知所措,一味怕羞,连源氏公子的信也不看。大辅命妇暗自思忖:"那么,我就找个适当机会,叫两人隔帘对晤吧。如果源氏公子不喜欢她,就此罢休;如果真有缘分,就让他们暂时往来,总不会有人责怪的。"她原是个风骚泼辣的女人,就擅自决定,并不将此事告知她父亲。

八月二十过后,有一天黄昏,夜色已深,明月未出,天空中只有星光闪烁。夜风掠过松梢,其音催人哀思。常陆亲王家的小姐谈起父亲在世时的情况,不免流下泪来。大辅命妇觉得这正是个好机会了。大概是她通知源氏公子的吧,他照例偷偷摸摸地来到。月亮渐渐离开山顶,照明了这荒宅里的残垣败壁,小姐看了不免伤心。大辅命妇便劝她弹琴。琴声隐隐,亦不乏佳趣。但是这个轻佻的命妇觉得不够劲儿,她想:"弹得再时髦些才好。"

源氏公子知道这里无人看见，便自由自在地走了进去，呼唤大辅命妇。大辅命妇装作刚知道而吃惊的样子，对小姐说："怎么办呢？那个源氏公子来了！他常常埋怨我不替他讨回信，我一直拒绝他说：'这不是我能够做到的事情。'他总是说：'既然如此，让我自己去向小姐诉说吧！'现在怎样打发他走呢？……他不是一般的轻薄少年，不理睬他是不好意思的。您隔着帘子听他讲讲吧。"小姐十分害羞，狼狈地说："我不会应酬客人的呀！"只管退向里面去，竟像个小孩。大辅命妇看了笑起来，便劝导她："您这样孩子气，真要命！不管身份何等高贵，在有父母教养的期间，孩子气还有理可说。如今您孤苦无依，还是这么不懂世故，畏首畏尾，太不成样子了。"小姐生性不愿拒绝别人的劝告，便答道："如果不要我回答，只要听他讲讲，那么把格子窗关起来，隔着窗子相会吧。"大辅命妇说："教他站在廊上，是不成体统的。他决不会轻举妄动，您放心吧。"她花言巧语地说服了小姐，便亲自动手，把内室和客室之间的纸隔扇关上，又在客室铺设了客人的座位。

　　小姐异常困窘。要她应酬一个男客，她做梦也没有想到。然而大辅命妇如此劝告，她想来大约是应该这样的，便听她摆布。像乳母这样的老年侍女，天一黑早就到自己房间里去睡觉了。此时只有两三个年轻侍女伺候着。她们都想拜见这个世间闻名的源氏公子的美貌，大家不免动心，手忙脚乱了。她们替小姐换上较新的衣服，帮她装饰打扮。然而小姐本人似乎对这些全不在意。大辅命妇看到这情况，心中想道："这个男子的相貌非常漂亮，现在为避人注目而改变打扮，姿态更显得优美了。要懂得情趣的人才能赏识。现在这个人全然不懂情趣，实在对不起源氏公子。"一方面又想："只要她端端正正地默坐着，我就放心。因为这样就不至于冒失地显露缺点。"接着又想："源氏公子屡次要我拉拢，我为了卸责，做这样的安排，结果会不会使这个可怜的人受苦呢？"她心中又觉得不安。

源氏公子正在推想小姐的人品，他认为这样的性格，比较起过分俏皮而爱出风头的人来，高雅得多。此时小姐被众侍女怂恿着，好容易膝行而前。隔着纸隔扇，公子但觉她沉静温雅，仪态万方，衣香袭人，芬芳可爱，气度好生悠闲！他想："果然不出我之所料。"心中十分满意。他便花言巧语地向她缕述年来相思之苦。可是相去如此之近，而全无一句答语。公子想：真是毫无办法。便叹一口气吟道：

"千呼万唤终无语，
幸不禁声且续陈。

与其若此，还不如干脆地回绝了我。不加可否，教人好苦闷也！"有一个侍女是小姐的乳母的女儿，称作侍从的，口齿伶俐，长于应对，看见小姐这般模样，心中着急，觉得太不礼貌，便走近小姐身旁，代她答复道：

"岂可禁声君且说，
缘何无语我难知。"

她把声音故意放低，说得柔媚婉转，装作小姐亲口说的模样。源氏公子听了，觉得这声音比起她的性格来，太亲昵些。但因初次听到，总觉非常可爱。便又说道："如此，我倒反而无言可说了。

原知无语强于语，
如哑如聋闷煞人。"

他又对她讲了许多无关紧要的闲话，有时诙谐，有时庄严，然而对方始终不答一语。源氏公子想："这样的人真奇怪。莫非她心中另有一种想法么？"就此告退，终不甘心，他便悄悄地拉开纸隔扇，钻进内室来。大辅命妇大吃一惊，她想："这公子使人掉以轻心，然后乘人不备……"她觉得对不起小姐，便佯装不见，退回自己房里去了。

　　这里的青年侍女久慕源氏公子盖世无双的美貌，对他这行为都原谅，并不大惊小怪。只觉得此事突如其来，小姐不曾提防，定然十分困窘。至于小姐本人呢，只是神思恍惚，羞羞答答地躲躲闪闪。源氏公子想："在这时候取这态度，倒是可爱的。可见她是个从小娇生惯养、还没见过世面的人。"便原谅她的缺点。可是总觉得有一种莫名其妙的异样之感，并无牵惹人情之处。失望之余，他就在深夜起身出去了。大辅命妇一直担心，不能入睡，只是睁开眼睛躺着。她想还是装作不知的好。因此听见源氏公子出去，她并不起来送客。源氏公子偷偷摸摸地走出这邸宅去了。

　　源氏公子回到了二条院，独自躺下寻思："在这世间要找一个称心合意的人，真不容易啊！"他想起对方是个身份高贵的人，就此抛开了她，毕竟不好意思。他胡思乱想，心中烦恼。

　　这时候头中将来了，看见源氏公子还睡着，笑道："好贪睡啊！到这时分还没起来？昨夜一定又有什么勾当了。"源氏公子只得起身，一面答道："哪里的话！独个儿睡觉很舒畅，醒得迟了些。你此刻从宫中出来么？"头中将说："正是，我刚从宫中出来。万岁爷即将行幸朱雀院，听说今日要选定乐人和舞人呢。我想去通知父亲一声，所以从宫中退出，乘便也来通知你一声。我马上就要进宫去的。"看他的样子很匆忙，源氏公子便说："那么，我跟你同去吧。"便命拿早粥和糯米饭来，和客人同吃。门前停着二辆车子；但他们两人共乘了一辆。一路上头中将总是疑心他，看看他的脸说："瞧你的样子，还是睡眼蒙眬呢。"接着又恨恨地说："你瞒着我做的事情多着哩！"

　　宫中为了皇上行幸朱雀院，今天要议定种种事情。因此源氏公子整天滞留宫中。他想起常陆亲王家那位小姐，觉得很可怜，应该写封信去慰问。这信直到傍晚才派人送去。此时天下雨了,路途难行,源氏公子就懒得再到小姐那里去宿夜了。小姐那里呢,早上就等候来信。左等右等,只是不来。连大辅命妇也很气愤,怨恨源氏公子无情。小姐本人想起昨夜之事只觉得可耻。应该早上来的信,到了傍晚才来,反而使得她们手足无措了。但见信上说:

"夕雾迷离犹未散,
更逢夜雨倍添愁。①

我想等天晴了出门,等得好心焦呢。"照此看来,源氏公子今夜不会来了。众侍女都大失所望,然而还是劝小姐写回信。小姐心中烦乱之极,连一封一般客套的信也写不出来。看看夜色渐深,不宜再迟,那个称作侍从的侍女便照例代小姐作诗:

"雨中待月荒园里,
纵不同心亦解怜。"

众侍女口口声声劝小姐亲笔写信,小姐只得写了。信笺是紫色的,但因历年过久,色泽褪损。笔致倒很有力,品格只算中等,上下句齐头写下来。源氏公子收到了这封枯燥无味的回信,觉得阅读的勇气也没有,随手丢在一旁了。他推察小姐的心情,不知她对他的行为作何感想,心中异常不安。所谓"后悔莫及",就是指这种情形而言的吧!然而事已如此,还有什么办法呢?便下个决心:从今以后,永远照顾这小姐的生活。这小姐却无由得知源氏公子的心情,在那里徒自悲叹。左大臣于夜间退出宫来,源氏公子被他劝诱,跟着他回到葵姬那里。

---

① 夕雾迷离,暗示小姐沉默不语。

为了朱雀院行幸的事，贵公子们都兴致勃勃，天天聚集在一起。舞蹈和奏乐的预习，成了他们每日的作业。乐器的声音，比往日嘈杂得多。贵公子们互相竞争，也比往日更加起劲。他们吹奏声音响亮的大筚篥和尺八箫①。鼓本来是放在下面的，现在也搬进栏杆里来，由贵公子们亲自演奏。真是热闹非常！因此源氏公子也很忙碌。几个关切的恋人家里，他也偷闲去访，但常陆亲王家这位小姐那里，他一直不去。时光已是深秋了。小姐家里只是佳音杳杳，光阴空过。

行幸日期渐渐迫近，舞乐正在试演。这时候大辅命妇来了。源氏公子见了她，想起对小姐很抱歉，便问："她怎么样了？"大辅命妇将小姐近况告诉了他，最后说："你这样完全不把她放在心上，我们旁人看了心里也很难过！"她说时几乎哭了出来。源氏公子想："这命妇原教我适可而止，才能觉得小姐文雅可爱。而我竟做错了事，恐怕命妇会怪我轻举妄为吧！"觉得在她面前无以为颜。又想象小姐本人默默无语而心怀悲恸的模样，觉得很可怜。便叹口气说："不得空闲，没有办法呀。"又微笑着说："这个人太不解情趣了，我想稍稍惩戒她一下呢。"看到他那年轻英俊的姿态，使得大辅命妇也不由得微笑了。她想："像他那样青春年华，难免受女人们怨恨。他思虑疏忽，任情而动，原也是不足怪的。"

行幸的准备工作完成之后，源氏公子偶尔也去访问常陆亲王家的小姐。然而他自从迎接了与藤壶妃子有缘的紫姬到二条院来，便溺爱这小姑娘的美貌，连六条妃子那里也难得去访了，何况常陆亲王的荒邸。他始终不忘记她的可怜，然而总是懒得去访，这也是无可奈何的事。

常陆亲王家的小姐怕羞，一向躲躲藏藏，面貌也不肯给人看清，源氏公子也一向无心去细看她。但他想："细看一下，也许会发现意外

---

① 尺八箫是日本管乐器之一。

之美。往常暗中摸索，总是模模糊糊，所以觉得她的样子奇怪，莫名其妙。我总得细看一看。"但用灯火去照，却是不好意思的。于是有一天晚上，当小姐独居晏处，无所顾虑的时候，他悄悄地走进去，在格子门的缝隙里窥探。然而不见小姐本人。帷屏等虽然十分破旧，多年来还是照老样子整整齐齐地摆着，因此看不大清楚。但见四五个侍女正在吃饭。桌上放着几只中国产的青瓷碗盏，由于经济困难，饭菜十分粗劣，甚是可怜。她们显然是刚才伺候了小姐，回到这里来吃饭。

角上一个房间里，另有几个侍女，穿着龌龊不堪的白衣服，外面罩着污旧的罩裙，样子真难看。她们就在挂下的额发上插一个梳子，表示她们是陪膳的侍女①，样子很像内教坊里练习音乐的老妇人，或者内侍所里的老巫女，教人看了觉得好笑。现代的贵族人家有这种古风的侍女②，是源氏公子所意想不到的。其中有一个侍女说："唉，今年好冷！想不到我活了这么大年纪，遭到这种境况！"说着流下泪来。另一个人说："回想起来，从前千岁爷在世之时，我们真不该叹苦；像现在这种凄惨的日子，我们也得过下去呢！"这人冷得浑身发抖，好像要跳起来的样子。她们这样那样地互相愁穷，源氏公子听了心里着实难过，便离开这地方，装作刚才来到的样子，敲敲那扇格子门。但闻里面的侍女惊慌地相告："来了，来了！"便剔亮灯火，开了门，让源氏公子进来。

称作侍从的那个青年侍女，由于在斋院③那里兼职，这一天不在家。留在这里的，只是几个粗蠢的侍女，样子怪难看的。天下雪了，侍女们正在发愁。这雪偏偏一刻不停，越下越大。天色阴森可怕，北风

---

① 古代宫中制度：陪膳的侍女，必须将额发掠起，上面插个梳子，方是正式打扮。在挂下的额发上插梳子，是不伦不类的。
② 插梳子的陪膳侍女，那时一般已经不用。只有顽固守旧的人家还用。
③ 未婚的皇女或贵女，赴贺茂神社修行者，称为斋院；赴伊势神宫修行者，称为斋宫。

怒吼。厅上的灯火熄灭了,也没有人去点亮。源氏公子想起去年中秋和夕颜在那荒凉的某院里遇鬼的情况。现在这屋子的荒凉,不亚于那里。只是地方较小,又略有几个人,差可慰心。然而四周景象凄凉,教人怎能入睡呢? 这样的晚上,也有一种特殊的风味与乐趣,可以牵引人心。然而那人闷声不响,全无情趣,不免遗憾。

好容易天亮了。源氏公子起身,亲自将格子门打开,赏玩庭前花木雪景。荒寂的雪地,一望无际,不见行人足迹,景色实甚凄凉。然而就此离去,毕竟不好意思。他就恨恨地说:"出来看看早上天空的美景吧! 老是冷冰冰地不声不响,教人难堪。"天色还没有大亮,源氏公子映着雪光,姿态异常秀丽,老侍女们看了都笑逐颜开。她们便劝导小姐:"快快出去吧。不去是不好意思的。女儿家最要紧的是柔顺。"小姐生性不愿拒绝别人的劝告,便整理一下服饰,膝行而出。

源氏公子装作没有看见她,依旧向外眺望。实则他用眼梢看得很清楚。他想:"不知究竟如何。如果细看有可爱之处,我多么高兴!"然而这是妄想。首先,她坐着身体很高,可知这个人上身是很长的。源氏公子想:"果然不出我之所料。"他心头别的一跳。其次,最难看的是那个鼻子。这鼻子首先映入人目,很像普贤菩萨骑的白象的鼻子①。这鼻子又高又长,尖端略略下垂,并带红色,特别教人扫兴。脸色比雪还白,白得发青。额骨宽得可怕,再加下半边是个长脸,这整个面孔就长得稀奇了。身体很瘦,筋骨棱棱,形甚可哀。肩部的骨骼尤为显露,衣服外面也看得出,教人看了觉得可怜。

源氏公子想:"我何必如此历尽无遗地细看呢?"然而样子太古怪了,他反而要看。只有头的形状和挂下的头发很美丽,比较起以美发闻名的人来,并不逊色。那头发拖到袿子的裾边,还有一尺许铺在席地上。现在再来描写她所穿的衣服,似乎太刻毒了;然而古代的小说

---

① 观普贤经云:"普贤菩萨乘大白象,鼻如红莲花色。"

中,总是首先描写人的服装,这里也不妨模仿一下:这位小姐身穿一件淡红夹衫,但颜色已经褪得发白了。上面罩一件紫色褂子,已旧得近于黑色。外面再披一件黑貂皮袄,衣香扑鼻,倒很可喜。这原是古风的上品服装。然而作为青年女子的装束,到底不大相称,非常触目,使人觉得稀罕。不过如果不披这件皮袄,一定冷不可当。源氏公子看看她那瑟缩的脸色,觉得十分可怜。

小姐照例不发一语,源氏公子似觉自己也说不出话来了。然而他总想试试看,是否能够打破她向来的沉默,便对她讲各种各样的话。可是小姐非常怕羞,一言不答,只将衣袖遮住了口。但这姿态也表现得十分笨拙,不合时尚,两肘高高抬起,好像司仪官威风凛凛列队行走时的架势,可是脸上又带着微笑,这就显得更不调和。源氏公子心甚不快,很想早些儿离去,就对她说:"我看你孤单无援,所以一见之后便怜爱你。你不可将我当作外人,应该亲近我,我才高兴照顾你。如今你一味疏远我,教我好生不快!"便以此为借口,即景吟诗道:

"朝日当轩冰箸解,
缘何地冻不消融?"①

小姐只是嗤嗤地窃笑,一个字也说不出来。源氏公子意兴索然,不等她答诗就出去了。

车子停在中门内。这中门已经歪斜得厉害,几乎倒塌了。源氏公子睹此景象,心中想道:"夜里看时,已经觉得寒酸,然而隐蔽之处尚多,今天早上阳光之下一看,更显得荒凉寂寞,教人好不伤心!只有青松上的白雪,沉沉欲下,倒有温暖之趣,教人联想山乡风味,引人凄清岑寂之感。那天雨夜品评时左马头所说的'蔓草荒烟的蓬门茅舍',便

---

① 意思是说:身体已经和我结婚,为何心情还不向我公开?

是指这种地方吧。如果有个可怜可爱的人儿住在这里,教人多么恋恋不舍!我那种悖伦之恋①的忧思,也可借此得到慰藉吧。现在这个人的样子,和这理想的环境全然不符,真教人毫无办法。倘不是我,换了别人,决不会耐性忍气地照拂这位小姐。我之所以如此顾念她,大概是她的父亲常陆亲王记挂女儿,那阴魂来指使我的吧。"

院子里的橘子树上堆满了雪,源氏公子召唤随从人,教他们将雪除去。那松树仿佛羡慕这橘子树,一根枝条自己翘了起来,于是白雪纷纷落下,正有古歌中"天天白浪飞"②之趣。源氏公子望着,想道:"不须特别深解情趣的人,只要有普通一般程度的对象,也就好了。"

通车的门还没有打开,随从人呼唤保管钥匙的人,来的是一个异常衰弱的老人。还有一个妙龄女子,分不清是他的女儿还是孙女。这女子的衣服映着雪光,更显得褴褛龌龊。看她的样子非常怕冷,用衣袖包着一个奇形怪状的器物,里面盛着少许炭火。老人没有气力开门,那女子走过去帮助他,样子拙笨得很。源氏公子的随从人便去相帮,把门打开了。公子睹此情状,便口占道:

"白首老翁衣积雪,
晨游公子泪沾襟。"

他又吟诵白居易的"幼者形不蔽"的诗③。此时他忽然想起了那个瑟缩畏寒、鼻尖发红的小姐的面影,不禁微笑。他想:"头中将倘使看见了这个人的相貌,不知将如何形容。他常常来这里窥探,也许已经知道我的行为了?"想到这里,不免懊恼。

---

① 指对藤壶妃子的恋爱。
② 此古歌见《后撰集》,歌云:"好比末松之名山,我袖天天白浪飞。"
③ 白居易《秦中吟》中《重赋》一篇中说:"夜深烟火尽,霰雪白纷纷。幼者形不蔽,老者体无温。悲端与寒气,并入鼻中辛。"

这小姐的相貌如果同世间普通一般女子一样而并无何等特殊之处，那么别的男子也会爱上她，源氏公子不妨将她抛开。现在源氏公子分明看见了她那丑陋的相貌，反而觉得非常可怜，不忍抛舍了。于是他真心诚意地周济她，时时遣使存问，馈赠物品。所馈赠的虽非黑貂皮袄，却也是绸、绫和织锦等物。小姐自不必说，老侍女等所着的衣类，连管门的那个老人所用的物品，自上至下一切人等的需要，无不照顾周到。小姐受到这种日常生活的周济，倒也并不认为羞耻，源氏公子方才安心。此后他源源不绝地供给，有时不拘形式，失却体统，彼此亦不以为意。

这期间源氏公子常常想起那个空蝉："那天晚上灯下对弈时所窥见的侧影，实在并不漂亮。然而她那窈窕的体态隐藏了她的丑处，使人不觉难看。这位小姐呢，讲到身份，并不亚于空蝉。可见女子的优劣，和家世是无关的。空蝉顽强固执，令人可恨，我终于让步了。"

年终快到了。有一天，源氏公子值宿宫邸中，大辅命妇进见。源氏公子对这命妇并无恋爱关系，只因经常使唤她，相熟之后无所顾忌。每当她来替公子梳头时，两人往往恣意调笑。因此源氏公子不召唤时，她有了事自己也来进见。此时命妇开言道："有一桩可笑的事情呢。不对您说，怕说我坏心眼；对您说呢……我弄得没主意了。"她羞答答地微笑，不肯说出来。源氏公子说："什么事情？你对我不是无论什么都不隐瞒么？"命妇吞吞吐吐地说："哪里隐瞒？倘是我自己的事情，即使冒昧，我也老早对您说了。可是这件事有点说不出口。"源氏公子讨厌她，骂道："你又撒娇了！"命妇只得说出来："常陆亲王家的小姐送给您一封信。"便取出信来。源氏公子说："原来如此！这有什么可隐瞒的？"便接了信，拆开来看。命妇心里忐忑地跳，不知公子看了怎么说。但见信纸是很厚的陆奥纸①，香气倒十分浓烈，文字写得尽量工整，诗句是：

---

① 陆奥地方所产的纸，厚而白，有皱纹。

"冶游公子情可薄，
　锦绣春衣袖不干。"

公子看了"锦绣春衣"等语，不解其意，侧着头思索。这时候大辅命妇提过一个很重的包袱来，打开一看，里面包着一只古风的衣箱。命妇说道："您看！这怎么不笑煞人呢？她说是给您元旦日穿的，特地派我送来。我不便退回她。擅自把它搁置起来呢，又辜负了她的一片好心。因此只得送来给您看。"源氏公子说："擅自把它搁置起来，太对人不起了。我是一个哭湿了衣袖没人给烘干的人，蒙她送衣服，我很感谢！"此外并不说什么话。他想："唉，这两句诗真不高明，大概是她自己用尽了心血作出来的吧。那个侍女侍从倘在她身边，一定会替她修改。除了这个人以外，再没有能教她的老师了。"想到这里，令人泄气。他推想这是小姐用尽了心血作出来的，便觉得世间所谓可贵的诗歌，大概就是这样的作品吧。于是脸上露出微笑。大辅命妇看到这光景，不知道他作何感想，不免脸上泛起了红晕。

　　小姐送他的衣服，是一件贵族用的常礼服。颜色是当时流行的红色，式样古陋，光彩全无，不堪入目。里子的颜色和面子一样深红。从袖口、下襟缝拢来的地方可以看出，真是平凡拙劣的手工。源氏公子兴味索然，便在那张展开的信纸的空白地方戏笔似的题一首诗。大辅命妇从一旁窥看，但见随随便便地写着：

"明知此色无人爱，
　何必栽培末摘花？"①

---

① 末摘花即红花，摘下来可做红色染料。花生在茎的末端，故称为末摘花。前文说过，这小姐的鼻尖有一点红色，所以把她比作末摘花。本回的题名根据此诗。

我看见的是深红色的花,可是……"大辅命妇看见他讨厌红色的花,推想他必有用意。便想起了自己偶尔借着月光看到小姐鼻尖的红色①。虽然可怜她,但觉得这首诗倒实在很滑稽。她便熟练地自言自语地吟道:

"纵然情比春纱薄,
莫为他人树恶名!

人世好痛苦啊!"源氏公子听了,心中想道:"命妇这首诗也并不特别优秀。但那位小姐倘有这点才能,也就好了。我越想越是替她可惜。但她毕竟是身份高贵的人,我替她散播恶名,也太忍心了。"此时众侍女即将进来伺候,公子便对命妇说:"收起来吧,这种事情,教人看见了当作笑柄。"他脸上显出不快之色,叹一口气。大辅命妇懊悔了:"我为什么把这个给他看呢?连我也被他看作傻子了。"她很不好意思,连忙告退。

次日,大辅命妇上殿服务,源氏公子到清凉殿西厢宫女值事房来找她,丢给她一封信,说道:"这是昨天的回信,写这种回信,真教人费心思。"众宫女不知道是怎么一回事,都觉得奇怪。公子一边走出去,一边吟道:"颜色更比红梅强,爱着红衣裳耶紫衣裳?……抛开了三笠山的好姑娘。"②命妇会意,独自窃笑。别的宫女莫名其妙,向她盘问:"你为什么独自在那里笑?"命妇答道:"没有什么。大约公子在这霜寒的早上,看见一个穿红衣裳的人鼻子冻得发红,所以把那风俗歌中的句子凑合起来唱,我觉得好笑。"有一个宫女不知原委,胡乱答

---

① "花"和"鼻",日本人都读作 hana。此处指花说鼻,意思是双关的。
② 此乃日本风俗歌。红梅暗指末摘花的鼻尖。爱着红衣,借以隐蔽鼻尖的红色。下句"抛开了……"并非和上句相续,大约是此风俗歌的末句。所以下文说"凑合起来"。

道：“公子也太挖苦了。这里似乎并没有红鼻子的人呢。红鼻子的左近命妇和肥后采女难道在这里么？”

大辅命妇将公子的回信送交小姐，众侍女都兴奋地围拢来看。但见两句诗：

"相逢常恨衣衫隔，
又隔新添一袭衣。"

这诗写在一张白纸上，随意挥洒，反而饶有风趣。

到了除日傍晚，源氏公子把别人送他的衣服一套，再加淡紫色花绫衫子一件，以及棣棠色衫子等种种衣服，装在前日小姐送来的衣箱里，教大辅命妇拿去送给她。命妇看了这些衣服，推想公子不喜爱小姐送他的衣服的颜色。但那些年老的侍女却在那里批评：“小姐送他衣服，红颜色很稳重，不见得比这些衣服差呢。”大家又口口声声地说：“讲到诗，小姐送他的也较为理直气壮。他的答诗不过技巧偏胜而已。”小姐自己也觉得吟成这首诗煞费苦心，因此把它写在一个地方，永远保留。

元旦的仪式完成之后，今年的游艺是表演男踏歌①。青年贵公子们照例奔走各处，熙熙攘攘，热闹非凡。源氏公子也忙了一阵。但他惦记那岑寂的邸宅里的末摘花，觉得她很可怜。初七日的节会②结束之后，到了夜里，他从宫中退出，装作回到他的宫中值宿所（桐壶院）去宿夜的样子，便在夜深时分前去访问常陆亲王的宫邸。

宫邸里的气象与往常不同，渐渐富有生气，与一般邸宅差不多了。那位小姐的姿态也比从前稍稍生动活泼。源氏公子一直独自沉

---

① 男踏歌是男子表演的踏步歌舞，唱的歌词是唐诗或日本诗歌。
② 五月初七从左右马寮牵出白马二十一匹，供天皇观赏后，在宫中游行，称之谓"白马节会"。时人相信新年见白马，可以驱邪。

思："如果这个人入新年后完全改了样子，变得美丽了，不知是何等模样？"

次晨，日出之后，才留恋不舍地起身。推开东面的边门一看，直对这门的走廊已经坍损，连顶棚也没有了。因此太阳光直射进屋里。地上积着薄薄的一层雪，白光反映进来，屋里更加明亮了。源氏公子身穿常礼服，小姐眼睛望着他，向前膝行数步，装作半坐半卧的姿势，头的形状十分端正。那长长的头发堆积在席地上，甚是美观。源氏公子希望看到她的相貌也变得同头发一样美丽，便把格子窗掀开。他想起上次在积雪的明光中看出了她的缺陷，以致大杀风景，因此不把格子窗全部掀开，只掀开一点，把矮几拉过来架住窗扇，然后拢拢自己的鬓发。侍女们端过一架十分古旧的镜台来，又奉上一只中国式的化妆品箱和一只梳具箱。源氏公子一看，里面除女子用品外，又夹着几件男子用的梳具，倒觉得很别致。今天小姐的装束颇入时流，原来她已经把公子所惠赠的那箱衣服全部穿上了。源氏公子没有注意到，只是看见那件纹样新颖触目的衫子，才想起是他所赠送的。便对她说："新春到了，我很想听一听你的娇声。主要倒不是为了那盼待已久的莺声，而是希望你改变态度。"过了好久，小姐才用颤抖的声音含羞答道："百鸟争鸣万物春……"①源氏公子笑道："好了，好了，这便是一年来进步的证据了。"他便告辞出门，口中吟唱着古歌："依稀恍惚还疑梦……"②小姐半坐半卧地目送他。源氏公子回头一望，看见她的侧影，掩口的衣袖上面，那鼻尖上的末摘花依然显著地突出着。他想："真难看啊！"

且说源氏公子回到二条院私邸，看见豆蔻年华的紫姬，长得异常美好。她脸上也有红晕，但和末摘花的红迥不相同，甚是娇艳。她身

---

① 此古歌下一句为"独怜我已老蓬门"。见《古今和歌集》。
② 此古歌下一句为"大雪飞时得见君"。见《古今和歌集》。

穿一件深紫色夹里无纹白地童式女衫，潇洒风流，天真烂漫，非常可爱。她的外祖母墨守古风，不给她的牙齿染黑①。最近给她染黑了，并且加以整饰。眉毛也拔净涂黑，相貌十分美丽清秀。源氏公子想道："我真是自作自受！何必去找那些女人，自寻烦恼？为什么不在家里守着这个可怜可爱的人儿呢？"他就照例和她一起弄玩偶。紫姬画了些画，着了颜色，又随意画种种有趣的形象。源氏公子也和她一起画。他画一个头发很长的女子，在她的鼻尖上点一点红。即使在画中，这相貌也很难看。

　　源氏公子在镜台前照照自己的相貌，觉得很漂亮。他就拿起颜料笔来，在自己的鼻尖上点一点红。这等漂亮的相貌，加上了这一点红，也很难看。紫姬看见了，笑个不住。公子问她："假如我有了这个毛病，你怎么样？"紫姬说："我不喜欢。"她惧怕那红颜料就此染住，揩拭不脱，非常担心。源氏公子假装揩拭了一会，认真地说："哎呀，一点也揩不脱，玩出祸来了！教父皇看见了怎么办呢？"紫姬吓坏了，连忙拿纸片在水盂里蘸些水，替他揩拭。源氏公子笑道："你不要像平仲②那样误蘸了墨水！红鼻子还可勉强，黑鼻子太糟糕了。"两人如此玩耍，真是一对有趣的小夫妻。

　　时值早春，日丽风和；春云叆叇，做冷欺花，教人等候花开，好不心焦！就中梅花得春最早，枝头已微露笑容，逗人注目。门廊前红梅一树，争先开放，已经着了颜色。源氏公子不禁喟然长叹，吟道：

"梅枝挺秀人欣赏，
　底事红花③不可怜？

―――――――――――

① 将铁浸入醋中，使之酸化。用此液将齿染成黑色，时人认为美观。
② 平仲是一个有名的好色男子。他要在女人面前装假哭，蘸些水涂在眼睛上，误蘸了墨水。事见《今昔物语》。
③ 暗指末摘花的鼻子。

此乃无可奈何之事!"

此种女子结局如何,不得而知了!

第七回　红叶贺①

朱雀院行幸②日期,定在十月初十之后。此次行幸,规模特别盛大,比往常更加有趣。但舞乐都在外间表演,妃嫔等不能看到,甚是遗憾。皇上为了他所宠爱的藤壶妃子不能看到,总觉美中不足,便命令先在宫中清凉殿试演一番。

源氏中将所表演的舞蹈是双人舞《青海波》,对手是左大臣家公子头中将。这位头中将的丰姿与品格均甚优雅,迥异凡人;但和源氏中将并立起来,好比樱花树旁边的一株山木,显然逊色了。

渐渐红日西倾。阳光照人,鲜艳如火;乐声鼎沸,舞兴正酣。此时两人共舞,步态与表情异常优美,世无其比。源氏中将的歌咏③尤为动听,简直像佛国里的仙鸟迦陵频伽④的鸣声。美妙之极,皇上感动得流下泪来。公卿和亲王等也都流泪。歌咏既毕,重整舞袖,另演新姿。此时乐声大作,响彻云霄。源氏中将脸上的光彩比平常更加焕发了。皇太子的母亲弘徽殿女御看了源氏公子这等美丽的姿态,心中愤愤不平,说道:"定是鬼神看上他了,教人毛骨悚然呢!"众青年侍女听了这话,都嫌她冷酷无情。藤壶妃子看了,想道:"此人心中若不负疚,一定更加可喜。"沉思往事,如入梦境。

是晚藤壶妃子值宿宫中。皇上对她说:"看了今天试演中的《青海波》,可叹观止了。你看如何?"藤壶妃子隐痛在心,不能畅所欲言,

---

① 本回写源氏十八岁秋天至十九岁秋天之事。
② 朱雀院是历代帝皇退位后栖隐之处。行幸朱雀院表示对前皇祝贺。
③ 歌咏词:"桂殿迎初岁,桐楼媚早年。剪花梅树下,舞燕画梁边。"
④ 正法念经:"山谷旷野,多有迦陵频伽,出妙声音。"

只回答了一句"真好极了"。皇上又说："那个对手也舞得不差呢。讲到舞蹈的姿态与手法，良家子弟毕竟与众不同。世间有名的专门舞蹈家，技术果然很熟练，然而总是缺乏优美高雅的风度。今天的试演如此尽善尽美，将来在红叶荫下正式表演时，只怕再看就没有多大兴趣了。这是为了要给你看，所以我如此安排的。"

次日早晨，源氏中将写一封信给藤壶妃子："昨承雅赏，不知作何感想？我当舞时，心绪缭乱，此乃前所未有，莫可言喻。

心多愁恨身难舞，
扇袖传情知不知？

诚惶诚恐！"源氏中将那种光彩耀目的姿态风度，藤壶妃子毕竟难于忘怀，她便写回信：

"唐人扇袖谁能解？
绰约仙姿我独怜。

我只当作寻常的清歌妙舞来欣赏。"源氏中将收到这回信，如获至宝。他想："她懂得这《青海波》的来历，知道它是唐人的舞乐，足见她对外国朝廷也很关心。这首诗正是皇后的口吻。"不禁笑逐颜开，便像诵经一般郑重地展读这封回信。

朱雀院行幸那一天，亲王公卿等所有的人都随从，皇太子也参加。管弦的画船照例在庭中的池塘里游行回旋。唐人的舞乐，高丽的舞乐，种种歌舞依次表演，品类繁多。乐声震耳，鼓声惊天动地。皇上想起前日试演时映着夕阳的源氏公子，姿态异常美丽，心头反觉不安，便命令各处寺院诵经礼忏，替他消除魔障。闻者无不赞善，认为此乃理之当然。只有皇太子的母亲弘徽殿女御心中不快，认为这是过分的宠爱。

围成圆阵吹笛的人，不论王侯公卿或平民，都选用精通此道、世有定评的专家。宰相二人与左卫门督、右卫门督分别指挥左右乐（唐乐与高丽乐）。舞人也都选用世间最优秀的能手，预先笼闭在邸宅中分别练习，然后参与表演。

高高的红叶林荫下，四十名乐人绕成圆阵。嘹亮的笛声响彻云霄，美不可言。和着松风之声，宛如深山中狂飙的咆哮。红叶缤纷，随风飞舞。《青海波》舞人源氏中将的辉煌姿态出现于其间，美丽之极，令人惊恐！插在源氏中将冠上的红叶，尽行散落了，仿佛是比不过源氏中将的美貌而退避三舍的。左大将①便在御前庭中采些菊花，替他插在冠上。其时日色渐暮，天公仿佛体会人意，洒下一阵极细的微雨来。源氏中将的秀丽的姿态中，添了经霜增艳的各色菊花的美饰，今天大显身手，于舞罢退出时重又折回，另演新姿，使观者感动得不寒而栗，几疑此非人世间现象。无知无识的平民，也都麇集在树旁、岩下，夹杂在山木的落叶之中，观赏舞乐；其中略解情趣的人，也都感动流泪。承香殿女御所生第四皇子，年事尚幼，身穿童装，此时也表演《秋风乐》舞，此为《青海波》以后的节目。这两种舞乐，可谓尽善尽美。看了这两种表演之后，便不想再看别的舞乐，看时反而减杀兴趣了。

是夜源氏中将晋爵，由从三位升为正三位。头中将也升为正四位下。其他公卿，亦各得升官之庆，皆托源氏公子之福。源氏公子能以妙技惊人目，以余德悦人心，福慧双全，不知几生修得也。

且说藤壶妃子此时正乞假归宁，住在外家。源氏公子照例东钻西营，忙于寻求幽会的机缘。因此左大臣家嫌他久疏，怨声鼎沸。又因觅得了那株细草，外人将二条院新近迎来一个女子的消息传入左大臣家，葵姬便更加生气了。源氏公子寻思："紫姬还是个孩子，葵姬不悉

---

① 一说即左大臣。

此种详情，因而生气，也是难怪的。但她倘能直直爽爽，像普通女子一般向我诉恨，我也一定毫不隐讳，将实情告知，并且安慰她。无奈此人并不亲密，总是往坏里猜测，所猜想的竟是我难以想象之事。我也只得置之不顾，去干那些不应该干的事了。然而看这个人的样子，并无缺陷，也没有分明可指的瑕疵。况且是我最初结缡的发妻，所以我真心爱她，又重视她。她若不能理解我这点真心，我也无可如何。但希望她终于能谅解我而改变态度。"葵姬稳重自持，毫无轻率之态，源氏公子对她的信任，自然与众不同。

且说那个年幼的紫姬，进二条院后，日渐驯顺，性情温良，容姿端雅，只管天真烂漫地亲昵源氏公子。源氏公子对自己殿内的人，也暂不说明她是何等样人。他一直让她住在与正殿不相连的西殿中，而在其中设备高贵无比的种种用具。他自己也晨夕过访，教她学习种种技艺，例如写了范本教她学习书法等等，宛如将一向寄居在外的一个亲生女儿迎回家里来了。他吩咐上下一切供奉人等，要特别用心服侍紫姬，务求毫无缺憾。因此除了惟光以外，所有的人都莫名其妙，不知道这女孩是何等样人。紫姬的父亲兵部卿亲王也不悉紫姬下落。紫姬至今还时时回忆往昔，常常追慕已故的尼姑外祖母。源氏公子在家之时，她心有所专，忧思浑忘。但到了晚间，虽然公子有时宿在家里，只因忙于各处幽会，不免常作夜游。每逢公子乘夜出门，紫姬总是依依不舍，公子觉得十分可怜。有时公子入宫侍驾，二三日不归，接着又往左大臣家滞留。紫姬连日孤居独处，闷闷不乐。此时公子不胜怜惜，似觉家里有了一个无母的孤儿，冶游也不得安心了。北山的僧都闻知此种情状，心念紫姬乃一孩子，何故如此受宠，颇觉诧异，但也深可庆喜。每逢僧都追荐尼姑，举行佛事时，源氏公子必遣使吊慰，厚锡唁仪。

却说藤壶妃子乞假归宁，住在三条的宫邸中。源氏公子颇想知道她的近况，前去访问。侍女王命妇、中纳言君、中务君等出来应接。源氏公子想："她们把我当作外客对待了。"心中很不舒服。但也不动声色，和她们作了些普通的寒暄。此时妃子的哥哥兵部卿亲王正好也来到邸中，听见源氏公子来访，便出来与他相见。源氏公子看看这个人，清秀俊逸，风流潇洒，心中窃思：此人若是女子，何等姣好！因念对此人有双重关系①，倍觉亲切，便和他促膝谈心，畅所欲言。兵部卿亲王也觉得公子此次格外亲昵，情深意真，实甚可爱。他再也没有想到要把公子招为女婿，而倒是动了轻佻之心，但愿他变作女子才好。

天色渐暮，兵部卿亲王回进帘内去了。源氏公子不胜艳羡。往昔他受父皇庇护，也可进入帘内，亲近藤壶妃子，直接和她谈话。然而现在已经完全疏远，想起了好不伤心！这正是源氏公子的妄想。他只得起身告辞，一本正经地对侍女们说："理应常来请安，因无特别要事，遂致怠慢。今后若有吩咐，定当随时效劳，不胜荣幸。"说过便回去了。此次王命妇也无术可施。藤壶妃子怀孕已逾半载，心情比以前更加郁结，一直默默无言，闷闷不乐。王命妇睹此情景，又觉可耻，又觉可怜。源氏公子托她办的事毫无进展。源氏公子和藤壶妃子都时时刻刻在心中愁叹："前世作孽！"此事暂且不提。

却说紫姬的乳母少纳言进二条院后，心中常想："这真是一跤跌在蜜缸里了！多管是已故的尼姑老太太关念小姐终身大事，常在修行中替她祈祷，因此诸佛保佑，得此福报吧。"但她又想：正妻葵姬身份高贵，况且公子另有许多情妇，将来紫姬成人，婚嫁之后，难免遭逢不幸吧。然而公子对她如此宠爱，将来必可确保无忧。

外祖母的丧服是三个月。到了除日，紫姬丧服已满，可以改装了。但她没有母亲，全赖外祖母一手抚育长大，因此丧服应该加重：凡金碧辉煌的衣服，一概不穿，只穿红色、紫色、棣棠色等没有花纹的衫子，淡雅入时，非常可爱。

---

① 藤壶之兄，紫姬之父。

元旦早晨，源氏公子入朝贺年，先到紫姬房里看看，笑着对她说："从今天起，你成了大人了吧？"他的态度非常和蔼可亲。紫姬元旦一早就起来弄玩偶，非常忙碌。她在一对三尺高的橱子里，陈设种种物品，又搭了许多小屋子，房间里处处都是玩具，途几为塞。她一本正经地对公子说："昨夜犬君说要打鬼①，把这个弄坏了，我正在修理呢。"好像报告一件大事。源氏公子答道："哎呀，这个人太不小心了，赶快修理吧。今天是元旦，你说话要当心，不可以讲不吉利的话，不要哭。"说过之后便出门。他今天服装非常华丽，侍女们都走出廊下来送行，紫姬也出来送。回进屋里，她立刻替玩偶中的源氏公子穿上华丽的衣服，模仿入朝贺年的样子。

少纳言对她说："今年您总得稍稍大人模样些才好。过了十岁的人，玩玩偶是不像样的。您已经有了丈夫，见丈夫时总得像个夫人那样斯文一脉才是。您现在梳头发也不耐烦……"此时紫姬正在热衷于弄玩偶，少纳言对她说这话，意欲使她知道难为情。紫姬听了，心中想道："如此说来，我已经有了丈夫了。少纳言她们的丈夫，样子都很难看；我却有这么漂亮的一个青年丈夫。"这时候她才分明知道她和公子的关系。虽然还很孩子气，毕竟总是年龄渐长的表示。紫姬这种孩子气模样，随处显露出来。因此殿内的人也都看到，大家觉得这对夫妻很奇怪，然而谁也没有想到他们还只是有名无实的夫妻。

且说源氏公子贺罢退朝，回到左大臣邸中，但见葵姬照例端庄冷静，毫无一点亲昵的样子。他觉得苦闷，便对她言道："岁历更新了。你若得改变心情，稍稍随俗些，我何等欣幸！"葵姬自从闻得公子特地迎进一个女子来加以宠爱的消息之后，料想此人定受重视，将来可能扶正，心中便有了隔阂，因此对公子比前更加疏远冷淡了。然而她勉强装作不知，对于源氏公子的随意不拘的态度，虽然不能热心应付，但

---

① 当时风俗，除夜行打鬼仪式，即把鬼赶出去。

也有适当的酬答,这涵养功夫毕竟是与众不同的。她比源氏公子年长四岁,略感迟暮,难于为情;然而正当花信年华,容颜自是齐整艳丽。源氏公子看了,不免反省:"此人实在毫无缺陷,只因我心过分浮薄不端,致使她如此怨恨。"她的父亲左大臣在诸大臣中,御眷特别深重。她的母亲是皇上的胞妹,对此惟一掌上明珠,悉心教养,无微不至。葵姬自然高傲成性,自命不凡,别人对她略有疏慢,便视为怪事。但在源氏公子这个天之骄子看来,不足稀罕,无可骄矜,一向视为寻常。因此夫妇之间,隔阂自生。左大臣对于公子的浮薄行径,亦感不满。但见面之后,怨恨顿消,依旧热心款待。

次日,源氏公子将出门时,左大臣特来看视。公子正在装束,左大臣亲自拿一条名贵的玉带来送他,并且亲手替他整理官袍背后的折纹。照顾之周到,只差没有亲手替他穿靴。父母爱子之心,令人感动。源氏公子辞谢道:"如此名贵之玉带,且待他日侍内宴时,再受惠赐。"左大臣答道:"他日另有更上品者。此不足贵,但式样新奇耳。"便强把玉带系在他身上了。如此无微不至地爱护,在左大臣视为乐事。此种机会虽然不易多得,但能眼看如此俊美之人物出入其家,他认为是无上之幸福。

源氏公子虽说贺年,但所到的地方不多:除了清凉殿(父皇)、东宫(皇兄)、一院(祖父皇)之外,但赴三条院参拜藤壶妃子。三条的众侍女见了他都赞叹:"公子今天特别漂亮呢!真奇怪,这个人长得一年标致一年了!"藤壶妃子隔帘隐约窥见,胸中无限思量!

藤壶妃子分娩的日期,照算该是去年十二月中。但十二月毫无动静地过去了。大家有些担心。到了新年,三条众侍女都等得心焦了,大家想:"无论如何,这个正月里一定做产。"宫中也如此预料。然而正月又无事地过去了。世人纷纷议论:如此迟产,敢是着了妖魔?藤壶妃子忧心忡忡,生怕因此泄露隐事,以致身败名裂,心中痛苦万状。源氏中将推算月数,愈加确信此事与自己有关,便借口他事,在各寺院举行法事,以祈祷安产。他想:世事难知,安危莫测。我和她结了这露水姻缘,难道就此永别?左思右想,不胜愁叹。幸而过了二月初十之后,平安地产下了一个男孩。于是忧虑全消,宫中及三条院诸人皆大欢喜。皇上盼望藤壶妃子长生不老,藤壶妃子想起了那件隐事,但觉痛心。然而她闻知弘徽殿女御等正在诅咒她,希望她难产而死,假如果真死了,倒教她们快意。想到这里,精神振奋起来,身体也渐渐恢复健康了。

皇上急欲看看新生的小皇子,等得十分心焦。源氏公子心中怀着不可告人的隐衷,也渴望一见自己的亲生儿子,便找个无人注目的机会,到三条院问候,教人传言:"万岁爷急欲知道小皇子状况,我今先来一看,以便回宫奏闻。"藤壶妃子传语答道:"婴儿初生,面目未整,尚不足观……"如此谢绝,亦自有理。其实,这婴儿的相貌酷肖源氏公子,简直如同缩图,一望而知。藤壶妃子大受良心苛责,痛苦万状。她想:"别人只消一看这小皇子的相貌,便会察知我那荒诞的过失,岂有不加谴责者?莫说此种大事,即使是小小的过失,世人往往吹毛求疵。何况我这样的人,不知将何等遗臭万年呢!"反复思量,但觉自身乃世间最不幸之人。

此后源氏公子偶尔遇见王命妇时,总是竭尽言词,要她设法引导会面,然而毫无成效。公子思念婴儿,时刻不忘,对王命妇说定要一见。王命妇答道:"您怎么说这没道理的话!将来自会看见的呀!"她嘴上虽然严词拒绝,脸上表示无限同情与烦恼。源氏公子正像哑子吃黄连,说不出的苦。只能暗自思忖:"不知哪生哪世,能不假传达,与妃子直接晤谈?"那悲叹哭泣之相,教旁人看了也很难过。公子吟道:

"前生多少冤仇债,
此世离愁如许深?

如此缘悭,令人难解!"王命妇亲见藤壶妃子为源氏公子而思慕愁叹之状,听了这诗,不能漠然无动于衷,便悄悄地答道:

"人生多恨事,思子倍伤心。
相见犹悲戚,何况不见人。

你们两地伤心,大家终日愁怀莫展,真好苦也!"源氏公子每次向王命妇纠缠,总是不得成果,空手归去。藤壶妃子深恐他来的次数太多,引人怀疑,因此对王命妇也不便再像从前那样亲近了。她生怕受人注目,并不明显地疏远她。但有时回想起她的拉拢,也不免对她怀恨。王命妇被她疏远,似觉出乎意外,心中好生没趣。

四月,小皇子入宫。这孩子异常发育,不像是两个月的婴儿,此时已经渐渐地会翻身了。相貌酷肖源氏公子,一眼就看得出来。但皇上全不介意,他只道同一无上高贵的血统,相貌当然相似。皇上对这小皇子极度宠爱。源氏公子幼时,他也曾加以无限宠爱。只因公子是更衣所生,为世人所不许,不曾立为太子,至今犹有遗憾。把他降为臣籍,实在委屈了他。看到他成人后容貌丰采之美,常觉不胜惋惜。现在这小皇子乃高贵女御所生,相貌又生得和源氏公子一样光彩焕发,皇上便把他看作无瑕的宝玉,宠爱之深,不可言喻。但藤壶妃子看到这孩子的相貌,看到皇上对他的宠爱,都深感不安,心中隐痛,无时或息。

源氏中将照例到藤壶院参与管弦表演。皇上抱了小皇子出来听赏。他对源氏中将说:"我有许多儿子,只有你一人,从小就和我朝夕相见,就像这个孩子一样。因此我看见他便联想你幼小时候,他实在很像你呢。难道孩子们幼小时都是这样的么?"他这话表示对此两人非常爱怜。源氏中将听了这话,自觉脸上变色。心中又恐惧又抱歉,同时又欢喜又怜爱。左思右想,百感交集,几乎掉下泪来。此时小皇子咿呀学语，笑逐颜开，这般美景，令人爱煞！源氏中将想道："我既然像他，可知也是这般美丽的。"便觉自身甚可矜贵，这也未免太过分了。藤壶妃子听了皇上这番话，痛心之极，流下一身冷汗。源氏中将见了这小皇子，心情反而缭乱了，不久告辞退出。

源氏公子回到二条院私邸，在自己房中休息。愁恨满腹，无法排遣，打算静养一会，再赴左大臣邸。庭中草木畅茂，青青满目，其中抚子花正在盛开。公子便摘了一枝，写一封信，将花枝附在信上，送给王命妇。信中千言万语，并附诗句：

"将花比作心头肉，
难慰愁肠泪转多。

将此盛开的花比作我儿，毕竟是渺茫的啊！"信送到时，正好没人看见，王命妇便交给藤壶妃子看，并劝道："给他个回信吧，就在这花瓣上写几个字也好。"藤壶妃子心中也正在悲伤，便拿起笔来题两句诗：

"为花洒泪襟常湿，
犹自爱花不忍疏。"

只此两句，着墨不多，笔致断断续续。王命妇大喜，便把这答诗送给源氏公子。源氏公子以为是照例没有回音的，正在忧愁纳闷。一见回信，喜出望外，兴奋之余，不觉流下泪来。

源氏公子看了答诗，独自躺着出了一会神，但觉心情郁结，无法排遣。为欲慰情，照例走到西殿去看看紫姬。此时公子鬓发蓬松，衣冠不整，随意披着一件裓子，拿着一支横笛，一面吹出可爱的曲调，一面走进紫姬房里来。但见紫姬歪着身子躺着，正像适才摘的那枝带露的抚子花,非常美丽可爱。她装出撒娇模样,为的是公子回邸后不立刻来看她,故尔生气,不像平日那样起来迎接,却背转了脸。源氏公子在一旁坐下,叫她:"到这里来呀!"她只当不听见,低声唱着古歌"春潮淹没矶头草"①,用袖子遮住了口,样子潇洒而又妩媚。源氏公子说:"唉,讨厌,你怎么也唱这种东西!要知道'但愿天天常见面'②是不好的呀!"便命侍女取过筝来,教紫姬弹奏。对她说:"筝的三根细弦之中,中央一根最容易断③,要很当心。"便把琴弦重校一下,使降低为平调④;自己先调定了弦,然后把筝交紫姬弹奏。紫姬终不好只管撒娇生气,便起来弹筝,弹得非常美妙。她的身体还小,伸长左手去按弦,姿态美丽。源氏公子看了觉得十分可爱,便吹起横笛来辅导她。紫姬非常聪明,无论何等困难的曲调,只要教过一遍,便自会弹。如此多才多艺,伶俐可爱,完全符合源氏公子的希望,他觉得十分庆幸。《保曾吕俱世利》这个乐曲,名称不雅,但是曲调很好听。源氏公子便在笛上吹这个乐曲,教紫姬弹筝相和。她弹得虽然生硬些,然而拍子一点也不错,真是能手!

天黑了,侍女们拿灯火来,源氏公子便和紫姬在灯下看画。先前说过今晚要赴左大臣邸,此时随从人等便在门外作咳嗽声,并说:"天要下雨了。"催促源氏公子早点动身。紫姬听见了,照例不高兴起来,双眉紧锁。她画也不要看了,低头不语,样子实在可爱。她的头发浓重艳丽,源氏公子用手替她拢拢垂下的发绺,问道:"我出门了你想念我么?"紫姬点点头。公子说:"我也是一日不看见你便不快乐的。不过我想,你现在年纪还小,我可以无所顾虑。我首先要顾到那几个脾

---

① 此古歌下一句是"相见稀时相忆多"。见《万叶集》。
② 此古歌下一句为"犹如朝夕弄潮儿"。见《古今和歌集》。
③ 筝形似七弦琴,但有十三弦。最靠近弹者的三根,即第十一、十二、十三弦,都是细弦,称为"斗""为""巾"。中央一根细弦,是指"为"弦。
④ 平调是十二律中最低的调子。

气固执、善于嫉妒的人,希望不伤害她们的感情。她们要向我噜哝,所以我暂且到她们那里走走。将来你长大了,我决不再常常出门。我不要教人恨我,为的是想长命康乐,如意称心地和你两人过日子呀。"这番话说得体贴入微,紫姬听了也不免难以为情。她一句话也不回答,就靠在源氏公子的膝上睡着了。源氏公子觉得很可怜,便吩咐随从人等:"今夜不出门了。"随从者各自散去。侍女们将公子的膳食送到这里来请用。公子唤起紫姬,对她说:"我不出门了!"紫姬闻言,心中欢乐,便起身了。两人一起用晚饭。紫姬吃得很少,略略举箸,应名而已。饭后紫姬对公子说:"那么您就早点睡吧。"她还是不放心,生怕公子出门。源氏公子想:恁般可爱的人儿,我即使是赴阴司,也难于抛舍她而独行的。

如此挽留,乃常有之事。日子渐久,这种消息自然传到左大臣邸中。于是葵姬的侍女们便纷纷议论:"这女人到底是谁呀?真教人莫名其妙!从来不曾听见这个人的名字。如此善于撒娇撒痴,把公子迷住,一定不是一个身份高贵的上流女子。想是他在宫中不知什么地方偶然看到一个侍女,便宠爱了她,生怕外人非难,所以一向隐藏,假意说她还是一个不懂人事的孩子。"

皇上也闻知源氏公子邸内养着这样的一个女子,觉得对左大臣很抱歉。有一天他对源氏公子说:"难怪左大臣心情不快。当你年幼无知的时候,他就尽心竭力地照顾你。你现在已经长大,并不是孩子家了,怎么做出这种忘恩负义的事情来呢?"公子闻言,只是恭敬恐惧,一句话也不回答。皇上推想他大概和葵姬感情不惬,觉得很可怜,又说:"我看你也并不是一个品行不正的好色之徒,从来不曾听见说你对这里的宫女们或者别处的女人发生什么瓜葛。你到底在哪里偷偷摸摸,使得你的岳父和妻子都怨恨你呢?"

皇上虽然春秋已高,在女人面上却并不疏懒。宫女之中,采女和女藏人①,只要是姿色美好而聪明伶俐的,都蒙皇上另眼看待。因此当时宫中美女甚多。如果源氏公子肯对这些女人略假辞色,恐怕没有一人不趋奉他。但他大约是看惯了之故吧,对她们异常淡然。有时这些女人试把风情的话来挑拨他,他也只是勉强敷衍应对。因此有的宫女都嫌他冷酷无情。

却说其中有一个上了年纪的宫女,叫作源内侍,出身荣贵,才艺优越,人望也很高。只是生性异常风流,在色情上完全不知自重。源氏公子觉得奇怪:年纪恁般老大了,何以如此放荡?试把几句戏言来挑拨她一下,岂知她立刻有反应,毫不认为不相称。源氏公子虽然觉得无聊,推想这种老女也许另有风味,便偷偷地和她私通了。但生怕外人得知,笑他搭交这些老物,因此表面上对她很疏远。这老女便引为恨事。

有一天,内侍替皇上梳发。梳毕之后,皇上召唤掌管衣服的宫女,入内换衣服去了。此时室内别无他人。源氏公子看见内侍这一天打扮得比平日更加漂亮:身材俊俏,脂粉浓艳,衣服装饰都很华美,样子异常风骚。他想:"老婆娘还要装年轻!"觉得很不愉快。然而又不肯就此罢休,想道:"不知她自己心里作何感想。"便伸手将她的衣裾拉一把。但见她拿起一把色彩非常鲜丽的纸扇来遮住了口,回过头来向公子送一个异常娇媚的秋波。可是那眼睑已经深深地凹进,颜色发黑;头发蓬乱。公子看到这模样,想道:"这色彩鲜丽的扇子和这衰老的年纪,真不相称啊!"便将自己手里的扇子和她交换一下,拿过来一看,但见鲜艳夺目的深红色地子上,用泥金画着许多繁茂的树木,一旁草草地题着一首古歌:"林下衰草何憔悴,驹不食兮人不刈。"②笔致虽然苍老,但也不无风趣。源氏公子看了觉得可笑,想道:"尽可题别

---

① 采女是服侍御膳的宫女,女藏人是身份较低的打杂的宫女。
② 此古歌载《古今和歌集》。此老女自比衰草。

的诗句,何必用这杀风景的歌词呢?"便对她说:"不是这等说法,有道是'试听杜宇正飞鸣,夏日都来宿此林'①。"源氏公子觉得和这个人讲这些风流韵语,有点不配,深恐被人听见,颇不放心。但这老女却满不在乎,吟道:

"请看过盛林荫草,
盼待君来好饲驹。"

吟时态度异常风骚。源氏公子答道:

"林荫常有群驹集,
我马安能涉足来?

你那里人多口杂,教我怎得常到?"说罢便想脱身,内侍拉住了他,说道:"我从来不曾碰过这种钉子,想不到这么大年纪还要受辱!"说罢掩面而哭。源氏公子安慰她道:"不久就给你消息。我心中常常想念你,只是机会难得呀!"说着转身就走。内侍拼命追上去,恨恨地说:"难道'犹如津国桥梁断'②么?"此时皇上换衣服已经完毕,隔帘望见这般模样,觉得十分可笑,想道:"这毕竟是不相称的关系啊。"自言自语地笑着说:"大家都说源氏公子太古板,替他担心,原来并不如此。你看他连这个老女也不肯放过呢。"内侍虽然觉得难以为情,然而世间原有"为了心爱者,情愿穿湿衣"③的人,所以她并不尽力替自己辩解。

别人闻知此事,也都认为意想不到,大家纷纷谈论。头中将听到

---

① 此古歌载《信明集》。杜宇比情夫。林比情妇。
② 此古歌按《细流抄》所引,下一句为"衰朽残年最可悲"。
③ 此古歌载《后撰集》。

这话，想道："我在色情上也总算无微不至的了，但老女这门路却不曾想到。"他很想看看春心永不消减的模样，便和这内侍私通了。这头中将也是一个矫矫不群的美男子，内侍将他来代替那个薄情的源氏公子，也可聊以慰情；但她心中恐难免觉得如意郎只有源氏公子一人吧？欲壑之难填，一至于此乎！

内侍与头中将的私情非常秘密，源氏公子不得而知。内侍每逢与公子相会，必先申恨诉怨。源氏公子念她年老，很是可怜，颇想加以慰藉，然而又不高兴这样做，所以很久不理睬她。有一天，傍晚下了一阵雨，雨后新凉宜人。源氏公子欲消遣这良宵，在内侍所居的温明殿近旁徘徊闲步。内侍正在弹琵琶，声音非常悦耳。原来这内侍每逢御前管弦演奏等机会，常常参与男人队伍内弹琵琶，故于此道十分擅长，人莫能及。加之此时满怀离情别绪，无处发泄，所以弹得更加动听。她正在唱催马乐《山城》之歌："……好个种瓜郎，要我做妻房。……想来又想去，嫁与也何妨……"嗓音非常美妙，然而略觉不大相称。源氏公子倾耳而听，想道："从前白居易在鄂州听到那个人的歌声①，想必也有这般美妙吧。"

内侍的琵琶忽然停声，想见她正在悲伤愁叹。源氏公子将身靠在柱上，低声吟唱催马乐《东屋》之歌："我在东屋檐下立……"内侍便接唱下段："……请你自己推开门……"②源氏公子觉得她的歌声的确与众不同。内侍吟诗道：

---

① 白居易诗《夜闻歌者宿鄂州》："夜泊鹦鹉洲，秋江月澄澈。邻船有歌者，发调堪愁绝。歌罢继以泣，泣声通复咽。寻声见其人，有妇颜如雪。独倚帆樯立，娉婷十七八。夜泪似珍珠，双双堕明月。借问谁家妇，歌泣何凄切？一问一沾襟，低眉终不说。"

② 催马乐《东屋》之歌全文："（男唱）我在东屋檐下立，斜风细雨湿我裳。多谢我的好姐姐，快快开门接情郎。（女唱）此门无锁又无闩，一推便开无阻挡。请你自己推开门，我是你的好妻房。"

"檐前岂有湿衣者?
惟见泪珠似雨淋。"

吟罢长叹数声。源氏公子想道:"你情人很多,这牢骚不该发给我一个人听。你究竟有什么心事,以致如此悲叹?讨厌!"便答吟道:

"窥人妻女多烦累,
不惯屋檐立等门。"

他想就此走脱,转念这未免太冷酷了,便走进门去。对手是个老女,因此两人搭讪不免稍轻薄些,但也觉得别有异趣。

且说头中将近来怨恨源氏公子,为的是源氏公子过于假扮正经,常常责备他的轻薄行为,而自己却满不在乎地东偷西摸,有了不少情妇。他常常想找他的破绽,以便报复。这一天正好头中将也来会晤这内侍,看见源氏公子先走了进去,心中非常高兴。他想乘此机会稍稍恐吓他一下,给他吃点苦头,再问他:"今后改悔了么?"他暂不作声,站在门外静听动静。

此时风声稍紧,夜色渐深,室内无声,想见二人正已入睡,头中将便悄悄地走进室内。源氏公子心绪不宁,不能放怀就睡,立刻听见了足音。他想不到头中将会来此,猜度这是以前和内侍私通的那个修理大夫,不忘旧情,重来探访。他想:我这种不伦不类的行径,被这个老练的人看到了,多难为情!便对内侍说:"哎呀,不好了,让我回去吧。你早已看见蟢子飞①,却瞒过我,太刻毒了!"便起身光拿了一件常礼服,躲进屏风背后去了。

头中将心中好笑,但装作不知,走到源氏公子躲着的屏风旁边,

---

① 见第37页注②。

把屏风折叠起来,发出噼噼啪啪的声音。内侍虽然年老,还是一个善于逢迎男子的风骚女人。为两男争风吃醋而伤脑筋的事件,她经历得多。虽然司空见惯,这回却也非常狼狈,生怕新来的那个男子将对源氏公子有所不利,甚是担心。连忙起身,战战兢兢地拉住了这个男子。

源氏公子想立刻溜出去,不让对方知道他是何人。但念自己衣衫不整,帽子歪戴,想象这仓皇出走的后影实甚可笑,便踌躇不决。头中将想教源氏公子不知道他是谁,故尔默不作声,只是做出非常愤怒的动作,把佩刀拔了出来。内侍着了急,连喊:"喂,我的好人!喂,我的好人!"走上前去向他合掌叩头。头中将觉得太滑稽了,差一点噗嗤地笑了出来。内侍表面上装作一个娇艳的少女,粗看倒也像模像样,但实际上却是个五十七八岁的老太婆。此时她忘记了一切,夹在两个美貌无比的二十来岁的青年贵公子中间,周章狼狈地调停排解,这样子实在滑稽之极!

头中将故意装作他人,一味表演恐吓的动作,反而被源氏公子看出了。源氏公子想:"他明知是我,故意如此,真是恶作剧。"弄清楚之后,公子觉得好笑,便抓住了他那持佩刀的手臂,狠命地拧他一把。头中将知道已被看破,可惜之余,忍不住笑起来了。源氏公子对他说:"你是当真还是开玩笑?开玩笑也得有个限度啊!让我把衣服穿好吧。"头中将夺取了他的衣服,死也不给他穿。源氏公子说:"那么大家一样。"便伸手拉下了他的腰带,想剥他的衣服。头中将不让他剥,用力抵抗。两人扭作一堆,你争我夺。裂帛一声,源氏公子的衣服竟被撕破了。头中将即景吟唱道:

"直须扯得衣裳破,
隐秘真情露出来。"

你把这破衣穿在外面,让大家看吧。"源氏公子答道:

"明知隐秘终难守,
故意行凶心太狠!"

两人唱和之后,怨恨全消,衣冠零乱地一同出门去了。

　　源氏公子回到私邸,回想此次被头中将捉住,心中不免懊恼,没精打采地躺下来。且说内侍遭逢了这意外之事,甚觉无聊。次日便将昨晚两人遗落的一条男裙和一根腰带送还源氏公子,并附诗道:

"两度浪潮来又去,
矶头空剩寂寥春。

我是'泪若悬河'了!"源氏公子看了想道:"这个人厚颜无耻。"很讨厌她。但回想她昨晚的困窘之状,又觉得可怜,便答诗道:

"骇浪惊涛何足惧?
我心但恨此矶头!"①

回信就只两句诗。他看看送回来的腰带,知道是头中将之物,因为这腰带的颜色比他自己的常礼服深②。但检点自己的常礼服,发见假袖③已经撕掉。他想:"太不成样子了!可见渔色之人,丢脸的事一定很多。"越想越警惕了。

　　此时头中将住在宫中值宿所,便将昨晚撕下来的假袖包好了送还

---

① 以上两诗,皆以浪比二少年,以矶头比内侍。
② 常礼服的腰带必用同样色彩的织物。
③ 假袖是接在衣袖上,使衣袖加长的。

源氏公子,并附言道:"快把这个缝上吧。"源氏公子看了想道:"怎么会给他拿去的?"心中很不愉快。又想:"若是我没有到手这根腰带,倒便宜了他。"便用同样颜色的纸张将腰带包好,送还头中将,并附诗道:

"怜君失带恩情绝,①
原物今朝即奉还。"

头中将收到了腰带和诗,立刻答吟道:

"恨君盗我天蓝带,
此是与君割席时。

你不能怪我恨你啊!"

红日高升之时,两人各各上殿见驾。源氏公子装出端庄严肃、若无其事的样子。头中将却在心中窃笑。这一天正值公事繁忙,有种种政务奏请敕裁。两人闱闱侃侃,神气活现。有时视线相接,各自低头微笑。偶值无人在旁,头中将便走近源氏公子去,向他白一眼,恨恨地说:"你死守秘密,如今再敢不敢?"源氏公子答道:"哪里的话!特地来了空手归去的人,才是倒霉的!老实告诉你:人言可畏,我不得不如此呀。"两人交谈了一会,相约要与古歌"若有人问答不知"②一样,大家严守秘密。

此后头中将每逢机会,便将这件事作为对源氏公子讪笑的话柄。

---

① 催马乐《石川》云:"石川高丽人,取了我的带。我心甚后悔,可恨又可叹。取的什么带?取的淡蓝带。深恐失此带,恩情中途断。"时人信为男女幽会时倘带被人取去,则恩情中绝。
② 古歌:"若有人问答不知,切勿泄露我姓氏!"见《古今和歌集》。

源氏公子想："都是这讨厌的老婆娘害人！"更加后悔了。但那个内侍还是撒娇撒痴地怨恨公子薄情，公子越想越懊恼。头中将对妹妹葵姬也不泄露这件事，只是准备在心：今后如有必要，可以此为对源氏公子的恐吓手段。

凡是出身高贵的皇家子弟，看见皇上如此宠爱源氏公子，都忌惮他，大家对他敬而远之。只有头中将不被他所屈服，些些小事也都要同他争个胜负。与葵姬同母生的，只有头中将一人。他想：源氏公子只是皇上的儿子而已；他自己呢，父亲在大臣中是圣眷最厚的贵戚，母亲是皇上的同胞妹妹，他从小受父母无限宠爱，哪一点比不上源氏公子呢？在实际上，他的人品确也十全其美，无善不臻。这两人在色情上的竞争，无奇不有。为欲避免烦冗，恕不尽述。

且说藤壶妃子即将册立为皇后，其仪式预定在七月间举行。源氏公子由中将升任了宰相。皇上准备在近年内让位于弘徽殿女御所生的太子，而立藤壶妃子所生之子为太子。然而这新太子没有后援人，外家诸舅父都是皇子，但已降为臣下。当时乃藤原氏之天下，未便教源氏的人摄行朝政，所以不得不将新太子的母亲册立为皇后，借以加强新太子的势力。弘徽殿女御闻知此事，大为不悦，此亦理之当然。皇上对她说道："你的儿子不久便即位了，那时你就安居皇太后的尊位，你放心吧。"世人不免过虑，纷纷议论道："这女御是太子的母亲，入宫已有二十余年。要册立藤壶妃子为皇后而压倒她，恐怕是困难的吧。"

藤壶妃子册立皇后的仪式完成了。是夜入宫，源氏宰相奉陪。藤壶妃子乃前皇的皇后所生，在众后妃中出身特别高贵；况且又生了一位粉妆玉琢、光彩焕发的小皇子。因此皇上对她的宠爱无可比拟，别人对她也另眼看待。源氏公子奉陪入宫时，心情郁结，想象辇车中妃子的容姿，不胜渴慕。又念今后相隔愈远，见面无由，不禁心灰意冷，神思恍惚。便自言自语地吟道：

"纵能仰望云端相，
　幽恨绵绵无绝期。"

但觉心情异常寂寞无聊。

小皇子日渐长大，相貌越发肖似源氏公子，竟难于分辨。藤壶妃子看了心中非常痛苦。然而别人并不注意及此。世人都以为：无论何人，无论怎样改头换面，都赶不上源氏公子的美貌。而小皇子当然肖似源氏公子，正像日月行空，光辉自然相似。

第八回　花　宴①

次年春，二月二十过后，皇上于南殿举行樱花宴会。藤壶皇后及朱雀院皇太子的御座，设在皇上玉座的两旁，皇后及皇太子皆赴席。弘徽殿女御为了藤壶皇后占据上风，心中每感不快，常常避免同席。但此次观赏美景，未便一人向隅，只得也来赴席。

是日也，天朗气清，景色宜人。百鸟争鸣，娇音悦耳。自亲王、公卿以至擅长诗道诸人，尽皆出席，探韵②赋诗。源氏宰相探取一韵，报道："臣谨探得'春'字韵！"声音清朗，迥异凡响。其次轮到头中将，众人对他也另眼看待。态度从容不迫，落落大方。报韵声调亦恭谨郑重，与众不同。其余诸人，尽皆相形见绌，畏缩不前。此外不能上殿的阶下诸文人，因见皇上及皇太子皆才华卓越，又值文运昌隆、人才辈出之秋，大家自惭形秽。在此光天化日之下、大庭广众之中举步上前探韵，虽然作诗之事并不困难，却感畏惧恐缩，手足无措。反之，几个年老的文章博士，服装异常寒酸，却因惯于此事，态度从容自若。皇

---

① 本回写源氏二十岁春天之事。
② 探韵之法：于庭中设一文台，台上罗列许多韵字纸，背面向上。作诗者各自探取一纸，以此纸上所书字为韵而作诗。所作皆汉诗。

上观此种种情状，颇感兴趣。

舞乐之事，自不必说，早已准备周妥。红日西倾之时，开始表演《春莺啭》①，歌声舞态，无不十分美妙。皇太子回忆去秋红叶贺时源氏公子所演《青海波》，便赏赐他樱花一枝插于冠上，恳切地劝他表演。盛情难却，源氏公子便起立出场，从容举袖，表演一节，聊以应命。姿态之美妙，无可比拟。左大臣看了，浑忘旧恨，感动流泪。便问："头中将何在？快快上来！"头中将也就挺身而出，表演一出《柳花苑》舞。历时较长，技法精详。想是预知如此，早有准备，姿态十分美妙。皇上即颁赐御衣一袭。人皆以为此乃特殊恩典，甚可珍贵。此后诸公卿不按顺次出场献舞；但日色已昏，灯光之下不辨巧拙。

舞罢，宣读诗篇。源氏公子所作精深渊博，宣读师亦不能轻易吟诵。每读一句，赞叹之声四起。诸文章博士亦皆真心感佩。以前每逢此种机会，皇上必先使源氏公子表演，以为四座增光。今日赛诗得胜，圣心之喜悦自非寻常可比。

藤壶皇后看见源氏公子才艺超群，心中想道："太子的母亲弘徽殿女御如此憎恨源氏公子，真不可解。但我自己如此爱怜他，亦不免疚心。"她深自反省。

"若能看作寻常舞，
贪赏丰姿不疚心。"

她只在心中默诵此诗，不知缘何泄露于世。

御宴至深夜始散。公卿等各自告退，藤壶皇后及皇太子亦各自回宫。四周肃静，月色转明，好一片清夜美景！源氏公子醉兴方浓，觉得

---

① 唐高宗命白明达仿照莺声作此曲，文武天皇年间（公元697—707年）传到日本。

如此良宵,难于空过。他想:"殿上值宿人都已睡了,当此无人注目之时,或有机缘会见藤壶皇后。"便悄悄地走向藤壶院方面,窥探情状。但见可通消息的王命妇等的房门都已紧闭,只得独自叹息。然而犹不肯就此空归,便转向弘徽殿廊下信步行去,但见第三道门尚未关闭。弘徽殿女御散宴后即赴宫中值宿,此间留守人数不多。源氏公子向门内窥看,里面的小门也还开着,而人声全无。源氏公子想道:"世间女子为非犯过,都是由于门禁不严之故。"他便跨进门去,向内窥探。众侍女似乎都已睡着了。

忽然听见廊下有一个非常娇嫩而美妙的声音,迥非寻常女声可比,正在吟唱古歌:"不似明灯照,又非暗幕张。朦胧春月夜,美景世无双。"①这女子一面吟唱,一面向这边走来。源氏公子喜出望外,待她走近,便闯出门去,一把拉住了她的衣袖。那女子好像很害怕的样子,叫道:"呀,吓死我啦!是谁呀?"源氏公子答道:"你何必这样讨厌我呢?"便吟诗道:

"你我皆知深夜好,
良缘恰似月团圆。"

便将她抱进房里,关上了门。那女的因为事出意外,一时茫然若失,令人感到一种温柔甘美之趣。她浑身颤抖,喊道:"这里有一个陌生人!"源氏公子对她说:"我是大家都容许的。你喊人来,有什么用处呢?还是静悄悄的吧。"女的听了这声音,料定他是源氏公子,心中略感安慰。她觉得此事尴尬,但又不愿做出冷酷无情的样子。源氏公子这一天饮酒过多,醉得比往常厉害,觉得空空放过,岂不可惜。女的年轻幼稚,性情温柔,也无力坚拒。两人就此成其好事。源氏公子但觉

---

① 此古歌见《千里集》。

这女子十分可爱，只可惜天色渐明，心中不胜惆怅。那女的更是忧心忡忡，春心缭乱。源氏公子便对她说："我还要请教你的芳名。否则以后如何可通音信呢？想来你也不愿就此分手吧。"女的便吟诗道：

"妾如不幸归泉壤，
　料汝无缘扫墓来。"

她吟时姿态非常娇艳。源氏公子答道："这也说得有理。我不该问你，应该自去用心探索。不过，

东寻西探芳名字，
谣诼纷传似竹风。

你若不怕损坏名誉，我又有何忌惮？我定当探询出来。难道你想从此瞒住我么？"正在交谈，天色已明，众侍女纷纷起身，赴宫中迎接女御，廊上来往频繁。源氏公子无可奈何，只得和那女子交换了一把扇子，作为凭证，然后匆匆出门，回宫邸去。

　　源氏公子的宫邸桐壶院内，侍女甚多，此时有数人已经睡醒。她们看见公子破晓归来，便扯手踢脚，交头接耳地互相告道："好辛苦！日日夜夜地东偷西摸！"她们假装睡着。源氏公子走进内室，虽然躺下，但不能入睡。心中寻思："这个人儿真可爱！大约是弘徽殿女御诸妹中之一人吧。此人还是处女，想必是五女公子或六女公子了。帅皇子①的夫人三女公子和头中将所不爱的夫人四女公子，听说都是美人。倘是这两个人，更加有味儿了。六女公子已经许给皇太子，如果是她，倒有些对人不起。她们姐妹众多，难于辨别，我真弄不清楚。看她的

---

① 帅皇子是源氏之弟，后来称为萤兵部卿。

样子，不想就此绝交。那么为何不肯告诉我通信办法呢？"他左思右想，一颗心儿被这女子牵住了。弘徽殿如此帷薄不修，而藤壶院如此门禁森严，两相比较之下，他觉得藤壶皇后的人品真可钦敬！

第二日重开小宴，忙忙碌碌了一天。源氏公子当筵弹筝，这小宴却比昨日的大宴富有雅趣。将近破晓，藤壶皇后进宫侍驾去了。源氏公子意兴阑珊，想起昨夜朦胧残月之下邂逅相逢的那个女子，此刻大约也要出宫返邸了，心中不胜怅惘。便派他那两个精明能干的侍臣良清和惟光前去窥探情状。公子辞别皇上，出宫返邸之时，两人便来报告："以前停在隐蔽处的车子，现在已从北门出去了。但见许多女御及更衣的娘家诸人中，右大臣家的两个儿子少将及右中弁匆匆忙忙地赶出来相送，可知弘徽殿女御也退出了。我们看得清楚：其中不乏美貌女子。车子只有三辆。"源氏公子听了这话，料想那女子一定在内，胸中不免激动。他想："有何办法可以知道那女子排行第几呢？索性将此事告知她父亲右大臣，正式做了他的女婿，是否使得？但此人品质如何，尚未确悉，遽尔求婚，未免太孟浪吧。然而就此罢休，永远不知是谁，也太可惜，如何是好？"他心中烦恼，茫然地躺着。

忽然想起了紫姬："她很寂寞吧。这几天我常在宫中，久不回二条院，想她是闷闷不乐了。"他觉得很可怜。拿出那把证物的扇子来看看，但见两根外骨上各装着三片樱花模样的饰物，扎着五色丝线。浓色的一面上用泥金画着一个朦胧淡月，月影反映在水中。式样并不特别新颖，然而此乃美人惯用之物，自有亲切可爱之感。那个吟唱"料汝无缘扫墓来"的人的面影，始终不离开他的心头。他便在扇头添写两句诗：

　　"朦胧残月归何处？
　　刻骨相思恼杀人。"

写好之后便把扇子收藏了。

且说源氏公子自念久不赴左大臣邸,但又可怜那个幼小的紫姬,决定先去安慰她一下,便走出宫邸,回二条院去。

每次看见紫姬,总觉得她长得越发美丽,越发娇媚了。她的聪明伶俐果然与众不同。源氏公子觉得此人毫无缺陷,完全可以按照他自己的愿望而教养成人。只是担心一点:仅由男子教养,将来性情安得不欠少温柔?

他把日来宫中花宴情状讲给紫姬听,又教她弹琴,相伴了一天。到了晚上,公子准备出门,紫姬噘起嘴说:"又要去了。"然而近来她已习惯,并不任情阻挠。

源氏公子到了左大臣邸内,葵姬照例并不立刻出来相见。公子寂寞无聊,只得独自思量种种事情。后来取过筝来弹奏,吟唱催马乐《贯川》:"……没有一夜好安眠……"①左大臣来了,和他谈论前日花宴中的趣事:"老夫如许高龄,历仕四朝明主,也算阅历得多了,却从来不曾见过此次那样清新警策的诗文、尽善尽美的舞乐,从来不曾感到此次那样陶情适性,却病延年。目今正是文运昌隆、人才辈出之时,加之吾婿精通诸艺,善于调度贤才,故能有此胜绩也。老夫虽年迈,也有闻鸡起舞之兴呢!"

源氏公子答道:"岂敢!小婿并不善于调度,只是多方搜求贤才,勉尽己责而已。纵观万般技艺,惟头中将之《柳花苑》尽善尽美,真乃后世表率。大人若肯当此盛世之春,欣然起舞,更可为天下增光也。"此时左中弁和头中将进来了。三人共倚栏前,各取所爱乐器,合奏雅

---

① 催马乐《贯川》全文:"(女唱)莎草生在贯川边,做个枕头软如绵。郎君失却父母欢,没有一夜好安眠。(女唱)郎君失却父母欢,为此分外可爱怜。(男唱)姐姐如此把我爱,我心感激不可言。明天我上矢刎市,一定替你买双鞋。(女唱)你倘买鞋给我穿,要买绸面狭底鞋。穿上鞋子着好衣,走上官路迎郎来。"源氏欲以此多情女子对比冷淡的葵姬。

调，其音悠扬悦耳。

且说那个朦胧月夜的小姐，回想那晚间的迷离春梦，不胜悲叹，心中怀着无限思量。她已许嫁皇太子，预定四月间入东宫成亲，为此更添忧恼。男的这边呢，并非全无办法探寻底细，但因尚未确定她是第几位女公子，又因与弘徽殿女御一向不睦，贸然求婚，有失体面，为此不胜烦闷。三月二十日过后，右大臣家举行赛箭会，招请众公卿及亲王参与赛箭，接着便是观赏藤花的宴会。其时樱花已经零落，但是尚有两株迟开的樱花树，仿佛懂得古歌"山樱僻处无人见，着意留春独后开"①之趣，正开得非常茂盛。最近新建的一所殿堂，为了准备弘徽殿女御所生的公主的着裳仪式②，装饰得十分华丽。右大臣家讲究排场，一切设备都很新颖时髦。今日赛箭赏花，右大臣前天在宫中遇见源氏公子时，已曾当面邀请他参加。但深恐公子不到，致使盛会减色，为此再派儿子少将前来迎接，并赠诗道：

"我屋藤花如拙陋，
何须特地待君来？"

此时源氏公子正在宫中，便将此事奏闻。皇上看了诗笑道："他得意洋洋呢！"又说："他特地派人来接，你该早些去。公主们都在他家长大，他不会把你当作外人看待。"

源氏公子打扮梳妆，直至日色甚暮，方始到会。右大臣家等得心焦了。他身穿一件白地彩纹中国薄绸常礼服，里面衬一件淡紫色衬袍，拖着极长的后裾，夹在许多身穿大礼服的王公中间，显然是个风流潇洒的贵公子模样，大家肃然起敬。公子从容入座，其风采实在与众

---

① 此古歌见《古今和歌集》。
② 女子十二至十四岁之间，举行着裳仪式，表示成人，同时垂髫改为结发。

不同。花的色香也被减煞，使人看了反觉扫兴了。

这一天的管弦演奏，非常出色。夜色渐深，源氏公子饮酒过多，酩酊大醉，装出苦闷之状，起身离座。正殿里住着大公主和三公主①，源氏公子便走到东面的边门口，倚门闲眺。

正殿檐前，正是藤花盛开之处。为了看花，正殿的格子窗都开着，众侍女群集在帘前。她们故意把衣袖裙裾露出帘外，像新年里举行踏歌会时那样。这态度和今天的内宴颇不相称。于是源氏公子想起了藤壶院的斯文典雅，觉得毕竟与众不同。

"我心情不快，他们偏偏殷勤劝酒，多喝了真难过！对不起了：既然有缘来到此地，让我在这里躲一下吧。"他说着，便掀起门帘，把上半身躲进帘子里来。但听见一个女子说："咦！这话真可笑！下贱的人才攀缘，像你这样高贵的身份，何必说'有缘'呢？"一看，这个人模样虽不十分庄重，但也并非普通青年侍女，分明具有高贵的美质。

室中弥漫着不知从哪里飘来的香烟。诸女群集，钗钿错杂，裙影蹁跹，人人举止婀娜，艳丽动人。但终缺乏端详娴雅的风情，显然是热爱时髦、竞尚富丽的家风。这些身份高贵的女子，为了观射看花，都从深闺洞房中到这门前来了。在这些身份高贵的女子面前，源氏公子理应恭谦谨慎，但为目前艳丽光景所感染，兴趣顿起，不由想到："不知朦胧月下邂逅相遇的是哪一个。"胸中忐忑地跳。他便将身靠在门旁，把催马乐《石川》加以改作，用诙谐的语调唱道：

"石川高丽人，取了我的扇。
我心甚后悔，可恨又可叹。……"

---

① 大公主即本页所述举行着裳仪式者，三公主后来为贺茂斋院，参看第172页。

但闻有一个女子答道:"怪哉!来了一个奇妙的高丽人!"可知这个人是不知底细的。帷屏后面另有一女子,默默不答,只是连声叹息。源氏公子便挨近这个人去,隔着帷屏握住了她的手,吟道:

"暂赏朦胧月,还能再见无?
　山头凝望处,忧思入迷途。

何故入迷途呢?"他用推测的口气说。那女的忍不住了,答吟道:

"但得心相许,非关月有无。
　山头云漠漠,安得入迷途?"①

听这声音,可知此人确是那天相逢的女子。源氏公子喜出望外,只是……

第九回　葵　姬②

朝代更换后,源氏公子对万事但觉意兴阑珊。又因升任大将,身份更加尊贵,未便轻举妄动,幽会私通之事,不得不稍稍敛迹。因此各处情人,都等得心焦,怨恨悲叹。多管是报应吧,他自己恋慕那个冷酷的藤壶皇后,也有无穷的悲伤怨恨。

藤壶皇后自从桐壶帝让位之后,便与普通宫人一般日夜侍候帝居。弘徽殿太后越发妒忌于她,索性常住儿子朱雀帝宫中。藤壶皇后无人对敌,倒很安心。每逢春秋佳日,桐壶院③必举办盛大的管弦之

---

① 以上两诗,皆以月比那女子,以山头比这房室。
② 本回写两年以后即源氏二十二岁至二十三岁正月之事。
③ 天皇让位后即移居后院,遂即以该院为名,称让位之帝为某某院。

会,声闻朝野。让位以来,悠闲自得,甚是幸福。只有一事不能称心:冷泉院皇太子别居宫中,不得常常见面,未免悬念。这太子没有后援人,上皇甚是担心,便命令源氏大将做他的保护者。源氏大将受命之时,一则以惧,一则以喜。

却说已故皇太子与六条妃子所生的女儿,即将赴伊势神宫当斋宫①了。六条妃子早就计虑:源氏大将的爱情很不可靠,况且让这幼女独自前往,也不放心,不如以照顾幼女为由,跟她同赴伊势吧。桐壶院闻此消息,对源氏公子说:"吾弟在世之日,最宠爱这位妃子。你对她倘有轻率怠慢,便是对不起她。这个斋宫,我也视同自己子女一样。无论从哪方面说,都应该尊重这位妃子。像你这样任情恣意,轻薄好色,势必遭受世人讥评。"说时脸色甚是不快。源氏公子心中也认为父皇之言有理,只得恭恭敬敬地听训。父皇又说:"你不可使对方蒙受耻辱。对无论何人,必须彬彬有礼。切莫教女人们怀恨于你。"源氏公子想:"我那大逆不道的行为,如果被他得知,可不得了!"不胜惶恐,乘机肃然告退。

他和六条妃子的关系,桐壶院也已知道,故尔有此训话。此事有伤六条妃子名誉。就他自己的行为而言,也实在太轻薄了。他很想今后多多重视她,然而又不便公然表示。六条妃子呢,自念年纪比他大,很不相称,觉得可耻,因此对他态度冷淡。源氏公子随顺她的心意,对她也不十分亲热。然而桐壶院早已知道,世间也已无人不晓。虽然如此,六条妃子毕竟还是怨恨源氏公子的薄幸,时时愁叹。

槿姬听到世间传说源氏公子是个薄情郎,于是主意坚定,决心不效别人那样受他的诱惑。公子给她信,她大都置之不答,不过难得回他一封短书。然而也不表示嫌恶,使他难堪。因此源氏公子始终认为这个人是优异的。

---

① 每次天皇即位,卜定斋宫及斋院。修行有定期。

葵姬对于源氏公子的轻薄行径，当然很不满意。然而，想是她认为过于激烈反对无补于事吧，并不十分妒恨。此时她已怀孕，精神不愉快，心中闷闷不乐。源氏公子闻知她已怀孕，深感庆幸，父母亲等亦皆大欢喜。然亦不免担心，便举行种种佛事，祈求安产。这期间源氏公子自然增添忙碌，对六条妃子等情人虽然并不忘怀，然而足迹渐稀了。

此时贺茂神社里那位斋院，已经修行期满。继任之人，卜定了弘徽殿太后所生的三公主。桐壶帝与弘徽殿太后特别宠爱这公主，舍不得放她去度清苦的修行生活。然而此外没有适当之人，也只得割慈忍爱。斋院入社的仪式，本是通常的神事，但此次特别隆重。贺茂神社祝祭，除了规定的仪式之外，又增添许多节目，花样十分新颖。这原是按照斋院的身份高下而有繁简之别的。

入社前几日举行祓禊①，执事的公卿人数本有一定。但此次选得特别讲究，都是声望高贵、容貌优秀的人。连他们的衬衣的色彩、外裙的纹样，以至马和鞍镫，也都选得齐齐整整。又下特旨，令源氏大将参与行事。女眷所乘游览车，都预先准备，装饰得辉煌灿烂。祓禊行列将要通过的一条大路上，车水马龙，冠盖相望，拥挤得几无隙地。各处临时搭起来的看台，装饰得各尽其美。女人们的衣袖衫裾露出在帘下，鲜艳夺目，真乃良辰美景！

葵姬一向不爱看热闹。况且怀孕后精神不甚舒畅，此次更不想出门。但是众青年侍女互相告道："好没趣呀！我们几个人自己悄悄地去看，到底乏味。今天的盛会，无论哪个都想看。连山农野老也都想拜见源氏大将的丰采，从遥远的地方带了妻子上京城来。我们的夫人反而不去看，真太可惜了。"葵姬的母夫人听到这话，便劝她："你今天精神还好，去看看吧。你不去，这些侍从人都没趣。"葵姬遵命。母夫

---

① 祓禊是一种仪式，祓除不祥之意。

人连忙命令备车。

红日高升，时光已经不早。葵夫人的装束和举止并未特地摆阔。这华美的一行几辆车子和侍从来到一条，但见无数游览车排列得密密层层，竟无插足之地。侍从车中有许多是身份高贵的宫女，她们便选定一个没有身份低贱的人的地方，喝令停在那里的车子都退避。其中有二辆牛车，里面挂的帘幕非常精致，而外部装的竹席已经略旧，样子很不触目。车中妇女靠后坐着，将衣袖、裙裾及汗衫①等从帘下稍微露出，颜色都很素淡，显然是为了避免人目注意而故意安排的。车旁的侍从看见别人要他们退避，便走过来昂然地说："这二辆车子非同一般，不得退避！"不许葵夫人的侍从动手。两方都是年轻人，而且都喝得很醉，便争吵起来，无法制止。葵夫人方面几个年长的前驱者出来排解："不得争吵！"然而毫无效用。

原来这二辆车子是伊势斋宫的母夫人六条妃子的，她大约因为心情不快，故尔悄悄地出门游览一下。她想保守秘密，然而葵夫人的侍从自然能够识破。他们便对六条妃子的侍从们骂道："你们是什么来头，口气这么强硬？也算是仗源氏大将的势力么？"葵夫人的侍从中有几个是源氏大将的家人，他们觉得对不起六条妃子，然而也不便照顾她，因此假装不知。争吵的结果，葵夫人的车子终于赶了过来，六条妃子的车子被挤在葵夫人的侍女车后面，望出去什么也看不见。六条妃子觉得看不见还在其次，她的微行被人认出，被人辱骂又赶走，实在无限痛心。

六条妃子车上的架辕台都被折毁了。只得将辕搁在别人家的破烂车子的毂上，才得站稳，样子实甚寒酸。她很懊悔："何必来此呢？"然而悔之晚矣！她想不要看了，立刻回去吧。然而被别人的车子挡住，无路可通！正在懊恼之际，但闻众人喊道："来了，来了！"可知

---

① 原来是男女贴身穿的吸汗用的衣服，但童女所用的一种仪服亦称汗衫。

源氏大将的行列即将来到了。六条妃子听到这喊声，觉得如此可恨之人，却必须在此恭候他的驾临，实在委屈之至！她虽想一见源氏大将，但这里又不是"竹丛林荫处"①，源氏大将不知道她来，没有驻马回头看她，终于扬长而去。她觉得这比完全不见更加可恨。

这一天有许多游览车装饰得比平时更加华丽，许多如花如玉的美眷拥挤在车中，竟把衫袖裙裾在帘下露出来。源氏大将大都漠然地经过，不加注意。但有时也认识这是他的情人某某的车子，便对它微笑顾盼。葵夫人的车子特别触目。源氏大将经过时，态度非常郑重，他的侍从人等也都肃然起敬。相形之下，六条妃子全被压倒，伤心至极，便默吟道：

"仅能窥见狂童影，
徒自悲伤薄命身。"

不觉流下泪来。深恐被人看见，努力隐忍。但又想：源氏公子那鲜艳夺目的容貌，在天光之下更加映丽，倘若未曾窥见，岂不可惜！

源氏大将行列中的人，装束和随从都按照各人身份，秩序井然。其中诸公卿打扮得特别堂皇。然而在源氏大将的光辉之下，都相形见绌了。大将的临时随从用殿上将监，不是寻常的事。只有皇上难得行幸之时，大将才用殿上将监为随从。但今日特别隆重：源氏大将的临时随从是右近兼藏人的殿上将监，即伊豫介的儿子。其他随从，亦皆选用相貌端正、风度优雅的人，这一行列真是辉煌炫目。看到这盖世无双的源氏大将的风姿，即使是无情的草木，也没有不倾倒的。

观众之中，有些中等人家的女子，将衣服披在头顶，戴上女笠，

---

① 和歌："竹丛林荫处，驻马小河边；不得见君面，窥影也心甘。"见《古今和歌集》。

扎起衣裙，徒步往来。又有看破红尘、出家修行的尼姑，也跌跌撞撞地出来看热闹。要是平时，见者一定嫌她们好事："你们这种人何苦来呢！"但在今日，大家认为理之当然。更有形状古怪的老太婆，牙齿脱落，两颊深陷，将垂在背后的头发藏在衣服里面，驼腰曲背，以手加额，仰望源氏大将的容姿，目瞪口呆，竟像发痴一般。其中还有无知无识的平民，忘记了自己相貌的丑陋，欢欣鼓舞地笑着。还有微不足道的地方官的女儿，为源氏大将所不屑寓目的，也乘着竭力装饰得华丽的车子，故意装出娇媚之态，希求大将的青睐。形形色色，难于尽述。就中有几个曾与大将私通的女子，看到他今天的雄姿，自惭形秽，背人叹息。

桃园式部卿亲王坐在看台上观赏。他看到源氏公子的容姿，想道："这个人年龄越长，相貌越是光彩焕发，竟像有鬼神附在他身上似的。"他反而觉得毛骨悚然了。他的女儿槿姬回想：年来源氏公子向她求爱的诚恳，确非寻常可比。即使是个普通男子，女的也会感动，何况是他呢？这个人何以如此多情呢？她不免动心。然而并不想亲近他。只听见她的青年侍女们交口赞誉源氏公子，使她听得厌烦。

祓禊过后，三公主将入贺茂神社修行，当天举行正式的贺茂祭。此日葵姬不去观览。有人将祓禊日争夺车位的事件告诉了源氏大将。源氏大将觉得六条妃子的确受了委屈，很对她不起。他想："葵姬为人忠厚稳重，只可惜虑事不周，有时不免冷酷无情。她自己并不想凌辱人。但她没有想到两女共事一夫，应该互相顾怜。于是她的下属便随顺她的作风，结果做出那件事来。六条妃子气度温雅，谦恭知耻，人品甚是高尚。如今受此凌辱，定然不胜悲愤。"他觉得很抱歉，便亲自去访问。此时六条妃子的女儿尚未赴禁中左卫门府入初斋院①，还留在邸

---

① 凡斋宫受任命后，先行祓禊，入禁中左卫门府斋戒若干日，此时称为入初斋院。然后举行第二次祓禊，移居京都西北角的嵯峨野宫修行一年。再赴伊势。

内洁身斋戒。六条妃子就以不可亵渎神明为借口，回报他说不能安心会面，谢绝了他。源氏大将认为此亦有理之言，只得独自发牢骚："为什么如此呢？总得互相和好才是！"

今天他懒得去见葵姬，先赴二条院，再出门看贺茂祭。他到了紫姬所居的西殿里，便命惟光准备车辆。对那些年幼的侍女们说："你们也去看，好不好？"这一天紫姬打扮得非常美丽，源氏公子满面笑容地对她看。说道："过来！我和你一同去看。"紫姬的头发今天梳得特别光洁，源氏公子用手摸摸，对她说："你的头发长久不剪了。今天想是好日子吧？"便召唤占卜时日吉凶的博士，教他卜定一个吉时。又对小侍女们说："你们先去吧。"他看看这些女童的美丽的衣饰，但见每人的头发都很可爱，梳得很整齐，浓重地挂在浮纹的罗裙上，有娇小玲珑之感。

他说："让我来替小姐剪发。"拿起剪刀，又说："好浓密啊！将来不知要长得多长呢！"他觉得无从着手。又说："头发无论怎样长的人，额上的总是稍短些。但如果都是短的而没有长些的拢到后边，便太缺乏情味了。"剪好之后祝道："郁郁青青，长过千寻！"紫姬的乳母少纳言听了这祝词，深感欣幸。公子吟诗道：

"千寻海水深难测，
　荇藻延绵我独知。"

紫姬答道：

"安知海水十寻底？
　潮落潮生无定时！"①

----

① 以上两诗，以海水比爱情，以潮比源氏公子之心，以荇藻比发。

便将此诗写在纸上。执笔挥毫，样子十分能干。但又有孩子态度，天真可爱。源氏公子深感喜慰。

今天游览车异常拥挤，几无隙地。源氏公子想停车在马场殿旁边，然而没有适当的地方。他说："这地方公卿的车子很多，太嘈杂了。"正在踌躇不决之际，忽见近旁停着一辆很漂亮的女车，里面乘着许多女子，衣袖和裙裾露出在帘下。其中有一人从车中伸出一把扇子来，向公子的随从人招呼道："停在这里好不好？我们让出地方来吧。"源氏公子想："多么轻狂的女子啊！"然而这地方的确很好，便命令驱车过去，对那女车中的人说："你们怎么会找到这好地方？教人羡慕呢！"便接了那把扇子，展开来一看，上面题着诗句：

"拟托神灵逢好侣，
人皆鹣鲽我孤单。

只因君在禁地中。"墨色未干，显然是内侍的笔迹。源氏公子想："岂有此理！她竟想永远不老，一直撒娇撒痴。"他很讨厌，恨恨地写两句答诗，把扇子还她：

"早已知君多好侣，
专诚待我是空言！"

这老女看了，觉得很难为情，又写道：

"神灵本是无灵物，
轻信空名懊悔迟。"

源氏公子因有女同车，帘子也不卷起，便有许多人心怀妒恨。他们想:"前天祓禊时,他的态度很威严,今天却是随意游览。和他同车的人到底是谁?想必不是寻常之人。"大家东猜西测。源氏公子觉得刚才和不相称的人酬酢唱和,很犯不着。但倘送诗给不像内侍那样厚颜无耻的人,又恐她们顾虑到他有女同车,连寥寥数字的回音也不肯放心地送给他吧。此事暂且不表。

却说六条妃子此次懊恼之深,为近年来所无。她怨恨源氏公子无情,对他已经断念。但倘和他绝交,毅然赴伊势蛰居,则又未免无聊,况且被天下人取笑。反之,想留在京城,则如此残酷地受人侮辱,实属难堪。正如古歌所云:"心如钓者之浮标,动荡不定逐海潮。"①她心中犹豫不决。想是日夜忧恼之故,她的心仿佛摆脱了身体而浮游在空中,痛苦不堪。

源氏大将对于六条妃子下伊势之事,并不坚决反对。只是对她说道:"我固然毫不足道,被你摒弃,也是理之当然。不过既结此缘,虽无可取,总希望长此存续,有始有终。"这是不着边际的话,因此六条妃子行止难于决定。被禊那天为欲散心而出游,却受到了无情的打击,从此她对万事都厌恶,心中忧思无限。

正当此日,葵姬为鬼怪所迷,病得很厉害。家中上下一切人等,都忧愁叹息。源氏公子此时不便再东偷西摸,二条院也难得回去。他平时虽然不甚热爱葵姬,但毕竟是身份高贵的正夫人,对她总是另眼看待。尤其是她身上已经有喜,又加之患病,因此源氏公子特别担心。便延请高僧高道,在自己房室内做种种法事。由于法事的效力,关亡的法师说出了许多鬼魂与生灵②的名字来。其中有一个魂灵,始终不肯附在替身童子③身上,而只管附在病人自己身上。虽然并未带来特别的痛苦,但是片刻不离。延请法力精深的修行者来驱除,也不见

---

① 此古歌见《古今和歌集》。
② 当时人相信死鬼和生人的灵魂都能附在病人身上作怪。
③ 做法事时,置一童子,使魂灵移附在童子身上,亦有使用草人者。

效。这个顽强的魂灵，看来不是寻常的了。左大臣邸内的人历数源氏公子的情妇，这个那个地猜测。有几个人悄悄地相告："六条妃子和二条院的紫姬等，公子特别宠爱，她们的妒恨自然最深，想必是她们的生魂了。"请易者占卜一下，也没有定论。虽说是鬼怪迷人，但葵姬并没有对人结下深仇重怨。想来想去，只有她的已故的乳母，或者世世代代与他家结怨的鬼魂，有时乘人之危，隐约出现而已。

葵姬终日嘤嘤啜泣，时时抚胸咳嗽呕吐，痛苦不堪，教人看了非常难过。家人束手无策，眼见得这病状不吉，人人忧愁悲叹。桐壶院也很关怀，问病的使者络绎不绝，又为她做种种法事，以祈祷平安。如此深蒙恩宠，设有不测，实在太可惜了。世人无不关心葵夫人的病状。六条妃子闻知此种情况，大为嫉妒。年来她并无如此嫉妒之心，只为了争夺车位那件小事，她的心异常激动，甚至游离恍惚。左大臣家的人万万想不到此小事竟这般严重。

六条妃子如此妒恨忧恼，身心亦异常困顿。她想请僧人做法事，以祈祷健康。但因女儿斋宫尚未离去，未便在邸内举行，便暂时迁居他处，诵经礼忏。源氏大将闻此消息，深为挂念，不知妃子健康如何，便下决心，前去访问。此时妃子借居他处，源氏大将只得微行而往。他首先说明：近来久疏问候，实乃意外之事，怠慢之罪，务请原宥。然后诉说葵姬病状，言道："我并不何等操心。但她的父母看得很重，非常着急，痛苦不堪。我未便坐视，在她病重期间，只得从旁照料。你倘能宽宏大量，原谅万事，我就不胜欣喜了。"他看见妃子神色比往常憔悴，觉得此实难怪之事，深感同情。

两人交谈，隔阂未消，天明时公子告辞出门。六条妃子看到他那俊美的丰姿，觉得还是不忍抛开他而独自远行。但又思量："他的正夫人素来受他重视，今又将生男育女，结果他的爱情定然集注于她一人身上。而我在这里翘盼他的惠临，无非是自讨苦吃而已。"暂时忘怀了的忧思，现在重新涌上心头来了。其时日色已暮，只收到了源氏公子的一封信。信上写道："近日病势稍减，今又忽然加重，故我未便抽身……"六条妃子推想他又是托辞，便回答他一封信：

"身投情网襟常湿，
　足陷泥田恨日深！

古歌云：'悔汲山井水，其浅仅濡袖。'①君心正如此井。"
　　源氏公子看了这回书，觉得在他所交往的诸女子中，此人的笔迹最为优秀。他想："人世之事，真不可解！我所钟爱的诸人，性情容貌，各尽其美。但恨不能集中爱情于一人，如何是好？"心中郁郁不乐。其时日色已昏，连忙再写一信奉报："来书所云'其浅仅濡袖'，不知何故如此其浅？都缘卿心不深，反而托辞恨我吧！

　卿居浅濑但濡袖，
　　我立深渊已没身。

若非病人之故，我必亲自致送此书。"
　　且说葵姬被魂灵附体，病势转剧，非常痛苦。世人纷纷传说：此乃六条妃子自己的生灵及其已故父大臣的鬼魂作怪。六条妃子闻知此事，思虑满腹。她推想："我只痛惜自身，并不怨恨他人。但闻过于忧郁，灵魂自会脱却身体而浮游出外，为人作怪，此事庸或有之。"近年来她为种种事情悲伤忧恼，然而从未像此次之心碎肠断。自从祓禊那天为争夺车位而被人蔑视、身受奇耻大辱以来，一味忧伤悔恨之余，心灵往往浮游飘荡，不能安静。因此每逢迷离入梦之时，便神游于某处洞房清宫，仿佛是葵姬之家，就同此人纠缠不清。此时她的性行与醒

---

① 此古歌见《古今和歌六帖》。

时完全不同：凶猛暴戾，只顾向此人袭击。这是近来屡有之事。她常常想："唉，惭愧！难道我的灵魂真会出窍，往葵姬那里去么？"觉得非出本心，甚是奇怪。她又想："些些小事，世人都要说短道长，何况像我这种行径，正是教人宣扬恶名的好把柄了。"她痛惜声名，反复思量："倘是已死之人，怨魂不散，为人作祟，乃世间常有之事。但即使他人有此等事，我也认为罪过深重，可憎可恶。何况我现在活着，被人如此宣扬恶名，真乃前世作孽！这都是我爱上了那个薄情人之故。自今以往，决不再想他了。"虽然如此，正如古语所说："想不想时已是想。何不连不想也不想？"

且说六条妃子的女儿斋宫原定去年入禁中左卫门府斋戒，但因种种障碍，延至今年秋天入左卫门府。九月间即将移居嵯峨野宫修行，故目下正在准备第二次祓禊。但六条妃子忽然精神失常，迷离恍惚，每日只是似睡非睡地躺着。她的侍女们大为震惊，为她举行种种法事，以祈祷安康。她并无何等重病，只是郁郁寡欢，沉闷度日。源氏公子常来访问。然而为了葵姬病重，没有关怀他事的余暇了。

葵姬怀孕，还没有到临盆时期，大家漫不介意。岂知忽然阵痛频频，显见即将分娩了。各处法会便加紧祈祷。然而最顽强的那个魂灵，一直附在她身上，片刻不离。道行高深的法师都认为此怪少有，难于制治。费了很大法力，好容易镇服了。此怪便借葵姬之口说道："请法师稍稍宽缓些，我有话要对大将说！"众侍女相与言道："对了，其中必有详情。"便把源氏大将请进帷屏里来。左大臣夫妇想道："看来大限到了，想是有遗言要对公子说吧。"便略略退避。正在祈祷的僧众都放低了声音，诵读《法华经》，气象十分庄严。

源氏公子撩起帷屏的垂布入内，但见葵姬的容颜异常美丽；她的腹部高高地隆起。那躺着的姿态，即使旁人见了，也将痛惜，何况源氏公子。他又觉可怜，又觉可悲，乃当然之事。葵姬身穿白色衣服，映着乌黑的头发，色彩非常鲜明。她的头发浓密而修长，束着带子搁在枕上。源氏公子看了，想道："她平日过于端庄了。此刻如此打扮，倒是非常可爱，更加娇艳，实在美丽之极！"便握住了她的手，说道："哎呀，你好苦啊！教我多么伤心！"说时泣不成声。但见葵姬的眼色，本来非常严肃而腼腆，现在带着倦容仰望着源氏公子，凝视了一会之后，滚滚地流出眼泪来。源氏公子睹此情状，安得不肝肠断绝？葵姬哭得很厉害，源氏公子推想她是舍不得她的慈爱的双亲，又担心现在与丈夫见面竟成永诀，故尔悲伤。便安慰她道："什么事都不要想得太严重了。目下虽有痛苦，但我看你气色甚好，定无危险。设有意外，我俩既结夫妇之缘，生生世世必能相见。岳父母与你亦有宿世深缘，生死轮回，永无断绝，必有相见之时，万勿悲伤！"

附在葵姬身上的生灵答道："否否，非为此也。我全身异常痛苦，欲请法师稍稍宽恕耳。我绝非有意来此相扰，只因忧思郁结，魂灵不能守舍，浮游飘荡，偶尔至此也。"语调温和可亲，又吟诗道：

"郎君快把前裾结，
系我游魂返本身！"①

说时声音态度，完全不像葵姬，竟是另一个人。源氏公子吃惊之余，仔细寻思，恍悟此人竟是六条妃子。奇哉怪也：以前众口谣传，他总以为是不良之人胡言乱道，听了很不高兴，往往加以驳斥。今天亲眼看到世间竟有如此不可思议之事，觉得人生实在可厌，心中不胜悲叹。便问："你说得是。但你究竟是谁？务请明以告我！"岂知她回答时连态度和口音都完全是六条妃子！此情此景，奇怪两字已经不够形容。葵姬的众侍女就在近旁，不知她们是否看出，源氏公子颇感狼狈。

---

① 时人相信：若魂灵脱体游离，只要见者将衣服前裾打一个结，魂灵便回本体。故吉备公有《见人魂歌》云："我见一人魂，不知属谁人。快快结前裾，使魂返其身。"

那个生灵的声音渐渐静下去了。母夫人推想葵姬现在身体好些，便送过一碗汤药来。侍女们扶她坐起来服药，岂知婴儿立刻诞生了。全家诸人皆大欢喜。但移附在替身童子身上的生灵却嫉妒她的安产，大声骚扰起来，因此大家担心落胞之事。想是左大臣夫妇及源氏公子多修法事、立下宏誓大愿之故，落胞之事终于顺利平安。于是修法事的比叡山住持及诸山高僧俱各欢慰，拭去头上的汗，匆匆告退。家中诸人连日尽心看护，俱各困疲，此时方得稍稍休息。左大臣夫妇及源氏公子料想今后可保无事，俱各安心了。为感谢神恩，法事重新开始。但上下诸人都悉心照料这可爱的婴儿，对病人不免疏忽了。

自桐壶院以至诸亲王及公卿，无不致送礼物，所馈赠的都是珍贵物品。庆贺之夜，看到这些礼物，家人无不欢天喜地，热闹非常。①又因诞生的是男儿，所以各项礼仪格外隆重。

且说六条妃子闻知葵姬安产，心中不得平静。她想："早已病势危笃，何以今又平安无事？"她历历回思自己的魂灵不知不觉地出游时种种情状，便觉自己的衣衫熏透了葵姬枕边所焚的芥子香②。她很诧异，便净洗头发，更换衣服，试看是否真有其事。岂知洗头换衣之后，香气依旧不散！她想："此种行径，我自己想起了也觉得荒唐。何况别人闻知，岂有不肆意宣扬？"但此事不可告人，只能闷在心中，独自悲叹。她的性情便越发变得乖异了。

源氏公子见葵姬分娩，大小平安，心中稍稍安宁。但想起那活人魂灵不问自招的怪事，甚是懊恼。他久不访问六条妃子，觉得对她不起。但念倘使和她见了面，有何话可说呢？心情一定不快。为她着想，也使她反为难。左思右想，终于不去探访，但写了一封信去。

葵姬生了这一场大病之后，身体自然十分虚弱，大家很担心，认

---

① 当时风俗，产后三、五、七日晚上亲朋都来贺喜，馈赠食品、婴儿服装等礼品。
② 时人相信：焚芥子香可以驱除邪恶。

为不可疏忽。源氏公子也认为理应如此,守着病人,足不出户。葵姬身上还很不舒服,不能像平日那样和源氏公子晤谈。新生的婴儿相貌异常端正,源氏公子对他的宝爱,当非寻常可比。左大臣觉得万事如意称心,十分欢喜。只是葵姬身体尚未痊愈,不免担心。但念此次病势如此沉重,当然不会立刻复健。因此并不十分着急。

新生的婴儿眉清目秀,非常肖似东宫太子。源氏公子看了,立刻想起太子,思念之极,不能再忍,想进宫去看看他。便在帘外对葵姬抱怨道:"我久不进宫,心甚挂念,今日颇思去走一遭。但有话想和你面谈,隔帘传语,岂不太疏远么?"侍女们劝请葵夫人:"夫妇之间,不须拘谨小节。夫人虽然病体衰弱,膏沐不施,但和公子见面,何必隔帘?"便在夫人卧处旁边设一座位,请源氏公子进来。两人就对面谈话。葵姬时时对答,但因病后衰弱,颇感吃力。源氏公子回想前日濒于死亡时那种模样,觉得现在好似身在梦境。便共谈病势沉重时种种情况。忽然想起那天这气息奄奄之人突然魂灵附体、侃侃而谈时那种怪相,心中恐怖起来,对她说:"唉,要谈的话实在多,不过你现在身体还弱,应该静养。"便劝她服汤药。众侍女睹此光景,都很高兴,想道:"不知他几时学会看护病人的。"葵姬这个绝色美人,现在为病魔所困,玉容消减,精神若有若无,那躺着的样子实在非常可爱可怜!那浓艳的头发一丝不乱,云霞一般堆在枕上,美丽之极!源氏公子异常感动,凝眸注视,心中想道:"年来我为了何事而对她感到不满呢?"便对她说:"我进宫去,参见了父皇,立刻回来。我们能够这样地促膝谈心,我真高兴!近来岳母常常陪伴着你,我倘来得太勤,深恐她怪我不体谅病人,因此我不便多亲近你,心中很痛苦。但愿你身体渐渐好起来,我们便可回到本来的房间里去同居。多半是岳父母太钟爱你,像小孩一般疼你,因此你的病不容易快好。"说罢便起身告辞。此时公子服装异常鲜丽,葵姬躺着目送他,比平常格外热情地注视。

此时正是秋季"司召"①之期，京官任免，须在此时决定。左大臣也须入宫参与会议。诸公子希望升官，时刻不离左右，此时大家跟着左大臣入宫。诸人入宫之后，邸内人少，顿觉岑寂。正在此时，葵姬的病忽然转剧，胸中喘咳，痛苦难当。不及向宫中通报，就断气了！

噩耗传来，左大臣及源氏公子等大吃一惊，慌忙退出，几乎足不履地。原定这天晚上办理"司召"，现在发生了这意外的故障，只得万事中止了。

回到邸内，但闻哭声震天。时值夜半，想邀请比叡山住持及诸僧众来做功德，也急切难行。安产后虽然病体尚未复健，但是看来必无危险，因此大家都已放心。冷不防突然逝世，仿佛青天一个霹雳，邸内诸人都吓丧了胆。此时各处吊客络绎不绝地来了。家人无法对付，手忙脚乱，混乱不堪。诸亲人哭泣之哀，旁人听了也都肝肠断绝！葵姬过去屡次被鬼怪所袭而一时昏迷，但后来渐渐苏醒。家人疑心此次也会复苏，因此枕头也不移动，静候了两三日。然而容颜逐渐走样，证明确已长逝。绝望之余，家人无不痛心疾首！源氏公子除了痛惜葵姬之死而外，又为六条妃子之事伤心，觉得人生于世，实甚无聊。关系密切的诸亲友的殷勤吊慰，他也觉得毫不足贵了。

桐壶院也很悲伤，郑重地遣使吊唁。家中虽遭不幸，反而因此增加光彩，悲哀之中平添了欢喜。左大臣感激之余，流泪不绝。他听从别人的劝告，为祈求女儿复活而举行庄严隆重的法事，又历尽无遗地施行种种救活的办法。然而眼见得尸体已经腐烂，父母虽然痴心妄想地盼望，终不过是毫无希望地度日。到了无可奈何之时，只得将遗骸送往鸟边野火葬场去。悲恸之事，不可尽述。

鸟边野的广大原野上，拥满了各处送葬人和各寺院念佛僧众，几

---

① 秋季决定京官任免，名曰"司召"。春季决定地方官任免，名曰"县召"。

无隙地。桐壶院自不必说,藤壶皇后及东宫太子等的使者,以及其他诸人的使者,都来郑重地吊唁。左大臣悲伤之极,两脚都站不起来,羞愧己身命穷,啼啼哭哭地说:"老夫如此高龄,身逢逆事,以致匍匐难行,何命途之舛!"众人闻言,无不悲叹。这葬仪隆重盛大,喧扰了一夜。到了将近破晓,大家只得告别了这无常的骨灰而归去。

生死乃人世之常事。但源氏公子只见过夕颜一人之死,或所见不多,因此哭泣之哀,异乎寻常。时在八月二十过后,残月当空,凄凉无限。左大臣在归途上思念亡女,心情郁结,愁眉不展。源氏公子看了,十分同情,益增悲戚,两眼只管眺望天空,吟道:

"丽质化青烟,和云上碧天。
夜空凝望处,处处教人怜。"

源氏公子回左大臣邸后,全然不能成寐。他回忆葵姬年来模样,想道:"为什么我一直认为将来自能得她谅解,总是满不在乎地任情而动,使得她心怀怨恨呢?她终身把我看作一个冷酷无情的薄幸郎,抱恨而死了!"他历历回想,后悔之事甚多,然而悔之晚矣!他穿上了浅黑色丧服,似觉身在梦境,想入非非:"如果我比她先死,她一定穿深黑色的丧服①吧。"遂又吟道:

"丧衣色淡因遵制,
袖泪成渊痛哭多。"

吟罢亲为念佛,态度异常优美。然后低声诵经:"法界三昧普贤大

---

① 黑色之深浅,表示丧服之重轻(参看第81页注①)。男女不平等的封建社会里的制度,夫对妻丧服轻,妻对夫丧服重。

士⋯⋯"其庄严胜于勤修梵行的法师。

　　源氏公子看到新生的婴儿，想起古歌"若非剩有遗孤在，何以追怀逝世人？"①更加泪如泉涌了。他想："这话果然说得是。倘使连这个遗孤也没有，更加伤心了。"这也可聊以自慰。

　　老夫人沉溺于悲哀，竟致不能起身，光景甚是危险。家人便延请高僧高道，大修法事，以祈祷健康，一时奔忙骚扰。光阴荏苒，看看过了七七。其间每次超荐亡魂，老夫人总觉得此乃意想不到之事，不肯相信女儿真个已死，只管悲伤哭泣。做父母的，即使子女庸碌粗蠢，也总觉得可爱。何况像葵姬那样聪明伶俐的人，父母痛惜是理之当然。他们只有一个女儿，已觉美中不足。现在丧亡了，真比失去一颗掌上明珠更加痛心。

　　源氏大将连二条院也全然不去，只管真心地悲伤叹气，朝朝暮暮为亡妻诵经念佛。诸情人处，只写了几封信去。六条妃子跟随女儿斋宫赴禁中左卫门府斋戒，便以清心洁身为理由，不写信给源氏公子。源氏公子早已痛感人世之苦厄，如今又赋悼亡，更觉得一切都可厌弃。若无新生婴儿之羁绊，颇思削发为僧，遁入空门。然而想起了西殿里那个人，没有了他一定孤苦伶仃，心中不免怀念。他夜夜独宿帐中，虽有众宫女在旁侍候，总是寂寞无聊，常常想起古歌"秋日生离犹恋恋，何况死别两茫茫"②之句。他就寝后往往半睡半醒。选用几个嗓音优美的僧人，叫他们晚间在旁诵经念佛。破晓时闻此声音，不胜凄凉寂寞之感。深秋之夜，风声越来越觉凄凉，沁入肺腑。不惯独眠的人，但觉长夜漫漫，不能安枕。有一天清晨，朝雾弥漫之时，有一个人送一封深蓝色的信来，系在一枝初绽的菊花上。其人交了信即便回去。源氏公子觉得此物甚是风流潇洒，一看，是六条妃子的笔迹。信

---

　　① 此古歌见《后撰集》。
　　② 此古歌见《古今和歌集》。

上写道:"久未问候,此心想蒙谅鉴。

  侧闻辞世常堕泪,
  遥想孤身袖不干。

只因今日晨景迷离,无以自遣,谨呈短束。"

源氏公子看了,觉得这封信写得比往日的更加优美,令人不忍释手。既而又想:她自己害死了人,佯装不知,写信来吊慰,其实可恨!但倘就此和她决绝,不通音问,似觉又太残忍。这样对待她,岂不糟蹋了她的名誉?心中踌躇不决。终于想道:"死者已矣,无非前世宿命制定。但我何必清清楚楚地看到那生魂作祟的情状呢?"后悔之余,不由得回心转意,对六条妃子的爱情终于不忍断绝。他想写回信,但念此时妃子正陪伴斋宫清心洁身,不宜阅读丧家来信,多时犹豫不决。继而又想:她专诚来信,我置之不理,未免太过无情。便在一张紫灰色的信笺上写道:"久疏问候,但思慕之心,无时或息。只因身在丧服之中,未便致信,此情想蒙谅鉴。

  先凋后死皆朝露,
  执念深时枉费心。

难怪你怀恨,但务请忘记令人讨厌之事。卿正斋戒,恐不宜阅读此信。我值居丧,亦未便多通音问。"

此时六条妃子已从左卫门府回到私邸,便悄悄地启信阅读。只因心怀鬼胎,读了源氏公子隐约暗示之语,立刻分明觉察。她想:"原来他全都知道了!"心中非常懊恼。又想:"我身之不幸,实无限量!赢得了'生魂祟人'这个恶名,不知桐壶爷听到了作何感想。亡夫前皇太子与桐壶爷乃同胞兄弟,情谊十分深厚。亡夫弥留之际,曾将女儿斋宫恳切托孤于桐壶爷。桐壶爷常言'我必代弟照拂此女',又屡屡劝我仍居宫中。我因守寡之身,不宜沾染红尘,故尔出宫离居。不料遇此稚龄狂童,堕入迷离春梦,平添忧愁苦恨,终于流传如此恶名。我好命苦也!"她心思缭乱,精神异常颓丧。

虽然如此,但六条妃子对世间万般兴事,均有高尚优雅之趣味,自昔以才女著名于世。此次斋宫从左卫门府迁居嵯峨野宫,也举办种种饶有风情的兴事。她陪着女儿来到野宫之后,几个风流的殿上公卿不惜冒霜犯露,披星戴月,常到嵯峨野宫附近来遨游。源氏公子闻之,不由想道:"这也难怪。妃子多才多艺,品貌十全其美,如果看破红尘,出家修行,当然会寂寞的。"

葵姬七七佛事都做完了。这七七四十九天之内,源氏公子一直笼闭在左大臣邸内。头中将现已升任三位中将,知道他不惯闭居,甚是同情,常常陪伴他,为他讲述世间种种见闻,以资安慰。重大严肃的事情也有,像往日那样轻薄好色的事情也有。尤其是关于那个内侍的事,常常取作笑柄。源氏公子听到他谈内侍,总是劝诫:"哎呀,罪过啊!不要拿这老祖母来开玩笑!"然而每逢谈起,总觉得可笑。他们毫无顾虑,互相纵谈种种偷香窃玉的事情。例如那年春天某月十六之夜在常陆亲王邸内相遇之事,以及秋天源氏公子与末摘花幽会后回宫的早晨被头中将嘲笑的事情等等。结果往往是慨叹人世之无常,相与泣下。

有一日傍晚,愁云密布,降下一天时雨。中将脱去深色丧服,改穿淡色,风姿英爽,使见者自惭形秽。他翩翩然地来见源氏公子。公子靠在西面边门口的栏杆上,正在闲眺庭前经霜变色的花木。其时晚风凄厉,冷雨连绵。公子情怀悲戚,泪珠几欲与雨滴争多。他两手支颐,独自闲吟"为雨为云今不知"之诗①,风度非常潇洒凄艳。中将色

---

① 唐人刘禹锡《有所嗟》诗云:"庚令楼中初见时,武昌春柳似腰肢。相逢相失两如梦,为雨为云今不知。"

情心动，注视良久，想道："一个女人倘使抛开了这男人而死，其阴魂一定长留世间，不肯离开他呢。"便走近前去，相对坐下。源氏公子衣衫零乱，便把衣服上的带子系上。他穿的丧服比中将颜色稍深，里面衬着鲜红色衬衣，简单朴素，然而异常美观，令人百看不厌。中将以凄凉之眼色仰望天空，自言自语地吟道：

"为雨为云皆漠漠，
不知何处是芳魂。"①

去向不明了！"源氏公子便吟道：

"芳魂化作潇潇雨，
漠漠长空也泪淋。"

中将看见源氏公子吟时愁容满面，哀思不浅，窃自想道："原来我看错了：我以为源氏公子这几年来对阿妹并无何等深恩重爱，只因桐壶爷屡次训诫他，父亲也一片苦心地疼爱他，加之他和母亲乃姑侄之谊，有此种种关系，所以他不便抛弃，勉强敷衍，实乃一大遗憾。岂知我这看法全是误解，原来他对这正夫人是非常疼爱又重视的！"他恍然大悟之后，便觉葵姬之死越发可惜，仿佛家里失去了光彩，何等不幸！

中将去后，源氏公子看见霜凋的草中有龙胆花与抚子花正在盛开，便命侍女折取抚子花一枝，写一封信，叫小公子的乳母宰相君将花和信呈送老夫人。信中写的是：

---

① 此诗及刘禹锡诗，皆根据宋玉《高唐赋》中语："昔者，先王尝游高唐，怠而昼寝，梦见一妇人，曰：'妾巫山之女也，为高唐之客，闻君游高唐，愿荐枕席。'王因幸之。去而辞曰：'妾在巫山之阳，高丘之岨，旦为朝云，暮为行雨。朝朝暮暮，阳台之下。'旦朝视之，如言。"

"草枯篱畔鲜花小，
好作残秋遗物看。"①

老夫人将谓以花比残秋，花应逊色耶？"小公子天真烂漫的笑颜，的确美丽可爱。老夫人的眼泪，比风中的枯叶更加容易掉落。看了这信，立刻流下泪来，情不自禁，勉力吟道：

"草枯篱畔花虽美，
看后翻教袖不干。"

源氏公子闭居邸内，寂寞无聊。忽念槿姬平时虽然态度冷淡，但照她的性情推量起来，对公子今日悼亡的悲哀定然颇能理解，便写一封信给她。信送到时，天色已暮。虽然近来久不通信了，但槿姬的侍女们知道以前也曾偶尔来信，并不引以为怪，便将信呈阅。槿姬但见一张天蓝色的中国纸上写道：

"饱尝岁岁悲秋味，
此日黄昏泪独多。

真乃'年年十月愁霖雨'②了。"众侍女说："这封信写得格外用心，比以前的饶有风趣，似乎未便置之不理呢。"槿姬自己也这样想，便答复道："闻君深宫孤寂，不胜同情。但正如古歌所云：'恋情倘染色，虽浓亦可观。我今无色相，安得请君看？'③因此未能吊慰。

---

① 花比小公子，残秋比已死的葵姬。
② 此古歌按《河海抄》所引，下一句为"不及今年落泪多"。
③ 此古歌见《后撰集》。暗示槿姬与源氏并无沾染。

秋雾生时悲永诀，

满天风雨惹人愁！"

此信用淡墨色写成。想是心理作用吧，似觉非常可爱。

原来世间无论何事，都是实行不及预想之美。源氏公子的脾气正是如此：他对于顽强不屈的人，恋慕特别深切。他想："槿姬不许我求爱，但每逢机会，总不惜向我表示风趣。这证明对此人是可以互通真情的。倘过分多情，惹人注目，反而会暴露多余的缺陷。我不愿把西殿里那个人养成这种性情。"他推想紫姬近日一定寂寞无聊，思念之心，无时或息。但也只觉得是关怀一个无母的孤儿，并不担心她像情人一般因久别而怀恨。此真乃称心之事。

天色全黑了，源氏公子教人把灯火移近座旁，命几个亲近的侍女坐在身旁，相与闲谈。其中有一个名叫中纳言君的，早就与公子暗中有染。但公子现正居丧，全不涉及此种关系。众侍女看着他，都在心中赞叹："到底是个有气节的人！"公子便和她们亲切地闲话世间种种普通事情。后来公子说："近来大家都摒除了外间一切事情，团聚在此，倒比夫人在世之时更加亲切了。但想起了以后不能常常如此，怎不教人恋恋不舍？死别的悲恸且不说，仅乎想起此事，也就教人伤心难堪了。"众侍女听了这话都吞声饮泣。有一人说道："说起那桩不可挽回之事，只觉得黯然销魂。但这是无可奈何的了！想起了公子今后将离开此地，另赴他处，不复回顾，真教我们……"她说到这里，喉头哽咽，说不下去了。源氏公子看看众侍女，觉得她们很可怜，便答道："岂有不复回顾之理？你们不要把我看作如此薄情之人！倘有眼光长远的人，定能了解我的衷心。不过我的寿命也是修短无常的啊！"他的眼睛注视灯火，泪盈于睫，神情十分凄艳。

侍女之中，有一个葵姬所特别爱怜的女童，名叫贵君，父母双亡，身世孤苦。源氏公子认为此人的确可怜可爱，对她说："贵君，今后由我来做你的保护人。"贵君便嘤嘤地哭泣了。她身穿一件短短的衫子，染得比别人更黑。外面罩着黑色上衣和萱草色裙子，姿态十分娇美。公子又对众侍女说："但愿不忘旧情的人，忍耐目前的寂寥，切勿抛舍这个婴儿，大家照旧在此服务。已经凤去台空，若再故人星散，岂不更增冷落？"他劝大家耐心忍性，长久共处。但众侍女都想："哪有这事！自今以后，恐怕更加盼不到你的光临了吧！"大家不胜寂寥之感。

左大臣按照各人身份，将种种日用物品，以及纪念死者的种种遗物，分别赏赐众侍女。随意为之，并不过分张扬。

且说源氏公子长此闲居一室，沉思冥想，实非所宜，便发心入宫参见桐壶院。车驾已备，侍从齐集。天公体会人意，降下一番时雨，仿佛为此别离而洒同情之泪。摧残木叶的寒风蓦地剧烈起来。在旁侍候的诸人，尽皆垂头丧气。近日稍干的衣袖，今日又湿透了。预定出宫之后，今夜即在二条院私邸泊宿。侍从人等便各做准备，先赴二条院等候。公子今日并非一去不回，但左大臣邸内诸人都悲伤不堪。左大臣夫妇见此光景，又添了一种新愁。

源氏公子写一封信给老夫人，说道："只因父皇盼待已久，今日即拟入宫参谒。虽是暂别，但念此次惨遭巨厄，微命仍得苟延至今，便觉心乱如麻，不胜悲切。本当前来面辞，因恐反添烦恼，故暂不求见。"老夫人流泪过多，两眼昏花，展读来书，字迹难辨，只是悲恸，不能作书答复。

左大臣立即出来相送。悲伤不堪，只管以袖掩面。左右侍从睹此情状，无不感动泣下。源氏大将抚今思昔，悲从中来，热泪盈眶，愁容可掬，然而举止安详，仪态优美。左大臣迟疑良久，对公子言道："老夫年迈，不任忧患。即使小有失意，亦必伤心坠泪；何况遭此巨厄，两袖无有干时。方寸缭乱，不能自制。举止失常，难于见人。深恐颓丧之余，有失礼仪，因此不敢晋谒上皇。吾婿入宫，便中望将此等情状奏闻,善为说辞。衰朽之年,来日无多,岂料遭此逆事,真乃命途多舛!"他强自镇静,好容易说出了这番话,样子实甚可怜。

源氏公子几度举袖掩面,安慰他道:"寿夭无常,修短无定。固知此乃人世之常态,但躬逢其事,痛苦实不堪言!小婿自当将此情状向父皇奏闻,定能深蒙鉴察。"左大臣便催促:"霖雨连绵,恐无止时。吾婿不如乘天色未黑之时,早早动身。"

源氏公子举目四顾,但见帷屏后面、纸隔扇旁边,以及各处空地方,聚集着侍女约三十人。她们都穿着黑色丧服,有的深黑,有的浅黑,个个愁容满面,神色沮丧,样子非常可怜。左大臣看了,对源氏公子说:"我女儿虽然死了,但你所舍不得的小公子留在这里,今后你便中决不会不来看视。我们都以此自慰。然而这些冥顽无知的侍女,都以为你将从此抛舍这个旧家,今后不再回顾。她们现在倒不是为死别而伤心,却是为了今后不得再像从前那样时时侍奉左右而悲叹。这也是理之当然。往日你俩不能融洽相处,我却常常指望你们将来言归于好,不道已成空花泡影!唉,今天的暮色好不凄凉呵!"说罢又溯下泪来。

源氏公子答道:"这是那班浅见之人的过虑而已。我往日曾经静候双方谅解,其间有时不免久疏问候。但现在还有什么理由可说而不来探访呢?今后我心当蒙谅解了。"说罢,告辞出门。

左大臣目送源氏公子出门后,回到公子旧居的房间里,但见室中自装饰以至一切布置,全同葵姬生前一样,毫无变动。然而空洞无主,仿佛蜕去后的蝉壳。案上散置着笔砚等物,又有公子所弃置的墨稿。左大臣便取来观看。泪眼昏花,难于分辨,只得努力眨眼,将泪水挤出。众青年侍女看到这模样,觉得滑稽,悲哀之中不禁微笑起来。这些墨稿之中,有缠绵悱恻的古诗,有汉文的,也有日文的。无论汉字或假名,都有种种体裁,新颖秀美。左大臣叹道:"真乃心灵手巧!"仰望天空,耽入沉思。心念如此英才,今后将成为外人,岂不可惜!只见

源氏公子在"旧枕故衾谁与共?"①这句诗旁写着:

"爱此合欢榻,依依不忍离。
芳魂泉壤下,忆此更伤悲。"

又见另一张纸上"霜华白"②一句旁边写着:

"抚子多朝露,孤眠泪亦多。
空床尘已积,夜夜对愁魔。"

又见其间夹着一枝已枯的抚子花,想是前天送老夫人信时摘得的。左大臣便将此花送给老夫人看,对她说道:"不能挽回之事,今已无可奈何了。仔细想来,此等可悲的逆事,世间并非没有。多管是与女儿宿缘不深,致使我等遭此苦厄。如此一想,我反而怨恨前世冤孽,悼念之心也断绝了。岂知日月推迁,恋念愈深,痛苦难堪。况且这大将今后将成为外人,岂不可惜?教我好伤心也!回忆往日一二日不见,或踪迹稍疏,我便忽忽若有所失,胸中闷闷不乐。今后缘断,我家便似失却了日月光华,教我如何活下去呢?"伤心至极,不禁放声大哭。左右几个年纪较大的侍女,睹此情状,不胜悲痛,同声号哭起来。这夕暮的光景好不凄凉!

许多青年侍女三三两两地在各处聚谈,互相诉说悲痛的心事。有人说:"公子说,只要我们都不走散,大家在此侍候小公子,便不会寂寥。然而这遗孤年纪太小了。"也有人说:"我且回老家去,以后再来吧。"准备离去的侍女便互相惜别,各自诉说衷情,伤心之事,不可

---

① 白居易《长恨歌》中有句云:"鸳鸯瓦冷霜华重,翡翠衾寒谁与共?"今作"旧枕故衾",想是根据别本。
② "霜华白"乃"霜华重"之误。见注①。

尽述。

且说源氏公子入宫参见，桐壶上皇看见了他便说："你近来瘦得多了！想是素食太久之故吧？"很怜惜他，便在御前赐膳。又问他种种情况，关怀无微不至。情爱之深挚，使源氏公子铭感五中。告退之后，又去藤壶院参谒母后。宫女们久不见源氏公子，个个兴奋，都来慰问。藤壶皇后命王命妇传言："公子近遭大厄，深为同情！日月推迁，不知哀思稍减否？"源氏公子答道："固知人生无常，乃世间不易之理，但躬逢其事，痛苦实多，不免心情缭乱。幸蒙母后屡次存问，衷心感慰，因得延命至今。"即使是平日，源氏公子访问藤壶皇后时亦必满怀愁绪，何况此时添了鼓盆之恸，自然悲伤更甚。他身穿无纹大礼服，内衬淡墨色衬袍，冠缨卷起①。这样朴素打扮，反比华丽装束饶有风韵。他久不见东宫太子，便探询近况，表示怀念。又谈了许多话，直到夜深方才告退，回二条院去。

二条院里处处打扫得干干净净，男女侍从人等都在恭候公子回驾。几个上级侍女都换上新装，打扮得花枝招展。源氏公子看了，回想左大臣邸内众侍女垂头丧气、闷坐无聊之状，觉得十分可怜。

源氏公子换好衣服之后，便到西殿去看紫姬。但见室内已改成冬季装饰，气象焕然一新，华丽夺目。几个美貌青年侍女和女童，都打扮得齐齐整整。这都由紫姬的乳母少纳言调度布置，万事周到妥帖，精雅可喜。紫姬长得十分美丽，端详可爱。源氏公子说："许久不见，竟已变成一个大姑娘了！"把小小的帷屏的垂布撩起，仔细一看，但见她侧向一旁，脉脉含羞地坐着，姿态之美，全无半点可以指摘。源氏公子在灯光之下看她的侧影和头面，想道："她竟长得和我所魂思梦想的那个人毫无两样呢！"他心中异常欢慰。便走近紫姬身边，对她罄谈别离中相思相念之情。他说："这期间种种详情，容后徐徐细说。我刚从丧

---

① 冠缨即帽子上的带子，丧服的冠缨卷起。

家出来,身蒙不祥之气,暂且到那边去休息一会,再来看你。今后我将长住在此,天天和你厮伴。你会讨厌我么?"语调和蔼可亲。少纳言乳母听了心中欢喜,然而还是担心,她想:"公子有许多身份高贵的情人,生怕其中有一个讨厌的人,会出来代替葵姬当正夫人,如之奈何!"心中不免厌恶。

源氏公子回到自己房里,叫一个称为中将的侍女来替他捏捏脚,便睡觉了。次日早晨,他写一封信去慰问新生的小公子。老夫人写了一封伤感的回信来。源氏公子看了,又引起无限哀愁。

此后源氏公子悠闲度日,时时耽于沉思,生涯甚是寂寥。而无端寻花问柳,又觉没甚意味,所以足不出户。但念紫姬已完全圆满发育,轻盈袅娜,显然已届摽梅之年①。源氏公子屡次以言语挑唆,但紫姬漠然不觉。公子寂寞无聊,天天在西殿与紫姬下棋,或做汉字偏旁游戏②,借以消磨时日。紫姬心灵手巧,娇媚可爱,即在小小的游戏之中,也显示出优越的本领。已往数年之间,只当她是个可爱的孩子,并无其他用心,现在却难于忍耐了。虽觉可怜,不免对她有所干犯。但两人一向亲昵,共起共卧,都无猜忌,因此外人不能分辨。只是有一天早晨,男的早已起床,而女的迟迟不起。

众侍女都觉得奇怪:"敢是身体不舒服么?"大家都很担心。源氏公子要暂回东殿去,先将笔砚盒拿进去放在寝台的帐幕中,然后离去。紫姬知道室内无人,好容易抬起头来,向四周一看,但见枕边放着一封打成结的信。无心地随手打开来一看,但见里面写着两句诗:

"却怪年来常共枕,

---

① 紫姬时年十四。摽梅,喻女子当嫁之时。
② 汉字偏旁游戏,即仅示字之偏旁,教人猜测此是何字。或示若干字之偏旁,教人补凑成字,造成一句。不通者负。

缘何不解石榴裙？"

像是游戏之笔。紫姬做梦也不曾想到源氏公子如此存心，懊恼万分，想道："这个人如此狠心，我年来为何一向诚心地信任他呢？"

上午时分，源氏公子来到西殿，对她说道："看你的样子很懊恼，到底心情如何？今天棋也不下了，好寂寞呵！"向帐中张望，但见她将衣服作被头，连头面也遮盖，一动不动地躺着。侍女们知道不便，都退出去。公子便走近她去，对她说道："你为什么如此不快？想不到你如此不通情理！众侍女看见了，都诧异呢！"把衣服扯开，但见她满身是汗，连额发也湿透了。叹道："啊呀呀，真是不得了！"便捏造千言万语来哄骗她。但紫姬真正地痛恨源氏公子，终于一言也不答。源氏公子恨恨地说："完了完了！你如此固执，我就从此不再见你，我羞死了！"他打开笔砚盒一看，里面并无答诗。他想："她全然不懂，真是个小孩子！"对她看看，觉得非常可爱。这一日他整天陪伴着她，讲种种安慰的话。但紫姬还是不能开诚解怀。源氏公子觉得她更加可爱了。

这一天正是十月初第一个亥日，宫中照俗例吃"亥儿饼"①。因公子尚在丧服之中，此事并不大事铺张，只是在一只美丽的桧木食物盒里装了各色各样的饼，送给紫姬。源氏公子看见了，便走到南面的外殿里，召见惟光，对他说："明日替我做这样的饼，不必太多，不必各色各样，只要一色的②，于黄昏时分送到西殿来。今天日子不好，所以要明天做。"说时面露微笑。惟光是个机敏人，立刻会意，并不详细叩问，一本正经地答道："这个自然！定情之始的祝贺，当然要选日子。

---

① 当时风俗：阴历十月内第一个亥日，大家做饼，名曰"亥儿饼"。饼是各种色彩的。当时认为吃了这种饼可以消灾却病，子孙繁昌。至今有的地方还保存此风俗。
② 当时习惯：新婚第三日，必在新郎新娘的枕边供饼，饼是一色的。

明天是子日，那么这'子儿饼'要做多少呢？"源氏公子说："今天的三分之一。"暗示明天是新婚第三日。惟光心照不宣，领命而去。源氏公子想："这个人真能干！"惟光不告诉别人，在家里替主子做饼，几乎全是自己动手的。

源氏公子要博得紫姬的欢心，多方哄骗，也很劳倦。他仿佛是今天新抢了一个人来，自己也觉得好笑。回想已往几年间对她的爱情，真不及今天的万分之一呢。人心真奇怪：现在教他别离一夜，也不能忍受了。

源氏公子所命制的饼，于第三日深夜悄悄地送来了。惟光用心很周到，想道："少纳言乳母是个年长的人，如果叫她送去，深恐紫姬怕难为情。"便把少纳言的女儿——一个名叫弁君的小姑娘——叫出来，对她说："你悄悄地把这个送给小姐。"便把一只香盒交给她，又说："这是庆祝的礼物，你要好好地放在小姐枕边。要谨慎小心，不可失误！"弁君听了这话觉得稀奇，答道："我从来不曾失误过。"便接了香盒。惟光说："真要当心，像'失误'这等不吉利的话，今天是不可说的！"弁君道："我难道到小姐面前去说这种话？"这弁君还是个孩子，不大懂得这东西的意义，伸手进帐去，把香盒放在紫姬枕边了。源氏公子自会将这饼的意义教给紫姬吧。

众侍女全不知情。看见次日早晨拿出香盒去，几个亲近的侍女方始恍然大悟。香盒中盛饼的盘子，不知惟光是在何时准备好的。盘子脚上雕刻非常精美，饼的样式也很别致，调度得十分讲究。少纳言乳母想不到公子如此郑重其事，心中非常满意。想起了公子这无微不至的宠幸，不禁感激涕零。但侍女们私下互相议论："这等事情，悄悄地和我们商量才好。现在托付这惟光，不知此人心中作何感想？"

自此以后，源氏公子暂赴宫中或参谒父皇，亦必心挂两头，眼前时时出现紫姬那可爱的面影，自己也觉得不可思议。以前往来的许多情人，此时都写信来申恨诉怨。其中也有公子所最爱怜的人。然而现在他有了新欢，真所谓"豆蔻年华新共枕，岂宜一夜不同衾？"①教他怎肯离开呢？因此他谢绝一切，只装作居丧志哀的模样，回信中说："身逢不幸，厌闻世事，且待忧思稍减，再当奉访。"便与紫姬片刻不离，悠悠度日。

且说今上的母后的妹妹栊笴姬②自从那天朦胧月夜与源氏公子邂逅之后，一直想念他。她的父亲右大臣说："这也很好。他新近丧失了那位高贵的夫人，我就把这女儿嫁给他，有何不可？"但母后大不以为然，她说："送她入宫，地位可以更高，有什么不好呢？"便竭力劝她去当朱雀帝的后宫。

源氏公子对胧月夜原是另眼看待的，听见她要去当朱雀帝的后宫，心中不免可惜。但目下他的爱情集中于紫姬一身，无暇分向别人。他想："人生实短，不须东钻西营，我就死心塌地地专爱这一个人吧。何必拈花惹草，徒然买人怨恨呢？"他回想过去种种苦厄，深自警戒。他又想起那个六条妃子："这个人也很可怜。然而正式娶她为夫人，又有种种不便。还不如像近年来那样不即不离。那么每逢兴会，可以和她纵谈风月，添助雅兴，岂不甚好？"过去虽然为了生魂之事，略有嫌隙，但对她并不断念。

关于紫姬，源氏公子有所考虑："这个人是何等身份，世人至今尚未知悉，深恐有人看轻她。不如乘此机会，正式告知她父亲兵部卿亲王吧。"便替紫姬举行着裳仪式。虽不大事宣扬，但排场特别体面。这真是一片诚心。然而紫姬竟从此嫌恶了源氏公子。她想："年来我万事信赖他，放心地依附他，想不到此人如此卑鄙！"她颇感后悔，正面也不看他一眼。源氏公子向她调笑，她点是板起面孔，表示讨厌。从前

---

① 此古歌载《万叶集》。
② 栊笴姬又称胧月夜，是右大臣的女儿，弘徽殿女御之六妹。今上即弘徽殿女御（今为母后）之子，称朱雀帝。

那种天真烂漫的样子,现在完全没有了。源氏公子觉得又是可爱,又是可怜。他说:"年来我真心疼爱你,现在你如此讨厌我,教我好不伤心!"岁月匆匆,这一年又过完了。

　　元旦之晨,源氏公子照例先向桐壶上皇拜年,然后赴今上朱雀帝及东宫太子处,最后来到左大臣邸。左大臣顾不得新年忌讳,还是和家人闲谈葵姬在世时的往事。正在这时候,源氏公子来了。左大臣再三隐忍,终难抑制,不禁悲从中来。源氏公子加了一岁,增了威严,长得比以前越发漂亮了。他从左大臣室中退出,便来到葵姬旧居的室中。众侍女热诚欢迎,然而忍不住掉下泪来。他看看小公子夕雾,但见这婴儿已经长大得多,时时向人微笑,非常可爱。口角眼梢,异常肖似东宫太子。源氏公子看了,心中隐痛,他想:"外人见了能不怀疑?"房间里一切布置装饰,都与葵姬生前无异。衣架上和往年一样挂着新装。只是没有女装,不免美中不足。

　　老夫人命侍女传言:"今日元旦,亦曾努力抑制哀思。公子驾临,反使我难于隐忍了。"又说:"小女在世之时,每逢元旦,必为公子新制春服,今年当仍旧惯。惟月来泪眼昏花,色泽难辨,深恐不敷雅望。但今当吉日,务请勿嫌简陋,易此新装。"除了精心裁制的那些衣服以外,又派侍女送来了一件新袍。这是希望源氏公子务必在元旦那天穿的,所以色彩异常鲜艳,织工特别讲究。如此诚意,岂可辜负?公子立刻换上了这新衣。他想:"假使我今天不来,两老将何等失望!"对他们十分同情。便答谢道:"春到人间,自当先来道贺。惟哀思填胸,难于陈辞。

　　　年年今日新装艳,
　　　　惟此春衫有泪痕。

此哀思实难抑制!"老夫人答吟道:

"不管新年春色好,
昏花老眼泪频流。"

两人的悲叹都非寻常可比。

第十回　杨　桐①

斋宫下伊势的日子近了,六条妃子心中郁郁不乐。自从左大臣家那位身份高贵的葵姬病死之后,世间众口谣传,谓源氏大将的继配将是六条妃子。妃子宫邸内的人也都如此逆料,大家不免动心。岂知此后大将反而疏远,几乎绝不上门了。六条妃子失望之余,心中想道:"可知为了那生魂事件,他完全嫌弃我了。"她看透了源氏大将的心情之后,便把万缕情丝一刀斩断,专心一意地准备下伊势去。斋宫随带母亲赴伊势修行,古来少有其例。六条妃子便以女儿年幼不便独行为理由,决心离开这可厌的京华。源氏大将闻此消息,心念妃子此次离京远去,毕竟深可惋惜。但也只是写了好几封缠绵悱恻的情书,派人送去,以代慰问。六条妃子也知道今后更无与大将相会的机缘了。她想:别人既已嫌恶我,倘再和他相会,反而使我增加痛苦。因此她硬着心肠,决意和他断绝。

六条妃子有时也暂回六条京极私邸。但行踪秘密,源氏大将不得而知。野宫乃斋戒之地,不便任意前去访问。源氏大将有咫尺天涯之感,也只得蹉跎度日。正在此时,桐壶院患病了,虽非重症,却也时时发作,不胜其苦。源氏大将为此心绪不宁,然而还是挂念六条妃子:"让她恨我薄幸,毕竟对她不起。而且外人闻知,亦将谓我无情。"于

---

① 杨桐是一种常青树,其叶甚香。日本名"贤木"。本回写源氏二十三岁九月至二十五岁夏天之事。

是下个决心，前往野宫访问。

日子决定在九月初七。斋宫下伊势的行期就在目前了，行色匆匆，六条妃子甚是忙乱。但源氏大将屡次去信说："即使立谈也好。"六条妃子犹豫不决。继而想道："我过分韬晦，也很沉闷，不如和他隔帘相见吧。"决定后，便悄悄地等候他来。

源氏大将进入广漠的旷野，但见景象异常萧条。秋花尽已枯萎。蔓草中的虫声与凄厉的松风声，合成一种不可名状的音调。远处飘来断断续续的音乐声，清艳动人。大将只用十几个亲信的前驱者，随身侍从也很简单，并不招摇。大将作微行打扮，然而也很讲究，姿态十分优美。随伴大将的几个风流人物，都觉得这打扮与这时地非常调和，衷心感动。源氏大将自己也想："我以前为什么不常到这种好地方来玩玩呢？"辜负美景，颇感后悔。

野宫外面围着一道柴垣，里面各处建造着许多板屋，都很简陋。然而门前那个用原木造的牌坊，形式非常庄严，令人肃然起敬。那些神官三三五五，在各处交谈，夹着咳嗽之声。这光景和外间截然不同。神厨里发出幽微的火光。人影稀少，气象萧条。源氏大将推想这多愁善感之人，在这荒漠的地方度送岑寂的岁月，何等凄凉孤苦！不胜同情之感。

源氏大将藏身在北厢人迹稀少的地方，提出访晤的要求。一时音乐之声尽皆停息，微闻室内有从容不迫的行动声。便有几个侍女出来接见，却不见六条妃子亲来会晤。源氏大将心中十分不快，便郑重启请道："此种微行，实非我今日之身份所宜，此次乃破例而来。倘蒙妃子体谅下怀，勿屏我于局外，俾得罄谈衷曲，则幸甚矣。"侍女们便向妃子劝请："如此对待，旁人看了也觉抱歉！教他狼狈地站在那种地方，实在对他不起。"六条妃子想道："啊呀，教我如何是好？此间人目众多，女儿斋宫知道了，也将怪我老而无形，举动轻率。如今再和他会面，是使不得的吧？"她实在下不了决心。然而铁面无情地断然拒绝，又没有这勇气。左思右想地懊恼了一会，终于回心转意，便膝行而前。这时候她的姿态异常优美。

源氏大将说："此间乃神圣之地，但只在廊下，想必无妨？"便跨上廊去坐下了。此时月光清丽，照见源氏大将态度动作之优雅，无可比喻。源氏大将和她久不相见，要把几月来积压在胸中的情愫悉数道出，似觉无从说起。便把手中折得的杨桐一小枝塞进帘内，开言道："我心不变，正似此杨桐之常青。全赖有此毅力，今日不顾禁忌，擅越神垣①，前来奉访。不料仍蒙冷遇……"六条妃子吟道：

"神垣门外无杉树，②
香木何须折得来？"③

源氏大将答道：

"闻道此中神女聚，
故将香叶访仙居。"

四周气象严肃，使人难于亲近。但源氏大将终觉隔帘太不自然，便把上半身探入帘内，将身靠在横木上。回想从前，随时可以自由相见，六条妃子对源氏的恋慕甚深。在这些岁月中，源氏心情懈怠，并不觉得此人之可爱。后来发生了那生魂祟人之事，源氏惊怪此人何以有此缺陷，爱情随即消减，终于如此疏远。但今日久别重逢，回思往日情

---

① 古歌："擅越此神垣，犯禁罪孽深。只为情所钟，今我不惜身。"见《拾遗集》。
② 古歌："妾在三轮山下住，茅庵一室常独处。君若恋我请光临，记取门前有杉树。"见《古今和歌集》。
③ 古歌："杨桐之叶发幽香，我今特地来寻芳。但见神女缥缈姿，共奏神乐聚一堂。"见《拾遗集》。

怀，便觉心绪缭乱，懊恨无穷。源氏大将追忆前尘，思量后事，不禁意气消沉，感慨泣下。六条妃子本来不欲泄露真情，竭力抑制。然而终于忍耐不住，不免泪盈于睫。源氏大将见此情状，更加伤心，便劝她勿赴伊势。此时月亮恐已西沉。源氏大将一面仰望惨淡的天空，一面诉说心中恨事。六条妃子听了他这温存之言，年来积集在胸中的怨恨也完全消释了。她好容易剪断了情丝，今日一会面，又害得她心旌动摇起来，便觉烦恼之极。

庭中景色艳丽优美，难怪平日间贵公子们相邀前来时，都流连不忍离去。这两个愁绪万斛的恋人之间的娓娓情话，笔墨不能描写。渐次明亮起来的天色，仿佛特为此情景添加背景。源氏大将吟道：

"从来晓别催人泪，
　今日秋空特地愁。"

他握住了六条妃子的手，依依不舍，那样子真是多情！其时凉风忽起，秋虫乱鸣，其声哀怨，似乎代人惜别。即使是无忧无虑之人，听到这声音也难于忍受。何况这两个魂销肠断的恋侣，哪有心情从容赋诗呢？六条妃子勉强答道：

"寻常秋别愁无限，
　添得虫声愁更浓。"

源氏大将回想往昔，后悔之事甚多，但现已无可奈何。天明后出行，有所未便，只得匆匆告别。归途上朝露甚重。六条妃子心情沮丧，别后忽忽若有所失，只是茫茫然地仰望天空。众青年侍女回想源氏大将映着月光的姿态，闻到犹未消散的衣香，都心驰神往，竟忘记了野宫的神圣，大家极口赞叹。她们说："如此俊秀之人，即使为了天大的事,也舍不得离别的!"都无端地哭起来。

第二天源氏大将送来的慰问信,比平常更加诚恳周全。六条妃子看了不免萦心。然而现在大局已定,不得再有变卦,也只得徒唤奈何。原来源氏这个人涉及爱情之事,即使对于泛泛之交,也必说得甜甜蜜蜜。何况他和六条妃子交情之深,非寻常可比。今当久别,他心中又是惋惜,又是抱歉,懊恨万状。

为了饯别,源氏大将奉赠丰盛的礼物:自妃子旅中服饰,以至对随从诸人的赏品、各种应用什物,都非常讲究而又珍贵。但六条妃子并不放在心上。她觉得她的一生今始定论:在世间流传了轻薄无情的恶名,变成了一个弃妇而离去。启程之日渐近,她只是朝夕愁叹。

斋宫年幼无知,她只觉得一向行期不定,如今有了日子,非常高兴。母夫人伴赴伊势神宫修行之事,古无前例。因此世人有讥评者,也有同情者,议论纷纷。世间身份低微之人,万事任意作为,无人顾问,倒很自在。而超群拔俗之人,受人注目,行动反不自由,反多烦虑。

九月十六日,在桂川举行祓禊。仪式比往常隆重:长途护送的使者,以及参加仪式的公卿,都选用地位高贵而圣眷深重的人。这都是桐壶院关心之故。即将离开野宫之时,源氏大将照例送信来惜别。另附一信,开头写道:"献给斋宫。亵渎神明,进言惶恐。"信挂在白布上,白布系在杨桐枝上①。下面写道:"自古有言:'奔驰天庭之雷神,亦不拆散有情人。'②可知:

护国天神③如解爱,
应知情侣别离难。

----

① 对神明献词,挂在白布上。
② 此古歌载《古今和歌集》。
③ 护国天神指斋宫。

左思右想，此别实甚难堪。"其时行色匆匆，但回信不可不写。斋宫的答诗由侍女长代作：

"若教天神知此事，
应先质问负心人。"

斋宫与六条妃子将入宫告辞。源氏大将也想进宫去看看两人的模样。但念自身乃被弃之人，亲去送别，很不体面，便打消了这念头，只是茫茫然地沉思冥想而已。他看看斋宫的答诗，觉得很像大人口吻，不禁微笑。想道："她年方十四，照这年龄看来，这人是很风流的。"不免动心。原来源氏这个人有一种癖性：凡异乎寻常而难于办到之事，他越是念念不忘。他想："她幼年时候，我本来随时可以看到，却终于没有见过，实甚可惜。但世事变化无定，将来必有和她相见的机会。①"

斋宫与六条妃子都是姿态优美、多才多艺的人，这一天便有许多游览车前来夹道瞻观她们的行列。两人于申时入宫。六条妃子乘的是轿子。她回想已故的父大臣当年悉心教养，指望她入宫后身登最高的皇后地位，但后来遭遇不幸，事与愿违。今日再度入宫，但觉所见所闻，无不深可感慨。她十六岁上入宫，当已故皇太子的妃子，二十岁上与皇太子死别，今年三十岁，重见九重宫阙。感慨之余，便赋诗道：

"我今不想当年事，
其奈悲哀涌上心。"

斋宫今年十四岁，天生丽质，加上今日的盛妆，娇艳之相，令人

---

① 每逢天皇易代，斋宫、斋院都回来，另行卜定新的斋宫、斋院前去修行。

吃惊。朱雀帝看了，为之动心。临别加栉①的时候，但觉深可怜惜，不禁流下泪来。斋宫退出的时候，八省院②前正停着侍女乘坐的许多华丽的车子，在等候着。帘子下面露出来的衣袖，五色缤纷，新颖触目，许多殿上人正在各自和相好的侍女惜别。日暮时分，行列从宫中出发，前往伊势。由二条大街转入洞院路时，正好在二条院门前经过。源氏大将正在愁闷无聊，便写了一封信，附在一枝杨桐上，送给六条妃子。信中有诗云：

"今朝舍我翩然去，
珠泪当如铃鹿波。"③

此时天色已黑，加之路上骚扰忙乱，当天未便写回信。第二天车子经过了逢坂的关口之后，六条妃子方始作复：

"铃鹿泪珠君莫问，
谁怜伊势远行人？"

只此寥寥数字，而笔迹十分高超优美。源氏大将想："能稍加些哀愁之趣，便更好了。"此时朝雾弥漫，晨景异常动人。源氏大将仰望天空，自言自语地吟道：

---

① 斋宫告别时，天皇亲手取栉加在她的额发上，并叮嘱她"勿再回京"。因为她若回京，必是天皇易代。梳头时只有去（向下梳），而无回（从发梢向上梳），故以栉加额也。
② 八省见第3页注②。八省百官行政之所，称八省院。其正殿为大极殿，即朱雀帝为斋宫加栉之处。
③ 铃鹿是一条河的名称，此去必须经过。

"痴心欲望人归处，

秋雾莫将逢坂迷！"①

这一天他西殿也不去，只是闭门独坐，闲眺沉思，寂寞地过了一日。更哪堪六条妃子旅途漫漫，怅望长空，不知何等伤心落魄也！

且说桐壶院的病，到了十月里沉重起来。世间臣民无不挂念。朱雀帝也很担忧，便行幸慰问。桐壶院御体已很衰弱，然而还是反复叮嘱他好好照拂皇太子。其次提到源氏大将，他说："我死之后，你须照我在世时一样，事无大小，都同他商量。此子年龄虽不大，而老成持重，颇能胜任政治。看他的相貌，确是治国平天下之才。因此，我为避免诸亲王妒忌，特地不封他为亲王，将他降为臣下，而使他当朝廷的后援人。你不可辜负我这一片苦心。"此外伤心的遗言甚多。作者乃一女流，不宜高谈国事。记此一端，亦不免越俎之罪。

朱雀帝听了遗言，不胜悲痛，再三声言决不违反父命。桐壶院看见朱雀帝已长得容姿清整，仪态优越，心甚欣慰。朱雀帝因身份所关，不便久留，只得匆匆还宫，临别不胜依依。皇太子本欲随帝同来，深恐人多嘈杂，故另定日期。皇太子虽然年幼，却长得大人模样，而且容姿秀美。他许久不见上皇，时时怀念在心。现在得见，童心但感喜悦，亲切地仰望慈颜，样子甚是可爱。藤壶母后泪痕满面，上皇看了百感交集，无限伤心。他对皇太子嘱咐了许多事情。只因太子年纪太小，深可担心，不免悲痛。他曾反复叮嘱源氏大将，教他勤理朝政，并善视太子。太子到了夜深方才告辞，所有殿上人皆陪侍太子同行，其隆重不减于前日朱雀帝之行幸。上皇还想留他在侧，时间所限，只得让他回去，临别不胜怅惘。

---

① 此处用此地名暗寓再相"逢"之意。

弘徽殿太后也想前来问病，但因藤壶皇后常在一旁，有所嫌忌，踌躇不决。正在此时，桐壶院病势虽不转剧，一旦忽然驾崩。噩耗传出，朝野震惊。诸王侯公卿暗自思忖："桐壶院虽曰让位退居，其实依旧统治朝政，与在位时无异。今一旦晏驾，新帝年事尚幼，其外祖父右大臣性情急躁，刚愎用事。今后任其所为，世事将不堪设想。"大家心中不安。至于藤壶皇后与源氏大将，当然更加悲恸，几乎不省人事。七七四十九日的佛事供养，源氏大将比其他诸皇子特别虔诚郑重。世人认为此乃理之当然，大家深深同情他的悲哀。他身穿葛布①的丧服，形容憔悴，却反而富有朴素之美，使见者不胜怜悯。源氏大将去岁悼亡，今年丧父，连遭不幸，顿感人世可厌，颇思乘此机会，抛舍红尘，遁入空门。然而羁绊甚多，安能撒手？

四十九日之内，众妃嫔一齐在桐壶院举哀，过后各自散归。断七之日，正是十二月二十。岁暮天寒，层云暗淡。藤壶皇后心中更为阴惨，全无晴朗之日。她深知弘徽殿太后的性行，设想在此人任情弄权的世间，做人定多痛苦。但这还在其次，最使她悲伤不已的，是多年来亲近的桐壶院的面影，时刻不离开她的心头，加之一向聚集在这宫中的诸侍从，不能长留在此，只得听其纷纷散去。

藤壶皇后决定迁居三条的私邸中。前来迎接她的是其兄兵部卿亲王。其时大雪纷飞，北风凛冽。宫中人影渐渐稀少，景象异常萧条。源氏大将特来相伴，闲话桐壶院在世时情状。兵部卿亲王望见庭中的五叶松在雪中凋零，下面的叶已经枯萎，便吟诗道：

"嘉荫难凭松已槁，
枝头叶散岁华终。"

---

① 丧服用葛布，犹中国的麻衣。

此诗并无特别优秀之处,然而即景抒情,催人哀思,致使源氏大将襟袖湿透。他望见池面全部冰封,率尔吟道:

"冰封池面平如镜,
不照慈容使我悲。"

此诗大有稚气。藤壶皇后的侍女王命妇接着赋诗:

"岁暮天寒岩井冻,
斯人面影渐依稀。"

此外诗篇甚多,不须一一记述。藤壶皇后迁居三条的仪式,一如向例,并无变异。然而似觉特别凄凉,恐是心情所使然。她身还旧家,心情仿佛旅居他乡,只管回想离家后多年间的种种情状。

岁历更新了,但谅闇①中世间全无欢庆之举,寂寂地过了新年。源氏大将倦于世事,只管笼闭室中。正月是地方官任免的时节。往年每逢此时,源氏家必然车马盈门,几无隙地。桐壶院在位时自不必说,退位之后还是照旧不变。然而今年门前冷落了。带了铺盖前来值宿的人,一个也没有。只有几个老管家空闲无事地坐着。源氏大将看到这光景,心念今后气数已尽,不胜凄凉之感。

且说弘徽殿太后的六妹栉笥姬,就是那个胧月夜,已入朱雀帝后宫,二月里升任了尚侍。因为原来的尚侍遭桐壶院之丧,为追慕旧情,出家做了尼姑,栉笥姬就代替了她。这栉笥姬身份高贵,仪态优雅,且又长得非常姣美,故在后宫无数佳丽之中,特别受朱雀帝宠爱。弘徽殿太后常居私邸,入宫时住在梅壶院,便将旧居弘徽殿让与尚侍居

---

① 谅闇是居天子之丧。源氏时年二十四岁。

住。梛笥姬本来住在登花殿，地点较为冷僻，现在乔迁弘徽殿，顿觉气象明朗得多，侍女也增加了无数，生涯忽然繁荣富丽了。然而她始终不忘记那年朦胧月夜的邂逅，心中常常悲叹。私下与源氏通信之事，照旧不变。源氏也顾虑到："万一走漏消息，被右大臣得知，如何是好？"然而前文说过他有一种怪癖：越是难得，越是渴慕。因此梛笥姬进入深宫之后，他对她的恋慕越发深切了。原来弘徽殿太后生性刚强，桐壶院在世之时，她还有所顾忌，勉强隐忍，如今她要对长年耿耿于怀的桩桩仇恨设法报复。近来源氏常常遭逢失意之事，知道是太后作怪，原也在他意料之中。然而他不识世路之艰辛，不会交际应酬，奈何！

左大臣也意气消沉，难得入宫。往年朱雀帝当太子时，曾经欲娶葵姬，左大臣拒绝了他，将葵姬嫁与源氏。弘徽殿太后至今不忘此事，怀恨在心。况且左大臣与右大臣一向不睦，加之桐壶院在世之时，左大臣独揽朝纲，任意行事。如今时移世变，右大臣成了皇上的外祖父，自然得意扬扬。左大臣看了意气消沉，也是当然之理。

源氏大将照旧常赴左大臣邸问候。他对于旧日的众侍女，关怀比以前更加周到了。对小公子夕雾，也无微不至地爱护。左大臣见他心地如此温柔敦厚，不胜喜慰，对他诚恳招待，也同当年一样。

当年源氏受桐壶院无限宠爱，有恃无恐，不免过分嚣张，东闯西撞。现在时移势变，不得不稍稍敛迹，对以前私通的许多女人，渐渐断绝交往了。他对于偷香窃玉等轻薄行为，也已兴味索然，不甚热心。近来态度沉静稳重，真有仁人吉士之风。世人都称道西殿那位小夫人的幸福。紫姬的乳母少纳言看到这模样，窃自思忖：此乃已故的师姑老太太勤修佛法的善报。紫姬的父亲兵部卿亲王，现在也可和女儿自由通问了。兵部卿亲王正妻所生的几个女儿，虽然十分宝爱，生涯却不甚得意。因此大家妒羡紫姬，亲王的正夫人当然心情不快。这倒像是小说里捏造出来的情节。

且说贺茂斋院①因遭父丧，回宫守孝。斋院之职便由槿姬代任。从来贺茂斋院必须由公主担当，亲王的女儿当斋院，少有其例。此次因无适当之公主可派，所以派了槿姬。源氏爱慕槿姬，虽然多年失望，还是不能忘情，现在闻知她当了斋院，从此隔离更远，心中不免惋惜。然而还是与从前一样，托槿姬的侍女中将传递音信，往还不绝。他对于自己今已失势之事，并不特别关心。只管东钻西营地做此等无聊之事，借以消愁解闷。

朱雀帝谨守上皇遗言，多方爱护源氏。然而他年事尚轻，加之性情太过柔顺，毫无强硬气概，万事听母后及外祖父右大臣做主，绝不违背。如此，他对朝廷政治自然无权过问了。因此源氏处身行事，每多失意。然而那位尚侍胧月夜偷偷地恋慕源氏，两人虽非容易，但也有时暗中幽会。有一次，五坛法会②开始，朱雀帝洁身斋戒。两人便乘此机会，重温旧梦。尚侍的侍女中纳言君巧妙布置，避去人目，将源氏大将引导到一间廊房里，正像那年初欢时弘徽殿里的廊房一样。法会期间，来往人多，这个房间又靠近廊下，因而中纳言君提心吊胆。源氏的美貌，即使是朝夕见惯的人，也百看不厌，何况胧月夜难得见面，安得不神魂颠倒！这女子相貌也很艳丽，又值青春年华；虽然不免轻狂，亦自有温柔优雅、天真烂漫之趣，源氏也觉得百看不厌。

春宵苦短，不久已近黎明。但闻值夜的近卫武官高声唱道："奉旨巡夜！"声音就在近旁。源氏大将想道："想必另有一近卫武官躲在这里幽会，他的朋辈妒恨他，告诉了这值夜武官，教他来恐吓他吧。"他想起自己也是个近卫大将，觉得好笑，但又觉得讨厌。这值夜武官来来去去巡视了一会，又高声报道："寅时一刻！"胧月夜便吟道：

---

① 乃弘徽殿太后所生三公主。
② 是供养五大明王的佛事。中央不动尊，东坛降三世，西坛大威德，南坛军荼利夜叉，北坛金刚夜叉。

"报晓声中知夜尽,
却疑情尽泪双流。"

那依依不舍的模样,实在可怜可爱。源氏大将答道:

"夜已尽时情不尽,
空劳愁叹度今生!"

他觉得心情不安,便仓皇地钻出房间去了。

此时天色未明,残月当空,夜雾弥漫,气象幽奇。源氏大将服装简陋,举止畏缩,却也另有一种风韵。可巧承香殿女御的哥哥头中将[①]从藤壶院出来,站在月光照不到的屏障背后。源氏大将不曾注意他,却被他看见了,真是遗憾!这头中将定将毁谤他了。

源氏大将看到这尚侍如此容易接近,却怀念起和她相反的藤壶皇后来。藤壶皇后冷酷无情,拒人于千里之外,他觉得深可敬佩。但从他自己的愿望说来,终觉得这个人心肠太硬,实在可恨。

藤壶皇后觉得进宫去很乏味,没有面子,所以很久不去了。然而不见皇太子,心中又常常挂念。皇太子别无后援人,万事全赖源氏大将照拂。然而他那种不良之心还未消除,动辄使藤壶皇后痛心疾首。她想:"幸而桐壶院直到驾崩完全没有知道我们那件暧昧之事。我现在想起此事,还是惶恐万状。今后如果泄露出去,我自身姑置不论,对皇太子定然不利。"她恐惧之极,竟为此修荐法事,欲仰仗佛力来斩断情丝,又想尽方法逃出情网。不料有一天,源氏大将居然偷偷地混进藤壶皇后的房室里来了!

源氏大将行动十分谨慎小心,谁也不曾觉察。藤壶皇后看见了

---

① 此承香殿女御是朱雀帝的妃子,她的哥哥也是官居头中将之职。

他，疑心是做梦。他隔着屏风对皇后说了一大篇花言巧语，作者的笔无法记述。然而皇后心君泰然，不为所动。后来痛心之极，竟昏迷不省人事。贴身侍女王命妇和弁君等大为吃惊，尽力看护扶持。源氏大将失望之余，忧恼万状，浑忘前前后后，弄得呆若木鸡。其时天色渐明，他竟不想回去。众侍女闻知皇后患病，纷纷前来看视。源氏大将吓得失却知觉，王命妇等便把他推进一个壁橱里，让他躲避。偷偷地给源氏大将送衣服来的侍女也惊恐狼狈之极！

藤壶皇后受的刺激太深，肝火上升，头脑充血，越来越痛苦了。她的哥哥兵部卿亲王及中宫大夫等前来视疾，立刻吩咐召请僧众举行法事，一时纷忙骚扰。源氏大将躲在壁橱里静听外间情状，心中只是叫苦。到了日暮时分，藤壶皇后好容易渐渐苏醒。她想不到源氏大将躲在壁橱内。侍女们防她懊恼，也不把此事告诉她。她觉得身体好些，便膝行到白昼的御座上来坐地。兵部卿亲王等看见她已复健，便各自归去，室中人少了。在平日，皇后近身的侍女也不多，别的侍女都退避在各处隔障物后面。王命妇便和弁君悄悄地商量办法："怎样打发公子出去呢？如果留他在此，今夜娘娘再发作起来，可不得了！"

且说源氏大将躲在壁橱里，看见那扇门没有关紧，留着一条细缝。他便把门推开，悄悄地钻出来，沿着屏风背后，走到了藤壶皇后的居室中。他久已不见皇后的姿态，如今窥见了，悲喜交集，竟流下泪来。但见她脸向着外方，娇声地说："我现在还很难过，看来活不下去了！"那侧影之优美，不可言喻。侍女们拿些水果来劝她吃，盛在一个形似盒盖的盘子里，式样非常雅观。但藤壶皇后看也不看一眼。她只管悲叹尘世之艰辛，悄悄地耽入沉思，那样子实在可怜。源氏大将想道："她那头容秀美，发光艳丽，长长地披散下来，竟和西殿里那个人完全一样。年来我有了那个人，对她的恋慕之心稍稍忘怀。现在一看，二人果然肖似之极。"他确信紫姬可以略慰他对藤壶的相思。又想："气度之高雅与神色之矜持，两人也完全一样。然而，或许是心情所使然吧,我这个自昔倾心恋慕的人儿,更富有盛年的娇艳。"想到这里,感奋之极,竟顾不得前后,悄悄地钻进帐中,拉住了藤壶皇后的衣裾。

藤壶皇后闻到源氏身上特有的衣香,觉得突如其来,吓了一跳,身子俯伏在席地上了。源氏大将怨她不转过脸来向着他,心中懊恨,只管拉她的衣服。藤壶皇后连忙将外衣卸去,想就此脱身。但源氏大将无意中已把她的头发连衣服一起握住,因此皇后无法逃走。她懊恼之极,但叹此乃前世冤孽,异常悲伤。男方近来也曾努力抑制,可是现在已难隐忍,心绪混乱,如醉如痴,只管啼啼哭哭地诉说千愁万恨。藤壶皇后心中很不愉快,不能作答,只是勉强言道:"我今天心情异常恶劣,且待将来好些,再与你会晤吧。"但源氏大将还是滔滔不绝地诉说衷情。其中也有可使藤壶皇后深深感动的话。她以前并非不曾有过错失,但倘如今再犯,实在说不过去。因此她此时虽然可怜源氏,但只是婉言拒绝。这一晚就此过去。在源氏大将呢,也觉得对这个人不好意思作过分的要求,只是斯文一脉地说:"但能如此,我已心满意足。今后若得时时相见,慰我刻骨相思,岂敢更有奢望?"藤壶皇后听了这话,也就安心了。这样的一男一女,即使是普通的情侣,此时亦必增添惜别伤离之恸,何况这两个多愁善感的人,其痛苦不可言喻。

天已经亮了。王命妇和弁君苦劝源氏大将早早退出。此时藤壶皇后几成半死状态。源氏大将看了非常难过,便说:"教你知道我这个人还活在世间,实在惭愧之极。不如让我就此死去吧!但抱恨而死,将为来世造孽,如之奈何?"他说这话时,态度严肃可怕。继而又吟道:

"相逢长是难如此,
世世生生别恨多。

我将永远教你受累了!"藤壶皇后也不免叹息,答道:

"我身世世怀长恨,

　只为君心越礼多。"

她漫不经心地说出这话,源氏大将听了只觉无限依恋之情。但倘再不退出,在她必然伤心,在我亦多痛苦,只得身不由己地告辞了。

源氏大将回家之后想道:"我还有何面目再见藤壶皇后呢?在她没有谅解我的苦心之前,我不再理她。"因此别后连慰问信也不写。他也不进宫,也不去望皇太子,只是笼闭一室,日夜悲叹藤壶皇后的冷酷无情,那愁眉苦脸,旁人看了也伤心。想是神魂不安之故吧,竟变得四肢乏力,有似患病。但觉人世毫无意趣,真如古人所云:"沉浮尘世间,徒自添烦恼。何当入深山,从此出世表。"①便动了出家离俗之念。然而这个紫姬实在可爱,她一心一意地依赖源氏,毕竟使他难于舍弃。

藤壶皇后自从那天患病之后,心情一直不佳。王命妇等闻得源氏大将故意笼闭一室,音信全无,推察他的心情,颇觉对他不起。藤壶皇后为皇太子着想,倘使这个后援人心中有了隔阂,于皇太子甚是不利。如果他起了厌世之心,毅然出家为僧,毕竟是不幸之事。她一一考虑:"如果他那种妄念一直不断,则我的恶名势必泄露于这浇薄的世间。弘徽殿太后责我僭越,现在何不干脆退出皇后之位呢。"她回想桐壶院在世时对她无微不至的宠爱以及恳切的遗言,觉得现今时世大变,万事面目全非。我身即使不惨遭戚夫人②的命运,也一定作天下人的笑柄。她觉得人世可厌,日子难过,决心遁入空门。但不见皇太子一面,就此落发改装,又不忍心,便微行入宫去见皇太子。

源氏大将本来无微不至地照拂藤壶皇后,即使是些些小事,也极关心。但此次藤壶皇后入宫,他以心情不佳为由,并不前来送她。一

---

① 此古歌见《古今和歌集》。
② 戚夫人乃汉高祖宠姬。高祖崩,吕后断夫人手足,去眼,熏耳,饮以喑药,使居厕中,号为"人彘"。

般的照顾，固然与先前无异，但明白底细的侍女们都悄悄地互相告道："源氏大将心情沉闷，郁郁不乐。"她们觉得对他不起。

皇太子年方六岁，长得非常美丽。他许久不见母亲，见了异常兴奋，无限欢喜，偎依母亲膝下，十分亲昵。藤壶皇后看了心生怜爱，出家之念顿时动摇。然而环顾宫中模样，已完全改变，显然是右大臣家的天下了。弘徽殿太后性情非常刻毒，藤壶皇后出入宫禁，颇感乏味，凡事动辄得咎。她觉得长此下去，对皇太子甚是不利。想起种种事情，都有不吉之感。便问皇太子道："今后我再隔长久不和你见面，见时我的样子倘使变得难看了，你会怎么样呢？"皇太子注视母亲的脸，笑着答道："变得同式部①一样么？怎么会呢！"他的样子十分可爱。藤壶皇后哭着说："式部是因为年纪老了，所以难看。我不是同她一样。我要把头发剪得比式部更短，穿上黑色的衣服，像守夜僧②一样。这以后，和你见面的时候更少了。"皇太子认真地说："像以前那样长久不见，我已舍不得，怎么可以更少呢？"说着，流下泪来，也知道怕难为情，把头转向一旁了。那头发摇摇晃晃的，非常可爱。他渐渐长大起来，声音笑貌越发肖似源氏，竟像是一个模子里印出来的。他的牙齿略有些蛀，口中有一点黑，笑的时候异常美观，同女孩一般秀丽。藤壶皇后看见他如此肖似源氏，甚是伤心，觉得这正是白璧之瑕。她生怕世人看出隐情，流传恶名。

源氏大将心甚恋慕藤壶皇后。此时为欲惩戒她的冷酷，故意不理睬她，闭门隐忍度日。然而深恐外人看了不成样子，自己也寂寞无聊，因此发心赴云林院佛寺游览，乘便观赏秋野的景色。亡母桐壶更衣的哥哥是个律师，就在这寺里修行。大将在这里诵经礼佛，滞留两三天，倒也很有趣味。木叶渐次变红，秋野景色清丽，令人看了浑忘家乡。

----

① 式部是指一个相貌难看的老侍女。
② 在帝或后的寝室外面通夜诵经以保平安的和尚。贵族人家也用守夜僧。

源氏大将召集一切有学问的法师，请他们说教，向他们问道。由于地点所使然，令人彻夜痛感人生之无常，直到天明。然而正如古歌所云："破晓望残月，恋慕负心人。"①不免使他想起那意中人来。将近天明，法师等在月光之下插花供水，发出杯盘叮当之声。菊花和浓淡不同的各种红叶，散置各处。这景象也颇有趣致。源氏大将念念不忘地想："如此修行，可使现世不致寂寞，又可使后世获得善报，这虚幻无常的一身还有什么烦恼呢？"律师以尊严之声朗诵"念佛众生摄取不舍"②。源氏公子听了觉得深可羡慕，想道："我自己何不决心出家呢？"此念一动，便首先挂念紫姬，真是道心不坚！他觉得从来不曾如此长久离开紫姬，便频频写信去慰问她。有一封信中说："我想尝试一下：脱离尘世是否可能？然而无以慰我寂寥，反而更觉乏味。但目下尚有听讲之事未了，一时不能返家。你处近况如何？念念。"随意不拘地写在一张陆奥纸上，非常美观。又附诗道：

"君居尘世如朝露，
听到山岚悬念深。"

信中详叙种种细情，紫姬读了掩面泣下，便在一张白纸上写一首诗答复他：

"我似蜘丝萦露草，
风吹丝断任飘零！"

源氏大将看了，自言自语地说："她的字越写越好了。"微笑地欣赏

---

① 此古歌载《古今和歌集》。
② 《观无量寿经》云："光明遍照十方世界，念佛众生摄取不舍。"

着。他们常有书信往还,所以她的笔迹很像源氏大将,近来越发秀丽,笔锋更添了妩媚。源氏大将觉得这个人长育得一点缺陷也没有,心中非常快慰。

云林院离贺茂神社甚近,源氏大将便寄信与当斋院的槿姬。信是向槿姬的侍女中将君诉恨的:"我今旅居萧寺,怅望长空,渴慕故人,不知能蒙斋院俯察下情否?"另有诗赠与斋院:

"含情窃慕当年乐,
恐渎禅心不敢言。

古歌云:'安得年光如轮转,夙昔之日今再来。'①明知言之无益,但渴望其能再来。"言词亲切,仿佛两人已有深交。诗用一张浅绿色的中国纸写,挂在白布上,白布系在杨桐枝上,表示是供奉神明的。中将便写回信:"离群索居,寂寞无聊;沉思往事,颇多遐想。然亦无可奈何。"写得比往日更加用心。斋院则在白布上题一首诗:

"当年未有萦心事,
何用含情慕往时?

今世无缘了。"如此而已。源氏大将看了,想道:"她的手笔并不纤丽,然而功夫很深,草书尤其漂亮。料想她年华渐长,容颜定然更增艳丽吧。"此心一动,自知亵渎神明,不免有些惶恐。他回想在野宫访晤六条妃子那个感伤的秋夜,正是去年今日;不料今秋又有类似之事,却也奇妙。他怨恨神明妨碍他的恋爱,此种习癖实甚恶劣。他又回想:当年如果执意追求,未始不能到手;那时等闲放过,今日甚是后悔。此

---

① 此古歌见《伊势物语》。

种想法，也实甚怪诞。斋院也知道源氏有此种怪癖，所以偶尔给他回信时，并不严词拒绝。这也有些不可思议。

源氏大将诵读《天台六十卷》①，每有不懂之处，即请法师讲解。法师说："这山寺平素积有修行功德，所以此次有此盛会，佛面上也是光彩。"连下级的法师也都欢喜。源氏大将在山寺中悠闲度日，想起了俗世种种纠纷扰攘，竟懒得回家了。然而一想到紫姬，总觉得是一个羁绊，便不想久居山寺。临别之时，酬劳诵经费甚为丰盛。所有上下僧众，均得赏赐，连附近一切平民也都获得布施。大大地做了一番功德，然后离去。临去之时，山农野老聚集在各处路旁，都来送行。众人仰望车驾，无不感激涕零。源氏大将身穿黑色丧服，乘坐黑色牛车，全无华丽之色。但众人隔帘隐约窥见尊容，都叹为盖世无双。

多日不见紫姬，她长得容貌更加美丽，举止更加端详了。她担心自己今后命运，忧形于色，源氏大将看了觉得深可怜爱。他近来常常为了不应有之事而沉思梦想，紫姬定然分明看出，因此她近来作诗，常用"变色"等语。源氏大将觉得对她不起，今日归家，对她比往日更加亲爱。他看看从山寺带回来的红叶，觉得比庭中的红叶颜色更浓。想起了与藤壶皇后久不通问，毕竟不好意思，便无端地把山寺中带来的红叶送给她，并附一信与王命妇，信中说："闻娘娘入宫探望太子，至深欣慰。我久疏问候，但两宫之事，时在念中。只因山寺礼佛诵经，原有规定日数，若中途退出，人将谓我不诚，因此延至今日方始返邸。红叶一枝，色泽甚美，我一人独赏，'好似美锦在暗中'②，甚是可惜，故特送上。倘有机会，望呈请娘娘御览。"

这枝红叶的确甚美，藤壶皇后看了也很注目，但见枝上缚着一封小小的打成结的信，一如往日作风。藤壶皇后深恐被侍女们看见，脸

---

① 《天台六十卷》是佛经名，内含玄义、文句、止观、尺笺、疏记、弘决各十卷。
② 古歌："深山红叶无人见，好似美锦在暗中。"见《古今和歌集》。

色骤变,想道:"他此心终是不死,实在教人烦恼。所可惜者,此人虽思虑周至,却有时做出大胆妄为的事来,外人见了得不怀疑?"便把这枝红叶插在花瓶里,供在檐下柱旁了。

藤壶皇后写给源氏大将的信,所谈的只是一般的事情,以及关于皇太子有所请托之事,是严正的答谢信。源氏大将看了,想道:"她如此小心,多么顽强!"不免心中怨恨。然而回想自己过去对皇太子照顾无微不至,如今倘使忽然疏远,深恐外人怀疑,怪他变心。便在藤壶皇后出宫之日进宫去探望皇太子。

源氏大将进宫,先去参见皇上。朱雀帝此时正空闲无事,便和他共话今昔沧桑。朱雀帝的相貌非常肖似桐壶院,而比他稍稍艳丽,神情优雅而温和。两人相对,共诉丧父之恸。源氏大将与尚侍胧月夜的关系尚未断绝的消息,朱雀帝也曾闻知,并且有时从胧月夜举止之间也看得出来。但他想道:"此事有何不可!倘是尚侍入宫后开始的,确是不成体统。但他们是早有关系的,那么互相心交,并无不称之处。"因此并不责备源氏大将。两人谈论种种事情。朱雀帝将学问上的疑义请源氏大将讲解,又谈论恋爱的诗歌,顺便说到六条妃子的女儿斋宫赴伊势那天的事,赞叹斋宫容貌之美丽。源氏大将也毫无顾忌,叙述那天在野宫访晤六条妃子时黎明的情景。

二十日的月亮迟迟地升起,夜色清幽可爱。朱雀帝说:"此刻正是饮酒作乐之时!"但源氏大将起身告辞,奏道:"藤壶母后今晚出宫,臣拟前往东宫探望太子。父皇遗命,嘱臣看顾太子,太子又别无保护人,臣理应尽力照拂。由于太子情分,对母后亦当体恤。"朱雀帝答道:"父皇遗嘱,命朕视太子如己子,故朕亦甚为关心。惟特地张扬其事,亦有所不便,故常保留在心中。太子年龄虽幼,而笔迹异常优秀。朕躬万事愚庸,有此聪颖之太子,顿觉面目增光也。"源氏大将又奏:"就大体而言,太子确甚聪颖,竟有成人模样。然而年仅六龄,终未成器。"便将太子日常情况详细奏闻,然后退朝。

弘徽殿太后的哥哥藤大纳言的儿子头弁，自从祖父右大臣专权以来，变成了一个青年红人，目空一切。此时这头弁正前往探望其妹丽景殿女御①，恰巧源氏大将的前驱人低声喝着，从后面赶上来。头弁的车子暂时停住，头弁在车中从容不迫地朗诵道："白虹贯日，太子畏之！"②意思是讥讽源氏将不利于朱雀帝。源氏大将听了实在难堪，然而不便和他计较。因为弘徽殿太后痛恨源氏大将，对他态度十分冷酷，太后的亲信便常常嘲弄源氏大将。源氏大将不胜其烦，但也只得装作不听见，默默地走过了。

他来到东宫时，藤壶皇后尚未退出。他就托侍女转达："刻因参见陛下，故至此夜深时方来请安。"此时月色甚美。藤壶皇后听见源氏大将来了，便想起桐壶院在世时情状：当时每逢如此良宵，必有丝竹管弦之兴，何等繁荣热闹！如今宫殿依然不改，而人事变态实多，可胜叹哉！便即景吟诗，命王命妇传告源氏大将：

"重重夜雾遮明月，
遥慕清辉饮恨多。"③

源氏大将隔帘隐约听到藤壶皇后的动静，觉得异常可亲，立刻忘记了对皇后的怨恨，流下泪来。便答道：

"清辉不改前秋色，
夜雾迷离惹恨多。

---

① 此丽景殿女御是朱雀帝的妃子，在亲戚关系上是帝的表妹。
② 战国时，燕太子丹使荆轲刺秦皇，看见白虹贯日，知道是失败之兆，心中恐惧。
③ 重重夜雾比喻右大臣派的人，明月比喻朱雀帝。

昔人不是也痛恨'霞亦似人心，故意与人妒'①么？"

藤壶皇后即将离去，舍不得与太子分别，对他说了千言万语。然而太子毕竟年事尚幼，未能深切理会，母后心中不免怅惘。太子本来睡得很早，今天为了母后即将离去，至此时尚未就睡。母后出宫之时，他虽然伤心饮泣，但并未牵衣顿足。母后觉得十分可怜。

此后，源氏大将想起了头弁所诵的文句，痛感过去种种非礼之事深可警戒，便觉世路险阻，对尚侍胧月夜也很久不敢通信。有一天，秋雨初降，气象萧索。不知胧月夜有何感想，忽然寄了一首诗来：

"秋风已厉音书绝，
寂寞无聊岁月经。"

这正是催人哀思的时节，这位尚侍想必是情不自禁，故尔不顾一切，偷偷地写这首诗派人送来，此心深可怜爱。源氏大将便教这送信使者稍稍等待，命侍女打开安放中国纸的橱来，选取一张特等贡纸，又仔细挑选精致的笔墨，郑重其事地写回信，神情甚是艳雅。左右侍女见此模样，互相牵衣使眼，悄悄地问："到底是写给哪一位的？"源氏大将写道："即使叠上芜函，终是无补于事。为此深自惩戒，已觉心灰意懒。正拟独任其愁，岂意忽接来书。

莫将惜别伤离泪，
看作寻常秋雨霖！

但得两心相通，即使凝望长空，亦可忘忧遣怀。"信中详诉衷情，不可

----

① 古歌："欲往看山樱，朝霞迷山路。霞亦似人心，故意与人妒。"见《后拾遗集》。

尽记。

诸如此例，来信诉怨的女子，不计其数。源氏大将只报以缠绵悱恻的复音，并不十分动心。

且说藤壶皇后发心在桐壶院周年忌辰之后举办一次法会，请高僧讲演《法华经》八卷，目下正操心做种种准备。国忌是十一月初一，是日天上降下一片大雪。源氏大将赋诗寄藤壶皇后：

"诀别于今周岁月，
何时再见眼中人？"

今日是万民举哀之日，藤壶皇后立刻答他一首诗：

"苟延残命多愁苦，
今日痴心慕往年。"

写得并不特别用心，但源氏大将看了觉得异常高雅优美，想是心理作用之故。她的书体并不特异，也不时髦，然而自有与众不同的优点。源氏大将今天摒除了一切恋情，只是跟着融雪的水滴一同流泪，专心诵经礼佛。

十二月十日过后，藤壶皇后的《法华经》八卷开讲。这法会异常庄严。分四日讲演，每日所用经卷，装潢精美无比：玉轴、绫裱都很讲究，连包经卷的竹席上的装饰，其精致也世无其类。原来这藤壶皇后即使对日常细小物事，亦必装饰得异常精美。像今天的大事，当然更加郑重其事了。佛像上的装饰以及香化桌上的桌巾等，令人误认为西方极乐世界。第一天是追荐先帝①，第二天是为母后祈冥福，第三天是

---

① 此先帝是藤壶之父，是桐壶院前一代天皇。

追荐桐壶院。这一天所讲的是《法华经》第五卷，最为重要。公卿大夫等顾不得右大臣嫌忌，大家一齐参与听讲。这一天的讲师，也选请道行特别卓越的高僧。开讲之初，诵唱"采薪及果蓏，汲水供佛勤。我因此功德，知解《法华经》"①。虽然同是这几句，今天却诵得特别庄严。诸亲王等奉献各种供养物。其中源氏大将的供养物用意特别精深，迥非别人可比。作者屡次用同类的赞词来褒美源氏大将，实因每次拜见此人，总觉比前次越发优越，故不得不如此耳。

最后一天，是藤壶皇后自己发愿。她在佛前发誓，决心出家为尼。四座闻言，无不震惊。其兄兵部卿亲王及源氏大将亦皆动心，认为事出意外。兵部卿亲王半途起身进入帘内，苦劝收回成命。皇后向他声明决心之坚强，终于无法挽回。发愿既毕，宣召比叡山住持为誓愿人授戒。皇后的伯父横川僧都②走来，为皇后落发。此时满殿人心激动，一齐放声大哭。

即使是毫不足道的衰老之人，面临削发出家之际，也不免方寸动乱，悲从中来。何况藤壶皇后青春鼎盛，预先并无一言，突然遁世，兵部卿亲王安得不放声大哭！其他参与法会的人，看见周围气象悲切而庄严，也无不泪满襟袖而归去。桐壶院的许多皇子，回想藤壶皇后昔日荣华，大家感慨悲叹，都来慰问。只有源氏大将，散会后依旧枯坐席上，一言不发，心中茫然若失。但深恐旁人怪他为何如此悲伤，便于兵部卿亲王退出后前来慰问。此时众人渐次散去，四周寂静。众侍女拭着眼泪，群集在各处。月明如昼，雪光映目，庭前景色凄清。源氏大将对此夜色，沉思往事，不堪悲恸。强自镇静，命侍女传言问道："何故如此突然下了决心？"皇后照例遣王命妇答道："我早有此志，并非今日始下决心。所以不早说者，深恐人言骚扰，使我心乱耳。"此时帘内

---

① 此古歌乃大僧正行基所作，见《拾遗集》。
② 横川是比叡山的三塔之一。

侍女云集，行动起居、衣衫窸窣之声，历历可闻。惊恐悲叹之声，亦时时泄露帘外。源氏大将想道：不可早说，确是有理。便觉无限悲伤。

门外北风甚烈，雪花乱飞。帘内兰麝氤氲，佛前名香缭绕，加之源氏大将身上衣香扑鼻，此夜景有如极乐净土。皇太子的使者也来到了。藤壶皇后回想前日临别时太子之言及其依依不舍之状，虽决心坚强，亦悲伤难堪，一时不能作答。源氏大将代为补充言词，答谢来使。此时殿内不论何人，尽皆垂头丧气。因此源氏大将不能畅所欲言，但吟诗道：

"清光似月君堪羡，
世累羁身我独悲。"①

我作此想，实属懦怯堪怜。对君之毅然决然，惭愧之至，羡慕之极！"此时众侍女围集藤壶皇后身旁，源氏大将心中千言万语，不能发泄，但觉异常烦闷。藤壶皇后答道：

"一例红尘都看破，
何时全断世间缘？"

尚留一点浊念，奈何！"这答诗的一部分，想是侍女擅改的吧。源氏大将胸中无限悲伤，痛心之余，匆匆退出。

源氏大将回到二条院私邸，不往西殿，径赴自己室内，独自躺下。不能成眠，痛感人世之可厌。只有皇太子之事，不能忘怀。他想："父皇在世之时，特地封藤壶妃子为皇后，让她做皇太子的正式保护

---

① "世累羁身"，暗指有皇太子之牵累，不能随君一同出家。后面藤壶答诗"何时全断世间缘"，亦暗示一切都已看破，惟对皇太子不能断念。

人。不料皇后不堪尘世之苦，出家为尼。今后恐不能再居皇后之位了。我倘也摒弃皇太子而去，这便……"无限思虑，一直想到了天明。忽念今后须为这出家人准备用品，便命令从人赶速调度，务须于年内完成。王命妇随伴皇后一同出家，对此人亦须恳切慰问。详细缕述此种事情，不免烦冗，故请从略。惟此际亦有富有风韵的诗篇，一概从略，亦不免遗憾耳。藤壶皇后出家之后，源氏大将来访时少有顾虑，有时可与皇后直接面谈。他对皇后的恋情，至今尚未完全忘怀。但处此情况之下，当然无可奈何了。

不久岁历更新。国忌已过，宫中又呈繁华景象，内宴及踏歌等会相继举行。藤壶皇后闻知，但觉可哀。她管自勤修梵行，一心一意地希图后世幸福，远离现世，沉思梦想。原有的经堂照旧保留着，另在离开正殿稍远之处，西殿的南方，新建一所经堂，天天在那里虔修。

源氏大将来拜年了。但见四周毫无新年气象，宫中人影稀少，肃静无声。只有几个亲近的当差宫女低头坐着，恐是心情所使然，似有不胜委屈之感。只有正月初七举行白马节会时，白马照旧到这宫邸来，侍女们可以观览。往年每逢新春，必有无数王侯公卿到这三条宫邸来贺年，门庭若市。但今年这些人过门不入，大家麇集在右大臣府中了。世态炎凉，深可悲叹。正当此时，源氏大将以英爽之姿，专诚来访，真可以一当千，邸内诸人不禁感激涕零。

源氏大将看了这凄凉景象，一时不知所云。室内光景异乎寻常：帘子的边缘与帷屏的垂布都用深蓝色。处处看见淡墨色或赭黄色的衣袖，却反而富有清丽优雅之感。只有池面解冻的薄冰和岸边转绿的柳色，没有忘记春天的来临。源氏大将环顾四周，不胜感慨，低声吟唱古歌："久仰松浦岛，今日始得见。中有渔女居，其心甚可恋"①。其神情

---

① 此古歌载《后撰集》。日文"渔人"（或"渔女"）与"尼姑"发音相同，都称为 ama。故此处之渔女暗指尼姑。松浦岛是渔人所居之处。下面的诗根据此古歌。

潇洒无比。又吟诗道:

"知是伤心渔女室,
　我来松浦泪先流。"

皇后的居室中几乎全是供佛之具,宝座设处不深。因此两人相距似乎较近。皇后答诗道:

"浦岛已非当日景,
　飘来浪蕊倍堪珍。"①

虽然隔帘传语,本人声音隐约可闻。源氏大将努力忍耐,但终于不能自制,簌簌地掉下泪来。深恐这儿女柔情被这些六根清净的尼姑看见了,难以为情,略谈数语即便告辞。

　　源氏大将去后,这三条宫邸里几个老年宫女淌着眼泪赞扬他:"这位公子年龄越长,态度越是优美无比了。当年权势鼎盛、万事如意称心之时,有天下惟我独尊的气概。我等正在猜量:这样的人,何由悟得世故人情呢?岂知现在竟已变得十分温良恭谨,即使对付些小事,也都体贴入微,郑重其事。教人看了不知不觉地怜惜他呢。"藤壶皇后听了这话,不禁回想起种种往事来。

　　春季举行官吏任免式时,皇后名下的人员都不曾受到应得的官职。照一般情理或皇后地位说来都是应有的升官晋爵,今年也全然没有。因此有许多人悲愤愁叹。皇后虽已出家为尼,并无立即让位停俸之理。然而此次朝廷竟以出家为由,对这皇后的待遇大有变更。藤壶皇后自身对此尘间固已毫无留恋,然而众宫人都失去依靠,大家悲叹

---

① 浦岛比喻宫邸,浪蕊比喻源氏。

命苦。皇后睹此情状，有时亦不免愤慨。她自身已置之度外，但切望皇太子平安无事地即位，因此矢志不懈地勤修佛道。只因这皇太子身上有不可告人而深可危惧①的隐情，所以她常常向佛祈愿："一切罪恶皆归于我，务请容恕太子无辜。"万般忧恼，借此自慰。源氏大将也体会藤壶皇后的衷曲，认为此真乃一片苦心。他自己殿内的人员，与皇后宫中的人一样，也都辗轲不遇。他觉得这世间毫无意味，天天笼闭在家。

左大臣也公私两方都不得意，心中不快，便上表致仕。朱雀帝想起桐壶院在世时一向信任这位大臣，视为重要的后援人，并有遗嘱，希望他长为天下之柱石。因此不许他辞职。屡次上表，屡次退回。但左大臣意志坚决，终于致仕还家。从此右大臣一族垄断朝政，荣华无可限量。一代重臣，今已遁世，朱雀帝不胜怅惘，世间知情达理之人，亦无不叹惋。

左大臣家诸公子，个个忠厚诚笃，重用于世。过去无忧无虑，荣华度日；但现在无不意气消沉。与源氏大将最为亲近的三位中将②等，在政界尤为失势。三位中将过去虽然时时赴四女公子处留宿，但因对妻子一向态度冷淡，所以右大臣也不把他归入爱婿之列，以示报复。大约三位中将早有自知之明，所以此次不得升官晋爵，亦不甚介意。他看见源氏大将都已笼闭在家，可知世事已不可为，则自己的不遇乃当然之事。他就常常访晤源氏大将，与他共研学问，或合奏弦管。以前这两人常常狂热地互相竞争，现在还是如此，些微小事亦必互相较量，借此消磨岁月。

春秋二季的诵经自不必说，此外源氏大将又常临时举行种种法会。他还召集事简多暇的文章博士，和他们吟诗作文，或做掩韵③游

---

① 倘被发觉太子非桐壶帝之子，势必被废。
② 三位中将即以前称为头中将者，现已晋升。
③ 将古诗中叶韵之字掩没，教人猜度补充，以优劣定胜负。

戏，藉以遣怀，一向不赴宫中。如此任情游乐，不问政事，又渐渐引起了世人的烦言。

夏雨连绵，闲居无事之时，有一天中将教人拿了许多名贵的诗文集，来到二条院。源氏大将也命人打开殿内的书库，从以前未曾启封的书橱里选出若干世间罕有的珍本古集来。并不大肆张扬，却召来了许多精通此道的人物。也有殿上公卿，也有大学寮的博士，济济一堂，分为左右二列，相对而坐，竞赛掩韵。奖品之精美，世无其匹，诸人争欲获得。这竞赛渐次进行下去，其间困难的韵字甚多，常常使得著名的博士周章狼狈。源氏大将便时时加以指点。足见其才学精深无比。诸人啧啧赞叹，互相告道："大将何以能有如此全才？定然前世福慧双修，故万事胜于常人。"竞赛的结果，左方（源氏大将一方）得胜，右方（三位中将一方）认输。过了两天之后，中将举办认输的飨宴。排场并不十分铺张，然而种种食物非常精致，盛食物的桧木箱十分优美，还有各种各样的奖品。这一天照例聚集许多人物，大家作文吟诗。

其时阶前蔷薇初开，景象比春秋花时更为幽雅可爱。大家随意不拘地调弦弄管。中将的儿子名叫红梅的，年方八九岁，今年开始上殿。此时这童子出席唱歌，嗓音非常美丽，又吹奏笙笛，也悠扬悦耳。源氏大将很喜欢他，当他游戏伴侣。这童子是右大臣家四女公子所生的次子，因有外祖父作后援，世人对他期望甚重，大家另眼看待他。此人心性明慧，容貌秀丽。到了酒酣兴阑之时，这童子唱起催马乐《高砂》①的歌曲来，声音非常优美。源氏大将便解下自己的衣服来赏赐他。此时源氏大将比往常醉得厉害，脸色无比艳丽，他身上穿着薄罗常礼服和单衫，透露肌肤，色泽异常美丽。几个老年博士遥遥瞻望，感动得流下泪来。唱到"貌比初开百合花更强"之句时，三位中将敬源氏

---

① 催马乐《高砂》大意："高砂峰上花柳香，好似贵家两女郎。我要两人作妻房，好似两件绣罗裳。不可性急徐徐图，定可会见两姑娘，貌比初开百合花更强。"

大将一杯酒，吟道：

"闻歌瞻望君侯貌，
　胜似蔷薇初发花。"

源氏大将微笑着接了酒杯，答道：

"花开今日乘时运，
　转瞬凋零夏雨中。

我就此衰朽了！"他醉态可掬，故意开玩笑。中将强责以干杯。此时众人所咏诗歌甚多，但都是贯之曾谏诫的那种"欠考虑"的乘兴率尔之作，若一一记载，未免无聊。为避免烦冗，一概从略。

诸人皆极口赞誉源氏大将，或作和歌，或作汉诗。源氏大将得意之极，骄矜起来，朗诵："我文王之子，武王之弟……"①这自比实在很确当。但他是成王的何人，没有继续诵下去，因为只有这一点是疚心的。

藤壶皇后之兄兵部卿亲王也常来访晤源氏大将。这亲王长于吹弹歌舞，风流潇洒，与大将志同道合。

且说那位尚侍胧月夜最近回娘家右大臣邸来了。因为她久病疟疾，回娘家来，念咒祈祷等事较宫中方便。做了种种法事之后，病体痊愈，大家十分庆喜。尚侍认为此乃难得的良机，便与源氏大将密约，用尽心计，图得夜夜幽会。这尚侍正当青春年华，花容月貌，妩媚动人。

---

① 《史记》鲁周公世家中周公诫子伯禽曰："我文王之子，武王之弟，成王之叔父。我于天下，亦不贱矣。"源氏以桐壶上皇比文王，以朱雀帝比武王，自比周公旦。倘以皇太子比成王，则源氏是叔父，触及他的隐事，所以不诵下去。

近来因病略微消瘦，却反而更可怜爱。此时她的大姐弘徽殿太后也回娘家来，一同住在邸内。四周人目众多，行动颇多危险。然而源氏大将一向有个习癖：越是困难，越是不舍。因此夜夜偷渡，几无虚夕。这自然难免被人看破。然而众人都有顾虑，所以无人将此事启奏太后。右大臣当然没有想到。

有一晚，骤雨滂沱，雷电交作。黎明时分，诸公子及太后的侍从人等都起来看视，人声嘈杂，耳目众多。众侍女惧怕雷雨，也都集中到近旁来。源氏大将有些狼狈，然而无法逃出，只得挨到天明。胧月夜寝台的帐幕外面，众侍女都聚集着。这一对男女觉得心惊胆战。侍女中只有两人知道此事，然而无可奈何。

后来雷声停息，雨势渐小。右大臣便走到这边来看视，先到弘徽殿太后室中。阵雨之声掩没了他的行动声，源氏大将和胧月夜并未听到。岂知右大臣贸然地走进室内来了。他撩起帘子，开口便问："你怎么样？昨夜的雷雨好厉害，我很担心，但未能来看你。你哥哥和太后的侍臣等有没有来探望你？"他说时快嘴快舌，粗声粗气，全不像个贵人。源氏大将虽在困窘之中，想起了左大臣的威仪，和这右大臣比较一下，不禁微笑起来。不要在帘外伸头探脑，规规矩矩走进室内以后再开口说话才是。

胧月夜狼狈之极，只得膝行而前，来到寝台外面。右大臣看见她红晕满颊，以为患病发烧，便对她说："怎么你的气色还不正常？想是妖魔作祟吧，法事应该延长日子。"这时候他看见一条淡紫红色的男带缠绕在女儿身上，觉得很奇怪。又看见一张写着诗歌的怀纸落在帷屏旁边，心念这是什么东西，吃了一惊，便问："这是谁的？这东西很奇怪。拿过来，让我看看究竟是谁的东西。"胧月夜回头一看，方才发现。但此时已无法抵赖，有什么话可回答呢？吓得魂不附体。倘是身份高贵的人，应该体谅做女儿的此时一定怕羞，因而有所顾忌。无奈这位大臣秉性急躁，毫不留情。他并不思前想后，愤然地走上前来，拾了那张怀纸,趁此向帷屏后面探望一下。但见一个体态非常优美的男子,肆无忌惮地躺在女儿铺位旁边,此时方才慢慢地拉过衣服来遮住颜面,算是躲避了。右大臣惊得发呆,一时怒火中烧。然而到底不便当面揭穿,气得头昏眼花,只得拿了那张怀纸回正房去。胧月夜呆若木鸡,差点儿没吓死。源氏大将懊丧之余,想道:"恶贯满盈,终于要受世人非难了!"然而看了这女人的可怜之状,只得胡乱安慰她一番。

右大臣的本性,万事想到就说,不能隐藏在心。加之老年之人,都有直率之癖。因此绝不踌躇,把这件事一五一十地向弘徽殿太后诉说了。他说:"有这样的事情。这怀纸正是右大将的手笔。以前早有暧昧之事。当时我因看重他的人品,不曾向他问罪,并且说过愿将女儿嫁给他。当时他却毫不在意,一味态度冷淡。我心甚是愤慨。但念此或前世因缘,也就曲意原谅。我想此女虽已失身,朱雀帝抑或宽宏大量,并不摒弃。经我恳愿,居然容许入宫,遂我初志。但因负疚在心,不敢奢望女御之尊,只得让她屈居尚侍之位,在我已是一大遗憾。如今此女身已入宫,他又做出此种行为,更加使我痛心疾首。寻花问柳虽是男子常有之事,但这大将实在岂有此理!

"槿姬身为斋院,他竟不顾亵渎神明,偷偷寄送情书,百般追求,世人已有谣传。此等渎神之事,不但有伤于世道,且亦不利于自身。我推想他总不至于做出冒天下之大不韪的事来吧。况且他是今世有识之人,风靡天下,拔类超群,故我一向不曾怀疑他的用心,岂知……"

弘徽殿太后性情比右大臣更为凶狠,听了父亲这番话,怒不可遏,答道:"我的儿子空有皇上的虚名,实则自昔便受众人奚落。那个退职的左大臣,不肯把掌上明珠葵姬嫁给做兄长的皇太子,偏偏把她嫁给臣籍的小弟源氏,同衾的时候这源氏还只十二岁加冠之年呢。我早已有意将六妹送入宫中,却先遭受源氏侮辱。然而谁也不以为怪,大家袒护源氏。结果六妹不能享受女御之尊,只得屈居尚侍之位。我常引以为恨,屡思设法使其升迁,身居后宫第一,借以清雪受辱之耻。

无奈六妹不知好歹,一味倾心于自己所爱之人。六妹尚且如此,他追求斋院槿姬的谣传一定也是真的了。总之,源氏处处对朱雀帝不满,他只偏袒皇太子,巴望他早日即位。此事可想而知。"她侃侃直说,毫不留情,反使右大臣对源氏深感抱歉,自悔多言。他想:"我何必将此事告诉她呢?"便婉言调解:

"你说的固然不错,但此事暂勿泄露!你也不必告知皇上。大约这妮子前回犯了过失,皇上并不嫌弃,依旧宠爱她,因而有恃无恐,便做出这种事情来。你先悄悄地训诫她一番,如果她不听,这个罪过由我一人承当。"弘徽殿太后听了这话,怒气还是不消。她想:"六妹和我住在一起,人目众多,也算得无隙可乘了。然而这源氏毫无忌惮,竟敢钻门入户,简直是蔑视我们,侮弄我们!"越想越愤怒了。忽念趁此把那源氏惩办一下,倒是个好机会。便用心考虑种种手段。

第十一回 花散里①

孽由自作而无人得知的愁恨,在源氏公子是永无停息的。然而如今时移世变,连寻常一举一动,也无非增人忧恼。这便使得源氏公子心灰意懒,顿萌厌世之念。无奈恋恋不舍之事颇多。

桐壶院有个妃子,人称为丽景殿女御②的,并未生男育女,自从桐壶院驾崩之后,境况日渐冷落,全赖源氏大将照拂,孤苦度日。她的三妹花散里,曾经在宫中与源氏公子有露水姻缘。源氏公子对女人一向多情,一度会面,永不相忘,然亦不特别宠爱。这便使得那女的情思焦灼,梦想为劳。近来源氏公子对世间万事都感忧恼,便想起了这个孤寂的情人,再也忍耐不住。五月的梅雨时节,有一天难得放晴,他便悄

---

① 本回写源氏二十五岁夏天之事。
② 非前回第199页所述朱雀帝的妃子丽景殿女御。

悄地去访问这花散里了。

　　源氏公子排场并不盛大，服装也很朴素，连前驱也不用，微行前往。经过中川近旁，便看见一座小小的邸宅，庭中树木颇有雅趣。但闻里面传出音色美好的筝与和琴的合奏声，弹得幽艳动人，源氏公子听赏了一会。车子离门甚近，他便从车中探出头来，向门内张望。庭中高大的桂花树顺风飘过香气来，令人联想贺茂祭时节①。看到四周一带的风趣，他便忆起这是以前曾经欢度一宵的人家，不禁心动。他想："阔别多时了，那人还记得我么？"便觉气馁。然而不能过门不入，一时犹豫不决。正在此时，忽闻杜鹃的叫声，似乎在挽留行人，便命回车，照例派惟光进去，传达一首诗：

　　"杜鹃苦挽行人住，
　　追忆绿窗私语时。"

一间形似正殿的屋子的西端，有许多侍女住着。惟光听见有几个侍女的声音很熟悉，便清一清嗓子，一本正经地传达源氏公子的诗句。青年侍女甚多，她们似乎不明白赠诗者为谁。但闻答诗道：

　　"啼鹃确似当年调，
　　梅雨声中不辨人。"

惟光推想她们是故意装作不辨为谁，答道："甚好甚好，这叫作'绿与篱垣两不分'②。"说着便走出去。女主人口上虽然不说，心中却觉得遗憾并且叵惜。料想她大约已经有了定情的男子，因而有所顾忌吧。

---

① 贺茂祭时节，帘子上和帽子上都插葵花和桂花。
② 古歌："树头花落变浓荫，绿与篱垣两不分。"见《细流抄》所引。

此乃理之当然,惟光也不便再加说明了。在此情况之下,源氏公子立刻想起筑紫的那个善舞的五节①,觉得这等身份的女子中,五节倒是可爱的。他在恋爱上,无论对哪一方面,都不断操心,煞是辛苦。凡是与他有过往来的女人,即使经过多年,他还是不能忘怀。这反而变成了许多女人的怨恨的源泉。

且说源氏公子走进他所指望的邸内,果然不出所料:人影寥寥,庭阶寂寂,这光景教人看了十分可怜。他先去访问丽景殿女御,和她谈谈当年种种旧事,不觉夜色已阑。二十日的缺月升入空中,庭前高大的树木暗影沉沉,附近的橘子树飘送可爱的香气来。女御虽然上了年纪,但仪态端庄,容貌昳丽。虽然不复有桐壶院的宠幸,其人还是亲切可爱。源氏公子回思往事,当年情状历历在目,不禁流下泪来。此时杜鹃又叫起来,大约就是适才篱垣边的那只鸟吧,鸣声全然相同。此鸟逐人而来,源氏公子觉得极有风趣,便低声吟诵古歌:"候鸟也知人忆昔,啼时故作昔年声。"②又吟诗道:

"杜鹃也爱芬芳树,
　飞向橘花散处来。

思念往昔,不胜愁叹。只有访晤故人,方得安慰寸心。惟旧恨虽消,而新愁又生。趋炎附势,乃世之常态。因此可共话往昔之人,寥若晨星。何况冷冷清清,无可消遣,怎生是好?"女御听了这番话,深感世变无常,人生多苦,那沉思冥想的神色异常悲哀。大约是人品优越之故吧,样子特别可怜。女御吟道:

---

① 筑紫是九州的别名。五节是筑紫守的女儿,详见下回。
② 此古歌见《古今和歌六帖》。

"荒园寂寂无人到,
檐外橘花引客来。"①

回答的只此两句诗。源氏公子将她和别人比较一下,觉得此人毕竟特别高超。

辞别女御之后,装作顺便的样子,走到花散里所居的西厅前,向室内张望一下。花散里久不见源氏公子,相见之后,加之他的美貌盖世无双,便把过去的怨恨尽行忘却。源氏公子照例情深意密地和她谈此说彼,想来不是口是心非的话吧。凡是源氏公子所交往的女子,不仅花散里一人,都不是寻常之人,都有独得的优点。因此相见之下,两情融洽,男女双方互相怜爱不尽。固然也有为了公子久疏问候而伤心变节的女子,但公子认为此亦人世之常情。刚才中川途中篱内的那个女子,便是因此而变节的一例。

第十二回　须　磨②

源氏公子渐觉世路艰辛,不如意之事越来越多;如果装作无动于衷,隐忍度日,深恐将来遭逢更惨的命运。他想自动离开京都,避居须磨。这地方在古昔曾有名人卜居,但听说现今早已荒凉,连渔人之家也很稀少。住在繁华热闹的地方,又不合乎避地的本意;到离开京都遥远的地方去,又难免怀念故里,牵挂在京的那些人。因此踌躇不决,心乱如麻。

反复思量过去未来一切事情,但觉可悲之事不胜枚举。这京都地方已可厌弃,然而想起了今将离去,难于抛舍之事,实在甚多。其中尤

---

① 橘花比拟花散里,言源氏乃为花散里而来。
② 本回写源氏二十六岁三月至二十七岁三月之事。须磨位在神户西面的南海岸。此时大约已有革职流放的消息,故被迫自动离去。

其是紫姬，她那朝朝暮暮惜别伤离、愁眉不展的样子，越来越厉害，这比任何事情更使他痛心。以前每逢分别，即使明知必可重逢，即使暂时离居一二日，他也总是心挂两头，紫姬也不胜寂寞。何况此度分携，期限无定。正如古歌所云："离情别绪无穷尽，日夜翘盼再见时。"①如今一旦别去，则因世事无常，或许即成永诀，亦未可知。——如此一想，便觉肝肠断绝。因此有时考虑："索性悄悄地带她同行，便又如何？"然而在那荒凉的海边，除了惊风骇浪之外无人来访，带着这纤纤弱质同行，实在很不相宜，反而会使我处处为难。——如此一想，便打消此念。紫姬却说："即使是赴黄泉，我也要跟你同行。"她怨恨源氏公子的犹豫不决。

那花散里虽然和源氏公子相会之日甚少，但因自己的清苦生涯全然托庇公子照拂，所以她的悲叹也是理之当然。此外与源氏公子偶有一面之缘的、或者曾有往来的女子，暗中伤心的人不可胜数。

那位出家为尼的藤壶皇后，虽然深恐世人说长道短，于己身不利，因而万事谨慎小心，但也常常偷偷地寄信与源氏公子。源氏公子回想："她往日若能如此相思，如此多情，我何等欢喜！"又怨恨地想："我为她受尽煎熬，都是前生孽缘！"

源氏公子定于三月二十后离京。对外人并不宣布行期，只带平素亲近的侍从七八人，非常秘密地出发了。出发以前，只写几封信向几个知心人告别，绝不声张，悄悄地送去。然而信都写得缠绵悱恻，语重心长，其中定有动人的好文章。可惜作者那时也心情混乱，无意仔细探访，未能记述为憾。

出发前二三日，源氏公子非常秘密地访问左大臣邸。他乘坐一辆简陋的竹席车，形似侍女用的车子，偷偷地前往，样子十分可怜，别人睹此光景，恍若置身梦幻。他走进葵姬旧居的室中，但觉景象好不凄

---

① 此古歌见《古今和歌集》。

凉！小公子的乳母以及几个尚未散去的旧日侍女，与源氏公子久别重逢，尽皆欢喜，亲切地前来拜见。看了他那委顿的姿态，连知识浅陋的青年侍女也都痛感人生之无常，个个泪盈于睫。小公子夕雾长得异常秀美，听见父亲来了，欢天喜地地跑过来。源氏公子看了，说道："许久不见，他还认得父亲，乖得很！"便抱起他，让他坐在膝上，样子不胜怜惜。左大臣也来了，与源氏公子面晤。

他说："闻吾婿近来寂寞无聊，笼闭家园，本拟前去访晤，闲话昔年琐事。惟老夫已以多病为由，辞去官职，不问政事。若由于一己之事，以龙钟老态频频出入，深恐外间蜚语谣传，谓我急于私而怠于公。虽然已是隐遁之身，于世事可无须顾虑，然而权势专横，深可忌惮，因此闭门不出。闻吾婿即将离京，老年目睹横逆之事，甚是伤心。世路艰险，言之可叹！即令天翻地覆，亦料不到有此逆事。身逢此世，真觉万事都无意趣了！"

源氏公子答道："无论如此或如彼，尽是前世果报。推究其源，不外咎由自取。身无官爵之人，虽小犯过失，亦当受朝廷处分。若不自惩，而与常人共处世中，在外国亦认为非法。而似我身居高位之人，听说尚有流放远恶军州之定例。服罪自当更重。若自谓问心无愧，而泰然自若，深恐后患甚多，或将身受更大之耻辱，亦未可知。我为防患未然之计，故尔先行离京耳。"他把离京赴须磨的情由详细禀告了左大臣。

左大臣谈及种种往事、桐壶院之事，以及桐壶院对源氏公子的关怀，衣袖始终离不开泪眼，源氏公子亦不免陪着挥泪。小公子无心无思地走来走去，有时偎傍外祖父，有时亲近父亲。左大臣看了异常伤心，又说："逝世之人，我时刻不忘，至今犹有余悲。但倘此人尚在世间，目睹此种逆事，不知何等伤心。今短命而死，免得做此噩梦，在我反觉心慰。惟此幼小孩童，长此依附老人膝下，不得亲近慈父，实为最可悲伤之事。古人即使真犯罪过，亦不致身受如此之重罚。吾婿蒙此不白之冤，想是前世孽障所致。此种冤狱，在外国朝廷亦不乏其例，然必有明确可指之罪状。但此次之事，教人百思不得其原由，实甚可恨！"话语甚长，不能尽述。

那个三位中将也来了。他陪源氏公子饮酒，直到夜阑。是晚公子便留宿于此。旧日的侍女都来伺候，共谈往事。其中有一个叫作中纳言君的，向来暗中受公子宠爱，胜于别的侍女。这一天此人口上虽然不便说出，而心中窃自悲叹。源氏公子看到她的模样，也在心中偷偷地可怜她。夜色渐深，众人都睡静了，独留这中纳言君陪伴公子谈话。他今晚留宿于此，大约是为此人吧。

将近黎明，天色尚暗，源氏公子便起身准备出门。其时残月当户，景色清幽，庭中樱花已过盛期，而枝头犹有残红，凄艳可爱。朝雾弥漫，远近模糊，融成一片，这风趣实比秋夜美丽得多。源氏公子靠在屋角的栏杆上，暂时欣赏这般美景。中纳言君大约是要亲来送别，开了边门，坐在门口。源氏公子对她说："再会之期，想是很难得的了。以前料不到有此世变，因而把随时可以畅聚的年月等闲度过，回想起来实甚可惜！"中纳言君默默不答，只是吞声饮泣。

老夫人派小公子的乳母宰相君向源氏公子传言："老身本欲亲自与公子晤谈，只因悲愤之余，心乱如麻，拟待心情稍定，再图相见。岂料公子在天色未晓之时即将离去，殊觉出人意外。这可怜的孩子尚在酣眠，能否待他醒来相送？"源氏公子闻言，泪盈于睫，便吟诗道：

"远浦渔夫盐灶上，
烟云可似鸟边山？"①

这不像是答诗。他对宰相君说："破晓的别离，并非都是如此伤心的

---

① 远浦指须磨海边。鸟边山即鸟边野火葬场葵姬化作烟云之处。

吧。但今朝的伤心,想必能蒙理解。"宰相君答道:"别离两字,教人听了总是不乐。而今朝的别离,特别令人伤心!"说时声泪俱下,可知异常悲恸。源氏公子便央她向老夫人传言:"小婿亦有种种话语欲向岳母大人面禀,其奈悲愤填胸,难于启口,此情伏望谅鉴。酣眠之幼儿,倘令见面,反使我依恋不舍,难于遁世,因此只得硬着心肠,匆匆告辞了。"

源氏公子出门之时,众侍女都来窥看。其时月落西山,光辉转明。源氏公子映着月光,愁眉不展,神情异常清艳。即使是虎狼,看见了也会泣下,何况这些侍女都是从小与他亲近的人。她们看到他那优美无比的容貌,心中都异常激动。确实如此。老夫人的答诗云:

"烟云不到须磨浦,
从此幽魂远别离!"

哀思越来越多,源氏公子去后,满堂之人尽皆泣不成声。

源氏公子回到二条院私邸,但见自己殿内的众侍女似乎昨晚没有睡觉,群集在各处,都在悲叹时势的乖变。侍从室里人影全无,这都是平素亲近的人,他们为欲随从公子赴须磨,都回去与亲友道别了。与公子交情不深的人,惟恐来访问了将受右大臣谴责,因而增多烦恼。所以本来门前车马云集,几无隙地;如今冷冷清清,无人上门了。此时源氏公子方悟世态之炎凉与人情之浇薄,感慨系之。餐厅里的饭桌半是尘埃堆积,铺地的软席处处折叠起来了。源氏公子想:"我在家时尚且如此,将来我走了,更不知何等荒凉呢!"

来到西殿,但见格子窗还不曾关,大概紫姬通宵凝望,不曾就寝。众青年侍女及女童都在各处廊下假寐,看见公子来了,大家起来迎接。她们都作值宿打扮,憧憧来往。源氏公子看了,又不免伤心,他想:"今后再经若干年月,这些人不耐寂寞,势必纷纷散去。"平日向不在意之事，现在都触目惊心。他对紫姬说："昨夜只因有这些事，直到破晓才能回家。想你不会疑心我胡行乱为吧。至少在我还居住于京都的期间，是舍不得离开你的。但是现在即将远行，牵怀之事，自然甚多，岂能闭门不出？在这无常的世间，被人视为薄情而唾弃，也毕竟是痛心的。"紫姬只回答道："除了此次之事以外，世间哪有更大的飞来横祸呢？"她那伤心苦思之状，异于他人，自是理之当然。因为父亲兵部卿亲王一向疏远，她从小依附源氏。何况父亲近来惧怕权势，对公子音问久疏，此次亦绝不前来慰问。旁人见此情形，定然讪笑，紫姬深以为耻。她想：当时不教父亲知道她的下落，倒反而干净。

兵部卿亲王的正夫人——紫姬的继母——等人说："这妮子突然交运，立刻倒霉，可见是命苦的。凡是关怀她的人，母亲、外祖母、丈夫，一个个都抛弃她了。"这些话泄露出来，传到了紫姬耳中。她听了非常痛心，从此也绝不与娘家通问了。然而此外全无依靠，身世好不孤单！

源氏公子谆谆开导她说："我离京之后，倘朝廷犹不赦罪，多年流放在外，那时虽居岩穴之中，我亦必迎接你去同居。惟现在与你同行，深恐外人指责。身为钦犯之人，日月光明也不得见，倘任情而动，罪孽更加深重。我今生虽未犯过，但前世必有恶业，故尔有此报应。何况流放犯携带家眷，古无前例。在这无法无天的世间，可能遭受更大的祸殃呢。"翌晨，到了日上三竿之时，公子方才起身。

帅皇子及三位中将①来访。源氏公子换穿衣服，准备接见。他说："我是无官位的人了！"就穿了一件无纹的贵族便服，样子反而优雅。容貌清减了，也反而俊美。为欲整理鬓发，走近镜台，望见消瘦的面影，自己也觉得清秀可爱，便道："我衰老得很了！难道真像镜中那样消瘦么？可怜！"紫姬眼泪汪汪地望着公子，样子十分难过。公子

---

① 帅皇子是源氏之异母弟。三位中将即前之头中将，左大臣之子。

吟道：

"此身远戍须磨浦，
镜影随君永不离。"

紫姬答道：

"镜中倩影若长在，
对此菱花即慰心。"

她自言自语地吟唱，把身子躲在柱后，借以隐藏脸上的泪痕。源氏公子看见她的样子异常可爱，觉得平生所见无数美人，没有一个比得上她。

帅皇子对源氏公子谈了许多伤心的话，到了日暮方才辞去。

那个花散里为了源氏公子之事无限悲伤，常常寄书慰问，这原是理之当然。源氏公子想："若不与她再见一面，她将恨我无情。"便决心在这天晚间前去访问。然而又舍不得紫姬，所以直到深夜方才出门。丽景殿女御喜出望外，说道："寒舍亦得列入数中，蒙大驾亲临！"其欢欣之状，不须缕述。这姐妹两人生涯实甚清寒，年来全赖源氏公子荫庇，孤苦度日。目前邸内景况已够凄凉，将来势必更加困苦。其时月色朦胧，源氏公子怅望庭中池塘、假山、茂林等岑寂之状，便想象今后流放中的岩穴生涯。

住在西面的花散里以为公子行期已近，不会再到这里来了，正在颓丧之中。岂料当此添愁的月光幽艳地照临的时候，忽闻空谷足音，随即飘来芬芳无比的衣香，不久源氏公子悄悄地进来了。她便向前膝行几步，与公子在月下相会。两人在此情话绵绵，不觉夜色已近黎明。源氏公子叹道："夜何其短！这等匆匆的会面，不知今后能否再得?想到这里,便觉以前久疏问候,空度岁月,教人后悔莫及。如今我身又变成了古往今来的话柄,想起了但觉心如刀割!"两人又谈了许多旧事,远近鸡声连连报晓。公子忌惮人目,连忙起身告辞。

其时残月西沉,花散里以前常将此景比拟源氏公子别去,此时又见,倍感悲伤。月光照在花散里的深红色衣袖上,正如古歌所云:"袖上明月光,亦似带泪颜。"①她就赋诗:

"月中衣袖虽孤陋,
愿得清光再照临。"②

源氏公子听到这哀怨之词,不胜怜惜,想安慰她,便答诗道:

"后日终当重见月,
云天暂暗不须忧。

惟瞻望前程,渺茫难知。堕尽忧疑之泪,但觉心绪黯然。"说罢,便在黎明的微光中退出了。

源氏公子回到二条院,就准备行装。他召集一向亲近而不附权势的一切忠仆,吩咐他们分别管理今后邸内上下一切事务。又从其中选出数人,带赴须磨。客中所用物件,仅选日常必需之品,并且不加装潢,力求朴素。又带些必要的汉文书籍。装白居易文集等的书箱和一张琴,也都带去。其余铺张的用具和华美的服装,一概不带。竟把自己装成一个山野平民模样。

自侍从人等以至万端事务,都托付紫姬掌管。领地内庄园、牧场

---

① 古歌:"相逢诉苦时,我袖常不干。袖上明月光,亦似带泪颜。"见《古今和歌集》。
② 月比喻源氏。袖比喻自己。

以及各处领地的契券,亦皆交与紫姬保藏。此外无数仓库和储藏室,则由向来信任的少纳言乳母率领几个亲信的家臣管理,吩咐紫姬适当支配。源氏公子自己房里的中务君、中将等宠幸的侍女,过去虽然常恨公子薄情,但能时时相见,亦可聊以慰情;今后群花无主,尚复有何乐趣?大家垂头丧气。源氏公子对她们说:"我总有保全性命而平安归来之一日。凡愿意等候的人,都到西殿供职。"教上下人等都迁往西殿。源氏公子按照各人身份,赐与种种物品,以为临别纪念。小公子夕雾的乳母及花散里,当然也都受得富有情趣的赠品。此外关于诸人日常生计,无不顾虑周至。

源氏公子不顾一切,写一封信送交尚侍胧月夜。信中写道:"日来芳讯沉沉,情理自可谅解。今我即将流离,苦恨不可言喻。正是:

空流往日相思泪,
变作今朝祸水源。①

只此有名无实之事,是我不可逃遁之罪。"深恐送信时在途中有被人拆看之危险,故不再细写。

胧月夜收到了信,悲恸不堪。虽然勉强忍耐,但双袖掩不住滚滚而来的热泪。啼啼哭哭地写道:

"身似泪河浮水泡,
未逢后会已先消。"

笔迹散乱,却饶有风趣。源氏公子想起离去之前不能与此人再会一

---

① 流放须磨,主要原因是胧月夜之事。"空流"乃故意掩饰之词,故下文又言"有名无实"。

面，觉得异常可惜。但又回心转意：那边都是弘徽殿太后一派，痛恨源氏公子之人甚多；况且胧月夜也有所顾忌。再会之念，就此打消。

行期即在明天了。今天夜间，源氏公子当前往拜别桐壶院之墓，便向北山出发。其时将近破晓，月色当空。拜墓时刻尚早，便先去参谒师姑藤壶皇后。皇后在近身的帘前安排源氏公子的座位，隔帘亲自和他谈话。皇后首先提及皇太子，对他的未来表示深切的关怀。这两人胸中秘藏着共同的心事，其谈话自然含有无限深情。皇后容貌之美，不减当年。源氏公子往日受她冷遇，今日颇思对她略申怨恨之情。转念今日重提旧事，未免使她伤心，自己亦更增烦恼，便隐忍不言，但说："我身蒙此意外之罪，实因有一背叛良心之事，不胜惶恐。我身诚不足惜，但望太子顺利即位，于愿足矣。"此言诚属有理。

藤壶皇后听见源氏公子的话句句中肯，一时心绪缭乱，无言可答。源氏公子寻思过去未来千头万绪之事，伤心至极，掩面而泣，其神情凄艳无比。后来收泪问道："我今即将前往拜墓，不知母后有何传言否？"藤壶皇后悲伤之极，一时不能答语，但努力作镇静的模样。后来吟道：

"死者长离生者去，
焚修无益哭残生。"

她心绪紊乱，不能把心头交集的感想发为优美的诗歌了。源氏公子答道：

"死别悲伤犹未尽，
生离愁恨叹新增。"

源氏公子等到晓月出山之时，方往谒陵。随从者仅五六人，仆役亦限用亲近之人，不用车驾，骑马前往。回想当年仪仗之盛，不可同日而语，这就不消说了。随从者尽皆悲叹。其中有一个兼藏人职的右近将监，即伊豫介之子，纪伊守之弟，贺茂被禊时曾为公子当临时随从。今年理应晋升，却终被除名简册，剥夺官爵，成了失意之人，只得随公子远赴须磨。此时在谒陵途中，行到望见贺茂神社下院之处，此人想起了被禊那天的盛况，便翻身下马，拉住源氏公子的马头，吟诗道：

"当时同辇葵花艳，
今日重来恨社神。"

源氏公子思想此人的感慨也有道理。当时他何等风流潇洒，矫矫不群啊！便觉得异常抱歉。他自己也跳下马来，对神社膜拜，向神告别。又吟诗道：

"身离浊世浮名在，
一任神明判是非。"

这右近将监是个多情善感的人，听了这诗，衷心感应，觉得这公子实在可敬可爱。

源氏公子展拜皇陵，似觉父皇在世时种种情状历历在目。这位尊荣无极的明主，也已成了与世长辞之人，悼惜之情，不可言喻。他在墓前啼啼哭哭，申诉了千言万语。然而现已不能听到父皇的教诲。不但如此，当时深思远虑而谆谆嘱咐的遗言，现在也不知消失在何方了！伤心之事，言之无益。

墓道上蔓草繁茂。踏草而行，晓露沾衣。云遮月暗，树影阴森，有凄凉惨栗之感。源氏公子欲离墓辞去，而方向莫辨，便又稽首下拜。但觉父皇面影，赫然在目，不禁毛骨悚然。遂吟诗云：

"皇灵见我应悲叹，
明月怜人隐入云。"

回到二条院，天色已经大明。皇太子处也应去信告别。此时王命妇代替藤壶皇后在宫中看护太子，源氏公子便命将信送交王命妇。信中写道："今日即将离京，不能再度造访。伤心之事，以此为最。务望体谅一切，善为致意。正是：

时运不济归隐遁，
何时花发返春都？"

这信系附在一枝大半凋零了的樱花上。王命妇即将信送与皇太子看，并把信中情由告诉他。皇太子年方幼稚，但也郑重地阅读。王命妇问他："回信怎么说呢？"皇太子答道："对他说：暂时不见，也就想念；何况远别，怎能堪忍？"王命妇想："这答词太简率了。"便觉这孩子十分可怜。她历历回思源氏公子为了与藤壶皇后做荒唐的恋爱而伤心落魄的许多往事，以及当时种种痛苦情状，想道："这两人本来都可无忧无虑地度日，只因自寻烦恼，以致投身苦海。然而半是由于我王命妇一念之差，从中牵线所致，思想起来，好不后悔！"她回答公子的信上说："拜读来书，但觉无言可答。已将尊意启奏太子。其伤心之状，引人无限感慨。……"这信写得不着边际，想是心情恼乱所致。又附诗道：

"花事匆匆开又谢，
愿春早日返京华。

只要时机来到，必可如愿以偿。"过后她又讲了许多悲痛的话，使得满殿宫人吞声饮泣。

凡是见过源氏公子一面的人，看到他今天那种愁闷模样，没有一个不悲叹惋惜，何况平日经常伺候他的人。连公子认也不认识的做粗工的老婆子和洗刷马桶的人，只因一向深蒙公子恩顾，也都以今后暂时见不到公子为恨。朝中百官，谁不重视此事？公子从七岁起就昼夜不离父皇左右，凡有奏请，无不照准。因此百官无不仰仗公子鼎力，谁不感恩在心？身份高贵的公卿、弁官之中，受恩者亦甚多。等而下之，不可胜数。其中也有些人，并非不知恩德，只为目前权臣专横，不得不有所顾忌，因而不敢亲近源氏公子。总之，举世之人，无不痛惜源氏公子之离去。他们私下议论并怨恨有司之不公，但念：不顾自身利害而前去慰问，对源氏公子有何裨益？于是只作不知。源氏公子当此失意之时，感到人多冷酷无情，处处慨叹世态之炎凉。

出发之日，与紫姬从容谈心，直至日暮，照例于夜深时分启程。公子身穿布衣便服，旅装极度简陋。对紫姬说："月亮出来了。你且走出来些，目送我出门吧。今后离居，欲说之事定然堆积满胸。过去偶尔小别一二日，也觉胸怀异常郁结呢！"便把帘子卷起，劝她到廊下来。紫姬正在伤心饮泣，只得强自镇静，膝行而前，在公子身旁坐下，月光之下，姿态异常优美。源氏公子想："假令我身就此长辞这无常之世，此人将堕入何等苦楚之境涯！"便觉依依难舍，不胜悲戚。但念紫姬今已颓丧，若再说此话，势必使她更加伤心，便故意装出泰然自若的样子，吟道：

"但教坚守终身誓，
偶尔生离不足论。

想必是短暂的。"紫姬答道：

"痴心欲舍微躯命,
　换得行人片刻留。"

源氏公子见她如此痴心相爱,便觉难于抛舍。但天明后人目众多,有所不便,只得硬着心肠出发了。

一路行去,紫姬的面影常在眼前。终于怀着离愁乘上了行舟。暮春日子甚长,是日又值顺风,申时许已到达须磨浦。旅途虽甚短暂,但因素无经验,觉得又是可悲,又是可喜,颇有新奇之感。途中有一个地方,名叫大江殿,其地异常荒凉,遗址上只剩几株松树。源氏公子即景赋诗:

"屈原名字留千古,
　逐客去向叹渺茫。"

他望见海边的波浪来来去去,便吟唱古歌:"行行渐觉离愁重,却羡波臣去复回。"①这古歌虽是妇孺皆知,但在目前情景之下,吟之异常动人,诸随从听了无不悲伤。回顾来处,但见云雾弥漫,群山隐约难辨,诚如白居易所云,自身正是"三千里外远行人"②了。眼泪就像桨水③一般滴下来,难于抑止。源氏公子又吟诗道:

"故乡虽有云山隔,
　仰望长空共此天。"

---

① 此古歌见《伊势物语》。
② 白居易《冬至宿杨梅馆》诗云:"十一月中长至夜,三千里外远行人。若为独宿杨梅馆,冷枕单床一病身。"
③ 古歌:"今夕牛女会,快桨银河渡。桨水落我身,点滴如凝露。"见《古今和歌集》。

触景生情，无不辛酸。

源氏公子在须磨的住处，就在从前流放于此而吟"寂寞度残生"的行平中纳言①的住处附近。其地离海岸稍远，是幽静而荒凉的山中。自墙垣以至种种建设，均甚别致，与京中绝不相同。有茅葺的屋及芦苇编的亭子，建筑形式别有雅趣，与环境颇为调和。源氏公子想："此地与京中完全异趣，倘我不是流放而来此，倒很有趣味呢。"他便回想起以前种种浪漫行为来。

源氏公子召集附近领地里的吏目，命令他们从事土木工程；就把同来的良清当作亲近的家臣，教他仰承公子意旨而指挥吏目。对于这样的安排，公子又不胜今昔之感。过了不久，土木工程已楚楚可观。又命将池水加深，庭木加多，心情渐渐安定下来，但亦像做梦一般。这摄津国的国守，也是以前亲信的从臣。此人不忘旧情，时时暗中照拂。这住处便不再像一个旅舍，而是天天有许多人出入了。然而终无情投意合之人可以共话，仍有远客他乡之感，心情不免郁结。常忧今后岁月，不知如何排遣。

旅居渐次安定，已届梅雨时节。遥念京华旧事，可恋之人甚多：紫姬定多愁苦；太子近况如何；小公子夕雾想必依旧无心无思，嬉戏度日吧？此外这边那边，心中挂念的人多得很，便写了许多信，遣使入京传送。其中寄二条院紫姬的及师姑藤壶皇后的信，写时常因泪眼昏花而再三搁笔。与藤壶皇后的信中，有诗文如下：

"须磨迁客愁无限，
松岛渔女意若何？

----

① 行平姓在原，中纳言是其官名。其诗云："若有人寻我，请君代答云：离居须磨浦，寂寞度残生。"见《古今和歌集》。

愁叹本无已时,今日瞻前顾后,尽是黑暗,正是:'忆君别泪如潮涌,将比汀边水位高!'①

与尚侍胧月夜的信,照例寄给中纳言君,装作给这侍女的私信。其中有云:"寂寞无聊之时,惟有追思往事。试问:

我无顾忌思重叙,
卿有柔情怀我无?"

此外尚有种种话语,读者当可想象。左大臣及乳母宰相君处,亦有信送去,托他们多多照顾小公子。

京中诸人收到了源氏公子的来信,伤心动魄者甚多。二条院的紫姬读了信,就此倒在枕上,不能起身,悲叹无已。众侍女无法安慰,也都愁眉不展。看到公子往日惯用的器物、常弹的琴筝,闻到遗留在公子脱下来的衣服上的香气,似觉公子现已变成逝世之人。少纳言乳母嫌其不祥,便请北山的僧都举行法事,以祈平安。僧都向佛祈愿两事:一者,愿公子早日安返京都;二者,愿紫姬消愁除苦,早享幸福。僧都在紫姬愁苦之中勤修佛事。

紫姬为源氏公子制办旅中衣物。无纹硬绸的常礼服和裙子,样子异乎寻常,看了令人悲叹。临别吟唱"镜影随君永不离"时的面影,始终留在紫姬眼前,然而空花泡影,有何裨益?看到公子往时出入的门户、常凭的罗汉松木柱,胸中总是郁结。阅世甚深而惯于尘劳的老年人,对此情景也不免悲伤。何况紫姬从小亲近公子,视同父母,全靠他抚养成人。一旦匆匆别去,其恋慕之殷,自属理之当然。假令索性死了,则无法挽回,这是不言而喻,且过后也渐渐遗忘。但如今并不是死,而是流放,其地虽然离京不远,但别离年限无定,归期渺茫难知。

① 此古歌见《古今和歌六帖》。

如此一想，便有无穷悲愤。

师姑藤壶皇后关念皇太子前程，其忧伤之深，自不必说。她和源氏公子既有宿缘，自然不能漠不关心。惟多年以来，只因深恐世人诽议，所以处处小心谨慎。如果对公子略示情爱，外人定将抨击，因此只得隐秘在心。每遇公子求爱，大都只当不知，冷酷对付。所以世人虽然爱管闲事，好议是非，但关于此事，始终没有片言只语。能够太平无事，半是由于公子不敢任情而动，半是由于皇后能巧避人目，努力隐藏之故。如今危惧已去，但回想当年，安得不又伤心，又思念。因此她的回信，写得比以前稍稍详细，其中有这样的话："近来只是

身证菩提心积恨，
经年红泪湿袈裟。"

尚侍胧月夜的回信中说：

"为防世上千人目，
闷煞心中万斛愁。

其余之事，可想而知，恕不详述。"仅此寥寥数语，写在一张小纸上，附在中纳言君的回信中。中纳言君的回信则详述尚侍忧伤之状，写得十分可怜。其中处处动人哀思，使源氏公子读了不禁流泪。

紫姬的回信中，由于源氏公子来信特别周详，所以也写了许多伤心的话。附诗一首：

"海客潮侵袖，居人泪湿襟。
请将襟比袖，谁重复谁轻？"

紫姬送来的衣服，色彩与式样都非常雅观。源氏公子想："此人事事擅长，使我如意称心。若无此变，现在我正可摒除一切烦恼，断绝一切牵累，与此人共度安闲岁月。"然而想到目前境遇，又不胜惋惜。于是紫姬的面影昼夜常在眼前，片刻不离。相思到不堪忍耐之时，决心偷偷地将她迎接来此。然而立刻又想回来：生不逢辰，处此浊世，首先应该忏除前生罪障，岂可胡思梦想？于是立刻斋戒沐浴，朝朝暮暮勤修佛事。

左大臣的回信中叙述着小公子夕雾的近况，写得十分可怜。但源氏公子以为将来自有与小公子见面之日，他又有外祖父母照拂，因此对小公子并不特别挂念。想来他爱子之心不如思妻之念那样烦恼惶惑吧！

对了对了，只因头绪纷繁，不觉遗漏了一个人：伊势斋宫处，源氏公子也曾遣使送信去。六条妃子也特地遣使送来回信。她的回信情意缠绵。措词之妥帖与笔致之优秀，与众不同，确有高雅的风度。其中有云："足下所居之处，似非现实世间。我等闻此消息，几疑身在梦中。思量起来，总不致长年离京远客吧。但我身前世罪孽深重，再见之日，遥遥无期矣。

但愿须磨流放客，
垂怜伊势隐居人。

这个万事全非的世间，不知将来如何结果啊？"此外话语甚多。另有一诗云：

"君有佳期重返里，
我无生趣永飘零。"

六条夫人多情善感,写此信时,几度搁笔长叹,方得写成。用白色中国纸四五张不拘行格,笔情墨趣异常优美。

源氏公子想道:"这本是一个可爱的人儿。只是为了那生灵祟人事件,我不合怪怨了她,致使她心灰意懒,飘然远去。"现在回想,但觉万分抱歉。当时收到她的来信,觉得连这个使者也很可爱,便款留他两三天,听他讲述伊势情况。这使者是个年轻而聪明伶俐的侍人。此间旅邸萧索,自然容许这使者近身面禀。他窥见了源氏公子的容貌,心中赞叹不置,竟致感激涕零。源氏公子写给六条妃子的回信,其措词之亲切,可想而知。其中有一节云:"寂寞无聊之时,常作非非之想:早知我身有流放之厄,悔不当初随君同赴伊势。但愿:

摆脱离忧伊势去,
小舟破浪度今生。①

只怕:

今生永伴愁和泪,
怅望须磨浦上云。

再会之期,渺茫难知。思想起来,好不愁闷人也!"诸如此类,源氏公子对每一个情人,都殷勤慰问,无微不至。

花散里收到了源氏公子的信,悲伤之余,也写了长长的回信来,并附有丽景殿女御的信。源氏公子看了,觉得饶有风趣,并且很是难得。他反复阅读二人来信,觉得可慰孤寂,但又觉得增加了别恨。花

---

① 此诗根据风俗歌:"伊势人,真怪相。为何说他有怪相?驾着小舟破巨浪。"

散里附诗云:

"愁看蔓草封阶砌,
泪涌如泉袖不干。"

源氏公子读了这诗,想见她那邸内长满了蔓草,没有人照拂她们,生涯必定困窘。又见她信中说:"梅雨连绵,处处土墙倒塌。"便命令京中家臣,派附近领地内的人夫前往修筑。

且说那个尚侍胧月夜,为了与源氏公子的私情被人察破,成了世间笑柄,羞愤之余,心情异常消沉。右大臣一向特别疼爱这女儿,便屡次向弘徽殿太后说情,又上奏朱雀帝。朱雀帝认为她并不是有身份的女御或更衣,只是个朝中的女官,就宽恕了她。这尚侍为了苦恋源氏公子,以致闯下滔天大祸,幸而获得赦罪,依旧入宫侍奉。但她还是一往情深地倾慕这个情郎。

胧月夜于七月间回宫。朱雀帝只因一向特别宠爱她,顾不得外人讥议,照旧常常要她伺候在侧。有时对她申恨诉怨,有时与她订盟立誓,其态度与容貌,非常温柔优美。然而胧月夜的心只管向往源氏公子,实在对不起朱雀帝。有一天,宫中举行管弦之会,朱雀帝对胧月夜说:"源氏公子不在座,颇有美中不足之感。何况比我思念更深的人,正不知有多少呢。似觉一切事物都暗淡无光了。"后来垂泪叹道:"我终于违背了父皇的遗命!罪无可逭!"胧月夜也忍不住流下泪来。朱雀帝又说:"我虽生在这世间,但觉毫无意趣,更不希望长生。假令我就此死了,不知你作何感想?如果你觉得对我的死别不及对须磨那人的生离之可悲,我的灵魂真要吃醋呢!古歌云:'相思到死有何益,生前欢会胜黄金。'①这是不解来世因缘的浅薄之人的话吧。"他深感人世

① 此古歌载《拾遗集》。

无常,但说时态度异常温存。胧月夜也不禁珠泪滚滚而下。朱雀帝便道:"就是这样啊,你这眼泪是为谁流的呢?"

后来他又说:"你至今不曾替我生个皇子,真是遗憾。我想遵循父皇遗命,让皇太子即帝位。可是其间阻碍甚多,教人好生烦恼!"盖当时权臣满朝,朱雀帝不能随意执行政令。他年纪还轻,性情又甚柔弱。因此痛苦之事甚多。

且说须磨浦上,萧瑟的秋风吹来了。源氏公子的居处虽然离海岸稍远,但行平中纳言所谓"越关来"的"须磨浦风"①吹来的波涛声,夜夜近在耳边,凄凉无比,这便是此地的秋色。源氏公子身边人少,都已入睡,只有公子一人醒着。他从枕上抬起头来,但闻四面秋风猛厉,那波涛声越来越高,仿佛就在枕边。眼泪不知不觉地涌出,几乎教枕头浮了起来。他便起身,暂且弹一会琴,自己听了也不胜凄楚之感。便停止了弹琴,吟诗道:

"涛声哀似离人泣,
　疑有风从故国来。"

随从者都惊醒了,大家深深感动,哀思难忍,不知不觉地坐起身来,偷偷地揩眼泪,擤鼻涕。源氏公子听见了,想道:"此等人不知作何感想。他们都为了我一人之故,抛开了片刻不忍分离的骨肉,飘泊来此,身受此种苦楚。"他觉得很对他们不起。心念今后如果长此愁叹,他们看了一定更加伤心。于是强自振作起来,昼间和他们讲种种笑话,借以消愁遣怀。寂寞无聊之时,将各种色彩的纸黏合起来,作戏笔的书法;又在珍贵的中国绢上戏笔作画,贴在屏风上,画得非常美妙。以前

---

① 行平中纳言的歌:"须磨浦风越关来,吹得行人双袖寒。"见《续古今和歌集》。

身居京都,听人描述高山大海的景色,只是遥遥地想象其姿态而已。如今亲眼目睹,觉得真山真水之美,绝非想象所能及,便作了许多优秀无比的图画。随从人等看了都说:"应该召请当今有名的画家千枝和常则来,教他们替这些画着色才好。"大家觉得遗憾。他们接近这个亲切可爱的人物,便可忘却尘世之苦患。因此有四五个人时时随侍在侧,他们认为亲近公子乃一大乐事。

有一天,庭中花木盛开,暮色清幽。源氏公子走到望海的回廊上,伫立栏前,闲眺四周景色,其神情异常风流潇洒。由于环境岑寂之故,令人几疑此景非人世间所有。公子身穿一件柔软的白绸衬衣,上罩淡紫面、蓝里子的衬袍,外面穿着一件深紫色常礼服,松松地系着带子,作随意不拘的打扮。念着"释迦牟尼佛弟子某某"而诵经的声音,亦复优美无比。其时从海上传来渔人边说边唱地划小船的声音。隐约望去,这些小船形似浮在海面的小鸟,颇有寂寥之感。空中一行塞雁,飞鸣而过,其音与桨声几乎不能分辨。公子对此情景,不禁感慨泣下。举手拭泪,玉腕与黑檀念珠相照映,异常艳丽。恋慕故乡女子的随从人看了他这姿色,亦可聊以慰情。源氏公子即景赋诗:

"客中早雁声哀怨,
恐是伊人遣送来。"

良清接着吟道:

"征鸿不是当年友,
何故闻声忆往时?"

民部大辅惟光也吟道:

"向来不管长征雁,
今日闻声忽自伤。"

前述的右近将监也吟道:

"离乡背井长征雁,
幸有同群可慰情。

我等倘无同群伴侣,亦将不堪孤寂了。"他的父亲伊豫介已迁任常陆守。他不随父亲赴新任地常陆,而随源氏公子来此流放地。其心中虽有牵虑,但外表装作若无其事,精神抖擞地殷勤侍候公子。

此时一轮明月升上天空。源氏公子想起今天是十五之夜,便有无穷往事涌上心头。遥想清凉殿上,正在饮酒作乐,令人不胜艳羡;南宫北馆,定有无数愁人,对月长叹。于是凝望月色,冥想京都种种情状。继而朗吟"二千里外故人心"①,闻者照例感动流泪。又讽诵以前藤壶皇后送他的诗:"重重夜雾遮明月……"攒眉长叹,不胜恋恋之情。历历回思往事,不禁嘤嘤地哭出声来。左右劝道:"夜深了,请公子安息去也。"但公子还不肯返室,吟诗道:

"神京遥隔归期远,
共仰清光亦慰情。"

回思那夜朱雀帝对他娓娓话旧之时,其容貌酷似桐壶上皇,恋慕之余,

---

① 白居易《八月十五夜禁中独直对月忆元九》诗云:"银台金阙夕沉沉,独宿相思在翰林。三五夜中新月色,二千里外故人心。渚宫东面烟波冷,浴殿西头钟漏深。犹恐清光不同见,江陵卑湿足秋阴。"

又吟诵"恩赐御衣今在此"①的诗句,然后入室就寝。以前蒙赐的御衣,确是不曾离身,一向放在座旁。又吟诗云:

"命穷不恨人间世,
回首前尘泪湿衣。"

且说太宰大式出守筑紫,任期已满,于此时返京。随行亲族有大群人马。女儿甚多,不便陆行,故自夫人以下,女眷一概乘船,一路逍遥游览。听说须磨风景优美,大家心甚向往。闻得了源氏大将谪居于此的消息,那些多情的青年女郎虽然笼闭在船中,也都红晕满颊,装模作样起来。尤其是曾与源氏公子有缘的那位五节小姐,看见纤夫无情地拉过须磨浦边,心中好生惋惜。忽闻琴声远远地随风飘来。四周风景的清丽、弹者风姿的优美,以及琴声的凄凉哀怨,并作一团,使得有心人都流下泪来。

太宰大式遣使向源氏公子问候:"下官远从外省晋京,原拟首先趋谒瑶阶,仰承指教。岂知公子栖隐在此,今日道经尊寓,但觉心甚惶恐,不胜悲叹。急欲亲来问安,但京中亲朋,均已来此迎候,人目众多,应酬纷烦,深恐有所不便。故尔暂不前来,异日当再奉谒。"使者是大式的儿子筑前守。此人曾蒙源氏公子推荐为藏人,以前见过源氏公子。今见公子流离在此,心甚悲伤,又不胜愤慨。但目前人多,不便详谈,就匆匆告辞。临别源氏公子对他说:"我自离京以来,往日亲友,一人也不能会面。难得你特地来访。"对太宰大式的答词亦类乎此。

---

① 此诗系菅公所作。菅公即菅原道真,乃著名汉学家。生年比本书作者略早。其诗云:"去年今夜侍清凉,秋思诗篇独断肠。恩赐御衣今在此,捧持每日拜余香。"见《菅家后草》。此乃汉诗照抄,非译文。

筑前守挥泪辞归，将公子近况禀复父亲。太宰大弍以及来此迎接的诸人听了他的话，都认为遗憾，一齐泣下。那五节小姐多方设法，派人送了一封信去：

"闻琴心似船停纤，
　进退两难知不知？

冒失之处，务'请曲谅'①！"源氏公子看了信，脸上现出微笑。那微笑的神态美丽可爱，动人心弦。公子的回信是：

"若教心似船停纤，
　永泊须磨浦上波！

我这'远浦渔樵'②的生涯，真非始料所及也。"从前菅公经行此地，亦曾赋诗赠与驿长。③驿长尚如此伤离，何况这情人五节小姐，她竟想一人独留在须磨呢。

且说京中自从源氏公子去后，经过若干日月，自朱雀帝以下，许多人都挂念他。尤其是皇太子，常常想念他，偷偷地哭泣。他的乳母看了很可怜他。详悉底蕴的王命妇看了更加伤心。师姑藤壶皇后一向担心皇太子的前程，源氏公子放逐以后，更加忧惧，终日愁叹。源氏公子兄弟辈的诸皇子，以及向来与公子亲善的诸公卿，起初常有书信寄须磨慰问，并且有富于情味的诗文互相赠答。但因源氏公子以诗文著

----

① 古歌："当时心似舟逢浪，动摇不定请曲谅。"见《古今和歌集》。
② 古歌："当年岂料成潦倒，远浦渔樵度此生。"见《古今和歌集》。
③ 菅公流放播磨，在明石驿（须磨附近）一宿，驿长同情他的不幸。菅公赋诗赠驿长道："驿长莫惊时变改，一荣一落是春秋。"见《大镜》卷二所载。此乃汉诗照抄，非译文。

名于世，弘徽殿太后听到他们同他唱和，很不高兴，骂道："获罪于朝廷的人，不得任意行动，连饮食之事也不得自由。现在这个源氏在流放地造起风雅的邸宅来，又作诗文诽谤朝政，居然也有人附和他，像跟着赵高指鹿为马①一样。"世间便有种种恶声。诸皇子等听到了，害怕起来，此后就不再有人敢和源氏公子通音信了。

二条院的紫姬自别源氏公子以来，岁月悠悠，没有片刻释念的时候。东殿里的侍女都已转到西殿来侍候紫姬。她们初来的时候，觉得这位夫人并无何等优越之处，后来渐渐熟悉，方知此人容貌态度、亲切可爱，待人接物，诚恳周到，便没有一个人想告退的。身份较高的侍女，紫姬有时也和她们晤面。她们都想："诸人之中，公子特别宠爱这位夫人，确有道理。"

话分两头，且说源氏公子在须磨，日子渐久，恋念紫姬之心无可再忍，极想接她来此同居。但念自身为了宿世业障，流离至此，岂可再拉这可爱的人儿落水？终觉此事不妥，便打消了这念头。这天涯海角，凡事与京都不同。源氏公子看了从未见过的平民百姓的生活，由于看不惯，不胜惊奇，觉得自己目前的境遇有些委屈。附近常常有烟雾吹进屋里来。源氏公子以为是渔夫烧盐的烟雾，实则寓所后面的山上有人在烧柴。源氏公子看了觉得纳罕，便赋诗云：

"但愿故乡诸好友，
佳音多似此柴烟。"

到了冬天，雪大得可怕。源氏公子怅望长空，不胜凄凉之感，便取琴来弹，令良清唱歌，惟光吹横笛合奏。弹到得心应手、哀艳动人之

---

① 《史记·秦二世纪》："赵高欲为乱，恐群臣不听，乃先设验：持鹿献于二世曰：'马也。'二世笑曰：'丞相误耶，谓鹿为马？'问左右，左右或默，或言'马'以阿顺赵高。"

处，歌声和笛声全都停止，大家举手拭泪了。源氏公子想起了古昔汉皇遭嫁胡国的王昭君。设想这女子倘是我自己所爱之人，我将何等悲伤！要是这世间我所爱的人被遣放外国，又将如何呢？想到这里，似觉果真会有其事。便朗诵古人"胡角一声霜后梦"①之诗。

此时月明如昼，旅舍浅显，月光照彻全室，躺着可以望见深夜的天空，真所谓"终宵床底见青天"②也。看了西沉的月亮，有凄凉之感，源氏公子便自言自语地吟唱菅公"只是西行不左迁"③之诗，又独自吟道：

"我身飘泊迷前途，
羞见月明自向西。"

这一晚照例不能入睡。天色向晓之时，但闻百鸟齐鸣，其声和谐可爱。于是又赋诗道：

"晓鸟齐鸣增友爱，
愁人无寐慰离情。"

此时随从人等一个也不曾起身。源氏公子躺着独自反复讽咏。天色未

---

① 大江朝纲《王昭君》诗云："翠黛红颜锦绣妆，泣寻沙塞出家乡。边风吹断秋心绪，陇水流添夜泪行。胡角一声霜后梦，汉宫万里月前肠。昭君若赠黄金赂，定是终身奉帝王。"见《和汉朗咏集》卷下。此乃汉诗照抄，非译文。
② 三善宰相《故宫》诗："向晓帘头生白露，终宵床底见青天。"同上，亦汉诗，非译文。
③ 菅原道真流放中诗云："蕖发桂芳半具圆，三千世界一周天。天迎玄鉴云将霁，只是西行不左迁。"见《菅家后草》。此乃汉诗，非译文。末句之意：月亮只是自动向西行而已，并非像我那样被流放。以下源氏诗即取此意。

明，即起身洗手，念佛诵经。随从人等看了，回想公子以前从未如此谨饬，便觉深可敬爱，没有一个人肯离开他。即使暂时，也不想回京中的私宅去。

且说那明石浦，离须磨浦极近，几乎爬也爬得过去。良清住在须磨，想起了明石道人的女儿，便写信去求爱。女儿没有回信，父亲却写一封信来，说"有事奉商，请劳驾来舍一行"。良清想道："女的不答应我，而要我上门去，结果教我空手回来，讨个没趣。"心里懊恼，置之不理。

这明石道人生性高傲，世无其匹。按播磨地方的风习，只有国守的一族最为高贵，受人尊敬。但明石道人为人乖僻，不把国守放在眼中。良清是前任国守的儿子，曾经求婚，明石道人却拒绝他，要另找乘龙快婿，已经找了好几年了。此时闻得源氏公子客居须磨，便对他夫人说："桐壶更衣所生的源氏光华公子，因为得罪朝廷，迁居到须磨浦来了。我们的女儿前世积德，故能碰到这种意外的幸运。把女儿嫁给他吧。"

夫人答道："千万使不得！听京中人说，这个人娶的身份高贵的夫人，不知多多少少。并且东偷西摸，连皇上的妃子都触犯到，为此闹得天翻地覆。这个人哪里会把我们这种乡下姑娘放在心上呢？"明石道人冒起火来，说道："你不懂事！我自有道理。快准备起来吧。先要找个机会，请他到这里来。"他固执己见，一意孤行。就把屋子装饰得富丽堂皇，关切地替女儿操心。

夫人又说："何必这样呢？就算他有多么了不起，我的女儿初次结婚，难道嫁个流放犯不成？假定对方有心爱她，还可说说。但他根本就不会爱我女儿的。"明石道人更加冒火了，驳道："获罪谪戍，在中国，在我国朝廷，都是常有的事。凡是英明俊杰、迥异凡俗的人，必然难免谪戍。你知道源氏公子是怎样的人？他已故的母后桐壶妃子，是我已故叔父按察大纳言的女儿。这位妃子的美貌，闻名于世。入宫之后,蒙桐壶帝特别宠爱,身为后宫第一。只为众人嫉妒,以致忧恼成疾,短命而死。但能留下这位俊杰的公子,亦不幸中之大幸。为女子的,第一志气要高。我虽然是乡下人,但和公子有上述的因缘,想他决不会唾弃我。"

他这位小姐呢,虽然不是一个绝色美女,但亦温顺优雅,聪明伶俐,并不亚于身份高贵的女子。她自己常自伤境遇,想道:"身份高贵的男子呢,怕以我为微不足数;身份相当的人呢,我又决不肯嫁与。如果我寿命稍长,父母先我而死,那时我就削发为尼,或者投海自尽吧。"她父亲关怀这女儿,无微不至。每年两度带她去向住吉明神①参拜。女儿自己也私下祷告,希求明神保佑。此事暂且不提。

新年来到须磨浦。春日迟迟,荒居寂寂。去年新种的小樱花树隐隐约约地开花了。每当日丽风和之时,源氏公子追思种种往事,常是黯然泣下。二月二十过了。去年离京,正是这般时候。诸亲友惜别时的面影,憬然在目,深可怀念。南殿樱花想正盛开。当年花宴上桐壶院的声音笑貌,朱雀帝的清秀之姿,以及公子自己所作诗篇朗诵时的情形,都活跃眼前,便吟诗道:

"无日不思春殿乐,
插花时节又来临。"

正在寂寞无聊之时,左大臣家的三位中将来访。这中将现已升任宰相,人品优越,时望隆重。但常感这世间枯燥无味,遇事就惦念源氏公子,便顾不得为此要被处罪,毅然地赶到须磨来了。两人久别重逢,悲喜交集,真所谓"一样泪流两不分"②了。宰相看看源氏公子的居

---

① 住吉明神乃护海保安赐福之神。其神社在今大阪市住吉区。
② 古歌:"或喜或悲同此心,一样泪流两不分。"见《后撰集》。

处，觉得很像中国式样。四周风物，清幽如画。真是"石阶桂柱竹编墙"①，一切简单朴素，别有风味。源氏公子打扮得像个山农野老，穿着淡红透黄的衬衣，上罩深蓝色便服和裙子，样子甚是寒酸。虽然像个乡下人，但是别具风度，教人看了含笑，觉得非常清雅。日常使用的器具也都很粗陋。所住的房室很浅，从外望去，一目了然。棋盘、双六盘、弹棋盘，都是乡下产的粗货。看到念珠等供佛之具，想见他日常勤修佛法。所吃的食物，也都是田家风味，却颇有趣致。

渔夫打鱼回来，送些贝类与公子佐膳。公子与宰相便召唤他进来，问他长年的海边生活情状。这渔夫便向两位贵客申诉身世中种种苦况。虽然语无伦次，声如鸟啭，然而为生活操心这一点，都是一样的。故公子与宰相听了，深觉可怜，便拿些衣服送与这渔夫。渔夫受赐，不胜荣幸之感。

饲马之所，就在近处。望见那边有一所形似谷仓的小屋，从其中取草秣来喂马，宰相看了亦觉稀罕。看到喂马，想起了催马乐《飞鸟井》②，两人便齐声吟唱起来。继而共谈别后年月中种种情状，时而悲泣，时而欢笑。谈到小公子夕雾无知无识嬉笑玩耍之状，以及左大臣日夜替外孙操心等事，源氏公子悲伤不堪。凡此种种，难于尽述。以上所记，不及万一。

是晚两人彻夜不眠，吟诗唱和，直达天明。宰相终于担心此行遭人物议，急欲还都。匆匆一见，反而增悲。源氏公子便命取酒来饯别，共吟白居易"醉悲洒泪春杯里"③之诗。左右随从之人，闻之无不垂泪。他们也各自与相熟的人道别。黎明的天空中，飞过几行征雁。主

---

① 引自白居易《香炉峰下新卜山居草堂初成偶题东壁五首》第一首："五架三间新草堂，石阶桂柱竹编墙。南檐纳日冬天暖，北户迎风夏月凉。"
② 《飞鸟井》歌词见第32页注②。
③ 白居易别元微之诗："往事渺茫都似梦，旧游零落半归泉。醉悲洒泪春杯里，吟苦支颐晓烛前。"

人触景生情，便赋诗云：

"何时再见春都友，
羡煞南归雁数行。"

宰相依依不忍别去，也赋诗道：

"离情未罄辞仙浦，
此去花都路途迷。"

宰相带来的京中土产礼物，颇富风趣。对宰相这些丰富的礼品，源氏公子回敬以一匹黑驹，告之曰："罪人之物，恐有不祥之气，本不敢奉赠。但'胡马依北风'①而嘶，此物亦知恋故乡也。"这是一匹世间难得的马。宰相便把一支名贵的笛留赠公子，说是"临别纪念"。赠答止于如此，盖恐外人诽议，两人都不敢过分铺张。

红日渐渐高升，宰相临行心情缭乱，频频回顾。源氏公子伫立凝望，依依不舍，反使这别离增加了痛苦。宰相说："此去何时再见？难道以此长终不成？"主人答道：

"鹤上九霄回首看！
我身明净似春阳。"

虽然盼望昭雪，但念身经流放，虽古之贤人，亦难照旧与人为伍；我是何人，岂敢妄想再见京华？"宰相答道：

---

① 《古诗十九首》第一首云："行行重行行，与君生别离。相去万余里，各在天一涯。道路阻且长，会面安可知？胡马依北风，越鸟巢南枝。……"言马与鸟亦恋故乡也。

"孤鹤翔空云路杳，
追寻旧侣唳声哀。

向蒙推诚相爱，不胜感荷。但念'交游过分亲'①，不免常多悔恨耳。"屡次回头，良久方才别去。宰相去后，源氏公子更加悲伤，日夜忧愁叹息。

三月初一适逢巳日②。随从中略有见识的人劝道："今天是上巳，身逢忧患的人，不妨前往修禊。"源氏公子听了他们的话，到海边去修禊了。在海边张起极简单的帐幕，请几个路过的阴阳师来，叫他们举行祓禊。阴阳师把一个大型的刍灵放在一只纸船里，送入海中，让它飘浮而去③。源氏公子看了，觉得自身正像这个飘海的刍灵，便吟诗道：

"我似刍灵浮大海，
随波飘泊命堪悲。"

他坐在海边天光云影之下赋诗之时，神态异常优美。是时风日晴和，海不扬波，水天辽廓，一望无际。过去未来种种情形，次第涌上心头。又赋诗云：

"原知我罪莫须有，
天地神明应解怜。"

---

① 古歌："对景即思人，交游过分亲。只缘相处惯，暂别亦伤心。"见《拾遗集》。
② 阴历三月上旬之巳日，谓之"上巳"，中国自古亦有修禊之俗。临水祓除不祥，谓之修禊。
③ 刍灵即草人，将草人在人身上磨擦一下，表示让灾殃移在草人身上，然后将草人放入船中使飘海而去，此即所谓祓除不祥。

忽然风起云涌，天昏地黑。祓禊尚未完成，人人惊慌骚扰。大雨突如其来，声势异常猛烈。大家想逃回去，却来不及取斗笠。不久以前，风平浪静，此时忽起暴风，飞沙走石，浪涛汹涌。诸人狂奔返邸，几乎足不履地。海面好像盖了一床棉被，膨胀起来。电光闪闪，雷声隆隆，仿佛雷电即将打在头上。众人好容易逃进了旅邸，惊诧地说："这样的暴风雨，从来不曾见过。以前也曾起风，但总先有预兆。这样突如其来，实在可惊可怪！"雷声还是轰响不止。雨点沉重落地，几乎穿通阶石。众人心慌意乱，叹道："照这光景，世界要毁灭了！"独有源氏公子从容不迫地坐着诵经。

日色近暮，雷电稍息，惟风势到夜犹不停止。雷雨停息，想是诵经礼佛愿力深宏之故吧。大家互相告道："这雷雨如果再不停息，我等势必被浪涛卷去。这便是所谓海啸，能在顷刻之间害人。以前只是传闻，却终未见过此种骇人之事，此次才目击了。"

将近破晓，诸人均已酣眠，源氏公子亦稍稍入睡。梦见一个素不相识的人，走进室内，叫道："刚才大王召唤，为何不到？"便向各处寻找源氏公子。公子惊醒，想道："听说海龙王最爱美貌之人，想是看中我了。"这就使得他更加恐惧，觉得这海边越发不堪久居了。

第十三回　明　石①

风雨依然不止，雷电亦不停息，一连多日了。忧愁之事，不可胜数，源氏公子沉湎于悲惧之中，精神振作不起来了。他想："怎么办呢？倘说为了天变而逃回京都，则我身未蒙赦罪，更将受人耻笑。不如就在此间找个深山，隐遁起来。"继而又想："若然，世人又将谓我被风暴驱入深山，传之后世，讥我轻率，永作笑柄。"为此踌躇不决。

---

① 本回写源氏二十七岁三月至二十八岁八月之事。

每夜梦中所见,总是那个怪人,缠绕不休。

天空乌云密布,永无散时。日夜淫雨,永不停息。京中消息沉沉,益觉深可悬念。感伤之余,想道:"莫非我将永辞人世,就此毁身灭迹么?"但此时大雨倾盆,头也不能伸出户外,因此京中绝无来使。只有二条院的紫姬不顾一切,派来一个使者,其人浑身湿透,形态怪异。倘在路上遇见,定要疑心他是人是鬼。虽然是这样丑陋的一个下仆,以前必然赶快把他逐去,但现在源氏公子觉得非常可亲。他亲自接见下仆,自己也觉得委屈,可知近日心情已经大非昔比了。此人带来紫姬的信,写道:"连日大雨,片刻不停。层云密布,天空锁闭,欲望须磨,方向莫辨。

闺中热泪随波涌,
浦上狂风肆虐无?"

此外可悲可叹之事,一一写告,不胜记述。源氏公子拆阅来信,泪水便像"汀水骤增"①,两眼昏花了。

使者告道:"此次之暴风雨,京都亦疑是不祥之兆,宫中曾举办仁王法会②。风雨塞途,百官不得上朝,政事已告停顿。"此人口齿笨拙,言语支吾。但源氏公子为欲详知京中状况,召他走近身边,仔细盘问。使者又说:"大雨连日不停,狂风时时发作,亦已继续多天。如此骇人之天气,京中从未有过。大块冰雹落下,几乎打进地底下。雷声惊天动地,永不停息,都是向来没有的事。"说时脸上显出恐怖畏缩之状,令人看了更增忧惧。

源氏公子想:"此天灾倘再延续,世界恐将毁灭!"到了次日,破

---

① 古歌:"居人行客皆流泪,川上汀边水骤增。"见《土佐日记》。
② 仁王法会是请僧众诵《仁王经》,以祈"七难即灭,七福即生"。

晓即刮飓风，海啸奔腾而来，巨浪扑岸，轰声震天，有排山倒海之势。雷鸣电闪，竟像落在头上，恐怖难于言喻。随从诸人，没有一个不惊慌失措。相与叹道："我们前生犯了什么罪过，以致今世遭此苦难！父母和亲爱的妻子儿女的面也见不着，难道就这样死去么？"只有源氏公子一人镇静，他想："我毕竟有何罪过？莫非要客死在这海边不成？"便强自振作。但周围的人骚扰不定，只得教人备办种种祭品，向神祈祷："住吉大神呵！请守护此境！神灵显赫，定能拯救我等无罪之人。"便立下了宏誓大愿。

　　左右见此情景，都把自己的性命置之不顾，而同情源氏公子的不幸。像他这样身份高贵的人物，而身逢古无前例的灾厄，他们觉得非常可悲。凡是能振奋精神而稍稍恢复元气的人，都真心感动，愿舍自身性命，以救公子一人。他们齐声向神佛祈祷："谨告十方神灵：我公子生长深宫，自幼惯享游乐，而秉性仁慈，德泽普及万民；扶穷救弱，拯灾济危，善举不可胜数。但不知前生有何罪孽，今将溺死于此险恶之风波中？仰求天地神佛，判断是非曲直。无辜而获罪，剥夺官爵，背井离乡，朝夕不安，日夜愁叹。今又遭此可悲之天变，性命垂危。不知此乃前生之孽报，抑或今世之罪罚？倘蒙神佛明鉴，务请消灾降福！"他们向着住吉明神神社方向，立下种种誓愿。源氏公子也向海龙王及诸神佛许愿。

　　岂料雷声愈来愈响，霹雳一声，正落在与公子居室相连之廊上，火焰迸发，竟把这廊子烧毁了。屋内诸人都吓得魂飞魄散。慌忙之中，只得请公子移居后面形似厨房的一室中。不拘身份高低，多人共居一室。混乱杂沓，呼号哭泣，骚扰不让于雷声。天空竟像涂了一层墨水，直到日暮不变。

　　后来风势逐渐减弱，雨脚稀疏，空中闪出星光。定心一看，这居室实在简陋之极，对公子说来真太委屈了。左右想请公子迁回正屋，但已被雷火烧残，形迹可怕，加之众人往来践踏，零乱不堪。而帘子等又被狂风吹去。只得等到天明后再作计较。诸人周章狼狈之时,源氏公子惟专心念佛诵经,想到今后种种事宜,心情亦甚不安。

不久月亮出来了。源氏公子开了柴门,向外眺望,但见附近浪潮袭击之处,痕迹显然,并且还有余波来来去去。附近一带村民之中,知情达理而懂得过去未来、天变原因的人,一个也没有。只有一群无知无识的渔夫,知道这里是尊贵之人的住处,大家聚集在垣外,说些听不懂的土话,模样甚是奇特,然而也不便驱散。但闻渔夫们说:"这风若再不息,海啸就涌上来,这一带地方将完全淹没呢!全靠菩萨保佑,功德无量!"如果认为源氏公子听了渔夫这番话提心吊胆,那样说未免太愚蠢了。源氏公子便吟诗云:

"不是海神呵护力,
碧波深处葬微躯。"

大风骚扰了一昼夜,源氏公子虽然强自振奋,毕竟十分疲劳,不知不觉地睡着了。这住处实在太简陋,没有帐幕,公子只是靠在壁上打瞌睡。忽见已故的桐壶上皇站在眼前,神态全同生前一样,对公子说道:"你怎么住在这肮脏的地方?"握住了他的手,拉他起来,接着又说:"你须依照住吉明神指引,火速开船,离去此浦!"源氏公子不胜惊喜,奏道:"父皇呵,自从诀别慈颜以来,儿子身受了不知多少苦难!此刻正欲舍身投海呢!"桐壶上皇的阴魂答道:"岂有此理!你此次受难,只是小小罪过的报应而已。我在位时,并无何等大罪。但无意之中,总难免犯下小过。我为了赎罪,近来非常忙碌,无暇顾及阳世之事。但闻你近遭大难,我坐立不安,故特由冥府穿过大海,来到此浦,旅途非常疲劳。我还须乘此机会,到宫中一见皇上,有所叮嘱。现在即刻动身入京了。"说罢便走。

源氏公子依依不舍,哀声哭道:"我跟父皇同去!"抬头一看,不见人影，只有一轮明月照耀天空。并不像是做梦，但觉父皇面影隐约在目，天空飘曳的云彩也很可亲可爱。年来渴慕慈容，却一次也不曾入梦。今晚虽然刹那，但是分明看清，现在还闪现眼前。我今遭此苦厄，濒于死亡，父皇在天之灵特地飞翔到此，前来救助，令人不胜感激。如此想来，倒是托这暴风雨之福。希望在前，不胜欣幸。对父皇的恋慕之情充塞胸中，反觉心情忐忑不安。便忘却了现世的悲哀，而痛惜梦中不曾详细晤谈。他想或许可以再见，便闭上眼睛，希望续梦。然而心目清醒，直到天明。

忽见一只小船驶近岸边，有两三个人上岸，向着源氏公子的旅舍走来。这里的人问他们是谁，据回答是前任播磨守明石道人从明石浦乘船来此相访。那使者说："源少纳言①倘随侍在此，敝主人欲求一见，有话面谈。"良清闻言，吃了一惊，对源氏公子说："这道人是我在播磨国时的相知。虽然交游多年，但因略有私怨，以后音信亦不相通。久无往还，今忽在此暴风雨中来访，不知有何要事？"他觉得很诧异。源氏公子恍悟此事与父皇托梦有关，便命他立刻来见。

良清莫名其妙，心中想道："在这猛烈的风波中，他怎么会发心乘船来访呢？"便上船与明石道人相见。道人言道："以前，上巳日之夜，我梦见一个异样的人，叮嘱我来此相访。起初我不相信，后来再度梦见此人，对我说：'到了本月十三日，你自会看到灵验。快准备船只！那天风雨停息了，你必须前往须磨。'于是我试备船只，静候日期来到。后来果然风雨大作，雷电交加。在外国朝廷，相信灵梦而赖以治国的前例甚多②。因此之故，即使贵处不信此事，我亦当遵守梦中所示日期，乘船前来奉告。岂知今天果然刮起一股奇风，安抵此浦，与梦中神灵所示完全相符。我想贵处或许也有预兆，亦未可知。敢烦以此

---

① 即良清。
② 指殷王武丁。武丁三年不言，政治决于冢宰。后以梦求得傅说，以为相，国大治。

转达公子,唐突之处,不胜惶恐。"

良清回来,将此情悄悄禀告源氏公子。公子左思右想,觉得梦境与现实,都是不可思议之事,都是显然的神谕。他把过去未来之事考虑一番之后,想道:"我倘一味顾虑今后世人的诽议,而辜负神明真心的佑护,则世人对我的讥笑,恐将更甚于目前。辜负现世人的好意,尚且于心不安,何况神意。我已身受种种悲惨教训,现在应当听从这个年长位尊、德隆望重之人,遵照他的指示。古人有言:'退则无咎。'我实在已被逼得濒于死亡,身受了世无其例的苦楚。今后即使不顾身后浮名,也无甚大碍了。况且梦中亦曾受父皇教谕,命我离去此地。我还有什么疑虑呢?"他下决心之后,便命答复明石道人:"我身飘泊来此异乡,身受莫大苦楚,而京都并无一人前来慰问。惟有仰望缥缈行空的日月光华,视为故乡之亲友。今天想不到'好风吹送钓舟来'①。你那明石浦上可有容我隐遁之处?"明石道人欢喜无限,感激不尽。

随从人等便向公子劝请:"无论如何,请在天明以前上船。"源氏公子照例只带亲信四五人,登舟出发。和来时一样又是一阵奇风,轻舟飞也似的到达了明石浦。须磨与明石近在咫尺,本来就片时可到,而今天特别迅速,竟像神风吹将过去似的。

明石的海边气象,的确和别处不同。只是来往行人太多,不称源氏公子之心。明石道人的领地甚多,有的在海边,有的在山脚上。海岸各处建有茅屋,可助四时游眺佳兴。适于冥想来世的山脚水边,建有庄严的佛堂,可供修行三昧②。为今世生活,则有良田沃土,秋收稻谷;为晚年安乐,则有仓廪无数,积蓄丰富。一年四季,都有种种设备,可以安乐度日。为防近日的海啸,此时女眷均已迁居山边内宅中,

---

① 古歌:"泪眼未晴逢喜讯,好风吹送钓舟来。"见《后撰集》。
② 三昧是佛教用语,意思是使心神平静,杂念止息,是佛教的重要修行方法之一。

源氏公子可在这海滨的本邸中从容息足。

源氏公子舍舟登陆,改乘车子的时候,正值朝日初升。明石道人在阳光之下望见源氏公子的神态,竟忘记了自身年老,似觉寿命延长了,笑容满面,只管合掌礼拜住吉明神。他仿佛获得了一颗夜明珠,当然尽心竭力地关心照拂源氏公子了。

此地风景之优美,自不必说。这邸宅的构造也很有趣致:庭院里的花木和假山,海里导入的泉水,布置都很巧妙。如果要画下来,缺乏修养的画家还画不像呢。这里与数月来须磨浦的住屋相比,明爽可爱得多。室内装饰也尽善尽美。其富丽堂皇,与京中高贵之家无异。不但如此,其绚焕灿烂,竟胜于京中邸宅。

源氏公子在这邸内静息一会之后,就写信给京中诸人。紫姬派来的使者,途中受尽了狂风暴雨的威胁,到此又逢雷雨袭击,满怀忧虑,吞声饮泣地留在须磨。源氏公子召唤他来此,赏赐他额外丰富的物品,遣他回京。托他带信去,把近来种种情状详细告知亲信的祈祷师及一切知己。对师姑藤壶皇后,又叙述最近因梦而免于危难的奇迹。对紫姬那封哀怨的来书的回信,他不能顺利地写下去,写了数行,便放笔拭泪。看了这模样,可知毕竟与对他人不同。信中有云:"我身历尽种种艰辛,常思舍此浊世,出家为僧。但因你临别吟咏'对此菱花即慰心'时的面影,常常闪现在我眼前,永无消失之时,则我又安能决然舍去?每念及此,便觉此间种种苦痛,都不足道了。正是:

渐行渐远皆荒渚,
从此思君路更遥。

一切都像做梦,永无醒时。茫然执笔作书,胸中愁恨不知多少也!"这信写得很零乱,但在旁人看来非常美观。他们都看出公子对紫姬特别宠爱。随从诸人也各自写信托使者带去,向故乡亲友诉说须磨生活凄凉。

片刻不停的风雨，现已影迹全无，天空明澄如水。渔夫出海捕鱼，神态亦甚得意。那须磨地方实在太荒凉了，连渔人的石屋也甚寥寥。这明石地方虽然居人太多，稍感烦杂，但自有异于他方的佳趣，处处皆可慰人心目。

主人明石道人勤修佛法，十分专心，只是为了这一个女儿的前途，不免劳心苦思，常在人前泄露愁情。在源氏公子心中，只因久闻这美人之名，觉得此次不期而遇，似有前世宿缘。然而心念在此沉沦期间，除了勤修佛法而外，不应另起妄念。况且紫姬闻知了，亦将怪他言行不符，而不相信他以前信上种种情话。因此觉得不好意思，并不向明石道人表示心愿。然而屡次听说这位小姐品质与容貌都不寻常，则又不无恋慕之念。

明石道人尊敬源氏公子，自己不敢接近他，住在隔远的一间边屋里。然而心中希望朝夕亲近他，觉得如此疏远很不快意。他总想找个机会向他提出心中夙愿，因此更加虔诚地向神佛祈祷。这位道人虽然年已六十，身体却很清健。为了朝夕勤修佛法，形容略见消瘦。虽然有时不免顽固昏瞆，但想是出身高贵之故吧，见闻广博，懂得许多古代掌故。并且态度大方，毫无猥琐之相。有时源氏公子召见，他便向公子讲述种种古代逸事，亦可稍慰公子之岑寂。源氏公子年来公私都很忙碌，无暇听取世间种种掌故，今有明石道人娓娓话旧，颇感兴趣，他想："我倘不到这地方，不遇见这个人，倒很可惜了。"明石道人虽然渐渐与源氏公子熟悉，但因公子气宇尊严，令人望而生畏，所以胸中纵有打算，见了面却勇气全无，不能随心所欲地将愿望说出。因此常常焦虑痛惜，只能与夫人共话，相对叹息。小姐本人呢，生在这穷乡僻壤，即使要找一个普通身份的夫婿，也没有看得上眼的人物。如今看见世间竟有这等高贵英俊的美男子，但觉自己身世微贱，决没有高攀的资格。她听见父母作此打算，认为这是妄想，反比没有这件事以前更加悲伤了。

到了四月里，明石道人为源氏公子置办夏衣，以及夏令用的帐幕垂布，都富有雅趣。明石道人照料源氏公子，如此诚恳周到，公子觉得不好意思，并且认为太过分了。但念这位道人人品优越，身份高贵，也就老实不客气地生受了。京中也常常有人送物品来。

有一天闲静的月夜，源氏公子眺望澄碧无际的海面，觉得很像从前住惯的二条院庭中的池塘，胸中便涌起无限乡思。然而寂寞寡欢，无以自慰，眼前望见的只是一个淡路岛。便吟唱古歌："昔居淡路岛，遥遥望月宫。今宵月近身，莫非境不同。"①又赋诗道：

"无边月色溶溶夜，
疑是身居淡路山。"

兴之所至，便把久不染指的七弦琴从囊中取出，随意弹奏一曲。左右诸人听了，都伤心感怀，悲不自胜。源氏公子又使尽平生秘技，弹一曲《广陵散》②。那山边内宅里的多情善感的青年女子，听见琴声和着松声随风飘来，都深深地感动。岂但如此，连各处无知无识的衰朽庶民，也都走到海边来迎风倾听，因而伤风咳嗽。明石道人闻此琴声，也忍不住了，便抛舍了三宝供养，走来听赏。

他说："我听了这琴声，重新想念起曾经抛弃的尘世来了。我所愿望的极乐净土，大概就是今宵这模样吧。"说着流下泪来，赞赏不已。源氏公子也回想起种种旧事来：宫中一年四季的管弦游乐、此人的琴与那人的笛、美妙的歌声、世人对我的赞誉、父皇以下一切人等对我的重视——别人之事、自己之事，一时都回想起来，恍如身入梦境。感慨

---

① 此古歌见《凡河内躬恒集》。
② 三国时嵇康游洛西，暮宿华阳亭，引琴而弹。忽有客来，索琴弹《广陵散》，以授嵇康，声调绝伦，殊不传人。事见《晋书·嵇康传》。

之余，援琴再鼓一曲，其音异常凄凉。

明石道人老泪流个不住，便命人到山边的内宅里去把琵琶和筝取来，自己做了琵琶法师①，弹出一两个稀有的乐曲，手法非常美妙。然后劝请源氏公子弹筝。公子也略弹了一会，听者又受到种种深刻的感动。原来音乐不论手法是否十分精湛，只要环境优美，则曲趣自然增色。现在这里是水天一望无际的海边，嘉木繁茂，葱茏可爱，比春天的樱花与秋天的红叶更加优美。其时秧鸡像敲门一般叫响，令人想起古歌"黄昏秧鸡来叩门，谁肯关门不放行？"②的情景。

此时明石道人弹起那音色特别美好的筝来，技法非常高明，源氏公子深为感动。他随意地说："筝这乐器，若教女子从容不迫、自由自在地弹奏，真好听呢。"明石道人不觉莞尔而笑，答道："听了公子的演奏之后，哪里还有女子弹得更好听呢？实不相瞒：弹筝之道，我家受延喜帝③嫡传，至今已历三代了。我身命运不济，早已摒除世俗之事。但偶逢心情不快之时，也常弹筝遣怀。不料小女也来模仿，听其自习，弹得竟与已故亲王殿下手法相似呢。——呀，失言了，想是我这'山僧'耳钝，把琴声当作'松风音'④，故尔胡言乱道罢了。不过我总想找个机会，教公子悄悄地听一听小女弹筝呢。"他说到这里，全身发抖，几乎流出眼泪来。

源氏公子道："有高手在此，我弹的真是所谓'闻琴不知是琴声'，惭愧死了！"他把筝推开，又说："奇怪得很：筝这个东西，从古以来女子弹得最好。嵯峨天皇的第五位公主，受天皇嫡传，是世间最高明的弹筝家。此后这系统就失传。今世号称专家的人，都只是皮毛

---

① 平安时代里巷间弹琵琶的盲僧，称为琵琶法师。后世以弹琵琶说《平家物语》为业的盲人，亦称为琵琶法师。
② 此古歌见《河海抄》所引。
③ 延喜是醍醐天皇的年号。
④ 古歌："山僧听惯松风音，闻琴不知是琴声。"见《花鸟余情》所引。

功夫而已。这浦上却隐藏着此道的能手，真是意想不到的快事！但不知可否让我听一听令嫒的妙技？"

明石道人说："岂敢！公子要听，只管吩咐，我叫她到尊前来弹奏就是了。在古昔，'商人妇'①弹琵琶也曾感动贵人呢。讲到弹琵琶，真能弹出妙音的人，在古代也不易多得。我那小女却一上手就流畅，高深的曲调也能微妙地表演，不知道她是怎样学得的。让她处在这涛声咆哮的地方，实在怪可怜的。不过每当心思郁结的时候，有这个女儿也可聊以慰情。"话中含有风趣，源氏公子颇感兴味，便把手头的筝推过去请明石道人弹奏。明石道人果然弹得非常出色，迥异凡响。今世失传的技法，他都熟悉，手法也都照古风。那左手摇弦而发的音，尤其弹得清澄可听。这里不是伊势，源氏公子却教嗓子较好的随从者歌唱催马乐《伊势海》，其词云："伊势渚清海潮退，摘海藻欤拾海贝？"自己也时时按拍，与他们齐声合唱。明石道人停止了弹筝而赞赏。他教人备办种种茶点果品，都极珍贵，又殷勤劝随从诸人饮酒。大家几乎忘记了人世忧患，欢度了这一宵。

夜色越来越深。海风送凉，残月西沉，天空明净如水，人间肃静无声。明石道人便与源氏公子开怀畅叙，无所不谈。先谈初住此浦时的心情，次述频年为来世修福的功行。琐琐屑屑，娓娓不倦，最后连女儿的情况也不问自告了。源氏公子觉得可笑，然而话中也有深可同情之处。明石道人说："真不好意思开口：公子降临到这梦想不到的穷乡僻壤来，虽然为期短暂，毕竟是我这老道人频年修行积福，蒙神佛垂怜，故尔暂时奉屈来此受苦。我有一事向住吉明神祈愿，至今已十八年了。我那小女，年幼时我就寄予厚望，每年春秋二度，带她到住吉神社去参拜明神。我昼夜六时②诵经礼佛，常把我自己往生极乐之愿放

---

① 白居易《琵琶行》中有云："老大嫁作商人妇。"
② 昼夜六时，即晨朝、日中、日没、初夜、中夜、后夜。

在其次，而首先求神保佑我这女儿，使她嫁得贵婿，成遂夙愿。我前世作孽，今生做了个可怜的乡村贱民，但我的父亲也曾身居大臣之位。我这一代已经是田舍平民了。今后长此下去，一代不如一代，势将永远沉沦，想起了好不悲伤！惟此小女，坠地之后我就寄予厚望，誓愿她将来嫁与京中达官贵人。因此之故，我得罪了许多身份相应的求婚人，对我自身亦多不利，然而并不引以为苦。只要我一息尚存，虽然腕力薄弱，誓必爱护到底。万一良缘未得，而我身先死，则我早有遗命：与其嫁与庸夫，不如投身海底，长与波臣为伍。"说时声泪俱下。种种伤心之言，难于尽述。

源氏公子当此心事重重、耽于愁思的时候，听了这些话也很悲伤，频频以手拭泪。回答他说："我蒙了无实之罪，飘泊到这个意想不到的地方，不知前生犯了何种罪孽，百思不得其解。今夜听了你这番话，恍悟此乃前世注定一大因缘！你既有此宏誓大愿，何不早早告我？我自离京以来，痛念人世无常，每觉心灰意懒。故除了勤修佛法之外，一概不作他想。空度岁月，意气消沉。君家有此美眷，我亦略有所闻。但念自身乃一罪犯，岂敢冒昧妄想？因此断念，自甘寂寞。尊意既然如此，即请红丝引导，不胜感激。好事成就，亦可慰我孤眠也。"明石道人闻言，欢喜无量，答道：

"暗尽孤眠滋味者，
应怜荒浦独居人。

务请体谅父母长年切望之苦心。"说时全身战栗，但亦不失体统。源氏公子说："你那住惯荒浦之人，岂能如我这般寂寥。"遂答吟道：

"离居长夜如年永，
旅枕孤单梦不成。"

那推心置腹的样子，异常优雅，美不可言。明石道人又向公子发了许多牢骚，为避免烦冗，恕不尽述。又恐笔者记载失实，过分显露了道人性情的乖僻与顽固。

且说明石道人既已完成夙愿，心中如释重负。翌日近午，源氏公子遣人送一封信到山边的内宅里。从道人的话听来，这大概是个腼腆的姑娘，源氏公子心想：此种偏僻地方，或许隐藏着意外优秀的佳人，便悠然神往，在一张胡桃色的高丽纸上用心地写道：

"怅望长空迷远近，
渔人指点访仙源。

本当'暗藏相思情'，但终于'欲抑不能抑'①了！"信上写的似乎只此数字而已。明石道人悄悄地等候着源氏公子的消息，走到山边的内宅里来一看，果然送信的使者来了。他就竭诚招待，殷勤劝酒，灌得他面孔通红。但小姐的回信只管不送出来。明石道人便走进女儿房间里，催她快写。女儿还是不听。她看见了这封教人受之有愧的情书，羞耻得手也伸不出来。她拿对方的身份和自己的身份比较一下，觉得相去太远，不敢高攀。便推说"心绪不好"，横靠着躺下了。明石道人无可奈何，只得代她写回信："承赐华函，不胜感激。惟小女生长蓬门，少见世面，想是'今宵大喜袖难容'②之故吧，竟惶恐得不能拜读来书。朽人猜度其心，正是：

双方怅望同天宇，
两地相思共此心。

---

① 古歌："暗藏相思情，勿使露声色。岂知心如焚，欲抑不能抑。"见《古今和歌集》。
② 古歌："昔日有喜藏袖中，今宵大喜袖难容。"见《新敕撰集》。

未免说得太香艳吧?"写在一张陆奥纸上,书体十分古雅,笔法饶有趣致。源氏公子看了,觉得异常风流,甚是吃惊。明石道人犒赏使者的是一件特别精致的女衫。

翌日,源氏公子又写一封信去。先说:"代笔的情书,我生平尚未见过。"又说:

"未闻亲笔佳音至,
只索垂头独自伤。

正是'未曾相识难言恋'①了。"这回写在一张极柔软的薄纸上,书法实甚优美。明石姬②看了,心念自己是个少女,看了这优美的情书若不动心,未免太畏缩了。源氏公子的俊俏是可爱的,但身份相差太远,即使动心也是枉然。如今竟蒙青眼,特地寄书,念之不禁泪盈于睫。她又不肯写回信了。经老父多方劝勉,方始援笔作复。写在一张浓香熏透的紫色纸上,墨色忽浓忽淡,似乎故意做作。诗云:

"试问君思我,情缘几许深?
闻名未见面,安得恼君心?"

笔迹与书法都很出色,丝毫不劣于京中贵族女子。源氏公子看了这明石姬的书柬,想起京中的情况来,觉得和此人通信颇有兴趣。但往还太勤,深恐外人注目,散布流言。于是隔两三天通信一次。例如寂寞无聊的黄昏,多愁多感的黎明,便借口作书。或者推量女的亦有同感的时候,寄信慰问。明石姬每次回信,都不无适当之语。源氏公子想

---

① 古歌:"未曾相识难言恋,惟有芳心暗自伤。"见《孟津抄》。
② 以下称明石道人的女儿为明石姬。

象这女子的风韵娴雅的品质，觉得不见一面不甘罢休。然而良清每次说起这女子，总表示"此人属我"的神情，令人不快。况且他已经苦心追求了多年，今我当面攫取，使他失望，又觉对他不起。左思右想，最好对方主动，移尊就教，我不得已而接受，如此最为妥当。然而那女的比故作姿态的贵族女子更为高傲，决不肯毛遂自荐，教人奈何不得。于是双方对垒，竞赛耐性，如此因循度日。

忽然想起了京中的紫姬，如今西出阳关，隔离更远，思慕之心更切了。有时心绪不佳，想道："怎么办呢？真是古歌所谓'方知戏不得'①了。索性悄悄地把她迎接到这里来吧。"继而又想："无论如何，总不会经年累月地离居。如今岂可再做引人物议之事？"便镇静下来。

且说这一年，宫中常常发生不祥之兆，变异之事接连而起。三月十三日，雷电交加、风雨狂暴之夜，朱雀帝做一个梦，看见桐壶上皇站在清凉殿正面的阶下，脸色非常不快，两眼注视朱雀帝，朱雀帝默不作声，肃立听命。桐壶上皇晓谕的话甚多，主要的似乎是关于源氏公子之事。朱雀帝醒来，非常恐怖，又很悲痛，便把这梦禀告弘徽殿太后。太后说："风雨交作、天气险恶之夜，昼间所思之事，往往入梦。此乃寻常之事，不必担心。"大约是梦中与父皇四目相射之故，朱雀帝忽然患了眼疾，痛苦不堪。宫中及弘徽殿内便大办法事，祈祷眼疾早愈。

正在此时，太政大臣②亡故了。照年龄而论，此人之死原不足怪。然而除了此人之外，死亡疾病等事接踵而起，四境人口不宁。弘徽殿太后想不到也生起病来，身体日益衰弱。朱雀帝不胜忧伤。他想："源氏公子蒙无实之罪，受沉沦之苦。此天灾定是政令不公的报应了。"便屡次向母后启请："如今可以赐还源氏的官爵了。"太后答道："现在就恢复官爵，世间必说此举轻率。凡获罪去京的人，不满三年即便赦罪，

---

① 古歌："欲试忍耐心，戏作小离别；暂别心如焚，方知戏不得。"见《古今和歌集》。
② 即前右大臣，弘徽殿太后的父亲。

必遭世人非议。"她坚意谏阻。但在这多方顾虑的期间,她的病势日渐深重了。

且说明石浦上,年年每届秋季,海风异常凄厉。源氏公子独处孤眠,痛感寂寥之苦,便时时向明石道人催促:"好歹想个办法,赚你家小姐到这里来吧。"他自己不肯前往求见。而明石姬亦决不愿自动来访。她想:"身份极卑的乡下姑娘,才会受暂时下乡的京都男子的诱惑,而轻率地委身求爱。我岂是此等人可比?像源氏公子那样的人,本来不把我们这种人看在眼里。我若与他苟合,将来定多痛苦。父母抱着高不可攀的愿望,因而在我深闺待字之年,不管是否门当户对,一味好高,希图将来幸福;但倘真成事实,一定反而悲哀,后悔莫及。"又想:"我所希望的,只是当他客居此浦期间,互通音信,倒是风流韵事。年来久闻源氏公子大名,常思有缘遥见一面。今因意外之事,来此意外之海滨,我等虽然隔远,亦得隐约拜仰颜色。他那盖世无双的琴声,我等亦得因风听赏。他那晨夕起居之状,我等亦得确实闻知。而像我这样微不足道之人,亦得猥蒙存问。——但能如此,在我这个厕身渔樵之间而将与草木同朽的人看来,已是莫大之幸福了。"这样一想,更加觉得自身低微可耻,决不梦想进一步亲近源氏公子了。

她的父母呢,迎接公子来此之后,似觉年来祈愿已经成遂。但倘贸然将女儿嫁与,而结果公子看她不起,此时做父母的将何等悲伤!如此一想,又觉深可担心。对方虽是杰出之人物,但女儿倘做了弃妇,何等悲痛,何等不幸!盲目信仰眼睛看不见的神佛,而不考虑对方的性情与女儿的宿命,真乃孟浪之举!——如此反复思量,但觉心迷意乱。

源氏公子常常对明石道人说:"我听了近来的涛声,便想听赏令媛的琴音。不是这个季节,琴音再妙,也觉索然乏味。"明石道人听了这话,忽然下了决心。他悄悄地拣个吉日,不管夫人犹豫不决,也不教众徒弟知道,独自用心设计,把房室装饰得辉煌灿烂。于十三之夜皓月初升之时，吟着古歌"良宵花月真堪惜，只合多情慧眼看"①，请公子驾往山边内宅。源氏公子觉得他有些风流自得，但仍换上常礼服，整饰一番，于夜深时出发。道人早已准备着华丽的车辆。但公子嫌其招摇，不坐车子，乘马而行。随从的只有惟光等数人。赴内宅须绕道海边，转入山路，行程稍远。一路上赏玩浦上各处景色，眺望应与恋人共看的海湾月影，首先想起了可爱的紫姬，但愿就此策马直赴京都。便独自吟诗：

"我马应随秋夜月，
暂游玉宇见嫦娥。"

明石道人山边的内宅，庭中花木繁茂，布置富有雅趣，是一所很漂亮的住屋。海滨的本邸建造得富丽堂皇，这山边的内宅则精致而幽静。源氏公子推想这位小姐住在这地方，风雨晦明定多感慨，不禁深为同情。附近建着一所"三昧堂"，是居士修行之所。钟声随着松风之声飘来，有哀怨之感。生在岩石上的松树，亦多优美之姿。庭前苍草丛中，秋虫唧唧齐鸣。源氏公子各处都看到了。

小姐所居之屋，建造得特别讲究。一旁的板门略开一缝，以便月光射入。源氏公子便走进去，说了一些话。明石姬不愿意如此迫近地接见，狼狈起来，只是唉声叹气而并无亲近之色。源氏公子想："架子好大呵！从来很难说服的千金小姐，一经我如此迫近地求爱，没有不软下来服从我的。现在我倒了霉，所以要受女人侮辱了。"心中好生悲伤！但念如若蛮不讲理，强要求欢，则违背自己的本意，倘说不动她的心，认输退却，则又被人取笑。此时他那逡巡愁恨的模样，真是明石道人所谓"只合多情慧眼看"了。

----

① 此古歌载《后撰集》。

近处帷屏上的带子触碰了筝弦，铮铮有声。想见她刚才随意弹筝时室内零乱的模样。源氏公子觉得很有意思，便隔帘对小姐开言道："久闻小姐弹筝妙手，但愿一饱耳福，不知能赐金诺否？"接着又说了许多话，并吟诗道：

"痴心欲得多情侣，
慰我浮生若梦身。"

明石姬答道：

"侬心幽暗如长夜，
是梦是真辨不清。"

那幽静娴雅的音调，非常肖似伊势的六条妃子。她正在无心无思、随意不拘的时候，源氏公子突然走进内室，使她感到非常狼狈。她便从附近的一扇门里逃进更里面的房间里，不知怎么一来，把门紧闭了。源氏公子并不用力推门。然而这局面岂能持久？不久自然与小姐直接会面了。但见这位小姐仪容高雅，体态苗条，令人一见倾心。这段意外因缘，源氏公子本不敢希望其成就。今日居然能成事实，便觉此人格外可爱。大概他对于女人，一经接近，爱情便会油然而生吧。平日每恨长夜如年，今日只觉秋宵苦短。但深恐外人得知，不免有所顾忌，便对她立下山盟海誓，于黎明前匆匆退出。

这一天派人送慰问书，行动比往常更加秘密。大约是由于心中负疚之故吧。明石道人也深恐此事泄露，因此对送信使者的招待，排场并不体面，然而心中颇觉对他不起。此后源氏公子常常偷偷地来内宅和明石姬幽会。两处相距稍远，频频来往，自然要防爱管闲事的渔夫撞见，因此足迹不得不稍疏。此时明石姬便悲叹："果然不出我之所料!"明石道人也怀疑源氏公子变心,他忘记了对西方极乐世界的宏愿,只管专心等候源氏公子的光临。本已看破红尘,今又堕入尘劳,实在也很可怜!

　　源氏公子仔细寻思:如果风声泄露,这件事被紫姬闻知,我虽然是逢场作戏,她一定恨我欺瞒她,因而疏远我,这倒是对她不起的,并且在我也是可耻的。由此可知他对紫姬爱情特别深厚。他回想过去:"那时我常做不端之事,使得这位宽宏大量的夫人也时时为我而懊恼。我为什么要做这种无聊消遣,使她如此受气呢?"后悔之余,虽然面对明石姬的芳姿,也不能慰藉对紫姬的恋慕。便写一封比平常更加详细的信给她,信中有云:"我真无颜启口:往日疏狂成性,做下种种不端行为,屡屡劳君忧恼。回想起来,已觉痛心难堪,岂知今日在此远浦,又做了这个无聊噩梦!今我不问自招,先将此事奉告,务请体察我这点诚实之心,委屈原谅!正如古歌所云:'我心倘背白头誓,天地神明请共诛。'①"后面又写道:"总之,我是

　　远浦寻花柳,逢场作戏看。
　　思君肠欲断,夜夜泪汍澜。"

紫姬的回信中并不何等介怀,却写得语气非常和蔼。末了写道:"承蒙不欺,以梦情见告,闻讯之下,胸中顿起无限思量。须知

　　山盟海誓如磐石,
　　海水安能漫过山?"②

---

① 此古歌见《河海抄》所引。
② 此诗引用古歌:"我生倘做负心汉,海水亦应漫松山。"见《古今和歌集》。

大体语气和缓。但字里行间，显然含有言外之意。源氏公子读了这信，深为感动，一时不忍释手。为欲对紫姬表示忠诚，此后许久不与明石姬幽会。

明石姬看见源氏公子许久不来，认为果然不出所料，便觉十分悲伤，现在真恨不得投海了事。以前单靠残年的父母照拂，不知何时始能像别人一样享受幸福。但在这春花秋月等闲度的期间，倒也并不感到何等痛苦。当时虽然也曾推想恋爱结婚生活难免种种忧恼，但料不到如此之可悲。然而她在源氏公子面前，并不泄露苦情，依旧和颜悦色。源氏公子与明石姬相处日久，爱情日深。然而想起家中紫姬独守空床，为丈夫薄情而伤心，便觉十分抱歉。因此独眠之日甚多。

源氏公子作了许多画，把日常感想题在画上，倘若寄与紫姬，必将得到她的回信。这些画中情思缠绵，见者无不感动。说也稀奇：大约是两人灵犀相通，同心相应之故吧，紫姬于寂寞无聊之时，也作了许多画，并将日常生活状况写在画上，集成一册日记。想象这两种书画，定然非常富有意趣吧。

匆匆过了年关。是年春，今上朱雀帝患病。传位之事，引起世间种种议论。朱雀帝的后宫，即右大臣①的女儿承香殿女御，曾经生下一位皇子。但年仅二岁，未免太幼稚了。因此皇位应该传给藤壶皇后所生皇太子。选定新帝的辅相者时，朱雀帝屈指计算，认为只有源氏公子最为适当。但此人现正流放在外，实甚可惜，乃是朝廷一大损失。因此他就顾不得弘徽殿太后的反对，决定赦免源氏之罪。

自从去年以来，弘徽殿太后被妖魔缠身，时时患病。宫中又出现种种不祥之兆，人心惶惶。朱雀帝的眼疾，曾因虔诚斋戒祈祷而一度好转，但此时又严重起来。圣心恼乱，便于七月二十过后再度降下圣旨，催促源氏从速返京。

---

① 此右大臣非弘徽殿太后之父，乃另一人。

源氏公子知道将来终有返京之一日。然而人世无常，变化莫测，结局如何，安能逆料？因此常常愁叹。正在此时，突然接到了催促归京的圣旨。他一方面欢庆喜慰，另一方面想起了今当告辞此浦，又不免惜别伤离。明石道人呢，明知源氏公子返京乃当然之事，然而闻此消息，立刻胸怀郁结，不胜悲伤。既而转念一想："只要公子青云得意，我便可如愿以偿。"

　　这期间源氏公子与明石姬夜夜欢聚。从六月起，明石姬怀了孕，身体常感不适。源氏公子到了即将与明石姬分别的时候，对她的爱情竟比以前更加深厚了。他想："真奇怪呵！我是命里注定必须受苦的。"便觉心乱如麻。明石姬呢，不消说异常悲伤。这原是理之当然。源氏公子前年曾从京都身登意外可悲之旅途，当时但念将来终可返京，全赖如此，方得自慰。那么此次启程返京，应该欢欣鼓舞，可是一想起何年方得重游此地，便不胜感慨。

　　随从诸人闻知即可返京，将与父母妻小团聚，各自欢欣。京中派来迎接的人也到了。人人喜形于色，只有主人明石道人涕泪满襟。匆匆到了仲秋八月，天地也带了哀愁之色。源氏公子怅望长空，方寸缭乱，想道："我为什么自寻烦恼，以致自昔至今，常为无聊之事而折磨身心？"几个知心的随从者看到这般光景，相与叹道："怎么办呢？老毛病又发作了。"又私下议论："几个月以来，绝不让人注目，有时难得悄悄地前去，关系本是淡然的；岂料近来不顾一切，频频往来，这反教那女的受苦呢。"他们又谈到此事的起因，都说是少纳言良清昔年在北山首先提及这个女子。良清听了心中好生不快。

　　启程之期就在明后天了。今天和往常不同，不到夜深，源氏公子便到明石姬家去了。往日都因夜深，不曾细看明石姬的容颜。今天仔细端详，觉得这女子品貌端妍，气度高雅，竟是一个意外优越的美人，就此抛舍，实在万分可惜！总得考虑办法，迎接她到京都。他便用这话来慰藉明石姬。在明石姬看来，这个男子相貌之优美，自然不消多说。年来由于长期斋戒修行,面庞稍稍瘦了些,然而相貌反而更加清秀,非言语所能形容。现在这个俏郎君愁容可掬,热泪频流,怀着无限柔情而对我伤离惜别,在我这女子看来,竟觉得仅乎享受这点情爱,已经十分幸福,此外岂敢更有奢望?然而想起了此人如此优越,而我身如此微贱,又觉得无限伤心。此时秋风送来的浪涛之声,异常凄惨。渔夫们烧盐的灶上青烟飘飘在空中,也带着哀愁之相。源氏公子吟道:

"此度分携暂,他年必相逢。
正如盐灶上,烟缕方向同。"

明石姬答诗云:

"惜别愁无限,心如灶火烧。
今生悲命薄,怨恨亦徒劳。"

吟罢嘤嘤啜泣。她此时言语很少,但应有的答话也尽情罄述。

源氏公子常常倾慕明石姬的琴艺,一度也不曾听赏,引为恨事。此时便对她说:"分携在即,可否为我弹奏一曲,以为临别纪念?"便派人将京中带来的七弦琴取来,自己先轻轻地弹出一个趣味幽深的曲调。深夜肃静无声,琴音优美无比。明石道人听到了,不能自制,也携着筝走进女儿房中来了。明石姬听了琴筝,竟泪如雨下,无法抑止。感动之余,也取过琴来,轻轻地弹出一调,曲趣高雅之极。源氏公子以前听到藤壶皇后弹琴,认为今世独一无二。她的手法艳丽入时,牵惹人心,使听者闻音而想象弹者的美貌,真是高雅无比的妙技。现在这位明石姬的表演呢,风流蕴藉,典雅清幽,令人听了心生妒羡。她所弹的乐曲从来少有人知。长于斯道的源氏公子,也从来不曾听到过如此优美可爱而沁人心脾的曲调。弹到美妙动人之处,忽然停手。源氏公子尚未餍足,心中后悔:"数月以来,为什么始终不曾强请她弹奏呢?"于是一心一意地向她申述永不相忘的誓愿。又对她说:"谨将此琴奉赠,在我俩将来合奏以前,请视此为纪念物。"明石姬即席口占,不加修饰地吟道:

"信口开河说,我姑记在心。
从今琴韵里,和泪苦思君。"

源氏公子抱怨地答道:

"临别留遗念,宫弦不变音①。
愿卿心似此,永不忘前情。

在这根弦线没有变音以前,我俩必定相逢。"他以此向明石姬保证。但明石姬顾不得将来,只管为目前的别离而伤心饮泣,这原也是人情之常。

动身那一天黎明时分,天还未大亮,就准备出发。京中派来迎接的人都来了,人声嘈杂,源氏公子心情迷惘,还是找个人少的机会,赋诗赠明石姬:

"别卿离此浦,对景感伤多。
知我东行后,余波复如何?"

明石姬答诗云:

① 宫弦是七弦琴中央的一弦。

"君行经岁月，茅舍亦荒芜。

不惯离忧苦，纵身投逝波。"

源氏公子见她直率道出心事，不禁悲从中来。虽然竭力忍耐，终于泪如泉涌。不悉详情的人猜想："虽然是穷乡僻壤，二三年来住惯了，一旦匆匆离去，当然不免悲伤。"只有良清心中不快，想道："一定是同那女的打得火热了。"随从者大家欢喜雀跃，但想起今天为限，即将离去这明石浦，又不免口口声声地伤离惜别。然而这些也毋庸细说了。

明石道人今天的送别，实在体面之极！凡随从人等，直至最低位的仆役，都受赠珍贵的旅行服装。这等体面的赠品，不知道他是什么时候准备好的。源氏公子的旅行服装自不必说，此外又抬了好几只衣箱来，一并奉赠。给他带回京都去的正式礼物，更加丰富多彩，并且用意十分周到。明石姬在公子今天备用的旅行服装上附一首诗：

"旅衫亲手制，热泪未曾干。

只恐襟太湿，郎君不要穿。"

源氏公子读了这诗，便在嘈杂声中匆匆答道：

"屈指重逢日，相思苦不禁。

从今披此服，睹物怀斯人。"

他想此乃一片诚意，便换上了这旅装，并将平时常穿的那件衣服送给了明石姬。这又使她增添了一种引起悲伤的纪念物。这衣服上浓香不散，安得不教人相思刻骨呢？

明石道人对公子说："我乃遁世之身，今日不能远送了！"那愁眉

苦脸的样子,十分可怜。那些年轻女子看了他的脸,都抿着嘴窃笑。道人吟诗道:

"遁世长年栖海角,
痴心犹不舍红尘。

只因爱子情深,以致心思迷乱,竟不能亲送出境了!"又向公子请一个安,央求道:"请恕我谈及儿女之情:公子倘有思念小女之时,务请惠赐玉音!"公子听了这话十分伤心,两颊都哭红了,容姿美不可言。答道:"已结不解之缘,岂能忘怀?不久你自会明白我的心迹。只是这个住处,使我难于舍弃,如之奈何!"便吟诗道:

"久居此浦悲秋别,
一似前春去国时。"

吟时频频举手拭泪。明石道人听了这诗,更加颓丧,几乎不省人事。自从源氏公子去后,他竟变得起居困难,行步蹒跚了。

明石姬本人的悲伤之情,更加不可言喻。她不欲被人看出,努力镇静。她觉得自己身份的低微,是这悲伤的主因。公子的返京原是不得已之事,但此身竟被遗弃,此恨难以自慰。加之公子的面影常在眼前,永不能忘,因此除了哭泣之外,别无办法。母夫人也无话可安慰她,只是埋怨丈夫:"亏你想得出这种倒霉的办法!总而言之,是我疏忽大意,轻信了你这老顽固的话,以致铸成大错。"明石道人答道:"罢了,不要噜苏了!公子决不会抛弃她,其中自有缘故①。目前虽然别去,定然会考虑办法。叫她放心,吃点补药吧。啼啼哭哭是不祥的

---

① 指明石姬已怀孕。

呵！"说罢，将身子靠在屋角里了。乳母和母夫人等还在议论明石道人的顽固与失策，她们说："几年来一直巴望她早些嫁个如意郎。今番总以为如愿以偿了，岂知才得开始，即便遭逢不幸！"明石道人听了这些叹声，更加可怜这女儿，心情越发烦乱了。白天，他昏昏沉沉地睡一天，到了夜间，骨碌爬起来。说着："念珠也不知哪里去了。"就合掌拜佛。徒弟们怪他懈怠，他就在月夜出门，想走到佛堂里去做功课。岂知途中一个失脚，掉进池塘里，又被那些棱角突兀的假山石撞伤了腰。卧病期间，稍稍忘怀了女儿之事。

且说源氏公子辞别明石浦，道经难波浦时，举行祓禊。又派人到住吉明神神社，说明此次因旅途匆促，未能参拜，且待诸事停当以后，当即专诚前来还愿，酬谢一切神恩。此次之事，确系突如其来，以致十分仓促，不能亲自前往。途中也不游览，急急返都。

到了二条院，在都迎候的人与从明石浦回来的随从者久别重逢，如在梦中，欢喜之极，相向而哭，声音极其嘈杂。紫姬久被遗弃，自伤命薄，今日重得团圆，其乐可想而知。她在这阔别期间，长得越发标致了。只因长期愁苦，本来密密丛丛的头发稍稍薄了些，反而更加美丽可爱了。源氏公子想道："从今以后，我将永远伴着这个人儿。"觉得十分心满意足。然而明石浦上那个惜别伤离的人儿的面影，又痛苦地浮现在眼前。总之，为了恋情，源氏公子一生一世不得安宁。

他把明石姬的事一五一十地告诉了紫姬。他谈到明石姬时神情十分激动，紫姬看了心中定然不快。但她装作若无其事，信口吟诵古歌："我身被遗忘，区区不足惜，却怜弃我者，背誓受天殛。"①借此聊以寄恨。源氏公子听了，觉得非常可爱，又非常可怜。"这样百看不厌的一个美人，我怎么竟然经年累月地与她离别了？"这么一想，自己也觉得

---

① 此古歌见《拾遗集》。

诧异。因此更加痛恨这个残酷的世间了。

不久源氏公子恢复了官爵,又升任了权大纳言①。凡以前因公子而贬斥的人,都恢复了原官位。其欣欣向荣之状,正如枯木逢春,实甚可喜。有一天,朱雀帝召见,源氏公子入觐,帝于玉座前赐座。左右众宫女等,尤其是桐壶帝时代以来侍奉至今的老年宫女等,看见了源氏公子,都觉得他的相貌长得更加堂皇了。想起了他几年来怎么能久居在那荒凉的海边,大家不胜悲戚,不免号哭了一番,并叹赏公子的美貌。朱雀帝对于公子自觉有愧,此次隆重召见,服装特别讲究。他近来心情不佳,身体十分衰弱。但昨今两日以来,略觉好些,便与源氏公子纵谈各事,直至入夜。

这一天正是八月十五,月光皎洁,夜色清幽。朱雀帝历历回思往事,感慨无穷,不禁悄然而悲。对公子言道:"迩来久无管弦之兴。昔日常闻皇弟雅奏,多年未得再赏了!"源氏公子慨然赋诗道:

"落魄彷徨窜海角,
　俟经蛭子跛癥年。"②

朱雀帝听了这诗,又是怜悯,又是惭愧,便答吟道:

"二神绕柱终相会,
　莫忆前春去国悲。"

---

① 大纳言人数,各时代有定额。额外增封者,曰"权大纳言"。
② 此诗根据日本神话:伊奘诺、伊奘冉,是日本创造天地的夫妇二神。所生第一子名叫"蛭子",长到三岁,两足癥瘓,不能起立。故"俟经蛭子跛癥年",即"俟经三年"之意。蛭子曾乘苇船泛海,故源氏以此自比。又,此夫妇二神在天上时本是兄妹,后来下凡,在一岛上绕柱相会,互相求爱,遂成为夫妇。下面的诗中提及此事。

吟时神采焕发,风姿亦很优美。

源氏公子复官以后,第一件急务是准备举办法华八讲佛事,以追荐桐壶上皇。他先去参谒皇太子冷泉院。皇太子年方十岁,长得异常健美,看见源氏公子回来,兴奋而又欢喜。源氏公子看了他也感到无限怜爱。皇太子才学非常优越,为人贤明正直,将来君临天下,的确可以无愧。源氏公子等到心情稍定之后,又去参见出家的藤壶皇后。久别重逢,感慨之深可想而知了。

作者应该补叙一笔:明石浦上护送公子返京的人回浦之时,公子曾托带一封信给明石姬。这封信是瞒过了紫姬而偷偷地写的,缠绵悱恻。信中有云:"夜夜波涛声中,心绪如何排遣?

"遥知浦上无眠夜,
叹息应如朝雾升。"

还有那个太宰大式的女儿五节小姐,偷偷地恋慕源氏公子,曾经寄信到明石浦来。现在公子离浦返京,她的恋情也灰心了,便派一个使者送一封信到二条院。盼咐他只需使个眼色,不必言明是谁的信。信中有诗云:

"一自须磨通信后,
罗襟常湿盼君看。"

源氏公子看见笔迹异常优美,料知是五节的信,便答诗道:

"自闻音信襟常湿,
我欲向卿诉怨情。"

他以前曾经热爱这五节小姐，现在收到她的信，觉得这个人越发可爱了。然而此时他已经规行矩步，恭谨处世，不再有浪漫的举动了。对于花散里等，也只致信问候，并不去访。她们只收到信，反而增添了怨恨。

第十四回　航　标①

　　源氏公子谪居须磨时，做了那个清楚的梦之后，心中常常挂念已故的桐壶上皇，屡屡忧愁叹息，总想做些佛事，以拯救父皇在阴世受罪之苦。现在他已归京，便赶紧准备超荐。就在十月中举办法华八讲。世人对源氏公子的倾慕，全同从前一样。太后病势依然沉重。她无法摈斥源氏公子，心中甚是不乐。朱雀帝呢，以前违背了父皇遗命，常恐身受恶报。如今已经遵命召回源氏，心中便觉快慰。他的眼疾以前常常发作，如今也痊愈了。然而他总担心自己不能长生，这皇位不能久居。因此常常宣召源氏公子入宫，同他商量国事。他毫无顾虑，把一切政务向源氏公子咨询。现今他可以依照自己意旨而发号施令了。因此世间一切臣民，也都欢喜赞善。

　　朱雀帝让位的决心渐渐成熟。但尚侍胧月夜常常愁叹今后身世之寂寥，帝心很可怜她，对她说道："你的父亲太政大臣已经故世。你的大姐皇太后病势沉重，已经少有希望。我也觉得自己在世之日不会久长。将来你孤苦伶仃地留在世间，确是怪可怜的啊！你以前爱我不及爱别人之深。但我的爱情向来专一，钟情只在你一人身上。我死之后，自有比我优秀的人依照你的愿望再来爱你。然而他的爱情决不及我的深。我单想这一点，也就觉得伤心。"说到这里，掩面而泣。胧月夜红晕满颊，那泛溢着娇羞的脸上流满了眼泪。朱雀帝看了，浑忘了她一切罪过，只觉可爱可怜。又说："你怎么不给我生个皇子呢？真

---

①　本回写源氏二十八岁十月至二十九岁岁暮之事。

是遗憾了！恐怕你将来会替与你宿缘深厚的那个人生的吧！想到这里，我又觉得遗憾。因为那人所生的儿子，身份限定，只是一个臣下呢。"他竟在想象身后之事，因而说出这话。胧月夜听了，不胜羞惭，又觉得伤心。

胧月夜原也知道：朱雀帝容貌堂皇而清秀，对她的爱情无可限量，有增无已；源氏公子呢，相貌固然漂亮，然而态度与感情都不及朱雀帝的真挚。因此她回想当初，常常痛悔前情："为什么我在年幼无知之时任情而动，以致惹起滔天大祸。自己声名狼藉且不必说，竟又连累那个人受尽了折磨……"觉得自己真是一个薄幸女子！

次年二月，皇太子冷泉院举行冠礼。皇太子年方十一，然而长得比年龄更大。举止端详，容貌清丽，酷肖源氏大纳言，竟像一个模子里印出来的。这一对人物互相照映，光彩焕发，世人盛传，以为美谈。然而藤壶皇后听了甚是难当，只觉得心中隐隐作痛。朱雀帝看了皇太子的容姿，也深为赞美，便亲切地把让位之事对他说了。到了是月二十过后，让位的消息突然发表，皇太后吃了一惊。朱雀帝安慰她道："我虽辞去尊位，但今后可得安闲地孝养母后，务请放心。"皇太子即位之后，承香殿女御所生的皇子立为皇太子。

时代改换，万象更新，繁华热闹之事甚多。源氏权大纳言升任了内大臣。这是因为左右大臣人数规定，目前没有空位，所以用内大臣的名称，作为额外的大臣。源氏内大臣应当兼任摄政，但他说："此乃繁重之职，我实不能胜任。"要把摄政之职让给早已告退的左大臣，即他的岳父。左大臣不肯接受，他说："我本因病告退，况今年老力衰，未能受此重任。"然而朝中百官和世间臣民都认为外国亦有此例：每当时势变易，世乱未定之时，即使是遁迹深山、不问政治之人，一旦天下太平，亦必不耻白发高龄，毅然出山从政①。此等人正是可尊敬的圣

---

① 暗指汉高祖时的商山四皓。

贤。左大臣昔曾因病告退，但今时移势迁，恢复旧职，有何不可？且在日本，亦有此例。左大臣不便坚辞，便当了太政大臣，此时高龄六十三岁。他昔年为了时局不利而去官辞职，笼闭在家，今日又恢复了荣华富贵。他家诸公子以前沉沦宦海，今日也都升官晋爵了。特别是宰相中将升任了权中纳言①。他的正夫人——已故右大臣家的四女公子——所生的女儿，年方十二，准备送她入宫当新帝的女御，故尔倍加珍爱。他的儿子，即以前在二条院唱催马乐《高砂》的红梅，也已行过冠礼。真可谓万事如意称心了。此外他的许多如夫人接连地生育，子女成群，家庭热闹非常。源氏内大臣看了不胜羡慕。

源氏内大臣只有正夫人葵姬所生一个儿子夕雾，长得比别人特别俊美，特许在御前和东宫上殿。②葵姬短命而死，太政大臣和老夫人至今犹有余哀。然而葵姬逝世后的今日，全靠源氏内大臣的威光而重振家声，多年来的晦气尽行消除，万事欣欣向荣了。源氏内大臣和从前一样，每逢有事，必亲赴太政大臣私邸。对于小公子夕雾的乳母及其他侍女，凡这几年来不曾散去的人，每逢适当机会，必然留意照拂。因此交运之人甚多。二条院方面亦复如是：凡忍苦等待公子归京的人，都蒙公子优遇。对于中将、中务君等曾蒙宠幸的侍女，适当地加以怜爱，以慰多年来孤寂之苦。因此内务多忙，无暇出外游逛了。二条院东面的宫殿，原是桐壶上皇的遗产。此次大加改筑，壮丽无比。为欲使花散里等境况清寒的人住在这里，因而兴工修缮也。

还有一个人不可忘记说了：那明石姬怀孕在身，不知近况如何？源氏公子时时挂念在心。只因回京以来，公私两忙，以致不克随时问讯。到了三月初头，推算起来已届产期。公子心中悄悄地怜爱她，便派个使者前去探问。使者立刻回来，报道："已于三月十六日分娩，产

---

① 宰相中将即以前的头中将，葵姬之兄。权中纳言，即额外的中纳言。
② 为使公卿的儿子自幼学会宫中规矩，特许其上殿服务。

一女婴，大小平安。"源氏公子初次生女，觉得甚可珍爱，因而更加重视明石姬了。他觉得后悔：为什么不迎接她到京中来做产呢？以前有个算命先生断定："当生子女三人，其中必兼有天子与皇后。最低者太政大臣，亦位极人臣。"又说："夫人中身份最低者，产的是女孩。"现在这句话已经应验了。以前有许多极高明的相面先生，异口同声地说："源氏公子必然身登上位，统治天下。"这几年来只因时运不济，这句话似乎落了空。但此次冷泉帝即位，源氏公子宿愿以偿，心中欢喜。他自身呢，原是与帝位无缘的，决不作此妄想。以前桐壶父皇在许多皇子中特别偏爱他，却又把他降为臣下，回想父皇这点用心，可知自己没有登帝位的宿缘。但他暗自寻思：此次冷泉帝即位，外人虽然不知真相，相面先生那句话却证实了。——他仔细思量未来种种情况之后，确信"此次明石浦之行，定是住吉明神的引导。那明石姬一定有生育皇后的宿缘，所以她那乖僻的父亲胆敢向我高攀身份不称的姻亲。如此说来，这个身份高贵的皇后，教她诞生在这穷乡僻壤，实在委屈了她，亵渎了她！目前暂且让她住在那里，将来一定迎她入京"。想定之后，立刻派人催促修筑东院的人从速竣工。

　　源氏公子又考虑到：明石浦那种地方，一定不容易找到良好的乳母。忽然想起已故的桐壶父皇有一个叫作宣旨①的女官，生有一个女儿。这女儿的父亲是宫内卿兼宰相，现已亡故。母亲宣旨不久也死去，现在这女儿度着孤苦的生活。她搭上了一个没有什么前途的人，生下一个婴儿。和这女儿熟识的某人曾经乘便将此事告诉源氏公子。现在源氏公子召唤这个人前来，托他设法请这女儿来替明石姬的婴儿当乳母。

　　这人便把源氏公子的意思告诉了宣旨的女儿。宣旨的女儿年纪还轻，是个无心无思的人。她住在一所终朝无人顾问的陋屋里，经年度

---

①　此女在君侧掌管宣旨，这里将职衔用作人名。类此用法，本书颇多。

送孤苦寂寥的生涯。她听了这话,并不仔细考虑自己的前程,只觉得源氏公子的事情总是好的,便一口答应了。源氏公子半为可怜这个女子的身世,便决定打发她赴明石浦。他想看看这个人,便找个机会,非常秘密地前去访问她。这女子虽然已经答应,却不知将来如何,心中不免烦乱。但念公子一片好意,便放怀一切,言道:"但凭尊意差遣。"这一天正是黄道吉日,便赶紧准备出发。公子对她说:"我派你远赴他乡,你或许怨我太忍心吧。然而其中自有重大原由,将来你自知道。而且这地方我也去过,曾在那里度送长年的沉寂生涯。请你以我为前例,暂时忍耐一下。"便把明石浦上的情况详细告诉她。

宣旨这个女儿,以前曾经在桐壶上皇御前伺候,源氏公子见过几次。但此次重见,觉得她消瘦得多了。那住宅也荒芜不堪,只是广大还似旧时。庭中古木参天,阴气逼人,不知她在这里如何过日子的。然而这个人的模样很可爱,花信年华,桃李芳姿,使源氏公子看了难于舍弃。便同她说笑:"我舍不得你远行,很想接你到我那里去,不知你意下如何?"这女子想道:"若得在这个人身边侍候,我这不幸之身也有福了。"她默默地仰望源氏公子。公子便赠诗道:

"往日交情虽泛泛,
今朝惜别亦依依。

我很想跟你同行呢。"那女的嫣然一笑,答道:

"惜别何妨当口实,
同车共访意中人。"

吟得很流畅,但觉锋芒太露了。

乳母出发了,在京都市内是乘车的。陪行的只有她所亲信的一个侍女。公子叮嘱乳母千万不可泄露此事,然后打发她上道。托乳母带去守护婴儿的佩刀,以及其他应有之物,不计其数,考虑无微不至。赠送乳母的物品,也很讲究而周到。源氏公子想象明石道人对这婴儿的重视与疼爱之状,脸上时时露出笑容。同时想起了生在偏僻地方的婴儿,又觉得很可怜,因此对她念念不忘,可知前生宿缘不浅!在书函中,也再三叮嘱他们悉心照料婴儿。附诗一首:

"朝朝祝福长生女,
早早相逢入我怀。"

乳母乘车出京城之后,改乘船舶,来到摄津国的难波,再改乘马匹,迅速到达了明石浦。明石道人欢迎乳母,如获至宝。承蒙源氏公子美意,感谢不尽。他向着公子所在的京都方面,合掌礼拜。看见公子如此关怀这婴儿,便觉更加可爱,更加委屈她了。这女婴生得异常美丽,真是世无其匹。乳母看了想道:公子如此重视她,再三叮嘱悉心抚育,确有道理。这么一想,刚才一路上荒山野水所引起的噩梦一般的哀愁,便消失了。她觉得这婴儿的确美丽可爱,便用心抚育她。

做了母亲的明石姬,自与公子别后,数月来悲伤愁叹,身心日渐衰弱,几乎不想活下去了。现在看到公子如此关心爱护,心情略感欣慰,便在病床上抬起头来,殷勤犒赏京中来使。使者想早日返京,急欲告辞。明石姬便托他转呈诗一首,借以略表心事:

"单身抚幼女,袖狭不周身。
欲蒙朝衣荫,朝朝待使君。"

源氏公子得了回音,异常想念这个婴儿,但望早日见面。

明石姬怀孕之事,源氏公子向未对紫姬明言。但恐她将来会从别处听到，反而不好，因此争先向她告白了："不瞒你说，确有此事。天公真作怪：巴望生育的，偏偏不生，而无心于此的，反而生了，真乃一大遗憾啊！加之是个女孩，更不足道。即使放弃不管，亦无不可。然而这毕竟不是办法。不久我想接她到这里来，给你看看。但愿你不要嫉妒！"紫姬听了，涨红了脸，答道："怪哉！你常常说我嫉妒。我若是个嫉妒女子，自己想想也觉得讨厌。我是什么时候学会嫉妒的呢？正是你教我的呀！"她说时满腹怨恨。源氏公子莞尔而笑，说道："喏喏，你又嫉妒了！是谁教你的，不得而知。我只觉得你这态度完全出我意外。你胡乱猜测我所意想不到的事，因而怨恨我，教我想起了好不悲伤呵！"说着流下泪来。紫姬回想年来日夜恋慕的这丈夫的关怀怜爱之心，以及屡次收到的情书，疑窦渐释，觉得他那种种行为的确都是逢场作戏，心中的怨恨也就消失了。

源氏公子又说："我之所以挂念那个人，又和她通问，其中自有缘故。但现在对你说了，怕又引起误会。所以暂且不说。"便把话题转向别处："此人之所以可爱，全是环境所使然。在那偏僻地方，这样的人便觉难得了。"接着便告诉她那天共对海边暮烟而唱和的诗句、那天晚上约略看到的那人的容貌，以及她弹琴的高明手法。语气之中，表示恋恋不忘。紫姬听了想道："那时候我空房独守，无限凄凉。他虽说逢场作戏，却在别处寻欢作乐！"心中非常不快，便把身子转向一旁，茫然地望着别处，表示我自为我。后来自言自语地叹道："为人在世，真好苦啊！"接着口占一绝：

"爱侣如烟缕，方向尽相同。
我独先消散，似梦一场空。"①

---

① 此诗根据上回《明石》中源氏与明石姬唱和之诗。见第291—292页。

源氏公子答道:"你说什么?教我好伤心啊!你可知道:

　　海角天涯客,浮沉身世哀。
　　青衫终岁湿,毕竟为谁来?

罢了罢了,我总想有一天教你看看我的真心,但恐我的寿命不长!我常想不做无聊之事,以免受人怨恨,为来为去只为了你一人啊!"说着,取过筝来,调整弦线,弹奏一曲。弹毕,捧过筝去,劝紫姬也弹一曲。紫姬碰也不碰,想是听说明石姬长于弹筝,因而妒恨吧。紫姬原是一个温柔敦厚的美人,但看到源氏公子放荡不羁时,也不免愤怒怨恨。这倒反而使她的神情越发娇艳。源氏公子觉得紫姬生气时非常可爱,最宜欣赏。

源氏公子偷偷地计算,到五月初五日,明石姬所生的女孩就该过五十朝①了。他想起这孩子可爱的样子,越发想早日看到她。他想:"若是她生在京中,今天万事都可随意安排,何等欢喜啊!可惜她生在穷乡僻壤,也算得命苦了!若是个男孩,倒不必如此担心;但她是个前程远大的女孩,真是万分委屈她了!我此次的颠沛流离,大约正是为了这女孩的诞生而命中注定的吧。"他就派使者赴明石浦,叮嘱他必须在过五十朝那一天赶到。使者果然于初五日到达。

使者送去的礼物,都是公子用心置办的稀世珍品,也有适于实用的物件。致明石姬的信中有云:

　　"可惜名花生涧底,
　　虽逢佳节也凄凉。"

---

① 按当时习俗,婴儿生后五十日,将米糕含其口中,举办庆贺之事。

我今身在京都,神往明石。长此离居,令人难堪。务望早作决心,来此相聚。此间万事妥善,一切无须顾虑。"明石道人照例喜极而泣。际此时机,感激太甚,难怪他要哭的。他家里也正在庆祝五十朝,排场十分体面。倘没有京中使者看到,便似衣锦夜行,太可惜了。

那乳母看见明石姬为人亲切可爱,就做了她的话伴,忘却了一切尘劳,在宅内欢笑度日。前此明石道人也曾托人物色了几个身份不低于这乳母的女人来使唤。然而她们都是年事衰老的旧宫人,或者意欲入山为尼而偶尔来此者。这京中来的乳母比较起她们来,人品优越得多了。她把世间珍奇的传说轶话讲给她们听,又从女子的见解,描摹源氏内大臣人品之优越,以及世人对他崇敬之真诚。明石姬听了,便觉她能替他产下这个名贵的种子,自身也很可骄傲。与明石姬一同看了源氏公子的来信,乳母心中想道:"天呵!她倒交了这意想不到的好运道,吃苦的只是我这一身!"后来看见信中写着"乳母近况如何"等殷勤挂念的话,自己也觉得万分欣慰。明石姬的回信中有云:

"可怜仙鹤栖荒岛,
佳节无人过访来。

闲愁万种无可排遣之时,忽逢来使殷勤慰问,心虽感激,命实困穷。务请早日善为处置,以图日后安身之计。"措辞十分恳切。

源氏公子接得回信,反复阅读,然后长叹一声,自言自语地说:"可怜呵!"紫姬回头向他瞟了一眼,也自言自语地低声唱起古歌来:"人似孤舟离浦岸,渐行渐远渐生疏。"①唱罢耽入沉思。源氏公子恨恨地说:"你的误解真太深了。我说可怜,也只是顺口说出的。我回想那地方的情状时,往往觉得旧事难忘,就不免自言自语。你却句句都

---

① 此古歌见《古今和歌六帖》。紫姬暗伤自己失宠。

听在心里。"他仅将明石姬来信的封面给紫姬一看。紫姬看见笔迹非常优美,为贵族女子所不及,心中不免惭愧,妒恨地想道:"原来如此呵!怪不得……"

源氏公子回京以来,专心在二条院奉承紫姬,竟不曾去访问花散里,觉得很对她不起。他公事很忙,身份又高,行动不免有所顾忌。加之这花散里并无何等牵惹心目之处,因此不甚介怀。五月里淫雨连绵,公私都很空闲,寂寞无聊之时,有一天他忽然想起了她,便出门去访问。源氏公子虽然疏远花散里,然而关心她的一切日常生活,花散里全靠他的照顾度日。因此久别重逢,花散里态度仍很亲切,并无怨恨之色,源氏公子便觉安心。她的屋子年来更加荒芜了,住在那里想必凄凉。源氏公子先和她的姐姐丽景殿女御晤谈,到了夜深时分,才去西厅访问花散里。天空偶然放晴,朦胧月色射入室内,把源氏公子的姿态照得十分艳丽,俊美无比。花散里见了不觉肃然起敬。但她原来坐在窗前眺望月色,也就从容地坐在那里接待公子,那模样甚是端详。听见近旁秧鸡的叫声像敲门一样,花散里便吟诗道:

"听得秧鸡叫,开门月上廊。
不然荒邸里,哪得见清光?"

她吟时脉脉含情,娇羞无限。源氏公子想道:"世间女子个个可爱,教我难于舍弃。这便苦死我也!"答道:

"听得秧鸡叫,蓬门立刻开。
窃疑香闺里,夜夜月光来。"①

---

① 戏言她另有情夫。

倒教我不放心了。"这是同她开玩笑,并非真个疑心花散里有外情。她这几年来独守空闺,静候公子驾返,其坚贞之操,源氏公子决不轻视。她说起前年临别时公子吟"后日终当重见月,云天暂暗不须忧"之句,约她誓必重逢时的情状。接着又说:"其实那时惜别何必如此悲伤?你重返京城也不来看我,反正我这薄命之身,现在还是一样悲伤。"说时娇嗔之相甚是可爱。源氏公子照例用一大套甜言蜜语来安慰她,这些话不知道他是从哪里学来的。

此时,他又记起那五节小姐来。他始终不忘记这个人,总想再见一面。然而相见机会难得,又不能偷偷地去访。那女的也始终不忘记源氏公子。父母屡次劝她结婚,她却绝不动心。源氏公子想建造几座舒适的邸宅,把五节之类的人邀集过来,如果要教养明石那个前程远大的女儿,可请这些人当保姆。他那东院的建筑,比二条院更加讲究,全是现代风格。他选定几个熟识的国守,叫他们分担这些建筑工事,要克日完成。

对于尚侍胧月夜,他还是没有断念。为她闯了大祸,犹不自惩,总想和她再会一次。但那女的自从遭此忧患之后,深自警戒,不敢像从前那样与他交往了。源氏公子一筹莫展,觉得这世间太不自由了。

且说朱雀帝自从让位以后,身心安逸,每逢春秋佳节,必有管弦之乐,生涯甚是风雅悠闲。以前的女御与更衣,照旧伺候他。其中皇太子的母亲承香殿女御,以前并不承宠,反被尚侍胧月夜所压倒。现在儿子立了太子,她就走了红运,迥非昔比了。她不与众女御共处,却陪伴皇太子住在别殿。源氏内大臣的宫中值宿所,依旧是淑景舍,即桐壶院。皇太子则住在梨壶院。两院相邻,往来甚便,万事可以互相通问。因此源氏内大臣自然而然地又成了皇太子的保护者。

藤壶皇后是今上的母亲,但因已经出家,不能升任皇太后。于是依照上皇的标准赐与封赠①，又任命专职侍卫，宫中规模之盛大，非昔日可比了。皇后每日诵经礼佛，勤修法事。长时期来为忌惮弘徽殿太后，不便出入宫禁，不能常常看到冷泉帝，引以为恨。现在她可以随意进出，无所顾虑，甚是快意。反之，弘徽殿太后却在悲叹时运不济了。源氏内大臣每有机会，必关怀弘徽殿太后，对她表示敬意。世人不平，都认为这太后不该受这善报。

紫姬的父亲兵部卿亲王过去几年来并不同情于源氏公子流放之苦，而一味趋炎附势，因此现在源氏内大臣对他不快，依旧交情不睦。他对世间一般人普施恩惠，无求不应。只有对于兵部卿亲王一家漠不关情。藤壶皇后可怜这哥哥，认为此乃一大憾事。此时天下大权，平分为二，由太政大臣与内大臣翁婿二人协力同心，随意管领。

权中纳言的女儿于本年八月入宫，为冷泉帝之女御。其祖父太政大臣躬亲照料一切，仪式十分隆重。兵部卿亲王家的二女公子②亦有入宫之志，父母悉心教养，美名盛传于世。但源氏内大臣不相信这二女公子胜于别人。亲王无可奈何。

是年秋，源氏内大臣参拜住吉明神神社。此行为了还愿，仪仗非常壮丽，举世盛传，轰动一时。满朝公卿及殿上人争先参加。正在此时，明石姬也赴神社参拜。她向来每年去参拜一次。去年为了怀孕，今年为了生育，都不曾去，现在便将两次并作一次。她是乘船去的。船靠岸时，但见岸上异常热闹，挤满了参拜的人，珍贵的供品络绎不绝地运来。乐人和十个舞手的装束非常华丽，而且一概选用相貌漂亮的人。明石姬船上的人向岸上人问讯："请问，是谁来参拜？"岸上人答道："源氏内大臣来还愿！世间竟还有不知道的人呢。"说罢，连那些身份极低的仆从也都得意扬扬地笑起来。明石姬想道："真不凑巧，偏

---

① 上皇的封赠是二千户。
② 紫姬的异母姐妹。

偏拣这个时候来！教我遥望他的风姿，愈加显得我身世不幸了。我和他毕竟已结不解之缘。连那些下贱之人都得兴高采烈地追随左右，得意扬扬。只有我这个人，不知前世作了多少孽，一向关心他的行动，而偏偏不知道今天这件大事，贸然地来到此地。"想到这里，十分悲伤，偷偷地流下泪来。

源氏内大臣的行列走进深绿色的松林中，穿着浓浓淡淡的艳丽的官袍的人不计其数，好比撒了满地樱花与红叶。六位的官员中，藏人的青袍特别显著。前年流放时在途中赋诗怨恨贺茂社神的那个右近将监，现已升任卫门佐，俨然是个前拥后随的藏人大员①了。良清也升任了卫门佐，此人比别人更加神气，身穿红袍，风姿十分俊俏。凡在明石浦见过的人，样子都全然改变，大家穿着红红绿绿的官袍，喜气洋洋地散布在这行列中。其中年轻的公卿和殿上人，尤其争俏竞艳，连马鞍也装饰得绚焕灿烂。明石浦来的乡下人看了，真是吃惊！

源氏内大臣的车子远远地来了。明石姬一见，更加伤心，竟不能抬起眼来眺望这意中人的面影。朱雀帝依照河原左大臣的先例，特赐源氏内大臣随身童子一队。这十个童子装束非常华丽，发作童装，左右耳旁结成两环。结发的紫色带子浓淡配合，非常优美。身材一样高低，相貌都很漂亮，姿态十分可爱。葵姬所生小公子夕雾，由大队人员簇拥而来，随马的童子个个一样打扮，服装显然与众不同。明石姬看见夕雾如此高贵尊严，想起自己的女儿貌不足数，不胜悲伤。便向着住吉神社合掌礼拜，为女儿祝福。

摄津国的国守来迎接了，其招待之隆重，远非其他大臣参拜神社时可比。明石姬颇感困窘：如果照旧去参拜，则我这微贱之身所献菲薄供品，毫不足数，一定不入神明之目；如果就此折回，则又不成体

---

① 卫门佐、藏人，都是在天皇御前供职的（参看第7、21页注）。爵位是六位或五位。六位者穿青袍，五位者穿红袍。

统。考虑之下,今天还不如先在难波浦停泊,至少举行一下祓禊也好。便命将船开向难波浦。

源氏公子做梦也不曾想到明石姬也来了。这一晚通宵飨宴歌舞,举行种种仪式,以取悦神心。其隆重超过了以前所许的愿。神前奏乐规模盛大,直至天明。惟光等以前曾共患难之人,深深地感谢神明的恩德。源氏公子偶尔外出,惟光便上前求见,献奉诗篇:

"答谢神恩还愿毕,
回思往事感伤多。"

源氏公子正有同感,便答诗道:

"回思浪险风狂日,
感谢神恩永不忘。

果然灵验!"说时喜形于色。惟光便把明石姬的船被这里的盛况所吓退之事告诉了公子。公子吃惊道:"我全然不知呀!"十分可怜她。他回想神明引导他到明石浦之事,便觉这明石姬异常可爱。料想她此时必然悲伤,总须给她一信,以慰其心。

源氏公子告辞住吉神社后,到处逍遥游览。他在难波浦举行祓禊,在七濑举行的特别庄严隆重。他眺望难波的堀江一带,不知不觉地吟诵古歌:"刻骨相思苦,至今已不胜。誓当图相见,纵使舍身命。"①流露

---

① 此古歌见《拾遗集》。"舍身"与"航标",日语读音相同,都读作miotsukushi。难波地方海中航标特别有名。此古歌乃就目前所见"航标"而咏为恋爱"舍身"之意。犹如中国诗"东边日出西边雨,道是无晴却有晴",亦因"晴"与"情"同音而指东说西也。以下源氏与明石姬唱和的诗,也都根据此古歌。

了对明石姬思念的心事。近在车旁的惟光听了吟诵，立刻会意，便从怀中取出旅中备用的短管毛笔来，于停车时呈上。源氏公子接了笔，心念这惟光真机灵，便在一张便条纸上写道：

"但得'图相见'，不惜'舍身命'。
赖此宿缘深，今日得相近。"

写好之后，把纸条交与惟光。惟光便派一个知道详情的仆人把这诗送交明石姬。

明石姬望见源氏公子等并马而过，心中悲伤。正在此时，忽接来书。虽然寥寥数语，亦觉甚可喜慰，感激之余，流下泪来。便答诗云：

"我身无足道，万事不随心。
哪得通情愫，为君舍此身？"

把诗附在她在田蓑岛上祓禊时当作供品用的布条上，交使者复呈公子。

日色渐暮，晚潮上涨。海湾里的鹤引颈长鸣，其声清厉，催人哀思。源氏公子感伤之余，几乎想不避人目，前去与明石姬相会了。便赋诗道：

"青衫常湿透，犹似旅中情。
闻道田蓑好，此蓑不掩身。"

回京时一路上逍遥游览，但心中念念不忘明石姬。地方上的妓女都集拢来逢迎。那些虽为公卿而年轻好事之人，对这些妓女颇感兴趣。但源氏公子想道："风月之事，情感之发，亦须对方人品可敬可爱,方有意趣。即使逢场作戏,倘对方略有轻薄之态,也就失却牵惹心目的价值了。"因此那些妓女人人装模作样,撒娇撒痴,而源氏公子只觉得讨厌。

明石姬等候源氏公子去后,次日适逢吉日,便赴住吉神社奉献供品。这才完成了与她身份相称的祈愿。然而此行反而增加了她的哀思,此后朝朝暮暮愁叹自身的不幸。有一天,算来是公子抵京后不多天,就有一个使者来到明石浦,带来公子的信,言最近即将迎接明石姬入京。明石姬想道:"这确是一片诚意,他对我也很重视了。然而使不得吧,我离去此浦,到了京中,如果环境不佳,弄得进退两难,这便怎么办呢?"她颇有顾虑。明石道人也觉得把女儿和外孙女放走很可担心。但倘让她们埋没在这乡间,又觉得比未识源氏公子以前更加辛酸了。父女二人顾虑重重,结果托使者上复公子:入京之事一时未能决定。

话分两头,且说朱雀院让位之后,朝代改变,派赴伊势修行的斋宫照例必须易人,故六条妃子和女儿斋宫都回京了。此后源氏公子对这母女二人依旧万事照顾,情谊深厚无比。但六条妃子想:"从前他对我爱情早已冷淡,现在我决不再讨没趣。"她对公子已经断念。公子也不特地去访。他想:"我倘强要与她重圆旧梦,则能否持久,自己亦不得而知。况且东奔西走、怜香惜玉之事,我现在的身份亦颇多不便。"因此他并不勉强亲近六条妃子。只是想起她那女儿前斋宫,不知现在长得何等美丽了,倒很想看一看。

六条妃子回京之后,依旧住在六条的旧宫邸中。屋宇大加修饰,崭然一新,生活十分悠闲风雅。她那温柔雅致之态依旧不变,邸内用了许多美貌侍女,自然变成了风流男子麕集之所。她自身虽然孤寂,但有种种趣事可以慰情。岂料在这期间,忽然身患重病,心情异常忧惧。她推想此乃近几年来因在伊势神宫不得勤修佛法,以至罪孽深重之故,悔恨之余,竟然落发做了尼姑。源氏内大臣闻此消息,心念我对此人情缘虽已断绝,但每逢兴会,她总是一个谈话良伴。如今她决然遁入空门，实甚可惜。吃惊之余，便赴六条宫邸拜访，殷勤慰问，情深无限。

六条妃子在枕畔设置源氏公子的座位，自己坐起身来靠在矮几上，隔着帷屏与公子谈话。源氏公子推察她身体已经十分衰弱，想道："自昔至今，我始终怜爱她。此心尚未向她表白，难道就此诀别了么？"痛惜之下，伤心地哭泣起来。六条妃子看见公子对她如此多情，心中万分感动，便把女儿前斋宫向他托付："我死之后，此女定然孤苦。务请将她放在心上，凡遇事故，勿忘照拂。因为她别无保护者，身世异常不幸也。我身虽一女流，但教一息尚存，总想悉心抚育，直到她知情达理之年……"说到这里，泣不成声，仿佛命在须臾了。源氏公子答道："即使你不叮嘱，我也决无遗忘之理。今既承嘱，自当尽心竭力，多方照顾。务请勿以后事为念。"六条妃子说："如此说来，多多有劳了！但她即使有个确实可靠的父亲悉心照顾，无母之女，总是最可怜的。不过，你倘过分爱怜，将她列入恋侣，则深恐引人妒忌，反遭意外之殃。此虽我之过虑，但请决勿妄动此念。我有亲身经历，痛感女子身罹情网，必多意外之苦。故我决心要她摒绝情思，以处女终其身。"源氏公子听了，觉得这话说得好直率！便答道："年来我已备尝酸楚，深通世故。你还以为我像昔年一样易动好色之情么？此真乃出我意外！罢了罢了，我今不必多说，日久自见人心。"

此时外面天色已黑，里面点着幽暗的灯火。隔着帷屏，隐约可见里面情状。源氏公子心念或可略见姿色，便从帷屏的隙缝间向内窥探。但见六条妃子坐在半明半暗的灯火旁边，一手靠在矮几上，那剪短的头发非常雅致。这光景竟像一幅图画，实在美丽可爱！并卧在寝台东边的，想必是她的女儿前斋宫了。源氏公子在帷屏上拣个隙缝较大的地方，用心仔细张望，但见前斋宫手托香腮，容颜十分悲戚。虽然约略窥见，亦觉异常美丽。那光泽的鬓发、端正的头面，以及全身姿态，都很高尚雅致。娇小玲珑、天真烂漫之趣，历历可观。源氏公子不禁看得神往，颇想接近她。但想起了妃子刚才的话，也就回心转意，不再妄想。六条妃子说："哎呀，我好难过呵！恕我失礼了，请大驾早归吧。"众侍女便扶她躺下了。源氏公子说："我今特地前来慰问。贵恙若得好转，我心无限欢喜。如今见此模样，教我好生担心！你现在好过些么？"他想探进头来看看，六条妃子便对他说："我已衰弱得可怕了。在此病势垂危之际，得蒙大驾枉顾，真乃宿缘不浅。我平生操心之事，今已约略奉告，若蒙鼎力照拂，我便死也瞑目了。"源氏公子答道："我虽无状，亦得亲聆遗言，心中实甚感激！已故父皇所生皇子皇女甚多，但与我亲睦者，实无一人。父皇视斋宫为皇女，我亦当视斋宫为妹，尽力抚养。况我已届为父之年龄，眼前尚无可抚养之子女，生涯亦不免枯寂也。"说罢，告辞退出。

自此以后，源氏公子不断派人前来殷勤慰问。不料别后七八日，六条妃子就逝世了。源氏公子遭此意外之变，痛感人世无常，顿觉心灰意懒。他也不去上朝，专心安排葬仪与佛事。六条宫邸方面并无特别可信赖之人。只有前斋宫的几个年老的旧宫官，勉勉强强地料理着事务。源氏公子亲自来到六条宫邸，向前斋宫吊慰。前斋宫命侍女长代致答辞："惨遭大故，方寸迷乱，不知所答了！"源氏公子说："我对太夫人曾有诺言，太夫人对我亦有遗命。今后倘蒙开诚相待，委以万事，则幸甚矣。"他就召集邸内所有人员，吩咐一切应有事宜。用心之忠诚周到，足以抵偿近年来疏阔之罪了。六条妃子的葬仪备极隆重，二条院内所有人员，悉数前来服役。

此后源氏公子郁郁寡欢。戒荤茹素，笼闭一室，终日不卷珠帘，一心诵经念佛。他常常派人去慰问前斋宫。前斋宫心情渐渐安静，也常亲自作复。她起初怕羞，但乳母等劝导她，说央人代复是失礼的，她只得自己动笔了。

冬季有一天，雨雪纷飞，朔风凛冽。源氏公子想象前斋宫模样，不知她此时何等悲伤，便遣使慰问。送去的信中说："对此天色，不知卿心作何感想?

　　雨雪纷飞荒邸上,
　　亡灵萦绕我心悲。"

写在像阴天一般灰色的纸上。为欲牵引这少年女子的注目,字迹写得特别秀美,教人看了赏心悦目。前斋宫得了信不敢作复,十分狼狈。旁人都督促她,说代笔是不成体统的。便用一张灰色纸,浓重地熏透了香,又把墨色调得浓淡恰好,然后写上一首答诗:

　　"泪如雨雪身如梦,
　　饮恨偷生自可悲。"

笔迹虽然拘谨,却稳静而大方。算不得优越之作,倒也高雅可爱。
　　这位前斋宫昔年初赴伊势修行之时,源氏公子早已留情,认为这如花如玉之人,长年修行岂不可惜!现在她已返京,而且失却了慈母,正可设法向她求爱了。然而此念一萌,照例立刻回心转意,觉得这是对人不起的。他想:"六条妃子临终前担心我与前斋宫今后的关系而谆谆告诫,确是有道理的。世人一定猜量我爱上了这女孩,我倒偏偏相反,要清清白白地照顾她。且待今上年事稍长,略解人事之时,我便送她进后宫去当女御。我膝下子女不多,生涯常感寂寥,就把她当作养女抚育,岂不甚好!"如此决心之后,他便真心诚意地照顾这前斋宫。有机会就亲赴六条宫邸省视。并且常对她说:"恕我老实不客气了:你应该把我当作父母看待,万事毫无顾忌地同我商量,这才符合我的本意。"然而这前斋宫生性异常腼腆,万事退缩不前,因此不敢回答。自己的声音略微被源氏公子听到一点,便认为稀世怪事。众侍女多方劝她作答,总归无效,大家为她这习性十分担心。

前斋宫身边的人，是侍女长、斋宫寮的女官之类的人，或者关系较深的亲王家的女儿等，都是富有教养的人。因此源氏公子想："她有这优良环境，那么照我心中的打算，将来进入后宫，一定不会比别的妃嫔逊色。但她的容貌如何，我总想看个清楚才好。"然而这恐怕不见得纯粹是清清白白的父母爱子之心吧？源氏公子自己也知道自己的心变化不定，所以送她入后宫当女御的打算，对人秘而不宣。他现在只管用尽心计为六条妃子营奠营斋，因此伺候前斋宫的人对他这种深情厚谊都很赞善。

　　光阴迅逝，岁月空度，六条宫邸内日渐冷落萧条，众侍女也逐渐散去了。加之这地方是偏近东郊的京极一带，各处山寺的晚钟都可听见。前斋宫住在这里，每闻钟声，时常嘤嘤啜泣。同样是母女关系，而这前斋宫对母亲特别亲热：母亲在世之日，她几乎片刻不离膝下，两人相依为命。斋宫带母亲同行，是史无前例的，但她不顾破例，与母亲同赴伊势。惟有此次母亲独赴冥途，她终于不能追随！因此日夜悲伤，泪眼始终不干。假手侍女而向前斋宫求爱的人，或贵或贱，不计其数。源氏内大臣告诫乳母等人："你等切不可自作主张，做出有失体统的事情来！"竟是为父母的口吻。乳母等都畏敬源氏内大臣的尊严，互相警戒：不可教内大臣听到不快之事。她们便绝不染指牵丝引线之事。

　　朱雀院自从斋宫下伊势那天在大极殿举行庄严仪式时看到了她的美貌之后，至今不能忘怀。后来斋宫返京，他曾对六条妃子说："让她进宫来，和斋院①等姐妹们住在一起吧。"但六条妃子不敢答应，她想："宫中身份高贵的妃嫔甚多，而我这边没有忠诚的保护人，如何去得？"并且她还有顾虑："朱雀院身体很不好，也是可担心的。设有不讳，岂不教我女儿和我一样守寡么？"因此迟疑不决，因循度日。但现在六条妃子死了，众侍女都替前斋宫担忧：现在更加没有保护人了。

---

　　① 此斋院乃朱雀帝之妹，桐壶帝之三公主。

正在此时，朱雀院又诚恳地提出他的愿望。源氏内大臣闻此消息，心念违背了朱雀院的愿望而夺取这女子，是对人不起的。而放弃这个绝色美人，又甚可惜。他就去和师姑藤壶皇后商量。

对她言道："现有朱雀院意欲接纳前斋宫一事，教我难于处理。她母亲为人端庄自重，用心深远。只因我任情妄为，薄幸名传，害得她忧愁苦恼，抱恨长终。思想起来，真乃后悔莫及！在世期间，我终于不曾解除她心头之恨。而弥留之际，犹蒙以女儿之事相托。可知她毕竟信任于我，故肯以心事相告，这真教我不胜感激！即使是萍水之人，设有不幸，我也不忍弃置不顾，何况是她呢！故我必须尽忠竭力，使她虽在九泉之下，亦能恕我之罪。因念今上虽已长成，年事毕竟尚幼，若有一年龄稍长而略解事理之女御随身伺候，岂不甚好？此计是否有当，尚请母后尊裁。"藤壶皇后答道："你这计划甚好。拒绝朱雀院的要求，固然委屈了他，又很对他不起。然而不妨以亡母遗言为由，只当不知道朱雀院之事，径将前斋宫送入宫中。朱雀院现在专心于诵经礼佛，对此等事已不甚执着，即使闻知此事，想亦不致深怪。"源氏内大臣说："那么，对外就说您母后要她入宫参加女御之列，我只作从旁赞助就是了。我左思右想之后，现在只是把愚见尽情禀告而已。但不知世人对此有何评议，却甚担心呢。"他心中想："我只作不知，再过几天，先迎接她到二条院去，然后送她入宫吧。"

源氏内大臣回到二条院，便将此事告知紫姬："我想把前斋宫迎接到这里来，你和她两人共话，倒是很好的一对伴侣。"紫姬很高兴，连忙准备迎接。

且说藤壶皇后的哥哥兵部卿亲王费尽心计教养女儿，巴望她早日入宫。但因源氏内大臣与他有隙，迄未如愿。藤壶皇后设法调解，煞费苦心。权中纳言的女儿现已成为弘徽殿女御，她的祖父太政大臣把她当作女儿一般爱护。冷泉帝也把这女御当作最亲昵的游伴。藤壶皇后想道："兵部卿亲王的女儿与冷泉帝年龄相仿佛，将来即使入宫，也不过是多了个弄玩偶的游伴而已。能有一个年纪稍长的人来照管宫闱，真乃可喜之事。"她这么想，就把此意告知冷泉帝。源氏内大臣对冷泉帝关怀无微不至：辅相朝廷政治，自不必说，连冷泉帝朝夕起居种种细事，也都用心照顾。藤壶皇后睹此情状，甚是放心。她近来体弱多病，即使入宫，亦难于安心照料皇上。故物色一年纪稍长的女御随侍御侧，确是必不可少之事。

第十五回　蓬　生①

　　源氏公子谪居须磨，茹苦含辛的期间，在京都也有不少女人惦念他，为他忧伤悲叹。其中境况优裕的人，则别无痛苦，专为恋情而愁恨。例如二条院的紫姬，生活富足，不时可以和旅居的公子互通音问。又可替他置备失官后暂用的无纹服装，按时按节派人送去，聊以慰藉相思之苦。然而还有许多人，外人并不知道她们是公子的情侣，公子离京之时她们也只能像陌路人一般旁观，心中却痛苦不堪。

　　常陆亲王家的小姐末摘花正是其中之一人。自从父王死后，她就成了无依无靠的孤苦之身，生涯甚是凄凉。后来想不到结识了源氏公子，蒙他源源不绝地周济照拂。在尊荣富厚的公子看来，这算不得一回事，只是小小情意。但在贫困的末摘花看来，就好比大空中的繁星映在一只水盆里，只觉光彩甚多，从此可以安乐度日了。不料正在此时，公子忽遭大难，忧生厌世，心绪缭乱，除了情缘特别深厚之人以外，一概都已忘却。远赴须磨之后，亦复音信全无。末摘花多年受恩之余，暂时之间还可啼啼哭哭地苦度光阴，但年月渐久，生涯便潦倒了。几个老年侍女都悲愤愁叹，相与告道："可怜呵，真是前世不修今世苦！年来忽然交运，竟像神佛出现，承蒙大慈大悲源氏公子的照拂，

---

① 本回与前回同一时期，是写源氏二十八岁至二十九岁四月之事。

我等正在庆幸她能获如此福报哩。为官含冤受罪，原是世间常有之事。但我们这位小姐别无依靠，这光景真可悲啊！"在从前孤苦伶仃的年代，虽然寒酸无比，过惯了也便因循度日。但在略尝幸福滋味之后再遭贫困，反而觉得痛苦不堪了。因此侍女等都悲叹。当年多少有所用心而自然而然地围集在她身边的侍女，此时也都逐渐散去。无家可归的侍女中，有的患病而死。日月既久，上下人数竟寥寥若晨星了。

本已荒芜的宫邸，现在渐渐变成了狐狸的居处。阴森可怕的老树上，朝朝暮暮都有鸱鸮的啼声，大家已经听惯。人来人往热闹之时，此等不祥之物大都隐形匿迹。现在则树精等怪异之物得其所哉，都渐渐现形。可惊可怖之事，不胜枚举。因此残留在此的寥寥无几的侍仆，也都觉得不堪久居。

当时有些地方官之类的人，想在京中物色饶有风趣的邸宅，看中了这宫邸内的参天古木，便央人介绍，来问此邸宅肯否出卖。侍女们听到了，都向小姐劝说："据我们看来，不如就此卖掉，迁居到不似这般可怕的宅子里。长此下去，我们这些留下来伺候您的人也难于忍受了。"末摘花流泪答道："哎呀，你们这话好忍心呵！出卖祖居，教人听见了岂不笑话？在我生存期间，怎么可做这离根忘本的行径呢？这宅子虽然荒凉可怕，但想起了此乃父母面影长留的旧居，亦可慰我孤苦之情。"她不加考虑，断然拒绝。

邸内器具什物，都是上代用惯了的，古色古香，精致华丽。有几个一知半解的暴发户，垂涎这些器物，特地探听出某物为某名匠所作，某物为某专家所造，托人介绍，希图购取。自然是看不起这贫困人家，故敢肆意侮辱。那些侍女有时就说："无可奈何了！出卖器物，也是世间常有之事。"想胡乱成就交易，以救燃眉之急。末摘花说："这些器具是老大人留给我使用的，岂可作为下等人家的饰物？违背先人本意，是罪过的！"她决不让她们卖。

这位小姐异常孤独，即使略微相助的人也没有。只有她的哥哥，是个禅师，难得从醍醐来到京都时，还乘便到这宫邸里来望望她。然而这禅师是个世间少有的守旧派。僧人固然大都是清贫的，但他这位法师穷得全无依靠，竟是一个脱离尘世的仙人。所以他来宫邸访问时，看见庭中杂草滋蔓，蓬蒿丛生①，亦毫不介意。因此之故，这宫邸里的杂草异常繁茂，埋没了整个庭院。蓬蒿到处乱生，欲与屋檐争高。那些猪秧秧长得极密，封锁了东西两头的门，门户倒很谨严。然而四周围墙处处坍塌，牛马都可取路而入。每逢春夏，牧童竟然驱牲口进来放牧，真是太放肆了！有一年八月里，秋风特别厉害，把走廊都吹倒。仆役所住的板顶旁屋，都被吹得仅存房架。仆役无处容身，都走散了。有时炊烟断绝，炉灶尘生。可悲可怜之事，多不胜数。那些凶暴的盗贼，望见这宅院荒凉沉寂，料想里面都是无用之物，因此过门不入。虽然如同荒山野外，正厅里的陈设布置还是同从前一样，毫无变更。只是无人打扫，到处灰尘堆积。但大致看来，也是一所秩序井然的住屋。末摘花就住在这里独数晨夕。

照此生涯，不妨读读简易的古歌，看看小说故事，以取笑乐，倒可解除寂寞，慰藉孤栖。但末摘花对此等事不感兴趣。再说，闲暇无事之时，不妨和志同道合的朋友通通信，虽非有益之事，但青年女子寄怀春花秋月，亦可陶情养性。然而末摘花恪守父母遗训，对世间戒备森严，虽然略有几个她所认为不妨通信的女友，但对她们也交淡如水。她只是偶尔打开那个古旧的橱子，取出旧藏的《唐守》、《藐姑射老妪》、赫映姬的故事②等的插图本来，随意翻阅，聊供消遣。要读古

---

① 本回题名"蓬生"，根据此意。
② 《唐守》与《藐姑射老妪》皆古代小说，今已不传。赫映姬是《竹取物语》中的女主角的名字。《竹取物语》是日本最古的故事小说，作于平安朝初期（九世纪）。作者不详。大意：竹取老翁劈竹，发现竹筒中有一三寸长美女，不久长大，取名赫映姬。阿部御主人、车持皇子等五人向她求婚，她都出难题拒绝。皇帝要娶她，她亦不允。终于八月十五之夜升入月宫。

歌，也该置备精选的善本，里面刊明歌题及作者姓名的，这才有意味。但末摘花所用的只是用纸屋纸①或陆奥纸印的通俗版本，里面刊载的也只是些尽人皆知的陈腐古歌，真是太杀风景了。末摘花每逢百无聊赖之时，也就翻开来念念。当时的人竞尚诵经礼佛，末摘花却怕难为情。因为无人替她置备，她的手不曾接触过念珠。总之，她的生涯全然枯燥无味。

且说末摘花有一个侍女，是她的乳母的女儿，叫作侍从。近几年来，这侍从始终服侍她，不曾离去。侍从在此供职期间，常常到一位斋院那里走动。现在这斋院亡故了，侍从失却了一处依靠，甚是伤心。末摘花的母亲的妹妹，由于家运衰落，嫁给了一个地方官，家里有好几个女儿，珍爱备至，正在找求良好的青年侍女。侍从的母亲曾经和这人家往来，侍从觉得这人家比不相识的人家亲近些，便也常去走动。末摘花则因性情孤僻，一向疏远这姨母，与她不相往来。姨母便对侍从说些气话："我姐姐为了我只是个地方官太太，看我不起，说是丢了她的脸。现在她的女儿境况穷困，我也无心照顾她。"话虽如此说，也常常来信慰问。

本来出身低微的寻常人，往往刻意模仿身份高贵的人而自尊自大。末摘花的姨母呢，虽然出身于高贵世家，恐怕前生注定沦落为地方官太太，故其性情有些卑鄙。她想："姐姐为我身份低微而侮辱我，现在她自己家里弄得这么困窘，也是报应。我要趁此机会叫她的女儿来替我的女儿当侍女呢。这妮子性情虽然古板，倒是个很可靠的管家。"便命人传语："请你常到我家来玩玩，这里的姑娘要听你弹琴呢。"又时常催促侍从，要她陪小姐来。末摘花呢，倒并非有意骄人，只是异常怕羞，终于不曾前去亲近姨母。姨母便怨恨她。

在这期间，姨父升任了太宰大式。夫妻两人安顿了女儿的婚嫁事

---

① 纸屋纸是京都北郊纸屋川畔一个官办的造纸厂所产的纸。

宜之后，便欲赴筑紫的太宰府就任。他们还是巴望邀末摘花同去。叫人对她说："我等即将离京远行了。你独处寂寥，我等甚是挂念。年来我们虽未经常往来，只因近在咫尺，也就放心。但今后远赴他乡，实在怜惜你，放心不下，所以……"措辞十分巧妙，但末摘花如同不闻。姨母生气了，骂道："哼，真可恶，架子好大啊！任凭你多么骄傲，住在这蓬蒿丛中的人，源氏大将也不会看重的吧！"

正在此际，源氏大将得赦，驾返京都了。普天之下，欢呼之声载道。不论男女，都争先恐后地要向大将表明自己的心迹。大将观察了这高高下下许多男女的用心，但觉人情厚薄不同，不禁感慨无量。由于事绪纷忙，他竟不曾想起末摘花来，不觉过了许多日月。末摘花想道："现在还有什么指望呢？两三年来，我一直为公子的飞来横祸而悲伤，日夜祷祝他像枯木逢春一般地再兴。他返都之后，瓦砾一般的下贱之人都欣欣向荣，共庆公子升官晋爵，而我只得风闻而已。他当年获罪流放，忧伤离京，我只当作'恐是我身命独乖'①之故呢。唉，天道无知啊！"她怨天尤人，心碎肠断，只管偷偷地哭泣。

她的姨母大式夫人闻知此事，想道："果然不出我之所料！那样孤苦命穷而不体面的人，有谁肯来爱她？佛菩萨也要挑罪孽较轻的人才肯接引呢。境况如此穷困，而神气如此十足，竟同父母在世之时一样骄傲，真可怜啊！"她更加觉得末摘花太傻了，教人对她说道："还是打定主意跟我走吧！须知身受'世间苦'的人，'窜入深山'②都不辞劳呢。你以为乡间生活不舒服么？我管教你不吃苦头。"话说得很好听。几个侍女都垂头丧气，私下愤愤不平地议论："听了姨母的话多么好呢！此生不会交运了。她这么顽固，不知道是什么意思。"

此时那个侍从已经嫁了大式的一个亲戚，大约是外甥。丈夫是要

---

① 古歌："莫非人世古来苦，恐是我身命独乖？"见《古今和歌集》。
② 古歌："欲窜入深山，脱却世间苦。只因恋斯人，此行受挠阻。"见《古今和歌集》。

赴筑紫的，当然不肯让她留在京都。她虽非心愿，也只得随丈夫离京。她对末摘花说："教我抛开小姐，多么伤心呵！"想劝小姐同行。但末摘花还是把希望寄托在离绝已久的源氏公子身上。她心中一直这样想："今虽如此，但再过几时，他总有一天会想起我来的吧？他对我曾有真心诚意的誓约，只因我身命运不济，以致一时被他遗忘。将来设有好风吹送消息，他闻知了我的窘况，一定会来访我。"她住宅中一切情况，比从前更加荒凉，简直不成样子了。但她竭力忍受，所有器物，一草一木也不变卖。其坚贞不拔之志，始终如一。然而终日啼啼哭哭，悲伤愁叹，弄得容颜憔悴，好比山中的樵夫脸上粘住了一粒红果实，其侧影之古怪，即使普通人看了也觉难当。呀，不该再详说了！对不起这位小姐，笔者的口过也太重了。不久秋尽冬来，生活更加无依无靠了。末摘花只在悲叹中茫然度日。

此时源氏公子的宫邸内，正在为追荐桐壶院而举办法华八讲，规模之盛大，轰动一时。选聘法师时，普通的僧人都不要，专选学识丰富、道行高深的圣僧。末摘花的哥哥禅师也参与其间。功德圆满之后，禅师将回山时，乘便到常陆宫邸来访问妹妹，对她言道："为追荐桐壶院，我来参与源氏权大纳言的法华八讲。这法会好盛大啊！那庄严妙相，几疑此乃现世的极乐净土。音乐舞蹈等等，无不尽善尽美。源氏公子正是佛菩萨化身！在这五浊①根深的娑婆世界中，怎么会生出如此端庄美妙的人物来呢？"略谈片刻，立即辞去。原来这两人不像世间普通兄妹，他们相见时无话可说，连拉拉杂杂的闲话也不谈。

末摘花听了哥哥的话，想道："抛弃了如此困穷的苦命人而置之不理，是个无情的佛菩萨吧！"她觉得可恨，渐渐感到灰心，眼见得情缘已经断绝了。正在此时，太宰大贰的夫人忽然来访。

这夫人平素并不同她亲睦，此次因欲劝诱她同赴筑紫，置备了几

---

① 五浊是佛教用语，指劫浊、见浊、命浊、烦恼浊、众生浊。

件衣服来送给她。此时乘坐一辆华丽的牛车,满面春风,无忧无虑,突如其来地上门了。她叫开门,一看,四周荒芜零落,无限凄凉。左右两扇门都已坍损,夫人的车夫帮着那阍人,乱了一阵,好容易打开。这住屋虽然荒凉,想来总有人足踏开的三径①。但这里乱草丛生,很难寻找路径。好容易找到一所向南开窗的屋子,便把车子靠到廊前。末摘花闻讯,心念这等行为太不礼貌了。只得把煤烟熏得污秽不堪的帷屏张起来,自己坐在帷屏后面,叫侍从出去应对。

侍从近来容貌也衰减了。由于长年辛苦,身体甚是消瘦,然而风韵还很清雅。说句不客气的话:小姐应该和她交换个相貌才好。姨母对末摘花开言道:"我们马上就要动身了。你孤苦伶仃地独居在此,教我难于抛舍。今天我是来迎接侍从的。你讨厌我,不亲近我,片刻也不肯到我家来。但这个人请你允许我带去。不过你在这里,这凄凉的日子怎么过呢?"说到这里,似乎应该滴下几点眼泪了。然而她正在预想此去前途的光荣,心中甚是欢欣,哪里挤得出眼泪呢?她又说:"你家常陆亲王在世之时,嫌我丢了你们的脸,不要我上门,因此我们就疏远起来。但我一向绝不介意。后来呢,因为你身份高贵,骄傲自满,宿命又好,结识了源氏大将。我这身份低贱的人就有所顾忌,不敢前来亲近,直到今朝。然而人世之事,原无一定。我这微不足道的人,现在反而安乐。而你这高不可攀的贵府,如今只落得悲惨荒凉,至于此极。一向因为近在咫尺,虽然不常往来,亦可放心。现在即将远赴他乡,将你抛弃在此,心中甚是挂念呢!"

她说了一大套话,但末摘花并没有真心的答辞,只是勉强应对道:"承蒙关念,无任欣幸。妾身貌不足齿,岂能随驾远行?今后惟有与草木同朽耳。"姨母又说:"你这样想,确也难怪。但把一个活活的

---

① 陶渊明《归去来兮辞》中说:"三径就荒,松菊犹存。"三径指通门、通井、通厕的径。

身体埋没在此，苦度岁月，恐是世人所不为的吧。倘得源氏大将替你修理装潢，保管你这邸宅变成琼楼玉宇。可是现在他除了兵部卿亲王的女儿紫姬之外，别无分心相爱的人了。从前由于生性风流，为求一时慰藉而私通的那些女人，现在都绝交了。何况像你那样褴褛龌龊地住在这荒草丛中的人，要他顾念你坚贞不拔地为他守节而惠然来访，恐是难乎其难之事了。"末摘花听了这话，觉得确有道理，悲上心来，便嘤嘤地哭个不住。然而她的心绝不动摇。姨母千言万语，终于劝她不服，只得说道："那么侍从总得让我带去。"看看日色已暮，急欲告辞动身。侍从周章狼狈，啼啼哭哭，悄悄地向小姐言道："夫人今天如此诚恳，我就且去送个行吧。夫人之言，当然有理；小姐踌躇不决，亦非无因。倒教我这中间人心烦意乱了！"

末摘花想起连侍从都要离开她，心中甚是懊恼，又觉十分可惜。然而无法挽留，惟有扬声号哭。想送她一件衣裳作纪念物，然而衣裳都是污旧的，拿不出去。总想送她一点东西，以报长年服务之劳，然而无物可送。她头上掉下来的头发，一直攒在一起，理成一束发绺，长达九尺以上，非常美观。就把它装在一只精致的盒子里，送给侍从作为纪念物。此外又添加一瓶熏衣香，是家中旧藏之物，香气非常浓烈。还有临别赠言：

"发绺常随青鬟在，
 谁知今日也离身！①

你妈妈曾有遗言，要你照顾我。我虽如此困顿，总以为你会一直跟着我的。你今舍我而去，也是理之当然。但是你去之后，谁能代你伴我？教我安得不伤心！"说到这里，哭得更悲戚了。侍从也已泣不成

---

① 用发绺比侍从。

声,勉强答道:"就别提妈妈的遗嘱了。多年以来,我与小姐共尝千辛万苦,相依为命。如今蓦地要我上道,流浪远方,真教我……"又答诗道:

"发缟虽离终不绝,
　每逢关塞誓神明。

但教一息尚存,决不相忘。"此时那大式夫人已在埋怨了:"你在哪儿呀?天快黑了呢!"侍从心绪烦乱,只得匆匆上车,只管回头凝望。多年来,即使在忧患之时,侍从亦不离开小姐一步。如今匆匆别去,小姐不免感到孤寂。侍从走后,连几个不中用了的老侍女也发起牢骚来:"对啊,早该走了。年纪轻轻的,怎么可以长留在此呢?我们这些老太婆也忍受不下去了!"便各自考虑亲眷朋友,准备另找去处。末摘花只得闷闷地听着。

到了十一月,连日雨雪纷飞。别人家的积雪有时消融,但这里蓬蒿及猪秧秧等长得又高又密,遮住了朝夕的阳光,因此积雪不消,仿佛越国的白山①。进进出出的仆役也没有,末摘花只得凝望着雪景,枯坐沉思。侍从在日,还能说东说西,以资慰乐;或泣或笑,给她解闷。如今连这个人也去了。一到晚上,她只有钻进灰尘堆积的寝台里,备尝孤眠滋味,独自悲伤而已。

此时二条院内,源氏公子由于好不容易重返京都,格外疼爱可怜的紫姬,这里那里地正忙个不停。因此凡是他所不甚重视的人,都不曾特地去访。末摘花自不必说了。公子有时记起她,也只推想此人大约无恙而已,并不急于前去访问。转瞬之间,这一年又告终了。

翌年四月间,源氏公子想起了花散里,便向紫姬招呼了一声,悄

---

① 越国(北陆道的古称)的白山,以积雪著名。

悄地前去访问。连日天雨，至今犹有余滴。但天色渐霁，云间露出月亮来。源氏公子想起了昔日微行时的光景，便在这清艳的月夜一路上追思种种往事。忽然经过一所邸宅，已经荒芜得不成样子，庭中树木丛茂，竟像一座森林。一株高大的松树上挂着藤花，映着月光，随风飘过一阵幽香，引人怀念。这香气与橘花又不相同，另有一种情趣。公子从车窗中探头一望，但见那些杨柳挂着长条，坍塌的垣墙遮挡它不住，让它自由自在地披在上面。他觉得这些树木似乎是曾经见过的，原来这便是末摘花的宫邸。源氏公子深觉可怜，便命停车。每次微行，总少不了惟光。此次这个人也在身边。公子便问他："这是已故常陆亲王的宫邸么？"惟光答道："正是。"公子说："他家那个人，想必依旧寂寞无聊地住在里面吧？我想去探访一下。特地前来，也太费事。今日乘便，你替我进去通报一下吧。要问清楚了，然后说出我的名字来！倘使弄错了人家，太冒失了。"

且说住在这里面的末摘花，只因近来连日阴雨，心情越发不佳，镇日垂头丧气地枯坐着。今天昼寝时做一个梦，看见已故的父亲常陆亲王，醒后更加悲伤了。便命老侍女将漏湿的檐前揩拭干净，整理一下各处的坐具，暂时打叠平日的忧思，像常人一样悠然地在檐前坐憩一会，独自吟诗道：

"亡人时入梦，红泪浸衣罗。
漏滴荒檐下，青衫湿更多。"

这模样真太可怜！正在此时，惟光走进来了。他东回西绕，找寻有人声的地方，然而不见一个人影。他想："我往日路过，向里面张望，总不见有人。现在进来一看，果然是无人住的。"正想回去，忽然月光明亮起来，照见一所屋子，两架的格子窗都开着，那帘子正在荡动。找了许久突然发现有人，心中反而觉得有些恐怖。但他还是走过去，扬声叫问。但闻里面的人用非常衰老的声音，先咳嗽几声，然后问道："谁来了？是哪一位？"惟光说了自己的姓名，告道："找一位名叫侍从的姐姐，我想拜见一下。"里面答道："她已经往别处去了。但有一个与她不分彼此的人①呢。"说这话的人分明年纪已经很老，但这声音却是以前听到过的。

　　里面的人突然看见一个穿便服的男子肃静无声、一派斯文地出现在眼前，只因一向不曾见惯，竟疑心他是狐狸化身。但见这男人走过来，开口言道："我是来探听你家小姐情况的。如果小姐不变初心，则我家公子至今也还有心来看她。今宵亦不忍空过，车驾停在门前。应该如何禀复，务请明以告我。我非狐鬼，不须恐惧！"侍女们都笑起来。那老侍女答道："我家小姐如果变心，早已乔迁别处，不会住在这荒草丛中了。请你推察实情，善为禀复。我们活了一把年纪的人，从来不曾见过如此可怜的生涯！"便不问自语，将种种困苦情状一五一十地告诉惟光。惟光觉得厌烦，说道："好了好了。我立刻将此情况禀告公子就是了。"说着，便走出去向公子回话。

　　源氏公子见惟光出来，怪道："你为何去得如此长久？那个人到底怎么样？荒草长得这么繁茂，从前的迹象全然看不出了！"惟光告道：只因如此如此，好容易找到了人。又说："说话的老侍女，是侍从的叔母，叫作少将。她的声音我从前听到过，是熟悉的。"便把末摘花的近况一一禀告。源氏公子听了，想道："真可怜呵！在这荒草丛中度日子，多么悲惨！为什么我不早点来访问呢？"他埋怨自己无情，说道："那么怎么办呢？我这样微行出门，是不容易的。今晚若非乘便，还不会来呢。小姐矢志不变，便可推想她的性情多么坚贞。"然而立刻进去，又觉得唐突，总得先派人送一首诗进去才像样子。又念如果她同以前相见时一样默不作声，要使者久久等候她的答诗，对不起使者。

---

　　① 指此老侍女——侍从的叔母。

便决定不先送诗，立即进去。

惟光拦阻道："里面满地荒草，草上露水极多，插不进足。必须把露水扫除一下，才好进去。"公子自言自语地吟着：

"不辞涉足蓬蒿路，
来访坚贞不拔人。"

跨下车来。惟光用马鞭拂除草上的露水，走在前面引路。但树木上水点纷纷落下，像秋天的霖雨一般，随从者便替公子撑伞。惟光说："真如'东歌'所谓'敬告贵人请加笠，树下水点比雨密'①了。"源氏公子的裙裾全被露水湿透。那中门从前早就坍损得不成样子，现在竟已形迹全无。走进里面一看，更是大杀风景。此时源氏公子的狼狈相，幸而没有外人看见，还可放心。

末摘花痴心妄想地等候源氏公子，果然等着了，自然不胜欣喜。然而打扮得如此寒伧，怎么见得人来？日前大式夫人送她的衣服，她因为厌恶这个人，看也不曾看过，侍女们便拿去收藏在一只熏香的衣柜里。她们现在把这衣服拿出来，香气非常馥郁，便劝小姐快穿。末摘花心里讨厌，然而无可奈何，只得换上了。然后把那煤烟熏黑的帷屏移过来，坐在帷屏后面接待公子。

源氏公子走进室内，对她言道："别来已隔多年，我心始终不变，常常思念于你。但你不来睬我，教我心中怨恨。为欲试探你心，一直挨到今天。你家门前的树木虽非杉树②，但我望见了不能过门不入。拗你不过，我认输了。"他把帷屏上的垂布略微拉开些，向内张望，但见末摘花照旧斯文地坐着，并不立刻答话。但她想起公子不惮冒霜犯

---

① 此古歌见《古今和歌集》。东歌是东国的风俗歌之意。
② 古歌："妾在三轮山下住，茅庵一室常独处。君若恋我请光临，记取门前有杉树。"

露,亲来荒邸访问,觉得这盛情深可感激,便振作起来,回答了寥寥数语。源氏公子说:"你躲在这荒草丛中,度送了长年的辛酸生涯,我很能体谅你这点苦心。我自己一向不变初心,因此不问你心是否变易,贸然冒霜犯露而来,不知你对我作何感想?这几年来,我对世人一概疏远,想你定能原谅。今后倘有辜负你心之处,我应负背誓之罪。"说的这些情深意密的话,怕也有点言过其实吧。至于泊宿,则因邸内一切简陋,实不堪留,只得巧设借口,起身告辞。

庭院中的松树,虽非源氏公子手植①,但见其已比昔年高大得多,不免痛感年月之流逝,慨叹此身沉浮若梦。便口占诗句,对末摘花吟道:

"藤花密密留人住,
松树青青待我来。"②

吟罢又说:"屈指数来,一别至今,已积年累月。京中变迁甚多,处处令人感慨。今后稍得闲暇,当将年来颠沛流离之状,向你详细诉说。你在此间,这几年来春花秋月,如何等闲度送,想除我之外亦无人可告。我妄自作此猜想,但恐未必有当吧。"末摘花便答诗道:

"经年盼待无音信,
只为看花乘便来?"

源氏公子细看她吟诗时的态度神情,闻到随风飘来的衣香,觉得此人比从前老练得多了。

---

① 古歌:"莫怪种松人渐老,手植之松已合抱。"见《后撰集》。
② 日语"松"与"待"同音,皆读作 matsu。故此句双关。

凉月即将西沉。西面边门外的过廊早已坍塌，屋檐亦不留剩，毫无遮蔽，月光明晃晃地射入，把室内照得洞然若昼。但见其中一切布置陈设，与昔年毫无变异，比较起蓬蒿丛生的外貌来，另有一种优雅之趣。源氏公子想起古代故事中，有用帷屏上的垂布做成衣服的贫女①。末摘花大约曾与这贫女同样地度过多年的痛苦生涯，实甚可悯。此人向来一味谦让退逊，毕竟是品质高尚之故，亦属优雅可喜。源氏公子一直未能忘情于她。只因年来忧患频仍，以致心绪昏乱，与她音问隔绝，谅她必然怨恨自己，便十分可怜她。源氏公子又去访了花散里，她也并无显然迎合时世的娇艳模样，两相比较，并无多少差异，因而末摘花的短处便隐晦得多了。

到了贺茂祭及斋院祓禊的时节，朝中上下人等，皆借此名义，馈赠源氏公子种种礼品，为数甚多。公子便将此种物品分送一切心目中人。就中对末摘花格外体贴入微，叮咛嘱咐几个心腹人员，派遣仆役前往割除庭中杂草。四周太不雅观，又命筑一道板垣，将宅子围起来。但恐外间谣传，说源氏公子如此这般地找到了一个女人，倒是有伤体面之事。因此自己不去访问，只是送去的信，写得非常详细周至。信中有言："正在二条院附近修筑房屋，将来接你来此居住。先物色几个优秀女童供你使唤。"竟连侍女之事也都操心关怀。因此住在那荒草丛中的人，喜不自胜，众侍女都仰望长空，向二条院方向合掌礼拜。

大家都以为：源氏公子对世间寻常女子，即使一时逢场作戏，亦不屑一顾，不肯一问；必须是在世间略有好评而确有惹人心目之处的人，他才肯追求。但如今恰恰相反，把一个毫不足取的末摘花看作了不起的人物，究竟出于何心？想必是前世的宿缘了。常陆宫邸内上下

---

① 此句诸本不一，今据河内本，指《桂中纳言物语》中所述名叫小大辅的贫女。

诸人中，以前有不少人以为小姐永无翻身之日，因此看她不起，各自纷纷散去。现在又争先恐后地回来了。这位小姐谦虚恭谨，是个好主人，替她当侍女真好安乐。后来她们转到庸庸碌碌的暴发的地方官家里当侍女，便觉处处都看不惯，事事都不称心，虽然显得有些趋炎附势，也都回来了。源氏公子的权势比从前更加隆盛，待人接物也比从前更加亲切了。末摘花家，万事都由公子亲自仔细调度，那宫邸就骤见光彩，邸内人手也渐渐众多了。庭院中本来树木芜杂，蔓草丛生，荒凉满目，阴森可怕；现在池塘都打捞清楚，树木都修剪齐整，气象焕然一新。那些不得源氏公子重用的下仆，都希图露露脸。他们看见主人如此宠爱末摘花，都来讨好她，伺候她。

此后末摘花在这旧邸里住了两年，然后迁居二条院的东院。源氏公子虽然极少与她聚谈，但因近在咫尺，故出入之便，亦常探望一下，待她并不简慢。她的姨母大式夫人返京，闻知此事，大为吃惊。侍从庆幸小姐得宠，又悔不当时耐性等待，自愧眼光短浅可耻。——凡此种种，笔者本当不问自告，但因今日头痛，心绪烦恼，懒于执笔。且待将来另有机会，再行追忆详情，奉告列位看官。

第十六回　关　屋①

前文所述的伊豫介，在桐壶帝驾崩后之次年，改官常陆介，赴常陆国就任。他的夫人，即咏"寻木"之诗的空蝉，随夫前往任地。这空蝉住在常陆，遥闻源氏公子流放须磨，心中也不免偷偷地惋惜。欲寄相思，苦无方便。从筑波山到京都，并非没有便人，但总觉得不当稳便。因此多年以来，一点消息也不通。源氏公子谪居须磨，原无定期。后来忽然获赦，仍返京都。次年秋，常陆介也任满返京了。他率

---

① 本回写源氏二十九岁秋天之事。

领眷属在逢坂入关那一天，正值源氏公子赴石山寺还愿。他的儿子纪伊守等从京中到关上来迎接他，将此消息报告了他。常陆守闻讯，心念在路上相逢，未免嘈杂混乱，因此在天色未晓之前就赶早动身。然而女眷所乘车子太多，迤逦前行，不觉已日高三丈了。

　　行至打出①海边，传闻源氏公子一行已经越过粟田山。这里还来不及避让，公子的前驱者已经蜂拥而至了。于是常陆守一行人等只得在关山地方下车，把车子驱进各处的杉木林中，卸了牛，支起车辕，人都躲在杉木底下，仰望源氏公子一行经过。伊豫介一行人的车子，有的还在后面，有的已经先行。然而眷属为数甚多，这里也还有十辆车子，各色各样的女衫襟袖，露出在车帘底下，一望而知乘在车里的不是乡下女子。源氏公子看了，觉得这很像斋宫下伊势时出来看热闹的游览车。源氏公子重新获得了世所罕有的尊荣富贵，因此前驱之人多不胜数。他们都注目这十辆女车。

　　这一天正是九月底，红叶满林，浓淡相间，秋草经霜，斑驳多彩，好一片清秋美景啊！源氏公子一行人员从关口②上出来，随从穿着各种各样的旅行服装，式样与花纹各尽其美。这群人物出现在这片秋景中，分外美观。源氏公子车上挂着帘子，他从常陆介一行人员中召唤昔年的小君——现已身任右卫门佐——前来，叫他向其姐空蝉传言："我今特来关口相迎，此心能蒙谅解否？"公子回思往事，感慨无穷。但此时人目众多，不便详说，心甚怏怏。空蝉也不忘那件隐秘的往事，暗想前情，独自悲伤。她在心中吟道：

　　　　"去日泪如雨，来时泪若川。
　　　　　行人见此泪，错认是清泉。"

————————
① 打出是地名，即今大津附近，琵琶湖沿岸。
② 原文是"关屋"，本回用作题名。关口有屋，犹如城楼，供守关人居住。

但此情无由教公子得知，独吟也是枉然。

源氏公子在石山寺礼拜完毕，即将离寺之时，右卫门佐又从京中来寺迎接，并且向公子谢罪，说那天不曾随公子赴石山寺，甚是抱歉。这小君在童子年代，曾经深蒙公子怜爱，官居五位，备受恩宠。但当公子突遭横祸，流放须磨之时，他因忌惮当时权势，不敢随公子赴须磨，却跟姐夫到了常陆。因此近几年来，公子对他略感不快，但亦不形于色。虽然不及往年那样亲信，但也将他归入心腹人之列。常陆介的儿子纪伊守，现已调任，但仍只是个河内守。其弟右近将监，当时曾被削去官职，随公子流放须磨，现在便走了红运。小君和纪伊守等人看了，都很眼热，痛悔当时不该产生趋炎附势之心。

源氏公子召右卫门佐前来，叫他送信与空蝉。右卫门佐想道："事隔多年，我以为他早已忘记了。真好长心啊！"公子寄空蝉的信上写道："前日关口相逢，足证宿缘非浅。不知你亦有此感否？只是

　　地名逢坂虽堪喜，
　　不得相逢也枉然。

你家那个守关人①，真教我又羡又妒呢！"又对右卫门佐说："我和她隔绝多年，现在好像是初初相识。但因时刻不忘，我惯把昔日的旧情看作今日的新欢。说到风情，只怕她又将生气了？"说罢将信交付。右卫门佐深感荣幸，连忙将去送与姐姐，又对她说："你还是应该写回信的。我原以为公子对你总该疏远了些，但他的心全同昔年一样亲切，盛情真可感谢。充当这等送信的使者，也自觉无聊乏味，多此一举。但感于公子的亲切，难以断然拒绝。何况你是女人，情动于中而屈节作复，此罪亦可原宥。"空蝉现在比前更加怕羞了，总觉得难以为情。

---

① 戏指其夫常陆守。

但念公子赐信，实甚难得。想是不胜感动之极，终于援笔作复：

"关名逢坂知何用？
人叹生离永不逢！

往事犹如一梦。"源氏公子觉得空蝉之可爱与可恨，都有不能忘怀之处，因此以后时常去信试她的心。

却说那常陆介想是身体衰老之故，此时正疾病缠绵。自知性命垂危，挂念这年轻的妻子，时常向几个儿子谆谆嘱咐："我死之后，万事由她自己做主。你等必须处处照顾她，同我生前一样。"朝朝夜夜反复说这几句话。空蝉想起自身本已命苦，今若丧夫，此后孤苦伶仃，生涯何等凄凉！因此日夜愁叹。常陆介看了十分伤心。但人生寿命有限，留恋亦是徒然。他担心身后之事，常作可悲的妄想："我的儿子心地究竟如何，不得而知。为了照顾此人，我总得设法把灵魂留在这世间才好。"他心中如此想，口上也说了出来。然而大限到时，无法挽留，终于一命呜呼了。

初死期间，儿子等因父亲遗命言犹在耳，事继母毕恭毕敬。但也只是表面之事，实际上使空蝉伤心之处甚多。她明知人情冷暖，乃世间必然之事。因此并不怨天尤人，只管悲叹自身命苦。诸子之中，惟有那河内守，只因自昔恋慕于她，待她较别人稍亲切些。他对这继母说："父亲谆切叮嘱，我岂敢违背遗命？我虽微不足数，尚请随时使唤，勿存疏远之心。"形似亲近孝顺，实则存心不良。空蝉想道："我因前世作孽，今世做了寡妇。长此下去，结果那儿子恐将对我说出世间罕有的讨厌话来。"她悄悄地自伤薄命，便不告诉人，削发做了尼姑。她的随身侍女，都悲叹这不可挽回之事。河内守闻讯，恨恨地说："她嫌恶我，故尔出家。来日方长，看她如何过得。此种贤良，毋乃太乏味了！"

第十七回　赛　画①

六条妃子的女儿前斋宫入宫之事，藤壶母后甚为关心，常常催促，盼望早日成就。源氏内大臣呢，为了前斋宫没有体贴入微的保护人，不免替她担心。以前本想迎接她到二条院，但恐朱雀院见怪，就打消了这念头。他表面上装作不知，实际上安排入宫一切事宜，像父母一样操心。

朱雀院闻前斋宫将入宫为冷泉帝女御，心中十分惋惜。但深恐外人说长道短，绝不和她通信。只是到了入宫那一天，遭使致送许多名贵礼品到六条宫邸中去。其中有华丽无比的衣服，有世间难得的梳具箱、假发箱、香壶箱，还有种种名香，就中熏衣香尤为稀罕，乃精工调制之珍品，百步之外亦能闻得香气。大约预料源氏内大臣会看到这些礼品，所以早就用心准备，故意装潢得特别触目。正好源氏内大臣来了，侍女长就将此事奉告，并请观看礼品。源氏内大臣一看梳具箱的箱盖，便觉精美绝伦，可知是名贵物品。在一个装栉②的小盒的盒盖上装饰着沉香木做的花朵，但见那上面题着一首诗：

"昔年加栉送君时，曾祝君行'勿再回'。
岂是神明闻此语，故教聚首永无期？"

源氏内大臣看了这首诗，深为感动，觉得这件事实在太对不起朱雀院了。他回想自己在情场上固执的性情，越发觉得深可怜悯。心想："朱雀院自从斋宫下伊势之日起，即寄与相思。好容易挨过多年，

---

① 本回写源氏三十一岁春天之事。
② 原文为"插栉"，插在头上作装饰品用的一种梳子。

盼到斋宫归京，方谓得遂初志，岂料又遭此变，其伤心盖可想见。何况他现已让位，闲居静处，未免妒羡世事。若教我身处其境，定然心情郁勃。"如此想来，便觉对他十分抱歉。深悔自己何必多此一举，害得别人悲伤懊恼。他对朱雀院，虽然以前一度觉得可恨，但另一方面又觉得可亲。因此心绪纷乱，一时茫然若失。

后来他教侍女长传话给前斋宫说："那么这首诗如何回答呢？大概还有信吧，写的是什么？"前斋宫认为有所不便，没有把信给他看。她心中懊恼，很不高兴作复。众侍女劝道："若不作复，太不知情，而且对不起朱雀爷。"源氏内大臣听见了，也说："不作复的确不好。略微表示一点，也就算了。"前斋宫觉得很难为情。她回想昔年下伊势时情状，记得朱雀院容貌十分清秀，为了惜别而伤心饮泣。那时她年纪还小，童心中无端地觉得恋恋不舍。往事如在目前，深为感慨，不禁回想起亡母六条妃子在世时种种情状来。她只答复了一首短诗：

"当年告别亲聆旨，
今日回思特地悲。"

犒赏了来使种种物品。

源氏内大臣极想看看这复信，但觉未便启口。他想："朱雀院容貌姣好，宛若处女；前斋宫也妩媚多姿，与他不相上下。真乃一对天生佳偶。冷泉帝年纪太小了①。我这样乱点鸳鸯谱，生怕她心中怨恨呢。"他体察到细微之处，不觉胸中异常懊丧。但时至今日，事已无可挽回，只得教人筹备入宫之事，务使齐全周到。他盼咐素来信任的那个修理大夫兼宰相，叫他照料一切，不得有误。自己就先进宫去了。深恐朱雀院见怪，他自然不露出代替前斋宫父母照拂一切的样子，只表示请

---

① 此时冷泉帝十三岁，前斋宫二十二岁。

安的态度。

六条宫邸内本来有许多优秀的侍女。六条妃子死后，有几个暂回娘家去，现在又都聚集在一起了。邸内景象繁荣无比。源氏内大臣设想六条妃子如果在世，就会觉得抚养这女儿成人，心血毕竟没有白费，必定兴高采烈地料理一切。他回想六条妃子的性情，觉得她在这广大世间，实在是不易多得的人。普通人决不可能有这样的品质。就风雅方面而论，此人也特别优越，所以每逢机缘，必然想起她来。

藤壶母后也进宫来了。前斋宫入宫之夜，冷泉帝听说有个新女御要来了，颇感兴味，提起了精神等候着。就年龄而论，冷泉帝是个非常懂事而老成的人。不过藤壶母后还是告诫他道："有一个优秀的女御来陪伴你了，你要好好地对待她啊！"冷泉帝想："和大人做伴，也许是很难为情的吧？"到了十分夜深的时候，新女御才进宫来。冷泉帝一看，这个人生得身材小巧，容貌温雅，举止端详，实在非常可爱，他和弘徽殿女御①已经伴熟，认为这个人可亲可爱，无须顾忌。现在这个新女御呢，态度庄重，令人起敬。加之源氏内大臣对她十分重视，照顾优厚，因此冷泉帝觉得对她不可怠慢。晚上侍寝，由两女御轮流值班。白昼欲随意不拘地玩耍，则大都往弘徽殿女御那里去。权中纳言遣女儿入宫，原是希望她将来立为皇后。现在又来了这前斋宫，和他女儿相竞争，他心中便觉多方不安。

且说朱雀院看了前斋宫对栉盒盖上的诗的答诗之后，对她的恋慕之情始终不离心怀。此时源氏内大臣前来参见了，与他闲话种种往事，顺便谈到了昔年斋宫下伊势时的情况。他们以前亦常谈起此事，今日重又提及。但朱雀院并不明显表示自己曾经有心欲得此人。源氏内大臣也装作不知道他曾有此心，只是想试探他对此女的恋情深浅如何，从各方面讲了前斋宫的一些事。看他的神情，相思之心不浅，便对

---

① 权中纳言（即以前的头中将）的女儿。

他深感同情。他想:"朱雀院如此念念不忘,想见此人一定生得异常美丽,但不知究竟如何。"他很想见她一面,然而这是办不到的①,因此心中焦灼。原来这前斋宫生性异常稳重。假如她略有轻佻举动,自然总有机会给人窥见颜面。无如她年纪越是长大,性情越是端庄。所以源氏内大臣只能在隔着帷幕相见之时想象她是个温恭贤良的淑女而已。

冷泉帝身边有两个女御紧紧地夹侍左右,那兵部卿亲王便不能顺利地将女儿送进宫来。他相信皇上长大起来,虽然有了这两个女御,也不会抛弃他的女儿的,便静静地等候着。那两个女御便各尽所能,以争取宠幸。

冷泉帝在一切艺事中,最感兴味的是绘画。想是由于爱好之故,自己也画得一手好画。梅壶女御②最擅长于绘事,因此帝心向往于她,常常到她院中去,与她一同作画。殿上的青年人中,凡是学画的,皇上必然另眼看待,何况这个美人。她作画时神情雅致,不拘主题,随意挥洒。有时斜倚案几,搁笔凝思,姿态十分美妙,皇上看了深觉可爱,便更加常来梅壶院,比前越发宠幸她了。权中纳言生性是个逞强好胜的人,闻得了这消息,大为不平,定要自己女儿不让他人。便召集许多优秀的画家,郑重嘱咐。并选取各种美妙无比的画材,特备最上等的纸张,叫他们分头作画。他认为故事画最富趣味,最宜欣赏,便尽量选取美妙动人的题材来叫他们画。此外描写一年内每月的节日、活动和景物的画,也加上特别新颖的题词。他把这些画给皇上看了。

这些画都特别富有意趣,因此皇上又到弘徽殿来看画了。但权中纳言不肯轻易拿出去给他看。他舍不得让皇上拿去给梅壶女御看,因此藏得很好。源氏内大臣闻知此事,笑道:"权中纳言的孩子脾气还是

---

① 当时习惯:普通男女相会,必隔帷屏,不易见面。
② 前斋宫住在梅壶院,故称梅壶女御。

不改呢！"又向冷泉帝奏道："他只管把画藏好，不肯爽爽快快地呈请御览，以致恼乱圣心，实甚不该！臣有家藏古画，当即取来奉献。"便回到二条院，把保藏新旧画幅的橱子打开，与紫姬二人共同选择。凡新颖可喜之种种作品，尽行取出。惟描写长恨歌与王昭君的画，虽然富有趣味，意义未免不祥，故此次决定不予选用。源氏内大臣乘此机会，把保藏须磨、明石旅中图画日记的箱子也打开，好让紫姬也看看这些画。

这些画实甚动人。观者即使不知根由，初次看到，只要其人略解情趣，也未有不感动流泪者。何况这夫妇二人身受苦难，永远难忘当年之事，心中的旧梦无时或醒。他们看到这些画，痛定思痛，安得不悲？紫姬埋怨他以前不早给她看，吟道：

"图写渔樵乐，离人可忘忧。
岂知空闺里，独抱影儿愁。

你倒可以借此自慰寂寥呀！"源氏内大臣听了她这诗，不胜同情，便答道：

"抚今思昔虽堪泣，
胜似当年蒙难时。"

忽然想起：这些画不妨给藤壶母后一看。便从其中选出不甚触目伤心者各一帖，准备送给她看。但选到分明写出须磨、明石各浦风物的图画时，心中便浮现出明石姬家中的情景来，一时难于忘怀。权中纳言闻知源氏内大臣正在搜集画幅，便更加聚精会神，把画轴、裱纸、带子等装潢得越发精美了。

时值三月初十左右，天气晴朗，人意悠闲，正是风光明媚的季节。宫中此时恰好没有重大的节会,大家很空闲,每日只是以竞相搜集欣赏书画为消遣。源氏内大臣想道:"同样竞赛,何不扩大规模,让陛下多欣赏些?"便特别用心搜集佳作,尽数送入梅壶女御宫中。于是两女御都有了各式各样的许多画。故事画内容最为丰富,构图最吸引人,所以梅壶女御选的尽是古代故事的名画杰作。弘徽殿女御所选绘的,都是当世珍奇情景及趣味丰富之题材。讲到表面的新颖与华丽,则弘徽殿较胜一筹。此时皇上左右诸宫女,凡具有修养者,每日品短评长,以绘画鉴赏为事。

藤壶母后也进宫来了。她酷爱绘画,惟此难于舍弃,诵经礼佛也懈怠了。她看见众宫女各抒论见,便把她们分为左右两方:梅壶女御的左方,有平典侍、侍从内侍、少将命妇等人;弘徽殿女御的右方,有大式典侍、中将命妇、后卫命妇等人。这些人都是当今有名的女鉴识家。她们互相争论,各有理由,藤壶母后听了颇感兴趣。她出主意:先将左方所出品的物语鼻祖《竹取物语》中的老翁和右方所出品的《空穗物语》中的俊荫①这两卷画并列起来,教两方辩论其优劣。

左方的人说:"这古代故事与赫映姬本人一样不朽。情节虽然并无风趣,但其主角赫映姬不染浊世尘垢,怀抱清高之志,终于升入月宫,足见宿缘非浅。这原是神明治世时节的故事,我等世俗女子,真乃望尘莫及了。"

右方的人驳道:"赫映姬升入月宫,此乃天上之事,下界无法探悉,故其结局如何,谁也不能知道。照她在这世间的缘分而论,投胎在竹筒之内,可知是身份低微之人。她的光辉虽然照耀了竹取老翁一

---

① 《空穗物语》,又名《宇津保物语》,作于平安朝中期。作者不详。大意:俊荫乘舟访中国,途遇暴风,飘泊到波斯国,遇七仙人,授以弹琴妙曲。归国后将琴技传授其外孙仲忠。仲忠恋美女贵宫。后来贵宫当了东宫妃子,在朝争权,等等。

家,但未能入宫为妃,以照耀九重宫阙。那安部多①为欲娶她,不惜千金买了一件火鼠裘②,但忽然烧掉了,真乃乏味之至。那车持皇子明知蓬莱山不可到达,假造一根玉枝来骗她,结果自己受辱,也可谓无聊之极了。"这《竹取物语》画卷是名画家巨势相览所绘,由名诗人纪贯之题字。用的纸是纸屋纸,用中国薄绫镶边。裱纸是紫红色的,轴是紫檀的。这是寻常的装潢。

右方的人便称赞起自己的《空穗物语》画卷来:"俊荫远游中国,途遇风波,飘泊到人地生疏的波斯国。然而不屈不挠,定要成遂初志。终于学得了旷世无比的弹琴妙技,名闻于外国朝廷及日本国内,又传之于后世。真可谓远大之才!这画的笔法也兼备中国、日本两国风格,趣味之丰富,无可比拟了。"这画卷用白色纸,裱纸是青色的,轴用黄玉。画是当代名人飞鸟部常则所绘,字是大书法家小野道风所书。全体新颖多趣,光彩耀目。左方无法反驳,于是右方得胜了。

其次比赛的是左方的《伊势物语》③画卷和右方的《正三位物语》④画卷。两者优劣,亦甚难于判定。但一般以为《正三位物语》画卷华丽多趣,自宫中情景以至近世种种风习,都画得美妙动人。左方的平典侍辩护道:

"不知伊势千寻海,
岂可胡言是浅滩?

---

① 疑即阿部御主人。
② 火鼠毛长寸许,其皮为裘,入火不焚。见中国《古今注》。
③ 《伊势物语》是以诗歌为中心的歌物语,作于平安时代。内容凡百二十五则,大都叙述男女爱情。据说是以在原业平所作歌稿为中心而编成的。在原业平是平安初期的歌人。是六歌仙之一,又是三十六歌仙之一。别称"在五中将"。故《伊势物语》又名《在五物语》《在五中将日记》。此书对后世日本文学影响甚大。
④ 《正三位物语》早已不传。

怎能以凡庸虚饰的色情之作，来贬低业平的盛名？"右方的大式典侍反驳道：

"身登云汉低头望，
海水虽深实甚卑。"

藤壶母后袒护左方，说道："兵卫大君①气度之高，固然不可忽视；但是在五中将的盛名亦不可侮辱。"又吟诗道：

"一朝初见虽疑旧，
自古芳名岂可轻？"

众女子如此抗声争辩，终于不能决定两画卷孰优孰劣。学识较浅的青年宫女，拼命想知道这比赛的结果。然而此事非常秘密，皇上的宫女与母后的宫女都一点也不让看。正在此时，源氏内大臣进宫来了。他看她们争论得如此热烈，颇感兴趣，便说道："既然要争论，就在陛下御前决定胜负吧。"他预料到将有大规模比赛，因此特别优越的作品，起初不拿出来。现在计上心来，便将须磨、明石二卷加入其中，一并取出来了。权中纳言的用心不让于源氏内大臣。因此在这时代，举世之人都热衷于此，以制作美妙画幅为急务了。源氏内大臣声言道："特地新作的，无甚意味；此次赛画，当以旧藏者为限。"原来权中纳言特设一密室，教人在内作画，不令人见。朱雀院也闻知此事，便将所藏佳作送与梅壶女御。

朱雀院送来的作品中，有描写宫中一年内种种仪式的画，是前代诸优秀画家所作，画得非常精美而富有趣味，上有延喜帝亲笔题词。

---

① 想是《正三位物语》中女主角之名。

又有描写朱雀院治世种种事件的画卷，其中有当年斋宫下伊势时在大极殿举行加栉仪式之状。此乃朱雀院所最关情之事，曾将当时种种情状详细叮嘱名画家巨势公茂，叫他用心描绘，画得十分出色。这些画装在一只非常华丽的透雕沉香木箱中，箱盖上装饰着也用沉香木做的花朵，甚是新颖。朱雀院不写信，但命使者口头传言，那使者是在禁中兼职的左近卫中将。那画卷中描写大极殿前前斋宫将上轿出发时的庄严情景之处，题着一首诗：

"身居禁外无由见，
不忘当年加栉时。"

此外别无书信。梅壶女御收到了这些画，觉得不写回信太无礼貌。她沉思多时，便将当年所用的那把栉子折断一端，在这一端上写一首诗：

"禁中情景全非昔，
却恋当年奉神时。"

用宝蓝色中国纸包了这栉端，交使者复呈朱雀院。又将种种优美礼品犒赏使者。

朱雀院读了栉端上的诗，无限感慨，恨不得教年光倒流，回复到在位的当年。他心中不免怨恨源氏内大臣不替他玉成斋宫之事。但这恐怕是昔年放逐源氏的报应了。朱雀院所藏画幅，经过前太后①之手而转入弘徽殿女御宫中者，亦复不少。还有尚侍胧月夜，也是热爱书画的雅人，所藏精品甚多。

---

① 此前太后指朱雀院之母，即早先的弘徽殿女御。现在的弘徽殿女御是她四妹的女儿。

赛画的日子决定了。时间虽然匆促，却布置得十分精致而风雅。左右两方的画都送上来。在清凉殿旁宫女们的值事房中临时设一玉座，玉座北侧为左方，南侧为右方。其余许可上殿的人，都坐在后凉殿的廊上，各自袒护一方。左方的画放在一只紫檀箱中，搁在一个苏枋木的雕花的台座上。上面铺的是紫地中国织锦，下面铺的是红褐色中国绫绸。当差童女六人，身穿红色上衣和白色汗衫，里面衬的衫子是红色的，有的人是紫色的。相貌与神情都矫矫不群。右方的画放在一只沉香木箱中，搁在一只浅香木的桌台上，下面铺着蓝地的高丽织锦台布。桌台脚上扎台布的丝绦及桌台脚上的雕刻，都非常新颖。童女身穿蓝色上衣和柳色汗衫，里面衬的是棣棠色的衫子。双方童女各把画箱抬到皇上面前。皇上方面的宫女，属左方的在前，属右方的在后，服装颜色两方各不相同。

皇上宣召源氏内大臣及权中纳言上殿。这一天源氏的皇弟帅皇子也来觐见。这位皇子生性爱好风雅，对绘画尤感兴趣。大约是源氏内大臣预先暗中劝他来的，故并无正式宣召，恰巧于此时入觐。皇上便召他上殿，任命他为评判人。

左右两方所出品的画，全都精妙无比，一时难于判定优劣。朱雀院送给梅壶女御的那些四季景色画，都由古代大画家精选优美题材，笔致流畅，全无滞涩，其美妙无可比喻。只是由于这是单张的纸画，画纸幅面有限，不能尽情写出山水绵延浩瀚之趣。而右方新作的画，虽然只是勉尽笔力，肆意粉饰，因而气品浅薄，但是画面华丽热闹，令人一见不觉叹美，似乎并不逊于古画。如此多方争论，今日的赛画便丰富多彩，趣味无穷。

藤壶母后也打开了御膳堂的纸隔扇，在一旁观赏。这位母后深通画道，她今天出席，源氏内人臣甚感欣慰。帅皇子每逢难于判断之时，便时时向她请教，得益甚多。

评判尚未总结，天色已入黑夜。赛画轮到最后一次时，左方捧出了须磨画卷，权中纳言看了，不觉心中发怔。右方也曾煞费苦心，精选最优秀者作为最后一卷。谁知源氏公子画技异常高明，况且是在蛰居时专心一志、从容不迫地仔细画成的，故其优秀无可比拟。自帅皇子以下，都感动得流下泪来。众人看了这画卷，但觉孤栖独处之状，伤心落魄之情，历历如在目前，比当年遥念他流放须磨之苦楚，为他怜惜悲伤时感动更深。那地方的光景，见所未见的各浦各矶，历尽无遗地画出。各处写着变体的草书汉字和假名①的题词。不是用汉文写的正式的详细日记，而是在记叙中夹着富有风趣的诗歌，令人百看不厌。看了这画，谁也没有考虑他事的余暇了。刚才过目的所有画卷便觉无味，众人兴致全然集中于须磨画卷，深感兴味津津。结果这画压倒一切，左方得胜。

夜色将近黎明之时，四周沉寂，气象清幽。赛画既毕，开筵共饮。源氏内大臣一面把盏，一面纵谈往事，对帅皇子说道："我自幼耽好学问。大约父皇预料我的才能将来略能伸展，所以有一次训诫我道：'才能与学问，世人过分尊重。恐是因此之故，才学高深之人，能兼备寿命与福分者，实甚少有。汝今生长富贵之家，即使无才无学，亦不劣于他人，所以不须深入此道。'因此父皇不教我修习学问，只教我玩弄技艺。我于技艺，虽然不算笨拙，但并无特别专长。惟绘画一道，虽乃雕虫小技，我却常想设法磨炼，务求其能画得如意称心。想不到后来做了渔樵之人，亲眼看到了各处海边的真情实景，历尽无遗地观察了种种风物。然而笔力有限，不能随心所欲地表达其深奥的风趣。因此倘无机缘，不敢出以示人。今日贸然请教，深恐世人将讥我为好事耳。"

帅皇子答道："不论何种技艺，若不专心研习，总无成就之望。但各种技艺，均有师匠，均有法则。若能从师如法研习，深浅姑置不论，

---

① 假名即日本字母。用变体的草书汉字代替假名，称为"变体假名"。

总可模拟师匠，多少有所成就。惟有书画之道与下围棋之事，甚是奇特，全凭天才做主。常见庸碌之人，并不深刻钻研，只是富有天才，便能擅长书画，精通棋道。富贵子弟之中，亦有超类拔群之人，百般技艺皆能通晓。父皇膝下我等皇子、皇女，无不研习各种技艺。惟吾兄最为父皇所重视，又最善于承受教益。因而文才之丰富，自不必说。其他诸艺之中，弹琴首屈一指，其次横笛、琵琶、筝，无不擅长。父皇亦曾如此评定。世人也都同此见解。至于绘画，大家以为非吾兄所专精，仅乃偶尔兴到之时弄笔戏墨而已。又谁知如此高明，直教古代名家退避三舍，竟令人不敢置信，反而觉得岂有此理了！"说到这里，已经语无伦次。大约是酒后好哭吧，所以说起桐壶院的往事，他便流着泪，颓丧不堪了。

这时候是二十日过后，月亮才出来。月光虽然照不到室内，但天色清幽可爱。便命人取来由书司①保管的乐器，将和琴授与权中纳言。源氏内大臣自是此道能手，但权中纳言也弹得比别人高明。于是帅皇子弹筝，源氏内大臣操七弦琴，命少将命妇弹琵琶，又在殿上人中选定一个才能优越的，叫他按拍子，这合奏实在饶有风趣。天色向晓，庭前花色与尊前人影，都渐渐清楚起来。鸟声清脆，朝气蓬勃。此时便分赏福物，概由藤壶母后颁赐。帅皇子偏劳了，另赐御衣一袭。

此后数日之内，宫中上下，皆以品评须磨画卷为事。源氏内大臣说："这须磨画卷请留存在母后处。"藤壶母后也很想从头至尾细看这画卷，便接受了，回答说："让我慢慢地欣赏。"源氏内大臣看见冷泉帝对这次赛画感到十分满意，心中非常欢喜。权中纳言看见源氏内大臣在赛画这些小事情上也如此袒护梅壶女御，深恐自己的女儿弘徽殿女御失宠，不免担心。但念皇上一向亲近弘徽殿，又窥察情况，看见皇上对她还是顾念周至，便觉得即使源氏袒护梅壶，也不怕了。

---

① 书司为后宫十二司之一，掌管后宫的书籍、文具、乐器等。

源氏内大臣一心要在朝廷重要节会仪式中增加一些新例,教后世之人传següent,此乃冷泉帝时代所创始。因此即使是赛画那种非正式的娱乐小事,也用心设计,务求美善。这真可说是全盛之世了!然而源氏内大臣还是痛感人世之无常,闲时常常深思远虑:等到冷泉帝年事稍长之后,自己定当撒手遁入空门。他想:"试看古人前例:凡年华鼎盛、官位尊荣、出人头地之人,大都不能长享富贵。我在当代,尊荣已属过分。全靠中间惨遭灾祸,沦落多时,故得长生至今。今后倘再留恋高位,难保寿命不永。倒不如入寺掩关,勤修佛法,既可为后世增福,又可使今生消灾延寿。"便在郊外嵯峨山乡看定地区,建造佛堂。同时命人雕塑佛像,置备经卷。但他一面又想按照己意抚育夕雾及明石姬所生女孩,看他们成长。因此出家之事,一时难于实行。究竟作何打算,那就难以猜测预言了。

第十八回 松 风①

二条院的东院修建工事已毕,源氏内大臣教花散里迁居在这东院中的西殿和廊房里。家务办事处及家臣住所,也都做了应有的安置。东殿拟供明石姬居住。北殿特别宽广,凡以前一时结缘而许以终身赡养的女人,他准备教她们集中在这北殿里,因此隔成许多房间。但也设备得非常周到,处处精雅可爱。正殿空着,作为自己偶尔来住时休息之所,故也有种种适当的设备。

他时常有信给明石姬,劝她早日入京。但明石姬自知身份低微,未敢冒昧。她想:"听说京中身份高贵之人,公子对她们也不即不离,似爱非爱,反而教她们增加痛苦。我身上究有多少恩宠,胆敢入京参

---

① 本回与前回同年,写源氏三十一岁秋天之事,其内容与第十三回《明石》相连接。

与其列呢?我倘入京,只能显示我身的微贱,教这孩子丢脸而已。料想他的降临一定难得,我在那里专诚等候,给人耻笑,难免弄得老大没趣。"她心中好生烦恼。但又转念:倘教这孩子从此做个乡下姑娘,不得同别人一样享受富贵,也太委屈了她。因此她又不敢埋怨公子而断然拒绝。

她的父母也认为她的顾虑确有道理,亦惟有互相悲叹,一筹莫展。明石道人忽然想起:他夫人的已故的祖父,叫作中务亲王的,在京郊嵯峨地方大堰河附近有一所宫邸。这亲王的后裔零落,没有一个继承人,因此这宫邸年来久已荒芜。有一个前代传下来的管家之类的人,现正代管着这领地。明石道人便叫这个人来,同他商谈:"我已看破红尘,决意长此隐居在乡下了。岂知到了晚年,又逢到一件意外之事,想再在京中找求一所住宅。但倘立刻迁往繁华热闹之区,又觉不甚相宜。因为住惯乡村的人,在那里心情不安。为此想起了你所管领的那所宫邸。一切费用由我送上,如果修理下来还可住人,即请动工,不知可否?"那人答道:"这座宅子多年无人管领,现已荒芜得像草原一般了。我把那几间旁屋略加修理,胡乱住在里头。今年春间,源氏内大臣老爷在那地方建造佛堂,附近一带便有许多人夫来来往往,十分嘈杂。这佛堂造得非常讲究,营造工人异常众多。倘欲找求清静之所,则我那地方甚不相宜。"明石道人说:"这倒不妨。不瞒你说,我们是与内大臣有缘,正欲托他荫庇的。房屋内部的修饰,我们自会逐渐安排。首先只要赶快把房屋大体加以修缮。"那人答道:"这不是我的产业,亲王家又没有继承人。我过惯了乡间闲静生涯,所以长年隐居在那里。领内的田地,久已荒芜不堪。我曾向已故的民部大辅①请求,蒙他赏赐了我,但也送了他不少礼物。我便作为自己的产业耕作了。"他生怕田地里的产物被没收,所以那张毛发蓬松的脸变了相,鼻

---

① 想是明石姬之外祖父。

子红起来，嘴巴噘起来了。明石道人连忙答道："你可放心，那田地之事，我们一概不问，照旧由你管领就是了。那些地契房契还保存在我手中，只因我已谢绝世事，那里土地房产多年来不曾勘查过。此事且待以后细细清理。"这管家在话语中听出他家与源氏内大臣有缘，知道事情不易对付，此后便向明石道人领得了一大批修缮费，赶紧修理那邸宅了。

源氏内大臣并不知道明石道人有这打算，只是想不通明石姬为何不肯入京。又念让小女公子孤苦伶仃地在乡下长大起来，深恐后世之人议论纷纷，成了她一生的瑕疵。大堰邸宅修理完竣以后，明石道人把发现此屋后的经过情况报告源氏内大臣，这时他才恍然大悟：明石姬以前一直不肯迁到东院来和众人同居，原来是有此打算之故。他觉得这件事用心周到，很有意思，心中十分喜慰。那个惟光朝臣，一向是所有秘密行径的照料都少他不得的人。这回也就派他到大堰河去，命令他用心办理邸内各处应有的设备。惟光回来报道："那地方风景甚好，与明石浦海边相似。"源氏内大臣想：这样的地方，给这个人住倒很相宜。源氏公子所建造的佛堂，位在嵯峨大觉寺之南，面对瀑布，风趣之雅，不亚于大觉寺。大堰的明石邸则面临河流，建造在一所美妙不可言喻的松林中。其正殿简单朴素，却另有山乡风味。内部装饰布置，均由源氏内大臣设计。

源氏内大臣派几个亲信人员，偷偷地赴明石浦迎接明石姬。明石姬这回已无可推托，只得下决心动身。但要离开这多年住惯的浦滨，又觉依依不舍，想起了父亲今后将凄凉寂寞地独居浦上，更觉心绪烦乱，悲伤不已。她自怜此身何以如此多愁多恨，却羡慕那些未曾接受过源氏爱情的人。她的父母呢，近年来日夜盼望源氏内大臣迎接女儿入京，今已如愿以偿，自然欢喜无量。但念夫人随女儿入京，今后老夫妇不得相见，则又悲痛难堪。明石道人日夜茫然若失，嘴里反反复复地说同一句话："那么我以后不能再见这小宝贝了么？"此外没有别的言语。夫人也很悲伤,她想:"我俩都出家修行,多年来不曾同室而居。今后教他独留浦上,有谁照顾他呢?即使是邂逅相逢、暂叙露情之人,但在'彼此已熟识'①之后忽然离别,也不免伤心;何况我俩是正式夫妇。我夫虽然禀性顽强,难于亲近,但这又作别论。既已结缡,选定此浦为终老之地,总想在'修短不可知'②的存命期间共享余年。如今忽然分手,怎不教人肠断?"那些青年侍女,住在这乡间常嫌寂寞,现在即将迁居京都,大家欢天喜地。但念今后不能再见这海边美景,又觉依依难舍,看看那去而复返的波浪,不觉泪沾襟袖。

此时适逢秋天,人心正多哀怨。出发那天早晨,秋风萧瑟,虫声烦乱,明石姬向海那边望去,只见明石道人比照例的后夜诵经时刻起得还早,于暗夜起身,啜着鼻子诵经拜佛。此乃喜庆之事,不该有不吉利的言行,然而谁也忍不住流下泪来。小女公子长得异常可爱,外公把她看作夜明珠一般,常常抱着不肯放手。小外孙女也就喜爱他,缠着他。他想起自己是异于常人的出家之身,应该有所顾忌,不可过分亲昵这小女公子。然而片刻不见,便觉过不下去,难于忍受。便吟诗道:

"遥祝前程多幸福,
临歧老泪苦难禁。

哎呀,这话太不祥了!"连忙把眼泪揩干净。他的尼姑夫人接着吟道:

"当年联袂辞京阙,

---

① 古歌:"彼此已熟识,蓦地生离别。试问此别离,可惜不可惜?"见《河海抄》所引。
② 古歌:"我命本无常,修短不可知。但愿在世时,忧患莫频催。"见《古今和歌集》。

今日独行路途迷。"

吟罢禁不住哭泣起来，这也是难怪的。她回想过去多年来夫妇之谊，觉得今朝一旦抛舍，凭仗了这不甚可靠的因缘而重新回到曾经厌弃的京都，实在不是妥善之计。明石姬也吟诗道：

"此去何时重拜见，

无常世事渺难知。

据女儿之意，父亲最好陪送我们进京。"她恳切劝驾。但明石道人说："有种种原因，不便离去。"然而他想起了女眷一路上不便之处，又非常担心。

他说："我以前辞去京都而退居到这乡间，都是为了你。实指望在此当国守，可以早晚随心所欲地教养你。岂知就任之后，由于时运不济，身逢种种患难。若再返京都，只是一个潦倒的老国守，无法改善蓬门陋室的贫苦生涯。在公私两方，都赢得了一个笨伯的恶名；而辱及先人令名，尤可痛心。我辞去京都之时，人都预料我将出家。我自己也觉得世间名利恭敬都已不惜放弃。但目睹你年事渐长，知识渐开，又觉得我岂可将此美锦藏在暗中。为子女而悲痛的父母之心，永无晴朗之时。于是求神拜佛，但愿自身虽然命穷，切勿连累子女，听其沦落在山乡之中。长抱此志，以待将来。果然事出意外，与源氏公子结了良缘，真乃可喜之事。但因身份相去太远，念及汝身前程，又不免东顾西虑，徒增悲叹。后来生了这小宝贝，方信姻缘前定，宿根不浅。教她在这海边过日子，太委屈了。我想这孩子的命运一定与众不同。我今后不能见她虽觉可悲，但我身既已决心与世长遗，也就顾不得许多了。我这小外孙女身上有荣华富贵之福相。她偶尔生在这乡间，暂时惑乱我这村夫的心目，也是前世因缘吧。我好比天上神仙偶尔堕入三途恶道①,暂时生受一番痛苦,今天便要与你们永别了。将来你们听到我的死耗,也不须为我追荐。古语云:'大限不可逃'②,切勿为此伤心!"他说得语气很坚决。后来又说:"我在化为灰烟以前,在昼夜六时的祈祷中,还要附带为我这小宝贝祝福。我这一点尘心尚未断绝呢。"说到小外孙女,他又要哭了。

倘走陆路,则车辆太多,十分招摇。倘分为水陆两路,则又太麻烦。由于京中来使也非常注意避免人目,于是决定全部乘船,悄悄地前进。

辰时出发,一行船舶向古人所咏叹的"浦上朝雾"③中渐渐远去。明石道人目送行舟,心中异常悲伤,久久不能自解,终至茫然若失。船里的尼姑夫人离开了这长年住惯的乡居而重返京都,也有无量感慨,泪流满面,对女儿吟道:

"欲登彼岸心如矢,
　船到中流又折回。"④

明石姬答诗云:

"浦滨几度春秋更,
　忽上浮槎入帝京。"

---

① 据佛教中说:天人果报尽时,暂堕三恶道,即地狱道、饿鬼道、畜生道。经此苦恼,再生天界。
② 古歌:"大限不可逃,人人欲永生。子女慕父母,为亲祝千春。"见《伊势物语》。
③ 古歌:"天色渐向晓,浦上多朝雾。行舟向岛阴,不知往何处?"见《古今和歌集》。
④ 彼岸是佛教用语,指阴司,即所谓西方极乐世界。

这一天正值顺风。舍舟登陆，乘车到达京都，不曾延误时日。为欲避免外人议论，一路上谨慎小心。

大堰的邸宅也颇有风趣，很像那多年来住惯的浦上，令人不觉得改变了住处。只是回思往事，感慨甚多。新筑的廊房式样新颖，庭中的池塘也雅致可爱。内部设备虽未十分周全，但住惯了也并无不便。源氏内大臣吩咐几个亲信的家臣，赴邸内举办安抵贺筵。他自己何日来访，只因有所不便，尚须考虑安排。不觉匆匆地过了几天。明石姬不见源氏内大臣来到，心中一直悲伤。她思慕离别了的故乡，镇日寂寞无聊，便取出当年公子当作纪念品送她的那张琴来，独自弹奏。时值衰秋，景物凄凉。独居一室，恣意操奏。略弹片刻，便觉松风飒然而至，与琴声相和。那尼姑母夫人正斜倚着忧伤悲叹，听见琴声，便坐起身来，即兴吟道：

"祝发独寻山里静，
松风①犹是旧时音。"

明石姬和诗云：

"拟托琴心怀故友，
他乡何处觅知音？"

明石姬如此蹉跎光阴，又过了数日。源氏内大臣很不安心，便顾不得人目注视，决心赴大堰访问。他以前不曾将此事明确告知紫姬，但深恐她照例会从别人处听到，反而不好，故这回如实告诉了她。又

---

① 本回题名据此。

对她说："桂院①有些事，必须亲往料理，我不觉已搁置很久了。还有约定来京访我的人，正在那附近等待，不去也不好意思。再则嵯峨佛堂里的佛像，装饰尚未完成，也得去照料一下。总须在那里耽搁两三天呢。"紫姬以前曾听人说过他突然营造桂院，现在料想是要给明石姬住的了，心中很不高兴，答道："你去那边两三天，怕连斧头柄也烂光②吧？教人等杀呢！"脸上露出不快之色。源氏内大臣说："你又多心了！大家都说我和从前完全不同了，只有你……"花言巧语地安慰了她一番之后，太阳已经很高了。

这一次出门是微行，前驱者也只是几个心腹人。悄悄地前行，到达大堰已是黄昏时分。从前流寓明石浦时，身穿旅装便服，明石姬已赞叹他的风姿之美，乃见所未见。何况现在身穿官袍，加之用心打扮，其神情之艳丽竟是盖世无双，她见了心惊目眩，心头的愁云忽然消散，不觉喜形于色。源氏公子到了邸内，觉得一切都可喜可爱。看见了小女公子，尤为感动，深悔以前多时隔绝，何等可惜！他想："葵姬所生的夕雾，世人盛称其为美男子，不过是为了他是太政大臣的外孙，权势所关，不得不颂扬耳。这小女公子年仅三岁，便已长得如此美丽，将来可想而知了。"但见她向人天真烂漫地微笑，那娇痴模样实在教人爱杀！那乳母从前下乡之时，形容甚是憔悴，现已养得很丰丽了。她叨叨絮絮地把年来小女公子的情状告诉源氏公子。公子想象她在那盐灶旁边的村居生涯，甚觉可怜，便用善言抚慰。又对明石姬说："这地方也很偏僻，我来去不甚方便。还是迁居到我原定的东院去吧。"明石姬答道："现在初到，还很生疏，且过几时，再作道理。"此言亦属有理。这一晚两人娓娓话情，直至天明。

---

① 是源氏在嵯峨的别墅。
② 《述异记》所载："晋王质入山樵采，见二童子对弈，童子与质一物如枣核，食之不饥。局终，童子指示曰：'汝柯烂矣。'质归乡里，已及百岁。"世称此山为"烂柯山"。柯即斧柄。

邸内有些地方还须修理。源氏公子召集本来留在这里的及新近增添的人员，吩咐他们分别办理。在附近领地内当差的人们听见公子要来桂院，聚集在院内恭候，现在都到这邸内来参见了。公子命他们整理庭院中损坏的树木。他说："这院子里有好些装饰用的石头都滚下来不见了。若能整理得雅观，这也是个富有趣致的庭院。不过这种地方过分修得讲究，也是枉然。因为这不是久居之地，修得太好了，离去时依依难舍，反而增多痛苦。"他就追述谪居明石浦时的往事，忽而欢笑，忽而泣下，随意畅谈，神情轩昂潇洒。那尼姑窥见了他的风采，老也忘记了，忧也消解了，不禁笑逐颜开。

源氏公子叫工人重新疏导东边廊房下流出来的泉水，自己脱下官袍，仅穿内衣，亲去指示，其姿态异常优美。那尼姑看了欢喜赞叹不置。源氏公子看见一旁有佛前供净水的器具，想起了那尼姑，说道："师姑老太太也住在这里么？我太不恭敬了。"便命取官袍来穿上，走到尼姑居处的帷屏旁边，言道："小女能长得如此美好而无缺陷，全是太君修行积德之故。太君为了我等，舍弃了心爱的静修之处而重返尘世，此恩诚非浅鲜。而老大人独居浦上，对此间定多悬念。种种照拂，感谢不尽！"这番话说得情意缠绵。尼姑答道："能蒙公子体谅我重返尘世之苦心，老身延命至今，也不算虚度光阴了。"说到这里，哭了。后来又说："这一棵小小青松，生长在荒矶之上，实甚可怜。现在移植丰壤，定当欣欣向荣，诚可庆喜。但恨托根太浅①，不知有否障碍，深可悬念耳。"这话说得很有风度。公子便和她话旧，追述尼姑的祖父中务亲王住在这邸宅里时的情况。此时那泉水已经修好，水声淙淙，仿佛泣诉旧情。尼姑便吟诗道：

"故主重来人不识，

---

① 指自家身份低微。

泉声絮语旧时情。"

源氏公子听了，觉得她这诗并不做作，而语气谦逊，诗情甚雅。便答吟云：

"泉声不忘当年事，
故主音容异昔时。①

往事实在很可恋慕呵！"他一面沉思往昔，一面站起身来，姿态甚为优雅。尼姑觉得这真是个盖世无双的美男子。

源氏公子来到嵯峨佛堂。他规定，这里的佛事，每月十四日普贤讲，十五日阿弥陀讲，月底释迦讲。这是应有的，不消多说。此外他又增加了其他种种佛事。关于佛堂装饰及各种法器，亦各有指示。到了月色当空之时，才从佛堂回大堰邸。此时他想起了当年明石浦上月夜的情景。明石姬猜到他的心事，便乘机取出那张纪念品的琴来，放在他面前。这时源氏公子心中无端地顿感凄怆，难于忍受，便弹奏一曲。琴弦的调子还同从前一样，并无改变。因此弹奏之时，从前的情景仿佛就在目前。于是公子吟诗道：

"弦音不负当年誓，
始信恩情无绝时。"

明石姬答道：

"弦音誓不变，聊慰相思情。

---

① 指明石姬之母已出家为尼。

一曲舒愁绪，松风带泣声。"

这样与源氏公子对答吟唱，似乎并无不相称之处，明石姬为此感到分外欣幸。

　　明石姬的花容月貌，叫源氏公子难分难舍。小女公子的娇姿，也使他百看不厌。他想："这孩子叫我如何安排呢？让她在暗中生长，委屈了她，何等可惜！不如带她到二条院去，给紫姬当女儿，可以尽心竭力地教养她。将来送她入宫，也免得世人讥评。"然而又恐明石姬不肯，因此不便出口，只是对着这小娃娃垂泪。小女公子起初见父亲还怕羞，后来渐渐熟了，也对他说话，对他笑，与他亲近。源氏公子看了，越发觉得娇美可爱。他抱了她，这父女二人的姿态真漂亮！可知他们原有宿世因缘。

　　次日，预定回京都去，为了惜别，这一天早上起身稍迟。他准备从这里直接返京。但京中来了许多达官贵人，聚集在桂院。又有许多殿上人到这邸内来迎接他。源氏公子一面整理行装，一面懊恼地说："真不好意思！这里不容易找到，他们怎么会来的？"外面人声嘈杂，他就不得不走出去。临别无限伤心，脸上没精打采，走到明石姬房间门口，停下步来，正好乳母抱着小女公子出来了。源氏公子看见这孩子非常可爱，伸手摸摸她的头发，说道："我不看见她，心中便难过，实在爱得太过分了。这便如何是好呢？这地方真是'君家何太远'①了。"乳母答道："从前住在乡下，想念得好痛苦！如今到了京中，倘再不得照顾，那真是比从前更加痛苦了！"小女公子伸出两手，扑向站着的父亲，要他抱。源氏公子便坐下来抱了她，说道："怪哉，我一生忧患，竟无尽头！一刻不见这孩子便觉痛苦。夫人在哪里？何不与小

---

① 古歌："君家何太远，欲见苦无由。暂见也难得，教人怎不愁？"见《元真集》。

女公子一同出来送别？再见一面，亦可聊以慰情啊。"乳母笑着，进去告知了明石姬。明石姬此时芳心缭乱，倒在床上，一时起不得身。源氏公子觉得未免太高贵了。众侍女都劝她快快出去，不应该叫公子久候，她才勉强起身，膝行而前，把半身隐在帷屏后面，姿态非常优美高雅。如此娇艳模样，即便说她是个皇女，也无不称之处。源氏公子便把帷屏的垂布撩起，与她细说离情。

终于只得起身告别。走了几步，回头一看，但见这个一向羞涩不前的人，居然走出门来送别了。明石姬举目一望，觉得这真是一个相貌堂堂的美男子！他的身体本来瘦长，现在略胖了些，便更加匀称了。服装也都称体，十足具有内大臣的风度，连裙裾上也泛溢出风流高雅的气息来。这也未免有点情人眼里出西施吧。

昔年削职去官的那个右近将监，早已恢复藏人之位，并兼卫门尉之职，今年又晋了爵。他那模样与昔年流寓明石浦时大不相同，威武堂皇，神气十足。此刻他来拿源氏内大臣的佩刀，走过来侍立在他身旁。右近将监看见这里有一个熟识的侍女，便话里有话地说："我决不忘记昔年浦上的厚意。但此次多多失礼了：我早上醒来，觉得此地很像明石浦，却无法给你写信请安。"那侍女答道："这山乡僻壤，荒凉不减于朝雾弥漫的明石浦。况且亲友凋零，连苍松也已非故人①了。承蒙你这不忘旧情的人前来问候，不胜欣慰。"右近将监觉得这个侍女误会太甚。原来他以前曾经有意于明石姬，所以说这番话来暗示心事。这侍女却误认为他看中了她自己。右近将监觉得出乎意外，便淡然地告别道："改日再来拜访吧。"就跟着公子出去了。

源氏内大臣打扮得齐齐整整，走出门去时，前驱者高声喝道。头中将与兵卫督坐在车子后面奉陪。源氏内大臣对他们说："我这个简陋

---

① 古歌："谁与话当年？亲友尽凋零。苍松虽长寿，亦已非故人。"见《古今和歌集》。

不堪的隐避所被你们找到了，真遗憾！"样子很不高兴。头中将答道："昨晚好月亮，我们不曾来奉陪，抱歉之至。因此今天冒着朝雾前来迎接。山中的红叶时候还早，野间的秋花此刻正茂盛呢。昨天同来的某某朝臣，在途中放鹰猎取鸟兽，落在后面，现在不知怎么样了。"

源氏内大臣决定今日游玩桂院，命车驾转赴其地。桂院的管理人仓皇置办筵席，奔走骚扰，手忙脚乱。源氏内大臣召见鸬鹚船①上的渔夫。他听到这些渔夫的口音，回想起了须磨浦上的渔夫的土话。昨夜在嵯峨野中放鹰猎取鸟兽的某某朝臣，送上用荻枝穿好的一串小鸟，作为礼物，以证明其曾经狩猎。传杯劝酒，不觉过量。川边散步，有失足之虞。然而酒醉兴浓，在川边盘桓了一日。诸人皆赋绝句。到了晚上月光皎洁之时，大开音乐之会，繁弦急管，热闹非常。弦乐只用琵琶与和琴，笛类则命长于此道之人吹奏。笛中所吹的，都是适合秋天时令的曲调。水面风来，与曲调相和，更觉富有雅趣。此时月亮升入高空，乐音响彻云霄。

夜色渐深之时，京中来了四五个殿上人。这些人皆在御前侍候，宫中举行管弦之会时，皇上曾言："六天斋戒，今已圆满，源氏内大臣必来参与奏乐，何以不见他到？"有人启奏：大臣正游嵯峨桂院。皇上便遣使前来存问。同来的钦差是藏人弁，带来冷泉帝的信中有云：

"院居接近蟾宫桂，

料得清光分外明。

我好羡慕呵！"源氏内大臣对使者申述未能参与宫中奏乐的歉意。但他觉得此间奏乐，因环境不同，故有凄清之感，反比宫中饶有意趣。便沈盏更酌，又添了醉意。

① 这附近桂川上的鸬鹚船自古著名。

此间不曾准备犒赏品,便派人到大堰邸内去取,嘱咐明石姬:不须特别丰盛。明石姬即将手头现成之物交使者送上,计有衣箱两担。钦差藏人弁急欲返宫,源氏内大臣便从衣箱中取出女装一袭,赠与钦差,并答诗云:

"空有嘉名称月桂,
朝朝苦雾满山乡。"

言外之意是盼望日光照临,即盼望冷泉帝行幸到此也。钦差去后,源氏内大臣于席上闲吟古歌:"我乡名桂里,桂是蟾宫生。为此盼明月,惠然来照临。"①因此想起了淡路岛,便谈到躬恒怀疑"莫非境不同?"那曲古歌,席上便有人不胜感慨,带醉而泣。源氏公子吟诗道:

"否去泰来日,月华在手旁。
当年窜淡路,遥望此清光。"

头中将接着吟道:

"月明暂被浮云掩,
此夜清光普万方。"

右大弁年纪较长,桐壶帝时代早就在朝,圣眷优厚。此时他追怀故主,便吟诗道:

"月明遽舍天宫去,

---

① 此古歌见《古今和歌集》。

落入深山何处边?"

席上诸人赋诗甚多,为免烦冗,恕不尽述。源氏内大臣恣情谈笑,庄谐杂作,众人皆想听他千年,看他万载,真是斧头柄要烂光了。但逗留已有四天,今日必须返都。便将各种衣服分别赏赐众人。他们把这些衣服搭在肩上,在雾中忽隐忽现,五彩缤纷,望去几疑是庭中的花草,景象异常美观。近卫府中以擅长神乐、催马乐或东游等歌曲著名的舍人,有几个此时亦随侍在侧。这些人游兴尚未餍足,便唱着神乐歌《此马》之章①,跳起舞来。源氏内大臣以下,许多人从身上脱下衣服来赏赐他,那些衣服披在肩上,红紫错综,仿佛秋风中翻飞的红叶。如此大队人马喧嚣扰攘地返京,大堰邸中的人遥闻声息,颇有落寞之感,大家惘然若失。源氏内大臣不曾再度向明石姬告别,亦觉于心不安。

源氏内大臣回到二条院,休息片刻。然后将嵯峨山中情状讲给紫姬听。他说:"我回家延迟了一天,心里很懊恼。只因那些好事者来找我,硬把我留住了。今天疲劳得很呢。"就进去睡觉了。

紫姬心中照例很不高兴。源氏内大臣装作不知,开导她说:"你与她身份悬殊,同她比较是不行的。你应该想:尔为尔,我为我。不同她计较才是。"预定这天晚上入宫。此时他转向一旁,忙着写信,大概是给明石姬的。从旁望去,但见写得十分详细。又对使者耳语多时。众侍女看了都感不快。晚上本来想宿在宫中,但因紫姬心绪不佳,终于深夜回家了。明石姬的回信早已送到。源氏内大臣并不隐藏,就在紫姬面前拆阅。信中并无特别使她懊恼的文句,源氏内大臣便对紫姬说:"你把这信撕毁了吧!这种东西很讨厌,放在这里,和我的年纪很不相称。"说着,将身靠在矮几上了,心中却念念不忘地记挂明石姬,

---

① 神乐歌《此马》全文:"吁嗟此马,向我求草。卸其衔辔,饲以草料。亦取水来,自彼池沼。"

只管望着灯火出神,别无话说。

那封信展开在桌子上,但紫姬装作并不想看的模样。源氏内大臣说:"你硬装不要看,却又偷看。你那眼色才教我不安呢。"说着莞尔而笑,脸上娇憨之色可掬。他靠近紫姬身旁,对她言道:"不瞒你说,她已经生下一个可爱的女孩,可见前世宿缘不浅。然而这母亲身份低微,我公然把这孩子当作女儿抚养,又恐惹人议论。因此我很烦恼。请你体谅我,代我想个办法,一切由你做主吧。你道如何是好?接她到这里来由你抚育,好不好?现在已是蛭子之年,这无辜的孩子,我不忍抛弃她。我想给她那小小的腰身上穿一条裙子,如果你不嫌亵渎,请你替她打结,好么?"紫姬答道:"你如此不了解我,竟出我意料之外。你倘如此,我也只得不管你的事了。你该知道,我最喜欢天真烂漫的孩子。这孩子当这年龄,该是何等可爱呵!"她脸上微微露出笑容。原来紫姬生性爱好小儿,她很想取得这女孩,抱在手里抚育她。源氏内大臣心中迟疑不决:究竟如何是好?真个迎接她来此么?

大堰邸内,他不便常去。只有赴嵯峨佛堂念佛之时,乘便去访,每月欢会两次而已。比较起牛郎织女来,差胜一筹。明石姬虽然不敢再有奢望,但心中安得不伤离怨别?

第十九回　薄　云①

转瞬之间,秋尽冬来,大堰河畔的邸宅里越发冷落萧条,明石姬母女寂寞无聊,空度岁月。源氏公子劝道:"在这里到底过不下去,不如迁居到我近旁来吧。"但明石姬想:"迁居到那边去,生怕'辘轳多苦辛'②。若在那边彻底看透了他那薄情的心,我就会大失所望,这时

---

① 本回写源氏三十一岁冬天至三十二岁秋天之事。
② 古歌:"地僻君难到,迁地以待君。待君君不来,辘轳多苦辛。"见《后撰集》。

真所谓'再来哭诉有何言'①了。"因此踌躇不决。源氏公子便和她婉言商量:"既然如此,这孩子长住在此终非善策。我正在安排她的前程,如果任她埋没在此,岂不委屈了她?那边紫夫人早已闻知你有这孩子,常想看看她。让她暂时到那边去,和紫夫人熟了些,我想公开地替她举行隆重的穿裙仪式。"明石姬早已担心公子作此打算,如今闻言,更觉痛心,答道:"她虽然变成了贵人的女儿,身份抬高了,但倘知道实情的人把风声泄露出去,这事情反而不妙。"她总不肯放手。源氏公子说:"你这话也说得有理。但紫夫人这边的事,你尽可放心。她出嫁多年,不曾生过一男半女,常叹身边寂寞。她生性喜欢孩子。像前斋宫那样年纪很大的女孩,她也强要当作女儿疼爱她。何况你这个无疵无瑕的小宝贝,她岂肯轻易舍弃?"便向她叙述紫姬的品性如何善良。明石姬听了,想道:"以前约略听到世人传说:这源氏公子东钻西营,拈花惹草,不知要遇到怎样的人才能安定。原来其人就是这紫姬,他已经死心塌地地奉她为正夫人了,可见他们的宿缘不浅。而这位夫人的品性比别人更加优越,也可想而知了。像我这样微不足数的人,当然不能和她并肩争宠。如果贸然迁居东院,参与其列,岂不被她耻笑?我身利害,且不计较,倒是这孩子来日方长,恐怕将来终须靠她照拂。如此说来,还不如趁这无知无识的童稚之年把她让给了她吧。"既而又想:"倘若这孩子离开了我,我不知要怎样挂念她。而且寂寞无聊之时无以慰情,教我如何度日?这孩子一去,更有何物可以引逗公子偶尔降临呢?"她左思右想,方寸迷乱,但觉此身忧患无穷。

尼姑母夫人是个深思远虑的人,对女儿说道:"你这种顾虑毫无道理!你今后见不到这孩子,也许痛苦甚多,但你应该为这孩子的利益着想。公子定是再三考虑之后才对你宣说的。你只管信赖他,将孩子送过去吧。你看:皇帝的儿子,也根据母亲的身份而有高下之别。就

---

① 古歌:"痛数薄情终不改,再来哭诉有何言?"见《拾遗集》。

像这位源氏内大臣，人品虽然盖世无双，但终于降为臣籍，不得身为亲王，只能当个朝廷命官。何以故？只因他的外公——已故的按察大纳言——官位比别的女御的父亲低一级，所以他母亲只能当个更衣，而他就被人称为更衣生的皇子，差别就在于此啊！皇帝的儿子尚且如此，何况一般臣下，更不可相提并论了。再就一般家庭而言，同是亲王或大臣的女儿，但倘这亲王或大臣官位较低，这女儿又非正夫人，她所生之子女就为人所轻视，父亲对这子女的待遇也就不同。何况我们这种人家，如果公子的别的夫人中有一个身份高于我们的人生了子女，那么我们这孩子就全被压倒了。再说，凡女子不论身份高下，能得双亲重视，便是受人尊敬的起因。这孩子的穿裙仪式，倘由我们举行，即使尽心竭力，在这深山僻处有何体面可言？终不如完全交给他们，看他们如何排场。"她把女儿教训了一番之后，又与见解高明之人商量，再请算命先生卜筮，都说送二条院大吉。明石姬的心也就软下来了。

源氏内大臣虽为小女公子作此打算，但也深恐明石姬心情不快，所以并不强请。他写信去问：ّ穿裙仪式之事，应如何举行？"明石姬复道："想来想去，教她住在我这一无可取的人身边，对她的前程终是不利的。然而教她参与贵人之列，又恐被人耻笑。……"源氏内大臣看了这回信，很可怜她，但也无可奈何。

就选定了一个黄道吉日，悄悄地命人准备一切应有事宜。明石姬到底舍不得放弃这孩子。但念孩子的前程要紧，也只得忍受痛苦。不但孩子而已，乳母也非同去不可。多年以来，她与这乳母晨昏相伴，忧愁之日，寂寞之时，全靠二人互相慰藉。如今这乳母也走了，她更形孤单，安得不伤心痛哭？乳母安慰她道："这也是前定之事。我因意外之缘，幸得侍奉左右。多年以来，常感盛情，念念不忘，岂料有分手之日？虽然今后会面机会甚多，但一旦离去左右，前往逢迎素不相识之人，心中好生不安呵！"说着也哭起来了。

过不多天，已是严冬腊月，霰雪纷飞。明石姬更觉孤寂。她想起此身忧患频仍，异乎常人，不禁悲伤叹息。她比平常更加疼爱这小宝贝了。有一天大雪竟日，次日早晨，积雪满院。她平日难得到檐前闲坐，这一天回思往事，预想将来，偶尔来到檐前，坐眺池面冰雪。她身上穿着好几层柔软的白色衣衫，对景沉思，姿态娴雅。试看那鬟髻和背影，无论何等身份高贵的女子，其美貌也不过如此。她举起手来揩拭眼泪，叹道："今后再逢着这样的日子，更不知何等凄凉也！"便娇声哭泣起来。继而吟道：

"深山雪满无晴日，
鱼雁盼随足迹来。"

乳母哭泣着安慰她道：

"深山雪满人孤寂，
意气相投信自通。"

到了这雪渐渐融解之时，源氏公子来了。若是平日，公子驾临不胜欢迎。但想起了他今天所为何来，便觉心如刀割。明石姬固然知道此事并非别人强迫她做，全是出于自己心愿。如果自己断然拒绝，别人决不勉强。她深悔做错了事。但今天再拒绝，未免太轻率了。源氏公子看见这孩子娇痴可爱地坐在母亲膝前，觉得自己与明石姬之间宿缘非浅！这孩子今年春天开始蓄发，现已长得像尼姑的短发一般，茸茸地挂到肩上，非常美丽。相貌端正，眉目清秀，更不必说了。源氏公子推想做母亲的把这孩子送给别人之后悲伤悬念之情，觉得异常对不起明石姬，便对她反复说明自己的用意，多方安慰。明石姬答道："但愿不把她看作微贱之人的女儿，好好地抚育她……"说到这里，忍不住流下泪来。

小女公子还不识甘苦，只管催促快快上车。母亲亲自抱了她来到

车子旁边,她拉住了母亲的衣袖,咿咿呀呀地娇声喊道:"妈妈也上来!"明石姬肝肠断绝,吟道:

"小松自有参天日,
别后何时见丽姿?"

未曾吟毕,已经泣不成声。源氏公子对她深感同情,觉得此事的确使她痛苦,便安慰她道:

"翠叶柔条根柢固,
千秋永伴武隈松。①

但请徐徐等待。"明石姬也觉得此言甚是,心情稍安,然而终于悲伤不堪。乳母和一个叫作少将的上级侍女,拿着佩刀和天儿②与小女公子同乘。其他几个相貌美好的青年侍女和女童,另乘车子相送。源氏公子一路上记念留在邸内的明石姬,痛感自身犯了何等深重的罪恶!

到达二条院时,天色已黑。车子赶近殿前,那些乡村里出来的侍女们,看见灯烛辉煌,繁华热闹,气象迥异他处,觉得到这里来当差有些不惯呢。源氏公子派定向西的一间为小女公子的居室,内有特殊设备,小型的器具布置得异常美观。西边廊房靠北的一间,是乳母的居室。小女公子在途中睡着了。抱她下车时并不哭泣。侍女们带她到紫夫人房中,给她吃些饼饵。她渐渐发觉四周景象不同,又不见了母亲,便向各处寻找,脸上显出要哭的模样。紫夫人便喊乳母过来安慰她。

源氏公子想起山中大堰邸内的明石姬,失去了孩子之后何等寂

---

① 武隈地方,以产夫妇松(双松并生者)著名。此诗以夫妇松喻自己及明石姬,并谓不久迎接她去同居。
② 天儿是一种布娃娃,小儿带在身边,认为可以避凶灾。

寞，觉得很对她不起。但见紫姬朝夜爱抚这孩子，又觉十分如意称心。所可惜者，这孩子不是她亲生的。倘是亲生，外人便无可非议。这真是美中不足了。小女公子初来的几天内，有时啼啼哭哭，要找一向熟悉的人。但这孩子本性温和驯良，对紫姬十分亲昵，因此紫姬很疼爱她，仿佛获得了一件宝贝。她终日抱她，逗引她。那乳母便自然而然地和夫人熟悉起来。他们又另外物色一个身份高贵而有乳的人，相帮哺育这孩子。

小女公子的穿裙仪式，虽未特别准备，但也十分讲究。按照小女公子身材做的服装和用具，小巧玲珑，竟像玩偶游戏，非常可爱。当天贺客甚多，但因平日亦常车马盈门，所以并不特别惹人注目。只是小女公子的裙带，像背带那样通过双肩在胸前打了一个结，样子比以前更加美丽了。

大堰邸内的人，怀念小女公子，终无已时。明石姬越发痛悔自己的错失了。尼姑母夫人那天虽然如此教训女儿，现在也不免常常流泪。但闻那边如此爱惜这小女公子，心中也自欢欣。小女公子身上，那边供奉周到，此间不须操心。只是备办了许多色彩非常华美的衣服，送给乳母以及小女公子贴身的众侍女。源氏公子想起：若久不去访，明石姬定会疑心：果如所料，从今我抛弃她了，因而更加恨我，这倒对她不起。于是在年内某日悄悄地前往访问了一次。邸内本已非常岑寂，再加失去了那朝夕宝爱的孩子，其悲伤可想而知。源氏公子想到这里，也觉得痛苦，因此不绝地去信慰问。紫姬如今也不甚妒恨明石姬了。看这可爱的孩子面上，饶恕了她的母亲。

不久岁历更新。天空明丽，二条院内万事如意，百福骈臻。各处殿宇，装饰得分外华丽。贺年客人络绎不绝。年辈较长的人，都在初七吃七菜粥①的节日赶来庆祝。门前车马若市。那些青年贵公子，个个

---

① 七菜是指春天的七种菜，即芹菜、荠菜、鼠曲草、繁缕、佛座、芜菁、萝卜。正月初七把这七种菜剁碎后放入粥里，叫作七菜粥。当时认为吃了能治百病。

无忧无虑，喜气洋洋。身份较次的人，心中虽有思虑，脸上怡然自得。看这光景，真可谓太平盛世。住在东院西殿里的花散里，日子也过得很舒服。众侍女及女童等的服装，也照顾得很周到，生涯十分丰裕。住在源氏公子近旁，自然便宜得多。公子每逢闲暇无事之时，常常散步过来和她会面。至于特地来此宿夜，则甚难得。但花散里性情谦恭温顺，她认为自己命中注定，对公子的缘分止于如此，所以心满意足地悠闲度日。因此源氏公子很放心，每逢四时佳节，对她待遇之丰厚，不亚于紫姬。上下诸人，都不敢看轻她。愿意伺候她的侍女也不少于紫姬。家臣也都不敢怠慢于她。境况之佳，也无可指摘了。

源氏公子时时挂念大堰邸内明石姬的寂寥，等到正月里公私诸事忙过以后，就前往访问。这一天他打扮得特别讲究：身穿表白里红的常礼服，里面是色泽华丽的衬衣，衣香熏得十分浓烈。向紫姬告别之时，正好映着绯红的夕阳，全身光彩绚赫。紫姬目送他出门时，不觉目眩心移。小女公子不知不识，拉住了父亲的裙裾，要跟他同去，竟想走出室外来。源氏公子站定了脚，心中可怜她。说了一番安抚她的话，然后信口唱着催马乐中"明朝一定可回来"①之句，出门而去。紫姬便叫侍女中将到廊房口去守候，等他出来时赠他一首诗：

"若无人系行舟住，
明日翘盼荡子归。"

中将吟时，音调十分流畅，源氏公子笑容可掬地答道：

---

① 催马乐《樱人》全文："（男唱）樱人樱人快停船，载我前往看岛田。我种岛田共十区，察看一遍就回来。明朝一定可回来。（女唱）口头说话是空言，明朝回来难上难。你在那边有妻房，明朝一定不回来，明朝一定不回来。"樱人是摇船的本地人。

"匆匆一泊明朝返,

不为伊人片刻留。"

小女公子听他们唱和,全然不懂,只管跳跳蹦蹦地戏耍。紫姬看了觉得非常可爱,对明石姬的醋意也消减了。她推想明石姬一定非常想念这孩子。倘使换了她自己,该是何等伤心呵!她对这孩子注视了一会,抱她到怀里,摸出自己那个莹洁可爱的乳房来,给她含在口中,以为戏耍。旁人看了觉得这光景真是有趣!侍女们互相告道:"夫人怎么没有生育?这孩子倘是自己生的,多好呢!"

大堰邸内,光景十分优裕。房屋形式也与众不同,别饶雅趣。加之明石姬的容颜举止,每次看见,都比上次优越。比较起身份高贵的女子来,实在并不逊色。源氏公子想:"她的品行倘若同别人一样,并无特别优越之处,我不会如此怜爱她。她父亲性行乖僻,确是一大憾事。至于女儿身份低下,又有何妨?"源氏公子每次来访,都只是匆匆一叙,常感不满。此次又是急忙归去,他觉得虽然相会,仍是痛苦,心中一直慨叹"好似梦中渡雀桥"①。身边正好有筝,源氏公子取了过来。想起了那年在明石浦上深夜合奏之事,便劝明石姬弹琵琶。明石姬同他合奏了一会。源氏公子深深赞叹她技巧的高明,觉得无瑕可指。奏罢之后,他就把小女公子的近况详细告诉她。

大堰邸原是个寂寞的居处。但源氏公子时时来此泊宿,有时也就在这里吃些点心或便饭。他来此时,对外往往借口赴佛堂或桂院,并不明言专诚来访。他对明石姬虽非过度迷恋,但也没有轻蔑之色,绝不把她当作一般人看待,足见对她的宠爱是与众不同的。明石姬也深知公子对她异常宠爱,所以她对公子并不作僭越的要求,但也不过分

---

① 古歌:"世间情爱本飘摇,好似梦中渡雀桥。渡过雀桥相见日,心头忧恨也难消。"见《河海抄》。

自卑,凡事不违背公子的欲愿,真可谓不亢不卑,恰到好处。明石姬早就听人说:源氏公子在身份高贵的女人家里,从来不如此开诚相待,总是趾高气扬的。因此她想:"我倘迁居东院,住在太接近公子的地方,倒反而与她们同化,难免受人种种侮辱。现在住在这里,虽然他来的次数不多,但总是特地为我而来,在我更有面子。"明石道人送女儿入京时虽然言语决绝,但毕竟也很挂念,不知公子对她们待遇如何,常常派使者来探问。听到了消息,有时忧伤叹息;但感到光荣、欢欣鼓舞之时亦复不少。

正在此时,太政大臣逝世了。这老大臣是天下之柱石,一旦殂落,皇上亦不胜悲叹。昔年暂时隐退,笼闭邸内,尚且引起朝中骚扰;何况今日与世长遗,悲伤之人自然甚多。源氏内大臣亦非常惋惜。以前一切政务均可依赖太政大臣主裁,内大臣甚是安闲。今后势必独任其艰,因此更增愁叹。冷泉帝年仅十四,然而稳重老成,似乎远在这年龄之上,躬亲政务,圣明善断,源氏内大臣颇可放心。然而太政大臣逝世之后,除了他自己以外,别无可托之后援人。谁能代他负此重任,而让他成遂出家修行之夙愿呢?想到这里,便觉太政大臣之早逝甚可痛心。因此大办追荐佛事,比太政大臣的子孙们办得更加隆重。又殷勤吊慰,多方照拂。

这一年世间疫疠流行。禁中屡次发生异兆,上下人心不安。天空也多怪变:日月星辰,常见异光,云霞运行,亦示凶兆。世间惊人之事甚多。各地天文、卜易专家纷纷上书申报,其中记载着种种教人吃惊的怪事。惟有源氏内大臣心中特别烦恼,认为此乃自身罪恶深重所致。

出家的藤壶母后于今年春初患病,到了三月里,病势十分沉重。冷泉帝行幸三条院,向母后问病。桐壶帝驾崩之时,冷泉帝还只五岁,尚未深解世事。如今母后病重,帝心异常忧虑,愁容满面。藤壶母后亦甚悲伤,对他言道:"我预知今年大限难逃。但也并不觉得特别痛苦，倘明言自知死期，深恐外人笑我故意装腔，所以并不额外多做功德。我早想入宫，从容地对你谈谈当年旧事。然而少有精神舒畅的日子，以致因循蹉跎，迄未如愿，实甚遗憾。"说时声音十分微弱。她今年三十七岁，然而还是青春盛年的模样，冷泉帝觉得非常可惜，心中更加悲伤了。便答道："今年是母后应当万事谨慎小心的厄年①，孩儿听说母后近数月来玉体违和，甚是担心。然而并未特别多做法事，实甚后悔。"他心中异常痛苦，只得在此危急之际，大规模举行法事，以祈祷母后复健。源氏内大臣以前也只当作她所患的是寻常小病，不甚介意。现在也深为担忧了。冷泉帝因身份关系，未便勾留，不久告辞返宫，心中无限悲伤。

藤壶母后非常痛苦，说话也很困难，只是心中寻思："此身因有宿世深缘，故在这世间享尽尊荣富贵，人莫能及。然而我心中无限痛苦，亦复世无其匹！冷泉帝做梦也不曾想到此种秘密，实在对他不起。惟有此恨，使我死不瞑目。海枯石烂，永无消解之一日了！"源氏内大臣为朝廷着想，太政大臣新丧，藤壶母后垂危，连遭不幸，实甚可悲。而想起了自己与藤壶母后的秘密私情，又觉无限伤心。于是尽心竭力，大办佛事，祈祷母后早日恢复健康。他对藤壶母后的恋情，年来久已断绝。想起了今生永无再续鸾胶之一日，心中非常悲痛。便走近病床前的帷屏旁边，向知情的侍女探询母后病状。母后身边的侍女，都是亲信之人，察知源氏内大臣衷情，便将母后近状详细奉告。又道："近几月来，即使身体不适，礼佛诵经之事亦不间断。积劳既久，身体更形衰弱。近日橘子汁也绝不进口，看来已无希望了。"众侍女无不掩面而泣。藤壶母后命侍女传言道："你恪守父皇遗命，为今上效忠，不遗余力。年来受惠甚多，我常思俟有良机，向你表达感谢之忱。静候至今，岂料病势沉重至此，遗憾在心，夫复何言！"源氏内大臣在帷屏外微闻

---

① 古时迷信：女子十九、三十三、三十七岁为"厄年"，必遭灾难。

声息，伤心至极，不能作答，只是吞声痛哭。自念心情何以如此脆弱，应该顾忌他人注目，振作起来。但又想起藤壶母后从前的美貌，世间一般人见了也不胜怜惜。岂料如今即将香消玉殒，无法挽留，真乃抱恨终天之事！终于收泪答道："驽钝之材，诚不足道。惟受命以来，竭力效忠，不敢怠慢。月前太政大臣遽尔逝世，此后身荷政务重任，益增惶恐。岂料母后今又患病，更觉心乱如麻。深恐此身亦不能久居人世也。"在这期间，藤壶母后就像油干火绝一般悄悄地断气了。源氏内大臣的悲伤不可言喻。

藤壶母后在一切贵人之中，心肠最为慈悲，对世人普遍爱护。从来豪门贵族，总不免倚仗势力，欺压平民，藤壶母后则绝无此种行为。四方有所贡献，凡劳师动众之事，一概谢绝。在佛法功德方面，她也十分撙节：从来富贵之人，经人劝请，往往穷极豪华地大做功德，即在圣明天子时代，亦不乏其例。惟有藤壶母后绝不做此等奢侈之事，她只用上代传下来的财宝，以及应得的年俸爵禄，在不妨碍其他用项的限度内，尽量普遍地斋僧供佛。因此无知无识的山僧，也都悼惜她的逝世。葬仪的消息，轰动全国，闻者无不悲伤。凡殿上官员，一律身穿黑色丧服，使得这莺花三月暗淡无光。

源氏公子看了二条院庭中的樱花，回想起当年花宴的情状，自言自语地吟唱古歌中"今岁应开墨色花"之句①。深恐惹人议论，只得笼闭在佛堂中，天天背人偷泣。夕阳如火，山间树梢毕露。而横亘在岭上的薄云，映成灰色。际此百无聊赖之时，这灰色的薄云分外惹人哀思。源氏公子吟道：

"岭上薄云含夕照，

---

① 古歌："山樱若是多情种，今岁应开墨色花。"见《古今和歌集》。

也同丧服色深勤。"①

无人闻知,独吟也是枉然。

七七佛事次第圆满之后,暂无举动。宫中闲静,皇上顿感寂寞无聊。且说有一个僧都,藤壶母后的母后②在世时就入宫供职,一直当祈祷师。藤壶母后也很尊敬他,当他亲信人。皇上亦重视他,常常教他举办隆重的法事。这确是一个道行高深的圣僧,世间少有。他今年约七十岁,近年来笼闭山中,勤修佛法,为自己晚年积福。此次专为藤壶母后祈病,来到京都,被召入宫,常侍皇上左右。源氏内大臣也劝他:"今后你就同昔日一样,常住宫中,为皇上供职。"僧都答道:"贫僧年老,本已不堪夜课。惟大臣有命,岂敢违反。况长年身蒙厚恩,理应报答。"便留住宫中了。

有一天,沉静的黎明时分,伺候人都不在身旁,值宿人员也都退去了,这僧都一面用老人特有的稳静声音咳嗽,一面为冷泉帝讲述人世无常之理。乘机言道:"贫僧有言,欲启奏陛下。因恐反获谎报之罪,故踌躇不决者久矣。但陛下若不知此事,罪孽甚大,贫僧恐受天罚。贫僧若将此事隐藏胸中,直至命终,则又有何益?佛菩萨亦将呵斥贫僧之不忠。"他讲到这里,说不出口了。冷泉帝想:"到底是什么事情?莫非他死后在这世间犹有余恨么?做和尚的,无论何等清高,往往贪馋嫉妒,实在讨厌。"便对他说:"我从幼年时候就亲信你,你却有事隐忍不说,教我好恨啊!"僧都续说道:"阿弥陀佛!佛菩萨所严禁泄露的真言秘诀,贫僧均已绝不保留地传授陛下。贫僧自身,尚有何事隐忍在心?惟有这一件,乃牵连过去未来之大事,如果隐瞒,只恐反而以恶名传闻于世,于已故桐壶院和藤壶母后以及当今执政之源

---

① 本回题名《薄云》据此诗。因此藤壶又名"薄云皇后"。
② 此乃桐壶帝前代的皇后。

氏内大臣,皆多不利。贫僧此老朽之身,毫不足惜,即使获罪,决不后悔。今当仰承神佛之意,向陛下奏闻:陛下尚在胎内之时,母后便已悲伤忧恼,曾密嘱贫僧多方祈祷。其中详情,出家之人当然不得而知。后来内大臣身蒙无实之罪,谪戍海隅,母后更加恐惧,又嘱贫僧举行祈祷。内大臣闻知此事,亦曾命贫僧向佛忏悔。陛下即位以前,贫僧不绝地为陛下祈求安泰也。据贫僧所知……"便将事实详细奏闻。冷泉帝听了他的话,如闻青天霹雳,恐惧悲伤,方寸缭乱,一时不能作答。僧都自念唐突启奏,恼乱圣心,深恐获罪,便想悄悄退出。冷泉帝留住了他,言道:"我倘不知此事而度送一生,深恐来世亦当受罪。惟你隐忍至今方始告我,反教我怨你不忠了。我且问你:除你以外,有否别人知道此事而泄露于外?"僧都答道:"除贫僧及王命妇之外,并无他人知此情由。贫僧今日奏闻,心中实甚恐惧。近来天变频仍,疫疠流行,其原因即在于此。陛下年幼之时,尚未通达世事,故神佛亦不计较。今陛下年事渐长,万事已能明辨是非,神佛即降灾殃,以示惩罚不孝之罪也。世间万事吉凶,其起因皆与父母有关。陛下若不自知其罪,贫僧不胜忧惧。因此敢将深藏心底之事宣之于口。"说时嘘唏不已。此时天色已明,僧都即便告退。

　　冷泉帝闻此惊人消息,如在梦中。左思右想,心绪恼乱。他觉得此事对不起桐壶院在天之灵。而使生父屈居臣下之位,实甚不孝。多方考虑,直到日晏之时,犹未起身。源氏内大臣闻知圣躬不豫,甚是吃惊,便前来探视。冷泉帝一见其面,悲伤更难忍受,簌簌地掉下泪来。源氏内大臣以为他悼念母后,泪眼至今未干也。

　　这一天,桃园式部卿亲王①逝世了。噩耗传来,冷泉帝又吃一惊,觉得这世间凶灾接踵而生,越发可忧了。源氏内大臣看见皇上如此忧伤,便不返二条院去,常住宫中,与皇上亲密谈心。皇上对他言道:

① 桐壶院之弟,槿姬之父。

"我恐寿命不永了,何以近来心情如此颓丧,天下又如此不太平。万方多难,教我不胜忧惧。我颇思引退,母后在世之时,我恐使她伤心,不敢提及。今已无所顾虑,我欲及早让位,以便安心度日。"源氏内大臣骇然答道:"此事如何使得!天下之太平与否,未必由于政治之长短。自古圣代明时,亦难免有凶恶之事。圣明天子时代发生意外变乱,在中国也有其例,在我国亦复如是。何况最近逝世之人,多半是高龄长寿,享尽天年者。陛下不须忧惧也。"便列举种种事例,多方劝慰。作者女流之辈,不敢侈谈天下大事。略举一端,亦不免越俎之嫌。

冷泉帝常穿墨色丧服,其清秀之容姿,与源氏内大臣毫无差异。他以前揽镜自照,亦常有此感想。自从听了僧都的话以后,再行细看源氏内大臣的相貌,越发深切地感到父子之爱了。他总想找个机会,向他隐约提到此事。然而又恐源氏内大臣难以为情,幼小的心中便鼓不起勇气。因此这期间他们只谈些寻常闲话,不过比以前更加亲昵了。冷泉帝对他态度异常恭敬,与从前迥不相同,源氏内大臣眼明心慧,早已看出,暗中觉得惊异,然而料不到他已经详悉底蕴了。

冷泉帝想向王命妇探问详情。然而他又不愿教王命妇知道母后严守秘密之事已经被他得悉。他只想设法将此事隐约告知源氏内大臣,问他古来有否此种前例。然而终无适当机会。于是他更加勤修学问,浏览种种书籍。他在书中发现:帝王血统混乱之事,在中国实例甚多,有公开者,有秘密者;但在日本则史无前例。即使亦有实例,但如此秘密,怎能见之史传?当然不会传之后世了。他只在史传中发现:皇子降为臣籍,身任纳言或大臣之后,又恢复为亲王,并即帝位者,则其例甚多。于是他想援用此种前例,以源氏内大臣贤能为理由,让位与他。便作种种考虑。

此时正值秋季京官任免之期。朝廷决定任命源氏为太政大臣。冷泉帝预先将此事告知源氏内大臣,乘便向他说起最近所考虑的让位之事。源氏内大臣闻言,诚惶诚恐,认为此事万不可行,坚决反对。奏道：“桐壶父皇在世之时，于众多皇子之中，特别宠爱小臣，但绝不考虑传位之事。今日岂可违背父皇遗志，贸然身登帝位？小臣但愿恪守遗命，为朝廷尽辅相之责。直待年龄渐老之时，出家离俗，闭关修行，静度残生而已。”他照常用臣下的口气奏闻，冷泉帝听了深感歉憾。至于太政大臣之职，源氏内大臣亦谓尚须考虑，暂不受命。结果只是晋升官位，特许乘牛车出入宫禁。冷泉帝深感不满，还要恢复源氏内大臣为亲王。但按定例，亲王不得兼太政大臣，源氏倘恢复为亲王，则别无适当人物可当太政大臣而为朝廷后援人，故此事又未能实行。于是晋封权中纳言①为大纳言兼大将。源氏内大臣想：“等待此人再升一级，成为内大臣以后，万事皆可委任此人，我多少总安闲些。”但回思冷泉帝此次言行，又甚担心。万一他已知道这秘密，则对不起藤壶母后之灵。而使冷泉帝如此忧恼，又万分抱歉。他很诧异：究竟是谁泄露这秘密的？

　　王命妇已迁任栉笥殿②职务，在那里有她的房室。源氏内大臣便去访晤，探问她：“那桩事情，母后在世之时是否曾向皇上泄露口风？”王命妇答道：“哪有此事！母后非常恐惧，生怕皇上听到风声。一方面她又替皇上担心，深恐他不识亲父，蒙不孝之罪，而受神佛惩罚。”源氏内大臣听了这话，回思藤壶母后那温厚周谨、深思远虑的模样，私心恋慕不已。

　　且说梅壶女御在宫中，果如源氏内大臣所指望，照料冷泉帝异常周到，身受无上的宠爱。这位女御的性情与容貌，十全其美，无瑕可指。故源氏内大臣对她十分重视，用心照拂。时值秋季，梅壶女御暂回二条院歇息。源氏内大臣为欢迎女御，把正殿装饰得辉煌耀目。现在他用父母一般的纯洁心肠来爱护她了。

---

① 葵姬之兄，即以前之头中将。
② 掌管御衣之所。

有一天，秋雨霏霏，庭前花草色彩斑斓，露满绿叶。源氏内大臣回想起梅壶的母亲六条妃子在世时种种往事，泪下沾襟，便走到女御的居室里来探望。他身穿墨色常礼服，借口时势不太平，故尔洁身斋戒，实则为藤壶母后祈祷冥福也。他把念珠藏入袖中，走进帘内来，姿态异常优雅。梅壶女御隔着帷屏亲口和他谈话。源氏内大臣说："庭前秋花盛开了。今年年头不佳，而草木无知，依旧及时开颜发艳，真可怜啊！"说着，把身子靠在柱上，映着夕照，神采焕发。接着谈到昔年旧事，谈到那天赴野宫访问六条妃子后黎明时依依惜别之状，言下不胜感慨。梅壶女御正如古歌所咏"回思往事袖更湿"①，也嘤嘤地哭泣起来，样子甚是可怜。源氏内大臣在帷屏外听她因哭泣而颤动的声音，想见她是个非常温柔优雅的美人。可惜不能见面，胸中焦灼难堪。此种恶癖实甚讨厌！

　　源氏内大臣又开言道："回想当年，并无何等可悲可恼之事，理应安闲度日。只因我心耽好风流，以致终年忧患不绝。有许多女子，我和她发生了不应该的恋爱，使我至今犹觉痛苦。其中至死不能谅解而抱恨长终者，计有二人，其一便是你家已过世的母夫人。她怨我薄幸，直至最后终不谅解，此乃我终身一大恨事。我竭诚照顾你这遗孤，指望借此聊慰寸心。无奈'旧恨余烬犹未消'②，看来这是永世的业障了。"至于另一人姑置不谈③。话头转向他处："中间我惨遭谪戍，常思回京之后，应做之事甚多。现在总算逐渐如愿以偿了。住在东院的那人④，以前孤苦伶仃，现在安居纳福，无所顾虑了。这个人性情温和，我与她互相谅解，亲密无间。我回京以后，复官晋爵，身为帝室屏

---

　　① 古歌："罗袖本来无干日，回思往事袖更湿。"见《拾遗集》。
　　② 古歌："旧恨余烬犹未消，惟有与汝永缔交。"见《源氏物语注释》所引。
　　③ 另一人显然是藤壶。
　　④ 指花散里。

藩,但我对富贵并不深感兴趣,惟有风月情怀,始终难于抑制。当你入宫之际,我努力抑制对你的恋情而当了你的保护人,不知你能谅解我此心否?如果你不寄予同情,我真是枉费苦心了!"梅壶女御觉得厌烦,默默不答。源氏内大臣说:"你不回答,可见不同情我,我好伤心啊!"

连忙岔开话头,继续言道:"自今以后,我总想永不再做疚心之事,静掩禅关,专心修持,为来世积福。只是回思过去,我毫无勋业值得一生怀念,不免遗憾耳。惟膝下有小女一人,现仅四岁,成长之日尚远。我今不揣冒昧,欲以此女奉托,指望靠她光大门第。我死之后,务请多多栽培。"梅壶女御态度异常文雅,只是隐隐约约地回答了一言两语。源氏内大臣听了觉得十分可亲,便静静地坐在那里,直到日暮。又继续言道:"光大门第之望,姑且不谈。目前我所企望的,一年四时流转之中,春花秋叶,风雨晦明,应有赏心悦目之景。春日林花烂漫,秋天郊野绮丽,孰优孰劣,古人各持一说,争论已久。毕竟何者最可赏心悦目,未有定论。在中国,诗人都说春花如锦,其美无比;而在日本的和歌中,则又谓'春天只见群花放,不及清秋逸兴长'。①我等面对四时景色,但觉神移目眩。至于花色鸟声,孰优孰劣,实难分辨。我想在这狭小的庭院内,广栽春花,移植秋草,并养些不知名的鸣虫,以点缀四时景色,供你等欣赏。但不知你对于春和秋,喜爱哪一季节?"梅壶女御觉得难于奉复。但闭口不答,又觉太不知趣,只得勉强答道:"此事古人都难于判别,何况我等。诚如尊见:四时景色,皆有可观。但昔人有云:'秋夜相思特地深'②;我每当秋夜,便思念如朝露般消失的我母,故我觉得秋天更为可爱。"③这话似乎没有多少理由,信口道来,但源氏内大臣觉得非常可爱。他情不自禁,赠诗一绝:

---

① 见《拾遗集》。
② 古歌:"无时不念意中人,秋夜相思特地深。"见《古今和歌集》。
③ 梅壶女御后来称为"秋好皇后",即根据她这段话。

"君怜秋景好，我爱秋宵清。

既是同心侣，请君谅我心。

我常有相思难禁之时呢。"梅壶女御对此岂能作答？她只觉得莫名其妙。源氏内大臣颇想乘此机会，发泄胸中关闭不住的怨恨。或竟更进一步，做非礼之事。但念梅壶女御如此嫌恶他，亦属有理。而自己如此轻佻，也太不成样子。于是回心转意，只是长叹数声。此时他的姿态异常优美。但女御只觉得讨厌。她渐渐向后退却，想躲进内室里去。源氏内大臣对她说："想不到你如此讨厌我！真正深解情趣的人，不应该如此呢。罢了罢了，今后请你勿再恨我。你若恨我，我很伤心啊！"便告辞退出。他起身退出后，衣香留在室中，梅壶女御觉得连这香气也很讨厌。侍女们一面关窗，一面相与言道："这坐垫上留着的香气，香得好厉害啊！这个人怎么会长得这样漂亮？竟是'樱花兼有梅花香，开在杨柳柔条上'①呢。真正教人爱杀呵！"

源氏内大臣回到西殿，暂不走进内室去，却在窗前躺下，耽入沉思。他教人把灯笼挂在远处，命几个侍女在旁侍候，和她们闲谈。他自己也感觉到："我作乱伦之恋而自寻烦恼的老毛病，还是照旧呢。"又想："向梅壶女御求爱，实在太不应该！从前那桩事，讲到罪过，比这件事深重得多。然而那时年幼无知，神佛亦原谅我。但现在岂可再犯？"想到这里，又觉得自己于此道已可放心，毕竟修养加深，不会再蹈覆辙了。

梅壶女御作出深知秋天风趣的样子，回答源氏内大臣说爱好秋景，过后回想，懊悔莫及，深觉可耻。颓丧之余，竟成忧恼。但源氏内大臣斩断了这一缕情丝，比以前更加亲切地照拂她了。他走进内室，对紫姬说道："梅壶女御爱好秋夜，亦甚可喜；而你喜欢春晨，更是有

① 此古歌见《后拾遗集》。

理。今后赏玩四时花草之时，亦当按照你的欢心而安排。我身为公私事务所羁绊，不能任情游乐。常想依照夙愿，遁入禅门。但不忍教你独守孤寂，不免怅惘耳。"

源氏内大臣时刻挂念嵯峨山中大堰邸内那个人。但因身份高贵，不便轻易去访。他想："明石姬为了自己出身低微，所以嫌恶人世，避免交游，其实何必如此自卑呢？但她不肯轻易迁居东院，低头与众人共处，则又未免太高傲了。"推察她的心情，实甚可怜。于是照例借口嵯峨佛堂必须不断念佛，赴大堰邸访问了。

明石姬在这大堰邸内，越是住得长久，越是觉得凄凉。平居无事，也平添忧恼。何况与难得降临的源氏内大臣结了痛苦的不解之缘，见面时只是匆匆一叙，反而徒增悲叹。因此源氏内大臣只得尽心竭力地抚慰她。透过异常繁茂的树木，远远望见大堰河鸬鹚船的篝灯明灭，火光反映在池塘里，好像点点流萤。源氏内大臣说："此种住宅的情景，若非在明石浦看惯，看了定然觉得稀奇。"明石姬便吟道：

"篝灯映水如渔火，
　伴着愁人到此乡。

我的愁思也与住在渔火之乡时一样。"源氏内大臣答道：

"只缘不解余怀抱，
　心似篝灯影动摇。

正如古歌所咏：'谁教君心似此愁？'①"意思是反而恨明石姬不谅解他的心。此时公私各方均甚闲暇，源氏内大臣为欲专心修习庄严佛

---

① 古歌："情如泡沫原堪恨，谁教君心似此愁？"见《古今和歌六帖》。

法，常常到嵯峨佛堂来作长期滞留。想是因此之故，明石姬的愁怀也稍得宽解。

第二十回　槿　姬①

　　却说在贺茂神社当斋院的槿姬，为了父亲桃园式部卿亲王逝世，辞职移居他处守孝。源氏内大臣向有一旦钟情、永不忘怀之癖，故自闻讯后屡次去信吊慰。槿姬回思以前曾经被他爱慕，受他烦扰，故并不给他诚恳的复信，源氏内大臣大为遗憾。到了九月里，槿姬迁居旧宅桃园宫邸。源氏内大臣闻此消息，心念姑母五公主②也住在桃园宫邸，便以探望五公主为借口，前去访问。

　　桐壶院在世时，特别重视这妹妹五公主，所以直到现在，源氏内大臣还很亲近姑母，常常有书信往来。五公主与槿姬分居正殿东西两侧。亲王逝世未久，邸内已有荒凉之感，光景异常岑寂。五公主亲自接见源氏内大臣，和他对面谈话。她的样子十分衰老，常常咳嗽。三公主，即已故太政大臣的夫人③是她的姐姐，然而全无老相，至今还很清健。这五公主却和她姐姐不同，声音嘶哑，样子有些龙钟了。这也是境遇所使然。她对源氏内大臣说："桐壶院驾崩之后，我便觉万事意兴索然。加之年事衰迈，平居每易堕泪。如今这位兄长也舍我而去，更觉得我这个人留在世间虽生犹死了。幸而有你这个好侄儿前来慰问，使我忘记了一切痛苦。"源氏内大臣觉得这个人老得厉害，便对她表示尊敬，答道："父皇驾崩以后，世间的确万事全非了。前年侄儿又蒙无实之罪，流离他方。不图又获赦免，重归朝廷，滥竽政务。只是公事繁忙，少有暇晷。年来颇思常来请安，以便共话旧事，并多多请

---

① 本回写源氏三十二岁秋天至冬天之事。
② 桐壶院与桃园式部卿亲王之妹，亦即槿姬之母三公主之妹。
③ 即葵姬之母。

教。而未能如愿，实甚遗憾。"五公主说："啊呀呀，这世间真是变化多端啊！我阅尽沧桑，老而不死，自己常觉得此身可厌。然而今天看到你重返京都，荣登高位，又觉得当年我若只见你惨遭横祸，那时便辗轲而死，才真是不幸呢！"她的声音发抖。接着又说："你长得真漂亮啊！你童年时候，我看见了你总是惊讶：这世间怎么会生出这样光彩夺目的人来？以后每次看到你，觉得越长越美，简直教人疑心神仙下凡，反而恐惧起来呢。世人都说今上相貌与你十分肖似。但据我推想，无论如何也赶不上你吧。"便滔滔不绝地讲下去。源氏内大臣想：哪有特地当着人面，极口赞誉美貌的呢。他觉得有趣，答道："哪里的话！侄儿年来流落风尘，身经苦患之后，衰老得多了。今上容姿之美，历代帝王无人能及，真是盖世无双。姑母这推想太奇怪了。"五公主说："不管怎样，我但得常常看见你，这残命也会延长。今天我老也忘记，忧患都消释，心情好畅快呵！"说过之后又哭起来，继续言道："三姐真好福气，招了你这个女婿，常常好和你亲近，我真羡慕呵！这里已过的亲王，也常常懊悔不曾把女儿配给你呢。"源氏内大臣觉得这句话很中听，答道："若能如此，大家常常亲近，我何等幸福呵！可惜他们都疏远我呀！"他恨恨地说，透露出心事来了。他望望槿姬所住的那一边，看见庭前草木虽已枯黄，却别有风趣。想象槿姬闲眺这景色时的容姿，一定优美可爱。心痒难忍，便开言道："侄儿今天前来拜访，理应乘便去那边望望槿姐，否则太不礼貌了。"便告辞五公主，顺着廊檐走到那边去。

此时天色已黑。槿姬室内，透过灰色包边的帘子，隐约窥见里面张着黑色的帷屏①，令人感到凄凉。微风飘送出迷人的衣香来，芬芳扑鼻，内室景象又觉美不可言。侍女们认为在廊檐上招待大臣，太不像样，便请他进南厢来坐地，由一个叫作宣旨的侍女代小姐应对。源氏

---

① 因有丧事，故用灰色、黑色。

内大臣颇不满意,言道:"难道现在还把我当作年轻人,叫我坐在帘外么?我之企仰姐姐,已积年累月。我以为有这点功劳,可蒙允许出入帘帷了呢。"槿姬叫侍女传言答道:"往日之事,全同一梦。如今虽已梦醒,但这世间是否真实可靠,现在我还模糊难辨。故你有否功劳,容我仔细考虑再定。"源氏内大臣觉得人世的确无常。细微之事,亦足发人深省。便赠诗道:

"偷待神明容汝返,
甘心首疾已经年。

如今神明已容汝返都,还有何借口回避我?我自惨遭谪戍,历尽艰辛之后,种种忧恼,积集胸中,极想向你申诉一二呢。"那殷勤恳切之状,比从前更加优美潇洒了。他年纪虽然大了些,但从内大臣这职位来说,颇不相称,过于年轻了。槿姬答诗云:

"寻常一句风情话,
背誓神前获罪多。"

源氏内大臣说:"这誓谈它则甚?过去之罪,早已被天风吹散了。"说时神态风流潇洒。宣旨同情他,打趣地说道:"如此说来,'此誓神明不要听'①了!"一本正经的槿姬听了这些话很不高兴。这位小姐性情向来古板,年纪越大,越发谨慎小心了,连答话也懒得多说。众侍女看了都替她着急。源氏内大臣扫兴地说:"想不到我此来变成了调戏!"长叹一声,便起身告辞。一面走出去,一面言道:"唉,年纪一大,便受人奚落。我为了小姐,憔悴至此。小姐却待我如此冷淡,使我连'请君

---

① 古歌:"立誓永不谈恋情,此誓神明不要听。"见《伊势物语》。

出看憔悴身'①也吟不得了！"众侍女照例极口赞誉源氏内大臣的美貌。此时秋夜澄碧如水，众侍女听了风吹落叶之声，都回想起以前住在贺茂神社时饶有风趣的光景，那时源氏公子来信求爱，有时可喜，有时可叹。她们历历回思此等旧事，相与共话。

源氏内大臣回家，满腹懊恼，一夜不能入睡，只管胡思乱想。早晨起来，叫人把格子窗打开，坐在窗前闲看早晨的雾景。但见霜枯的秋草之中，有许多槿花到处攀缠着。这些花都已形容枯萎，颜色衰退了。他就叫人折取一枝，送给槿姬，并附信道："昨日过蒙冷遇，教我无以为颜。你看了我狼狈归去的后影，可曾取笑？我好恨呀！不过我且问你：

昔年曾赠槿②，永不忘当初；
久别无由见，花容减色无？

但我尚有一点指望：我长年相思之苦，至少要请你体谅！"槿姬觉得这封信措词谦恭可怜，倘置之不复，未免太乏情趣。众侍女便取过笔砚来，劝她作复。复书上写道：

"秋深篱落畔，苦雾降临初；
槿色凋伤甚，花容有若无。

将我比作此花，实甚肖似，使我不禁堕泪。"书中仅此数语，并无何等深情。但源氏内大臣不知何故，捧书细读，手不忍释。信纸青灰色，笔致柔嫩，非常美观。凡赠答之诗歌函牍，往往因人物之品格及笔墨之

---

① 古歌："我今行过君家门，请君出看憔悴身。"见《住吉物语》。
② 日文的"槿"亦作牵牛花解释。槿姬之名即由此而来。

风趣得以遮丑,在当时似乎无甚缺陷;但后来一经照样传抄,有的令人看了就要颦眉。因此作者自作聪明地引用在本书中的诗歌函牍,有伤大雅的想必甚多。

源氏公子自己觉得:现在再像青年时代那样写情书,甚不相称。但回想槿姬向来取不即不离的态度,终于至今不曾玉成好事,又觉得决不肯就此罢手。便恢复勇气,重新向她热烈求爱。他独自离居在东殿里,召唤宣旨前来,和她商量办法。槿姬身边的侍女个个多情,看见毫不足道的男子都要倾心,何况对源氏公子。看那极口赞誉的样子,简直要铸成大错呢。至于槿姬自己呢,从前年轻时代尚且凛不可犯,何况现在双方年龄增长,地位也高了,岂肯做那种风流韵事?她觉得即使偶尔在通信中吟风弄月,亦恐世人讥评为轻薄。源氏公子觉得这位小姐的性情全同昔年一样,毫无改变,实在异乎寻常。这真是稀罕,又是可恨!

此事终于泄露出去。世人纷纷议论:"源氏内大臣爱上前斋院了。五公主也说这二人是天生一对。这真是一段门当户对的好姻缘呵!"这些话传入紫姬耳中,起初她想:"如果真有此事,他总不会瞒我。"后来仔细观察,发现公子神色大变,常常若有所思,神不守舍。她这才担心起来:"原来他已相思刻骨,在我面前却装作若无其事,说起时也用戏言蒙混过去。"又想:"这槿姬与我同是亲王血统,但她的声望特别高,一向受人重视。如果公子的心偏向了她,于我甚是不利呢。我多年来备受公子宠爱,无人能与我比肩,幸福已经享惯了。如今若果被他人压倒,岂不伤心!"她暗自悲叹。继而又想:"那时即使不完全忘却旧情而与我绝交,也一定很看轻我。他那自幼爱护我、多年来照顾我的深情厚意,必将成为无足轻重,有无皆可了。"她左思右想,心绪恼乱。倘是寻常小事,不妨向他发泄几句不伤感情的怨言。但这是一件关系重大的恨事,所以不便形之于色。源氏公子只管枯坐窗前,沉思冥想,又常常在宫中住宿。一有空闲,便埋头写信,好像这就是他的公务。紫姬想:"外间的传说果然不是虚言!他的心事也该多少透露一点给我才是。"为此心绪一直不宁。

是年冬天,因在尼姑藤壶母后丧服之后,宫中神事一概停止。源氏公子寂寞无聊之极,照例出门去访问五公主。此时瑞雪纷飞,暮景异常艳丽。日常穿惯的衣裳上,今天衣香熏得特别浓重,周身打扮也特别讲究。心情脆弱的女子看见了,安得不爱慕呢?他毕竟还得向紫夫人告辞,对她言道:"五姑母身上不好,我想去探望一下。"他略坐一会,但紫姬对他看也不看一眼。她管自和小女公子玩耍,那侧影的神色异乎寻常。源氏公子对她说:"近来你的神色很古怪。我又不曾得罪你。只是想起'彼此不宜太亲昵'①这句古话,所以常常离家往宫中住宿。你又多心了。"紫姬只回答一声"太亲昵了的确多痛苦",便背转身去躺下了。源氏公子不忍离开她而出门去。但是已经有信通知五公主,只得出去了。紫姬躺着寻思:"我一向信任他,想不到夫妻之间会发生这种事情。"源氏公子穿的虽然是灰色的丧服,但是色彩调和,式样称体,非常美观。映着雪光,更是艳丽。紫姬目送他的后影,心念今后这个人倘使真个舍我而去,何等可悲呵!便觉忧伤不堪。

源氏公子仅用几个不甚触目的家臣为前驱。对左右说:"我到了这年纪,除了宫中以外,竟懒得走动了。只是桃园邸内的五公主,近来境遇孤寂。式部卿亲王在世之时,曾经托我照顾她。现在她自己也曾请求我。这也确是难怪的。"左右之人私下诽议:"天哪!他那多情多爱的老毛病始终难改呢。真是白璧之瑕了!但愿不要闯祸啊!"

桃园宫邸的北门,杂人进出频繁。公子倘也走这门,似乎太轻率了。他想走西门进去,但西门一向紧闭。便派人进去通报五公主,请她开西门。五公主以为源氏公子今天不会来访,闻讯吃了一惊,立刻

---

① 古歌:"彼此不宜太亲昵,太亲昵时反疏阔。"见《源氏物语注释》所引。

叫人去开门。管门的人冷得缩头缩脚，慌慌张张地前往开门。那门偏偏不易打开。这里没有别的男用人，他只得独自用力推拉，嘴里发牢骚："这个锁锈得好厉害！怎么也开不开！"源氏公子听了，不胜感慨。他想："亲王逝世，还是昨今之事，却似乎已历三年了。眼看世变如此无常，但终于舍不了这电光石火之身，而留恋着四时风物之美，人生实甚可哀！"便即景漫吟：

"曾几何时荒草长，
蓬门积雪断垣倾。"

许久门才打开，公子便进去访问。

照例先访问五公主，和她闲谈往事。五公主从无聊的往事讲起，琐琐屑屑，噜哩噜苏。源氏公子但觉毫无兴趣，只是昏昏欲睡。五公主也打个呵欠，说道："上了年纪，晚上只想睡，话也说不好了。"才得说完，便发出一种奇怪的声音，大概是打眠鼾了。源氏公子求之不得，连忙起身告辞。正欲出门，但见另一个年纪很大的老婆婆咳嗽着走进来了。开言道："说句对不起您的话。我想您是知道我在这里的，我还静等您来看我呢。原来您已经不把我这个人放在心上了！桐壶爷常常喊着'老祖母'和我说笑呢！"她自道姓名，源氏公子便也记起了。这个人以前称为源内侍。公子曾经听说她后来做了尼姑，当五公主的徒弟，在这里修行，想不到她还活着。源氏公子一向不想起这个人，今天突然看到，全然出乎意外。便答道："父皇在世时的事，都已经变成古话了；我回想当年，不胜感慨。今天能听到你的声音，我很高兴。请你把我看作'没有父母亲而饿倒在地的旅人'①，多多照顾我

---

① 古歌："片冈山上有旅人，又饥又渴倒地昏。可怜的旅人！你是否没有父母亲？你是否没有好主人？可怜的旅人，又饥又渴倒地昏。"见《拾遗集》，是圣德太子所作。

吧。"便走近她身旁来坐下。源内侍看看他的风姿，越发恋念往昔，照旧装出撒娇撒痴的姿态来。她口中齿牙零落，讲话已很吃力，然而声音还是娇滴滴地，态度还是嬉皮笑脸。她对着公子唱起古歌来："惯说他人老可憎，今知老已到我身。"①公子觉得讨厌，苦笑着想道："这个人仿佛自以为以前一直不老，是现在忽然老起来的。"然而反过来一想，又觉得此人很可怜。他回思往事：在这老婆婆青春时代，宫中争宠竞爱的女御和更衣，现在有的早已亡故，有的零落飘泊，生趣全无了。就中像尼姑藤壶妃子那样盛年夭逝，更是意料不到之事。像五公主和这源内侍之类的人，残年所余无几，人品又毫不足道，却长生在世间，悠然自得地诵经念佛。可知世事不定，天道无知！他想到这里，脸上显出感慨的神色来。源内侍以为他在怀念昔年对她的旧情了，便兴致勃然地吟道：

"经年不忘当时谊，
犹忆一言'亲之亲'。"②

源氏公子觉得无聊，勉强答道：

"长忆亲恩深如海，
生生世世不能忘。

情谊确是很深啊！我们以后再谈吧。"便起身告辞。
　　西边槿姬的房室，格子窗虽已关上，但如做出不欢迎源氏公子来

---

① 此古歌见《源氏物语注释》所引。
② 古歌："若念亲之亲，应即来探视。若不来探视，非我子之子。"见《拾遗集》。"亲"在日文中是指父母亲。亲之亲，即祖母，指前文桐壶帝戏称她为"老祖母"。

访的样子,也不礼貌,所以有一两处还开着。此时凉月初升,照着薄薄的积雪,夜景非常美丽。源氏公子想起刚才这老婆婆的娇态,觉得正如俗语所说:"何物最难当?老太婆化妆,冬天的月亮。"回想她那模样,实甚可笑。

这天晚上源氏公子态度十分认真,他强迫槿姬答复:"只求你不用侍女传达,亲口回答我一句话。即使你说讨厌我,我也可从此死了这条心。"槿姬想道:"从前,我和他都年轻,一时做错了事,世人也会原谅。加之父亲也看重他。那时我尚且认为不当,觉得可耻,其后一直坚决拒绝。何况现在事隔多时,年龄早已过期,已经不是那种岁数了,岂可亲口和他答话?"她的心坚定不动。源氏公子大失所望,满怀怨恨。然而槿姬也不愿过分强硬,以致失礼于人,她照旧叫侍女传言。但这反而使得源氏公子焦急。此时夜已甚深,寒风凛冽,光景实甚凄凉。源氏公子感伤之极,两泪夺眶而出。举袖拭泪,姿态优美动人。他吟诗道:

"昔日伤心心不死,
　今朝失意意添愁。

真是'愁苦无时不缠身'①啊!"他的语气很强烈。侍女们照例苦劝小姐,说不答复是失礼的。槿姬只得叫宣旨传言:

"闻人改节心犹恨,
　岂有今朝自变心?

我不能改变初心。"源氏公子无可奈何,真心怨恨槿姬;但倘就此怀着

---

① 古歌:"相思若从心中起,愁苦无时不缠身。"见《河海抄》。

满腹怨恨而归去，又觉得像个渔色青年，太不成样子。便对宣旨等说："我今如此受人奚落，外人知道了定然当作笑柄，你们切不可将此事泄露出去！正像古歌所说：'若有人问答不知，切勿透露我姓氏！'①我就不客气拜托了。"又同她们交头接耳，不知道说些什么。但闻侍女们相与谈论："啊呀，太对人不起了！小姐待他如此薄情，真想不到呵！他并没有轻佻浮薄之相，真冤枉了他。"

槿姬并非不识源氏公子风度之优美与情感之丰富。但她认为：如果向他表示好感，势必被他看作与世间一般夸赞他的女子同等模样，且我这轻飘的内心必将被他看穿，又觉可耻。所以对他万万不可表示爱慕。她只能在收到来信时作无关紧要的复信，保持不即不离的关系。或者当他来访时叫侍女传言答话，但求不失礼貌。她自念近年来怠于佛事，常思出家修行，以赎罪愆。但倘在此时立刻出家，和他决绝，则又类似情场失意的行径，势必惹起世人纷纷议论。她深知人言可畏，所以非常小心，对身边的侍女也不泄露真情。只在自己心中秘密打算，逐渐准备修行之事。她有许多兄弟，但皆非同母，一向疏远。近来他们这宫邸里境况日渐萧条。当此之时，有源氏公子那样的红人诚恳地上门来求爱，邸内的人无不巴望其成功，几乎都同源氏公子一条心。

源氏公子也并非魂梦颠倒地强欲求爱。只因槿姬的冷淡出乎意外，教他就此罢休，终不甘心。况且他的人品与威望异常优越，对世情物理无不精通，对人情冷暖积有经验，自己也觉得比从前阅世更深了。如今到了这年龄，还要东钻西营地求爱，已经应该顾忌世间诽议了。然而若再空无所得，岂不更被世人当作笑话？他心绪混乱，不知如何是好，多天不曾回二条院宿夜。因此紫姬便如古歌所咏："暂别心如焚，方知戏不得。"她竭力忍耐，然而有时禁不住流出眼泪来。源氏

---

① 此古歌见《古今和歌集》。

公子对她说："你的神色和往常不同，是什么道理？教我想不通了。"他伸手抚摸她的头发，着意温存。这一对恩爱夫妻的姿态，真是画也画不出来。源氏公子又说："母后弃养之后，皇上一直悲伤愁叹，我看他十分可怜。加之太政大臣逝世，代理乏人，而政务纷繁，我不得不常居宫中，因此好几天没有回家。你觉得不惯，怨恨我，也自难怪。但现在我决不像从前那样浮薄了，你可放心。你虽然已是大人，但是还像小孩一样不能体谅人，不能了解我的心情，真是遗憾！"一面说着，一面替她整理额发。紫姬越发撒娇了，背转了头，一直默不作声。源氏公子说："你这种孩子脾气，不知道是谁养成你的。"心中却想道："世事无常，人寿几何！连这个人也和我两条心肠，真教我伤心呵！"左思右想，闷闷不乐良久。后来又对她说："近来我对槿姬偶有交往，大约你又在疑心我了。这全是瞎猜，不久你自会明白真相。此人脾气向来孤僻，不喜交游。我只是在寂寞无聊之时，偶尔写封信去和她开开玩笑，教她懊恼一下而已。她在家里空闲无事，有时也难得复我一信。并不是认真的恋爱，所以没有什么事实值得向你讲。你应该想转来，切勿为此事懊恼。"这一天他镇日在家抚慰她。

有一天，瑞雪纷飞。雪积得很厚了，晚来犹自不停。雪中苍松翠竹，各有风姿，夜景异常清幽。两人映着雪光，姿态更增艳丽。源氏公子说："四季风物之中，春天的樱花，秋天的红叶，都可赏心悦目。但冬夜明月照积雪之景，虽无彩色，却反而沁人心肺，令人神游物外。意味之浓厚与情趣之隽永，未有胜于此时者。古人说冬月五味，真乃浅薄之见。"便命侍女将帘子卷起。但见月光普照，一白无际。庭前木叶尽脱，萧条满目；溪水冻结不流，池面冰封如镜，景色十分凄艳！源氏公子便命女童们走下庭中去滚雪球。许多娇小玲珑的女孩映着月光，景象异常鲜妍。就中年龄较大而一向熟悉的几个女孩，身上随意不拘地披着各种各样的衫子，带子也胡乱系着，这值宿打扮也很娇媚。最是那长长的垂发，衬着庭中的白雪，分外触目，鲜丽无比。几个幼年的女童，欢天喜地，东奔西走，连扇子①都掉落，那天真烂漫的姿态非常好看。雪球已经滚得很大，女孩们还不肯罢休，更欲推动，可是气力不够了。不曾下去的几个女童，挤在东面的边门口观看，笑着替她们着急。

源氏公子对紫姬说："前年藤壶母后曾在庭院中造一个雪山。这原是世间寻常游戏，但出于母后之意，便成了风流韵事。我每逢四时佳兴，想起了母后夭逝，便觉得遗恨无穷，不胜悼惜。母后总是异常疏远我，因此，我不能接近她，详悉细情。然每次在宫中谒见，母后总视我为可以信赖之人。我也多多仰仗于她，凡事必向她请教。她对人虽不能言善辩，然而言必有中。即使寻常细事，亦必安排妥帖。如此英明之人，世间岂能再得！她秉性温柔沉着，其敦厚周谨与风韵娴雅之处，无人可与并比。只有你和她血缘最近，颇有几分相似。然而有点嫉妒的样子，略有些儿固执，做人太不圆通，真乃美中不足了。前斋院槿姬呢，又另是一种人物。彼此寂寞无聊之时，便互通音信，谈些无关紧要的话。但我也得随时留心，不敢略有放肆。如此高雅之人，现今世上恐只剩她一人了。"紫姬说："那么我倒要问你：那位尚侍胧月夜，做事周到，人品也很高雅，绝不像一个轻佻之人，怎么和你之间也有了风言风语的传闻？我真想不通了。"源氏公子答道："你说得是。讲到容颜美丽，她是数一数二的人。至于那件事，我对她不起，想起了后悔莫及。大凡风流之人，年纪越大起来，懊悔之事越多。我自问比别人稳重得多，尚且如此。"说起胧月夜，源氏公子掉了几点眼泪。接着又谈到明石姬，源氏公子说："这个乡下人，微不足数，被人看轻。不过出身虽然低微，却懂得道理。只是由于出身不如别人，反而气度过分高傲，也终是美中不足。我还没有会过身份十分低微的人。然而十分优越的女子，在这世间也真难得。东院里那个孤居独处的人，心情始终

---

① 这扇子是装饰的，故冬天也用。

不变，真可赞佩。这也是很难做到的事。我当初赏识她那谦虚恭谨的美德，因而与她结识。自此以后，她一直是那样谦虚恭谨地安度岁月呢。到了现在，我越发赏识她的厚道，从此不会抛弃她。"两人共话过去现在种种事情，直到夜深。

月色更加明澄了，万籁无声，幽静可爱。紫姬即景吟道：

"塘水冰封凝石隙，
碧天凉月自西沉。"

她的头略微倾侧，向帘外闲眺，姿态美丽无比。她的发髻和颜貌酷肖源氏公子所恋慕的藤壶母后，妩媚动人。对槿姬的恋慕之情便收了几分回来。此时忽闻鸳鸯叫声。源氏公子即兴吟道：

"雪夜话沧桑，惺惺惜逝光。
鸳鸯栖不稳，喋喋恼人肠。"

入室就寝之后，还是念念不忘藤壶母后。似梦非梦、似醒非醒之间，恍惚看见藤壶母后出现眼前。她愁容满面，恨恨地言道："你说决不泄露秘密，然而我们的恶名终于不能隐藏，教我在阴间又是羞耻，又是痛苦，我好恨啊！"源氏公子想回答，然而好像着了梦魇，说不出话，只是呻吟。紫姬怪道："哎呀，你为什么？怎么样了？"源氏公子醒来，不见了藤壶母后，非常可惜。心绪缭乱，不知所措。努力隐忍，不觉两泪夺眶而出，后来竟濡湿了枕袖。紫姬弄得莫名其妙，百般慰问，源氏公子只是一动不动地躺着，后来吟道：

"冬夜愁多眠不稳，
梦回人去渺难寻。"

无法续梦，心甚悲伤。次日一早起身，不说原由，只管吩咐各处寺院诵经礼忏。他想："梦见她恨我，说'教我在阴间痛苦'，想来事实确是如此。她生前勤修佛法，其他一切罪孽都已消除，只有这一件事，使她在这世间染上了污浊，无法洗刷。"他想象藤壶母后来世受苦之状，心中更觉悲伤。便仔细考虑：有何办法可到这渺茫的幽冥界中去找到她而代她受罪呢？然而公然为藤壶母后举办法事，又恐引起世人议论。况且冷泉帝正在烦恼，闻知了得不怀疑？于是只得专心祷祝阿弥陀佛，祈求往生极乐世界，与藤壶母后同坐莲台。只是：

"渴慕亡人寻逝迹，
　迷离冥途影无踪。"

这恐怕又是迷恋俗缘的尘襟了。

第二十一回　少　女①

岁历更新，匆匆已届三月，藤壶母后周年忌辰过去了，朝野臣民都除去丧服，改穿常装。到了四月一日的更衣节上，满朝衣冠都像花团锦簇一般了。四月中旬的酉日，举行贺茂祭时，天色也很明朗鲜丽，只有前斋院槿姬依旧孤居寂处，悒悒寡欢。庭前的桂树蒙着初夏的熏风，欣欣向荣，青青可爱。青年侍女们看见了，都回思小姐当斋院那年举行贺茂祭时的情状，不胜恋恋②。源氏内大臣来信问候说："今年斋院父丧期满，该除服了。贺茂祭祓禊之时，心情定然舒畅了吧。"又赠诗云：

---

① 本回写源氏三十三岁夏天至三十五岁秋天之事。
② 贺茂祭时节，将桂和葵插在衣冠上。故见桂树想起贺茂祭。

"君当斋院日，祓禊在山溪。
岂意今年禊，是君除服期。"

这诗写在紫色纸上，封成严格的"立文"式①，系在一枝藤花上送去。形式甚合时宜，优美可爱。槿姬的复书是：

"临丧成服日，犹是眼前情。
转瞬忽除服，流光殊可惊！

真乃无常迅速也。"如此而已。源氏照例仔细欣赏。槿姬除服之日，他送去了无数礼物，交宣旨转收。槿姬看了反而不快，说要退还他。宣旨想道：倘这礼物上附有情书，那么不妨退还他。但现在他并无所求，况且小姐当斋院期间，他也常常致送礼物。这确是一片诚心，有何理由可退还他呢？她觉得左右为难了。

五公主那里，源氏逢时逢节亦必致送礼物。五公主衷心感激，便极口赞誉他："这位公子，我看见他不多几天之前还是个孩子呢。谁知一眨眼，已经变成大人，礼数如此周到了。况且相貌长得漂亮之极，心地比谁都善良呢！"青年侍女们听了都掩口而笑。

五公主会见槿姬时，常常劝她："这位大臣如此诚恳，你还疑心什么呢？他爱慕你，不是今天才开始的。你爸爸在世之日，因为你当了斋院，不能和他结婚，常常愁叹呢。他说：'我打定了主意，这孩子偏偏不听。'每次说这话时，都很伤心。从前左大臣家的葵姬在世之时，我恐得罪三姐②，不曾向你劝说。现在呢，这位身份高贵、不可动摇的正夫人已经亡故了。据我看来，由你起而代之，再得当不过了。况且

---

① "立文"是日本的书信形式之一种，把信纸卷作筒形，用白纸包起来，上下端捻好。
② 葵姬之母。

源氏大臣也回复了从前的样子，诚恳地向你求婚。我觉得这真是天作之合了。"她说的一套古老之话，槿姬听了很不高兴，答道："父亲在日，我一向倔强，直到他逝世没有改变。现在反而回心转意，与人结婚，这真是太荒唐了！"她的样子很难为情，五公主也就不勉强劝说了。槿姬看见这宫邸内上下人等都袒护源氏，便觉今后非当心不可。至于源氏本人呢，一味尽忠竭诚，静待槿姬回心转意，却并不无理强求而伤害她的心情。

且说葵姬所生小公子夕雾，今年已十二岁，源氏急欲替他举行冠礼，地点原定在二条院。但夕雾的外祖母太君很想看看这仪式，意欲在自邸举行。太君这要求自然合乎情理，不可违背而使她伤心。于是决定就在故太政大臣邸内举行。右大将①以及诸母舅，都是公卿贵官，朝廷所特别信任之人。他们就当了主人，各有隆重优厚的贺仪。此外世间一般臣民，也都重视这仪式，因此举办得异常隆重。源氏本想封夕雾四位官爵，世人也都如此预料。但夕雾还很幼稚。源氏虽然独揽大权，世事可以任所欲为，但若教儿子一跃便登四位，反而变成权臣故技，因此打消此议，决定封他六位，赐穿淡绿官袍，并仍特许上殿②。

太君闻此消息，大为不满，认为此乃意外之事。这也是难怪她的。太君会见源氏时，提及此事。源氏便向她说明："启禀太君：此子年事尚幼，本不该为他举行冠礼，教他强装成人。今所以举行者，实有用意：欲使暂入大学寮，研习学问二三年耳③。在此期间，只当他没有成人。将来学业成就，便有才能为朝廷效劳而自成一员人物了。窃思自身年幼之时，生长九重宫殿之中，不知世事深浅。昼夜侍奉父皇，所读书籍，实甚有限。虽然幸蒙父皇亲自传授，但因修养浅薄，年幼无

---

① 本来的头中将，夕雾的母舅。
② 夕雾本是殿上童子。但封六位后，反而不得上殿。故须特许。
③ 大学寮的入学年龄是九岁到十三岁，九年毕业。夕雾学二三年，是例外。

知,故无论研习学问,或调琴吹笛,皆缺乏功夫,不及他人之处甚多。聪明儿子胜过愚笨父母,世间少有其例。而且世世相传,势必一代不如一代,相去愈远。只因有此顾虑,故欲使小儿入学。大凡高贵之家的子弟,升官晋爵可以随心所欲,荣华盖世,骄奢成习,则往往视研习学问为苦工,而不屑从事。此等子弟只知耽好游戏,而官爵自会随意晋升。于是趋炎附势之人,在腹中蔑视讥笑,而在表面则阿谀奉承,以博得其欢心。在这期间,这子弟俨然成了伟大人物,尊荣无比。然而一旦时移势变,父母死亡,家运衰落,这人就被世人所轻侮而孤苦无依了。如此看来,凡人总须以学问为本,再具备大和智慧①而见用于世,便是强者。目前看来,这措施似乎耗费时日,教人焦急,但将来学优登仕,身为天下柱石,则为父母者即使身死,亦无后顾之忧。目前虽未能多多提拔,但在家长照拂之下,想不致被人讥笑为穷书生也。"

太君长叹一声,说道:"你这样深思远虑,亦自有理。但这里的右大将等人都以为封夕雾六位,出乎预料,正在诧异呢。夕雾这孩子也很不高兴。他一向看不起右大将和左卫门督②家的表兄弟,认为他们都赶不上他。岂知他们都升了官,成了大员,而他自己还穿着淡绿袍子,心中很委屈,真可怜呢。"源氏笑道:"小孩子家也懂得怨恨我了?真不得了!不过照这年龄,也难怪的。"他觉得这儿子很可爱,接着又说:"多读点书,稍稍懂得人情物理之后,这怨恨自然会消解。"

源氏命夕雾入大学寮研习汉学,必须给他取个字号③。这仪式在

---

① 原文为"大和魂"。"大和"是日本国的异称。当时所理学问,专指汉学而言。以汉学为基础而产生的处理日本实际政务的知识、能力,时人谓之"大和魂",即日本式的智慧。
② 左卫门督为右大将之弟,夕雾之母舅,即早先的藏人弁。
③ 中国《曲礼》云:"男子二十,冠而字。"大学生入学时,依照中国儒家习惯,每人取个字号。当时办法是:从姓上取一个字,另外再找一个字。如本书中数次讲到的菅原道真,字号菅三。又如:纪长谷雄,字号纪宽;文屋康秀,字号文琳。

二条院附近的东院内举行。会场即用东院的东殿。朝中高官贵族以及殿上人等，认为这仪式很稀罕，大家都来参加。那些儒学博士上殿来，看到这富丽堂皇的场面，反而觉得畏缩了。源氏对众人说："大家不要因为这里是宫邸而有所顾忌。应该依照儒学家家中的向例①，绝不变通，严格执行！"儒学博士们便努力镇静，装作泰然自若。有几个人穿着借来的衣服，不称身体，姿态奇特，也不以为耻。他们的面貌神气十足，说话声音慢条斯理，规行矩步，鱼贯入座，这光景真乃见所未见，青年贵公子们看了，都忍不住笑出来。

然而这会上的招待人，都选用老成自重、不会轻率嬉笑的人，叫他们拿着壶樽敬酒。只是儒家的礼仪过分别致，因此右大将和民部卿等虽然谨慎小心地捧着酒爵，终不合法，常被儒学博士严厉指责。有一儒学博士骂道："尔等乃一奉陪之人，何其无礼！某乃著名儒者，尔等在朝为官而不知，无乃太蠢乎！"众人听了这等语调，都噗嗤地笑出来。博士又骂："不准喧哗！此乃非礼之极，应即离座退去！"如此威吓，又很可笑。不曾见惯此种仪式之人，看了觉得稀奇，心中纳罕。但大学出身的公卿们，懂得此道，都点头微笑。他们看见源氏内大臣崇尚学问，以此道教子，十分赞善，都对他表示无限尊敬。

在座诸人略有私语，儒学博士们立刻制止，责备他们无礼。他们对人动辄呵斥。天色渐暮，灯火微明。他们的脸在灯光之下，竟像戏剧中的小丑，憔悴而古怪，却又各人不同。他们的样子真是异乎寻常。源氏内大臣说："哎呀，不得了！像我这样顽劣的人，要大受呵斥了！"便躲进帘内，隔帘观看。有些大学生来得较迟，座位已满，便想退去。源氏知道了，宣召他们到钓殿②来，特地犒赏他们种种物品。

仪式完成之后，源氏召集诸儒学博士及学者，令他们赋诗。其他

---

① 此仪式通常皆在儒学家家中举行。
② 临水建造的殿宇。

通晓此道的公卿与殿上人，也都被留住，参与其事。博士们作律诗；源氏内大臣以下其他诸人，都作绝句。由儒学博士选择富有趣味的题目。夏夜苦短，赋诗完毕时天色已明，便开始讲解诗篇。任命左中弁为讲师。此人相貌清秀，声音洪亮，庄严堂皇地朗诵诗篇，那态度极有风趣。他是个声望甚高而修养甚深的儒学博士。

夕雾生于高贵之家，尽可享受世间一切荣华，但他作出之诗，却表明刻苦求学之大志，而且每句都富有意味。诗中引证晋人车胤在萤光下读书及孙康映着雪光读书等典故。时人无不赞誉，认为此诗即使传入中国，也不失为优秀之作。至于源氏内大臣的大作，精美自不待言。其中热诚地歌咏着父母爱子之心，读者无不感动流泪。世人盛传，争欲阅读。作者女流之辈，才疏学浅，不宜侈谈汉诗。为免烦琐，一概从略。

此后源氏内大臣继续准备夕雾入学之事。他在东院内为夕雾辟一房室，请一位学识渊博的师傅来，在这里教他研习学问。夕雾自从行过冠礼之后，外祖母处也难得去。因为外祖母溺爱外孙，朝夕护持，当他婴儿一般，他住在那边不能用功。所以要他在东院笼闭一室，只允许他每月拜访外祖母三次。夕雾笼闭在东院内，颇感沉闷之苦。他想："父亲管得我太严厉了。我不须如此苦学，亦可晋升高位，重用于世呢。"心中不免怨恨。然而这个人毕竟生性严谨，并无浮薄之气，因此颇能忍苦。他打算将应读之书尽行读完，早日加入群臣之列，立身用世。果然只消四五个月，已经读完《史记》等书。

夕雾现已可应大学寮考试了。源氏内大臣先叫他到自己跟前来预试一下。照例召请右大将、左大弁、式部大辅及左中弁等人来监试。又请出那位师傅大内记来，叫他指出《史记》较困难的各卷中考试时儒学博士可能提到的各节来，令夕雾通读一遍。但见他朗声诵读，毫无阻滞，各节义理，融会贯通，所有难解之处，无不了如指掌。其明慧实甚可惊。监试诸人，都赞叹他的天才，大家感动流泪。尤其是他的大母舅右中将，他叹息道："太政大臣若在世间，该是何等欢喜啊！"说着，哭泣起来。源氏内大臣也情不自禁，叹道："儿子日渐长大，父母随之而日渐愚痴，此乃世之常态。我等旁观他人如此演变，但觉可笑，不料自己年龄还不很老，也就如此了。"说着也举手拭泪。师傅大内记见此光景，以为自己教导有方，心中不胜欢喜，自觉面目光彩。右大将便敬他一杯酒。大内记喝得很醉，脸色十分黄瘦。这大内记脾气古怪，学识渊博，而怀才不遇，孤苦贫困。源氏赏识他的才学，特聘他为西席。他身受过分的优遇，似觉源氏内大臣的恩德使他脱胎换骨了。况且将来夕雾发迹，他还可受到无上的信任呢。

大学考试之日，王侯贵族的车马云集大学寮门前，不可胜数。几乎满朝公卿全部来到了。冠者夕雾公子由无数人员簇拥而入，其仪容之俊美，实不堪与一般考生为伍。以前参与起字仪式的那一群寒酸儒者也来了，教夕雾列席他们之末座，难怪他心中委屈呢。这里也像起字仪式中一样，那些监考的儒学博士常对人大声斥骂，甚是可厌。但夕雾不慌不忙，从容诵读。此时大学甚为繁荣，不亚于古昔全盛之时。上中下人各级官员子弟，竟尚此道，集中于学术研究。因此世间多才多艺之人，日益增多。夕雾此次应考，文章生、拟文章生①等考试全都及第。今后师弟二人便更加用心教习，励志治学了。源氏又在邸内举办诗会，博士、学者等均来参与，扬扬得意。这真是学术繁荣、文运昌隆的时代。

是时宫中正在议立皇后。源氏内大臣推荐梅壶女御，因为藤壶母后曾有遗言叫她照顾皇上。但世人认为藤壶与梅壶都是亲王家的女儿，两代皇后不宜都出自亲王家，因此未能赞同。世人主张："弘徽殿女御入宫最早，理应册立为后。"于是两方的袒护人暗中竞争，各有操

---

① "文章生"亦称"进士"、"拟文章生"亦称"拟进士"，式部省省试及第后赐予的称号。

心。此外还有兵部卿亲王①其人，现已改任式部卿，为本朝国舅，深得皇上信赖。他的女儿早已入宫，和梅壶一样当了女御。袒护他的人认为："既然要立亲王家女儿为后，则式部卿家的女儿与梅壶同等，且是藤壶母后的侄女，较为亲近。母后逝世之后，由她来代替母后照顾皇上，最为适当。"三方各有理由，互相竞争。但结果终于册立了梅壶女御为皇后，世称秋好皇后。时人闻此消息，无不惊叹，认为梅壶女御好大福分，和她母亲六条妃子完全相反。

同时，源氏内大臣升任为太政大臣，右大将升任为内大臣。源氏太政大臣便将天下政务移交新内大臣掌管②。这位新内大臣为人一向规矩正直，而且举止大方，心地贤明。他富有学问，从前玩掩韵③游戏时虽然比不上源氏，但办理公事非常能干。他有许多夫人，生了十几个儿子，都已渐次成人，各得官职，个个显赫，全家繁荣。女儿除弘徽殿女御以外，尚有一人，称为云居雁，年方十四，与弘徽殿女御异母。其生母是亲王家女儿，娘家门第高贵，并不逊于弘徽殿女御之母。但这生母后来改嫁了一位按察大纳言。这按察大纳言和她生了许多子女。云居雁由母亲带去，杂在这许多子女中由后父抚养，内大臣认为有失体面，便把云居雁接了回来，寄养在祖母太君膝下。内大臣对云居雁，远不如对弘徽殿女御之重视。但云居雁的人品和相貌非常优美。

夕雾与云居雁同在太君膝下长大起来，十岁之后，两人分居异室。内大臣教训云居雁道："夕雾表弟和你虽是近亲，但为女子者，对男子不可过分接近。"两人分开以后，夕雾的童心也未免恋慕云居雁，每逢观赏樱花、红叶之时，或一同戏耍玩偶之时，夕雾必然紧紧追随

---

① 紫姬之父，藤壶之兄，故下文言本朝国舅。
② 向例，太政大臣不管琐细政务。
③ 参看第230页注③。

她,对她表示好感。云居雁自然也爱慕夕雾,直到如今,相见时还是两小无猜,不知回避。侍候他们的侍女、乳母等在旁议论:"有什么关系呢?两人都还是孩子,况且多年相伴,一块儿长大起来,突然把他们拆开,未免太忍心吧。"云居雁无心无思,一味天真烂漫。夕雾虽然还是个幼稚的孩童,似乎情窦未开,但不知和她发生了什么关系,自从离居以来,一直忧愁叹息,心绪不宁。他们的书法还很生硬,然而也颇美观,将来显然是很出色的。他们便互通情书。但儿童粗心大意,有时不免随处散落。侍女们拾得了,约略知道了他们的关系。然而谁会告诉别人呢?她们都只当作不看见。

庆祝升官的大飨宴办过之后,朝中别无紧要公事。岑寂无聊之时,降下一天秋雨。有一个"荻上冷风吹"的秋夕①,内大臣前来参见太君,又把女儿云居雁叫来,命她弹琴。太君精通一切乐器,都已传授给孙女云居雁。内大臣说:"琵琶这乐器,女子弹奏时似乎不很雅观,然而声音还是悦耳动听的。现今世间,受到正确师传的人恐怕没有。算来只有某亲王,某源氏……"数了几个人之后,又说:"女子之中,源氏太政大臣养在大堰山乡的明石姬,据说手段十分高明。这个人祖上都是音乐名家,传到她父亲一代,长年隐居在明石浦山乡,不知怎的她也弹得如此高明。源氏太政大臣常常称赞这女子琵琶弹得特别好听。音乐的才能,与别的技艺不同,必须与广众合奏,多方磨炼,方能进步。这女子独自弹奏,也会进步,倒是很难得的。"说罢,劝请太君演奏。太君说:"我拂柱的手,已经很生硬了呢。"试弹一曲,音节甚美。弹毕说道:"那明石姬真好福气!听说人品也非常好。源氏太政大臣一向没有女儿,她倒替他生了一个。大臣又恐这女儿住在山乡不得发迹,把她带到自己身边,交与那位高贵的紫夫人抚养。人都称赞他

---

① 古歌:"何时最凄凉? 无如秋之夕。荻上冷风吹,荻下寒露滴。"见《藤原义孝集》。

想得周到呢。"

内大臣说:"女子只要性情好,便能专宠得势。"他谈论别人,却想起了自己的女儿,接着说道:"我抚育弘徽殿女御时,力求其完美无缺,万事不逊于人,想不到竟被梅壶压倒了。我看到这命运,痛感人世之事真不可逆料啊!至少这个云居雁,我总要设法让她当皇后。皇太子①的冠礼,是不多几年后的事了。我正在私下考虑,指望成遂此志,却不料这个幸运的明石姬生了一个可配太子的女儿,又来和云居雁逐鹿。这个女儿倘进了宫,恐怕没有人争得过她吧!"说着连声叹息。太君言道:"岂有此理!你父亲生前说过:我们家里不会不出皇后。弘徽殿女御之事,他也十分用心出力。要是他还在世间,不会有此种乖谬之事。"为了弘徽殿女御不能立后之事,太君对源氏太政大臣不免怀恨。

云居雁生得娇小玲珑,天真烂漫。弹筝时鬓发长垂,头面楚楚,模样异常高雅优美。看见父亲目不转睛地注视她,难为情起来,把头略略转向一旁,那侧影又很美丽。左手按弦的姿态非常雅观,竟像一个玩偶。祖母看了也觉得无限可爱。云居雁戏耍似地弹了一会,就把筝推开了。内大臣便取过和琴来,用他那纯熟而随意不拘的手法,弹出一个时髦的短调,非常动人。庭前木叶尽行散落。年老的侍女们感动得流下泪来,都挤集在各处帷屏背后倾听。内大臣便朗诵"风之力盖寡……"②之词。接着说道:"并非琴音之故,只因这暮景异常凄凉动人耳。请太君再弹一曲吧。"太君弹时,内大臣唱着《秋风乐》之歌,与她相和,其歌声非常优美。太君对人人都爱,觉得这儿子内大臣

---

① 这是朱雀院的儿子,已立为皇太子,现年五岁。冷泉帝在位十八年后即让位与他。
② 陆士衡《豪士赋》中有句云:"落叶俟微飙以陨,而风之力盖寡。孟尝遭雍门而泣,琴之感以末。何者,欲陨之叶,无所假烈风;将坠之泣,不足繁哀响也。"见《昭明文选》第四十六卷。

也很可喜。这时夕雾也来了，又添了乐趣。内大臣便命张起帷屏来，把云居雁隔开，叫夕雾坐在这边，对他说道："好久不见你了。何必如此埋头读书呢？你父亲太政大臣也知道，学问过多，反而乏味。却教你如此钻研学问，究竟为了何事呢？镇日笼闭一室，你也太苦了。"又说："有时也该做些学问以外之事。譬如吹笛，也是古代传下来的韵事。"便拿一支笛给他吹奏。夕雾吹得生趣洋溢，非常悦耳。内大臣暂时停止弹琴，轻轻地替他按拍，自己唱起"满身染上萩花斑"①的催马乐。唱毕言道："太政大臣也喜欢音乐，政务繁忙之时也常常借以消遣呢。实在，生在这乏味的世间，应该做些喜爱之事，欢度岁月才是。"便命斟过酒来畅饮。这期间天色渐黑，室内点起灯来。大家同吃饭菜与果物。不久内大臣命云居雁回那边房间里去了。内大臣强欲教两人疏远，现在有了入宫的打算，连云居雁的琴音也不给夕雾听到，更加严厉地隔绝他们了。太君身边的几个老年侍女悄悄地议论道："如此下去，只怕他们之间发生不幸之事呢！"

　　内大臣声言即将出门。走出房间，却偷偷地钻进了他所宠爱的一个侍女房中，和她密谈了一会，又缩紧了身子悄悄地溜出去。半途上听见有人在暗处窃窃私语，觉得奇怪，倾耳一听，原来是侍女们正在议论他。但闻一人说："他自己以为贤明，但世间父母总是糊涂的。你瞧吧，不久就会出毛病。常言道：'知子莫若父。'这句话其实是瞎说。"她们在讥笑他。内大臣想道："原来真有这般丑事，果然不出所料！我以前并非不提防到，但念两个都还是孩子，就疏忽了。世事真难办啊！"他这才明白了情况。但并不声张，悄悄地出去了。前驱者簇拥大臣登车后，高声喝道。侍女们相与言道："咦，老爷到这时候才动身呢。不知道他躲在什么地方。到了这年纪还要偷偷摸摸。"适才议论他

---

① 催马乐："诸公听我言，我欲换衣衫。行过竹林与野原，满身染上萩花斑。"

的两个侍女说道:"刚才飘来一阵浓烈的衣香,我们还道是夕雾少爷走过,原来是老爷!啊呀,糟糕!我们刚才说的话恐怕被他听到了!这位老爷脾气很暴躁呢。"大家不免担心。

内大臣一路上想道:"让他们结婚,也并不是一件十分乖异的坏事。然而姑表姐弟成亲,这因缘太平凡了。外人也要议论。况且源氏强把我女儿弘徽殿女御压倒,我很气愤,正指望这云居雁入宫伺候太子,也许能压倒他人,为我争这口气呢。真可恨啊!"源氏和这内大臣的交情,自昔至今,大体上很和睦。但在权势方面,两人一向有争执。内大臣回想过去吃的亏,不免心中气愤。因此这天晚上不能安枕,直到天明。他推想太君一定知道两人之事,但因过分溺爱这孙女与外孙,故一切听其所为。回想起那两个侍女的议论,觉得实在可恶可恨,弄得他心绪不宁。这个人性情有些刚强,行为每多锋芒,因此有了心事,不能自制。过了两天之后,他又前去参谒太君。太君看见这儿子常来请安,觉得甚可嘉许,心中非常高兴。她的头发像尼姑一般剪短,身穿一件崭新的礼服。虽然是儿子,但终是一位内大臣,也得客气些,因此太君坐在帷屏里面接待他。内大臣心情不快,对母亲说:"儿子今天来此参谒,心中很不自在。想到这里的侍女们多么看不起我,甚是畏缩。儿子虽然不肖,但只要生在这世上,始终不离母亲左右,决不违背尊意。然而为了这个不良的小女为非作歹,致使我不得不怨恨母亲。本来不须如此怨恨,然而终于忍耐不住。"说着,举手拭泪。太君吃了一惊,那化妆得很漂亮的脸忽然变色,眼睛也睁大了,问道:"究竟为了何事,我活到这么大年纪,还要受你怨恨?"

内大臣也觉得太唐突了,连忙说明:"儿子将此幼女奉托太君抚养,自己一向不曾稍尽为父之责。只因欲为长女争取女御地位,使她册立为后,用尽苦心,谁知遭到失败。儿子虽不抚育幼女,但深信太君教养有方,故甚放心。岂料发生此意外之事,实甚遗憾!夕雾虽然学识渊博,名重天下,但倘草草不择,就近攀姑表之亲,外人亦将讥笑为轻率。即使微贱之人，亦不屑为此。此事于夕雾亦甚不利。为夕雾计，不如另择高贵而非近亲之家，做个乘龙快婿，方为荣华之举。若就近结亲，源氏太政大臣亦必不喜。太君即使欲令此二人结婚，亦不妨先将情由示知，以便多做准备，亦可使排场稍稍体面。如今任幼者之所欲为，不加管束，实在令人痛心啊！"太君做梦也不曾想到，觉得此事实出意外，答道："你这番话，亦属有理。但我全然不知这两人有何打算。如果真有其事，我比你更加痛心呢。你要我与他们共负此罪，我心实甚不甘。自从你将此小女交我抚养之后，我特别疼爱她。凡你所不曾注意之事，我也独自仔细考虑，务求将她养成优秀之人。二人年龄如此幼稚，而为长上者溺爱徇情，若谓听其苟且结合，则万无此理！我且问你：你是从谁口中听来的？轻信恶人之言而肆意责人，万万不可！倘无事实根据，岂非毁坏别人名誉么？"内大臣答道："不敢，决非毫无根据。尊处诸侍女皆在背后评议讥笑呢。此事实甚遗憾，且又深可担心。"说罢，告辞而去。

　　知道实情的人，对此深表同情。那天晚上悄悄讥评的那两个侍女，心中更是难过，大家唉声叹气，悔不该私议此种隐事，以致惹起口舌。云居雁本人则一概不知，依然天真烂漫。父亲向她房中窥探一下，看见她那模样非常可爱，又觉得此人甚是可怜。他埋怨乳母等人说："我常说她年纪还小，却想不到她竟是如此不懂事理。还一味希望她成人出世呢！我实在比谁都糊涂了！"乳母们无言可答，只是私下议论："此种事情，其实并不稀罕。即使是尊贵无比的帝王家的女儿，也不免犯此种过失。旧小说里常有此种事例。这往往是知道两人心情的人巧觅机会，暗中拉拢的。但我们这里的两个，多年来朝夕共处，年龄又很幼稚，加之有老太太一手照拂，我们怎么可以越俎代庖，出来把他们隔离呢？因此我们便疏忽了。但从前年起，老太太对他们的态度也显然变更，不让他们朝夕共处了。有的孩子品行不良，也会巧觅机会，偷偷地干些大人的勾当。但夕雾少爷为人正直，我们做梦也想不到他会胡行乱为。如今竟有此事,真乃出人意外。"说着,私下叹息。

内大臣又对乳母和侍女们说:"好了,不必再提了。你们暂时不可将此事泄露出去。虽然对外终是瞒不过的,但你们听到时必须竭力辩解,说明决无此事。我即日就要叫小姐迁居到我私邸内。对老太太,我不免抱怨。你们几个人呢,想来总不会希望有此种事情的吧。"侍女们知道他不怪她们,愁叹之中又感到欢喜,便讨好他:"我们当然不希望有此种事情!我们还担心被大纳言老爷①得知呢。我们觉得夕雾少爷虽然品貌俱全,终究只是一个臣下,有什么可贵呢?"

云居雁的态度完全是一个小孩。父亲对她劝说了千言万语,她也不听从,弄得父亲哭了起来。他只能私下和几个可靠的侍女商量:"有何办法可使小姐不致埋没一生呢?"他只管抱怨太君。太君对孙女和外孙都很疼爱。而对夕雾大概疼爱更甚吧,看见他这点年纪已经懂得爱情,觉得可喜,却怪内大臣所说的话不通情理。她想:"何必如此大惊小怪!内大臣对云居雁本来不很关怀,并不想好好地教养她,使她将来入宫。大约后来看见我如此重视她,才发心要她入宫当皇太子妃吧。如果这希望落了空,命里注定要嫁给臣下,那么除了夕雾之外,哪有更强的人呢?无论从相貌、姿态哪一方面说来,有谁赶得上夕雾呢?照我看来,他娶云居雁是委屈的,应该和身份更高的人攀亲才是。"想是对夕雾疼爱太甚之故吧,她也怪怨内大臣了。内大臣如果知道了她的心思,一定更加恨她。

夕雾不知道别人正为了他而闹得天翻地覆,管自前来探望太君。前夜他来此,为了人目众多,不能与云居雁密谈心事。今天比往日相思更苦,便在晚上来了。太君往日看见外孙来了,总是欢天喜地,笑逐颜开,今天忽然板起面孔说话了。她对夕雾说:"为了你的事,你舅舅恨煞了我,我好为难啊!你胡思乱想,教别人懊恼,真不应该!我本来

---

① 云居雁的后父。

不想谈此种事情，不谈又怕你不明白。"夕雾本来怀着鬼胎，立刻猜测到了，红着脸答道："究竟为了何事？我近来笼闭一室，静心读书，久无机会参与人群，并未得罪舅舅呢。"他说时满面羞涩。太君很可怜他，说道："不必谈了，总之你以后小心谨慎就是了。"说到这里为止，以后便谈别的事情。

　　夕雾想起今后与云居雁通信更加困难了，心中甚是悲伤。太君劝他进餐，他一点也吃不下，好像已经睡着了的样子。其实他心中一直忐忑不安，等到夜深人静之后，偷偷地去拉通向云居雁房间的纸隔扇。这纸隔扇一向不锁，今天却锁住了，房间里一点人声也没有。他觉得十分没趣，便靠着纸隔扇坐下来。云居雁也还不曾睡着，她躺在那里倾听夜风吹竹的萧萧声，又遥闻群雁飞鸣之声，小小的芳心也感到哀愁，便独自吟唱古歌："雾浓深锁云中雁，底事鸣声似我愁？"①那娇滴滴的童声非常可爱。夕雾听了心中焦灼起来，便在门边低声叫道："把这门开开！小侍从在这么？"然而没有人回答。小侍从者，是乳母的女儿。云居雁听见夕雾的叫声，知道刚才独自吟唱古歌，已被他听到了，觉得很难为情，只管无端地把脸躲进被窝里去。她隐约地感到心中情思萌动，自己觉得讨厌。乳母等就睡在旁边，深恐惊醒她们，身体一动也不敢动。两人隔着纸隔扇，各自无言。夕雾独自吟道：

"夜半呼朋啼雁苦，
风吹芦荻更增愁。"

便觉这愁深深地沁入肺腑。他回到太君房中，深恐频频叹息，惊醒了

---

① 此古歌见《河海抄》所引。此人称为云居雁，即根据此古歌。日文"云居"即"云中"之意。

她,只得睡下,一夜心绪不宁。

次日早上醒来,夕雾不知不觉地感到羞耻。他回到自己房间里,写一封信给云居雁。但小侍从也找不到,云居雁房中当然不能去,胸中烦闷不堪。云居雁呢,只觉得被父亲责怪是可耻的。至于自身将来如何,别人对她作何看法等事,一概不加深思。她依然天真可爱。别人议论他们两人之事,她听了既不觉得异常讨厌,也不想与夕雾分离。她认为不必如此大惊小怪。只可惜服侍她的乳母和侍女们严厉劝诫她,今后不便再和夕雾通信了。倘是大人,际此困境自能巧妙找寻机会。但夕雾年幼,毫无办法,只是闷闷不乐而已。

内大臣此后一直不再来访,他深深地怨恨太君。内大臣夫人①闻知此事,也只当作不知。她为了自己的亲生女儿弘徽殿女御不能册立为皇后,对万事都兴味索然。内大臣对她说:"那梅壶女御行过盛大的仪式,册立为皇后了,而我们那个弘徽殿女御正在伤心呢。我可怜她,胸中异常痛苦。我想叫她暂时乞假回家,让她舒舒服服地休养一下。虽然未能立后,皇上偏偏十分宠爱她。因此她昼夜侍候,不得休息;连身边的宫女们也时刻不安,都在叹苦呢。"便立刻向皇上乞假。冷泉帝起初不许。但内大臣坚持己见,冷泉帝也只得勉强答应,由他把女御迎接回家去。内大臣对她说:"你在这里未免寂寞,我叫你妹妹云居雁也到这里来住,和你一起玩耍吧。她住在太君那里,本可放心,然而那个男孩子常在那里进进出出。其人年纪虽小,心却不小。照你妹妹的年龄,自然不该和男人接近了。"就突然赴太君处迎接云居雁。

太君大为不快,对内大臣说:"我只有一个女儿,不幸短命而死,我很寂寞。且喜来了这个孩子,在我如获至宝。实指望她朝夕在侧,慰我暮年呢。却不料你不信任我,教我好伤心啊!"内大臣心甚抱歉,连忙答道:"母亲息怒!儿子所不满者,就只是那一件事,却并非不信

---

① 内大臣的正妻,即前右大臣家的四女公子,前弘徽殿女御之妹。

任母亲。只因宫中那个女御，近来心绪不佳，现正乞假在家。看她寂寞无聊，甚是可怜，为此想叫云居雁前去陪伴，以慰其心。这原是暂时之事。"接着又说："云居雁蒙太君抚育，得以长大成人，此恩决不敢忘。"这内大臣脾气固执，凡事一经想定，即使多人劝阻，决不回心转意。因此太君很不高兴，叹道："人心难测，令人忧恼。这两个孩子小小年纪，就心生隔膜，弃我如遗！童稚无知，姑且不论。大臣深明事理，怎么也会对我心怀怨恨，来夺取这个孩子呢？我看她在那边，不见得比我这里安全吧！"说着哭起来了。

正在此时，夕雾来了。他近日常常来此，希图或有机缘与云居雁相见。他看见门前停着内大臣的车子，便内心羞怯，悄悄地钻进自己房间里去了。内大臣的公子左少将、少纳言①、兵卫佐、侍从、大夫等，也聚集在这里。但太君不许他们进入帘内。内大臣的兄弟左卫门督与权中纳言等，虽非太君所生，但他们还是遵守前太政大臣在世之时的规矩，照旧常来参谒太君，竭尽孝敬。他们的儿子也来此，但品貌都赶不上夕雾。太君对夕雾比谁都疼爱。自从夕雾迁居东院之后，只有这云居雁是太君身边的宝贝。太君悉心教养她，时刻不离地抚爱她。如今将被内大臣夺去，太君心中异常悲伤。内大臣说："此刻我要进宫，傍晚来迎接她。"说罢，告辞而去。

内大臣心中思忖："此事少有办法了。还不如妥为安排，成就其事吧。"然而终觉得于心不快，又想："先得让夕雾有了稍高的官位，使我们也不致丧失体面。然后察看他对云居雁的爱情深浅如何，再作决定。即使允许他们，也得郑重举行婚礼。照以前那样让两人住在一起，即使加以劝诫，深恐年幼无知之人，会做出不好看的事情来。只怕太君是不会制止他们的。"他就以陪伴弘徽殿女御为理由，向太君邸内

---

① 左少将又称柏木。少纳言又称红梅，即第206页所提到的唱催马乐《高砂》嗓音美好之人。

及私邸内的人自圆其说，把云居雁接了去。

云居雁去后，太君写一封信给她，信中说："你父亲恐又将恨我，但你总了解我的心情，盼即来此相见。"云居雁果然打扮得花枝招展地来了。她今年十四岁，似乎尚未成人，然而娇憨温柔，容颜十分妩媚。祖母对她说道："我一向与你寸步不离，朝夕相伴，你去了我好冷清啊！我残年无多，常常担心：不知道命里有否看见你荣华富贵之一日。如今你又舍我而去，我真伤心啊！"说到这里，哭起来了。云居雁想起了最近那件难为情的事，头也抬不起来，只是嘤嘤啜泣。此时夕雾的乳母宰相君来了。她悄悄地对云居雁说："我但愿小姐做了我的女主人。小姐迁往那边去了，实在可惜啊。舅老爷要将小姐许配他人，小姐切不可听从啊！"云居雁越发怕羞了，一句话也不回答。太君对宰相君说："罢了！这种没趣的话不必说了。各人的命运都是前世注定的啊！"宰相君还是怒气冲冲地说："不是这么说的！舅老爷恐怕是看不起我家少爷，说他微不足道呢！我倒要请他打听打听：我家少爷哪一点赶不上别人？"

此时夕雾躲在暗处偷看。若在平时，他这种行径要防别人讥评。但此时恋情正苦，顾不得许多了，只管站在那里揩眼泪。乳母十分可怜他，便向太君商请，乘这傍晚众人往来杂沓之时，教两人在另一室内会面了。两人一见之下，无限羞涩，心头乱跳，一句话也说不出来，只是相对而泣。后来夕雾言道："舅舅真狠心啊！我原想，他要带走你，就由他带走吧，让我死了这条心。但今后我若不见了你，相思必定更苦！回思从前见面机会较多之时，我们何不常常相聚呢？"说时神情天真烂漫，非常可爱。云居雁答道："我也这样想呢。"夕雾接着问："你想念我么？"云居雁微微地点点头，竟是小孩模样。

各处都已点灯。内大臣退朝，乘便来接云居雁回邸。前驱者高声喝道。邸内的人都说："老爷来了！"骚乱了一阵。云居雁非常害怕，全身发抖。夕雾由他骚乱，不顾一切，决不放走云居雁。云居雁的乳母来找小姐,看见了这光景,心中只是叫苦,想道:"哎呀,这还了得?而且看来老太太是早就知情的。"便愤然地说:"天哪!世事真糟糕!老爷知道了要生气,自不必说,那位按察大纳言老爷知道了,不知又怎么样哩。不管你何等才貌双全,初婚嫁个六位小京官,也太不体面了。"说着,一直走到屏风背后来,埋怨这一对情人。夕雾听到她的话,知道自己官位太低,故被乳母轻视,不免怨恨世事之不公,恋情也略略减兴了。便对云居雁说:"请听乳母的话!我现在是

羡他血泪沾双袖,
浅绿何年得变红?①

真可耻啊!"云居雁答道:

"妾身薄命多忧患,
你我因缘不可知!"

尚未说完,内大臣进邸内来了。云居雁无可奈何,连忙逃回自己房中去。夕雾留在这里,觉得很不像样,狼狈起来,也退入自己房中躺下了。他听见内大臣唤云居雁快快上车,三辆车子悄悄地赶出去,心中不胜怅惘。太君派人来叫他去,但他装作睡着,身体一动也不动。他的眼泪流个不住,啜泣直到天明,便在浓霜的清晨急急忙忙回东院去了。因为他的两眼已经哭肿,被人看见了很难为情;又怕太君要派人来叫他,还不如独自笼闭在书房里来得安心,所以急忙回去。归途中独自思量,这并非别人害我,仝是白寻苦恼。天色阴沉,四周还很黑暗。夕雾即景独吟:

---

① 六位京官地位低,穿浅绿袍;五位较高,穿红袍。

"冰霜凛冽天难曙，
泪眼昏蒙暗更浓。"

且说今年十一月间的五节舞会①，源氏太政大臣家须遣送舞姬一人。此事并不十分繁忙，只是日子近了，随从舞姬的童女等人的服装，必须赶紧置办。住在东院的花散里，司理舞姬入宫时随从人等所穿的服装。源氏自己司理总务。新立的秋好皇后也相帮置办了许多华丽的服饰，连童女和下级差役的衣衫也齐备。去年因有藤壶母后之丧，五节舞会停止举行。为了补偿去年的寂寞，今年人心特别兴奋。在选送舞姬时，各家竭力竞争，一切务求尽善尽美。云居雁的后父按察大纳言和内大臣之弟左卫门督，都把女儿送去当舞姬。地方官方面，现任近江守兼左中弁的良清也遣送一个女儿。今年特定规章：凡舞姬于会毕后皆得留住宫中，充当女官。因此大家愿意遣送女儿。

源氏太政大臣家所遣送的，是现任摄津守兼左京大夫惟光朝臣的女儿。这女儿相貌生得极好，有美人之名。惟光觉得身份不配，有些为难。旁人却指责他说："按察大纳言所遣送的竟是侧室所生的女儿，你把嫡妻所生的爱女送出去，有什么难为情呢？"惟光听了犹豫不决。但念当过舞姬之后便可在宫中充当女官，便打定了主意。先叫她在家里练习舞蹈。随身侍女，都严格挑选。到了规定那天傍晚，便把女儿送进二条院去。源氏太政大臣也把各院中的女童和侍女都叫出来，仔细观察选择，指定若干人作舞姬的随从。入选的人，想到自己的身份，无不感到荣幸。源氏太政大臣规定：在皇上御前表演之前，先在他自己面前试演一次。他看见所选定的童女，容貌姿态个个十分优美，因为人数过多，欲除去几个，竟舍不得割爱。他笑着说："我想再遣送一

---

① 五节舞会，于每年十一月间的丑、寅、卯、辰四日内举行。舞姬共五人，从朝臣及地方官家中选出。每一舞姬，随带保姆八人、童女二人、其他差役七人。

个舞姬才好呢。"终于只得根据她们的仪态和神情而复选了一次。

　　入大学的夕雾，近来胸中一直烦闷，饭也吃不下去。心情郁结，书也不能读，每天只是忧心忡忡地躺着。此时想出门去散散心，便闲步到二条院，各处观玩。他的相貌异常秀丽，仪态十分优雅，青年侍女们看见了都赞美不已。但他走到紫姬的住处，连帘前也不敢走近。这是因为源氏自己已有切身经验，深恐发生意外，所以不让他和紫姬接近。紫姬的侍女们自然也避远他了。但今天因为迎接舞姬，各处纷乱，夕雾也就混进紫姬的西殿里去了。舞姬由众侍女扶下车子以后，走进边门前临时设立的屏风背后去休息一会。夕雾便走近去，向屏风内窥看，但见这舞姬似觉疲倦，把身子横着。看她的年龄，和云居雁相仿，个子比她高些。神采焕发，风流娴雅之相，竟比云居雁较胜一筹。此时天色已黑，不能详细观看，但觉大体上十分肖似云居雁。并非爱情已经移注在她身上，又觉似乎一见，终不满意，便伸手去拉她的衣裾。舞姬不知何事，心甚惊诧。夕雾赠诗道：

　　"相逢已绾同心结，
　　寄语天人莫忘情。

我思念你已经很久了。"这行径真是太唐突了！他的声音甚是柔美，但舞姬不认识他，只觉得害怕。正在此时，侍女们急急忙忙地赶来为小姐添妆了。许多人喧哗地走近来，夕雾不便再留，只得遗憾地走开了。

　　夕雾嫌恶淡绿色官袍，所以平常不肯进宫，外面也很少出去。但今天是五节舞会之期，宫中特许穿便袍，颜色不必按照官位，他便进宫去了。他年纪很轻，相貌清秀。但样子比年龄老成，步态神气十足。自皇上以下，公卿王侯无不特别爱怜他。真乃世上少有的备受恩宠的人。

五个舞姬入宫参见时的仪式非常隆重。各人的服饰各出心裁,华美无比。讲到容貌,大家盛称源氏太政大臣家的和按察大纳言家的最为美丽。两人果然都很可爱。然而讲到天真与娇艳,大纳言家的毕竟比不上源氏家惟光的女儿。因为她打扮得十分雅致而又时髦,样子比她的身份高贵得多,其美丽无可比拟,所以大家如此赞誉。原来今年所选的舞姬,年龄都比往年的稍长,因此给人特殊的美感。源氏太政大臣入宫观赏五节舞蹈时,回忆起从前五节舞会中那个筑紫少女①,便在第四天正式舞会的辰日,写一封信送给她。信中的言词可想而知,所附的诗是:

"当年少女知非昔,
昔日檀郎今老矣。"

他回想多年以前的事,觉得此人十分可爱,情不自禁,只得写这封信去。筑紫的五节舞姬收到了信,也不胜怀旧,深感人世无常。她的答诗是:

"当年舞袖传情愫,
旧事重提在眼前。"

用的是绿色带纹样的信纸,与这日子相符合②。墨色或浓或淡,交互错综。字体大都是草书,笔法随意不拘。源氏觉得此信与筑紫五节舞姬的人品相称,颇感兴味。

夕雾看中了惟光的女儿,常想偷偷地走近她身旁去。然而那女子

---

① 此五节舞姬是筑紫太宰大式的女儿,与源氏有私。参看第237、261—262页。本回题名"少女",即根据此诗和下面夕雾赠惟光女儿之诗。
② 当时习俗,舞姬辰日穿绿衣。

的神态凛不可犯,不得接近。孩子家胆怯怕羞,也只有独自叹息而已。他想:"这女子的相貌十分称我的心。云居雁既然与我缘悭,为慰情之计,且去结识这个女子吧。"

原定舞会毕后,各舞女即留住宫中,充当女官,但此次各人都先回家去。近江守良清的女儿赴辛崎被禊,摄津守惟光的女儿赴难波被禊,争先恐后地退去了。按察大纳言也暂把女儿带回,奏请改日送她进宫。左卫门督所遣送的舞姬,不是亲生女儿,受人非难,但终于也容许她入宫。

惟光恳求源氏太政大臣:"宫中典侍有空额,但愿赐小女为典侍。"源氏答应为他设法。夕雾闻知此事,大失所望。他想:"如果我的年龄不是这样小,官位不是这样低,我可请得这女子。现在连我的心事也无法教她知道,真伤心啊!"他对这五节舞姬的相思虽不甚苦,但添上了对云居雁的相思,终不免时时流泪。这五节舞姬的哥哥,是个殿上童子,常常到夕雾这里来侍候他。有一次,夕雾特别亲昵地和他谈话,问道:"你家那个五节舞姬几时进宫?"童子答道:"听说年前要进宫的。"夕雾说:"她的相貌长得真美丽,我很爱她呢。你能常常见她,我真羡慕你啊!可否设法让我再见一次?"童子答道:"这怎么使得!我也不能随便见她,父亲说兄弟是男子,不得与女子接近。何况你们,怎么能见她呢!"夕雾说:"那么,你总得给我送封信去。"便把信交给他。童子因为父亲早有警诫:不许干此种事情,所以面有难色。但夕雾强要他接受。他不好意思坚拒,只得拿了信回家去。那五节舞姬年纪虽小,而情窦已开,得了信很欢喜。但见用的是精美的绿色双重笺①,笔迹虽然还很稚气,显见将来大有前途。那书体非常可爱。信中有诗云:

---

① 在信笺上附加一二张空白的纸,表示敬意。

"爱煞翩跹少女舞，
恋情正苦诉君知。"

两人正在看信，父亲惟光突然进来。两人吃了一惊，想把信隐藏，已经来不及了。父亲问道："什么信？"便拿起信来看。两人都脸红了。父亲看了信骂道："你们干得好事！"哥哥连忙逃走，父亲喊住了他，又问："这信是谁写来的？"哥哥答道："太政大臣家夕雾公子定要我送来……"惟光听了这话，怒气尽释，笑逐颜开，说道："公子已经懂得风情，真可爱啊！你们与他同样年纪，还是毫不懂事的笨孩子呢。"他称赞了一会之后，便把信拿去给夫人看，对她说道："像公子那样的人，倘能看得起我们这女孩而宠爱她，那么我与其叫她去当个寻常的宫女，还不如把她嫁与公子吧。我知道大臣的脾气：他一旦看中了一个人，便永远不忘记她，是很可靠的。公子必然肖似父亲。我可做明石道人了！"但别人都忙着准备舞姬入宫之事。

夕雾对云居雁，也不能通信。他毕竟相信云居雁远胜于惟光的女儿，常常挂念她。别离越久，相思之情越发难堪。天天悲叹不得再见一面。外祖母那里，也无心去访问。想起了云居雁所住的房间，以及年来共处时的游钓之地，越发觉得深可恋慕。连这从小住惯的整个太君宫邸，也勾起他相思之苦。因此他又笼闭在东院的书房里了。

源氏请托住在东院西殿里的花散里当夕雾的保护人，对她言道："太君年老，在世之日恐不多了。我把这孩子托付与你，让他从小亲近你。那么太君百年之后，有你照拂他了。"花散里对源氏，向来惟命是听，便一口答应，从此疼爱夕雾，用心照顾他。夕雾常得隐约窥见花散里的容颜。他想："这位继母相貌真难看啊！这样的人，父亲也舍不得她。"又想："我贪图相貌标致而苦恋这个不得见面的云居雁，太没有意思了。还不如另找一个像花散里那样性情柔顺可亲的人吧。"但转念又想："同一个相貌难看的人对面相处，也太乏味了。父亲多年来照顾这个花散里,但他早已知道这人的相貌与性情,所以对她不即不离,恰到好处。正如古歌中所谓'犹如密叶重重隔'①,确是有道理的。"他觉得这种无聊的想法有些可耻。他的外祖母太君虽然作尼姑打扮,但相貌还很清秀。此外他在各处看惯的,都是相貌美丽的人。只有这花散里,本来相貌不扬,年纪渐渐老起来,身体也瘦了,头发也稀少了,所以更教人看不上眼。

到了年底,太君专心一志地为夕雾准备新年服装,其他一切都不顾。她替外孙做了许多套漂亮的衣服,但夕雾看也不要看。他说:"元旦我不一定入宫贺年,外婆何必如此忙着替我做衣服呢?"太君说:"你怎么可以不入宫贺年!这倒像是老人病夫的话。"夕雾自言自语地说:"年纪倒没有老,却真像个病夫了。"说着流下泪来。太君知道他是为云居雁之事伤心,觉得很可怜,也几乎哭起来。对他说道:"凡为男子的,即使身份低微,也应该气宇轩昂。你身份高贵,更不应该垂头丧气。你心中有什么忧愁?这样有伤身体啊。"夕雾说:"并无什么忧愁。只因区区一个六位小官,被别人看不起。虽然知道这六位是暂时的,总觉得没有面子进宫。要是外公在世,别人开玩笑也不敢欺侮我哩。爸爸虽然是我的亲爹,但显然把我当作外人看待,连他的房间里也不许我随便出入。我只能在东院的西殿里接近他。那里的继母固然很疼爱我,但倘我自己的母亲还在世,我更可无忧无虑呢。"说着掉下眼泪来,便把头扭过去。太君看了更觉可怜,也纷纷落泪。后来说道:"母亲早死的人,不论身份高低,都是很可怜的。然而各人都有自己的幸运,不久成人立业之后,就无人敢看轻他了。你决不可伤心。你外公能再多活几年才好。你爸爸是和外公一样尽心竭力地照顾你的,我也依靠他。然而不称心的事真多呢。外人都称赞你舅舅是个非常贤能的人,然而他对待我,比从前越来越不如了。我即使寿长,亦甚痛苦。

① 古歌:"犹如密叶重重隔,爱而不见我心悲。"见《拾遗集》。

像你这样前程远大之人，也不免于忧患，虽然这忧患是极小的。可见人世苦多乐少啊。"说着流下泪来。

到了元旦，源氏是太政大臣，不须入朝贺年，在家甚是安闲。正月初七日白马节会，按照古昔藤原良房大臣先例，把白马牵入太政大臣邸内，其仪式仿效宫中，比古昔更为隆重庄严。二月二十日，冷泉帝行幸朱雀院。此时春花尚未盛开。但因三月是藤壶母后忌月，所以提前行幸。早樱已经开花，颜色十分鲜丽。是日朱雀院内布置陈设，特别讲究，万事尽善尽美。随驾行幸的公卿亲王等，也都打扮得齐齐整整。他们都穿绿袍，罩在白面红里的衬袍上。冷泉帝则穿红袍。有旨宣召太政大臣同行，故源氏也来到朱雀院。他所穿的也是红袍，因此两人一样光辉灿烂，几乎教人不能分辨。此次行幸，各人装束及各种布置，都比往常更加讲究。已经退位的朱雀院，比前更加清健了，容貌姿态异常优美。

今日之会，不用专门诗人，只宣召才能优秀的大学学生十人。仿照式部省文章生考试办法，由皇上敕赐诗题。这考试想必是为太政大臣家长公子夕雾而设的。几个胆怯的学生，每人乘坐一只不系之舟，放在湖里，样子十分周章狼狈①。红日渐渐西倾，乐船在池塘中巡回，歌舞大作。山风吹送音乐之声，悠扬悦耳。夕雾独坐舟中作诗，不胜其苦，想道："我其实不须如此苦学勤修，也可与众人交游取乐。"心中愤愤不平。

舞曲《春莺啭》奏出了。朱雀院听了，回想当年桐壶帝举行花宴时的情景②，慨然说道："那时的盛况，恐难再得了！"源氏也历历回思当日之事。舞曲奏毕之后，源氏向朱雀院敬酒，献诗云：

---

① 这考试办法，叫作"放岛"，即教每人乘坐一舟，放乎中流，朝着岛的方向漂去。可使各人在舟中作诗文，不能与他人交谈。
② 见第八回《花宴》。

"莺啭春光犹似昔,
赏花旧侣已全非。"

朱雀院和道:

"遥隔九重居别院,
报春莺啭也能闻。"

源氏之弟,称为帅亲王的,现任兵部卿,向冷泉帝敬酒,亦献诗云:

"笛声嘹亮今犹昔,
莺啭悠扬不改音。"①

吟时声音清楚洪亮,显见用心诚恳,甚是可喜。冷泉帝答道:

"林莺飞啭如怀旧,
恐是春花色已衰?"②

此次吟诗,大约不是朝廷公式,乃家庭之事,故唱和之人不多。但也许是作者当时忘记记录了。

　　奏乐之处甚远,不易听得清楚。皇上便命取过各种乐器来。于是兵部卿亲王弹琵琶,内大臣弹和琴。将筝奉呈朱雀院。七弦琴照例赐与太政大臣。诸人都是盖世无双的名手,各尽所能,合奏妙曲,美不可

---

① 意思是说现代之隆盛不亚于前代。是颂扬。
② 意思是说现代不及前代。是谦逊。

言。许多善于唱歌的殿上人随侍在侧,他们便歌唱催马乐《安名尊》①,其次又歌唱《樱人》②。月亮朦胧地出现,中岛一带地方都点起篝火来。行幸之游告终了。

夜色已深,但冷泉帝回驾,道经前弘徽殿太后③宫邸时,觉得未便过门不入,便进去访问。源氏太政大臣奉陪。太后大喜,立刻出来相见。源氏看见太后的样子老得厉害,便忆起了已故的藤壶母后。他想:"世间原有这等长寿之人,那么藤壶母后早死真可惜了!"太后对冷泉帝说:"我年纪这么大,万事都忘记了。今天御驾光降,感激之余,我才回想起了桐壶帝当年的旧事。"冷泉帝答道:"自从父皇母后弃养以来,我对春花秋月,亦无心欣赏。今天得见太后,心中始觉欢慰。改日再来问候。"源氏太政大臣也讲了应有的话,最后说:"以后再来请安。"太后看见源氏匆匆回驾时仪仗之盛大,胸中不免警惕。她想:"他回思往日之事④,不知作何感想。原来他命中注定有独揽朝纲之权威,是动摇不得的啊!"她深悔昔日之事。她的妹妹尚侍胧月夜,闲时也常追思往事,感慨甚多。直到现在,每逢适当机会,还时常和源氏通信。太后常常向冷泉帝奏诉不平,例如对朝廷颁赐年俸、年爵有所不满,或其他种种事情不能称心,此时她就痛恨自己老而不死,以致见此凄凉晚景,便希望回复从前盛时,对万事都觉得讨厌。原来这太后年纪越大,牢骚越多。朱雀院也难于应付,不胜其苦。

夕雾这一天所作的诗甚好,考取了进士。此次考试,题目极难。所选的十个学生虽然都是积有长年修养的贤才,但及第者只有三人。秋天京官任免之时,夕雾晋升为五位,当了侍从。他对云居雁始终不

---

① 催马乐《安名尊》词云:"猗欤美哉,今日尊贵!古之今日,未有其例。猗欤美哉,今日尊贵!"此乃宴会赞歌。"安名"是赞叹之词。
② 催马乐《樱人》见第370页注①。
③ 朱雀院之母。
④ 这太后曾妒恨源氏之母桐壶更衣,又曾迫使源氏流寓须磨。

能忘怀。但内大臣防范极严,使他一筹莫展。他也不强求会面,只是巧觅机会,互通音信而已。真是一对可怜的情人啊!

且说源氏太政大臣发心营造一所清静的宅院。他的主意是:既然要造,不如造得大些,讲究些,好让散居各处而难得见面的人,尤其是僻处山乡的明石姬等,大家集中在一起。于是在六条地方,即六条妃子旧邸一带,选定一块地皮,划分四区,大兴土木。明年是紫姬的父亲式部卿亲王五十大庆,紫姬正在准备祝寿之事。源氏也认为此事不可简慢,应该及早筹办。既然要祝寿,不如在新邸举行,更为体面。便命赶紧动工,务求克日完成。

腊尽春回之后,营造及祝寿的筹备越发加紧。安排法会后的贺宴,选定乐人与舞手等事,皆由源氏亲自操心。经卷与佛像、举行法会时所需的装束,以及犒赏品等,皆由紫姬用心准备。住在东院的花散里也分担一部分工作。紫姬与花散里交情亲密,两人和睦共处,欢笑度日。

这大规模的筹备,轰动全国,式部卿亲王也闻知了。他想:"近年来源氏对世人普遍照拂,惟有对我家漠不关心,万事冷酷无情。对于我的下属,也都毫无恩惠。想是为了他流寓须磨时我不曾寄予同情,因而怀恨于我吧。"他觉得抱歉,又觉得可恨。但念源氏在许多妻妾之中,特别宠爱他的女儿,使他享受令人妒羡的幸运,他家虽未直接受到恩惠,也觉很有面子。现在为了替他祝寿,又如此盛大排场,轰动全国,真是晚年意外的荣幸,他心中十分欢喜。但他的夫人只管心怀怨恨,闷闷不乐。想是为了她的亲生女儿当年想入宫当女御,而源氏未予提拔①,因而更增怨恨吧。

到了八月里,这六条院完工了,大家准备乔迁入内。四区之中,

---

① 见第309、317页。

未申①一区，即西南一区，原是六条妃子旧邸，现在仍归她的女儿秋好皇后居住。辰巳向一区，即东南一区，归源氏与紫姬居住。丑寅向一区，即东北一区，归原住东院的花散里居住。戌亥向一区，即西北一区，预备给明石姬居住。各处原有的池塘与假山，凡不称心者，均拆去重筑。流水的趣致与石山的姿态，面目一新。各区中一切景物，都按照各女主人的好尚而布置。例如：紫姬所居东南一区内，石山造得很高，池塘筑得很美。栽植无数春花，窗前种的是五叶松、红梅、樱花、紫藤、棣棠、踯躅等春花，布置巧妙，赏心悦目。其间又疏疏地杂植各种秋花。

秋好皇后所居的西南一区内，在原有的山上栽种浓色的红叶树，从远处导入清澄的泉水。欲使水声增大，建立许多岩石，使水流成瀑布——这就开辟成了广大的秋野。此时正值秋天，秋花盛开，秋景之美，远胜于嵯峨大堰一带的山野。

花散里所居东北一区中，有清凉的泉水，种的都是绿树浓荫的夏木。窗前更种淡竹，其下凉风习习。树木都很高大，有如森林。四周围着水晶花篱垣，有如山乡。院内种着"今我思畴昔"②的橘花、瞿麦花、蔷薇、牡丹花等种种夏花，其间又杂植春秋的花木。这一区的东部是马场殿，院内建有跑马场，围以栅栏，以供五月赛马之用。水边种着茂密的菖蒲。对面筑着马厩，其中饲养着盖世无匹的骏马。

明石姬所居的西北一区中，北部隔分，建造仓库。隔垣旁边种着苦竹和茂盛的苍松。一切布置都适宜于观赏雪景。秋尽冬初之时，篱

---

① 堪舆家（看风水者）以十二支代表方向。其法：画一圆圈，从圆心放射十二条直线，使与圆周相交。从上方一交点起，向右顺次注明子丑寅卯辰巳午未申酉戌亥十二支。则正东为卯，正南为午，正西为酉，正北为子。其余：东南为辰巳，西南为未申，东北为丑寅，西北为戌亥。

② 古歌："橘花开五月，到处散芬芳。今我思畴昔，伊人怀袖香。"见《古今和歌集》。

菊傲霜，色彩斑斓夺目，柞林红艳，仿佛傲然独步。此外又移植种种不知名称的深山乔木，枝叶葱茏可爱。

择于秋分节乔迁。原定大家一起迁入，但秋好皇后嫌其骚扰，略略延期。一向和光同尘的花散里，则于秋分之夜和紫姬一同迁入。紫姬所爱的春院，与此时季节不合，但也饶有雅趣。紫姬乔迁用的车辆，共十五台。前驱者大都是四位、五位的京官。也有六位殿上人，但都选用亲信者。这排场不算体面。为欲避免世人讥评，故一切从简，并无豪华盛大之举。花散里的排场并不亚于紫姬。大公子夕雾侍从奉陪，照料一切。人都以为理应如此。侍女等各有专用房室，仔细隔分，这新院的设备可谓周到之至了。过了五六日，秋好皇后从宫中回来，也乔迁入院。其仪式虽然简朴，亦颇盛大。这位皇后幸运之佳，自不待言。其仪态之优美与大方，亦迥异寻常，最为世人所尊敬。这六条院中各区隔离，但有曲廊相通，可以互相往来，因此诸女友常得叙晤，乐趣甚多。

到了九月里，处处红叶呈艳，秋好皇后院内秋景之美，不可言喻。有一天秋风瑟瑟的夕暮，皇后用砚盒盖盛了各种红叶，派一个女童致送给紫姬。这女童年龄较长，身穿浓紫色衫子，上罩淡紫面蓝里的外衣，外披红黄色罗汗衫，模样异常姣好。她穿过回廊，走过拱桥，来到紫姬院内。这是一种风雅的仪式，普通都派年长的侍女致送。但秋好皇后为了这女童十分可爱，因此特地派她。这女童惯于伺候贵人，举止大方，仪态优雅，为他人所不可及。皇后赠紫姬诗云：

"闻君最爱是春天，盼待春光到小园。
请看我家秋院里，舞风红叶影蹁跹。"

众青年侍女争来招待女童，这光景亦甚可爱。紫姬的答礼，是在那砚盒盖内铺些青苔，布置成岩石模样。又在一枝五叶松枝上附一首诗：

"舞风红叶影蹁跹,剩有空枝太可怜。
争似岩前松一树,青青春色向人间?"

这岩前的松树,仔细看来,确是精妙的造物。秋好皇后看了诗,觉得紫姬如此善于即兴拈题,甚可赞佩。源氏对紫姬说:"皇后送你这红叶与诗,有点令人不快。等到春花盛开时,你可报复她了。现在贬斥红叶,对不起立田姬①,你且忍受了吧。将来站在樱花荫下,你便可逞强了。"夫妇嬉笑闲谈的光景,真有无限生趣,教人不胜艳羡。这六条院确是最理想的住处,诸位夫人和睦相处,时时互通音问。

住在大堰邸内的明石姬,自念身份微不足数,不欲与他人同时迁入。直到十月间,他人都已迁定之后,方始悄悄地迁居。迁居时的仪仗,以及其他种种排场,均不逊于其他诸人。源氏关心明石姬所生小女公子的将来,所以明石姬迁入六条院后所受种种待遇,与紫姬等无甚差别,非常优厚周到。

第二十二回 玉鬘②

虽然事隔十七年,源氏公子丝毫也不曾忘记那个百看不厌的夕颜。他阅尽了袅娜娉婷的种种女子,可是想起了这个夕颜,总觉得可恋可惜,但愿她还活在人间才好。夕颜的侍女右近,虽然不是十分出色的女子,但他把她看作夕颜的遗爱,一向优待她,叫她和老侍女们一起在邸内供职。他流寓须磨之时,将所有侍女移交紫姬,右近便也改在西殿供职了。紫姬觉得这个人品性善良,行为恭谨,因而很看重她。但右近心中在想:"我家小姐如果在世,公子对她的宠爱不会亚于

---

① 立田姬是司秋的女神,秋林红叶是她染成的。
② 本回与前回时间相仿,写源氏三十四岁九月至三十五岁岁末之事。

明石夫人吧。爱情并不甚深的女子，公子尚且不忍遗弃，都相当照拂，永远关心，何况我家小姐。即使不能与高贵的紫夫人同列，至少有份加入六条院诸人之中。"想起了便悲伤不已。加之夕颜所生女孩玉鬘①，寄养在西京夕颜的乳母家里，现在不通消息。这是因为右近一向不敢把夕颜暴死之事公布于众，加之源氏公子曾经叮嘱她不可泄露他的姓名，因而有所顾忌，不便赴西京探访。在这期间，乳母的丈夫升任了太宰少式，赴筑紫履任，乳母随夫迁居任地，其时玉鬘年方四岁。

乳母欲知夕颜下落，到处求神拜佛，日夜哭泣思念，向所有相识之人打听，但终于全无消息。她想："既然如此，也无可奈何了。我只得抚养这个孩子，当作夫人的遗念吧。然而叫她跟着我们这种身份低微之人，远赴边地，实乃可悲之事。我还是设法通知她父亲吧。"然而没有适当机会。这期间她同家人商量，认为如果通知她父亲，倘他问起她母亲何在，如何回答呢？况且这孩子不会很亲近她父亲的，我们把她丢在她父亲那里，也很不放心。再说，如果父亲知道了他这个孩子还在，势必不允许我们带她远赴边地。商量的结果，决定不通知她父亲，而带她回赴筑紫。玉鬘长得非常端正，现在小小年纪，已有高贵优雅之相。太宰少式的船并无特殊设备，草草带她上船，远赴他乡，光景实甚可怜。

玉鬘的童心中不忘记母亲，上得船来，常常问人："到妈妈那里去么？"乳母听了，眼泪流个不住。乳母的两个女儿也怀念夕颜，陪着流泪。旁人便劝谏："船上哭泣是不祥的！"乳母看到一路上美丽的景色，心中想道："夫人生性娇痴爱玩，倘能看到这一路上美景，何等高兴！然而如果她还在，我们也不会远赴筑紫的。"她怀念京都，正如古歌所云："行行渐觉离愁重，却羡使臣去复回。"不免黯然销魂。此时

---

① 此女孩是夕颜认识源氏之前与源氏妻舅头中将所生的。见第四回《夕颜》。

船上的梢公粗声粗气地唱起棹歌来："迢迢到远方，我心好悲伤！"两个女儿听了，更增哀思，相向而泣。船所经行之处是筑前大岛浦，两人便吟诗唱和：

"舟经大岛船歌咽，
想是梢公也怀人？"

"茫茫大海舟迷路，
苦恋斯人何处寻？"

她们是互相诉说远赴他乡之苦。经过了风波险恶的筑前金御崎海岬之后，她们想起了一曲古歌，便不断地吟唱："我心终不忘"①之句。不久到达了筑紫，进了太宰府。现在离京更远，乳母等遥念在京失踪的夕颜，常常悲泣。只得悉心抚育玉鬘，聊以自慰。日子一天一天地过去。乳母有时偶尔在梦中看见夕颜。然而往往看见夕颜身旁有一个与她肖似的女子，而且梦醒之后常常心绪恶劣，身体患病。于是她想："大约夫人已经不在人世了。"从此更加悲伤。

五年之后，太宰少弐任期已满，打算回京。然而路途遥远，旅费浩繁，而本人权势不大，宦囊羞涩。因此迟疑不决，迁延度日。不料这期间少弐忽患重病，自知死期已近。此时玉鬘年方十岁，容貌之美，见者无不吃惊。少弐看了，对家人说："看来连我也要舍弃她了！她的前途何等不幸啊！让她生长在这偏僻的乡间，实在委屈了她。我常想设法将她送回京都，通知她的生身父母，然后听凭她的命运做主。京都地广人多，发迹有望，可以放心。岂料我此志未遂，就客死他乡……"

---

① 古歌："险恶金御崎，虽然已过往；海神之威力，我心终不忘。"见《万叶集》。她们吟唱末句，犹言不忘夕颜。

他挂念着玉鬘的前途。他有三个儿子,此时便向三人立下遗嘱:"我死之后,他事不须你等操心,但须速将此女送往京都。至于我身后的法事,不必着急。"不久他就死了。

这玉鬘是谁的女儿,他们一向连官邸里的人也不让晓得。对人但言这是外孙女儿,是身份高贵的人。数年来生长深闺,不令人见。如今少式突然身故,乳母等非常悲伤,孤苦无依,只得遵守遗嘱,设法迁回京都。然而在这筑紫地方,少式有许多冤家。乳母深恐此等人将用种种计谋来妨碍他们归京,因此迁延不决,不知不觉地又在这里滞留了几年。玉鬘渐次长成,容貌之美胜过母亲夕颜。加之秉承父亲①血统,气品高尚优雅,性情又温良贤淑,真是个绝代佳人。当地好色的田舍儿闻此消息,都恋慕她,有许多人寄情书来求婚。但乳母认为荒唐可恶,一概置之不理。为避免烦扰,她向外扬言:"这妮子相貌虽然生得还好,可惜身上患着沉重的残疾,所以不能配亲,只好让她当尼姑。我活着的期间,且让她住在我身边吧。"外人便传说:"已故的少式的外孙女是个残废者,真可惜了。"乳母听到了又很生气。她叹息道:"总须设法送她进京,教她父亲知道才好。她幼小时候,父亲非常宠爱她,虽然长久不见了,总不会因此舍弃她吧。"便向神佛祈祷,祝她早日返京。此时乳母的女儿和儿子都已在本地择配,婚嫁完毕,做了本地的居民了。乳母心中虽然焦灼,然而玉鬘返京之事仿佛越来越少希望。玉鬘已经明白自己身世,但觉人生真太痛苦。她每年三次斋戒祭星②。到了二十岁上,相貌更加长得漂亮了,住在这乡间实甚可惜!此时他们已迁居肥前国。当地也有许多略有声望的人,闻知少式的外孙女是个美人,也都不断地前来求婚。乳母不胜其烦,讨厌之极。

且说附近肥后国地方,有一个大夫监③,拥有一门人口众多的家

---

① 现任内大臣。
② 每年正月、五月、九月,三次祭祀本命星宿,可以息灾获福云。
③ 大夫监是太宰府内的判官,官爵是六位。

族,在当地颇有声望,是个权势鼎盛的武士。这个乡下武士粗蠢无知,却也有几分爱好风流,意欲搜集美女,广置姬妾。他闻知玉鬘貌美,对人言道:"无论何等残废,我都不嫌,定要把她弄到手。"便非常诚恳地派人前来求婚。乳母十分厌恶,回答他说:"我们的外孙女决不要听这种话,她就要出家为尼了。"大夫监越发着急了,便屏除一切事务,亲自来到肥前,把乳母的三个儿子叫来,要他们做媒,对他们说:"你等若能遂我心愿,便是我的亲信,我一定大力提拔你们。"两个兄弟被他收买了,回来对乳母说:"妈妈呀,这头亲事,我们起先认为不甚相称,委屈了这位小姐。然而这大夫监答应提拔我们,倒是一个有力的靠山。得罪了这个人,我们休想在这一带地方生活呢。小姐虽然出身高贵,然而她的父母不来认她,世人也不知她是何等样人,那么高贵也是枉然。这大夫监如此诚恳地向她求婚,照她现在的境遇说来,实在是交运了。大概她原有这段宿世因缘,所以流寓到这边远地方来。现在即使逃避隐匿,有什么好处呢?况且那人很倔强,要是动起怒来,事情可不得了啊!"两个儿子拿这话来威吓母亲。乳母听了大为担心。长兄丰后介对母亲说:"这件事情,无论怎么说,总不妥当,而且对人不起。父亲也曾立下遗嘱,我们必须从速设法,护送小姐进京。"

乳母的两个女儿为此哭得很伤心。她们相与悲叹:"她的母亲命运不济,弄得流离失所,去向不明。我们总希望这个女儿嫁个高贵的丈夫,怎么可以配给这种蠢汉呢?"但大夫监不知此种情况,他自以为身份高贵,只管写情书给玉鬘。他的字写得不算很坏,用的信笺是中国产的色纸,香气熏得很浓。他力求写得富有风趣,然而文句错误百出。不但写信,又叫乳母的第二个儿子次郎引导,亲自前来访问。

这大夫监年约三十左右,躯干高大,肢体肥胖。相貌虽不十分丑陋,然而由于印象不良,总觉面目可憎。他那粗鲁的举止,令人一见就觉得讨厌。血气旺盛,红光满面;声音嘶哑,言语嚕苏。大凡偷香窃玉,总是在夜间悄悄地来的,所以合欢树又称为夜合花。这个人却在春日傍晚前来求婚。古歌云："秋夜相思特地深。"现在不是秋天，这个人却显得相思特地深的样子。这些且不谈，既然来了，乳母老太太觉得不可伤情破面，便走出来接待。大夫监开言道："小生久仰贵府少弐大人高才大德，英名卓著，常思拜识，随侍左右。岂料小生此志未遂，而大人遽尔仙逝，令人不胜悲恸！为欲补偿此愿，拟请将府上外孙小姐交由小生保护，定当竭诚效劳。为此今日不揣冒昧，斗胆前来拜访。贵府小姐，身份高贵，下嫁寒舍，实甚屈辱。但小生定当奉为一家之女王，请其高居上头。太君对此亲事不予快诺，想系闻知寒舍畜有微贱女子多人，因而不屑与之为伍。但此等贱人，岂可与小姐同列？小生仰望小姐地位之高，不亚于皇后之位也。"他提起了精神说这番话。乳母老太太答道："岂敢岂敢！老身并无此意。承蒙不弃，实甚荣幸。无奈小孙女宿命不济，身患不可见人之残疾，不能侍奉巾栉，经常私自悲叹。老身勉为照料，亦不胜其痛苦也。"大夫监又说："此事勿劳挂虑。普天之下，即使双目失明，两足瘫痪之人，小生亦能善为治疗，使其复健。肥后国内所有神佛，无不听命于我也！"他得意扬扬地夸口！接着便指定本月某日前来迎亲。乳母老太太答曰：本月乃春季末月，根据乡下习俗不宜婚嫁①。暂用此言搪塞了。大夫监起身告辞之际，忽念应该奉赠一诗，考虑了一会之后，吟道：

"今日神前宣大誓：
小生不做负心郎。

我看这首诗作得很不错呢！"说时笑容满面。原来此人不懂恋歌赠答之事，而是初次尝试。乳母老太太被他缠得头昏脑涨，作不出答诗了，便叫两个女儿代作。女儿说："我们更作不出！"乳母老太太觉得久不答

---

① 春季末月即阴历三月，是乳母之夫太宰少弐除服之月。

复,不成体统,想到就算,便答吟道:

"经年拜祷陈心愿,
愿不遂时恨杀神!"

她吟时声音发抖。大夫监说:"且慢,这是什么意思?"突然把身一转,挨近来了。乳母老太太吓得浑身发抖,面无人色。两个女儿虽然也害怕,只得强颜作笑,代母亲辩解:"家母之意如此:此人身患废疾,誓愿永不嫁人。倘违背其愿望,此人必然怀恨。老人头脑糊涂,错说了恨杀神明。"大夫监说:"嗯嗯,说的是,说的是。"他点点头,又说:"此诗作得极好!小生名为乡人,却非愚民可比。京都人何足稀罕?他们的事我全都懂得,你等不要小看我啊!"他想再作一首诗,大概是作不出了,就此辞去。

次郎被大夫监收买了,乳母心甚恐慌,又甚悲伤,她只得催促长子丰后介赶紧设法。丰后介想道:"有何办法将小姐送往京都呢?可商量的人也没有。我只有两个兄弟,都为了我不同情大夫监,与我不睦了。得罪了这个大夫监,你一动也休想动得。一不小心,便会遭殃呢。"他烦恼得很。玉鬘独自伤心饮泣,样子实甚可怜。她消沉之极,便想一死了事。丰后介觉得她的痛苦甚可同情,便不顾一切,大胆行事,终于办妥了出走之事。

丰后介的两个妹妹,也决心舍弃了多年相处的丈夫,陪玉鬘一同进京。小妹的乳名叫作贵君,现在称为兵部君。决定由她陪伴玉鬘,于夜间上船。因为大夫监先回肥后一行,将于四月二十日左右选定吉日,前来迎娶。所以她们乘此机会逃走。兵部君的姐姐终于因为子女太多,不能同行。姐妹惜别,不胜依依。兵部君想:此度分携之后,姐妹恐难再见了。这肥前国虽然是她多年住惯的故乡,也别无恋恋不舍之处。惟有松浦宫前渚上的美景和这个姐姐,教她舍不得分别,心中

十分悲伤。临行赠诗道:

"苦海初离魂未定,
　不知今夜泊何方。"

玉鬘也临别赠诗:

"前程渺渺歧无路,
　身世飘零逐海风。"

吟罢神思恍惚,便倒身在船中了。

　　他们如此出走,消息势必传出。大夫监素性倔强,闻知了定将追赶。他们生怕遭逢此厄,雇的是一艘快船,上有特殊装置。幸而又值顺风,便不顾危险,飞速开向京都去了。路中有一处名叫响滩,波涛十分险恶,幸而平安驶过。路上有人看见这船,相与言道:"这怕是海盗的船了。这么小的船,却像飞一般行走。"被人比作贪财的海盗倒不可怕,可怕的倒是那个凶狠的大夫监的追赶。船里的人都捏两把汗。玉鬘经过响滩时吟诗道:

"身经忧患胸如捣,
　声比响滩响得多。"

船行渐近川尻地方,诸人方始透一口气。那舟子照例粗声粗气地唱起船歌来:"唐泊开出船,三天到川尻。……"①歌声很凄凉。丰后介用悲哀而温柔的声音唱着歌谣:"娇妻与爱子,我今都忘却。……"思想

---

① 唐泊属备前国,或云属播磨国。川尻属摄津国。其间航程三天。

起来，自己确是舍弃了妻与子，不知他们近况如何。家中干练可靠的仆人，都被他带走了。如果大夫监痛恨他，把他的妻子驱逐出境，他们将多么受苦！此次之事，确是任情而动，不顾一切地仓皇逃出。现在略略安定之后，回思可能发生的种种祸事，不觉心情颓丧，哭泣起来。随后又诵白居易诗句："凉原乡井不得见，胡地妻儿虚弃捐。"①兵部君听见了，也回想起种种事情来："此次之事，的确奇离古怪。我不惜多年相伴的丈夫的爱情，突然舍弃了他，逃往远方，不知他现在作何感想。"又想："我现在虽然是返乡，但在京并无可归之旧家，又无可亲之故人。只为了小姐一人之故，抛弃了这多年住惯的地方，飘泊于惊风骇浪之中。为何如此，百思不得其解。总之，首先要安顿了这位小姐再说。"她茫然不知所措，匆匆地到达了京都。

打听得九条地方还有一个昔年相识之人，便以他家作为住宿之处。九条虽说是京都之内，但非上流人所居之地，周围都是些走市场的女子和商人。他们混在其中，郁郁不乐地度日，不觉已经到了秋天。回思往事，缅想将来，可悲之事甚多。众人所依靠的丰后介，如今好比蛟龙失水，一筹莫展。他在这陌生地方找不到出路，百无聊赖；回到筑紫肥前去呢，又没有面子。不免懊悔此行太孟浪了。跟他同来的仆从，大都托故离去，逃回故乡了。母夫人看见生活如此不安，朝朝暮暮悲伤叹息，又觉得委屈了这儿子。丰后介安慰她道："母亲何必伤心！我此一身，诚不足道。为了小姐一人，我身即使赴汤蹈火，亦不足惜。反之，纵令我等升官发财，但教小姐嫁与这种蠢汉，我等又岂能安心呢？"后来又说："神佛定能引导小姐，使她得福。附近有个八幡神庙，和小姐在外乡所参拜的松浦神庙及箱崎神庙，所祀的是同一神明。小姐离去该地时，曾向此神立下许多誓愿，因此蒙神呵护，得以平

---

① 此诗句见白居易全集第三卷末《缚戎人》。被吐蕃掳去的汉人，在吐蕃娶妻生子，后因思乡心切，冒死逃回故国。但唐朝边将视之为戎人，将其缚起来。丰后介以此戎人自比。

安返京。今当即速前往参拜。"便劝她们往八幡神庙进香。向熟悉情况的人打听一下，知道这庙里有一个知客僧，早先曾经亲近太宰少式，现在还活着。便把这知客僧唤来，叫他引导，前往进香。

进香之后，丰后介又说："除了八幡神明之外，佛菩萨之中，椿市长谷寺的观音菩萨，在日本国内最为灵验，连中国也都闻名①，何况国内。虽然远客他乡，但长年礼佛，小姐必蒙福佑。"便带她到长谷寺去礼拜观音菩萨。为表示虔诚，决定徒步前往。玉鬘不惯步行，心甚害怕，又感痛苦，只得听人引导，糊里糊涂地走去。她想："我前世作了何等大孽，以致今世如此受苦？假令我母已经不在人世，她若爱我，应请早日唤我到她所在的世间；她如果还活在世间，应该让我见一见面！"她在心中如此向佛祈愿。然而她连母亲的面貌也不记得，过去只是一心希望母亲还在世间，因而悲伤叹息；现在身受苦难，更加悲伤了。吃尽千辛万苦，好容易走到了椿市地方，已是离京第四日的巳时。到达之时，疲乏得不像一个活人了。

玉鬘一路上走得很慢，并且依靠种种助力。然而脚底已经发肿，动弹不得了。万不得已，只好在椿市一处人家暂时休息。同行者除了一家所依靠的丰后介之外，有身带弓矢的武士二人、仆役及童男三四人。女眷只有玉鬘、乳母及兵部君三人。大家把衣服披在头上，撩起衣裾，头戴女笠，作旅行装束。此外尚有司理清洁的女仆一人、老侍女二人。这一行人数极少，绝不铺张。他们到达之后，整理佛前明灯，添补供品，不觉日色已暮。这宿处的主人是个法师，从外边回来，看见玉鬘一行人等在此投宿，眉头一皱，说道："今晚有贵客要来泊宿呢。这伙人是哪里来的？女人家不懂规矩，会做出不像样的事来。"玉鬘等听了很不快。正在此时，果然有一群人进来了。

---

① 传说：唐僖宗的皇后马头夫人相貌丑陋，得仙人指引，礼拜日本长谷寺观音。一高僧乘紫云来，以瓶水注皇后面，容貌忽然端丽。

这一群人也是徒步而来的。内有上流妇女二人，男女仆从甚多，马四五匹。他们悄悄地进来，并不嚣张。但其中也有几个相貌堂堂的男子。法师原定留这班人泊宿，为了被玉鬘等占先，不免懊恼，搔着头皮。玉鬘等觉得尴尬。另找宿处呢，太不成样，而且麻烦。于是一部分人退入里面房间，一部分人躲在外面房间，余下的人让在一旁。玉鬘所居之处，用帐幕隔开。新来之客也不是傲慢之人，态度非常谦恭。两方互相照顾。

这新来之客，正是日夜思念玉鬘而悲伤哭泣的右近！右近在源氏公子家当了十几年侍女，常叹自身乃中途参加，毕竟不甚合适。巴望找到小女主人玉鬘，可得终身归宿。因此常常到这长谷寺来拜求观音菩萨。她是常来之客，一切都很熟悉。只因徒步而来，不堪困疲，暂时躺着歇息。此时丰后介走到邻室的帐幕前面来，亲自捧着食器盘，替女主人送膳。他向帐幕内说："请小姐用膳。伙食很不周全，甚是失礼。"右近听了他这话，知道住在里面的不是与自己同等的人，而是个贵妇人。她就向门缝里窥探，但觉这男子的面貌似乎曾经见过，然而记不起是谁。从前她看见丰后介时，丰后介年纪还很小。如今他已长得很胖，肤色黝黑，风尘满面。二十年不见，当然一时认不得了。

丰后介叫道："三条①在哪里？小姐叫你呢。"三条便走过来。右近一看，又是个相识的人。她认得这人是已故的夕颜夫人的侍女，曾经多年伺候夫人。夫人隐居在五条地方的租屋内时，此人也曾来供职。现在看到她，觉得仿佛是在梦中。右近很想见见她现在的主人，可是没有办法。左思右想：还是向这三条探问。刚才看见的男子，恐怕就是从前的兵藤太②。也许玉鬘小姐也在这里。她想到这里，心中焦灼难忍。她知道三条住在隔壁房中的帐幕旁边，便派人夫邀请她。但

---

① 三条是一个侍女的名字。
② 兵藤太是丰后介的乳名。

三条正在吃饭，一时不能过来。右近等得厌烦，心中非常懊恼，这也未免太任性了。过了一会，三条好容易来了。她一面走进来，一面嘴里说着："这倒是意想不到的了。我在筑紫住了二十来年，只当一个侍女，京中怎么会有人认识我呢？想是看错了吧？"三条作乡下人打扮，身穿一件小袖绸袄，上罩一件大红绢衫，身体很肥胖。右近看见她已长得这么大，想起自己也已老了，不免心中怅惘。她把脸正对着三条，对她说道："你仔细看看，认得么？"三条向她一看，拍手叫道："哎呀，原来是你！我真高兴，我高兴死了！你是从哪里来进香的？夫人也来了么？"说着，抽抽噎噎地哭起来。右近记得和她共处时，她还是个少女。回想当年情景，暗数流光，感慨无量。便回答道："我先要问你：乳母老太太也来这里么？小姐怎么样？贵君呢？"关于夕颜夫人之事，她想起了她临终时情况，觉得说出来叫人吃惊，不敢出口，终于不说。三条答道："大家都在这里。小姐已长大成人了。我先要去告诉老太太。"便走进去了。

三条把遇见右近之事告诉了乳母，闻者皆大吃惊。乳母说："我真觉得同做梦一样！当年她把夫人带走，我恨煞了她，不料今天在这里和她见面。"便走向隔壁房间去。她们把隔开两房间的屏风全部取去，以便畅叙。两人一见，一句话也不说，首先相向而哭。后来老太太好容易说话了："夫人怎么样？多年以来，我常想知道她的下落，即使在梦中得知也好。因此对神明许下宏誓大愿。然而我远居他乡，一点风声也传不过来，实在悲伤之极！我老而不死，自觉无聊。只因夫人所舍弃的小女公子，已经长得非常可爱可怜。我倘舍弃了她而死，到冥司也得受罪，因此还在这里偷生。"右近无法作答，因为她觉得向她报告夕颜死耗，比昔年束手眼看夕颜暴死更加痛苦。然而终于只得说出："唉！告诉你也是枉然，夫人早已不在了！"此言一出，三人齐声啜泣，眼泪流个不住。

此时日色已暮，急欲入寺礼佛，大家忙着准备明灯。三人不便再谈，只得暂且分手。右近意欲两家合并，一同入寺。但恐引起随从人等怀疑，终于作罢。乳母对丰后介也不泄露消息。于是各自分别走出宿处，向长谷寺前进。右近偷偷地察看乳母家一群人，但见其中有一女子，后影非常窈窕，举止有些困疲，身披一件初夏单衫，透露出乌油油的黑发来，样子异常美丽。她看出这人就是玉鬘，觉得深可怜爱，又不胜悲伤。善于步行的人，早已到达大殿。乳母一行为了照顾玉鬘，步行甚缓，直到初次夜课开始之时，方始到达。大殿上非常嘈杂，十方信善拥挤，处处喧哗扰攘。右近的座位设在佛像近旁的右方。乳母家的人，大约是与法师交情未深之故，其座位设在远离佛像的西边。右近派人去找到了他们，对他们说："还是迁移到这里来吧。"乳母便把情由告知丰后介，叫男子们仍留原处，带着玉鬘迁移到了右近那边，教她和右近相见。右近对乳母说："我身虽然微贱，只因是现今源氏太政大臣家的人，所以随从即使简单，一路上也无人敢欺，很可放心。乡下出来的人，到这等地方来，往往受恶棍强徒侮辱，倒是要当心的。"她还想讲下去，但是僧众已经开始法事，念诵之声鼎沸，她们只得停止谈话，参加礼拜。右近向观音菩萨默祷："多年以来，小女子为欲寻找小姐下落，常向菩萨祈愿。果蒙菩萨呵护，现已找到小姐。今日复有祈愿：源氏太政大臣寻访小姐，情意深挚。小女子今将奉告大臣。今后仍望菩萨呵护，赐我小姐终身幸福！"

从内地各处来此烧香的乡下人甚多。大和国的国守夫人也来烧香，仆从如云，威势显赫。三条看了不胜艳羡，便合掌以手加额，虔诚祷告："南无大慈大悲观世音菩萨！小人三条别无祈愿，但望菩萨保佑我家小姐，让她做个大式①夫人，不然，做个国守夫人。让我三条也享荣华富贵。那时我等定当前来隆重还愿！"右近听见了，心念这祈愿太不吉利，太没志气了。便对三条说道："你真正变成乡下人了！小姐的

————————
① 大式是太宰府的次官。

父亲从前还是个头中将，也已经威势鼎盛了。何况现在当了独揽天下政权的内大臣，何等尊荣高贵！难道你要品定他家小姐当个地方官太太不成？"三条愤然答道："算了，不要噜苏了！开口大臣，闭口大臣，大臣值得什么呢！你不曾看见大式夫人在清水观世音寺进香时的威风哩，不亚于皇帝行幸呢！你这话太荒唐了！"便更虔诚地拜个不住。

这些来自筑紫的人预定宿山①三天。右近本来不想久留，但念乘此机会可与乳母等从容谈话，便召唤寺僧过来，对他言明也要宿山。供奉明灯的愿文中须填明施主祈愿。琐屑之事，这里的寺僧都已熟悉，右近只须言明大意："依照向例，为藤原琉璃君②供奉明灯。请善为祈祷。此外，此君现已觅得，改日当来还愿。"筑紫人闻知此事，皆深为感动。祈祷僧闻知此君现已觅得，得意扬扬地对右近说："恭喜恭喜！此乃贫僧专诚祈祷之应验也。"信众大声诵经念佛，骚扰了一夜。

天明之后，右近退回相识的僧人家休息。这大约是为了便于与乳母等畅谈衷曲。玉鬘十分惭困，见人又很怕羞，模样甚是可怜。右近说道："我因意外之缘，得供职于高贵之家，曾经见过许多名媛淑女。但每次拜见紫夫人，总觉得其美貌无人能及。紫夫人所抚育的明石小女公子，肖似父母，相貌自然也很端丽。但亦半因大臣夫妇对她爱护异常周至之故。如今我家玉鬘小姐生长穷乡，又兼旅途劳顿，而容姿依然秀美，不亚于彼等，此诚大可庆喜之事。源氏太政大臣从桐壶爷时代以来，看见过许多女御与后妃。宫中上上下下的女子，他全都见过。但他说：'我觉得当今皇上的母亲藤壶母后和我家那个小女公子，相貌最好，所谓美人，正是指这种人。'我想比较一下，可是藤壶母后我不曾见过。明石小女公子的确长得美丽。然而今年还只八岁，尚未

---

① 宿山，即宿在寺里通夜礼佛。
② 藤原琉璃君大约是玉鬘的乳名。

成人,将来是可想而知的。紫夫人的相貌,哪个赶得上呢?源氏大臣也确认她是个优越的美人。然而在口上,哪里肯公然将她数入美人之列呢?反而同她开玩笑,说'你嫁给我这美男子是不配的'。我看了这许多美人,真可消灾延寿!我以为世界上更没有比得上她们的美人了。岂知我们这玉鬘小姐,竟处处不比她们逊色。世事都有极限,无论怎样优越的美人,总不会像佛菩萨那样顶上发出圆光。我家小姐的玉貌,可说是达到美人的极限了。"她说到这里,满面笑容地注视玉鬘。

老乳母听了她的话也很欢喜,说道:"你说的是。我告诉你:这个如花如玉的人儿,险些儿埋没在穷乡僻壤了!我们又是忧虑,又是悲伤,便舍弃了家园财物,抛弃了亲生子女,逃回到这他乡一般的京都来。我的右近姐姐!请你早些儿提拔她吧。你在贵人家里供职,自然有机会遇见内大臣。请你想个办法,通知她父亲,请他收容了这个亲生女儿。"玉鬘听了,红晕满颊,便背转身去。右近答道:"不消说得。我虽然身份卑微,也常得接近源氏大臣。有时我乘机说起:'我家夫人所生的小女公子,现在不知怎么样了。'大臣说:'我也想设法寻找她呢。你倘听到消息,就告诉我。'"乳母说:"源氏太政大臣固然贤明,但他家里有许多身份高贵的夫人,小姐不宜加入。还不如告知她的生身父亲内大臣为是。"

此时右近才说出了昔年夕颜暴死之事。她说:"当时公子非常悲恸,永远不能忘怀。他那时曾对我说:'让我抚育她的遗孤,借以代替她吧。我子女很少,家中寂寞。对人但言我找到了一个亲生女儿可也。'那时我年纪还轻,没有主意,凡事小心谨慎,不敢泄露夫人暴死之事。因此不曾到西京来寻访。这期间你家主人升了少式,我从名单上知道此事。少式来向公子告辞之日,我曾看见他一面,但终于不曾交谈。我以为你们自赴筑紫,把小姐遗留在五条的租屋里了。哎呀,差一点,小姐险些儿做了乡下人。"

这一天她们谈了种种往事，又诵经念佛。这地方居高临下，可以俯瞰来来往往的香客。面前的河流名叫初濑川。右近想起了一首古歌："初濑古川边，双杉相对生。经年再见时，双杉依旧青。"①便吟诗道：

"若非探访双杉树，
安得川边会见君？

真是'久别喜相逢'②了。"玉鬘和道：

"何事双杉虽不解，
相逢喜极泪沾身。"

吟罢嘤嘤啜泣，姿态非常可怜。右近看了她的模样，想道："小姐容貌如此艳丽，但倘姿态与乡下人一样笨拙，真是白玉之瑕了。怪哉，不知乳母怎样把她抚育起来的。"她心中感谢乳母。夕颜的风姿，只是天真活泼，温柔和悦；这个玉鬘呢，又具有高贵之相，其态度之优雅，使人看了自惭形秽。如此看来，筑紫是个好地方。然而右近回想以前见过的筑紫人，都是土头土脑的，觉得不可思议。

日暮之后，大家又赴大殿礼拜。次日又念诵了一天。秋风从遥远的山谷间吹来，寒气侵肤。这几个多愁多感的人，心中连续不断地想起种种往事。玉鬘一向自叹命苦，深恐难得出头之日。但现在她听见右近在谈话中乘便说起：她父亲内大臣何等尊贵，对出身微贱的姬妾所生子女也都爱护周至。便觉得她自己这墙阴小草一般的人，将来亦

---

① 此古歌见《古今和歌集》，名曰"旋头歌"。
② 古歌："殷勤陈祈愿，但愿洽私衷：一似初濑杉，久别喜相逢。"见《古今和歌六帖》。

必有欣欣向荣之一日。离开长谷寺之日，两方互相问明京中住址。右近深恐再度失却了这位小姐，颇不放心。右近家住六条院附近，玉鬘住在九条，相距不远。有事要商量，也很方便。乳母等便安心了。

右近从长谷寺回来，就去参见源氏太政大臣。她希望有机会向大臣报告玉鬘之事，所以急急前往。右近的车子进入六条院大门，但见气象与原住的二条院大异，院宇宽广，进出车辆甚多。她觉得自己这微贱之身，在这琼楼玉宇中出入似不相称。这天晚上她不去参见，满腹心事地睡了。到了次日，紫夫人在昨夜各自从自宅回来的许多上级侍女及青年侍女中，特地召唤右近。右近觉得很有面子。源氏也召见她，对她说道："你为何在家住了好久？样子有些变了呢。寡妇家有时也会变得年轻的。大概有了喜事吧。"照例开着玩笑作难她。右近答道："我请假请了七天，喜事倒没有。只是到长谷寺宿山，遇见了一个可怜的人。"源氏问道："是谁？"右近想道："我倘突然说了出来，则此事以前尚未对夫人说过，现在先对大臣说，将来夫人闻悉情况，岂不要怪我欺瞒她？"她觉得为难，便答道："以后再说吧。"此时别的侍女来了，谈话便中断。

灯火点着了。源氏与紫夫人并坐畅叙，光景煞是好看。紫夫人此时年约廿七八岁，年纪越长，相貌越发标致。右近离开她不多天，似乎觉得这期间她的风采又增加了。右近以为玉鬘容貌美丽，不亚于紫姬。现在见了紫姬，恐是心情所使然，觉得紫姬毕竟与众不同。两相比较，这便是幸与不幸的差别了。源氏说要睡了，叫右近替他捏捏脚。他说："年轻人讨厌这件事，不耐烦做。年纪大的人才互相了解，亲睦得来。"几个青年侍女都偷偷地笑。她们说道："当然啰！其实老爷派我们做事，谁敢讨厌？只有缠绕不休地开玩笑，我们才不耐烦呢。"源氏对紫姬说："夫人看见我和年纪人的人过分亲热，恐怕也不高兴吧？"紫姬答道："只怕不仅是开玩笑，所以我要担心。"便和右近谈笑，姿态异常娇憨，竟有天真烂漫之相。

源氏身为太政大臣，政务清闲，不须操心国事，只管说说琐屑无聊的笑话，或者兴味津津地探察各侍女的心事。这个半老的右近，他也常常和她开玩笑。此时便问她："刚才你说在长谷寺遇见了一个人，是何等样人？是否结识了一个高贵的大和尚，带他来了么？"右近答道："不要说这些难听的话！我是找到了我们那个短命而死的夕颜夫人的遗孤！"大臣说："唉，这个人真可怜！多年来她住在哪里呢？"右近觉得未便如实报告，答道："住在荒僻的乡下地方。还有几个从前的人照旧在服侍她。我对她说起了当年之事，她悲伤不堪呢。"大臣拦阻道："好了，夫人不知道此事，你不要多说了。"紫姬说："啊呀，这下可麻烦了！我想睡了，听不清楚你们说些什么话。"便举起衣袖来塞住了两耳。

　　源氏又问右近："这孩子相貌长得如何？比得上她妈妈么？"右近答道："不一定像她妈妈，然而从小就长得很漂亮。"源氏说："那好极了。你看同谁一样？比起紫夫人来呢？"右近答道："哪里！同夫人怎么好比？"大臣说："你这么说，夫人很高兴了。只要能够像我，我便放心了。"他故意装作父亲的口气。

　　源氏听了这消息之后，好几次单独召唤右近。对她说道："既然如此，叫她到这里来住吧。多年来我每逢想起了她，总觉得可惜而又抱歉。如今找到了，我真高兴！直到现在才找到，我也太不中用了。我们不须告知她父亲内大臣。他家里子女众多，人丁嘈杂。这个乡下来的无母之儿加入其中，反而痛苦。我子女甚少，家中寂寞，对外只说我无意之中找到了一个亲生女儿。我要好好地抚养她，教她变成风流公子们相思之的呢。"右近听了这话，庆幸小姐有了出头之日，不胜欢喜，说道："此事悉听尊便。内大臣处，只要您不泄露，谁会传过去呢？但愿您把她看作不幸短命而死的夕颜夫人的替身，鼎力栽培她，那时您对夫人在天之灵，也可减轻罪愆了。"源氏说："这件事，你恨煞我了么？"他一面苦笑，一面淌下眼泪来。说道："年来我常常想，我同她，真是一段空花泡影的因缘！聚居在这六条院里的人，没有一个像当年的夕颜那么受我怜爱。许多人寿命很长，我就永不变心地爱护她们。只有夕颜短命而死，使我只能把你右近当作她的遗念而爱护，真乃一大遗憾！我至今一直不忘记她。倘得她的遗孤在我身边，我就如意称心了。"他就写信给玉鬘。因为他想起了末摘花的生涯潦倒，不知玉鬘在沉沦中长大，人品究竟如何，所以想看看她的回信。他给玉鬘的信语气尊严，一似父亲。末了写道：

"我对你如此关怀，
纵尔不知情，我曾到处觅。
尔我宿缘深，绵绵永不绝。"

这封信右近亲自送去，并将源氏大臣之意转达。同时送去玉鬘用的衣服以及诸侍女用的物品，不计其数。对紫姬想必已经说明。送给玉鬘的衣服，是从裁缝所多年积集的服装中选出来的，色彩与式样都极优美，在筑紫的乡下人看来，分外珍奇炫目。

但在玉鬘本人想来，倘是生身父亲内大臣的信，即使只有三言两语，也是很可喜的，而和这源氏太政大臣素不相识，如何可去依附他呢？她嘴上虽然不说，心中很不乐意。右近便开导她，教她此时应该如何应付。别的侍女也对她说："小姐到了太政大臣家里，身份自然高贵起来，内大臣也会来寻访小姐了。父女之缘是决不会断绝的。像右近那样身份低微的人，发愿寻找小姐，向神佛祈祷，神佛不是果然引导了她么？何况小姐与内大臣身份如此高贵，只要大家平安无事……"大家安慰她。先得写封回信，大家催她快写。玉鬘深恐露出乡下人相，羞涩不敢动笔。侍女们便取出一张香气熏得很浓的中国纸来，劝她快写。

玉鬘题一首诗：

"我身无足道，飘泊似飞蓬。

宿世因缘恶，沉浮苦海中。"

如此而已。虽然笔迹稚嫩，略欠稳健，但是气品高雅，风度可爱，源氏看了便放心了。

他考虑玉鬘的住处：紫姬所居东南区内，没有空着的边屋。况且这是繁华的中心，到处住着许多侍女，气象盛大，颇欠幽静。秋好皇后所居西南区内，因皇后不常在家，故经常闲静，给玉鬘这样的人居住，最为适当。然而深恐别人误认玉鬘为侍女，故也不相宜。只有花散里所居东北区内，西厅现为文殿，可将文殿移设他处，让与玉鬘居住。而且花散里性情温和，心地善良，是最好的话伴。住处便如此预定了。此时他才把昔年与夕颜结缘之事告知紫姬。紫姬闻知他有此等秘密之事，颇有怨恨之色。源氏对她说道："你不须怨恨。现今生存者的事，我对你也不问自告，何况这个人已经死了。每逢此种事情，我总不隐瞒你，正是对你特别重视之故。"他慨然回思夕颜当年模样之后，又说道："此种情况不但我自己有之，在别人也甚多。有些女子，即使你对她情爱并不甚深，她也非常嫉妒，我所见实例不少。我很讨厌，常想戒绝色情行为。然而不知不觉的，自会遇到许多女子。其中娇痴亲昵，一往情深的人，除了这夕颜之外别无其例。此人如果在世，我总得与西北区的明石姬同等对待她。容貌与性格，原是十人十色的。夕颜才气洋溢，而幽雅之趣较差，然而终是个高超可爱之人。"紫姬说："虽然如此，总不能与明石姬同等待遇吧。"可见她对明石姬的过分得宠怀有醋意。但她看见娇小玲珑的明石小女公子天真烂漫地倾听他们谈话时的可爱之相，又觉得理应宠爱她的生母，醋意尽释了。

以上所述，是源氏三十五岁上九月中之事。玉鬘迁入六条院一事，不能立刻实行，先要访得几个优良的女童和青年侍女。在筑紫时，有些面貌端正的侍女从京都流离到该地，乳母家便托人介绍，雇用了几名来服侍玉鬘。后来仓皇逃出之时,此等侍女都不曾带走,所以现在一个人也没有。京中地广人多,有些女商之类的人,顺利地找得了几个侍女,给送上门来。对于这些新来的侍女,都不让她们知道小姐是谁家的女儿。先把玉鬘悄悄地带到五条地方右近家里,在这里选定了侍女,备办了装束,然后于十月中迁入六条院。

源氏太政大臣请花散里当玉鬘的继母,对她说道:"从前我有一个所爱之人,为了忧愤,隐居在荒僻的山乡了。我俩之间已经生了一个女孩。多年来我悄悄地寻访她的下落,总是寻找不到。其间这女孩已经成人,我此次无意中找到了。既然找到,我应该抚养她,因此叫她迁移来此。她母亲已经死了。你是夕雾中将①的保护人,我正好援例,就请你同样地保护这女孩吧。她生长山乡,恐多鄙陋之相,凡事要你多多教导了。"花散里直率地说道:"原来有这样的一个人,我一点也不知道呢。明石小女公子一个人不免寂寞,如此甚好。"源氏又说:"她母亲性情极好,你也是个好心人,所以我托你照顾她。"花散里说:"我可照顾的人甚少,常感寂寞。如今多了一人,真乃可喜之事。"院内侍女等不知道这是源氏太政大臣的女儿,相与言道:"不知又找到了怎样的一个人。倒像玩古董,真无聊啊!"玉鬘迁居时,大约用了三辆车子。各人打扮等事,均由右近料理,所以都很像样,全无村俗之气。源氏赏赐绫罗等物甚多。

是晚源氏访问玉鬘。玉鬘的侍女等人久闻光源氏大名,但因以前不曾见过此等人物,不能想象他的模样。此时在幽暗灯光之下从帷屏隙缝中窥看,觉得此人相貌之美,令人吃惊。右近开了边门,请源氏进去。源氏说:"走这门进去的,似乎是特殊的意中人。"便笑着在厢内坐下了。又说:"灯光太暗,好像和恋人幽会呢。我听说小姐要看看父亲的面貌,你们难道不想到这一点么?"便把帷屏推开些。玉鬘羞涩不

---

① 夕雾本来是侍从,大约现已升任中将。

堪,转向一旁了。她的容颜非常美丽,源氏看了很欢喜,说道:"把灯火点亮些吧,太幽雅了。"右近便把灯火挑亮,移近来些。源氏微笑着说:"你太怕羞了。"他觉得这双美丽的眼睛,只有夕颜的女儿才有。便毫不客气,完全用父亲对女儿的语调对她说道:"多年来不知你的去向,我无时不悲叹着挂念你。现在看到了你,觉得好像做梦。想起了你母亲在日之事,更觉悲伤,连话也说不出了。"便举手拭泪。这确是真心的悲伤。他屈指计算年数,又说:"谊属父女,而如此长年不得相见,世间恐无其例。我们的宿缘也太悭了!你现在已经不是孩子,不该如此怕羞。我想与你谈谈多年来的往事,你何故如此冷淡?"玉鬘低声答道:"女儿自从蛭子之年①流落穷乡之后,常觉万事皆在梦中。……"她的声音十分娇嫩,很像当年的夕颜。源氏微笑着说:"你长年流落穷乡,除我之外,更有谁可怜你呢?"他觉得玉鬘应对非常得体,颇可窥见心情之优美。便吩咐右近替她办理种种应有之事,自回本邸去了。

源氏看见玉鬘长得美好,心甚欢悦,便描述给紫姬听。他说:"这个人长年流落在这种穷乡僻壤,我料想她长得不成样子,看不起她。岂知一见之后,反而使我觉得可耻。我定要宣扬出去,叫大家知道我家有这个美人。兵部卿亲王②常常注目于我家的女人,如今好叫他尝尝相思滋味了。那些好色之徒到这里来,总是装得一本正经,就为了我家没有香饵之故。我要好好地教养这妮子,管教这些人都脱下假面具来。"紫姬说:"哪有这种糊涂爷!找得一个女儿来,首先要她诱惑人心。真正岂有此理!"源氏说:"老实说,我从前如果也像今日一般悠闲,定然教你做香饵。当时不曾考虑到,就成了这局面。"说罢哈哈大笑。紫姬被他说得红晕满颊,样子异常娇艳。源氏便取过笔砚来,随

---

① 见第296页注②。
② 兵部卿亲王是源氏之弟,即前称帅皇子者。

意题诗一首：

"夕颜恋侣今犹昔，

玉鬘何缘依我来？"

题毕独自叹道："可怜啊！"紫姬才知道这是他所最爱之人的遗孤。

源氏对中将夕雾说："如今我找到了这样的一个人。你得好好地敬爱这位大姐姐。"①夕雾就去访问，对玉鬘说："小弟愚不足道；但请大姐知道您有这个兄弟。倘有差遣，务请尽先使唤。前日乔迁之时，小弟未曾前来迎候，甚是失礼。"他说时像对真的长姐一般恭敬。玉鬘身边知道实情的人，看了都觉得可笑。

玉鬘在筑紫时所住的邸宅，在当地也算得华美之极了。然而比起这六条院来，真是简陋的乡下房子，不可同日而语。这六条院内，自室内装饰以至一切设备，无不富丽堂皇；自亲姐妹一般友爱的诸女主人以至一切人众，仪容无不优美炫目。侍女三条从前艳羡大式，现在也看他不起了。何况那个粗蠢的大夫监，现在连想起了也觉得讨厌之极！玉鬘感谢丰后介的忠诚。右近也称赞他。源氏深恐对仆从管束不严，他们不免怠职，故为玉鬘设置家臣、执事等人员，吩咐他们督办种种应有事宜。丰后介也当了家臣。他长年沉沦乡间，满腹牢骚。如今这些牢骚忽然消失得影迹全无了。源氏太政大臣府上，他本来做梦也不敢进来，现在朝夕自由出入，发号施令，执行事务，成了个要人，自己觉得非常光荣。源氏太政大臣照拂如此诚恳周到，大家感激不尽。

到了岁暮，源氏命令为玉鬘居室准备新年装饰，为众仆从添制新年服装，与其他诸高贵夫人一例同等。玉鬘容貌虽然美丽，但源氏推量她总还有些乡村风习，所以也送她些乡村式衣服。织工们竭尽技

---

① 此时玉鬘二十一岁，夕雾十四岁。

能，织成种种绫罗。源氏看到这些绫罗所制成的各种女衫、礼服，琳琅满目，对紫姬说道："花样多得很呢！分配给各人时，要使大家不相妒羡才好。"紫姬便将裁缝所制作的和自己家里制作的全部取出来。紫姬十分擅长此道，故色彩配合甚美，染色亦极精良。源氏对她十分赞佩。他看了各处捣场①送来的有光泽的衣服，便选出深紫色的和大红色的，教人装在衣柜及衣箱中，吩咐在旁伺候的几个年长的上等侍女，令她们分别送与各人。紫姬看见了，说道："分配得固然很平均，没有优劣之差了。然而送人衣服，要顾到衣服的色彩与穿的人的容貌相调和。如果色彩与穿的人的模样不相称，就很难看。"源氏笑道："你一声不响地看我选，却在心中推量人的容貌。那么你宜乎穿什么颜色的衣服呢？"紫姬答道："叫我自己对镜子看，怎么看得出呢？"意思是要源氏看，说过之后觉得很难为情。结果如此分配：送紫姬的是红梅色浮织纹样上衣和淡紫色礼服，以及最优美的流行色彩的衬袍；送明石小女公子的是白面红里的常礼服，再添一件表里皆鲜红色的衫子；送花散里的是海景纹样的淡宝蓝外衣——织工极好，但不甚惹目，——和表里皆深红色的女衫；送玉鬘的是鲜红色外衣和棣棠色常礼服。紫姬装作不见，但在心里想象玉鬘的容貌。她似乎在推量："内大臣相貌艳丽而清秀，但缺乏优雅之趣。玉鬘大概与他相像。"虽然不动声色，但因源氏心虚，似觉她的脸色有异。他说道："我看，按照容貌分配，恐怕她们会生气呢。色彩无论何等美好，终有限度；人的容貌即使不美，也许其人另有好处。"说过之后，便选择送末摘花的衣服：白面绿里的外衣，上面织着散乱而雅致的藤蔓花纹，非常优美。源氏觉得这衣服与这人很不相称，在心中微笑。送明石姬的是有梅花折枝及飞舞鸟蝶纹样的白色中国式礼服，和鲜艳的浓紫色衬袍。紫姬由此推想明石姬气度高傲，脸上显出不快之色。送尼姑空蝉的是青灰色外衣，非常优

---

① 捣场是用砧捣织物使有光泽的作场。

雅,再从源氏自己的衣服中选出一件栀子花色衫子,又加一件淡红色女衫。每人的衣服内附一信,叫她们大家在元旦穿。他想在那天看看,色彩是否适合各人的容貌。

诸人收到衣服后的回信,都有特色。犒赏使者的东西也各出心裁。末摘花住在二条院的东院,离此较远,犒赏使者理应从丰。但此人脾气古板,不知变通,只赏赐一件袖口非常污旧的棣棠色裌子,此外并不添附衬袍。回信用很厚的陆奥纸,香气熏得很浓,但因年久,纸色已经发黄。信中写道:"呜呼,辱承宠赐春衫,反而使我伤心。

唐装乍试添新恨,
欲返春衫袖已濡。"

笔迹富有古风。源氏看了,不断地微笑,一时不忍释手。紫姬不知道他为了何事,回转头来注视。末摘花犒赏使者如此微薄,源氏觉得扫兴,并且有伤他的体面,脸上显出不快之色。使者知趣,连忙悄悄地退去。身边众侍女见此光景,互相私语窃笑。末摘花如此一味守旧,专长于使人扫兴之事,使得源氏无法对付。关于她那首诗,他说道:"她倒是个道地的诗人呢。作起古风诗歌来,离不开'唐装''濡袖'等恨语。其实我也是此种人。墨守古法,不受新语影响,这也是难得的。群贤集会之时,例如在御前,特地举行诗会之时,吟咏友情,必须用一定的字眼;吟咏相思,则必在第三句中用'冤家'等字样。古人以为必须如此,读起来才顺口。"说罢哈哈大笑。后来又说:"他们必须熟读种种诗歌笔记,牢记诗歌中所咏种种名胜,然后从其中选取语词来作诗。因此惯用的语句,大都千篇一律,无甚变化。末摘花的父亲常陆亲王曾经用纸屋纸写了一册诗歌笔记。末摘花要我读,将此书送给我。其中全是诗歌作法的规则,还指出许多必须避免之弊病。我于此道本不擅长,看了这许多清规戒律,反而动手不得了。厌烦起来,把书送还了她。她是深通此道的人,现在这一首还算是通俗的呢。"对末摘花的诗虽然赞誉,但对她父亲的笔记不以为然。紫姬认真地说:"你为什么送还了她呢?应该抄下来,将来给我们的小女儿看。我的书橱里也藏着这一类古书,但都被书蠹蛀破了。不悉此道的人看了,不知道写着些什么呢。"源氏说:"我们女儿的教育上用不着这些东西。凡为女子者,特别专精一种学问,是不相宜的。但倘对一切文艺一概不懂,也是不好的。总之,只要心地稳重,思虑周密,对付万事自有主意,便是好女子了。"他只管谈论,并不想答复末摘花的赠诗。紫姬劝道:"她诗中说'欲返春衫',你不答复她,怕不好意思吧。"源氏向来不肯辜负人家好意,就立刻写答诗。他漫不经心地写道:

"欲返罗衣寻好梦,
可怜孤枕独眠人。①

难怪你伤心啊!"

第二十三回 早 莺②

元旦之晨,天色晴明,长空一碧,了无纤云。寻常百姓之家,墙根亦有嫩草破雪抽芽。春云暖霭之中,木叶渐渐萌动。人心自然轻松畅快了。何况琼楼玉宇的六条院,各处庭园,美景甚多。诸女主人所居宅院,装饰尤为富丽,作者心欲描述,苦恨言语不够。就中首推紫姬

---

① 古歌:"思君心切频寻梦,返着睡衣独自眠。"见《古今和歌集》。当时习惯:思念某人时,只要将睡衣反穿而就睡,便会梦见此人。末摘花诗中言"欲返春衫",意思是要把衣服还给他。源氏故意引证古歌,将此"返"字解释作反穿睡衣。
② 本回写源氏三十六岁之事。

所居之春殿：庭前梅蕊飘香，与帘内熏香相交混，令人几疑身在现世极乐净土。但又不似净土之庄严，可以任情取乐，悠闲度日。优秀的青年侍女，都选去伺候明石小女公子了。留住在此的，只是年龄较长之人。然而也都伶俐俊秀，容貌、装束等无不楚楚可观。她们三五成群地共祝"齿固"，又取出镜饼①来吃，唱着"托庇千春""福寿千春"②等古歌，共祝主人家这一年内幸福。正在嬉笑之时，源氏出来了。两手插入怀里的侍女连忙把手伸出，整襟肃立，自觉不好意思。源氏笑着说："大家祝我千春，意思太隆重了。你们每人各有愿望吧，大家讲些给我听听，我也来替你们祝福。"众侍女在大年初一听到主人这话，大家深感光荣。就中那个自命不凡的侍女中将君答道："我们是在镜饼前'预祝君侯，福寿千春'。至于我们自己，别无其他愿望了。"

昼间贺客盈门，竟日骚扰。源氏于夕暮之时始得访问各位夫人。但见她们都打扮得花枝招展，倩影娉婷，令人百看不厌。他对紫夫人说："今晨众侍女嬉笑祝颂，其乐融融，甚可欣羡。现在我也来替你祝颂了。"便带几分玩笑态度歌诵祝词。又赠诗云：

"池面冰开明似镜，
　双双倩影映春塘。"

这一对夫妇真是双双倩影啊。紫夫人答道：

"春塘水满如明镜，
　映出千春万福人。"

----

① "齿固"意即寿命巩固。正月初一至初三，共食镜饼、猪肉、鹿肉、咸鲇鱼、萝卜等物，谓之祝齿固。镜饼是扁圆形饼，大小二个重叠。
② 古歌："寿比苍松，万代青青。松下之鹤，托庇千春。""似彼镜山，屹立江滨。预祝君侯，福寿千春。"均见《古今和歌集》。

每逢佳节,他们都热诚地共祝永远团圆。今天适逢子日,祝颂千春,最为适当。

源氏来到明石小女公子那里,但见侍女与女童等正在院中山上移植小松,以祝长寿。这些年轻人都兴高采烈,热衷地东奔西走,样子煞是好看。住在冬殿里的明石姬特地备办些须笼①和桧木制的食品盒,内装种种物品,送与源氏太政大臣。又在一枝形状美好的五叶松上添附一只人工制造的黄莺,并系着一封信,一并送来。信中有诗云:

"静待春袄经岁月,
今朝盼听早莺声。

我这里是'穷乡僻壤无莺啭'②也!"源氏读了诗,很同情她的孤寂,便顾不得元旦忌讳,淌下数行眼泪来。源氏对小女公子说:"这信应该由你自己答复。你不可吝惜'早莺声'啊!"便拿过笔砚来,要她写回信。这小女公子长得十分美丽,朝夕见惯的人也百看不厌。源氏使她们母女隔绝,经年累月不得相见,实乃罪过之事,想起了心中不胜痛苦。小女公子的答诗是:

"一别慈颜经岁月,
巢莺岂敢忘苍松?"

此外又一任童心所感,絮絮叨叨地写了许多。

源氏来到花散里所居的夏殿,恐是节候未到之故,此间甚是寂

---

① 须笼是竹编的笼子,笼口剩余的竹端任其保留着,其形似须,故名。
② 古歌:"穷乡僻壤无莺啭,今日盼闻第一声。"见《源氏物语注释》所引。明石姬诗中言"盼听早莺声",意思是要她所生的明石小女公子回她一信。本回题名据此诗。

静。纵观室内,并无风雅点缀,但觉到处落落大方。他和这位夫人情缘悠久,互相深深了解,彼此不拘形迹。现在不必强求床笫之欢,却有融融泄泄的唱随之乐。花散里室内张着帷屏,源氏把它推开,花散里亦不介意。她穿着源氏所赠的宝蓝衫子,色彩不甚鲜艳。她的头发也过了盛期,略见稀薄了。虽然不求艳丽,其实也该装些假发。源氏每次和她相见,总是想道:"倘换了别人,一定嫌她相貌不扬。我今如此永远优待她,正是我的本意,深可喜慰。如果她同别的轻薄女子一样,略不称心,就背弃我,那就不足道了。"此时他就觉得自己之情长,与花散里之稳重,如意称心,不胜喜慰。两人亲睦地谈了一会之后,源氏就到西厅去探望玉鬘。

玉鬘尚未过惯宫廷生活。但照这短短的时日说来,她的进步实在很快:院内一切布置,都富有风趣,童女的服装也很优雅。侍女众多,室内装饰大致楚楚。但各种细致设备,尚未十分完全。总之,她的宅院精小可爱。玉鬘本人呢,本来令人一看就惊叹为美人,今天穿了源氏所赠的棣棠色春服,更加显得如花如玉。周身浓纤适度,绝无瑕疵可指,真教人百看不厌。只因长年沉沦乡间,郁郁寡欢,以致头发末端稍稀。然而疏疏朗朗地披散在衣服上,倒也十分美观。源氏看见她长得十全其美,心念此人如果不住在六条院,真太可惜了。便觉得仅乎把她当作女儿看待,有些儿不满足。玉鬘虽然对源氏已甚熟悉,但念此人到底不是生身父亲,不免多所顾忌。她常常觉得这关系很奇怪,犹如做梦一般,因此不敢放心亲近他。源氏觉得这态度也很可爱。对她言道:"你来到这里虽然不久,我似觉已经多年了,见面时毫无生疏之感,但觉十分称心如意。所以你也不须顾忌,常常到我们那边去玩。那边的小妹妹正在初学弹琴,你可和她一起学习。对那边的人都不须客气。"玉鬘答道:"女儿自当遵命。"这应对也很恰当。

傍晚时分,源氏来到明石姬所居的冬殿。一推开内客厅旁边走廊上的门,便有一股幽香顺着和风从帘幕中飘过来,令人感觉异常幽雅。走进室内，不见明石姬本人。向四周察看，但见砚箱旁边散置着许多笔记稿，便拿起来看看。旁边有一个中国织锦制的茵褥，镶着华丽的边缘，上面放着一张美丽的琴。在一个异常精致的圆火钵内，浓重地熏着侍从香①，其中又交混着衣被香，气味异常馥郁。桌上还乱放着些书法草稿，字体别致，功夫很深。不像学者所写的那样夹杂着许多难识的草书汉字，却是潇洒不拘的戏笔。就中有几首情意缠绵的古歌，是明石姬收到小女公子的答诗后喜极而作的。有一首是：

"莺在花坶宿，今朝下谷飞。
旧巢重访问，珍重好时机。"②

此外又有许多古人之作，有的吟咏好容易等到了早莺初啭的声音而悲喜交集之情，有的是古歌："家住冈边梅盛放，春来不乏早莺声。"③都是转悲为喜时率书自慰的。源氏一一取来阅读，脸上显出微笑，其神情优美动人。他提起笔来，也想写些，此时明石姬膝行而出了。她对源氏，态度当然十分恭谨，相见时彬彬有礼。源氏觉得此人毕竟与众不同。她身穿源氏所赠的白色中国式礼服。鲜艳的黑发披在这衣服上，虽然略觉稀薄，反而增添美趣，令人爱煞。源氏也想到：今天是新年元旦，若不回家，深恐紫姬怨恨。然而他终于在明石姬家住宿了。各女眷闻此消息，知道明石姬特别承宠，大家对她心怀醋意。春殿里的人更不必说了。天色将曙之时，源氏便告辞归去。别后明石姬回想他深夜辜负香衾，常觉可悲可惜。紫姬等得心焦，满怀妒恨。源氏察知她的心情，对她说道："真奇怪，我在她那里打个瞌睡，竟像年轻人那样睡熟了，你也不派人来唤醒我……"如此安慰她，亦甚可笑。紫姬

---

① 侍从香是一种香料的名称。
② 莺比小女公子，花坶比紫姬家，谷中旧巢比明石姬自家。
③ 此古歌见《古今和歌六帖》。

并不答话。源氏自觉无聊，装作想睡，就此睡着，直到日高方始起身。

正月初二日忙于招待贺客，举办临时宴会，竟日不曾与紫姬会面。公卿、亲王等照例个个都到。堂前管弦之声盈耳。宴会之后分送珍贵的福物及犒赏品。云集于六条院的贺客，个个打扮得端端整整，力求不逊于他人。然而略能比得上源氏的，一个也没有。当时朝中人才济济，个别看来，原有不少优秀人物。然而一到源氏面前，就全被压倒，真乃不胜抱歉。即使是卑不足道的下仆，来到这六条院时也特别小心谨慎；何况那些青年王孙公子，知道这里新来了一个美人，大家都痴心妄想，别有用意。因此今年的新春与往常不同，特别热闹。晚风和煦，吹送花香；庭前梅花数树，含苞逐渐开放。暮色沉沉，人影模糊难辨之时，管弘之声悠扬悦耳。歌人高唱催马乐"此殿尊荣，富贵双全。……"①音调非常华丽。源氏时时和唱，从"子孙繁昌"一直唱到曲终，歌声柔和可爱。无论何事，倘有源氏参加，便蒙他的光辉照耀，色彩与声音都增加生气，其差别显然可辨。

深闺中诸女眷，隔院遥闻车马鼓乐喧嚣扰攘之声，似觉生在西方极乐世界的未开莲花中②，心中好生焦灼！远居在二条院东院中诸人，更不必说。她们的孤寂虽然与年月俱增，但她们都怀着古歌中所谓"欲窜入深山，脱却世间苦"③的心情，对于源氏这个薄幸郎，已经不再怨恨了。除此以外，她们万事称心，一无遗憾。爱好修行的人，例如尼姑空蝉，可以一心念佛，毫无牵挂；爱好诗歌学问的人，例如末摘花，可以埋头研习，随心所欲。凡日常生活种种需要，都安排妥帖，应有尽有，无不如意称心。新年忙乱的日子过去之后，源氏就来访问这

---

① 催马乐《此殿》歌词："此殿尊荣，富贵双全。子孙繁昌，瓜瓞绵绵。添造华屋，三轩四轩。此殿尊荣，富贵双全。"
② 据《观无量寿经》说：下品之人，往生西方极乐世界时，生在未开莲花之中。须经过若干劫后，莲花方开。这期间不得见佛，不得听说法，不得供养。
③ 此古歌见第323页注②。

二条院东院中的人。

末摘花是常陆亲王的女公子,身份甚高,源氏常觉很委屈她。因此凡外人耳目所及之事,都替她办得十分体面,以免受人轻视。末摘花一头青丝发从前又长又密,但近年来已渐变衰,从侧影望去,竟可看见交混着白发,令人想起古人"奔腾泻瀑布"①之歌,不胜惋惜。源氏连正面也不敢细看。她身穿源氏所赠的藤蔓花纹、白面绿里的外衣。然而似乎很不相称,想是人的气质所使然。这外衣里面穿着一件暗淡无光而硬若纸板的深红色衬衣,样子甚是寒酸,令人看了觉得不快。源氏曾经送她许多衬衣,不知她为何不穿。只有那鼻尖上的红色,春霞也遮不住,依旧鲜艳夺目。源氏不知不觉地叹一口气,特地把帷屏拉拢些,以求隔远。但末摘花并不介意。她多年来蒙源氏深切关怀,生活十分安稳,因此全心全意地信赖他,这态度实甚可怜。源氏觉得这个人不但相貌特殊,连态度也与众不同,真乃可悲之事。又念如此可怜之人,倘连我也不照顾她,不知更将何等受苦。便决心永远保护她。这也是一片仁慈恻隐之心。她的声音也很凄凉,说话时颤抖不定。源氏看得不耐烦了,对她言道:"你难道连照料衣服的人也没有么?这里没有外人进来,生活甚是安适,你尽可随心所欲,多穿几件柔软的厚实的衣服,何必一味讲究服装的外表呢?"末摘花只得笨拙地笑着答道:"醍醐的阿阇梨②要我照顾衣服等事,因此自己没有工夫缝衣服了。我那件毛皮衫也被他拿了去,冬天很冷呢。"这阿阇梨是她的哥哥,鼻子也是很红的。她对源氏说这些话,可见真心信赖,毫不掩饰。但也不免过于直率了。源氏在她面前不复说笑,只是装出一本正经的模样,说道:"毛皮衫送给他,很好。可给这位山僧当衲袄衣穿。你不

---

① 古歌:"奔腾泻瀑布,一似老年人。白发垂千丈,青丝无一根。"见《古今和歌集》。

② 醍醐是地名,其地有古刹。阿阇梨是僧官的职称。见第59页注①。此人即第十五回"蓬生"中的禅师,是末摘花之兄。

妨把那些不足惜的白色衬衣穿它七层八层，便很暖和了。你有需要之时，倘我忘记送来，你尽管告诉我。我这个人又糊涂，又懒散，加之事情纷忙，自然容易疏忽。"便命打开二条院的库房，取出许多绫绢来送她。这东院并非荒僻之处，但因主人不住在此地，环境自然岑寂。只有庭前的树木欣欣向荣，红梅初开，芬芳扑鼻，却无人欣赏。源氏看了这红梅，自言自语地吟道：

"重来故里春光好，
又见枝头稀世花。"①

末摘花恐怕不懂得此诗之用意吧。

　　源氏辞别末摘花，又去探望尼姑空蝉。空蝉不像这邸宅的主人，自己住在一间僻静的小室中，而将大部分房屋供佛。其修行之精勤，令人真心感动。经卷、佛像的装饰，以至净水杯等细小器物，无不精致雅洁。令人看了觉得此人品质毕竟与众不同。空蝉坐在一个意匠工巧的青灰色帷屏后面，只露出一只色彩与青灰相对照的衣袖。这情景非常美观，源氏看了，不觉流下泪来，对她言道："你这松浦岛上的渔女②，我只能遥遥想念而已。我与你想必自昔结下了恶因缘。到如今总算只有晤谈这一点缘分还没有断绝。"空蝉也深为感慨，答道："我能蒙你如此关怀，便是深厚的缘分了。"源氏说："我常反复回想当年之事，总觉得过去屡次使你伤心，应得恶报。今我向佛忏悔，中心深感痛苦。现在你已了解我的心情了么？世间没有像我这样忠诚的人，我想这一点你现在不会不体会到吧。"空蝉闻言，推想源氏已经知道她为了

---

① 日语"花"与"鼻"同音，都读作 hana。此诗表面咏红梅，实则讽刺末摘花的鼻子。
② 古歌："久仰松浦岛，今日始得见。中有渔女居，其心甚可恋。"见《后撰集》。日语"渔女"与"尼姑"同音，都读作 ama。

避免前房儿子纪伊守追求而出家为尼之事,颇觉难以为情,答道:"要你看我这丑陋之相,直到我死为止,已经抵偿了你过去的罪愆,此外还有什么恶报呢?"说罢真心地哭起来。其实空蝉的神态比从前更加清秀了。源氏想起了此人已经斩断情丝,遁入空门,觉得实在难于抛舍。然而此时岂可再说风流绮语?只和她谈了些一般的旧话新闻。他向末摘花那边望望,想道:"那人总得具有此人那样的优点才好。"

像末摘花和空蝉那样受源氏荫庇的女人甚多。源氏一一前往探望,亲切地对她们说这样的话:"许久不曾会晤,心中无时或忌。所可虑者,只是人寿有限,聚散无常耳。天命真不可知啊!"他觉得每一个女人,各有其可爱之处。源氏太政大臣身居一人之下,万人之上,然而绝不盛气凌人。其待人接物,均按照地点与身份,普施恩惠。许多女人就仰仗着他的好意,悠游度日。

今年正月十四日举行男踏歌会。歌舞行列先赴朱雀院,然后来到六条院。因路远,到达时已近黎明。皓月当空,明澄如水;庭中薄雾弥漫,景色美不可言。此时殿上人中擅长音乐者甚多,笛声非常优美。到了这六条院,音乐奏得更加起劲。源氏要教诸女眷都出来看歌舞,预先通知她们。所以正殿两旁的厢屋及廊房里,都设置座位,让她们坐在这里观看。住在西厅的玉鬘,来到南面紫姬所居的正殿内,与明石小女公子初次见面。紫姬也出来了,只隔一层帷屏,与玉鬘谈话。歌舞行列是从朱雀院的母后那边绕道而来的,到此已近天明。本来只须款待茶酒和羹汤,然而此次犒赏格外丰盛,大办筵席,殷勤招待。

凄清的晓月光中,瑞雪纷飞,渐积渐厚。松风从高树顶上吹下来,四周景色幽艳动人。许多歌人舞手,身穿绿袍,内衬白衣,色彩甚是朴素。头上插的绢花,也并不华丽。然而恐是场所不同之故,令人看了心旷神怡,似觉寿命也延长了。歌人舞手之中,源氏家的夕雾中将和内大臣家诸公子,姿态特别优雅华丽。夜色微明之中,雪花疏疏散落，渐觉寒气侵肤。此时歌舞队中唱出催马乐《竹川》之歌①，袅娜的舞姿伴着可爱的乐声，教人画也画不出来，实甚遗憾！观众座的帘子下面露出诸女眷的衣袖，五光十色，灿烂夺目，好似曙空中显出来的锦绣般的朝霞，真乃异乎寻常的美景。舞手头戴高帽，姿态奇离古怪；歌人朗诵寿词，声音喧哗盈耳。琐屑之事，也都大模大样地表演，滑稽之极，反而使得踏歌的音乐不足欣赏了。照例各人受得犒赏品绵絮一袋而告退。天色已明，诸女眷各自归家。

　　源氏略略就睡，到了日高三丈之时方才起身。他回思昨夜之乐，对紫夫人说："中将的歌喉，大体说来，不亚于弁少将②呢。真奇怪，现在倒是才艺之人辈出的时代。古昔之人，在学问方面固然优胜得多，但在趣味方面，到底赶不上现代人。我曾经打算把中将养成一个方正的官吏，希望他不要像我那样耽好风流。其实人心终须富有情趣才好。木石心肠，铁面无情，毕竟是讨厌的吧。"他觉得夕雾这个儿子十分可爱。接着随口唱了几句《万春乐》③，又说："我想趁诸女眷集中于此之时，举行一次音乐演奏会，作为我们一家的'后宴'④。"就叫人把装在锦绣袋里的琴筝箫管都取出来，拂拭干净，把弛缓的弦线调整好。诸女眷闻此消息，甚是关心，大家情绪兴奋。

第二十四回　蝴　蝶⑤

　　到了三月下旬，紫姬所居春殿的庭院中，春景比往年更为浓艳，

---

① 催马乐《竹川》歌词："竹川汤汤，上有桥梁。斋宫花园，在此桥旁。园中美女，窈窕无双。放我入园，陪伴姣娘！"
② 弁少将是内大臣之子，又称红梅。
③ 《万春乐》是踏歌人所唱的汉诗，共八句，每句末尾，唱"万春乐"三字。
④ 踏歌会毕，宫中举办"后宴"，作为余兴。这音乐会就作为源氏私家的"后宴"。
⑤ 本回与前回同一年，写源氏三十六岁三四月之事。

花色鲜明，鸟声清脆，在别处的人看来，只有此地还是盛春，觉得有些不可思议。小山上树色葱茏，浮岛上苔色浓绿，许多青年女子仅乎远眺此景，觉得不够味儿。源氏便命将预先造好的中国式游船赶快装饰。初次下水的一天，从雅乐寮宣召些乐人来，叫他们在船中奏乐。当天诸亲王及公卿都来参与。秋好皇后此时也正乞假归里。去年秋天，秋好皇后讥讽紫姬的诗中有"盼待春光到小园"之句，紫姬觉得现在正是报复的时候了。源氏也想劝请秋好皇后来此看花，然而没有机会。况且皇后身份高贵，不便轻易出来赏花。他就叫秋殿中爱好此种情趣的青年侍女都来乘船。皇后院中的南湖与这里的湖水相通，其间隔着一座小山，好比一个关口。但可从山脚上绕道通船。紫姬身边的青年侍女都集中在这里东边的钓殿里。

龙头鹢首的游船都用中国风格的装饰。把舵操棹的童子，头发一概结成总角，身穿中国式的服装。不曾见惯此种情景的侍女，在这等宽阔的湖中乘船，似觉真个是泛海远赴异国，大家怀着无穷的兴趣。游船进入浮岛港湾中岩阴之下，但见其中小小的岩石，也都像画中景物。各处树木上春云叆叇，犹如蒙着锦绣帐幕。其间遥遥望见紫姬的春殿。这春殿里柳色增浓，长条垂地，花气袭人，芬芳无比。别处樱花已过盛期，此间正在盛开。绕廊的紫藤，也渐次开花，鲜丽夺目。棣棠花尤为繁茂，倒影映入池中，枝叶又从岸上挂到水里。各种水鸟，有的雌雄成对，双双游泳，有的口衔细枝，来往飞翔。鸳鸯浮在罗纹一般的春波上，竟是美丽的图案纹样。遨游其间，正像身入烂柯山①中，年月都忘记了。诸侍女各赋新诗：

"风起浪中花影美，

---

① 参看第356页注②。

恍疑身在棣棠崎①。"

"棣棠花映春池底,
此水应通井手川②。"

"无须远访蓬莱岛,
不老仙乡即此船。"

"日丽风和舟荡漾,
兰篙水滴似飞花。"

　　她们各自抒情,随意吟咏。仿佛身在梦中,不问此去何方,亦忘记了家归何处。只因水面风光异常美丽,足以牵惹青春少女之心情也。

　　天色将暮,乐人奏出《皇麛》之曲,音节非常美丽。大家舍不得离船,然而游船已经驶近钓殿,只得舍舟登陆。钓殿的装饰甚是朴素,却富有优雅之趣。紫姬身边的许多青年侍女在此等候。她们竞夸新装,个个打扮得齐齐整整,望去只见花团锦簇。此时乐人奏出世间难得听到的名曲。选用的舞人也都是特别优秀的能手。他们尽力献技,以博紫夫人的欢心。

　　入夜,诸人都觉尚未尽兴。于是在庭中点起篝火来,宣召乐人到阶前青苔地上,重新饮酒作乐。亲王及公卿都来参与,或弹琴筝,或吹箫管。乐人尽是特别优秀的专家,他们用箫管吹出双调。此时堂上的亲王及公卿便用丝弦和他们合奏。繁弦急管,华丽无比。奏出催马乐《安名尊》之时,不解情趣的仆役也都攒聚在门前几无隙地的车马之

---

① 棣棠崎即山吹崎,在近江国,以棣棠花著名。
② 井手川在山城国,亦以棣棠花著名。

间,带着笑容听赏,觉得此种生涯真正富有意趣啊!在春日的天空之下演奏春日的曲调,音乐的效果比其他季节更为优越,这差别人人都体会到。

是夜奏乐,直到天明。后来从吕调移到律调,添奏中国传来的《喜春乐》。此时兵部卿亲王①便唱催马乐《青柳》②,反复唱了两遍,歌喉美妙动人。主人源氏也和着他唱。天亮了。乐声犹如报晓的鸟声,一直奏到天明。秋好皇后隔墙听到邻院作乐之声,心中不免妒羡。

这春殿中繁华热闹,四时常春。然而以前没有可以牵引人心的美人儿,来访的贵公子等都觉得美中不足。但现在已经来了一个玉鬘,其人长得美玉无瑕,源氏对她的关怀也优渥无比,此种消息外间早已闻知。果然不出源氏所料,倾慕她的人不计其数。就中有几个人自知身份高贵,配做乘龙佳婿,便巧觅良机,表示心愿,或者直率陈言,正式求婚。然而也有几个青年公子,不便启口,独自在心中煎熬。其中例如内大臣的公子柏木③,因为不知实情,也倾心于玉鬘。又如兵部卿亲王,因为多年相伴的夫人死去,独居三年,孤寂不堪,现在就不顾一切地寄予相思④。今天他喝得烂醉,头上插着藤花,油腔滑调地胡闹着,样子实甚可笑。源氏心中早已料到,脸上装作不知。正在飞觞劝酒之时,兵部卿亲王烦闷之极,不思再饮,拒绝了酒杯,说道:"我但教没有心事,早已离座逃走了。实在受不了啊!"又吟诗道:

"血缘太近相思苦,
愿赴深渊不惜身。"

---

① 源氏之弟,即帅皇子。
② 催马乐《青柳》歌词:"杨柳绿依依,条条新丝碧。黄莺弄机杼,织成梅花笠。"
③ 柏木即第412页之左少将。与玉鬘是异母兄妹。
④ 兵部卿亲王是源氏之弟。源氏冒认玉鬘为亲女,则兵部卿应是玉鬘之叔父,所以下面的诗中言"血缘太近"。

便从头上摘下一枝藤花来,连同酒杯敬奉源氏,口中唱道:"共插鲜花!"①源氏笑容可掬地答道:

"莫非值得报渊死?
春在枝头请细看!"

又恳切地挽留他。亲王便不好意思离座。次日白昼继续作乐,音调更加悠扬悦耳。

是日秋好皇后开始举行春季讲经②。有许多女眷昨夜不曾回家,就在六条院歇息。今天大家换上昼用服装,准备前往听经。其他家中有事之人,都回去了。正午时分,大家聚集在秋殿。自源氏以下,无不参与其会。殿上人等也全体出席。这多半是源氏的威势所使然。因此这法会隆重庄严无比。春殿的紫夫人发心向佛献花。她选择八个相貌端正的女童,分为两班,四个扮作鸟,四个扮作蝶。令鸟装的女童手持银瓶,内插樱花;蝶装的女童手持金瓶,内插棣棠花。同是樱花与棣棠花,但她所选的是最美的花枝。八个女童乘了船,从殿前的小山脚上出发,向皇后的秋殿前进。春风拂拂,瓶中的樱花飞落数片。天色晴明,日丽风和。女童的船从春云暧霴之间款款而来,这情景美丽可爱!秋殿的院内没有特地搭起帐篷来,就在殿旁的廊房里设置临时凳椅,作为乐池。八个女童舍舟登陆,从正面石阶上拾级升殿,奉献鲜花。香火师便接了花瓶,供在净水旁边。紫夫人致秋好皇后的信,由夕雾中将呈上。其中有诗云:

"君爱秋光不喜春,香闺静待草虫鸣。

---

① 古歌:"倘来访我吉野山,共插鲜花乐隐沦。"见《后撰集》。
② 按定例:每年春二月,秋八月,举行法会,讲演《大般若经》。

春园蝴蝶翩翩舞，只恐幽人不赏心。"

秋好皇后读了，知道这是去年所赠红叶诗的答复，脸上显出笑容。昨日被紫姬邀去游船的众侍女，真心赞佩春花，互相告道："原来春色如此美丽，只怕娘娘也不得不赞赏呢。"

　　在悠闲的莺声中，鸟装女童开始舞蹈。伴奏舞蹈的乐师奏出《迦陵频伽》①之曲，音调非常优美，湖中的水鸟也被感动，在不知什么地方鸣啭起来。舞乐将终，曲调转急，情趣越发优美，可惜舞乐告终了。蝶装女童的舞蹈比飞鸟更为轻快，渐渐舞近棣棠篱边，飞进了繁密的花阴中。皇后的次官以及身份相当的殿上人，都向皇后领取赐品来犒赏女童。赐鸟装女童的是白面深红里子的常礼服每人一件，赐蝶装女童的是棣棠色衬袍每人一件。赐品都是按照情况而预先准备好的。赐乐师的是每人白色衣衫一袭，或绸缎一卷，各有等差。赐夕雾中将的是女装一袭，外加淡紫面绿里的常礼服一件。秋好皇后复紫夫人的信中有云："昨日船游之乐，令人艳羡欲泣。

　　但得君心无歧见，
　　我将随蝶访春园。"

其答诗如此。皇后与紫姬才华均甚优越。但恐皇后于诗道不甚擅长，此赠答之诗，未得称为佳作也。

　　自不必说，昨日参与船游的侍女之中，凡皇后身边的侍女，紫姬都赐与优美的赏品，为免烦冗，概不详述。在这六条院中，此种游宴歌舞之事，几乎昼夜不绝。人人欢笑度日，诸侍女自然也都无忧无虑，恣意享乐。各殿女眷，时时互通音问。

---

① 迦陵频伽是佛经中一种鸟的名称。此鸟鸣声甚美。

且说玉鬘自从踏歌会时与紫姬等见面之后,常常对诸人通讯问候。玉鬘教养深浅如何,紫姬等未能深悉。但觉其人富有才气,而又温柔恭谨,对人一见如故。因此大家对她怀有好感。恋慕她的人很多。然而源氏认为此事不可草草决定。而他自己心中,恐怕也觉得不愿长此做她的父亲,所以有时竟想通知她的真父亲内大臣,揭穿实情,以便公然娶她。夕雾中将对玉鬘较为亲近,常常走近她的帷幕旁边。玉鬘也亲自与他答话。此时玉鬘总是羞人答答。夕雾则确信人人知道他们是姐弟关系,所以对她一本正经,绝不发生爱欲。内大臣家诸公子不知道玉鬘是他们的异母妹,常假手夕雾,对她表示万般相思。玉鬘对他们全不动情,只是私下感到兄妹之爱,心中怀着说不出的痛苦。她独自思量:总得教真的父亲知道我在这里才好。然而并不向源氏说出,只装作全心全意地依赖他,像个天真烂漫的孩子。她并不酷肖母亲,然而也有几分相似,才气则比夕颜更胜。

四月朔日更衣,始穿夏服。此时人心顿感轻快,天色也不知不觉地变得异常明朗。源氏闲暇无事,常常饮酒作乐,悠游度日。玉鬘收到各方情书,越来越多。源氏看见此事果然不出所料,颇感兴趣,常常到玉鬘那里去,查看她的情书。见有应该答复的,劝她答复。玉鬘则含情不语,颇有难色。兵部卿亲王求爱未久,便已焦灼不堪,在情书中申恨诉怨,源氏看了吃吃地笑个不住。后来对玉鬘说:"在许多亲王之中,我对这位皇弟早就格外亲昵。只是风流之事,一向绝不谈起。如今已入中年,却给我看到了如此热烈的情书,倒很有趣,但也怪可怜的。你总得回他一信才是。凡是略解风情的女子,都知道除了这位亲王之外,世间更无可与交谈之人。他确是个风流公子。"他想用这话来打动这青年女子的心,然而玉鬘只觉得难以为情。

承香殿女御①的哥哥髭黑右大将,本来装得道貌岸然,一本正经,

---

① 是朱雀院的女御,皇太子的生母。

现在也学谚语所谓"爬上恋爱山，孔子也跌倒"，苦苦地向玉鬘求爱了。源氏觉得此事另有一种趣味。他查看一切情书，发现有一封信，写在宝蓝色中国纸上，香气浓烈，沁人心肺，折叠得非常小巧，怪道："这封信为何折叠得这样好？"便把信打开，但见笔迹非常秀美，内有诗云：

"思君君不知，我心常恻恻，
　犹似岩中水，奔腾而无色。"

字体潇洒而时髦。源氏问道："这是谁的信？"玉鬘不能爽快地回答。于是把右近叫来，对她言道："凡遇写此种情书的人，务须仔细探究其人来历，好好地答复。好色爱玩的时髦小伙子为非作恶，不能完全归咎于男子。据我亲身经历看来，女子不答复男子，男子痛恨她冷酷无情，此时难免做出违心之事。女子若是身份低微之人，而不理睬男子，男子便怪她无礼，亦不免做出非礼之行。男子若是并无深情，来信只是吟花咏蝶，而女子也用风雅态度对付他，则反而煽动了他的热情。此时可以不睬，就此绝交，女子亦不任其咎。倘男子只是逢场作戏，偶尔寄书，则女子切不可立刻作复，否则后患无穷。总之，凡女子不知谨慎，任心而动，自以为知情识趣，所有兴会都不放过，其结果必然不佳。但兵部卿亲王与髭黑大将，谦恭有礼，决非胡言乱道之人。倘不辨是非，置之不理，便有失体统。至于比他们身份低微的人，则可依照其志趣，辨别其情感，观察其诚意之深浅，而作适当之应付。"

此时玉鬘怕羞，把头转向一旁，其侧影非常美丽。她身穿红面蓝里的常礼服，内衬白面蓝里衫子，色彩配合十分调和，富有新颖艳丽之感。她的举止态度，本来未免还留着些乡下人习气，但也落落大方，处处富有优雅之趣；现在渐渐学会了京都人模样，更加端详可爱。加之化妆十分讲究，所以毫无缺陷，只觉花容玉貌，艳丽无比。源氏看了，心念将此人送与他人，实甚可惜。右近带笑看着这两个人，心中也在想："源氏主君年纪很轻，不配做她父亲，还不如双双配合，倒是一对天生佳偶。"便对源氏说："我从来不曾把别人来信传送给小姐。大人以前看过的三四封信，我深恐使对方受辱，未便立即退回，所以暂时把信收下。至于复信，必须等候大人吩咐后再说。如此对付，小姐还嫌麻烦呢。"源氏问她："那封折叠得很精致的信，是谁寄来的？笔迹非常秀丽呢。"他带笑看着那封信。右近答道："这封信么，那送信人不问我们受与不受，放着管自走了。这是内大臣家大公子柏木中将写来的，他和这里的小侍女见子以前就相识，是交她收转的。除了见子以外，这里并无帮他忙的人。"源氏说："这倒很有意思了。他的官位虽然不高，但对这种人你们岂可怠慢？公卿们官位虽高，但有许多人声望未必能与柏木并比。在诸公子中，这位大公子也最为稳重。他和小姐是兄妹，这实情他将来自有知道的一天。目前你们暂勿揭穿，姑且敷衍他一下吧。这封信写得真漂亮。"他拿着信，一时不忍释手。又对玉鬘说："我这般那般地对你说，不知你心作何感想，我很挂念。即使要告知内大臣，亦必须考虑：你现在态度如此稚气，身份尚未有定，立刻参与素不相识的诸异母兄弟姐妹之列，是否妥便？还不如先有了丈夫，决定了身份，然后自有父女相见的机会。兵部卿亲王虽是独身之人，然而秉性浮薄，结识情妇甚多，家中还有不少名声不佳的婢妾。若要做他的夫人，除非其人宽大为怀，心无憎恨，方可安然无事。如果其人略有嫉妒之心，则反目失欢之事，自然难于避免，此点必须顾虑。髭黑大将呢，讨厌他那个长年相处的夫人年纪太大，正在多方物色少女。然而这也是世间女子所不乐就的。此乃当然之事，所以我也独自在心中左顾右虑，苦无定见。关于姻缘之事，即使在父母面前，也难于分明说出自己的愿望。但你现在已非童稚之年，应该对万事都能自己辨别是非了。你可把我看作昔年逝世的母亲，有事和我商量。凡是不能使你称心的事，我都舍不得做。"

他这番话说得非常诚恳,玉鬘听了心中为难,不知如何回答才好。像小孩一般默默不语,又觉得不好意思。终于答道:"女儿自从全无知识的襁褓时代直至今日,不曾见过双亲。未得身受庭训,万事都无主见。"她答话时神态非常柔驯可爱,源氏对她满怀同情,说道:"如此说来,正如谚语所谓'后母好作亲娘看',我对你无微不至的关怀,你已分明看到了么?"又对她谈了许多话。但心中一点隐情,终于未便出口,只是时时在谈话中隐射暗示。然而玉鬘装作听不懂的模样。他只得长叹数声,起身告辞。走到门口,但见庭前数枝淡竹,欣欣向荣,临风拜舞,姿态窈窕可爱。便小立阶前,即兴赋诗,撩起了帘幕对玉鬘吟道:

"庭前生小竹,篱内托根深。
渐渐出墙去,青青向世人。

想起了教我好恨啊!"玉鬘膝行至檐前,答道:

"山中生小竹,移植在庭前。
从此承恩养,不思返故山。

此时若教生父知道,生怕反多不便。"源氏听了这话,知道她故意将他的恋情解释作父女之情,觉得此人很可怜爱。玉鬘虽然如此说,心中并不作如此想。她盼望源氏找个机会向她父亲说穿,等候得很心焦。然而她又回心转意:"这位太政大臣对我关怀之深,实在很可感激。现在我即使认到了父亲,但因自幼不相熟悉,深恐父亲对我的照拂不会如此周到吧。"她读了些古代故事小说,渐渐懂得人情世故。因此行事小心谨慎,觉得未便自动前往寻亲。

源氏觉得玉鬘越看越可爱了,有一次在紫姬面前赞誉她:"这个人的模样异常讨人喜欢。她那已故的母亲，态度殊欠明朗；这女儿却知情达理，温柔可亲。看来这人倒是很可信任的呢。"紫姬知道他的脾气，逆料他不肯单把玉鬘当作干女儿，因此正在担心，便回答道："既然知情达理，却毫无顾虑，诚心诚意地信赖你，真是难为她了。"源氏问："我有何不可信赖之处？"紫姬微笑着答道："怎么会没有！便是我自己，为了你，不知尝到了几多次难于忍受的痛苦。至今不能忘记的事情正多呢！"源氏听了这话，觉得这个人真敏感！便说道："你这样瞎猜，真讨厌啊！我倘有野心，她不会不发觉的。"他觉得此事麻烦，就不再多谈。心中却很迷乱：人家如此猜量我，我到底应该如何处理此事才好呢？一方面又自己反省：我到了这年纪，怎么还要像少年人一般干这些无聊勾当？然而他心中挂念玉鬘，因此时常前去看望，多方照拂。

有一天傍晚，久雨初晴，天清人静。庭前几株小枫和榉树青青照眼，欣欣向荣。源氏自然而然地感到心旷神怡。仰望天空，闲吟白居易"四月天气和且清"①之诗。此时他心中首先隐约地浮现出玉鬘的芳容来，便照例悄悄地来到她的屋子里。玉鬘正在无拘无束地看书习字，忽见源氏进来，便肃然起立，红晕满颊，娇艳之色，十分可爱。她那温柔之相，使源氏蓦地回想起当年的夕颜来。便情不自禁，对她言道："我初见你时，并不觉得你肖似你母亲，近来却常常觉得异常肖似，简直分毫不差。我心中不胜感慨呢。常见夕雾中将，全无他母亲的面影，觉得他们母子是不肖似的。想不到世间原有像你这般酷肖母亲的人。"说着流下泪来。他看见一只盒子盖里盛着果子，其中有橘子，便抚弄着橘子，即兴吟诗：

---

① 白居易赠驾部吴郎中七兄诗中有句云："四月天气和且清，绿槐阴合沙堤平。"见全集第十九卷。

"橘子花开日，闻香忆故人。

玉颜何酷肖，宛似故人身。

这故人永远保存在我心中，教我难于忘却。我多年来孤苦度日，一无欢慰。如今你如此肖似故人，我每次看见了，总疑心是在梦中，更教我恋恋不舍，难于自制了。但愿你也不要疏远我！"说着，握住了玉鬘的手。玉鬘因为源氏向来不曾有过此种举动，心中甚是困窘，然而也只得乖乖地坐着，答诗云：

"容颜既与故人似，

命短亦应似故人。"

她觉得有些狼狈，俯伏着身子，其娇羞之态，妩媚动人。那双玉手像春笋一般圆肥，身材肌肤像水葱一般鲜嫩。源氏看了，觉得反而恼人更甚。这一天他就稍稍明显地向她求爱。玉鬘心甚痛苦，张惶不知所措，全身战栗不已。源氏也分明看出她的心情，便对她说道："你为什么如此疏远我呢？我一定巧妙地隐秘，决不会惹人讥议。你也该装作若无其事，悄悄地爱我吧。我对你的情爱一向甚深，如今又加深了一层，真可谓世无其类的了。与写情书给你的那些人比较之下，你总不会看轻我吧。像我这样一往情深的人，世间实甚难得，所以将你嫁与他人，我很不放心呢。"此种父女之爱，真可谓太过分了。

雨停止了。微风敲竹，清音悦耳；云破月来，银光皎洁。似这般好天良夜，真有无限清幽之趣。众侍女看见两人促膝谈心，有所顾忌，都回避了。两人原是常常见面的，然而像今夜这种机会，也很难得。大约是言语一经出口，热情便不可遏之故，此时源氏就用巧妙的手腕，把穿惯的那件上衣悄悄地脱去，横卧在玉鬘身旁了。玉鬘心甚厌恶，生怕被侍女们看见了，成个什么样子，便觉异常痛苦。她想：如果在真的父亲身边，即使他对我漠不关心，总不会遭此蹂躏。因此十分悲伤。虽然竭力忍耐，终于两泪夺眶而出，那模样真是可怜。源氏便对她说："你这样讨厌我，真使我伤心啊！离居两地、素不相识之人，一经相爱，都容许如此，这是世间常规。何况我和你长年和睦相处，如此亲近一下，有何不可呢？我决不会有越此限度的野心，只是聊以慰藉难于忍受的万种相思而已。"又说了许多亲爱甜蜜的话。加之这个睡在身边的人，模样竟与故人完全肖似，真使他不胜感慨。源氏虽然有心为此，但也知道此乃唐突轻佻之行，因此立刻回心转意。深恐侍女们诧怪，夜色未深之时就起身辞去。临别对玉鬘说："你倘为此而厌恶我，真使我伤心极了。别人决不会如此热情地爱你。我对你的爱不可限量，无有底止，所以我决不做惹人讥评之事。我只是为了要慰藉对故人的恋慕之情，今后亦将对你说些风流绮语。但愿你体谅我心，好好地回答我。"这番话说得非常周至。然而玉鬘此时已经懊恼得不知死活，听了他的话越发愁苦了。源氏又说："我以为你不是十分无情的，想不到你如此讨厌我。"他叹息一声，继续说道："今天的事情，切不可教外人知道啊！"说过就回去了。玉鬘虽然已届青春年华①，但对男女之事毫无经验。连略知此道的人，她也少有接近。她不知道男女之间还有比共卧更甚的亲昵关系。因此伤心悲叹，以为今天遭逢了意外的不幸，脸上神色异常惨恶。众侍女看见了，纷纷谈论："小姐今天身体不好呢！"大家前来伺候。侍女兵部君②等悄悄地议论道："源氏主君对小姐关怀周至，真教人感激不尽啊！即使是真的父亲，也不会如此无微不至地照顾她吧。"玉鬘听了这话，更加讨厌源氏了，她想不到他怀着这不良之心。又慨叹自己的身世，不胜悲伤。

　　次日，源氏的信一早就送来了。玉鬘因为心绪不佳，卧床未起。

---

① 此时二十二岁。
② 夕颜的乳母的女儿。

侍女们送过笔砚来，劝她快写回信。玉鬘没精打采地启读来书。但见用的是白纸，外表堂皇严肃，笔迹非常优美。信中说道："昨夜你对待我，可谓冷淡无比。我虽伤心，但又不能忘却。不知外人对此作何感想？

> 未解罗襦同枕席，
> 缘何嫩草叹春残？

你实在还是个小孩呢。"他尽力装出父亲的口气，然而玉鬘看了非常厌恶。但倘置之不复，又恐别人疑讶，便在一张厚厚的陆奥纸上写道："赐示今已拜读。只因心绪恶劣，乞恕未能详复。"源氏看了回信，微笑着想道："照这态度看来，此人毕竟很有骨气。"他觉得对此人申恨诉怨，虽然颇有意思，却是很麻烦的。

　　源氏一经表明了恋慕之情以后，不像古歌中所咏那样"决心启口又迟疑"①，便继续向玉鬘求爱，缠绕不休。玉鬘越发周章狼狈，忧愁之极，似觉置身无地，后来竟生病了。她想："知道实情的人很少。不论亲疏，都相信他真是我的父亲。如今此种事情倘使泄露出去，便成天下一大笑柄，而我从此身败名裂了！父亲内大臣一旦找到了我，本来不见得会当作亲生女儿一般疼爱我，何况听到此种消息，一定把我看作一个轻狂女子了。"她左思右想，心绪不宁。兵部卿亲王和髭黑大将听说源氏并不厌弃他们，便更加诚恳地向玉鬘求爱。以前咏"犹似岩中水"的柏木中将，从见子那里隐约闻知源氏容许他，只因不知实情，独自欢喜雀跃，只管向玉鬘申情诉恨，弄得迷离颠倒。

----

① 古歌："苦恋伊人思约会，决心启口又迟疑。"见《古今和歌六帖》。

第二十五回　萤①

　　源氏太政大臣现在位尊名重，身闲心旷，生涯十分安乐。因此在他保护之下的许多妇女，个个生活安定，万事如意称心，无忧无虑，逍遥度日。只有住在西厅里的这位玉鬘小姐，不幸而遭逢了意外的烦恼，心乱如麻，不知如何对付这义父才好。他同筑紫的那个可恶的大夫监，当然是不能相比的。然而外人都确信他们是父女，做梦也想不到有此等事情，故玉鬘只能独自闷在心里，但觉源氏是个异常讨厌的人。她现在已经到了知情达理的年龄，这样想想，那样想想，又重新想起了早年丧母之苦，不胜悲伤悼惜。至于源氏呢，此言一经出口，闷在肚里异常痛苦，然而又得顾虑别人耳目，人前一个字也不敢提及，只在自己心中悲伤。他常常前去探望玉鬘，每逢侍女不在身旁而四周寂静之时，便向玉鬘表示恋慕之情。此时玉鬘心中虽然懊恼，但是并不断然拒绝，使他难堪。她只装作不懂的样子，巧妙应付过去。

　　玉鬘生来笑容满面，和蔼可亲。所以虽然性格非常谨严，仍有娇艳可爱之相。因此兵部卿亲王等真心诚意地向她求婚。亲王为她劳心，日子还未长久，却已经到了不宜嫁娶的五月②，因此写信向她诉苦："务请许我稍得接近芳容，当面诉说，亦可聊以慰我相思之苦。"源氏看了这信，说道："这又何妨！此等人向你求爱，乃是一件美事。切不可置之不理。应该常常写回信给他。"便想教她回信如何写法。然而玉鬘非常厌恶，推说今天心绪不好，不肯写回信。玉鬘身边的侍女中，本来没有出身特别高贵而才能优越的人。只有一人，是她母亲的伯父宰相的女儿，其人略具才能，家道衰落之后沉沦世间，后来被寻找

---

① 本回继前回之后，写源氏三十六岁五月之事。
② 当时风习，五月不宜结婚。

出来，在此当侍女，人都称她为宰相君。这宰相君写得一手好字，人品也大致不错，所以向来有需要时，总是叫她代笔。此时源氏便召唤这宰相君前来，亲自口授，叫她代写回信。他之所以如此安排，大约是想看看兵部卿亲王与玉鬘谈情的模样。玉鬘本人呢，自从遭逢了那件不快之事以后，收到兵部卿亲王等的缠绵悱恻的情书时，也多少用心看看。但并非心有所爱，只是为了要摆脱那种不快的缠绕，才采取了这样的态度。

源氏穷极无聊，自作主张，专想等候兵部卿亲王来访，以便偷看情状——此种勾当兵部卿亲王一概不知。他收到了玉鬘的好意的回信，如获至宝，立刻十分秘密地前来访问。边门的房间里铺设着客人坐的蒲团，蒲团前面隔着一个帷屏，主客相距甚近。源氏预先用心布置，在室中隐藏香炉，使香气弥漫空中，气味异常馥郁。如此操心，并非出于父母爱子之情，却是无聊之人的越分行为。但其用心毕竟也很周到。宰相君出来代小姐应对，然而话也回答不出，只是羞答答地呆着。源氏拧她一把，说："不要太畏缩呀！"弄得她更加狼狈了。

黄昏已过，天光朦胧暗淡，但见兵部卿亲王斯文一脉地坐着，神情异常艳雅。内室中的香气随风飘来，其中混着源氏的衣香，气味越发芬芳。兵部卿亲王推想玉鬘的容貌一定比他所预期的更美，爱慕之心更加热烈了。他明言直说，向宰相君陈述他对小姐的恋慕之情，句句入情入理，落落大方，完全不是冒冒失失的急色儿口吻，其神态亦与众不同。源氏偷偷地倾听，颇感兴味。玉鬘笼闭在东面的房间里，横卧在床。宰相君膝行而入，向她传达亲王的言词。源氏叫她转告小姐："这样招待，实在太沉闷了。万事须能随机应变，这才像样。你又不是一个无知无识的小孩。对于像这位亲王之类的人，不必远而避之而叫侍女传言问答。即使你不肯亲口答话，至少也得和他接近些。"他如此劝导她，但是玉鬘很不高兴。她想：源氏或许将以劝导为借口而闯进她房间里来，反正一样是讨厌的。于是她就溜出房间，来到正屋和厢房之间的帷屏旁边,俯伏在那里了。

兵部卿亲王说了一大套话,玉鬘一言不答,心中忐忑不安。此时源氏走近她身边,把帷屏上的一条垂布撩起。同时周围忽然发出亮光。玉鬘以为拿出蜡烛来了,吃了一惊。原来源氏这一天傍晚将许多萤火虫用纸包好,藏在身边,不使光线透露出来。此时他装作整理帷屏的样子,突然把萤火虫放出,因此周围忽然大放光明。玉鬘讨厌之极,连忙拿扇子遮住面孔,那侧影异常美丽。源氏玩这把戏,有个用意:突然大放光明,兵部卿亲王便可窥见玉鬘的容貌。兵部卿亲王之所以如此热诚地求爱,只是为了她是源氏的女儿之故,却并未料到她的品质容貌如此十全其美。现在让他看看,好教这个急色儿恼煞,因此他做这般布置①。如果玉鬘确是他的亲生女儿,料想他不会如此胡闹。他这用心实在太无聊了。他放出萤火虫之后,便从另一扇门里溜出,回自邸去了。

兵部卿亲王料想玉鬘所在之处甚远,但从动止上推测,比他所预料的稍近,心中不免激动。他从那珍贵的绫罗帷屏的隙缝中向内窥探,看见相隔不过一个房间的距离。又被那意想不到的萤光一照,更使他深感兴趣。不久萤火虫被收拾去了。然而这刹那间的微光,给兵部卿亲王心头刻下了一个艳丽的印象。虽然只是隐约窥见,但玉鬘那苗条婀娜的横陈之姿异常美丽,使他觉得百看不厌。果如源氏所料,玉鬘的姿态深深地沁入兵部卿亲王心中了。亲王便赠诗道:

"流萤无声息,情火亦高烧。
纵尔思消灭,荧荧不肯消。

不知我心能蒙谅解否。"此种情况之下,倘反复考虑,迟迟不答,有失

---

① 后文因此而称这亲王为萤兵部卿亲王。

体统。应以迅速为佳。故玉鬘立刻答道:

"流萤虽不叫,但见火焦身,
　却比多言者,含情更苦辛。"

她草草地和了一首诗,叫宰相君传言,自己便回进内室去了。兵部卿亲王为了玉鬘对他疏远冷淡,心中不胜怨恨,又诉了许多苦。但逗留过久,似乎太好色了,便在夜深天色未明、檐前苦雨淋漓之时,不管襟袖濡湿,告辞出门而去。想此时或有子规啼血。为避免烦琐,恕不描写了。

　　玉鬘的侍女们都称赞兵部卿亲王仪容之优美,说他相貌很像源氏太政大臣。她们不知道源氏的用心,都说他昨夜照顾之周到,正像母亲一样,其深情厚谊,甚可感谢。玉鬘看见源氏为她如此不惮烦劳,心中想道:"都是我自己命苦之故。如果真的父亲找到了我,我成了一个世间普通儿女之身,那时我领受源氏太政大臣的爱情,有何不可呢?只因我这身世与常人不同,就不得不顾虑世人讥评。"她昼夜寻思,不胜忧恼。然而源氏实在也不肯胡行乱为,使她受到委屈。他只是一向有这个习癖,即使对于秋好皇后,也不见得全是纯洁的父亲之爱。每逢机会,不良之心也会萌动起来。只因皇后身份尊贵,高不可攀,所以他不敢公然表示,只得独自在心中烦恼。至于这个玉鬘呢,性情温和可亲,样子又很时髦,他的恋慕之情自然难于抑制。有时不免对她做些教人见了怀疑的举动。幸而立刻后悔,终于保住了纯洁的关系。

　　端午日,源氏赴六条院东北的马场殿,乘便到西厅探视玉鬘,对她说道:"怎么样?那天亲王到夜深才回去么?对这个人不可过分亲近,因为他是有坏脾气的。世间男子,大多数会轻举妄动,使得对方伤心呢。"他有时劝她亲近,有时又劝她疏远。说时神情活泼而潇洒。他身穿一件金碧辉煌的袍子,上面随意不拘地罩着一件薄薄的常礼服,不知哪里来的一种清丽之相，使人不相信这是俗世人工染织出来的衣服。他衣服上的纹样，与平时并无两样，但今日看来特别新颖，飘来的衣香也格外芬芳。玉鬘想道：如果没有那种恼人之事，这人的姿态多么可爱啊！正在此时，兵部卿亲王派人送信来了。这信写在白色薄纸上，笔迹楚楚可观。看来很有意思，记录出来也并无何等特色：

"菖蒲逢午节，隐没在溪滨。
寂寞无人采，根端放泣声。"

这封信系在一个菖蒲根上，这根非常长，教人难于忘记。源氏对玉鬘说："今天这封信你应该答复。"说过就出去了。众侍女也都劝她写回信。玉鬘自己大概亦有此意，便答诗云：

"菖根溪底泣，深浅未分明。
一旦离泥出，原来不甚深。

颇有稚气。"此诗用淡墨写成。兵部卿亲王看了答诗，想道：写得更有风情些才好。他那色情之心略觉美中不足。这一天，各方面送给玉鬘的香荷包甚多，式样都很美丽。玉鬘往日长年沉沦的痛苦，现已影迹全无。她正在欣欣向荣，坐享厚福。她安得不想：但愿太政大臣勿萌异志，免得我受人毁伤。

这一天源氏又去访问东院的花散里，对她说道："今天近卫府官员在马场练习骑射①，夕雾中将欲乘便带几个男子来此访问。你须早做准备。白昼里就要来的。真奇怪，这里的事情虽然静悄悄地绝不铺张，这些亲王们也会知道，都来访问，事情自然闹大了。你要留意才是。"

---

① 中古制，五月初五日左近卫府练习骑射，初六日右近卫府练习。

马场殿离此不远,从廊上可以望见。源氏对侍女们说:"姑娘们啊,把廊房的门户打开,大家在这里观赏骑射竞赛吧。今天左近卫府许多漂亮的官员要来,相貌并不比寻寻常常的殿上人差呢。"众青年侍女便兴致勃勃地等候着。玉鬘那里也有女童们来此观赏。廊房门口挂起绿油油的帘子,又设了许多新式的染成上淡下浓颜色的帷屏。女童和女仆们憧憧往来不绝。身穿蓝面深红里子的衫子,外罩紫红色薄绸汗衫的女童,大概是玉鬘那里的人吧,共有四人,样子都很聪明伶俐。女仆们身穿上淡下浓的紫色面淡紫里的夏衣,和暗红面蓝里的中国服,都是端午节的打扮。花散里这边的侍女,都穿深红色夹衫,上罩红面蓝里的汗衫,态度都很稳重。各人竞夸新装,样子煞是好看。那些年轻的殿上人都对她们注目。

　　源氏太政大臣于未时来到马场殿。果然诸亲王都已到齐。这里的骑射竞赛,方式与朝廷行事不同,近卫府里的中将、少将等都来参加,花样都很新鲜,愉快地玩了一天。女子们对于骑射之事,毫无知识。但她们看见皇族的近侍们也都打扮得鲜艳夺目,拼命地竞赛胜负,颇感兴趣。马场很宽广,一直通到紫姬所居的南院,那里的青年侍女也都出来观赏骑射。竞赛之时,乐队奏《打球乐》及《纳苏利》①。决胜负时,打钟击鼓。直到天黑,一切都看不见了,方始赛毕。近侍们各按等级领受奖品。到了夜色很深的时候,各人方始散去。

　　这天晚上,源氏在花散里处住宿,和她闲谈。他对她说:"兵部卿亲王比别人优越呢。相貌虽不十分出色,但性情态度都很高雅,是个风流公子。你以前窥见过他么?大家极口称赞他,然而也有美中不足之处。"花散里答道:"他是你的弟弟,但看样子似乎比你年长。听说近来他常常到这里来,很是亲睦。但我自从很久以前在宫中窥见一面

---

① 《打球乐》是唐乐,《纳苏利》是高丽乐,皆雅乐。

之后,长久没见他。我看他的相貌比从前漂亮得多了。他的弟弟帅亲王①也很漂亮,然而品格不及他好,倒像个国王的模样。"源氏听了她的话,觉得这个人真眼快,一看便知好歹。但他只是微笑,不再评论其他诸人的美丑。原来他认为指人缺陷,对人贬斥,是无知之人的妄谈。所以,世人都称赞髭黑大将人品高雅,他虽然觉得此人做他的女婿还嫌不够,但绝不出之于口。他和花散里,现在只是一般的亲睦关系,晚上也分铺而睡。为什么弄得如此疏远呢?他想起了颇觉痛苦。原来花散里为人谦虚,从来不申恨诉怨。年来春秋游宴之事,她都不参与,只从别人口中传闻情状。所以今天难得在这里举行盛大集会,在她觉得是她这院子的无上光荣。此时她吟诗道:

"我似菖蒲草,稚驹不要尝。②
欣逢佳节日,出谷见阳光。"

吟时音调委婉。这诗虽无甚特色,源氏却觉得很可怜爱,便和唱道:

"君似菖蒲草,我身是水菰。
溪边常并茂,永不别菖蒲。"

这两首诗都是肺腑之言。源氏对花散里说笑:"我和你虽然不常见面,不共枕席,但如此叙晤,反而觉得安心呢。"原来花散里为人和光同尘,所以源氏可以对她倾谈衷曲。她把自己的寝台让给源氏,自己睡在帷屏外面。她早就断念,认为自己是不配和源氏共寝的,所以源氏

---

① 兵部卿亲王以前曾称帅皇子。但这个帅亲王是他的弟弟,是另一人。
② 古歌:"菖蒲香美人皆采,怪哉稚驹不要尝。"见《后撰集》。花散里以此菖蒲自比。

也不勉强她。

　　今年的梅雨比往年更多，连日不肯放晴，六条院内诸女眷寂寞无聊，每日晨夕赏玩图画故事。明石姬擅长此道，自己画了许多，送到紫姬那里来给小女公子玩赏。玉鬘生长乡里，见闻不广，看了更加觉得稀罕，一天到晚忙着阅读及描绘。这里有许多青年侍女粗通画道。玉鬘看了许多书，觉得这里面描写了种种命运奇特的女人，是真是假不得而知，但像她自己那样命苦的人，一个也没有。她想象那个住吉姬①在世之日，必然是个绝色美人。现今故事中所传述的，也是一个特别优越的人物。这个人险些儿被那个主计头老翁盗娶，使她联想起筑紫那个可恶的大夫监，而把自己比作住吉姬。源氏有时到这里，有时到那里，看见到处都散置着此种图画故事书，有一次对玉鬘说："啊呀，真讨厌啊！你们这些女人，不惮烦劳，都是专为受人欺骗而生的。这许多故事之中，真实的少得很。你们明知是假，却真心钻研，甘愿受骗。当此梅雨时节，头发乱了也不顾，只管埋头作画。"说罢笑起来。既而又改变想法，继续说道："但也怪你不得。不看这些故事小说，则日子沉闷，无法消遣。而且这些伪造的故事之中，亦颇有富于情味，描写得委婉曲折的地方，仿佛真有其事。所以虽然明知其为无稽之谈，看了却不由你不动心。例如看到那可怜的住吉姬的忧愁苦闷，便真心地同情她。又有一种故事，读时觉得荒诞不经，但因夸张得厉害，令人心惊目眩。读后冷静地回想起来，虽然觉得岂有此理，但当阅读之时，显然感到兴味。近日我那边的侍女们常把古代故事念给那小姑娘听。我在一旁听听，觉得世间确有善于讲话的人。我想这些都是惯于说谎的人信口开河之谈，但也许不是这样吧。"玉鬘答道："是呀，像你这

---

① 《住吉物语》是古代故事。大意：某中纳言有女三人，其中一人，即住吉姬，已许配内大臣之子。但后母虐待她，想擅自把她嫁给一个名叫主计头的七十老翁。幸而此女逃脱，投奔住吉地方的一个尼姑。后来终于大团圆。当时的古本今已不传，现存者是后人仿作。

样惯于说谎的人，才会作各种各样的解释；像我这种老实人，一向信以为真呢。"说着，把砚台推开去。源氏说："那我真是瞎评故事小说了。其实，这些故事小说中，有记述着神代①以来世间真实情况的。像《日本纪》②等书，只是其中之一部分。这里面详细记录着世间的重要事情呢。"说着笑起来。然后又说："原来故事小说，虽然并非如实记载某一人的事迹，但不论善恶，都是世间真人真事。观之不足，听之不足，但觉此种情节不能笼闭在一人心中，必须传告后世之人，于是执笔写作。因此欲写一善人时，则专选其人之善事，而突出善的一方；在写恶的一方时，则又专选稀世少见的恶事，使两者互相对比。这些都是真情实事，并非世外之谈。中国小说与日本小说各异。同是日本小说，古代与现代亦不相同。内容之深浅各有差别，若一概指斥为空言，则亦不符事实。佛怀慈悲之心而说的教义之中，也有所谓方便之道。愚昧之人看见两处说法不同，心中便生疑惑。须知《方等经》③中，此种方便说教之例甚多。归根结底，同一旨趣。菩提④与烦恼的差别，犹如小说中善人与恶人的差别。所以无论何事，从善的方面说来，都不是空洞无益的吧。"他极口称赞小说的功能。接着又说："可是，这种古代故事之中，描写像我这样老实的痴心人的故事，有没有呢？再则，这种故事中所描写的非常孤僻的少女之中，像你那样冷酷无情、假装不懂的人，恐怕也没有吧。好，让我来写一部古无前例的小说，传之后世吧。"说着，偎傍到玉鬘身边来。玉鬘低头不语，后来答道："即使不写小说，这种古来少有的事情已经传遍世间了。"源氏说："你也认为古来少有么？你的态度也是世间无类的呢。"说着，把身子靠在壁上，神情异常潇洒。即席吟诗道：

---

① 神代是神武天皇以前的神话时代。
② 《日本纪》是从神代到持统天皇时代的汉文历史，凡三十卷。
③ 《方等经》即《大乘经》。
④ 菩提是佛教用语，意思是觉悟。

"愁极苦心寻往事,
背亲之女古来无。

子女不孝父母,在佛法上也是严戒的。"玉鬘只管低头不语。源氏一面抚摸她的头发,一面极口向她诉说恨情。玉鬘好容易答道:

"我亦频频寻往事,
亲心如此古来无。"

源氏听了这答诗,心中颇觉可耻,就不再做过分粗暴的举动。此种情状,不知将来如何结局。

紫姬以小女公子爱好为借口,也恋恋不舍地贪看故事小说。她看了《狛野物语》①的画卷,赞道:"这些画画得真好啊!"她看到其中有一个小姑娘无心无思地昼寝着,便回想起自己幼时的情况。源氏对她说道:"这小小年纪,便已如此懂得恋情。可见像我这样耐心等待,是常人所做不到的,是可作模范的了。"的确,源氏在恋爱上经验丰富,竟是少有其例的。他又说:"在小女儿面前,不可阅读此种色情故事。对于故事中那些偷情窃爱的女子,她虽然不会深感兴趣,但她看见此种事情乃世间所常有,认为无关紧要,那就不得了啊!"如此关怀周到的话,倘被玉鬘听到了,一定觉得亲生女儿毕竟不同,因而自伤命薄吧。

紫姬说:"故事中所描写的那些浅薄女子,只知模仿别人,教人看了可厌可笑。只有《空穗物语》②中藤原君的女儿,为人稳重直爽,不犯过失。然而过分认真,言行坦率,不像女子模样,也未免太偏差了。"源氏答道:"不但小说中如此,现世也有这样的人。这些女子自

---

① 《狛野物语》是当时的故事小说,今已不传。
② 《空穗物语》又名《宇津保物语》,作者不详。其中有描写藤原君的十四个女儿择婿的内容。

以为是，与人异趣，难道她不懂得随机应变么？人品高尚的父母悉心教养出来的女儿，只养成了一个天真烂漫的性格，此外不如人之处甚多，则旁人就要怀疑她的家庭教育，连她的父母也看不起，实甚遗憾。反之，女儿长得像模像样，适合她的身份，则父母教养有功，面目光彩。又有些女子，幼时受旁人极口赞誉，而成人之后所做之事，所说之言，全无可观之处，这便是不足道的了。所以切不可让没见识的人赞誉你的女儿。"他多方考虑，但愿小女公子将来不受非难。记述后母虐待儿女的古代故事，也多得很。其中描写后母的狠心，令人看了不快，也不宜教小女公子读。源氏选择故事非常严格，选定之后，教人抄写清楚，又加插图。

　　源氏不许夕雾中将走近紫姬房间。但小女公子所居之处，并不禁止他去。因为他想：我在世之时，不论怎样，都无问题；但预想我死之后，如果兄妹二人早就相熟，互相了解，则感情总会特别好些。因此他允许夕雾走进小女公子所居的朝南房间的帘内去，而不许他走进紫姬房间旁边侍女们所居的下房中。但他膝下子女不多，所以对夕雾关怀也很深切。夕雾心地温厚，态度诚实，因此源氏大臣放心地信任他。小女公子年仅八岁，还喜欢弄玩偶。夕雾看到她那模样，立刻回想起当年和云居雁共玩时的情况，便热心地帮她搭玩偶的房间，不过有时不免心情沮丧。他遇到年貌相当的女子，也常常说些调情的话，然而决不使对方认以为真。有时觉得这女子全无缺陷，颇可称心，但也努力自制，终于逢场作戏而已。他心中只怀着一大希望，便是早日脱却这件受人轻视的绿袍，升官晋爵，以便与云居雁结婚。如果强欲成亲，纠缠不休，内大臣定然会让步，把女儿许给他。但他每逢痛恨之时，总是下个决心：定要内大臣自悟其非，向他认错。这决心他永远不忘。所以他虽然对云居雁一直不断地表示热烈的爱慕，但对外人绝不露出焦灼的模样。因此云居雁的诸兄柏木等常常讨厌夕雾态度冷淡。柏木右中将热恋玉鬘的美貌，但除了那个小侍女见子以外，没有人帮他斡旋，便向夕雾诉苦求助。夕雾冷淡地答道："别人的事，我不放在心上。"①这两人的关系，正像两人的父亲年轻时的关系一样。

内大臣后房姬妾众多，所生男儿不少，都已按照其生母的出身及本人的品质，随心所欲地予以地位和权势，使之各得其所。但所生女儿不多，加之长女弘徽殿女御企图皇后之位，终未成功，次女云居雁希望入宫，亦事与愿违，内大臣引为憾事。因此昔年夕颜所生的女儿，他始终不忘，每逢机会，总提到这个孩子。他想："这个人不知怎么样了。很可爱的一个女儿，跟了那个水性杨花的母亲，弄得下落不明。可见对于女子，无论如何，切不可以放松监视。我生怕此人不知轻重，向人说出是我的女儿，而度着下贱的生涯。不管怎样，但愿她来找我才好。"他一直挂念在心。又对诸公子说："你等倘听到有自称是我女儿的人，必须留意。我年轻时，任情而动，做下了许多不应有之事。但其中有一女子，与众不同，非庸碌之人。只因一念之差，与我离异，不知去向。我家女儿本已甚少，连她所生的一个也失去了，实甚可惜。"他常常说这话。当然有时也不去想它，完全忘记了。但每逢看见别人为女儿多方操心之时，便想起自己不能如意称心，不胜悲伤懊恼。有一次他做了一个梦，宣召最高明的详梦人来详，那人言道："恐有一位少爷或小姐，多年遗忘，已为他人之螟蛉，不久将有消息。"内大臣说："女子而为他人之螟蛉，向来无有。不知究竟如何。"此时他又想起玉鬘其人，时时提及。

第二十六回　常　夏②

六月中有一日，天气炎热，源氏在六条院东边的钓殿中纳凉。夕

---

① 因柏木不帮助他，故发此言。
② 本回继前回之后，写源氏三十六岁六月之事。

雾中将侍侧。许多亲信的殿上人在一旁侍候,当场调制桂川进呈的鲇鱼和贺茂川产的鳟鱼。内大臣家那几位公子前来访问夕雾。源氏说:"寂寞得很,想打瞌睡,你们来得正好。"便请他们喝酒,饮冰水,吃凉水泡饭,座上非常热闹。凉风吹来,颇觉快适;但天空赤日炎炎,了无纤云。夕阳西倾之时,蝉声聒耳,不胜苦热之感。源氏说:"这种暑天,在水上也没有用。恕我无礼了。"便躺下身子。又说:"这种时候,玩管弦也没兴味。而日长无事,又很苦闷。在宫中供职的那些年轻人,带也不解,纽也不松,真有些儿难当呢。我们在这里无拘无束,好不自在,你们且把最近的世事和使人醒睡的奇闻讲些给我听听吧。我已不知不觉地变成了一个老翁,世事全然不懂了。"但那些年轻人一时也想不出新奇的事件来,大家毕恭毕敬地把背靠在凉爽的栏杆上,默默不语。

源氏便问内大臣的儿子弁少将:"我不知道是从哪里听来的,总之,有人告诉我说:你家内大臣最近找到了一个外边妇人所生的女儿,正在用心教养她。真有其事么?"弁少将答道:"有的,不过没有像外间传说那么夸张。今年春天父亲做了一个梦,叫人来详。有一个女子听到了这件事,自己前来投靠,说她正是有恨欲诉之人。我哥哥柏木中将闻知了,便去调查,到底是真是假,有否确实证据。详细情况我不知道。近来世人都把此事当作一件珍闻传述呢。此种事情,对我父亲说来,自然是家庭的一点瑕疵。"源氏听了,知道确有其事,便接着说道:"你父亲有了这么许多子女,还要用心去寻找这一只离群之雁,也太贪心了。我家子女稀少,颇想找到这样的人,大约其人不屑来投靠我吧,一点消息也没有。我看,既然前来投靠,总不是全无关系的。你父亲年轻时代,到处乱钻,不择高下。好比一个月亮,映在不清澄的水里,哪得不模糊呢?"说时脸上显出微笑。夕雾详知内大臣最近找到的女儿近江君品貌不佳,所以他父亲用此比喻来暗示,他一向态度严肃,此时亦不免失笑。弁少将和他的弟弟藤侍从觉得很不自在。源氏又同夕雾开玩笑："夕雾啊，你就拾了这一张落叶吧。与其遭人拒绝，长被世人所取笑，还不如折了这同根之枝，聊以自慰，有何不可呢？"

原来源氏和内大臣表面上虽然亲睦，但为了此种事情，自昔就常常赌气。最近内大臣不肯把云居雁嫁给夕雾，使得夕雾大受委屈，以致伤心失意，源氏旁气难忍，因而说这种讽刺话，希望其传入内大臣耳中，教他也气一气。源氏闻知内大臣找到了一个女儿之后，想道："如果把玉鬘给他看，他看见她容貌美丽，一定很疼爱。内大臣为人直爽善断，察察为明，善恶褒贬，丝毫不苟，性行迥异常人。如果他知道我藏着玉鬘，定然非常恨我。但倘不预先告诉他，突然把玉鬘送去，他看见她容貌美丽，自然不会轻视，一定郑重其事地教养她。"此时晚风吹来，十分凉快，诸青年都舍不得回去。源氏说："跟你们在这里纳凉，真好舒服啊！只怕我这把年纪，夹在这里要被你们讨厌的。"说着，便走向玉鬘那边去。诸青年都起来陪送他。

黄昏时分，室中幽暗，但见诸侍女等一律穿着便衣，面目难于分辨。源氏叫玉鬘："稍稍坐近外边些。"低声对她说道："弁少将和藤侍从跟着我来了。他们恨不得早就飞了过来，但夕雾中将太老实，一直不带他们来，也太不体谅人了。这些人都恋慕你呢。即使是寻常人家的女子，当她们养在深闺内时，也按照其身份之高下，而为各种各样的人所恋慕。何况我家，内部虽然乱七八糟，外面看来比实际体面得多。我家虽然已有许多女子，但都不是他们所可恋慕的。自从你来了之后，我在寂寞无聊之时，常想看看恋慕者用心的深浅。现在果然符合我的本意了。"说的声音很轻。

庭前不植乱草杂木，只种着许多抚子花①，有中国种的，也有日本种的，色彩配合得很调和。许多花傍着雅致的篱垣到处乱开，这夕暮的景色实在美丽。跟源氏来此的诸公子走近花旁，但因不能随意折

---

① 抚子花是比喻玉鬘的，根据第34页夕颜诗。

取，心中很不满足，彷徨不忍遽去。源氏对玉鬘说："这些都是聪明俊秀的年轻人呢。他们各有各的优点。尤其是柏木右中将，态度更是稳重，品质特别高雅。他后来怎样？有信来么？你不可置之不理，使他伤心。"夕雾中将在群贤之中，也特别优越。源氏说："内大臣厌恶夕雾，实乃意外之事。他是否希望皇族保持纯粹的血统而繁荣，不要源氏家族的血交混进去，因而拒绝他呢？"玉鬘说："那妹妹本人总是盼望'亲王早光临'①的吧。"源氏说："不然，他们并不希望'请来作东床。肴馔何所有'②那么殷勤招待，只是破坏两个幼童的美满之梦，使他们永远隔绝，内大臣这用心太残忍了。如果嫌夕雾官位低，有伤他家体面，那么只要装作不知道二人之事，而将女儿亲事信托我，我总不会使他有后患的。"说罢叹息一声。玉鬘听了这话，才知道源氏与内大臣之间有此隔阂。如此看来，她何时始得与父亲相见，渺不可知。为此不胜悲伤忧恨。

这是没有月亮的时候，侍女们点起灯笼来。源氏说："靠近灯笼，毕竟太热，还不如点篝火的好。"便召唤侍女，吩咐她们："拿一台篝火到这里来。"这里放着一张优美的和琴，源氏取过来弹一下，弦音十分协律，音色亦甚良好，便弹了一会。对玉鬘说："你不大喜欢音乐么？我见你一向不重视它。凉月当空的秋夜，坐在稍稍靠近窗前的地方，和着虫声而弹奏和琴，其音亲切而新颖，非常可爱呢。和琴虽然规模不大，构造简单，然而这乐器具备其他许多乐器的音色与调子，确有其独得的长处。世人称之为和琴，视为甚不足道之物，其实具有无限深幽之趣。我想，这乐器大约是为了不习种种外国乐器的女子而制造的吧。你如果要学音乐，最好专心学习和琴，和着其他乐器而练习弹奏。其弹奏技法，虽然并无多少深奥秘诀，但真要弹得好，也不是一件

---

① 催马乐《我家》全文："我家翠幕张，布置好洞房。亲王早光临，请来作东床。肴馔何所有？此事费商量。鲍鱼与蝾螺，还是海胆羹？"
② 同上。

容易的事。在当代，无人比得上这位内大臣。同是简单平凡的清弹①，手法高明之人弹来，含有各种乐器的音色，其声美不可言。"玉鬘也曾约略学过和琴，如今听了源氏之言，颇思再图上进，学习之心更切了，便问："这院内举行管弦之会时，我也可以去听听么？山野愚民之中，学和琴的人也很多，人皆以为这乐器很简单，容易学会。原来名手弹奏时，如此高深美妙。"她那态度非常热情，表示十分羡慕的样子。源氏说："这个自然。听到和琴这个名词，似乎觉得是乡村田舍的低级乐器。岂知御前管弦演奏时，首先宣召掌管和琴的书司女官。外国如何，不得而知；在我日本国，以和琴为乐器之始祖。倘能向和琴名手中最高明的内大臣学习，自然特别容易学好。今后但逢适当机会，他也会到这里来。然而要他不惜此琴妙技，将秘曲尽行表演，却是困难之事。不论何种技艺，凡精通此道之人，都不肯轻易传授其秘诀。但你将来总有机会听到。"说罢，便取过琴来，弹了一个片段，音节非常新颖而华美。玉鬘听了，想象内大臣弹得一定比他更好，思亲之心越发深切了。为了和琴之事，也使她增添烦恼：不知哪一天能蒙父亲诚恳亲切地弹给我听？

源氏和着和琴吟唱催马乐："莎草生在贯川边，做个枕头软如绵。"②声音温柔可爱。唱到"郎君失却父母欢"时，脸上现出微笑。此时自然而然地奏出清弹，其音美不可言。唱罢，对玉鬘说道："来，你也弹一曲吧。凡是技艺，须在人前不怕羞耻，方能进步。只有《想夫怜》一曲，因为曲名未便明言，所以也有人把曲调记在心中，暗地里弹

---

① 清弹是和琴手法之一种。
② 催马乐《贯川》全文："（女唱）莎草生在贯川边，做个枕头软如绵。郎君失却父母欢，没有一夜好安眠。（女唱）郎君失却父母欢，为此分外可爱怜。（男唱）姐姐把我如此爱，我心感激不可言。明天我上矢刎市，一定替你买双鞋。（女唱）你倘买鞋给我穿，要买绸面狭底鞋。穿上鞋子着好衣，走上官路迎郎来。"

奏。至于其他乐曲，总须毫无顾虑，与任何人都合奏，才容易进步。"他恳切地劝告。玉鬘在筑紫时，曾请一个自称是京都某亲王家出身的老妇人教授和琴，她深恐教的有错误，所以不肯弹奏。她希望源氏再弹下去，好让她学习，热心之极，不知不觉地将身子靠近他去，同时说道："有什么风来帮助，使得琴音如此优美！"便倾耳而听。映着篝火之光，那姿态异常艳丽。源氏笑着说："为了你这耳聪的人，才有沁人心肺的风吹来帮助呀。"说着，便把琴推向一旁。玉鬘心甚讨厌。此时有众侍女在旁，源氏未便像以前一般调戏她，便掉转话头："这些年轻人没有饱看抚子花，就回去了。我总得请内大臣也来看看这个花园。人世真是无常迅速啊！约二十年前有一个雨夜，内大臣在谈话中提到你①，竟像是眼前之事呢！"便把当时情状约略告诉她。感慨之余，即席吟诗：

"见此鲜妍新抚子，
有人探本访篱根。"②

如果他问起你母亲之事，教我难于答复。因此我把你笼闭在此，真是委屈你了。"玉鬘嘤嘤啜泣，答道：

"抚子托根山家畔，
何人探本访荒篱？"

吟时不胜依恋之情，而神态生动，甚可怜爱。源氏吟唱古歌："若非来

---

① 见第 32—34 页。
② "新抚子"比喻玉鬘，"有人"指内大臣，"篱根"是抚子所生之处，比喻夕颜。抚子的别名是常夏，中国称为瞿麦（石竹科）。

此地……"①以安慰玉鬘。他觉得此人越发可爱了。苦恋之情，难于堪忍。

源氏常来探访玉鬘，足迹太频繁了，深恐引起外人讥评。他问心有愧，只得暂时止步。然而这期间也想出种种理由来，不断地和她通信。只有这一件事，朝朝暮暮挂在他的心头。他想："我何必做此无聊之事，自讨烦恼呢？欲免除烦恼，而任情行事，索性娶了她，则世人必讥我为轻薄。在我咎由自取，在她却甚冤枉。我对她虽有无限爱情，但决不想教她和紫姬并肩，这一点我自己明白知道。那么，教她和妾媵同列，对她有什么好处呢？我自己固然位尊名重，迥异常人；但教她嫁给我，在我的许多妻妾中忝列末席，在她有何光荣呢？反不如嫁个纳言之类的寻常小吏，倒可受得专心一意的怜爱。"他独自筹思，觉得玉鬘十分可怜。因此有时他也作如是想："索性把她许给了兵部卿亲王或髭黑大将，如何？让她教夫家迎娶过去，离开了我，也许可使我断绝了念头吧。此法虽甚没趣，却可做得。"然而他来到玉鬘那里，看到了她的姿色，近来更有教琴的借口，则又依依不舍地亲近她。

玉鬘起初嫌恶源氏，后来看见他态度虽然如此，行为却很稳重，觉得不须担心。渐渐看惯之后，便不十分疏远他了。源氏对她说话，她回答时也略带几分亲昵之相。源氏看看，觉得异常娇艳，越看越是可爱，终于又变了念头，不肯就此罢休。他想："归根到底，还是让她住在这里，替她招个女婿进来。我可随时寻找适当机会，悄悄地和她会面，共谈心事，慰我寂寥，岂不甚好？现在她还未经人事，所以我向她絮烦，使她感到痛苦；招婿之后，即使丈夫监视森严，但她已识人事，自然不会像处女时代那样讨厌我。只要我真心爱她，即使人目众多，亦无妨碍。"如此用心，实属荒唐之极！于是他渐渐感到如此做法很不安心，左思右想，不胜其苦。这样也不好，那样也不好，欲求安心

---

① 此古歌出处不明。

度日，实在难乎其难。两人关系之复杂，真可谓世无其例了。

且说内大臣最近找到了那个女儿近江君之后，邸内上下人等对此事都不赞许，大家看不起她。世人也都讥评为无聊之事。此种诽议，内大臣都听到。有一天，弁少将在谈话中乘便说起："太政大臣曾经问他是否真有其事。"内大臣笑道："当然有啰！他自己不是迎来了一个素不知名的乡下姑娘，费尽心计地教养她么？这位大臣向来不喜议论别人，独有对于我家之事，特别注意，并且加以讥评。这在我倒觉得很光荣呢。"弁少将说："住在西厅里的那个人，听说长得非常漂亮，无瑕可指。兵部卿亲王等热心地向她求婚，正在为她烦恼呢。大家都猜量这不是一个寻常的美人。"内大臣说："不见得吧！只因她是源氏太政大臣的女儿，所以大家凭空猜量，极口称赞。世间人情往往如此。我看未必是个美人吧。如果真是美人，应该早就闻名了。这位大臣位尊名重，无忧无虑，享尽荣华富贵。只可惜子女太少。最好有个正妻所生的女儿，悉心教养，使她长得美玉无疵，大受世人艳羡。然而他家没有这样的人，而且侧室所生的也极稀少，这未免太寂寞了。明石姬所生的女儿，母亲出身低微，然而宿世福缘不浅，前程倒很远大呢。至于你所说的那个，也许不是亲生女儿。这位大臣毕竟是个脾气古怪的人，可能干这种勾当。"他如此贬斥玉鬘。又说："但不知她的亲事如何定夺。兵部卿亲王大约可以到手的吧。他和太政大臣交情特厚，人品也很优越，倒是门当户对的。"此时他想起了自己的女儿云居雁，觉得很不满意，希望她也像玉鬘那样受人仰慕，使得许多男子焦灼不安地猜测谁是乘龙快婿。妒羡之余，决定在夕雾官位未升期间，不将云居雁许配与他。但倘源氏启口，诚恳请求，则亦不妨让步，允其所请。无奈夕雾毫不着急，内大臣心甚不快。他这般那般地筹思了一会，突然起身，漫步走向云居雁的房间。弁少将陪着他同行。

云居雁正在昼寝。她身穿一件轻罗单衫躺着，看来颇有凉爽之感。身材小巧玲珑，姿态十分可爱。罗衫透露肌肤，晶莹如玉。一手以美妙的姿势拿着扇子，枕腕而卧。头发乱抛在后面，虽不甚长，但末端浓艳，非常美丽。众侍女也都躺在帷屏背后休息，因此内大臣走进室内，云居雁并不知道，没有立刻醒来。内大臣拍拍扇子，她才睁开眼睛，漫不经心地仰望父亲，那眼色异常可爱。羞涩之下，红晕满颊。做父亲的看了觉得这女儿长得真标致啊！内大臣对她言道："我常常劝诫你，白天不可打瞌睡，怎么你又随随便便地睡着了？侍女们怎么都不在你身边，哪里去了？女儿家一举一动都该留意，要守身如玉才好。过分放任不羁，便成下等女子。但过分拘谨，像僧人念不动明王的陀罗尼咒或做手印①时一样严肃，则又是讨厌的。对眼前亲近之人也疏远冷淡，戒备森严，看似高贵稳重，其实很不雅观，很不可爱。太政大臣正在教养他的小女公子，准备她将来做皇后。其教育方针是要她通晓万事，而不专长某一种艺能。要她对无论何事都明白了解，养成多闻博识的才气。这方针固然是恰当的。然而一个人生来各有特长，各自在思想上与行为上显露出来，各自养成一种人品。这位小女公子将来长大，入宫供职之时，定然自有一种优秀品质吧。"后来又说："我指望你入宫去当女御，看来此事难以如愿了。但我总须设法使你勿为世人所取笑。我每逢听到人家女儿贤愚善恶种种情状，总是替你的前途担心。今后你对于假装热诚求爱而来试探你的人，暂时不要理睬。我自有主意。"他满怀慈爱地说了这番话。云居雁回忆从前年幼无知，轻举妄动，惹起了世人纷纷议论，而还是恬不知耻地与父亲见面，觉得满怀悔恨，不胜羞愧。祖母许久不见孙女，常常来信诉说怨恨之情。但因内大臣有言在先，故云居雁亦未便前往探访。

且说新来的近江君，住在邸内北厅。内大臣虽然找了她来，心中却想："怎么办呢？我迎接这个人来，真是多此一举啊。倘说因为世人

---

① 不动明王是佛教中菩萨名，为密宗所尊重。陀罗尼咒是一种符咒的名称。做手印，即念咒时做手势。

讥评，所以送她回去，则又太轻率，近于儿戏了。就此养她在家里，则恐世人又将讥笑，以为这样不中用的女儿，我妄想教养好来。这又是很讨厌。想来想去，还不如把她送到弘徽殿女御那里，就让她在宫中做个蠢宫女吧。外人说她相貌极恶，其实并不若是其甚。"此时弘徽殿女御正好归宁在家，内大臣就去探望她，对她言道："你带了这个妹妹去吧。盼咐你的老年侍女们，她有不懂规矩之处，要毫不客气地教导她，勿使她给青年侍女们取笑。这件事真糟糕，我的思虑太不周了。"说着笑起来。女御答道："哪里的话？决不像别人所说的那样坏。只是中将①等预料她是个盖世无双的美人，估计太高，教她赶不上罢了。外人如此讥笑，使她难受，因此她心中不快吧。"这应对很有礼貌。弘徽殿女御相貌并非十全无缺，但气品高雅，神情清丽，加之态度和蔼可亲。内大臣看了她那富有风韵的笑颜，觉得这女儿毕竟与众不同。便对她说道："总而言之，是中将年轻，思虑不周之故。"如此议论，实在委屈了这个近江君。

内大臣见过弘徽殿女御之后，乘便到北厅去探望近江君。走到门口，向内一望，但见帘子高卷，近江君正在和一个伶俐的青年侍女五节君打双六②。她焦灼地揉着手，快嘴快舌地叫喊："小点子，小点子！"内大臣见此模样，想道："啊呀，不成样子！"便举手制止了先驱的随从人等，独自悄悄地走到边门旁，向门缝里窥探。正好纸隔扇开着，可以分明看到室内情状。但见五节君也尖声尖气地叫道："还报，还报！"摇着骰子筒，不肯立刻掷出。内大臣想："不知道这女子作何感想。"两人的模样都很轻佻。近江君面部扁平，然而相貌也很娇美，头发光艳可鉴，足见前世果报不恶。只是额角生得太低，声音异常浮躁，

---

① 指柏木。
② 双六是一种室内游戏，类似棋。二人隔棋盘对坐，每人十五个棋子，排列在自己阵内。由竹筒中掷出骰子，依点子多少而走棋子，先入敌阵者胜。

这就抵消了其他一切优点。相貌很像父亲，虽然不能分明指出肖似之处，但一望而知其为父女。内大臣对镜自视，也觉得很像，不免自叹宿世孽缘。他就走进室内，对近江君说："你在这里住得惯么？有否不方便之处？我事务烦冗，不能常来看你。"近江君照例快嘴快舌地答道："我今住在这里，无忧无虑，心满意足。只是回想多年以来，不能会见爹爹，日日思念，夜夜梦想，常是不能见面。那时真好比打双六手运不好，气死我也！"内大臣说："是啊，我身边不大有可供使唤之人，早就盼望你来，也可慰我寂寞。然而这也不是容易办到的啊。如果是一个寻常出身的侍者，杂在众人之中，不管其人言行这样或那样，未必入人耳目，惹人注意，倒可放心。即使这样，也还有顾虑：如果别人知道这是谁家之女，谁人之子，则言行设有不端，父母兄弟便失面子，此种事例甚多。何况出身不寻常的人……"说到这里，含糊其词。然而近江君不解父亲的苦心，率尔答道："不打紧，不打紧，我什么都不计较。把我看得太重，叫我当小姐，我反而拘束。我情愿替爹爹倒便壶。"内大臣听了这话，忍不住笑起来，说道："这种活儿不配你做！你对难得见面的父亲如果有孝心，以后说话时声音稍稍缓和些。倘能如此，我的寿命也可延长了。"这位大臣善于滑稽，带着笑容说这话。近江君说："我的舌头是天生成如此的呀！我从小就这样，我那已故的妈妈常常苦苦地叹息着告诉我：'你出世时，妙法寺①那个快嘴快舌的长老走进我产房里来念经，你便肖似了他。'妈妈很替我担心呢。我总得想个法子改了这毛病才好。"内大臣也很替她担心，但听了这话，觉得她确有一片十分深挚的孝心，便对她说："走进产房里来念经的长老，不是个好人。他有这毛病，正是前世罪孽的报应。犹似哑巴和口吃，是毁谤大乘经典的报应。②"

---

① 妙法寺在近江国神崎郡高屋乡，今已无寺，只有妙法村。
② 据《法华经》云："若得为人，聋盲喑哑，谤斯经故，获罪如是。"

内大臣本想把她送交弘徽殿女御，此时又觉不妥。他想："女御虽然是我亲生女儿，但她品貌优越，令人敬佩。我把这样的一个人交付给她，也有些不好意思。她一定会笑我：'父亲究竟是什么主意，这样古怪的一个人，也不打听打听清楚，贸然地接了她进来。'况且女御身边侍女甚多，她们看到了她的怪相，一定到处宣传开去。"便对近江君说："女御这几天正好归宁在家。你不妨常去望她，学学别人的榜样。寻常凡庸之人，多多与人交往，学些好样，自然也能成品。你也应该如此用心，多多和她亲近。"近江君说："若能如此，我真是高兴极了！我多年以来，东想办法，西想办法，一心只想大家承认我这个人。我白天也这样想，晚上做梦也这样想，此外什么事情也不想。爹爹允许我亲近这位大姐，叫我替她汲水我也高兴。"她得意之极，说话更像鸟啭一般快速了。内大臣觉得毫无办法，对她说道："不须你亲自汲水或拾薪①，也可去见女御。但求你远离你所肖似的那个老和尚。"这种幽默的讽喻，近江君全不理解。这位内大臣在许多同辈之中，仪容最为清秀堂皇，光彩逼人，可使凡夫俗子望而却步，但近江君不能赏识。她接着说："那么我几时去见女御呢？"内大臣答道："照理应当选个好日子。但不选也罢，何必大肆铺张呢？你倘想去，就在今天去也好。"内大臣说过之后就回去了。

　　许多四位、五位的大官员恭恭敬敬地随从着内大臣，他的一举一动，都有无限威势。近江君目送父亲归去，对五节君言道："啊呀呀，我的父亲真好威风！我是这位大人物的女儿，却在穷乡僻壤的小户人家生长……"五节君说："内大臣太高贵了，教人不敢亲近。倘是个普通身份的父亲，接你回来，真心地疼爱你，倒反而更亲切呢。"此种想法，却也古怪。近江君骂道："你又来和我捣蛋了，真讨厌啊！以后不

---

① 古歌："我亲自摘菜，汲水又拾薪。全赖此功德，会得法华经。"见《拾遗集》，行基所作。

许和我对嘴对舌！我是身份高贵的人呀！"她那娇嗔之相十分动人。任性不拘，口没遮拦，亦自有其可爱之处，这缺陷倒可原谅。只是这位小姐生长在偏僻地方下等人之中，故不懂得言语之道。原来言语有一种技法：即使是无甚意思的言语，只要从容不迫、斯文一脉地说出，别人听来自然悦耳；即使是无甚深趣的诗歌，只要吟时声调恰当，余音婉转，首句和末句唱得缠绵悱恻，那么别人虽未深解诗歌的意义，听来自感兴味。但近江君不懂此法，即使她所说的话含意甚深，听起来也全无趣味。急忙地说出的话，使人只听见生硬枯燥的声音。加之她的乳母性情蛮横，自命不凡，她在这乳母怀中长大起来，态度言行自然很不文雅，因此人品就低劣了。但也并非一无所能，本末不称的三十一字短歌①，她也能脱口而出地凑成。

且说内大臣去后，近江君对五节君说："爹爹叫我去拜访女御，我倘逡巡不前，生怕女御生气，我今夜就去吧。即使爹爹把我当作盖世无双的宝贝，但倘女御等看我不起，我在这邸内便站不住脚了。"可见内大臣对她的关怀很浅。她先写一封信送给女御，信中写道："相处甚近，'只隔疏篱'②，'似形随影'，而迄今未得拜访，莫非有'谁设勿来关'③乎？不胜遗憾。虽未拜见尊颜，但正如'不识武藏野，闻名亦可爱'④，因我二人有似同根之紫草也。以此比拟，能勿冒渎乎？诚惶诚恐，诚惶诚恐！"字中的点子写得很长。反面又写道："诚然，今夜

---

① 短歌是日本诗歌的一种体裁，原文共三十一个字母，分五句：五、七、五、七、七。
② 古歌："思君君不觉，心苦口难言。只有疏篱隔，从无见面缘。"见《古今和歌集》。
③ 古歌："与尔相邻近，似形随影然。无缘相探访，谁设勿来关？"见《后撰集》。勿来关是陆奥的名胜。
④ 古歌："不识武藏野，闻名亦可爱。只因生紫草，常把我心牵。"见《古今和歌六帖》。武藏野地方，以产紫草著名。

定当趋前叩晤,此亦所谓'越憎爱越深'①乎?怪哉,怪哉,思慕之情,'犹似川底涧,地下有泉通'②也。"上端又题着一首诗:

"小草生在常陆海,或恐在伊香加崎。
安得身在田子浦,拜见芳颜得追随。③

我心并非'漫然似水波'④也。"

这信写在一张一摺的青色纸上,字体都是草书,写得剑拔弩张,却并无根据,只是信手挥舞,把"し"⑤字写得极长,故意装腔作势。行间亦不整齐,斜向一边,形似倒倾。但近江君很得意,自己笑着欣赏了一番。毕竟她也懂得女子书简的格式,把信卷得很细小,系在一枝抚子花上,派一个新来的女童送去。这女童虽是打扫厕所的,却很伶俐,又长得漂亮。她走到弘徽殿女御的饮食室中,对侍女们说:"请将此信呈送女御。"打杂差的侍女认得这女童,知道她是北厅里的侍童,便收了信。一个名叫大辅君的侍女拿了信走进去,呈与女御,又把信从花枝上解下,请她阅读。女御看了一遍,微笑着放下了信。有一个叫作中纳言的贴身侍女,从旁窥看,对女御说:"这封信时髦得很

---

① 古歌:"怪哉心头事,越憎爱越深。谁能操利刃,斩断此情根?"见《后撰集》。
② 古歌:"口上不言爱,心中恋意浓。犹如川底涧,地下有泉通。"见《古今和歌集》。
③ 这是前文所谓本末不称的劣诗。因为小草与海无缘,伊香加崎在近江国,田子浦在骏河国,皆与常陆海无缘。小草比拟她自己。她用"伊香加崎",因为此地名在日文中发音与"安得"相同。"田子"比拟她自己是在田舍长大起来的女子。全诗大意:"我是田舍人家的女子,却希望会见女御。"
④ 古歌:"我若不诚意,漫然似水波,缘何心耿耿,热恋苦情多?"见《古今和歌集》。
⑤ 日本草体字母。

啊。"她想再细看看。女御说:"恐是我看不懂草体字之故吧,这首诗似乎本末不称呢。"便把信递给中纳言,对她说道:"回信也要写得如此大模大样。不然,要被人看轻为下品。你立刻替我写吧。"她叫中纳言代笔。众青年侍女觉得此信稀奇,都低声窃笑。女童催索回信了。中纳言告女御:"这封信里引用了许多风雅的典故,回信很难写。叫人代笔,似乎失礼吧。"便模仿女御的笔迹写了:"相隔甚近,而一向疏远,诚为恨事。

常陆骏河海波涌,流到须磨浦上逢。
盼待芳踪光临早,此间亦有箱崎松。"①

答诗故意模仿来诗。中纳言读给女御听了,女御说:"啊呀,使不得,恐怕她以为真是我作的诗呢。"她讨厌这首诗。中纳言答道:"不打紧,看的人自能辨别。"便把信封好,交与女童。近江君看了回信,说道:"这首诗真好风趣啊!她在等待我呢。"便用浓烈的衣香把衣服反复熏了几遍,又用胭脂把脸涂得绯红,再把头发重新梳过。如此化妆,倒也另有一种华丽娇憨之相。她和女御会面之时,想必还有许多笑话哩。

第二十七回　篝　火②

这时候世人把内大臣家新来的小姐当作话柄,凡有所闻,必纷纷宣扬。源氏听到此种消息,说道:"不管这样或那样,总而言之,把从

---

① 此诗故意模仿来诗,用许多地名,也本末不称,寓讥笑之意。大意是:"请你早点来,我在等候你。"日文"待"与"松"同音,箱崎地方松树有名,故末句云云。
② 本回继前回之后,写源氏三十六岁七月之事。

来没人见过的一个深闺女子找出来,当作千金小姐看待,稍有缺点,便逢人诉苦,以致引起谣传,内大臣这种作风真不可解!此人过分察察为明,加之思虑疏忽,不曾调查清楚,贸然接了她来。一有不称心处,便闹得不成样子。其实世间万事都可从长计议,妥善处理。"他很可怜那近江君。玉鬘听了这话,想道:"我还算运气好,不曾去投靠父亲。虽说是生身之父,但一向不知道他的性情,蓦地去亲近他,或许也要受辱呢。"她深自庆幸。右近也就此事对她说了许多话。源氏对于玉鬘,虽然怀着那可恨的野心,然而并无任情而动的非礼行为,只是对她的怜爱越来越深。因此玉鬘也渐渐地亲近他,无所顾虑了。

夏尽秋来,凉风忽起。源氏想起了古歌"吹起我夫衣……"①之句,颇有萧条冷落之感,难于忍受,便频频地前往探望玉鬘,镇日住在那里,有时指导她弹琴。初五六日的月亮很早就已西沉。略微显得阴暗的天空、风吹荻花的声音,都渐渐地含有秋意了。源氏与玉鬘二人以琴作枕而并卧。他心中时时叹息又自问:"如此纯洁的并卧,世间哪有其例?"过分夜深,生怕惹人疑议,便起身准备回去。庭前有几处篝火已经熄灭,源氏就召唤随从的右近大夫,叫他点火。凉气四溢的湖边,亭亭如盖的卫矛树底下,疏疏朗朗地点着松明,离开窗前稍远,室内不受热气。那火光显得很凉爽,照在玉鬘身上,姿态异常艳丽。源氏摸摸她的头发,觉得滑润如玉,雅洁无比。温恭淑慎的姿态实在可爱,逗得他不肯回去了。假意说道:"应该不断地有人在这里点火才是。夏天没有月亮的晚上,庭中没有火光,教人觉得害怕,而且寂寞无聊。"便赋诗赠玉鬘:

"胸中情思如篝火,

---

① 古歌:"初秋凉风发,萧瑟甚可喜。吹起我夫衣,衣裾见夹里。"见《古今和歌集》。

焰重烟浓永不消。

你说何时可消呢？虽然不是'夏夜蚊香燕'①，情思潜在胸底不断燃烧，毕竟是很痛苦的呀！"玉鬘一想，这话不成样子了，便答诗道：

"君心若果如篝火，
　烟入长空永不还。

免得外人疑怪也。"源氏看见她面有不快之色，答道："如此说来，我该走了。"便步出门外。忽闻东院花散里那边传来筝笛合奏之声，音节美妙悦耳。这是夕雾中将和一向时刻不离的几个游伴正在奏乐。源氏说："吹笛的想必是柏木头中将，吹得真好极了！"他又不想回去了，便派人前去转告夕雾："这里篝火的光很凉爽，把我留住了。"夕雾立刻偕柏木头中将及弁少将三人联袂而来。源氏对他们说："我听了笛中吹出的秋风乐，不胜哀愁之感呢。"就取过琴来，略弹一节，亲切可爱。夕雾在笛上吹出南吕调，音节十分优美。柏木心里想着玉鬘，歌声迟迟不能出口。源氏催他："快唱！"柏木的弟弟弁少将便打起拍子来，低声吟唱，其音酷似金钟儿的鸣声。源氏和着琴声唱了两遍，便把琴让与柏木。柏木弹的爪音，华丽而优美，技法不亚于他的父亲内大臣。

源氏对三人说："帘内恐有知音人。今宵不宜多饮酒。我这过了盛年的人，醉后容易感伤哭泣，生怕那时会把隐忍在心中的话说出口来。"玉鬘听到这话很担心。她对柏木和弁少将有不可断绝的兄弟之缘，殊非他人可比。因此她在帘内悄悄地偷看并窃听这两人的举动。但对方做梦也不曾想到。尤其是柏木，他正在倾心恋慕她，今日逢此

---

① 古歌："犹如夏夜蚊香燕，胸底情思不断燃。"见《古今和歌集》。

良机，胸中情思如火，不可遏制。但在人前硬装镇静模样，因此不能畅快地弹琴。

第二十八回　朔　风①

秋好皇后的庭前，今年种的秋花比往年更加出色。各种秋花都齐备，处处设有雅致的篱垣，有的用带皮枝条修成，有的用剥皮枝条修成。同是一种花，这里的特别鲜妍：枝条的形状、花的姿态，以及朝夕带露时的光彩，都与寻常不同，像珠玉一般辉煌。看了这片人造的秋野的景色，又教人忘记了春山之美，但觉凉爽快适，神往心移。讲到春秋优劣之争论，自昔赞美秋景之人居多。因此从前颂扬紫姬园中有名的春花那班人，现在又回过头来称道秋好皇后的秋院了。这正与世态炎凉相似。秋好皇后归宁在家，欣赏这秋院美景之时，颇思举行管弦之会。但八月是她的父亲已故前皇太子的忌月，不宜作乐。她深恐花期过时，便朝朝暮暮赏玩这些日益繁茂的秋花。不料天色大变，朔风忽起，今年比往年更加猛烈，各种好花都被吹得枯落。连不甚爱花的人，也都惊叫："啊呀，不得了啊！"何况秋好皇后。她看见草上之露像碎玉一般零落，觉得伤心惨目，恨不得像古歌中所咏的，用一只宽大的衣袖来遮住了秋空的朔风②。天色渐暮，四周昏暗，不见一物。朔风越来越紧，气象阴森可怕。格子窗都已关闭，秋好皇后笼闭一室，心中只是挂念庭中的秋花，独自悲伤叹息。

紫姬的庭院内正在栽种花木，朔风来得如此猛烈，教这些"疏花小荻"③难于禁受。花枝处处折断，叶上的露水全都吹落了。紫姬坐在

---

① 本回继前回之后，写源氏三十六岁八月之事。
② 古歌："愿将大袖遮天日，莫使春花任晓风。"见《后撰集》。
③ 古歌："宫城野畔荻花小，露重花疏力不胜。盼待风来吹露落，此心好比我思君。"见《后撰集》。宫城野是产荻花有名的地方。荻即胡枝子。

窗内凝望。源氏正在西边小女公子房中。此时夕雾中将前来问候了。他无意中从东边渡廊的短屏上向开着的边门里一望，看见室内有许多侍女，便默不作声，在短屏旁边站定了。为了朔风太大，室内的屏风都折叠起来，搁在一旁，因此从外边可以望见厢房内部。但见有一个女子坐着，分明不是别人，正是紫姬本人。气度高雅，容颜清丽，似有幽香逼人。教人看了，联想起春晨乱开在云霞之间的美丽的山樱。娇艳之色四散洋溢，仿佛流泛到正在放肆地偷看的夕雾脸上来。真是个盖世无双的美人！一阵风来，把帘子吹起，众侍女连忙扯住，这么一来，引起紫姬嫣然一笑，那模样越发可爱了。紫姬怜惜群花遭殃，舍不得离开它们回房中去。身边许多侍女，姿色也各尽其美，然而完全不在夕雾眼中。他只是想道："父亲严加防范，不许我与这位继母接近，原来是她的相貌生得如此动人之故啊！他考虑得非常周到，深恐我见了她会起不良之心。"想到这里，不禁害怕起来，立刻转身离去。

正在此时，源氏从西厅里拉开纸隔扇，走出来了。他说："真不好受，这样厉害的风！把格子窗都关起来吧。生怕有男客来探望。外面望进来都看得见呢。"夕雾再走过来一看，但见源氏正在对紫姬说话，带着微笑向她注视。他觉得这个人不像是他的父亲，年轻而貌美，竟是一个盛年男子。紫姬也正值青春年华，真是一对十全无缺的佳偶。他看了不禁真心地叹羡。但这渡廊东面的格子窗也已被风吹开，他站立的地方很显著。他害怕起来，立即退去。于是装作刚才来到的样子，走向檐前，咳嗽一声。源氏在里面说："果然不出我所料，有人来了。外面望得见呢。"这时候他才注意到边门开着。夕雾想道："多年以来，我从未见过这位继母一面。有道是：大风吹得岩石起，的确不错。我托大风之福，看到了防范如此周密的美人，真乃稀世的幸运啊！"这时候许多家臣赶到了，报告道："这风大得可怕！是从东北方吹来的，这里可保无事。马场殿和南边的钓殿有些儿危险。"大家扰扰攘攘地从事防御。

源氏问夕雾:"中将你是从哪里来的?"夕雾答道:"我在三条邸内问候外祖母。他们告诉我说,大风厉害得很。我不知道这里怎样,心甚挂念,所以前来探望。外祖母在那边很寂寞。她年纪一大,反而像小孩了,听见风声害怕得很。所以我还想去陪伴她呢。"源氏说:"你早点去吧。返老还童,是世间不会有的事。然而人老起来,都会变得像小孩一样。"他也挂念这位老岳母,便叫夕雾带一封信去慰问。信中说道:"天候如此恶劣,教人甚是担心。有这个朝臣伺候在侧,可以放心。万事吩咐他做可也。"夕雾不管途中狂风刮面,立刻回三条邸去。这位公子为人甚是忠实,每天到三条邸及六条院问候,没有一天不拜见外祖母和父亲。除了禁忌日子不得不在宫中值宿之外,即使是公事和节会繁忙之日,亦必亲赴六条院及三条邸请安,然后回到宫中。何况今日天气恶劣,自然必须在狂风中东奔西走。这一片孝心深可嘉许。

太君见夕雾来了,不胜欢喜,又甚放心。对他说道:"我活了这么大年纪,不曾遇见过如此狂暴的风呢!"说时全身发抖。此时但闻院中大树枝条被风吹折之声,非常可怕。甚至有的房子瓦片全被吹散,一片不留。太君对夕雾说:"且喜在这狂风中,你平安地来到了我身边。"太君年轻时代,身边非常热闹,现在冷清了,全靠这个外孙来聊慰岑寂。真可谓人世无常! 其实她现在并不衰败,只是内大臣对她的关怀,比前稍稍疏慢而已。夕雾听了一夜怒吼的风声,心中不由得感到凄凉。他一向恋恋不舍的那个人①,现已退避一旁;而昼间所窥见的那个人的面影,却一直使他不能忘怀。他想:"这到底是什么用心?我难道起了不应有的念头么? 真可怕啊!"他努力自制,把心移转到别的事情上去。然而那面影又不知不觉地出现在心头。他又想:"这实在

---

① 指云居雁。

是个空前绝后的美人！父亲有了这如花美眷，为何又娶东院那个继母①来与她并肩呢？这继母全然比不上那继母，而且越发相形见绌，真倒霉啊！"由此可知源氏心地甚是厚道。原来夕雾为人很规矩，对紫姬决不存非礼之心。但他总是希望：可能的话，也娶一个这样的美人，和她朝夕相对，则有限的生命也可稍稍延长。

天色向晓，风势稍静，但阵雨陆续不绝。家臣们互相告道："六条院里的离屋吹倒了！"夕雾闻之，吃了一惊，他想："在此风势猖獗之时，六条院的高楼大厦之中，只有父亲所居之处警卫森严，可以放心。东院的继母那里人手稀少，定然非常恐慌。"他便在曙色苍茫中前去探望。途中冷雨横吹，侵入车中。天空暗淡，景色凄惨。夕雾觉得心情有些怪异，想道："为了何事呢？难道我心中又添了一种相思？"忽念此乃不应有之事，便自己申斥："可恶，荒唐之极！"于是一路上东想西想，向六条院前进，首先来到了东院的继母那里。花散里恐惧得很，愁容满面。夕雾百般慰藉，又召唤家人，吩咐他们把各损坏之处加以修缮。然后再赴南院参见父亲。

源氏的卧室的格子窗尚未打开。夕雾便靠在卧室前的栏杆上，向庭中眺望。但见小山上的树木已被吹倒，许多枝条横卧在地上。各处草花零乱，更不待言。屋顶上的丝柏皮、瓦片，以及各处的围垣、竹篱，都被吹得乱七八糟。东方略微透露一点曙色，庭中的露水发出忧郁的闪光，天空中弥漫着凄凉的朝雾。夕雾对此景象，不觉流下泪来。连忙举袖拭泪，然后咳嗽几声。但闻源氏在室内说道："这是中将的声音呢。天还没亮他就来了么？"他就起身，对紫姬说些话。听不见紫姬的答话，但闻源氏笑着说："如此辜负香衾，从来不曾有过。今天使你不快，我很抱歉。"两人相与谈话，十分情投意合。夕雾听不见紫姬的答话，但从隐约听到的调笑的语调中，可以察知这一对夫妻的恩

---

① 指花散里。

爱。他便倾听下去。

　　源氏亲自来开格子窗。夕雾觉得不宜太近,连忙退向一旁。源氏见了夕雾,便问:"怎么样?昨夜你去陪伴太君,她一定很高兴吧?"夕雾答道:"正是。太君遇到一点儿事情,就淌眼泪,真可怜啊!"源氏笑道:"太君春秋已高,在世之日无多了。你该竭诚地孝敬她。内大臣对她照顾不周,她常常诉苦呢。内大臣极爱体面,喜欢豪华阔绰。因此他的孝行也注重表面堂皇,欲使见者吃惊赞叹。然而没有深挚的孝心。虽然如此,他心中毕竟见识丰富,是个非常贤明的人。在这江河日下的末世,他的才学可说是优秀无比的了。做一个人,要全无缺点,是很难的。"

　　源氏挂念秋好皇后,对夕雾说:"昨夜的风大得可怕,不知皇后那里有否可靠的侍卫?"便派夕雾持信前去慰问。信中说道:"昨夜朔风咆哮,不知皇后曾否受惊?我在大风中患了感冒,不堪其苦,正在调养,未能亲来问候为歉。"夕雾持信而去,通过中廊的界门,来到秋好皇后院中。在朦胧的晨光中,他的姿态潇洒而优美。他在东厅的南侧站定了,观看皇后居室,但见格子窗只开两扇,众侍女卷起了帘子,在幽暗的晨光中坐着,有的靠在栏杆上,尽是青年女子。那落拓不羁的样子,虽然缺乏礼貌,但在模糊的微光中,各种打扮都很美妙。皇后叫几个女童走下庭院去,在许多虫笼中加露水。女童们身穿紫菀色或抚子色等深深淡淡的衫子,外罩黄绿色的汗衫,颇合时宜。四五人联合成群,持着各种各样的笼子,在各处草地上走来走去,选择最美丽的抚子花枝,折取了拿回来。在迷离的朝雾中,这景象非常艳丽。

　　一股香气从室中随风飘来,是一种特等侍从香的气味。可知皇后正在起身更衣,想见气品十分高雅。夕雾有所顾忌,不便立刻打扰。过了一会,方始缓步低声,走上前去。众侍女看见了他,并不惊惶失措,只是大家退入室内。原来秋好皇后入宫之时,夕雾还是个童子,常常出入帘内,彼此互相熟悉。因此众侍女见了他并不回避。夕雾将源氏的信呈上。他所认识的侍女宰相君和内侍，大约就在皇后身边，她们唧唧哝哝地私语了一会。夕雾看到皇后居室的光景，觉得虽然与南院不同，亦自有其高贵的气象，使他心中发生种种意念。

夕雾回到南院，看见格子窗都已打开。又见昨夜恋恋不忍舍弃的那些花，现已尽行枯落，被吹得不知去向了。他从正阶拾级而上，将回书呈与父亲。源氏拆看，但见信上写道："昨夜我像小孩一般害怕，巴望你派人来此防御风灾。今晨得信，心甚喜慰。"看毕说道："皇后胆怯得厉害啊！不过，像昨夜那种模样，室内只有女人，的确是害怕的。她想必在怪我疏慢了。"便决定立刻前去探望。他想换件官袍，便撩起帘子，走入室内，把低矮的帷屏拉在一旁。夕雾望见帷屏旁边略微露出一个袖口，想必是紫姬了，不禁胸中咚咚地跳起来。他自己觉得可恶，连忙回转头去向外面看。源氏照照镜子，低声对紫姬说道："中将在晨光中，姿态很漂亮呢。他还只是个十五岁的孩子，我就觉得他美满无缺，怕是父母爱子的痴心吧？"想必他对镜自视，觉得自己的相貌永远青春不老。他又说："我见了皇后，总觉得有点儿拘束。此人风姿虽不特别惹人注目，但气品异常高超，令人望而却步。她确是个优雅婉娈的淑女，而性情又很坚贞。"走出门来，看见夕雾正在坐着出神，一时连父亲出来都不觉察。他很机敏，立刻心有所感，回进房里，便问紫姬："昨天狂风发作时，中将看到了你么？那门开着呢。"紫姬脸红了，答道："哪有这等事！走廊里一点人声也没有。"源氏自言自语地说："我总觉得奇怪。"就带着夕雾出门。

源氏走进秋好皇后帘内去了。夕雾中将看见走廊门口有许多侍女坐着，便走近去，和她们闲谈说笑。但因心事重重，神色沮丧，不像往日那样活泼。不久源氏辞别皇后，立刻到北院去探望明石姬。这里没有干练的家臣，但见几个熟练的做杂务的侍女在庭中草地上走来走去。其中有几个女童，身穿美丽的衬衣，态度随意不拘。明石姬爱好龙胆和牵牛花，曾经用心栽植。如今这些花所攀附的短篱，都已被风吹倒，花也零落了，这些女童正在收拾整理。明石姬愁绪满怀，独坐在窗前弹筝，听到源氏的前驱人的呼声，便起身入内，在家常服上加一件小礼服，以示礼貌。足见此人用心之周到。源氏入内，就在窗前坐下。他只探问了些风灾情况，便匆匆辞去。明石姬意甚怏怏，独自吟道：

"微风一阵经芦荻，
也教离人独自伤。"①

西厅里的玉鬘慑于风威，一夜不曾合眼。因此早上起得迟了，此时还在对镜理妆。源氏吩咐前驱人不要大声喝道，悄悄地走进玉鬘房中。屏风等都已折叠起来，四周什物零乱。日光明亮地射进室内，照得玉鬘的芳姿更加清楚了。源氏偎傍着她坐下来，以慰问风灾为借口，照例叨叨絮絮对她说了许多情话。玉鬘讨厌不堪，恨恨地说道："你老是讲这些难听的话，我真想教昨夜的风把我吹走，吹得不知去向才好。"源氏笑容可掬地答道："教风吹走，太轻飘了。你被吹去，总有个着落的地方吧。可知你渐渐有了离开我的心思了。这也是理之当然。"玉鬘听了这话，觉得自己想到便说，未免太直率了，也就莞尔而笑，那笑容异常艳丽。她的面庞像酸浆果②那样丰满。垂发中间露出来的肤色非常美丽。只是眼睛笑的模样反而损害了气品的高雅。此外全无一点可非难之处。夕雾在室外，听见源氏与玉鬘谈得很亲昵，很想看一看玉鬘的容颜。屋角的帘子里面虽然设着帷屏，但因大风之故，已经歪斜，把帘子略微揭开些，里面没有遮蔽，可以很清楚地窥见玉鬘之姿色。他看见父亲分明是在调戏这姐姐，想道："虽然是父亲，但姐姐已经不

---

① 以风比源氏，以荻比自己。
② 酸浆果是一种果物，形圆肥，于皮上开小孔，挖去其籽，可作玩具。又名鬼灯。

是可以抱在怀里的婴儿了！"便注目细看。他深恐被父亲察觉，拟即退去。但这景象太奇怪了，使他不肯不看。但见玉鬘坐在柱旁，面孔略微转向一旁。源氏把她拉过来，她的头发便披向一边，波浪一般荡动，甚是美观。她脸上显出嫌恶痛苦之色，然而并不坚拒，终于和颜悦色地靠近父亲身边。可见是向来习惯如此的。夕雾想道："啊呀呀，太不成样了！这是怎么一回事啊？父亲在色情上无孔不入，因此对于这个不在身边长大的女儿，也会起这种念头。怪不得这样亲密。可是，啊呀！成个什么样子呢！"他觉得自己这样想也很可耻。他又想："这女子相貌真漂亮！我和她虽说是姐弟，然而并非同胞，血缘较远，我对她也不免发生恋情。"他觉得此人比较起昨日窥见的那人来，自然略逊一筹。然而令人一见便觉可爱，则又不妨说是并驾齐驱。他忽然想起：此人的姿色好比盛开的重瓣棣棠花，带着露水，映着夕阳。用春花来比喻，虽然与这季节不符，但总有这样的感想。花的美色有限，有时还交混着不美的花蕊。而人的容颜，其美实在是无物可以比拟的。

此时玉鬘身边并无别人走来，只有她和源氏二人窃窃私语。不知怎么一来，源氏忽然面孔一板，站起身来。玉鬘吟诗道：

"暴乱西风无赖甚，
　直将吹损女萝花。"

夕雾听不清楚。源氏重吟一遍，他方才约略听到，觉得又是可恨，又是可喜。他想窥看到底，但如此迫近，恐被发觉，只得退去。源氏的答诗是：

"但使芳菲能受露，
　狂风不损女萝花。

请看随风折腰的细竹。"也许听错,但总之是不堪入耳的。

源氏辞别玉鬘,就到东院去探望花散里。大概是今天早上骤寒,因而忽然想起了寒衣,花散里身边聚集着许多长于裁缝的老年侍女。还有几个青年侍女,把丝绵绑在小衣柜似的东西上,正在拉扯。非常美丽的枯叶色绸缎,和颜色新颖的珍贵的绢,散置在一旁。源氏问道:"这是中将的衬袍么?今年宫中不举办秋花宴。朔风如此猖獗,什么事情也办不成了。这个秋天真是大杀风景啊!"他不懂得她们在缝什么衣服,但觉各种织物色彩都很美丽,想道:"此人对于染色一道,本领不亚于紫姬呢。"她替源氏缝的官袍,是中国花绫的,用这时节摘取的竹叶兰的汁水淡淡地染成,色彩非常雅观。源氏说:"给中将的衣服染成这色彩吧。少年人穿这种色彩的衣服,倒很好看呢。"谈了些这一类的话,就回去了。

夕雾随伴父亲巡回访问了许多不易对付的女人,心中不免沉闷。忽然想起,今天早上应该写一封信。还不曾写,而太阳已经高升。他便来到小女公子那里。乳母对他说道:"小姐还在夫人房里睡觉呢。她昨夜被大风吓坏了,没有睡好,今朝还不曾起身。"夕雾说:"昨夜的风可怕得很,我本想到这里来值宿,好当警卫。只因太君很胆小,我只得去陪伴她。小姐的娃娃房间有没有被风损坏?"他这一问,使得众侍女都笑了,答道:"这个房间么?用扇子扇一阵风,小姐也害怕,何况昨夜那种狂风。我们保护这个房间,吃力得很呢。"夕雾问道:"有没有不很讲究的纸张?还有,你们所用的砚台请借用一下。"一个侍女便从小女公子的橱里取出一卷信纸,放在砚盖里交给他。夕雾说:"这个太高贵了,给我用不敢当呢。"①但他想起了小女公子的母亲身份低微,则又觉得不足重视,便写信了。这信纸是紫色的,染成上深下渐淡。夕雾用心磨墨,又仔细察看笔尖,然后郑重其事地 挥而就,样了

---

① 这小女公子将来当为皇后,所以他如此说。

很优雅。然而因为研习汉学,作风有些怪僻,那首诗不免缺乏风趣:

"昨宵云暗风狂吼,
　刻刻相思不忘君。"

他把这首诗系在一枝被风吹折的苓草上。侍女们说:"交野少将①的情书是系在和信纸同样颜色的花枝上的。你的信纸是紫色的,怎么系在绿色的苓草上呢?"夕雾答道:"色彩配合等事,我是不懂得的呀。那么,教我选用哪处田野里的花呢?"他对这些侍女不多说话,亦无放任不拘的举止,真是个循规蹈矩的高尚人物。夕雾又写了一封信,一起交付一个叫作右马助的侍女。右马助对一个美貌的女童和一个亲近的随从悄悄地说了几句话,便把信交付他们。众青年侍女看到这光景,大家猜疑起来,不知道这信是写给谁的。

　　忽闻有人叫道:"小姐回来了!"众侍女手忙脚乱,赶快把帷屏张起来。夕雾想把这小女公子的相貌和昨日及今晨所窥见的两个如花美眷比较一下。他平日不喜欢做此种事情,但今天顾不得了,把上半身钻在边门口的帘子底下,身上披着帘子,从帷屏的隙缝里窥探。正好望见小女公子从有遮掩的地方向这边走来,一晃而过。因众侍女纷纷来去,不大看得清楚,心甚懊恼。但见小女公子身穿淡紫色衣服,头发还没有长得同身体一样长,末端扩展如扇形。身材小巧玲珑,教人觉得可爱可怜。夕雾想道:"前年我还能偶然和她见面;现在②比起那时来,她长大而美丽得多了。何况将来到了盛年,不知长得多么可爱哩。"倘把以前窥见的紫姬比作樱花,玉鬘比作棣棠,那么这小女公子可说是藤花。藤花开在高高的树梢上,临风摇曳的模样,正可比拟这

---

① 交野少将是今已失传的一部古代色情小说的主角。
② 此时小女公子八岁。

个人的姿态。他想:"我很想随心所欲地和这些美人朝夕相见。照关系而论,本来是可以的。无奈父亲在处处严加防范,教我好恨啊!"他虽然性情忠厚,此时也不免心驰神往了。

夕雾来到外祖母太君那里,但见外祖母正在静静地修行佛法。也有许多姣好的青年侍女在这里服侍,但姿态、相貌和服装等,都比不上兴盛的六条院里的众侍女。倒是几个相貌美丽的尼姑,身穿灰色衣服的消瘦姿态,与这地方十分调和,颇有幽寂之趣。内大臣来参见太君了,室内点起灯来,母子二人从容晤谈。太君说:"我许久不见孙女了,好苦闷啊!"说罢哭个不住。内大臣说:"这几天内我就叫她来参见吧。她自讨烦恼,消瘦得怪可怜的。实在,要是能够的话,最好不生女孩。处处要叫人操心呢!"他说这话时怒气尚未消解,还不免耿耿于怀。太君甚是伤心,也不恳切地盼望云居雁来了。内大臣乘便告道:"不瞒你说,最近我又找到了一个不成样子的女儿,弄得我没有办法呢。"他愁眉苦脸地说过之后,又笑起来。太君说:"哎呀,哪里有这等话!既然说是你的女儿,难道会不成样么?"内大臣说:"正因为是我的女儿,所以教我为难。我总想带她来给太君看看呢。"他的话大致如此。

第二十九回　行　幸①

源氏太政大臣无微不至地替玉鬘打算:如何可以使她前途幸福。然而他心中那个"无声瀑布"②使得玉鬘悲伤忧恼。紫姬早就推量,果然不出所料。此事可使源氏蒙受轻薄的恶名。他自己也曾反省:内大臣秉性直率,无论何事都察察为明,小小的不满也不能容忍。万一他

---

① 本回写源氏三十六岁十二月至三十七岁二月之事。
② 古歌:"恐被人知常隐讳,无声瀑布暗中流。"见《河海抄》所引。无声瀑布比喻秘密恋情。

查明此事，便不加斟酌，公然以女婿相待，则我安得不被天下人取笑？

是年十二月，冷泉帝行幸大原野。举世骚动，万人空巷。六条院的女眷也都出来观光。御驾于卯时出宫，由朱雀门经五条大街，折而向西。道旁游览车接踵，直到桂川岸边，稠密无有空隙。天皇行幸，并不一定铺张，但此次规模异常盛大：诸亲王、诸公卿都特别用心，把马匹和鞍子整饰得十分漂亮。随从和马副都选用容貌端正、身材等高的人，给他们穿上美丽的衣服。因此气象壮丽，迥异寻常。左右大臣、内大臣，以及纳言以下诸臣，当然全体随驾。自殿上人以至五位、六位的官员，一律许穿曲尘色官袍①及淡紫色衬袍。

天上撒下点点小雪，使得一路上天空的景色也很艳丽。诸亲王、诸公卿中善于鹰猎②的人，都预先置备式样新颖的狩猎服装。六卫府③中养鹰的官员，其服装更为世人所难得见到：各人各有一种染色的花纹，光怪陆离，异乎寻常。

妇女们不甚懂得鹰猎之事，只因难得见到，而且光景好看，所以争先恐后地观赏。其中也有身份微不足道的人，乘着蹩脚的车子，半路上车轮损坏了，正在周章狼狈。桂川上的浮桥旁边，也有许多风流潇洒的高贵女车，正在彷徨着找寻停车之处。

玉鬘也乘车出来观光。她看到了竞赛新装的许多达官贵人的容貌风采，又从旁窥看冷泉帝穿着红袍正襟危坐的端丽姿态，觉得毕竟无人比得上他。她偷偷地注目观看自己的父亲内大臣，果然服饰辉煌，相貌堂堂，而又春秋鼎盛。然而毕竟平平。他在臣下之中，固然比别人优越，但看了凤辇中的龙颜之后，别的人都不足观了。至于青年侍女们所赞颂为"美貌""俊俏"而死命地恋慕的柏木中将、弁少将、某

---

① 曲尘色：经为淡绿色，纬为黄色。本是天子的服色，今日特许臣下皆用。
② 放出鹰去捕鸟。
③ 见第7页注②。

某殿上人之类的男子，更是毫无可取，不入玉鬘眼中，只因冷泉帝的相貌确是优美无比的。源氏太政大臣的相貌酷肖龙颜，竟无半点差异。不过恐是心情所使然，似觉冷泉帝更有威严，光彩咄咄逼人。如此看来，这种美男子都是世间难得看到的。玉鬘看惯了源氏及夕雾中将等的美貌，以为凡是贵人，相貌都很漂亮，都与常人相异。今日始知别的贵人虽然身穿盛装，但相形之下姿色全消，令人几疑为丑汉，但觉他们眼睛鼻子都生得异样，个个都被残酷地压倒了。

萤兵部卿亲王也随驾。髭黑右大将神气十足，今日的装束也十分优美，身背箭囊，随侍在侧。此人肤色黝黑，髭须满脸，样子非常难看。其实男子的相貌，怎么能同盛妆的女子相比较呢？在男子中求美貌，真乃无理之事。年轻的玉鬘看不起髭黑大将等人。源氏打算送玉鬘入宫去当尚侍。曾经征求她的意见。但玉鬘想道："尚侍是怎么一回事呢？入宫等事，我想也不曾想过。怕是很痛苦的吧。"她迟疑不肯答应。但今天看到了冷泉帝的相貌，她又想道："不要承宠，只当一个普通宫人，得侍御前，倒是很有意趣的吧。"

冷泉帝来到大原野，停了凤辇。诸亲王、公卿走人平顶的帐幕中去进餐，并脱下官袍，改穿常礼服或猎装。此时六条院主人进呈酒肴及果物来了。源氏太政大臣今日本当随驾，冷泉帝亦早有示意，但因正值斋戒，未能奉旨。冷泉帝收了进呈诸品，便令藏人左卫门尉为钦使，将穿在树枝上的一只雉鸡①赐与源氏太政大臣。此时有何天语传达，为避免烦琐，恕不记述。御制诗篇如下：

"小盐山积雪，雉子正于飞。
欲请循先例，同来看雪霏。"②

---

① 鹰猎时所获鸟，穿在树枝上赠人，是一种习惯。
② 小盐山在大原野。上两句即景。

太政大臣随驾行幸野外，大约是古有先例的吧。源氏接得钦使赐品，诚惶诚恐，便款待他。答诗云：

"小盐山积雪，美景在松原。
自古常行幸，今年特地欢。"①

作者将当时所闻此种情况历历回忆，并记录下来，深恐不免误谬。

次日，源氏写信给玉鬘，其中有言："昨日你拜见了陛下么？入宫之事，想必已经同意？"写在白色纸上，措词很恳切，并无色情之谈，玉鬘看了甚为满意。她笑着说："呀！多么无聊啊！"但她心中想道："他真会猜量我的心情呢。"回信中说："昨日

浓荫薄雾兼飞雪，
隐约天颜看不清。

诸事皆甚渺茫也。"紫姬也看了这回信。源氏对她说道："我曾劝她入宫。但秋好皇后在名义上也是我的女儿，玉鬘倘使得了恩宠，对秋好有所不便。再则，倘向内大臣说穿了，作为他的女儿入宫，则弘徽殿女御也在宫中，姐妹争宠，亦非所宜。因此犹豫不决。一个青年女子入宫，如果承宠无所顾忌，则窥见天颜之后，恐怕不会无动于衷吧。"紫姬答道："别胡说！即使看见皇上相貌长得漂亮，一个女子自己发心入宫，也未免太冒失了。"说罢笑起来。源氏也笑着说："哪里的话！要是你，恐怕早就动心了呢！"他给玉鬘的回信是：

"天颜明朗如朝日，

---

① 松原即大原野内小盐山所在处。

> 不信秋波看不清。

"仍望下一决心。"他不断地劝她。

源氏想起：必须先替玉鬘举行着裳仪式。便逐步置办种种精美的用品。凡举行仪式，即使主人不想铺张，也自然会办得隆重堂皇。何况此次打算趁此机会向内大臣揭穿实情。因此置备各种物品，异常精美丰富。着裳仪式的日期，预定在明年二月内。

大凡女子，即使名望甚高，且已到了不能隐名的年龄，但在为人女儿而闭居深闺的期间，不去参拜氏神①，不把姓名公表于世，亦无不可。因此玉鬘糊里糊涂地度过了过去的岁月。但如今源氏发心送她入宫，则以源氏冒充藤原氏，便要违背春日神②的意旨。所以此事毕竟不能隐瞒到底。更有讨厌的事：外人以为冒领女儿，别有用意，因而恶名流传于后世，实甚可悯。倘是身份低微的人，则照现今流行的习惯，把姓氏改换，事甚容易。但源氏家里未便如此。他左思右想之后，终于下了决心："父女之缘毕竟是不能断绝的。既然如此，还不如由我自动告知她父亲吧。"便写一封信给内大臣，请他在着裳仪式中担任结腰③之职。可是太君从去年冬天起，患病在床，至今尚未见愈，内大臣心绪不宁，未便参与典礼，辞谢了源氏的请求。夕雾中将也昼夜在三条邸服侍外祖母，无心顾问其他事情。时机不佳，源氏颇感为难。他想："世事无常，万一太君病亡，玉鬘这孙女应有丧服，若装作不知，则罪孽深重。我还不如当她在世之时将此事表白了吧。"他打定主意，便赴三条邸问病。

源氏太政大臣现在威势比前更加隆盛，即使是微行，排场之大也不亚于行幸，越来越光彩了。太君看了他的风度，觉得这个人不像尘

---

① 姓氏之神，犹如家庙。
② 内大臣姓藤原氏。其氏神名曰春日神。
③ 结腰，即替着裳的女子的腰带打个结。此职必须请高贵之人担任。

世间的凡人，心中赞叹不已。因此病苦也忽然减除，坐起身来。她将身体靠在矮几上，虽然羸弱，亦颇健谈。源氏对她说道："太君的贵恙并不很重呢。夕雾过分忧虑，向我轻事重报，我以为不知怎么样了，非常担心。拜见之后，不胜喜慰。我近来只要没有特别要事，宫中也不去，好像不是一个在朝供职的人，天天笼闭在家中。因此万事都很生疏，也懒得出门。比我年纪更大的人，也能驼腰曲背地东来西去，古往今来，其例不少。我却奇怪，大约是本性糊涂之外又添上了懒惰吧。"太君答道："我知道我害的是衰老病，已经病了很久了。今春以来，一点也不曾好转，以为不能再见到你，心甚悲伤。今日得见，我的寿命也可稍稍延长了。我现在已经不是贪生怕死的年龄了。每次看见别人丧失了亲爱的人而独自留在世间苟延残喘，总觉得乏味。所以我也准备早点动身。无奈中将①对我无比亲切，异常关怀，为我的病真心担忧，因此我也顾东顾西，留在世间，一直拖延到今朝。"她说时哭泣不住，声音颤抖，令人听了觉得可笑。但这确是实情，真是怪可怜的。

两人共话今昔种种事情，源氏乘间说道："内大臣想必天天都来探望，一天也不间断吧。倘得乘此机会和他见面，我真高兴呢。我有一事想告诉他，然而没有适当机会，会面也不容易，叫我好心焦啊。"太君答道："他么？大约是公事太忙，或者是对我不甚关心之故吧，并不常常来访。你想告诉他的，是什么事情呢？夕雾对他确曾怀恨。我曾对他说：'此事发生之初，情况虽然不明，但你现在厌恶他们，硬把二人隔绝，并不能挽回已经流传的声名，反教人纷纷议论，当作笑柄。'但这个人从小有个脾气：凡事一经想定，很不容易改变。因此我也没有办法。"她以为源氏要告诉内大臣的是关于夕雾与云居雁之事，所以如此说。源氏笑道："此事我也听到过，以为事已如此，内大臣或许不再干涉，慨然允许了。因此我也曾经婉言劝请玉成其事。但我看见他

---

① 指夕雾。

异常严厉地申斥他们，便痛自后悔：我又何必插嘴呢！我想：万事都可设法洗清，此事难道不能洗刷，使它恢复原状么？不过在这恶浊可叹的末世，要等待能够彻底洗清的水，也不是一件容易的事。无论何事，在这末世总是越来越坏，越差越远。我听见内大臣为找不到好女婿而生气，对他很同情呢。"接着又说："我要告诉内大臣的，却是另一件事：有一个应该由他抚养的女儿，由于弄错情况，偶然被我找到了，抚养在我家里。当初并不知道弄错，所以我也不曾强要查明实际情况，只因我家子女稀少，所以即使冒充，我也觉得有何不可，就容许了她。我也没有好好抚养她，一直过了许多年月。但不知皇上何以闻知此事，曾经对我谈及。他说：'宫中没有尚侍，内侍所的典礼常有怠慢。下级女官前来供职时，亦无人指导，以致秩序紊乱。现有在宫中服务多年的典侍二人，以及其他相当人员，频频前来请求，指望担任此职。但经严格考查，均非适任之才。故仍须依照古来惯例，选用门第高贵、人望隆重、而对私家之事不须兼顾之人。当然也可不拘门第，专以贤能为标准而选择，使她因多年劳绩而升任为尚侍。然而这类人现在也没有。因此还得从声望高贵的人家选出。'他暗中向我示意，要选我所找到的女儿，我又安可认为不当呢？凡女子入宫服务，不论出身高下，总须按照自己身份而立志就职，方为具有高明的见解。倘只办表面公事，司理内侍所事务，掌管本职行政，这就枯燥无聊，缺乏风趣了。但又岂可一概而论，万事全靠本人能耐。我决心送她入宫为尚侍，将此意告诉她时，乘便问问她的年龄，始知这女子确是内大臣所寻找的人。此事如何办理，我很想和内大臣谈谈，作个决定。然而没有机会，不能和他会面。因此我就写一封信给他，请他担任着裳仪式中结腰之职，以便当场向他表明。但他以贵体违和为由，谢绝我的请求。我也觉得时机不便，遂将着裳仪式作罢。但现在看见太君病已好转，我又想依照原来计划，乘机向内大臣说明。务请太君将此意传告内大臣为感。"太君答道："唉，这是怎么一回事呀？内大臣那边，有各种各样的人自称女儿而来投靠,他来者不拒,都收留着。刚才你说的那个女子,心中有何打算而将错就错地来寻着你呢? 以前早已有过消息,因而她来找你的么?"源氏说:"此中有个缘故,内大臣自然详细知道。只因是个微贱平民所生的女儿,如果宣扬开去,深恐引起世人恶评,所以我对夕雾也不曾详细说明。务请勿将此事泄露。"他请太君保密。

内大臣邸内,也传来了太政大臣访问三条邸的消息。内大臣吃惊地说:"太君那边人手稀少,招待这贵人很吃力吧。款待前驱人等,安排贵宾座位,恐怕都没有干练的人。夕雾中将想必也来的。"便派诸公子及平素亲近的殿上人等赴三条邸帮忙,吩咐道:"果物酒肴等,务须殷勤供奉,不可怠慢。我自己本应同去,深恐反而嘈杂,所以作罢。"正在此时,太君派人送信来了。信中说:"今日六条院大臣来此问病。此间仆从稀少,设备简陋,深恐屈辱贵宾。务望即刻来此,但勿言接我通报。见面之后,有要事相告云。"内大臣想:"什么要事呢? 想必是为了云居雁之事,夕雾向他们哭诉吧。"又想:"太君年迈,在世之日无多了。她屡次劝我玉成此事。如果源氏肯出一言,善意相恳,我倒不好意思拒绝了。只是夕雾冷酷无言,教我看了很不快意。今后倘有适当机会,我就装作遵命的样子,允许了他们吧。"他推想源氏与太君二人同心,合力相劝,那时更不好意思拒绝了。然而又想回来:"哪里! 岂有让步之理!"如此忽然变卦,可见他的性情异常顽固。终于他想:"不过太君已有信来,源氏太政大臣正在等候我去会面。我若不去,两方都对不起。我且前往,察看情况,随机应变吧。"他想定了,便把衣服穿得特别讲究,吩咐随从人等不可大肆声张,径向三条邸而去。

内大臣由众公子簇拥而行,给人以威武堂皇、重实可靠的感觉。他身材修长,肥瘦适度。由于前世积德,面貌和步态都十足具有大臣之相。他身穿淡紫色裙子,上罩白面红里的衬袍,衣裾极长。故意装出悠闲自得的模样，令人见了觉得光艳夺目。六条院太政大臣则身穿白面红里的中国绫罗常礼服，内衬当时流行的深红梅色内衣。那无拘无束的贵人模样，其美更是无可比拟。他身上仿佛发出光辉，内大臣的严装盛饰，到底比不上他。内大臣家许多公子，个个眉清目秀，聚集在父亲身边。内大臣的异母弟，现今称为藤大纳言、东宫大夫的，也都相貌堂堂，此时也来问病。此外还有许多声望高贵的殿上人，并不宣召，自动前来。又有藏人弁、五位藏人、近卫中少将、弁官等，花花绿绿的十余人，也聚集于三条邸，光景甚是热闹。等而下之，五位、六位的殿上人，以及寻常人员，不计其数。太君设筵款待，酒杯频传，诸人皆醉，大家称颂太君福德无量。

源氏太政大臣与内大臣难得会面，相见之下，回思往事，共谈多年以来彼此情况。在疏阔的期间，些微之事也要争执。但今天叙晤一堂，各人回忆过去种种风流韵事，便照旧撤去隔阂，畅谈今昔之事和各人近况。不觉日色渐暮，互相频频劝酒。内大臣说："今天我倘不来奉陪，便成失礼。但倘知道驾到，因未奉召唤而不来，则更当受呵斥了。"源氏答道："我才是当受呵斥的。我的恨事甚多呢。"话中似有含蓄。内大臣猜想他要谈云居雁的事了，觉得麻烦，便默不作声。源氏继续说："我们二人自昔以来，不论公事或私事，都心无隐藏，不论大事或小事，都互相闻问。好像鸟的左右两翼，协力辅佐朝廷。到了后来，常常发生违背当初本意之事。然而这都是内部的私事。根本的志望并不移变。不知不觉之间，大家添了年龄。回想往昔之事，不胜依恋之情。近年以来，难得见面。我等职位既高，凡事遂多限制，不能随便行动，亦是理之当然。但你我谊属至亲，不妨略减威仪，随时惠然来访。我常以不能如愿为恨也。"内大臣答道："从前我等的确太亲近了。甚至任情放肆，不拘礼节。常蒙开诚相待，心无隐隔。至于辅佐朝廷，我不敢与你相并，似鸟之左右两翼。幸蒙鼎力提拔，使我这庸碌之材，亦得身居高位，此恩无时或忘。惟年龄既积，自然万事都不能起劲耳。"他表示抱歉。

　　源氏乘此机会，婉转其词地向他说出了玉鬘之事。内大臣听了，感慨地说："唉，此人真可怜，此事太稀奇了！"说着就哭起来。后来又说："当时我很担心，曾经四处寻访。其间不知因何机缘，由于忧愁不堪，曾将此事向你泄露。现今我已成为略有地位之人，想起当年浪迹人间，生下许多芜杂的子女，一任他们流落在各处，实在有伤体面，而且甚是可耻。设法把他们收回家来一看，又觉得很可怜爱。我首先想起的正是这个女儿。"说到这里，回忆起了从前雨夜品评时任情不拘地所作的种种评语，时而哭泣，时而嬉笑，两人都无所顾忌了。夜色已深，各自准备回家。源氏说："今天在此相会，回想起遥远的少年时代旧事，教人眷恋往昔，难于堪忍，我竟不想回去了。"源氏平素并不十分感伤，此次想是酒后之故，歔欷地哭起来。太君更不必说，她看见这女婿相貌比前更好、权势比前更大，便想起了女儿葵姬，痛惜她的早死，不胜悲伤，也抽抽噎噎地哭起来，眼泪淌个不住。那尼姑打扮的姿态特别令人感动。

　　虽有此好机会，源氏并不谈起夕雾之事。因为他估计内大臣不会同意，冒昧开口，自讨没趣。而在内大臣呢，看见对方绝不谈起，也就不肯自动提出，这件事终于照旧闷在心里。临别他对源氏说："今夜本当亲送回府，但突然如此，深恐惹人疑怪，故恕不相送。今日有劳大驾，改日自当趋前道谢。"源氏便和他相约："尚有一言：太君清恙已大见好转，前日奉恳之事，务请慨允，准时出席。"两人面上都带喜色，分别启驾返邸，仆从奔走呼唤，气势十分雄大。内大臣的随从人等想道："今日不知有何大事。两位人臣难得会面，我家大臣面色特别愉快。莫非太政大臣又把什么政权让与他了？①"他们都在瞎猜，谁也想不到玉鬘之事。

----

①　源氏任太政大臣时，曾将政权让与内大臣。见第403页。

内大臣突然闻此消息，急欲一见此女，心情忐忑不安。他想："如果立刻接她回来，以父亲身份对待她，亦恐有所不便。况且推想源氏寻获她时的初心，生怕不见得清白无私而肯慷慨地归还我。只因对各位高贵的夫人有所忌惮，未便公然将她归入妻妾之列。而偷偷地宠爱她，又恐引起世人非议，因此向我言明了吧。"他觉得不快，但又想："这也算不得缺憾，即使我特地将女儿送与源氏太政大臣为妾，也有什么不体面呢？不过太政大臣要送她入宫，深恐弘徽殿女御见嫉，这倒是很没趣的。但归根结底，总不能违背太政大臣的意旨。"他心中作种种思量。这是二月初头的事。

二月十六日春分，是个黄道吉日。据阴阳师勘查报道，十六日前后都无好日子。此时太君的病正值好转。源氏便赶紧准备着裳仪式。他照例来到玉鬘房中，详细告诉她：前日如何向内大臣言明；行仪式时应有何种注意事项。玉鬘觉得他这一片诚心，比生身父亲更加亲切，心中不胜喜悦。此后源氏又把玉鬘的实情悄悄地告诉了夕雾中将。夕雾恍然大悟："原来事情这样奇离！怪不得大风那天我窥见那种景象。"他觉得玉鬘的相貌比他所苦恋的云居雁更加美丽，便出神地回想她的面影，深悔以前没有想到，不曾向她求爱，真乃迂阔之至。然而他又觉得对云居雁变节，乃忘情负义之事，便又打消此心。此人之忠实诚可赞叹。

到了着裳仪式那一天，三条邸的太君悄悄地派一个使者前来送礼。虽然时日匆促，但她所备办的梳具箱等礼品，非常精美而体面。并附一信给玉鬘："我乃尼僧之身，恐有不吉之嫌，本来不该参与庆祝。虽然如此，但我之长寿，想来值得教你模仿。你的身世，我已详悉，使我不胜眷恋。若无一言相祝，岂非不合情理？不知你意如何？

玲珑玉梳盒，两面有深情。

是我亲孙子，莫教离我身。"①

此信古色古香，字迹则甚颤抖。送到之时，正值源氏太政大臣来此指示仪式中种种事宜。他就看信，看毕说道："这真是古风的书简，可惜字写得太吃力了。她早年擅长书法，年纪一大，笔力就异常衰弱，颤抖得厉害呢。"他反复看了几遍，又说："这首诗和玉梳盒贴切之极！三十一个字母之中，和玉梳盒无关的很少。真不容易啊！"说罢，吃吃地笑起来。

秋好皇后送的礼品，是白色女衫、唐装女袍、衬衣，以及梳妆用具，都精美无比。又照例添送装香料的瓶，装的是中国香料，香气异常浓烈。其他诸夫人，各出心裁，赠送衣服等物，连侍女们所用的梳子、扇子等，也都式样美好，无疵可指。这几位夫人都具有高雅的趣味，对于各种事物，都争乖竞巧，故所赠礼品，无不异常精致。住在二条院东院内的几位夫人，闻知六条院举办着裳仪式，自知无分参与庆祝，都默不作声。独有常陆亲王家的小姐末摘花，异常循规蹈矩，凡有仪式，决不放过，颇有古人风度。她想："如此盛典，岂可置若罔闻？"便按照陈规送礼。这也是一片好心。她所送的是宝蓝色常礼服一件，还有暗红色或某某色的，总之是前代人所珍贵的颜色的夹裙一条，以及泛白了的紫色细点花纹礼服一件。这些衣服装在一只很讲究的衣箱内，包扎得非常仔细而美观，派人送与玉鬘。并附信云："我乃微不足道之人，本来不该僭越。但际此盛大典礼，不能默默无所表示。微礼异常菲薄，可请转赐侍女。"措词倒很像模像样。源氏看了，想道："真讨

---

① 首句以常不离身的玉梳盒比拟玉鬘。第二、三句言无论外孙女或孙女，总是我的孙儿。日文中有三处双关："两"与"盖"同音；"亲孙子"与"套盒"（即双重套合之盒）同音；"身"与"盒身"同音，都关联到玉梳盒。所以下文中源氏说："三十一个字母之中，和玉梳盒无关的很少。"日本短歌限用三十一个字母。

厌啊！她又来了……"连自己都脸红了。他说："这真是个异常古板的人。这样见不得人面的人，默默地躲在家里才是。这样做毕竟是出丑的。"又对玉鬘说："你该给她一封回信。否则她要见怪。回想当年，她的父亲常陆亲王非常疼爱她呢。我们对她倘比别人轻视，太委屈了她。"看看她所赠的礼服，但见衣袂上题着一首诗，咏的老是"唐装"①：

"素日不亲君翠袖，
我身多恨惜唐装。"

她的书法，从前就很拙陋，现在越发萎缩，竟像刀刻一般生硬。源氏看了很不快，觉得恶劣不堪，说道："她作这首诗，煞费苦心呢。况且现在侍从之类的侍女已经不在她身边，无人能帮她忙。真是亏她的了。"他觉得可笑，接着又说："好，我虽然很忙，让我来作答诗吧。"他一面怒气冲冲地写，一面又说："这种怪事，真是别人所意想不到的。其实大可不必啊！"写的是：

"唐装唐装又唐装，
反来复去咏唐装。"

写毕说道："她非常认真地爱用这两个字，我也来用用吧。"把诗给玉鬘看。玉鬘看了，嫣然一笑，说道："啊呀，太刻毒了！这不是嘲弄她么？"她困惑不解。此种无聊之事甚多。

内大臣在未知实情以前，对玉鬘的着裳仪式漠不关心。突然知道实情以后，急欲早点看看自己的女儿，等得很不耐烦，所以当天一早就

---

① 参看第450页。

来到了。仪式的排场，比一般规定的更加体面。内大臣看见源氏太政大臣用心如此周到，觉得深可感谢，同时又觉得有些乖异。到了亥时，请内大臣进入玉鬘帘内。规定的设备当然应有尽有；帘内的座位尤为华丽无比。安排起华筵来，灯火比平常更加明亮，可见招待特别丰盛。内大臣很想与玉鬘共话，然而今宵太唐突了，未便交谈。替她的腰带打结的时候，脸上显出怅惘不堪的神情。源氏对他说道："今宵不谈往事，请你装作一概不知的模样。为欲掩饰不知实情者的耳目，我们只当作世间普通的着裳仪式可也。"内大臣答道："承蒙关怀如此周到，无言可以答谢。"于是举杯共饮。内大臣停杯言道："隆情厚谊，世无其例，使我感谢不尽。惟笼闭至今，一向瞒我，又教我不得不恨啊！"遂吟诗云：

"渔人遭禁闭，久隐在矶头。
今日方浮海，安能不怨尤？"①

他终于不能自制，在人前流下泪来。玉鬘因诸大臣聚集帘内，羞涩不能作答。源氏答道：

"长年飘泊后，寄迹渚边头。
藻屑诚微贱，渔人不要收。②

这怨尤未免太无理了。"内大臣也说："诚然诚然。"此外无言可说，就走出帘外去了。

此时诸亲王以下诸人，悉数集中在帘外。其中有许多是恋慕玉鬘

---

① 渔人比喻玉鬘。
② 藻屑比喻玉鬘。渔人比喻内大臣。渚边比喻源氏家。

的人。他们看见内大臣入内久不退出,不知为了何事,大家都在疑讶。只有内大臣的公子柏木中将及弁少将,约略知道实情。两人想起了以前偷偷地向玉鬘求爱之事,深悔不该,且喜未成事实。弁少将向柏木耳语:"幸亏不曾公开!"柏木答道:"源氏太政大臣脾气特异,爱干离奇古怪之事。恐怕他想同秋好皇后一般对待她吧?"两人各述己见,源氏全都听到。他对内大臣说:"暂时还得请你小心处理,以免引起世人讥评。寻常之人,万事都可放心,即使胡行乱为,亦不受人注目。但我的事情与你的事情,会引起世人种种议论,以致平添烦恼。此次之事,情节奇离,非寻常可比。务请郑重从事,慢慢地使外人逐渐看惯,方为妥善。"内大臣答道:"此事如何办理,自当悉听尊命。此女年来多蒙垂青,得在慈荫之下托庇长成,足见前世因缘不浅!"源氏赏赐玉鬘的礼品,其丰盛自不必说。赠送来宾的福物及谢仪,按照各人身份,但比定例更为隆重。只是内大臣前曾以太君患病为由而辞谢结腰,故此次不曾举行大规模的管弦之会。

萤兵部卿亲王认真地求婚了:"着裳仪式现已完成,更有何辞可以推托?……"源氏答道:"皇上前曾示意,要她入宫任尚侍之职,现正奏请免征。须待复旨到后,再行决定其他事宜。"内大臣在灯光之下约略见过玉鬘一面,总想再见一次才好。他想:"此女倘有缺陷,太政大臣不会如此重视。"因此越发恋恋不舍了。现在他回想起从前做的那个梦①,方知确有征验。他只对弘徽殿女御说出实情。

内大臣严守秘密,暂时勿使外人闻知此事。但搬嘴弄舌,乃世人常习,此事自然泄露于外,渐渐传遍世间,那位口没遮拦的近江君也听到了。她来到弘徽殿女御面前,正值柏木中将和弁少将在座。她毫无顾虑地言道:"父亲又找到了一个女儿呢。啊呀,此人真好福气啊!不知到底是怎样的一个人,所以两位大臣都如此看重。听说她的母亲出

---

① 参看第486页。

身也很微贱呢。"女御听了很难过，一声不响。柏木中将对她说道："两位大臣都看重她，总是有缘故的。我倒要问：你从哪里听到这些话，这样突如其来地说出来？谨防被快嘴快舌的侍女们听见啊！"近江君恨恨地答道："哎呀，你不要多嘴！我全都知道了。她要入宫去当尚侍呢。我早就来此供职，正为了想蒙照顾，推荐我入宫去当尚侍。所以连普通侍女们所不屑做的事，我也都起劲地去做。女御不推荐我，太无情了！"说得大家都笑起来。柏木便揶揄她："尚侍倘有缺额，我等都希望去当呢①。你也来抢，太不客气了。"近江君生气了，答道："像我这种微不足道的人，本不该参加在你们这些贵公子中。都是中将不好，多事地接我进来，教我在这里给人嘲笑。原来这里是寻常人不能进来的王府！可怕可怕！"说着退向后面，眼睛注视这边。样子并不可恶，然而怒气冲冲，两眼倒竖。柏木中将听了她这话，觉得确是自己错误，只得板起面孔，一言不答。弁少将赔着笑脸对她说道："你在此供职，忠诚无比，女御决不忽视。请你放心吧。看你那模样，即使坚硬的岩石，也能一脚踢成雪粉②。可知不久自有如意称心的一天。"柏木中将接着说："照你这样子，不如笼闭在天上的岩门③里，倒可平安无事。"说过便走了。近江君唧唧呀呀地哭起来，叫道："连这些人都看我不起了！只有女御真心爱我，所以我在这里当差。"她就兴高采烈地做事。下等侍女及女童等所吃不消的杂役，她都不惮烦劳，东奔西走地去做，全心全意地为女御服务。常常向她恳愿："请你推荐我去当尚侍！"女御不胜厌烦，想道："这个人竟说出这种话来，不知她心里是怎样想的。"只得对她闭口无言。

---

① 尚侍是女官，男人不能当。此乃讥讽。
② 《日本书记》第一卷中有句云："蹈坚庭而陷股，若沫雪以蹴散。"意思是说：脚力极大，能把庭中坚石踏陷，蹴成雪粉。此书用汉文写成。故此二句乃抄录，非译文。
③ "天上的岩门"是《神代记》中的神话中之物。

内大臣听说近江君想当尚侍，不禁哈哈大笑。有一天他去探望女御，乘便问道："近江君在哪里？叫她到这里来！"便召唤她。近江君在里面高声应道："来——了——！"立刻走到父亲面前。内大臣对她说道："我看了你替女御服务的模样，方知你入朝当女官，原来是非常合格的。你想当尚侍，何不早对我说？"说时态度很认真。近江君不胜欢喜，答道："我本想恳求父亲，但我确信女御等一定会替我转达。可是现在听说，这个职位已经另有人占去了，我就好比做梦发了大财，醒来只得手摸胸膛，垂头丧气。"这番话说得异常爽快流畅。内大臣实在想笑出来，好容易忍住了，对她说道："凡事不肯直说，是最不好的习惯。倘早些儿对我说了，我一定首先推荐你。太政大臣家的女儿身份虽然高贵，但只要我恳切申请，皇上无不准许。现在还来得及，你且写一篇申请文，字要写得端正。皇上看见其中所附长歌富有情趣，一定会录用你。因为皇上最喜爱富有情趣的东西。"他花言巧语地欺骗她。这不像是父亲的话，实在太恶劣了。近江君信以为真，答道："和歌呢，我虽然很不高明，却也会做。至于那重要的申请文，最好由父亲出面，代我申请。那么我就好托父亲之福了。"她搓着手恳求。躲在帷屏背后等处的侍女听了这些话，肚子里好笑得要死。忍不住笑的人，溜出室外去痛快地笑一场。女御也脸红了，觉得讨厌之极。后来内大臣说："烦恼的时候，只要找近江君。一看到她，万种忧闷都消解了。"他只把她当作消忧解闷的笑料。世人议论纷纷，有的人说："内大臣为欲掩羞，故意用开玩笑的态度对待她。"

第三十回　兰　草[①]

玉鬘既封尚侍，大家催她早日入宫就任。但她想道："此事如何是

[①] 本回写源氏三十七岁秋天之事。

好？源氏太政大臣名义上是父亲，尚且心怀不良，不得不防；何况到了宫中，万一皇上看中了我，发生了瓜葛，则秋好皇后与弘徽殿女御一定多方妒恨我，教我难做人了。加之我身世孤零，源氏太政大臣与内大臣和我相识未久，不曾深切计虑我的事情，对我的爱尚浅。因此入宫之后，一定有许多人骂我，说我的坏话，希望我做笑柄。那就会不断地发生倒霉的事情了。"她年龄渐长，已经不是无知无识的人了，因此东思西想，心绪缭乱，独自悄悄地悲叹。她又想："倘不入宫，就住在这六条院里，亦无不可。然而太政大臣存心不正，甚是可厌。我能否找个机会，脱离此境，以清清白白之身来消灭世人对我的谣诼呢？生身父亲内大臣呢，深恐太政大臣心中不悦，因而不敢强要把我收回去公然当作女儿看待。如此说来，我无论入宫或住在六条院，都不能避免讨厌的色情事件。结果自己懊恼无尽，而外人议论纷纷，此身何其不幸！"原来自从向生身父亲说明实情之后，源氏对她的态度更加肆无忌惮了，因此玉鬘独自悄悄地悲叹。她非但没有可与畅谈衷曲的人，连可与偶尔略谈心事的母亲也没有。内大臣和太政大臣都是令人望而却步的显贵人物，无论何事，都不好这般那般地同他们商量。她独坐窗前，凝望凄凉的暮色，悲叹自己这异于常人的薄命之身，那样子十分可怜。

玉鬘身穿淡墨色丧服①，容姿清减。但因服色与平常不同，相貌反而更增艳丽，越发引人注目了。众侍女看了她，个个笑逐颜开。此时夕雾中将来访。他也穿丧服，是一件墨色较深的常礼服，冠缨卷起②，相貌也反而更清秀了。以前，夕雾一向以为玉鬘是姐姐，所以真心地敬爱她；玉鬘对他也并不疏远回避，习以为常。如果现在因为知道了不是姐弟而突然改变态度，似乎太不自然。因此照旧在帘前添设帷

---

① 可知太君已死。
② 穿丧服时，冠缨必须卷起。

屏，隔帘对晤。不用侍女传言，直接交谈。夕雾是源氏太政大臣派来的，叫他把皇上的话照样传达给玉鬘。玉鬘的答辞落落大方，态度非常得体，贤惠而又高雅。夕雾在大风那天早上窥见了她的容姿，心中一直恋恋不忘，只可惜是姐弟关系。自从知道实情以后，恋慕之心越发难于抑制了。他推想玉鬘入宫以后，皇上决不会把她看作寻常的女官，皇上和她确是一对天然佳偶。但烦恼之事也会突然发生。他觉得胸中充满了热恋，然而努力镇静，神气十足地说道："父亲有话命我转达，叮嘱我勿使外人听到。现在我可以说么？"玉鬘身边的侍女一听此言，便稍稍退避，躲到了帷屏后面等处。夕雾就捏造出一番话来，冒充源氏太政大臣的口吻，煞有介事地详细转达了。大意是：皇上对她另眼看待，叫她心中早做准备。玉鬘默默不答，只是悄悄地叹息。夕雾觉得这态度可亲可爱，越发忍耐不住了，对她说道："丧服在本月内期满①。父亲说另外没有好日子，决定在十三日到河原去举行除服祓禊。那时我也当奉陪前往。"玉鬘答道："你也同去，生怕太招摇了。还是大家悄悄地前往为是。"她的意思是勿使外人详细知道她穿丧服的理由，其用心实甚周到。夕雾说："你不欲向人泄露实情，太对不起太君了。我觉得这丧服是我所思慕难忘的外祖母的遗念，舍不得脱掉它呢。再则：我们两家关系何以如此密切，我实在想不通②。如果你不穿这表示血统关系的丧服，我还不相信你是太君的孙女呢。"玉鬘答道："我什么也不懂得，何况这些事情，我更加弄不清楚。我只觉得这丧服的颜色异常可悲。"她的神情显得比平时颓丧，深可怜爱。

夕雾大概想乘此机会向玉鬘表明心愫，拿了一枝很美丽的兰草。从帘子边上塞进帘内去，对玉鬘说道："你也有缘分看看这花。"③他

---

① 祖母的丧服期为五个月。
② 夕雾不知道他父亲与夕颜的关系，所以想不通。
③ 日本人称兰草为"藤袴"，称丧服为"藤衣"，故用兰草暗示丧服。本回题名据此。兰草是菊科植物，初秋开淡紫色花。

不立刻把花放下,只管拿在手里。玉鬟仓促之间不曾注意到,伸手去拿花,夕雾便拉住了她的衣袖,扯动一下,赠诗云:

"兰草生秋野,朝朝露共尝。
请君怜惜我,片语也何妨。"

玉鬟听到最后一句,想道:这莫非是"东路尽头常陆带……"①之意么?心中很不自在,觉得此人讨厌。但她装作不懂的样子,慢慢地退到里面去。答诗道:

"既蒙君来访,自非疏远人。
交亲原不薄,何必枉伤心?

你我如此对晤,情谊本已甚深,此外尚复何求?"夕雾微笑着说:"是浅是深,我想你心中一定明白。照理说来,你身蒙圣眷,我岂敢妄想?但我心日夜煎熬,此情你不得而知。我怕说了出来,反而使你讨厌我,所以一向苦苦地闷在心中,然而'至今已不胜'②其苦了。柏木中将的心情你知道么?我当时因是别人之事,对他漠不关心。现在轮到自己身上,方知当时何其愚笨。而柏木之心情也可理解了。现在他倒已经梦醒,从此可以永远与你保持兄妹之谊,心情反而喜慰。我看了不胜妒羡呢。至少请你可怜我的苦心!"他唠唠叨叨地说了许多话,但都可笑,故不记述。玉鬟心中不快,渐渐向后退却。夕雾又说:"你的心肠

---

① 古歌:"东路尽头常陆带,相逢片刻也何妨?"见《古今和歌六帖》。常陆国鹿岛神社举行祭礼之日,男女各将意中人姓名写在带上,将带供在神前。神官将带结合,以定婚姻。此带称为"常陆带",犹我国之"红线"也。
② 古歌:"刻骨相思苦,至今已不胜。誓当图相见,纵使舍身命。"见《拾遗集》。

好硬啊！我从来不曾冒犯你，你总该知道吧。"他想乘此机会，再诉说些衷情，但闻玉鬘说："我心绪很不好……"说罢就退入内室。他只得长叹一声，告辞而去。

夕雾回想对玉鬘说的一大篇话，深悔孟浪。但他又想："我记得紫夫人比这一位更加艳丽动人，我总要找个机会访晤一次，即使像今天一样隔帘也好，至少可以听到她的娇声。"他怀着忐忑不安的心情，来看源氏太政大臣。源氏出来见他，他便将玉鬘的回音转达。源氏说："如此看来，入宫之事她并不乐意。萤兵部卿亲王等人对付女人手段高明，大约是他们用尽心思，花言巧语地向她求爱，因此她的心深深地被感动了。若果如此，教她入宫反而苦了她。然而大原野行幸之时，她看到了皇上之后，曾经极口赞叹他的美貌。我确信青年女子只要窥见皇上一面，没有一个不愿意入宫的，因此打发她去当尚侍。"夕雾答道："不过，照这位表姐的模样，去当尚侍合适，还是当女御合适呢？在宫中，秋好皇后地位高贵无比，弘徽殿女御也尊荣富厚，恩宠殊隆。表姐入宫之后即使也大受恩宠，但欲与她们并肩，恐怕是很难的。我又听人说：萤兵部卿亲王求婚非常诚恳。虽然尚侍是女官之长，身份与女御、更衣不一样，但此时送她入宫，仿佛有意与亲王为难，他定然生气。父亲与他有手足之谊，生怕伤了感情。"他说得活像大人口气。源氏说："唉，做人真难啊！玉鬘的事，不是可以由我一人做主的。岂知连髭黑大将也恨煞了我。我每逢看到不幸的人，总觉不忍坐视，必须设法救助，为此招人怨恨，反被视为轻率，真乃冤枉之极！她母亲临死时向我哀愿，托我照顾她的女儿，我始终不忘。后来听说这女儿孤苦伶仃地住在乡下，正在愁叹父亲不去找她，我觉得非常可怜，就去接了她来。只因我对她爱护周至，内大臣便也重视她了。"他这番话说得头头是道。接着又说："照她的人品，嫁与萤兵部卿亲王实甚适当。此女子姿色入时，体态婀娜，加之性情贤惠，决不会有不端行为。夫妻之间一定是很相得的。然而叫她入宫，也是十分合格，毫无缺陷的。容貌美丽，态度可爱，礼仪都很熟悉，办事又精明能干。完全符合皇上求贤之旨呢。"夕雾听了这赞扬之词，想探悉父亲的真心，乘机说道："年来父亲对她爱护如此周至，外人却都误解，说父亲自有用意呢。髭黑大将托人向内大臣说亲，内大臣回答他的也是这样的话。"源氏笑道："从各方面说来，这个人由我抚养，总是不相称的。无论入宫或其他行动，总须得内大臣许可，照他的意思做才是。女子有三从之义①。不守此礼，而由我做主，是不应该的。"夕雾又说："听说内大臣私下在议论呢，他说：'太政大臣家里已经有了好几位身份高贵的夫人。他不便叫玉鬘和她们同列，所以装作放弃，把她让给了我；同时又派她入宫去当个闲散的女官②，以便经常把她笼闭在自己家中。如此安排，实甚聪明。'这是可靠的人告诉我的。"他说得非常明确。源氏推想内大臣可能有这种想法，心中颇感不快，说道："这样瞎猜，真讨厌！此人有个脾气，万事都要穷究到底，故有这种想法。此事如何解决，不久自会水落石出。他实在太多心了。"说着笑起来。他的口气十分坦率，然而夕雾仍多怀疑。源氏自己也在想："难道我真是这样的么？如果被人猜中，实在太不成话，太没面子了。我总须设法教内大臣知道我心地清白。"他企图打发玉鬘入宫，以遮外人耳目而掩饰自己的暧昧心情。不料此计已被内大臣察破，想起了好生懊恼。

玉鬘于八月中除丧服。源氏以为九月乃不吉之月③，故决定延至十月入宫。皇上等得很心焦。恋慕玉鬘的人闻此消息，都很惋惜，各自去找替自己帮忙的侍女，向她们恳求，希望在入宫之前玉成其事。然而此事比只手塞住吉野大瀑布④更难，侍女的回答都是："毫无办

---

① 《礼记》中说："妇人有三从之义，……未嫁从父，既嫁从夫，夫死从子。"
② 尚侍不须经常住宫中。
③ 当时风习，九月忌婚嫁。
④ 古歌："吉野大瀑布，只手不能塞。犹如世人心，变化不可测。"见《古今和歌六帖》。

法!"夕雾那天冒昧地对玉鬘说了那些话,不知玉鬘对他作何感想,心中甚感痛苦。此时他就起劲地东奔西走,装作热心帮忙的样子,希图博得玉鬘的欢心。此后他不再轻率求爱,只管努力镇静,不露声色。玉鬘的几个亲兄弟,一时尚未熟悉,还不曾来访,都在焦灼地等候她入宫之期,准备前来帮忙。柏木中将以前向她求爱,费尽心血;现在则音信全无。玉鬘的侍女们都笑他老实。有一天,他忽然以父亲的使者身份来访。由于向来习惯了偷偷摸摸地送情书,所以今天还是不敢堂皇出面,却于月明之夜,走进来躲在桂树底下了。玉鬘向来不接见他,侍女也大都不肯替他传达。今天则藩篱尽撤,在南面安排了客座招待他。至于亲口答话,玉鬘还怕难为情,所以叫侍女宰相君传言。柏木心中不快,开口说道:"父亲特地派我前来,是为了有些话不便叫人传言。如今你如此疏远我,叫我怎能把这些话告诉你呢?自古道:'手足之情割不断。'看似老生常谈,确是真情实理啊!"玉鬘答道:"我也想把多年来积集胸中的话向阿哥诉说。只因近日心情异常恶劣,竟至不能起身。阿哥如此见怪,使我觉得反而疏远了。"说时态度非常认真。柏木说:"你心情恶劣,不能起身,可否容许我到你床前的帷屏外面来呢?……罢了罢了,我这要求也太不体谅人了。"便悄悄地传达了内大臣的话,其神情也很雅观,并不逊于他人。内大臣的话是:"有关入宫之种种情况,我无由详细闻知,甚望一一秘密告我。我因凡事防人耳目,未能亲自前来,而又未便通问,为此不胜挂念。"柏木又乘便把他自己的话叫宰相君转达:"自今以后,我不会再写那种愚蠢的信来了。不过,不论关系如何,对我那种热情熟视无睹,终叫我越想越恨。首先恨的是今夜对我的招待:应该在北面①接见我。如果像你这等高级侍女不屑招待我,叫几个下级侍女引导我也无不可。像今天这样的冷遇,实在无有其例。我逢到了种种少有的遭遇!"他侧着头,恨个不休,样

---

① 北面是接见熟客人之处,犹后门。

子有些可笑。宰相君便把他的话传告玉鬘。玉鬘说:"突然亲近,深恐别人取笑。因此长年沦落之苦况,亦未曾向阿哥罄诉,反比以前更多苦恨了。"这只是应酬之辞。柏木觉得不好意思,闭口不作一声。后来赠诗云:

"不曾探悉妹山道,
 绪绝桥头路途迷。①

哎呀!"吟时不胜其恨,亦可谓自作自受。玉鬘命宰相君传言答道:

"不知何故迷山路,
 只觉来书语不伦。"

宰相君附言道:"以前屡次来书,我家小姐不解其意。小姐对于世间无论何事,顾虑异常周到,因此不能作复。但今后自然不会再有此种事情了。"这也是真情实理。柏木答道:"如此甚好,我今日不便久留,就此告辞。今后自当尽力效劳,借以表达我之忠诚。"说罢便起身归去。此时月明如昼,天色清丽,照见柏木中将的姿态异常优雅。他身穿常礼服,容貌昳丽,与此景色十分调和,诚可赞美。众青年侍女相与议论:"此人容貌姿态虽然赶不上夕雾中将,但也异常优美。他家兄弟姐妹怎么会个个长得如此出色呢!"她们每逢略有所见,照例极口称赞。

髭黑大将和柏木中将都是右近卫府的僚属。髭黑常常请柏木来,同他亲切晤谈,托他代向内大臣说亲。髭黑大将人品也很优秀,显然

---

① 妹山在纪州伊都郡,绪绝桥在陆前志田郡。此诗大意是:不知你是称妹,因而迷于失恋。

是朝廷辅弼的候补人。内大臣对他也很满意。只因源氏主张送玉鬘入宫，他未便违反其意而将她许给髭黑。他竟在猜想源氏别有用心，因此玉鬘之事，悉听源氏做主。这位髭黑大将原是皇太子的生母承香殿女御之兄。除了源氏太政大臣和内大臣之外，皇上对他信任最深。年龄大约三十二三。其夫人乃紫姬之姐，即式部卿亲王之长女，比他年长三四岁。并无特殊缺陷，然而恐是人品欠佳之故，髭黑大将称她为"老婆子"，一向不把她放在心上，常想和她离异。因有此种情形，源氏总觉得髭黑大将不配当玉鬘的夫婿，一直不曾允许他。髭黑大将并无浮薄好色之行。然而为了玉鬘，曾经用尽心计，东奔西走。他从详悉内情的人那里探知：内大臣对他并无异议；玉鬘并不乐意入宫。便屡次去找玉鬘的侍女弁君，对她说道："现在只有太政大臣不曾同意，小姐的生身父亲早就没有异议了。"催促她快快玉成其事。

不久到了九月。秋霜初降，晨光清丽。那些替求爱者拉拢的侍女，拿来了偷偷送来的许多情书。玉鬘自己并不看信，都由侍女读给她听。髭黑大将的信中写道："指望本月有成，不觉空过多日。怅望云天，心焦如焚。

　　九月不祥且不管，
　　岂知拼命也徒劳。"

原来他已明知过了九月定当入宫也。萤兵部卿亲王的信中写道："事已如此，尚复何言！只是

　　莫教艳艳朝阳色，
　　消尽区区竹上霜。①

---

① 朝阳比喻冷泉帝，竹上霜比喻他自己。

但望俯察我心，亦可聊慰相思。"这封信系在一根异常枯槁的小竹枝上，竹叶上的霜也不拂落，连那个送信使者也形容枯槁。还有式部卿亲王的儿子左兵卫督，即紫姬之兄，因为经常出入于六条院，自然详知玉鬘入宫之事。为此不胜悲愤，信中诉恨之言甚多。其诗云：

"心虽欲忘悲难堪，
如之奈何如之何？"①

这些情书的纸色、墨迹和熏香之气，各不相同，各得其妙。众侍女都说："将来和这些人一概断绝，也太寂寞了。"玉鬘不知有何感想，只对萤兵部卿亲王略复数字：

"葵花纵有心向日，
亦不自消早降霜。"

虽然只是轻描淡写，萤兵部卿亲王看了如获至宝。由此可见玉鬘已经了解他的心迹，虽然只有寥寥数字，亦觉欢喜无量。此种来信虽然无甚要事，但各人各自申恨诉怨，花样甚多。总之，为女子者之心情，当以玉鬘为模范。源氏太政大臣与内大臣对她都如此评判。

第三十一回　真木柱②

源氏太政大臣劝诫髭黑大将道："此事若教皇上得知，你该何等惶

---

① 古歌："不忘欲忘终难忘，如之奈何如之何？"见《清慎公集》。左兵卫督之诗据此古歌。

② 本回写源氏三十七岁冬天至三十八岁冬天之事。玉鬘当了尚侍而尚未晋谒皇上之前，髭黑大将与她发生了关系。

恐。我看暂勿走漏消息为是。"然而髭黑大将得意忘形，毫不顾虑。玉鬘虽已和他同居多时，但对他绝不开诚相爱。她自叹这是意想不到的宿世孽缘，一直愁眉不展。髭黑大将不胜其苦。但念好事既成，因缘非浅，则又不胜欣喜。他觉得此人越看越是可爱，真乃合乎理想的娇妻。险些儿被别人占夺了去。这样一想，竟心惊肉跳起来，便想把替他穿针引线的侍女弁君和石山寺的观世音菩萨并列起来，向她们顶礼膜拜。然而玉鬘恨煞了弁君，此后一直疏远她，使她不敢前来伺候，只得日夜笼闭在自己房里。为了玉鬘而刻骨相思、备尝失恋之苦的人，不知凡几。而石山寺的观世音菩萨偏偏保佑了这个她所不爱的髭黑大将。源氏也不喜此人，深感惋惜。然而他想："事已如此，夫复何言。况且内大臣等都已许诺，我若出来反对，表示不满，则对不起髭黑大将，在我亦属多事。"就安排盛大仪式，竭诚招待这位新女婿。

髭黑大将急欲早日将玉鬘迎归自己邸内，正做种种准备。但源氏认为玉鬘倘毫不介意，贸然迁往，则心怀醋意的正夫人正在那边等候她，对她甚不利。便以此为由，对髭黑大将说道："我劝你还得镇静些，慢慢地来，不可张扬，务使你们两人都不受人讥议与怨恨。"内大臣私下对人说道："我看如此反而安稳。她没有特别关切的保护人，草草地入宫去度豪华的生涯，处境定多痛苦，我很替她担心。我固然有心提拔她；然而弘徽殿女御正在承宠，教我如何下手呢？"这话说得有理：身在帝侧，而恩宠不及别人，只当一个寻常宫女，不为帝所重视，毕竟是不幸的。新婚第三日之夜，举行祝贺仪式，源氏太政大臣与新夫妇唱和诗歌，备极欢洽。内大臣闻此消息，方知源氏抚养玉鬘，确是一片好意，心中不胜感激。这件婚事虽然办得十分秘密，但世人自会知道，并感兴趣。辗转流传，变成了一件珍闻，轰动一时。不久冷泉帝也闻知了。他说："可惜啊！这个人与我没有宿缘。但既有为尚侍之志，不妨依旧入宫。尚侍不比女御、更衣，已嫁之人亦无不可。"

到了十一月，宫中祭祀典礼甚多，内侍所事务繁忙。典侍、掌侍等次级女官，频频到六条院来向尚侍请示，玉鬘的房中座上客满，十分热闹。但髭黑大将白昼也不回去，在这里东躲西闪，玉鬘很讨厌他。许多失恋者之中，萤兵部卿亲王尤为伤心。式部卿亲王的儿子左兵卫督除了失恋之外，又因其姐为了玉鬘而被髭黑大将遗弃，为世人所取笑，所以加倍痛恨。然而他又想回来：事已如此，痛恨无益，反见其愚。髭黑大将原是个有名的忠厚长者，多年来从未有过轻薄好色的行为。然而现在完全变了样，对玉鬘一往情深，其贪色之状竟像另换了一个人。偷偷摸摸地宵来晓去，打扮成一个艳丽的风流男子，众侍女看了都觉得好笑。玉鬘本性愉快活泼，但现在笑容尽敛，一味心思郁结。此事本非出于她的心愿，乃众所周知。然而她不知源氏太政大臣对此事作何感想。又回想萤兵部卿亲王的深情厚谊，以及风流儒雅之状，便觉自己可耻可惜，因此对髭黑大将一直没有好感。

　　源氏太政大臣从前曾向玉鬘缠绕不清，惹起世人怀疑，如今证明了他的心地清白。他回思过去悬崖勒马的事例，觉得自己是一个虽有一时冲动而能不越常轨的人。便对紫姬说："你以前不是也怀疑我么？"但他自知习癖未除，到了热恋不堪之时，难免任情而动，所以情思仍未断绝。有一天昼间，他趁髭黑大将不在家时来到玉鬘房中。玉鬘近来心绪异常恶劣，精神萎靡，无有爽健之时。听见源氏太政大臣来到，只得勉强起身，躲在帷屏后面接待。源氏此次特别用心，态度比往时略有改变，说的也是寻常应酬之言。玉鬘看惯了那个粗壮而凡俗的髭黑大将，一旦重见源氏这俊秀无比的姿态，想起自己际此意外之遭遇，便觉羞耻得置身无地，眼泪流个不住。说话渐渐亲密起来。源氏将身靠在近旁的矮几上，一面说话，一面向帷屏内窥看。但见玉鬘芳容清减，而异常可爱，比以前更增艳丽，更觉百看不厌了。他想："如此绝色佳人，而肯让与他人，我也太慷慨了！"惋惜之余，即席吟诗：

"未得同衾枕,常怀恋慕情。
谁知川上渡,援手是他人。①

真乃意想不到之事啊!"举手拭去鼻上的眼泪,神情十分优雅。玉鬘以袖遮面,答诗云:

"未向川边渡,先沉泪海中。
微躯成泡沫,消失永无踪。"

源氏说:"消失在泪海中,这想法未免太幼稚了。这且不谈。那三途川是必经之路,你渡川时,至少让我扶持你的指尖儿吧。"说着微微一笑。又说:"你现在想必已经明确知道了吧。像我这种诚实无比而又极可信赖的人,实在是世无其类的。你能了解,我便安心了。"玉鬘听了这话,心中非常难过。源氏看她可怜,便把话头转向别处:"皇上盼望你入宫,你不遵命,是失礼的。你还得前往一行为是。女子被丈夫占为己有之后,往往不便兼任公务。我当初替你定的计划,本来不是这样的。可是二条那位内大臣赞成这婚事,我也只得同意了。"轻言细语,娓娓不倦。玉鬘听了又是感动,又是羞耻,只管淌着眼泪,默默不作一声。源氏见她如此伤心,觉得不便任情罄谈衷曲,只把入宫须知之事及事前应有之准备等教导了一番。看他的模样,不会立刻允许玉鬘迁往髭黑大将邸内。

髭黑大将舍不得放玉鬘入宫。然而他有个打算:乘此机会,把她从宫中直接迎归自己邸内。便允许她暂去即回。他不惯于偷偷摸摸地出入六条院,常常觉得痛苦,总想早日将玉鬘接回家去,便动工修葺邸

---

① 当时俗说:女人死后必渡三途川,川中有深浅不同的三途,视其人生前善恶而指定一途。渡时由第一个丈夫援手。

宅。年来邸内荒芜日久，所有设备大都破旧，现在一概重新置办。正夫人为了他的薄情而悲伤，但他全不关心。本来疼爱的子女，现在也全不在他眼中了。若是略有几分温柔情怀的人，则不论所做何事，必能体谅旁人的心，勿使他们受到委屈。可是这位大将本性直率，划一不二，行事突飞猛进，不顾一切。因此旁人为他受苦甚多。他的正妻人品并不逊于他人。讲到出身，父亲是高贵的亲王，对这女儿爱护无微不至。世人对她十分尊敬。相貌也生得端正美丽。只是有一个异常顽固的鬼魂附缠着她，因此近年来态度与常人不同，往往失却本性，形似疯狂。因此夫妇之间的感情也久已疏远。然而髭黑大将还是尊重她，视之为高贵无比的正夫人。直到最近遇见了玉鬘，才意外地变了心。他觉得玉鬘与众不同，容貌之美远胜他人。尤其是世人猜疑她与源氏太政大臣有染，终于证明了她是清白之身，因此更加珍爱她。这也是理之当然。

正夫人的父亲式部卿亲王闻知此事，说道："事已如此，将来他把那个漂亮女人迎进来，大加宠爱，而教我的女儿屈居在角落里，岂不被人耻笑？只要我一息尚存，我的女儿就没有必要含羞忍辱地依人篱下。"便把邸宅东面的厢屋加以整饰，想把女儿接回家来。女儿则以为虽然是娘家，但既是已嫁之身，而重新回来依靠父母，终非长策。烦恼之余，心情更恶，便病倒了。此人本性柔顺，心地善良，态度天真烂漫。但因心病不时发作，以致常常被人疏远。她房中器物零乱，灰尘堆积，没有一块清净之处，满目凄凉之色。髭黑大将看惯了玉鬘所居埼楼玉宇，看了她的房间觉得不堪入目。但因长年夫妻之情尚在，心中觉得非常可怜。对她说道："即使是结婚数日、交情极浅的夫妻，凡是良家出身的人，都能互相体谅，相与白头偕老。你身体很不健康，因此我有欲说的话，难于向你启口。你我不是多年相契的老夫妻么？你的病状异乎寻常，但我一向对你照顾周到，含容隐忍，直到今朝。但愿你也善始善终，对我勿萌厌弃之念。我常对你说：我们已有子女，在无论何种情况之下,我决不疏远你。你却怀着妇人之见,一直无缘无故地怨恨我。在你尚未确知我的真心期间,难怪你要恨我。但现在请你暂时任我所为,且看结果如何。岳父闻知我的事情,愤怒之余,断然地要把你接回娘家去,这样做其实太轻率了。不知道他是真有决心呢,还是暂用这话来惩戒我?"说到这里笑起来。夫人听了这番话非常懊恼。多年在邸内当差而形似侧室的侍女木工君、中将君等人听了,也各自怀着愤愤不平之感。可巧夫人这几天精神恢复正常,她哭得非常伤心,答道:"你骂我昏聩,笑我乖僻,我罪属应得。但你涉及我父亲之事,被他听到了叫我何以为颜?为了我这不幸之身,使父亲受到了轻率的讥评!你那勾当,我早已闻知,不是今天初次听到,所以不会悲伤的。"说着背转身去,姿态优美可爱。这位夫人身材本来小巧,由于经常患病,更见消瘦憔悴,有弱不禁风之状。头发本来既密且长,现在疏疏落落,好像被人分了一部分去。加之栉沐久缺,泪雨常沾,更觉十分可怜。她本来就没有娇艳之相。但酷肖乃父,容貌昳丽;只是病中不暇修饰,所以全无华丽之色。髭黑大将对她说道:"我怎敢讥评岳父?你不可说这种丧失礼貌而有损名誉的话!"他用这话安慰她,又说:"近来我常去的那个地方,非常豪华,有似琼楼玉宇。像我这样陌生而粗率的人在那里进进出出,常恐这样那样地受人注目,颇有痛苦之感。为此想把她接回家来,以求放心。太政大臣在当今之世,声望高贵无比,更不待言;他家里万事十全其美,教人看了自感羞惭。我们这里倘有家丑外扬,被他闻知,实在太难为情,并且对他不起。所以那人迁来之后,务请你与她和睦相处。你即使回娘家去,我也不会忘记你。无论怎样,我俩的情爱今后决不会断绝。但你倘断然离我而去,则在你势必为世人所取笑,在我亦当受轻薄的讥评。因此请你勿忘多年来夫妻之情,和我长共相守,互相照拂。"夫人听了他这番劝慰的话,答道:"你的薄情,我毫不介意。我所悲的,是父亲为了我这异于常人的疾病之身而愁叹,今又为了世人笑我被丈夫遗弃而伤心。我很对他不起,有何面目回家去见父亲呢? 你说起太政大臣家的紫夫人,她对我并非外人①。此人幼时离开父亲,在外生长起来,现在却做了那人的义母而以我丈夫为女婿。父亲颇感不快,但我也毫不介意。我只要静观你的行动。"髭黑大将说:"这真是知情达理之言! 但你那毛病发作起来,痛苦的事情又出来了。今回的事,紫夫人并不知道。太政大臣把她当作千金小姐一般宠爱,她岂肯顾问我这种鄙夫俗子之事? 她并不以义母自居。你们凭空乱猜,被她听到了不好意思啊!"他在夫人房中住了一天,同她谈了许多话。

天色渐暮,髭黑大将心不在焉,巴不得早点来到玉鬘那里。可巧天上降下大雪。这种天气定要出门,旁人看了必然诧怪。眼前这个人如果嫉妒怨恨,气色难堪,倒可以此为借口,反唇相讥,拂袖而去。无奈现在她却平心静气,和蔼可亲,抛弃她实甚可怜。到底如何是好,心思迷惑不定。于是格子窗也不关,只管坐在窗前望着庭中出神。夫人看了他这模样,便催他出门:"真不凑巧啊,雪下得这么大。路上很难走呢。天色也不早了。"她知道情缘今已断绝,挽留也是枉然,那神情十分可怜。髭黑大将说:"这种天气怎么出门呢!"但话又说回来:"不过在最近期间,那边的人还没有知道我的心,都要说长道短。太政大臣和内大臣听了左右的话,也会对我怀疑。所以我还是不得不去。请你心平气和地观察我吧。等她迁到这里之后,大家都可安心了。在你这样清醒的时候,我决不会想念别人,只觉得你很可怜爱。"夫人低声下气地答道:"如果你这人留在家里,而你的心向着外面,反而使我痛苦;如果你这人在别处,而你的心能想念我,那么我袖上的冰也会融解了②。"便取过香炉来,替髭黑大将的衣服熏上浓香。她自己身上却穿着不浆的旧衣服,落拓不羁,姿态更加显得寒酸。那消沉之相,叫人看

---

① 是她的异母妹。
② 古歌:"怀人不寐冬天晓,袖泪成冰尚未融。"见《后撰集》。

了非常难过。由于时时哭泣，两眼均已红肿，相貌不免逊色。但此时髭黑大将真心地可怜她，所以并不觉得难看。他想起同她做了多年夫妻，而忽把爱情完全移到别人身上，觉得自己太薄幸了。但同时又觉得对玉鬘的热恋依然旺盛。便假装懒洋洋的样子，叹息数声，把衣服换上，又取过小香炉来塞在衣袖里，再加熏香。

　　髭黑大将穿着柔软而称体的衣服，仪态虽然比不上盖世无双的美男子源氏，但也秀丽堂皇，非常人可比，令人看了肃然起敬。随从人等在外面叫喊："雪渐渐停止了。夜深了吧？"他们不敢正式催促，装作伙伴闲谈，又咳嗽几声。中将君和木工君等都悲叹："做人真没意思啊！"她们躺在那里，相与共话。夫人正在沉思冥想，姿态优雅地躺卧着。忽然站起身来，将大熏笼下面的香炉取出，走到髭黑大将后面，一下子把一炉香灰倒到他头上。咄嗟之间的事，谁都不曾提防。髭黑大将大吃一惊，一时呆若木鸡。极细的香灰侵入眼睛里和鼻孔里，弄得他昏头塌脑，看不清四周情状。他两手乱挥，想把香灰掸去，然而浑身是灰，掸不胜掸，只得把衣服脱下。倘使神经正常，而做此种行为，那是无礼之极，此人没有再顾的价值了。然而这是鬼魂附体，使她被丈夫厌弃。因此身边的侍女们都同情她。她们呼号奔走，忙着替主人换衣服。然而许多香灰钻进鬓发里，又沾遍了全身。似这般模样，如何走进玉鬘的洞房清宫中去呢!

　　髭黑大将想道：虽说是患心病，但此种举动，荒唐太甚，从来不曾见过。他懊恼之极，便厌恶这夫人，刚才对她的怜爱之心都消失了。但念此时倘把事情闹大，深恐发生意外之变，只得忍气吞声。不管时已夜半，派人召请僧众，大办祈祷法会。此时夫人正在大声叫骂，髭黑大将听了她的声音，觉得讨厌之极。这也是难怪他的。由于祈祷的法力，夫人有时似乎挨打，有时跌倒在地，闹了一夜，直到天明，方始疲极而睡。此时髭黑大将管自写信与玉鬘。信中言道："昨夜此间有人身患暴病，几乎死亡；加之大雪纷飞，行路困难。踌躇竟夕，周身冷不可当。未能前来欢叙，此情当蒙原鉴。但不知旁人如何猜度耳。"言语甚是直率。又附诗云：

"心似雪花飞舞乱，
　独眠双袖冷如冰。

实甚难堪也。"这信写在白色薄纸上，非常工整，然而并无特殊风趣。笔迹倒也很优秀，可见此人富有才能。玉鬘全不把他放在心上，即使他夜夜不来，亦无所谓。这封战战兢兢的信，她看也不看，当然置之不复。髭黑大将等不到回信，十分伤心，忧愁了一整天。

次日夫人醒来，狂病依然未愈，样子非常痛苦。于是再作修法祈祷①。髭黑大将也在心中祈愿：但望目前平安无事，早早恢复正常。他想：我若不曾见过她正常时的可爱之相，决不能忍耐到现在，这样子真讨厌啊！到了傍晚，他照例急急忙忙地准备出门。此时他的服装很不端整，奇形怪状，不成体统，为此牢骚满腹。没有人取出漂亮些的袍子来替他换上，样子甚是可怜。昨夜那件袍子被灰烬烧破了好几处，有一股焦臭，异常难闻。连衬衣也染上了焦臭。这显然表示夫人打翻了醋瓶，玉鬘见了一定厌恶他。于是把衣服脱光，洗一个澡，好好地打扮一下。木工君替他把衣服熏香，对他吟道：

"孤居寂处心如灼，
　妒火中烧炙破衣。

你对夫人如此冷酷无情，叫我们旁人看了也愤愤不平。"说时以袖掩

---

① 修法祈祷是密宗佛教的一种法事，时人信以为可以驱除病魔，转危为安。

口,眼色异常俊俏。然而髭黑大将心不在此,只怪自己怎么会看中木工君这种女人。此人真乃薄幸啊!其答诗云:

"每闻恶疾心常悔,
怨气如烟炙破衣。

昨夜那种丑态如果被那人闻知,我这一身就两头落空了!"他叹息数声,出门而去。到了玉鬘那里,觉得才隔一夜,她的容貌忽然增艳,他就越发专心地爱她,绝不再分心到别的女人身上去。他想起家中之事不胜厌恶,便长久笼闭在玉鬘房中,不想回家去了。

他家中连日大办修法祈祷,然而那鬼魂越来越凶,大肆骚扰。髭黑大将闻之,设想此刻如果归家,势必闹出丑闻,被人耻笑,害怕之极,越发不敢回去。后来虽然回去,也离居在别室中,只把子女叫进来抚爱一番。他有一个女儿,年方十二三岁。下面还有两个男孩。近几年来,他对夫人虽然逐渐疏远,但总把她当作一位高贵无比的正夫人看待。如今看看情缘即将断绝,众侍女都觉得十分悲伤。

夫人的父亲式部卿亲王闻此消息,说道:"照此说来,他已经把我女儿当作弃妇看待了。如今若再忍气吞声,我们太没有面子,岂不被天下人取笑?只要我活在世间,我女儿何必专心一意地追随他呢?"便立刻派人去迎接女儿回家。此时夫人情绪已恢复正常,正在愁叹身世之不幸,忽闻父亲派人来接,想道:"我倘强欲留在这里,等待丈夫正式和我决绝,然后死心塌地回娘家去,那就更加惹人取笑了。"便决定回去。来接的是夫人的三个哥哥:中将、侍从及民部大辅。另一哥哥兵卫督官位较高,行动招摇,所以未来。派来的车子只有三辆。夫人的侍女们早就料到有这一天。现在看见果然如此,想起今天是住在此邸内的最后一天了,大家簌簌地流下泪来。夫人悄悄地对她们说:"我长久不回家了,此次回去,犹似旅居,哪里用得着许多人呢?你们之中有几个人暂且回娘家去，等我在那边住定之后再说。"众侍女便各自收拾零星物件，搬回娘家，邸内弄得散乱无章。夫人的用品，凡需要的，也都包装起来，以便运回。此时上下人等，无不哭泣，真乃凄凉之极！

子女三人，都还年幼无知，正在游戏。夫人都把他们叫来，对他们说道："我宿世命苦，今已断绝希望，对这世间毫无留恋，只有听天由命了。你等来日方长，今后孤苦无依，毕竟使我不胜悲伤！你这女孩且跟我走，前途是好是坏，也顾不得了。你们两个男孩暂时也跟我去，但总不能与父亲断绝，还得常常来探望他。不过你们的父亲不把你们放在心上，你们的前途十分暗淡，恐怕不得享福。只要外祖父在世，你们将来总可获得一官半爵。但现今是源氏太政大臣与内大臣的世界，他们闻知了你们的情况，恐怕会看你们不起，你们要立身出世也是不容易的。如果出家为僧，遁入山林，那就叫我死也不能瞑目了。"说着哭起来。三个孩子虽然不大懂得这话的意思，但也都皱着眉头哭了。几个乳母聚在一起，相与悲叹着说："但看古代小说中所记，即使是世间一般慈爱的父亲，到了时移世变之时，也往往会追随后妻而疏远前妻的儿子。何况我们这位大将只有父亲的空名，在别人面前也毫无顾忌地看轻他们，想靠他提拔，恐怕是无望的吧！"

天色渐昏，彤云密布，即将下雪，暮色十分凄凉。来迎接的几位公子催促道："天气坏得很呢，早点动身吧。"夫人只管揾着眼泪，茫然地沉思着。那女公子是髭黑大将所最钟爱的，她想："我今后没有了父亲，怎么过日子呢？现在不能向他告别，今后恐无再见之缘了！"便俯伏在地，不肯跟母亲走。夫人抚慰她，对她说道："你不肯走，使我更加伤心了！"女公子盼望父亲此刻回家，一心等候着。但天色已经如此晚了，髭黑大将岂肯回来呢？女公子平日坐时常倚靠在东面的柱子上，想起这柱子今后将让与别人倚靠，不胜感慨，便将一张桧皮色的纸折叠一下，匆匆地在纸上写一首诗，用簪端把纸塞进这柱子的裂缝里。其诗曰：

> "临别赠言真木柱①,
> 多年相倚莫相忘!"

不曾写完就嘤嘤地哭起来。夫人对她说道:"算了吧!"和诗云:

> "纵有多情真木柱,
> 故人缘断岂能留?"

夫人的随身侍女们听了,都不胜悲伤。平日对庭前草木漫不经心,如今也觉得依依不舍。大家掩袖啜泣。木工君是髭黑大将的侍女,留住邸内。中将君赠以诗曰:

> "岩间浅水长留住,
> 镇宅之君岂可离?"②

真乃意想不到之事。就此告别了!"木工君答道:

> "岩间浅水虽留住,
> 毕竟情缘不久长。

不必说了!"说罢就哭。车子出发了。夫人回头望望这邸宅,想起了今后无缘再见,便凝视那些并不足观的"树梢",屡屡"回头","直到望不见"了才罢。并非依恋"君家"③,只为这是多年以来惯住之处,安

---

① 真木是罗汉松的日文名称。根据此诗,后来称这女子为真木柱。
② 岩间浅水比喻木工君。
③ 菅公贬官时有诗云:"行行一步一回头,犹见君家绿树稠。直到树梢望不见,茫茫前途是离愁。"见《拾遗集》。

得不伤离惜别呢?

式部卿亲王等候女儿回家,心中非常懊恼。老夫人①边哭边骂:"你把太政大臣当作好亲戚,我看是你的七世冤家!以前我们的女儿欲入宫当女御,他曾多方阻挠,使得我们难堪。你说是他流放须磨时你不曾同情于他,他怀恨未解之故。世人也都如此议论。然而亲戚之间岂可如此!凡宠爱妻子,必有余惠及于妻子的家族。源氏大人却只爱紫姬一人,不顾其他。况且年纪这么大了,还要弄一个来历不明的女子来,当作义女抚养。自己玩得厌了,想把她配给一个忠实可靠、不会变心的人,就拉了我们的女婿去,百般奉承他。此种行径,安得不叫人气死!"她大声痛骂不休。式部卿亲王答道:"哎呀,你的话多难听!切勿信口乱骂世人无可非难的大臣!他是贤明之人,一定先加考虑,然后做此报复。我被算在内,乃我自身之不幸。他装作若无其事,而为须磨谪居之事对人做种种报复,或使之升,或使之沉,都很贤明公正。只有我一人,因有姻亲之谊,所以前年我五十寿辰,他的祝仪特别隆重,举世盛称,使我家当受不起。我常引为一生无上之荣幸,不敢再有奢望了。"老夫人听了这话,越发生气了,使尽恶语,把源氏乱骂一顿。这老夫人真是个不良之人。

且说髭黑大将在玉鬘那里,闻知式部卿亲王把女儿接回的消息,想道:"真奇怪!倒像个年轻妻子,打翻醋瓶,回娘家去。她本人并无决心,不会断然出此;亲王却轻率从事。"他想起家中子女,以及外人议论,心绪很不安宁,便对玉鬘说道:"我家里出了这样的怪事呢。她走了,我们反而安稳。其实这个人脾气甚好,将来你去了,她会躲在一个角落里,决不与你为难。可是她的父亲突然把她接了去。外人闻知此事,定将怪我薄情,故我须去说个明白,马上就回来。"他身穿一件华美的外衣,内穿白面蓝里衬衣和宝蓝色花绸裙,打扮及容貌都很堂

---

① 此老夫人是式部卿之正妻,髭黑夫人之生母,紫姬之继母。

皇。侍女们觉得此人与玉鬘非常相称。但玉鬘闻知他家里有此种事情，痛惜自身命苦，对他看也不看一眼。

髭黑大将要去向式部卿亲王诉恨，先赴自己邸内一转。木工君出来接他，将昨夜之事一一告知。他听到女公子临去时情状，虽然一向雄赳赳地不动感情，也禁不住簌簌地流下泪来，那样子甚是可怜。他说："哎呀！此人异乎寻常，狂病时时发作，我多年来百般忍耐原谅，这点苦心他们完全不解，奈何！倘是专横自大之人，决不能与她相处到今天。算了吧，她本人反正是个废人，任凭住在何处，都是一样。但这几个孩子，不知亲王怎样抚养他们。"他一面叹息，一面看看塞在真木柱里的那首诗，觉得笔迹虽然幼稚，心情甚是可怜，使他恋恋不舍。他一路上揩着眼泪，来到了式部卿亲王邸内，然而无人出来与他相见。亲王对女儿说道："你何必去见他呢！此人一向阿谀权势，不是今次开始变心的。他见新弃旧，已有多年，我早就闻知。你要等他回心转意，万无希望。若再对他留恋，你的毛病势必越来越重。"如此劝阻，亦自有理。髭黑大将叫侍女向亲王传言："此事未免太急躁了。我已和她生下一群可爱的子女，以为彼此都可信赖，不必常诉衷情，此种疏慢之罪，再也无法辩解了。但今次务请曲予原谅。日后倘世人判定我罪无可逭，即请如此处分可也。"如此求情，终不见谅。他便要求，至少欲见女公子一面。但女公子也不出见，只来了两个男孩。长男今年十岁，是殿上童，相貌甚美。姿态虽不十分秀丽，但人人赞他非常聪明，已渐知情达理。次男八岁，非常可爱，相貌很像姐姐。髭黑大将抚摸他的头发，对他说道："我就把你当作你姐姐的替身吧。"哭泣着和他们说话。他又要求，欲拜见亲王一面。亲王也挡驾，说"偶感风寒，正在卧床将息"。髭黑大将觉得无聊，只得告辞而出。

他把两个男孩载在车中，和他们共话，一路回家。他不带他们到六条院，却载他们回到自邸，对他们说："你们还是住在这里的好，我来探望也方便些。"说过便往六条院去。两个儿子寂寞无聊，茫茫然地目送父亲出门，样子怪可怜的，使得髭黑大将又添了一种愁思。但一到六条院，看见了玉鬘的美貌，拿来和他那怪僻的正夫人一比较，觉得天差地远，他的万种愁思都消失了。此后他就以前日走访遭逢拒绝为理，和正夫人断绝往来，音信不通。式部卿亲王闻之，痛恨他的无情，愁叹不已。紫姬也闻知此事，叹道："连我也被父亲痛恨了，真冤枉啊！"源氏觉得对她不起，安慰她道："做人真难啊！玉鬘之事，不是我一人可以做主的，却又与我有关。因此皇上也疑心我作梗，萤兵部卿亲王也埋怨我。虽然如此，萤兵部卿亲王是个颇能谅解的人，他查明底细之后，怨恨自会消解。男女相爱之事，即使力求秘密，后来自会显露真相。我想你父亲不会归罪于我们吧。"

因有上述种种烦扰之事，尚侍玉鬘心情更加郁结，没有开朗的时候了。髭黑大将觉得对她不起，总想设法安慰她。他想："她要入宫，我不赞成，阻碍行期，深恐皇上责我不敬，以为我有何存心。太政大臣等亦将怪我。以女官为妻，并非没有前例，我就让她去吧。"他念头一转，就在开年之后送玉鬘入宫。

正月十四日照例举行男踏歌会，尚侍玉鬘就在这一天入宫，仪式之隆重无以复加。义父太政大臣与生父内大臣都来参与，使得髭黑大将平添了威势。宰相中将夕雾诚恳地前来协助。玉鬘的诸兄柏木等，乘此时机也一齐前来，悉心照料，体贴入微，实甚可喜。尚侍的房室设在承香殿①内东侧。西侧便是式部卿亲王家的女御所居之处。中间只隔一条走廊，然而两人的心相隔甚远。此时宫中许多妃嫔，互相争艳斗媚；珠翠满眼，繁华正盛。其中少有身份特别低微的更衣。秋好皇后、弘徽殿女御、式部卿亲王家的女御，以及左大臣②家的女御，今天都来相助。此外只有中纳言之女及宰相之女参与服务。

---

① 承香殿是髭黑之妹、皇太子之母承香殿女御所居之处。
② 此左大臣不知是何人。

众妃嫔娘家的人，都来观赏踏歌。今天的会异常盛大，众女眷没有一个不妆饰得花团锦簇，重叠的袖口①都很整齐。皇太子的母亲承香殿女御也打扮得花枝招展。皇太子年仅十二，但周身装饰都非常入时。踏歌队先到御前，次赴秋好皇后宫，然后往朱雀院。本当再赴六条院，但夜已甚深，诸多不便，今年就免去了。队伍从朱雀院回来，道经皇太子宫等处时，天色已明。在朦胧而渐渐发白的晨光中，踏歌人醉兴方酣，齐声唱出催马乐《竹川》之歌②。内大臣家四五位公子都是殿上人中嗓子最好、容貌最美的少年，立刻参加合唱，歌声异常悦耳。殿上童子八郎君，是内大臣正妻所生，父母异常钟爱，相貌亦甚俊秀，与髭黑大将的长男媲美。尚侍心知这八郎君是异母弟，对他另眼看待。

玉鬘的侍女的衫袖及一般装饰，即使与过惯高贵的宫廷生活的宫人们相比较，也显得很入时。色彩及式样尽管与别人相同，但看来总觉得特别华丽。玉鬘与众侍女都觉得此间欢乐，想多留几日。犒赏踏歌人的礼品，照例各处相同，但玉鬘这里所赠的棉絮特别富有风趣，式样与众不同。这里是踏歌人休憩之所，光景非常热闹，人心更添喜气。招待踏歌人的酒筵本有定规，但今天办得特别精致。这是髭黑大将所指示的。他也住在宫中的值宿所内，这一天几次三番派人去对尚侍说："务请今夜即返本邸。深恐际此时机，君将变心。入宫任职，教人甚不放心也。"反复说了数遍，玉鬘置之不答。侍女们对他说道："太政大臣叮嘱：'难得入宫，不可匆忙辞去。须使皇上喜悦，得其许可，然后退出。'今夜退出太早了。"髭黑大将懊丧之极，说道："我如此反复劝请，还是不能随心所欲，奈何！"悲叹不已。

萤兵部卿亲王是日在御前奏乐，然而神思恍惚，其心常萦绕在尚

---

① 重叠的袖口露出在帘下，是女子的一种仪容。
② 参看第461页。

侍身边。后来忍耐不住，终于写封信去。恰巧此时髭黑大将赴近卫府公事室去了。使者将信交与侍女，说："这是亲王吩咐送上的。"侍女接信，呈与尚侍。玉鬘没精打采地启阅，但见信中写道：

"深山乔木上，比翼鸟双栖。
妒杀孤单客，芳春独自悲。

我耳似闻嘤鸣之声也。"玉鬘心甚不悦，红晕满颊。正愁无法作复，忽然皇上来了。此时月明如昼，照见龙颜清丽无比，与源氏太政大臣十分肖似，竟无丝毫差别。玉鬘看了，心中纳罕："如此美貌男子，世间竟有两人？"她觉得源氏太政大臣对她恩惠不浅，可惜存心不良。今见此人，并无恶感。皇上辞色十分温存，婉言向她诉恨，怪她延期入宫。玉鬘十分困窘，似觉置身无地，只是以袖掩面，默默不答。皇上对她说道："你默不作声，使我莫名其妙。我封赠你为三位，以为你总懂得我的好意，岂知你如同不闻。原来你有此习癖啊！"便赠诗云：

"底事侬心思慕苦？
今朝才见紫衣人①。

你我宿缘之深，无以复加了。"他说时神情生动，仪态优雅，令人不胜愧感。玉鬘觉得他与源氏太政大臣一模一样，便放了心，吟诗作答。她的意思是：尚未入宫建立功劳，今年已蒙加封三位，不胜感谢也。诗云：

"不知何故承恩赐，

---

① 尚侍叙三位，穿紫袍。

无德无才受紫衣。

今后自当报答宏恩。"皇上笑道:"你说今后报恩,怕靠不住吧。如果有人说我不该向你求爱,我倒要同他评评道理看。"说时满面怨恨之色。玉鬘实在无法对付,觉得讨厌之极。她想:"今后在他面前,决不可和颜悦色了。世间男子都有此种恶癖,真可恶啊!"便板起了面孔。冷泉帝也不便随意调戏她,想道:"日后慢慢会熟悉的。"

髭黑大将闻知冷泉帝访玉鬘之事,大为担心,频频催促玉鬘退出宫去。玉鬘也生怕做出人妻所不应有的事情来,在宫中不能安居,于是便造出种种必须退出的理由来,再由父亲内大臣等巧言劝请,冷泉帝方始准许她退出。他对玉鬘说道:"你今朝退出之后,一定有人心生鉴诫,不肯让你再进宫来。这真使我伤心至极。我比别人先爱上你,现在却落在别人之后,要仰承别人鼻息。我已变成从前的文平贞①了!"他真心地惋惜。以前传闻玉鬘貌美,现在眼见其人,他觉得比传闻更美。即使以前不曾有过恋慕之心,见了也不肯放过;何况曾有此心,安得不嫉妒怨恨呢?然而一味强求,深恐被玉鬘看成浅薄而厌弃他。因此便装出风流优雅的姿态,和她订立盟誓,使她心悦诚服。玉鬘诚惶诚恐,想道:"'梦境迷离我不知'呀!"辇车已经准备好。太政大臣与内大臣派来迎接的人都在等候出发。髭黑大将也夹在里面,唠唠叨叨地催促动身。然而冷泉帝犹未离开玉鬘。他愤然说道:"如此严密地在旁监视,真讨厌啊!"便吟诗云:

"云霞隔断九重路,

---

① 文平贞之妻被太政大臣藤原时平所占,平贞赋诗云:"与君谁绾同心结?梦境迷离我不知。"见《后撰集》。后文玉鬘引用此诗第二句,意思是说她嫁与髭黑非出自愿。

一缕梅香也不闻。"①

此诗虽非特异之佳作，但玉鬘看了冷泉帝容貌姿态之优美，自然觉得富有情趣。他吟罢又说："我想'为爱春郊宿一宵'②，但念有人舍不得你，其心比我更苦，所以放你回去吧。此后我们如何互通音信呢？"说着不胜忧恼。玉鬘心甚感激，答诗道：

"虽非桃李秾春色，
一缕香风总可闻。"③

其依依不舍之状，使冷泉帝不胜怜爱。他就起身辞去，还是屡屡回头。

髭黑大将打算今夜就把玉鬘迎回自家邸内。但倘预先说出，生怕源氏不许，所以秘而不宣。此时说道："我忽然患了感冒，身体异常不适，因思尚返敝寓，以便安心休养。若与尚侍分离，不免心挂两头，故欲相偕同往。"如此婉言托词，立即和玉鬘一同回家去了。内大臣以为如此太过匆忙，应该行个仪式才是。又念仅为此事而强行阻难，未免令人不快，便道："任凭他吧。反正此事非我所能左右。"源氏闻之，觉得此事唐突，殊非始料所及，但也不便干预。玉鬘想起自身像盐灶上的青烟一般"随风飘泊"④，自伤命苦。但髭黑大将仿佛盗取了一个美人来，非常欢喜，心满意足。为了冷泉帝访晤玉鬘之事，髭黑大将异常嫉妒。玉鬘为此不快，看不起髭黑的人品，从此对他态度冷淡，心绪

---

① 云霞比髭黑，梅香比玉鬘。
② 古歌："我来采堇春郊上，为爱春郊宿一宵。"见《万叶集》。
③ 桃李比女御、更衣等。
④ 古歌："盐灶须磨渚，青烟缥缈飏。随风飘泊去，不管到何方。"见《古今和歌集》。

更加恶劣了。式部卿亲王当时言词强硬,后来觉得难于下场。但髭黑大将绝不再访,音信全无。他已经如愿以偿,便朝夕侍候着玉鬘。

匆匆已届二月。源氏想起髭黑之事,心甚不快。他不提防他会如此公然地把玉鬘载去,懊悔自己太疏忽了。他深恐被外人取笑,念念不忘这件事情。而回思玉鬘,又觉得很可恋慕。他想:"宿世因缘之说,固然是不可忽视,但此事实由于我自己过分大意,以致自作自受。"从此不论坐卧,眼前常常出现玉鬘的面影。他想写一封闲谈戏语的信去,但念玉鬘住在这个毫无风流潇洒之趣的髭黑大将身边,写信去亦无意味,便闷在心里。然而有一天,大雨倾盆,四周岑寂,他回想从前寂寞之时,常赴玉鬘室中,和她长谈细说,以资消愁解闷,觉得此种情景,十分可恋,便决心写信给她。但念此信虽然悄悄地交侍女右近代收,也得防备右近见笑,因此凡事都不详说,但教玉鬘心领神会。诗曰:

"寂寞闲庭春雨久,
　可曾遥念故乡人?

百无聊赖之时,回思往事,遗恨实多,但安得一一面告?"右近趁无人在旁时将信交与玉鬘。玉鬘看了信就哭。她真心感到:相别越久,想起了源氏太政大臣的模样越是觉得可恋。只因不是生身父亲,未便公然地说:"啊,我怀念你,很想见你!"但心中正在考虑如何可以和他会面,不胜惆怅。源氏曾屡次对玉鬘起不良之心,使玉鬘感到不快,但她不曾把此事告诉右近,只在自己心中烦恼。然而右近早已约略窥知。只是两人关系究竟如何,右近至今还是莫名其妙。写回信时,玉鬘说道:"我写这信,多难为情!但倘不复,又成失礼。"便写道:

"泪如久雨沾双袖,

一日思亲十二时。

拜别尊颜，已历多时。岑寂之感，与日俱增。辱承赐书，不胜感激。"措辞十分恭谨。源氏展读此信，泪如雨下。深恐旁人见了怀疑，勉强装作若无其事，然而愁绪填塞胸怀。他想起了从前尚侍胧月夜受朱雀院的弘徽殿母后监视时情状，与此事相似。但此事恐是近在目前之故，似觉更加痛苦，世间少有其类。他想："好色之人，真是自寻烦恼。从今以后，我不再做烦心之事了。况且这种恋情本是不应有的。"努力自制，十分痛苦，便取琴来弹，忽又想起玉鬘抚弦的纤指。他就在和琴上作清弹，吟唱"蕴藻不可连根采"之歌①。其神态之优美，若教所恋之人见了，怕不得不动心吧。冷泉帝自从一见玉鬘芳容之后，心中念念不忘。"银红衫子窈窕姿"那首俚俗的古歌②，成了他的口头禅，使他终日悬念。他好几次偷偷地写信给玉鬘。玉鬘自伤命薄，对于酬酢赠答之事，亦觉无甚意味，因此并未写过真心诚意的回信。她始终记念源氏太政大臣对她的恩惠，觉得甚可感谢，永远不能忘记。

到了三月里，六条院庭中紫藤花与棣棠花盛开。有一天薄暮，源氏看了庭花，立刻想起那美人儿住在这邸内时的情状，便走出紫姬所居的春殿，来到以前玉鬘所居的西厅。但见庭中细竹编成的篱垣上，象征玉鬘的棣棠花参参差差地开着，光景非常优美。源氏信口吟唱"但将身上衣，染成栀子色"的古歌③，又赋诗云：

---

① 风俗歌："鸳鸯来，沉凫来，鸭子也到原池来。蕴藻不可连根采，看它渐渐长大来，看它渐渐长大来。"
② 古歌："立也相思，坐也相思，想见那银红衫子窈窕姿。"见《古今和歌六帖》。
③ 古歌："思君与恋君，一切都不说。但将身上衣，染成栀子色。"见《古今和歌六帖》。栀子花与棣棠花都是黄色的。

"不觉迷山路,谁将并手遮?①

口头虽不语,心恋棣棠花。

'玉颜在目不能忘'②也。"然而这些吟咏无人听见。如此看来,玉鬘离去之事,他到此刻方才确信,此种心理实甚奇怪。他看见这里有许多鸭蛋,便把它们当作柑子或橘子,找个适当的借口,派人送与玉鬘。附信一封,深恐别人看见,不宜写得太详,但直率地写道:"一别以来,日月徒增。不料如此无情,思之实甚怅恨。固知身在樊笼,不能自作自主。如此看来,非有特殊机缘,难得再图会面,令人不胜惋惜。"措词十分亲切。又附诗云:

"巢中一卵无寻处,

握在谁人手掌中?

即使不如此握紧,亦颇令人不快。"髭黑大将也看了信,笑道:"女子既到夫家之后,若无特别事由,即使是生身父母,亦不便轻易去访,何况太政大臣。他为什么对你时刻不忘,并且来信申恨诉怨呢?"他愤愤不平,玉鬘很讨厌他。回信也不肯写,对他说道:"这回信我不能写。"髭黑大将答道:"我来写吧。"他作代笔也觉得很恼火。答诗曰:

"此卵隐藏巢角里,

微区之物有谁寻?

尊意不快,令人惊讶。我作此复,附庸风雅了。"源氏看了这回信,笑

---

① 并手是产棣棠花有名之地。此二句暗指玉鬘被髭黑接去。
② 古歌:"旷野夕阳鸣好鸟,玉颜在目不能忘。"见《古今和歌六帖》。

道："我从来不曾听说这位大将也会写这种潇洒的信。这倒是很难得的了。"但他心中非常痛恨髭黑大将独占玉鬘。

且说髭黑大将本来的夫人，回娘家后日子越久，越是忧伤悲痛，终于神志不清，精神错乱了。髭黑大将对她的照顾，大体上很周到，对她的子女也依旧爱护。夫人也不能完全和他断绝，日常生活之事，照常受他供给。他想念赋真木柱诗的那位女公子，渴望一见，但夫人决不允许。女公子看见亲王邸内人人痛恨这个父亲，知道父女之缘愈加疏远了，小小的心中不胜悲伤。她的两个弟弟可以常常在父亲邸内进进出出；他们和姐姐谈话之时，自然不免说起继母玉鬘尚侍："她也很疼爱我们。她喜欢有趣的事，天天很快活呢。"女公子很羡慕他们，她自叹命苦："我恨不得身为男子，像弟弟一样自由往来。"说也奇怪，不论男女，都要为玉鬘而用心思。

是年十一月，玉鬘居然生了一个非常可爱的男孩。髭黑大将觉得如意称心，欢喜无量，便尽心竭力地爱护这母子二人。此中消息，不须作者缕述，读者自能想见。父亲内大臣看见玉鬘的宿运自然地亨通起来，不胜欢喜。他觉得玉鬘的容姿不亚于他所特别钟爱的长女弘徽殿女御。头中将柏木也把这位尚侍看作可爱的妹妹，对她十分亲睦。但因过去曾经误解，不免犹怀妒意，总以为应该入宫伺候皇上才有意义。他看见了玉鬘新生儿的美貌，说道："皇上至今未有子女，正在悲叹。若能替他生一皇子，面目何等光彩！"这真是多余的想法。玉鬘住在家里，亦可如法办理尚侍的公务，故入宫之事，已作罢论。如此措施，亦甚合理。

且说内大臣家那一位女公子，即希望当尚侍的那位近江君，由于此种人习癖所使然，近来热衷于恋情，春心动荡不定。内大臣为此不胜烦恼。弘徽殿女御也担心她做出轻薄行为来，时时刻刻提心吊胆。内大臣曾经制止她："今后你不可到人多的地方去。"但她不听，依旧常常往人多处去。有一天，不知道是什么日子，许多殿上人聚集在弘徽殿女御那里，而且都是声望特别高贵的人。他们合奏管弦，优雅地按拍唱曲。时值凉秋，暮景清丽，宰相中将夕雾也来参与雅集。他此次和往常不同，随意说笑，毫无顾忌。众侍女都认为难得，赞道："夕雾中将毕竟与众不同啊！"此时近江君挤开众人，钻进人群中来。众侍女说："啊呀，不得了，怎么办呢？"想拉住她。但她狠狠地向她们瞅一眼，昂然直入。众侍女相与交头接耳地告道："你们看着，她又要闹笑话了。"近江君指着那个世间少有的诚实君子夕雾，极口赞道："这个人好，这个人好！"喧哗之声连帘外也听得清楚。众侍女正在叫苦，近江君用非常爽朗的声音吟道：

"大海孤舟无泊处，
何妨到此渚边来！"①

你何必像'堀江上'的'小舟'一般频频来往，'追求同一女'呢②？真无聊啊！"夕雾听了觉得很奇怪：弘徽殿女御这里怎么会有如此粗鲁的女人呢？仔细一想，恍然大悟：原来这便是那个有名的近江君。他觉得可笑，便答诗云：

"舟人虽苦风涛恶，
不肯停船别渚边。"

这就叫近江君无可奈何了吧？

---

① 意思是说：你向云居雁求爱失败，何妨爱了我呢。
② 古歌："犹似堀江上，小舟来去频。追求同一女，旧梦好重温。"见《古今和歌集》。近江君引用"同一女"，是指云居雁。

第三十二回 梅　枝①

　　明石小女公子将举行着裳仪式，源氏太政大臣用心准备，其周到非寻常可比。皇太子亦将于同年二月举行冠礼。冠礼完成之后，小女公子即将入宫。且喜今天是正月底，公私均甚闲暇，源氏便命配制熏衣用的香剂。太宰大弍奉赠香料若干。源氏一看，觉得品质不及从前的好，便命打开二条院中的仓库，取出以前中国舶来的种种物品，比较之下，说道："不但香料如此，绫罗缎匹也是从前的优良可爱。"即将举行的着裳仪式中所需用的毯子、垫子和褥子，都须用绫罗镶边。源氏命人把桐壶帝初年朝鲜人所进贡的绫罗金锦等今世所无的珍品取出来，分别派定用途。便把太宰大弍所赠绫罗赏赐了众侍女。香料新旧两种都要，分送给院内各位夫人配制，对她们说："请把两种各配一剂。"赠人的物品，以及送公卿们的礼物，都很精美，世无其类。院内院外，都忙于准备。妇女们精选材料，捣制香剂，铁臼之声盈耳。源氏独自闭居在离开正屋的一间别室中，悉心调制仁明天皇承和年间秘传下来的两种香剂："黑方"与"侍从"。这两种香剂的制法，向来不许传授给男子，不知他何由知道。紫夫人则在正屋与东厢之间的别室深处设一座位，在那里依照八条式部卿亲王②的秘方调制香剂。大家非常秘密，互相竞争。源氏说："我们当以香气的浓淡来判定胜负。"他们像孩子一般赌赛，不像是做父母的人。他们为了保守秘密，侍女也不许多人入内。各种器物，无不尽善尽美。就中香壶箱子的模样、香壶的形式、香炉的设计，无不新颖入时，别出心裁，为从来所未见。源氏在各位夫人所用心调制的香剂中，选取其优良者，设法装入壶中。

---

① 本回写源氏三十九岁春天之事。是年小女公子十一岁，皇太子十三岁。
② 八条式部卿亲王是仁明天皇的第五皇子，是有名的香剂专家。

第三十二回 梅枝

二月初十日,天降微雨,庭前红梅盛开,色香美妙无比。此时萤兵部卿亲王来了。他是为了明石小女公子着裳仪式在即,特地前来探望的。这位亲王与源氏自昔交情特厚,二人肝胆相照,无所不谈。正在共赏红梅,前斋院槿姬派人送信来了,其信系在一枝半已零落的梅花枝上。萤兵部卿亲王知道槿姬与源氏往日交情,见了这信颇感兴趣,问道:"看来这信是她自动送来的,为了何事呢?"源氏微笑着答道:"我老实不客气地托她调制香剂,她郑重其事地赶紧制成了。"便把来信藏过。随函送来的是一只沉香木箱子,内装两个琉璃钵,一个是藏青色的,一个是白色的,里面都盛着大粒的香丸。藏青琉璃钵盖上的装饰是五叶松枝,白琉璃钵盖上的装饰是白梅花枝。系在两钵上的带子也都非常优美。萤兵部卿亲王赞道:"样子真漂亮!"仔细观赏,但见里面附有小诗一首:

"残枝花落尽,香气已成空;
移上佳人袖,芬芳忽地浓。"

笔致淡雅,着墨不多。亲王高声朗诵一遍。夕雾便把送信使者留住,赏赐酒肴甚丰。又送他女装一套,内有红梅色中国绸制常礼服一袭。源氏的复信也用红梅色染成的上深下渐淡的信纸,在庭中折取红梅一枝,将信系在枝上。亲王恨恨地说:"我在猜测这封信的内容呢。有什么隐情,要如此秘密?"他很想看看这信。源氏答道:"并无特别事由。你把它看作隐情,岂有此理!"便在另一张纸上将信中的诗写给他看:

"为防疑怪藏来信,
喜见花枝忆故人。"

诗意大致如此。他又对亲王说："这回的事情我办得如此认真，似乎太好事了。但我认为，我只有这一个女儿，办得体面些也是应该的。女儿长得并不端正，未便请疏远的人结腰。所以我想请秋好皇后乞假回家，担任这个职务。秋好皇后同她谊属姐妹①，而且彼此熟悉。不过此人气度高雅，仪态万方，叫她来看这个万事都很平常的仪式，委屈了她。"萤兵部卿亲王说："你家这位未来的皇后为欲肖似现在的皇后，当然必须请她来结腰。"他赞同源氏的主张。

源氏想乘此机会把各位夫人所调制的香剂收集起来，便派使者去对她们说："今晚天雨，空气滋润，宜于试香。"于是各种精致的香剂都送来了。源氏对萤兵部卿亲王说："请你来评判优劣吧。所谓'除却使君外，何人能赏心？'也。"便命取香炉来试香。萤兵部卿亲王谦逊道："我又不是'知音'②。"但并不推辞，把各种美不可言的制品一一尝试，指出所含香料过多或不足，些微缺点亦必挑剔，严格品定其优劣之差别。后来轮到源氏自己所制的两种香剂。在承和时代，香剂埋在宫中右近卫府旁御沟水边③。源氏仿此古法，将自己所制两种香剂埋在西边走廊下流出的小溪附近。此时便叫惟光的儿子兵卫尉掘出，由夕雾中将接取，送呈萤兵部卿亲王。亲王为难了，说道："这个评判人真难当啊！被烟气熏坏了！"

同一种香剂调制法，广泛流传各处。但因人人趣味不同，配合分量略异，因而香气浓淡各别。此种研究分析，非常饶有趣味。萤兵部卿亲王觉得各种香剂互有短长，难于断然评定。其中只有前斋院槿姬送来的"黑方"，毕竟幽雅沉静，与众不同。至于"侍从"，则确定源

---

① 秋好是源氏的义女。
② 古歌："除却使君外，何人能赏心？梅花香色好，惟汝是知音。"见《古今和歌集》。
③ 香剂制成后，盛瓷器内，埋在水边土中。"黑方"与"侍从"两种香剂，春秋埋五天，夏日埋三天，冬日埋七天。

氏所制者最为优良，香气文雅可爱。紫姬所制的三种香剂之中，"梅花"的气味爽朗而新鲜，配方分量稍强，故有一种珍奇的香气。萤兵部卿亲王赞道："在这梅花盛开的季节，风里飘来的香气，恐怕也不能胜过这种香剂吧。"住在夏殿里的花散里，闻知各位夫人大家制香，互相竞赛，觉得自己何必挤在里头，与人争长。可见她在制香等事情上也是谦虚退让的。因此她所制的只有一种夏季用的"荷叶"，香气特别幽静，异常芬芳可爱。住在冬殿里的明石姬，本想调制一种冬季用的"落叶"，但念此香比不上别人，亦甚乏味。因此想起：从前宇多天皇有一种优越的熏衣香调制法，公忠朝臣①得其秘传，再加研究精选，制成名香"百步"。她便依照此方调制，香气馥郁，异乎寻常。萤兵部卿亲王认为此人心工最为巧妙。照他的评判，各人各有优点。因此源氏讥笑他道："你这评判者真是面面光的啊！"

不久雨晴月出，源氏太政大臣与萤兵部卿亲王把盏对酌，共话往事。此时云月朦胧，柔雨可爱，微雨初晴，凉风习习。梅花之香与熏香相交混，合成一种不可名状的气味，充满于殿宇各处，令人心情异常幽雅。事务所里的人正在准备明日的管弦合奏，将各种弦乐器加以装饰。又有许多殿上人进来，演习吹笛，音节甚美。内大臣家的两位公子头中将柏木与弁少将红梅，前来参见之后，即将退出，源氏却将两人留住，命人取过各种弦乐器来，将琵琶交与萤兵部卿亲王，筝琴由源氏自己弹奏，和琴赐与柏木。弦乐合奏，音节华丽，异常悦耳。夕雾吹奏横笛，曲调与春季时令相合，清音响彻云霄。红梅按拍，唱催马乐《梅枝》②，歌声异常美妙。此人童年之时，曾在掩韵游戏之后即席吟唱催马乐《高砂》③。今唱《梅枝》，萤兵部卿亲王与源氏太政大臣都来助

---

① 源公忠是有名的衣香专家，从其母典侍滋野直子受得秘方。
② 催马乐《梅枝》歌词："黄莺惯宿梅花枝，直到春来不住啼，直到春来不住啼。阳春白雪尚飞飞，阳春白雪尚飞飞。"本回题名据此。
③ 见第231页。

唱。此次虽非正式盛会，却是极有风趣的夜游。

萤兵部卿亲王向太政大臣敬酒，献诗云：

"饱餐花香心已醉，
忽闻莺啭意如迷。

在这里'我欲住千年'①呢！"源氏将酒杯转赐柏木，并赠诗云：

"今春饱餐香与色，
日日盼君来看花。"

柏木接了酒杯，交与夕雾，亦赠诗云：

"请君彻夜吹长笛，
惊起高枝巢里莺。"

夕雾答诗云：

"春风有意避花树，
玉笛安能放肆吹？"

大家笑道："放肆吹确是太无情了！"红梅也赋诗一首：

"春云不忍遮花月，

---

① 古歌："为爱春花好，心常住野边。但教花不落，我欲住千年。"见《古今和歌集》。

惊起巢莺夜半啼。"

萤兵部卿亲王说过"我欲住千年",果然住到了天亮,然后辞归。源氏赠他的礼物,是原为自己制的常礼服一件,和未曾试过的熏香两壶,命人送到车上。亲王报以诗云:

"归去浓香携满袖,
山妻应骂冶游郎。"

源氏笑道:"你太胆小了!"当他的车子正在套牛之时答以诗云:

"衣锦还家风采美,
细君喜见玉郎归。

她只觉得你俊俏无比,哪里会骂?"亲王被他驳倒,垂头丧气而去。柏木、红梅等也都受得赏赐,不甚丰厚,是妇女用的袍衫之类。

是日戌时,源氏来到西殿。秋好皇后所居西厅旁边一室,已布置成着裳仪式会场。替女公子梳发的内侍等也都来了。紫夫人乘此机会与秋好皇后相见。两家侍女云集一处,人数异常众多。子时举行着裳仪式。灯光虽然朦胧,秋好皇后看见女公子容貌十分秀美。源氏向皇后道谢:"辱承不弃,敢以陋质进见,请为结腰。深恐后世之人,将以此为先例也。诚惶诚恐,敬申谢忱。"皇后答道:"愚陋无知之人,遵嘱勉为成礼。乃蒙过分夸奖,反觉不安于心。"她如此逊谢,态度异常生动而娇艳。源氏看见这许多才貌双全的美人集中于一家,觉得幸福无疆。只是小女公子的生母明石夫人未得参与盛会而正在悲叹,实为一大憾事。源氏颇思派人前去邀她出席,但恐别人诽议,终于作罢。六条院中所举办的仪式,即使寻常之事,也极隆重豪华,何况此次盛会。倘照通例缕述，而只能写出其一端，则反而乏味，故不详叙。

皇太子的冠礼，于是月二十后某日完成。皇太子年仅十三，却已长大成人。因此高官贵族争欲遣送女儿入宫奉侍。但闻源氏太政大臣已有此志，并且排场特别隆重，左大臣及左大将等都觉得自己的女儿无法争宠，便打消了这个念头。源氏闻之，说道："如此反而怠慢了。后宫之中，必须有许多美人争艳斗媚，较量分寸之差，这才富有意趣。大家把千金小姐笼闭在家里，岂不太可惜么？"他就叫自己的女儿延期入宫。诸人本当静候明石小女公子先行，然后依次送女儿入宫。如今闻此消息，左大臣便遣送家里的三女公子入宫，人称之为丽景殿。

明石女公子的宫中住处，预定为源氏以前的值宿处淑景舍，已加改筑及装饰。女公子入宫延期，皇太子等得心焦。于是决定四月入宫。各种用具，除原有者以外，又添置新品，其雏形及图样，均由源氏太政大臣亲自过目，召集各行各匠，令其精心制作。藏在书箱里的图册，均选用可作习字帖者。其中不乏古代一流书法家所作盖世闻名的作品。源氏对紫夫人说："世风日下，万事不及古代，愈来愈见浅薄。只有假名的书法，今世进步无量。古人所写的假名，虽然合乎一定的法则，但是缺乏流畅生动之相，似乎千篇一律。到了近代，才有假名书法的妙手相继出世。我曾有一时热衷于此道，搜集许多优良范本。其中皇后的母亲六条妃子所写的，漫不经心，信笔疾书，草草一行，纯熟自然。我访得之后，认为绝世佳作。为此与她结了不解之缘，留下了薄幸之名。当时她曾痛悔，然而我非无情之人，也曾尽心竭力地照顾她的女儿。她是贤明之人，虽在九泉之下，定能谅解我心。"说到后来声音很轻了。

继而又说："已故的母后藤壶道人，书法功夫甚深，具有秀丽之趣。然而笔力较弱，未免缺乏余韵。尚侍胧月夜确是当代名家，但是过于潇洒，亦是美中不足。虽然如此，总之，尚侍胧月夜、前斋院槿姬与你，都是书法名手。"他称赞紫姬的书法。紫姬答道："把我列入名手，教人惭愧死了！"源氏说："你也不须过分谦逊。你的笔法柔丽可爱,自有特色。不过你的汉字太高明了,假名赶不上它,不免略有破笔。"他又添置几本没有写过字的空白册子,封面与带子都很精美。他说:"我想请萤兵部卿亲王和左卫门督也写一点。我自己拟写两册。他们无论怎样高明,总比不上我吧。"这是自夸了。他又精选笔墨,郑重其事地写信与诸位夫人,请她们也写册子。诸位夫人都以为此事甚难。就中有推却者,源氏再度诚恳请托。他又选取几本非常华丽的、染成颜色上深下渐淡的高丽纸册子,要叫几个风流少年也都试书。对宰相中将夕雾、式部卿亲王的儿子左兵卫督及内大臣家头中将柏木说道:"苇手、歌绘①都好,各用自己所心爱的字体可也。"于是诸少年各自用心书写,互相竞争。

　　源氏又闭居在离开正屋的那间别室中,专心写字。其时春花已过盛期,天空澄碧,日丽风和。各种古歌浮现脑际,他就随心所欲地用假名写出,或用草体,或用普通体,无不异常秀美。身边侍女不多,只留二三人司理磨墨等事。这二三人都有学识,从优良的古歌集中选取诗歌时,何者宜于入选,可同她们商量。帝幕尽行卷起,源氏落拓不羁地坐在窗前,将册子置于矮几之上,口中衔着笔尖,凝神思索,其姿态之优美,令人百看不厌。册子中每逢白色或红色等触目的一页,他就改变执笔姿势,用心书写。这姿态也很优美,知情识趣的人见了,无不为之神往。

　　正在此时,忽闻侍女报道:萤兵部卿亲王驾到。源氏吃了一惊,连忙穿上常礼服,又命添设蒲团,延请亲王入室。这位亲王风度亦甚清秀,拾级升阶,从容不迫。众侍女都在帘内窥看。两人相见,互道寒暄,礼貌恭谨,态度优雅。源氏向他表示欢迎,"近日无事闲居,不堪寂寞之苦。文驾惠临,正值良时!"萤兵部卿亲王便把源氏所嘱书的册子交奉。源氏立刻披览,但见书法虽非特别优越,然而页页清整,笔笔

---

① "苇手"是一种戏书,在色纸上用草书字母写歌,形似水边芦苇。"歌绘"是表现歌意的画,文字与画混合。平安时代流行此二种书法。

挺秀，诚不失为佳作。诗歌亦甚别致，故意选取富有特色的古歌。每首不过三行，汉字极少，体裁风流潇洒。源氏惊叹道："大作如此高明，诚非始料所及，我等只有搁笔了！"亲王戏言答道："我既腼颜参与群贤之列，拙作也就托福增光了。"

源氏所写的册子，无法隐藏，便取出来共同欣赏。写在平整的中国纸上的草体字，萤兵部卿亲王看了觉得特别优越。又有高丽纸，纹理细致，柔软可爱，色泽并不鲜丽，而有优雅之感。上面写着流丽的假名，笔笔正确，处处用心，其美无可比拟。观者似觉跟着书家的笔尖而流着感动之泪，真乃百看不厌的佳作。又有本国制的彩色纸屋纸①，色泽鲜艳的纸面上信笔率书着草体字的诗歌，其美亦无限量。萤兵部卿亲王看了源氏这种随意挥洒、妩媚动人的手迹，爱不忍释，更不想看别人的作品了。

左卫门督所写的，一味冠冕堂皇，锋芒毕露，然而笔法并不十分端正，有矫揉造作之感。所写的诗歌也都选用奇特之作。妇女的作品，源氏不肯多拿出来。尤其是前斋院槿姬所作，绝不轻易示人。诸少年所书的苇手册子，风流潇洒，各尽其美。夕雾所作的模仿水流之势，畅快活泼，处处芦苇乱生，很像产苇有名的难波浦上的景色。像水的文字与像苇的文字交互错综，非常美观。又有数页，一反优美华丽之风，将文字加以意匠，写成怪石嶙峋之状。萤兵部卿亲王看了深感兴趣，说道："这真是见所未见。写此种文字，要费不少工夫呢！"原来这位亲王对万事都感兴趣，乃风雅之人，故特别赏识此种技艺。

今日又是整天谈论书法。源氏选出所藏各种继纸②册子来欣赏。萤兵部卿亲王乘此机会，派儿子侍从回家去拿些册子来。计有嵯峨帝所选录的《古万叶集》四卷，以及延喜帝所书《古今和歌集》一卷，由

---

① 平安时代在京都纸屋院制造的一种高级纸。
② 继纸是由两种以上异质异色的纸张接合而成的纸，古人写诗歌用。

淡蓝色中国纸接合而成,有深蓝色中国花绫封面,淡蓝色玉轴,以及五彩丝带。式样十分优雅,书体每卷不同,笔墨异常精美。源氏把灯笼放低,仔细观赏,赞道:"这真是精品了!现今的人,只学得古人的一端呢。"萤兵部卿亲王便把这两件作品奉赠,说道:"即使我有女儿,倘使她不会赏识,我也不肯传给她。何况我没有女儿,保存此物,有何用处呢!"源氏也有礼物赠与侍从:版本极佳的中国古书,装在一只沉香木制的书箱里,再加一支精美的高丽笛。

最近一段时期内,源氏又热衷于假名书法的品评了。凡是世间以能书著名的人,不问其身份之高下,他都探访出来,选择适当品类,令其书写。但身份低微的人所写的,不收入女公子的书箱中。他仔细考量其人之才学与品格,分别叫他们写册子或卷轴。此外又为女公子备办种种珍贵宝物,都是外国朝廷所稀有的。所有珍品之中,此种书法册子最为世间多数青年人所仰慕。选择画幅之时,昔年所作须磨日记不曾选入。因为他想将此作品传之后世,所以要等女公子年事稍长知识渐丰之后再交付她。

且说内大臣看见别人准备女儿入宫,排场如此盛大,回想自家女儿,觉得十分懊丧。他家那位云居雁小姐,芳龄已届二十,美貌如花似玉,而空闺独守,寂寞无聊。为父亲的着实替她担心。那个夕雾呢,态度和从前一样冷淡,毫无热情表示。若教这边让步,主动向他求婚,又恐被人耻笑。因此内大臣独自悲叹,悔不当夕雾热心求爱之时答应了他。他仔细想来,此事不能归罪于夕雾一人身上。内大臣后悔之事,夕雾亦有所闻。但他回想内大臣对他的冷酷,心中犹有余恨,因此故意装作镇静,不肯前去求婚。然而他决不是另外爱上了别的女人。他真心恋慕云居雁,常有"暂别心如焚,方知戏不得"①之叹。然而云居

---

① 古歌:"欲试忍耐心,戏作小离别;暂别心如焚,方知戏不得。"见《古今和歌集》。

雁的乳母曾经嘲笑他的淡绿袍，因此他打定主意：等到升了纳言，换上红袍之后再去求见。

源氏看见夕雾至今尚未定亲，觉得奇怪，替他担心。有一次对他言道："你对那人如果已经断念，则右大臣和中务亲王都想将女儿许配与你，由你自己选定吧。"但夕雾默默不答，只是毕恭毕敬地坐着。源氏又说："讲到此种事情，我也是连桐壶父皇的宝贵教训都不肯听从，所以我对你不想多嘴。然而过后回想，这种教训正是颠扑不破的真理。你今年已十八，还是独居无偶，世人都在猜量，以为你怀抱高远之志。如果你为宿缘所拘，结果娶了一个凡庸女子，这就变成虎头蛇尾，惹人耻笑了。即使怀抱高远之志，结果未必如意称心。要知世事都有限量，不可过分诛求挑剔。我自幼生长宫中，一举一动，不能任意，生活十分拘束。略有过失，便会遭受轻率之讥，故必须时时小心翼翼。然而还是获得了好色的罪名，长受世人讥议。你官位还低，不受拘束，但切不可因此而毫无顾忌，任情行事。人心倘不抑制，自会骄傲起来。此时倘无心爱之人来镇定其心，贤人也会为了女人之事而身败名裂。此种事例，古来甚多。倘向不应该爱的人求爱，结果是使对方蒙受恶名，使自己遭人怨恨，成为终身憾事。倘因疏误而成亲，而其人不称我心，则即使到了难于忍耐之时，亦当回心转意，竭力宽容：或者看她父母面上，曲予原谅；或者父母已死，娘家衰落，而其人具有可爱之处，则亦应重视此优点而与之偕老。总之，为自己计，为对方计，都应深思远虑，务求善始善终。"每当闲暇无事之时，源氏总拿这一类话来教导夕雾。夕雾听从父亲的训话。他有时恋慕别的女子，即使是逢场作戏，亦认为自造罪孽，对不起云居雁。

云居雁看见父亲近来异常忧愁，觉得此身可耻可悲，以致意气消沉。但脸上不露声色，装作若无其事，只是闷闷不乐地度日。夕雾每逢刻骨相思、痛苦难堪之时，便写缠绵悱恻的情书，寄与云居雁。云居雁应有"谁人可信任"①之叹。倘是老于世故的人，也许会疑心夕雾对她是否诚心。但她并不怀疑，每次读了来信，总是不胜悲伤。外间有人传说："中务亲王已请得源氏太政大臣同意，将女儿许配夕雾中将，正在说亲。"内大臣闻此消息，重又悲痛起来，胸怀为之郁结。他悄悄地对云居雁说："听说夕雾要娶中务亲王的女儿了。此人真无情啊！从前太政大臣曾经向我开口，要我将你许配夕雾，那时我执念甚强，不曾答应。想是为此之故，他另行择人了。现在我若让步，允其昔日之请，岂不被人耻笑！"说时泪盈于睫。云居雁觉得十分可耻，不禁淌下泪来。又觉难以为情，将身转向一旁，姿态娇艳无限。内大臣睹此情景，想道："此事如何是好？看来只得开口求人了。"他满腹心事地走出室去。云居雁依旧独坐窗前，凝神闲眺。她想："我怎么会如此伤心，以致淌下泪来呢？不知父亲作何感想？"万种思量，涌上心来。正在此时，夕雾派人送信来了。云居雁虽有不快之感，终于启读来信。但见信中语言甚详，诗云：

　　"你是无情女，全同浮世人。
　　我心与俗异，永远不忘君。"

云居雁看见信中绝不谈起另行择配之事，觉得此人过于薄情，思之不胜痛恨。答诗云：

　　"口称不忘我，心已早忘情。
　　弃旧怜新者，良由随俗心。"

夕雾看了回信，觉得奇怪。他拿着信不放，侧着头寻思，不解其意。

---

① 古歌："明知此子言皆伪，更有谁人可信任？"见《古今和歌集》。

第三十三回　藤花末叶①

六条院中忙着准备小女公子入宫之时，夕雾中将心事满腹，神思恍惚，但又觉得奇怪："我自己也不知道，我心何以如此固执。相思既然如此其苦，则现在对方已经让步，'守关者'已经'睡熟'②，反正只要等候对方正式前来议婚好了，何必多忧呢？"他耐心等候，颇感痛苦，心情烦乱之极。云居雁也在想："那天父亲悄悄地告我之言，如果成了事实，则夕雾势必把我完全忘却。"她不胜悲伤。这两人虽然由于乖运而互相背离，但毕竟是一对不可分离的恋人。至于内大臣呢，态度如此强硬，但对自己全无好处，心中不胜烦恼。他想："如果中务亲王招了夕雾为婿，则我的女儿只得另行择人。如此夕雾实甚痛苦；而我们亦必被人耻笑。自然不免发生有伤体面之事。虽然十分秘密，但是家丑早已外扬。想来想去，还不如设法调解，自动让步。"内大臣和夕雾，外表若无其事，而心中仇恨不解。突然向夕雾说亲，内大臣觉得不好意思；而郑重其事地迎接新婿，又恐外人取笑。因此他想等候适当机会，隐约向夕雾示意。

三月二十日是太君两周年忌辰，内大臣赴极乐寺墓地祭扫。诸公子全体随行，排场十分盛大，王侯公卿前来参与者甚多。夕雾中将也在其内，其装束之华丽，决不逊于他人。就相貌而言，此时青春十八，正值盛年，生得眉清目秀，十全其美。只是自从与内大臣结怨以来，每逢见面，必多顾忌。今天虽来参与，常怀戒备之心，态度十分冷静。内大臣对他则比往常更加注目。诵经礼忏所需供养之物，由源氏大臣从六条院派人送来。夕雾中将尤为诚恳，为外祖母经办种种供养。

---

① 本回与前回同年，写源氏三十九岁三月至十月之事。
② 古歌："我有秘密路，人皆不注目。但愿守关人，夜夜睡得熟。"见《古今和歌集》。

天色向晚，大家准备回家。此时群花零落，暮霭苍茫。内大臣回忆往事，慨然吟咏，姿态甚是潇洒。夕雾面对凄凉的暮景，悠然神往。旁人嚷着"天要下雨了"，但他如同不闻，依然耽于沉思。内大臣睹此情状，想是忍不住了，拉着夕雾的衣袖，对他言道："你为何如此怪我？今天同来祭扫，请看太君面上，恕我往日之罪吧。我年已向晚，余命无多。若见弃于人，真乃遗恨无穷了！"夕雾闻言，不胜惶恐，答道："小甥秉承外祖母遗志，本当仰仗舅父栽培，只因获罪未蒙原宥，故而未敢前来领教。"此时风雨大作，势甚凶猛。诸人争先恐后，纷纷散归。夕雾返家之后，独自寻思："内大臣今天对我态度与往常不同，不知他心中有何打算。"他日夜思念云居雁，故凡她家之事，即使极小，亦甚关心。这天晚上他左思右想，直到天明。

　　想必是夕雾长年相思的报应吧：内大臣从前那种强硬态度，今已影迹全无，他变得很柔弱了。他想找个良好机会，不是有意做作的，却又适于迎接新婿的。时值四月上旬，庭中藤花盛开，景色之美，迥异寻常。坐视其空过盛期，岂不可惜。于是举行管弦之会。夕阳渐渐西沉，花色更增艳丽。内大臣便命柏木送信与夕雾，并叫他口头传言："前日花阴晤谈，未得罄述衷曲。今日倘有余暇，极盼即刻光临。"信中有诗一首：

　　　"日暮紫藤花正美，
　　　春残何事不来寻？"①

　　这封信系在一枝非常美丽的藤花上。夕雾终于等着了这一天，欢喜之极，心头乱跳。惶恐地作复：

---

　　① 以藤花比云居雁。

"暮色苍茫难辨识，
如何折取紫藤花？"①

对柏木说道："抱歉得很，我很胆怯，写不好诗，请你替我修改吧。"柏木答道："不必写诗，我陪你同去就是了。"夕雾说笑道："你这种随从我不要！"便叫柏木拿了回信先回家去。

夕雾往见源氏大臣，将此事禀告，并将内大臣来信呈阅。源氏大臣看了信，说道："他招你去，一定是有意思的。如此主动求上门来，则过去违背太君遗志的不孝之罪也消解了。"他那骄矜之色，令人讨厌。夕雾答道："不见得有意思吧。只因他家正殿旁边的紫藤花今年开得特别茂盛，此时又值闲居无事，故作管弦之会，招我去参加罢了。"源氏大臣说："总之，他特地遣使来请，你应该即速前去。"他允许夕雾赴约。夕雾不知内大臣究有何意，心中怀疑，惶惑不安。源氏大臣对他说道："你的袍子颜色太深，质地也太轻了。如果不是参议，或者没有官职的青年人，原不妨穿你那种浅紫色袍子。但你是参议，衣冠须得讲究些。"便把自己穿的一件华美的常礼服，配以非常讲究的衬衣，叫随从者拿了送往夕雾室中。

夕雾在自己室中仔细打扮，到了夕暮过后才来到内大臣邸，大家等得心焦了。做主人的诸公子，自柏木以下七八人，一齐出来迎接，陪同夕雾入内。座上诸人相貌都很俊美，但夕雾尤为出众，艳丽而清秀。其气度之高雅，令人心生敬爱。内大臣吩咐侍者仔细安排客座，自己也整饰衣冠，准备出席。他对夫人身边的青年侍女们说道："你们都来窥看！夕雾公子年龄渐长，相貌越发标致了。他的一举一动，都从容不迫，落落大方。其光明磊落、老成持重之相，竟胜过他的父亲呢！源氏大臣的相貌一味优雅温柔，教人看了自会面露笑容

---

① 暮色苍茫，比喻来信不曾明言亲事。

而忘却人世一切苦劳。但在朝廷大会上,这相貌似乎缺乏严肃,而太偏于风流,这原是当然之理。这位夕雾公子则才学渊博,气度豪雄,世人都承认他是个毫无缺陷的完人呢。"说过之后,整一整衣冠,便出去与夕雾会面。略说了几句彬彬有礼的应酬之词以后,就移座赏花饮酒。

内大臣说:"春日之花,不拘梅杏桃李,开出之时,各有香色,无不令人惊叹。然而为时皆甚短暂,一转瞬间,即抛却了赏花人而纷纷散落。正当惜花送春之时,这藤花独姗姗来迟,一直开到夏天,异常令人赏心悦目。这色彩教人联想起可爱的人儿呢。"他说时面露微笑,风度十分优雅。月亮出来了,清光暗淡,花色难于辨认。然而还是以赏花为由,传杯劝酒,唱歌作乐。不久之后,内大臣佯装喝醉,举止历乱,频频持杯向夕雾劝酒。夕雾心有戒备,婉言恳辞,颇感苦劳。内大臣对他说道:"在这衰微的末世,你是绰绰有余的天下有识之士。但你舍弃了我这个残年之人,实在太无情了。古籍中有'家礼'①之说。孔孟之教你必然深通。但你不肯视我如父,忤我太甚,教我好恨啊!"想是醉后感伤之故吧,他委婉地发了一会牢骚。夕雾连忙道歉:"舅父何出此言!小甥孝敬舅父,与从前孝敬外祖父母和母亲一样,粉身碎骨,在所不惜。不知舅父有何所见而出此言?想必是小甥一时疏忽,有所怠慢之故吧。"内大臣看见良时已到,便振作精神,唱起"春日照藤花,末叶尽舒展……"②的古歌来。头中将柏木早承父亲授意,此时便向庭中折取一枝色浓而穗长的藤花,添附在夕雾的酒杯上,向他敬酒。夕雾接了酒杯,色甚狼狈。内大臣吟诗云:

"可恨小藤花,凌驾老松上。

---

① 《史记·高祖本纪》中说:"如家人父子礼。"
② 古歌:"春日照藤花,末叶尽舒展。君若能开诚,我亦愿信赖。"见《后撰集》。内大臣意在后面两句。本回题名据此歌。

为爱紫色好,其罪当曲谅。"①

夕雾手持酒杯,躬身为礼,作拜舞之状,姿态十分优雅。答诗云:

"几度春来和泪待,
今朝始得见花开。"

咏罢,还敬柏木一杯。柏木吟道:

"少女春衫袖,色香似此藤。
欣逢高士赏,花色忽然增。"

于是顺次传杯,各赋诗歌。但诸人皆醉,语不成章,未有胜于上述三首者,故不俱载。

初七夜的月亮清影幽微,照见池面暮烟笼罩,一片朦胧。枝头绿叶尚未成荫,正是风景岑寂之候。只有开在树干不高而枝丫千姿百态的松树上的藤花异常艳丽。那位弁少将红梅便用美妙的嗓子唱起催马乐《苇垣》②来。内大臣听了非常高兴,叫道:"这曲歌真有意思啊!"便跟着他助唱:"此家由来久……"③歌声也很美妙。在这兴高采烈、放任不拘的宴会上,从前的旧恨尽行消失了。

---

① 藤花比夕雾,老松比自己,紫色比云居雁。诗意:夕雾强硬,内大臣只得让步,看女儿面上原谅他。
② 催马乐《苇垣》全文:"(女唱)拆开芦苇垣,越垣偕郎逃。谁在父母前,有意把舌饶?此家大轰动,弟妇最唠叨。(弟妇唱)天地神作证,我不把舌饶。你今说此话,完全是造谣。"此是男诱女之歌,讥讽从前夕雾诱云居雁。
③ 应是"此家大轰动"。内大臣嫌其不祥,故意改唱。或说:是传讹。不知孰是。

到了夜色渐深之时，夕雾装出非常痛苦的样子，向柏木诉说："我多喝了酒，头晕目眩，痛苦难堪。如果告辞回去，路上难免出事。想在尊斋借宿一宵，如何？"内大臣就对柏木言道："头中将啊！你替客人安排寝所吧。老人酩酊大醉，顾不得礼貌，先退席了。"说过之后便回内室去。柏木对夕雾说道："想必是叫你借宿花阴了！怎么办呢？倒教我这引路人为难了！"夕雾答道："'托身苍松上'①的，岂有轻薄之花？请勿说不快之言！"便催他引路。柏木心中不免怀有妒意。但他一向认为夕雾人品高雅，令人称心，结果总是他的妹婿。因此放心地引导他到云居雁房中。

夕雾恍如身在梦中。如今大愿遂成，他觉得自身更可尊贵了。云居雁不胜羞涩，沉思不语。但见夕雾成年后比从前更加俊秀，真乃美玉无瑕。夕雾向云居雁诉恨："我身几乎做了世人的话柄。全靠专心一意，努力忍耐，终于获得了允许。你却毫不关情，真乃异乎寻常。"后来又说："弁少将唱《苇垣》，你懂得他的意思么？这个主人对我讽刺得好厉害！我想唱《河口》②来报答他呢。"云居雁觉得此歌难听，答以诗云：

"河口流传轻薄事，
　疏栏何故泄私情？

多么无聊啊！"吟时同孩子一般天真烂漫。夕雾微笑着答诗云：

---

① 古歌："托身苍松上，紫藤虽弱小，但得熏风吹，花开无限好。"见《古今和歌六帖》。引用此诗，意思是说我已得内大臣许可。
② 催马乐《河口》歌词："河口有个关，关门是疏栏。虽然是疏栏，关吏守得严。虽然守得严，被我逃出关。出关会情人，两人同衾眠。"河口关在伊势郡。夕雾欲唱此歌，意思是说：内大臣虽然管得严，他俩早已私通。故下文云居雁诗云云。

"莫怪河口关，疏栏多漏泄，
久木多关上，关守应负责。①

害得我长年忍受相思之苦，忧愁懊恼，不辨前后。"他借口酒醉，装出困疲之状。天色近晓，只当不知，流连不肯归去。众侍女都替他们着急。内大臣闻之，怪道："睡得这么得意，现在还不起来？"但夕雾终于在天色大明之前回去，那睡眼蒙眬之相亦甚美观。

次日夕雾的慰问信，依旧像情书一般偷偷地送来。云居雁今天反而比从前更加懒得写回信了。几个尖刻的侍女便互相交头接耳，挤眉弄眼。正在此时，内大臣进来了，云居雁局促不安。夕雾的信中写道："只因姐姐对我，永不开诚相待。故虽已与君结缡，反觉我身不幸。然而爱慕之情，永远不绝，故欲凭此书消我愁思。

偷绞青衫泪，年来手已酸。
今朝莫怪我，当面泪汍澜。"

这封信写得非常亲切。内大臣看了，笑道："书法清秀之极啊！"以前对他的怨恨完全消释了。云居雁迟疑不决地懒得写回信。内大臣觉得回信太迟有失体面，料想她是在父亲面前怕难为情之故，便起身回去了。犒赏使者的礼品异常隆重。柏木中将热诚招待这使者。此人以前来送信时，常常偷偷摸摸；今天却神气活现、大摇大摆了。此人是个右近将监，夕雾把他当作心腹人差遣。

源氏太政大臣也获悉了此事。隔了一会，夕雾前来参见，容貌比以前更加光彩了。源氏向他打量一下，说道："今天早上怎么样？慰问信送去了么？为了女人之事，贤者亦难免错乱。多年以来，你能不做

---

① 久木多关在陆奥郡。

强项放肆之事，不露焦躁愠怒之色，直至今日，此心确是与众不同，深可嘉许。内大臣为人，一向刚愎自用，不屈不挠。此次忽然卑躬屈节，世人必然纷纷议论。但你切不可为了占胜而扬扬得意，盛气凌人，因而养成浮薄之心。内大臣看似落落大方，倜傥不羁，其实并无豪雄之气，却有迂腐之癖，是个难与交往之人。"这是照例的一篇训话。他觉得这段婚事如意称心，十全其美。源氏大臣生得年轻，不像是夕雾的父亲，倒像是个略长几岁的哥哥。分别看时，两人相貌惟妙惟肖，完全相同；父子在一起时，则互有不同，而并皆美妙。源氏大臣身穿淡色常礼服，内衬唐装式的白色内衣，花纹鲜明而晶莹。他今年三十九岁，相貌还是清秀而优雅。夕雾身穿色彩稍深的常礼服，内衬染成浓丁香汁色纹样的可爱的白绫衫子，别有风度，非常艳丽。

今天是四月初八，六条院内举行浴佛会。寺院先将佛像一尊送来，导师则须迟迟来到。诸夫人都派女童送布施品来，其物品与宫中一样，种类繁多。仪式也仿照宫中，诸公子都来参与。比较起严正的御前仪式来，反而异常富有意趣，令人肃然起敬。夕雾心不在焉，行过仪式之后立刻打扮一下，匆匆出门，往云居雁那里去了。有几个青年侍女，曾与夕雾调情而并无深切关系者，此时不免妒恨。夕雾与云居雁多年相思，一旦团圆，夫妻自然格外恩爱，真所谓"密密深情不漏水"①了。岳父内大臣走近来仔细看看夕雾，觉得果然是个乘龙快婿，便越发看重他了。他想起了对他让步之事，虽然犹有余患，但念夕雾为人诚实，多年以来，不变初心，耐心等候，此志可嘉，自当曲予原谅。自此以后，云居雁的居处比弘徽殿女御那里更加繁荣了。因此内大臣的正夫人及其随身侍女等心怀妒意，啧有烦言。然而此又何伤！云居雁的生母按察使夫人②闻知女儿嫁得佳婿，深为庆慰。

---

① 古歌："密密深情不漏水，缘何相见永无期？"见《伊势物语》。
② 云居雁的生母与内大臣离婚，改嫁按察使。故云居雁由祖母抚育。

且说六条院的明石小女公子,定于四月二十过后入宫。四月中旬正值贺茂祭佳节,紫夫人欲于前一日先去参拜贺茂神社,照例邀请诸夫人同行。诸夫人认为跟她同行,形似随从,不甚体面,所以大家不去。于是源氏太政大臣偕同紫夫人和女公子三人前往,排场并不铺张,只用车子二十辆,前驱人数亦不甚多。一切从简,倒也别有风趣。节日破晓,入寺参拜。归时共上看台,观赏美景。众侍女的车子连成一串,停在看台前面,阵容甚是美观。远处望来,都认识这是太政大臣家的行列,气势好盛大!源氏想起了秋好皇后的母亲六条妃子的车子被挤退的旧事,对紫夫人言道:"倚仗权势,盛气凌人,而做此种行径,毕竟是罪过的。你看那位傲慢的葵夫人,终于抱恨而死!"死时怪异情状,避而不谈。只说:"再看两人的后代:夕雾只是一个普通平民,好容易逐步升官;而秋好皇后则位极人臣,莫能与并。思想起来,实在深可感慨!世事无常,夭寿不定,所以人生在世期间,总想随心所欲,任意行事。然而只怕我死之后,剩你一人在世,代我身受报应,弄得晚年孤苦伶仃……"说到这里,王侯公卿等都上看台来了,源氏大臣便前往就座。

近卫府派来司祭的敕使,是头中将柏木。他从父亲内大臣邸内出发,王侯公卿等跟他同行,一齐来到源氏大臣的看台上。惟光的女儿藤典侍也是司祭敕使。此人声望甚高,自冷泉帝、皇太子以至源氏太政大臣,都犒赏她无数珍贵物品,圣眷十分优厚。她出发之时,夕雾中将还写信给她。她与夕雾有情,虽不公开,而交谊甚厚。夕雾与身份高贵的云居雁成亲,藤典侍闻之异常伤心。夕雾赠她的诗是:

"缘何眼见葵花饰,
问我花名说不清?①

---

① 参加贺茂祭的人,头上皆插葵花或桂花。日文"葵"与"会"同音。说不清葵花之名,意思是说后会之期不可知。

真可怜啊！"藤典侍得信，知道他在新婚时节不忘旧人，心甚感激，就在匆忙准备上车之时吟诗作复：

"花虽插髻名难识，
请问蟾宫折桂人。

这花名只有你这博士知道了！"这寥寥数字，在夕雾看来是极有风韵的答书。此后他依然不忘情于这藤典侍，常常偷偷地和她约会。

明石女公子入宫之时，紫夫人决定亲自伴送。源氏大臣打算：紫夫人不能陪伴女公子长住宫中，不如乘此机会，叫她的生母明石夫人也来送她入宫，当了她的保护人吧。紫夫人也在想："结果总是要叫她的生母来的。把这母女两人长此隔绝，母亲定然惦记女儿，时时愁叹；女儿今已渐长，亦必思念母亲。弄得双方都不快活，又何苦来！"便对源氏大臣言道："女儿入宫，应请明石夫人同行，长住宫中相伴。因为女儿年纪还小，叫我很不放心。身边的侍女都是年轻人。乳母们所能照顾的，只是表面之事。我自己又不能长住宫中。欲求放心，只此一法。"源氏大臣听见紫夫人和他意见相同，十分快慰，便把此意告知明石夫人。明石夫人喜不自胜，庆幸夙愿终于实现，连忙准备侍女服装等种种事宜，其讲究不亚于身份高贵的正夫人。做了尼姑的母夫人也极愿看到外孙女儿荣华富贵。她甚至祈佛保佑她延寿，以便与外孙女儿再见一面。现在闻知她即将入宫为太子妃，则今后岂能再见，思之不胜悲伤。是日夜晚，紫夫人伴送女公子入宫。紫夫人在宫中得乘辇车。明石夫人如果同行，则因身份低微，必须随车徒步，很不体面。她并不嫌自己委屈，只怕这金枝玉叶的女公子为了她这微贱的生母而丢脸，因此暂不入宫。

女公子入宫的仪式，源氏大臣并不过分铺张以惊人目，然而亦自十分体面，异乎寻常。紫夫人真心疼爱这女公子，把她教养得慧美双全。她实在舍不得把她让给她的生母,心念如果是我亲生女儿,岂不更好。源氏大臣与夕雾也都认为只此一事,实为美中不足。过了三天,紫夫人将出宫,是夜明石夫人入宫接替,二位夫人初次会面。紫夫人对明石夫人言道:"女公子今已长大成人,可见我等共处已历多年,今后自当多多亲近,无所顾虑了。"接着又讲了许多话,态度和蔼可亲。明石夫人从此也就开诚解怀,对她无话不谈了。紫夫人看了明石夫人应对辞令之文雅,心甚赞佩,始信源氏大臣宠爱她并非偶然。明石夫人也真心敬仰紫夫人人品之高尚与容貌之丰丽,觉得源氏大臣于众夫人中特别宠爱此人,尊重她为最高无比的正夫人,确是理之当然。而回想自己能与此人同列,也是前世福报。但后来看见紫夫人出宫,仪式非常盛大,特许乘坐辇车,其尊贵与女御无异,比较之下,又觉得自己身份毕竟低微。她看见女公子长得十分美丽,如同粉妆玉斫一般,欢喜之极,恍如身在梦中,眼泪流个不住,真所谓"一样泪流两般心"①了。多年以来,明石夫人受尽凄凉之苦,常觉此身忧患太多,毫无生趣。现在心情忽然开朗,但愿寿命永远延长,方知住吉明神的确灵验。明石女公子在紫夫人膝下身受理想的教养,长大后非常贤惠,毫无半点缺陷。世间声望之尊严自不必说,容貌仪态之娇艳亦无伦比。皇太子尚在童年,也知道特别怜爱这位妃子。与这妃子争宠的人向外扬言,说这妃子附带这个身份低微的母亲,实为一大缺憾。但这并不损害妃子的声望。因为明石夫人非常贤能,不但把女公子的住处布置得优美入时,华丽无比,即使细微之处,亦都装点得风流优雅,巧妙精致。于是殿上人等便把这宫殿看作珍奇的猎艳之场,大家都来向这里的侍女们调情。因此连侍女们的风度与姿态也都特别讲究。每逢适当时节,紫夫人也入宫来探视。她和明石夫人的交情越来越深,

---

① 此句据《后撰集》所载古歌"或喜或悲同此心,一样泪流两不分"改写,强调明石夫人所流是欢喜之泪。

彼此都无顾虑了。明石夫人对她既不过分放肆,又毫不卑屈,举止态度都很恰当,真是不可多得的理想人物。源氏太政大臣自念寿命所余无多,渴望于生前完成女公子入宫之事,如今果然如愿以偿了。还有,夕雾婚事纠纷不已,虽是他自己固执之故,外闻总不好听,而如今也已美满成就,如意称心了。因此源氏太政大臣心无挂碍,今后当可成遂出家之本愿了。只是舍不得紫夫人,但有义女秋好皇后照顾,大可放心;还有明石女公子,其正式的母亲是紫夫人,今后对她亦必竭诚孝养。故即使出家,亦可将夫人托付二人供养。花散里虽然寂寞寡欢,但有义子夕雾奉养。诸人各得其所,可无后顾之忧了。

明年源氏大臣四十岁,应举行庆祝大会。自朝廷以下,各处都加紧准备贺寿。今年秋季,源氏太政大臣官位晋升,照准太上天皇待遇增加封户,又添赐年官、年爵①。即不如此,源氏之家早已万般富足,毫无缺憾了。但冷泉帝还是引用古代罕有的先例,为源氏设置许多院司。因此源氏身份异常高贵,出入宫禁很不自由,反而拘束了。但冷泉帝还嫌不够优待,他常恨不能把皇位让与源氏,恐被世人指责,为此朝夕愁叹。

内大臣升任了太政大臣。夕雾中将升任了中纳言,入朝谢恩。他那丰姿更加焕发,自容貌以至一切言行举止,竟无半点瑕疵可指。他的岳父新太政大臣看见了,甚为满意,心念云居雁与其入宫受人排挤,远不如嫁与夕雾之为幸福。夕雾有一次回想起从前有一晚云居雁的乳母大辅嫌他官位低微,曾说"嫁个六位小京官,也太不体面了"的话②,便把一枝已经变成鲜美的紫色的白菊花送给大辅,赠以诗云:

"浅绿当年秋菊小,

---

① 添赐年官、年爵,即赐官位于源氏之家臣,其俸禄则归源氏收用。
② 见第414页。中将是六位京官,穿浅绿袍;中纳言是四位,穿紫袍,故下文的诗中云云。

谁知能变紫红花。

我不曾忘记当年失意之时你所说的一句话呢。"他一边吟诗，一边送花，姿态异常优美，脸上笑容可掬。乳母难于为情，无地自容，只得腼颜答道：

"生长名园秋菊小，
岂因浅绿受人轻？

何必如此斤斤计较？"她的语调十分亲切，心中颇感痛苦。

夕雾升官之后，威势日盛，寄居岳父邸内，颇感房室狭隘，便迁居以前太君所居的三条院中。太君逝世之后，院宇略见荒芜。此次大加修理，并改变太君当年的布置，然后迁入。夕雾与云居雁居此邸内，回想以前初恋时情状，触景生情，不胜感慨。庭前各种树木，当年还很幼小，今已绿叶成荫，异常繁荣。当年所植的"一丛芭芒草"①，任意蔓延，乱侵阶除，便命人加以删整。庭中的池水里长满了水草，便命人清除。于是庭中景色，焕然一新。夫妇二人共赏夕暮美景，闲话童年初恋时好事多磨之恨，云居雁不胜依恋。回想当时旁人作何感想，又颇感羞惭。当年太君身边的侍女，都不曾散去，照旧住在各人的房间里。她们齐来参见这一对新夫妇，皆大欢喜。夕雾怀念外祖母，即景吟诗云：

"岩前清水好，长守此园林。
知否当年主，行踪何处寻？"

---

① 古歌："一丛芭芒草，使君所手植。今已成草原，虫声何繁密。"见《古今和歌集》。

云居雁吟道：

"清泉流石上，细水本无心。
不见当年主，泉中照影清。"

此时云居雁的父亲新太政大臣退朝，道经三条院，望见院内红叶如锦，不胜依恋，便停车过访。但见院内景象，较之太君在世之时无甚变迁，处处窗明几净，宜于居住。装饰尤为华丽。太政大臣抚今追昔，深为感慨。夕雾中纳言亦觉心情异样，脸上略泛红晕，态度更加沉静了。他与云居雁真是一对天成佳偶。云居雁不能说是盖世无双的美人；但夕雾确有无限清丽之相。老侍女们在新夫妇身边十分得意，竟将陈年旧事讲给他们听。太政大臣看见两人咏诗的稿纸散置在旁，拿来一读，也伤心起来，说道："我也想向这泉水探问太君的消息呢。只恐老人多感，出言不祥耳。"便吟诗曰：

"小松亲手植，转眼已成荫。
莫怪高年树，凋零化作尘。"

夕雾的乳母宰相君，至今不忘这位大臣当年对夕雾的狠心，此时得意扬扬地吟道：

"双松枝叶茂，自幼即同根。
我在双松下，终身仰绿荫。"

别的老侍女也都吟诗，意义大致相同。夕雾颇感兴趣，云居雁则一味面红耳赤，羞答答地听着。

且说冷泉帝于十月二十过后行幸六条院。此次行幸，正值红叶盛期,兴趣格外浓烈,故冷泉帝曾致书朱雀院,请其同行。前皇与今上一同行幸,乃世间罕有的盛举。此消息惊动全国臣民。主人源氏竭力准备迎驾,其排场之豪华令人目眩。两帝于当日巳时临幸,先到东北的马场殿。左马寮与右马寮中的马匹都已并列,左近卫与右近卫的武士也都到齐,其仪式与五月五日的骑射相似。未时过后移驾赴南面的正殿。一路上的拱桥和走廊上,都铺饰锦绣。外面望得见的地方,都张挂软幛,到处装饰十分华丽。道经东湖,湖中浮着几只小舟。宫中御厨里主管鸬鹚的人,与六条院中饲鸬鹚的人,都已被召集在此,他们就在御驾经行时表演鸬鹚捕鱼。鸬鹚衔了许多小鲫鱼出来。这并非为供御览而专设的游艺,只是为一路上增添兴趣而已。各处山上的红叶,美色各不相让。但秋好皇后所居西院中的红叶特别茂盛。中廊的墙壁已经拆去一部,改设大门,故观赏红叶时全无障碍。

　　南殿上方,为冷泉帝与朱雀院设两个御座,主人源氏的座位设在下方。冷泉帝降旨请源氏同列。如此优待,在源氏已极光荣。但冷泉帝犹有遗憾,以为未尽应尽之礼。左近卫少将捧了湖中取得的鱼,右近卫少将捧了藏人所的饲鹰人从北野猎得的一对鸟,从正殿东边来到御前,跪在阶前奉献。冷泉帝便命太政大臣①以此二物调制御膳。诸亲王和公卿的飨宴,则由源氏办理,尽是山珍海味,格式迥异寻常。日色将暮,诸人皆醉,即宣召乐人前来奏乐。不取正式大乐,但选富有趣味之舞曲,令诸殿上童都来舞蹈。此时令人回想起从前桐壶帝行幸朱雀院举办红叶贺之事。演奏舞曲《贺皇恩》之时,太政大臣家的男儿年方十岁,舞蹈姿态优美之极。冷泉帝从身上脱下御衣来赏赐他。太政大臣就代替儿子拜舞道谢。主人源氏回思当年在红叶贺中与太政大臣共舞《青海波》时的情状,便命折取菊花一枝,送交太政大臣,并赠诗云:

---

　　① 云居雁之父。

"菊花增色泽，篱畔夸芳姿。

犹恋初秋日，含苞共放时。"①

太政大臣当年任头中将时，曾在桐壶帝御前与源氏公子共舞，两少年并称英俊。现在太政大臣亦高居人上，但总觉得源氏之尊贵无以复加。天心似乎有知，降下一阵时雨。太政大臣答谢道：

"菊花变作层云紫，

遥望青天仰景星。"②

现在正是你的全盛之时了。"

晚风吹下各种各样的红叶来，有的深色，有的浅色，地上仿佛盖上了锦茵。庭前很像为迎驾而铺饰锦绣的走廊。庭中有许多眉清目秀的童子，都是高贵之家的子侄，身穿蓝色、红色大礼服，内衬暗红色、淡紫色的衬袍，都是日常装束，头发照常左右分开，只在额上加个宝冠。他们在红叶地上表演种种简短的舞蹈，舞罢回进红叶林荫中。此景甚美，令人可惜日色之将暮。此时不令乐队演奏长篇的乐曲，但在堂上合奏弦管。书司所藏的琴都取来了。兴酣之时，冷泉帝、朱雀院与源氏主人御前都呈上琴来。有名的和琴"宇陀法师"，声音并未改变，但在朱雀院听来，今日特别动人，便吟诗云：

"阅世经风雨，看花到白头。

年年红叶好，总不及今秋。"

---

① 诗意：你现已升官，但犹不忘当年与我共舞《青海波》时之乐。

② 古歌："宫里菊花天上种，教人误认是秋星。"见《古今和歌集》。以星比菊，根据此歌。

他可惜自己在位之时没有这等盛会。冷泉帝答道：

"庭中锦幕前朝赐，
不是寻常红叶秋。"

这是对朱雀院表示谦逊之意。冷泉帝今年二十一岁，相貌越长越美，竟与源氏毫无两样。中纳言夕雾侍候在侧，其相貌又与冷泉帝无异，令人惊讶。由于地位不同之故，夕雾在气度上似乎不及冷泉帝之高贵，但其风流艳冶之相，则胜于冷泉帝。夕雾吹笛，音节异常悦耳。诸殿上人在阶下唱歌，就中弁少将嗓音最美。戚族并皆英俊，真乃宿世福报。

源氏物语

(下)

[日] 紫式部 ◦ 著
丰子恺 ◦ 译

上海译文出版社

新菜
源氏物语画帖
土佐光吉、长次郎

新菜续
源氏物语手鉴
土佐光吉

魔法使
源氏物语画帖
土佐光起

云隐
源氏物语画帖
土佐光起

匂皇子
源氏物语手鉴
土佐光吉

红梅
源氏物语画帖
土佐光吉、长次郎

竹河
源氏物语画帖
土佐光则

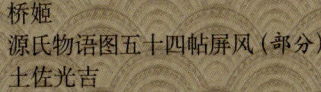

桥姬
源氏物语图五十四帖屏风（部分）
土佐光吉

柯根
源氏物语画帖
土佐光信

浮舟
源氏物语手鉴
土佐光吉

蜉蝣
源氏物语画帖
土佐光则

习字
源氏物语图画帖（原屏风贴交色纸）
土佐派

梦浮桥
源氏物语手鉴
土佐光吉

第二部

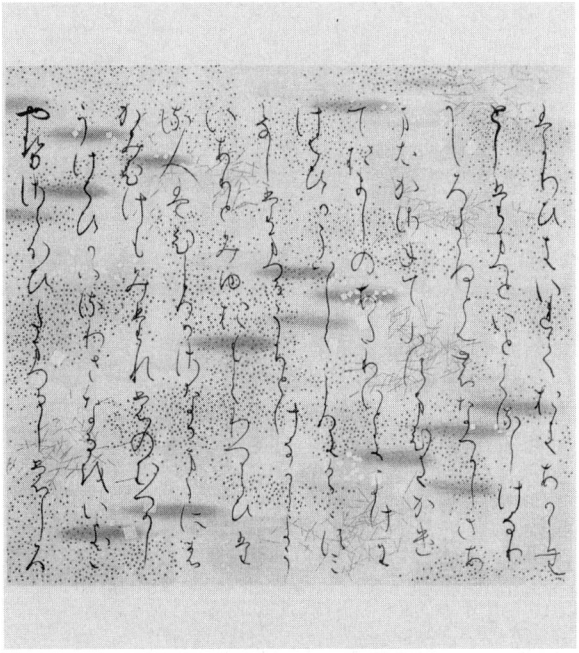

第三十四回（上） 新　菜①

且说朱雀院自从行幸六条院之后，身体一直不好，而且病得比往常厉害。他本来是多病的，但此次特别忧伤。年来常怀出家奉佛之志，此时此心更加深切了。以前只因弘徽殿母后在世，不免多所顾虑，故此志至今未遂。如今母后已经逝世②，朱雀院便对人言道："还是让我皈依佛法吧，我自觉此身在世不久了。"就考虑出家前应有种种事宜。子女除皇太子而外，尚有公主四人。其中三公主之母是藤壶女御。这藤壶女御是桐壶院前代的先帝所生，先帝赐姓源氏③。朱雀院当皇太子时，她早已入侍。原定由她当皇后的。但先帝早崩，她失去了有力的保护人；再则她的母亲身份不高，只是一个寻常的更衣，因此她住在宫中很不得志。加之弘徽殿母后把妹妹胧月夜送进宫来当了尚侍，这尚侍声势盛大，无人能与并肩，藤壶女御就全被压倒。朱雀院心中很可怜她，但不久他自己也就让位，无法照拂，徒唤奈何。因此藤壶女御抱恨在心，郁悒而死。她所生的三公主，最为朱雀院所怜惜。在许多子女之中，朱雀院最宠爱这三公主。此时三公主年仅十三四岁。朱雀院想道："我即将抛弃红尘，入山修道。让这女儿独自留在这里，教她依靠谁人处世度日呢？"他所忧虑的只是三公主之事。他在西山营造寺院，今已竣工，现正忙于入寺的种种准备。一方面又忙于准备三公主的着裳式。院内秘藏的珍宝和器物，自不必说；连小小的玩具等，凡是略有来历之物，悉数赐与三公主。其余次等物品，则由其他诸子女分得。

---

① 本回写源氏三十九岁十二月至四十一岁三月之事。
② 弘徽殿太后于是年九月去世。
③ 这藤壶女御是桐壶院的藤壶女御的异母妹。凡皇族降为臣下，赐姓都是源氏。

皇太子闻知父皇患病，并决心出家奉佛，便亲赴朱雀院问省。母亲承香殿女御陪同前来。朱雀院对此女御并不十分宠爱，但因太子是她所生，宿世因缘甚深，所以也很重视她，和她详谈年来种种事情。对皇太子也说了许多话，就中也谈到治世之道。皇太子长得很老成，看来似乎不止十三岁。照顾他的人，如明石妃子等，都很可靠，所以大可放心。朱雀院对他说了如下的话："我于此世已无所留恋。只是所遗女儿众多，挂念彼等前程，于'不可免'的'死别'①不无障碍耳。就往日在别人家所见所闻之事看来，凡为女子者，往往遭逢意外之变而身受侮辱，其命运实甚可悯可悲。将来你倘能得意临朝，务望多多留意，好好照拂你的姐妹。其中有后援人者，原可听其自行做主。惟三公主年事尚幼，一向靠我一人照拂，今我即将出家，任她漂泊于世，我心实甚挂念，思之不胜悲伤耳。"他一面拭泪，一面诉说衷情。

朱雀院又恳托承香殿女御善意照拂三公主。然而当三公主的母亲藤壶女御独占恩宠之时，其他更衣和女御皆曾与她争宠。因此承香殿女御和藤壶女御并不亲睦。照此推量起来，承香殿女御旧怨未消，即使不甚厌恶这三公主，亦未必能真心诚意地照拂她吧。朱雀院为了三公主之事，朝夕愁叹。到了年底，病势更加沉重，帘外也不能出来了。以前他也常常为了鬼魂作祟而患病，然而这鬼魂从来不曾像此次那样缠绕不休，因此他疑心大限到了。他虽然早已让位，但在位时受他恩泽的人，现在还同从前一样亲近他，以一仰仁慈的御颜为衷心慰藉，时时前来参谒。这些人闻知朱雀院身患重病，无不真心担忧。

六条院源氏也常常派人来探望，并将亲自去访。朱雀院闻知源氏即将亲自前来问病，不胜欣喜。恰巧夕雾中纳言来了，朱雀院便把他召入帘内，和他详谈："桐壶先帝将崩之时，曾嘱咐我许多遗言。就中

---

① 古歌："日月催人老，死别不可免。为此更思君，但愿常相见。"见《伊势物语》。

特别叮咛的,是令尊之事和皇上①之事。但我即位之后,便觉政令往往遭受限制,不能事事如意称心。因此内心之爱虽未变更,而略一错失,便获罪于令尊②。岂知多年以来,不论为了何事,令尊对我都无怀恨之色。凡人虽极贤明,倘逢不利于己之事,往往异常动心,必然设法报复,因而发生意外之变。即在古昔圣代,此种事例亦屡见不鲜。为此世人正在疑虑,以为有朝一日,令尊必将向我泄愤。岂知他终于容忍到底;不但如此,又且真心照拂我儿太子,最近复遭明石女公子入宫为太子妃,于是我们两家亲上加亲。我心感激,实无限量。但因本性愚昧,深恐为爱子之心所迷,而做有失体统之举,故对于太子,我自己故意装作漠不关心,一任别人安排。对于皇上,则谨遵先皇遗言,即将皇位让与。且喜他能在这末劫之世当个英明之主,挽回了我在位时的颓风,合我本意,无任欣慰。自从今秋行幸六条院之后,我回思往日之事,不胜依恋,颇思与令尊促膝谈心。务望贤侄代为劝驾,请他早日亲自惠临。"他说时神态异常萎靡。夕雾奏复:"侄儿年幼,远昔之事不得而知。稍长以后,参与朝廷政治,处理种种世务,其间关于大小政事,又或关于私人事宜,常有机会与家父共同商谈,然而从来不曾听见他暗示对伯父怀有旧恨。反之,他曾言道:'朱雀院中途辞退了皇上的保护人之职,欲专心静修而笼闭深山,此后对世事全不闻问,这便不能遵行桐壶先帝的遗言了。他在位之时,我年龄还小,才能又差,加之上面贤能之人甚多,故我虽欲为他效劳,而未能遂愿。如今朱雀院屏去政事,闲居静处,我颇思开诚解怀,向他畅谈衷曲,并且亲聆教益。但为身份所限,行动甚不自由,以致迁延至今,未得谋面。'家父常说此话,并且叹息不止呢。"

---

① 指冷泉帝。
② 指须磨流放之事。

夕雾年纪还小，二十尚差少许①，然而身体发育得很好，相貌也生得光艳焕发，异常俊美。朱雀院目不转睛地注视他，心中暗自思量：我家那个难于安顿的三公主，嫁与此人，如何？便对他言道："你今已在太政大臣家获得安身之所了。我闻知你的婚事多年来很不顺利，常常替你惋惜，现在才安心了。我对太政大臣有些妒羡呢。"夕雾听了这话觉得奇怪：他为什么说这话呢？想了一会，恍然大悟：朱雀院正在担心三公主的终身大事，指望把她托付给一个可靠之人，然后可以安心出家。此事他常常说起，自然会传入夕雾耳中，夕雾便猜测到他这话的意思了。然而岂可表示心领意会的样子而率尔作答呢！他只答道："像我这样没出息的人，要娶亲原是不容易的。"此外不再说什么，就告辞了。

众侍女曾在屏风背后窥看夕雾，都称赞道："这样标致的相貌，这样漂亮的气派，实在是少见的。真出色啊！"她们交头接耳，谈论纷纷。有一个老年侍女听见了，说道："算了吧！他虽然漂亮，总比不上他老太爷年轻时的相貌。那才真是个美男子，教人看了眼睛发眩呢！"朱雀院听见她们争执，说道："他老太爷确是个异乎寻常的美男子。年纪长大起来，反比年轻时更加艳丽，所谓'光华'，大概就是这般模样吧。当他端居庙堂、策划政务之时，威风凛凛，令人望而却步。但当他放任不羁、戏谑调笑之时，则又风流潇洒，令人觉得异常可亲可爱。这真是世间难得的人物。料想此人前世必修善积福，故能有此珍贵之美貌。他自幼生长宫中，先帝对他异常疼爱，悉心抚育，几乎不惜身命。但他绝不因此骄纵，反而谦恭克己，二十岁还不受纳言之爵，到了二十一岁，才当参议而兼大将。这夕雾却比父亲进取得早，十八岁便当了中纳言。可见他家声望一代高似一代。讲到学问与才能，夕雾实在并不亚于他父亲，甚至反而比父亲更早立身扬名，真乃一大奇才啊！"他

---

① 今年十八岁。

极口称赞源氏父子。

　　三公主容貌长得极美,时值豆蔻年华,姿态天真烂漫。朱雀院看了,说道:"我要把这孩子托付给一个忠实可靠的人,其人须能真心疼爱她,原谅她的幼稚,好好地教养她。"他召集几个老成懂事的乳母来,吩咐她们有关着裳式事宜,乘便言道:"从前源氏大臣曾将式部卿亲王的女儿从小抚养大来。我也想找这样的一个人,把三公主托付给他才好。在臣下中是难于找到的。皇上那里呢,已经有了秋好皇后。其次的女御身份都很高贵。我出家后,三公主没有适当的后援人,入宫反而痛苦。这中纳言未娶之时,我悔不向他示意,试探其心。此人年纪虽轻,才能甚强,前程很有望呢。"乳母中的一人答道:"中纳言为人一向诚实,多年以来,始终想念那位云居雁小姐,从来不把爱情移向别人身上。如今好事既成,越发不会动心了。倒是他家老太爷,贪爱女色之心到现在还不消减呢。在女人之中,他最爱身份高贵的人。像那位前斋院槿姬,他至今也不忘记,常常写信去呢。"朱雀院说:"哎呀!老是轻薄贪色,也很讨厌。"他口上虽如此说,但心里在想:加入许多夫人之中,虽然难免发生不快之事,但我确信源氏是可代父亲的人,就照乳母之意,把三公主托付给他吧。便又说道:"实在,有了女儿而希望她多少经历些尘世的生涯,则一样出嫁,不如教她去依附源氏。人生在世,寿命几何?总该叫她度送源氏之家那样幸福的生活才是。我若生为女人,即使同他是嫡亲兄妹,也定要嫁给他。——我年轻时确有此种想法呢。何况女人,被他所迷惑乃当然之理。"他说这话时,心中定然想起尚侍胧月夜之事。

　　三公主的伺候人中,有一个地位甚高的乳母。这乳母的哥哥是个左中弁,常常出入于六条院源氏之家,在他家伺候已有多年。同时他又特别忠诚地为三公主服务。有一天,这左中弁来三公主院中,与他的妹妹乳母相见。在谈话中,乳母对他说道:"朱雀上皇有如此这般的打算,曾经向我示意。有机会时,请你将此意告知你家六条院主人。

公主不嫁，乃古来通例。①但倘有夫婿对她多方爱护，照顾一切，则更可放心。我家公主除了朱雀上皇以外，别无真心爱护她的人。我不过在这里伺候而已，有什么用处呢？况且伺候人甚多，不是万事可由我一人做主的。因此难免发生意外之事，赢得轻薄之名，那时叫我何等伤心！所以，倘能于朱雀上皇在世之时，决定了公主的终身，我这伺候人也可安心了。大凡女子，无论血统何等尊贵，宿命如何不得而知，真乃可悲之事。在许多公主之中，上皇特别疼爱这位三公主。但也有人嫉妒她。所以必须从长计议，使她不受一点诽谤才好。"左中弁答道："说也奇怪，六条院主人多情得厉害呢！凡是一度钟情的女人，不论是他所心爱的，或者并无深情的，都迎接过来，教许多女人集中在自邸内。然而他所重视的也有限制，恐怕只有紫夫人一人。因此之故，屈居在这一人的威势之下度送孤寂生涯的人，亦复不少。然而三公主倘有宿世因缘，果如你所说的嫁到了六条院，那么据我推量，紫夫人即使威势盛大，也不能和她分庭抗礼。然而究竟如何，还得有所顾虑。这且不说。主人常常私下对我讲心里的话，他说：'我所享受的荣华富贵，在这末世已属过分，我身可谓绝无遗憾了。只是为了妇人之事，外则受人讥议，内则我心犹有不足之感。②'的确如此，在我们看来也有这等感想。因为由于种种因缘而受他荫庇的许多妇人，虽然不是身份低微、不堪匹配的人，但都是普通人臣之女，没有与他地位相称的夫人。所以三公主既欲下嫁，若能如你所说，嫁到六条院去，真是多么如意称心的好姻缘啊！"

乳母又找个机会向朱雀院奏道："前日已将尊意示知左中弁。他说：'六条院主人一定接受。多年以来，他常想迎娶一位正夫人，如此便可如愿以偿了。只要这边真心许可，我就向那边传达。'此事毕竟如

---

① 按日本古代惯例，公主理应独身，但有适当对象，亦可下嫁。
② "受人讥议"，指六条妃子、胧月夜等事；"不足之感"，指没有身份高贵的正夫人。

何,还请做主。六条院内有许多夫人,六条院大人对她们都很关怀,按照各人身份而予以优待。但照普通臣民之家看来,夫人与许多姬妾相对立,总是缺憾之事。我家三公主倘入六条院,深恐亦将遭受意外之烦恼。希望娶得三公主者,不乏其人,还请上皇从长计议为是。今世风习,无论身份何等高贵之公主,亦有爱好独立自主、随心所欲地度送独身生活的人。但我家三公主娇憨成习,稚气难除,不宜于独身生活。我等伺候之人,能力自有限度。即使是贤能的侍女,也只有依照主人吩咐而服务,即为尽职。因此三公主若无夫婿照顾,实甚可虑。"朱雀院答道:"是呀,我也有这感想。公主下嫁,向来视为轻率之行。再者,即使身份高贵,凡女子有了丈夫,自然难免发生后悔之感与不快之事,甚至陷于悲伤苦闷之境。如果不嫁,于父母双亡、失却荫庇之后,抱定主意,独身度世,则又非长策。因为在古代,人心正直,世风敦厚,无人敢冒人世之大不韪而思娶神圣之公主。但今世人心不古,纵情好色,悖乱之事,时有所闻。昨日还是高贵之家父母所珍爱的金枝玉叶,今日即为卑不足道的轻薄男子所欺骗,以致声名堕地,使亡亲面目无光,含羞地下。此种事例,不胜枚举。如此看来,不论下嫁或独身,一样深可担心。凡人皆因前世宿缘而得今生果报,此中消息,我等不得而知,因此万事都可担心。不管好坏,一切依照父兄之命而行,听凭各人前世宿缘而定,则即使晚年生涯衰落,亦非本人之过失。反之,女子自择夫婿,长年相处,幸福无量,世间声望,亦甚美满。当此之时,似觉自择夫婿亦颇不恶。但在当初骤传此消息时,父母皆不得知,亲友并未赞许,自作自主,私订终身,在女子实为最大之瑕疵。此种行为,即在寻常百姓之家,亦被视为轻狂浮薄之举。虽然如此,婚姻之事,毕竟不可不顾本人的意愿。但倘为外力所迫,偶尔失身于不淑之人,就此决定了一生命运,便可想见此女子必然意志薄弱,态度轻率。我看三公主异常幼稚,自己全无主见。故你等当保姆者,切不可自作自主,代她择婿!倘有此种事情谣传于世,真乃不幸之极了!"朱雀院担心出家以后之事，故谆谆叮嘱。乳母等便觉今后责任更加重大，大家不胜惶恐。

朱雀院又说："我想等候三公主年事渐长，知识渐开，一直忍耐至今。但长此下去，使我不能成遂出家之大愿，实甚可虑，因此极盼早日定夺。六条院主人识见高远，老成持重，实为最可信赖之人。至于姬妾众多，其实无关紧要。因为或善或恶，皆由本人心意造成。六条院主人气度雍容，仪态稳重，可为世人典型。世间没有比他更可信赖的人了。宜为三公主夫婿者，除却此君而外，更有何人？萤兵部卿亲王人品也很端正。我与他同为皇子，不宜视同外人而加以贬斥。然而此人过分耽好风雅，缺乏威严，不免偏于轻率，毕竟不可信赖。藤大纳言愿为三公主当家臣①，用意备极诚恳，然而总觉不甚相称。此种身份平凡之人，到底是不足道的。自古以来，凡公主择婿，必须其人有特殊之声望，方为合格。若仅因其人热爱公主，即视为贤婿而选定之，则缺陷必多，遗憾无穷。据尚侍胧月夜说：右卫门督柏木②私下恋慕三公主。可惜只是个右卫门督，倘能再晋升，有了相当的官位，倒也未始不可考虑。不过此人年纪很轻，还只二十四岁，全无稳重之相。他选择配偶，志望甚高，因此至今还是鳏居。然而从容悠闲，孤高自赏。其态度拔类超群，其才学亦迥不犹人。可知将来一定飞黄腾达，前途发迹可操左券。然而要做三公主夫婿，毕竟还欠一筹。"他左思右想，无限烦恼。

朱雀院对其他几位公主并不操心，也没有求婚人前来烦扰他。惟关于三公主婚事，虽在深宫中秘密商谈，不知怎的自会流传出去。于是有许多人都想来攀亲了。太政大臣想道："我家的右卫门督至今还是鳏居。他打定主意非皇女不娶。现在朱雀院正在替三公主择婿，我们

---

① 藤大纳言是太政大臣（葵姬之兄）的异母弟。大纳言官位低，与公主不称，故表面上说当家臣，其实想当夫婿。
② 胧月夜之外甥柏木已由中将升为右卫门督。

何不前去奏请。倘幸蒙选中，我也面目增光，真乃一大喜事也。"他心里这样想，口上也这样说。便叫他的夫人——尚侍胧月夜的姐姐——去请托胧月夜向朱雀院转达此意。胧月夜恳切奏闻，说尽千言万语，希望朱雀院准奏。萤兵部卿亲王曾经想娶玉鬘，终于被髭黑左大将夺去。此后他决心不娶寻常女子，以免被髭黑夫妇所笑。他正在选妻，闻知朱雀院择婿的消息，岂有不动心之理，为此日夜萦思，不胜焦灼。还有藤大纳言，多年来为朱雀院当家臣，常得亲近其左右。但今后朱雀院入山修道，他就失却靠山，孤苦无依。因此希望当了三公主的保护人，依旧得蒙恩顾，正在盼望朱雀院垂青。还有中纳言夕雾，听到此种消息，想道："我并非听人传言，却是朱雀院亲口对我恳切劝诱的。我只要找个适当的中间人，向他表示我也有此意，他难道会拒绝我么！"他有些儿意马心猿。既而又想："我的妻子现在已经真心诚意地信赖我了。过去多年来，我大可拿她的薄情为借口而抛弃她，然而我并未将心移向别的女子。那时尚且如此，现在岂可突然变节，使她伤心呢！况且和高贵无比的公主缔姻之后，万事皆不能随心所欲。要我兼顾云居雁和三公主，势必两不讨好，我身也太苦劳了。"夕雾原是个秉性诚实的人，关于此事，他只在心中默想，并不说出口来。然而听到三公主将另择他人为婿的消息时，未免心中不快，常常注意倾听。

皇太子听到了此种消息，说道："三公主择婿之事，目前利害还在其次，主要的是将为后世开例，故必须郑重考虑。无论人品何等优秀，普通臣下毕竟有限。三公主倘欲下嫁，最好嫁与六条院主人，请他代父母抚育。"但他并非正式上书，只是叫人转达。朱雀院听了十分欢喜，说道："的确如此，说得有理。"于是决心更坚，便派左中弁为介绍人，向源氏——陈述朱雀院的意旨。朱雀院为三公主择婿费尽心计之事，源氏早已详细闻知。他说："为了此事，朱雀院确是煞费苦心。他虽有此意，但他说自己余命不长，我又比他长多少，而敢担任此保护之责呢①？死的先后如能依照老幼顺序，则我迟死数年，定当在这短暂期间照顾一切，无论对于哪一位皇子或皇女，都当作自家人看待。对于他所特地嘱托的三公主，自然更加用心照顾。但人世无常，只怕连这短暂期间也是不可靠的呢。"既而又说："况且教公主将终身托付与我，和我亲睦共处，则将来我追随朱雀院而去世之时，在她反而增加痛苦，在我亦于尘世多一留恋，成了往生极乐之障碍。中纳言夕雾年方少壮，虽然尚欠稳健，但是富于春秋。就才力而言，将来定是朝廷柱石，前程远大无限。据我看来，将三公主许配夕雾，并无不称之处。只是此人异常忠厚固执，已与所爱之人结缡。对于此点，只恐朱雀院有所顾忌耳。"

左中弁看见源氏自己无意接受，心念朱雀院来意非常诚恳，若以上述之言复告，定然使他伤心失望，于是再把朱雀院私下决定的计划详细奉闻。源氏听了，不觉莞尔一笑，答道："朱雀院如此偏怜三公主，对她的前途考虑得真周到啊！我看最好把她送入冷泉帝宫中。宫中早有几位身份高贵的女御，然而不必担心，她们未必是三公主前途的障碍，有道是'后来居上'呀。桐壶院时代，弘徽殿太后是帝为太子时首先入宫的女御，权势极盛，然而有一时期竟被后来入宫的藤壶母后所压倒。三公主的母亲藤壶女御，与藤壶母后为姐妹。世人都称两人容貌一般美丽。则三公主不论肖似母亲或姨母，其相貌一定也很不凡。"此时他想象三公主的容貌，一定心驰神往。

岁历云暮，朱雀院的病还是不见好转，因此诸事忙乱。最是三公主着裳式的种种准备，喧哗扰攘，盛大无比，可谓空前绝后。仪式场设在朱雀院内皇后所居的柏殿中。自帐幕、帷屏以至一切设备，一概不用本国绫锦，全部仿照中国皇后宫殿的装饰，富丽堂皇，灿烂夺目。结腰之职，预先聘定太政大臣担任。太政大臣为人十分认真，一向不肯

---

① 此时朱雀院四十二岁，源氏三十九岁。

轻易参谒朱雀院。但他从来不曾违背朱雀院的意旨，故此次一口答应，如期到场。参与仪式的有左大臣、右大臣，以及其他诸王侯公卿。即使是有不得已之事而难以出席者，也勉力安排停当，前来助喜。其中有亲王八人，殿上人自不必说，冷泉帝方面和皇太子方面的人，也都到齐。仪式之庄严隆重，无以复加。冷泉帝与皇太子想起了这是朱雀院平生最后一次盛会，都替他惋惜，因此从藏人所和纳殿中取出许多唐朝舶来的宝物，作为献礼。六条院送来的礼品也非常珍贵。朱雀院回敬各方面的赠品、赐与出席诸人的福物，以及酬谢主宾太政大臣的礼品，都是由六条院代办的。秋好皇后也送服装和梳具箱，意匠都很优美。其中有从前她入宫时朱雀院所赐的梳具箱，已经加工改造，形式更见美观，然而不失原来风格，一见即知是当年之物。这梳具箱于当日傍晚送到。使者是中宫职的权亮①，又是朱雀院的殿上人。他把礼物呈上，声言是赠与三公主的。其中附有赠朱雀院的诗：

"玉梳原是神通物，
　插发今情似旧情。"

朱雀院读了这诗，回思往事，历历在目。秋好皇后将此玉梳转赠三公主，意思是祝她不妨肖似自己。此乃荣誉的礼物。因此朱雀院的答诗中绝不提及昔日为她失恋之情：

"喜见黄杨梳子古，
　后先相继万年荣。"

---

① 中宫即皇后，职是官署的意思。权表示额外增封或暂封。亮是职的次官（参见第3页注②）。

以此表示谢意。

朱雀院熬着沉重的病苦，提起精神，办完了这着裳式典礼。此后三日，他终于削发为僧了。即使是寻常百姓，到了落发改装的一天，也必感到悲哀，何况万乘之尊，自然更加伤心。所有女御、更衣，无不双眉深锁。尚侍胧月夜一直依随在朱雀院身旁，脸上愁容可掬。朱雀院无法安慰她，说道："思念子女之情毕竟有限；诀别爱人之苦实在难堪啊！"出家的决心不免动摇，然而终于硬着心肠，走出室来，将身靠在矮几上了。比叡山的天台座主及授戒的三位阿阇梨便前来替他落发改装。从此他就脱离尘世。这仪式实甚可悲。这一天，连看破红尘的僧众也都流泪不止，何况诸公主及女御、更衣。满殿不论男女上下，大家扬声啼哭。朱雀院心绪缭乱。他不曾料到如此骚扰，但愿悄悄地笼闭到清静的境地中去，这现状却违反了他的本意。他想："我只为疼爱这幼小的三公主，故尔受累。"对左右也如此说。自冷泉帝以下，遣使前来慰问者甚众。

六条院主人闻知朱雀院身心稍稍复健，就前来访晤。朝廷对源氏的封赠，一切都与让位之上皇相同。但源氏表示谦虚，出门并不正式采用太上天皇的仪仗。世人对他特别尊敬，但他故意装得朴素俭约，照例乘坐不甚讲究的车子，仪仗队中只限上级官员及亲信者得乘车随行。朱雀院盼待已久，不胜欢迎，便在病中振作精神，出来接见。招待排场并不盛大，只在朱雀院自己的起居室中添设客位，延请源氏入座。源氏一见朱雀院的僧装模样，感慨之极，一时茫然若失。悲从中来，两泪夺眶而出，急切不能自制。良久方始镇静，对他言道："自从先帝弃养之后，小弟深感人世无常，立意出家学道。只缘意志薄弱，因循未能实践，终于让吾兄占先，今天特来拜见清姿。我心优柔寡断，行事每落人后，思之不胜羞愧。在弟自身，此事实无所谓，故曾屡次痛下决心。然而难于抛舍之事甚多，如之奈何！"言下不胜感慨。朱雀院也很伤心，颓丧之余，不能振作，只得低声同他谈论旧事新闻，说道：

"愚兄虚度光阴，日复一日，竟得苟全性命。常恐放逸成性，致使学道之大愿不能成遂，因此发愤出家。如今虽已剃度，但倘余命无多，则修行之愿仍不得偿。然而暂不入山，在此间亦复清闲，至少可以一心念佛。像我这羸弱之体，居然也能长生至今，全靠这修行之志将性命留住。我并非不知此理，但因素性懈怠，一向不曾修持，于心有所不安耳。"

朱雀院又把近来所思之事详细告知源氏，便中提及："我抛开了许多女儿而遁入空门，心中实甚挂念。其中别无依靠的三公主，尤可担心，不知如何处置才好。"源氏知道这话有言外之意，对他甚是同情。又因他自己心中也想一看三公主的模样，故不能漠然，便乘机言道："此事诚属可虑。身为皇女之人，若无体贴入微之保护人，比寻常女子更感困苦。但她哥哥是皇太子，而且在这末世是一位非常贤明的储君，为天下人所仰望而信赖。只要你为父的将此人托付与他，想他决不会略有疏忽。故三公主将来之事，可请放心。不过世事都有限度，将来皇太子即了帝位，政务顺遂，日理万机，深恐亦无暇对一女子寄予深切的关怀。凡为女子者，若要一个万事皆能诚恳照拂的保护人，必须其人与此女缔结姻缘，视为不可避免的天职而守护她，方可安心。吾兄倘谓此事乃修行之障碍，将遗恨于来生，则莫如以妥善之法选择贤才，而秘密决定一适当之人为婿。"朱雀院答道："我也有此想法，然而此事亦甚困难。据我所闻古代事例，父皇在位、气运昌盛之时，亦有为公主选定夫婿，使任保护之责者，且其例甚多。何况像我这样即将遗世之人，选婿当然并不苛求。但在既经抛舍之尘世中，尚有此难于抛舍之事，因此身受种种烦恼，病势日见沉重。又念日月推迁，一去不返，心中不胜焦灼。今我有一不情之请：可否请吾弟破格接受这一个皇女，听凭尊意替她选定一个适当的夫婿？你家中纳言未娶之时，我悔不及早提出。今被太政大臣捷足先占，教我好生妒羡！"源氏答道："中纳言为人诚实，确实信赖得过。但年事尚幼，阅世不深，恐多疏误之处。恕我冒昧直陈：三公主若得我尽心照拂，当与在父亲荫庇之下无异。只是我来日苦短，深恐中途捐弃，反而教她受累耳。"他已表示接受了。

时已入夜，主人朱雀院方面的人和客人六条院方面的上级官员，一同在朱雀院御前飨宴。肴馔都是素食，虽无山珍海味，却也别有风味。朱雀院御前设一浅香木①方几，几上陈列几个食钵，简单朴素，迥非昔比。诸人见此光景，无不感慨流泪。此外可哀之事甚多，为免烦冗，恕不尽述。源氏至深夜方始告辞。朱雀院犒赏随从人员种种物品，又派宫中长官大纳言护送源氏返邸。今日天雪，气候严寒，主人朱雀院感冒加重，身体很不舒服。但三公主终身大事已定，从此可以放心了。

源氏回到六条院，心绪不宁，满腹踌躇。原来紫姬早已闻知朱雀院欲将三公主嫁与源氏之事，但她想道："不会有这等事吧。以前他曾经热恋前斋院槿姬，但终于不曾强欲娶她。"所以她很放心，从来不曾向源氏探问有否此事。因此源氏心中颇觉怜恤。他想："紫姬倘知道了今天的事，不知作何感想。其实我对她的爱情，丝毫不会变更。有了此事，我爱她一定反而更深。只是在尚未见诸事实以前，不知她将何等怀疑于我！"他心中非常不安。这两人相处到了这年龄，已经彼此毫无隔阂，成了一对亲睦的伴侣。所以心中略有一点隐情，便觉异常不快。但当夜立即就寝，一宿无话。

次日天又降雪，四周景色萧瑟。源氏与紫姬共话往昔，预计将来。源氏乘机言道："朱雀院病势转重，我昨天前去慰问，岂知他有无限伤心之事呢：他异常关怀三公主的终身大事，向我提出了如此这般的嘱托。我很可怜他，觉得未便拒绝，只得接受。外人想必已在大肆宣扬了。我如今风月情怀早已消减，对此等事不复深感兴趣。所以他

---

① 浅香木是较嫩的沉香木。

屡次央人转达，我都托故婉谢。但在当面罄谈衷曲之时亲口提出，我实在不忍断然拒绝。到了朱雀院移居深山之时，即当迎接三公主来此。你听了这话很不高兴么？我告诉你：即使有天大的事情，我爱你的心决不改变，请你不要介意。此事在三公主反而是委屈的，所以我也未便太冷遇她。总之，但愿大家平安度日。"紫姬生性善妒，往日源氏略有轻薄行为，她就视为不端而对他生气。所以今天源氏很担心，不知她对此事有何表示。岂知紫姬满不在乎，从容答道："这个嘱托，出于一片苦心，真正教人感动啊！我哪里会介意呢！只要她不看轻我，不讨厌我住在这里，我就安心了。她的母亲藤壶女御是我的姑母，有这关系，想来她不会疏远我吧？"源氏料不到她如此谦逊，说道："你太忠厚宽大了，是何用意，反而教我担心。诚能如此居心，宽大为怀，则在己在人，两皆安乐。你若能与她和睦相处，则我一定更疼爱你。今后外人倘有谣言，你切不可信以为真。所有世人谣言，大都毫无根据，总是把人家男女之间的事胡言乱道，以致歪曲实情，因而发生意外之事。所以必须平心静气，观察实情，方为贤明。切不可急切暴躁，徒自怨恨。"他恳切地对她开导了一番。紫姬心中想道："这件事出乎意外，仿佛是空中掉下来的。他既然无法避免，我也不必反对，徒然被他讨厌。倘是他和三公主两人真心发生恋情，则他对我必然有所顾忌，或者必能听从我的劝谏而中止；惟今次之事并非如此，使我无法阻止。但不可使世人知道我有无益的怨恨。我的继母——式部卿亲王的正夫人——常常在诅咒我，甚至为了那讨厌的髭黑大将的事件，也莫名其妙地怪怨了我。如今她闻知此事，定在幸灾乐祸了。"紫姬虽然是个胸襟开朗的人，但此时岂能无动于衷。近年来夫妇之间平安无事，她的地位安如磐石，她以为从此可以坐享唱随之乐了；岂料今又发生了叫人耻笑之事。她心中私下愁叹，但外表十分镇静。

　　腊尽春回，岁历更新。朱雀院中忙着准备三公主入六条院的种种事宜。以前恋慕三公主的人，都失望悲叹。冷泉帝也爱这三公主，希望她入后宫，现在知道已经如此定局，也就断了念头。此事暂按。且说源氏今年正好四十岁。祝寿之事，朝廷也很重视，认为此乃国家大典之一，已经在纷纷着手准备。但源氏一向不喜欢铺张，故一概辞谢。

正月二十三日是子日，髭黑左大将的夫人玉鬘先来祝寿，奉献新菜①。玉鬘的准备工作做得非常秘密，预先不漏一点风声。突如其来，源氏无法阻止，只得生受了。此时玉鬘威势十足，这一天出门虽说是微行，但仪仗之盛，异乎寻常。源氏的御座设在朝南大殿西边的小客厅里。室中旧物尽行撤去，自屏风、幔帐以至一切陈设，全用新物。但不用庄严堂皇的椅子，而用四十条中国席重叠起来，作为御座。茵褥、矮几以至一切贺寿用的器物，都是崭新的。一对嵌螺钿的柜子上放着四只衣箱，里面装着冬夏服装。此外，香壶、药箱、石砚、洗发盆、梳具箱等，都潜心设计，尽善尽美。放插头花的台，用沉香木及紫檀木制成。插头花质料虽然同是金银，但配色十分讲究，雅致而又新颖。原来这位尚侍深解风趣，富有才气，故万事别出心裁，叫人看了眼界一新。但外表又并不故意招摇夸张。

众人聚集一堂，源氏主人出来就座，与尚侍会面。源氏容貌昳丽，宛若青年。其娇艳之相，使人疑心这四十祝寿是算错了年岁。他不像是做了父亲的人。玉鬘与他久别重逢，一见不胜羞涩。但也并不明显表示疏隔之相，仍是亲切地罄谈衷曲。玉鬘所生的两个孩子都很可爱。玉鬘结婚未久，连生二孩，怕难为情，不肯一齐带去给源氏看。但髭黑大将说机会难得，定要带二孩同去拜见。两孩都穿便装，头发左右分开。源氏见了，说道："年龄增长，自己心中并无特别感觉，只管同从前年轻时候一样度日子，并无变更。但看见了这些孙儿，便觉

---

① 古昔禁中惯例：正月中第一个子日，内膳司用七种新菜作羹供奉，谓食之可去百病。本回题名据此。

自己已经年老，有时不免感慨。夕雾也已生了孩子，只因居处隔远，我还不曾见过呢。你比别人关心我的年龄，于今天这日子首先来此祝寿，叫我一则以喜，一则以惧。我正想暂且把老忘记呢。"玉鬘已是一个二十六岁的少妇，风度更增高雅，姿态十分秀美。她献诗云：

"嫩叶双松小，生根在此岩。
今朝来祝寿，磐石万斯年。"

吟时竭力装出大人模样。源氏面前陈列着四个沉香木盘子，盘内盛着各种新菜。他略尝些菜，举杯答吟道：

"嫩叶双松小，会当寿命长。
野边青青菜，托福永繁昌。"①

正在唱和之时，许多王侯公卿一齐来南厢祝寿了。紫姬的父亲式部卿亲王对玉鬘不快，本来不想参与，但念对方特地相邀，而自己与源氏又属至亲，未便故意疏远，终于在日暮之时来到。髭黑大将则得意扬扬，以女婿身份料理贺寿一切事宜，式部卿亲王看在眼里很不快意。但他的两个外孙是髭黑之子、紫姬之甥，两方面都有关系，所以也起劲地帮办杂务。盛礼品的笼子四十具、盒子四十件，由中纳言夕雾带领所有亲近的子侄，一一搬运到源氏面前。源氏赐众人饮酒，进用新菜煮成的肴馔。他面前陈列着四只沉香木制的方几，几上的杯盘都很精美可爱。因朱雀院患病尚未痊愈，故不召乐人奏乐。但太政大臣已备办了琴笛之类的乐器。他说："今天的祝寿仪式，可说是世间尽善尽美的了！"便将预先准备好的精良乐器取出，悄悄地演奏起来。诸人各择一

---

① 玉鬘以双小松比二孩，以岩石比源氏；源氏以青青菜自比。

种乐器，就中和琴是太政大臣当作第一名器而秘藏的，他自己正是这乐器的名手，今天聚精会神地弹奏起来，其音美妙无比，使得别人不敢再弹此琴。源氏要右卫门督柏木也用和琴弹奏一曲，柏木固辞，强而后可。他弹得非常高明，竟不亚于乃父。听者都很感动，极口赞叹。他们都说：无论何事，都贵有家学渊源，但如此善于继承父业，真乃世无其例。中国传来的乐器，各调各有一定的手法，因此反而容易学会。但这和琴初无定法，全凭心灵，例如随手拨弦的"清弹"，便具备各种乐器的音调，其美妙不可思议。后来太政大臣把琴弦放得很宽，调子降得很低，弹出含有许多音响的曲调。而柏木则用非常明朗的调子，弹出娇媚可爱的声音。诸亲王听了，无不吃惊，他们料不到柏木的技术如此高明。萤兵部卿亲王弹七弦琴。这张琴本来保藏在宜阳殿内，是历代第一名器。桐壶院晚年，一品公主①擅长此道，桐壶院即将此琴赐与。太政大臣欲使源氏的四十寿筵尽善尽美，特向一品公主请得此琴。源氏想起此琴历代相传的史迹，回忆往昔，不胜依恋。萤兵部卿亲王也酒后感伤，流泪不止。他察知源氏的心情，便将琴呈上。源氏此时满怀感慨，无法排遣，便取过琴来，弹了一支珍奇的乐曲。这管弦合奏虽然规模不大，却是一个趣味无穷的夜会。最后召唤唱歌队到阶前来演唱，诸人嗓音全都异常优美，从吕调移到律调。唱到深夜，曲调逐渐变得温柔可爱了。唱出催马乐《青柳》时，最为动听，连睡了的莺也都惊醒。犒赏诸人的福物，按照私事格局，设计异常精美。

尚侍玉鬘于黎明时分告辞。源氏赐赠礼品，对她说道："我已似将与世长遗，悠悠日复一日，不知老之将至。汝今特来祝寿，使我猛忆年华，不胜凄凉之感。今后务望时时来此，察看我年年衰老多少。我身为陈规所羁，行动不便，未能随意前来面晤，实甚遗憾。"玉鬘此行，使源氏回忆往事，不免又喜又悲。而匆匆一叙，立即辞去，又使他不能

---

① 一品公主是桐壶院之女，弘徽殿太后所生，与朱雀院同胞。

餍足，深为惋惜。玉鬘自念：亲父太政大臣对她只有血统之缘，而义父源氏对她的慈爱如此深厚周至，今后日月绵长，身世永固，心中不胜感激。

到了二月初十之后，朱雀院的三公主于归六条院。六条院准备迎亲，其隆重异乎寻常。新房设在祝寿时尝新菜的西边的小客厅内。从第一厢屋、第二厢屋、走廊以至众侍女的房间，布置装饰都很精致。朱雀院运送妆奁，仿照女御入宫的方式。仪仗之盛大自不必说。送亲人中有许多王侯公卿。希望以家臣身份当夫婿的藤大纳言，心中虽然不快，也来参加送亲。三公主的车子到达六条院时，源氏出来迎接，并且亲自扶三公主下车，此乃异乎常例之事。源氏封赠虽然准照太上天皇，但名义上毕竟是个臣下，凡事都有定规，故婚式与女御入宫相异，但又与寻常娶亲不同，这是一对特殊关系的新夫妇。婚后二日之内，朱雀院与六条院双方都有高雅、珍贵而风流的赠答。

紫姬目见耳闻，不能无动于衷。其实，虽然来了个三公主，紫姬未必全被压倒。然而紫姬一向专宠，无人能与并肩；如今新来的人姿色既艳，年纪又轻，威势盛大，足可凌人，倒使她不能放心了。但她绝不形之于色，当新人入门之时，她和源氏一起准备迎接，事无巨细，都料理得十分周到。源氏看到这般模样，觉得此人越发可敬可爱了。三公主年纪还小，尚未完全发育，而且态度又极幼稚，竟是一个孩子。源氏回想起从前在北山访得与藤壶妃子有缘的紫姬时的情状，觉得紫姬当这年龄时已露才气，颇有劲儿了，而三公主则完全是个小孩。源氏看了她的模样，觉得这样也好，免得妒忌或骄横；然而毕竟太乏味了。

婚后三天，源氏夜夜伴三公主宿。紫姬多年以来不曾尝过独眠滋味，如今虽然竭力忍受，还是不胜孤寂之感。她越发殷勤地替源氏出门穿的衣服多加熏香。那茫然若失的神情，非常可怜而又美丽。源氏想道："我有了这个人，无论发生何事，岂有再娶一人之理。都因我自己性情轻佻,意志薄弱,行事疏忽,以致造成了这个局面。夕雾年纪虽轻,却对爱妻十分忠贞,所以朱雀院没看中他。"他自知薄幸,沉思细想,泪盈于睫,对紫姬言道:"今夜我于理不得不去,请你容许。今后若再离开你时,我自己也不能容许了。不过朱雀院倘知道了,不知作何感想。……"他左右为难,心绪缭乱,样子十分痛苦。紫姬微微一笑,答道:"你自己心中都没有定见,叫我根据什么理由来做决定呢?"这分明表示他的话毫不足道,竟使得源氏不胜羞耻,手支着颐靠在那里,默不作声。紫姬取过笔砚来,写道:

"欲将眼底无常世,
　看作千秋不变形。"

此外又写了些古歌。源氏取来看看,觉得虽非正大之作,却也入情入理,便答吟道:

"死生有命终当绝,
　尔我恩情永不衰。"

写毕,不好意思立刻离去。紫姬说:"这叫我多难堪啊!"催促他走。源氏便穿上轻柔的衫子,飘着芬芳的衣香,匆匆出门而去。紫姬目送他走,心中很不自在。她想:"近几年来,我也曾担心以后是否还会发生事情。但念如今已非少年,此念应已离绝。诚能如此,则今后便可放心。平安无事直到今日,岂知又发生了这件难于告人之事。世事如此变化无定,今后很可担心呢。"

紫姬表面上装作若无其事。众侍女相与议论:"世事真是变化莫测啊!我家大人拥有许多夫人,但无论哪一位,对于我们这位紫夫人的威势,一向有所忌惮,因此平安无事直到今天。现在新来的夫人如此神气十足，我们的紫夫人怕不会就此让步吧。目前她虽忍受，以后每逢小事细故引起不快，定会发生种种烦恼之事呢。"她们都很担心。但紫夫人装作丝毫也不得知，只管兴致勃勃地和她们闲谈，一直坐到夜深。但她看见众侍女如此纷纷议论，觉得不大好听，便对她们说道："我家大人虽然东一个、西一个地有了许多夫人，但是时髦、优越而能使他称心的人，实在没有，因此常有不足之感。如今来了这位三公主，真乃十全其美之事。我大约是童心尚未失去之故，颇想和她亲近，一起玩耍。但世人或许在妄加猜测，以为我对她心有隔阂呢。对于地位和我同等的人，或者比我低微的人，为了争宠，愤怒嫉妒之事自然难免发生。但这位三公主下嫁到此，在我们是光荣的，在她是委屈的。所以我希望她对我不要见外才好。"侍女中务君和中将等听了这话，互相使个眼色。她们想必在说："这真是太体谅人了！"这几个侍女从前曾蒙源氏特别宠爱，近年来都在紫夫人身边伺候，所以对紫夫人深怀同情。别的夫人们也都关怀紫姬，有的送信来慰问，其中有云："不知夫人作何感想。我等本是失宠之人，闻之倒还安心……"但紫姬想道："她们如此推量，反而使我痛苦。世事本来变幻无常，何必为此自寻烦恼。"

晚上睡得太迟，违背向来常例，深恐旁人诧怪。心中有此顾虑，只得起身入室，侍女们就来替她铺被褥。然而夜夜抱枕孤眠，毕竟落寞寡欢。此时她就回忆起从前源氏谪戍须磨、经年阔别时之情状。她想："那时公子背井离乡，远赴异域，我但求能够知道他平安无事地同生此世，便把自身苦乐完全置之度外。我所悲伤的只是他的不幸。假如在这纠纷扰攘之时，我和他都丧了性命，则今日还有什么悲欢离合可言呢！"这想法也可聊以自慰。夜风忽起，春寒袭人，一时不能入睡。生怕睡在近旁的侍女们听见了惊诧，身体一动也不动。如此独寝毕竟是痛苦的。深夜听见鸡声，不胜凄凉之感。

紫姬并不十分怨恨源氏，然而，恐怕是她夜夜如此烦恼之故，有一晚出现在源氏的梦中①。源氏惊醒，不知出了何事，心中甚是慌张。等到听见鸡声，便不管天色还黑，匆匆起身言归。三公主年纪还小，有乳母等睡在近旁服侍。源氏自己开了边门出去，乳母扶三公主起来目送。天色未明，但见一片雪光，此外模糊难辨。源氏出门之后，衣香犹自弥漫室中，便有人独吟"春夜何妨暗"的古歌②。庭中处处残雪未消，但望去与洁白的铺石无甚差别。源氏走到西厅，一面低声吟咏白居易"子城阴处犹残雪"③之诗，一面伸手敲格子门。因为长久没有夜出朝归之事了，所以侍女们都还在假寐，等了许久，方才开门。源氏对紫姬说道："我在门外等了好久，身体也发冷了。我这么老早归来，是为了对你担心太深之故，这不算过失吧。"他就伸手替紫姬取去填在身子下面的衣服。紫姬连忙把稍稍泪湿的单衫衣袖藏过，装作和蔼可亲、毫无怨恨的样子，但又并无放怀不拘之状，其姿态之优雅令人叹佩。源氏在心中把她和三公主比较，觉得无论何等高贵的人，总赶不上这位紫夫人。

　　源氏回思往日种种事情，觉得紫姬不肯同他开怀畅叙，乃一大恨事。这一天他整日住在这里，不到三公主那里去，派人送一信与三公主，信中说道："今晨雪中受寒，身体颇感不适，拟在此安闲之处稍事休养。"三公主的乳母看了信，口头答道："当将此意禀告公主。"却没有复信。源氏觉得如此答复，太缺乏风趣了。他生怕朱雀院闻知此事，心中不快，意欲在这新婚期间常住那边，借以掩饰观听。然而离开这里也不容易。他想："此种状况，我早就想到。唉，真苦痛啊！"独自思量，不胜烦恼。紫姬也觉得整天不去，对新人太不关怀，自己反而

---

① 时人相信生魂能入梦。
② 古歌："春夜何妨暗，寒梅处处开。花容虽不见，自有暗香来。"见《古今和歌集》。
③ 白居易《庾楼晓望》诗云："独凭朱槛立凌晨，山色初明水色新。竹雾晓笼衔岭月，蘋风暖送过江春。子城阴处犹残雪，衙鼓声前未有尘。三百年来庾楼上，曾经多少望乡人。"

不好意思。

第二天照往日习例,起身很迟。源氏写一信送与三公主。三公主年纪还小,不会计较,但源氏写信也仍讲究笔墨。他写在一张白纸上,诗曰:

"非关大雪迷中道,
只为朝寒困我身。"

把信系在一根梅花枝上,召使者来,吩咐道:"你走西面的走廊,把这信送去①。"自己就在窗前坐下,眺望庭中雪景。他身穿白色便服,手中捻弄着多余的梅花枝,观赏略已消融而还在"等待友朋来"②的残雪上重又降下新雪来的景色。此时有个黄莺,在附近的红梅树梢上啭出清脆的声音。源氏吟着"折得梅花香满袖"③之歌,把梅枝收藏起来,撩起帘子向外眺望。他那姿态异常年轻而优美,叫人万万想不到这是一个身为父亲而官居高位的人。他料想三公主的回信要过一会儿才可送到,便走进内室,把梅枝给紫姬看,对她说道:"既称为花,必须有这种香气才好。如果能把这种香气移在樱花上,那么其他所有的花全都不在我心上了。"又说:"这梅花在我尚未看到其他许多花时最先受我注目。但愿它能和樱花同时并开才好。"正在谈话,三公主的回信送来了。信纸红色,包封很华丽。源氏有些儿狼狈,他想:"三公主笔迹很幼稚,暂时勿让紫姬看见吧。并非有意疏远她,只因太浅陋了,于公主面子有碍。"然而又念此时把信隐藏起来,反而使紫姬多心,于是展开信纸一端,让紫姬看见。紫姬斜倚着身子,用眼梢窥看。三公主答

---

① 大约他想观赏雪中送书的景色,故要使者走西面的走廊。
② 古歌:"两白难分辨,梅花带雪开。枝头残雪在,等待友朋来。"见《家持集》。
③ 古歌:"折得梅花香满袖,黄莺飞上近枝啼。"见《古今和歌集》。

诗云：

"雪花飘泊春风里，
转瞬消融碧宇中。"

笔迹果然稚嫩得很。紫姬看了一定在想：十四岁的人不应该写得如此拙劣。但她装作不见，默默不语。若是别的女人之事，源氏一定私下在紫姬面前品长评短。但三公主身份攸关，不忍教她委屈。他只是安慰紫姬道："你可以放心了。"

今天源氏白昼到三公主处。他打扮得特别讲究，众侍女初次看到他这优美的打扮，尤为赞叹，庆喜自己有这个漂亮主人。只有几个年老的乳母说道："不要太开心吧！大人本人固然生得漂亮，只怕后头闹出事情呢。"她们都又喜又忧。三公主生得娇小可爱。她的房间装饰得富丽堂皇，但她本人对于这些毫不关心，全无兴趣。穿着许多衣服，身体小得几乎看不见了。她见了源氏并不十分羞涩，好像一个不怕生的孩子，样子亲昵可爱。源氏想道："世人都认为朱雀院缺乏雄才大略。但他在风流韵事、雅兴逸趣方面，都比别人擅长。何以他教养出来的公主如此凡庸呢？这三公主还是他所最心爱的女儿呢。"他觉得遗憾，然而并不厌恶她。三公主对于源氏所说的话，无不乖乖地顺从。她的答话也毫无文饰，凡她知道的，无不率直地说出。其天真烂漫之相，叫人怜爱不忍舍弃。源氏想道："倘是从前少年时代，我一定看不起这个人。但现在我对世事一视同仁，觉得这样也好，那样也好。欲求出类拔萃，实乃难能之事。凡长于此者，必短于彼。在外人想来，这三公主正是一个十全十美的人呢。"他和紫姬多年来同栖共处，现在想来，比从前更加赞佩紫姬人品的优越了。可知他自己对她的教养的确有方。于是对紫姬的爱情越发深厚起来，相别一夜，或者朝出晚归，便觉相思甚苦。何以如此钟情？自己也觉得奇怪。

且说朱雀院定于本月内移居寺中。临别写了好几封诚恳的信给源氏。信中所述，不消说是关于三公主之事。他说："吾弟不须顾虑我闻知后作何感想。无论何事，但照尊意教养此女可也。"这话反复说了几次。但因公主年幼，所以他心中还是十分惦念。他又特地写一信给紫姬，信中言道："小女年幼无知，托庇尊府，务望夫人怜其无罪，多多照拂。夫人与小女固有亲戚之谊①也。

欲出红尘心未绝，
入山道上有魔障。

爱子心切，率尔奉闻。冒昧之处，尚请原谅！"源氏也看了这信，对紫姬说道："这信十分可怜，你该写回信表示遵嘱。"便命侍女们拿出酒肴来，款待送信使者。紫姬有些困窘，不知回信如何措词才好。她认为不必郑重其事地表示心服情愿，所以只是述说心中所感：

"尚有尘缘难断绝，
莫离人世入空门。"

所咏大致如此。犒赏使者的是一套女装，又添一件女子常礼服。朱雀院看见紫姬的手笔非常优美，设想幼稚无知的三公主与这位仪态万方、令人羞愧的夫人同列，觉得甚可担忧。此时朱雀院即将入山，女御、更衣等都告别回娘家去，悲哀之事正多。尚侍胧月夜迁住已故弘徽殿母后②的旧居二条宫邸中。除了三公主之事以外，使朱雀院有后顾之忧的，只有这位尚侍。尚侍意欲乘朱雀院入山之时削发为尼，但朱

---

① 紫姬之父式部卿亲王，是三公主的生母藤壶女御之兄，故紫姬与三公主为姑表姐妹。
② 即朱雀院之母，胧月夜之姐。

雀院劝阻她："你在此忙乱之时出家，似是故意模仿，态度殊欠郑重。"于是暂不出家，逐渐准备修行事宜。

源氏与尚侍胧月夜曾有露情，而终于未得重叙。因此多年以来，对她念念不忘。他常想找个机会同她会面，再叙一次，以便畅谈往事。然而两人身份都很高贵，必须顾虑世人耳目。而回想当年轰动一时的须磨事件，源氏一举一动都很谨慎小心了。但胧月夜现已闲居寂处，正想出家奉佛，源氏颇想知道她的近况，因此比以前更多思念她了。他明知是不应该之事，然而常常以一般慰问为借口，写亲切的信给她。胧月夜也以为现在大家已非少年时代，可以不避嫌疑，所以也常常写回信给他。源氏看了她的笔迹，想见其人在各方面都比从前更加饱满圆熟了。他毕竟难于忍耐，便常常写信给胧月夜的侍女，就是从前替他们拉拢的中纳言君，向她诉说重重心事。中纳言君有个哥哥，从前曾经当过和泉守的，源氏把这个人召来，回复了从前年轻时候的态度，对他说道："我希望不要叫人传言，让我隔帘和她直接谈话。你去商请她答应了，我就悄悄地前往。我现在为身份所羁，不便做此种微行，所以必须十分秘密。想来你也不会泄露出去。大家可以放心。"

胧月夜闻知前和泉守的传言，想道："这又何必呢！世事我都看穿了。自昔我就痛恨他的薄情，直到现在。我岂能撇开了和上皇离别的悲哀而同他畅叙旧情呢？事情固然不会泄露出去，但'心若问时'①，叫我多么可耻！"言下不胜慨叹。前和泉守只得把拒绝会面的消息禀复源氏。源氏想道："从前唐突无理之事，她并不曾拒绝我呢。固然她有和上皇离别的悲哀，但她对我并非没有关系，现在却装作清清白白的样子。须知'艳名广播如飞鸟'②，如今又岂能挽回

---

① 古歌："对人尽说无根据，心若问时答语难。"见《后撰集》。
② 古歌："艳名广播如飞鸟，强学无情亦枉然。"见《古今和歌集》。

呢？"他就下个决心，以这"信田森"①为向导而前往访问。事前对紫姬说："二条院东院那位常陆小姐病得很长久了。我因杂务缠身，至今尚未前去望病，很对她不起。白昼公然出门，似乎不甚稳便，拟于夜间悄悄前往。我想勿使外人知道。"便用心打扮，妆饰非常讲究。紫姬记得他以前去访末摘花时，从来不曾如此用心打扮，看到今天这模样，觉得有点奇怪。她已经猜到了几分。然而自从三公主入院以后，她对付源氏，万事皆与从前大不相同，都有了几分隔阂，所以只装作不知。

这一天，三公主处他也不到，只派人送一封信去。镇日在家里把衣服用心地加以熏香，直到天黑。黄昏过后，他只带四五个亲信随从，打扮成从前微行时的模样，乘坐一辆竹席车，往二条院去了。到了宫邸，叫前和泉守进去通报。侍女悄悄地源氏来访的消息告知胧月夜。胧月夜吃了一惊，皱着眉头说道："真奇怪！不知和泉守怎样回复他的。"侍女说："倘随便捏造借口，打发他回去，毕竟太没有礼貌了。"便自作主张，把源氏请了进来。源氏把慰问的来意叫侍女传达之后，又说："务请尚侍移玉来此，隔帘晤谈亦可。往年那种非礼之心，今已消除净尽了。"他再三恳请，胧月夜只得唉声叹气地膝行而出。源氏一边高兴，一边又想："果然不出我之所料：她还是同从前一样容易亲近的。"两人虽然隔开，但非泛泛之交，互相听见动作之声，各自不胜感慨之情。这里是东厅，源氏的客座设在东南角上的厢房中，通厢房的纸隔扇上加锁。源氏恨恨地说："如此布置，很像是招待一个少年人呢！别来多少年月，我都记得清楚。待我如此冷淡，未免无情太甚了！"此时夜已很深，鸳鸯在池塘里荇藻间浮游，其鸣声十分凄凉。源氏看了邸内阴气沉沉、人影疏疏的景象，觉得与当年弘徽殿太后在世

---

① 信田森是和泉郡中的名胜之地，此处指和泉守。

之时大不相同，感慨之极，流下泪来。这倒不是模仿平仲①，却是真的眼泪。源氏现在不像从前那样浮躁了，出言十分稳重。此时却伸手拉动纸隔扇，希望把它拉开。随即赋诗云：

"久别重逢犹隔远，
　沾襟热泪苦难收。"

胧月夜答吟道：

"热泪难收如清水，
　行程已绝岂能逢！"

这答语不着边际。然而她回思往事，想到那轰动一时的须磨事件毕竟因谁而起，她的心肠便软起来，觉得今日再见一面，有何不可。原来胧月夜本是一个主意不定的人。虽然近年来学得了种种人情世故，看到公私无数事例，深悔自己往日之轻率，所以一向守身如玉，但是今夜之会，使她回忆旧情，似觉昔日之事近在目前，便不能坚贞自守了。

胧月夜还是同从前一样妩媚多情。她一方面恐惧流言，一方面贪恋欢情，左右为难，愁容可掬。源氏看到这神情，觉得比新相知更加可爱，虽然天色渐明，还是依依不舍，全无回去的意思。异常美丽的黎明天空中，飞鸟千百成群，鸣声清脆悦耳。春花皆已散落，枝头只剩有如烟如雾的新绿。源氏想起：昔年内大臣举办藤花宴会，正是这个时候。虽然事隔多年，而历历回思当日情景，实甚可恋。中

---

① 平仲是一个有名的好色男子。他要在女人面前装假哭，蘸些水涂在眼睛上，误蘸了墨水。事见《今昔物语》。参看第141页注③。

纳言君开了边门,准备送他回去。但源氏走到门口,又回转来,说道:"这藤花①真美丽啊!怎么会染成如此可爱的色彩呢!我无论如何也舍不得离开这花阴了!"他逡巡不忍遽去。其时朝日从山间升起,灿烂的阳光照着源氏,使得他的容姿越发美丽,令人目眩。中纳言君多年不曾看见他,觉得他年纪越大,相貌越是俊俏,竟是世间所少有的。她回忆当年,想道:"我家尚侍依附这位大人,有何不可呢?她虽然入宫,毕竟不是女御或更衣,而是个外勤的尚侍,其实不须与源氏大人分离。已故的弘徽殿太后却过分多心,以致引起了那不幸的须磨事件,轰动一时,又使我家尚侍流传了轻薄之名,而两人从此隔绝了。"两人胸中有诉说不尽的衷情,希望继续馨谈。然而源氏为身份所羁,不便随意行止。而这邸内人目众多,自非谨慎小心不可。太阳渐渐高升,心中不免慌张。此时车子已经来到廊门下,随从人等轻声咳嗽,表示催促。源氏召唤一个随从人来,叫他折一枝下垂的藤花,赋诗云:

"为汝沉沦终不悔,
　重寻爱海欲投身。"②

他将身靠在壁上,神情异常苦闷,中纳言君看了觉得可怜。胧月夜回想昨夜之事,越发羞涩难堪,心中懊恼万分。但又觉得这个人好比花阴,毕竟可爱。便答道:

"投身爱海非真海,
　不为空言再恋君。"

---

① 以藤花比拟胧月夜。
② 沉沦指须磨流放。

这种少年人的行为,源氏自己也觉得难于容许。大约是此时无人在旁、不须顾忌之故,他又和她私订密约,然后辞去。当年源氏对胧月夜,爱情比别人深挚得多。于飞不过数度,立即拆散鸳鸯。今日重逢,安得不情怀缱绻呢!

源氏回到六条院,偷偷地钻进房间里。紫姬起来迎接,看到他那睡眼蒙眬的模样,已经猜测到他的去处,然而不动声色。源氏觉得她这态度比妒恨咒骂更加使他难受。他心中怀疑:紫姬为什么对他如此漠不关心呢?就怀着比往日更深的爱情,向她立誓永不变心。此次与胧月夜重叙之事,不可泄露。但过去的勾当,紫姬全都知道,所以只得搪塞道:"昨夜与尚侍隔纸门谈话,似觉言犹未尽。日后拟再去访晤一次,必须秘密,不致引起物议才好。"紫姬笑道:"你倒像是返老还童,比从前更加风流了!教我无依无靠,好痛苦啊!"终于不免流下泪来。那双盈盈娇眼异常可怜。源氏答道:"你这样心绪不安,我也很痛苦呢。我若有错,你只管尽情地拧我也好,打我也好。我从来不曾教导你说:做人不可坦率。你的脾气太固执了。"他就劝慰她,说了千言万语,其间关于昨夜之事,终于也毫不隐瞒地说出了。源氏不能立刻到三公主那里去,只管在这里安慰紫姬。三公主本人毫不介意,乳母等却啧有烦言。如果三公主也嫉妒怨恨起来,源氏势必又多一种苦恼。现在太平无事,源氏便把她看作一个美丽可爱的玩偶。

且说住在桐壶院的那位明石女御,即皇太子妃明石小女公子,自从入宫之后,一直不曾归宁。皇太子十分宠爱她,不许她乞假回家。她一向在家自由玩耍,如今闭居深宫,小小的心中颇感苦闷。到了夏天,明石女御身体不适,然而皇太子不肯立刻放她回家,她就更加烦恼。她身体不适,看来是有喜了。她今年还只十二岁,因此大家都很担心,把这看作一件大事。好容易请准了假,回六条院休养。她的房室位在三公主所居正厅的东面。她的生母明石姬现已经常随伴着她,自由出入宫禁,也真是难得的前生福报。紫姬要去探望明石女御,想乘便和三公主见面，对源氏说道："教他们开了界门，让我乘便去望望三公主。我早就想去访问她，只因没有机会，至今尚未去得。现在正好见见面，以后便可随意往还了。"源氏笑道："你这话正中我下怀。三公主还幼稚得很，你要多多教导她，好让她进步。"他允许她们见面。紫姬觉得三公主还在其次，倒是和明石女御的母亲——那个容姿绝胜的明石姬——见面，要郑重些。便梳洗头发，精选服饰，打扮得花枝招展，美丽无匹。

源氏来到三公主房中，对她说道："今天傍晚，紫夫人将到这里来探望明石女御，乘便要来望望你，好和你亲近些。请你允许她来访，同她谈谈。她是个好心人，还有孩子脾气，和你做游戏伴侣亦无不可。"三公主从容大方地答道："羞人答答的，讲些什么话好呢？"源氏说："应对的话，按情况而定，临时自然想得出来。总之，对人要坦率，不要存心疏远。"他详细地教导了她一番。源氏极愿紫姬和三公主互相亲善。但又担心三公主的幼稚无知之状被紫姬看清了，难以为情，亦且扫兴。但念紫姬诚心要和她会面，拒绝也是不好意思的。紫姬一面准备去访问三公主，一面想道："在众夫人之中，出我之上的人是没有的了。只是我幼时身世孤苦，由源氏主君领来抚育，这一点有伤面子耳。"她左思右想，神情恍惚。因此写字消遣之时，所想到的古歌自然都是弃妇怨女之词。她自己看看也吃惊，想道："如此看来，我是个不幸之身了。"源氏来到紫姬房中。他近日看看三公主和明石女御的相貌，觉得都很美丽；现在看看紫姬，觉得这个人多年看惯，目染耳驯，并无特别惊人之处，然而毕竟无人赶得上她，真是一个奇迹。从无论哪一点上看来，她的气品都很高雅，周身没有一点缺陷，可使见者自觉羞惭。相貌艳如花月，姿态新颖入时。加之种种优雅的熏香融合集中，这便形成了一种最高的美姿。今年比去年更盛，今日比昨日更美。永远清新，百看不厌。源氏觉得奇怪：怎么会生得这样美丽呢！紫姬看见源氏进来，便把信手写的字条藏入砚子底下，被源氏找出，反复观看。她在书法方面并不特别专长，然而笔致高雅秀丽。其中有一首诗云：

"青山绿树成红叶，
　渐觉衰秋近我身。"①

源氏看到了这首诗，便在其旁添写一首答诗：

"松柏常青终不变，
　荻花何事感秋心？"

紫姬心中的怨恨，每逢机会，自然会不由得泄露出来。然而她竭力抑制，外表若无其事。源氏觉得此心甚可感佩。今宵各方面都闲暇无事，他就不顾一切，偷偷地出去访问胧月夜了。明知此事大不应该，努力打消此念，然而终于无可奈何。

　　明石女御对义母紫姬，比对生母明石姬更加亲昵而信赖。紫姬对这个成长得十分美丽的义女，也真心地疼爱。紫姬和明石女御亲切地谈了一会之后，便叫人打开界门，去和三公主会面。她看了三公主那天真烂漫的孩童模样，觉得很安心，便用母亲一般长辈的口气，和她叙述彼此之间的血统关系。又召唤乳母中纳言②来前，对她说道："恕我不揣冒昧：论起血统来，我们是姑表姐妹呢。只因没有机会，彼此尚未见面。自今以后，应该多多亲近了。你们也常到我那边去坐坐。如果我有怠慢之处，务请随时指示，我就不胜欣幸了。"中纳言答道："我家公主早岁丧母，最近上皇又遁入空门，无怙无恃，孤苦伶仃。今蒙夫

---

① 日语"秋"与"厌弃"同音，诗意双关。
② 是三公主的另一乳母。或说，与侍从乳母为同一人。

人如此嘉许，真乃无上幸福。出家的上皇亦曾如此企望：但愿夫人推诚相爱，多多照拂这位幼稚无知的公主。公主自心亦极愿依附夫人也。"紫姬说道："辱承上皇赐书之后，常思尽力为公主效劳。但恨我身无才无德，微不足数，辜负盛情，不胜愧憾耳。"她就解除一切顾虑，像大姐对小妹一般，闲谈三公主所爱听的话，例如关于图画欣赏、关于玩偶游戏的难忘的乐趣，谈得像孩子们一般兴高采烈。三公主觉得果如源氏所说，此人还有孩子脾气，她的童心便亲切地倾慕她了。自此以后，两人常常通信，凡是富有趣味的游戏，总是两人共同欣赏。关于这高贵人家之事，世人都喜欢凭空说长道短。三公主初进六条院时，有人说道："不知紫夫人作何感想。源氏对她的宠爱一定不及从前了，总要冷淡些吧。"实则三公主进来之后，源氏对紫姬的宠爱反而更深了些。世人还要妄加猜测，说些不妙的话。但因紫姬与三公主两人如此和好相处，故外间谣言终于平息，源氏家声也保全了。

到了十月里，紫夫人为源氏祝寿，在嵯峨野的佛堂里举办药师佛供养。因为源氏恳切劝诫她不可过分铺张，所以一切布置都秘密进行。然而也很体面，佛像、经盒和包经卷的竹簧都极精美，使人走进佛堂，似觉真个到了西方极乐世界。所诵的是《最胜王经》《金刚般若经》和《寿命经》①，规模甚大。满朝公卿王侯都来参与祈祷，半是为了这佛堂的景象美不可言，从穿过红叶林、走进嵯峨野开始，一路上都是美丽的秋景，所以大家争来参加。满目霜华的原野上，车马之声络绎不绝。诸位夫人争先恐后地致送精美物品，以供布施诵经僧众。

十月二十三日斋期圆满，举办贺宴。六条院内人口密集，几无隙地，故紫夫人将寿筵设在她所认为私邸的二条院中。从服装以至一切主要事务，皆由紫夫人一人办理。其他诸夫人也都自动前来帮助，分担适当的任务。厢房等本来是侍女们的房间，这一天叫她们让出，作

① 这三部经总称为护国经。

为殿上人、诸大夫、院司以至下级人员的飨宴之所，布置得很精雅。正殿的客堂照例装饰得富丽堂皇，中设嵌螺钿的椅子，作为寿翁座位。主屋的西面一个房间里，设有十二个衣架，上面放着冬夏各种服装及被褥等物，照例用紫色绫绸覆盖，色彩非常艳丽，但看不见里面的物品。源氏面前设有两张桌子，上面盖着中国绫罗桌毯，其色彩自上而下由淡渐浓。载插头花的台，以雕花沉香木为台足，插头花中有停在白银枝上的黄金鸟，乃明石女御所献，是她母亲明石夫人所设计的，意匠特别巧妙。寿翁座位后面的四折屏风，是紫夫人的父亲式部卿亲王所赠，式样非常雅致。上面所绘的照例是四季景色，但泉水和瀑布等都很别致，异常新颖悦目。北面靠壁放着两个柜子，里面盛着应有的种种装饰品。南厢是上级官员的座位，自左右大臣、式部卿亲王以至其次诸人，无不到席。舞台左右张着天幕，为乐人休息之所。东西两边设有屯食①八十客，又并列着盛犒赏品的中国式柜子四十个。

　　乐队于未时来到，奏出《万岁乐》《皇獐》等舞曲。日暮时分，奏出高丽笛曲，表演《落蹲》舞。这也是寻常难得听到的舞乐。因此到了将近结束之时，中纳言夕雾和卫门督柏木都来参与，舞罢将归，重又回步，另演新姿片刻，然后隐入红叶林中。观众深感兴趣，看到临去时的面影，大有尚未餍足之感。席上有许多人回想起当年桐壶帝行幸朱雀院时源氏公子与头中将共舞《青海波》②那天傍晚的光景。他们觉得夕雾与柏木都克肖其父，绝不逊色。两人的声名、容姿和性情也都不亚于其父，官位且比父亲当年稍高，年龄亦与两父亲当年相似。因此他们都赞叹：定是前世积德，所以两代都是良朋。主人源氏也感慨流泪，回想起许多往事。天色将黑，乐队要退出了，紫夫人的家臣长官便率领众人，走到盛犒赏品的柜子旁边，将物品取出，一一赏赐乐人。诸乐

――――――――――

① 屯食见第18页注⑤。
② 参看第七回《红叶贺》。

人肩上负着主人所赐的白绸,绕过假山,经过湖堤退出,远远望去,教人错认是催马乐中所歌的千龄仙鹤①的羽衣。

乐队退出之后,堂上开始管弦之会,又是极有趣味的。琴瑟之类,皆由皇太子处备办。朱雀院传下来的琵琶与琴、冷泉帝所赐的筝,其音色都是往日在宫中听惯的。这些乐器难得合奏,无论何时,都令人想起前代的情状和宫中的光景。源氏想道:"出家的藤壶母后如果在世而举行四十庆寿②,我一定首先主办。可惜当她在世之时,我一点孝心也不曾尽得。"他每一念及,总觉遗憾无穷。冷泉帝想起了母后早死,也常觉得万事毫无意趣,此生寂寞无聊。他想至少对于这位六条院主人,须照父子之礼表示孝敬,然而未便公然实行,为此心中日夜不安。今年源氏四十庆寿,他本拟以贺寿为由而行幸六条院。但源氏认为切不可引起世人烦言,故屡次谏阻。冷泉帝只得怅然作罢。

十二月二十过后,秋好皇后归宁六条院。她要在这年终为义父源氏祝寿,特请奈良七大寺③僧众诵经,布施布匹四千段;又请京都附近四十寺僧众诵经,布施绸绢四百匹。秋好皇后感谢源氏养育之恩,欲乘此机会向他表示真诚的孝心。又念父亲前皇太子及母亲六条妃子如果在世,一定也感谢他,所以她又怀着代父母祝寿之意。但源氏连朝廷的祝寿也曾固辞,故秋好皇后不便铺张,只得将许多原定计划删去。源氏对她说道:"我查考前代事例,凡四十庆寿者,其余命大都不长。故此次请勿过分铺张,以致轰动人世。如果我真能活满五十岁,那时再替我祝寿吧。"然而秋好皇后还是采用朝廷仪式,排场非常盛大。

---

① 催马乐《席田》歌:"席田呀席田,川上有仙鹤。仙鹤寿千龄,川上恣游乐。仙鹤寿万代,川上戏相逐。"席田是美浓郡的名胜地。
② 藤壶母后是三十七岁死的。
③ 奈良七大寺是:东大寺、兴福寺、元兴寺、大安寺、药师寺、西大寺、法隆寺。

贺宴在秋好皇后所居西南院中举行,室中装饰十分富丽,凡事与月前紫夫人祝寿时无大变更。对上级官员的赏赐,依照正月初二宫中"大飨"的办法。赏赐诸亲王的,特用女子衣装;赏赐未任参议的四位官员、五位大夫及普通殿上人的,是一套白色女用常礼服;此外各赐缠腰绸绢。皇后为源氏制的装束精美绝伦,其中有名的玉带与宝剑,是皇后的父亲前皇太子传下来的遗物,睹物怀人,又深感慨。凡古来盖世无双的名物,现已集中于此,真乃盛大的庆祝。古代小说中,往往郑重其事地列举赠人的礼品。但现在这些高贵人物之间的酬酢,非常繁杂,多不胜数,故略而不书。

冷泉帝既已发心为源氏祝寿,不肯就此作罢,便叮嘱中纳言夕雾,叫他出面主办。这时候右大将因病辞职。冷泉帝为欲使这寿宴添喜,突然晋封夕雾为右大将。源氏闻之甚喜,但也表示谦逊,他说:"如此突然晋升,荣幸实已过分,我觉得太早了。"夕雾便在他的继母花散里所居东北院中安排寿宴。虽说是家宴,但今日乃奉圣旨,故仪式特别隆重。各处飨宴,皆由宫中内藏寮及谷仓院办理。屯食仿照宫中式样,由头中将奉旨办理。参与庆祝的有亲王五人,左右大臣、大纳言二人,中纳言三人,参议五人,殿上人照例有冷泉帝身边的、皇太子身边的和朱雀院身边的,不参与者绝少。源氏的座位及用品,均由冷泉帝详细吩咐太政大臣置办。太政大臣本人亦奉旨参与庆祝。源氏诚惶诚恐地就座受贺。太政大臣的座位与正屋中源氏的座位相对。这位太政大臣容貌清秀,身材魁伟,春秋鼎盛,具足富贵之相。主人源氏则青春永驻,依然是昔年的源氏公子。屏风四叠,是皇上御笔,淡紫色中国绫子上的墨画,美妙不可言喻。比较起漂亮的彩色春秋风景画来,这屏风上的墨色光彩逼人,不可同日而语。想起了皇上御笔,自然更觉可贵。盛装饰物的柜子、弦乐器、管乐器等,皆由宫中藏人所供应。

新任右大将夕雾,威势比往日更加盛大了。因此今日的仪式自然特别隆重。冷泉帝所赐御马四十匹,由左右马寮及六卫府官人从上方顺次牵下来，并列在庭前。其时日色已暮，照例表演《万岁乐》《贺皇恩》等舞乐。但只是应名而已，不久舞罢，堂上就开始管弦之会。因有太政大臣在场，这管弦合奏特别出色，诸人无不用心献技。琵琶照例由萤兵部卿亲王弹奏。此人对无论何事都很擅长，世间少有其例，无人比得上他。源氏弹七弦琴，太政大臣弹和琴。源氏多年不曾听赏太政大臣的和琴了，想是因此之故，今日听来觉得特别优美。于是他自己也就在七弦琴上大显身手，毫无保留。两人都奏出异常优美的音乐。弹毕，两人共话往事，说到今日情状：亲戚之谊既深，友爱之情又厚，万事无不和睦商量。话语投机，心情舒畅，便举杯痛饮。逸兴源源而来，无有已时。二人醉后感伤，流泪不止。

　　源氏奉赠太政大臣的礼物，是优良的和琴一张，又添太政大臣所喜爱的高丽笛一支，还有紫檀箱一具，内装各种中国书籍及日本草书假名手本。派人追上车子，当面呈上。源氏领受御赐马匹时，右马寮官人奏出高丽乐，声甚宏壮。犒赏六卫府官人的物品，由右大将夕雾颁发。源氏崇尚简略，故凡大规模设施，此次一概谢绝。然而冷泉帝、皇太子、朱雀院、秋好皇后，以及其次诸人，情缘深厚，身份高贵，各方面都很体面，因此这寿宴还是办得十分光彩。源氏只有夕雾一个儿子，膝下寂寥，未免美中不足。但夕雾才华出众，声望特高，其人品无人能及。回思他的母亲葵夫人和秋好皇后的母亲六条妃子积下深恨重怨，互相争执计较，但两人的后代现今都很荣贵，可见世事变化莫测也。这一天奉呈源氏的服装等物，由本院花散里夫人监制；犒赏品及其他事务，由三条院云居雁夫人备办。六条院内逢时逢节的盛会，即使是私家宅内的趣事，花散里夫人也从不参与，只当作家的事听人说说而已。所以无论有何盛会，她总以为自己没有资格参加进去当重要角色。但今天只因她与右大将有母子之缘，所以颇受重视。

　　腊尽春回，新年又到。明石女御的产期迫近了，故自正月朔日开始，不断诵经，以祈祷安产。举办法事的寺庙，其数不可胜计。源氏从前见过葵夫人因产而死，故对此事非常害怕，心甚忧虑。紫夫人不曾生产，一方面说来是一件憾事，而且眼前寂寞；但另一方面说来，又是一件幸事。且明石女御年龄还很幼小，生产是否平安，他早已非常担心。到了二月里，明石女御的气色大有变化，身上颇感痛苦，大家心中惶恐不安。阴阳师进言：为谨慎计，宜迁居他处。但倘迁居六条院外，则相隔太远，很不放心。于是决定迁往明石夫人所居西北院中厅的厢屋。这里的厢屋只有两大间，外面围着走廊。立刻在这里修建法坛，聘请许多道行高深的僧人来，大声念经祈祷。母亲明石夫人想起此事之安危与自己命运之穷通有关，心中非常焦灼。

出家为尼的外祖母，现已十分衰老。她能够看见这个贵为女御的外孙女，似觉身在梦中，立刻走近去亲近她。明石夫人多年来在宫中陪伴女御，却并未将明石时代的旧事详细告诉她。但这老尼姑由于不堪其乐，一到女御身边，就淌着眼泪，用颤抖的声音把陈年旧事讲给她听。女御起初觉得此人奇怪，有些可厌，只管盯着她看。继而想起自己原有这样的一个外祖母，就姑且听她讲讲。后来终于很亲近她了。老尼姑把女御诞生时的光景和源氏谪居明石浦时的情况讲给她听，又说："主君即将离明石浦返京都时，我们大家都很惋惜悲伤，以为缘尽于此，今后不得再见了。岂知贵女诞生，使我们都交了好运，这宿世因缘真可感谢啊！"说到这里，簌簌地流下泪来。明石女御想到："这些旧事实在令人感动。要不是这位老外祖母说给我听，我永远不会知道自己的身世了。"也啜泣起来。继而又想："如此说来，像我这样身份的人，本来是不该公然身居高位的。全靠紫夫人教养和栽培，外人对我不敢十分轻视。我一向自以为高贵无比，在宫中时目空一切，盛气凌人，恐怕世人都在背后咒骂我吧。"此时她才明白了自己的身世。她的生母身份稍稍低微，她原是知道的。但她自己诞生时的情况，和如此辽远的穷乡僻壤，她一向不知。这大约是太娇养之故，但亦可谓太不懂事了。

她又从老尼姑口中听到：外祖父明石道人现在已同仙人一样，度着遗世独立的生活。她觉得很可怜，东思西想，心绪缭乱。正在沉思愁叹之时，明石夫人进来了。这一天举行法会，各处僧众云集，院内喧哗扰攘。女御身边侍女也很少有，只有这老尼姑得其所哉地挨近在女御身旁。明石夫人看见了，说道："呀，这算什么样子呢！应该躲在短屏后面才是。风很大，常常吹动门帘，外面从隙缝里望得见的。像医师一般挨近身旁，太不知趣了。"她觉得不大好看。老尼姑自以为神气十足地坐着，样子并不难看。加之年已老耄，两耳重听，看见女儿向她说话，只是侧着头问："啊，什么？"其实这老尼姑年龄并不甚高，今年六十五六岁。尼僧打扮十分整洁，气品也很高尚。不过现在泪水满眶，眼皮红肿，样子有些古怪。明石夫人猜想她正在把旧事讲给女御听，心中不免着慌，便说道："你们在讲从前那些无聊的事么？只怕记忆不清，胡言乱语，把从前的事说得离奇古怪。那时的事真像做梦一般了。"她微笑着看看女御，但见她眉清目秀，娇艳可爱，只是比平日沉静得多，似乎心事重重的样子。明石夫人对于女御，不当作女儿看待，只觉得是一位可敬的贵人。她生怕老尼姑对女御讲了许多辛酸的旧事，致使她心情烦乱。她本想等女御将来当了皇后，然后把往事告诉她。现在提早告诉了她，虽然不致使她伤心失望，但得知自己的出身如此，总会使她扫兴的吧。

诵经祈祷完毕，僧众退出了。明石夫人端了一盘水果过来，对女御说："吃点儿水果吧。"她想借此替她解闷。老尼姑眼巴巴地望着女御，觉得这容姿实在端丽可爱，禁不住泪水直流。她的嘴奇形怪状地张开，表示欢笑，然而眼角泪淋，一股哭相。明石夫人觉得实在难看，向她使个眼色，但老尼姑满不在乎，吟诗道：

"老尼偶到神仙窟，
　莫怪尊前喜泪淋。

即使在古代，对于像我这样的老人也是恕罪的。"明石女御便向砚旁取一张纸，写道：

"欲乞老尼当向导，
天涯海角访茅庵。"

明石夫人也忍不住了，啜泣着吟道：

"身居明石离人世，
神往京华念子孙。"

这诗倒可排遣哀愁。明石女御昔年离明石浦来京都，当天早晨拜别外祖父明石道人时的情景，现在做梦也回想不起来，觉得十分遗憾。

　　三月初十过后，明石女御分娩，大小平安。在这以前，大家认为一大难关，纷纷愁叹。岂知临盆并无多大痛苦，而且生下来的又是一位皇子，真是无限欢欣！源氏也安心了。女御现在所居的房室，隐藏在正屋后面，和别人的房室很接近。产后各处纷纷前来祝贺，排场异常盛大，礼品十分隆重，在老尼姑看来这里真是"神仙窟"啊！然而这地方毕竟太简陋了，于是准备迁回紫夫人东南院中原来的屋子里。紫夫人亦曾到西北院来看视。但见女御身穿白衣，抱着婴孩，俨然是个母亲，那模样真是可爱。紫夫人自己没有生育经验，别人生育她也难得看到。此次看到了，觉得非常稀罕可爱。初生的婴儿要好生照管，因此紫夫人一天到晚抱着。真的外婆明石夫人一切都让紫夫人做主，自己专任汤沐之事。以前宣布立皇太子的圣旨的宫女典侍，是司理汤沐之事的。她看见明石夫人自动来帮助她，觉得很对她不起。明石夫人出身的内情，典侍曾经约略闻知。明石夫人的人品如果略有缺陷，女御不免丧失体面。然而明石夫人气度十分高雅，因此典侍觉得她真是命运特别优异的人。此次祝贺之盛况,一如向例,不须赘述。

产后六日,明石女御从西北院迁回东南院。第七日之夜,冷泉帝也赐赠贺仪。朱雀院已经出家,不能亲来探视,特派头弁为代表,奉旨向藏人所取出种种珍宝,赐赠女御。犒赏诸人的衣服,由秋好皇后调度,比朝廷所置办的更为体面。其次诸亲王、诸大臣,家家户户都为送礼而奔忙,大家力求尽善尽美。源氏一向崇尚简约,但为此事破例,贺仪隆重无比,举世盛称。其潜心设计的优雅精致之趣,应有记载传之后世。但因笔者未曾一一亲睹,故不详述。

不久之后,源氏抱着小皇子说:"右大将生了许多儿子,至今没有让我见过这些孙子,我常引为憾。且喜有了这个可爱的外孙。"他疼爱这小皇子,原是理之当然。小皇子像春笋一般日夜长大。乳母暂时不用不熟悉的新人,而从原有的侍女中选择人品优越的人来充任。明石夫人为人聪明、高尚而大方,应该谦逊的地方,态度非常谦逊,从来不对人生气或骄傲,因此无人不赞誉她。紫夫人以前偶尔和明石夫人会面,与她不甚相容,现在托小皇子之福,明石夫人受她重视,两人就非常亲昵了。紫夫人生性喜爱小孩,亲手替小皇子制造"天儿",即放在枕边可以驱邪避凶的人像,真可谓不失童心。她朝朝暮暮为抚养小皇子而忙碌。那位老迈的尼姑不能从容地看看这小外曾孙,心甚不满。她只匆匆看见几面,别后想念甚苦,几乎为此丧命。

明石浦上也得悉了女御诞生小皇子之消息。看破红尘的明石道人也非常欢喜,对众弟子说:"如今我可安心地脱离尘世,往生极乐了!"就把住宅改成寺院,附近所有田地及一切器物都捐作寺产,准备入山去了。这播磨国地方有一个郡,其中有一座人迹罕至的深山。明石道人于多年前购置此山,预备将来笼闭其中,不再与世人相见。只因在世间略有牵累之事,故迁延至今不曾如愿。如今闻知外孙女喜讯,便一切放心,准备移居深山,献身神佛了。近年来明石道人并无特别事由,久不遣使入京。只有京中遣使来明石浦时,略复三言两语,将近况告知老尼姑。但现在他要离去尘世了，故写了一封长信送与明石夫人。信中言道："近数年来，我与你等生在同一世间。虽然如此，我似觉此身已入另一世间了。故无特别事故，不与你等通问。且我看惯汉文经典，阅读假名书信颇费时间，念佛也会因此而懈怠，实乃无益之事。为此久不写信与你。今据人传言：外孙女已入宫为太子妃，且已诞生一小皇子。闻之深为庆喜。此事自有原因，今日我可告你：我自身乃一拙陋之山野鄙夫，不复贪恋现世荣华。但过去多年以来，六根未净，昼夜六时勤修之时，首先为你之事向佛祈愿，而将自己往生极乐之事置之次位。你诞生之年，二月中某夜我做一梦，梦见我右手托着须弥山①，日月从山左右升起，光辉灿烂，遍照世间。而我自己隐身于山之阴，不受日月之光。后来我将山放入大海，使浮水上，自己乘一小船向西驶去了。梦中所见如此。梦醒之后，心中时时筹思：想不到我此微不足数之身，将来亦有发迹之望。然而何所凭借，而能交此大运呢？正在此时，你母诞生了你。我检阅世俗书籍，考查佛教经典，发现做梦可信之事例甚多。因此不管自家身世之微贱，尽心竭力地教养你。然而又念能力毕竟有限，此梦终难应验，便辞去京都，返归乡里。自任播磨国守之后，决心在此终老，不再入京。但在蛰居此浦多年之间，亦因你的前程抱有极大之期望，故曾私下对佛许下许多祈愿。现在夙愿顺利达成，你已如意称心。将来外孙女做了国母，大愿圆满之时，你必须赴住吉大寺以及其他诸寺还愿。我对此梦毫不怀疑。今此一愿既已迅速成就，则我将来往生遥隔十万亿国土之极乐世界时，亦必身登九品中之上品上生②无疑。现在我只要静待佛菩萨来迎接

---

① 按佛教的说法：须弥山位在四大洲中心，处大海中，高三百三十六万里。
② 按佛教的说法：往生极乐世界，分上中下三品，每品又分上生、中生、下生，故共有九品。上品上生为最尚级。

我。在这期间,我将在'水草多清趣'①的深山中勤修佛法,直到圆寂之时。正是:

> 已见曙光天近晓,
> 敢将旧梦证今情。"

信上写明月日,又附加数行:"你等不须知道我命终之月日。古来惯例,居丧必着麻衣,此亦大可不必。你只须将自己看作神佛化身,而为我这老法师多做功德可矣。既享现世之乐,勿忘后世之事!但能成遂往生极乐之愿,将来必有再见之期。你须记住:将来离此娑婆世界,到达彼岸净土,即可重新聚首。"又把在住吉大寺所陈愿文装在一口沉香木大箱子里,加封随函送来。

致老尼姑的信中并无特别事情,但说:"我定于是月十四日离此草庵,遁入深山,将以此无用之身施舍熊狼。但仍望你长生住世,以待夙愿之成遂。你我当在极乐净土再相会面也。"老尼姑看了此信,便向送信来的僧人探问情由。僧人答道:"师父写此信后三日,即移居人迹不到的深山中。贫僧等一齐走送,但行至山麓,即被遣返。随行者只一僧人及二童子。师父昔年弃家学道,我等以为已极悲哀之情,岂知更有此悲哀之事!师父年来修行之暇,常倚床弹琴,或奏琵琶。此次临行,取此二乐器在佛前弹奏,向佛告辞。并将乐器施入佛堂。其他种种器什,多数捐献寺院。其余物件分赠平素亲近之弟子六十余人,借留遗念。尚有剩者,今已运来京都,以供尊处使用。师父舍我等而去,深入山中,隐身云霞之间。此地空留陈迹,悲叹之人甚多。"此僧人童年随明石道人由京都下明石浦,今已成为老法师。此次明石道人入

---

① 古歌:"远方水草多清趣,扰攘都城不可居。"见《古今著闻集》,是玄宾僧都入山修道时所作。

山,此僧人不胜悲伤。即使是释迦牟尼佛诸弟子中之圣者,并且确信佛涅槃后常住灵鹫山,但当"薪尽火灭"[①]之时,亦不免深为哀悼。何况老尼姑闻此消息,当然悲伤无限。

此时明石夫人陪着女御住在东南院。老尼姑派人去通报她,说明石浦上送来了这样的信。明石夫人便悄悄地回西北院来。明石夫人现在身份尊贵,非有重要事情,难得和老尼姑往来。现在听说有可悲的事,甚是担心,所以立刻悄悄地来了。走进室内,看见老尼姑神情异常悲伤。她走近灯前,读了明石道人的信,眼泪流个不住。在别人看来,此乃无足轻重之事。但明石夫人回思昔年父女之情,心中不胜依恋。想起永别慈父,今后不得再见,便觉伤心至极,无可奈何了。她一面流泪不止,一面看见父亲信中所说的梦,庆喜自己前程有望。她想:"如此说来,昔年父亲固执己见,强把我嫁与身份不相称之人,几乎误我终身,使我一时心迷意乱,原来是凭仗这个无据之梦,而怀抱着高飞远举之志!"此时她才恍然大悟。老尼姑踌躇良久,才对她说道:"我托你的福,坐享荣华,面目增光,幸运实已过分,然而悲哀与忧患亦比常人加倍。我虽是微不足数之人,然而舍弃了久已住惯的京都而沉沦在荒僻的浦上,已觉得是异乎常人的苦命了。我与汝父同生此世,但别室而居,夫妇乖隔。然而我并不介意,但望他日同生极乐世界,再结后世之缘。岂料蛰居多年之后,你忽然离乡入京,我又随你重返当年背弃的京都。眼看你等荣华富贵,无任欣慰。然而遥念家乡,又时时牵挂,不绝添愁。终于不能再见汝父,此生遂成永诀,真乃遗憾之事!汝父未出家时,性情本已异乎常人,颇有愤世嫉俗之概。但与我从小意气相投,情谊之厚无比,彼此信赖甚深。何以居处相去不远,而一旦忽成永别呢?"她继续诉说,样子非常悲恸。明石夫人也哭得很伤心。她

---

① 《法华经》云:灵鹫山在印度摩揭陀国王舍城东北,释迦牟尼涅槃(即死)后常住此山。又云:"释尊入灭,如薪尽火灭。"

说:"我的前程虽说比别人远大,但我并不引为荣幸。像我这微不足数之身,终无显贵之望。今又身逢悲痛之事,从此不能与父亲再见,真乃抱恨无穷!我年来一举一动,无非为了欲慰亲心。今老父闭居深山之中,世事无常,一旦天年消尽,我这用心都是徒然的了!"是夜母女两人共诉愁情,直到天明。明石夫人说:"昨日六条院主君看见我住在那边,今日忽然不见,未免怪我轻率。我自身绝无顾虑,但恐有伤女御体面,所以不敢任意行动。"便决定在天色向晓之时回东南院去。临行老尼姑对她说道:"小皇子近来如何?我很想看看他呢。"说着又哭起来。明石夫人答道:"不久你就会看到他的。女御对你非常亲爱,常在说起你呢。主君也在谈话中说起你,他说:'我要说句不吉祥的预言:如果换了朝代,小皇子果然做了皇太子,希望那时候老尼姑长生在世才好。'大概他心中有什么计划吧。"老尼姑听了这话立刻破涕为笑,说道:"哎呀,如此说来,我的命运真是优越无比的了!"就不胜欣喜。明石夫人便带了道人送来的文件箱子回去了。

皇太子屡次催促明石女御回宫。紫夫人说:"难怪他如此想念。况且添了一件喜事,教他怎么不等得心焦呢?"便悄悄地准备送小皇子母子入宫。小皇子的母亲鉴于入宫后乞假归里之不易,颇想乘此机会在娘家再多住几天。她年纪还小,经过此次可怕的生产之后,形容略见消瘦,姿态异常袅娜。明石夫人等都很担心,说道:"还是在这里多休养几天,等到身体康复后再入宫吧。"源氏说:"脸庞消瘦些,皇太子看了反而更加怜爱呢。"紫夫人等回去以后,傍晚人静之时,明石夫人来到女御房中,将明石道人送文件箱来等事告诉了她。明石夫人说:"在你没有如意称心地当皇后之前,我本想将此箱隐藏起来,暂勿令你启视。然而世事无常,人命难知,如此办法终觉不能放心。万一在你未能随心所欲地行事之前,我身有了三长两短,照我的地位,临终时必然不能和你诀别。因此还不如趁我身体健康之时将这一件琐屑之事告诉了你。这封信文字古怪,难于阅读,但也得给你看看。这些祈愿文可放在近旁的柜子里，有便时务须一读。其中所许的愿，将来必须酬偿。此事不可向疏远之人泄露。你的前程已可确保无忧，故我亦拟出家为尼。近来此心日益迫切，以致万事局促不安。紫夫人的恩惠，你切不可忘记。我看到她对你深切无比的关怀，但愿她寿年千岁，比我长生得多。本来是应该由我抚育你的，但我因身份低微，不得不处处谦抑，所以将你让与紫夫人抚育。年来我总以为她不过是一个世间普通的义母，却想不到她会如此真心地爱你。今后我可完全放心了。"此外又讲了许多话。明石女御流着眼泪听她讲。她在这个至亲的生母面前，也常恪守礼仪，态度十分谦恭。明石道人的信，词句艰深，毫无风趣，写在厚实的陆奥纸上，共五六页。纸已陈旧，颜色变黄，但熏香十分浓重。明石女御读时深为感动，长垂的额发渐渐沾湿了眼泪，那模样甚是娇艳。

　　源氏此时正在三公主处。他突然开了界门，走进明石女御房中来了。明石夫人来不及将文件箱隐藏，便把帷屏稍稍拉近，将箱遮掩，自己也躲在帷屏背后了。源氏说："小皇子醒了没有？我一刻不见，便想念他。"明石女御默默不答。明石夫人从帷屏后面答道："小皇子给紫夫人抱去了。"源氏说："这太不成话了。成天价在那边，这小皇子被她一人独占了。她一直抱在怀中，不肯放手，弄得衣服都湿透，一件一件地更换。为什么这样轻率地让她抱去呢？应该叫她到这里来看才是。"明石夫人答道："哎呀，这话太不体谅人了！即使是个皇女，由她抚育也最为妥善，何况是个皇子。身份固然高贵无比，但在那边不是很可放心的么？虽然是说笑，也不要过分苛刻地说这种冷酷的话呀！"源氏笑道："那么，听凭你们做主，我就一切不管好了。你们大家都排斥我，对我说话神气活现，真可笑。现在你就躲在帷屏背后板起了面孔责备我。"说着，便把帷屏拉开，但见明石夫人将身体靠在正屋的柱子上，姿态非常美丽，教人看了自觉羞愧。刚才那只文件箱，未便慌忙隐藏，照旧放在那里。源氏看到了，问道："这是什么箱子？看样子是情人欲寄相思，把所咏的长歌封入这箱子里送来的吧。"明石夫人答道："唉，真讨厌啊！你自己变了个老少年，就常常说这种使人意想不到的笑话。"她口角微露笑容，但是脸上显然心事满腹。源氏觉得奇怪，侧着头不解其意。明石夫人为难了，便说："这是那明石浦上的岩屋里送来的，里面藏着我父亲私下祈祷时所读的经卷，以及尚未酬偿的祈愿。他说倘有机会，可否给你看看。但是现在尚非其时，所以不必打开。"源氏想起了明石道人那种可怜的模样，说道："道人的修行功夫一定积得很深了吧。他很寿长，多年勤勉修持，可以消除不少罪障。世间原有身份高贵、学问渊博的人，然而对于尘世浊虑，习染亦深，故虽曰贤惠，亦甚有限，总不及这位道人的清高。他对于佛道造诣极深，而为人又颇有风趣。他没有高僧那种解脱尘世的态度，然而内心纯净无垢，直通净土。何况现在已经心无挂碍，便可完全脱离俗世了。我若能随意行动，颇想悄悄地前去探望他呢。"明石夫人说："据说他现已离弃原来的住处，遁入鸟声也听不到的深山中去了。"源氏说："如此说来，这是他的遗言了！有否通过消息？师姑老太太想必悲伤不堪吧。须知夫妻之情，比父女之谊深切得多呢。"说着流下泪来。随后又说："我年纪大起来，渐渐了解种种人情世故之后，想起了道人的风貌品质，便觉得怪可思慕。何况师姑老太太与他结发情深，这别离该是多么伤心啊！"

明石姬觉得机会到了，想道："若把我父亲做的那个梦告诉他，大概他也会感动吧。"便答道："父亲寄来的信，笔迹古怪，仿佛是梵文。然而其中也有值得请你看的地方，就请你一读吧。昔年我辞家入京之时，以为自今一别，尘缘断绝了。岂知思念之情，仍然遗留在心中！"说过之后便嘤嘤啜泣，娇艳动人。源氏拿过信来一看，说道："照这信看来，道人身体着实清健，还没有衰老之相呢。不论笔迹或其他任何方面，都见得特别富有修养。只是对于处世之道，用心未免不足耳。外人都说：'此人的先祖大臣十分贤明，曾尽忠竭力为朝廷效劳。只因其间行事舛误，应得报应，故子孙不能繁昌。'但就女子方面看来，目今尊荣已极，决不是后继无人的。这正是道人多年来勤修佛道的善报吧。"他挥泪阅读来信，看到了记梦的地方，想道："人皆责备明石道人，说他言行怪僻，妄自尊大。我也觉得他当年对我的要求，虽属偶然，实甚唐突。直到后来小女公子诞生，我方悟得彼此宿缘之深厚。然而对于目前看不到的将来之事，我心始终怀疑。现在读了他的信，方知他凭仗着这个梦，因此强要将女儿嫁我。如此说来，我当年横遭冤屈，漂泊天涯，也是为这小女公子一人之故。但不知明石道人心中有何祈愿。"他颇思一看愿文，便在心中顶礼膜拜，拿起愿文来读。又对女御说道："除了这个，我也有东西要给你看，还有话要对你讲。"乘便又对她说道："现在你已经明白已往的事情了，然而你不可因此而忽视了紫夫人的深恩。骨肉之情的亲爱，原是当然的。但毫无血统关系的人的爱顾，甚至一句好意的话，却是更可宝贵。何况她天天看见你的生母在旁服侍你，而对你的爱依旧不变，诚恳周到地照拂你，实在是一个心地善良的人。从古以来，世间关于继母有这样的话：'继母养儿表面亲。'这句话洞察人心，似乎是贤明之言，其实不然。即使有的继母对继子真心怀着恶意，但只要继子毫不介意，竭诚地孝顺继母，那时继母自会真心感动，幡然悔悟，自念我何故虐待此子，岂不怕获罪于天，于是她的心便改悔了。除了宿世冤家之外，两人即使感情不洽，只要其中一人开诚相待，则对方自然也会改悔。此种事例甚多。反之，为了区区小事，便强横霸道，指责挑剔，毫无亲善之色，拒人于千里之外，这便冤仇难解，没有和好的余地了。我阅人虽然不多，但观察人心种种趣向，觉得性情气度，各有独得之处，每人皆有所长，绝无全不可取的。然而倘要从中找一个终身伴侣，而郑重选择起来，则又觉得难乎其难。真正心无习癖、性情善良的人，只有紫夫人一人。我觉得这个人真可称为淑女。但所谓善良，如果过分宽容，变成糊涂，不可信赖，则又不足取了。"他一味如此赞誉紫夫人，则对其他诸夫人的评价可想而知了。

他又低声对明石夫人说："你颇能知情察理，但愿你与紫夫人和睦相处，同心协力地照顾这位女御。"明石夫人答道："此事不消说得。我看了紫夫人的慈祥气色，朝夕赞颂，不绝于口呢。如果紫夫人把我看作卑贱之人而不容谅我，那么女御也不会如此亲近我了。如今紫夫人对我异常垂青，教我反而觉得不好意思。我这微不足数之人，不自殒灭，活在这世间教女御丢脸，实属不该。全赖紫夫人不加罪责，鼎力庇护……"源氏说："她对你的关怀，倒也算不得特别深切。只因她自己不能常常随伴女御，很不放心，所以将此任务让你担当。你并不明目张胆、以母亲身份独断独行，因此万事圆满顺利，教我心无挂念，不胜欣慰。即使区区小事，若有性情乖僻、不通情理之人参与其间，便使得旁人大家为难。且喜我周围并无此种人物，我大可放心了。"明石夫人想道："如此说来，我一向卑躬屈节，终是便宜。"

源氏回紫夫人房中去了。明石夫人在背后私议道："他对紫夫人的宠爱越来越深。这位夫人的人品，的确十全无缺，高人一等，理应如此承宠，教人不胜赞佩。他对三公主，表面上也很重视，然而在她房中留宿的日子不多，实在委屈了她。她和紫夫人同一血统，而身份比紫夫人更高，因此更多痛苦了。"她回想自己，觉得宿世福报不浅，深可庆幸。她想："三公主身份如此高贵，尚且在这世间不能如意称心，何况我这对她望尘莫及的人。我今生已无恨事，只是挂念那位断绝尘缘、闭居深山的老父，不免悲伤耳。"她的母亲师姑老太太呢，只管信赖道人信中所言"福地园莳种善因"[①]之语，时时想念后世之事，寂寞地度送岁月。

且说夕雾大将对三公主，并非没有恋念之情。如今三公主嫁到六

[①] 古歌："在此无常尘世中，多多莳种善因缘。今后相会在何许？耶输多罗福地园。"耶输多罗是释迦牟尼为太子时的妃子，后来与五百释女一同出家，为尼众之主，居福地园中。

条院来，住在近旁了，使他不能无动于衷。他便以寻常问候为借口，每逢适当机会，便到三公主居处侍候，其间自然窥见或听到了三公主的情状。原来三公主年纪很小，而态度大模大样，外表威仪堂皇。其养尊处优，可为世间表率，然而并无显著的优雅风度。她身边的侍女，也少有老成持重之人，多数是青年美女，只爱好繁华生涯与风流情趣。这无数侍女聚集在这里服侍她，她的香闺真可说是一处无忧无虑的乐土。但其中也有对万事都沉着镇静的人，只因心中之事不能表现于外，便怀着无人能知的悲愁，参与在无忧无虑、真心欢乐的人群中。又被旁人诱惑，便和她们同化，亦作欢笑之颜。最是那些女童，朝夕热衷于无聊的游戏，源氏看在眼里，颇感不快。但他的本性，对世事绝不固执己见，因此听任这些女童自由取乐，以为她们既然喜爱此种游戏，亦自深可原谅，故并不加以斥责或训诫。惟有对于三公主本人的举止言行，则十分用心教导，因此三公主也渐渐进步了。夕雾大将看到此种情状，想道："世间完全无缺的女子，真正不易多得啊。只有那位紫夫人，不论在性情上或仪态上，多年以来，一向不曾被人看出或听到一点缺陷。她的本质稳重沉着，心地温良。她不轻视别人，而自身又永保尊严，气度越发显得高超可爱。"他那天窥见的面影便浮现在心头，难于忘怀了。他回思自己的夫人云居雁，觉得爱情亦很深厚，然而此人毕竟缺乏那种可贵的、优雅的情趣。她那温柔驯良的风度，夕雾现已看惯，不复深感兴趣了。但觉这六条院里聚集着许多女子，袅娜娉婷，各尽其美。他私下想象，艳羡之心难禁。尤其是这位三公主，照她的高贵身份想来，应该受得父亲无限宠幸，然而父亲对她并无特别深切的爱情，只在人目所见的面子上表示重视。夕雾有此感想，虽然不敢发生非礼之念，但总觉得三公主深可怜爱，指望有缘见她一面。

再说那个柏木卫门督，一向常在朱雀院邸内出入，与朱雀院十分亲昵，因此详细了解他疼爱三公主的心情。朱雀院替三公主择婿时，柏木闻知种种消息，自己也曾提出求婚，朱雀院并不认为不当。后来三公主终于嫁给了源氏，柏木大为失望，心中十分悲伤，直到如今不能忘怀。他那时曾央三公主的侍女小侍从替他撮合，现在就从这侍女那里探询三公主的情况，聊以自慰，真乃画饼点饥。他听见世人传说：三公主也被紫夫人的威势所压倒，便对三公主的乳母的女儿——亦即他自己的乳母的甥女——小侍从发牢骚，说道："公主太委屈了！要是嫁给了我，决不致受这种闲气。虽然她是金枝玉叶，我高攀不上……"他时时刻刻在想："世事变化无定。六条院主人早有出家修行之意，如果一旦毅然实行，这三公主终归我有。"

三月某日，天朗气清，萤兵部卿亲王和柏木卫门督来六条院问候。源氏出来接见，相与闲谈。源氏说道："我这里四周冷静，这几天更加寂寞，毫无一点新鲜花样。公私都清闲无事，这日子如何消遣呢？"后来又说："今天早上大将来过，此刻不知到哪儿去了。寂寞得厌烦了，叫他带了小弓来射箭，倒很好看呢。现在有青年游伴在这里，可惜他已经回去了吧？"左右的人答道："大将现在东北院，正在和许多人蹴鞠①呢。"源氏说："蹴鞠这件事动作粗暴，然而叫人醒目，令人兴奋，倒也好玩。叫他到这里来玩，如何？"便派人去叫。夕雾大将立刻来了，带了许多公子哥儿之类的人来。源氏问道："球带来了没有？同来的这班人是谁啊？"夕雾答道："他们是某某等人，可否叫他们都到这里来？"源氏许诺。

正殿东面，本来是明石女御所居，此时女御带着新生的小皇子回宫去了，这院子里很空。夕雾等便在离开湖边稍远的地方找定了一处良好的蹴鞠场。太政大臣家诸公子，如头弁、兵卫佐、大夫等②，有的年事已长，有的尚未成年，个个都是出人头地的蹴鞠好手。日色渐暮，

---

① 蹴鞠即踢球。
② 此等人都是柏木之弟。头弁即红梅。

头弁说道:"今天没有风,正是蹴鞠的好日子!"他忍耐不住,也就下去参加蹴鞠了。源氏看了,说道:"你们看!连头弁官也忍耐不住,下去参加了①。这里几个身居高位的,都是青年武官,怎的不去参加呢?像我这样上了年纪的人,只能漠然地袖手旁观,真乃遗憾之至。不过蹴鞠这种游戏,实在太粗暴了。"夕雾大将和柏木卫门督听了这话,都下去参加了。许多公子映着夕阳,在美不可言的花阴下来往奔走,这景象煞是好看!

　　蹴鞠原是一种不甚文雅而近于粗暴的游戏,但也因地点和人物而异。这六条院的优美的庭园中,嘉木葱茏,春云暖䂮,樱花处处吐艳、柳梢略带鹅黄之际,即使这种游戏鄙不足道,诸人也都力争胜负,竞夸才能,各不相让。柏木卫门督率然地参与竞赛,竟无人能战胜他。此人相貌清丽,姿态秀美,举止行动,十分矜重,虽然奔走追逐,态度亦甚优雅。诸人争球,奔集阶前樱花阴下,热衷于竞赛,把樱花都忘记了。源氏与萤兵部卿亲王都走到栏杆角上来观看。诸人竞献绝技,节目逐渐增多,几位高官大员也顾不得仪容,额上的官帽都歪斜了。夕雾大将想起自己官位的高贵,觉得今天举止如此粗暴,实在是破例了。然而一眼望去,他还是显得比别人更加年轻,更加俊美。他身穿一件稍稍柔软的白面红里的常礼服,裙子的裾有点膨胀,略微拉起些,却并无轻率之相。樱花像雪一般飘下来,落在他那清秀而落拓不羁的身子上。他仰望樱花,把枯枝略微折断些,便坐在台阶中央休息。柏木卫门督跟着来了,说道:"这花零落得好厉害啊!但愿春风'回避樱花枝'②才好。"一面用眼梢向三公主那方面窥看。三公主的房间一向关闭不甚严密,侍女们各色各样的襟袖露出在帘子底下,帘内显出参

---

① 头弁是司礼仪的官,不宜于此种游戏。
② 古歌:"春风听我致一词:今春请君莫乱吹!君若有心惜春华,吹时回避樱花枝。"见《古今和歌集》。

差人影,好比暮春旅途上供献路神的币袋①。室内帷屏等胡乱地拉在一边,似觉内外无间,声气相通。这时候有一只可爱的中国产小猫,被较大的猫所追逐,突然从帘子底下逃出来。侍女们慌张了,喧哗扰攘,东奔西走,衣声足音,历历可闻。那小猫大约还没有养驯,所以身上系着一根长长的绳子,这绳子被东西绊住,缠得很紧。那小猫想逃,拼命拖这绳子,便把帘子的一端高高地掀起,并没有人立刻来整理。这里柱子旁边的侍女们一时心慌意乱,只觉得手足无措。柏木望见帷屏旁边稍进深的地方,站着一个贵妇人打扮的女子。这地方是台阶西面第二间屋子的东隅,所以从柏木所在之处望去,毫无阻隔,可以看得清清楚楚。但见她穿的大约是红面紫里的层层重叠的衣服,有浓有淡,好像用彩色纸订成的册子的横断面。外面披的是白面红里的常礼服。头发光艳可鉴,冉冉下垂,直达衣裾,好像一绺青丝。末端修剪得非常美观,比身子长约七八寸。她的身材十分纤小,衣裾挂得很长。这垂发的侧面姿态,美丽不可言喻。只是日色已暮,室中幽暗,不曾看得分明,颇有未能餍足之憾。此时许多青年公子正在热衷于蹴鞠,连撞落樱花也顾不得。众侍女看得出神,也顾不得外间有人窥看了。那小猫大声哀鸣,那人回眸一顾,刹那间显出了风韵娴雅的青年美女的姿态。夕雾见此光景,心中深感不安,但倘亲自走近去把帘子放下,又觉过于轻率,只得咳嗽几声,促使那人注意。那人便退到里面去了。夕雾虽然如此好心,自己也觉不曾看饱。但此时小猫已经摆脱绳子,帘子放下了,他就不知不觉地叹息一声。何况那个刻骨相思的柏木,此时但觉愁绪满胸。他想:"那人到底是谁呢?许多女子之中,只有这个人触目地作贵妇人装束。如此看来,那人定然是三公主,决不会有误

---

① 古代风俗:暮春旅行必带币袋,沿路供献道祖神,以祈旅途平安。币袋是一只疏网袋,内装各种色彩的布帛或纸片,袋外看见各种色彩。今以此比拟帘内参差人影。

了。"这面影便长留在他心头。当时他装作若无其事，但夕雾知道他已经窥见娇容，不免替三公主惋惜。柏木无可奈何，为欲聊以自慰，把那小猫呼过来，抱在怀里，但觉猫身上染着公主的浓烈的衣香。听了那娇嫩的叫声，就把它比拟作三公主，觉得异常可爱。真是个色情儿啊！

源氏向这边看看，说道："列位大臣坐在外边，太亵渎了。请到这里来吧。"便走进东面的朝南屋子里去。大家跟着他进去。萤兵部卿亲王也换了座位，来同大家谈话。次级的殿上人，都在檐前排列圆阵坐地。招待并无特别排场，只是椿饼①、梨子、柑子等物，混合装在各种各样的盒子盖里。诸年轻人便一边谈笑，一边取食。下酒的肴馔，只是些鱼干。柏木卫门督气色十分颓丧，动辄凝望樱花，陷入沉思。夕雾大将猜得柏木的心事，知道他在回想刚才由于奇巧的机会而从帘隙窥见的面影。他想："三公主站得太出，态度未免轻率。那位紫夫人毕竟不同，她决不会有此种轻举妄动。如此看来，世人重视三公主，而我父亲对她的宠爱不甚深切，良有以也。"他又想："不多顾问内外事务，像孩子一般天真烂漫，原也是可爱的，然而叫人不能放心。"可知他看不起三公主。至于柏木参议②，无暇考虑三公主的种种缺点。他只觉得：此次无意之中能从帘隙隐约窥见面影，定是年来宿愿可得成遂之兆，心中不胜欣喜，便越发恋慕三公主了。

源氏谈起旧事来，对柏木说道："你家太政大臣年轻时候，无论何事都要和我争个胜负。就中只有蹴鞠一事，我总赶不上他。此种微末之事，想来不须家传，然而你家确有这种优良传统。像你这种好本领，我从来不曾见过呢！"柏木微笑着答道："我家家风，都不讲究真才实学，只在这种方面保持传统，将来子孙定然一无所成吧。"源氏说：

---

① 一种以山茶花的叶子包裹的甜饼。
② 柏木是卫门督兼参议。

"哪里的话！无论何事，但凡超群出众的，都有传世的价值。你们的蹴鞠技术也可记录在家传里，后人看了一定深感兴趣。"他用游戏语调说这话，那姿态神情异常优越。柏木看了，想道："嫁得这样一个美男子，恐怕无论如何也不会把心移向别的男子了。我有何德何能，可使三公主心悦诚服地爱我呢？"便觉自己的身份与三公主相去遥远，不敢高攀。他带着满怀幽恨，退出六条院去。

夕雾与柏木同车，一路上相与谈话。夕雾对柏木言道："近来寂寞无聊，不如到六条院来玩玩，可以散心解闷。父亲说过：'最好拣个像今天那样的闲暇日子，趁春花尚未散落之时到这里来玩。'月内哪一天，你可带了小弓来此，同时还可观赏春花呢。"他与柏木约期。两人在归途中谈天说地。柏木一心想谈三公主之事，便对夕雾说道："听说你家六条院父亲一直住在紫夫人那里。他对这位夫人的宠爱真是特殊的了！但不知三公主作何感想。她一向是朱雀院非常宠爱的掌上明珠，如今孤居寂处，太委屈了，真可怜啊！"他毫无顾忌地说。夕雾答道："你不要胡说，岂有这等事！紫夫人情形不同，是从小教养大来的，所以特别亲切，不好同别人相比。至于三公主，父亲无论在哪方面都非常重视她呢。"柏木说："好了好了，免开尊口吧。内情我全都知道了。三公主不是常常在受气么？朱雀院对她的宠爱无以复加，而如今这般委屈，令人真不可解。"便吟诗道：

"莺爱群芳多护惜，
　缘何不喜宿樱花？

莺是春天的鸟，而独不爱樱花，真是奇哉怪也！"他自言自语地说。夕雾想道："这厮胡说八道，可知不怀好意。"便答诗道：

"青鸟深山巢古木，

如何不爱好樱花!①

你这胡思妄想,岂可随便乱道!"两人都觉得此事麻烦,不便再谈下去,话头就转向别处。不久分手,各自回家。

柏木卫门督现在还独居在父亲邸宅的东厢里。他意欲娶妻,而志望高远,因此至今还是独身。这虽是自作自受,非关别人,但总不免寂寞无聊。然而他很自负,常思自己有此地位与才貌,何患不能成遂夙愿。但自那天傍晚窥见那人面影之后,心情十分颓丧,只管耽于沉思。他总想找个机会,再见那人一面,即使像前次那样隐约窥见也好。照他的身份,行动不会受人注目,只须找个小小借口,例如斋戒礼佛、趋避凶神等事由,便可随意出门。那时自然可以巧觅机缘,接近芳踪。又念那人身居不可想象的深闺之中,我即使但望把刻骨相思之情向她诉说,又有什么办法呢?他心中苦闷万状,便照例写信给那侍女小侍从。信中言道:"前日赖有春风引导,幸得瞻仰芳园,窃窥帘底。但不知公主将如何斥我为轻薄之人。惟小生自是晚以来,即患心病,真所谓'不知缘底事,想望到如今'②也。"又赠诗云:

"遥望不能折,教人叹息频。
夕阳花色好,恋慕到如今。"

小侍从不知道那天窥帘之事,以为只是寻常求爱的情书。便趁三公主身边侍女稀少之时,将此信呈阅,说道:"这个人一直不能忘怀,到现在还写信来,真讨厌啊!但我看到他那刻骨相思之苦,又似觉不忍坐

---

① 前诗以莺比源氏,以群芳比诸夫人,以樱花比三公主;此诗以青鸟比源氏,以深山古木比紫姬。
② 古歌:"一面匆匆见,依稀看不真。不知缘底事,想望到如今。"见《伊势物语》。

视。如何是好,连我自己也弄不清楚了。"说着笑起来。三公主无心无思地说道:"你又来讲讨厌的话了。"便看看那封展开着的信。看到引用古歌的地方,记得上句是"依稀看不真",就想起了那天小猫揭起帘子的意外之事,脸上便泛红了。她记得源氏每逢适当机会便训诫她说:"你切不可给夕雾大将看见!你年纪还小,难免粗心大意,被他窥见。"因此她想:"如果那天窥见我的是夕雾大将,而被源氏主君知道了,我将如何遭受谴责!"而被柏木窥见,她倒满不在乎。她心中只知道我惧怕源氏,真乃幼稚之见!小侍从看见她今天特别郁闷,无心答复,觉得扫兴,未便强要她写回信,便偷偷地代她写了一封。信中言道:"前日闯入园中,实乃荒唐之举,罪不可恕。来信引用'一面匆匆见'之诗,不知所指何事?岂别有用意乎?"笔致非常流畅,又答诗云:

"托迹青峰上,山樱不可攀。
何须空恋慕,不必再多言。

眼见得是徒劳无益的了。"

第三十四回(下)　　新菜续①

且说柏木看了小侍从的回信,觉得道理固然不错,然而言语太冷酷了。他想:"不行!她用寻常敷衍的话来搪塞,教我如何肯罢休呢!我总想不用侍女传言,当面与公主谈谈,即使一句话也好。"于是对于他所一向敬爱的源氏,不免发生了厌恶之念。

三月底,六条院内赛射,许多人前来参与。柏木心绪恶劣,意气

---

① 本回紧接前回,从源氏四十一岁三月开始记事,但从四十二岁至四十五岁这四年间没有记载,以后又记载了从四十六岁至四十七岁十二月之事。

消沉，但念到恋人所居之处来看看花，亦可聊以慰情，便也来出席。禁中赛射，原定于二月内举行，后来延期了。三月又是薄云皇后忌月，不宜举行，因此大家引为遗憾。他们闻得六条院有此盛会，便照例一齐前来参与。左大将髭黑和右大将夕雾，是源氏的子婿，当然都到。其次如中将、少将等，也都前来竞赛。原定比赛小弓，但出席者之中有好几个优秀的步弓①能手，便把这些人唤出来，叫他们比赛步弓。殿上人之中长于此道者，也分列两旁，参与赛射。日色渐渐向暮。今日乃春尽之日，暮霭沉沉，晚风纷乱，诸人皆有"久立花阴不忍归"②之感，相与传杯进酒，俱各酩酊大醉。

有人说道："承蒙诸位夫人送来这许多华丽的奖品，美意诚可感谢！单教百步穿柳叶③的能手欣然享受，未免太杀风景了。本领差些的人应该也都来参与竞赛。"于是大将及以下的人都走下庭中去。柏木卫门督神情特异，只管耽于沉思。夕雾大将约略知道他的心事，看了他那异乎寻常的气色，深恐做出怪事来，连自己也忧心忡忡了。他和柏木非常要好。在诸亲戚之中，这两人特别心心相印，恳切关怀。所以柏木略有失意，或者心中有所忧虑，夕雾便真心地寄予同情。柏木自己觉得：每逢看见了源氏，必然心中恐怖，眼睛抬不起来。他想："我岂敢怀有不良之心！即使区区小事，凡可受人指责的胡乱行为，我都不敢做，何况这种荒唐之事！"他懊恼之极，又想："那只小猫总得让我捉了去。虽然不能和它谈心，也可慰我孤眠之苦。"便疯狂一般设法偷猫。然而这件事也很不容易办到。

柏木便去访问他的妹妹弘徽殿女御，想同她谈谈，借以解闷。这位女御用心十分谨慎，态度异常严肃，不肯和他当面会晤。柏木想道：

---

① 步弓是骑射用的，比小弓力强。
② 古歌："可怜今日春光尽，久立花阴不忍归。"见《古今和歌集》。
③ 《史记·周本纪》中说："楚有养由基，善射者也，去柳叶百步射之，百发而百中之。"

"我是她嫡亲哥哥,她尚且要避嫌疑,如此看来,像三公主那样漫不经心,抛头露面,真有些儿奇怪。"他虽然也能注意到这一点,但因痴心迷恋其人,并不嫌她轻薄。

他辞了女御,又去访问皇太子。他想皇太子是三公主的嫡亲哥哥,相貌一定有些肖似,便对他注意观察。皇太子的容颜虽然并不艳丽,但因身份尊贵,气色毕竟与众不同,高尚而又优雅。宫中的猫生了许多小猫,分配在各处宫室中,皇太子也分得一只。柏木看见这只小猫走来走去,样子非常可爱,便想起了三公主那只小猫,对皇太子说道:"六条院三公主那里有一只小猫,其相貌之漂亮,从来不曾见过,真可爱啊!我曾约略窥见一面呢。"皇太子原是特别喜欢猫的,便向他仔细探询那只猫的情状。柏木答道:"那只猫是中国产,样子和我们这里的不同。同样是猫,然而这猫性情温良,对人特别亲昵,真是怪可爱的!"花言巧语,说得皇太子起了欲得之心。

皇太子把柏木的话听在心里,后来便央桐壶女御①去向三公主索取,三公主立刻把那小猫送了过来。皇太子身边的侍女看了,人人赞叹,都说这只猫漂亮极了!柏木卫门督前日察看皇太子神色,预料他是要去向三公主索取的,便在几天之后又来访问。柏木从儿童时代起,就受朱雀院特别怜爱,常常在他身边侍候。朱雀院入山修道以后,他又来亲近这位皇太子,处处用心照料。这一天他来访问,以教琴为借口,乘便问道:"这里猫真多啊,我在六条院窥见的是哪一只呢?"他四处寻找,终于看到了那只中国猫。他很爱这只猫,便去抚摸它。皇太子说道:"这只猫的确很可爱。大概还没有养驯,所以见了没看惯的人就怕生。我这里的猫并不比它坏呢。"柏木答道:"猫这种东西,大都不大会辨别陌生人和熟人。不过聪明的猫,当然也很灵敏。"后来他就要求:"这里既然有许多好猫,请把这只猫暂时借给我吧。"他自

---

① 即皇太子妃明石女御。

己心中也觉得这要求太冒昧了。

柏木把这只猫讨回家去，夜间叫它睡在身旁，天一亮就起来照管它，不惜辛苦，悉心抚养。这猫性情虽然不亲近人，也终于被他养驯了，动辄跑过来牵他的衣裾，或者躺在他身边和他戏耍。柏木就真心地疼爱它。有一次他烦闷之极，将身横卧在窗前席上，沉思默想。这小猫便走过来，向他"咪咪"地叫，那叫声实甚可爱。柏木伸手抚摸它，说道："这坏东西，来催我眠了。"脸上便显出笑容。即兴吟道：

"欲慰相思苦，见猫如见人。
缘何向我叫，岂是我知音？

难道这猫也与我有宿世因缘么？"他望着猫的脸对它说，那猫叫得更亲昵了。柏木便把它抱在怀里，茫然若失地耽入沉思。侍女们看到这光景，相与诧怪道："这只新来的猫，少爷疼爱得好厉害啊！他向来对这些东西是看都不要看的呢。"皇太子要把猫讨回，但他只管不还，一直把它关在家里，当作话伴。

且说左大将髭黑的夫人玉鬘，对于太政大臣家诸公子，即她的异母兄弟柏木等，不甚亲近，而对于右大将夕雾，反而亲近，同从前住在六条院时一样。这玉鬘富有才气，且又和蔼可亲。她每次和夕雾见面，总是热诚招待，毫无疏远之色。夕雾也觉得异母妹淑景舍女御①不易接近，态度过分冷淡，反不如玉鬘之和蔼可亲。因此夕雾与玉鬘保持一种既非手足、又非恋人的特殊爱情，两人互相亲善。而髭黑大将现在已和前妻式部卿亲王的女儿完全断绝关系，对玉鬘的宠爱也无以复加。惟玉鬘所生两个孩子，都是男的，家中没有女儿，未免寂寞，因此想把前妻所生女儿真木柱接来，归自己抚养。但真木柱的外祖父式

---

① 即明石女御。

部卿亲王坚决不许,他想:"我至少要把这外孙女好好地抚养成人,不使她让人贻笑大方。"对人也常如此说。这位亲王确实声望隆盛。冷泉帝对这位舅父也非常尊重,但凡有所奏请,无不照准,以为不准是对他不起的。这位亲王素来是个爱好时髦的人,其阔绰仅次于源氏和太政大臣。家里出入的人甚多,世人对他也十分重视。髭黑大将将来可为天下柱石,现在是个候补者。真木柱有那样的外祖父和这样的父亲,其声望岂有不高贵之理!因此远远近近,求婚之人甚多,但式部卿亲王尚未选定。他心中思忖:如果柏木卫门督前来求婚,倒可以允许他。而柏木呢,大概认为真木柱不如小猫吧,全然不曾想到这条路,真乃遗憾之事。真木柱看见自己的生母为人一直怪里怪气,疯头疯脑,全无常人模样,几乎脱离人世,觉得真可痛惜;而对于继母玉鬘的风度,则非常羡慕,很想来依附她。原来真木柱也是个心爱时髦阔绰的人。

且说那位萤兵部卿亲王,悼亡后至今尚未续弦,还是鳏居在家。以前曾经追求玉鬘及三公主,均告失败。自己觉得处世没有面子,徒然惹人讥笑。长此孤居独处,岂能甘心情愿!便发心向真木柱求婚。式部卿亲王说道:"这还有什么话可说呢!凡是欲为女子造福,最好是送她入宫,其次是嫁给亲王。今世之人,爱把女儿嫁给有财有势的臣民,自以为得计,实乃下等见识。"便不教萤兵部卿亲王遭受多大困难,一口答应了他。萤兵部卿亲王一点苦头也不曾吃,一拍即合,反而觉得兴味索然。但对方总是声望高贵的人,这边不便中途翻悔,便和真木柱定了情。式部卿亲王非常重视这位外孙女婿。这位亲王有许多女儿,婚事都不称心,受了不少闲气,已成惊弓之鸟。但这外孙女的婚事,他又不能放弃不管。他说:"她的母亲是个神经错乱的人,病势一年重似一年。她的父亲呢,因为她不曾遵命前往依附后母,所以不喜欢她,把她弃置不顾。这女孩真可怜啊!"因此外孙女儿洞房里装饰、布置等事,他都亲自策划照料,万事尽心竭力,实在难为了他。岂知萤兵部卿亲王怀念已故的前妻，心中时刻不忘。他只想娶一个相貌肖似前妻的人为继室。这真木柱相貌原也长得不坏，但他认为并不肖似前妻。大约是心中不满之故，把和真木柱同居当作一件苦事。式部卿亲王大为失望，不胜忧虑。母亲虽然神经病得厉害，但当她清醒之时，也慨叹世事多艰，觉得前途绝望。

髭黑大将闻知此事，说道："果然不出所料！这萤兵部卿亲王本来是个浮薄男子啊。"他当初就不赞许这门亲事，现在颇感不快。玉鬘尚侍闻知亲近的人遇人不淑，也很懊丧，她想："假使我当初嫁了这个人，不知源氏主君和太政大臣作何感想。"回想当年之事，觉得甚是可笑，却又可叹。她又想："当年我并不想嫁给他。只是他的来信缠绵悱恻，一往情深。后来他知道我嫁给了髭黑，也许会指摘我不识风趣。年来每逢想起了这一点，总觉得十分可耻。现在他已经做了我的女婿，说不定会把我的前情告诉我的前房女儿，倒是很可担心的。"玉鬘也很关怀真木柱，她装作不知道真木柱夫妻间的情况，常常叫真木柱的两个兄弟向这一对新夫妇问好。因此萤兵部卿亲王也可怜真木柱，不忍和她离异。只是式部卿亲王的夫人，是个爱唠叨的女人，始终不满意于这个新外孙女婿，常常咒骂。她愤愤不平地说："嫁给亲王，不能像入宫那样享受荣华富贵，那么至少也须得到丈夫专心怜爱，安乐度日，方可聊以慰情呀！"这些话传达到了萤兵部卿亲王耳中，他想："如此骂我，可真稀奇。从前我的爱妻在世之时，我也常常寻花问柳，逢场作戏，却并不曾听到她如此严厉的骂声。"他心情不快，越发恋念从前的夫人了，便日日独自笼闭在自己家里，忧愁度日。说说容易，不觉过了两年。此种生涯，渐渐过惯，这对夫妻至今还只是保持不即不离的关系。

光阴荏苒，岁月空过，冷泉帝在位已有一十八年。他近年来心里常想，口上常说："我没有亲生的皇子可以嗣位，不免寂寥之感。况且人生如梦，世事无常，我很想辞去皇位，放心地和亲爱的人叙叙，做做私人所心爱的事，逍遥自在地度送岁月才好。"最近他生了一场重病，便突然地让位。世人都很惋惜，说道："主上春秋鼎盛，怎么就让位了？"但皇太子已经长大成人①，便即了帝位。天下政治并无多大变更。

太政大臣上表致仕，退隐在家。他对人说："鉴于人世无常，至尊皇帝尚且要让位，何况我此衰老之身，挂冠有何足惜！"髭黑左大将升任了右大臣，执行天下政令。承香殿女御等不到儿子即帝位，先已逝世。现在追封为太后，然而犹如空花泡影，无补于事了。六条院的明石女御所生大皇子，现在立为皇太子。此事早在意料之中，现在成为事实，自然更加庆喜，令人心驰目眩。夕雾右大将升任大纳言，顺次晋爵，又兼任了左大将。夕雾和髭黑的交情便更见亲睦了。源氏为了冷泉帝让位后没有亲生皇子嗣位，心中颇感不满。新皇太子原也是源氏血统；然而，冷泉帝在位期间虽然平安过去，未被揭发那件秘密的罪行，而宿命注定不能子孙世袭皇位，终是遗憾，不免扫兴。但此事不可告人，只在胸中纳闷。幸而明石女御生了许多皇子，新帝对她宠爱无比。源氏皇族血统的人累代当皇后，世人都引为缺憾②。冷泉院的秋好皇后并未生皇子，源氏强把她立为皇后。秋好皇后想起了源氏拔擢之恩，感谢之心与日俱增。

冷泉院当了上皇之后，果如他所预期，自由自在，出入无所拘束。让位之后，心情愉快，生涯确是幸福。新帝即位之后，常常挂念他的妹妹三公主。世人也普遍地尊敬这位公主。只是她不能胜过紫夫人的威势。紫夫人与源氏的恩爱，与日俱增，两人之间绝无不快之事，也无一点隔阂。但紫夫人对源氏说："我现在不想再过这种烦杂的生涯

---

① 皇太子此时二十岁，是朱雀院的儿子，髭黑之妹承香殿女御所生。太子妃是明石女御。
② 当时历代皇后都是藤原氏一族的人，故云。但皇族赐姓时，大都赐姓源氏，故此处将皇族概称为源氏。

了，但愿闲居静处，悉心修道。活到这年龄①，世间悲欢荣辱，均已阅尽。请你体谅我心，许我出家。"她常常恳切要求。源氏总是答道："你这想法全没道理，也太无情了。我自己早就深望出家，但念你独留在世间，何等孤寂。且我出家之后，你的生涯势必变样。为此放心不下，迁延至今尚未实行。且待我此志成遂之后，你再作打算可也。"他屡次阻止她。明石女御孝顺紫夫人，全同对生身母亲一样。明石夫人则在暗中照顾女御，态度谦逊，这反而使她前程稳固，生涯幸福。女御的外祖母老尼姑庆喜之余，动辄忍不住流泪。眼泪不知不觉地落下，她竟把两眼揩得通红。这正是长命幸福的一个好例。

且说源氏想替明石道人向住吉明神还愿，同时明石女御所许下的愿，也须到住吉去还，他就打开道人所送来的那只箱子，但见愿文中许着许多大愿，例如每年春秋演奏神乐，祈愿子孙世代必定繁昌。非有源氏的威势，办不到这大规模的还愿，明石道人显然是预料到的。这些愿文写得笔致非常流畅，才气横溢，而措辞谨严，显然句句可以感动神佛。遁迹深山、专心修道的人，对世俗之事能如此考虑周到，源氏觉得深可怜悯，而又觉得不合身份。料想是个古代圣僧，为了宿世因缘，暂时下凡人世。他仔细寻思，越发觉得这明石道人不可忽视了。

此次赴住吉还愿，对外不提起明石道人之意，但言源氏自己要去朝拜。从前流亡须磨、明石诸浦时所许的愿，早已还清。遇赦还都之后，又得在世长生，享受种种荣华，神佛呵护之恩不可忘记。因此偕紫夫人同往，这消息便轰动一时。源氏为欲避免打扰臣民，万事力求简省。但因身居准太上天皇之位，排场自然异常盛大。大员之中，除左右二大臣之外，其余全部参与。舞人从卫府次官中选用，相貌个个俊美，身材一律等高。不能入选之人，引以为耻，有几个爱出风头的人竟不胜悲伤。乐人则从石清水、贺茂等临时祭所用的人中选择才能特别

---

① 此时紫姬三十八岁。

优越者，组成一班。又外加二人，都是近卫府中大名鼎鼎的能手。神乐方面，也选用许多人员。新皇帝、皇太子、冷泉院，都派殿上人前来，分别为源氏服务。多不胜数的高官贵族的马鞍、马副、随从、近侍童子等，都装饰得绚丽灿烂，其美无比。

　　明石女御与紫夫人共乘一车。第二辆车子乃明石夫人所乘，尼姑老太太偷偷地跟了上去。女御的乳母①知悉内情，所以也乘在这车中。供给诸女眷的侍女用的车子，紫夫人五辆，明石女御五辆，明石夫人三辆，都装饰得华丽炫目，不必细说。源氏说："反正大家要去，替师姑老太太好好打扮一下，把脸上的皱纹摸摸平，请她一同去吧。"明石夫人曾经劝阻，她说："此次进香，规模如此盛大，老尼姑夹在里头，很不雅观。如果她能活到大愿成遂②之时，再请她参与吧。"但老尼姑一则生怕余命无多，二则很想见识见识，一定要去，明石夫人也就同意了。这老尼姑前世积德，获得善报，比较起命里注定应享荣华富贵的人来，更加幸福，令人艳羡。

　　此时正是秋后十月中旬，"庙宇墙上葛，……亦已变颜色"③。松原下的树木上早有红叶，可知这里不是"但闻风吹声，始知秋已及"④的地方。大规模的高丽乐和唐乐，倒不及听惯的东游乐来得亲切可爱，乐声与风浪之声相呼应。与高树上的松涛声相竞争的笛声，异于他处所闻，嘹亮之音沁人心肺。这笛声与琴声相和合，不用太鼓加强拍子，故无喧嚣嘈杂之音，而有幽雅闲静之感。在这风景佳处演奏，音节特别优美。舞人衣上用蓝绿色印成的竹节纹样，与松叶的绿色相混淆。诸人冠上装饰着的各种插头花，与秋花相掩映，难于分辨。形形

---

① 此乳母是女御诞生时由京中派赴明石浦的，见第302页。
② 大愿成遂，指明石女御所生皇太子即帝位。
③ 古歌："庙宇墙上葛，虽然仗神力，不敢抗秋气，亦已变颜色。"见《古今和歌集》。
④ 古歌："常磐山上木，树叶不变色。但闻风吹声，始知秋已及。"见《古今和歌集》。

色色，缤纷灿烂，令人目眩。东游乐奏完《求子》曲之后，王侯贵族中年轻之人，都把官袍卸到肩下，走下庭中舞场里来。他们卸下朴素的黑袍，突然露出暗红色或淡紫色的衬袍襟袖和深红色的衣袂来。正当此时，天上降下一阵微雨，四周景物稍稍滋润。令人忘记了这地方是松原，而误认为散下了满地红叶。他们的舞姿非常悦目。头上高高地插着雪白的荻花枯枝，略舞一会，立即隐去。姿态美丽之极，教人越看越不餍足。

源氏回想起了旧日之事，觉得昔年谪居远浦时凄惨之状，历历如在目前，而无人可与共话当时之事。他便惦记那位现已致仕的太政大臣①。感慨之余，吟成一诗，走到后面去送交老尼姑所乘的车子中。诗曰：

"谁人省得当年事，
　共向寺前问老松？"

这诗写在便条上。老尼姑看了伤心至极。她眼看见今日这盛况，回思当年在明石浦上送别源氏公子时情状，以及女御诞生时模样，觉得自己三生有幸，感激不尽！而想起了遁世入山的明石道人，又觉十分挂念，心中无限悲伤！但今日不宜说出不吉之言，故答诗云：

"老尼今日方深信，
　住吉江边出贵人。"

答诗不宜太迟，故只是率书所感而已。她又自言自语地吟道：

---

① 此人即葵姬之兄，曾赴须磨浦探望源氏者。

"欣看住吉神奇迹,
　猛忆当年落魄时。"

诸人通宵歌舞,直到天明。二十日的月亮清光普照,海面一白无际。霜华甚重,松原变成了白色。眺望一切景物,但觉寒气彻骨,平添了优美与岑寂之感。

紫夫人一向闭居深宫,四时佳节,朝夕都有游宴佳兴,早已耳濡目染了。但出门游山玩水,却是少有机会。何况此次离去京都,远游他乡,更是她从来未曾经历之事,因此深感兴味,不胜欣喜。此时她即兴吟诗云:

"深夜江松霜满顶,
　却疑神赐木绵鬘。"①

她想起了小野篁朝臣咏"比良山上木绵白……"②之诗时的雪晨景象,觉得今夜的严霜正是神明容受源氏主君供养的证验,愈加庆喜此行不虚了。明石女御也吟诗云:

"僧官手持杨桐叶,
　染遍霜华似木绵。"

紫夫人的侍女中务君也吟道:

"霜华胜似木绵白,

---

① "木绵"是一种供神用的楮皮纤维。"鬘"是蔓草的饰发物。
② 小野篁诗云:"比良山上木绵白,足证神心已受容。"但据藤原清辅的《袋草纸》中所载,此诗乃菅原时文所作。不知孰是。

足证神明显圣灵。"

此外吟咏甚多，不可胜数。但无可观，不须尽述。大凡此等时节所咏诗歌，即使是长于此道的男子，亦不能有佳作。除了"千岁松"之类的文句以外，不会另有新颖之词，无非陈腔滥调而已。

天色朦胧向晓，霜华愈来愈重。奏神乐的人饮酒过醉，奏得本末颠倒。不知自己满面通红，只顾贪看美景。庭燎已经熄灭，他们还是挥舞着杨桐枝，高唱"千春千春，万岁万岁……"，为源氏祝福。源氏子孙之繁昌，可保无疑了。乐事层出不穷，永无餍足之时。大家希望"千宵并作一宵长"①，却不道转瞬天色已明。诸青年像回波一般争先退去，心中不免痛惜。松原上排列着长长的一队车辆。晓风扬起帘脚，露出女眷的衣裾来，好似常绿树底下开出了烂漫的春花。各车辆的伺候人员，按照各主人身份而穿着各种颜色的袍子，拿着精美的盘子，分别请车中主人进膳。下级人员都注目观看，不胜艳羡。呈送给老尼姑的是素食，盛在一只嫩沉香木盘子里，上面覆着青宝蓝色帕子。观者私下议论，都说："真荣耀啊！这女人定是前世积德的吧！"来时带着无数供养品，一路上途为之塞。但归时负担轻松了，一路上可以逍遥自在地游山玩水。但此等琐屑之事，无须一一赘述。老尼姑与明石夫人想起了离居荒山、不闻不见的明石道人，觉得只此一事深可遗憾。但念这老和尚如果也来参与这盛会，则又不很雅观。惟世人都以老尼姑为范例，认为当今之世，志气应该高远。到处盛称老尼姑的幸福，世间就多了一个典故：凡称道幸福之人，必曰"明石尼姑"。现已致仕的太政大臣家的小姐近江君，打双六时口中必高呼"明石尼姑，明石尼姑！"借以求赢。

---

① 古歌："但愿清秋夜未央，千宵并作一宵长。不曾说尽胸中事，窗外金鸡报晓忙。"见《伊势物语》。

且说出家为僧的朱雀院，专心修行佛道，朝廷政治概不闻问。只在春秋二季今上行幸省亲之时，也还谈谈昔年旧事。就中关于三公主，他至今还不能放心。他让源氏做她的正式的保护人，而教今上暗中照拂这皇妹。于是朝廷晋封三公主为二品，封户也增加不少，三公主的威势便更加显赫了。紫夫人看见这几年来三公主的声望在各方面都日渐提高，常常想道："我身单靠源氏主君一人的宠爱，始得不落人后。将来年纪老矣，这宠爱终当衰减。不如在未到此时以前，自己发心出家吧。"但恐源氏当她赌气，因此并不爽快说出。源氏看见主上也关心三公主，觉得不可怠慢了她，此后在她那里住宿的日子增多，三公主便与紫夫人平分秋色了。紫夫人认为这也是理之当然，但私心未免不安，觉得果然不出所料。然而表面上装作若无其事。她把明石女御所生长女，即皇太子以次的那个大公主，领到自己身边，用心抚育她。和这女孩作伴，可以慰藉孤眠之夜的寂寥。明石女御所生子女，她个个都很疼爱。花散里夫人看见紫夫人有这许多孙儿，不胜艳羡，也把夕雾大将与惟光的女儿典侍所生的女儿①迎了过来，抚养在身边。这女孩长得非常可爱，而且聪明伶俐，与年龄似不相称，因此源氏也很疼爱她。源氏子女稀少，而第三代繁昌，各处孙儿甚多。现在他就靠抚育孙儿，以慰寂寥。髭黑右大臣常来探望，比以前更加亲近了。他的夫人玉鬘现已变成少妇，大约因为她这义父已不像从前那样贪色了，故每逢适当机会，也常来六条院问候，与紫夫人会面，彼此十分亲睦。只有三公主，虽然年已二十，还同儿时一样天真烂漫。源氏现在已将明石女御委托皇上照顾，自己就专心一意地照顾这三公主，像幼女一般疼爱她。

朱雀院寄信与三公主，说道："近来颇有所感，似觉大限将临，思之不胜黯然。我于现世之事，早已无所留恋，但望与汝再见一面。如

---

① 指夕雾与藤典侍所生三女公子。

不可得，我将抱恨长终。不须铺张，微行来此可也。"源氏闻之，对三公主言道："正应当如此才好。即使上皇不言，你也应该先意承旨。如今劳他盼待，其实对他不起。"于是三公主决心前往探望朱雀院。然而无缘无故，贸然去访，似乎不成体统。源氏便考虑访问的借口。忽然想起，明年朱雀院五十岁，可以办些莱筵，前往贺寿。便准备种种僧装，计划素斋食品。出家之人，凡事与俗人不同，故须特别设计，仔细考虑。朱雀院在俗之时，对音乐深感兴趣。故舞人与乐人，必须用心选择，全用技术优越之人。髭黑右大臣有两个儿子，夕雾左大将有云居雁所生二子及典侍所生一子，共三人，此外另有满七岁的几个小孩，这些孩子都当了殿上童。萤兵部卿亲王家尚未行冠礼的王孙、所有适当的亲王家的子孙，以及其他人家的儿童，都被选用。凡上殿的童子，相貌都很俊俏。在各种舞蹈之中选取特别优美的舞姿，种类不计其数。这是规模宏大的盛会，故入选之人大家用心练习。有关此道的专门乐师及精通技术的人，都忙于教练，无有暇晷。

三公主自幼学弹七弦琴，但她很小就离家于归六条院，朱雀院不知她现在学得如何了，很是挂念。他对左右说道："公主归宁时，我想叫她弹七弦琴给我听呢。她在那边，这琴定然学得很好了吧。"这话传入宫中，皇上听到了，说道："是啊，她一定学得特别好了。她在父皇面前献技时，我也想去听听呢。"这话又传入源氏耳中，他说："近几年来，每逢适当机会，我总教她弹琴。她的技术确已进步得多了。然而还不曾学会值得欣赏的精深手法。如果毫无准备前去参见上皇，而上皇命她弹奏、不许推却时，她难免困窘吧。"他替三公主担心，从此时起，便悉心教练。

他先教她调子特殊的乐曲二三首，然后再教富有趣味的大曲。凡四季变调的手法、适应气候寒暖的调弦法①等种种重要的技术，无不详

---

① 春用角，夏用徵，秋用商，冬用羽。寒用律，暖用吕。

细教授。三公主起初颇感困难，后来渐渐体会，终于弹得很纯熟了。白昼众人出入频繁，要从容反复地教授"由"和"按"①的弹法，很不安心，便改在夜间教授，可以专心一志地体会真髓。这期间他就向紫夫人乞假，朝朝夜夜在这里教琴。明石女御和紫夫人，以前都不曾向源氏学过七弦琴。明石女御听说父亲此时正在弹奏从来不曾听到过的名曲，很想前来听赏。皇上一向不大肯给女御请假，此次好容易允准她暂时归宁，她就专程回六条院听琴。这位女御已经生下两个皇子，现在又已怀胎五月了。十一月是宫中祭祀之期，她就以孕妇不宜参与祭祀为借口而归宁。十一月过后，皇上就催她回宫。但明石女御有此机会夜夜听赏音乐，对三公主不胜欣羡。她怪怨父亲：为什么不教我弹琴呢！源氏与众不同，最喜爱冬夜的月亮，便在明月照积雪的清光中弹奏符合季节的琴曲。又在侍女中选择略解此道的人，叫她们各尽所长，联合演奏。此时已近岁暮，紫夫人十分忙碌，各处种种事务，都必须由她亲自调度。她常常说："到了春天，拣个闲静的傍晚，我总要听一听三公主的琴。"不久过了年关。

朱雀院五十寿辰，首先是皇上庆祝，规模盛大之极。源氏不便和皇上并比，把日子稍稍延迟，定在二月中旬。乐人和舞人便天天前来演习，络绎不绝。源氏对三公主说："紫夫人常想听你弹琴。我想定个日子，叫你和这里弹筝弹琵琶的女眷合奏，开一个女乐大会。我看当代音乐名手，修养都不及六条院诸女眷的精深呢。我在音乐上算不得专家，但自幼关心此道，总希望在任何方面没有不懂得的事。因此世间所有音乐名师，以及高贵之家承继名手祖传的人，我全都请教过。然而其中真个精深博雅使我叹佩的人，实在不曾见过。而现今的青年，大都油腔滑调，比我们一代的人浅薄得多。况且七弦琴这乐器，听说现今已无人学习。学到像你那样程度的人，实在很难得了。"三公主

---

① "由"是摇弦，"按"是捺弦。

天真烂漫地微笑，她听见源氏如此赞扬她，心中不胜欢喜。她今年已经二十一二岁了，然而还同未成年一样，一派稚气。身材瘦小，但容貌十分秀美。源氏随时随地教导她："你多年不见父亲了。此次前往参见，须要小心在意，让他看见你长大成人，心中欢喜。"众侍女相与告道："对啊！若非大人如此悉心管教，她那孩子脾气就更加不能隐藏了呢。"

正月二十日左右，天色晴朗，风和日暖。庭前梅花渐渐盛开，其他春花亦皆含苞，四周春云迷离叆叇。源氏言道："出了正月，便须准备祝寿，大家都要忙了。到那时举行琴筝合奏，外人将误认为试演，便多麻烦。不如就在此时悄悄地举行吧。"便邀请明石女御、紫夫人、明石夫人等都到三公主的正殿里来。众侍女都想听琴，大家希望跟主人同行。结果和三公主疏远的人都不得去，只选年龄稍长而品性良好的人同去。紫夫人随带四个相貌漂亮的女童，身穿红色外衣、白面红里汗衫、淡紫色绵织衬衣，外面缀着凸花模样的裙子、红色练绸单衫，举止态度都很文雅。明石女御的房间里，新年里装饰得辉煌灿烂，众侍女也互相争艳，打扮得花枝招展，华丽无比。女童穿的是青色外衣、暗红色汗衫，外缀中国绫绸裙子，中间又加棣棠色中国绫罗衬衣，个个一模一样。明石夫人的女童打扮并不十分阔绰，穿红面紫里衬袍者二人，穿白面红里衬袍者二人，外衣则四人都是青瓷色的，衬衣或深紫色或淡紫色，都用砑光花绸，鲜丽无比。三公主闻得许多人将会集于此，便用心把几个女童打扮得特别漂亮。穿的是深青色外衣、白面绿里汗衫和淡紫色衬衣。这服饰并不特别华丽或珍贵，然而大体上气派堂皇高雅，无可比拟。

厢房中间的纸隔扇尽行撤去，各处但用帷屏遮隔。中央设置源氏主君座位。今日为琴筝作伴奏的笛，令男童吹奏。髭黑右大臣家三公子——即玉鬘所生长子——吹笙，夕雾左大将家大公子吹横笛，都坐在廊下。室内铺着茵褥，放着各种弦乐器。家中秘藏的各种琴，都装在华丽的藏青色袋内,此时全部取出。明石夫人弹琵琶,紫夫人弹和琴,明石女御弹筝。三公主并不擅长此种大型的琴,源氏体会她的心情,便把她平日惯用的七弦琴调整,交与她弹。他说:"筝的弦线并非常常会松弛,只因和别的乐器合奏时,琴柱的位置容易变动,所以必须预先顾到,张得紧些。女子腕力较弱,不宜张弦,还是叫夕雾大将来张吧。这班吹笛的人,还都是孩子,能否合拍,很不可靠呢。"便笑着派人去召唤夕雾:"请大将到这儿来!"许多妇女怕难为情,心情紧张起来。除了明石夫人以外,其余都是源氏的入室弟子,因此他也很担心,希望她们都弹得好,使夕雾听了无可非难。他想:"女御在皇上面前,惯于和其他乐器合奏,大可放心。只是紫夫人的和琴,弦线虽然不多,而弹法无有定规,女子奏此乐器,往往会张皇失措。合奏之时,别的弦乐器全都协调,这和琴会不会变调呢?"他替紫夫人担心。

夕雾大将觉得今日之行,比参与御前大规模试演更加严肃,神色十分紧张。他身穿一件色彩鲜艳的常礼服,内外衣裳都熏了浓烈的衣香,衣袖更加香得厉害。来到三公主正殿前时,天色已黑。黄昏清幽可爱。梅花洁白无瑕,仿佛正在恋慕去年的残雪,疏影横斜,纷纷乱开。微风拂拂,把梅花之香和帘内飘来的美妙不可言喻的衣香吹成一气,竟可"诱导黄莺早日来"①。宫殿四周充满了氤氲佳气。源氏把筝的一端拉出帘外来②,对夕雾说道:"莫怪我唐突啊!你替我把这筝的弦线调整一下。我不好把疏远的人叫到这里来,所以只得叫你了。"夕雾毕恭毕敬地拿过筝来,态度谨慎小心,从容不迫。他把基音调整为壹越调③之后,并不试弹乐曲,表示谦虚。源氏说道:"弦线既然调整了,总得试奏一曲,否则太没风趣了。"夕雾装腔作势地答道:"儿子本事低微,不敢在今天这音乐会上班门弄斧。"源氏笑道:"这也说得

---

① 古歌:"梅花香逐东风去,诱导黄莺早日来。"见《古今和歌集》。
② 夕雾男子,不得入内,住在帘外。
③ 壹越调是十二律的第一音,即宫音,犹如C调。

是。不过外间传说你不得参加女乐演奏，因而逃跑了，倒是名誉攸关啊！"夕雾便重整弦线，试弹了美妙的一曲，然后把筝奉还。源氏的几个孙子都作值宿打扮，非常可爱。他们吹笛伴奏弦乐，虽然还有稚气，却也非常美妙，显然是前程远大的。

各种琴的弦线都调整好之后，合奏就开始了。诸琴各有所长，而其中明石夫人的琵琶尤为美妙纯熟，手法高古，音色清澄，非常富有趣味。夕雾倾耳而听紫夫人的和琴，觉得爪音亲切可爱，反拨之音也异常新颖悦耳。其繁华热闹，并不亚于以此为正业的专家的大规模表演。想不到和琴也有这等美妙的弹法，夕雾不胜惊叹。这是紫夫人长年用功练习的优良成绩，源氏以前替她担忧，此刻便放心了。他觉得这位紫夫人真是不可多得的人才。明石女御所弹的筝，须在别的乐器休止的隙间不知不觉地透露出音节来，听来也很娇艳美妙。三公主弹七弦琴，虽然还未十分纯熟，但因正在用功练习，所以并无差错，颇能与其他乐器合拍。夕雾听了，觉得三公主的七弦琴也大有进步。他便按着拍子，唱起歌来。源氏也时时拍着扇子，同他唱和。他的嗓子比从前更加美妙了，只是略微宏大，添得了一种威严堂皇之感。夕雾也是嗓子非常优美的人。夜渐渐静起来，这音乐夜会美不可言。

此时月出较迟，便命各处点起灯笼，使火光明暗适度。源氏向三公主窥看，但见她比别人娇小可爱，似觉只看见衣裳。此人缺乏艳丽之相，只觉高贵秀美，好比二月中旬的新柳，略展鹅黄，而柔弱不胜莺飞①。她身穿一件白面红里的常礼服，头发从左右两旁挂向前面，很像青青的柳丝。这正是高贵无比的公主模样。明石女御容姿与三公主一样优雅，而艳丽之相较多。举止端详，气品高贵，好比盛开的藤花，当夏日群花零落之后，独自在晨光中开颜发艳。但她现正怀孕，腹部显然膨胀。演奏之后颇感困顿，把筝推向一旁，一手靠在矮几上了。她

---

① 根据白居易《杨柳枝》诗："白雪花繁空扑地，绿丝枝弱不胜莺。"

的身材矮小纤弱，而矮几是普通大小的，因此她的手臂必须提高，样子很不舒服。源氏便想替她特制一个较小的矮几，可见对她关怀无微不至。她身穿红面紫里的外衣，头发长长地挂下去，十分清整，灯光之下的姿态美丽绝伦。紫夫人穿的大约是淡紫色的外衣、深色的礼服和淡胭脂色的无襟服，头发异常浓密，柔顺地堆压在肩背上，和身材大小恰好相称，但觉全身十分匀称美满。若要用花来比方，可说是春天的樱花，然而比樱花更加优美，这容颜实在是特殊的。明石夫人夹在这些高贵的妇人中，想必会相形见绌，但事实并不如此。她的举止态度非常优雅，令人看了觉得自惭。气度之悠闲与容貌之妩媚，不可言喻。身穿柳绿色织锦的无襟服、近似淡绿的礼服，外面拴着轻罗围裙，借以表示谦逊①。然而人皆对她怀着好感，绝无轻侮之意。她偏斜地坐在一条青色高丽锦镶边的茵褥上，一手扶着琵琶，另一手以美妙的姿势拿着拨子，其神情之优雅，令人觉得"此时无声胜有声"②。看到这人，好像闻到五月橘连花带实的折枝的香气。各位夫人斯文一脉地坐在帘内，夕雾大将在帘外听到她们的动静，并隐约窥见人影，不免心驰神往。他想象紫夫人年龄既长，一定比从前朔风那天朝晨窥见的模样更加美丽了，便觉心痒难搔。又想："三公主和我的宿缘若得更深些，我早就可将她占为己有。只恨我当时缺乏勇气，实甚可惜。朱雀院不是'屡次当面向我示意，并且背后也常提起我么？"他觉得后悔莫及。然而并非看见三公主态度无拘无束而想侮辱她。他对三公主并不十分动心。只是对于紫夫人，觉得在任何方面说来，都高不可攀，因此多年以来一直无法接近她。他想："至少总得设法使她知道我对她的好意。"为此烦闷悲叹。但他决不怀有狂妄越礼之心，态度总是谨慎小心的。

　　夜色渐深，冷风侵肌，十九夜的月亮才从云间出现。源氏对夕雾

---

① 围裙是伺候人穿的。
② 见白居易《琵琶行》。

言道："月色朦胧的春夜，真教人徒唤奈何啊！然而秋夜也很可爱，像今天这种音乐演奏，如果与秋虫之声相应和，定然更多清趣，似觉音乐之声更加美妙了。"夕雾答道："秋夜月色清光皎洁，洞烛万物，琴笛之音亦分外清澄。然而夜色过分明亮，有如人工造作，使人分心注目于种种秋花秋草、白露清霜，不能凝神听乐，亦是一大缺憾。春夜云霞弥漫天空，露出朦胧淡月，照着笙管合奏，其音节之清艳，实在无以复加！古人说女子爱春天①，良有以也。故欲求音乐之调和美满，莫如于春日夕暮演奏。"源氏说："否否，欲评春秋之优劣，谈何容易！从古以来，此事难于判定。末世人心浅薄，岂能贸然作出结论！惟音乐的曲调，向来春天的吕调为先，秋天的律调为次②，果然自有其道理。"后来又说："只有一事真不可解：现今大名鼎鼎的音乐专家，常常在御前演奏，但杰出之人日渐稀少。自命为老前辈的名手，毕竟学得多少本领呢？教他们参与在这些并非专家的妇女中演奏，怕不见得特别优异吧。不过我自己年来离群索居，或许耳朵有些变乖了，真乃遗憾之事。说也奇怪，在这六条院里，无论学问或雕虫小技，一学即会的聪明人很多呢。御前奏乐时被选为第一流名手的人，和这里的妇人们比较起来，孰优孰劣呢？"夕雾说："儿子也想谈论此事，只因自己缺乏修养，不敢信口雌黄。世人恐怕是不曾听见过古代音乐之故吧，都把柏木卫门督的和琴和萤兵部卿亲王的琵琶视为现今最优越的实例。他们的技艺固然高明无比，但今宵听到的音乐，实在可与匹敌，足使听者惊叹。也许是由于早先认为今宵只是小规模试演，不加重视，因而感到吃惊，亦未可知。如此妙乐，儿子的歌声其实不配参与。讲到和琴，只有前太政大臣能够随心所欲地即景奏出美妙的曲调，确是特别优越的。然而一般演奏，大都无甚特色。惟今晚所听到的，实在异常美妙

---

① 毛诗注："女感阳气春思男，男感阴气秋思女。"
② 日本催马乐，春天用吕调，秋天用律调。

啊！"他如此赞扬紫夫人。源氏说："这并没有什么了不起。只是你夸奖罢了！"他心中得意，脸上露出笑容，接着说道："老实说，我所教出来的徒弟，个个都不坏呢。只有明石夫人的琵琶，是她家传，我没有帮助她。然而她到了这里之后，这乐器的音色似乎与前不同了。那年我遭意外之变，流寓远浦，最初听到她的琵琶时，便觉异常美妙。但现在又比那时高明得多了。"他强要把明石夫人的琵琶归功于自己，众侍女暗中好笑，互相以肘示意。

源氏又说："无论何种学问，用心钻研起来，便可知道任何才艺都无止境。能够永不自满，锐意进取，实乃难得之事。老实说，精通博学之人，在今世几同凤毛麟角。能够正确地学得某种学问之一端，其人就此满足了。惟七弦琴一道，学理非常奥妙，不可草率染指。昔时精通古法之人，操起琴来，可以动天地，泣鬼神。种种音调，各有妙用：或能转悲伤为喜悦；或能变贫贱为富贵，而获得财宝。世间可信之事例甚多。在我国，此琴尚未传入之前，曾有深通音乐之人，多年远客他邦，奋不顾身，潜心学习，尚且难于学成①。实因此琴又能当面使日月星辰移动，使盛夏降霜飞雪，使风云雷霆轰动大地，古昔之世，确有其例。琴之为物，如此灵妙无极，故能全般学得之人，实甚少有。都因末世人心不古，故能传承当时妙法之一端者，亦甚难得。但亦另有原因：大约由于此乐器自古能使鬼神倾听而感动，故学得似通非通之人，生涯往往不幸。此后便有人厌恶此乐器，倡言'弹琴者遭殃'。世人为免烦恼，大都不肯学习，因此今世几乎无人能传此道，真乃大可惋惜之事！试问除琴以外，有何乐器可作调整音律之标准？当然，在此万事日渐衰微之世间，独自树立大志，抛却妻子，远访中国、高丽等异域，固将被世人视为狂徒。然而不必如此，但望学得精通此道之由绪，有

---

① 《空穗物语》中说：藤原俊荫随遣唐使来中国学琴，未能学成。后又历尽艰辛，赴波斯国，向仙人学琴，始尽得其法，归去传授与日本人。

何不可！要精通一调，尚且有无穷困难，何况调子甚多，高深之乐曲不计其数。故我当年专心学琴之时，曾广泛收罗日本固有及外国传来之乐谱，悉心钻研。后来无师可从，犹自热心学习。然而还是赶不上古人。何况自今以后，我又无有可传之子孙，思之不胜怅惘。"夕雾听了这话，深感惋惜，又觉可耻。源氏又说："明石女御所生皇子之中，倘有乐才符我所望的人成长起来，而此时我尚长生在世，我必将我之技法多少传授与他。看来二皇子将来是富有音乐才能的。"二皇子的外祖母明石夫人听了这话，觉得自己面目光彩，流下欢喜的眼泪来。

　　明石女御把筝让与紫夫人，将身子靠在席上休息了。紫夫人便把和琴让与源氏，重新合奏，态度比初次随意不拘。奏的是催马乐《葛城》①，音节华丽悦耳。源氏反复歌唱，其声婉转悠扬，美好无比。月亮渐次高升，梅花香色俱增，好一片牵惹人心的夜景啊！以前明石女御弹筝时，爪音优美可爱，又含有她母亲的古风，"由"音弹得很微妙，而又非常清澄。现在紫夫人弹筝，又另有一种手法，从容不迫，婉转悠扬，似有一种魔力，能使闻者心驰神往。"临"②的手法也弹得比女御更有趣致。从吕调移到律调之后，诸乐器都变了调子。律调的合奏非常娇媚华丽。三公主弹七弦琴，五个调子③弹出种种手法。其中最要当心的第五、六两弦的拨法，奏得非常巧妙。她的琴技全无稚气，已经十分成熟，能应用适合春秋万物的曲调而随机应变地作种种表现。她能确守源氏所教导的精神支配法。因此源氏非常赞许她，并且觉得自己教导有方，十分得意。几位小公子在廊下用心吹笛，吹得很好，源氏疼爱他们，说道："你们想睡了么？今夜的音乐会，本想略奏片刻，

---

① 催马乐《葛城》全文："闻道葛城寺，位在丰浦境。寺前西角上，有个榎叶井。白玉沉井中，水底深深隐。此玉倘出世，国荣家富盛。"见《续日本纪》。
② "临"是筝的手法之一。
③ 琴有五个调子：搔手、片垂、水字瓶、苍海波、雁鸣。

不要延长时间，但因各个乐器各有其美，一经上手，欲罢不能。我的耳朵又不灵敏，不能辨别孰高孰下，犹豫不决，以致延至夜深，实在很不应该。"便赐酒一杯与吹笙的小公子，即玉鬘所生长子，又在自己身上脱下一件衣裳来奖赏他。紫夫人也把一件织锦的童衫和一条裙子赏给吹横笛的小公子，即夕雾的大儿子，但这并非正式赏赐，只是点景而已。三公主赐夕雾大将一杯酒，又赠自己所穿女装一套。源氏笑道："不行不行！应该先孝敬老师才对！我好懊恼啊！"三公主座旁的帷屏背后便送出一支笛来，奉呈源氏主君。源氏笑着接受了。这是一支非常精美的高丽笛，源氏拿起来试吹一下。此时大家正在退出，夕雾听见笛声，便站住了，从儿子手中取过横笛来，吹出一支美妙的乐曲，非常动听。源氏看见这些人个个本领高强，都能承受他的师传，便觉自己的才艺实在不易多得。

　　夕雾大将用自己的车子载着儿子们，在明澄的月光之下回家。在归途上，耳中仿佛还听到紫夫人的异常优美的筝声，觉得深可恋慕。他自己的夫人云居雁也曾从已故的外祖母学琴，然而尚未学成，就离开外祖母，迁居舅舅家里，不能继续学习。结婚之后，在丈夫面前怕难为情，绝不弹奏。只是对于无论何事，都很温厚周谨。后来连生二子，忙于抚育，便无余暇。因此一向缺乏风雅之趣。然而善于嫉妒，其娇嗔之色，却也妩媚可爱。

　　当夜源氏宿紫夫人房中。紫夫人却留在三公主处，和她谈话，直到破晓才回房来。两人睡到日高方始起身。源氏对紫夫人说："三公主的琴弹得很好了呢！你看如何？"紫夫人答道："以前我在她那里，听她弹过一次，觉得还有可议。现在确已弹得很好了。这样专心一意地教导，怎么会不好呢！"源氏说："的确如此。差不多天天把住了手教的。我真是个热心的老师呢。这件事非常复杂，又很麻烦，要花许多时间，所以我从来不曾教人。可是此次朱雀院和皇上都说：'多少总得把七弦琴教教她。'我听了觉得很抱歉。我想：此事虽然麻烦，但他们把三公主托付我保护，这一点事情我总得效劳。因此便发心教她。"接着又说："从前你年纪还小，我抚育你的时候，我公务繁忙，少有空闲，不能从容不迫、专心一志地教导你。近几年来，不知怎的又是人事冗六，蹉跎岁月。我不曾好好教你，而你昨夜弹得非常出色，使我面目增光。那时夕雾倾耳而听，惊叹不已。我真是如意称心，欢喜无量啊！"

紫夫人一方面是个风雅女子，一方面近来又当了祖母，照顾孙子，无微不至。无论何事，都办得十全其美，无可指摘，真是个世间难得的完人。因此源氏担起心来，他想："尽善尽美的人，往往寿命不长，世间确有其例。"他竟有些害怕。他看见过各种各样的女子，但觉得像紫夫人那样众善兼备的人，实在无有其类。紫夫人今年三十七岁①。源氏回想多年来和她相处之情，不胜感慨，便对她说："今年应比往年特别审慎地举行消灾延寿的祈祷。我经常事绪纷忙，不免疏忽遗忘，还望你自己用心留意。举行隆重的法会时，你尽管嘱我办理。你的舅父北山僧都故世了，实甚可惜！平日有事要举行祈祷时，他是最可信赖的一位高僧。"接着又说："我从小与众不同，生长深宫，养尊处优。今日身居高位，坐享荣华，也是古来少有其类的。然而我所遭受的痛苦，也比别人更多，也是世无其类的。首先是疼爱我之人，相继亡故。到了残生的晚年，又遭逢许多伤心惨目之事。想起了那些荒唐无聊的行为，心中异常烦恼。种种违心之事，时刻纠缠我身，直至今日不休。如今我想：我能活到四十七岁，恐是此种痛苦换来的代价吧。至于你呢，我觉得除了我流放时别离之苦而外，别无忧伤烦恼之事。即使身为皇后，身份高贵之极，亦必有忧患之事，其次的人自然更多痛苦。例如女御、更衣等高等宫人，交际应酬，处处劳神，与人争

---

① 时人相信女子三十七岁是灾厄之年。但紫姬此时实际是三十九岁，恐是作者记错？

宠，烦恼不绝，都是不得安逸的。你跟了我，好比在父母保护之下的深闺内长大起来一样，这等安逸是别人所盼不到的。即此一端，便见得你的命运比别人好，你知道么？中间意外地来了这个三公主，固然不免使你感到几分痛苦。然而正因此事，我对你的爱情更加深了。惟恐这是你自己的事，所以你不易看出，亦未可知。然而你是深明事理的人，定能了解我的真心吧。"

紫夫人答道："在旁人看来，固然如你所说，我这微不足道之身，享受了过分的幸福。谁知我心中一向怀着难于堪忍的痛苦呢。为此我自己常向神佛祈祷。"脉脉含情，似乎还有许多话要说的样子。后来又说："老实对你说吧：我自己觉得余命已经不多，今年倘再因循过去，将来后悔莫及。我早就立下誓愿，务请你允许我出家吧。"源氏说："此事千万不可！你遁入空门，把我抛弃在世间，我还有什么生趣呢？你我共处，虽然只是度送平凡的岁月，然而朝夕相对，心心相印，正是莫大的乐趣。还望你详察我对你特别怜爱的真心。"每次要求，他总是阻止，紫夫人心绪怏怏，流下泪来。源氏看看她的模样，觉得非常可怜，便百般安慰她。后来对她说道："我所看到的女子并不多，然据我所见，虽然各人姿色各有优点，并非全无可取，但熟悉之后，便会相信真正性情稳重、态度安详的人，实在不易多得。譬如夕雾的母亲，是我年轻时候最初相逢的女子，出身于高贵之家，与我有结发之缘。然而我和她的感情始终不洽，两心疏远隔膜，直到她死为止。今日思之，不胜愧悔。我回想当时情状，自心觉得不仅是我一人的罪过。此人态度庄重严肃，这原不能说是缺陷。只是全无亲昵之趣，终日一本正经，可说是个过分规矩的女子。照理推想，此人十分可靠，但对面相处，只觉沉闷难堪。再举一人：秋好皇后的母亲，品貌与众不同。欲求情趣丰富、姿态艳雅的范例，则首先想起此人。然而脾气古怪，难于亲近。女子心中偶有怨恨，原是合乎情理之事，但她长记在心，固执不忘，以致怨恨越来越深，真乃痛苦之事！和她相处，须得时时留意，谨慎小心。

倘欲彼此无所顾忌、朝夕相亲，似乎颇有不便之处。如果对她开诚解怀，深恐被她看轻；过分谨慎小心，结果遂成疏隔。她流传了不贞的罪名，遭受了轻薄的讥评，常常悲叹懊恼，原是怪可怜的。我想起了她的一生，痛感自己罪无可逭。为了赎罪，我便竭力照顾她的女儿。虽说这女儿自有身为皇后的宿命，但毕竟还靠我不顾世人讥评，不怕朋辈妒恨，鼎力提拔，方得成功。她在九泉之下，也应恕我无罪了。在现今，在往昔，我都由于放荡不羁，做下了许多教别人受苦、使自己后悔的事。"他略微谈谈这两个故人的事。随后又说："皇上的女御的那个保护人①，出身并不高贵。起初我小看她，认为无足轻重。岂知此人修养功夫极深，心不见底。表面上低声下气，百依百从，而心中秘藏着高远的见识，令人不知不觉地赞叹呢。"紫夫人说："别的人我不曾见过，不得而知。这位明石夫人呢，虽然不很熟识，却是常常见面的。我看她的模样，觉得实在可佩，心中赞叹不已。像我这种心直口快的人，不知她看了作何感想，我很担心呢。好在女御深知我心，总会向她解说的吧。"紫夫人本来非常嫌恶明石夫人，很疏远她，现在却如此赞许她，和她亲近。源氏知道这全是由于她真心疼爱女御之故。他十分感谢她的好意，对她说道："你虽然心中不能没有蕴藏，但你善于因人因事而运用亲疏两种态度。我阅人多矣，却从来不曾见过像你这样能干的人。你真是个特殊人物。"他说时面露笑容。后来又说："此次三公主的琴弹得很好，我该去称赞她几句。"便在傍晚时分走到三公主那里去了。三公主丝毫没有想到世间有妒忌她的人，全同小孩一般，专心学习弹琴。源氏对她说道："今天放假，让我休息吧。学生应该体恤老师。这几天教你弹琴，真辛苦呢！现在可以放心了。"便把琴推开，解衣就寝。

每逢源氏宿在别处的日子，紫夫人总是深夜不眠，和众侍女读小

---

① 指明石夫人。

说，讲故事。就寝后她想："这种描写种种世态的小说故事中，有浮薄男子、好色者，以及爱上了二心男子的女人，记述着他们的种种情节。但结果每个女子总是归附一个男子，生活遂得安定。只有我的境遇奇怪，一直是沉浮飘荡，不得安宁。固如源氏主君所说，我的命运比别人幸福。然而，难道叫我终身怀抱了人所难堪的忧愁苦闷而死去么？啊，太乏味了！"她左思右想，直到夜深方才睡着。破晓醒来，觉得胸中难过。众侍女着了急，都说："快去通报大人！"紫夫人拦阻道："不可去通报！"便忍着痛苦，直到天明。此时身体发烧，心地异常恶劣。但是源氏还不归来，无法使他知道。恰好明石女御派人送封信来，侍女们便回复他说："夫人今晨忽然患病了。"明石女御得复，吃了一惊，便派人去报知源氏。源氏闻讯，心如刀割，急忙回家，但见紫夫人病得非常痛苦。便问："你现在觉得怎么样？"同时伸手摸她身体，觉得热度甚高。他回想起昨天所说消灾延寿祈祷之事，心中异常惊恐。侍女们把源氏的早粥送进房间里来，但他看也不看一眼。这一天他整日在房中看护，调度一切，愁眉不展。

紫夫人连果物也不想吃，躺在床上不能起身，一连过了几天。源氏用尽心力，设法救治。他叫无数寺院举办祈祷，召唤僧人前来诵经念咒。紫夫人所患的，不能明显指出是什么病，但觉非常难过，胸中时时乱跳，心神烦恼，不堪其苦。做了无数佛事，一点也不曾见效。无论何等重病，总须渐见好转，方可令人放心。如今全不见效，源氏自然异常忧愁悲伤，无暇考虑他事，连朱雀院祝寿的筹备也停顿了。朱雀院闻知紫夫人病势沉重，屡次遣使前来慰问，非常殷勤。紫夫人的病毫无变化，直到二月尽头。源氏不堪其忧，试行迁地为良之计，将病人迁至二条院静养。六条院内全院骚动，许多人忧愁叹息。冷泉院闻此消息，也很担心。夕雾大将想道："这人倘死了，父亲必然出家为僧，以遂宿愿。"便尽心为病人效劳。祈祷诵经等事，原定的自不必说，夕雾自己又添办数堂。紫夫人神志稍清时，总是恨恨地说："不允许我出家，我好苦啊！"但源氏觉得：眼看见她自动出家而作尼僧打扮，比大限来到而和她永诀更加可惜可悲，竟是片刻也不堪能忍的。便对紫夫人说："早先我自己也曾矢志出家遁世，但恐留下你孤苦一人，不堪寂寞，故尔迁延至今，因循度日。如今你反倒要舍我而先去呀。"他嘴里虽如此说，但见紫夫人的病体确是衰弱得少有复健的希望，好几次濒于危险状态。因此源氏疑惑不决：是否应该允许她出家呢？三公主那里几乎不曾再去。对弹琴已全无兴趣，那张琴搁置一旁了。六条院内的人，都集中在二条院。六条院内晚间灯火也很少有，住在里面的只有几个女人。可见这里是全靠紫夫人一人而繁荣的。

　　明石女御也迁住二条院，与源氏共同看护紫夫人。紫夫人对她说道："你身上有孕，我这里恐有鬼怪，于你不利，你快快回宫去吧。"她看见幼小的公主长得美丽可爱，不觉泪如雨下，说道："我不能看见她长大了！她将来也记不起我了吧。"女御听了也很伤心，眼泪流个不住。源氏说道："不要有这种不祥的想法！你的病虽然重，但是决无危险。人生穷通夭寿，都是由心决定的。心胸宽大的人，幸福亦随之而增多；心境狭隘的人，即使有缘身登高位，生涯也不得丰裕。性情急躁的人，往往寿命不长；心神旷达的人，长寿之例甚多。"便向神佛祷告，说明紫夫人性情何等温良，在世并无罪孽，乞赐早日痊愈。执行祈祷的阿阇梨、守夜僧人，以及一切准许近侍的高僧，闻知源氏如此忧惧惶惑，大家深感同情，祈祷更加诚恳了。紫夫人有时病情略见好转，但五六日之后又重起来。缠绵病榻，几经日月，一直不肯痊愈。源氏觉得这病状不妙，难道真个没有希望了？心中十分悲伤。生怕有鬼怪作祟，然而并无明显迹象。病苦究竟何在？却也说不出来，只见病体日复一日地衰弱下去。因此源氏更觉悲伤不堪，心情片刻也没有安宁的时候了。

　　话分两头，且说柏木卫门督现已兼任中纳言，圣眷优厚，变了个红人。他虽然官位晋升，但对三公主的恋爱终于失败，心中不胜悲伤。结果娶得了三公主的姐姐二公主，即落叶公主。落叶公主是身份低微的更衣所生，因此柏木对她怀有几分轻蔑之心。落叶公主的品貌，与一般人比较起来，其实优越得多。然而柏木的心总是怀念最初的恋人三公主。他觉得落叶公主好比"不能慰我情"的"姨舍山"的月亮①，因此对待她很冷淡，但求表面好看而已。他心底里始终不忘记三公主。从前替他传言送信的侍女小侍从，是三公主的乳母侍从的女儿。这乳母的姐姐是柏木的乳母。因有这关系，柏木早就详悉三公主的种种情况。例如她从小长得如何漂亮，朱雀院如何宠爱她，他都知道。这便是他刻骨相思的起因。柏木推想：此时源氏陪紫夫人住在二条院，六条院里人很少了。便邀小侍从到家里来，和她恳切商谈："我自昔年以来，对三公主就想念得要命。全靠有你这个好人儿传达，我能知道公主种种情况，公主也能知道我相思之苦。我以为事在必成，想不到终于落空，真教我伤心至极啊！有人报告朱雀院说：'源氏家里有许多夫人，三公主屈居人下，夜夜抱影独眠，不胜寂寥之苦。'朱雀院听了这话，也有些儿后悔，曾经说道：'既然要在臣下中选择可靠的女婿，应该选个能够真心照顾公主的人。'又有人告诉我：朱雀院曾说二公主嫁了我反而安稳，可保终身幸福。我很同情三公主，常常替她惋惜，心中好不悲伤啊！照理说来，姐妹两人同是公主，其实却完全是另一回事。"说着连声叹息。小侍从答道："啊呀，真是无法无天啊！娶得了二公主，还说是另一回事，又想三公主。你的欲壑真是无底洞啊！"柏木笑道："做人总是这样的呀！我从前冒昧向三公主求婚，朱雀院和今上都知道。而且朱雀院有一次曾经说过：'有什么不好呢？就许了他吧。'哎呀，那时你倘能多出点力，事情就成功了。"小侍从答道："这件事实在困难。人生在世，主要是靠所谓前世宿缘的呀！源氏

---

① 古歌："更科姨舍山，月色太凄清。望月增忧思，不能慰我情。"见《古今和歌集》。姨舍山在信浓国更科郡。

主君自己开口、恳切要求的时候，你难道有资格站出来和他竞争么？现在你固然已经升官晋爵，袍色也变成深紫①了，可是当时……"柏木毫无办法，觉得对于这个能言善辩的小侍从，再没有话可说了。但终于言道："好了好了，过去的事，不必重提了吧！不过，现在机会难得，你总得想个法子，让我近得她身，把我的心事略微诉说一点吧。至于分外之事——好，你且看吧——的确很可怕，我决不会动这念头。"小侍从说："除了诉说之外，岂可更有分外之事？你真是存心不良啊！我今天后悔到这里来了。"她严词拒绝。柏木说："哎呀，这话好难听啊！你看得太认真了。世间男女因缘原是变化莫测的。即使是女御或皇后，亦难免有此种事情，例子不是没有的。何况三公主境遇如此！照理想来，尊荣幸福无有比伦，岂知内心痛苦甚多。朱雀院于许多公主之中，特别钟爱这三公主。如今教她与许多身份低微的妇人为伍，她心中定多愤懑。内情我都知道呢。世事原是变化无常的，你不要固执己见，讲这些不通权变的话！"小侍从答道："照你说来，难道公主为了不肯屈居人下，可以改嫁一个更好的人么？她和源氏主君的关系，与世间普通夫妻不同。只因公主没有适当的保护人，与其叫她无依无靠地住在家里，不如把她让与源氏主君，请他代父母保护她。这一点他们两人也互相会意。你不可信口侮蔑人家呀！"她终于生起气来。柏木便用种种好话安慰她。后来说道："老实说，我也早就想到：公主看惯了源氏主君那样优美无比的风姿，决不会赏识我这个微贱之人的丑陋相貌。但我所指望的，只是隔着屏帏向她说一句心中的话，这总不会使公主有所损害吧。对神佛诉说心事，也是无罪的呀！"他就向她郑重宣誓，保证不做非礼之行。小侍从起初认为此事不成体统，拒绝他的要求。但青年人毕竟意志薄弱，看见他如此苦苦哀求，觉得不忍坚拒，便对他说："要有适当机会，才可替你设法。不过，大臣不

---

① 官爵三位者，穿深紫色袍。

在家的晚上，公主帐外总有许多人伺候，座旁亦必有亲信侍女陪伴，要找机会实在是很不容易的。"

自此以后，柏木天天向小侍从催问有否机会。小侍从不胜其烦，终于替他找到了一个机会，来向他通报。柏木大喜，连忙改装易服，悄悄地混进六条院来。柏木自己也知道此事实在很不应该，所以他做梦也不曾想到：接近之后会引起越轨行为，反而增添日后的烦恼。他只是为了七年前那个春天的傍晚从帘底隐约窥见了三公主的衣襟之后，心头永远浮现着她的芳姿，常觉不能餍足，总想稍稍接近，以便细看一看，并把心事向她诉说，也许可以得到她一句答语，对他表示可怜。

这是四月初十过后的事。明日即将举行贺茂祓禊，三公主派了十二个侍女去帮助斋院办事。其余身份不甚高贵的青年侍女及女童，都用尽心计缝制衣衫，调度妆饰，准备前去观礼。各人都忙着自己的事，三公主室内静悄悄的，这正是人目最少的时候。公主的贴身侍女按察君，因为与她常相往来的情夫源中将定要叫她去，她也出门去了。此时公主身边只有小侍从一人。小侍从觉得这是好机会，便放柏木进来，叫他坐在公主寝台东面的座位上。其实何必如此过分殷勤呢！公主正在无心无思地睡觉，蒙眬中觉得有个男人在近旁，还道是源氏主君回来了。忽然这男人恭恭谨谨地走近来，把公主从寝台上抱了下来。公主还道是着了梦魇，连忙睁开眼睛一看，原来是个素不相识的男人！这人正在讲些离奇古怪而听不清楚的话。公主讨厌他又害怕，连忙叫唤侍女。然而近旁无人伺候，并没有人听见唤声而走来看视。公主吓得浑身发抖，冷汗像水一般流出，那昏昏沉沉的模样，非常可怜而又可爱。柏木对她说道："我虽微不足数，但也并非何等不肖之徒。多年以来，不知自量，私心爱慕公主。若将此心笼闭胸中，势必朽腐泯灭。为此不揣冒昧，曾向朱雀上皇泄露。乃蒙上皇垂青，并不斥为不当。私心欢慰，以为好事将成。所可恨者，此身官职低微。爱慕之心虽然深于他人，而乘龙之望终于变为泡影。明知事已如此，一切都成绝望。然而一点痴心，从此深藏胸底。年月积累愈久，愈觉可惜可恨，可贪可恋。思慕之心，越久越深，今已忍无可忍，不得不越礼求见。自知此举荒唐可耻，但决不敢更犯深重之罪。"三公主听他诉说之时，渐渐明白此人原来是柏木。她非常吃惊，又感到恐惧，一句话也回答不出。柏木又说："你害怕么，原也是难怪的。然而此等事例，世间并非没有。你倘过分冷酷无情，教我怨气难消，深恐反而轻举妄动。至少你总得对我说一句怜惜的话，那么我就心满意足地告辞了。"他诉说了种种苦衷。在事前，柏木预想三公主定然庄重严肃，教人不敢亲近。所以他虽去求见，也只指望略诉衷情，立即退去，不敢妄想色情之事。岂知见面之后，觉得其人并无高不可攀之相，却很驯顺可爱，无限温柔的色相中，含有尊贵的娇艳之感。这正是与常人不同的美点。柏木便失却了自制之心，他竟想带了她逃到天涯海角，自己的官也不要做了，从此双双偕隐，与世长遗。于是身不由主了。

　　暂时蒙眬入睡，柏木做了一梦，梦见他所养驯的那只中国猫，娇声地叫着向他走来。他想，这是他带来送还三公主的，但又寻思为什么要送还她。忽然惊醒，他想："这梦是什么意思呢？①"三公主惊恐万状，似觉这不是现实之事，悲愤填塞胸中，不知如何是好。柏木对她说道："你须知道：这总是不可逃避的宿世深缘。我自己也不相信这是事实。"便把那天傍晚在三公主不提防之中小猫的绳子掀起帘端之事讲给她听。三公主闻有此事，深悔疏忽，觉得自身命运太苦。她想："今后有何面目再见源氏主君呢！"便悲伤凄楚地啜泣起来，竟像一个小孩。柏木觉得万分对她不起，也很悲伤，便用自己拭泪的衣袖来替她拭泪，那衣袖越发濡湿了。

　　天色渐明，但柏木依依不忍别去，他觉得反比未相逢以前痛苦了。他对三公主说道："叫我如何是好呢？你如此嫌恶我，则再度相逢

---

① 时人相信：梦见走兽，是受孕之兆。

是无望的了。我但求你对我说一句话。"千言万语，缠绕不休，三公主不胜其烦，痛苦之极，越发不开口了。柏木叹道："想不到结果如此扫兴！像你这样固执的人，世间是没有的！"他伤心至极，接着又说："如此看来，无可奈何了！照理我可以死了。但我所以舍不得死者，正为了对你尚有这一要求。想起了今宵是最后一面，心中好不悲伤！至少你得对我说一句怜爱的话，那么我就死而无憾了。"便抱了三公主向外跑。三公主想："结果要把我怎么样啊？"吓得魂不附体。柏木把角上的屏风推开，看见房门开着，便走出去。他昨夜进来时所经过的走廊南端的门也开着，望见天色微明，还未亮足。他想在天光下约略看看三公主的容颜，便把格子窗推开。用威胁的口吻说道："你如此冷酷无情，叫我气得发昏了。你应该镇静一下，对我说一声'我爱你'！"三公主觉得这真正岂有此理，想对他说些话，然而浑身发抖，一句话也说不出来，那神情真同小孩一样。

天色愈来愈亮，柏木心慌意乱，又对她说道："我昨夜做了一个可怕的梦，正想讲给你听。但你如此嫌恶我，我也无心讲了。我已悟得这个梦的意义了。"匆匆欲行之人，觉得苍茫的曙色比秋日的天空更加凄凉。便吟诗云：

"黎明起去迷归路，
袖上何来露水多？"

吟时把泪湿的衣袖给三公主看，恨她无情。三公主料想他即将归去了，略觉安心，勉勉强强地答道：

"但愿前尘如一梦，
残躯消失曙光中。"

声音娇嫩悦耳。柏木未能恣情听赏，匆匆出门而去，似觉灵魂儿真个脱离躯壳，留在三公主身边了。

柏木并不回到落叶公主房中，却悄悄地走进父亲前太政大臣邸内。他躺下身子，但不能合眼，心中寻思昨夜所做的那个梦，不知是否真有应验。但觉梦中那只猫非常可爱。他想："我犯下弥天大罪了！今后在世间有何面目见人呢？"他又是恐怖，又是羞耻，不敢出门。此事使三公主伤心，自不必说；柏木自己心中，也觉得十分荒唐。想起了对方是源氏，尤其觉得可怕，竟是无法抵赖的了。假定所触犯的是皇帝的妻子，而事情被发觉了，但因自知罪孽深重，即使身受极刑，亦可死而无憾。如今虽然不致身犯死罪，但被源氏所仇视，实在非常可怕，又非常可耻。

世间原有一种女子，身份虽然高贵无比，心中却怀着几分淫荡之念。表面上威风凛凛，大模大样，而内心轻狂浮薄，另是一套。此等人若被男子诱惑，立刻倾心相从，其例不胜枚举。但三公主不是这等人。她虽然不是深明大义的人，然而生性胆小谨慎。如今身逢此事，似觉众目昭彰，尽人皆知，不胜狼狈羞耻之情。因此连明亮的地方也不敢出来，只管独自悲叹，痛惜此身命苦。源氏正为紫夫人的病操心担忧，闻得三公主也不舒服，吃了一惊，不知她所患何疾，立刻回六条院来。但见三公主并无何等明显的病症，只是含羞不语，垂头丧气，连源氏的脸也不看一看。源氏想道："大约是为了我久不来宿，她心中怨恨。"他觉得很可怜，便把紫夫人的病况说给她听。又对她说道："照现在的病状看来，她已经是不中用的了。此刻我不好意思对她冷淡。况且她是从小由我抚养大来的，我不得不照顾到底，因此近几月来忙得万事都顾不到。再过几时，你自会看到我的真心。"三公主看见源氏全不知情，心中越发难过，觉得很对他不起，只得偷偷地流泪。

柏木尤其痛苦，心情一天比一天恶劣，没精打采地度日。贺茂祭那天，诸公子争先恐后，前往观礼。他们都来约柏木同行，但柏木心绪不佳，一概拒绝，只管愁眉不展地躺着。他对自己的妻子二公主态度毕恭毕敬，几乎从来不曾开怀畅叙，常常独宿在自己室中。此时他正百无聊赖地独坐凝思，忽见一个女童拿了一枝贺茂祭时插头的葵草走进来，便独吟道：

"葵草青青好，神明不许簪。
我今随手摘，痛恨罪愆深。"①

吟罢，更增悲伤。此时正在举行祭典，门外车水马龙，喧嚣之声不绝。但柏木如同不闻，只管沉浸在自己所造成的痛苦中，寂寞地度送了一天。落叶公主看见他镇日愁眉苦脸，不知所为何事。她但觉可耻又可恼，所以并不问他，只在心中悲叹。此时众侍女都出去观礼了，室中人影寥寥。落叶公主纳闷之余，取过筝来，弹了一支美妙的乐曲，那神情毕竟十分高雅。但柏木听了筝声，并不感动，他还是在想："同是公主，我因差了一点，不曾娶得那一位，真乃前世命定。"又吟诗云：

"同根花共发，香色有妍媸。
自恨因缘恶，拾来落叶枝。"②

又把这诗随便写在纸上。如此侮辱二公主，真乃太无礼了。

且说源氏近来很少到六条院来，所以这次来了不好意思立刻回二条院去，但是心里时时刻刻挂念紫夫人的病。忽然有人来报道："夫人昏死过去了！"源氏一闻此言，万事都顾不得，但觉心头一团漆黑，连忙赶回二条院去。他一路上心慌意乱，来到二条院附近，但见大路上

---

① 以葵草比三公主。
② 以落叶枝比二公主。二公主称为落叶公主，根据此诗。

的人也都惊惶骚扰。殿内传出一片哭声。他觉得这光景很不祥，就茫茫然地走进殿内，众侍女告诉他说："这几天病状已经略见好转，想不到今天忽然变得这样了！"所有的侍女都哭着要追随夫人同去，骚乱之状不可言喻。祈祷坛已经拆毁，僧众正在纷纷退出，只有几个亲信的和尚还不曾走。源氏见此光景，心知已到最后关头，悲伤之情无可比拟。他说："虽然已经昏死过去，定是鬼魂作祟，你们不要只管号哭！"他叫众人镇静下来，便向神佛宣立宏誓大愿。又把一切道行高深的法师召集拢来，叫他们再做祈祷。僧众向神佛告道："即使命定阳寿已尽，亦请暂时宽缓。不动尊曾有誓约，至少也得延迟六月①。"诸位法师振作精神，诚心祈祷，头上好像冒出黑烟②。源氏心情缭乱，想道："总得再见一面才好。如此匆匆瞑目，使我不能送死，真乃抱恨终天了！"他悲恸之极，愤不欲生。旁人睹此情景，伤心可想而知。

想是源氏的悲恸之心感动了神佛之故：有一个向未出现过的鬼魂，忽然移附在一个幼年女童身上，她大声叫骂起来，紫夫人便渐渐地苏醒。源氏一则以喜，一则以惧，但觉心乱如麻。鬼魂被祈祷的法力抑制着，借女童之口叫道："别的人都走开，只留源氏一人听我说话！我数月来受法力压制，不胜其苦。愤恨之极，今天索性显点手段，借此使你知道。但我看见你悲伤得不顾身命，颇觉可怜。我身虽已变为可耻之鬼魂，然而并未忘记生前对你的旧情，故尔前来探望。我见你如此痛苦，不能视若无睹，终于向你显灵说话。我本来是不想教你知道是我的。"那女童哭时额发频频荡动，姿态全同昔年附在葵姬身上的鬼魂一样③。源氏分明记得那时所见可恶可怕之状，此次重见，觉得毫无

---

① 不动尊是密宗佛教的主要菩萨。《不动尊立印仪轨》中说："又，正报尽者，能延六月住。"
② 不动尊菩萨作愤怒相，头上似乎冒出黑烟。
③ 二十五年前，源氏二十二岁时，葵姬被六条妃子的生魂附体，终于死亡。事见第九回《葵姬》。

变更,真乃不祥之兆。便扯扯女童的手,教她知道不得放肆,对她说道:"我不相信你真是那人的灵魂。定是恶劣的狐狸冒名顶替,企图宣扬亡人的隐事。快把你的真姓名说出来!还得说些别人所不知而我一人分明记得的旧事。如果你说得出,才能使我有几分相信。"那鬼魂号啕大哭,泪如雨下,带泣带叫地吟道:

"我身成异物,君是昔时君。
何故明知我,佯装陌路人?

我好恨呀,我好恨呀!"女童吟时那种扭扭捏捏的神气,竟与六条妃子无异。源氏相信之后,反而觉得讨厌,懊恼之极,但愿她不再开口。岂知那鬼魂又说话了:"你提拔我的女儿,让她当了皇后,我在九泉之下,也很欢喜感谢。然而幽明异道,我对子女之事,其实不甚关心。只是我自己心头之恨,犹自执着,未能忘怀。就中更有最可痛恨之事:我在世时被人贬斥,受人蔑视,犹可忍也;而在我死之后,你们两人还要在喁喁私语之时对我恶口讥评,这才真可痛恨了!须知对于已死之人,总要处处原谅,听见别人说他坏话,尚且应该替他辩解,替他隐讳呢!我心久怀此恨,今已忍无可忍;身既成为恶鬼,只得显灵作祟。我对此人并无深仇宿怨。但因你身常有神佛大力守护,似觉离我甚远,使我无法接近,连你的声音也仅能隐约听到,所以只得向她发泄。罢了罢了!现在我但望你替我多做佛事,使我减轻罪孽。你叫僧众大声祈祷、诵经,在我觉得火焰缠身,痛苦不堪。我听不到慈悲的梵音,真正伤心啊!我还要请你向皇后传言:在宫中服务,切不可心怀嫉妒,与人争吵。还必须多做功德,借以减轻当斋宫时渎神之罪,否则后悔莫及!"这鬼魂说得滔滔不绝。源氏觉得和鬼魂谈话,不成体统,便使用法力,把鬼魂封闭于室内,悄悄地把病人迁往别室去了。

此时紫夫人病故的消息,已经传遍各处。竟有许多人前来吊丧。

源氏嫌其不祥，心甚懊恼。今日贺茂祭行列归来，王侯公卿都前往观礼。他们在归途闻知此事，有人即景戏言道："此事非同小可啊！这样一个荣华盖世的幸福儿死了，真好比太阳失去了光彩，怪不得今天小雨霏霏了。"又有人低声说道："如此十全无缺的人，必然不能长生。古歌中说得好：'樱花因此冠群芳'①也。这个完人如果长生在世，尽情享受人间幸福，别人都要为她受苦呢。自今以后，那位二品公主②便可专宠，像从前在父亲身边时一样幸福了。多年来屈居人下，真是难为了她！"

柏木卫门督昨日笼闭在家，闷得慌了，今天看见他的诸弟左大弁、头宰相等乘车前往参观贺茂祭归来的行列，便也上车，坐在车厢里面的座位上。归途中听人传说紫夫人病故，吃了一惊，独自低吟古歌中句："君看浮世上，何物得长生？"③便和诸弟一同到二条院探视。因为消息不确，未便冒失地说来吊丧，所以只当作普通访问。然而一走进门，听见里面哭声震天，似乎确是事实，大家惊慌起来。紫夫人的父亲式部卿亲王也来了，他悲痛不堪地走进室内去，连招待访客也顾不得了。夕雾大将揩着眼泪，从里面走出来。柏木忙问："怎么样了，怎么样了？外面传说不吉，我们不敢相信。只因听见令堂久患清恙，不胜挂念，所以前来探望。"夕雾答道："这病实在沉重得很，缠绵了好几个月了。今天早上曾经一度昏死过去，乃是鬼魂作祟。听说好容易活过来了。现在大家已经放心，然而今后如何，正未可卜，真正教人担心呢。"看他的模样，的确哭得很厉害，两眼已经有些红肿了。大概是因为柏木自己心中怀着隐情之故，所以以己度人，推想夕雾对于这个并不亲近的继母，何以如此关怀深切，便用疑心的眼光注视他。源

---

① 古歌："定要辞枝留不住，樱花因此冠群芳。"见《古今和歌集》。
② 指三公主。
③ 古歌："只为易零落，樱花越可珍。君看浮世上，何物得长生？"见《伊势物语》。

氏闻知许多人前来探病，叫人传言："病势沉重，今晨突然呈现假死之状。众侍女仓皇失措，奔走号哭。我也惶惑不安，心绪缭乱。多蒙亲友关怀，改日再行答谢。"柏木心甚紊乱，若非为此不得已之事，决不会来此访问。此时看到周围一切景象，都感到惭愧无地，因为他自己心里怀着鬼胎。

紫夫人死而复生之后，源氏更加恐惧不安，便重新举办法事，比以前隆重得多。当年六条妃子在世，其生魂尚且可怕得很，何况现已隔世，变成怪异的鬼魂。源氏仔细想想，实在气愤得很，连照顾秋好皇后的心，一时也懈怠了。推而广之，他觉得女人都是万般罪恶的根源。更进一步，又觉得世间一切都可厌了。那天他和紫夫人两人畅谈心事之时，曾经约略提及六条妃子，并无别人听见，而那鬼魂竟会说得出来。如此看来，这鬼魂确是六条妃子，这便使他更加烦恼了。紫夫人近来一心要祝发为尼，源氏推想佛力可以使她恢复健康，便把她顶上的头发略微剪下少许，教她受了五戒①。授戒法师将受戒无量功德在佛前宣读，文词备极庄严。源氏不顾体统，只管傍在紫夫人身边，揩着眼泪，和她一起念佛。观此情状，可知世间无论何等高贵贤明的人，遇到此种患难之事，也是不得安稳的。无论何事，只要是能却病延年的，无不做到。源氏昼夜忧愁悲叹，弄得神思恍惚，面庞也稍稍瘦削了。

到了五月，梅雨连绵，天色阴晦，紫夫人的病犹未痊愈，只是比以前略微好些，但也时时发作。源氏为欲替六条妃子的鬼魂赎罪，每日虔诵法华经一部，以资供养。此外又做种种尊严的法事。连紫夫人枕头近旁，也有特选的声音庄重的法师，昼夜不断地诵经。那鬼魂自从一度显灵之后，又屡次出现，向人诉苦，却总不肯离去。天气渐渐炎热，紫夫人又有几次昏死过去，身体更加衰弱了。源氏的忧愁，笔墨难于形容。紫夫人在濒危之时，也很关怀源氏的痛苦。她想："我身即使

---

① 五戒是杀、盗、淫、妄、酒，是在家居士受的戒。

去世，亦已毫无遗憾。只是我夫为我如此苦痛，我倘抛开不管，实在对他不起。"于是努力振作，并且吃些汤药。想是因此之故，六月里病势渐渐好转，有时竟能起坐了。源氏喜不自胜，然而还是担心，防她以后复发，故六条院几乎全然不去。

三公主自从那天遭逢了那件可悲之事以后，近来忽然觉得身体有些异样，心情很不舒畅，但也并无大病。约莫一个月之后，饮食减少，脸色也发青了。柏木不堪相思之苦，常常像做梦一般来赴幽会，三公主不胜痛苦。原来三公主一向惧怕源氏，况且讲到相貌和人品，柏木决不能和源氏相提并论。柏木原也长得眉清目秀，在一般人看来，确是矫矫不群。但三公主自幼看惯源氏那盖世无双的优美容姿，看到柏木只觉得讨厌。如今为这个人受苦，真是前世制定的恶命。乳母等看出了三公主的病由，相与诧怪道："近来我家大人真正难得回来，怎么会……"她们嘟囔着，反而怪怨源氏冷淡。源氏闻得三公主患病，这才准备回六条院去。

且说紫夫人为了天热，很不快适，叫人把头发洗一下。洗过之后，觉得稍稍舒服了。她是躺着洗的，因此头发干得很慢。虽然不曾好好梳过，但是一丝不乱，光艳可鉴。身体虽然消瘦，肤色反而洁白可爱，仿佛透明似的，容姿之美，世无其类。然而久病初愈，好比刚刚蜕皮的幼虫，还嫩弱得很。二条院多年没有住人，本已略呈荒凉之色，自从夫人来此养病之后，来人稠杂，竟有狭隘之感。源氏直到最近才有余暇注意及此。他眺望院中布置得异常精雅的池塘和花木，觉得心旷神怡，想到："好容易挨到了今朝！"池塘上非常凉爽，水面开遍荷花，莲叶青青可爱，叶上的露珠像宝玉一般闪闪发光。紫夫人看了，说道："请看那莲花！独自在那里乘凉呢。"她长久不曾起来欣赏景色了，今天实甚难得。源氏对她说道："我看到你病起，还疑心是做梦呢。真危险啊！我有好几次想和你一同死了。"说时泪盈于睫。紫夫人也不胜感慨，遂吟诗曰：

"病愈留得残躯在，
只似莲间露未消。"

源氏答道：

"生生世世长相契，
共做莲间玉露珠。"

源氏准备回六条院去探望三公主，而逡巡不前。但他想道："皇上和朱雀院都关心她，况且我早就闻知她患恙，过去只因眼前这个人病得厉害，我心烦意乱，很久不曾到她那里住宿。现在这里已经云开见日，我岂可再笼闭在这里呢？"便下个决心，赴六条院去了。

三公主负疚在心，见了源氏满面羞惭，瑟缩不安，问她话也难得回答。源氏推想：自己长久不曾亲近她，难怪她心怀怨恨。他觉得很可怜，便百般安慰她。他召唤年纪较长的侍女前来，问她们三公主病情如何。侍女答道："公主患的不是普通的病。"就把怀孕的痛苦情况报告他。源氏说："真想不到，我到现在这年纪，还会有这等事。"但心中想道："和我长年同居的人都不曾有喜，公主未必是怀孕吧。"却也并不追问，只觉得三公主病苦之状甚是可怜，对她十分同情。他难得到六条院来，不好意思立刻回去，就在与公主处住了二三天。其间心甚挂念紫夫人的病状，不断写信去探问。不知道三公主过失的侍女私下说道："一会儿不见，就有这许多话要说，不断地写信了。罢了，我家公主看来不会有出头日子了。"小侍从看见源氏来了，心头忐忑乱跳。柏木闻知源氏回六条院，竟不知自量，反而吃起醋来，写了一封满纸怨恨的信，叫人送来。此时源氏正好到厢屋①里去一下，三公土室中

---

① 紫夫人在六条院时的旧居。

无人，小侍从便把信呈上。三公主说道："你把这种可恶的东西给我看，真讨厌啊！我心里越发难过了！"便躺下身子。小侍从说："不过，公主请看，这几句附言很可怜呢。"就把信展开在公主面前。此时别的侍女走进来了，小侍从着了慌，连忙把帷屏拉过来遮住公主，自己溜了出去。公主正在狼狈之时，源氏走了进来。公主来不及隐藏信件，便把它塞在坐垫底下。源氏准备今夜回二条院去，此时过来与三公主告别，对她说道："你的病看来并无大碍。而紫夫人呢，能否痊愈尚不可知。现在我就置之不理，于心不忍，所以还得回去。外间即使有人说我短长，你切不可疑心。不久你自会知道真相。"往时三公主总像小孩一般无拘无束地和他说笑，但今天态度非常阴郁，连源氏的脸也不看一看。源氏只道是恨他薄情，所以态度如此冷淡。

两人就在昼间坐起的地方躺下来，相与谈话，不久日色已暮。暂时朦胧入睡，忽然鸣蜩四起，两人都被惊醒。源氏说："那么，就在天色尚未全黑之时动身吧。"便起来更衣。三公主说道："岂不闻'且待东升月照归'①么？"那娇声娇气的语调，令人闻之心醉。源氏想道："她想'赚得郎君留片刻'么？"觉得十分可怜，于是欲行又止。三公主赋诗道：

"日暮闻蜩君欲去，
　泪珠似露湿蓝襟。"

用孩子般天真的嗓子任情不拘地吟出，亦自娇媚可爱。源氏便坐下来，叹息一声，说道："呀，行不得也！"便答诗云：

---

① 古歌："夜深天黑路崎岖，且待东升月照归。赚得郎君留片刻，灯前着意看英姿。"见《万叶集》。

"日暮鸣蜩急,我心怅惘多。

不知待我者,闻此意如何。"

他一时心迷意乱,终于不忍教三公主孤寂,决定留住。然而毕竟心绪不安,神思恍惚,略吃一些果物,便就寝了。

他想趁早晨凉爽时候回二条院去,故次日起身甚早。他说:"我那把纸扇,不知昨夜遗落在哪里了。这把丝柏扇扇风不凉。"便放下丝柏扇,走到昨日昼寝的地方去寻找。但见坐垫边上有一处稍稍折皱,下面露出淡绿色晕渲的信笺的一端。源氏随手扯出来一看,见是男子笔迹。纸上熏香甚浓,芳气袭人。书体也特别秀丽,长章大篇,写满两张信笺。源氏仔细一看,无疑地是柏木的手笔。送上梳具镜箱来的侍女,还以为主人在看别人写给他的信,全然不知内情。但小侍从看见了,发觉这信笺的颜色与昨日柏木写来的信一样,吃了一惊,心头怦怦乱跳。她一时忘记了给主人送早粥,私心自慰道:"不会,不会!不会是那封信。哪里会有这等可怕的事情!公主一定早已把那信藏过了。"三公主无心无思,还在那里睡觉呢。源氏看了信,想道:"唉!小孩子真不懂事啊!这种东西随便乱丢,叫外人看见了怎么得了!"他心里看不起三公主,接着想道:"果然不出所料。此人态度很不稳重,我早知道要出事的。"

源氏出门之后,众侍女也都散去。小侍从便走到三公主床前,问道:"昨天那封信哪里去了?今天早上大人在看一封信,信笺的颜色很像那一封呢。"三公主知道闯祸了,眼泪淌个不住。小侍从看了她那窘状,心里埋怨她太不中用,继续问道:"你到底把它放在哪里了?那时有人走进来,我想:人家看见我挨在你身旁谈什么事情,会起疑心。即使是小小一点疑窦,我也提心吊胆,所以我就避去了。后来过了一会,大人才走进来。我总以为在这期间你已经把信藏过了。"三公主说:"不是这样的,我正在看信时,他就走进来。我来不及藏过,把它塞进坐垫底下，后来忘记了。"小侍从听了这话，不知所云，连忙走到外室，揭起坐垫来一看，那封信已经不知去向。她回进房来，对三公主说："啊呀，大事不好了！那位也非常忌惮我家大人，即使有一点儿风声走漏到大人耳中，他也觉得可怕，所以一向十分小心谨慎。岂知事隔未久，就闯了这件大祸！归根到底，是你自己疏忽大意，蹴鞠那一天被他从帘底窥见了；使得他多年不能忘怀，而埋怨我不给他牵线。但我万万想不到你们会发生这等关系的。这对你们两人都很不利呢。"她剀切直言，毫无惧惮。大概是因为公主年幼，不须顾虑，向来习惯如此吧。公主默默不答，只管哭泣。她非常忧虑，一点东西也不吃。不知内情的众侍女相与言道："大人眼看见我家公主病得如此，却专心一意地去照顾今已病愈的紫夫人。"

且说源氏觉得这封信很奇怪，乘人不见的时候，拿出来反复观看。他疑心这是三公主身边的侍女模仿柏木笔迹而戏书的。然而信中词藻富丽，有些地方决非他人所能模拟。信中叙述长年刻骨相思，痛苦不可言喻。一旦夙愿既遂，反而更增烦恼。措词非常高明，令人真心感动。但源氏想道："这种事情，岂可如此明白地形诸笔墨呢！只有柏木这种人才会不识轻重地写在信上。回想自己从前写情书时，深恐落入他人之手，故即使要写此种细情，亦必略去隐事，措词暧昧。如此看来，一个人要能深思远虑，不是容易之事。"便连柏木的智力也看不起了。接着又想："事已如此，教我今后怎样对待这位公主呢？可知她的怀孕，正是此事的结果。哎呀！真正气死我也！这件痛心之事，不是听人传说，却是我亲自看出，难道还能同从前一样地爱护她么？"他扪心自问，觉得无论如何不能回心转意。又想："即使是逢场作戏，对这女子初无爱情，但倘闻知其人另有所欢，亦必发生不快之感与嫌恶之心。何况此人身份特殊，竟有不知自量之人，胆敢相犯！私通皇帝之妻，古昔亦有其例，但这又作别论。因为在宫中，后妃与百官共事一主，其间自有种种机缘互相见面，互相倾心，因而发生暧昧之事，其例不在少数。即使是身份高贵的女御与更衣,亦有在某点上或某方面缺乏教养之人,其中又必有轻狂浮薄的女子,因此也会发生意外之事。而在隐约模糊、不露痕迹的期间,其人照旧可在宫中服务,背人偷做苟且之事。但现在这件事情况不同:她是我家至高无上的夫人,我对待她,比我所心爱的紫夫人更加优厚,更加尊重。她却撇开了我而干这种勾当,真乃从来未有之事。"他对三公主大为不满。继而又想:"又如有一女子,虽然是皇帝的妃嫔,但只当一个普通宫人,并不特别承宠,一向屈居人下。这女子和另一男子结了深情重爱,两人心心相印。男的来信,女的免不了常常作答,于是两人的关系自然密切起来。此种行径虽然也很荒唐,但是情有可原。至于像我这个人,竟会被柏木这小子分去妻子的爱,真乃意想不到之事!"他心中异常不快。然而此事又是不可使外人知道的,只得闷在心里。最后想道:"推想桐壶父皇当年,恐怕心里也明明知道我与藤壶母后之事,然而面子上只装作不知。回思当时之事,可怕之极,真是大逆不道的罪恶啊!"他想到了自己的例子,便觉得"恋爱山"①里的事情是不可非难的。

　　源氏表面上装作若无其事,然而难免露出不快之色。紫夫人以为他怜我久病新愈,所以回来看视,其实真心疼爱三公主,时时在挂念她吧。便对他说道:"我的病已经好了。听说三公主身体还很不适,你这样早就回来,岂不委屈了她?"源氏答道:"是呀,她身体不适,但也并无大病,故我可以放心。皇上屡次遣使来问病,听说今天也有信来呢。朱雀院曾经郑重嘱咐皇上,所以皇上如此关念她。我待她倘略有疏慢,朱雀院和皇上都要挂念,我很对不起他们。"说罢叹息一声。紫夫人说:"皇上挂念,还在其次;公主本人心中怀恨,倒是对她不起的。即使公主自己不怪怨你,亦必有侍女在她面前说你短长。这倒是

---

① 古歌:"有山名恋爱,其深不可测。从来入山者,路迷不得出。"见《古今和歌六帖》。

很可担心的。"源氏说："实在，对于我所深爱的你，她是一个累赘。你却替她考虑得如此周到，这样那样，连一般侍女们的用心也都关念到。而我呢，只知道顾虑皇上圣心不乐。我对她的爱情太浅薄了。"他微笑着说，借以掩饰他的心事。谈起回六条院的事，源氏屡次说："我们一同回去，舒舒泰泰地过日子吧。"但紫夫人总是答道："让我暂时在这里静养吧。你先回去，等公主身体好了，我就迁回。"如此谈谈说说，不觉过了数日。

在以前，三公主每逢源氏多日不来，总是怨他薄情。但现在认为这与自己犯了过失有关。她想："如果被父亲得知，他将何等伤心！"便觉人言可畏。那柏木还是不断地写信来诉苦。小侍从不胜烦恼忧惧，就把信件泄露之事告诉了他。柏木大吃一惊，想道："这件事是哪一天发生的呢？我一向担忧：日久以后，此事会不会自然而然地泄露出去？因此非常谨慎小心，似觉天空中都有眼睛向我注视。何况现在被他本人看到了真凭实据！"他觉得又羞耻，又抱歉，又痛心。此时正值盛夏，朝夕也不凉爽，他却浑身发冷，一句话也说不出来。他想："多年以来，不论国家大事或公余游宴，源氏大人总召我参与其列，并且待我比别人更加亲切。我很感谢，又很孺慕。如今他已恨我，视我为狂妄不法之人，叫我有何面目再见他呢！如果索性和他绝交，从此不再见他，则外人看了定然诧怪，他也明知我有意规避。叫我如何是好啊！"他心中惶惑不安，身体也患病了，连日不去朝觐。虽非犯了重罪，但觉一生从此完蛋。"事情果然到了这地步！"他只得自怨自恨。既而又想道："算了吧！这三公主本来不是一个温良淑慎的女子。会被我从帘底窥见，早就是不应该的了。那时夕雾就说此人轻佻，果然不错。"他赞同夕雾的话，大概是为了强欲斩断情丝，所以吹毛求疵吧？但他又想："尊贵虽说是好的，但像她那样过分大方，一味高傲，以致不识时务，又不用心选择品质优良的侍女，因而发生这种意外之事，为己为人，两皆不利，真正可叹！"他又可怜三公主，对她终于不能断念。

　　源氏想起了三公主，觉得其人实甚可爱，其怀孕之苦毕竟甚为可怜。虽然想对她断念，无奈恨敌不过爱，忧伤之余，终于到六条院来探望她。只是见面之后，心中越发难过了，便替她举办种种法事，以祈安产。他对三公主的待遇，大体上同从前一样，有许多地方反比从前亲切而又优厚了。只是心中已经有了隔阂，总不能开怀畅叙。仅仅表面做得好看，借以掩人耳目，实则心中常怀不快之感。因此三公主更加觉得痛苦。源氏并不向她明言看信之事，三公主独自心中纳闷，正像一个无知的孩子。源氏想道："正因为如此天真，所以做出那种事情来。落落大方原是好的，然而太过分，就靠不住。"便推想世间男女之事，觉得都很可虑。"例如明石女御，过于温柔可亲，天真烂漫，深恐将使柏木之类的色情儿更加动心。大概为女子者，如果胸中没有主意而态度一味驯顺，便容易受男子轻侮。一个男子看中一个不应该看中的女子，而这女子并不坚拒，那就会犯过失了。"他又回想："髭黑右大臣的夫人玉鬘，并无特别有力的保护人，从小流落在乡间长大起来，然而主意坚定，行为周谨。我对于她，大体上以父亲自居，但心中不无爱欲。她却拿定主意，绝不动心，终于平安无事。髭黑串通了无知的侍女而闯入其室，她也断然表示拒绝，确是世人所周知的。直到我正式许可，她才肯嫁给他，这就不受私订终身的讥评了。现在想来，此人何等坚贞可佩！她和髭黑二人，宿缘一定甚深，所以能够长久共处，无论如何，永不变更。如果她当时被世人看作本人自择夫婿，世人对她多少必有轻蔑之感。此人实在非常聪明啊！"

　　且说源氏对于二条院的尚侍胧月夜，至今还是不能忘情。三公主出了那件可悲之事，他深感痛心，于是对于这个意志薄弱的胧月夜也就略怀轻蔑之感了。后来闻知胧月夜已经成遂了出家的本愿，便又深感可怜，痛自后悔，立刻写信去慰问。信中严厉地责备她的无情：连最近出家也不通知他一声。内有诗云：

"为君远戍须磨浦,
君入空门我不闻。

我已饱尝人世无常之苦,却至今未能出家,终于落在你后,实甚遗憾!你虽已舍弃世事,但你总得在佛前回向,务请首先提我姓名,感激不尽。"此外语言甚多。胧月夜早已发心出家,只因有源氏牵累,故迁延至今方始实行。此情她对外人未便明言,但心中不胜感慨。左思右想,觉得自己与源氏虽然自昔结下痛苦因缘,但恩情毕竟不浅。自今以后,不能再通音信,此次作复,已是最后一次。想到这里,不胜感伤,便用心作复,笔墨非常讲究。信中言道:"人世无常之苦,只有我一人知道。来信说你落在我后,诚然诚然:

明石浦头遭苦难,
缘何后我入空门?

回向乃对一切众生,岂不有你在内?"这信用深宝蓝色纸,系在一枝荨草上。此虽普通形式,然而笔致风流潇洒,优雅之趣无异昔时。信送到时,源氏正住在二条院。今后对此人情缘已断,便不妨将信给紫夫人看。对她说道:"她驳得我好残酷啊!我冷眼旁观,阅尽世间种种凄凉之相,实在太无聊了!可与纵谈寻常世事、省识四时情趣、不乏风流逸致、而能作友谊的交际之人,现世只剩有槿斋院与胧月夜二人,然而皆已出家为尼了。槿斋院修持尤勤,屏绝一切世事,专心诵经礼佛。我阅人多矣,其中只有这槿斋院,一方面思虑周谨,一方面温柔可亲,欲求与她相似之人,亦不可得。教养女子,真是一件非常困难之事。女子生来具有之宿命,是穷是达,目不可得而见。因此父母予以教养,往往不能如意称心。而从小教养以至成人,实在非常吃力。我命中注定只有一个女儿,不须多费苦心,倒是好的。年轻的时候,不堪寂寞,盼望子女众多，还常常悲叹呢。请你用心抚育幼小的公主①。女御年纪还轻，尚未深解世事，加之身在宫中，职务多忙，凡事不能顾虑周至也。大凡公主，务须教养得十全十美，使人无可指摘。心意坚定，能够泰然度送岁月，教人不须顾虑。公主不比臣下：寻常百姓家的女儿，嫁个门当户对的丈夫，教养不足自有丈夫补助也。"紫夫人答道："我虽不会好好地教育，只要一息尚存，无不尽忠竭力。但不知天命如何耳。"她久病新愈，难免有怯弱的感觉，听见槿斋院与胧月夜尚侍如意称心、毫无阻碍地入了佛门，不胜羡慕之情。源氏说："尚侍所用尼僧装束，她那边的人目下尚未做惯，应由这里送去。袈裟是怎样缝制的？请你吩咐人做吧。我想请东北院里的花散里夫人也做一套。过分严肃的法服，阴气沉沉，教人看了讨厌。总须带点优雅之趣才好。"紫夫人命人缝了一套深宝蓝色的尼装。源氏召唤作物所②的人来前，私下吩咐他勷工制造尼僧应用各种器物。茵褥、锦席、屏风、帷屏等，都十分秘密，特别加工制造。

  为了上述种种事情，入山修行的朱雀院的五十庆寿，延期到秋天举行。但八月是夕雾大将的生母葵夫人的忌月，夕雾未便出席指挥乐队；九月又是朱雀院的母亲弘徽殿太后的忌月，庆寿只得定在十月。但到了十月，三公主病重起来，又延迟了几天。柏木卫门督的夫人落叶公主，于十月来到朱雀院邸宅贺寿。她的公爹前太政大臣亲自备办贺礼，隆重而又周到，其仪式尽善尽美。柏木乘此机会告个奋勇，也来贺寿。然而身心还未复健，一直萎靡不振，像个病人。三公主也局促不安，负疚在心，日夜悲叹。怀胎月份多了，身体不胜痛苦。源氏虽然怀着不快之感，但看到这个娇小玲珑而弱不禁风的人身患病苦，亦觉十分可怜，不知将有什么变化，左思右想，十分忧闷。这一年做了种种

---

① 明石女御所生公主，由紫夫人抚育。
② 作物所是中古禁中制造器具、雕刻品、锻冶品之所。

法事，忙忙碌碌地过去了。朱雀院闻知三公主怀孕，不胜挂念。曾有人奏闻："源氏大人近几月来常常住在外面，几乎绝不回家宿夜。"因此他很怀疑：公主怎么会有喜呢？心中纳闷，便觉世间男女问题实甚可恨。他听说紫夫人患病期间源氏为了照料病人，久不来三公主处，心中已经感觉不快。后来又闻紫夫人病愈之后，源氏还是疏远三公主，他便疑心："难道源氏外宿期间，三公主犯了过失？她自己不懂得这些事，只怕有些品性不良的侍女为非作歹，出了什么事情。在宫廷中，男女互相通信，本是风雅之事，但有时也会发生荒唐的事故，其例时有所闻。"他竟如此猜想。世俗琐事，朱雀院均已抛舍，惟父女之爱，犹自未能忘怀，于是写了一封详细的信给三公主。信送到时，正好源氏在六条院，便阅读了。但见其中有云："只因无甚要事，所以久不通问。音信暌隔，日月推迁，使我不胜悬念。汝近身患疾苦，我闻知详情以后，诵经念佛之余，时深挂念，不知近日如何。人生于世，即使寂寞寡欢，或遭意外之变，亦应耐心忍受。轻信人言，自以为是，而怀恨于人，实乃下品行为。"诸如此类，都是教训之言。源氏看了，深为同情。独自寻思："上皇当然不曾知道那件秘密的祸事，因此认为罪在于我，一味怨我无情。"对三公主说："你写回信时将如何说法呢？如此伤心的信，我看了也很痛苦！我虽知道你有意想不到之事，但并没有使外人觉察到我对你有所怠慢啊。不知是谁告诉你父亲的。"三公主羞耻不堪，背转身去，神情非常可怜。她面庞清瘦，神思恍惚，姿态反而更加优雅妩媚了。

源氏又对她说："上皇早就看出你太孩子气，非常担心，看了这封信便可知道。自今以后，你万事必须小心谨慎。我本来不想对你如此直说，但教上皇知道我辜负了他的嘱托，我很不安心，又甚抱歉，所以不得不向你说明。你不仔细考虑，一味轻信人言，心中只管恨我疏慢冷淡，又见我年纪老大，姿态丑陋可厌，使我觉得遗憾而又伤心！但愿你在上皇住世期间，顾念他向我嘱托的一片苦心，暂时忍耐，把我和年轻人同等看待，不可过分轻视。我从小就怀抱出家学道之大愿，不料几个愿力不宏的女人，反而比我先入佛门，真教我惭愧无地！倘能由我自己做主，我对尘世决不会迷恋不舍。只因你父亲出家之时，将你托付与我，叫我代他保护。我体谅他的苦心，且喜得他信任，便遵命接受嘱托。我若追随了他，争先出家，也将你抛弃不管，你父亲将谓我失信背约，因此未能如愿以偿耳。我所关怀的子女，现在都已成长，不复是我出家的羁绊了。明石女御将来如何虽不可知，但子女日渐众多，只要我在世时平安无事，以后不须担心了。此外诸夫人，都顺从我，都已到了不惜与我一同出家的年龄。我的顾虑便越来越减轻。你父亲世寿所余无多，而且病势日见沉重，心情常是郁结。今后你切不可再度流传意外的恶名，使他听了伤心！他在现世已很安稳，不会有什么问题了。只是妨碍他往生极乐，其罪实甚可怕！"话中虽然不曾明言柏木之事，然而针针见血，使得三公主眼泪淌个不住，伤心至极，竟至昏迷不省。源氏也哭起来，说道："从前我听老人教训，觉得很不耐烦，想不到现在自己也变了老人。你听了我这番话，大概也觉得这个讨厌的老翁絮聒不休，很不耐烦吧？"他自己也觉得可耻。便把砚台取过来，亲自磨墨，又取出信笺，教三公主写回信。但三公主两手发抖，一时写不出来。源氏推想：她对柏木那封详细的情书写回信时，恐怕是洋洋洒洒，畅所欲言的吧。便觉此人十分可恶，对她的怜爱之心全都消失了。然而还是教她如何措词。后来又对她说："你要上朱雀院贺寿，本月已经来不及了。况且你姐姐二公主的贺仪非常体面，你这怀孕之身，和她并肩拜寿，恐怕相形见绌吧。十一月是父皇桐壶帝的忌月。年底事情又很繁忙，况且那时你的身子更加难看，叫汝父看了不快。然而总不能一直延搁下去。你不可只管忧愁苦闷，快把精神振作起来。形容如此消瘦，应该好好调养。"可知他毕竟是怜爱她的。

在从前，无论何事，凡是有关娱乐的，源氏必然特地召唤柏木卫门督前来，和他商量办法。但是近来绝不通问了。他也曾顾虑到别人疑心，然而又想："如果和他见面，他把我看作毫不知情的糊涂汉，我很可耻；我看到他，也不能平心静气。"因此柏木好几个月不来参谒，他也并不怪他。一般人总以为柏木还在生病，而六条院今年也不办游宴之会。只有夕雾大将猜到几分，他想："其中定有缘故。柏木是个好色之徒，我早就看出他的心事，大约不堪相思之苦了。"但他不曾想到已经成了铁定无疑的事实。

匆匆到了十二月。三公主定于初十之后赴朱雀院贺寿。六条院殿内练习舞乐，热闹得很。在二条院养病的紫夫人还未归来，听说六条院试演舞乐，心思静不下来，也就迁回来了。明石女御也来归宁。她此次所生的又是一个皇子①。她的子女成群，个个都长得非常可爱，源氏朝夕含饴弄孙，自喜老年多福。试演舞乐之时，髭黑右大臣的夫人玉鬘也来观赏。夕雾在试演之前，先在东北院练习音乐，每日朝夕演奏，花散里听得多了，所以试演之日不来观赏。柏木卫门督不参加这个盛会，未免美中不足，使人觉得扫兴。而且外人也要奇怪，疑心有何原因。因此源氏只得派人前去邀他。柏木以病重为由，婉言辞谢。源氏想道："他虽然如此说，其实并无重病，定是心中有所顾忌。"他觉得可怜，便特地写一封信去邀请。柏木的父亲前太政大臣也劝柏木："你为什么辞谢？六条院大人将误解你有何用意呢！你又没有大病，耐着性子去吧。"柏木蒙源氏再度相邀，觉得情面难却，便到六条院来了。

柏木到时，王侯公卿们尚未到齐。源氏照例叫他走进近旁的帘内来，把正屋的帘子放下，和他会面。但见柏木非常消瘦，脸色发青。他本来不及诸弟那么愉快活泼，而温厚周谨，则胜于常人。但今日态度特别斯文一脉。源氏觉得此人作为公主之婿，实无瑕疵可指。只是此次之事，男女两方都太糊涂，其罪不可原宥。他向柏木注视，心中觉得

---

① 此人后来称为匂皇子或匂亲王，是最后十回中主角之一。

可恶，但脸上绝不表示，还是亲切地对他说道："只因无甚要事，所以久不见面了。近几月来，我为了照顾两处病人，心烦意乱，片刻不暇。在这期间，这里的三公主欲举办法事，为朱雀院祝寿①，但亦未能顺利进行。现在年关已经迫近，诸事都不能办得如意称心，只得奉献一些素菜，聊以应名而已。称为祝寿，似乎排场十分盛大，其实不过是教上皇看看我家所生许多子孙而已。因此我就发心叫他们学习舞蹈。寿宴上舞乐总是少不得的。惟指导拍子的人，想来想去，除了你之外没有别人可请。所以我不怪你长久不来，定要邀你到场。"他说时和颜悦色，毫无别意。柏木反而难为情起来，面孔都变色了，一时说不出答语，好容易开口道："我也闻知大人为各处病人之事繁忙。我自今春以来，患了讨厌的脚气病，最近发作得很厉害，踏也踏不下去。日子久了，身体愈见衰弱。因此连宫中也没有去，一直笼闭在家中，仿佛与世隔绝了。家父对我说：'今年朱雀院龄满五十，我家应该特别隆重地为他祝寿。'但他又说：'我已不惜挂冠悬车②，身无官职，参与贺寿礼式，无有适当座位。你官位虽然还低，但与父亲同样怀抱大志。让上皇看看你的抱负吧。'家父如此催促，我只得熬着重病，前往拜寿。家父知道：朱雀院专精佛道，近来生活益见清静，料想他不喜欢领受过于隆重的贺仪，所以万事崇尚简略。朱雀院所深愿的，是大家静静地谈谈，我们应该顺从他的愿望。"源氏早就听说落叶公主为父皇举办盛大寿宴，现在听见柏木说成父亲主办，觉得他用心很周到。便答道："一点也不错！世人都以为简略就是疏慢，只有你知情达理，所以能说这话。如此说来，我的见解很对，以后我更放心了。我家夕雾在朝廷，也

---

① 朱雀院是出家人，故祝寿时举办法事。
② 《后汉书·逢萌传》："王莽杀其子宇。萌谓友人曰：'三纲绝矣，不去祸将及人。'即解冠挂东都城门，归将家族浮海，客于辽东。"古文孝经："七十老致仕，悬其所仕之车置诸庙。"辞官曰"挂冠"，曰"悬车"，本此。

逐渐像大人模样，但对此种情趣，向来不感兴味。关于上皇，无论何事，你总没有不详悉的吧。就中对于音乐，我知道他特别爱好，而且非常精通。出家为僧、舍弃世事之后，可以静心听赏，现在一定更加爱好音乐了。我想请你和夕雾共同努力，好好地教养那班学舞的童子。那些专门技师，只是精通自己的业务，却不懂得教养，不足道也。"说时态度非常亲切。柏木一则以喜，一则以惧，心中惶惑不安，很少说话。他只巴望早点儿离去，因此并不详细回答。后来好容易脱身而出。夕雾在东院花散里夫人那边训练乐人和舞人，得了柏木的帮助，装束等又添了些新花样。夕雾已经尽心竭力，而柏木用意更加周详，可见此人对于此道修养甚深。

今日是试演之日。但因诸位夫人都来观赏，故表演者也要打扮得好看些。贺寿当日，舞童应穿灰褐色礼服和淡紫色衬袍。今日则穿青色礼服和暗红色衬袍。三十个乐人，今日都穿白衣服。乐队设在与东南院的钓殿连接的廊房中。从假山南端出发，走向源氏面前，一路上演奏《仙游霞》之曲。其时空中疏疏地飘下几点瑞雪，令人想见不久即将腊尽春回。梅花也已含苞欲放了。源氏坐在厢房帘内，只有紫夫人的父亲式部卿亲王和髭黑右大臣二人奉陪，其余王侯公卿都坐在廊下。今日不是正式贺寿，故并不安排盛筵，只是寻常招待。髭黑右大臣家玉鬘夫人所生四公子、夕雾大将家云居雁夫人所生三公子，以及萤兵部卿亲王家的两位王孙儿子，共舞《万岁乐》。大家年纪都还很小，姿态非常可爱。此四人都是富贵之家的子弟，都长得眉清目秀，打扮得衣冠楚楚，想是观者胸有成见之故，都觉得异常高贵。还有，夕雾大将家惟光的女儿典侍所生二公子和式部卿亲王家的公子——前任兵卫督、现称为源中纳言的——二人共舞《皇獐》，髭黑右大将家玉鬘夫人所生三公子舞《陵王》，夕雾右大臣家云居雁夫人所生大公子舞《落蹲》。此外又有《太平乐》《喜春乐》等，都由源氏一族中的公子及大人表演。天色渐暮，源氏命人把帘子卷起，便觉另有一般美景，诸孙儿的容貌实在艳丽，舞姿新奇可贵。这是因为舞师、乐师悉心教练，各尽所能；又加了夕雾与柏木的精深博雅的指导，所以舞姿特别美妙。源氏觉得处处都很可爱。王侯公卿中年纪较大的人，都感动得流下泪来。式部卿亲王看了孙儿辈的舞姿，欢喜之泪流个不住，鼻子都发红了。源氏言道："年纪一大，便经不起感动，容易流眼泪。卫门督注视着我微笑，使我觉得很难为情。须知你的青春是暂时的！年光不会倒流，谁也逃不了衰老呢！"说着，向柏木注视。柏木的神情显然比别人消沉，他心中实在非常苦闷，连这种优美的舞蹈也无心欣赏。如今源氏装着醉态，特地点他的名说这番话，看来似乎是开玩笑，却使得他心中更加难过。酒杯巡回到他面前时，他只觉得头痛，举杯略微沾唇，就此混蒙过去。源氏看了大为不满，一定要他拿住酒杯，屡次劝他饮干。柏木无可奈何，困窘不堪，那神态异常优美。

　　柏木心中恼乱，忍受不住，未曾终宴先告辞了。回家之后，身体一直不好，想道："我今天并不曾像往常那样喝得大醉，何以如此痛苦呢？大概是由于良心苛责，所以弄得头昏眼花吧？我自己觉得向来并不如此怯弱呢。真是太不中用了！"他自己可怜自己。但这不是一时的酒醉，柏木从此生起大病来了。父亲前太政大臣和母夫人都很着急。他住在落叶公主那边，父母很不放心，要他迁回大臣邸内来养病。但是落叶公主舍不得他，样子又很可怜。在以前太平无事之时，柏木对于夫妻之情漠不关心，以为将来总会好转，所以并不十分爱她。但是此次要他迁走，他忽然担心起来：这一别不成为永诀么？心中异常悲伤。把落叶公主抛弃在这里，让她独自悲叹，又觉得很对她不起，因此越发痛心。落叶公主的母亲也很悲伤，她对柏木言道："世事都有惯例：与父母不妨别居，夫妻则无论何时决不分离，向来都是如此。如今把你们两人拆散，直到你病愈为止，这期间实在教人担心。我劝你暂时在此间养病吧。"便在自己身边张个帷屏，亲自看护他。柏木答道：

"尊意诚属有理。我身微不足数，其实不配高攀。猥蒙公主下嫁，衷心感激。为欲表示答谢，但望此生长寿，教公主看我这小小前程逐渐晋升。不料现在竟患如此重病，深恐连这一点愿望也不能达成，言念及此，自伤命蹇，但觉死也不能瞑目。"说罢，两人相向而哭。他不想立刻迁居父母家去。但母夫人也不放心起来，派人对他说道："你怎么不想见父母呢？我每逢身体略有不适、心情沉闷无聊之时，在许多子女之中，总首先想见见你，见了你便觉安心。如今叫我大失所望了！"母夫人的怨恨亦属有理。柏木便对落叶公主说道："大约是由于我比诸弟先出世之故吧，父母对我一向特别重视。现在还是很怜爱我，暂时不见就要挂念。因此我今到了大限将临之时，若不与父母相见，我的罪孽深重，死后也不能安心。故我只得迁去。你倘闻知我病濒危，务望悄悄地前来探望，我们必能相见。我的本性异常愚痴，凡事都有疏忽不周之处，思之实甚悔恨！我想不到自己如此短命，一向总以为来日方长呢。"便啼啼哭哭地迁居父母邸内。落叶公主独留自宅，不堪想念之苦。

前太政大臣邸内迎回柏木之后，大办祈祷，喧哗扰攘。柏木病势虽重，并不立刻濒危。只是长久不进饮食，胃口大坏，连一点柑子也不想吃，精神日见萎靡。这位当代有识之士，身患如此重病，世人莫不叹惋，没有一个不来慰问。皇上及朱雀院也屡次遣使问病，表示十分关切之意。柏木的父母更加悲伤了。六条院主人闻知柏木病重，也很吃惊，屡次遣使向前太政大臣殷勤慰问。尤其是夕雾大将，与柏木交情甚厚，故亲来看视，真心地忧愁叹息。

朱雀院五十庆寿，于十二月二十五日举行。柏木这位名重一时的大臣患了重病，他的父母亲和许多兄弟，以及这高贵家族中的人，都正在忧伤悲叹。此时举办贺宴，似乎不能尽兴。然而此事已经一延再延，不能就此搁置，怎么可以再缓呢！源氏推想三公主心中不快，甚是同情。庆寿之日，照例由五十处寺院诵经礼佛。朱雀院所居之寺中，则礼拜摩诃毗庐遮那①。

第三十五回　柏　木②

　　柏木卫门督缠绵病榻，绝无起色，不觉过了年关。他看了父母悲伤愁叹之状，觉得听天由命地死去，毕竟毫无意义，况且背亲先死，罪孽深重。但继而又想："我难道还留恋这世间，希望在此贪生么？我自幼怀抱大志，总想做人上人，在公事与私事上建立殊勋。岂知力不从心，一事无成，遇到一两个实际问题，便见此身毫不中用。于是对这世间全然不感兴趣，一心希望出家奉佛，为后世修福。又念双亲不乐，乃入山学道之一大羁绊，因此左思右想，因循度日。结果招来莫大痛苦，无颜再见人面。自作自受，谁任其咎？过失全从自己心中产生，不能怪怨别人，亦不能向神佛诉恨，真乃前世注定之事啊！谁也没有'青松千岁寿'③，不能永生于世间。我不如就在此时死去，倒可赚得世人一点怜悯，而叫那人对我暂时寄予同情，我便'殉情不惜身'④了。如果勉强活在世间，将来势必流传恶名，对我自己和对那人，都是很不利的。与其如此，不如早点死了，可使恨我无礼的人也对我曲予原谅。世间万事，一死便尽行消失了。我除此以外并无过失，源氏大人多年来每逢兴会，必招我入侍，多方爱护，定能原谅我也。"他在寂寞无聊之时，常常如此反复寻思，然而越想越觉乏味。心情黯然，思绪紊乱，痛惜自身之荒谬，一至于此。眼泪滚滚流出，枕头几乎浮了起来。

　　有一时，父母亲等看见柏木病情略有好转，便退出病室。柏木就

---

① 摩诃毗庐遮那即大日如来佛，是密宗佛教的本尊。此文似乎未了。据国学家石川雅望说，原本此处大约缺少一行，或损失一纸。
② 本回写源氏四十八岁正月至同年秋季之事。
③ 古歌："青松千岁寿，谁是此君俦？可叹浮生短，情场不自由。"见《古今和歌六帖》。
④ 古歌："飞蛾扑火甘心死，一似殉情不惜身。"见《古今和歌集》。

在此时写信与三公主。信中言道："我病今已濒危，自知大限将临。此种情况，想你必然早已闻知。你连我致病之由都不知道，原是难怪之事。但我实在不堪其苦啊！"那手抖得厉害，欲写之言不能尽写，但赠诗云：

"身经火化烟长在，
心被情迷爱永存。

你总得对我说一句可怜的话呀！让我的心安静下来，使我失迷在自己所造成的暗路上，也可看到一线光明。"对于小侍从，他也毫无顾忌地写了一封缠绵悱恻的信去，要求她再来与他会面一次。小侍从的姨母是柏木的乳母，因此自幼常在他家进出，和柏木一向熟识。虽然为了此次不法之事而痛恨他，但闻知他即将命终，也不胜悲伤，啼啼哭哭地对三公主说："这封信公主总得答复，这真是最后一次了。"三公主答道："我也命在旦夕了！人之将死，固然可怜，但我已是惊弓之鸟，不敢再做这种事情了。"她决不肯写回信。这并非她主意坚定之故，恐是她所羞见的那个人脸色常常难看，使她十分害怕耳。然而小侍从已经准备笔砚，定要她写，她只得勉勉强强地写了。小侍从就拿了信，趁夜间无人注目之时，悄悄地走进柏木邸内。

前太政大臣向葛城山招请法力高明的修道僧，正在等候他们来到，替柏木诵经念咒。近来邸内修建法事，念经祈祷，已经非常喧吵。如今又听人劝告，派遣柏木的诸弟到各处去寻找遁迹深山之中、世间少人闻知的种种圣僧。于是来了许多形容怪异、面目可憎的山人。柏木的病状，并无特别可指的疾痛，只是忧愁苦闷，时时放声哭泣。据阴阳师占卜，都说是有女魂作祟。大臣也信以为然。然而做了许多法事，并无鬼怪出现。大臣不胜烦恼，因此又招请了这许多山僧来。有一个圣僧，身材高大，面目狰狞，厉声诵念陀罗尼咒。柏木听了，叫道："哎呀！真讨厌啊！恐是我身罪孽深重之故，听见高声念陀罗尼咒，非常可怕！似觉就要死了。"便蓦地起身，溜出室去，和小侍从谈话。大臣并不知道，他听侍女们说病人已经睡了，信以为真，便和那个圣僧悄悄地谈话。这位大臣年纪虽然大了，性情还是愉快活泼，爱说笑话。但此时也只得板起面孔对着这山僧，向他叙述柏木起病时情状，以及后来不见任何特征而日重一日的经过。他诚恳地请求这山僧使用法力，将这鬼怪发现出来。由此可见他心中确实十分痛苦。柏木听见了这话，对小侍从说道："你听我父亲说！他不知道我的病是由于犯了罪恶而起的。阴阳师说有女魂作祟。如果真是公主心情执迷，灵魂出窍，附缠在我身上，那么我这卑不足道之人反而不胜荣幸了！我也曾反过来想：心生狂妄之念，身犯弥天大罪，毁坏他人名节，不顾自己前途，在古昔时代并非没有其例。然而身列其境，实甚痛苦。源氏大人已经知道我这罪行，使我没有面目生存于世，这恐怕是由于他的威仪光彩赫赫逼人之故吧。其实我并无极恶大罪，然而自从试乐那天傍晚和源氏大人相见之后，立刻心情紊乱，病倒在床，魂灵游离，不复返身了。如果我的魂灵彷徨在六条院内，务请快结前裾，使它归还我身。"说时声音非常微弱，忽泣忽笑，显然是丧失魂灵的躯壳里说出来的。小侍从告诉柏木：三公主也一向含羞忍耻，忧愁恐惧。柏木听了这话，眼前依稀恍惚地看见三公主伤心失意、肌黄肤瘦的面影，便确信自己的魂灵已经脱躯而出，驰往公主身边，心中越发痛苦难堪了。便对小侍从说："从今不要再谈公主之事了！我身短命而死，这点怨气恐将成为公主将来入道成佛之羁绊，思之不胜遗憾。公主怀孕已将足月，我只指望听到安产的消息，然后死去。那天晚上我梦见小猫，只我一人心知是怀胎之兆，却无人可以告诉，此事我甚感悲伤！"柏木百感交集，心情郁结，那愁眉苦脸的模样，可厌可怕，然而又甚可怜。小侍从也忍不住哭起来了。

柏木移近纸烛，拆看公主复信。但见手笔还很稚弱，风致却甚优

美。信中写道:"闻君患病,不胜怅惘。然而无可奈何,惟有临风悬想而已。来书有'爱永存'之语,须知

君身经火化,我苦似熬煎。
两烟成一气,消入暮云天。

我不会比你后死吧!"只此寥寥数语。柏木看了又是怜惜,又是感谢。说道:"呜呼!惟有这'两烟'一语,是我此生之宝贵遗念。我这一生真虚幻啊!"他哭得更加厉害了。便躺卧在席上写回信,时时搁笔休息,语句断断续续,文字奇奇怪怪,有似鸟的足迹:

"我已成灰烬,烟消入暮天。
思君心不死,时刻在尊前。

每逢夕暮时分,请你留意眺望天空①。我已成为亡魂,旁人不会怪你,你可安心眺望。虽已徒然无益,仍望你永远爱我!"杂乱无章地写完了信,觉得心情更加恶劣了。便对小侍从说:"罢了!不可过分夜深,你早些儿回去,把我已将临终的情况告诉她吧。我今死去,世人还要讶怪我缘何而死,真教我死后也很痛苦。我前世不知作了什么恶孽,以致今生有这等痛心之事。"他一面哭泣,一面膝行而去,回到病榻上。小侍从回想柏木从前和她相见,总是久坐长谈,或竟杂以戏言,絮絮聒聒地无有尽期。然而此次说话很少。她觉得可怜,不忍立刻回去。柏木的乳母也把柏木的病状说给小侍从听,两人都哭得很悲伤。大臣愁苦得更厉害,说道:"这几天已经稍稍好转,何以今天又如此衰弱了?"他非常担心。柏木答道:"哪里会好转!总归是没有希望了!"

---

① 叫她眺望他火葬之烟。

说着，自己也哭起来。

且说三公主那天傍晚忽然腹痛起来，懂事的侍女知道要分娩了，大家都很慌张，连忙派人去通报源氏。源氏也很惊惶，立刻回来看视。但他心中想道："真可惜了！如果没有那种嫌疑，此事何等可庆，何等可喜啊！"然而他在人前绝不泄露心事，立刻召请高僧来举行安产祈祷。邸内本来天天有许多法师在做功德，就在僧众中选择道行高深之人，叫他们都来参与。三公主痛苦了一夜，第二天日出时分就临盆了。源氏闻知新生的是个男儿，心中想道："因有那件秘密事情，如果不巧，生下来相貌就肖似那人，这才糟呢。倘是一个女儿，还可设法掩饰，并且看见的人也不会多，倒可安心。"既而又想："有这种嫌疑的孩子，是个男的，教养便当些，也是好的。不过事情真也奇怪：我一生犯了许多可怕的罪孽，这大约是报应吧。在现世就受了这意外的惩罚，到了后世，罪障可以减轻些了吧。"不知内情的人，都以为这位小公子出于高贵公主之腹，又是晚年所得之子，源氏大人一定异常宝爱，因此特别用心服侍。产室中就举行非常隆重盛大的仪式。六条院诸夫人送来种种精美的产汤。连世俗例行的木片盒、叠层方木盘和高脚杯，也都各人别出心裁，比赛巧妙。

产后第五日，秋好皇后遣使致送贺仪。内有赠与产母的食物，又有赏赐侍女的物品，按各人身份而有等差。一切都照宫廷制度，非常体面。计有粥和糯米饭五十客，各处举办飨宴，六条院的家臣、下役，上下一切人等，无不拜受丰厚的惠赐。皇后殿前的官员，自大夫以下，全都来到。冷泉院的殿上人也来参贺。产后第七日，皇上也照宫廷制度遣使致送贺仪。前太政大臣谊属至戚，本应特别隆重道喜，但因此时柏木病重，万事无心，只送了普通的贺仪。诸亲王及公卿前来祝贺者甚多。外表看来，此次贺仪之丰盛世无其匹，然而源氏心怀隐痛，并不甚喜，因此不曾举行管弦之会。

三公主身体素来羸弱，初次做产，全无经验，觉得非常可怕。她汤药也不吃,只是痛感自己命苦,以致遭此不幸之事。她想:"没奈何了,不如乘此机会,一死了事。"源氏在人前掩饰得很好看,但又全然无意进去看看这讨厌的新生儿。几个年长的侍女私下议论:"啊呀,真是太冷淡了!难得生个儿子,又长得如此端正可爱……"她们都可怜这婴儿。三公主偶然听到这些话,想道:"可想而知的了,日后越来越冷淡呢!"她满腹怨恨,又自伤命苦,思量索性出家为尼吧。源氏晚上不回来宿夜,只是白天匆匆一到。有一天他对三公主说:"我看了人世无常之态,自觉余命已经甚短。由于心绪不宁,近来每日勤修佛法。此地如此乱杂,妨碍学道之心,所以我不常来。你近来如何?心情快适了么?我很挂念呢。"便从帷屏边上向三公主探望。三公主抬起头来答道:"总是活不下去了。生产而死,罪孽深重。不如让我出家为尼,或可仗此功德而保全性命。即使死了,或可因此消除罪障也。"她的语气与往常不同,很像个大人了。源氏说:"哪有这等事!莫说不祥的话!你为什么起这种念头呢?生育一事,固然危险可怕,然而决不是一定绝望的!"但他心中想道:"如果她真有决心而说这话,索性成全了她,却也是好。近来虽然和她相处,但是处处感觉不快,不胜其苦。要我回心转意,则又不能。心中常觉懊恼,态度自然不免冷淡,别人看了也会怪我,实在使我十分痛心。朱雀院闻知了,还要一味怨我怠慢呢。倒不如借她生病为由,让她出家吧。"虽然这样想,但又觉怪可怜的。年纪轻轻的,那一头青丝细发如此可爱,剪落了实甚可惜!便又对她说道:"你还得宽宽心,没有什么大不了的。看似没救了的人,也会平复起来,最近就有实例①。人世不是那么虚幻无常的。"就给她吃汤药。三公主脸色青白,身体十分消瘦,奄奄一息地躺着,但样子异常端详优美。源氏看了,想道:"看到这模样,即使她犯了莫大的罪过,也只得软了心肠,饶恕她了。"

---

① 指紫夫人。

入山修行的朱雀院闻知三公主平安分娩，不胜庆喜，却又十分挂念。听说她身子一直不好，不知究竟如何，左思右想，诵经念佛也不得专心了。三公主身体如此衰弱，加之连日饮食不进，竟濒于危险状态了。她对源氏说："我年来一直思慕父亲，此刻更加想念得厉害了。难道此生不得再见了么？"说罢放声大哭。源氏便派一适当人员到朱雀院去，将三公主情状如实奏闻。朱雀院闻讯，悲痛不堪，顾不得出家人规例，就在当夜悄悄地前来探望。并无预先通知，突如其来驾临，使得源氏吃了一惊，惶恐万状。朱雀院对他说道："我对世俗之事，早已忘怀一切。然而心中尚有惑乱，便是爱子之心执迷不悟。因此闻讯之后，修行也懈怠了。倘若死之先后不按老幼顺序，而她先我而死，则此恨绵绵，永无绝期。为此不顾世人讥议，贪夜匆匆来此。"朱雀院虽然改了装束，神情照旧清秀。为欲避免外人注目，不穿正式法衣，只着一件墨色便服，然而姿态清丽可爱，使得源氏不胜羡慕，一见了他，又像往常那样掉下泪来。对朱雀院说道："公主病状并不严重，只因几月以来，一直衰弱，加之饮食不进，以致积累成疾耳。"接着又说："草草设席，乞恕不恭！"便在三公主帷屏前设个茵褥，引导朱雀院进去就座。众侍女连忙扶三公主起身，下床迎候。朱雀院将帷屏略略撩起，对她说道："我这模样很像个守夜的祈祷僧，然而修行功夫未深，煞是惭愧！只因挂念于你，教你看看我的模样。"便伸手拭泪。三公主哭泣着，以非常微弱的声音答道："女儿已无生望，父皇今日枉驾，就请顺便剃度我为尼僧吧。"朱雀院答道："你能有此大愿，诚属可贵。但虽患大病，未必竟无生望。况且你年纪轻轻，来日方长，此时出家，将来反多烦累，招致世人讥议。还望三思为是。"又对源氏说道："她发此心，出于自愿。病势若果沉重，我想让她出家，即使片刻，也可蒙受佛力赐助。"源氏说："她近日常说这话，但闻人言，此乃邪魔欺骗病人，唆使发心出家，请勿听信为是。"朱雀院说："若是鬼怪唆使，听信了是不好的，原也应该慎重；但现在这病人如此衰弱，自知无望而作此最后请求，如果置之不理，深恐后悔莫及。"此时他心中想道："我当初把女儿托付与他，以为最可放心。岂知他接受之后，对她怜爱并不深切，殊非我所期望。此种情况，年来时有所闻，使我不胜挂念。公然口出恨言，则又有所未便；而任世人猜度议论，实在教人伤心。我为此烦恼到今日了。还不如乘此机会，让她出家当了尼姑，教世人知道她不是为了夫妇不睦而出家的，就不致受人讥笑。此后源氏对她虽无夫妇关系，但一般的照顾还可和从前一样。只此一点就算是我把女儿托付与他的最后要求吧。只要不是怀恨而出家的就好。我可把桐壶父皇所赐的广厦华宇加以修缮，供她居住。她虽然当了尼姑，但我在住世期间，必可多方照顾，教她安乐无忧。源氏对她，夫妇之爱虽然冷淡，总不会十分疏略而抛弃她。这点心情我总可以料到的。"便又说道："那么，我既已来了，就让她受了戒，结点佛缘吧。"源氏忘记了对三公主的怨恨，但觉可悲可悯，心中想道："这究竟是怎么一回事啊！"他忍耐不住，便走进帷屏里面去，对三公主说道："你为什么抛弃我这余命无多的人而发心出家呢？还是暂且镇静些，吃点汤药，进点饮食吧。出家虽是尊严之事，但你身体如此衰弱，怎么禁得住修持之劳呢？总之，保养身体为要。"三公主只是摇头，她觉得他现在说这些好话，反而可恨。源氏察看出：她平日虽无表示，心中其实怀恨。便觉得她很可怜。如此一方反对，一方踌躇不决，说说谈谈之间，不觉天色将晓了。

朱雀院说天亮之后回山，路上被人看见有失体统，便赶紧教三公主受戒。把祈祷僧中道行高尚的法师悉数召入产室，替三公主落发。源氏看见他把这青春少妇的青丝美发剪落而让她受戒，觉得非常可悲可惜，无法忍受，放声大哭起来。朱雀院本来格外疼爱这女儿，指望她出人头地，现在看她对人世荣华已经无缘，也未免惋惜悲伤，泪如雨下。叮嘱她说："如今以后，你可长保健康了。诵经念佛，必须精勤！"他就在天色未明之时匆匆回山。三公主身体非常衰弱，似乎仅存奄奄一息，不能好好地起来送别，说话也难启口。源氏对朱雀院说："今日之会，宛如一梦，使我心绪缭乱。兄长不忘旧情，惠然临幸，小弟招待简慢，获罪良多，只得改日前来答谢了。"便派遣多人护送朱雀院回山。朱雀院临别对源氏说："昔年我命危在旦夕之时，念此女儿孤苦伶仃，无人照拂，心中总难舍弃。你虽无意接受，终于勉从吾命，悉心保护，因此多年以来，我很放心。今后她若得保全性命，则身已为尼，不宜住在这繁华热闹之处。若觅一适当之山乡，令其离居，则又未免寂寥。务望斟酌情况，从长计议，请勿弃置为幸。"源氏答道："兄长更出此言，反使小弟惭愧无地！今日悲伤过分，心绪缭乱，万事都茫然不解了。"他确已痛苦不堪。

次夜祈祷之时，有一个鬼魂附在人身上出现了。这鬼魂言道："请看我的法力如何！前些时我祟那一个人，被你们巧妙地救了去，我想起了好痛恨啊！为此我悄悄地来到这里，陪了这个人好几天。现在我回去了。"说过之后笑起来。源氏大为吃惊，他想："原来二条院中那个鬼魂来到了这里，不曾离去呢。"便觉得三公主实甚可怜可惜。三公主的病已略见好转，然而还是难保安全。众侍女为了三公主出家，大家意气消沉。但念因此而得恢复健康，也是好的，便只得忍受了。源氏延长了做法事的日子，命僧众郑重举办，照料无微不至。

且说柏木卫门督闻知了公主生育和出家等事，病势更加沉重起来，全然少有希望了。他可怜他的妻子落叶公主，想道："叫她到这里来，似乎太轻率了。况且母夫人和父大臣都常常来我身边，一不小心，二公主的御容自然会被他们看到，这就尴尬了。"他就向父母亲请求："我有点事，想到公主那里去一趟。"但父母亲断然不许。于是他看见无论何人，都诉说想见落叶公主的话。落叶公主的母夫人最初原不赞成把女儿嫁给柏木。只因柏木的父亲亲自奔走，再三恳求，朱雀院被他的诚意所感动，无可奈何，便把女儿许给了他。朱雀院为三公主和源氏的婚事担心的时候曾经说："二公主倒反而有了一个可靠的丈夫，不须担心将来的事呢。"柏木传闻到这句话，深为感激。此时对母亲说道："我想，我倘抛开她而死去，她真要受苦了。但天命如此，无可奈何，因缘不长，此恨绵绵！她的悲伤愁叹实在是很可怜的。为此请求父母亲格外垂青，多多照拂。"母亲答道："哎呀，你莫说这不祥的话！你倘先死了，我们还有几多余命，可以接受你这来日方长的嘱咐呢？"说着只是哭泣。柏木不便再求，只得找他的弟弟左大弁商量，详细委托他种种事情。柏木秉性温良，和蔼可亲，所以他的诸弟，尤其是年幼的诸弟，都信赖他，视同父母一样。现在听他说这些痛心的话，没有一个人不悲伤，邸内的人也都愁叹。皇上闻知他病重，也深为惋惜。听说病已无望，立刻下诏，晋封他为权大纳言。又对左右说道："他闻此喜讯，或能起床，再度入宫，亦未可知。"然而柏木病势并无好转，只能忍着痛苦，伏枕谢恩而已。父大臣看见圣眷如此优厚，越发悲恸不堪，但也惟有徒唤奈何耳。

夕雾大将常常深切关怀柏木的病，闻知他升了官，连忙来访问。前来道喜的，他是第一个呢。柏木所居的厢屋，门前停了许多车马，随从人等非常嘈杂。柏木自今年以来，几乎完全不能起床了。病中衣冠不整，未便接见高官贵客。心里很想和夕雾会面，无奈体力十分衰弱，思之不胜伤心。便命人传言："还是请阁下进里面坐吧。室中零乱不堪，想必能蒙恕罪。"叫祈祷僧暂时退避，在枕畔设席，请夕雾进来。柏木和夕雾从小亲睦，两心毫无隔阂，如今面临死别，其悲伤眷恋之情，实不亚于嫡亲兄弟。夕雾以为今日有升官之喜，他的心情应该愉快了，如今睹此情状，心中不胜惋惜，便觉意兴索然，对他说道："你的病怎么重到这个地步！今日大喜临门，我以为你一定好些了呢。"便撩开帷屏来看他。柏木答道："真不幸啊！你看，我已经不复是从前的我了。"他头戴一顶乌帽子①，上半身略微抬起，然而样子十分痛苦。

① 乌帽子是古代贵人的便帽，纱绢制或纸制，上涂黑漆。

他穿着好几重质料柔软可爱的白色衣服,盖着被躺在那里。室中陈设非常雅洁,熏香之气扑鼻。这住处非常舒服,虽然随便布置,却很富有趣致。大凡患重病的人,总是须发蓬松、肮脏不堪的。但柏木虽然瘦得厉害,肤色反而更白,神情反而更美了。他靠在枕上说话的模样,实在非常衰弱,仿佛即将断气似的。夕雾不胜惋惜,对他说道:"你生了很久的病,倒不见得那么瘦呢。神情反而比往常秀美了。"口上如此说,手却在擦眼泪。又对他说:"我和你不是曾有'但愿同日死'的誓约么?这实在使我太伤心了!我连你何故患此重病的原因也不知道呢。像我这样亲昵的人,怎么能放心呢!"柏木答道:"这病怎么重起来,我自己也不觉得。痛苦在什么地方,也说不出来。我总以为不会忽然变坏,想不到日复一日,弄得如此衰弱,如今元气也丧失了。我这死不足惜之身,能够延命至今,全靠种种祈祷和誓愿的法力吧。然而迟迟不死,反而使我痛苦,如今但愿早点死去。虽然如此,我在这世间难于抛舍之事,实在很多啊!事亲不能尽其天年,最可伤心;事君也是半途而废,罪愆良多。而回顾自身,不能扬名立业,抱恨而死,尤觉可悲。此种世人共有的恨事,姑置不谈。但我心中另有一种痛苦,在这大限将临之时,本来不必泄露于人,然而到底难于隐忍,总想向人诉说。我有许多兄弟,但因种种关系,即使对他们隐约谈起,也不相宜,只可向你诉说:我对六条院大人,稍有得罪之处,数月以来,忠心耿耿,惶恐异常。但此事实在非出本意,伤心至极,自觉将成疾病。正在此际,忽蒙大人宣召,遂于朱雀院庆寿音乐预演之日,赴六条院叩见。观其眼色,显然对我未能恕罪。从此愈觉人世忧患甚多,生涯全无意趣,心中骚乱之极,便弄得如此狼狈。我固微不足数,我对大人自幼忠诚信赖,此次之事,恐是听信谗言之故。我今死去,只有此恨长存于世,当然又是我后世安乐的障碍。但愿你在得便之时,禀告六条院大人,善为辩解。我死之后,若蒙大人恕罪,我就感恩不尽了。"他越说下去,样子越是痛苦,夕雾看了非常难过。他心中已经猜到那一件事,然而未能确实察知详情。便答道:"你何必如此多心啊!家父并没有怪怨你呢。他闻得你的病如此沉重,非常吃惊,悲叹不已,常在替你惋惜。你既然有了这样的心事,为什么一直闷在肚里,不告诉我呢?倘告诉了我,我也可奔走斡旋,使双方谅解。但时至今日,悔之晚矣!"他不胜悲戚,恨不得教时光倒流。柏木说道:"我病势略见好转之时,原想和你谈谈。但我自己万万想不到病势会如此迅速恶化,迁延至今,实在太糊涂了。你切不可将此事告诉别人!如有适当机会,务请善为说辞,向六条院大人辩解。一条院那位公主①,亦请随时照拂。朱雀院闻我死去,必然替公主伤心,全靠你善为劝慰。"柏木还有许多话想说,然而身心已经十分疲乏,难以支持,只得向夕雾挥一挥手,说道:"请你回去吧!"祈祷僧等便走进来作法,母夫人和父大臣也进来了,众侍女奔走喧嚣,夕雾只得啼啼哭哭地出去了。

柏木的妹妹弘徽殿女御自不必说,夕雾夫人云居雁也非常悲伤。柏木为人诚恳周到,颇有忠厚长者之风,因此髭黑右大臣的夫人玉鬘对这个异母长兄也特别亲睦,她十分关怀柏木的病,自己另请僧众,替他举行祈祷。然而祈祷不是"愈病药"②,毕竟徒劳无益。柏木终于不及与落叶公主见面,像水泡一般消逝了。

年来柏木对于落叶公主,心底里并无深挚的爱情,但在表面上,非常恭谨尊重,亲爱逾恒,关怀周至,一向相敬如宾。因此落叶公主对他并无怨恨之处。她看见柏木如此寿短,只觉得世事不可思议,人生实在无聊,左思右想,不胜悲戚,那迷离恍惚的神情实甚可怜。她的母夫人想起女儿青春守寡,惹人讪笑,不胜惋惜。看了女儿愁苦的模样,感到无限悲恸。柏木的父母更不必说,他们恋恋不舍地哭泣,叫道:"应该让我们先死呀!这世间太不讲道理了!"然而无可奈何。做了尼

---

① 指其妻落叶公主。
② 古歌:"恋人不得见,病势日危笃。除却两相逢,更无愈病药。"见《拾遗集》。

姑的三公主一向痛恨柏木无礼，希望他不得长寿。但闻知他已死去，毕竟也觉得可怜。她心中推想："柏木相信这孩子是他的儿子，所以我和他想必确有前世因缘，才发生那桩意外的祸事吧。"她左思右想，不胜感伤，不知不觉地流下泪来。

到了三月里，天色晴朗，小公子薰君①诞生已五十天，要举行庆祝了。这小公子长得粉妆玉琢，娇美可爱，而且非常肥硕，好像不止五十天似的，那小口儿已想牙牙学语了。源氏来到三公主房中，说道："你心情快适了么？唉！你这模样真教人看了失望啊！如果你同从前一样打扮，我看见你恢复了健康，多么欢喜啊！你舍弃了我而出家，使我很伤心呢！"他淌着眼泪诉说苦情。他每天来看望一次，对三公主的关怀反比从前殷勤了。

五十日诞辰，例行献饼仪式。但母夫人已经改了尼装，这仪式应该如何办法呢？众侍女正在踌躇不决，源氏来了。他说："这又何妨呢！倘是个女孩，则当尼姑的母亲来参与庆典，嫌不吉利；男孩有什么呢！"便在南面设一小小座位，给小公子坐了，向他献饼。乳母打扮得花枝招展，奉献的礼品种类繁多，盛饼饵的笼子、盛食品的盒子，装潢都极美观，帘内帘外都摆满。众人不知道内情，兴致十足地布置着。源氏看了只觉得伤心，又甚可耻。三公主也起来了。她的头发末端很密，扩展在两旁。她觉得不舒服，用手从额上掠开去。此时源氏撩起帷屏，走进来了。三公主怕难为情，转向一旁。她的身子比产前更加瘦小了。那头发因为可惜，那天落发时留得很长，所以后面是否剪落，不大看得清楚。她穿着一件袖口上和裾上层层重叠的淡墨色衬衣，外加一件带黄的淡红色衫子。她这尼装还不曾穿惯。从侧面望去，这样打扮也很美观，像个孩子模样，玲珑可爱。源氏说道："唉，我真难过啊！淡墨色到底不好，教人看了觉得眼前黑暗。我曾安慰自己：你虽

---

① 这薰君是此书最后十回的主人公。

然做了尼姑,我还可常常见你。然而眼泪始终淌个不住,实甚可厌。我今被你舍弃,然世人认为罪归于我,这也使我痛心万分,苦恨无限!可惜不能回复从前旧状了。"他叹息一声,又说:"倘你说现已出家为尼,故欲与我离居,这便是你真心厌弃我,使我觉得可耻可悲。还望你怜爱我些。"三公主答道:"我闻出家之人,不懂得世俗怜爱。何况我本来不懂,教我如何奉答呢?"源氏说:"那就无可奈何了。但你也有懂得的时候吧①!"他只说了这两句话,便去看小公子。

几个乳母都是出身高贵、容姿秀美的人,一齐在照管小公子。源氏召唤她们前来,叮嘱她们应该如何照管。他说:"唉!我已余命无多,这晚生儿定然会长大成人吧。"便抱了他。但见小公子无思无虑地笑着,长得又胖又白,相貌极美。源氏隐约回忆夕雾幼时模样,觉得相貌和他不像。明石女御所生皇子,出于皇家血统,气品自是高贵,但并不特别清秀。这个薰君的相貌,却是高贵而又艳丽,目光清炯,常带笑容。源氏觉得非常可爱。但恐是心有成见之故吧,觉得他非常肖似柏木。现在还只初生,目光已经稳定,神色迥异常人,真乃十全十美的相貌。三公主没有分明看出他肖似柏木,别人更是全不注意,只有源氏一人在心中慨叹:"可怜啊!柏木的命运何其悲惨啊!"由此推想人世无常之恸,不知不觉地淌下泪来。但念今日应该忌避不祥,便揩揩眼泪,吟诵白居易"五十八翁方有后,静思堪喜亦堪嗟"之诗②。源氏比五十八还少十岁,然而心情上已有迟暮之感,不胜悲伤。他很想教训这小公子:"慎勿顽愚似汝爷!"他想:"侍女之中定有知道此事内情之人,她们还以为我不知道,把我看作白痴呢。"心中便觉不快。但他又想:"我被看作白痴,咎由自取。我和公主两方比较起来,公主受人奚

---

① 暗指对柏木。
② 白居易自嘲诗:"五十八翁方有后,静思堪喜亦堪嗟。一珠甚少还惭蚌,八子虽多不美鸦。秋月晚生丹桂实,春风新长紫兰芽。持杯祝愿无他语,慎勿顽愚似汝爷!"下文又引末句,"爷"指柏木也。

落更是难受呢。"心中虽如此想,脸上并不表露。小公子天真烂漫地嬉笑,牙牙学语,那眼梢口角异常美丽。不知内情的人也许不会注意,但在源氏看来毕竟非常肖似柏木。他想:"柏木的双亲定在悲叹他没有儿子吧。岂知他有这个无人知道的罪恶儿子隐藏在这里,无法教祖父母知道呢。这个气度高傲而思虑圆熟的人,由于自心一念之差而毁灭了他的身体!"他觉得柏木很可怜,便消除了对他憎恨之心,为他流下同情之泪。

众侍女退去之后,源氏走近三公主身边,对她说道:"你看了这孩子作何感想?难道你定要抛弃这可爱的人儿而出家么?哎呀,好忍心啊!"突然如此诘问,羞得三公主红晕满颊。源氏低声吟道:

"岩下青松谁种植?
若逢人问答何言?

真痛心啊!"三公主置之不答,把身子俯伏下来。源氏以为这不答也难怪,不再穷诘。他推测:"她此时不知作何感想。虽然不是富有情感的人,但总不能漠然无动于衷吧。"便觉此人十分可怜。

且说夕雾回思柏木困窘不堪而隐约说出的那番话,想道:"到底是怎么一回事呢?如果他那时神志再清爽些,也许会把真情说出,我就可察知究竟了。但那是无可挽救的弥留之际,真不凑巧,教人好不懊丧,真是遗恨无穷啊!"他始终不能忘记柏木当时的面影,比柏木的诸弟更加悲伤。又想:"三公主此次并无何等沉重的疾病,而毅然决然地出家为尼,又是什么道理呢?即使她自愿出家,父亲难道会允许她么?上次紫夫人病势那么危笃,啼啼哭哭地要求出家,父亲尚且不肯抛舍,终于将她留住了。综合起来仔细想想,恐怕还是因为柏木自昔恋慕三公主,一直不曾断念,苦闷难忍之时,不免有所流露。柏木为人非常沉着,外表看来,比常人特别温厚周谨。别人要知道他心中所思何事，实在困难得很。然而他的意志稍稍薄弱，情感过分温柔，这就难免错失。恋情无论何等痛苦，在不该做的事情上迷乱心情，以致失却性命，决非长策。给对方招来痛苦，自己又徒然丧身，如何使得！虽说是前世注定的因缘，毕竟过分轻率，真乃无聊之事！"他心中如此想，但对夫人云居雁也不诉说。对父亲源氏，因无适当机会，亦不曾禀告。但他总想把柏木隐约吐露的事告诉父亲，看他有何表示。

柏木的父大臣和母夫人悲伤哭泣，眼泪没有干的时候。头七、二七……匆匆过去，他们都茫然不知。超荐功德、布施供养，以及一切丧事，都由柏木的诸弟妹料理。佛经、佛像的装饰布置，则由左大弁红梅指挥。关于每一个七的诵经事宜，左右人等向大臣请示，大臣答道："不要来问我！我已经悲伤得这样了，再要我操劳，反而增加他的罪孽，妨碍他死后超生。"他已经神志昏迷，似乎濒于死亡了。

一条院的落叶公主不得与丈夫见最后一面，就此永别，自然倍感悲伤。日子渐久，广大的邸宅内仆从陆续散去，人数稀少，冷落萧条，只有柏木生前几个亲信的人，有时还来慰问。管理柏木所爱好的鹰和马的人，失却了依靠，垂头丧气地进进出出，落叶公主每次看到，都有无限感慨。柏木生前惯用的器物，依然存在。常弹的琵琶与和琴，弦线已经脱落，默默无声地搁着，教人看了实在伤心！只有庭前的树木，依旧绿烟笼罩，群花不忘春来，到处含苞欲放。落叶公主怅望此景，不胜悲戚。众侍女穿着淡墨色的丧服，寂寞无聊地度送春昼。

正在此时，忽闻威风凛凛的喝道声，便有车马停在邸宅门前了。有人哭着说道："难道他们忘记了，以为主人还在世么？"这是夕雾大将前来访问。仆从便进去通报。落叶公主以为总不过是柏木的弟弟左大弁或宰相来了，岂知走进来的是个相貌堂堂、令人望而却步的夕雾。就在正厅前厢设个座位，请他入座。此人身份高贵，倘照通例叫侍女应对，未免失礼，故由公主的母夫人亲自出见。夕雾对她言道：

"卫门督不幸身故,小生悲悼之心,实有过于亲属,只因名分所限,未便越礼,只能做寻常慰问而已。但卫门督临终之时,曾有遗言嘱咐,为此不敢疏慢。人生于世,寿夭无常,小生之命亦早晚难测,只要一息尚存,但凡思虑所及,定当竭力效劳。二月之内,朝廷神事繁忙,若为私人之悲伤而闭居不出,又非向例所许。即使在此期间抽暇来访,也只能立谈即去①,反有不能尽情之憾。因此许久不曾前来拜望。曾见前太政大臣遭此丧明之痛,悲伤不堪。父子情深,执迷难悟,此亦人之常情。然夫妻之情,更为深切,推想公主悲恸之状,令人伤心不堪也!"说时屡屡举手拭泪揩鼻。原来夕雾一方面气宇轩昂,一方面又是多情善感之人。母夫人饮泣之余,以鼻声答道:"悲哀之事,乃无常之世的常态。夫妇永别之痛,亦非世间无有其类。像我这样有了年纪的人,还可作如是想,强自宽怀。然而青年人总想不通,那悲痛之相教人看了实在难过!她竟想追随地下,似乎一刻也不能迟。我这命苦的老身,活到现在,难道还要眼看后辈双亡的悲惨下场么?真使我痛苦之极啊!你是他的知心好友,自然知道他的事情:我在当初就不赞成这头婚事,只因前太政大臣嘱望殷勤,未便辜负。而朱雀院亦认为因缘美满,心中嘉许,于是我疑心自己见识不足,就回心转意,玉成其事。岂知变成了南柯一梦!如今回想起来,我当时既有此心,何不坚持到底?思之不胜悔恨。但我当时哪里料到他如此短命呀!照我这旧头脑想来,为公主者,若非特殊情况,不论因缘善恶,下嫁总非美事。如今既不能独身,又丧失了夫婿,变成了两无着落的薄命之身!倒不如索性乘此机会,和夫婿一同化作烟尘,为自身计,也可少受世人怜悯。但话虽如此说,毕竟难于毅然实行。我目睹惨状,不胜悲戚。此时幸蒙时时劳驾,惠然来访,不胜喜慰感激之情。又闻君言,死者曾有遗言嘱

---

① 当时惯例:参与朝廷神事的人,倘在神事期间访问有丧者之家,只许立谈片刻即去。

托。如此看来，他生前对公主虽然似乎并无深挚之爱，但临终之时，对人留下遗言，可知确有深情厚谊。则悲伤之中也有喜慰之时了。"说罢哭泣甚哀。夕雾也急切难于收泪，后来说道："此君异常老成持重，恐是早死之因。近二三年来，态度非常阴郁，时见意气消沉之状。小生不揣谫陋，时时劝谏：'你太洞察世情，是个深思远虑之人。但过分机敏，会失却爱美之心，反而减弱了明慧之相。'但他总认为这是浅薄之见。唉，这些都不必说了，要紧的是公主心中比任何人都悲伤，恕我说无礼的话：我对她非常同情呢！"他委婉诚恳地安慰了一番，坐了很久才回去。

柏木比夕雾年长五六岁，然而还是翩翩少年，姿态娇艳可爱。夕雾则威严堂皇，有男子气概，不过相貌也很柔嫩清秀，远胜常人。众青年侍女目送夕雾出门，哀情也稍稍忘怀了。夕雾看见庭前一树樱花开得非常美丽，想起"今岁应开墨色花"的古歌①。觉得此诗不祥，便信口吟唱另一首古歌："年年春至群花放，能否看花命听天。"②接着便赋诗云：

"庭前樱一树，半面已枯斜。
但得良时至，依然开好花。"

他装作无意中偶有所感的样子而吟诵，一面走出门去。母夫人听了，立刻奉和一首：

"今春频堕泪，柳眼露珠穿。
花发与花落，不知在哪边。"

---

① 古歌："山樱若是多情种，今岁应开墨色花。"见《古今和歌集》。
② 见《古今和歌集》。

这位老夫人并非十分富有情趣的人，但人多称她为爱好时髦而饶有才华的更衣。夕雾见她迅速答诗，觉得果然是个伶俐乖巧的人。

夕雾离开一条院，立刻来到前太政大臣邸内。但见柏木的诸弟都在座，他们都说："请到这里来！"他就走进大臣的客厅中。大臣暂时抑制哀情，与夕雾相见。这位大臣虽然上了年纪，相貌一向同青年人一样漂亮，但此次也消瘦衰老了。胡须也无心剃，长得很长。竟比以前遭父母之丧时更加憔悴。夕雾一见这岳父的模样，悲痛难忍，簌簌地流下泪来。自觉不好意思，便努力隐藏。大臣想起夕雾是柏木的好友，见了面只管淌眼泪，怎么也止不住。谈起柏木的事，话语滔滔不绝。夕雾把访问一条院之事说给他听。大臣的眼泪越发像春雨连绵时的檐漏一样掉个不住，衣衫都湿透了。夕雾把落叶公主的母夫人所咏"柳眼"之诗写在怀纸上，呈与大臣观看。大臣说："我的眼睛也看不见了！"拼命擦了一会眼泪，然后看诗。那哭丧着脸阅读时的相貌中，全无从前那种精明能干、轩昂磊落的痕迹，教人看了不成体统。此诗并非特别优越，惟"露珠穿"之句颇有意味，大臣读了不胜伤感，眼泪久不能止。对夕雾言道："你母亲逝世那年秋天，我以为悲伤已达极点。然而妇女行动范围有限，相识的人较少，无论何种情况之下，总不亲身出面。因此这悲伤是隐藏的，并不到处触发。但男子就不同，柏木虽然并不能干，也蒙皇上不弃，官位晋升以来，仰仗他人自然渐次增多，闻耗而惊叹惋惜的人，各方面都有。但我之所以深感悲恸者，并非为了世间一般的威望与官位，只是想起了他那美玉无瑕的身体，悼念不已耳。世间何物可以解除我的悲痛呢？"说罢仰起头来，怅望天空，但见暮云暗淡，樱花将谢，他今天还是初次看到这景色呢。就在夕雾的怀纸上写道：

"反教老父穿丧服，
　春雨连绵哭子哀。"

夕雾也吟道：

"亡人撒手西归去，
抛却双亲服子丧。"

左大弁红梅也吟道：

"青春未到花先落，
可叹谁人为服丧！"

　　柏木死后举办法事，非常庄严隆重，与寻常世俗迥不相同。夕雾大将的夫人云居雁自不必说，夕雾自己也特地延请高僧，为柏木诵经念佛，排场十分盛大。此后夕雾常赴一条院访问。时惟四月，晴空万里，清和宜人。四处树梢，一色青葱，美好可爱。惟一条院邸内日夜悲叹，处处萧条岑寂。正在度日如年之时，夕雾大将照例前来访问了。但见庭中一片嫩草，正在青青发芽。铺沙较少的荫处，蓬蒿也正欣欣向荣。柏木生前爱好栽花种树，现在这些花木无人管理，任意地繁殖着。"一丛芭芒草"①也得势滋蔓，想象将来虫声繁密的秋趣，令人感慨流泪。夕雾就在这些露草之间缓步而入。檐前处处挂着伊豫帘②，里面的淡墨色帷屏已经换上夏季的薄纱，透过帘影眺望，颇有凉爽之感。内有几个姣好的女童，穿着浓墨色上衣。从帘外隐约窥见她们的衣裾和面影，样子非常可爱，然而这种颜色毕竟触目惊心。
　　夕雾今天坐在廊上，侍女们替他铺了茵褥。但又觉得这座位太简慢了，便去通报老夫人，劝她延客入室。但此时老夫人身体不好，躺卧

---

① 古歌："一丛芭芒草，使君所手植。今已成草原，虫声何繁密。"见《古今和歌集》。
② 伊豫国所产的竹帘。

在那里。侍女们便暂时和他应酬。这当儿夕雾眺望庭中花木悠然繁荣之状，不胜感慨。但见一株柏木和一株枫树，比别的树木分外青葱，枝条互相交叉着，便说道："真有缘分啊！这两株树的上端连理一般合成了一株，可见前途有希望啊。"于是悄悄地走近去，吟道：

"木神既许相亲近，
　结契宜同连理枝。

让我坐在帘外，如此疏隔，教人好恨啊！"便走近门槛边去。众侍女互相扯衣推肘，悄悄地告道："这个人鬼鬼祟祟的时候，丰姿也是很优雅的呢！"老夫人叫传言的侍女小少将君①报以诗云：

"柏木守神虽已逝，
　庭前枝叶岂容攀！"②

此言太无礼了，如此存心，何其浅薄耶！"夕雾觉得诚然，付之一笑。后来听见老夫人正在膝行而出，便整整衣冠，与她相见。老夫人开言道："恐是在这辛酸的世间忧伤地度送日月之故吧，心情异常苦闷，生涯茫然如梦。屡次劳驾慰问，实在不胜感谢，只得强起迎候。"看她的神情非常痛苦。夕雾答道："忧伤是难怪的，然而只管忧伤，也是枉然。世间万事，皆前生注定，忧伤毕竟也有限度。"他用这话安慰她，心中想道："尝闻人言，这位公主性情十分优雅。如今惨遭不幸，生受世人讥笑，定然异常悲伤。"情不自禁，便热心地探询公主的近况。又想："这位公主的相貌虽然不是十全其美，但是只要不是十分面目可

---

① 这侍女是老夫人之侄女。
② 本回题名据此诗。

憎，难道可以凭外貌印象而嫌恶她，或者另外迷醉于荒谬的恋情么？这样做实在是可耻的。归根到底，一个人只有性情是最重要的。"便又对老夫人说道："今后但愿将小生当作故友一样看待，请勿见外为幸。"这话虽然不曾有意表示求爱，却已恳切地吐露他的心事了。夕雾身穿常礼服，姿态异常鲜丽，长身玉立，相貌堂堂。众侍女悄悄地议论："他父亲万般和蔼可亲，其气品之高雅与态度之温柔，无人可与并比。这位公子则雄赳赳地，气宇轩昂，令人一见便会惊叹：'啊，好漂亮！'这相貌真是与众不同。"接着又说："索性让他就在这里进进出出吧。"

夕雾吟唱"右将军墓草初青"①之诗。右大将藤原保忠夭死，乃近世之事。可知不论古今，人世必有伤逝之痛。而于柏木尤甚：不论身份高下，无人不扼腕叹息。只因此人不但学问渊博，且又异常重情，所以连平素不甚亲近的僚属，以及老年的侍女，也都恋慕悲伤。皇上尤深惋惜，每逢举行管弦之会，总首先想起柏木，不胜感慨。"惜哉卫门督！"变成了当时通行的一句话，无人不说。源氏怜惜柏木，日久愈深。只有他一人心中知道薰君这孩子是柏木的遗孤，而别人却是做梦也想不到的，所以也是枉然。到了秋天，薰君已会扶床学步，其可爱之状难于形容。源氏不但在人前当作亲生子看待，而且真心地怜爱，常常抱他。

第三十六回　横　笛②

柏木大纳言盛年夭逝，悲伤悼惜之人甚多。源氏向来闻人死耗，即使是泛泛之交，只要其人是略有世誉的，无不悼惜，何况这柏木乃常

---

① 纪在昌悼右大将藤原保忠诗有"天与善人吾不信，右将军墓草初秋"之句。因为现在不是秋天，故把"秋"字改为"青"字。
② 本回写源氏四十九岁二月至同年秋季之事。

来之客，朝夕相亲，自比别人知己。如今死去，使他觉得甚不可解，且可恋之事甚多，故往往触景生情，想念不已。柏木周年忌辰，源氏替他大做功德。他看看无知无识地嬉笑玩耍的薰君的模样，觉得毕竟十分可怜，心中便生一念，替薰君另舍黄金百两，布施僧道。柏木的父大臣不知内情，但觉不胜感谢喜慰。夕雾大将也替柏木做许多功德，亲自郑重办理一切法事。又在此周年忌辰赴一条院殷勤慰问。父大臣和母夫人想不到夕雾对柏木的感情比诸弟更深，都非常感激。他们看见柏木死后世人对他如此尊重，越发觉得可惜，悼念之情永无尽期。

山中的朱雀院为了二公主青春守寡，受人讪笑，心中闷闷不乐。而三公主又出家为尼，脱离尘世，使他觉得诸事都不称心。然而身已为僧，自应抛却一切世虑，逆来顺受。他在做功课的时候，推想三公主也正和他同样地勤修佛道，故自三公主出家之后，他常常写信给她，小小的事情也都谈到。

一日，朱雀院在寺旁的竹林里掘些竹笋，又在附近山中掘些野芋，喜其有山乡风味，特派人送与三公主，并附一封详细的信。信的开头写道："春日山野，烟霞迷路，只因对你思念不已，特地前往采掘，但亦聊表寸心而已。

　　看破红尘虽较晚，
　　往生净土道相同。

但此乃十分艰巨之事业。"三公主正在挥泪读信，源氏进来了。他看见室中和往常不同，公主身边放着些果盘，觉得很奇怪，一看，原来是朱雀院来信。他拿过信来一读，觉得非常感动。信很详细，内有句云："我似觉命终之日，即在目前。常思与你会面，深恐不能如愿。"诗中诱导三公主一同往生净土，此乃僧人常谈，并无何等意趣，但他想道："朱雀院当然作如是想。他看见连我这个寄托终身的人态度也很冷淡，就越发替三公主担心了，真可怜啊！"三公主仔细地写回信，叫人拿一套深宝蓝色的绫罗衣服赏赐了使者。源氏看见帷屏边露出三公主写坏了的信纸，便拿起来看，但见笔迹非常稚嫩。其答诗云：

"渴慕远离尘世处，
　欲辞俗界入深山。"

源氏对她说道："你在这里，朱雀院还替你担心，如今你说要往深山，真使我好伤心啊！"现在三公主对源氏正面也不看一眼。她的额发异常美丽，面庞十分可爱，竟像一个孩童。源氏看了不胜怜惜，想道："为什么弄到这般模样呢？"深恐引起色念，蒙受佛罚，便努力自持。两人隔着一层帷屏，但又不很疏远，适当地互相应对。

　　小公子薰君在乳母那里睡觉，此刻醒了，匍匐出室，来拉住源氏的衣袖，那样子非常可爱。他身穿一件白罗上衣，外加一件蔓草纹样的红面紫里的小衫，那长长的衣裾随随便便地拖曳着，胸前几乎全部露出，那衣服都挤在后面。这原是小孩的常态，然而此儿的样子特别可爱，肤色白皙，身材苗条，宛似一个柳木削成的人像。头发好像是特地用鸭跖草汁染过似的油亮，嘴角红润，眉目清秀，教人一看就想起柏木。柏木的相貌还没有这么艳丽呢，不知他怎么会长得这样漂亮。他也不像母亲。这一点儿年纪，神情就如此高贵堂皇，迥异常人，源氏觉得比起他自己映在镜中的面影来，并无不如之处呢。

　　薰君最近才学步。他无知无识地走近盛笋的盘子旁边，拿起笋来乱抛，或者咬一下就丢了。源氏笑着说道："啊，没有规矩！太胡闹了！快把这盘子藏起来吧。爱说坏话的侍女会传出去，说这孩子是个馋嘴儿呢！"就抱了这孩子。又说："这孩子实在长得眉清目秀啊！也许是我看见的幼儿不多之故吧，以为这点儿年纪的小孩都是无知无识的，这孩子却现在就与众不同，倒很可担心呢。这么一个人在公主①等人中间长大起来，对于她们和他自己都会发生麻烦呢。不过，可怜啊！这些人长大的时候，我总是看不到了！有道是'年年春至群花放，能否看花命听天'呀！"说着，注视小公子的脸。众侍女都说："呀！莫说这不祥的话！"薰君已出牙齿，常常想咬东西，他紧紧地握住一支笋，流着口涎拼命地咬。源氏笑道："唉，真是个异常的色情儿啊！"便把笋拿开，一面吟道：

"伤心旧事虽难忘，

竹笋青青不忍抛。"

小公子无心无思地只是憨笑。他连忙从源氏膝上爬下，又往别处嬉戏打闹去了。

光阴荏苒，这小公子年龄越长，相貌越是美好，竟使见者吃惊。那件"伤心旧事"，确已完全忘却了。源氏想道："想是前生注定要诞生这个人，所以发生那件意外之事吧。命运真是无可逃避的啊！"他的想法已经有些改变。他想想自己的命运，觉得也有许多不能称心的事情：许多妻妾之中，只有这位三公主身份毫无缺陷，品貌也可满意，却想不到会做了尼姑。如此看来，她和柏木的罪过还是不可原宥，真乃遗憾之事。

且说夕雾大将独自回想柏木临终时遗言，不知究竟是怎么一回事，很想禀告父亲，看他有何表示。但因他已隐约猜测到几分，所以反而觉得难于启口。他总想找个机会，探明此事详情，并把柏木愁苦之状告诉父亲。

秋天有一个凄凉的傍晚，夕雾挂念一条院的落叶公主，便前往访问。落叶公主正在随意不拘，从容不迫地弹各种琴。未及好好收拾，

---

① 指明石女御所生女儿。

侍女们已把夕雾引导到她所居的南厢里来了。夕雾分明察知室内侍女等膝行而入帘内的情状，听到衣衫窸窣的声音，闻到遗留着的衣香，觉得优雅之趣可爱。照例由老夫人出来会面，闲谈种种往事。夕雾自己的三条院内，一天到晚有许多人进进出出，非常嘈杂，外加有许多小孩奔走吵闹。他在那边住惯了，觉得此地清静可喜。虽然近来不免荒凉之感，毕竟是高贵优雅的住处。庭中花木乱开，虫声繁密。夕雾闲眺此夕暮景色，想起秋日的原野。便拉过那把和琴来看看，但见弦音合着律调，分明是经常弹奏的，琴上染着奏者的衣香，令人觉得可亲。夕雾想道："在此情景之下，若是个肆无忌惮的色情男儿，会显出不成样子的丑态来，流传可耻的恶名呢！"他一面如此想象，一面试弹和琴。这是柏木生前常弹的琴。夕雾短短地弹了一支富有情趣的乐曲之后，说道："唉！大纳言弹这琴时，声音真美妙呢！这些妙音一定含蓄在这琴中吧。小生拟请公主弹出此种妙音，俾得一饱耳福。"老夫人答道："自从断弦以来，公主连童年习得的乐曲也忘记得影迹全无了。从前朱雀院命诸公主在御前试弹种种琴筝之时，也曾称赞这位公主弹得不坏。但现在仿佛已经换了一个人，只是茫然若失，忧愁度日，把这琴看作牵惹旧恨的厌物了。"夕雾说道："这话固然有理，不过'哀情亦是无常物'①呀！"他叹息了一会，把琴推向老夫人身边。老夫人说："那么就请你试弹一曲，好教我也能辨别此中是否含有妙音，也可使我这因愁闷而昏聩了的耳朵享一下耳福。"夕雾答道："不敢，小生尝闻操琴之道，夫妇之间传承特别真切。愿得公主妙手演奏一曲。"便把琴推向帘边，知道公主不会立刻答应，也并不强请。

此时月亮出来了，晴空一碧，了无纤云。群雁成行，振翅飞鸣，片刻不离。公主看了，想必羡慕。秋风送爽，微寒侵肌。公主被这清幽之趣所感动，取过筝来，轻轻地弹了一曲。夕雾听了这优雅之声，越

---

① 古歌："哀情亦是无常物，但看经年便不思。"见《古今和歌集》。

发恋慕公主，反觉心乱如麻了。便取过琵琶来，以非常亲切的声音弹了一曲《想夫恋》。说道："小生推想公主心情而奏此曲，不免冒渎之罪。但此曲公主总当酬和了。"便恳切地向帘内劝请。公主越发羞涩，无言可答，只是满怀感慨，陷入沉思。夕雾赠诗云：

"窥君不语含羞意，
始信无言胜有言。"

公主只把此曲末尾在和琴上略弹几句，便答诗云：

"纵知深夜琴声苦，
只解听音不解言。"

和琴的音调虽不是那么细腻，但由于有深通此道之人精心传授，因此，虽是同一曲调，却弹出了特别凄凉动人的情味。可惜只弹几句，就此停止，竟使夕雾恨恨不已。对老夫人说道："今夜小生在好几个乐器上弹出了种种心事，已蒙公主垂察。秋夜更深，扰人清睡，恐蒙故人呵责，就此告辞了。稍迟数日，当再前来奉候，但愿此琴调子依然不变。世间常有变调之事，不免教人担心耳。"他没有明言，只是委婉地暗示了自己的心事，便欲离去。老夫人答道："今宵风流韵事，想来不致受人谴责。惟你我漫谈，尽是琐屑旧事，未能听赏妙手演奏，使我得以延年益寿，不胜遗憾耳。"便在赠物中添加一支横笛，对他说道："此笛确有悠久之历史，听其埋没在此蓬门陋屋之中，实其可惜。请君在归车中试吹，与前驱之声竞响，路人亦无不爱听也。"夕雾逊谢道："如此美笛，恐我无福消受。"拿起笛来看看，这也是柏木生前随身爱玩之物。记得柏木常对他说："此笛所有妙音，我亦未能全般吹出，将来总须传与我所信任之人。"回思往事，又平添了许多哀愁。便拿起笛来试吹，吹了半曲南吕调就停止，说道："为了怀念故人，弹和琴以自慰，拙劣之处，当蒙原恕。但这管名笛，实在不好意思……"说罢起身欲出。老夫人赠以诗云：

"露重草长荒邸内，
秋虫声美似当年。"①

夕雾答道：

"吹残横笛声如昔，
哭友哀音无尽时！"

吟罢，徘徊不忍遽去，夜色已甚深了。

夕雾回到三条院自邸，看见房间的格子门等都已关上，人都睡静了。想是有人告诉云居雁，说夕雾爱上了落叶公主，和她十分亲昵，因此云居雁看见夕雾深夜不归，心中生气，此时听见他回来了，故意装作睡觉吧。夕雾用美妙的嗓子独自吟唱催马乐"小妹与我入山中……"②。唱罢，恨恨地说："为什么都关上了？好气闷哪！今夜这么好的月亮，竟有人不要看啊！"便把格子门打开，又把帘子卷起，在窗前躺下，对云居雁说："这么好的月夜，也有肯安心睡觉的人？唉，太没意思了！"云居雁心中不快，置之不理。许多无知无识的孩子，东一个西一个地睡着，许多侍女也挤在一起躺着。夕雾看了这人口热闹的状态，回想刚才一条院的光景，两相比较，觉得大不相同。他拿起那支笛来吹了一会，躺卧着回想："我走之后，那边多么冷清！那张琴大

---

① 以虫声比笛声。
② 催马乐《小妹与我》全文："小妹与我入山中，切莫手触辛夷丛！只恐衣香移将去，使得辛夷香更浓。"

约没有变调,仍在那里弹吧。老夫人也是个和琴名手呢。……"又想:"为什么柏木只在表面上尊重这公主,而对她没有深挚的爱情呢?这一点实在令人难解。倘想象得很美,而一见大失所望,倒是不幸之事。世间常例,凡大名鼎鼎的,往往教人失望。如此想来,我们夫妻从小相亲相爱,多年以来,从无半点龃龉,实在是难得的。怪不得她要如此骄矜了。"

夕雾蒙眬入睡,梦见已故的卫门督身穿便服,坐在他身旁,拿起那支笛来看看。夕雾在梦中想道:"他的亡魂舍不得这支笛,所以寻声而来了!"但闻柏木吟道:

"愿教笛上精深曲,
永远留传付子孙。

我所指望留传的不是你。"夕雾想问他所指望的是谁,忽然一个孩子在睡梦中哭起来,把他惊醒了。这孩子哭得很厉害,乳汁都吐出了。因此乳母也起身,人声嘈杂起来,云居雁也拿着灯来了。她把头发夹在耳上,殷勤地逗哄他,抱着他坐下。她近来很肥胖,此时便撩开她丰腴的酥胸来,给孩子喂奶。这孩子也长得很漂亮。母亲的乳房虽然洁白可爱,但吮不出乳汁来,只是给他含着,借以慰情而已。夕雾也走过来看,问道:"怎么样了?"便叫人拿些米来撒在地上,以驱除梦魇。一时室中骚乱,夕雾梦中的哀情也便消失了。云居雁对他说道:"这孩子好像有病了。你醉心于那边的新鲜花样,深夜回来还要赏月,把格子门打开,那些鬼怪便混进来作祟了。"她恨恨地说,那娇嗔之相实甚可爱。夕雾笑道:"我万万想不到带了鬼怪进来呢!对啊,我倘不开格子门,没有通路,鬼怪便进不来了。你毕竟是许多孩子的妈妈,想得周到,说话很有点道理嘛。"说时,盯着云居雁看,看得云居雁不好意思了。她说:"罢了,里面去吧。我这样子怪难看的……"在明亮的灯光下,她那羞答答的样子实甚可爱。小公子的确身体不大好,一直啼哭,直到天亮。

夕雾大将回忆那个梦,想道:"这支笛真难于处置了!这是柏木生前心爱之物,我不是应该接受的人,老夫人却把它送给我,真没有意思啊!不知柏木的亡灵对此作何感想。生前并不十分关心的东西,到了临终之际,一时念及,不胜痛惜,或者伤心,恋恋不舍地死去,那魂灵便永远迷惑在无明世界了。如此看来,在这世间,对无论何物都不可执着。"他想了一会,就发心叫爱宕山寺①僧众举办法事,又在柏木生前所信仰的寺院中大做功德。关于那支笛,他想:"老夫人为了我和柏木交情深厚,所以特地送给我。我立刻把它捐献给佛寺,倒是一件善事,然而未免使老夫人扫兴吧。"便暂不处置,到六条院去参见父大臣了。

源氏此时正在明石女御室中。明石女御所生三皇子年方三岁,在诸皇子中长得特别秀美,紫夫人格外疼爱这外孙,抚养在自己身边。这三皇子从室中走出来,向夕雾叫道:"大将!抱了皇子,到那边去!"他还不大会说话,对自己也用敬语②。夕雾笑道:"你到这里来吧。我怎么可以走过帘前呢?岂非太不懂规矩了吗?"等他走近,便抱了他。三皇子对他说道:"别人看不见的,我把你的脸遮住。去!去!"就用自己的衣袖来遮住夕雾的脸。夕雾觉得这孩子非常可爱,便抱他来到了明石女御那里。二皇子和薰君在明石女御那里一同游戏,源氏正在欣赏他们。夕雾在屋边把三皇子放下。二皇子见了,叫道:"我也要大将抱!"三皇子说:"大将是我的!"就拉住夕雾。源氏见了,训斥道:"两个人都没规矩!大将是朝廷的近卫,你们却把他当作私人的侍从而争夺?三皇子真不好,常常不肯让哥哥。"便把两人劝

---

① 爱宕山是当时的葬地。大约柏木葬于此。
② 日语中对长辈或上级谈话要使用"敬语",表示尊敬对方。对自己则不能使用"敬语"。

开。夕雾也笑道："二皇子毕竟像个哥哥，肯让弟弟，乖得很。照这年纪，实在聪明得厉害呢！"源氏也笑了，觉得这两个外孙都很可爱。于是对夕雾说："这里太不像样，不应该让公卿坐，到那边去吧。"便想同他往正殿去，但两个小皇子纠缠着，始终不让他们离去。

　　源氏心中思量：三公主所生的薰君要长一辈，不该和皇子们同列。但恐三公主会疑心他有所偏爱，反而对她不起。源氏向来思虑周全，因此一直把薰君同皇子们一样抚爱。夕雾还不曾清楚地看见过这个异母弟。此时薰君从帘隙探出头来，夕雾向地上拾起一个枯了的花枝来向他招呼，他就走出来了。他身上只穿一件紫红色便服，肤色白润，丰采焕发，比皇子们更为美丽动人。肌肉丰腴，清秀可爱。也许是夕雾心有成见而特别注目之故吧，但觉他的眼神虽比柏木稍稍锐利而明敏些，但眼梢的秀美之气，非常肖似柏木。尤其是那口角生花的笑容，竟全然一致，或许是他一见就想起柏木的原故吧。他推想父亲一定也早看出，因此更想探探他的口气了。皇子们虽然令人想起他们是皇帝的儿子，因而显得气品高贵，其实也不过和世间寻常美貌儿童相同而已。可是这个薰君，实在非常优越，具有一种异样的美姿。夕雾把他们比较一下，想道："啊呀，真可怜啊！如果我所怀疑的真是事实，那么，柏木的父大臣如此悲伤，常常哭着叹惜没有人来报道柏木有子，盼能抚养他的一个遗孤才好，而我现在找到了不去报告，将受神佛惩罚了！"然而立刻打消这念头："哎呀，哪里会有这种事情！"但他还是没有把握，百思不得其解。薰君性情柔驯，对夕雾很亲昵，夕雾觉得实在可爱。

　　源氏带着夕雾来到紫夫人那边，两人从容谈话，不觉日色已暮。夕雾叙述昨夜访问一条院之事，源氏微笑着听他讲。讲到柏木生前种种可怜情状时，源氏随声附和，后来说道："她弹《想夫恋》的心情，在古代小说中的确也有其例。但女人把挑动人心的深情向人泄露，一般说来是不好的，我所知道的事例甚多呢。你对柏木不忘旧情，欲向他夫人表示永远关怀之意，甚善。惟既然如此，心地必须清清白白，不可胡作非为，以致发生意外之事。这样，两方面都有面子，外人看了也会赞善。"夕雾想道："话说得是。但他只有对人教训时道心坚强，自己身逢其境时能不起邪念么？"但表面上答道："哪里会胡作非为呢！只因同情于人世无常之悲哀，所以前往慰问。如果忽然绝迹，反教外人误认为犯了世间常有的嫌疑。至于那曲《想夫恋》，倘是公主自己有心弹出，的确有轻狂之嫌，但琴筝都在手头，她顺便约略弹出几句，倒很适合当时情景，颇有风流佳趣。世间万事随人随事而异。公主年龄已过青春，儿子我又不惯于调情渔色之事。恐是她放心之故吧，其态度总是和蔼可亲，彬彬有礼的。"说到这里，夕雾觉得好机会到了，便稍稍凑近父亲身旁，对他说了柏木亡灵托梦之事。源氏并不立刻回答，听完之后，心中若有所思，后来说道："这支笛应该交付与我才是。这本来是阳成院①所用的笛，后来传给已故的式部卿亲王②，他非常珍爱。后来他看见柏木卫门督童年吹笛音节异常优美，有一天在萩花宴会上赠送与他。老夫人并不深悉此种缘由，所以把它赠送了你。"但他心中想道："这支笛如果要传与后人，除了薰君之外，更有何人能受呢？这夕雾是个思虑极深之人，想必已经看破实情了。"夕雾观察父亲气色，更加有所顾忌，不敢立刻提出柏木之事。但他总想探明真相，便装作一向不知而此刻偶然想起的样子，问道："柏木临终之际，儿子前往慰问，承他嘱咐身后种种事情，其中有如何得罪父亲、深感惶恐之语，反复说了数遍。究竟是怎么一回事，至今不悉其故，心中甚是疑虑。"说时表示全不知情的模样。源氏想道："果然不出所料！"但此事岂可明显说出？他装作不解的样子，说道："我几时对他表示了不快之色，害得他抱恨长终呢？自己也想不起来了。至于你那个梦，待我

————————
① 阳成院是平安时代的天皇（公元876—884年）。
② 是紫姬之父。以前不曾说起他死，此处是初见。

仔细想一想，再告诉你吧。女人们惯说'夜不谈梦'，今夜且不谈了。"夕雾不知道刚才说出的话，教父亲作何感想，甚是担心。

第三十七回　铃　虫①

　　次年夏天，六条院池中莲花盛开之时，尼僧三公主家庭供奉的佛像完成了，举行开光②典礼。此次由源氏主办，经堂中各种用具，置办得十分周到，迅速着手布置装饰。佛前悬挂的幢幡，形色非常优美，是特选中国织锦缝制的。这工作全由紫夫人担任。花盆架上的毡子，用美丽的凸星花纹织物，雅致可爱，色泽也很鲜丽，是世间罕见的珍品。寝台四角的帐幕都撩起，内供佛像。后方悬挂法华曼陀罗③图；佛前供设银花瓶，内插高大鲜艳的莲花。所焚的香是中国舶来的"百步香"。中央所供的阿弥陀佛像及侍立两旁的观世音菩萨像、大势至菩萨像，都用白檀木雕成，非常精致美丽。供净水的器皿照例很精小，上面放着青、白、紫色的人造小莲花。又有根据古代"荷叶"香调制法调配而成的名香，其中隐隐加入蜂蜜④，焚时与百步香合流，香气异常馥郁。佛经为六道众生⑤分写六部。三公主自用的佛经，由源氏亲手书写，附有愿文，大意是：今生仅能以此结缘，他年誓当携手同登极乐净土。又有《阿弥陀经》，因中国纸质地脆弱，朝夕持诵易于损坏，故特地宣召纸屋院⑥工人，郑重叮嘱，令其加工制造最优名纸。源氏从今春开始就用心书写。窥见一端的人，已觉光彩炫目。因为源氏的笔墨，比打格子的金线更加辉煌灿烂，真乃稀世之宝。至于经卷的轴、裱纸、箱，其

---

① 本回写源氏五十岁夏季至秋季八月之事。
② 佛像塑成后，择日致礼而供奉之，名曰开光。
③ 曼陀罗是梵语，意思是平等周遍十法界。此曼陀罗图乃净土变相图。
④ 名香调配时加蜂蜜。但因佛前忌用动物质，故隐隐加入。
⑤ 六道众生即：天上、人间、修罗、畜生、饿鬼、地狱。
⑥ 纸屋院是京都北郊纸屋川畔的一个官办造纸厂。参看第322页注②。

精美自不待言。这经卷安置在一张沉香木制、足上雕花的几上，装饰在供佛像的寝台内。

佛堂的布置装饰完毕之后，讲师①进来了。烧香的人也都来了。源氏也出席这法会，他走过三公主所在的西厢，向里面张望，但见这临时居处内甚拥挤，暑气迫人，有五六十个严妆的侍女群集其中。那些女童竟挤出在北厢的廊下。各处安置着许多熏炉，香烟四溢，弥漫空中。源氏走近去，教导那些经验不深的青年侍女，说道："凡空中熏香，必须火力轻微，使人不知道烟从哪里出来才好。烧得像富士山顶的烟一般浓重，便杀风景了。讲经说教的时候，必须全体肃静，用心听取教理，不可任意发出衣衫窸窣之声，行动起坐都要静悄悄的才好。"三公主夹杂在许多人中间，越发显得娇小玲珑，她平伏地躺卧着。源氏又说："小公子在这里要吵闹，抱了他到那边去吧。"

北面的纸隔扇都已除去，挂着帘子。众侍女都退往那边，周围清静了，源氏便把参与法会时须知之事预先教导三公主，其用心甚可感激。他看见公主让出自己的起居室来供奉佛像，心中不胜感慨，对她说道："我和你两人共同经营佛堂，真乃意想不到之事！但愿后世同生极乐净土，在同一莲花中亲睦共处。"说罢流下泪来，吟诗云：

"誓愿他年莲座共，
心悲今日泪分流。"

便取笔向砚中蘸墨，把这诗写在公主所用的丁香汁染成的扇子②上。三公主也在这扇子上写道：

---

① 讲师是七僧之一。七僧是：讲师、读师、咒愿、三礼、呗、散华、堂达。
② 丁香汁染成的是橙红色，袈裟用此染色。

"莲台纵有同登誓，

只恐君心不屑居。"

源氏看了，笑道："太看不起我了！"但脸上还是露出不胜感慨的神情。

许多亲王照例都来参与。诸夫人竞工争巧地制作许多佛前供品，都是别出心裁的，各处送来，堆山塞海。布施七僧的法服，凡重要者，皆由紫夫人备办。这些法服都用绫绸制成，连袈裟的格子纹都很讲究，懂得此道的人都赞誉为世间少有。这真是过分仔细、太不惮烦了！

于是讲师升座，用庄严的声音陈述这法会的旨趣。就中指出："公主厌弃盖世无双的荣华，而在法华经中与大臣永结世世不绝之深缘，此志尊贵无极。"这位讲师是当代学识渊博、口才出众的高僧，此时郑重陈述，音调异常尊严，听众无不感动流泪。

此次法会，原是为了经堂成立伊始，在家中私下举办的。但皇上及山中的朱雀院闻讯，都派遣使者前来，致送诵经布施物品，非常丰隆，于是排场忽然扩大了。六条院所准备的设施，虽然源氏主张从简，也已经比寻常世间体面得多了，何况又加了皇上及朱雀院的隆仪。因此僧众傍晚散会时，布施品满载而归，寺内几乎容纳不下。

源氏从此更加怜悯三公主，对她的照拂非常周到。朱雀院曾将三条地方的宫邸作为遗产赠与三公主，此时劝请源氏让她迁居，以为将来总须有此一日，不如现在分居，更合体统。但源氏答道："两地分居，太疏远了。不能朝夕会晤，实非我之本意。固然是'我命本无常'①，但在我住世期间，总希望不背我志。"一方面又命人修缮三条宫，务求尽善尽美。三公主领地内所产种种物品，以及各处庄院、牧场

---

① 古歌："我命本无常，修短不可知。但愿在世时，忧患莫频催。"见《古今和歌集》。

的贡物，凡贵重者，皆送入三条宫库藏中。又添造库藏，将各种珍宝、朱雀院当作遗产赐赠的无数物品，凡属于三公主者，均纳入库藏，令人严密保管。三公主日常用度、众侍女及上下人等一切费用，全由源氏负担，诸事迅速停当。

是年秋，源氏在三公主住处西边的走廊前面，中垣的东面一带地方造成一片原野的模样，又增筑供佛的净水棚，使这环境适合于尼僧的居处，景象十分幽雅。许多人步三公主后尘，出家为尼，当了她的徒弟。其中乳母及老年侍女当然听其自愿，青年侍女则选取道心坚定而能终身不变者，许其出家。当三公主落发时，众侍女争先恐后，都想追随。但源氏闻之，劝导她们说："这是使不得的！只要略有几个信心不坚的人夹杂其间，便会使旁人受到妨碍而流传轻薄之名。"结果有十余人改装为尼，服侍三公主。源氏命人捉许多秋虫来，放在这原野中。夕暮秋风凉爽之时，他就信步来此，名为听赏秋虫，实则对三公主还是不能忘怀，说了些使她烦恼的话。三公主觉得此人如此用心，真乃出人意外，心中非常厌恶。本来，源氏在众人前对三公主的态度虽不改，内心却显然为了那桩事情而深感不快，他的心情完全变异了。三公主希望不再与他见面，因而发心出家，以为从此脱离关系，可以放心了。岂知他还是说这些话，使她痛苦不堪。她想离此尘境，避入深山，但也不便正式提出。

八月十五傍晚，明月未升之时，三公主来到佛堂面前，眺望着檐前景色而诵读经文。两三个青年尼僧在佛前献花，供净水杯，汲水，三公主听到这些声音，觉得她们忙着这些背世离俗之事，实甚可哀。正在此时，源氏照例来了。他说："今夜虫声好繁密啊！"就低声地念起经来。他念阿弥陀大咒，声音轻微而十分严肃。虫声实在繁密，其中铃虫①之声宛如摇铃，铿锵可爱。源氏说道："昔人说秋虫鸣声皆美，

----

① 铃虫，即金钟儿。下文的松虫，即金琵琶。皆蟋蟀之类。

而其中松虫最为悦耳。秋好皇后曾经特地派人到遥远的原野中去搜求松虫，放在院子里。然而现在能分明听出是松虫的，已经很少了。可见这虫和它的名字不相称，是一种短命的虫。它在深山中或远方原野上的松林中，不惜声音地任情鸣唱，无人能够听赏，真乃太疏阔了！铃虫则不然，随处皆鸣，这才教人欢喜，真乃亲切可爱的虫。"三公主闻言，低声吟道：

"秋气凄凉虽可厌，
　铃虫声美总难抛。"

吟时风度实甚高雅而又妩媚。源氏说："你说什么？秋气凄凉这话，出我意料之外呢。"便和诗云：

"心虽厌世离尘俗，
　身似铃虫发美音。"

吟罢取过琴来，弹了美妙的一曲。三公主也停止了数念珠，倾听琴声。此时月亮出来了。源氏觉得这团圞明月，光辉也很凄凉。怅望天空，历历回想世间万事变易无常之状，其琴声比平时更加哀怨了。

萤兵部卿亲王推想今夜六条院内照例必有管弦之会，便驱车来访。夕雾大将也带了身份相当的殿上人来了。他们随着琴声寻访，知道源氏在三公主处，便立刻找到了。源氏说道："今天寂寞得很。不曾准备管弦之会，然而很想听听久已不闻的美妙之音，所以独自在这里弹琴。你们来得正好。"就在这里添设座位，请亲王入座。今夜宫中本当召开赏月宴会，后来作罢了，大家觉得扫兴。诸王侯公卿传闻萤兵部卿亲王等已赴六条院，便都来了。于是相与听赏虫声，评定优劣，又演奏种种琴筝。逸兴正浓之时，源氏说道："有月之夜，不论何时，无不令人感慨。就中今宵清光皎洁的月色，尤其使人神往世外，百感交集。柏木权大纳言不幸身亡，教人每逢兴会，怀念不置。少了此人，似觉公私万事都失却了光彩。此人最能理解花容鸟语之情趣，真是一个颇有见识的话伴，可惜……"听了自己弹出的琴声，也不胜悲戚，双泪沾袖。他猜想帘内的三公主亦必听到这话，不免心生妒恨。然而，在此种游宴之际，他总是首先恋念柏木，皇上等也都怀念此人。他就对诸人说："今夜我们就来开个欣赏铃虫的宴会，痛饮达旦吧。"

酒过二巡之后，冷泉院遣使送信来了。原来今夜宫中游宴忽然作罢，令人颇感遗憾，因此左大弁红梅、式部大辅①，以及其他应有诸人都来到冷泉院。闻知夕雾大将等在六条院，冷泉院便派人来邀。信中有诗云：

"九重天样远，闲院绿苔生。
秋夜团圞月，不忘旧主人。"

既有雅兴，何妨同乐？"源氏看了信说道："我致仕以来，身无拘束；冷泉院退位之后，闲居逸处。我不曾常去访晤，他心中定然不快，因此来信相邀，实在不胜抱歉。"便立刻起身，准备前往。其答诗云：

"月影当空终不变，
蓬门秋色已全非。"

此诗并不特别优越，只是回思今昔世态之变迁，率尔述怀而已。遂命赐使者酒食，犒赏丰厚无比。

于是将各人车辆按照官位高下依次排列，随从人员奔走扰攘，管

---

① 此人前文未见，疑是红梅之弟。

弦之声一时静止，大家一齐出发。源氏与萤兵部卿亲王同乘。夕雾大将、左卫门督、藤宰相①以及所有在座的人，一律随从。源氏与萤兵部卿亲王本来只穿常礼服，嫌其简慢，又加衬袍一件。月亮渐渐高升，深夜天色异常优美。诸少年在车中随意吹笛，以微行形式前往参见。倘是正式参见，自然必须按照官位行礼如仪，方可对晤也。源氏今夜回复了从前当臣下时的心情，轻骑简从地突然来见，因此冷泉院惊喜参半，竭诚欢迎。他此时正当壮年②，容貌昳丽，越发与源氏一般无二。在这春秋鼎盛之时，发心让位，独居静处，令人看了深为感动。是夜诗歌酬酢，不论汉诗或日本诗，用意无不精深美妙。然作者照例见闻不多，若记录其片段，反失却其全貌，故略而不书。天色向晓之时，各人披诵诗篇，不久告辞散归。

次日，源氏访问秋好皇后，和她谈了许多话。他对她说："我现在闲居无事，应该常常来望望你。并无特别事由，只是年纪大起来，常想把难于忘却的往事说些给你听听，并听你谈谈。但出门时，排场太大又不好，太简又不好，弄得左右为难，以致一向疏远了。比我年轻的人，有的先我而死了，有的先我而出家了，观此人世无常之相，不由人意气沮丧，难于安心。于是遁世出家之志，日渐坚强起来。但愿你照拂我的后人，免使他们孤苦无依。这话以前我屡次对你说过，务望牢记在心，勿负所托。"说时态度十分郑重。秋好皇后的模样总是很年轻③，她答道："让位之后，反比以前深居九重宫阙时难得见面，真乃意想不到之事，令人深感遗憾。眼看诸人出家离俗，亦觉人世可厌。但此心迄未向尊前禀明。此身万事皆蒙鼎力照拂，如今未得许可，心中不胜怅惘。"源氏说："确实如此，昔年你深居宫中之时，虽然归宁日数有限，总得常常相见。如今让位之后，反而没有借口，不能任意回

---

① 此二人亦前文未见。藤宰相疑是红梅之弟。
② 冷泉院时年三十二岁。
③ 秋好皇后时年四十岁。

家了。人世固然是无常的,然而没有特别痛苦的人,总难毅然决然地抛舍红尘。即使是心无挂碍、决意出家的人,亦自有种种牵累羁绊,你岂可模仿此等人行径而生学道之心?你倘出家,反会使人不解而胡猜瞎说呢!此事决不可行!"秋好皇后但觉源氏尚未深知己心,不胜苦闷。原来她很挂念亡母六条妃子死后受苦之状,不知她堕入了何等可怕的地狱业火之中。她死后还要显灵作祟,自道姓名,被人嫌恶,源氏虽然竭力隐讳,但世人都爱讥评,自有人将此话传入秋好皇后耳中。她听到之后,悲痛不堪,便觉人世一切皆可厌弃。她很想知道母亲鬼魂显灵说话的详情,但觉不便直说,只是迂回地言道:"前曾隐约传闻:先母死在阴司,罪孽十分深重。虽无明确证据,仿佛亦可推量。但为女儿的,只觉难忘死别之悲,不曾想到后世之事。愿得深通佛道之人,善为开示,俾得皈依三宝,亲自拯救亡母于业火焰中。年龄越长,这愿望越是恳切了。"源氏觉得她这愿望实甚有理,深为同情,答道:"地狱业火,谁也难于避免。俗人虽知此理,但在朝露一般短促的生涯中,总难抛舍红尘。目连①是一位近于成佛的圣僧,故能即时将母救出。但谁能继承此例呢?即使你卸却钗环,恐于此世犹有遗恨吧!你虽不出家,亦可坚守此志,逐渐举办种种法事,超度亡母脱离苦海。我也有志出家,然而人事纷烦,辞官闲居,也属枉然,只是蹉跎岁月。若得成遂出家之愿,我必静居修身,帮你为你亡母祈求冥福,可惜全是妄想。"二人共叹世事尽属虚空,都可厌弃抛舍,然而毕竟难于痛下决心。

昨夜秘密来此,无人知道;今日消息已经公开,故王侯公卿都来接待,全体护送这位准太上天皇返六条院。源氏想起自己的子女:明石女御自幼疼爱无比,现在高居尊位;夕雾大将也身显名扬,出人头

---

① 目连俗作目莲,是释迦佛的弟子,其母死后堕饿鬼道中,食物入口,即化烈火。目连求救于佛,佛教在七月十五日作盂兰盆会,以救其母。见《盂兰盆经》。

地。都很如意称心。然而对冷泉院,感情尤为深挚,心中念念不忘。冷泉院也时时记挂他,在位时常恨会面机会稀少,因此早年让位,以便自由行动。然而秋好皇后反而难得归宁了,她和冷泉院像普通臣下一般同居共乐,游宴之事、管弦之会反比在位时兴浓。秋好皇后万事心满意足,惟有想起亡母六条妃子在阴司受苦,出家学佛之志日益坚强起来。但源氏和冷泉院皆不允许,她只得多多为亡母举办功德。虽不出家,而人世无常之念日益深切。源氏也和秋好皇后同心,立即准备为六条妃子举办法华八讲。

第三十八回　夕　雾①

以诚实著名的贤人夕雾大将,终于对这一条院的落叶公主起了恋情,心中念念不忘。他在人前装作不忘故人旧情,时时诚恳地前往慰问,但积年愈久,心底里愈觉不甘如此便罢。老夫人觉得夕雾之诚恳十分难得,心甚感激。她近来生涯愈觉岑寂,夕雾常去访问,给她安慰不少。夕雾当初并非为了求爱而来访的。他想:"此刻态度一变,忽然提出求爱,实甚唐突。只有竭尽忠诚,将来公主未必不肯见容。"他想找个适当机会,探察公主心意如何。但公主一直不曾亲自与夕雾会面。夕雾正在找寻机会,想把心事向她明言,看她作何表示。忽然老夫人为鬼怪作祟,生起病来,移居比叡山麓小野地方的别墅里。老夫人早年皈依一位律师,此人善做祈祷,驱除鬼怪,现在笼闭山中,誓不入市。惟小野近在山麓,可以请他下来。移居时所需车辆人夫,均由夕雾备办。柏木的几个嫡亲兄弟,因为事务繁忙,生活烦乱,反而顾不到这位寡嫂家的事。其中长弟左大弁红梅,对公主并非没有恋情,曾经一度贸然求爱,惨遭公主坚决拒绝,此后便无颜再去访问。只有夕

---

① 本回写源氏五十岁八月至冬季之事。

雾非常贤明，若无其事地常来亲近公主。

夕雾闻知老夫人请僧众举行祈祷，便备办种种布施物品及祈祷时所用净衣，遣人殷勤致送。老夫人患病，不能亲自作书答谢。众侍女说："对这身份高贵的人，叫寻常人代笔答谢，似乎大不礼貌了。"便劝请公主作复。公主的手笔非常优美，寥寥数语，着墨不多，然而语甚亲切。夕雾看了越发恋恋不舍，为欲多看公主手笔，此后频频和她通信。夫人云居雁看见他们如此亲热，逆料将来定会生事，脸上时见不快之色。夕雾心有顾忌，虽欲亲赴小野访问，一时未便即刻实行。

八月中旬，野外秋色正美之时，夕雾渴望看看公主山居情状，便装作普通访友的样子，对云居雁说："某某律师难得下山，我有要事和他商谈。老夫人患病在山，我也想乘便前往慰问。"便向小野出发了。随从人员不多，只带亲信五六人，都穿便服。一路上山道并不特别深僻，惟松崎地方山色颇佳，虽无奇岩怪石，而秋色十分娇艳。比较起都中富丽无匹的宫邸来，毕竟富有清趣，更饶雅兴。落叶公主的别墅围着低低的柴垣，却也别饶趣致。虽是暂住之处，气象实甚高雅。作为正厅的房间东面凸出的一室内，筑着一座祈祷坛。老夫人住在北厢，落叶公主住在西面的室中。当初老夫人说鬼怪不祥，公主不可同行。但公主哪里肯离开母亲！必欲追随入山。老夫人又恐鬼怪移到别人身上，故将居室稍稍隔离，和公主的房间不通。因为没有招待客人的房间，几个上等侍女便引导夕雾来到公主帘前，请他暂待，然后向老夫人通报。老夫人命侍女传言："承蒙远道劳驾，盛情不胜感激。老身如果就此死去，无法报答公子大德，如今幸得苟延残喘。"夕雾答道："尊驾移居之时，小生本当亲送，只因家父正有要事嘱办，以致不克如愿。此后又因杂务繁忙，一时未能造访，中心不胜悬念。多所怠慢，不胜歉憾。"

其时落叶公主躲在室内。但旅居之所，设备简略，公主坐处并不甚深，帘外自然可以闻知室内动静。夕雾听见轻微的衣衫窸窣声，知道公主在这里面，便觉神魂飞荡起来。当侍女往返传言之际，夕雾便趁空和向来熟识的侍女小少将君等人谈话，他说："我经常访问，竭诚效劳，至今已历多年①。你们待我还是如此疏远，叫我好恨啊！让我坐在帘前，凭人传言，隐约通问，如此冷遇，我平生尚未经历过呢。外人都讪笑我，说我何等愚笨，我听了实甚难堪。如果我在年轻位卑、行动自由之时，多少学得一些调情求爱的本领，今天不会受此冷遇。像我这样忠厚诚实、数年如一日的人，世间实无其类。"他说时态度非常认真。众侍女猜测到他的心事了，互相扯衣推肘，悄悄地商谈："由我们随便代答，反而难以为情。"便进去告诉公主："他向我们如此诉苦，公主若不出而应对，似乎太不知情了。"公主答道："母亲不能亲自应对，有失礼貌，我理应代为招待。然而母亲病势沉重，我悉心看护，自己也已精疲力尽，不能应对了。"侍女将此言转告夕雾，夕雾说道："这是公主说的么？"便整一整衣冠，说道："老夫人病势沉重，我非常担忧，情愿以身代受。这是为了什么原故呢？恕我放肆直言：依愚见，在老夫人神思清爽、心身复健之前，公主自身必须保重，务求平安无事，则对双方皆有利。公主以为我所关念的只是老夫人，而不知道我对公主多年以来怀念之诚。这真使我大失所望啊！"众侍女都说："此言实甚有理。"

夕阳西沉，天色冥漠，自成佳趣。四周烟雾弥漫，山阴顿觉幽暗。鸣蜩四起，聒噪不已。墙根抚子盛开，迎风拜舞，袅娜可爱。庭前各种秋花，任意乱开。水声淙淙，凉气逼人；山风呼呼，其音凄厉；松涛万顷，奔腾澎湃。忽闻钟声响彻云霄，此乃宣告昼夜不断诵经的僧人轮班的时间到了，离座僧人和接替僧人的念诵声和合一致，音调非常庄严。夕雾身在其间，但觉所见所闻，无不凄凉动人，便满怀感慨，耽入沉思，竟不想回家去了。律师正在祈祷，诵念陀罗尼之声十分庄

---

① 柏木死已三年。

严。忽闻众侍女相告：老夫人病状不佳。大家就聚集到病房中去了。旅居之所，侍女本来不多，此时公主身边侍女极少，公主只是独坐沉思，四周肃静无声。夕雾觉得披露心事的时机到了。忽然夜雾四起，封锁窗户。他便叫道："归途方向也迷失了，如何是好呢？"接着吟诗云：

"漫天夕雾添幽致，
欲出山家路途迷。"

落叶公主在室内答道：

"茅舍深藏烟雾里，
狂童俗客不相留。"

吟声异常幽微。夕雾想象音容，不胜喜慰，真个忘记回家去了。他说："这真是进退两难了！归路已经失迷，这夜雾笼罩的屋里又不便泊宿，势必被逐客了。我这不惯风流的人，遇到此种情况，不知如何是好。"他表示不想回去，并隐约吐露难于禁受的恋情。几年来落叶公主并非不知道夕雾的心事，但一向只装作不知。此时听见他出之于口，表示怨恨，便觉十分讨厌，越发默默不答了。夕雾叹息一声，心中反复寻思，觉得此种机会不易再得。他想："即使被她看作没良心的轻薄儿，也无可如何了。至少总得教她知道我多年以来恋慕之心。"便召唤随从。右近卫府的一个将监，最近晋爵五位的，是他的亲信，此人应召来前。夕雾吩咐他道："我有要事，必须与这位律师晤谈。但他此刻正在祈祷，不得空闲，不久就要休息。我今夜准备在此泊宿，等到初夜功德完毕后到那边去见他。叫某某人等在此伺候。其余随从都到附近栗栖野的庄院中去，在那边取株喂马。不可让许多人在这里吵闹。在这种地方泊宿，深恐外人知道了以为轻率，会乱造谣言呢。"将监心知话中有因，便奉命退去。夕雾若无其事地对侍女们说："这等大雾，归途实在模糊难辨，今夜我只得在此借宿了。既然如此，就让我宿在这帘前吧。等到阿阇梨休息时，我就去会他。"

夕雾以前来访，从来不曾如此长留，也不曾显露轻薄之相。今夜这般模样，落叶公主觉得很可担忧。然而轻率地逃往老夫人那边，又觉得不成样子，只得默默无声地坐着。夕雾对侍女随便说些话，渐渐靠近帘前。侍女膝行入内传言时，他就跟了进去。此时夜雾深锁窗户，室内光线幽暗，侍女回头看见夕雾进来，吃了一惊。公主困窘不堪，连忙膝行而去，闯出了北面的纸隔扇。夕雾敏捷地赶上，把她拉住。公主的身体已经进入邻室，但衣裾还留在这边。纸隔扇那边没有钩环，只得任其半开半闭，身上冷汗像水一般流出。众侍女都吓得呆若木鸡，不知此时应该如何对付。纸隔扇这边原装着锁，然而她们又不敢蛮不讲理地把这贵人拉开而把门锁上，只得哭丧着脸叫道："哎呀！这算什么样子呢？想不到这位大人会起这种念头啊！"夕雾答道："我但求如此接近公主而已，你们何必大惊小怪呢？我虽微不足道，但多年以来的诚意，你们总该早就知道了吧。"他就不慌不忙地诉说他的心事。但公主哪里要听！她只觉得遭此奇耻大辱，心中万分委屈，一句答话也说不出来。夕雾说道："公主如此不讲情理，竟同无知小孩一样！我满怀隐痛，难于忍受，因而行动稍稍越礼，此罪自不容辞。但倘不得公主许可，决不敢再求更进一步的亲近。我实在是'柔肠寸断苦难言'①啊！公主虽不赏脸，自然总有几分理解我的心事。但故意装作不知，待我如此冷淡，使我无法申诉，我就顾不得冒昧了。即使公主把我看作可恨的负心人，我也不惜，但求把年来淤塞在胸中的愁闷向公主分明告白而已。公主对我如此薄情，虽然使我伤心，但我决不敢放

---

① 古歌："一度钟情深刻骨，柔肠寸断苦难言。"见《菅家万叶集》。

肆……"他强自镇定，装作情深意密的模样。公主虽然一直拉住纸隔扇，但这防御绝不巩固。夕雾也不强要开门。但笑着说道："靠这一点阻隔来聊以自慰，也很可怜了！"他并不任意妄为。可见此人性行温和文雅，即在此时，亦与别人不同。

落叶公主想是长年悲叹之故，身体十分消瘦。身穿一袭家常便服，袖部显见手臂非常纤细。周身衣香袭人，遍体无不可爱，真有无限温柔之态。此时夜色渐深，秋风萧瑟。墙根虫吟之声、山中鹿鸣之声，与瀑布之声混合一致，其音十分凄艳。夜色清幽，即使是寻常感觉迟钝之人，亦必难于入寐。格子窗犹未关闭，窥见落月已近山头。这般凄凉景象，令人泪落难收。夕雾对公主说："你到此刻还装作不了解我的样子，反而变成浅薄了。像我这样不识世故、愚诚可靠的人，世间实无其类。对于万事见解浅薄的人，讪笑我这样的人为痴子，亦可谓冷酷无情了。但像你这样聪明的人，也对我过分轻视，真教我想不通。你不是未经人事的人呀！"他说了千言万语，落叶公主不知如何对答才好，只管默默寻思。她想："他以为我是既经下嫁的人①，可以放心地调戏，因而屡次隐约挑唆，实在使我伤心。我真是个世间无类的命苦人啊！"觉得不如一死了事。便饮泣说道："我原知自身罪孽深重，但你此种狂妄行为，教我何以为心呢？"声音十分轻微。她在心中吟道：

"我独多忧患，频年袖不干。
今宵添热泪，名节受摧残。"

不想出口，却断断续续地泄露字句，夕雾便在心中组成诗篇，低声诵念。公主深以为耻，痛悔不该吟出此诗。夕雾说道："我刚才言语不

---

① 古代公主下嫁者往往被视为缺德，故下文言"罪孽深重"。后面两诗亦含此意。

谨，冒犯你了。"便微笑着答诗云：

"公主纵轻我，今宵泪不添。
当年曾湿袖，名节早摧残。

不必犹豫，只管照我的想法吧。"便劝她到月光下去，公主心中懊恼，坚不肯去，奈何他用力一拉，便出去了。夕雾对她说道："我爱公主，深挚无比，请你了解我心，不须顾忌。若非得你同意，我决不，决不……"他的语气非常坚决。谈谈说说之间，天色将近黎明了。

月色澄碧，了无荫翳，晓雾也遮蔽不住，清光射入室中。山庄厢屋甚浅，似觉与室外无甚间隔。公主觉得脸面正对月亮，怪难为情，竭力回避，其态度之娇媚难于形容。夕雾约略说起柏木生前之事，神情从容不迫。但他觉得公主对他不及对柏木之重视，不免向她诉恨。公主心中寻思："我的故夫官位不及此人之高，但婚事乃父母之命，自然名正言顺。虽然如此，我犹且身受丈夫冷遇。何况此人，岂可冒昧相从？加之他不是外人，我翁前太政大臣是他的岳丈，如果闻知此事，不知作何感想。一般世间的讥评且不必说，我父朱雀院闻知此事，将何等伤心！"她一一考虑关系深切的诸人，觉得此事实甚可恨。她自己虽然坚守贞节，奈何世人谣诼纷传！老夫人此刻尚未得知，实在对她不起。将来知道了，定将责备她不知大义，真乃痛苦之事。因此她只管催促夕雾早归："务请在天明之前回去！"此外别无言语。夕雾答道："公主太无情了！教我像定情之后似的在天色未明之前踏着朝露回去，岂不被朝露耻笑！还得请你明白了解我的心情。你倘待我如此冷酷，巧妙地哄骗我早些离去，那时我禁压不住心中业火，会不知不觉地做出种种不成样子的事情来呢。"他实在恋恋不舍，经公主催促，反而不想回去了。但此人的确不惯于色情行为，觉得过分非礼，对人不起。而被人看轻，亦甚可耻。为人为己打算，还不如乘人不觉之时冒着朝雾回去为是。然而已经神不守舍了。吟诗云：

"露重荻原沾袖湿，
雾迷归途阻人行。

我虽空归，你泪湿的衣袖还是不得干燥的。这正是强迫我走的报应吧。"公主想道："我的恶名定将没来由地传播出去了。但'心若问时'，我总可坦白回答。"便用十分疏远的态度对待夕雾。答诗云：

"托辞野草多霜露，
更欲教人泪湿衣。

你的话真奇怪！"她谴责他，娇嗔之相亦甚可爱。多年以来，夕雾为公主竭诚效劳，多方照拂，其忠实远胜他人，但此时已经前功尽弃。他此次忽然放肆，显露了好色的本相，致使公主受惊，自己亦觉可耻。但仔细回想，又觉此次勉强遵从公主之意，未成事实，过后得不被人当作笑柄？归途中左思右想，心绪烦乱，只赢得满身朝露。

此种破晓偷归的行径，夕雾向不习惯，觉得颇有趣味，但又很辛劳。倘回三条院本邸，云居雁看见他浑身露湿，定将惊诧谴责。于是回到了六条院东殿花散里夫人处。此时朝雾尚未散却，回想山中别墅，不知气象如何。众侍女看见了，悄悄地说道："真奇怪，大将从来不曾破晓偷归呢！"夕雾暂时休息一下，就换衣服。花散里夫人替他准备着冬夏种种崭新的衣服，立刻从熏香的中国式衣柜中取出来换上了。吃过早粥之后，他就去参见父亲。

夕雾遣使送信与落叶公主，但公主不肯拆阅。她昨夜突然遭此困窘，惊魂未定，又觉可耻，心中不胜懊恼。她想："母亲倘知道了，教我何以为颜？她做梦也不曾想到此种事情，一旦看出我神情异常，或者由于世人不肯隐恶，消息传入她的耳中，那时她将怪我欺瞒，教我何等痛苦！倒不如叫侍女们向她如实报告。她听了心中悲伤，也无可如何了。"母女二人一向十分亲睦，毫无半点隔阂。从前的小说中往往有告诉外人而欺瞒父母的事例，但落叶公主不想如此。众侍女相与议论："即使老夫人略有所闻，公主也何必真有其事似的愁这般、愁那般呢？提前担心，也太痛苦了。"她们不知实情究竟如何，想看看这封来信。但公主拆都不肯拆开。她们着急了，对公主说："置之不答，毕竟是不成样的，像无知小儿一般了。"便把来信拆开呈上。公主说道："我气得发昏了！虽然只和那人见面一次，终是我自己轻率之罪过。但想起了他那不顾别人、胡行妄为的行径，实在难于容忍。你们回复他，说我不要看信就是了。"便异常苦闷地躺下。夕雾的信并不十分可憎，只是一往情深地写着：

"心空似觉魂离舍，
　落入无情怀袖中。①

古人说：'世事不如意，根源在自心。'②可知古昔也有像我这样的事例。但不知道我的魂魄飞向何方耳。"其信甚长，但侍女们不便尽读。照这语气看来，这信不像是一般定情后次日的慰问书，然而究竟怎样，不得而知。众侍女看见公主神色大变，都很担心。她们想道："两人的关系究竟怎样呢？多年以来，夕雾大将竭诚照拂，无论何事都很关心，真是一个好人。但倘把他当作夫婿，似乎反而逊色了。真教人很不放心呢。"凡亲近公主的侍女，都替她担忧。

---

① 古歌："似觉神魂已失踪，心头漠漠意空空。多因惜别心烦乱，落入伊人怀袖中。"见《古今和歌集》。此诗根据此古歌。
② 古歌："世事不如意，根源在自心。愿将身舍弃，魂魄自由行。"见《古今和歌集》。

老夫人全然不曾得知。凡被鬼怪作祟的人，虽然病势很重，也有放松之时，这期间神思便清楚了。这一天昼间，有一位阿阇梨做完了日中的祈祷之后，还在诵念陀罗尼。他看见老夫人病势好转，心甚喜慰，对她说道："大日如来①倘不说谎，贫僧如此尽心竭力的祈祷哪得不灵验呢？恶鬼虽然厉害，但有业障缠其身，毕竟是不可怕的啊！"便用嘶哑的声音痛斥恶鬼。这阿阇梨是一位道行高深而性情坦率的律师，突然问道："如此看来，那位夕雾大将已经和府上的公主缔姻了么？"老夫人答道："并无此事。他是已故大纳言的知心好友，不负大纳言临终嘱托，多年以来，每逢有事，无不尽心竭力地照拂。此次闻知老身患病，特地前来慰问，实在很不敢当。"阿阇梨说："老夫人此言差矣！凡事瞒不过贫僧。今天早晨贫僧上这里来做后夜功课时，看见一位仪表堂堂的男子从西面的边门出来。那时朝雾甚重，贫僧不能辨识是谁。同来几位法师异口同声地说：'夕雾大将回去了。昨夜曾将车马遣去，在这里宿夜呢。'怪不得衣香那么浓重，教人闻了头痛，原来是夕雾大将来了。这位大将身上常常散发出浓重的衣香呢。老夫人，这件事情其实不好。他原是一位才高学博的人物。从他童年时开始，贫僧就秉承已故太君②之嘱咐，替他举办祈祷。直至今日，凡有法事，都由贫僧一手承当，因此知之甚详。公主和他缔姻，实在是无益的。他的正夫人势力强盛，娘家又是当代巨室，高贵无比。所生小公子已有七八人之多。公主恐怕压她不倒呢。再说：女人恶业缠身，堕入长夜黑暗地狱者，都是由于犯了此种爱欲之罪，所以受此惨报。如果被人嫉妒，这便成了永远妨碍往生成佛的羁绊了。此事贫僧决不赞善。"老夫人说："这真是怪事了！此人向来绝无好色之相。昨夜老身病体异常痛苦，叫侍女传言：且待休息一下再图晤面。侍女们说他暂时在外

---

① 大日如来是真言宗的本尊。
② 指夕雾的外祖母。

等待。只怕因此而泊宿在此，亦未可知。他一向是个非常诚实而又规矩的人呢。"她口上否认阿阇梨的话，但心中想道："或许有此种事，亦未可知。过去确有好几次表露好色之相。但其人实甚贤明，努力避免受人讥评之事，态度常是端正严肃的。因此我们这边戒备疏忽，以为此人不会做出违心之事。昨夜他看见公主那边人少，便钻入室内，亦未可知。"

律师去后，老夫人唤小少将君过来，问她："我听人说有这样的事，究竟怎么样？为什么公主不把详细情形告诉我呢？我不相信真有其事。"小少将觉得为难，但终于从头至尾详细告诉了她。又叙述今晨夕雾来信中的话以及公主隐约吐露的言语。末了又说："大将只不过把多年来隐藏在心中的意思向公主诉说而已。他非常谨慎小心，天还没亮就回去了。不知外人说些什么。"她万万想不到是律师说的，总以为是某一侍女偷偷地告诉老夫人的。老夫人听了她的话，一言不发，只觉得伤心失意，泪如雨下。小少将君看了很难过，想道："我为什么如实告诉了她？她正在患病，这样一来越发痛苦了。"她很后悔，便又说道："他们会面是隔着纸隔扇的。"又说了许多安慰的话。老夫人说："不管如何，如此疏忽大意，轻率地与男人会面，实在是不应该的。即使实际上清清白白，但说那些话的法师，以及嘴尖的童仆，说话肯留余地么？教我们对人如何辩解？难道可以说明他们没有发生关系么？她身边的人都是不识轻重的……"没有说完，已经痛苦不堪。病中听到这种消息，自然是伤心的。她满望公主做个气品高尚的皇女，如今结了世俗之缘，流传了轻薄之名，使她心中好生悲痛！

老夫人淌着眼泪对小少将君说道："我此刻略觉好些，去请公主到这里来吧。本当我去望她，实在走不动。我似觉长久不见她了。"小少将君来到公主房中，对她说道："老夫人请公主到那边去。"公主想要去见母亲，便把泪湿的额发梳掠一番，又把破绽了的单衫脱去，另换一件。然而不肯立刻就走。她想："这些侍女对昨夜之事不知如何想法。

母亲还全不知情，日后隐约闻此消息，势必怪我欺瞒，教我何以为颜？"便又躺下了。对小少将君说："我好难过啊！但愿就此不起，倒也落得干净。我的脚气病发了。"便叫小少将君按摩一下。她每逢心绪不佳、忧愁过度之时，此病必然发作。小少将君对她言道："昨夜之事，老夫人已有所闻了。她今天问我究竟是怎么一回事，我已如实告诉她，但说纸隔扇是紧闭的，又添了些使她放心的话。如果她问起公主，请公主照我一样回答。"但老夫人悲叹之状，她不告诉公主。公主听了觉得果然不出所料，非常伤心。她一言不发，眼泪像雨滴一般从枕上流下。她回思过去，不但此事而已，自从意外地下嫁以来，使母亲伤心的事已不少了。便觉此身全无生趣。料想此人不会就此罢休，将来势必再来缠绕，外间传说何等难听！她左思右想，不胜烦恼。况且无法辩解，任人讥议，今后将流传何等可耻的恶名！虽然不曾失身，聊可自慰，但念金枝玉叶之身，如此轻率地与人会面，实甚不该。自伤宿世命穷，心中好生委屈。

到了傍晚，老夫人又派人来请，并命打开两室之间的储藏室两边的门，作为通路。老夫人虽然身患病苦，还是毕恭毕敬地接待公主，按照礼仪，下榻相迎①。对公主言道："这屋子里肮脏，邀你过来，也很不好意思。才只两三天不见，便像隔了几年，想念得很呢。今世虽为母女，后世未必定能相见。即使再为母女，但记不得今世之事，也是枉然。如此想来，母女之缘实甚短促。情爱过分亲密，反而教人后悔了。"说罢掩面而泣。落叶公主也百感交集，不胜悲伤，只管注视老母，默默不发一语。公主生性腼腆，欲语难于启口，只觉不胜羞耻。老夫人很可怜她，亦不诘问昨夜之事。侍女们立刻点起灯来，又把晚餐送到这里来请用。老夫人听说公主今日饮食不进，便亲手将肴馔另加调制，但公主一点也不想吃。倒是看见母亲病状好转，她胸怀略觉

---

① 老夫人是更衣，身份不高。女儿却是高贵的皇女，故须恭迎。

开朗。

　　此时夕雾又送信来了。不悉内情的侍女接了进来,报道:"大将有信,是给小少将君的。"公主越发提心吊胆了。小少将君接了信。老夫人就不得不问:"是什么信?"原来老夫人心中已经确信女儿失身,正在等待夕雾今夜再来。听见有信,料想他不来了,心中很是不快。她说:"这信还是应该答复的。否则不成样子。世间少有肯替人辩白的人。你虽然自信清白,能相信你的人恐怕很少吧。还不如无所顾忌地和他通信,照向来一样才好。置之不复,不成样子,也太自大了。"便要看信。小少将君很为难,然而只得呈上。但见信中说道:"昨夜拜见,始知公主待我实甚冷淡,反教我专心一意、恋念不舍了。

　　　在山泉水清,出山溪水浊。
　　　若欲保清名,徒然成浅薄。"

语言甚多,老夫人未能毕读。这信态度很不明显,话中似有得意之色,而今宵又淡然不再来访。老夫人看了信很不高兴。她仔细寻思:"从前卫门督对公主爱情冷淡,我很伤心。然而他表面上对她异常尊重。全靠如此,聊可慰情,尚且很不称心。现在此人态度如此,如何是好!前太政大臣家的人闻知此事,不知作何感想。"又想:"我总得探探他的口气,看他如何说法。"便不管心情颓丧,勉强擦擦眼睛,执笔代为作复,写出来的字奇形怪状,好像鸟迹。信中言道:"老身病势垂危,公主亲来探望。正在此时,接读来示。苦劝公主作复,其奈心情愁闷,不能执笔。老身未便坐视,只得代为奉答:

　　　女萝生野畔,佳种出名州。
　　　何故探花者,匆匆一夜留?"

只写数语，就此停笔。将信两端捻封①，掷出帘外。立刻躺下身子，但觉异常痛苦。众侍女推想刚才是鬼怪一时疏忽，暂不侵扰之故，便惊慌骚扰起来。正在祈祷的几位灵验的法师就又开始大声诵念。众侍女劝请公主："还是回去的好。"但公主自伤命薄，情愿与母同死，一直守候在旁。

且说夕雾大将那天昼间从六条院回三条院自邸。今宵倘再访小野山庄，则外人将以为昨夜真有其事，而事实上还不配如此，因此只得努力忍住。然而恋慕之苦，反而比往日增加了千倍。夫人云居雁隐约闻知丈夫有偷情之事，脸上装作不知，只管躺在自己的起居室中，和孩子们玩耍消遣。黄昏初过，小野山庄送回信来了。夕雾拆开一看，此信与往常不同，文字都像鸟迹。一时不能辨识，便把灯火移近，仔细阅读。云居雁虽然住在隔壁室中，却早就看到有信送来，便悄悄地走到夕雾背后，把那信抢了去。夕雾吓了一跳，对她说道："这算什么呢？真正岂有此理！这是六条院东院那位继母②送给我的信呀。她今天早上受了风寒。我告辞父亲出门时，不曾再去望她，心甚挂念。回家后送信去探问病状，这是她的回信呀！你看吧，情书难道写得这样的？况且你这种态度多么野蛮啊！相处年月越久，越是看人不起，真正气死我也！你不管我怎样想，全不怕难为情。"他愤然地叹一口气，并不表示可惜的样子要去夺回信来。云居雁也不立刻看信，只是拿在手里，答道："你说'相处年月越久，越是看人不起'，你对我才如此呢！"她看见夕雾泰然自若，不免有些忌惮，只是撒娇撒痴地说了这一句话。夕雾笑道："谁对谁都好，这原是人世常态。不过像我这样的人，别处怕找不到。一个身份高贵的人，斜目也不看一眼，守定一个妻子，好像惧怕雌鹰的雄鹰一样③，多么惹人耻笑！被这样顽固的丈夫死

---

① 信纸是卷成筒状的，故捻封两端。
② 指花散里。
③ 鹰雌者身体大，雄者身体小。

守着，在你也不是光荣的。须得在许多妇人之中，特别受丈夫爱怜，地位与众不同，这才可教别人艳羡，自己心里也常愉快，于是欢乐之情、可爱之事，源源不绝而来。如今教我像某翁那样专心一意地死守一个少女①，真乃可惜之事。这在你有什么体面呢？"他花言巧语地想骗出那封信来。云居雁嫣然一笑，说道："你想装成体面，教我这老婆子苦死！近来你的模样变得浮薄可厌，我向来没有看惯这种模样，心中实在难过得很。正是'从来不使侬心苦……'②呀！"娇嗔之相，亦自可爱。夕雾答道："你的意思是'今日突然教我忧'吧，究竟为了何事呢？你一直不曾说起，也太疏远我了。定然是有不良之人搬弄是非。其人不知怎的一向不赞许我，为了我的绿袍③，至今还看我不起，因此把种种难听的话隐隐约约地讲给你听，企图离间我们。于是为了一个毫无关系的人，你就大吃其醋……"他口上虽然如此说，但念落叶之事将来终于要成就的，所以并不特别强调。大辅乳母听了这话很难为情，一句话也不说。两人谈东说西，云居雁还是把信藏过，夕雾也不强要取回，没精打采地就寝了。但他胸中忐忑不安，总想设法取它回来。料想这是老夫人写的信，不知信中说些什么。他躺着寻思，不能成寐。云居雁已经睡着，他装作若无其事地向她的茵褥底下探索，然而没有找到。不知道那封信藏在何处，心中十分懊恼。

　　次晨天色已明，夕雾醒来，并不立刻起身。云居雁被孩子们吵醒，走出外室去了。夕雾装作刚才醒来，起身在室中到处寻找，然而找不出来。云居雁看见他并不急欲找信，料想这不是情书，也就不把它放在心上。男孩子们蹦蹦跳跳地游戏，女孩子们玩娃娃，年纪稍长的读书习字，各自忙各自的。还有很小的孩子，缠住了母亲，拖来拖去。云居雁便把夺得的信完全忘却了。夕雾除了这信以外，别的事全都不

---

① 这大约是一个故事，今已失传。
② 古歌："从来不使侬心苦，今日突然教我忧。"见《水原抄》所引。
③ 夕雾以前向云居雁求婚时，大辅乳母嫌他官位低（六位，穿绿袍）。

想。他只想早些儿写回信去,然而昨夜的信不曾看得清楚。不看来信而作复,老夫人将推想那信失落了。他左思右想,心乱如麻。大家吃过早饭之后,日长人静,夕雾心中烦恼,对夫人说:"昨夜的信上不知写些什么,你死不肯给我看,真是奇怪。我今天应该前去探望,可是心情不佳,不能前往。我想写封信去,但不知来信写些什么。"说时态度淡然。云居雁想想,夺取这封信实在没有意思,觉得难以为情,便不再提此事,答道:"你只要说前晚在深山中受了风寒,身上不好,不能出门,婉言道歉就得了。"夕雾开玩笑地说:"算了吧!不要只管说这些无聊的话!有什么意思呢?你把我看作世间普通的色情男子,反而可耻。这里的侍女们看见你在我这个不识风情的人面前说这种醋话,都觉得好笑呢。"接着便问:"那封信到底藏在哪里了?"云居雁并不立刻拿出信来,于是只得照旧和她谈东说西,暂时躺着休息一会,不觉日色已暮。

　　夕雾被鸣蜩之声惊醒,想道:"此刻山中的雾不知多么浓重,真可怜啊!今天总该写回信去了。"他觉得很对不起她们,便不知不觉地拿过砚台来磨墨,一面举目怅望,考虑这回信如何写法。回头忽见云居雁所坐的茵褥里边有一处稍稍高起,试把茵褥揭开一看,原来那封信塞在这里!他又是欢喜,又是生气,笑着展开信来阅读。读完之后,心中只是叫苦。原来老夫人以为前夜已成事实,使她心中难过,真真对她不起。昨夜等到天明,不知多么痛苦。今日又到此刻尚无回音。他想到这里,但觉懊恨不可言喻。又想:"老夫人熬着病苦,勉强提笔胡乱写这封信,可见她是忧伤得难于忍受,因而如此写的。怎禁得今宵又是音信全无呢!"然而现已毫无办法。因此觉得云居雁太恶作剧,实甚可恨。他想:"她任情戏耍,好端端地藏过了这封信……罢了,这种习气都是我自己养成她的。"左思右想,觉得自身亦甚可恨,竟想哭出来。他想立刻出门去访,又想:"公主不见得肯放心和我见面吧;但老夫人信上如此说,教我如何是好?真不凑巧,今天是诸事不宜的坎日,万一她们许我成亲，将来后果不吉，也使不得。还得从长计议为是。"此人一向认真，故有此种想法。于是决定先写了回信再说。信中写道："宠锡华翰，铭感无似。拜读之余，喜不自胜。但'匆匆一夜'之责，不知有何所闻而出此言？

　　冶游遥入深秋野，
　　未结同衾共枕缘。

如此申明，虽属无益，但昨夜未能造访，其罪自不容辞。"又写了一封长信给落叶公主。命人从厩中牵出一匹快马，换上随从用的鞍子，派遣前晚那个将监跨马送信，又低声吩咐他道："你对他们说：我昨夜在六条院住宿，是刚才回三条院的。"

　　小野山庄中昨夜等候夕雾不来，老夫人忍无可忍，不顾日后人世讥评，写了一封诉恨的信去，竟连回音都没有。今日看看天色又暮，不知夕雾究竟如何用心。老夫人对他已经绝望，伤心至极，肝肠寸断，近来病势已稍见愈，今日忽又沉重起来。落叶公主本人心中，对于此事并不觉得忧伤，她只为那天被这素未谋面的男子看到了日常生活的姿态，不胜痛恨。她并不十分考虑夕雾之事，只是看见母亲为她如此伤心，觉得意想不到，又觉得十分可耻，但也无法说明自身清白，因此她的神情比常日更加怕羞。老夫人看了很难过，觉得这公主的命运越来越苦了，悲伤充塞了胸怀。便对她说："事到如今，我也不必噜苏了。人事总是宿世命运所注定。但也由于自心疏忽大意，以致受人讥评。往事虽已不可挽回，今后自当格外小心。我身虽然微不足数，过去对你也曾悉心教养。现在无论何事，你都全般通晓。人情世故孰短孰长，你也皆能分别，在这方面我已很可放心了。然而你还不脱孩子习气，心中主意尚欠坚定。为此我很担心，总希望自己能多活几年。普通臣民之家，但凡身份稍高者，总是一女不嫁二夫，否则被人看轻，视为浮薄。何况你是金枝玉叶之身，并无特别事故，率然接近男子，如何使得！从前由于意外之缘，使你屈身下嫁，多年以来，我常为你伤心。然而这也是你的宿世孽缘。因为自你父皇以下，无不赞善，而那边的父大臣亦表示心许，教我一人如何阻挡？惟有让步听命而已。不幸此人短命而死，害得你孤苦伶仃。但这也不是你自己的过失，惟有埋怨皇天，凄凉度日而已。不料此次又添一事，为人为己，都流传了轻薄之名。虽然如此，外间声名可以置若不闻，但求像世间寻常夫妇一般相爱，自可从容度日，亦可使我欣慰。岂知此人又是如此无情！"说罢歔欷泣下。老夫人只管独抒己见，公主无法插嘴辩白，惟有嘤嘤啜泣，那模样非常可怜可爱。老夫人一直向她注视，又说："唉，我看你生得没有一点不如别人。究竟前世作了什么孽，以致今世忧患频仍，如此命苦呢？"说罢，但觉身体异常痛苦。鬼怪是乘人衰弱而猖狂进攻的，此时老夫人忽然气息奄奄，身体渐渐冷却。律师也惊慌起来，就向佛许下大愿，高声诵念祈祷。这位律师曾立宏誓：终身笼闭山中。此次为老夫人破例下山，若修法不验，毁坛归山，则面子全无，且使佛亦无颜对人。因此全心全意地虔诚祈祷。公主哭泣之哀，自不必说。

　　正在骚乱之际，夕雾大将遣使送信来了。此时老夫人尚未完全昏迷，隐约闻得有信送来，心知夕雾今夜又不会来了。她想："我的女儿何其命苦，想不到做了世人的笑柄！连我也留了一封可耻的信在别人手中！"百感交集，痛苦之极，就此与世长辞。这般情景，悲、恨等字都不够形容了！她以前常常被鬼怪侵扰，有好几次死而复苏。僧众以为此次也照老例，就加紧诵念祈祷，岂知一去不返了。公主要跟母亲同去，躺在遗骸旁边哭泣。侍女们用人世常理来劝慰她："今已无可奈何了！凡人走上了大限之路，是决不会再回来的。公主虽然舍不得老太太，有何办法可得称心如意呢？"有的强要扶她回去，说道："这样反而不好！会使老太太在冥司路上增加罪过呢！回那边去歇息吧。"但公主的身体缩成一团，已经失却知觉了。僧众拆毁了祈祷坛，纷纷散去，只有几个陪夜僧人留着。现在已经无可挽回，那景象真好凄凉！

各处都来吊丧，不知道是几时得悉的。夕雾大将也闻知噩耗，非常吃惊，立刻遣使吊慰。源氏、前太政大臣，以及其他一切亲友，遣使致奠者甚多。山中的朱雀院也送了一封十分恳挚的信来。公主收到此信，方才抬起头来。但见信中有言："我早就闻知你母病重，但她向来多病，我已见惯，以致疏忽，不曾遣使慰问。你今遭此大故，诚属不幸之至。我推想你悲伤之状，不胜怜惜。务望省察人世无常之理，善自宽慰为要。"公主两眼已经哭得不能见物，然而还是握笔奉复。老夫人生前常常嘱咐死后应如何殡葬，故遵此遗命，今日即行出殡。老夫人的侄儿大和守①负责料理一切丧事。公主恋恋不舍，希望暂时多得瞻仰遗骸。但此事不能照办，众人立刻准备出殡。正在出发之际，夕雾大将来了。

夕雾动身之时，对家人说："今日若不去吊，以后日子不好，不宜出行。"实则他推想公主一定十分悲戚，不胜挂念，所以立刻前往。家人劝他不必如此急急。但他定欲出门。路程甚远，好容易到达山庄，但见景象异常凄惨。遗骸用屏风围着，不教来客看见，样子阴森可怕。夕雾被延入老夫人起居室西边的一室中，大和守啼哭着前来接待。夕雾靠在边门外的栏杆上，召侍女前来。众侍女由于伤心过度，个个都神思恍惚。但因夕雾亲自惠临，诸人略觉喜慰，小少将君便前来应对。夕雾看见了她，一时说不出话来。他向来性情坚强，不容易流泪。但此时看到这凄惨情景，想起老夫人生前模样，实在不胜感慨。而且这人世无常之相，不是传闻而是亲见，因此悲痛万分。好容易镇静下来，叫小少将君转达公主："前闻老夫人病势好转，我便疏忽大意了。做梦也得过些时间方醒。比梦醒得还快，真教人不胜惊骇！"公主想道："我母亲如此忧伤而死，多半是为了此人。虽说是前生注

---

① 即小少将君之兄。

定,这孽缘实在可恨。"因此置之不答。众侍女异口同声地劝道:"教我们怎样答复他呢?大将身份高贵,特地急忙来吊,确是一片诚心。如果置之不答,未免太不礼貌。"公主答道:"听凭你们推量我心,代为答复吧。我已不知所云了。"说过就躺下身子,这原也是难怪的。小少将君便出去对夕雾说:"此刻公主昏厥,几同亡人一样了。大驾光临,今已禀告。"这些侍女说话都已泣不成声。夕雾便道:"我也无法安慰她了。且待我自己心情稍定,公主哀思稍懈,再来拜访吧。但老夫人此次突然仙逝,不知何故,乞道其详。"小少将君便把老夫人等待夕雾不来而忧伤之状约略告知,末了说道:"这话似是埋怨大将了。实因今日心绪缭乱,语言未免错乱。大将既欲详询,则公主悲哀之思终有限制,且待公主心情稍定,再行奉告,并请指教。"夕雾见她说时神情昏迷,便觉自己欲说的话也难于出口。后来说道:"我也觉得心绪缭乱了。还望你善言劝慰公主,请她复我片言只语也好。"他舍不得立刻回去。终于因为此时人目众多,如果久留不去,恐被视为轻率,只得起身告辞。他想不到今夜就要殡葬,觉得排场过分简单,实在太不像样,便召集附近庄园中人员,一一吩咐,叫他们照料一应事宜,然后离去。此事突然发生,以致葬仪过分简单。今得夕雾协助,气象忽然庄严,送葬人数也增添不少。因此大和守不胜欣慰,十分感激夕雾的好意。落叶公主想起母亲即将化作灰尘,心中不胜悲痛,只管匍匐号哭。旁人睹此情状,觉得虽是母女,实在不宜过分亲爱。如今公主悲痛若此,恐对自身亦甚不利。于是大家伤心叹息。大和守对公主说:"此间景象凄惨,不宜久留。长住在此,悲痛将无了时。"但公主总想接近山中火葬之烟,以便回忆母亲,因此定欲终身居住在这山庄中。东面的走廊及杂舍中,略施间隔,七七期间做功德的僧人住在其中,悄悄地诵经念佛。西厢改用丧中装饰,由公主居住。公主就在其中无昼无夜地度送悲伤的岁月,不觉已到深秋九月。

　　山风凛冽,木叶尽脱,四周景象无限凄凉。落叶公主受此环境影响，日夜悲叹，泪无干时。她痛恨"生死"也不能"随心意"①，便觉人世实在可悲可厌。众侍女也都觉得万事可悲，心迷意乱。夕雾大将每日遣使存问，犒赏僧众种种物品，寂寞地诵经念佛的僧众都很喜慰。又写情深意密的信给公主，向她诉恨，一面又无限殷勤地向她慰问。但公主看也不看一眼。她想起那天晚上夕雾的荒唐行为，致使病弱的老夫人以为他们已成事实，因而抱恨死去，成了妨碍往生成佛的罪障，便觉悲愤填胸。只要有人约略提及此人，她就痛恨万状，泪下如雨。因此众侍女不敢禀告，徒唤奈何。夕雾连一行回信也收不到，起初以为公主哀思未尽，暂不写信之故，但后来日子太久，只管音信全无。他想："悲哀终有限度，岂可如此忽视我的一片真心！真乃无情过分，太不懂事了。"心中不免怨恨。又想："如果我信上说的是风花雪月等闲情琐事，固然使她讨厌，但我写的都是同情于她的哀愁和悲伤的慰问之言，她对我应知感谢。回忆昔年太君逝世，我心悲痛不堪。前太政大臣却并不哀伤，认为死别乃人世常事，而只在丧葬仪式上尽其孝道，实甚冷酷无情。六条院父亲大人只是半子，反而诚恳地举办死后种种佛事，使我不胜喜慰——并非为了他是我父亲才这样说。已故的卫门督也竭尽哀思，因此我从那时候起就特别亲近他。柏木为人非常镇静，对世事考虑十分周到，其哀思比常人更为深切，真乃可爱之人。"他在寂寞无聊之时，常常如此回想，借以度送日月。

云居雁不知道夕雾与落叶公主的关系究竟如何，她以前只见夕雾和老夫人有通信来往，而且写得非常详细，却不见落叶公主来信，觉得莫名其妙。有一天，夕雾躺着，怅望夕暮天空，耽入沉思。云居雁差她的小儿子送字条去，一张小纸的一端写着：

"欲慰君心苦，君心不可知：

---

① 古歌："但教生死随心意，视死如归并不难。"见《河海抄》。

莫非悲死别,或是叹生离?

不得要领,使我心忧。"夕雾看了,脸上露出微笑,想道:"她如此东思西想而说出这种话来,以为我是想念已故的老夫人,太不相称了。"便立刻若无其事地复道:

"不为生离叹,岂因死者悲!
但伤人命促,似露受朝晞。

我乃悲叹人世无常耳。"云居雁看了答诗,情知丈夫故意隐瞒,她不管人生如露等事,只觉更增愁叹。夕雾终于忘不了落叶公主,心甚挂念,便又赴小野山庄访问。他本已抑制情绪,拟待七七四十九日热丧过后,从容地前往探望。然而实在忍耐不住,他想:"时至今日,也不必顾忌这无实的浮名了。只要像普通一样地向她求爱,能如愿以偿便好。"就不顾夫人多心,也不捏造借口了。又想:"即使公主本人态度强硬,不亲近我,但我有老夫人恨我'匆匆一夜留'的信为凭据,她就无法自认为清白了。"这样一想,他就胆壮起来。

九月初十过后,山野秋气萧索,即使不是深知情趣的人,亦必真心感动。林木末梢的秋叶和山上的葛叶,不堪山风狂吹,慌忙纷纷散落,其声掩盖了庄严的诵经声,只有念佛之声朗朗可闻。室内人影稀少。群鹿被寒风吹逐,都傍着篱垣彷徨,或者躲入深黄色的稻田中,不怕驱鸟器①的声响,引颈长鸣,令人听了发愁。瀑布之声不断轰响,更使愁人增悲。只有草丛中的秋虫唧唧之声是微弱的。龙胆从枯草中突出,表示惟我独长。这些带露的花草,都是秋季照例应有的景色,但在此时此地看来,觉得特别凄凉难堪。夕雾照例走近西面的边门,站着

---

① 木板上系几根竹管,拉绳使发音,以驱逐鸟兽。

看看四周光景。他身穿平日穿惯的常礼服，里面的深色砑光衬衣鲜丽地露出在外面。光线微弱的夕阳毫无顾忌地向他照射，使他觉得炫目，漫不经心地举起扇子来遮光。众侍女看了，觉得这种优美的手势，应该是女子所有，女子尚且做不出来呢。他装着可使愁人欣慰而微笑的和悦之相，指名宣召侍女小少将君。小少将君奉命前来，站在离开他所站的廊下极近的地方。但他深恐帘内有别的侍女，不便和她详谈，便对她说："再走近些吧！不要疏远我呀！我不辞跋涉之劳，特地来到这深山之中，这一片诚心不可忽视啊！况且雾如此重。"他装作不看着她，而向山的方面眺望，又说："再近来些，再近来些！"小少将君便把淡墨色的帷屏从帘端略略推开，把衣裾撩在一旁，坐了下来。这小少将君是大和守的妹妹、老夫人的侄女，血缘甚近，并且从小由老夫人抚育成长，因此所穿衣服颜色甚深，她身穿一套橡实色①丧服，外加一件礼袍。夕雾对她言道："老夫人逝世，使我悲痛不尽，自不必说；加之公主一言不复，无情太甚，使我想起了心魂俱丧！外人看见了我，都怪我为何如此愁苦。如今我已无法忍受了。"接着又说了许多怨恨之词，并且提起老夫人临终前寄他的信，说罢哭泣甚哀。小少将君哭得更加厉害，后来收泪答道："那天夜晚，老夫人等候大将，岂知连回信也没有来。其时已近临终，神思昏迷，便痛感绝望。天色渐暗，病势越发沉重，那鬼怪便乘人之危，致人之命了。昔年卫门督逝世时，老夫人也因伤心过度，屡次昏迷过去。因见公主同样悲伤，为欲劝慰公主，勉强振作起来，渐渐恢复健康。但此次公主遭老夫人之丧，无人劝慰，以致神志丧失，人事不省了。"她说时痛感前情，不绝悲叹，因此语言哽咽断续。夕雾说道："此言诚然。公主确已伤心过分，情绪十分委顿了。但事已如此，恕我直言：今后公主将依靠何人呢？朱雀院闭

---

① 用橡树实的汁水染成的，即黑色。对死者关系亲、哀思深的，所穿丧服的黑色也深。

居深山之中，白云野鹤，遗世独立，通信亦甚不易。请你善为劝导，务使公主知道自身所处困境。世间万事，都是前世制定。公主虽然不欲随俗，无奈事与愿违！人生倘欲如意称心，首先须得没有死别之悲，方始可能呀！"他滔滔不绝地说了许多话，但小少将君一言不答，只管叹息。此时室外群鹿哀鸣。夕雾听了，便吟诵"怜我独眠夜，泣声似此长"的古歌①。接着赋诗云：

"跋涉离人里，遥临小野庄。
声如鸣鹿苦，不惜湿衣裳。"

小少将君答道：

"热泪沾丧服，秋山人意乖。
鹿鸣声正苦，添得哭声哀。"

此诗并不甚佳，但在此时由女儿低声唱出，夕雾觉得亦甚美妙。他就叫小少将君向公主传言数语。公主命小少将君答道："此刻我在世间，犹似身在愁梦之中。且待此梦稍醒，自当答谢屡次枉驾之恩。"只此数语，真乃十分冷淡的应酬。夕雾觉得公主太无情，只得长吁短叹地独自回京。

夕雾在回京路上怅望秋夜长空，正值十三夜的月亮幽艳地照临天际。车辆从容地驱过小仓山时，道经落叶公主本邸一条院。但见这宫邸已甚荒凉，西南方的土墙已经坍塌，可以望见内部各处殿宇，窗户都关闭着，静悄悄地不见人影，只有月亮皎洁地映在池塘之中。夕雾回

---

① 古歌："秋来鸣鹿苦，响彻晚山阳。怜我独眠夜，泣声似此长。"见《古今和歌集》。

思柏木大纳言昔年在此举行管弦之会时的光景,独自即景吟诗:

"俊赏人何在?身随泡影亡!
可怜秋夜月,独宿守池塘。"

回到三条本邸之后,他还是眺望着月色,魂灵儿荡漾在天空中。众侍女看到这般模样,都在背后私议:"这样子多难看啊!向来没有这种习气的呢。"夫人云居雁真心地发愁了。她想:"他的心全然飞驰到那边去了。不知怎么一来,他把六条院中惯于妻妾和睦共处的诸夫人当作范例,便把我看作不识情趣的厌物,真乃太没道理了。如果我自昔就是多妻中的一人,那么外人也都看惯,我倒可以安然度日。然而自他的父母兄弟以下,人都称赞他是世间典型的诚实男子,都说我是无忧无虑的幸福夫人。岂知平安日子过到了现在,忽然发生了这件可耻之事。"她心中非常不快。此时夜色已近破晓,两人不交一语,背向着背,各自唉声叹气,直到天明。夕雾等不到朝雾散尽,照例急急忙忙地写信给落叶公主。云居雁心甚怨恨,然而并不像那天一样夺他的信。夕雾的信写得非常详细,其间暂时搁笔,吟诵诗句。虽然吟声甚低,却被云居雁听到:

"闻说愁如梦,秋深夜不明。
何时愁梦醒,始得见卿卿?

真像'瀑布落无声'①了!"信中所写大约如此。封好之后,他又口吟"如何可慰情"之句。然后宣召仆夫,将信交付。云居雁颇思看看对方

---

① 古歌:"深山名小野,瀑布落无声。似此无音信,如何可慰情?"见《河海抄》所引。

的回信,她总想知道两人的关系究竟如何。

日上三竿之时,小野回信来了。信纸是浓紫色的,非常朴素,照例是小少将君代笔的。信中告诉他:公主依旧不肯作复。后面又写道:"抱歉得很:公主在来书上信笔乱涂。被我偷取得来,附呈请看。"果然有从去信上撕下的片纸塞在这复信中。夕雾推想公主已经看了他的去信,只此一点,也就不胜欣慰,真乃太可怜了!他把公主信笔乱涂的文字仔细拼凑起来,看出了这样的一首诗:

"愁人居小野,朝夕哭声啾。
热泪知多少,无声瀑布流。"

此外又乱七八糟地写着些愁人所想起的古歌,那笔迹非常优秀。夕雾想道:"我往常听见别人为了此种色情之事而伤心,觉得荒唐可笑,令人厌烦。岂知碰到自己身上,便觉实在痛苦难堪。怪哉,为何如此伤心呢?"他想回心转意,然而力不从心。

六条院源氏也闻知此事。他想:"夕雾为人老成持重,凡事沉着应付,从不受人讥评,一向平安度日,我做父亲的也觉得面目光彩。回想自己年轻时候,未免稍稍耽好风月,以致流传轻薄之名,且喜他能替我补救。然而如今发生此事,对任何人都很不利。对方倘是疏远的人,犹可说也,偏偏又是他的至亲①,不知前太政大臣对此作何感想。这一点夕雾不会不顾虑到,可见前世宿命是不可逃避的了。但无论如何,关于此事我不宜插嘴。"他觉得此事对落叶公主和云居雁两皆不利,故闻讯之后,不胜愁叹。他自己回想过去之事,推量未来之状,便对紫夫人表示:看到落叶公主丧夫的事例,不免担心自己身后之事。紫夫人面红了,自念我死了丈夫难道会久留在世么,便觉心情不快。她想:

---

① 落叶公主是夕雾的表嫂兼舅嫂。

"女人持身之难，苦患之多，世间无出其右了！如果对于悲哀之情、欢乐之趣，一概漠不关心，只管韬晦沉默，那么安得享受世间荣华之乐、慰藉人生无常之苦呢？况且一个女子无知无识，形同白痴，岂不辜负父母养育之恩而使他们伤心失望？万事隐藏在心中，像古代寓言中所谓无言太子①，即僧人所引为苦难之典型者，明知世事孰善孰恶，却将意见埋藏胸底，毕竟也太乏味了。虽然心由自主，却不知道如何才能保持恰到好处。"如此左思右想，并非为了自己，只是为了大公主②的前途。

夕雾大将来六条院参见，源氏颇思知道他的心事，对他说道："老夫人七七已经过了吧。回忆此人以更衣入侍时，至今匆匆已历三十年。无常迅速，实甚可悲。人生所贪恋的，只是朝露一般的欢乐而已！我很想把这头发剃掉，将世间万事一概抛开。然而至今还是苟且偷安，因循度日，实在很不好呢。"夕雾答道："果然如此。即使是表面看来毫无留恋的人，在他本人也确有难于抛舍之苦呢。"接着又说："老夫人四十九日中一切佛事，都由大和守一人办理，实在太凄凉了。没有确实可靠的保护者的人，生前犹可，死后实甚可悲。"源氏说："朱雀院定然遣使吊慰过了。他那二公主不知悲伤得怎么样。那位更衣，据我近年来便中所见所闻，比以前传闻的好得多，竟是一位无瑕可指的淑女。世人都在悼惜她呢。应该活着的人，偏偏短命而死。朱雀院也一定大为震惊，不胜悲伤吧。他对二公主的钟爱，仅次于这里的已出家的三公主。想见二公主品貌也是极美妙的吧。"夕雾说："二公主品貌如何，不得而知。老夫人的人品与性情，真是无瑕可指的。虽然和我并未亲昵熟悉，但在些些小事上，也可显见此人性情之优越。"关于二公主，他绝不谈起，装作全不知道。源氏想道："他对此事已是

---

① 天竺波罗奈国太子，名叫休魄的，生后十三年不说话，人称无言太子。
② 指明石皇后所生长女，此女归紫夫人抚养。

专心一志，我若劝谏，徒劳无益。明知他不会听信而向他郑重提出，也太没意思了。"便置之不谈。

老夫人的法事，概由夕雾一手包办。种种消息，自然不能隐讳，前太政大臣也闻知了。他认为夕雾不会如此存心，总是女的思虑浅率之故。举办法事之日，柏木诸弟因有旧情，都来吊奠。前太政大臣亦致送隆仪，以供诵经布施。所有供养，皆极丰盛，仪式之体面并不逊于当时得势之家。

落叶公主曾经立志终身居住在这山庄中，出家为尼。但此消息传入朱雀院耳中，朱雀院说："此事万万不可！女子身事二夫，固然不是好事。但无保护人之少妇，一旦出家为尼，反会引起意外的恶名，而使身蒙罪愆，对于今世与后世两皆不利，徒然遭受世人谴责而已。我已祝发入山；三公主也已身披尼装。世人笑我断子绝孙，在我辈出家之人并不懊恼。但必欲大家如此，争先出家，毕竟无甚意味。为了人世忧患而遁入空门，声名反而不佳。必须真心感悟，静思息虑，心地澄澈，然后可以任情去留。"他屡次将这番话教人传告公主。公主与夕雾的浮薄名声，他也曾听到。世人都说公主因为此事不谐，所以厌世出家。朱雀院听了十分担心。他认为公主公然与夕雾结缘，太过轻率，实甚不宜。但念如果向她提及，使她害羞，亦甚可怜。"我又何必多费口舌呢！"因此关于此事绝不谈起。

夕雾大将想道："我已说得舌烂唇焦，至今还是毫无希望。要她自己心许，看来是难事了。我不妨对外人说，此婚事乃老夫人生前许下。事出无奈，只得教死者稍任思虑疏忽之咎了。不教外人知道何时开始定情，马虎过去吧。现在要我回复青年时代，为恋爱流泪，向女人纠缠，似乎也不配了。"便计划将公主迎回一条院，正式成亲。于是选定黄道吉日，宣召大和守前来，吩咐他应有一切事宜。先将宫邸大事整理。此宫邸虽然也很华丽，但因住者皆是女子，故庭院杂草繁生。如今大加清除，并施装饰。夕雾用心非常周到，一切务求尽善尽美。

关于幔帐、屏风、帷屏、茵褥等，也都一一操心，嘱咐大和守，急速在宫邸中备办。

移居之日，夕雾亲赴一条宫邸，派遣车辆及前驱人赴小野迎接。公主声言决不返京。众侍女苦口相劝。大和守也劝道："公主此言，教人殊难奉命。卑人因见公主孤单悲苦，不胜同情，故竭尽绵力，为公主效劳。今大和当地有事，必须赴任亲理。而此间一切事务，无人可以接任。若不顾而去，则实甚怠慢。正在左右为难之际，幸蒙夕雾大将关怀，如此竭诚照拂。公主认为此君存心不良，因而不肯屈尊，亦自有理。话虽如此，但自古以来，皇女迫不得已而下嫁者，其例甚多。世人不会教公主独任其咎。迟疑不决，反而显得幼稚。即使欲坚持己志，但为女子者，要独力照顾自身，以求生涯安稳，岂可得乎！毕竟还得有男人爱护照顾，仗此助力，才能发挥其慧心贤才。左右诸人，都不知道以此大义劝导公主，只管自作自主，干那些不应有的事情。"又说了许多话，责备侍女左近及小少将君。

众侍女听见大和守责备，大家聚拢来，共劝公主迁居。公主此时已经身不由主。侍女们取出华丽的衣服来替她穿，但她殊不乐愿。一头青丝细发，至今还想剪落，此时挽过来一看，长达六尺，末梢虽因忧患而略疏，但侍女们看了并不觉得逊色。公主自己看看，觉得衰减太甚，这模样如何可以事人，此身真太不幸了。想了一会，又躺下了身子。众侍女催促："时辰过了！夜也很深了！"大家喧噪起来。忽然随着凉风降下一阵时雨，四周景象十分凄凉。公主吟诗云：

"愿随亡母乘烟去，
誓不风靡意外人。"

她虽然决心落发出家，但此时剪刀等物都被隐藏，众侍女环守甚严。公主想道："何必如此大惊小怪！我身又何足惜，难道会像小孩那样逃走,偷偷地把头发剪下么?如此骚扰,外人听见了反会讥笑呢。"便打消了出家的决心。

众侍女皆忙于准备迁居,各人把自己的梳子、盒子、柜子以及其他种种打包装袋的东西先已运往京中。落叶公主不能一人独留山庄,只得啼啼哭哭地登车。临别只管注视四周,回想当初来时,老夫人在病苦中抚摸她的头发,替她整理,然后相扶下车,景象历历在目,不觉悲从中来,泪盈于睫。老夫人所遗佩刀及经盒,一向不离身畔,此时也随身带去。遂吟诗云:

"物是人非难慰藉,
摩挲玉盒泪盈眸。"

这经盒还不曾为丧事而涂黑,是老夫人平日惯用的一只螺钿盒,是盛诵经布施品用的,现在公主当作遗念保存着。带着玉盒归去,形似浦岛太郎①。

到了一条宫邸,但觉殿内毫无悲惨气象,出入人员众多,竟是另一世界。车子停在门前。公主即将下车之时,似觉不是回返故邸,却是到了一个陌生地方,心中害怕,一时不肯下车。众侍女觉得公主太孩子气了,多方劝请,不胜其烦。夕雾大将暂住在东厅的南厢中,装作一向住惯的模样。

三条院中的人闻此消息,无不吃惊,互相诧怪:"怎么突然做出这种意想不到的事情来!是几时发生关系的呢?"原来不喜温柔、不爱风流的人,反而容易突然做出意想不到的事情来。但三条院里的人,都认为夕雾多年来早就和落叶公主发生关系,只是一向不露声色而已。

---

① 浦岛太郎是古代传说中的人物。此人是一渔夫,与龟共赴龙宫,居住三年,享尽荣华。临别一美女赠他玉盒一具,诫不可开。此人归家后破戒开盒,与盒中喷出之白烟共化为老翁。

公主如此坚贞不移，却没有一个人推想得到。无论他们怎样看法，在公主都是委屈的。

且说一条院的排场设备，由于公主尚在丧服之中，自然不同于一般。这样的开端未免是不祥的。但在大家吃过素斋、人声静息的时候，夕雾走过来了。他频频催促小少将君，要她引导与公主相会。小少将君说："大将如果真有久长之志，务请过一两天再来。公主回到旧邸，反而添了新愁，已像死人一般躺卧着了。我们从旁劝慰，公主反而痛苦。常言道：'凡事都为自己'，我们岂肯触犯公主！所以此刻实在不便通报。"夕雾说："奇怪极了！这真是我所料想不到的啊！公主的心竟同小孩一样莫名其妙。"便向小少将君仔细分辩，说他这办法为公主、为自己都顾虑周至，决不会受世人非难。小少将君答道："使不得啊！我们正在担心：这回不要再送走了这个人？大家心慌意乱，手足无措。我的好大将！求求你，千万不要强词夺理，干这种不近人情的事啊！"便向他合掌礼拜。夕雾说："我从来不曾受过这种冷遇。公主如此蔑视我，把我看作比谁都可厌可恶，教我好伤心啊！究竟谁是谁非，我想叫人评评理看。"他无可再说，恼羞成怒。小少将君终于也觉得不好意思，微笑着答道："大将说从来不曾受过这种冷遇，实因大将尚未深解男女之情之故。道理究竟谁是谁非，让人评判吧。"小少将君虽然固执，但如今已无法坚拒，只得跟着他进去。夕雾猜量公主所居之处，进入室内。公主非常懊恼，痛恨此人蛮横无礼，便不顾别人讥笑她孩子气，立刻在储藏室内铺一条茵褥，躲进里面，把门从内侧锁上，就在那里睡觉。但在这里毕竟能躲到几时呢？那些侍女都已丧心病狂，袒护对方了。她想想不胜痛恨。夕雾深怪公主冷酷无情，他想："你如此抗拒，我决不甘休。"他满怀信心，独睡户外，左思右想，直到天明，自己觉得好像隔溪而宿的山鸟①。好容易天亮了。夕雾心念只

---

① 山鸟雌雄隔溪而宿。

管如此坚持下去，势必变成仇视，还不如暂且出去吧。便在储藏室外恳切要求："即使略开一条门缝也好！"然而里面绝无回音。夕雾吟诗云：

"愁恨填胸冬夜苦，
又逢深谷锁岩扉。

如此冷酷无情，教人无话可说。"便啼啼哭哭地出去了。

夕雾回六条院去休息一下。继母花散里从容不迫地问道："听前太政大臣家的人说，你把二公主迎接到了一条院。究竟是怎么一回事？"两人虽然隔着帘子，又添上一个帷屏，但夕雾从一旁可以窥见花散里的姿态。他答道："人们总是大惊小怪。事实是这样：已故的老夫人起初态度强硬，认为岂有此理，拒绝我的要求。但到了临终时候，心身都衰弱了，想是悲伤公主无人保护之故，嘱托我在她死后多多照拂。我本有此心，便如此照办。世人总是喜欢论短评长，平淡无奇的事，说得天花乱坠，真是多嘴啊！"说到这里笑起来。接着又说："可是公主本人深恶世俗生活，决心出家为尼，我又有什么办法呢？各处谣诼纷传，原是很讨厌的，索性让她出家，倒可避免嫌疑。但我又不忍违背老夫人遗言，所以只是照拂她的生活。父亲如果来此，务请便中把我这番意思转告。我深恐父亲见责，以为平安无事到了今天，忽又产生此种不良之心。但实际上，但凡碰到恋爱之事，别人的劝谏和自己的意志似乎都是无可奈何的。"后面几句话声音很低。花散里说："我也疑心外间传说是虚假的，然而总有几分真吧。这原是世间常有的事。只是你那三条院的夫人定然不快，却是怪可怜的。她太平无事地直到现在了呢。"夕雾说："您当她是个可爱的千金小姐么？其实像鬼一般凶狠！"接着又说："可是我决不疏远她。恕我说句放肆的话，您可从自己身上推想：为女子者，如果心平气和，结果终是便宜。如果心怀妒恨，口出恶言，则暂时之间，丈夫为欲息事宁人，姑且让她几分，然而毕竟不能永远依她，一旦闹出事来，势必互相仇恨，变成冤家。总之，像南殿那位紫夫人，心地真好，对各方面都很和顺。还有，像您老人家，更是和蔼可亲，这是众目昭彰的事。"他极口称赞这位继母。花散里笑道："你拉出我来做范例，反而使我的缺点显著了。所可怪者，你父亲自己犯了好色的毛病，似乎以为别人都不知道，而你稍有一点风流言行，他就当作一件大事，当面训诫，又在背后担心。真所谓'责人则明，恕己则昏'也。"夕雾答道："果然如此。父亲常为此事训诫我。其实即使他不教导我，我也会谨慎小心的。"他觉得父亲实在可笑。

夕雾前去参见父亲。源氏早已闻知他和落叶公主之事，但他想："我又何必装作知道呢。"只是默默地望着夕雾。但见他长得相貌堂堂，眉清目秀，正当精力充沛的盛年。他想："这样的美男子，即使干些风流勾当，别人也不会非难，鬼神也应该赦罪的。那艳丽清秀之相，横溢着青春蓬勃之气，但又没有不识世情的幼稚之相。圆满成熟，无可指疵，此时寻花问柳，也是理之当然。女人怎么会不恋慕他呢？揽镜自视，又安得不自豪呢？"他看了自己的儿子，心中作如是想。

日色过午，夕雾回到三条院本邸。一走进门，便有一群可爱的子女迎上前来，缠绕戏耍。云居雁躺卧在寝台的帐幕内。夕雾走进去，她也不向他看。夕雾知道她怀恨，觉得这也难怪，便装作绝不怪怨的样子，把她盖在身上的衣服拉开。云居雁说："你当这是什么地方？我早已死了！你常常说我像鬼，我索性做了鬼吧！"夕雾答道："你的心比鬼还可怕，但你的样子非常可爱，故我舍不得你。"他不假思索地说这话，云居雁生气了，说道："像你这样相貌堂堂、风度翩翩的人，不配我来长久做伴。让我到随便什么地方去吧。你索性不要想起我这个人。和你共度了这许久无聊的岁月，我真觉得后悔呢。"说着坐起身来，姿态异常娇媚，那红晕满颊的颜面非常可爱。夕雾就同她开玩笑：

"大约是因为你常像小孩一般生气，所以我已看惯，现在觉得这个鬼不可怕了。要再添些凶相才好。"云居雁说："你说什么？像你这种人，给我乖乖地去死吧！我也要死了。我一见你的面就懊恼，一听到你的声音就不快。我先死了，把你留在世间，我倒不放心。"她说时姿态越发娇艳了。夕雾微微一笑，答道："如果我活着，虽然往远方去了，你见不着我面，还会从旁听到我的消息，所以你要我死。但你这话，正是教我知道了我俩情缘的深厚。一人死了，另一人立刻跟着走上冥途——这本来是我俩的誓约呀。"他一本正经地说，又用种种好话来安慰她。云居雁原是个天真烂漫、温柔敦厚的人，经夕雾巧言搪塞一番之后，心情自然平复下来。夕雾觉得她很可怜，但一方面又心不在焉，他想："落叶公主虽然未必是一个自高自大、倔强成性的人，但她如果坚决不肯再嫁，定欲出家为尼，则我大失所望，太没面子了。"如此一想，他觉得目前不可放手，心中不胜焦躁。看看日色渐暮，今天又不会有回音来了，他就心挂两头，只管沉思默想。云居雁昨今两日一点东西也不曾吃，此刻略微吃了一些。

夕雾对她说道："从很久以前开始，我对你的爱情就已与众不同。你父亲对我态度冷酷，使我在世间获得了愚夫的恶名。但我竭力忍受这难堪的痛苦，各处争来说亲，一概置之不闻。众人都讥笑我，说即使是女子，也不会如此固执。现在回想起来，不知那时怎么能够忍受的，我自己也相信我从小就是一个稳重的人。现在你虽然如此讨厌我，但你已经有了一大群不能抛开的孩子，不能独断独行地离弃我了。请你放长眼光，静观将来！只怕人命无常而已。"说到这里竟哭起来。云居雁回思昔年之事，也不胜感慨，觉得自己同他真是世间少有的夫妇，宿世因缘毕竟是很深的。夕雾把那件软熟了的家常衣服脱下，换上一件特别华丽的新衣，熏足了衣香，用心打扮，仔细化妆，准备出门去了。云居雁在灯火影里目送他，忍不住流下泪来。便扯过夕雾脱下的单衣的衣袖来拭泪，自言自语地吟道：

"断绝情缘成弃妇,
何如披剃着缁衣!

在这俗世真是住不下去了!"夕雾站定了答道:"何等无聊的想法啊!

厌弃故夫披剃去,
枉教人世笑君痴。"

此诗匆促草成,故甚为平凡。

且说那位落叶公主,一直笼闭在储藏室中。众侍女劝道:"公主终不成一辈子住在这里面。外人听到了,要讥笑公主太孩子气,行事不成体统。还不如到外边来,照常起居,把公主的主意向大将说明吧。"此外又做种种劝导。公主觉得这些话也有道理。然而想起今后外间流传恶名,以及过去自心种种痛苦,都由这个可恨的不良之人而来,这天晚上又不肯和他会面。夕雾说:"开玩笑也不是这样开的,真是少有少见的啊!"他大发牢骚。众侍女也都代他委屈,对他说道:"公主说过:'再过几时,等我身心恢复健康之后,如果他还不忘记,我总会向他致意。在此丧服之中,让我一心不乱地专诚为亡母超度吧。'她的心很坚决。大将频频来访,深恐外间无人不知,公主也非常担心呢。"夕雾答道:"我的用心与别人不同,决不做非礼之行,想不到如此受人冷遇!"他长叹一声,又说:"只要公主肯在日常起居室中接见我,隔着屏幕也好。我只指望把心事诉说一番,决不违反公主之意。叫我等待多少年月,都无不可。"他再三要求,絮聒不休。公主命侍女答道:"我已困顿不堪,你还要无理强求,实在太狠心了。世间谣琢纷传,我身不幸已极,这且不说。你又如此用心,怎不教人痛恨!"她越发讨厌夕雾,只想远而避之。夕雾想道:"只管如此下去,被外人闻知了确也难听。叫这些侍女看了也不好意思。"便催促传言的小少将君道:"实际关系，一定遵照公主所言。但在目前，暂做表面夫妇吧。如此有名无实，真乃世间怪相。再说，倘因公主坚拒，而我断绝访问，则外人将谓公主被弃，更加有损令名。总之，固执一念，像孩子一般不明事理，实在令人遗憾！"小少将君认为夕雾之言有理。她看看夕雾的模样，但见他此时的确痛苦，觉得万分抱歉。便把侍女进出的储藏室北门打开，放他进去。

公主吃惊之余，十分伤心，痛恨她的侍女。她想："世间人心如此不测，我身将来苦患正多呢！"她想起此身已无可信赖之人，便反复悲伤。夕雾说出种种理由，希望公主谅解。话语甚多，有的情趣动人，有的意味丰富。但公主只觉得可恨可恶。夕雾说道："你把我看作毫不足道之人，使我羞耻无似。我因思虑不足，起了这个荒唐之念，如今不胜后悔，然而无可挽回了。但公主又岂能保持清白之名呢？无可奈何，只得屈节了。人生在世，到了不称意之时，往往有投身深渊者。就请公主把我的心当作深渊，投身其中吧！"公主把一件单衣牢裹在身上，除了号哭之外毫无办法。那恐惧担心的样子实甚可怜。夕雾想道："无可奈何了！怎么会如此嫌恶我呢？无论何等坚贞的女子，到了这个地步，心情自会松懈起来的。岂知这位公主心肠竟同木石一般，坚决不肯屈从。没有宿世因缘的人，见面只觉可嫌，此人对我大约也是如此吧。"想到这里，觉得此事太不近情，心中不胜懊恼。他想起云居雁此刻心情一定不快，又回想当年两小无猜、互相爱慕之状，以及多年来情投意合、互相信赖之状，便觉此次自讨烦恼，实在无聊之极。因此也不勉强抚慰公主，只管悲伤叹息，直到天明。他觉得每次空自来去，太不成样，今天就留在这里，安闲地度送一天。公主见他如此顽强，非常讨厌，越发疏远他了。夕雾则一方面笑她愚痴，一方面恨她无情。

这储藏室内设备甚不周全，只有藏香的柜子和橱子等物而已。把这些东西堆放到两边角落里，加以布置，使宜于居住，公主就住在这里面。室内阴暗，但早晨日出之时，亦有阳光射入。公主偶然解下裹在头上的衣服,用手整理散乱的头发,夕雾便得隐约窥见姿色。他觉得这是一个上品的女子,容颜十分娇艳。夕雾的姿态,放任不拘的时候反比一本正经的时候优美得多。落叶公主看了,想道:"我的故夫相貌并不优异,然而非常自傲,有时嫌我容颜欠美呢。何况我现在衰减得如此厉害,教这美男子看了,恐怕一刻也不能忍受吧。"她觉得非常可耻。左思右想,自我劝慰一番。但总觉得不胜痛苦:各方面的人闻知了定然怪我,使我罪无可逭。况且身在丧服之中,更加令人痛心,实在难于自慰。

公主终于走出储藏室,二人在日常的起居室中盥洗并进早粥。丧家装饰,此时似嫌不祥,故用屏风将做佛事的东室遮蔽。东室与正屋之间,张着淡橙色帷屏,此乃吉凶两用之色,并不十分触目。又设着一个两架的沉香木橱子,隐约表示欢庆之相。这都是大和守的计划。众侍女都把青蓝色丧服脱去,换上不甚鲜艳的棣棠色、暗红色、深紫色的衣服。绿面枯叶色里子的围裙也换了淡紫色的。她们都在奔走伺候。这宫邸内只有女人,诸事未免办理不周。全赖大和守一人在那里操心,略雇几个人夫来打扫整理。现在意外地来了这个身份高贵的娇客,本来已经辞退的家臣闻知了,纷纷前来复职,都到事务所去当差。

夕雾无可奈何,只得装作住惯的样子,安居在这宫邸内当主人。三条院的云居雁闻讯,心念这回情缘决绝了。但犹信赖夕雾,希望不致如此。既而又想:"谚云:'老实的人一变心,完全变作另一人。'这句话是真的。"顿觉看破世情,不肯再受丈夫的气。便以趋避凶神为借口,回娘家去了。其时适值弘徽殿女御归宁,姐妹相会,亦可稍稍解忧,就不像往日那样急急思归。

夕雾闻此消息,想道:"果然不出所料,此人本性非常急躁。她父亲也没有宽宏大量的气度,是个心直口快的人,说不定会骂道:'岂有此理!从此不再见他!从此不要说起他!'而闹出奇奇怪怪的事情来。"他心里害怕,立刻回三条院去。但见几个男孩还留着,女孩和婴儿都被母亲带走了。男孩们看见父亲回来，都很高兴，大家来亲近；有的想念母亲，向父亲诉苦哭泣。夕雾心中非常难过。他写了好几封信给云居雁，又派人去迎接，然而连回信也没有。他大为不快，怪怨她何以如此轻率而又任性。他深恐前太政大臣见怪，就在傍晚时分亲自去接。听说云居雁正在弘徽殿女御所居的正殿内。夕雾便走进一向熟悉的房间里，但见只有几个侍女在内，婴儿跟着乳母也在这里。夕雾叫侍女向云居雁传言："你现在还同年轻时候一样爱同姐妹们交际么？怎么可以把一群孩子东抛西舍，而自己到正殿里去闲玩呢？多年来我早就知道你的性情和我不和，然而恐是因缘注定之故，我自昔就时刻不忘地恋慕你。现在已经有了这一群孩子，个个都很可爱，我俩已经互相信赖，不会再抛舍了。为了一点些小事，难道你就如此决绝么？"他严厉斥责，愤恨不已。云居雁叫侍女代答："你已厌弃了我，认为毫不足取的了。现在我已不能改变性情，讨你喜欢。你又何必多言呢？但愿你不抛弃这些无知无识的孩子，照顾照顾他们，我就心满意足了。"夕雾说道："好干脆的回答啊！归根到底，是谁丢脸呢？"便不强要她回去。这一晚他就在那里独宿。自念此时弄得莫名其妙，两头落空，不胜懊丧，便叫几个孩子睡在身边，聊以自慰。推想落叶公主此时亦必十分恨他，心情不安，难于堪忍。他想："世间怎么竟会有人把恋爱当作风流韵事呢？"便觉此事深可惩戒。天明之后，他又叫人向云居雁传言："只管像小孩一样胡闹，教人听见了可笑。你既说过情缘已绝，我也就作如是想吧。只是留在那边的几个孩子，正在可怜地想念你。你不选取那几个孩子，想必是有用意的。但我舍不得他们，总要设法安排。"他用这话威吓她。云居雁心念夕雾是个决决断断的人，说不定会把这几个孩子带到陌陌生生的一条院去，便担心起来。夕雾又说："把几个女孩还给我吧。我为了要看她们而特地来此，甚是不便。况且我又不能常来。那边的孩子也都很可爱，总得让他们同住在一处，以便照顾。"几个女孩年纪都还很小，十分可爱。夕雾看了觉得非常可怜,对她们说:"你们不可听母亲的话!如此倔强不通道理,是最可恶的!"

前太政大臣闻知此事,想起女儿云居雁做了世人的笑柄,不胜悲叹。便对她说:"你何不暂时观望一下再说呢?他自然是有计划的。女子行事太性急,反而见得轻率。但也罢了,你已经说出,岂可无端自己打消而立刻回去呢?不久自会看出他的态度和意向。"便派他的儿子藏人少将①送一封信去给落叶公主。信中有言如下:

"因缘由宿命,无日不关心。

忆昔诚堪痛,思今实可憎。②

你大约还不至于忘却我们吧。"藏人少将持信来到一条院,率然直入。侍女们在南檐下设一蒲团,请他坐地,却觉得难于应对。落叶公主更加狼狈。这藏人少将在柏木的诸弟之中相貌最为漂亮,姿态最为优美。他从容地环视四周,似在回思柏木在世时的光景。然后对侍女们说:"这里是我常来的地方,一点也不觉得生疏。但恐你们不当我是亲近的人吧。"他略微表示不满之意。公主看了信,觉得难于作复,她说:"我实在不能写。"众侍女围拢来,齐声劝道:"公主不复,太政大臣将谓公主太不懂事。这信是不可以由我们代复的。"公主早已在那里淌眼泪了,她想:"如果母亲在世,我无论做了何等疏误之事,也会庇护我的。"她的眼泪比笔端的墨水先涌出来,许久不能下笔。后来好容易写道:

"我身无足数,岂敢蒙关心。

---

① 疑即藤侍从。
② 忆昔,指柏木之死;思今,指夕雾之事。

忆昔何须痛,思今不必憎。"①

只此数语,想到便写,似乎尚未结束,就此把信包好,送了出去。藏人少将和侍女们谈话,其中有言:"我是常来之客,教我坐在帘外檐下,似觉孤独无依。今后我们又将结下新的缘分,我更要常常来访了。我想过去多年间我常来效劳,为此微功,请允许我自由出入,做个入幕之宾吧。"他表示了这意思之后,就告辞回去。

落叶公主自从得了前太政大臣来信之后,对夕雾更加疏远。夕雾则日夜焦灼惶惑,同时云居雁忧愁苦恨,与日俱深。夕雾的侧室藤典侍闻知此种消息,想道:"夫人曾说我是始终不可容赦的厌物,不料现在来了一个难于抗御的劲敌!"看她可怜,常常去信慰问。信中有诗云:

"我身无此分,设想亦生悲。
双泪为君落,时时湿透衣。"

云居雁觉得此诗略有讥讽之意。但忧患之时寂寞无聊,看了她的信便想:"连她也抱不平了。"复诗云:

"他人遭苦厄,常使我心寒。
身有不平事,反怜自慰难。"

只此一绝而已。藤典侍觉得此乃真情,很可怜她。

夕雾昔年向云居雁求婚不成,两人隔绝的时候,曾经私下和这典侍通情,但亦只此一人。后来求婚成功了,他就逐渐疏远她,难得和她

---

① 暗示她与夕雾并无关系。

相聚。然而藤典侍也生了许多孩子。云居雁所生的男孩有大公子、三公子、四公子、六公子，女孩有大女公子、二女公子、四女公子、五女公子。藤典侍所生女孩有三女公子、六女公子，男孩有二公子、五公子。共计十二人。其中不像样的一个也没有，都长得非常可爱。尤其是藤典侍所生的，相貌清秀，性情贤惠，个个都很出色。其中三女公子和二公子由祖母花散里悉心抚育，源氏也常常见面，非常疼爱他们。至于夕雾、落叶公主、云居雁之间的纠纷如何解决，实在说不得了。

第三十九回　法　事①

　　紫夫人自从前年生了一场大病之后，身体很衰弱了。指不出特别病症，只是一直萎靡困顿。虽然并无危险，但已积年累月，总无复健之望，身体就日渐亏损。源氏为此不胜忧愁。他觉得即使比她迟死一刻，也不堪其悲痛。但紫夫人自己认为：在这世间已经享尽荣华，心满意足。一身已无后顾之忧，不必强求苟延性命了。只是辜负了多年来与源氏白头偕老的誓愿，实甚可叹。因此独自心中悲伤。她为了要修后世福德，举办了许多法事，并且恳切地请求源氏主君，让她出家为尼，以遂夙愿，使在今后短暂的在世期间亦得专心修行。然而源氏坚不允许。源氏自己也有出家修行之志，如今紫夫人如此恳切要求，他本想乘机提早和她同入佛道；但念一度出家，必须决心绝不过问世事，方可相约在极乐世界同登莲座，永为夫妇。然而，在世修行期间，即使同一山中，亦必远隔溪谷，分居两地，不复互相见面，方能专心修行。如今夫人病体如此衰弱，已无复健之望，倘欲就此分手，离居异处，实甚难舍。若果如此，则道心惑乱，反而玷污山水清秀之气。因此踌躇不决。这在思虑疏浅、毅然遁入空门的诸人看来，似乎落后得多了。

① 本回写源氏五十一岁春天至秋天之事。

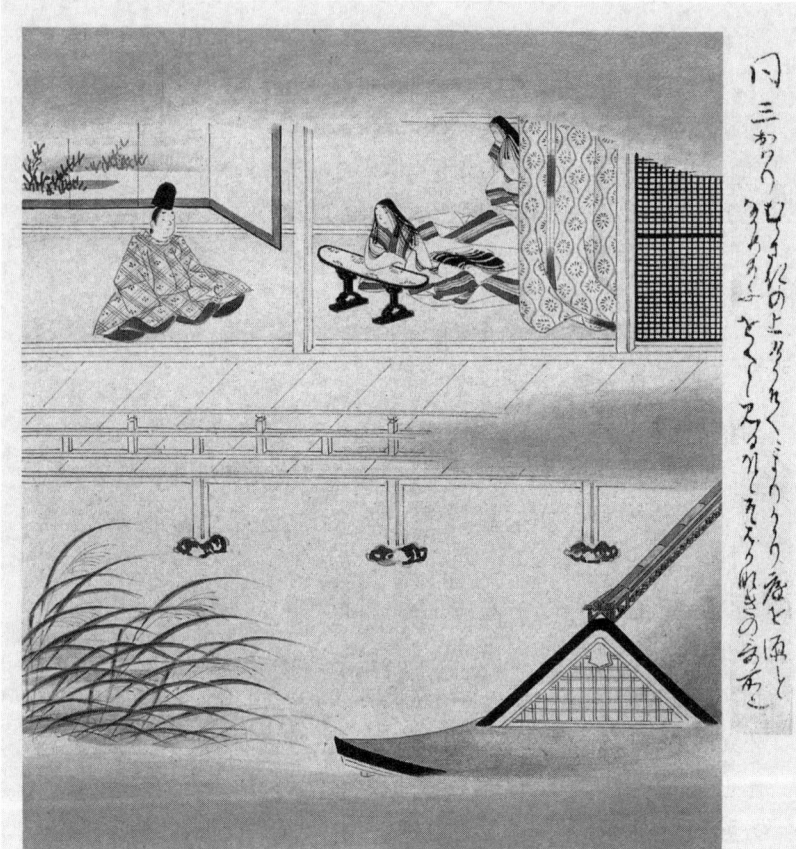

紫夫人不得源氏主君许可，若独断独行，擅自出家，又觉太过轻率，且亦违背本愿。因此对丈夫颇感怨恨。她疑是自身业障深重之故，甚是忧虑。

紫夫人近年来有一私愿：请僧人书写《法华经》一千部。此时急于要实行这供养，就在她当作私邸的二条院内举行。七僧的法服，各按品级赐赠。法服的配色、缝工等等之讲究，均无与伦比。这法会中一切排场，都非常庄严。紫夫人不曾郑重其事地和源氏主君商量，因此源氏并未详细指示种种措施。然而这位夫人的计虑十分周至。源氏见她连佛道也如此深通，觉得此人之慧心不可限量，无任叹佩。他只在大体上帮办了些事务。关于乐人、舞人等事，均由夕雾大将负责处理。

从皇上、皇太子、秋好皇后、明石皇后①，以至源氏诸夫人，各方都赠送诵经布施及供佛物品。只此数项，已经途为之堵塞；何况此时朝中没有一人不热心赞助此法会，故气象盛大无比。不知紫夫人是何时准备这种种设计的。似乎是几世以前许下的宏愿。当日花散里夫人与明石夫人都到场。紫夫人打开了南面和东面的门，自己设席其中，这是正殿西面的库房。诸夫人的席设在北厢，仅用屏风隔开。

这正是三月初十日。樱花盛开，天朗气清，真乃良辰美景。佛菩萨所居极乐净土，景象恐与此地相仿。即使并无特别深厚信仰的人，到此亦觉罪障消除。僧众齐声朗诵《法华赞叹》的《樵薪》之歌②，响落梁尘。即使在平居静处之时，听了也会感动，何况此时，紫夫人听了更觉凄凉寂寞，万念俱灰，便即席吟诗，叫三皇子③送给明石夫人，诗云：

---

① 明石女御已立为皇后。此处初见。
② 《法华赞叹》曰："樵薪摘菜又汲水，由此体会法华经。"
③ 此三皇子是明石皇后所生，由紫夫人抚养。此时年方五岁。

"身随物化无须惜,

薪尽烟消亦可哀。"①

明石夫人考虑：答诗如果说些伤心之言，将来被人闻知，要怪她不知趣。于是说些无关紧要的话：

"樵薪供佛今伊始,

在世修行岁月长。"

僧众通夜诵念，庄严之声与舞乐的鼓声相应和，终夜不绝，饶有佳趣。

天色渐明，烟霞之间露出种种花木，生趣蓬勃，春景毕竟是牵惹人心的。百鸟千种鸣啭，美音不亚于笛。哀乐之情，于此为极。此时奏出《陵王》舞曲，曲终声调转急，异常繁华热闹。诸人都从身上脱下衣袍，赏赐舞人、乐人，彩色缤纷，在此时看来更饶佳趣。诸亲王及公侯中长于音乐、舞蹈者，尽量施展技能。在座诸人，不问身份高下，无不兴致勃发。紫夫人观此情景，自念余命无多，不禁悲从中来，但觉万事都可使她伤心。

次日法会继续举行。紫夫人因昨日破例起身一整天，今天非常疲劳，便躺卧着。多年以来，每逢兴会，诸人都来参与，表演舞乐。其人个个容姿优美，才艺超群。紫夫人看了这光景，听了琴笛之声，觉得今日是最后一次了，便对于向来不甚注目的人也仔细观看，不胜感慨。何况看到同辈诸夫人——她们过去每逢四时游宴，互相会面，胸中虽怀竞争之心，表面总是和睦相处——尽管她们谁都不能长久在世，然而毕竟只有我一人将最先消灭得影迹全无。反复思量，无限伤心。法事圆满之后，诸人各自归家，紫夫人想起此次是永别，不胜痛惜。赋诗

---

① 佛经云："释尊入灭，如薪尽火灭。"薪尽二字据此。

赠花散里云：

"此生法事从今了，①
世世良缘信可期。"

花散里答诗云：

"纵使寻常行法事，
也能世世结良缘。"②

法事结束之后，便乘此机会继续举办昼夜不断的诵经及忏法，庄严郑重，绝不稍懈。然而这种功德终不见效，紫夫人的病总是不见起色。于是做功德成了日常之事，在各山各寺到处继续举行。

紫夫人一向怕热，今年夏天更觉难堪，常常热得发昏。她并不觉得某处特别痛苦，只是身体日渐衰弱下去。因此旁人看了也并不惊慌狼狈。众侍女推想今后不知究竟怎样，但觉眼前一片黑暗，实在可悲可惜。明石皇后闻知继母只管如此，也乞假归宁。她的住处定在东所。紫夫人这边也准备迎驾。皇后归宁的仪式与向例无异。但紫夫人想起自己不能亲见她来日的荣华，看到一切都不胜悲伤。她听见皇后的随从一一唱名，倾耳而听，知道这是某人、那是某人。许多高官贵人陪送皇后来此。明石皇后久不与继母相见，见了觉得异常可亲，畅叙别情，娓娓不倦。此时源氏主君进来了，他说："我今夜真像离巢之鸟，甚是没趣。让我到那边去休息吧。"便回到自己房间里去。他看见紫夫人起身，心中欢喜。但这也不过是暂时的快慰而已。紫夫人对明

---

① 本回题名据此诗。
② 诗意是：何况法事如此盛大，当然可以赖此功德，世世共结良缘。

石皇后说:"我们分居两处,要你劳步,太委屈了。而要我到那边去望你,实在走不动。"明石皇后就暂时住在紫夫人这里。明石夫人也来了,静静地与紫夫人共话衷曲。紫夫人心中想起许多事情,但并不噜苏地谈起身后之事,只是从容谈论一般世间无常之相,词句简洁,含义深长,反比千言万语动人得多,显见其心中怀有无穷感慨。她看看明石皇后所生皇子皇女,说道:"我很想亲见他们成长立业,因此对于这个无常之身,还有几分留恋呢。"说罢流下泪来,那容颜异常优美。明石皇后想道:"继母为何如此悲观?"便哭起来。紫夫人深恐不祥,并不多谈身后之事,只是嘱咐道:"这些侍女服侍了我多年,没有可靠的亲属,怪可怜。像某人、某人等,我死之后,务望多多照拂。"

　　季节诵经开始了①,明石皇后便回东所去。三皇子在许多弟兄中长得最为可爱,此时常在各处闲步。紫夫人精神好转之时,叫他到面前来,乘无人听见,便问他:"我倘死了,你想念我么?"三皇子答道:"一定会想念。我同外婆最好,比皇上和皇后还好。外婆倘没有了,我真不高兴。"他用手擦擦眼睛,借以掩饰泪痕。紫夫人脸上显出微笑,一面流下泪来,又对他说:"你长大起来,就住在这屋子里。每逢这庭前的红梅和樱树开花的时候,你要用心爱护它们。有机会时,折几枝来供在佛前。"三皇子点点头,望着紫夫人的面孔,觉得眼泪要流出来了,便回转身,走了开去。这三皇子和大公主,是紫夫人特别用心抚育长大的,她不能亲见他们成人立业,不胜惋惜悲伤。

　　终于挨到了秋天,气候渐渐凉爽,紫夫人的精神也略略好转,然而还不可靠,稍不经心,病就复发。秋风虽然还不曾"染上人身"②,但紫夫人总是垂泪度日。明石皇后即将回宫,紫夫人想请她暂留数日,希望多得见面,但觉不便启口。况且皇上不断遣使来催皇后回宫,

---

① 宫中规定春秋二季招僧众诵《大般若经》。皇后归宁中亦照办。
② 古歌:"秋风毕竟何颜色,染上人身恋意浓?"见《古今和歌六帖》。

亦不便强留，因此并不提出请求。但紫夫人不能到她那边去相送，只得让皇后到这里来告辞。要她劳驾，实不敢当。但倘不再见面，就此相别，则又觉遗憾。于是在房中为皇后另设一席，请她进来。紫夫人已非常消瘦。但正因为如此，增添了无限高尚优雅之相，容姿实甚可爱。以前青春时代，相貌过分娇艳，光彩四溢，有似春花之浓香，反而浅显。今则但见无限清丽之相，幽艳动人。似此美质，而不能久留于世，教人想起了伤心至极，悲痛无已。是日傍晚，秋风凄楚，紫夫人想看看庭前花木，坐起身来靠在矮几上。此时源氏主君进来了，他一看见，就说道："今天你能起坐，真难得了！皇后在这里，你的心情自然爽快起来。"紫夫人看见自己略微好些，源氏主君便如此欢喜，不胜伤心。因念自己死了，不知源氏主君将何等悲恸。悲从中来，感极赋诗：

"露在青荻上，分明不久长。
偶然风乍起，消散证无常。"

在这时候，将人命比作风吹花枝倾侧、花上露珠难留之状，使得源氏悲恸不堪，便答诗云：

"世事如风露，争消不惜身。
与君同此命，不后不先行。"

吟罢，泪珠纷纷落下，揩拭也来不及。明石皇后也赋诗云：

"万物如秋露，风中不久长。
谁言易逝者，只有草边霜？"

紫夫人看看眼前两人的雄姿美貌，觉得都很可爱，实指望如此相处千年，才有意义。可惜人命不随心意，无术长留世间，深可悲叹。

忽然紫夫人对明石皇后说："请你回那边歇息吧。我此刻非常难过，想躺下了。虽然身患重病，也不可过分失礼。"便把帷屏拉拢，躺下身子，那样子显得比平常痛苦得多。明石皇后见了，心念今天为何如此厉害，不胜惊异。便握住了她的手，一边望着她一边啜泣着。这真像刚才所咏萩上露的消散，已经到了弥留状态了。于是邸内惊慌骚扰起来，立刻派遣无数人员，前往各处命僧人诵经祈祷。她以前曾有好几次昏厥过去，后来又苏醒转来。源氏看惯了，疑心此次也是鬼怪一时作祟，便举行种种退鬼之法。但闹了一夜，终于不见效验，天明时分，紫夫人竟长逝了。明石皇后不曾回宫，得亲自送终，一则以喜，一则以悲。院内所有的人，都不肯相信这死别是世间应有之常例，大家认为她不应该死，悲恸之极，似觉身在黎明乱梦之中。这原是当然之事。此时院内已经没有一个人能够办事。所有的侍女都哭得死去活来。源氏主君尤为悲恸，无法自制。

正在此时，夕雾大将前来参见。源氏便召他到帷屏旁边来，对他说道："看来已绝望了。但她多年以来怀抱出家之志，到此临终之时，不使遂其心愿，实甚可怜。祈祷的法师与诵经的僧众，此刻都已停止念诵，纷纷退去。然而总还有若干人留住在此。现世功德今已无望，但至少希望她在冥途上获得佛力加庇之益。你去吩咐他们，快快准备为夫人落发。此等僧人之中，不知有谁善能授戒？"他说时精神强自振奋，然而脸色异乎寻常，悲恸之情难堪，眼泪淌个不住。夕雾看了，觉得此实难怪之事，自己也悲伤起来。答道："鬼怪等物，为欲迷乱人心，往往使人气绝。此次又是此种伎俩，亦未可知。既然如此，不管怎样，出家总是好的。即使出家一日一夜，功德也不落空。不过在确已身死气绝之后，仅仅为她落发，则恐不能使死者在冥途获得光明，徒然使生者增加悲痛耳。不知父亲尊见以为如何。"他陈述己见之后，还是把愿意在七七忌中诵经回向的僧众某某人等召集起来，吩咐了应有事宜。凡此种种，皆由夕雾一人料理。

多年以来，夕雾对紫夫人并无何等野心，他只希望找个机会，像昔年朔风那天①似的再见一面，并且约略听听她的声音。这愿望始终不离他的心头，但声音终于听不到了。他想："现在紫夫人虽已变成空空的遗骸，能见一面也好。欲遂此愿，除了现在而外哪能再有机会呢？"于是就不顾一切，流着眼泪，装作制止侍女们号哭的样子，叫道："大家不要哭！暂且肃静！"乘着和父亲说话的机会，把帷屏的垂布撩开。此时将近黎明，室内光线阴暗，源氏正移近灯火，守候遗体。夕雾但见紫夫人的相貌十全十美，真乃冰清玉洁，死去何等可惜！源氏看见夕雾窥视并不强要遮蔽。他说："你看这样子！和生前毫无变异，然而分明已经无望了！"便举袖掩面而泣。夕雾也泪盈于睫，不能见物。勉强睁开泪眼，拜观遗体，一看之后，反觉无限悲伤，真个心神惑乱了。紫夫人的头发随随便便地披散着，然而密密丛丛，全无半点纷乱，光彩艳艳，美不可言。灯光非常明亮，把紫夫人的颜面照得雪白。比较起生前涂朱抹粉的相貌来，这死后无知无觉地躺着时的容颜更见美丽。"十全无缺"一类的话，已经不够形容了。夕雾看见这相貌优美无比，连一点寻常之相也没有，竟希望自己立刻死去，把灵魂附在紫夫人的遗体上。这真是无理的愿望啊！

紫夫人生前亲信的几个侍女，都哭得不省人事。源氏虽然也悲伤得神志昏迷，只得勉强镇静下来，料理丧葬一切事宜。此种可悲之事，他从前曾经遭逢过好几次，然而从来没有尝过如此痛切的苦味。此度伤心，竟是过去所无，未来所不会有的。葬仪就在当日举行。虽然恋恋不舍，但此事限定时日，终不能永久守着遗体度日，真乃人世可悲之事。广大无边的火葬场上，挤满了送葬人。葬仪之隆重无以复加。然而遗体化作一片烟云，立刻升入天空。虽是当然之事，实在令人痛

---

① 事见第二十八回，此乃十五年前之事。

心。源氏悲伤得如醉如梦，靠在人肩上来到葬地。见者无不感动，连那些无知无识的愚民，也都洒下同情之泪，他们说："如此身份高贵之人，也难免除此恨！"何况来送葬的侍女，个个心迷意乱，似觉身在梦中，几乎从车上翻落下来，亏得车副照料。源氏回想昔年夕雾的母亲葵夫人逝世那天早晨，虽然也很悲伤，还不失去知觉，记得那时月色甚明，但今宵只有以泪洗面，一切都不知了。紫夫人是十四日亡故的，葬仪于十五日早晨举行。不久太阳鲜艳地升入天空，原野上的朝露消散得影迹全无。源氏痛感人世无常，正如此露，越发厌世悲观起来。心念今后独留在世，为日无多，不如乘此机会，成遂了出家夙愿。但恐后人讥笑他感情脆弱，只得且过几时再说。然而胸中郁结，不堪其苦。

夕雾大将在七七四十九日丧忌中一直闭居二条院内，足不出户，朝夕侍奉源氏。他看见父亲忧愁苦恨之状，深为同情，自己也不胜悲恸，便想尽方法来安慰他。朔风凛冽的夕暮，夕雾回思往事，记得那年朔风中窥见的面影，实甚可恋。而此次瞻仰遗容，又觉心情似梦。他偷偷地回忆了一会，竟不堪其悲伤，泪如雨下。深恐别人看见了怀疑，连忙数着念珠，诵念"阿弥陀佛，阿弥陀佛，……"让眼泪在念珠上消失。随即吟诗云：

"当年窥面影，忆此恋秋宵。
今日瞻遗体，迷离晓梦遥。"

他觉得事后回思也深可感慨。此时二条院中高僧齐集，七七中规定的念佛自不必说，此外又命虔诵《法华经》，哀悼之情无限。

源氏晓起夜眠，泪无干时，两眼模糊，昏沉度日。他从头细想一生行事："我对镜顾影，自知相貌不凡，此外一切，无不远胜常人。而自髫年以来，屡遭人生无常之痛，常思佛法指引，度我出家。只因难下决心，终于因循度日，遂致身受过去未来无有其例的苦患。如今以后，对此世间已无可留恋。从此专心修行，应无一切障碍。岂知心中如此悲伤恼乱，深恐难入菩提之道。"他心中不安，便向佛祈祷："但愿佛力加庇，勿使我心过分悲恸！"各方都来吊慰，自皇上以下，无不异常诚恳周至，殊非一般世间应酬可比。但源氏心事重重，对此人世虚荣，如同不闻不见，全不加以注意。然而又不肯叫人看出痴迷之状。深恐后人讥评，说他到此晚年，还要为了丧失爱妻而心灰意懒，遁入空门。为了身不由主，更添一番痛苦。

前太政大臣①本性多情善感，看到这盖世无双的美人香消玉殒，不胜悼惜，屡次来向源氏慰问。他回想昔年夕雾的母亲逝世，也是这时候的事，心中十分悲伤。他在傍晚沉思冥想："当时悼惜她的人，像父亲左大臣及母亲太君等，多数不在人间了。短命或长年②，相差实在无几，真乃无常迅速啊！"暮色苍茫，催人哀思，他就写了一封信，遣儿子藏人少将致送源氏。信中说了许多感慨的话，一端附诗云：

"当年伤故侣，此日哭斯人。
旧袖今犹湿，新添热泪痕。"

源氏正在悲伤，看了这信百感交集，回想当年秋天悼亡之事，不胜眷恋之情，眼泪纷纷落下，揩拭也来不及。乘间写了一首答诗：

"旧恨新愁无两样，
哀秋总是断人肠。"

如果源氏将心中的哀情悉数写出，前太政大臣读后定会责备他感情脆

---

① 即葵姬之兄。
② 古歌："严霜摧草木，不问根与叶。短命或长年，一例同消灭。"见《新古今和歌集》。

弱。源氏知道他的性情，所以回信写得不很感伤，只是向他表示感谢："屡承殷勤慰问，实不敢当"云云。

葵夫人逝世，源氏遵制穿浅黑色丧服，曾有"丧衣色淡"①之诗。此次紫夫人逝世，他穿的丧服黑色稍深。世间尊荣富贵之人，往往为世人所痛嫉，或者倚财仗势，骄傲成性，使别人为他受苦。只有紫夫人为人异常谦恭，即使是和她全无关系之人，也都敬爱她。她的一举一动，无论何等些微，都受世人赞誉。应付各种场面，都很诚恳周至。因此她死之后，对她并无深缘的一般人，听见风啸虫鸣，无不凄然下泪。何况对她有一面之缘的人，更是悲伤得无以慰情了。多年来贴身伺候、亲睦驯熟的侍女，都悲叹自己苟延残喘，何其命苦。竟有痛下决心，削发为尼，遁世入山者。冷泉院的秋好皇后也不断来信慰问，表示无限悲伤。曾赠诗云：

"生前不喜萧条色，
死后应嫌塞草秋。"

如今方知她生前不爱秋景的原因了。源氏虽已神志昏迷，还是反复阅读此信，不忍释手。他觉得知情识趣、可与谈心、能慰我情的人，现在只有这秋好皇后一人了。寻思了一会，哀思略略消减。然而眼泪淌个不住，频频举袖揩拭，不得闲暇。好容易握笔作答：

"君在九重应俯瞰，
我心厌世叹无常。"

封好之后，又茫然地沉思了一会。他近来神情一直恍惚，自己也常常

---

① 诗云："丧衣色淡因遵制，袖泪成渊痛罢多。"见第186页。

觉得过分伤心。为欲排遣，便常住在侍女们的室中。又命佛堂里少住些人，以便专心念经。他和紫夫人实指望共守千年，无奈人命有限，终成永诀，真乃抱恨无穷。现在他渴望死后共生同一莲座之上，他事一切不顾，只管虔修往生成佛之道。然而又恐外人非笑，实甚可厌。紫夫人丧期中应有佛事，源氏都无力指示，一切均由夕雾大将办理。源氏一心希望早日遁世，只管"今天，明天"地计算。胡乱度送岁月，但觉身在梦中。明石皇后等人也思念紫夫人，无时或忘，恋慕不已。

第四十回　魔法使①

　　腊尽春回，源氏看到烂漫春光，心情越发郁结，悲伤依旧不改。外面照例有许多人前来贺岁。但源氏以心绪不佳为由，只管闭居在帘内。惟有萤兵部卿亲王②来时，请他到内室畅叙，命侍者传诗云：

　　　"侬家无复怜花客，
　　　　底事春光探访来？"

萤兵部卿亲王含泪答道：

　　　"为爱幽香寻胜境，
　　　　非同随例看花人。"

源氏看他从红梅树下款步入来，姿态异常优雅，心中想道："真能'怜花'的人，除了此君而外更无别人了！"庭花含苞欲放，春色恰到好

---

① 本回写源氏五十二岁春天至冬天之事。
② 是源氏之弟。

处。但院内并无管弦之音,景象大非昔比。多年来伺候紫夫人的侍女们,穿着深黑色的丧服,悲哀之情并无改变。悼念亡人,永远无有已时。不过源氏这一段时期绝不出门访问其他诸夫人,始终守在此地。侍女们得时时随侍左右,倒也聊可慰情,便殷勤地服侍他。有几个侍女,过去多年来虽未受源氏主君真心宠爱,却时时蒙他青眼相看。但现在源氏孤眠独寝,反而疏远她们了。夜间值宿之时,无论哪个侍女,都命她们睡在离开寝台稍远之处。有时寂寞无聊,也常常同她们闲谈旧事。此时俗念尽消,道心深固。然而有时也回想起:从前干了许多有头无尾之事①,常使紫夫人对他怀恨,不胜后悔。他想:"无论逢场作戏,或者迫不得已,我为什么要做出这些事来给她看呢?她对万事都思虑周至,善能洞察人心深处,然而并不无休无止地怨恨我。但每逢发生事故,她总担心后果如何,多少不免伤心失意。"抱歉之至,后悔莫及,便觉胸中难于容纳。有些侍女知道此种事情,而现在还在身边伺候,他就和她们约略谈谈。他想起三公主初嫁过来时的情状,紫夫人当时不动声色,然而偶有感触,便觉意懒心灰,那神色十分可怜。就中最是落雪那天破晓②,源氏娶三公主后第三日,回六条院时,暂在格子门外面伫立,觉得身上很冷。那时天空风雪交加,气象惨烈。紫夫人起来迎接他,神色非常和悦,却把满是泪痕的衣袖隐藏起来,努力装出若无其事的样子。回思至此,终夜不能成寐,痛念此种情景,不知何生何世得再相见——即使是在梦中相见?天色近曙,值夜侍女退回自己房中,有人叫道:"呀,雪积得很厚了!"源氏听到这话,心情完全回复到了那天破晓。但身边已没有那人,寂寂独寝,悲不可言,便赋诗云:

---

① 指胧月夜、三公主等事。下文"逢场作戏",指对胧月夜,"迫不得已",指对三公主。
② 事见第三十四回(上)《新菜》。

"明知浮世如春雪,
怎奈蹉跎岁月迁。"

为欲排遣哀思,照例起身盥洗,赴佛前诵经。侍女们把埋好的炭火挖出,送上一个火钵去。亲近的侍女中纳言君和中将君在旁服侍,做他的话伴。源氏对她们说:"昨夜独寝,比往常更加寂寞呢。我已习惯了清心寡欲的生涯,可是还有种种无聊的事羁绊着我。"说罢长叹一声。他看看这些侍女,想道:"如果我也离世出家,这些人将更加悲伤,实在是怪可怜的啊!"听到源氏静悄悄地诵经念佛的声音,即使是无愁无恨之人,亦必泪流不止,何况这些朝夕伺候的侍女,她们的衣袖当不得止水之闸,感慨实无限量!源氏对她们说:"我生在现世,荣华富贵,可说没有缺憾了。然而又不断地遭逢比别人更痛苦的厄运。想是佛菩萨要我感悟人生无常、世途多苦之理,所以赋给我这命运的吧。我懂得此理,却故意装作不知,因循度日,以致到了现在这晚年,还要遭逢这可悲之事。我已分明看到了自己命途多舛、悟性迟钝,倒觉得安心了。今后我身已毫无羁绊。然而你们这一班人,对我都比从前更加亲近,使我在临行分手之时,又平添一种苦痛。唉,我心如此优柔寡断,实在太无聊了!"他举手拭目,想掩住泪痕,然而遮掩不住,泪珠从衣袖上纷纷落下。众侍女见此光景,眼泪更加流个不住。她们都不愿被源氏主君抛舍,各人都想向他诉苦,然而终于不说,只是饮泣吞声。

如此彻夜悲叹,直到天明;镇日忧伤,以至夕暮。每逢岑寂之时,便召唤几个超群出众的侍女到面前来,和她们谈谈上述之类的话。其中名叫中将君的侍女,是从小侍奉在侧的,源氏大约曾私下怜爱她。但她认为对不起夫人,一向不肯和源氏亲热。如今夫人亡故了,源氏想起这是夫人生前特别疼爱的人,便把她看作夫人的遗爱,对她格外垂青。这中将君的品性和容貌都不坏,正像夫人墓上的一株青松。所以源氏对待她,和对待普通侍女迥不相同。凡疏远的人,源氏一概不见。朝中公卿对他都很亲睦,他的诸兄弟亲王常常来访问他,然而他很少接见。他想:"我只有和客人见面的时候,才能抑制哀思,强自镇静。然而痴迷了几个月,形容萎靡,语言未免乖僻,深恐惹起后人议论,甚至身后流传恶名。外人传说我'丧妻后神情痴迷,不能见客',虽然同是恶评,但听人传说而想象我痴迷之状,总比亲眼目睹我的丑态好得多。"因此连夕雾等人来访,也都隔帘对晤。当外人传说他心情变异期间,他竭力镇静,忍耐度日。但终不能抛弃浮世,毅然出家。难得到诸夫人处走动。然而一走进门,立刻泪如雨下,难于制止,不胜其苦。就连无论何人都疏远了。

明石皇后回宫时,顾念父亲孤居,特将三皇子留在这里,以慰寂寥。三皇子特别留心保护庭前那株红梅树,说是"外婆吩咐我的"。源氏看了十分伤心。到了二月里,百花盛开。含苞未放的花木,枝头也都呈现一片云霞似的。黄莺在已成紫夫人遗念的红梅树上,嘹亮地啁啾鸣啭。源氏便走出去看,独自吟道:

"闲院春光寂,群花无主人。
黄莺浑不管,依旧叫新晴。"

就在庭中逡巡徘徊了一会。

源氏终于从二条院回到了六条院本邸。春色渐深,庭前景色无异昔时。他并不惜春,但觉情绪异常不宁。一切见闻,无不使他伤心。这六条院似乎变成了另一世界。他所向往的,只是鸟声也听不到的深山,道心与日俱增。棣棠花开满枝头,嫩黄悦目,源氏一看便流下泪来,只觉得触目伤心。别处的花,这边一重樱谢了,那边八重樱盛开;这边八重樱过了盛期,那边山樱方始开花;这边山樱开过,那边紫藤花最后发艳。这里就不然,紫夫人深谙各种花木的性质,知道它们开花孰早孰迟,巧妙地配置栽植。因此各花按时开放,互相衔接,庭中花香不绝。三皇子说："我的樱花开了。我有一个办法，叫它永远不谢：在树的四周张起帷屏，挂起垂布来，花就不会被风吹落了。"他想出了这个好办法，得意地说，样子非常可爱。源氏笑起来，对他说道："从前有一个人，想用一个很大很大的衣袖来遮住天空，不让风把花吹落①。但你想出来的办法比他更好。"他就镇日和三皇子做伴戏耍。有一次他对三皇子说："我和你做伴，时间也不长久了。即使我暂时不死，也不能和你见面。"说罢照例流下泪来。三皇子听了很不高兴，答道："外婆说过这种话，外公怎么也说这种不吉祥的话了！"他垂下眼睛，抚弄着自己的衣袖，借以遮掩眼泪。

源氏靠在屋角的栏杆上，向庭中及室内眺望。但见众侍女大都还穿着深墨色的丧服。也有几个改穿了寻常颜色的衣服，但也不是华丽的绫绸。他自己所穿便袍，颜色虽是寻常的，但很朴素，没有花纹。室内布置陈设也很简单。四周气象萧索，不胜岑寂之感，遂赋诗云：

"春院花如锦，亡人手自栽。
我将抛舍去，日后变荒台。"

此时源氏的悲伤出于真情。

无聊之极，只得到尼姑三公主那里走走。三皇子由侍女抱着同去，到了那里，就和薰君②一起追逐玩耍，方才那种惜花的心情不知哪里去了，毕竟还是个无知幼儿。三公主正在佛前诵经。她当初出家，并非由于彻悟人生、深通佛道。然而对于此世，爱恨全消，一心不乱，只管深居静处，专心修持，已经离绝红尘，献身佛法了。源氏很羡慕她。他想："我的道心还赶不上这个浅薄的女子呢。"心中颇感惭愧。

---

① 古歌："愿将大袖遮天日，莫使春花任晓风。"见《后撰集》。
② 薰君是三公主与柏木私生，此时五岁，比三皇子小一岁，名义上是三皇子之叔。

忽见佛前所供的花，映着夕阳，非常美观，便对三公主说道："爱春的人死了，花都减色了！只有这佛前的供饰，还很美观。"又说："她屋前那株棣棠花，姿态之优美竟是世间少有的。花穗多么大啊！棣棠的品质算不得高尚，但其浓艳之色是可取的。种花的人已经死去，而春天只当作不知，开得比往年更加茂盛，真可怜啊！"三公主不假思索地念出两句古歌："谷里无天日，春来总不知。"①源氏想道："可回答的话多着呢，何必说这扫兴的话？"便回思紫夫人生前："从幼年起，无论何事，凡我心中不喜爱的，她从来不做。她能适应种种时机，断然地敏捷地对付一切事情。其气质、态度和言语都富有风趣。"他本是容易流泪的人，思量至此，眼泪又夺眶而出，真乃太痛苦了。

夕阳西沉，暮色苍茫，四周景物清幽。源氏从三公主处辞出，立刻前往访问明石夫人。长久不光临，突然来访，明石夫人吃了一惊，然而接待时态度十分大方。源氏甚喜，觉得此人毕竟胜人一筹。然而回想紫夫人，又觉得另有一功，特富风趣。两相比较一会，紫夫人的面影浮现眼前，悲伤恋慕之情越发增添了。他很痛苦，自念有何办法可得安慰呢。但既到了这里，且和明石夫人闲谈往事。他说："专心钟爱一人，实乃一大恶事。我从小就注意及此，故时时刻刻留意，务使在任何方面对此世间无所执著。当大势变迁、我身颠沛流离之时②，东思西想，但觉生趣全无，不如自己抛舍了这条性命，或者逃入深山穷谷，亦不觉有何障碍。岂知终于不能出家，以致到了晚年、大限将近之时，尤为种种琐屑之事所羁绊，因循苟安，迁延至今。意志如此薄弱，思之实甚痛心！"此言并不专指某事而诉说悲情，但明石夫人察知他的心事，觉得此亦理之当然，对他十分同情，便答道："即使是别人看来毫不足惜的人，本人心中自然也有种种牵累。何况尊贵之人，岂能安心舍离

---

① 古歌："谷里无天日，春来总不知。花开何足喜，早落不须悲。"见《古今和歌集》。源氏嫌最后一句讥讽他，故下文云云。

② 指昔年流放须磨。

人世？草草出家，反被世人讥为轻率，请勿急切从事为要。慎重考虑，看来似是迟钝，但一经出家，道心坚固，决不退转，此理当蒙明察。试看昔人事例：有的为了身受刺激，有的为了事与愿违，便萌厌世之念，因而遁入空门。但这终非妥善之事。君既发心出家，目下尚须暂缓，且待皇子长大成人，确保储君之位，然后可以安心修道。那时我辈也都欢喜赞善了。"她这番话说得头头是道，颇为恰当。但源氏答道："如此深思远虑，恐怕反不如轻率者好呢。"便向她叙述过去种种可悲之事，其中有云："昔年藤壶母后逝世的春天，我看见了樱花的颜色，便想起'山樱若是多情种……'①之诗。这是因为她那举世赞颂的优美姿色，是我从小见惯的，所以她逝世之时，我比别人更为悲伤。可知悲伤之情，并非由于自身对死者有特殊关系而来。如今那个长年相伴之人，忽然先我而死，使我悲伤不已，哀思难忘。并非仅为夫妇死别而悲伤，又因此人从小由我抚育成长，朝夕与共，到了垂老之年，忽然舍我而去，使我悼惜死者，痛念自身，实在悲伤不堪。凡人深于情感，饶有才能，富于风趣，种种方面使人念念不忘者，死后受人哀悼甚深。"如此纵谈往事今情，直至夜深。今夜似应在此泊宿了，然而终于起身告辞。明石夫人心中定感不快。源氏自己也觉得奇怪。

　　回到自己室中，照例在佛前诵经。直到夜半，就靠在白昼的坐垫上睡觉了。次日，写信给明石夫人，内有诗云：

"虚空世界难常住，
　夜半分携饮泣归。"

明石夫人怨恨源氏昨夜态度冷淡。然而回想他那悲伤过度的模样，竟像另换了一个人，觉得很可怜，便丢开了自身的事，为他流下同情之

---

① 古歌："山樱若是多情种，今岁应开墨色花。"见《古今和歌集》。

泪。答诗云：

"一自秧田春水涸，
　水中花影也无踪。"①

源氏看了这诗，觉得明石夫人的笔致依旧清新可喜。想道："紫夫人起初嫌恶此人，后来互相谅解，深信此人稳重可靠。然而她交往，并非全无顾虑，却取优雅和爱的态度，外人都看不出紫夫人用心之周至。"源氏每逢寂寞无聊之时，常常到明石夫人那里作普通一般的访问。但绝不像从前那样亲昵了。

四月初一日更衣，花散里夫人遣人送夏装与源氏主君，附诗云：

"今日新穿初夏服，
　恐因春去又添愁？"

源氏答诗曰：

"换上夏衣蝉翼薄，
　今将蜕去更增悲。"

贺茂祭之日，源氏不胜寂寞，说道："今日观赏祭典，想必人人都很欢欣。"独自想象各寺院繁华热闹之状。后来又说："众侍女何等寂寞！大家悄悄地回家去观赏祭典吧。"中将君正在东面一室中打瞌睡。源氏走进去看她，但见此人身材小巧玲珑，非常可爱。她起身相迎，双颊微红，娇艳动人，立刻举袖掩面。鬓发稍稍蓬松，而青丝长垂，异常优

---

① 春水涸喻紫姬死，花影喻源氏。意思是：紫姬死了，源氏也不来了。

美。身穿略带黄色的红裙和萱草色单衫,上罩深黑色丧服,穿得随意不拘。外面的围裙和唐装都脱在一旁,看见源氏主君进来,意欲取来穿上。源氏看见她身旁放着一枝葵花①,便取在手中,问道:"这是什么花?我连它的名字都忘记了。"中将君答以诗曰:

"供佛花名浑忘却,
　神前净水已生萍。"

吟时羞容满面。源氏觉得她很可怜,报以诗云:

"寻常花柳都抛舍,
　只爱葵花罪未消。"

他的意思是:只有这中将君一人,今后还是不能抛舍的。

梅雨时节,源氏除了沉思冥想之外,别无他事。有一晚,正在寂寞无聊之时,初十过后的月亮艳艳地从云间照出,真乃难得之事。夕雾大将就在此时前来参谒。橘花被月光分明地映出,香气随风飘来,芬芳扑鼻,令人盼待那"千年不变杜鹃声"②。正在此时,岂料天不作美,忽然乌云密布,大雨倾盆,灯笼立刻被风吹熄,四周顿成一片漆黑。源氏低吟"萧萧暗雨打窗声"③之诗。此句并不十分出色,但因适合目前情景,吟声异常动人,令人想起"愿君飞傍姐儿宅,我欲和她共

---

① 贺茂祭之日,佛前供葵花,人都插葵花。日文"葵"与"逢日"同音。逢日即男女相会之日。下文说"名字都忘记了",意思是说久不和此女相会。此女答诗"净水已生萍",亦久不承宠之意。
② 古歌:"万载常新花橘色,千年不变杜鹃声。"见《后撰集》。
③ 白居易《上阳白发人》诗中句云:"耿耿残灯背壁影,萧萧暗雨打窗声。"

赏音"①之歌。源氏对夕雾说:"独居一室,看来并不稀奇,岂知异常寂寞。但习惯了此种生涯,也是好的;将来闭居深山,可以专心修道。"又叫道:"侍女们啊!拿些果物到这里来!这时候召唤男仆,太费事了,就叫你们拿来吧!"但他心中思慕亡人,只想向"天际凝眸"②。夕雾察看他的神色,觉得非常可怜,想道:"如此思慕心切,即使闭居深山,只怕也不能专心学道吧!"接着又想:"我略窥面影,尚且难于忘却,何况父亲。这原是难怪的。"便向父亲请示:"回想往事,似在昨日,岂知周年忌辰已渐渐迫近。法事应该如何举办?即请父亲吩咐。"源氏答道:"就照世间常例,不必过分铺张。只是把她生前用心制作的极乐世界曼陀罗图,供奉在此次的法会中。手写的和请人写的佛经很多。某僧都详悉夫人遗志,可问问他,应该添加何物?一切依照那僧都的意见办理可也。"夕雾说道:"此等法事,本人生前早就计虑周妥,后世安乐可保无虑。只是现世寿命不永,并且连身后遗念的人也没有,真乃遗憾之事。"源氏答道:"此外福寿双全的几位夫人,子女也都很少。这正是我自身命运的缺憾。但到了你这一代,家门可以繁荣起来了。"他近来感情脆弱,说起无论何事,都觉悲伤难忍,因此夕雾不再对他多谈往事。正在此时,刚才盼待的那只杜鹃在远处啼鸣。想起了"缘何啼作旧时声"③之诗,听者为之动容。源氏吟诗云:

"骤雨敲窗夜,悼亡哭泣哀。
山中有杜宇,濡羽远飞来。"

---

① 古歌:"独自闻鹃不忍听,听时惹起我悲情。愿君飞傍姐儿宅,我欲和她共赏音。"见《河海抄》。
② 古歌:"恐是长空里,恋人遗念留?每逢思慕切,天际屡凝眸。"见《古今和歌集》。
③ 古歌:"杜宇不知人话旧,缘何啼作旧时声?"见《古今和歌六帖》。

吟罢之后,越发出神地凝望天际。夕雾亦吟诗曰:

"杜宇通冥国,凭君传语言:
故乡多橘树,花发满家园。"

众侍女吟成诗篇甚多,恕不尽载。夕雾今晚就在这里奉陪父亲宿夜。他看见父亲独宿甚是寂寞,深感同情,此后便常常前来奉陪。回想紫夫人在世之时,这一带地方是他所不得走近的,现在却由他任意出入。抚今思昔,感慨实多。

天气很热的时候,源氏在凉爽之处设一座位,独坐凝思。看见池塘中莲花盛开,首先想起"人身之泪何其多"①的古歌,便茫然若失,如醉如痴,一直坐到日暮。鸣蜩四起,声音非常热闹。瞿麦花映着夕阳,鲜美可爱。这般风光,一人独赏毕竟乏味。遂吟诗云:

"夏日无聊赖,哀号尽日悲。
鸣蜩如有意,伴我放声啼。"

看见无数流萤到处乱飞,便想起古诗中"夕殿萤飞思悄然"②之句,低声吟诵。此时他所吟的,无非是悼亡之诗。又赋诗曰:

"流萤知昼夜,只在晚间明。
我有愁如火,燃烧永不停。"

七月初七乞巧,今年也和往年大不相同。六条院内并无管弦之会。源

---

① 古歌:"悲无尽兮泪如河,人身之泪何其多!"见《古今和歌六帖》。此处是由莲叶上的露珠联想眼泪。
② 白居易《长恨歌》中云:"夕殿萤飞思悄然,孤灯挑尽未成眠。"

氏镇日枯坐沉思，众侍女中也没有一人出去看双星相会。天色未明，源氏独自起身，打开边门，从走廊的门中眺望庭院，但见朝露甚繁，便走到廊上，赋诗述怀，诗曰：

"云中牛女会，何用我关心？
但见空庭露，频添别泪痕。"

夏去秋来，风声也越来越觉凄凉。此时即须准备举办法事。从八月初开始，大家忙碌起来。源氏回想过去，好容易挨过这些岁月，直到今日。今后也只有茫茫然地度送晨昏。周年忌辰的正日，上下人等都吃素斋。那曼陀罗图就在今日供养。源氏照例做夜课。中将君送上水盆，请他洗手。他看见她的扇子上题着一首诗，便取来看：

"恋慕情无限，终年泪似潮。
谁言周忌满，哀思已全消？"

看罢，便在后面添写一首：

"悼亡身渐老，残命已无多。
惟有相思泪，尚余万顷波。"

到了九月里，源氏看见菊花上盖着绵絮①，吟诗云：

"哀此东篱菊，当年共护持。
今秋花上露，只湿一人衣。"

----

① 为避霜露。

到了十月，阴雨昏濛，源氏心情更恶，怅望暮色，凄凉难堪，独自低吟"十月年年时雨降"①之诗。望见群雁振翅，飞渡长空，不胜羡慕，守视良久。遂吟诗云：

"梦也何曾见，游魂忒渺茫。
翔空魔法使，请为觅行方。"②

无论何事，都使他触景思人，无法慰解。一直在愁闷中度送日月。

到了十一月的丰明节，宫中举行五节舞会③。满朝人士欢腾雀跃。夕雾大将的两个公子当了殿上童子，入宫时先来六条院参谒。两人年龄相仿，相貌都很秀美。他们的两个母舅④头中将和藏人少将陪着同来，都穿白地青色花鸟纹样的小忌衣⑤，风姿十分清丽。源氏看到他们无忧无虑的模样，不禁回想起少年时代邂逅相逢的筑紫五节舞姬⑥。遂赋诗云：

"今日丰明宴，群臣上殿忙。
我身孤独甚，日月已浑忘。"

今年隐忍过去，终于不曾出家。但遁世之期，渐渐迫近，心绪忙乱，感慨无穷。他考虑出家前应有种种措施，取出各种物品，按照等级

---

① 古歌："十月年年时雨降，何尝如此湿青衫？"见《河海抄》。
② 魔法使比拟雁。根据白居易长恨歌中的"临邛道士"。本回题名出此。
③ 丰明节是十一月中旬第一个辰日。若十一月内有三个辰日，则是第二个辰日。此日天皇赐群臣饮新谷酿成的酒。宴后举行五节舞会。五节舞会见第415页注①。
④ 是云居雁之弟。
⑤ 小忌衣是供奉神膳的人所穿的制服。
⑥ 参看第261—262页以及第297页。

分赠各侍女,作为纪念。并不公然表明今将离世,但近身的几个侍女,都看得出他即将成遂凤愿了。故岁暮之时,院内异常岑寂,悲伤之情无限。源氏在整理物件之时,偶尔发见昔年恋人寄来的许多情书。如果留传于后世,教人看见,有所不便,而毁弃又觉可惜,所以当时保存了少许。此时便取出来,命侍女们毁弃。忽见须磨流放时各处寄来的情书中,有紫夫人的信件,另行结成一束。这是他自己亲手整理的,然而已经是遥远的往事了。但现在看来笔墨犹新。这真可作为"千年遗念"①,不过想到自己出家之后,无缘再看,则保存也是枉然,便命两三个亲信的侍女,就在自己面前当场毁弃。即使不是情深意密的信,凡是死者的手迹,看了总多感慨。何况紫夫人的遗墨,源氏一看便觉两眼昏花,字迹也难以辨别,眼泪滴满了信纸。深恐众侍女看了笑他心肠太软,自觉不好意思,并且难于为情,便把信推向一旁,吟诗云:

"故人登彼岸,恋慕不胜情。
发箧观遗迹,中心感慨深。"

众侍女虽然不曾公然把信打开来看,但隐约察知这是紫夫人的遗迹,大家觉得无限悲伤。当时紫夫人和他同生在这世间,两人相离不远,而写来的信如此哀伤。源氏今日再看这些信,自比当时更加悲痛,那眼泪竟无法收住了。但念悲痛过甚,深恐旁人笑他儿女之态,因此并不细看,但在一封长信的一端题诗一首:

"人去留遗迹,珍藏亦枉然。
不如随物主,化作大空烟。"

---

① 古歌:"谁言无用物,废弃不须收?手笔堪珍惜,千年遗念留。"见《古今和歌六帖》。

命侍女们拿去全部烧化了。

十二月十九日起,照例举办三天佛名会①。想是源氏已经确信这是此生最后一次了,听见僧人锡杖②的声音,比往常更加感慨。僧众向佛祈愿主人长寿,源氏听了但觉伤心,不知佛对他作何指示。此时大雪纷飞,已经积得很厚。导师退出之时,源氏召他进来,敬酒一杯,礼仪比往常更为隆重,赏赐亦特别丰厚。这位导师多年来经常出入六条院,又早就为朝廷服务,是源氏从小见惯的。现已变成白头老僧,还在服务,源氏很可怜他。诸亲王及公卿,照例来六条院参与佛名会。此时梅花含苞待放,映着雪色,分外鲜妍可爱。照例应有管弦之会。但今年源氏听到琴笛之声,觉得都有呜咽之感,故不用管弦,只是朗诵了一些适合时宜的诗歌。呀,刚才忘记说了:源氏向导师敬酒时,奉赠一诗:

"命已无多日,春光欲见难。
梅花开带雪,且插鬓毛边。"

导师答诗云:

"祝君千载寿,岁岁看春花。
怜我头如雪,空嗟日月赊。"

其他诸人皆有吟咏,一概从略。这一天源氏住在外殿,他的容貌比昔年更添光彩,昳丽无比。这老年的僧人看了,不觉感动得流下泪来。

源氏想起岁律将暮,不胜寂寥。忽见三皇子东奔西走,喊着:"我

---

① 佛名会中念《佛名经》,唱三千佛名,祝来世福慧。
② 锡杖是僧人的手杖,上端有金属环,动杖时发出锵锵声。

要赶鬼,什么东西声音最响?"①那样子非常可爱。源氏想道:"我出家之后,不能再见这种景象了!"无论何事,触景生悲,难于禁受。遂赋诗云:

"抱恨心常乱,安知日月经?
年华今日尽,我命亦将倾。"

他吩咐家臣:元旦招待贺客,应比往年更加隆重。赠送诸亲王及大臣的礼品,以及赏赐各种人等的福物,均须尽量从丰。

第四十一回 云 隐②

---

① 当时风俗:除夕家家赶鬼。命一个人扮作疫病鬼,其他许多人用各种器物发出响声,将鬼赶走,可保来年人口平安云。
② 日文"云隐"是"隐遁"之意,乃暗示源氏之死。这一回只有题名而无本文,因此源氏何时死去亦不可知。但可推测如下:次回"匂皇子"(匂是日本人造的汉字,其发音为niou。意义是香)中所述的是上回"魔法使"以后八年的事,而篇首说:"光源氏逝世之后……"可知源氏是在"魔法使"的次年五十三岁至六十岁的八年之间死去的。究竟哪一年死,不得而知。但第四十九回"寄生"中说:"最后二三年间遁世时所居的嵯峨院……"则可知五十三岁之后,曾隐居在预先建造的嵯峨佛堂(见"赛画""松风")中二三年,然后死去。其卒年至早是五十五六岁。本回题名"云隐",便是暗示这二三年的隐遁。
关于有题名而无本文的原因,自来有四种说法:一、本来有本文,后来因故损失;二、作者本拟写本文,因某种缘故而作罢;三、作者故意不写本文,听其空白;四、本来连题名也没有,更不用说本文。千年以来,学者各持一说,无有定论。但普通都相信第三说,理由是:书中已描述了许多人的死,其中主要人物紫夫人之死,描写得尤为沉痛。倘再续写主人公源氏之死,这位青年女作者不堪其悲。因此只标题目而不写本文,借以向读者暗示此意。

第三部

第四十二回　匂皇子

　　光源氏逝世之后,他的许多子孙竟难得有人承继这光辉。如果把退位的冷泉院也算在内,未免亵渎了他①。今上②所生三皇子和同在六条院长大的薰君③,此二人各有美男子之称,相貌果然长得不凡。然而总不像源氏那样光彩焕发,令人炫目。只是比较起寻常人来,此二人生来就端正、高尚而优雅,加之血统都很尊贵;因此世人无不敬仰,其声誉反比源氏幼时为盛。这就使得两人越发得势了。三皇子是紫夫人用心抚育长大的,故仍在夫人故居二条院内居住。大皇子是太子,身份特别高贵,今上及明石皇后对他自然另眼看待。此外诸皇子之中,今上及皇后特别宠爱这位三皇子,希望他住在宫中,但三皇子喜爱旧居,仍住在二条院。行过冠礼之后,人称他为匂兵部卿亲王。大公主住在紫夫人六条院故居东南院的东殿内,一切布置装饰都照旧,毫不改变。她在这里,朝夕想念已故的外祖母。二皇子住在宫中梅壶院,娶得夕雾右大臣④的二女公子为夫人,时时退出宫廷,以六条院东南院的正殿作休息之所在。这位二皇子是将来大皇子即位后的候补太子,世间声望隆重,人品亦甚端庄。夕雾右大臣有许多女儿,大女公子已经当了太子妃,无人竞争,独占宠爱。世人都预料他们将顺次配对,明石皇后也曾如此说过。但匂皇子不以为然,他认为婚姻之事,若非本人真心相爱,终是不放心的。夕雾右大臣也认为:何必定要顺次配对呢?因此并不赞成将三女公子配给三皇子。但倘三皇子提出求婚,则

---

①　因为冷泉帝实际上虽是源氏之子,名义上却是源氏之弟。
②　今上是薰君的母舅。
③　此时三皇子(即匂皇子)十五岁,薰君十四岁。可知从第四十回至今,相隔已有八年。本回从薰君十四岁的春天写到二十岁的正月为止。
④　夕雾升为右大臣,此处初出。

亦不必坚拒。他非常爱护他的女儿。他家六女公子，是当时略有声望而自命不凡的诸亲王及公卿所追求的目标。

源氏逝世之后，住在六条院内的诸夫人，都啼啼哭哭地退出，各自迁居到预定的住处。花散里夫人迁入源氏作为遗产分给她的二条院东院。尼僧三公主迁入朱雀院分给她的三条宫邸。明石皇后则常住在宫中。因此六条院内人口稀少，十分冷静。夕雾右大臣说："据我所见所闻别人家的事例，自古以来，凡主人在世时费尽心思建造的住宅，主人死后必然被人抛舍，荒废殆尽。此种人世无常之相，实在伤心惨目。故至少在我住世期间，定要使这六条院不致荒废，务使近旁的大路上人影不绝。"就请一条院的落叶公主迁入六条院，住在花散里的故居东北院中。他自己隔日轮流住宿六条院与三条院，每处每月住十五天。云居雁便与落叶公主平分秋色，相安无事。

源氏昔年营造二条院，备极精美。后又营造六条院，世人赞誉为琼楼玉宇。现在看来，这些院落都是为明石夫人一人的子孙建造的。明石夫人当了许多皇子皇女的保护人，尽心照顾他们。夕雾右大臣对于父亲的每一位夫人如明石、花散里等，都竭诚奉养，一切遵照父亲在世时的旧制，毫无改变，竟同孝养母亲一样。但他想道："如果紫夫人还在世间，我当何等真心地为她效劳！可惜我对她的特殊的好意，她终于没有机会看到，就此死去！"他觉得此事可惜，遗憾无穷，悲叹不已。

普天之下，没有一人不恋慕源氏。世间无论何事，都像火光熄灭一般。每有举动，都令人感到兴味索然，徒增喟叹而已。何况六条院内诸人，当然无限伤心，诸夫人及诸皇子、皇女更不必说了。紫夫人的优美之姿，深深地铭刻在人们心头，每逢有事，无时不想念她。真好比春花盛期甚短，声价反而增高。

三公主所生薰君，源氏曾托冷泉院照顾。因此冷泉院对他特别关心。秋好皇后自己没有子女，常感孤寂，因此也真心地爱护他，希望自己年老后有个亲近的保护人。薰君的冠礼就在冷泉院中举行。十四岁上二月里当了侍从，秋天升任右近中将。作为冷泉上皇的御赐，晋爵四位。不知为何如此性急，使他接连加官，立刻变了一个成人。冷泉院又把自己御殿近旁的房室赐给他住，室中布置装饰，均由冷泉院亲自指挥。侍女、童女及仆从，一律选用品貌优秀的人。一切排场，竟比皇女的居处更加体面。冷泉院身边和秋好皇后身边的侍女之中，凡相貌姣好、性情温雅、姿色可爱的人，尽行调派到薰君那边。院和后竟把他看作上客，特别优待，务使他住得舒服，过得快活，喜爱这冷泉院。已故太政大臣①的女儿弘徽殿女御，只生一位皇女，冷泉院对她宠爱无比。但对薰君的优遇竟不亚于这位皇女。秋好皇后对他的慈爱与日俱增。而在旁人看来，这也未免太过分了。

　　薰君的母亲三公主现在静心修行佛法，每月定时念佛，每年举行两次法华八讲，此外逢时逢节，又举办种种法事，岑寂地度送岁月。薰君有时赴三条院省亲，三公主赖他照顾，反像仰仗父母荫庇一样。薰君觉得母亲很可怜，颇思常来侍奉。然而冷泉院和今上常常召唤他。皇太子及其诸弟也都把他当作亲爱的游戏伴侣，使他不得闲暇，心甚痛苦，恨不得将此一身分为两人。关于自己出生之事，他小时候隐约有所闻知，长大后时时怀疑，心甚不安，然而无人可问。在母亲面前呢，他认为即使隐约表示自己有所闻知，也很痛心，所以当然不问。他只是一直在忧虑："究竟为了何事，由于何种宿缘，致使我身带着此种疑虑而出生于世呢？善巧太子能问自身而释疑②，我也要有此种悟力才好。"他这样想，常常自言自语地说出口来。曾赋诗云：

---

① 即最初的头中将，源氏之妻舅，柏木之父。此人之死，在这里是初见。他的女儿嫁给冷泉院，即弘徽殿女御。
② 善巧太子，别本作善瞿夷太子。据旧注：善巧太子是释迦的儿子罗睺罗尊者的别名，释迦出家后六年始生此子。人都奇怪。但他没有人教，自己悟得是释迦之子。

> "此身来去无踪迹,
> 独抱疑虑可问谁?"

但没有人答复他。于是每逢感触,不胜伤心,似觉身患疾病,异常痛苦,心中反复思量:"母亲不惜盛年的花容月貌,改装成了朴陋的尼僧姿态。究竟由于何等坚强的道心,而突然遁入空门呢?想必是像我幼时所闻:身逢意外之变,因而愤世出家的吧。此种大事,难道不会走漏消息么?只因不便出之于口,所以无人向我告知吧。"又想:"母亲虽然朝夕勤修佛法,但女人的悟力毕竟薄弱,要深通佛道,往生极乐,恐是难能之事。何况女人又有五障①,也很可担心。故我应该帮助母亲成全其志,至少使她后世安乐。"又推想那个已过的人,恐怕也是怀着畏罪之心,抱恨而死的吧。他希望后世总得和这生身父亲相见,便无心在这世间举行冠礼。然而终于推辞不得。不久自然闻名于世,声势煊赫了。但他对于现世荣华毫不关心,一向只是沉思默想。

今上与尼僧三公主有兄妹之谊,对这薰君当然亦甚关心,常常觉得他很可怜。明石皇后为了她的几位皇子和薰君一同出生在六条院,从小一起玩耍,故一向对薰君同自己儿子一样看待,至今并不改变。源氏生前曾说:"这孩子是我晚年所生,我不能看他长大成人,真堪痛心!"明石皇后回想起这话,对薰君关怀更切了。夕雾右大臣对薰君的照顾,比对自己的儿子更加周到,全心全意地抚育他。

昔源氏有"光君"之称,桐壶帝对他宠爱无比。但因妒忌之人甚多,又因他的母亲没有后援人,以致处境困难。全靠他能深思远虑,圆滑应付世事,韬晦不露锋芒。因此后来世局变迁,天下大乱,他终于平安无事地渡过难关,依然矢志不懈地勤修后世。他对万事不逞威福,

---

① 《法华经》提婆达多品云:"又女人身犹有五障:一者不得做梵天王,二者帝释,三者魔王,四者转轮圣王,五者佛身。"又《大日经》疏云:"修道五障,谓烦恼障、业障、生障、法障、正为所知障也。"

故能悠然度送一生。现在这位薰君年事尚幼,声名早扬,并且已经怀抱高远之志。可见具有宿世深缘,并非凡胎俗骨,竟有佛菩萨暂时下凡之相。他的相貌并无特别可指之优点,亦无可使见者极口赞美之处。只是神情异常优雅,能令见者自觉羞惭。而其心境之深远,又迥非常人可比。尤其是他身上有一股香气,这香气不是这世间的香气。真奇怪:他的身体略微一动,香气便会随风飘到很远的地方,真是百步之外也闻得到。凡是像他那样身份高贵的人,谁也不肯粗头乱服,不加修饰,总是用心打扮,务求自己比别人漂亮,借以引人注目。但在薰君情况不同,只因身有异香,所以即使偷偷地躲在暗处,也有浓香四溢,无可隐藏。他很讨厌,衣服从来不加薰香。然而,许多衣柜中藏有各种名香,加上他身上固有的香气,浓得不可言喻。庭前的梅花树,只要和他的衣袖略微接触,花气便特别芬芳。春雨中树上的水点滴在人身上,便有许多人衣香不散。秋野中无主的"藤袴"①,一经他接触,原来的香气便消失,而另有一种异香随风飘来。凡他所采摘过的花,香气都特别馥郁。

　　薰君身上具有这种令人惊诧的香气,匂兵部卿亲王对此事异常妒羡,比其他任何事情更甚。他只得特备种种香料,把衣服薰透。朝朝暮暮,专以配合香料为事。到庭院里去看花时,春天只管躲在梅花园里,希望染得梅香。到了秋天,世人所喜爱的女郎花和小牡鹿所视为妻子的带露的萩花,只为无香气,全不惹他注目。而对于那忘老的菊花、日渐枯萎的兰草、毫不足观的地榆,只为有香气,即使到了霜打风摧、枯折不全的时候,他还是不肯抛舍。如此特意用心,专以爱香为务。世人便议论他:"这位匂兵部卿亲王的爱香癖有些过分,未免太风流了。"昔年源氏在世时,对于无论何事,从不偏爱一端而异常地

---

① 古歌:"秋草名藤袴,抛残在野郊。不知谁脱下,只觉异香飘。"见《古今和歌集》。日文中的"藤袴"即中文兰草之意。日文"袴"是裙子,非裤子。

热衷。

　　源中将①常来访问这位亲王。每逢管弦之会，两人吹笛的本领不相上下，互相竞争而又互相亲爱，真乃志同道合的青年伴侣。世人照例纷纷议论，竟称他们为"匂兵部卿、薰中将"。当时家有妙龄女郎的高官贵族，无不为之动心，也有央人前来说亲的。匂兵部卿亲王就中选择几个有意思的对象，探听那女子的相貌人品。然而特别中意的殊不易得。他想："冷泉院的大公主倘能配我为妻，倒是美满姻缘。"这是因为大公主之母弘徽殿女御出身高贵，秉性风雅。而据外人评判，公主品貌之优越也是世间少有的。况且还有几个多少亲近公主的侍女，每逢机会，必将公主的情况详细告诉他。因此他的恋慕之心越发难于忍受了。

　　薰中将则不然，他对世俗生活深感乏味，心念如果草草地爱上一个女人，身上便有了一种不可割离的羁绊，此种自讨烦恼之事，还是避免的好。因此把婚姻之事完全丢开。也许是因为难觅称心之人，所以故作贤明之态，亦未可知。然而招人物议的色情之事，他毕竟不干。他在十九岁上受任为三位宰相，仍兼中将之职。他受冷泉院与秋好皇后优遇，位极人臣，可谓尊荣无比了。然而心中怀着一个身世根本问题，常常闷闷不乐。所以一向不曾任情寻花问柳，平居总是沉默寡言，世人自然都称道他是个老成持重的人。

　　匂兵部卿亲王多年来魂思梦想冷泉院的大公主。薰中将和大公主朝夕共处在一个院内，每有机会，常得闻见她的情状，知道此女相貌的确不凡，而且品质态度高雅无比。他想："倘欲娶妻，但得如此一人做伴，可以终身无憾了。"冷泉院宠爱薰中将，在一般事情上，对他毫无隔阂。惟有大公主的居处，防范非常谨严。这原是理之当然。薰中将深恐惹事，并不强求亲近。他想："万一发生了意外之事，为己为人都

---

① 即薰君。

很不利。"因此并不去亲近她。只是他生来相貌讨人喜欢，所以他对一个女子只要略有几句戏言，这女子就会动心，立刻钟情于他。因此逢场作戏的露水姻缘，自然结下不少。但他对这些女子并不特别重视，只管讳莫如深。这种有情还似无情的态度，反而使得女方心痒难熬。于是真心爱他的人就被他吸引，有许多人上三条院去替尼僧三公主服务①。她们看见他很冷淡，心中甚是痛苦。但念总比断绝关系好些，也就忍受寂寞。有许多身份较高的女人，并非来当侍女，只是为了对薰中将的一点私情而在这里服务。薰中将虽然态度冷淡，性情却很温柔，相貌也实在漂亮。因此这些女人都仿佛被他骗住，在此因循度日。

夕雾右大臣家有许多女公子，夕雾本想将一人配给匀皇子，一人配给薰中将。但他曾听见薰中将说："母亲在世期间，我至少必须朝夕奉侍。"因此未便向薰中将开口。夕雾原也顾虑到薰中将和他的女儿血缘太近②，然而除了薰中将和匀皇子之外，世间实在找不出亚于此二人的女婿来，心中很是烦闷。侍妾藤典侍所生六女公子，比正妻云居雁所生诸女相貌漂亮得多。长大后性情也很贤淑，可谓十全无缺。只因母亲出身低微，世人对她不甚重视。埋没了这般美质，夕雾觉得十分可怜。一条院的落叶公主膝下没有子女，生涯颇感寂寞，夕雾就将这六女公子迎归一条院，叫她做了落叶公主的义女。他想："找个自然的机会，装作无意模样，教薰中将和匀兵部卿亲王看看这个女儿，定会使他们留神注目。这两个人都善于鉴别女人姿色，必然会赏识她。"于是对六女公子不采用严格的教育，却教她学习时髦，培养趣味，度送风流生活，以期多多地牵惹青年男子的心目。

---

① 薰君常到三条院探母，故在三条院可以常常会见他。
② 薰君在名义上是夕雾之弟。薰君与夕雾之女是叔父与侄女的关系。

正月十八日宫中赛射，夕雾在六条院备办还飨①，非常讲究，拟请诸亲王都来参与。到了那天，诸亲王中成人者皆赴会。明石皇后所生诸皇子，个个长得气宇轩昂，眉清目秀。就中这匂兵部卿亲王尤为佼佼不群。惟有叫作常陆亲王的四皇子，是更衣所生，也许是因此之故，看来容姿远不及其他诸皇子。赛射的结果，照例左近卫方面获得优胜，而且比往年结束得早。夕雾左大将便从宫中退出，与匂兵部卿亲王、常陆亲王及明石皇后所生五皇子同乘一车，赴六条院去。宰相中将薰君属于赛败方面，默默地退出宫廷。夕雾拉住了他，说道："诸亲皇都到六条院去，你来送送他们吧。"夕雾的儿子卫门督、权中纳言、右大弁，以及许多公卿都劝他去。于是分班乘车，同往六条院进发。从宫中到六条院，颇有一段路程，其时空中飘着小雪，黄昏景色十分清艳。车子载着悠扬悦耳的笛声，进入六条院去。除了这里以外，哪里找得到一个西天佛国，在这时候能有此种赏心乐事呢？

还飨设在正殿的南厢中，照例请优胜一方的中少将朝南坐。做陪客的诸亲皇及公卿朝北坐，和他们相对。于是宴会开始。正在兴酣之时，将监们开始表演《求子》舞。庭中梅花盛开，附近几株梅花的香气被舞袖的回风扇动，流散满座。但薰中将身上的香气更胜于梅花，馥郁不可言喻。众侍女隔帘偷窥薰中将，说道："可惜天光太暗，相貌看不清楚。但这香气确是无人比得上的。"大家极口赞誉。夕雾右大臣也觉得此人的确不凡。他看见薰中将今天相貌和仪态比平常更加优美，斯文一脉地坐着，便对他说："右中将啊！你也来一起唱吧！不要做客人呀！"薰中将便恰到好处地唱了一段"天国的神座上"②。

---

① 赛射毕，优胜者赴大将家参加宴会，名曰"还飨"。夕雾是右大臣兼左大将。
② "天国的神座上"是表演《求子》舞时所唱的风俗歌《八少女》中的歌词。歌曰："八少女，我的八少女！八少女，呀！八少女，呀！站在天国的神座上！站呀，八少女！站呀，八少女！"

第四十三回　红　梅①

当时称为按察大纳言的人，是已故的致仕太政大臣的次子红梅②，亦即已故卫门督柏木的长弟。此人从小天资聪慧，性情优雅。年事渐长，官位日升，前程远大，荣华盖世，圣眷隆重无比。这红梅大纳言有两位夫人，先娶的一位已经亡故，现在的一位是后任太政大臣髭黑之女，就是从前舍不得真木柱的那位女公子③。起初，她的外祖父式部卿亲王把她嫁给萤兵部卿亲王。萤兵部卿亲王逝世之后④，红梅和她私通。年月既久，也顾不得世评，就把她当了继室。红梅的前妻只生下两个女儿，没有儿子，未免寂寞。祷告神佛，继室真木柱果然生了一个儿子。真木柱还有前夫萤兵部卿亲王所生的一个女儿，带在身边，视为前夫遗念。

红梅大纳言对于子女，不分亲疏，个个同样地疼爱。然而各人身边的侍女之中，有几个品行欠佳的人，彼此间时时发生龃龉。幸而真木柱夫人气度宽大，性情豪爽，善于调停排解。即使有了不利于己之事，也能处之泰然，善自解慰。因此没有家丑外扬，一向平安度日。三位女公子年龄相仿，渐渐长大成人，都行过了着裳式。大纳言建造了几所七架宽阔的广大邸宅，南厅归大女公子，西厅归二女公子，东厅归萤兵部卿亲王所生的女公子居住。在一般人想来，萤兵部卿亲王已经故世，这位女公子没有父亲，定多痛苦。然而她的父亲和外祖父等遗留给她的财产宝物甚多，因此内部排场及日常生活高尚典雅，境况

---

① 本回所写之事与前回"匂皇子"相隔四年。此时薰君二十四岁，匂皇子二十五岁。
② 即第十回《杨桐》中唱催马乐《高砂》的童子。见第231页。
③ 髭黑娶玉鬘后，前妻带了女儿真木柱回娘家，事见第549页。
④ 萤兵部卿亲王是源氏之弟，此人之死，此处是初见。

优裕。

外间盛传红梅大纳言家里用心抚养着三位女公子,便有许多人陆续前来求婚。皇上和皇太子也曾表示有意。红梅想道:"今上有明石皇后专宠,何等身份的人才能和她并肩呢?但倘为此而不图高位,情愿当个低级宫人,则又毫无意味。皇太子为夕雾右大臣家的女御所独占,和她争宠,也很困难。然而只管如此畏首畏尾,家里有了才貌超群的女儿而不送她入宫,岂不辜负了她的美质呢?"他就下个决心,将大女公子配给了皇太子。此时大女公子芳龄十七八岁,容姿绰约,非常可爱。

二女公子相貌也很娇艳优雅,其端详又胜于乃姐,是个绝代佳人。红梅大纳言想道:"若将此女配给寻常之人,实在万分可惜。如果匀兵部卿亲王来求婚,倒可使得。"匀皇子在宫中等处看到真木柱所生小公子时,常常唤他前来,和他一起玩耍。这小公子聪明颖悟,从他的眼梢额角上可以推知其前程之远大。有一次匀皇子对他说道:"你回去对大纳言说:光叫我看见你这个弟弟,我心里不满意呢。"小公子回家去对父亲说了,红梅大纳言笑逐颜开,庆喜凤愿可以成遂了。便对人说:"一个才貌双全的女子,与其入宫而屈居人下,不如嫁给这位匀皇子。这位皇子长得真漂亮!我能如愿以偿,悉心爱护这位女婿,寿命也可以延长呢。"但须首先准备大女公子嫁皇太子的事。他在心中祈祷:"但愿春日明神①佑护,让皇后出在我们这一代。那么,先父太政大臣为弘徽殿女御失败而抱恨长终②,其在天之灵也可获得安慰了。"就送大女公子入宫当太子妃。世人盛传:皇太子非常宠爱这位妃子。但她不曾熟悉宫中生活,身边又没有能干的照顾人,故由继母真木柱

---

① 春日明神是皇族藤原氏的氏神。
② 前太政大臣将女儿(即红梅之妹)送入冷泉院宫中为弘徽殿女御,希望当皇后。但源氏提拔了秋好皇后。弘徽殿女御失败,太政大臣抱恨长终。事见第411页。

夫人陪伴入宫。真木柱十分爱护这位女公子，照顾得无微不至。

南厅的大女公子入宫之后，大纳言邸内忽然冷清了。尤其是西厅的二女公子，一向和姐姐常在一起，现在觉得非常寂寞。东厅的女公子，即真木柱前夫所生的女公子，和这两位女公子也很亲昵。晚上三人常常睡在一起，共同学习种种艺事。关于吹弹歌舞等事，两女公子都向东厅女公子学习，当她师傅一般。这位东厅女公子生性异常怕羞，对母亲也难得正面相看，其腼腆实在可笑。然而品貌并不比人逊色，其娇媚之相远胜于他人。红梅大纳言想道："我安排这个入宫，那个出嫁，只管为自己的女儿奔忙，实在对不起这位女公子。"便对她母亲真木柱说："这女孩子的婚事，你倘有了定见，快告诉我。我一定同我自己的女儿一样看待她。"真木柱答道："这种事情，我想也不曾想过。勉强成就，反而对她不起。只有听凭她的命运了。我在世期间，一定会照顾她。只是我倘死了，她很可怜，倒叫我担心了。然而那时她可出家为尼，就不致惹人耻笑，而自可安度一生了。"说罢流下泪来。又谈到这女公子性情之贤淑。红梅大纳言对这三个女儿一样亲爱，毫无厚薄。但至今不曾见过这东厅女公子，颇思看看她的相貌。他常怨恨："她只管躲避我，太没意思了。"想乘人不备时偷觑，或许可以看见一面。岂知连侧影也看不到。有一次他坐在女公子帘外，对她说道："你母亲不在家时，我应该代她来照顾你。你对我如此疏远，我很不高兴呢。"女公子在帘内约略回答数语，那声音文雅而婉转，可以想见其相貌一定也很美丽，是个很可怜爱的女子。他一向确信自己的女儿优于别人，常以此自傲。此时他想："我那两个恐怕赶不上这个人吧？如此看来，世界太大，也很讨厌。我以为我那两个女儿是出类拔萃的了，岂知世间自有比她们更强的人。"他越发渴慕这一位了，便对她说："近几月来，不知怎的非常繁忙，丝弦也好久不听了。西厅里你二姐正在用心学琵琶，大概她想精通此道吧。但琵琶这种乐器，学得似通非通，声音实在难听。如果可教，希望你悉心教导她。我并不曾专修某种乐器，但在昔年全盛之世，常得参与管弦之会。全靠如此，对于无论何种乐器的表演，我都能辨别其手法之优劣。你虽然不曾公开表演过，但我每次听到你的琵琶之音，总觉得和昔年相似。承受已故六条院大人真传的，现今世间只有夕雾右大臣一人。源中纳言①和匂兵部卿亲王，对无论何事都不让古人，真乃得天独厚之人。二人对音乐尤为热心。然而拨音的手法略嫌柔弱，毕竟赶不上右大臣。只有你的琵琶，手法和他非常相似。琵琶一道，按弦的左手必须熟练，方为佳妙。女子按弦时，拨音之声不同，带有娇媚之感，反而富有趣味。来，你来弹一曲吧。侍女们！拿琵琶来！"侍女们大都不回避他，只有几个年纪最轻而出身较高的人，不肯被他看见，一味退入内室。红梅大纳言说："连侍女也疏远我了，真没趣啊！"他生气了。

此时小公子将进宫去。他先来参见父亲，周身值宿打扮，童发下垂，倒比正式打扮时结成总角美观得多。大纳言看了觉得非常可爱，便叫他带口信给住在丽景殿的女儿："你对大姐说：我叫你代我前来请安，我今夜不能进宫了，因为身体不大好。"又笑道："把笛子练习一下再去吧。皇上不时要召你到御前演奏，你的笛子还未熟练，不好意思。"便叫他吹双调。小公子吹得非常好听。大纳言说："你的笛子吹得渐渐好起来了，全靠在这里常常和人合奏之故。现在就和姐姐合奏一曲吧。"便催促帘内的女公子弹琵琶。女公子狼狈不堪，就用手指轻轻拨弦，略弹一曲。大纳言用低钝而驯熟的声音合着音乐吹口哨。忽见东边廊檐近旁一株红梅，正在盛开，便说道："这庭前的花特别可爱。匂兵部卿亲王今天在宫中，折取一枝去送给他吧。'梅花香色好，惟汝是知音'②呢。"又说："唉，从前光源氏荣任近卫大将、声势鼎盛

---

① 即薰中将。
② 古歌："除却使君外，何人能赏心？梅花香色好，惟汝是知音。"见《古今和歌集》。

的时候，我正是像你那样年纪的一个童子，常常追随左右①，这情景使我永远不忘。这位匈兵部卿亲王也是世人所极口称颂的，其品貌确也值得受人赞誉，然而总觉得不及光源氏之一端，也许是我一向确信光源氏天下无双之故。我对他的关系并不深切，然而想起了也悲痛无有已时。何况对他关系亲密的人，被他遗弃在这世间，恐怕都在讨厌自己寿命太长吧。"谈到这里，历历追思往事。感伤之余，不觉意兴索然。大约此时他已情不自禁立刻命人折取一枝红梅，交小公子送去。说道："今已无可奈何了。这位深可恋慕的光源氏的遗念，现今只有这位亲王。从前释迦牟尼示寂之后，其弟子阿难尊者身上放光，道行高深的法师都疑心他是释迦复活。我为了欲慰怀旧之情，也要烦渎这位亲王了。"便赋诗奉赠，诗曰：

"东风有意通消息，
为报园梅待早莺。"

用活泼的笔致写在一张红纸上，夹在小公子的怀纸里，催他即速送去。小公子的童心也非常亲近匈皇子，立刻就入宫去了。

匈皇子正从明石皇后的上房中退出，将回到自己的值宿所去。许多殿上人送他出来，小公子也挤在里头。匈皇子看见了他，问道："昨天你为什么早就退出了？今天什么时候进来的？"小公子答道："昨天我退出太早，后来懊悔。今天听说您还在宫中，我就赶紧来了。"这童声非常亲切悦耳。匈皇子说："不但宫中，我那二条院里很好玩，你也常常来吧。有许多小伴聚集在那里呢。"别的人看见匈皇子专对他一人说话，大家都不走近去，随即各自散开了。此时四周很清静，匈皇子又对小公子说："近来皇太子不大召唤你了。以前不是常常叫你进去的

---

① 参看第231页。

么?你大姐夺了你的宠爱,不像话吧。"小公子答道:"不断地叫我进去,我苦死了。倘是到您这里来……"他不再说下去。匂皇子说:"你姐姐看我不起,不把我放在心上。这原是理所当然的,但教我难于忍受。你家东厅那位姐姐,自昔和我同是皇族。你替我悄悄地问问她:她是不是爱我?"小公子看见机会到了,便把那枝红梅和诗呈上。匂皇子笑着想道:"倘是我求爱之后收到的答诗,就更好了。"便反复观玩,不忍释手。这枝红梅果然可爱,那枝条的姿态、花房的模样,以及香气和颜色,都不是寻常的。他说:"园中开着的红梅,都只是颜色艳丽而已,讲到香气,总不及白梅。惟有这枝红梅开得特别好,真乃色香俱全。"此人本来喜爱梅花,如今投其所好,使他赞美不已。后来他对小公子说:"你今夜到宫中值宿,就住在我这里吧。"就拉他到自己房内,把门关上。小公子便不去参见皇太子。匂皇子身上香气之馥郁,是花也比不上的。小公子睡在他身旁,童心欢喜无比,觉得此人真可亲爱。匂皇子问他:"这花的主人①为什么不去侍奉皇太子?"小公子答道:"我不知道。听父亲说:要她去侍奉知心的人②。"匂皇子曾听人说:红梅大纳言想把自己所生的二女公子嫁给他。而他所想望的却是萤兵部卿亲王所生的东厅女公子。但在答诗中不便直说。次日小公子退出时,他就淡然地写了一首答诗,叫他带回去。诗曰:

"早莺若爱梅香好,
　多谢东风报信来。"③

又再三关照他说:"下次不必再烦他老人家,你悄悄地向东厅那位姐姐

---

① 指东厅女公子。
② 指匂皇子。
③ 早莺比匂皇子,梅比二女公子,东风比红梅。诗意是:"我倘爱二女公子,则感谢你来信。"

传达就是了。"

自此以后,小公子也更加重视东厅姐姐,和她亲近起来。过去他和异母的二姐反而常常见面,像同胞姐弟一样。但在这儿童的心目中,觉得东厅姐姐态度十分稳重,性情和蔼可亲,但愿她嫁得个好姐夫。如今大姐已嫁给皇太子,享受荣华富贵,这东厅姐姐却无人过问,他深为不满,觉得她很可怜。他想:至少要让她嫁给这位匀皇子。所以父亲叫他送梅花去,他很高兴。然而这封信是答诗,应该送交父亲。红梅大纳言看了诗,说道:"说这些话真没意思啊!这匀皇子贪爱女色太过度了,知道我们不赞许他,所以在夕雾右大臣及我们面前竭力抑制邪念,装作一本正经,实在可笑。一个十足的轻薄儿,勉强装作诚实人,恐怕反而教人看不起吧。"他在背后评议匀皇子。今天他又派小公子入宫,再教他带一封信去,内有诗云:

"梅花若得亲君袖,
　染上奇香名更高。

太风流了,请君原谅。"这态度很认真。匀皇子想道:"看来他真心想把二女公子嫁给我了。"心中不免激动。便答诗云:

"寻芳若向花丛宿,
　只恐时人笑色迷。"

这答诗还是不诚意的,红梅大纳言看了,心中很不高兴。

后来真木柱夫人从宫中退出,对大纳言谈宫中的情况,便中告诉他说:"前天小公子到宫中值宿,次日早上到东宫来,身上香气非常浓重。别人都以为他本来是这样的,皇太子却分辨得出,对他说道:'你一定是在匀兵部卿亲王身边,怪不得不到我这里来了。'他竟吃起醋来,真好笑呢。他有信带来么?看不出有什么动静呢。"红梅大纳言答道:"有信带来的。这位皇子喜爱梅花。那边檐前的红梅正好盛开,仅乎自己看看,太可惜了,我就折了一枝,叫他送给这皇子。此人身上的衣香的确异乎寻常。宫女们也没有这么香。还有那源中纳言,并非为爱风流而薰香,身上却自有一股香气,世无其类。真奇怪,不知前世怎样修福,故今世获此善报,真正教人艳羡。同是称为花的,那梅花因为生来本性与众不同,所以香气特别可爱。匂皇子喜爱梅花,确是有道理的。"他拿花作比拟而议论这匂皇子。

东厅女公子年事既长,知情达理,举凡所见所闻,无不心领神会。然而对于婚嫁的终身大事,则绝不考虑。世间的男子,想必都有趋炎附势之心,对于有父亲的女儿,用尽心计强欲求婚,所以那两位女公子家里非常繁华热闹。而这位东厅女公子这里呢,门庭寂寂,常常空闭深锁。匂皇子传闻此种情状,认为这女公子正是适当的对象,便仔细考虑,设法向她求爱。他常常把小公子拉在身边,悄悄地叫他送信给东厅女公子。但大纳言一心想把二女公子嫁给匂皇子,常在窥察匂皇子的意向,满望他动了念头前来求婚。真木柱夫人见此情状,觉得可怜,说道:"大纳言弄错了。他对二女公子毫无意思,你多费口舌,全是徒劳。"东厅女公子只字也不回复匂皇子。匂皇子越发不肯认输,只管追求不舍。真木柱夫人常常想道:"有何不可呢?我看看匂皇子的人品,很希望他当我的女婿。料想将来是很幸福的。"但东厅女公子认为:匂皇子是个非常贪色的人,私通的女子甚多。对八亲王①家的女公子,爱情也很深,常常远赴宇治和她相会。如此东钻西营,其心甚不可靠,决不可轻易允许。因此真心地拒绝他的求爱。但真木柱夫人觉得很对不起他,有时不惜越俎代谋,偷偷地代女儿写回信给他。

---

① 八亲王是桐壶帝的第八个儿子。

第四十四回　竹　河①

本回所记述的,是源氏一族之外的后任太政大臣髭黑家几个侍女的故事。这些侍女现今还活在世间,专会说长道短,不问自述地说出这些情节来,与紫夫人的侍女们所说的情况有所不同。据她们说:"关于源氏子孙,有的传说并不正确,恐是比我们年纪更老的侍女记忆不清,因而弄错了。"究竟孰是孰非,莫衷一是。

已故髭黑太政大臣与玉鬘尚侍,生有三男二女。髭黑大臣悉心抚育,指望他们长大成人,超群出众。岁月推迁,正在等得心焦的时候,髭黑大臣奄然长逝了。玉鬘夫人茫然若失,如同做了一梦。本来急于欲使女儿入宫,此时也只得延搁。人心大都趋炎附势,髭黑大臣生前威势显赫,死后内部财物、领地等虽然依旧富足,并不衰减,但邸内气象变更,门庭日渐冷落。玉鬘尚侍的近亲中颇有闻达于世者②。但身份高贵的戚族,往往反而不甚亲近。加之已故的髭黑大臣本性缺乏情感,与人落落寡合,别人对他也就心有隔阂。恐是因此之故,玉鬘夫人竟没有一个可与亲近往来的人。六条院源氏主君一向把玉鬘当作自己女儿看待,从未变心。临终时分配遗产,特地在遗嘱中写明,把玉鬘列在秋好皇后之次。夕雾右大臣对玉鬘也反比对嫡亲姐妹亲近,每逢有事,必来探访。

三位公子皆已行过冠礼,各自长大成人。只因父亲已经亡故,立身处世不免孤单无恃,但也自然而然地渐渐晋升。只是两位女公子前途如何策划,玉鬘夫人甚是担心。髭黑大臣在世之时,今上也曾向他示意,深盼他送女儿入宫。常常屈指计算年月,推想女儿已经长成,不

---

① 本回写薰君十四五岁至二十三岁秋天之事,与前二回《匂皇子》《红梅》系同一时期。
② 如红梅大纳言,是她的异母兄。

断催他早日实行。但玉鬘夫人想道："明石皇后宠幸日渐加深，无人能与并肩。我的女儿入宫，一定被她压倒，只能在许多庸碌的妃嫔中忝列末席，遥遥地仰承她的眼色，实在毫无意味。而教我看见我的女儿不及别人，屈居下位，我也很不甘心。"因此踌躇不决。冷泉院也诚心欲得玉鬘的女儿，竟重提往事，怨恨玉鬘昔年对他的无情①，说道："当年尚且如此，何况现在我年事渐老②，形容丑陋，自然更可厌弃了。然而请你视我为可靠之父母代理人，将女儿托付我吧。"他认真地要求。玉鬘想道："这如何是好？我的命运真可叹！他一定把我看作出人意外的无情女子，真是可耻而又抱歉。如今到了这晚年，不如将女儿嫁他，以赎前愆吧。"但也难于决定。

两位女公子相貌都长得很好，以美人著名于时，故恋慕之人甚多。夕雾右大臣家的公子，称为藏人少将的——是正夫人云居雁所生，官位比诸兄高，父母特别疼爱他，是个品貌兼优的贵公子——也热诚地向玉鬘夫人的大女公子求爱。此人无论从父亲或母亲方面来说，都与玉鬘有不可分离的亲密关系③。因此他和弟兄们常在髭黑大臣邸内出入，玉鬘夫人对他们都很亲昵。这藏人少将和她家的侍女们也很熟悉，颇有机会向她们诉说自己的心事。因此众侍女日日夜夜在玉鬘夫人耳边赞扬藏人少将，玉鬘夫人不胜其烦，又很可怜他。他的母亲云居雁夫人也常常写信给玉鬘夫人，代他请求。父亲夕雾大臣也对玉鬘夫人说："他的官位还低，但请看我们面上，允许他吧。"玉鬘夫人已有决心：大女公子必须入宫，不嫁臣下。至于二女公子，只要藏人少将官位稍高，配得上她家时，不妨许嫁与他。藏人少将则怀着可怕的念头：如果玉鬘不允许，要将女公子抢走。玉鬘夫人并不十分反对这件亲事，但念我方尚未正式允许之前，如果发生意外之事，则传闻于

---

① 参看第554页。
② 此时冷泉院四十三岁，玉鬘四十七岁。
③ 从父亲方面来说，玉鬘是他的姑母；从母亲方面来说，是他的姨母。

世，被人讥议，名誉攸关。因此叮嘱传递信件的侍女们："你们必须当心，谨防发生错乱！"侍女们都提心吊胆，觉得难于应付。

六条院源氏晚年娶朱雀院的三公主而生的薰君，冷泉院视同自己儿子一般爱护，封他为四位侍从。薰君其时年仅十四五岁，正是天真烂漫的童年，而心灵却比身体早熟，已像大人一样懂事。仪容楚楚，显见前程不可限量。玉鬘尚侍颇思选他为婿。尚侍的邸宅距三公主所居的三条院甚近，因此每逢邸内举办管弦之会，诸公子常去邀请薰君来家参与。尚侍邸内因有美人，青年男子无不向往，个个华装艳服，翩然出入其间。讲到相貌之秀美，则以片刻不离的藏人少将为第一；讲到性情之温存、风度之闲雅，则首推这位四位侍从。此外无人能与此二人并比。人都以为薰君是源氏之子，对他另眼看待。恐是因这缘故，他的世誉自然特盛。青年侍女都极口称赞他。玉鬘尚侍也说此人的确可爱，常常亲切地和他谈话。她说："回思父亲大人气宇之优越，令人悼念不置，无以自慰。除了此人之外，从谁身上可以看到父亲的遗姿呢？夕雾右大臣身份太高，非有特别机会，难得和他会面。"她把薰君看作亲兄弟一样，薰君也把她看作大姐，时来访晤。此人决不像世间一般男子那样轻薄好色，态度异常端庄稳重。两位女公子身边的青年侍女们见他婚事未成，都替他可惜，引为憾事。她们常和他开玩笑，薰君不胜烦恼。

次年①正月初一，玉鬘尚侍的异母兄弟红梅大纳言——即昔年唱《高砂》的童子、藤中纳言——即已故髭黑太政大臣前妻所生大公子，真木柱的同胞兄来尚侍邸贺年。夕雾右大臣带着六位公子也来了。夕雾的相貌以至其他一切，无不十全其美。六位公子也个个眉清目秀，以年龄而论，官位皆已过高。在旁人看来，这一家可谓圆满无缺了。但其中的藏人少将，虽然父母特别重视，却一直心事满腹，面带愁容。

----

① 此年玉鬘四十八岁，夕雾四十一岁，冷泉院四十四岁。

夕雾右大臣和昔年一样，隔着帷屏与玉鬘尚侍对晤。他说："只因无甚要事，以致久疏问候。上了年纪以来，除了入宫之外，他处竟懒得走动。常思前来叩访，共谈往事，而总是因循过去，未能如愿。尊处如有需要，务请随时吩咐诸小儿办理。小弟已叮嘱彼等：必须竭诚效劳。"玉鬘尚侍答道："寒门运蹇，今已微不足数，乃蒙依旧照拂，更使我追念先人，难于忘怀了。"接着便对他约略谈起冷泉院欲召大女公子入侍之事，说道："家无有力之后援人，入宫反而痛苦。为此犹豫不决，心甚烦恼。"夕雾答道："听说今上亦曾宣示此意，不知确否。冷泉院今已退位，似乎盛期已过，然而相貌绝美，盖世无双，年虽稍长，而永无老相，常是翩翩少年。舍下倘有容颜差可之女儿，亦极愿应召入院。只是没有一人够得上参与花容月貌的诸宫眷之列，真乃遗憾之事。不过冷泉院欲召尊府大女公子之事，不知是否已得大公主的母亲弘徽殿女御①允许？以前亦曾有人欲将女儿送入冷泉院，只因顾忌此人，终于不曾实行呢。"玉鬘说道："弘徽殿女御也曾劝我，她说近来寂寞无聊，颇思与冷泉院同心协力地照顾我的女儿，以资消遣云云。因此我要加以考虑了。"

聚集于此的一伙人告辞出去，随即赴三条院向三公主贺岁。对朱雀院有旧情的人、六条院源氏方面的人，凡各种关系的人，都不忘记这位尼僧三公主，齐来贺年。髭黑大臣家的公子左近中将、右中弁、藤侍从等，就从自邸陪伴夕雾大臣同行。冠盖齐集，气势好不盛大！

到了傍晚，四位侍从薰君也来向玉鬘尚侍贺年。昼间聚集在这邸内的许多显贵青年公子，个个相貌堂堂，可谓美玉无瑕。然而最后来的这位四位侍从，特别惹人注目。一向容易感动的青年侍女们都说："到底与众不同啊！"还说些刺耳的话："教这位公子来做我家小姐的女婿，倒是很好的一对呢！"这薰君的确长得肢体娇嫩，风度优雅。一举

---

① 此人是玉鬘的异母姐，即柏木之妹，早就入宫为冷泉院女御。

一动,身上就散发一股香气,芬芳无匹。即使是生长深闺的小姐,只要是知情识趣的人,见了这薰君也一定会注目,赞叹他是超群出众的人。此时玉鬘尚侍正在念佛堂里,便吩咐侍女:"请他到这里来。"薰君从东阶升入佛堂,在门口的帘前坐下。佛堂窗前几株小梅树,正在含苞欲放。早春的莺声啭得尚未纯熟。众侍女希望这美男子在这美景中态度更风流些,便用种种戏言挑逗他。薰君却只管沉默寡言,正襟危坐,使得她们扫兴。有一个名叫宰相君的身份高贵的侍女便咏诗一首奉赠,诗曰:

"小梅初放蕊,艳色更须添。
折取手中看,花容分外妍。"①

薰君见她脱口成章,心甚感佩,便答诗云:

"小梅初放蕊,远看似残柯。
不道花心里,深藏艳色多。

如有不信,请触我袖。"他和她们开玩笑。众侍女异口同声地叫道:"确是'色妍香更浓'②啊!"大家喧哗起来,几乎想拉他的衣袖。玉鬘尚侍从里面膝行而出,低声说道:"你们这些人真讨厌,连这个温顺的老实人也不放过,不怕难为情。"薰君听见了,想道:"被称为老实人,我好委屈啊!"尚侍的幼子藤侍从还不曾上殿任职,不须到各处贺年,此时正在家中。他捧出两个嫩沉香木制的盘子,内盛果物和杯子等,拿来招待薰君。尚侍想道:"夕雾右大臣年纪越大,相貌越是肖似

---

① 以小梅比薰君。
② 古歌:"家有寒梅树,色妍香更浓。谁将衫袖拂?芳沁此花中。"见《古今和歌集》。

父亲。这薰君的相貌却并不肖似父亲。但其姿态之安详、举止之优雅，则令人想起源氏主君盛年时代。主君年轻时确是这样的。"她回思当年，不胜感伤。薰君回去之后，香气还是弥漫室中，众侍女赞叹不已。

　　侍从薰君被称为老实人，心终不甘。正月二十过后，梅花盛开之时，他想教嫌他不风流的侍女们看看他的本相，特赴尚侍邸访问藤侍从。他从中门而入，看见一个同他一样穿便袍的男子站在那里。这人看见薰君进来，连忙躲避，却被薰君拉住了。一看，原来是经常在这里徘徊的藏人少将。他想："正殿西边正在弹琵琶，奏琴筝，此人想是被音乐所迷而站在这里的吧。看他的样子真痛苦啊！对方不许而强欲求爱，是罪孽深重的！"不久琴声停止。薰君对藏人少将说："喂，请你引导吧，我是不熟悉的。"两人便联袂同行，唱着催马乐《梅枝》①，向西面廊前的红梅树走去。薰君身上的香气比花香更浓，侍女们早就闻到，连忙打开边门，用和琴合着《梅枝》的歌声，弹出美妙的音乐来。薰君心念和琴是女子用的琴，不宜弹《梅枝》这吕调乐曲，而她们却弹得非常悦耳，便从头再唱一遍。侍女们就用琵琶来伴奏，也弹得美妙无比。薰君觉得这里的确富有风流佳趣，足以牵惹人情。今夜他态度便随意不拘起来，也和她们调情说笑了。玉鬘尚侍从帘内叫人送出一张和琴来。薰君和藏人少将互相谦让，谁也不肯触手。尚侍命侍女侍从君向薰君传言："我早就闻知：你的爪音酷似已故的父亲大人。我真心希望听赏一下。今宵莺声引诱琴声，就请弹一曲吧。"薰君心念此时怕羞退缩，甚不相宜，便勉勉强强地弹奏一曲，琴声实甚美妙。源氏虽然是玉鬘尚侍的义父，但生前和她不常见面，况且现在早已不在人世，故玉鬘尚侍想起了他，不胜孺慕。平日每逢小事细故，往往睹物

---

① 催马乐《梅枝》歌词："黄莺惯宿梅花枝，直到春来不住啼，直到春来不住啼。阳春白雪尚飞飞，阳春白雪尚飞飞。"

怀人，何况今天听到薰君的琴声，自然更加感伤。她说："大体看来，这薰君的相貌非常肖似已故的柏木大纳言呢。听他的琴声，竟活像是大纳言弹出的。"说罢就哭起来。她近来容易流泪，恐是年事渐老之相吧。藏人少将也用美妙的嗓子唱"瓜叞绵绵"①之歌。座上没有唠叨多嘴的老人，诸公子自然互相劝诱，尽情表演。主人藤侍从想是肖似父亲髭黑大臣之故，对于此道不甚擅长，只解举杯劝酒。大家怂恿他："你至少也该唱个祝词才行啊！"他就跟着众人唱催马乐《竹河》②。虽然还很幼稚，歌声也甚美妙。帘内送出一杯酒来。薰君说道："听说酒醉过分，心事隐忍不住，未免言语错乱。教我怎么办呢？"他不肯立刻接受酒杯。帘内送出一套妇人的袿子和礼服来，薰香浓郁可爱，这是临时应景，送与薰君的赏品。薰君诧异道："这又是怎么一回事啊？"便把两件衣衫推给藤侍从，起身就走。藤侍从拉住了他，将衣衫交还。薰君说："我已经喝过'水驿'③酒，夜深了。"说着就逃回家去。藏人少将看见薰君常常来此，大家对他表示好感，便觉自己相形见绌，心中不胜委屈，口上不免说出无聊的怨言，吟诗道：

"春花灼灼人皆赏，
春夜沉沉我独迷。"

吟罢，叹一口气，想回去了。帘内有一侍女答诗云：

"佳兴都因时地发，

---

① 催马乐《此殿》歌词："此殿尊荣，富贵双全。子孙繁昌，瓜叞绵绵。添造华屋，三轩四轩。此殿尊荣，富贵双全。"
② 催马乐《竹河》歌词："竹河汤汤，上有桥梁。斋宫花园，在此桥旁。园中美女，窈窕无双。放我入园，陪伴姣娘！"
③ 男踏歌会时，歌人在路上各站饮酒喝汤，这站叫作"水驿"。《竹河》是男踏歌会中唱的歌，故戏用此语。

赏心不仅为梅香。"

次日,四位侍从薰君送一封信给这里的藤侍从,信中说道:"昨夜举止错乱,不知诸君如何见笑。"他准备给玉鬘尚侍看到,故信中多用假名①。一端附有诗云:

"唱出《竹河》章末句,
我心深处谅君知?"②

藤侍从把这信拿到正殿里来,和母亲同看。玉鬘尚侍说道:"他的笔迹真漂亮啊!小小年纪就这样聪明,不知前生怎样修成的。他幼年丧父,母亲出家为尼,不曾好好抚育他,然而还是长得比别人优越,真好福气!"她的意思是责备自己的儿子字写得太坏。藤侍从的回信,笔迹的确非常幼稚,写道:"昨夜你像经过水驿一般喝了就走,大家都诧怪呢。

唱罢《竹河》良夜水,
问君何事去匆匆?"

薰君就以此为发端,常常到这藤侍从的住处来访晤,其间隐约吐露向女公子求爱之意。藏人少将诗中的推量果然不错,这里的人对薰君都怀着好感。藤侍从的童心也向往他,把他当作好友,很想朝夕和他亲近。

到了三月里,有的樱花正开,有的樱花已谢,飞花遮蔽天空。但

---

① 当时汉字一般为男子所用,妇女则多用假名。
② 《竹河》章末句,即"放我入园,陪伴姣娘!"此诗暗示向女公子求爱之意。

总的看来，正是春光鼎盛之时。玉鬘尚侍邸内昼长人静，闲寂无聊。女眷们走出轩前来看看春景，也不会有人非难。两位女公子此时年方十八九岁，都长得容颜姣好，品性优良。大女公子相貌堂皇高雅，而又娇艳妩媚，显然不像是臣下的配偶。她身穿表白里红的袿子，外罩棣棠色衫子，色彩适合时令，非常可爱。那娇媚之相连衣裙上都泛溢出来。其风韵之闲雅，竟可使别人看了自感羞耻。二女公子身穿淡红梅色袿子，外罩表白里红的衫子，头发像柳丝一般柔美可爱。人都觉得：她的姿态之苗条与清秀、性情之稳重与沉着，实胜于大女公子；而姿色之艳丽，则远不及乃姐。有一天，姐妹两人下棋，相向而坐。钗光鬓影，互相照映，景象煞是好看。幼弟藤侍从当见证人，坐在近旁。两个兄长向帘内窥探一下，说道："侍从大受宠爱，当起下棋的见证人来了！"便大模大样地在那里坐了下来。女公子身边的侍女都不知不觉地整一整姿势。长兄左近中将叹口气说道："我在宫中职务忙得很，不及侍从之能得姐妹们信任，真是遗憾！"次兄右中弁也说道："我们当弁官的，宫中的职务更忙，竟顾不到家事了。但总会蒙原谅的吧。"两女公子听见两兄长说这些话，停止下棋，难为情起来，娇羞之相甚是可爱。左近中将又说："我出入宫廷时，常常想起：有父亲在这里才好。"说着，流下泪来，向两个妹妹看看。这左近中将年约二十七八岁，用心十分周到，常在考虑两个妹妹的前程，总想不负父亲遗志。

庭中许多花木之中，樱花最为艳丽。两女公子命侍女折取一枝，相与欣赏，赞道："真美丽啊！别的花到底比不上它。"长兄左近中将对她们说道："你们小时候，两人争夺这株花树，这个说'这花是我的！'那个说'这花是我的！'父亲判断道：'这花是姐姐的。'母亲判断道：'这花是妹妹的。'我那时虽然没有哭闹，但听了这话心中也很不高兴呢。"又说："这株樱花已经是老树了。回想过去年月之中，许多人先我而死，便觉此身哀愁难于罄诉。"他们时而哭泣，时而嬉笑，比平日更为悠闲。原来这左近中将近已在某人家当女婿，难得回自邸从容盘桓。今天被这樱花所牵惹，故逗留较久。玉鬘尚侍虽然已是许多长大成人的子女的母亲，但相貌比年龄娇嫩得多，依然同青春盛年一样姣美。冷泉院大约至今还在爱慕玉鬘的容姿，回思往事，恋恋不忘，总想找个机会和她接近，因此竭诚盼望大女公子入侍。关于大女公子入冷泉院的事，左近中将说道："此事终非长策。无论何事，世人都爱合乎时宜。冷泉院容貌之映丽，固然令人赞仰，世间无有其类，然而身已退位，盛时已过了。即使是琴笛之曲调、花之颜色、鸟之鸣声，亦必须合乎时宜，方能悦人耳目。故与其入冷泉院，恐不如当太子妃吧？"玉鬘答道："也很难说呢。皇太子那边，早就有身份高贵的人①专宠，无人能与并肩。勉强参加进去，生涯定多痛苦，而且难免被人耻笑，所以也要考虑。如果你父亲在世，则将来命运如何虽不可知，目前总有荫庇，入宫亦不致受屈也。"说到这里，大家不胜感伤。左近中将等去后，两女公子继续下棋。戏将幼时争夺的樱花树作为赌物，说道："三次中有两次胜的，樱花树归她所有。"天色渐暗，棋局移近檐前，侍女们将帘子卷起，各人都盼望自家的女主人占胜。

正在此时，那位藏人少将来藤侍从室中访问。藤侍从已随两兄外出，四周人影稀少，廊上的门敞开，他就走近门边向内窥探。今天他碰到了这可喜的机会，欢喜得似同遇见佛菩萨出世一般，真乃无聊的想法。此时暮色苍茫，不易看得清楚。仔细辨认，才看出穿表白里红的袿子的是大女公子。这确是"谢后好将纪念留"②的颜色，真乃艳丽之极。他设想此人若归他人所有，实在太可惜了。许多青年侍女放任不拘的姿态，映着夕阳也很美丽。赛棋的结果，右方的二女公子胜了。右方的侍女们欢呼起来。有人笑着叫喊："还不奏高丽乐序曲？"③又有人兴致勃勃地说："这株树本是二小姐的，只因靠近西室，大小姐就

①是夕雾的女儿。
②古歌："罗衣深染樱花色，谢后好将纪念留。"见《古今和歌集》。
③赛马右方得胜时，奏高丽乐序曲。

据为已有，为此两人争夺了多年，直到现在。"藏人少将不知道她们所谈何事，但觉非常好听，自己也想参与其间才好。然而许多女子正在放任不拘之时，似觉未便唐突，只得独自回去。此后藏人少将常来这附近暗处徘徊，希望再度逢到此种机会。

自从这天起，两位女公子天天以争夺樱花为戏。有一天傍晚，东风狂吹，樱花纷纷散落，令人扼腕叹息。赌输了的大女公子赋诗曰：

"纵使此樱非我物，
也因风厉替花愁。"

大女公子身边的侍女宰相君帮助女主人，续吟道：

"花开未久纷纷落，
如此无常不足珍。"

右方的二女公子也赋诗云：

"风吹花落寻常事，
输却此樱意不平。"

二女公子身边的侍女大辅君接着吟道：

"落花有意归依我，
化作泥尘也可珍。"

胜方的女童走下庭院，往来樱花树下，拾集了许多落花，吟诗云：

"樱花虽落风尘里,
我物应须拾集藏。"

输方的女童也吟诗云:

"欲保樱花长不谢,
恨无大袖可遮风。

你们太小气了吧!"她贬斥胜方的女童。

如此闲玩嬉笑,岁月空过。玉鬘尚侍关念两位女公子前途,费却不少心思。冷泉院天天来信。弘徽殿女御也来信说:"你不答应,敢是疏远我么?上皇埋怨我,说我嫉妒,从中阻挠。虽是戏言,毕竟不快。如蒙允可,务请早日决定。"措辞非常诚恳。玉鬘尚侍想道:"看来是命中注定的了。如此专心诚意,实在不胜感激!"便决定送大女公子入冷泉院。妆奁服饰等物,久已置备齐全。侍女用服装以及其他零星物品,立刻赶紧筹办。

藏人少将闻此消息,气得死去活来,便向母亲云居雁夫人泣诉。云居雁弄得毫无办法,只得写信给玉鬘尚侍,信中有云:"为此可耻之事,修书奉渎,实出于父母爱子之愚诚。倘蒙俯察下情,务请推心置腹,有以慰其痴心。"其言凄恻动人。玉鬘不胜其苦,只是唉声叹气。终于作复云:"此事虑虑已久,苦于不能定夺。冷泉上皇来书谆切恳挚,使我方寸缭乱,只得惟命是从。令郎既有诚意,请其少待毋躁。容当有以相慰,并使世无訾议。"她在打算:待大女公子入冷泉院后,即将二女公子嫁与藏人少将。她的意思:两女同时出嫁,未免过分招摇。况且藏人少将现在官位还低。可是藏人少将决不能像她所希望那样移爱于二女公子。他自从那天傍晚窥见大女公子姿色以后,时刻恋念面影,常思再觅良机。如今空无所得,日夜悲叹不已。

藏人少将明知无补于事，总想发些牢骚，便到藤侍从室中访问。藤侍从正在阅读薰君寄来的信，看见藏人少将进来，正想把信隐藏，岂知藏人少将早已看出是薰君的来信，连忙把信夺去。藤侍从心念如果坚决不给，他将疑心有何秘密，因此听其夺去。信中并无要事，只是慨叹世事之不称意，微露怨恨之词而已。内有诗云：

"无情岁月蹉跎过，
又到春残肠断时。"

藏人少将看了信，想道："原来别人如此悠闲，诉恨也是斯文一脉的。我太性急，惹人耻笑。她们瞧我不起，恐怕一半是看惯了我这种习气之故。"他胸中苦闷，并不和藤侍从多谈，准备到一向常与商量的侍女中将房中去和她谈谈，但念去谈也是枉然，因此只管唉声叹气。藤侍从说："我要写回信给他呢。"便拿了信去和母亲商量了。藏人少将睹此情状，大为不快，甚至生起气来。可见年轻人的心思是专一不化的。

藏人少将到了中将室中，便向她申恨诉怨，悲叹不已。这个当传言人的中将看他可怜，觉得不宜和他多开玩笑，便含糊其辞，不作分明答语。藏人少将谈起那天傍晚偷窥赛棋之事，说道："我总想再见一次，像那天傍晚做梦一般隐约也好。哎呀！教我今后如何活下去呢？和你如此谈话的机会，所余也无多了！'可哀之事亦可爱'，这句话真有道理！"他说时态度十分认真。中将觉得怪可怜的，然而无法安慰。夫人想把二女公子许配他，以慰其情，他却丝毫不感兴趣。中将推想他那天傍晚分明看到了大女公子的姿态，因此恋慕之心如此热烈，觉得这也是难怪的。但她反过来埋怨他："你偷窥的事倘叫夫人知道，她一定怪你不成体统而更加疏远你。我对你的同情也消失了。你这个人真是不可信任啊。"藏人少将答道："好，一切听便吧！我命已经有限,什么都不怕了。只是那天大女公子赌输了,实甚遗憾。那时你何不想个巧妙法儿,把我带了进去?我只要使个眼色,包管她一定得胜呢。"遂吟诗云:

"吁嗟我是无名卒,
何事刚强不让人?"

中将笑着答道:

"棋局赢输凭力量,
一心好胜总徒劳。"

藏人少将还是愤愤不平,又赋诗云:

"我身生死凭君定,
盼待垂怜援手伸。"

他时而哭泣,时而嬉笑,和她一直谈到了天明。

次日是四月初一更衣节,夕雾右大臣家诸公子都入宫贺节,只有藏人少将闷闷不乐,蛰伏沉思。母夫人云居雁为他流下同情之泪。右大臣也说:"我怕冷泉上皇不乐,又念玉鬘尚侍不会答应他,因此和她会面时不曾提出求婚,真后悔了。如果我亲口提出,她岂有不允之理。"藏人少将依旧去信诉恨,这回赠诗云:

"春时犹得窥花貌,
夏日彷徨绿树阴。"

此时几个身份较高的侍女，正在玉鬘尚侍面前，向她叙述许多求婚者失望后的痛苦之状。就中那个中将说道："藏人少将说'生死凭君定'的话，看来不是空言呢，真可怜啊！"尚侍也觉得此人可怜。因为夕雾右大臣和云居雁夫人亦曾有意，而且藏人少将十分固执，所以尚侍准备至少须将二女公子作代。但念此人妨碍大女公子入院，实甚不该。况且髭黑大臣在世之时早有预定：大女公子决不嫁与臣下，无论其人地位何等高贵。如今入冷泉院，犹嫌前程有限呢。在这时候侍女送进藏人少将的信来，实在没意思了。中将便复他一诗：

"沉思怅望长空色，
今日方知意在花。"

旁人看了这诗，都说："唉，太对人不起了，这是同他开玩笑呢。"但中将怕麻烦，懒得改写。

大女公子定于四月初九日入冷泉院。夕雾右大臣派遣许多车辆及驱人前往供用。云居雁夫人怀恨在心，但念年来对这位异母姐①虽然不甚亲近，却为了藏人少将之事常常和她通信，如今忽然和她决绝，面子上不好看。因此送了许多高贵的妇女服装去，作为给侍女们的犒赏品。并附信云："妹为小儿藏人少将精神失常，忙于照顾，未能前来襄助为歉。吾姐不赐通知，太疏远我了。"此信措辞稳重，而字里行间暗示不平之意，玉鬘尚侍看了心甚抱歉。夕雾右大臣也有信去，说道："弟本当亲来参贺，适逢忌日，未能如愿为憾。今特派小儿前来充当杂役，务请任意差遣，勿加顾虑为幸。"他派源少将及兵卫佐二子前往。

红梅大纳言也派遣侍女们用的车辆来供使用。他的夫人是已故髭黑太政大臣前妻所生女儿真木柱，其对玉鬘尚侍的关系，从各方面来

---

① 云居雁比玉鬘小五岁，此时四十三岁。

说都是很亲密的①。然而真木柱竟毫无表示。只有她的同胞弟藤中纳言亲到，同两个异母弟即玉鬘所生的左近中将及右中弁一起帮办事务。他们回想父亲在世之日，都不胜感慨。

藏人少将又写信给侍女中将，罄述痛苦之词，信中有云："我命限于今日，实在不胜悲伤。但得大小姐一言：'我可怜你。'或可赖此延命，暂时生存于世。"中将把信呈送大女公子。此时姐妹二人正在话别，相对黯然销魂。往常两人昼夜聚首，如影随形。邻居东西两室，中间开一界门，犹嫌疏隔太远，彼此常相往来。思念今后劳燕分飞，离愁何以堪忍。今天大女公子打扮得特别讲究，容姿实甚艳丽。她回想父亲生前关怀她的前程而说的话，不胜依恋之情。正在此时，接到藏人少将的信。她取来一看，想道："这少将父母双全，家声隆盛，应是幸福之人，何故如此悲观，说这无聊的话？"她觉得奇怪。又念信中所言"命限今日"，不知是否真话，便在这信纸的一端写道：

"'可怜'不是寻常语，
岂可无端说向人？

惟对命限今日之语，略有所理解耳。"对中将说："你如此答复可也。"中将却把原件送了去。藏人少将看到大女公子手笔，如获至宝，欢喜无限。又念她已相信他命限今日，更加感慨，眼泪流个不止。但他立刻模仿古歌"谁人丧名节"②的语调，又寄诗诉怨：

"人生在世难寻死，

---

① 红梅与玉鬘是异母兄妹，玉鬘又是真木柱的继母。
② 古歌："我倘失恋死，谁人丧名节？虽曰世无常，汝亦负其责。"见《古今和歌集》。

欲得君怜不可能。

君若肯对我说一声'可怜',我就立刻赴死。"大女公子看了,想道:"真讨厌啊!来了这样的复信。想必中将不曾另行抄写,就把来诗退还。"她心中颇感不快,就此默默不语。

随大女公子入冷泉院的侍女及女童,都打扮得齐齐整整。入院仪式,大体与入宫无异。大女公子先去参见弘徽殿女御。玉鬘尚侍亲送女儿入院,便和女御谈话。直到夜深,大女公子始入冷泉院寝宫。秋好皇后与弘徽殿女御均已入宫多年,此时渐见衰老。而大女公子正在妙龄①,容颜焕发,冷泉院看了,安得不怜爱呢?于是大女公子大受宠爱,荣幸无比。冷泉院退位后安闲自由,形同人臣,生涯反而幸福。他真心希望玉鬘尚侍暂时居留院中,但玉鬘尚侍立刻回家去了,冷泉院颇感遗憾,心甚怅惘。

冷泉院疼爱源侍从薰君,常常宣召他到身边来,正同昔年桐壶帝疼爱年幼的光源氏一样。因此薰君对院内后妃都很亲近,惯于穿帘入户。他对新来的大女公子,面子上照例表示好感,心底里却在猜量:不知她对我作何感想。有一个清幽的傍晚,薰君偕藤侍从一同入院,看见大女公子居室附近的五叶松上缠绕着藤花,开得非常美丽,便在池畔的石上席苔而坐,相与欣赏。薰君表面上并不明言对他姐姐的失恋,只是隐约地对他诉说情场的不如意,赋诗云:

"若得当时争折取,
藤花颜色胜苍松。"

藤侍从看见薰君欣赏藤花时的神情,十分同情他的失恋之苦,便向他

---

① 此时冷泉四十四岁,秋好五十三岁,大女公子十八九岁。弘徽殿不明。

隐约表示此次大姐入院是他所不赞成的，也赋诗云：

"我与藤花虽有故，
奈何未得为君攀。"

藤侍从是个忠实的人，颇为薰君抱屈。薰君本人对大女公子并不迷恋，但求婚不遂，总觉可惜耳。至于藏人少将，则认真地悲伤，心绪一直不宁，左思右想，几乎做出非礼行为来。向大女公子求婚的许多人之中，有的已把爱情移向二女公子身上。玉鬘尚侍深恐云居雁对她怀恨，拟将二女公子许配藏人少将，曾向他暗示此意。但藏人少将从此以后不再上门。本来，他常常偕诸兄弟出入冷泉院，非常亲睦。自从大女公子入院以后，他也就裹足不前了。偶尔出现在殿上，便觉索然无味，立刻像逃走一般退出。

今上一向知道髭黑太政大臣生前竭诚盼望大女公子入宫，如今看见玉鬘把她送入了冷泉院，不胜惊讶，便宣召女公子的长兄左近中将入内，向他探询原由。左近中将回家对母亲说道："皇上生气了呢。我早就说过：这办法是世人所不赞善的。岂知母亲见解特异，决定如此措施，我就不便阻挠。如今皇上见怪，我等为自身计，亦颇不利呢。"他很不高兴，深怪母亲行事失当。尚侍答道："有什么办法呢？我本来不想如此匆匆决定。无奈冷泉院再三强求，说的话真可怜呢！我想：没有可靠的后援人，入宫定多痛苦，倒不如在冷泉院来得安乐，因此我就答应了他。既然谁都认为不妥，当时何不直言劝阻，而到现在来怪怨我呢？连夕雾右大臣也说我行事乖谬，我真痛苦啊！这大概是前世因缘了。"她从容地谈论，并不为此担心。左近中将说："前世因缘是眼睛所看不见的。皇上向我们要人，我们难道可以回答他说'此人与陛下没有前世因缘'么？母亲说入宫怕明石皇后嫉妒，试问院内的弘徽殿女御如何？母亲预期女御会照顾她，会怎么样，我看不见得吧。

好，且看将来事实吧。仔细想来，宫中虽有明石皇后，不是还有其他妃嫔么？侍奉主上，只要和同辈相处得好就行，自古以来都认为这是幸福的。如今对这弘徽殿女御，如果稍有触犯，引起她的恶感，世间便会谣诼纷传，视为乖事呢。"他和兄弟两人纷纷议论，玉鬘尚侍不胜其苦。

话虽如此，实则冷泉院非常宠幸这位新皇妃，爱情久而弥笃。是年七月，新皇妃怀孕，病美人更加艳丽了。可知许多青年公子纷纷追求此女，确是有道理的。看到如此艳丽的人，谁能漠然无动于衷呢？冷泉院常常举行管弦之会，并宣召薰君也来参与。因此薰君常有机会听到新皇妃的琴声。春间合着薰君与藏人少将的《梅枝》歌声而弹和琴的侍女中将，也蒙召入参加演奏。薰君听到她的和琴声，回思往事，不胜感慨。

次年正月，禁中举行男踏歌会。当时殿上诸青年中，擅长音乐者甚多。选择其中优秀者为踏歌人，命四位侍从薰君当右方的领唱。那位藏人少将也参加了乐队。十四夜的月亮清光皎洁，天空了无纤云。男踏歌人从宫中退出，即赴冷泉院。弘徽殿女御和这位新皇妃也在冷泉上皇近旁设席奉陪。公卿及诸亲王联袂偕来。在这时代，除了夕雾右大臣家族和已故致仕太政大臣①家族之外，更无光彩辉煌的人物了。男踏歌人都认为冷泉院比宫中更富有情趣，因此表演得特别起劲。就中藏人少将猜想新皇妃必在帘内观赏，心情异常激动。踏歌人头上插着并无香色的绵制假花，却因人品而各有趣致。歌声舞态无不尽善尽美。藏人少将回思去年春夜唱着《竹河》舞近阶前时的情状，不禁伤心流泪，几乎舞错了动作。踏歌人由此转赴秋好皇后宫中，冷泉院也到皇后宫中来观赏。夜色愈深，月色愈明。皓月当空，比白昼更为明亮。藏人少将推想此时新皇妃不知如何看他，便觉全身飘忽，似乎足

---

① 指柏木之父，即最初的头中将，源氏之妻兄。

不着地。观众向踏歌人敬酒,好像专在敬他一人,实在不好意思。

源侍从薰君东奔西走,歌舞了一夜,非常疲乏,躺下了身子。忽然冷泉院派人来召唤他。他说:"唉,我好吃力!正想休息一下呢。"只得勉强起身,来到御前。冷泉院向他探问宫中踏歌情况,又说道:"领唱向来是由年长者担任的,这回选用你这少年人,倒比往年更好呢。"对他表示疼爱的样子。冷泉院随口吟唱着《万春乐》①,走向新皇妃那边去,薰君随驾同行。众侍女娘家来看踏歌会的女客甚多,各处都很热闹,一片繁华景象。薰君暂在走廊门口坐地,和相识的侍女谈话。他说:"昨夜月光太明亮了,反而教人难以为情。藏人少将似乎被照得两眼发眩的样子,其实不是为月光而怕羞呢。他在宫中时并不是这样的。"有的侍女听了,对藏人少将很同情。又有人称赞薰君,说道:"你真是'春夜何妨暗'②啊!昨夜映着月光,姿态更见艳丽了。大家都如此品评呢。"帘内便有侍女吟诗云:

"忆否《竹河》清唱夜?
纵无苦恋也关情。"

此诗并无深意,薰君听了却不禁流下泪来。他此时方始自悟:以前对大女公子的恋情其实不浅。便答诗云:

"梦逐竹河流水去,
方知人世苦辛多。"

他那惆怅的神情,众侍女都觉得可爱。原来薰君并不像别人那样暴露

---

① 《万春乐》是踏歌人所唱的汉诗,共八句,每句末尾唱"万春乐"三字。
② 古歌:"春夜何妨暗,寒梅处处开。花容虽不见,自有暗香来。"见《古今和歌集》。薰君身上有异香,故引此歌。

失恋的苦情，但因人品关系，总会惹人同情。他说："谈得多了，深恐失言，告辞了。"起身欲去。忽闻冷泉院召唤："到这里来！"薰君虽然心绪不宁，只得向新皇妃那边走去。冷泉院对他说道："听夕雾右大臣说：已故的六条院主常在踏歌会的次日举行妇女的音乐演奏会，非常富有趣味。现今世间，无论何事，能承继六条院的人不易多得了。当时六条院内，长于音乐的妇女甚多，即使小小的集会，也都非常美妙。"冷泉院缅怀当年，不胜孺慕，便命调整弦乐器，叫新皇妃弹筝，薰君弹琵琶，他自己弹和琴，三人合奏催马乐《此殿》等曲。薰君听了新皇妃的弹筝，想道："她本来还有不精到之处，现在被冷泉院教得很好了。那爪音弹得很入时流，歌和曲都表演得很高明。此人事事都无缺陷，件件都不让人，可知容颜一定也很姣美。"他对她还是恋恋不舍。此种机会既多，自然日渐接近，互相见惯了。他虽然没有引人怨恨的越礼行为，但每逢机会，亦常隐约诉说事与愿违之苦。新皇妃对他作何感想，则不得而知了。

到了四月里，新皇妃分娩，生下一位皇女。冷泉院并不准备盛大庆祝。但群臣察知冷泉院心中欢乐，都来道喜。自夕雾右大臣开始，致送产汤贺礼者甚多。玉鬘尚侍非常疼爱这新生的外孙女，一直抱在怀里。但冷泉院不断遣使前来催促，盼望早日看到这小皇女。于是小皇女就在诞生五十日那天回宫中去。冷泉院只有弘徽殿女御所生一位皇女，如今看见这小皇女生得十分美丽，便异常疼爱她，从此更经常在新皇妃房中住宿了。弘徽殿女御身边的侍女就抱不平，说道："这件事实在是不应该做的。"两女主人本人并不轻率地斗气，但两方侍女之间，常常发生无谓的冲突。由此看来，那左近中将毕竟是长兄，他的话果然应验了。玉鬘尚侍想道："只管这样吵吵闹闹，不知将来结果如何。我的女儿会不会遭受虐待，被世人耻笑呢？上皇对她的宠爱固然不浅，然而秋好皇后和弘徽殿女御都是长年侍奉左右的人，深恐她们侧目而视，不能相容，那时我的女儿要吃苦了。"有人告诉她说："今上实在很不高兴,屡次向人发牢骚呢。"玉鬘尚侍想道:"我不妨把次女送入宫中。进后宫颇多麻烦,就让她当个司理公务的女官吧。"便向朝廷申请,欲将自己的尚侍职位让与二女公子。尚侍是朝廷所重视的官职,故玉鬘多年前决心辞职,终于未得准许。但此次朝廷顾念已故髭黑太政大臣遗志,援用很久以前由母让位于女的古例,居然准许了她。外人都以为二女公子命里注定要当尚侍,因此玉鬘前年辞职不获准许也。

玉鬘思量如此安排,二女公子便可安住宫中了。然而想起那藏人少将,又觉得对他不起。他母亲云居雁曾经特地来信请求,玉鬘也曾在复信中暗示愿将二女公子许配。如今忽然变卦,云居雁安得不见怪呢?为此不胜烦闷,便差次子右中弁去向夕雾右大臣说明,表示并无恶意。右中弁替母亲传言道:"今上有旨,欲令次女入宫。世人看见我家一人入院,一人入宫,将以我为好名。真教我难于应付了。"夕雾右大臣答道:"听说今上为你家之事,心甚不快,这原是难怪的。如今二女公子既为尚侍,若不入宫任职,又是失敬之事。还望早日决行为是。"此次玉鬘又向明石皇后探询,得其允可,然后送二女公子入宫任职。她想:"如果我夫在世,她不致屈居人下。"思之不胜凄凉之感。今上久闻大女公子以美貌著名,如今求之不得,只获得一个尚侍,心有不足之感。然而这二女公子亦甚贤惠,仪态优雅,颇能胜任尚侍之职。前尚侍玉鬘心事既了,便想出家为尼。诸公子都来谏阻:"目下两妹尚须照顾,母亲即使出家,亦不能安心修持。且待两人地位安稳,无须顾虑之时,母亲方可专心学道。"玉鬘夫人便暂时打消出家之念。此后常常微行入宫。

冷泉院对玉鬘夫人的恋情,至今犹未断绝。因此即使有重要事情,玉鬘夫人也不入院。但她回想过去坚拒他的求爱,觉得对他不起,至今犹感抱歉。因此人皆不赞许她送大女公子入院,她只当作不知,管自独断独行。但念如果连她自己都犯了嫌疑,流传了轻薄之名,那真是太不成样子了。然而未便向新皇妃明言：由于这点顾忌，所以不去望她。新皇妃便怨恨母亲，她想："我从小特别受父亲疼爱。母亲则处处袒护妹妹，像争夺樱花树等小小事情，也都如此。直到现在，母亲还是不喜欢我的。"冷泉院更是怪怨玉鬘夫人冷淡，常有不平之言。他亲切地对新皇妃说："你母亲把你推给了我这老头子，从此就不理睬我们，这原是理所当然的事。"便更加宠爱这新皇妃了。

数年之后，这皇妃又生了一位皇子。冷泉院后宫诸后妃，多年以来从未生过男儿，现在这皇妃居然生了皇子，世人都认为是特殊的宿缘，大家不胜惊喜。冷泉院更是喜出望外，非常疼爱这位小皇子。但念若在未退位时，此事何等风光。可惜到了现在，万事都减色了。本来只有弘徽殿女御所生大公主一人，冷泉院对她疼爱无以复加。现在这新皇妃连生这样俊美的皇女和皇子，冷泉院对她异常重视，特别宠幸。弘徽殿女御便认为偏爱过分，动了嫉妒之心。于是每遇事故，往往发生龃龉，不得安静。女御与皇妃之间自然有了隔阂。就世间一般人情看来，无论身份低微的人家，对于首先进来而地位正当的人，即使是无甚关系的人，亦必特别重视。因此冷泉院内上下人等，连些些小事也都袒护出身高贵、入侍年久的弘徽殿女御而指斥新皇妃为非。于是新皇妃的两兄更加振振有词了，对母亲说道："请看如何！我们的话没有说错吧。"玉鬘夫人听了很不愉快，心中非常难过。叹息说道："没有像我女儿那种痛苦而悠闲安乐地度送一生的人，世间多得很呢。命里没有最高幸福的女人，是不应该产生入宫充当妃嫔的念头的。"

且说以前向玉鬘夫人家大女公子求婚的人，后来个个升官晋爵，可当东床之选者不乏其人。其中被称为源侍从的薰君，当年还是一个弱龄童子，现在已当宰相中将，与匀皇子并称于世，即所谓"匀亲王、薰中将"是也。其人也的确生得端庄稳重，温文尔雅。许多身份高贵的亲王、大臣都想把女儿嫁给他，但他概不允诺，至今还是独身。玉鬘夫人常说："此人当时幼稚无知，想不到长大起来如此聪明俊秀。"还有当时的藏人少将,现在也已升任三位中将,声名卓著。玉鬘夫人身边几个性情稍稍浮薄的侍女悄悄地议论:"此人从小就连相貌也是很漂亮的。"又说:"到宫中去受气,还不如嫁了此人。"玉鬘夫人听了这种话,心中很难过。这中将对玉鬘夫人家大女公子的恋情,至今还不断绝,一直埋怨玉鬘夫人冷酷无情。他娶了竹河左大臣家的女公子为妻,然而一向不爱她。手头戏书的,口上惯说的,都是"东路尽头常陆带"之歌①。不知他心中有何打算。大女公子在冷泉院当皇妃,不胜烦恼,常常归宁在家。玉鬘夫人看到她的生涯不能如意称心,深感遗憾。入宫当尚侍的二女公子,倒很光荣幸福,人都称道她知情达理,可敬可爱,生涯十分安乐。

竹河左大臣逝世后,夕雾右大臣升任左大臣,红梅大纳言以左大将兼任右大臣。其次人等,各有晋升:薰中将升任中纳言;三位中将升任宰相。在这时代,庆祝升官晋爵的,只限于这一家族的人,此外似乎就没有其他人了。

薰中纳言为答谢祝贺,拜访前尚侍玉鬘夫人,在正殿庭前拜舞。玉鬘夫人出来和他会面,说道:"如此蓬门草舍之家,猥蒙不弃其陋,盛情深可感谢。使我回想六条院主在世时的旧事,不胜依恋之情。"声音优雅而婉转,其娇嫩动人听闻。薰君想道:"她真是永远不老的啊!原来如此,所以冷泉院对她的怨恨至今不绝。看来今后终于要发生什么事呢。"便回答道:"升官晋爵等事,区区何足挂齿!小弟今日专为叩访而来。大姐说'不弃其陋',想是责我平日疏慢之罪了?"玉鬘夫人道:"今日是向你庆贺之日,非老身诉愁说恨之时。我本不好意思讲,但你特地来访,机会亦甚难得。且此等琐屑之事,又不便转达,非

---

① 古歌:"东路尽头常陆带,相逢片刻也何妨?"见《古今和歌六帖》。常陆国鹿岛神社举行祭礼之日,男女各将意中人姓名写在带上,将带供在神前。神官将带结合,以定婚姻。此带称为"常陆带",犹我国之"红线"也。

面谈不可。因此只得直说了：我家入院的那个人，处境困难，心情痛苦，几乎难以容身。当初有弘徽殿女御照拂，又得秋好皇后许可，还能安心度日。但现在两人都怪怨她无礼，认为不可容恕。她不胜痛苦，只得抛下皇子皇女，乞假还家，且图安心休养。因此外人说长道短，上皇亦深为不满。你倘遇有机会，务望向上皇善为说辞。当初仰仗各方庇护而毅然入院之时，诸人都安然相处，开诚相待。岂料今日如此相左。可知我思虑疏浅，不自量力，真乃后悔莫及也！"说罢叹息不已。薰君答道："据小弟看来，决不至于如此可忧。入宫见妒，乃古来常有之事。冷泉院已经退位，正思闲居静处，凡事都不喜铺张夸耀。因此后宫谁都希望逍遥自在地度送岁月。只是各位后妃心中，总难免互相竞争。在他人看来，这有什么关系呢！但当事人总是心怀怨恨。每逢小事细故，就动嫉妒之心，这原是女御、后妃们常有的习癖。难道当初入院时连这一点点纠纷都不曾预料到么？我看今后只要心平气和，凡事都不计较，就没事了。此种事情，我们男子是不便过问的。"他率直地答复。玉鬘夫人笑道："我想等你来时向你诉苦，岂知白费心思，被你干脆地驳倒了。"她的态度不像母亲关怀女儿那么认真，却很轻快而有风趣。薰君想道："她的女儿大约也有这种风度吧。我之所以恋慕宇治八亲王的大女儿，也是为了贪爱她有这种风度。"此时当了尚侍的二女公子也乞假在家。薰君知道两女公子都住在家里，颇感兴趣。推想她们闲暇无事，大概都在帘内看他，觉得难为情起来，便努力装出一脉斯文的模样。玉鬘夫人看了，想道："此人倒可当我女婿。"

红梅右大臣的邸宅就在玉鬘夫人邸宅的东边。右大臣升官后大排筵宴，无数王孙公子都来庆贺。红梅右大臣想起正月间宫中赛射后夕雾左大臣在六条院举行"还飨"时及角力后举行飨宴时，匂兵部卿亲王均在场，便遣使去招请他，以为今日增光。但匂兵部卿亲王不到。红梅右大臣一心一意打算把悉心抚育成长的女儿嫁给匂亲王，但匂亲王不知何故一向不放在心上。源中纳言薰君年事渐长，品貌越发端正，事事不落人后。于是红梅右大臣和真木柱夫人又看中了他，想选他为女婿。玉鬘夫人的邸宅就在邻近，玉鬘夫人听见红梅右大臣家车马盈门，仆从如云，开路喝道之声不绝于耳，便想起昔年髭黑大臣在日盛况，不胜落寞之感。她说："萤兵部卿亲王逝世不久，这红梅大臣就和真木柱私通，世人都非难他们，指为过分轻率。岂知后来爱情一直不衰，这一对夫妻倒也像模像样。世事真不可知啊！叫我怎么办呢？"

夕雾左大臣家的宰相中将①于大飨宴次日傍晚来玉鬘夫人邸内拜访。他知道大女公子归宁在家，恋慕之心更切，对夫人说道："猥蒙朝廷不弃，宠赐官爵，我心全无欣幸之感。只是私愿未遂，心常悲痛，经年累月，耿耿于怀，竟无自慰之方也。"说罢，故意举手拭泪。此人年约二十七八，正当壮盛之年，容姿英爽焕发。玉鬘夫人听了他的话，独自叹道："这班公子哥儿真不成样子！世事任所欲为，而对官位毫不介意，只管在恋情上消磨岁月。我家太政大臣如果在世，我的几个儿子恐怕也会醉心于此种荒淫之事吧。"她的儿子左近中将已升任右兵卫督；右中弁已升任右大弁，但二人都未任宰相，为此她心中不乐。称为藤侍从的第三子也已升任头中将。就年龄而论，升官并不算迟，但总不及他人早达。玉鬘夫人为此愁叹。宰相中将后来总是寻机向冷泉院皇妃倾诉恋情。②

第四十五回　桥　姬

此时有一位被世人遗忘了的老年亲王③。他母亲也出身于高贵之

---

① 即以前的藏人少将。
② 有的原本没有这最后一句。有人认为其下尚有佚文。
③ 此亲王是桐壶帝的第八皇子，源氏的异母弟，称为"宇治八亲王"。此后十回，称为"宇治十帖"，主要人物只是薰君、匀皇子及此亲王的三个女儿。本回写薰君二十岁至二十二岁秋末之事。

家。他幼时本有当皇太子的声望，只因后来时势变迁，纠纷突起，使他陷于困境①，反而弄得一事无成。做他后援人的诸外戚苦恨之余，各自推故出家为僧。这皇子在公私两方都失去依靠，就成了孤独之状。他的夫人也是前代大臣的女儿，回想当初父母对她的指望，无限伤心，悲痛之事甚多。全靠夫妻恩爱无比，聊可慰藉人世忧患，两人彼此信赖，相依为命。

两人结婚多年，膝下尚无子女，感到美中不足。亲王常常说："但愿有个可爱的孩子，以慰寂寞无聊的生涯。"事有凑巧，不久果然生了一位美丽的女公子。亲王夫妇无限宠爱，尽心竭力地抚育她。其间夫人忽又怀孕。大家指望这回要生男儿了，岂知生下来的又是一位女公子。但夫人产中调理失慎，生起病来，日重一日，竟致一命呜呼。亲王遭此意外之变，茫然不知所措。他想："我年来生存于世，痛苦难堪之事甚多。只因有这个难于抛舍的美人牵惹我心，就被绊住在这世间，因循度日。如今只剩我一人残留在世间，痛苦定然更多了。教我一人抚育这两个女孩，则因身份所关，不成体统，外间传闻也不好听。"便想乘此机会，成遂出家本愿。然而两个女孩无人可托，弃下她们十分可怜，因此踌躇不决地过了许多年月。其间两位女公子日渐长大，都生得花容月貌。亲王朝夕以此自慰，不知不觉地度送岁月。

侍女们都看不起后来生的那个女公子，愤愤不平地说道："哎呀！出生的时辰多么不吉利啊！"便不肯用心照管她。但夫人临终之前，神志都已昏迷了的时候，还挂念这孩子，对亲王的遗言只有一句话："请你当作我的遗念疼爱这孩子！"亲王认为：这孩子虽然由于前世命定，出生在这不祥的时刻，但对我亦必具有宿缘。况且夫人弥留之际还挂念她，嘱我好好照管呢。这样一想，便非常疼爱这二女公子。二女公

---

① 弘徽殿女御（朱雀帝之母）及其父右大臣一派，欲推翻源氏一派，立此八皇子为太子。后来终于失败，冷泉帝即位，政权全归源氏一派。于是八皇子陷于困境。

子的相貌长得异常美丽，竟使人疑心是异兆。大女公子则性情娴静而沉着，容貌举止大方而优雅，其高贵之相胜于乃妹。亲王认为两人各有所长，一样地疼爱。然而生涯辗轲，不能如意之事甚多。年复一年，邸内日见萧条。仆从等人看见主人已不可靠，不能忍受，逐渐告辞散去。二女公子初生即遭母丧，亲王在忙乱中未能替她仔细选择良好的乳母，只雇得一个教养粗浅的寻常妇女。在二女公子幼年时就辞去了她，故二女公子全由亲王自己一手抚育成长。

亲王的宫邸本来宽广华丽。其中池塘、假山等，面貌犹无异于当年，然而一天比一天荒凉了。亲王寂寞无聊之时，只在此中闲眺怅望。家臣中已经没有干练的人，庭院无人打扫整理，杂草青青，异常繁茂。屋檐下的羊齿植物得其所哉，欣欣向荣地到处蔓延。四时花木，例如春天的樱花、秋天的红叶，往时与同心人共赏其香色，获得安慰甚多。今则孤居寂处，无人相伴，惟有专心于家中佛堂内的装饰，晨夕诵经礼佛。他常常想："我受二女牵累，已是意外的憾事，自知此乃前世注定，不得如意称心。岂宜效仿世人，更作续弦之想？"年月既久，越发背世离俗，他的心已经变成了一个高僧。自从夫人逝世以来，他即使偶尔欲娶，也不发生世俗续弦之念。别人劝谏他："何必如此呢？死别之初，固然有无穷悲恸，但日月既经，哀思自会消失。还不如回心转意，随俗行事。则此荒凉不堪入目之宫邸，自会重新生色。"他们头头是道地说了许多话，屡次前来做媒。但亲王充耳不闻。

亲王诵经念佛之暇，常常和两女公子戏耍取乐。两女公子渐渐长大，亲王教她们学琴，学棋，做"偏继"①游戏。他在细微的游戏中窥察两人的性情。大女公子秉性沉着，思虑深远，态度稳重。二女公子天真烂漫，落落大方，那娇羞之态非常可爱。两人各擅其美。一个日

---

① 日文称汉字的左边为"偏"，右边为旁。只示旁而叫人猜偏的游戏称为"偏继"游戏。或者双方轮流给旁加上偏，加不出者为负。

丽风和的春天，池塘里的水鸟比翼偕游，好声和鸣。若是夫人在日，只当寻常美景。但今日看到这相亲相爱、时刻不离的模样，亲王不胜叹羡，便教两女公子学习弹琴。娇小可爱的两人，弹出的琴音都很美妙。亲王深为感动，泪盈于睫，便赋诗云：

"双双水鸟相偎傍，
　雌去雄留顾影单。

好不伤心啊！"吟罢举袖拭泪。这位亲王相貌非常清秀，多年来勤于修行，体态略见瘦损，却反而更加高超优雅了。为了便于照管两女孩，身穿家常便服，落拓不拘的姿态也很俊美，能令见者自惭羞愧。大女公子从容不迫地把砚台移过来，像戏书一般在砚上写字。亲王给她一张纸，说道："写在这上面！砚台上不好写字的。"大女公子腼腆地写一首诗：

"成长全凭慈父育，
　雏禽无母命孤单。"

此诗虽不甚佳，但在当时很可令人感动。笔迹显见将来大可进步，但此时还未能一气呵成。亲王对二女公子说："妹妹也写些看！"妹妹年纪更小，想了好久才写道：

"若无慈父辛勤育，
　卵在巢中不得孵。"

衣服都穿旧了，身边又没有侍女，生活实甚寂寞无聊。而两女公子都长得如花似玉，做父亲的安得不又怜又爱呢？他一手执着经卷，一边念诵,一边教女儿唱歌。大女公子学弹琵琶,二女公子学弹筝。年龄虽然还很幼小,却常练习合奏,弹得都很像样,音节美妙悦耳。

这亲王的父亲桐壶帝和母亲女御都早已逝世,又没有显贵有力的保护人,因此从小不曾习得高深的学问。何况处世立身之道,教他何由得知呢?在高贵人物之中,这位亲王特别娇生惯养,竟像女子一般。因此祖上传下来的宝物以及外祖父大臣给他的遗产,虽然样样式式不计其数,却损失得影迹全无。只有珍贵的日常用品,现在留存的还很多。他也没有知心人来访问,生活寂寞无聊。便从雅乐寮乐师之类的人中选择音乐技能优越者,召他们来,和他们专心研习闲情逸致的管弦之乐,从小如此长大起来。因此在音乐方面具有非常优越的才能。

他是源氏的异母弟,人称八皇子。冷泉院还当太子的时候,朱雀院的母后弘徽殿太后阴谋废冷泉而立这八皇子为太子,想利用自己的威势捧八皇子上台。经过一番扰攘之后,终于失败,受到源氏一派冷遇。到了源氏一派逐渐得势之时,这八皇子就无法出人头地了。近几年来,他已变成一个高僧,如今则一切世事都抛舍了。在这期间,八皇子的宫邸忽遭回禄。失势而又遭灾,心情更加苦闷颓唐。京中没有适当住宅可以移居。幸而在宇治地方,尚有一所美好的山庄,便率眷迁住其中。世事虽然都已抛舍,但想起了今后神京永隔,亦不免伤心叹息。这宇治山庄位在水声聒耳的宇治川岸上,与鱼梁相接近。在此静修佛道,未免不甚相宜,然亦无可奈何。春花秋叶、青山碧水虽然聊可慰情,但八亲王来此之后越发消沉,除了愁叹之外别无他事。他无时不思念亡妻,常说:"笼闭在这隔断红尘的深山中,安得故人相依为命!"曾赋诗云:

"斯人斯宅皆灰烬,
何必孤单剩此身?"

回思往事，便觉今后全无生趣了。

　　这住处与京都隔着好几重山，绝无人来访问。只有形容古怪的山农、村俗不堪的樵夫牧子，偶尔出入其中，为邸内服役。八亲王心头的愁绪，像峰顶的朝雾一般永不消散，暮去朝来，日复一日。此时正好有一位道行高深的阿阇梨住在这宇治山中。这阿阇梨学问渊博，世间声名亦很盛大，但朝廷有佛事时，也极难得应召，一直闲居在这山中。八亲王所居离开这阿阇梨住处甚近，他在闲寂的生涯中研习佛道，遇有经文中疑义，常去请教。阿阇梨也尊敬八亲王，常来山庄拜访。他就八亲王年来所学得的教义，作深刻详细的解释。八亲王更加深信人世的短暂与乏味，便毫不隐讳地和他谈话："我这颗心已经登上极乐净土的莲台，安住在清净无垢的八功德池中了。惟有这两个年幼的孩子难于抛舍，心有牵挂，以致未能毅然出家。"

　　这阿阇梨对冷泉院也很亲近，常往伺候，教授经文。有一次入京，顺便赴院参见。冷泉院照例正在诵读应习的佛经，便将种种疑义向他叩问。阿阇梨乘机告道："八亲王深通内典，真乃大智大慧啊！多分是具有宿世佛缘而降生于世的人。他屏绝尘虑，专心学佛，其志望诚无异于圣僧。"冷泉院说："他还不曾出家么？此间一班青年人替他起个别名，叫作'在俗圣僧'。真可令人感佩啊！"此时宰相中将薰君亦侍奉在侧，他窃自寻思："我正痛感人世之无聊，只是不曾公然诵经礼佛。虚徒岁月，实甚可惜！"又念八亲王在俗而为圣僧，不知其心境究竟如何，便倾耳而听阿阇梨的话。阿阇梨又说："八亲王早有出家之志。据说以前为了琐事缠身，犹豫不决。今则可怜两个无母的女儿，不忍弃下。他正为此愁叹呢。"这阿阇梨却爱好音乐，又道："再说，那两位女公子琴筝合奏之声，与宇治川波声相应和，真美妙呢！极乐世界的音乐也不过如此吧。"他这古风的赞美，使得冷泉院微笑，说道："这两个女孩生长在这圣僧之家，料想她们不谙世俗行为，岂知长于音乐，真乃难得之事。亲王挂念她们，不忍舍弃，为此忧愁烦恼。我的寿命如能比他略长，不妨交付与我代为保护吧。"这冷泉院是桐壶院第十皇子，乃八亲王之弟，他想起了朱雀院将三公主托付已故六条院主的旧事，希望这两女公子来做他寂寞时的游伴。薰君反而不起这种念头，他只想拜访八亲王，看看他专心学佛之状。这愿望越来越深切了。

阿阇梨归山时，薰君嘱托他说："我定当入山拜访，向八亲王请教佛法。便中请法师为我先客。"冷泉院遣使入山，向八亲王传言："传闻山居佳胜，深为喜慰。"又赠诗云：

"心虽厌世慕山奥，
　身隔重云不见君。"

阿阇梨带着冷泉院的使者前往参见八亲王。这山阴的庄院里，寻常人的使者也极少来，今有冷泉院的御使到门，真乃稀世之事，大家十分欢迎，便拿出当地的酒肴来殷勤招待。八亲王的答诗是：

"未得安心离俗世，
　且来宇治暂栖身。"

诗中关于佛道修行方面，措辞很谦逊。因此冷泉院看了答诗想道："八亲王对尘世还有留恋呢。"很可怜他。阿阇梨将中将薰君道心甚深之事告诉八亲王，说道："薰中将对我说：'我从小就深盼学得经文教义。只因尘缘难绝，蹉跎至今。其间为了公务私事，奔走忙碌，日复一日。此身本来微不足道，即使立志笼闭深山，专心习诵经文，亦可毫无顾虑。然而总是踌躇不决，因循度日。今闻皇叔如此勇猛精进，心甚向往，定当前来请教。'他托我传言，意极诚恳。"八亲王答道："大凡觉悟人世无常而心生厌弃，皆因自身遭逢忧患，故而顿觉举世皆可痛恨，即以此为起点，发生学道之心。今薰中将年方青春，诸事如意称心，毫无不足之憾，而早就发心学佛以修后世，真乃难能可贵之事。像我这样的人，因宿命注定，只觉人世可厌，就特别容易受佛劝导，自然能遂静修之愿。然而我生余年不多，深恐未得大觉大悟，一生便尔告终，于是前世后世两无着落，深可慨耳。故中将欲向我请教，则我岂敢！我当视彼为先悟之法友可也。"此后两人互通音信，薰君就亲来访问。

薰君看看八亲王的住处，觉得实在比传闻更为可怜。自生活情状以至一切，都同想象中的草庵一样简陋。同样是称为山乡的地方，总有山乡独得而能牵惹人心的悠闲之趣。但此地水波之声响得可怕，竟至扰乱思想。晚间则风声凄厉，教人不能安心寻梦。学道之人住在这里，倒可借此消除对尘世的留恋之情。但小姐们在此度日，其心情又如何呢？薰君推想她们缺乏世间普通女子的温柔之情。她们的房间和佛堂仅隔一道纸门。倘是好色之人，定会走近去窥探情状，渴望知道她们究竟生得如何模样。薰君虽亦偶有此心，但他总是立刻回心转意："我来此的本意，是欲离弃俗世，探访深山。如果说出无聊的好色之言，做出轻薄行为，便违反初志，失却本意了。"因此他到这里，一味同情于八亲王的生涯，诚恳地向他慰问。来的次数多了，始知八亲王正如他所预料，是个笼闭深山、专心学道的优婆塞①。他对于经文教义，并不装出精通的模样，却解释得非常清楚。圣僧模样的人和富有才学的法师，世间固然很多，但过于超然离世、德高望重的僧都、僧正等，都很忙碌，又很矜持，未便轻易向他们请教佛法。反之，才德不高的佛弟子，则所可尊敬的只是确守戒律，而这种人往往形容拙陋，语言乏味，凡庸村俗，相对毫无风趣。薰君白昼忙于公事，无有暇晷。到了夜深人静之时，颇思召唤一人进入内室，于枕畔共谈佛法。但其人倘是此种佛弟子，则鄙陋不堪，毫无意味。只有这位八亲王，人品高雅，

---

① 优婆塞是在家修行的男子。优婆夷是在家修行的女子。

深可敬爱。所说的话，虽然同是佛经教义，但能就近取譬，令人入耳易解。他对于佛法，固然不是大彻大悟，但身份高贵之人，对于真理的理解自比常人更深。薰君渐渐和他驯熟，每次相见，总想常侍左右。有时不得空闲，多时不来访问，便想念不置。

薰君如此尊敬八亲王，冷泉院也就常常遣使致书问候。八亲王在世间多年来默默无闻，其官邸一向门庭寂寂，此时就常常有人出入了。每逢季节，冷泉院馈赠极丰。薰君也每逢机会，必表敬意，有时奉赠玩赏之具，有时致送实用物品。如此交往，至今已有三年了。

是年①秋末，八亲王举办每年四季例行的念佛会。此时宇治川边鱼梁上水波声特别嘈杂，片刻不静，因此念佛会移往阿阇梨所居山寺中佛堂里举行，定期七日。亲王去后，两位女公子更加寂寥，每天只是闲坐沉思。此时中将薰君久不访问宇治，挂念八亲王，便在一天深夜残月未沉之时动身，照例悄悄出门，随从也不多带，微服入山。八亲王的山庄位在宇治川这边岸上，不烦舟楫渡河，骑马可以到达。入山愈深，云雾愈浓。草木繁茂，几乎掩蔽道路。山风狂吹，木叶上露珠纷纷散落。由于心情关系，露珠着袖似觉寒气逼人。薰君觉得此种行旅平生极少经历，一面不胜凄凉，一面又感兴趣。遂吟诗云：

"山风吹木叶，叶上露难留。
我泪更易落，无端簌簌流。"

惊动山民恐多麻烦，便命令随从者不可扬声。穿过许多柴篱，渡过流水潺潺的浅涧，踏湿了的马足还是小心翼翼地悄悄前进。然而薰君身上的香气无法隐藏，随风四散飘流。山家睡醒了的人都很惊诧：不闻有谁经过，何来这股异香？

---

① 此时薰君二十二岁，大女公子二十四岁，二女公子二十二岁。

第四十五回 桥姬

行近宇治山庄，忽闻弹琴之声，不知所奏何曲，只觉十分凄凉。薰君想道："我闻八亲王常常演奏音乐，过去没有机会，不曾领教他那有名的琴声。今天躬逢其盛了。"便走进山庄，仔细一听，这是琵琶之声，曲调是黄钟。虽然只是世间常弹的乐曲，恐是环境所使然，似有异乎寻常之感，其反拨之声清脆悦耳。其间又有哀怨而优雅的筝声，断断续续地响出。薰君意欲暂时听赏，正思躲藏，身上的香气早就引人注意。便有一个形似值宿人员的鲁男子走出来，对薰君说："为了如此如此，亲王闭居山寺，容小人前往通报。"薰君道："何必去通报呢！功德限定日期，不可前往打扰。但我如此冒霜犯露而来，空归未免扫兴。相烦告知小姐，但得小姐为我说声'可怜'，于愿足矣。"这鲁男子的丑陋的脸上露出笑容，答道："小人便去叫侍女传告。"说过就走。薰君唤他回来："且慢！"对他说道："多年以来，我只是听人传说你家小姐弹得好琴，今天机会真巧啊！可否找个地方，让我暂时躲着听赏一下？突然进去打扰她们，害得她们都停止弹奏，是不应该的。"薰君容貌丰采之美丽，即使是这不解情趣的鲁男子，看了也深为感动，肃然起敬。他答道："我家小姐当无人听见之时，常常弹琴奏乐。但倘京中有人来到，即使是仆役，她们就肃静无声了。大约是为了亲王不要一般世人知道我家有这两位小姐，所以隐藏起来。他曾经说过这话呢。"薰君笑道："哪里隐藏得了呢！他虽然如此严守秘密，但世人都已知道你家有两个绝色美人了。"接着又说："你带我去吧！我不是好色之人。只因知道你家有如此秘藏的两位小姐，觉得很奇怪，颇想知道她们是否也和世间寻常女子一样而已。"那人说："却是苦也！我做了这不识轻重的事，日后被亲王得知，定要挨骂了。"两女公子居处，前面围着竹篱，间隔殊严。这值宿人便引导薰君前往。薰君的随从人被邀到西边廊上，也由这人招待。

薰君把通向女公子住处的竹篱门稍稍推开，向内张望，但见几个侍女高卷帘子，正在眺望夜雾弥漫中的朦胧淡月。檐前有一个瘦弱的女童，身穿旧衣，似乎怕冷的模样。另有几个侍女，神情和她相似。室内有一人，身体略隐在柱子背后，面前放着一把琵琶，手里正在玩弄那个拨子。隐在云中的月亮忽然明晃晃地照出，这人说道："不用扇子①，用拨子也可招得月亮来。"说着举头望月，那容颜非常娇美可爱。另有一人，靠着壁柱，身体俯在一张琴上，微微一笑，说道："用拨子招回落日②是有的。你说招回月亮，却是奇怪。"那笑颜比前者天真而优雅。前者说："虽然不能招回落日，但这拨子对月亮却有缘呢③。"两人无拘无束地说笑，那态度神情和外人所猜想的全然不同，非常优美亲切，可怜可爱。薰君想道："以前听见青年侍女讲读古代小说，其中所记述的老是荒山野处藏着绝色美人之类的故事。我很讨厌，不相信真有此种事情。原来世间至广，果然有这等风韵幽雅的去处。"他的心便移向这两位女公子身上。此时夜雾甚重，不能看得清楚。薰君盼望月亮再出来。大约里面有人通告"户外有人窥看"，那帘子立刻挂下，人都退入内室去了。然而并不惊慌失措，却是从容不迫，静悄悄地躲进里面，连衣衫窸窣之声也听不见。温柔妩媚之相，令人真心叹美。薰君深慕其风流高雅之趣。

　　他悄悄地离开竹篱，走到外面，遣人走马返京，叫家中派车来宇治迎接。又对那个值宿人说："此来时机不巧，未能会见亲王。但得听小姐琴声，反觉三生有幸，遗憾亦得稍慰矣。相烦通报小姐，容我罄诉冒霜犯露而来之苦。"值宿人立刻进去通报。两位女公子想不到他会进来窥探，担心适才逸居晏处之状已被看到，深感羞耻。回思那时确有异香随风飘来，因在意想不到之时，竟不警觉，真乃太疏忽了。心中惑

---

① 《摩诃止观》中有云："月隐重山分，挈扇喻之。"以扇招月，恐系据此。
② 舞乐《兰陵王》又名《没日还午乐》，其中有一奏法曰"日招返"。以拨子招日，恐系据此。
③ 琵琶上插拨子的地方称为"隐月"。

乱，愈觉羞惭无地。薰君看见传达的侍女动作迟钝，呼应不灵，因念凡事都该随机应变，不可拘泥礼法。反正夜雾尚未消散，便径自走到刚才女公子等所居房室帘前，就在那里坐下。几个山乡的青年侍女不知该如何应对，便送出一个蒲团来，态度也很慌张。薰君开言道："叫我坐在帘外，未免太简慢了。若非真心诚意之人，不会跋涉崎岖之山路，前来寻访。这待遇太不相称了。我屡次冒霜犯露而来，小姐必然能体谅我心也。"说时态度十分庄重。青年侍女之中，没有一人善于应对，大家都想钻进地洞里才好，实在太不成样了。便有人到里面去叫起睡着的老侍女来，但她起身也颇费时。久不答复，似乎有意怠慢。苦无办法，于是大女公子说道："都是些不懂事的人，怎么能装作懂事，出去应对呢？"这声音非常高尚优雅，轻微得几乎听不出来。薰君说道："据我所知，懂得人之苦心而装作不懂，乃世人之常习。大小姐也漠然装作不懂，实甚遗憾。亲王大智大慧，彻悟佛道。小姐朝夕侍侧，久受熏陶，料想其对世间万事皆已洞察。我有难于隐忍的一点心事，值得小姐洞察。请勿视我为世间寻常好色之人。婚娶之事，曾有人专诚相劝，但我立志坚强，决不从命。此种消息，小姐自然早已闻知。我所希望的，只是闲居寂处之时，得与卿等共话。卿等山居沉闷之时，亦复随时见招，以资排遣。但得如此，于愿足矣。"他说了一大篇话，但大女公子只管怕羞，一句话也不能回答。此时老侍女已经起身出来，就让她前去应对。

　　这老侍女是个直率之人，开口就嚷道："啊呀，罪过罪过啊！叫他坐在这里，太怠慢了，应该请到帘内来坐。你们这些年轻人真是不识轻重的啊！"她用老年人的嘶哑声毫不客气地埋怨，两女公子都觉得难堪。但闻她对薰君说道："真难得啊！我家亲王离群索居，门庭冷落，连应该来访的人，也都不肯赏光，日渐疏远了。难得您这位中将大人一片诚心，殷勤慰问，连我们这些微不足道之人，也都感激不尽。小姐们亦深感盛情，年轻人怕羞，难于启齿。"她毫无顾虑，信口直言，令人难于入耳。但这老侍女人品相当高尚,言语也落落大方。于是薰君答道:"我正狼狈不知所措,听了你的话不胜喜慰。有你这深通情理的人在此,今后我便放心了。"侍女们从帷屏旁边窥看,但见他靠在廊柱上,曙光渐渐明亮,照见他身穿日常便服,露水沾湿襟袖。一种世间所无的异香四散飘溢,令人不胜惊讶。老侍女哭着对他说道:"我深恐多嘴获罪,因此隐忍不说。但有令人感慨的旧事,常思觅一适当机会,如实奉告,使您略知端倪。我年来诵经念佛之时,一向以此事为祈愿之一。想是因此获得佛力佑护,使我今日逢此良机,实甚欣幸。然而尚未开言,眼泪已经涌塞双目,话也说不出了。"她浑身颤抖,实在非常悲伤。薰君见闻所及,老年人大都容易流泪。但这老妪何故如此悲伤,使他不胜诧异。便对她说:"我来此访问,至今已有多次。只因没有像你那样知情达理的人,每次总是走着多露的山路,沾湿了衣裳独自归去。今日逢到了你,我真高兴!请你把话尽情告诉我吧。"老侍女说:"此种良机,恐怕不易再得。即使再有,我命今夜不知明日,不能保证再得会见。今日共话,只是使您知道世间尚有我这个老妪而已。我听人说,在三条宫邸服侍令堂三公主的侍女小侍从已经亡故了。当年与我亲睦往来的人,有许多已经去世。我到了老年,才从遥远的他乡回京,在这里供职已有五六年了。您大概不知道吧:关于当时称为红梅大纳言的兄长柏木卫门督的逝世,世人在谈话中有一种传说,不知您听到过没有?回想柏木卫门督逝世,似觉相隔年月不远。那时悲伤痛哭,衣袖上的眼泪还不曾干呢。但屈指计算,光阴真快,您已经如此长大成人了,真像做梦一般。这位已故的权大纳言①的乳母,是我弁君②的母亲。因此我得朝夕侍奉权大纳言,甚是熟悉。我身虽甚微贱,但权大纳言有时常把不可告人而自心难于隐忍的话向我诉说。后来病

---

① 柏木死前升任权大纳言,见第713页。
② 此老侍女名弁君,这里自呼其名。

势危笃，弥留之际，又曾召我到病床前，嘱咐我几句遗言。其中确有应该教您知道的话。但我也只能说到这里。您倘欲知其余详情，且待将来徐徐奉告。这班年轻人都在交头接耳，埋怨我多嘴饶舌，这也是难怪的。"她果然不再说下去了。

薰君听了这番话，似觉听到的是奇怪的梦呓，或者是巫女的自言自语，心中甚是纳罕。但这是他一向怀疑的事，如今听这老侍女说起，颇思知道详情。然而此时人目众多，未便探问。况且突如其来地细说旧事直到天明，也太煞风景了。于是回答她说："你所说的我不甚明白。但既是旧事，我亦深为感动。将来必须请你将其余详情告我。雾快消散了，我衣冠不整，面目可憎，深恐小姐们见了责我无礼，因此不能随心所欲地长留在此，实甚遗憾。"便起身告辞。此时隐隐听到八亲王所居山寺的钟声。浓雾还是到处弥漫。想起古歌中"白云重重隔""峰上白云多"①之句，觉得这深山野处实甚可哀。薰君还是可怜这两位女公子，料想她们必然愁思无穷，笼闭在这深山之中，安得不如此呢？便吟诗云：

"雾封槙尾山前景，
　拂晓还家路途迷。"②

好凄凉啊！"吟罢重又转身，逡巡不忍遽去。其丰采之优美，即使见多识广的京中人见了，也将叹为特殊。何况山乡的侍女们，安得不惊异呢？她们欲传达小姐答诗，而羞涩不能启口。大女公子又只得亲口回答，低声吟道：

---

① 古歌："离居各异地，白云重重隔。寄语意中人，两心隔不得。"见《古今和歌集》又："峰上白云多，何必来遮隔？只有恋人心，白云遮不得。"见《后撰集》。
② 槙尾山是宇治地方一个山的名称。

"云深山峻兼秋雾,
　此刻还家路更难。"

吟罢微微叹息,深可动人。这一带地方毫无美景,然而薰君苦苦留恋,不忍离去。天色渐明,他终于怕人看清,只得退出,说道:"见了面,欲说之事反而多了。今后稍稍稔熟,当再向她诉怨。不过她们以世间寻常男子待我,其不明事理实出我意料之外,深可恨耳。"便走进那值宿人准备好的西厢中,坐着沉思闲眺。但闻懂得渔业的随从人说道:"鱼梁上人好多啊!可是冰鱼①不游过来,他们都扫兴呢。"薰君想道:"他们在粗劣的小舟中载些木柴,各自为了简陋的生计而奔忙来往,这水上生涯亦可谓虚幻无常。但仔细想来,世间没有一人不和这小舟一样虚幻无常。我并不泛舟,而住在琼楼玉宇之中,此身难道能永远安居此世么?"便命取笔砚来,写诗一首奉赠女公子。诗曰:

"浅滩泛小楫,滩水沾双袖。
　省得桥姬心,热泪青衫透。"②

想必愁绪万叠也。"写好之后,就交值宿人送进去。这值宿人冻得厉害,肤若鸡皮,拿着诗走了进去。大女公子心念答诗所用之纸,若非特别薰香,有失体面。又念此种时机,答诗最贵迅速,就立刻写道:

"千帆经宇治,川上守神愁。
　朝夕沾滩水,可怜袖已朽。"

---

① 一种小鲇鱼,白色,几乎半透明,长约二三厘米;是日本琵琶湖名产。
② 镇坐宇治桥下的女神,名曰桥姬。此处以桥姬比女公子。本回题名据此。

真乃'似觉身浮泪海中'①也。"笔迹非常秀丽。薰君看了，觉得尽善尽美，心神为之向往。但闻随从人在外叫喊："京中车子到了。"薰君对值宿人说："亲王回府之后，我定当再来拜访。"便将雾湿的衣服脱下，全部送给这值宿人，换上了京中带来的常礼服，登车回京去了。

薰君回京之后，时时想起老侍女弁君的话，心终不忘。而回忆两位女公子的容姿比他所想象的优美得多，其面影又常在眼前。他想："舍弃人世，毕竟是困难的。"道心薄弱起来了。他就写信给女公子，不取求爱的情书作风，而用较厚的白色信笺，挑选一支精良的笔，以鲜丽的墨色写道："昨夜冒昧奉访，得不恨我无礼乎？匆匆未能尽舒衷曲，深感遗憾。今后再奉访时，务望遵我昨夜之请求，许我在帘前晤谈，勿加顾忌为幸。令尊入山寺念佛，我已探悉功德圆满日期。届时当即趋谒，以慰雾夜奉访不遇之憾。"笔致非常流利。他派一个左近将监专送此信，吩咐他："你去找那个老侍女，将信交付她。"他又想起那个值宿人冻得厉害，很怜悯他，便用大型盒子装了许多食物，交他带去赏赐他。次日，薰君又遣使赴八亲王所居的山寺。他顾念近日寒风凛冽，山中的僧人定然不胜清苦。且八亲王住寺多时，对僧众应有布施。因此备了许多绢和绵等物，遣使奉赠。送到之时，恰好是八亲王功德圆满、即将离寺归家的早晨。便将绢、绵、袈裟、衣服等物赠送修行之人，每人各得一套。全寺僧众无不受赐。那值宿人穿了薰君脱下来的华丽的便袍。这是一件上好白绫制的袍子，柔软适体，沁透着美不可言的异香。然而他的身体不会变化，带着这种衣香甚不相称。遇到的人都讪笑他，或者称赞他，使他反而局促不安。因为动辄发散香气，以致不敢任意行动，懊恼起来，便想除去这种惹人注意的讨厌的香气。然而这是贵族人家的衣香，洗也洗不下来。真乃太可笑了。

薰君看了大女公子的回信，觉得笔迹清秀悦目，措词天真诚恳，

---

① 古歌："泛舟拔水沾襟袖，似觉身浮泪海中。"见《源氏物语注释》。

深为赞善。大女公子的侍女们告诉八亲王,说"薰中将有信给大小姐",八亲王看了信,说道:"此信无关紧要。你们把它看作情书,反而误解了。这位中将和普通青年男子不同,心地正大光明。我曾隐约向他表示身后有所嘱托的意思,所以他如此关心吧。"八亲王自己也写信去谢他,信中有"承赐种种珍品,山中岩屋几乎容不下了"等语。薰君便思量再赴宇治访问。又想:"三皇子①曾对我说:'住在深山中的女子,如果长得特别漂亮,倒是极有意思的事。'他抱着这种幻想。我不妨把情状告诉他,刺激他一下,叫他心绪不得安宁。"便在一个闲静的傍晚前往访问。照例讲了种种闲话之后,薰君提起宇治八亲王的话,详细叙述那天破晓时分窥见两女公子容颜的事。匂皇子听了大感兴趣。薰君心里想,果然不出所料。便继续描述,借以激动其心。匂皇子恨恨地说:"那么她给你的回信,你何不给我看看呢?要是我,早已给你看了。"薰君答道:"哪里!你收到了各种各样女子写来的信,连一片纸也不曾给我看过呢!总之,这两位小姐,不是像我这种门外汉所能独占的,我想非请你去看一看不可。然而照你的身份,如何去得呢?世间只有微贱的人,如果好色,才可恣意寻花问柳。埋没着的美人多得很呢!像这种看得上眼的女子,沉思冥想地闲坐在荒僻地方的屋子里,正是在山乡地方才会意想不到地遇上。我刚才所说的两个女子,生长在遗世独立的圣僧一般的人家。多年来我总以为毫无风趣,一向看她们不起。人家谈起时我连听也不要听。岂知完全不然,如果那天月光之夜没有看错,竟是十全无缺的美人。无论相貌和姿态,都生得非常姣好,真可说是合乎理想的佳人。"匂皇子听到末了,真心地妒羡起来。他想:"薰君这个人对于寻常女子向来是不动心的。如今他这等赞美,可知这两个女子一定颇不平凡。"便对她们发生了无限恋慕之情。他劝薰君:"请你再去仔细看看好吗?"他对于自己不能自由行

———————

① 即匂皇子。

动的高贵身份，竟觉得讨厌起来。薰君看了心里好笑，答道："不好，这种事情干不得。我已立志，对世俗之事，即使暂时也不可关心。逢场作戏的事我也决不染指。如果自己不能控制此心，就大大地违背我的本愿了。"匂皇子笑道："啊唷，好神气啊！你总是得道高僧似的一篇大道理。且看你熬得到几时。"实际上，薰君心中一直挂念着那老侍女隐约提到的那件事。他对此事比以前更加关心，又很感伤。因此即使自己看到美人，或者听人说起某家女儿长得漂亮，他也全然不放在心上。

到了十月里，薰君于初五六日赴宇治访问。从者都说："这几天鱼梁上景致正好，请不妨去看看。"薰君说："何必！人生无常跟蜉蝣①相差无几，鱼梁有什么好看呢？"路上风景一概不看。他乘坐一辆轻便的竹帘车，身穿厚绸常礼服和新制的裙子，故意装得简单朴素。八亲王竭诚欢迎，办起山乡式的筵席来招待他，也颇富有风趣。日色既暮，将灯火移近，研读最近所习的经文。特邀阿阇梨下山，请他解释深奥的教义。晚上不能睡觉，因为川上狂风大作，木叶散落之声、水波冲击之音，竟超过哀愁之上，使环境变得凄厉可怕。薰君估量天色将近黎明，回想起上次破晓听琴之事，便提出琴音感人最深等话，对八亲王说："上次造访，于浓雾弥漫的拂晓，隐约听到女公子弹出几声美妙的琴声。未能继续听赏，反有不足之憾。"八亲王答道："我已屏除声色，从前学得的都忘记了。"但还是召唤侍者将琴取来，说道："要我弹琴，实在太不相称了。须得你引导一下，我才回想得出来。"便命取琵琶来，劝客人弹奏。薰君就弹琵琶，和他合奏了一会，说道："我上次隐约听到的，似乎不是这把琵琶的声音。恐怕那把琵琶音色与众不同，所以声音特别优美吧。"兴致阑珊起来，便不再弹下去。八亲王

---

① 鱼梁上是捉冰鱼的。"冰鱼"与"蜉蝣"在日文中发音相近，所以他拿朝生暮死的蜉蝣来比作冰鱼。

说:"噫,此言差矣!能使你中听的技法,怎么会传到这种山乡地方来呢?你的夸奖太失当了。"他就弹起七弦琴来,其音哀怨凄凉,沁人心肺。半是山中松风之声所使然吧。八亲王表示久已遗忘、非常生疏的样子,只弹了饶有趣味的一曲,便罢手了。他说:"我家里也有人弹筝,不知几时学得的。我常隐约听到,似觉弹者略有心得。但我长久不曾加以督促。不过是任意乱弹而已,不成体例,只能和川中波声合奏。反正不成腔调,不中听的。"便对里面的女公子说:"弹一曲吧!"女公子答道:"我们原是私下玩玩的,想不到被人听见,已经羞死,岂可公然显丑呢?"就躲进里面,都不肯弹。父亲屡次劝勉,她们用种种借口拒绝,终于不弹。薰君大失所望。此时八亲王暗想:"把两个女儿抚养成如此古怪而不见世面的乡下姑娘,这原非我的本意。"他觉得可耻,对薰君说:"我在此抚育两女,谁也不让知道。但我余命不多,旦夕难保。这两人来日方长,深恐她们将来颠沛流离。只此一事,是我离世时往生极乐的羁绊。"此言十分诚恳,使薰君深感同情,答道:"我虽不能正式担任有力之保护人,但可请您视我为亲信之人。只要我的世寿稍得延长,则一言既出,驷马难追,决不辜负尊嘱。"八亲王心甚感谢,答道:"但得如此,不胜欣幸!"

将近黎明,八亲王上佛堂去做功课了。薰君便召唤那个老侍女来谈话。这老侍女是服侍两位女公子的,名叫弁君,年纪将近六十,然而态度优雅,善于应对。她叙述已故柏木权大纳言日夜忧愁,以致一病不起之状,哭泣不已。薰君想道:"此种往事,即使是关于他人的,听了也不胜感慨。何况是我本人多年以来所渴望知道的。我常向佛祈愿,欲请明示当时发生何种事情,致使吾母出家为尼。想是佛力应验,使我无意中得此机会,听到这如梦一般可悲的故事。"他的眼泪就流个不住。后来说道:"如此看来,像你一样知道当年旧事的人,现今世间还有。但不知这种可惊又可耻的事,另外还有人传播出去否?多年以来,我全然不曾听到呢。"弁君答道:"除了小侍从和我弁君之外,没有第三人知道。我们两人一句话也不曾向人泄露过。我虽身份低微、毫不足道,却蒙权大纳言垂青,幸得朝夕侍奉在侧。因此种种详情,皆得目见耳闻。权大纳言每逢胸中苦闷不堪之时,只唤我们两人偶尔传送书信。关于此种事情,我实不敢多嘴,恕不详述了。权大纳言临终之际,对我略有遗言吩咐。我此微贱之身,其实不胜重托。因此常挂心头,考虑有何办法可将遗言向您传达。当我一知半解地诵经念佛的时候,也常以此事向佛祈愿。如今果然应验,可见世界上佛菩萨到底是有的,真使我感谢不尽。尚有一物,非请您看不可。以前我曾经想:如今有何办法呢?不如把它烧毁了吧。我身朝不保夕,万一死去,此物安得不落入别人手中呢?我一直如此担心。后来看见您常到这里的亲王家来,我想我可静待机会,稍稍有了希望。便有勇气忍耐,果然等着今天这良机。这实在是前世注定的事啊!"便啼啼哭哭地详细回忆薰君诞生时的情状,一一奉告。又说:"权大纳言逝世之后,我母忽然患病,不久也就死去。我加倍伤心,穿了两重丧服,日夜悲痛愁叹。正在此时,有一个不良之人,多年来对我用心,就用甜言蜜语把我骗到手,带着我到西海尽头①的住地去了。于是京中情状,全然断绝消息。后来这个人也在住地死去。我离京十有余年,一旦重返故土,恍如到了另一世界。这里的亲王是我父亲的外甥女婿,我从小常在他家出入,我想来依附他。又念我身今已不能参与侍女之列,冷泉院弘徽殿女御②自昔与我稔熟,应该去依附她。然而颇觉不好意思,终于不曾去见,就变成了隐没在深山中的朽木③。小侍从不知几时死的。当年青春少女,现已大半凋零。我这老命在许多人死后残生于世,实甚可悲,偏偏又不肯死,还在这里苟延残喘。"谈谈说说之间,天色已经大明。薰君道:"罢了!这些旧事真是说不完的。以后找个不须防人听见的时候,再和

① 指九州。
② 是柏木之妹。
③ 古歌:"身似深山朽木质,心逢春到即开花。"见《古今和歌集》。

你畅谈吧。我隐约记得，那个小侍从是在我五六岁时突然患了心病而死的。我倘不得和你会面，则将负着重罪过此一生了！"弁君掏出一只小小的袋子来，袋内装着的是许多已经发霉了的信件。她把袋子交与薰君，对他言道："这个请您看后烧毁吧。那时权大纳言对我说：'我的生命已无望了。'便把这些信件收集起来，交付给我。我打算在再见小侍从时交给她，托她妥为转奉，却想不到和她永别了。我非常悲恸，不仅为了我和她的私交，又为了辜负权大纳言的嘱托。"薰君装作若无其事地收了这些信，把它藏入怀里。他想："这种老婆子，会不会把这件事当作世间的珍闻而不问自述地向人泄露呢？"便很担心。但弁君几次三番向他立誓，说"决不向人泄露"。他又觉得或许此言可信，心神疑惑不定。早餐时薰君吃了些粥和糯米饭团，准备告辞。对八亲王说："昨日是朝廷假日。今日禁中斋戒已毕，冷泉院的大公主患病，我必须去慰问。因有种种事情，不得空闲。且待诸事办了以后，山中红叶未落之前，当再前来叩访。"八亲王欣然答道："如此屡蒙赏光，可使山居蓬荜生辉。"

薰君回到家里，立刻拿出袋子来看。但见这袋子是用中国的浮纹绫制成的，上端写着一个"上"字。袋口用细带扎好，打结处粘着一张小封条，上面写着柏木的名字。薰君开封时感到恐怖。打开一看，里面有各种颜色的信纸，是柏木偶尔去信时三公主给他的回信。又有柏木亲笔的信，写道："我今病势严重，已到大限之期。此后即使简短的信，也不能再写了。然而恋慕之心，愈来愈深切！想起你已削发被缁，悲痛无限……"其信甚长，陆奥纸凡五六张，字体怪异，形似鸟迹。内有诗云：

"卿今离俗界，削发伴缁衣。
我欲长辞世，游魂更可悲。"

末了又写道:"喜讯亦已闻悉。此子幸有荫庇,可无后顾之忧,只是

> 小松生意永,偷植在岩根。
> 但得残生在,旁观亦慰情。"

写到这里,似乎半途停止了,笔迹也乱七八糟。信封上写着:"侍从君启"。这只袋子已经成了蠹鱼的栖身之所。那信笺陈旧,霉气扑鼻。然而字迹并不模糊,与新近写的无异。文句也很清楚,可以仔细阅读。薰君想道:"正如弁君所言,万一散失,落入别人手中,如何是好!真是不得了啊!此种事情,恐是世间独一无二的了。"他独自伤心,越来越觉悲痛。本拟入宫,终因心绪不佳,未能如愿。他去参见母亲,但见三公主抖擞精神,正在一心不乱地诵经。看见他来,似觉难于为情,藏过了经卷。薰君想道:"我又何必向母亲表示我已知道这秘密呢!"他只得将此事秘藏在心中,独自悲伤叹息。

第四十六回 柯 根①

二月二十日左右,匂兵部卿亲王赴初濑②进香。他早有此愿,多年来迁延未偿。此次毅然实行,多分是贪图途中可在宇治泊宿之故。"宇治"这个地名,有人说与"忧世"同音③。但匂皇子自有理由来称赞这名词的可爱,真乃无稽之谈。此行从者如云,许多高官贵族奉陪,殿上人自不必说,留在朝廷的人几乎没有了。六条院主源氏传下来一处御领地,现已归夕雾右大臣所有,位在宇治川彼岸,内部非常宽敞,景致

---

① 本回继前回之后,写次年薰君二十三岁二月至二十四岁夏天之事。
② 初濑是奈良县一市镇,其地有古刹。
③ 喜撰法师诗云:"庵在京东南,地名宇治山。人言是忧世,我独居之安。"见《古今和歌集》。"宇治"和"忧世"在日语中发音相同。

也很优美。就以此为匂皇子进香途中的招待所。夕雾右大臣原定于匂皇子回来时亲赴迎候,但突然发生了不祥之事,阴阳师劝他行动小心,他就向匂皇子表示歉意。匂皇子起初稍感不快,但听说今日改由薰中将前来迎候,反而高兴起来,因为可以托他向八亲王那边传递音信,故甚称心。原来他对夕雾右大臣向来不甚亲近,嫌他太严肃。夕雾的儿子右大弁、侍从宰相、权中将、头少将、藏人兵卫佐等皆来奉陪。

匂皇子是今上与明石皇后所特别宠爱的人,世间声望也隆重无比。尤其是六条院诸人,因为他是由紫夫人抚育长大的,所以上上下下都把他看成家里的主君一样。今日在宇治山庄招待他,特备山乡风味的筵席,非常讲究。又拿出棋子、双六、弹棋盘等玩物来,随心所好地过了一日。匂皇子不习惯于旅行,觉得有些疲劳,深盼在此山庄息足数日。他休息了一会之后,到了晚来,便命取出管弦来奏乐。

在这远离尘世的山乡,经常有水声助兴,使得音乐更加清澄悦耳。那圣僧一般的八亲王,和这里只有一水之隔,顺风吹来管弦之音,历历可闻。他便回想起当年旧事来,自言自语地说道:"这横笛吹得真好啊!不知是谁吹的。从前我曾经听过六条院源氏的笛,觉得他吹出的音非常富有情趣,娇媚可爱。但现在这笛声过分澄澈,略有矫揉造作之感。颇像致仕太政大臣①一族之人的笛声。"又说:"唉!日子过去很久了!我屏除了这种游乐,度送若有若无的岁月,确已积下许多年份。真没有意思啊!"此时就不免想起两位女公子的身世来,觉得非常可怜,难道就让她们终身笼闭在这山里么?他想:"反正要出嫁,不如许给了薰中将。但恐此人无心于恋爱之事。至于现世风的轻薄儿,怎么可做我的女婿呢?"想到这里,方寸迷乱。在他这沉闷寂寞的地方,短促的春夜也难挨到天亮。而在匂皇子那欢乐的旅宿中,醉眠一觉,早已天明,只嫌春夜太短呢。匂皇子觉得游兴未餍,不肯就此

---

① 即最初的头中将,源氏的妻舅。

返京。

此间但见长空无际,春云暧靆。樱花有的已经零落,有的正在吐艳,各擅其美。川边垂柳迎风起伏,倒影映入水中,优雅之趣,异乎寻常。在这难得看见野景的京中人看来,实在非常珍异,难于抛舍。薰君不肯错过这个时机,意欲前往访问八亲王。又念避去许多人目,独自驾舟前往,也不免过于轻率。正在踌躇不决之际,八亲王遣使送信来了。信中有诗云:

"山风吹笛韵,仙乐隔云闻。
白浪中间阻,无缘得见君。"

那草书字体非常优美可爱。匂皇子对八亲王早就向往,听见是他来信,大感兴趣,对薰君说:"回信让我来代写吧。"便写道:

"汀边多叠浪,隔岸两分开。
宇治川风好,殷勤送信来。"

薰中将就去访问八亲王。他邀集几个爱好音乐的人同去。渡河之时,船中合奏《酣醉乐》。八亲王的山庄临水筑着回廊,廊中有石阶梯通向水面,富有山乡风趣,真是一所极有意思的山庄。诸人都怀着恭谨的心情舍舟登陆。室内光景也和别处不同:山乡式竹帘屏风,非常简单朴素;各种陈设布置,也都别有风味。今天准备招待远客,打扫得特别干净。几种音色优美无比的古乐器,随意不拘地陈列着。大家逐一弹奏,将双调催马乐《樱人》改弹为壹越调①。诸客都希望乘此机会听

---

① 催马乐《樱人》歌词见第370页注。壹越相当于中国的黄钟,是十二律的第一音,犹西乐的C调。

听主人八亲王的七弦琴。但八亲王只管弹筝，无心无思地、断断续续地和人合奏。大约是不曾听惯之故，似觉他的琴声非常奥妙优美，诸青年人都很感动。八亲王安排山乡式的筵席款待来客，很有情趣。更有外人所预想不到的：有许多出身并不低微的王子王孙，例如年老的四位王族之类的人，想是预先顾念到八亲王家招待这班贵宾缺乏人手，都来帮忙。奉觞进酒的人，个个衣冠楚楚。这正是乡土方式的古风盛宴。来客之中，定有想象住在这里的女公子的生活状况而私下为她们伤心的人吧。尤其是留在对岸的匂皇子，由于自己身份所关，不能随便行动，竟感到非常苦闷。他觉得这机会总不可错过，忍耐不住，便命人折取一枝美丽的樱花，差一个相貌姣好的随身殿上童子，送一封信去。信中写道：

"山樱花开处，游客意流连。
折得繁枝好，效颦插鬓边。

我正是'为爱春郊宿一宵'①。"大意如此。两位女公子不知这回信应该如何写法，不能报命，心甚烦乱。那老侍女说："这等时候，如果看得太认真，回信拖延太久，反而有失体统。"大女公子便叫二女公子执笔。二女公子写道：

"春山行旅客，暂立土墙前。
只为贪花好，折来插鬓边。

你不是'特地访春郊'②吧。"笔迹非常熟练而优美。隔川两庄院中都

---

① 古歌："我来采堇春郊上，为爱春郊宿一宵。"见《万叶集》。
② 此句亦引自古歌，但出处不明。

奏着悠扬悦耳的音乐，川风有意沟通，吹来吹去，教彼此互相听赏。

红梅藤大纳言奉圣旨前来迎接匂皇子返宫。大批人马云集，开路喝道，直向帝都归去。许多青年公子游兴尚未餍足，一路上恋恋不舍，屡屡回顾。匂皇子只想另觅适当机会，再度来游。此时樱花盛开，云霞旖旎，春色正当好处。诸人所作汉诗、和歌甚多。为避烦琐，不曾一一探询。

匂皇子在宇治时心绪缭乱，不曾随心所欲地和两位女公子通信，颇有不满之感。因此回京以后，不烦薰君介绍，常常写信直接送去。八亲王看了他的信，对侍女们说："回信还是要写的。但不可当作情书对付，否则反而引起将来烦恼。这位亲王想是很爱风流的人，听见这里有这两个小姐，不肯放过，便写这些信来开玩笑吧。"他劝女儿写回信，二女公子便遵命写了。大女公子非常谨慎小心，对于此种色情之事，即使逢场作戏，也决不肯过问。八亲王一直度送孤独的生涯。春日迟迟，更觉寂寞无聊，常恨日长难暮，愁思越来越多。两位女公子年龄越长，姿色越增，竟变成了两个绝色美人。这反教八亲王增加痛苦，他想："倒不如长得丑些，那么埋没在这山乡里也不大可惜，我的痛苦或可减少些。"他为此日夜烦恼。此时大女公子二十五岁，二女公子二十三岁。

命里算来，今年是八亲王灾厄最多的一年。他很担心，诵经念佛比往常更勤了。他对俗世已无所留恋，专心为后世修福，故往生极乐世界，照理可保无忧。只是两位女公子十分可怜，实在不忍弃下。因此他的随从者都替他担心，他们推想：即使道心坚强无比，但到了临命终时倘舍不得两个女儿，正念定会混乱，往生就被妨碍。八亲王心中打算：只要有一个人，虽然不是完全称心，但做我女婿不会使我失却面子，就不妨将就允许。只要真心爱护我的女儿，郑重前来求婚，那么即使有些缺点，我也只当不见，就把女儿许配他吧。然而并没有人热心地前来求婚。难得有几个浮薄青年，由于偶然机会，写一封求爱的信来。他们是借佛游春，赴某处进香，中途在宇治泊宿，一时好奇心起，写封信来求爱。他们推量这位亲王已经失势，有意来侮弄他。八亲王最痛恨这些人，半个字也不给答复。只有那位匀皇子，始终真心爱慕，不到手决不罢休。这大概是宿世因缘了。

　　宰相中将薰君于这一年秋天升任中纳言，世间声望更加显赫了，然而心中愁思依然甚多。他多年来心怀疑虑：关于自己的出生究竟是怎么一回事？近来得知实情后，却更加痛舍，想象他的生父忧惧而死时的情状，便决心代他修行佛道，借以减轻他的罪业。他怜悯老侍女弁君，常常避去人目注意，以种种借口，对她多加照顾。

　　薰君想起久不赴宇治了，便动身前往访问八亲王。这时候正是初秋七月。都城里还不大看得出秋色，但一走到音羽山附近，便觉凉风送爽。槇尾山一带的树木上已经略见红叶。入山越深，景色越是优美而新奇。薰君在这时候来访，八亲王比往常更加欢迎。这一次他对薰君说了许多伤心的话。向他嘱托道："我死之后，希望你在得便之时，常来看看这两个女儿，请勿舍弃她们。"薰君答道："以前早已承蒙嘱咐，侄儿牢记在心，决不怠慢。侄儿对俗世已无留恋，一身力求简朴。万事都不可靠，前途毫无指望。虽然如此，但只要一日生存在世，此志一日不变，可请皇叔放心。"八亲王不胜喜慰。夜色渐深，明月出天，似觉远山都移近来了。八亲王伤心地念了一会经之后，又和薰君闲谈往事。他说："现今世间不知怎么样了。从前宫中等处，每当此种月明如昼的秋夜，必在御前演奏音乐，我也常得参与其间。那时所有以擅长音乐著名的人，各献妙技，参与合奏。但我觉得这种演奏，规模太庞大了，倒不如几位长于此道的女御、更衣的室内演奏来得有味：她们内心里针锋相对，而表面上和睦相亲，于夜深人静之际奏出沁人肺腑的曲调。那隐约传来的声音，耐人听赏的实在很多。从任何方面来说，女子作为游乐时的对手，最为相宜。她们虽然纤弱，却有感动人心的魅力。正因为如此,佛说女人是罪障深重的。就父母爱子的辛劳而言,男子似乎不大需要父母操心吧?而女子呢,如果嫁了一个不良之人,即使是命运所迫,为父母者还是要为她伤心。"他说的是一般人之事,但他自己哪得不怀着此种心情?薰君推察其心,觉得十分同情。答道:"侄儿对一切世俗之事,确已无所留恋。自身也毫无一件精通的技艺。惟有音乐听赏一事,虽然谈不上怎样,却实在难于舍弃。那位大智大慧的圣僧迦叶尊者,想来也是为此,所以忘威仪而闻琴起舞吧①。"他前曾听到女公子们一两声琴音,常觉不能餍足,恳切盼望再听。八亲王想必是欲以此作为他们互相亲近的开端,所以亲自走进女公子室中,谆切地劝她们弹。大女公子只得取过筝来,略弹数声就停止了。此时万籁俱寂,室内肃静无声。天空气色与四周光景都很动人。薰君心驰神往,颇思参与女公子们的随意不拘的演奏。然而女公子们岂肯毫无顾忌地与他合奏呢?八亲王说:"我现在让你们熟悉一下,以后就看你们年轻人自己的喽。"他准备上佛堂做功课去,赋诗赠薰君云:

"人去草庵荒废后,
知君不负我斯言。

与君相见,今日恐是最后一次了。只因心中感伤,难于隐忍,对你说了许多愚顽荒唐的话。"说罢流下泪来。薰君答道:

"我与草庵长结契,
终身不敢负斯言。

---

① 《大树紧那罗经》云:"香山大树紧那罗于佛前弹琉璃琴,奏八万四千音乐。迦叶尊者忘威仪而起出。"迦叶尊者是释迦牟尼十大弟子之一。

且待宫中相扑节会①等公务忙过之后,当再前来叩访。"

八亲王上佛堂去后,薰君就召唤那个不问自语的老侍女弁君到这室中,要她把上次未曾说完的许多话继续叙述。月亮即将下山,清光照遍全室,帘内窈窕的人影隐约可见,两位女公子便退入内室。她们看见薰君不是世间寻常的好色男子,说起话来斯文一脉,她们有时便也在室内作一些适当的答话。薰君心中想起匂皇子迫不及待地想会见这两位女公子,觉得自己毕竟和别人不同。他想:"八亲王如此诚恳地自动将女儿许给我,我却并不急于欲得。其实我并不是想疏远这两位小姐而坚决拒绝结婚。我和她们如此互相通问,春秋佳日、樱花红叶之时,向她们罄吐哀愁之情与风月之趣,从而赚得她们深切的同感——像这样的对象,如果我和她们没有宿缘而任她们做了别人的妻子,毕竟是可惜的。"他心中已把女公子据为己有了。

薰君于夜深时分告辞返京。想起了八亲王忧愁苦闷、担心死期将至之状,深觉可怜,准拟在朝廷公务忙过之后再去访问。匂兵部卿亲王想在今年秋天赴宇治看红叶,正在左思右想,找寻适当机会。他不断地遣使送情书去。但二女公子认为他不是真心求爱,所以并不讨厌他,只把这些信看作无关紧要的四时应酬之文,也时时给他回信。

秋色越深,八亲王心情越见恶劣。他想照例迁居到阿阇梨那清静的山寺中去,以便一心不乱地念佛,便将身后之事嘱咐两个女儿:"世事无常,死别是不能逃避的。如果你们另有可以慰情之人,则死别之悲也会逐渐消减。但你们两人没有能代替我的保护人,身世孤苦伶仃,我把你们弃在世间,实在非常痛心!虽然如此,但倘被这一点情爱所妨碍,竟使我不得往生,永堕轮回苦海之中,损失也太大了。我与你们同生在世之时,也因早已看破红尘,故身后之事绝不计较。然而总希望你们不但顾念我一人,又顾念你们已故的母亲的脸面,切勿发生

---

① 每年七月下旬,宫中举行相扑竞赛,赐群臣宴。

轻薄的念头。若非真有深缘,切勿轻信人言而离去这山庄。须知你们两人的身世命运,与普通世人不同,必须准备终老在这山乡中。只要主意坚定,自能安然度送岁月。尤其是女子,如能耐性闭居在这山中,免得众目昭彰地身受残酷的非难,实为上策。"两位女公子完全不曾考虑到自己的终身问题,只觉得父亲如果死去,自己片刻也不能生存于世。此时听了父亲这般伤心的遗言,其悲痛不可言喻。八亲王心中,早已抛弃一切俗世之事,只是多年来和这两个女儿朝夕相伴,一旦忽然别去,虽然并非由于不慈,但在女儿确是满怀怨恨,怪可怜的。

明日即将入山,今日与往常不同,八亲王向山庄各处巡行察看。这本来是一所简陋的住宅,他暂在这里草草度日而已。但念自身死后,两个青年女子怎么能够耐性地笼闭在这里度日呢?他一面流泪,一面念经,姿态实甚清秀动人。他召唤几个年龄较长的侍女来前,嘱咐道:"你们要好好服侍两位小姐,好教我放心。大凡出身本来微贱、在世默默无闻的人,子孙衰微是常有的事,世人也不加以注目。但像我们这等身份的人家,别人如何看法虽然不得而知,但倘过分衰败,实在对不起祖宗,困苦之事也一定很多。岑寂度送岁月,原是寻常之事,不足为异。但能恪守家规,不坠家声,则外间名声可保,自己也无愧于心。世间常有希图荣华富贵而终于不得如意称心之事。故切不可轻率从事,让两位小姐委身与不良之人。"他准备在天色未明之时入山,临行又走进女公子室中,对她们说:"我死之后,你们切勿悲伤。应该心境开朗,常常玩玩琴筝。须知世间万事都不能如意称心,故切不可执迷不悟。"说罢出门而去,犹自屡屡回头。八亲王入山后,两位女公子更觉寂寞无聊,她们晨夕共话,相依为命,说道:"如果我们两人之中少了一人,另一人如何过日子呢?人世之事,不论目前或未来,都是变幻无定的。万一分别了,如何是好!"她们有时哀泣,有时欢笑。不论游戏玩耍或正当事务,都同心协力,互相慰勉,如此日复一日。

八亲王入山念佛,原定今日圆满。两位女公子时刻盼待,巴不得他早点回家。直到傍晚,山中使者来了,传达八亲王的话道:"今天早起身体不好,不能返家。想是感受风寒,正在设法治疗。但不知何故,似比往时更加担心,深恐不能再见。"两女公子大吃一惊,不知病状究竟如何,不胜忧虑。连忙将父亲的衣服添加很厚的棉絮,交使者送去。此后二三日,八亲王一直不下山。两位女公子屡次遣使去问病状,八亲王叫人口头传言,说"并无特别重症,只是浑身不适。倘能略见好转,当即抱病下山。"阿阇梨日夜在旁看护,对他说道:"这病表面看来无关紧要,但或许是大限来到。切不可为女公子之事忧虑!凡人宿命各不相同,故不须将此事挂在心头。"就逐渐开导他舍弃一切世俗之事,又谏阻他:"如今更不可下山了。"此乃八月二十日之事。是日天色特别凄凉。两女公子忧虑父亲的病,心中犹如蒙着昼夜不散的浓雾。残月皎然地破云而出,照得水面明澄如镜。女公子命人打开向着山寺的板窗,对着这边凝望。不久山寺的钟声隐隐响出,可知天已亮了。此时山上派人来了,其人啼啼哭哭地说:"亲王已于夜半时分亡故。"日来两女公子时刻挂念,不断地担心病状如何,此时突然闻此消息,惊惶之余,竟致昏迷不省。悲伤过度,眼泪反不知到哪里去了,只管俯伏在地上。死别之事,倘是亲眼目睹,则心无遗憾,此乃世之常例。但两位女公子不得送终,因此倍觉悲伤。她们心中常想:如果父亲死去,她们一刻也不能生存于世。故此时悲恸号泣,只想追随同行。然而人寿修短有定,毕竟无可奈何。阿阇梨年来早受八亲王嘱托,故身后应有法事,由他一力承办。两女公子向他要求:"亡父遗容,我等总想再见一次。"阿阇梨的答复只是这几句话:"现在岂可再见?亲王在世之日,早已言定不再与女公子见面。如今身亡,更不必说了。你们应该快快断念,务求习惯此种心境。"女公子探询父亲在山时情状,但这阿阇梨道心过分坚强,认为琐屑可厌。八亲王自昔就深怀出家之志,只因两女儿无人代他照拂,难于离去,故生前一直和她们朝夕相依,赖此慰藉孤寂的生涯。终于受其羁绊,不离尘俗地过了一生。如今走上了死别的旅途，则先死者的悲哀和后死者的恋念，都是无可奈何的了。

中纳言薰君闻得八亲王死耗，扼腕悼惜不置。他希望再度和他会面，从容地谈谈心中未罄之言。如今历历回思人世普遍无常之态，不禁痛哭失声。他想："我和他最后一次见面之时，他曾对我说：'与君相见，今日恐是最后一次了。'只因他生性比别人敏感，惯说人生无常，朝不保夕之言，故我听了这句话并不放在心上。岂知不多几日真成永诀！"他反复思量，追悔莫及，不胜悲伤。便遣使赴阿阇梨山寺及女公子山庄隆重吊唁。山庄中除了薰君以外，竟别无吊客上门，光景好不凄凉。两位女公子虽已心烦意乱，也深感薰君多年以来的美意。死别虽是世间常有之事，但在身当其事者看来，悲痛无可比拟。何况两位女公子身世孤单，无人相慰，更不知何等伤心。薰君深感同情，推想亲王故后应做种种功德，便备办许多供养物品，送交阿阇梨山寺。山庄方面，也送去许多布施物品，托付那老侍女办理，关怀十分周至。

两女公子仿佛处在永无天明的长夜中，看看已到九月。山野景色凄凉，加之秋雨连绵，引人堕泪。木叶争先恐后地堕地之声、流水的潺潺声、瀑布一般的眼泪的簌簌声，诸声混合为一，催人哀感，两女公子就在其中忧愁度日。众侍女都很担心，生怕如此下去，有限的寿命一刻也难于延续，便向小姐多方劝慰，不胜苦劳。山庄里也请有僧人在家念佛。八亲王旧居的房间中，供着佛像，作为亡人的遗念。平日常在此间出入而七七中闲居守孝的人，都在佛前虔诚念诵，如此日复一日。

匂兵部卿亲王也屡次遣使送信来吊慰。但两女公子哪有心情答复此种来信！匂亲王收不到回信，想道："她们对薰中纳言并不如此冷淡。这明明是疏远我了。"心中不免怨恨。他原拟在红叶茂盛之时赴宇治游玩，乘兴赋诗。今因八亲王逝世，未便来此附近逍遥取乐，只得打消此念，心中甚觉扫兴。八亲王断七过了。匂亲王想道："凡事总有限度。两女公子的悲哀，现在想必淡然了吧。"便写了一封长信送去，这正是秋雨霏霏的傍晚，信中有云：

"蒿上露如泪，闲愁入暮多。
秋山鸣鹿苦，寂处意如何？

对此凄凉暮色而漠然无动于衷，未免太不识情趣了。在此时节，眺望郊原日渐枯黄的野草，也可使人感慨呢。"大女公子看了信对妹妹说："我确已太不识情趣，有好几次不写回信给他了。还是你写吧。"她照例劝二女公子写回信。二女公子想道："我不能追随父亲，苟安偷生，直到今日，哪有心情取笔砚来写信！想不到忧愁苦恨，挨过了这许多日子。"眼泪又夺眶而出，模糊不能见物，便把笔砚推开，说道："我也不能写。我气力全无，起坐也很勉强。谁言悲哀终有限度？我的忧伤苦恨无有了时呢！"说罢哭泣甚哀。大女公子也觉得她很可怜。匀亲王的使者是傍晚从京中出发、黄昏稍过到达这里的。大女公子叫人对他说："此刻你怎么回去呢？不如在此留宿一宵，明晨再走吧。"使者答道："不敢奉命。主人吩咐今晚必须回去。"他急于要走。大女公子颇感为难。她自己心情并未恢复正常，但不能袖手旁观，只得写一首诗：

"热泪常封眼，荒山雾不开。
墙根鸣鹿苦，室内泣声哀。"

这诗写在一张灰色纸上。时在暗夜，墨色也不辨浓淡，无法写得美观。只是信笔挥洒，加上包封，立刻交付使者拿回去了。

此时天色似将下雨，木幡山一带道路险恶可怕。但匀亲王的使者想必是特选的勇士，他毫不畏惧，经过阴森可怕的小竹丛时，也不停辔驻足,快马加鞭,片刻就到达宫邸。匀亲王召唤使者来前,但见他浑身被夜露濡湿,便重重犒赏他。拆开信来一看,觉得此信笔迹与往日来信不同,较为老练纯熟,字体非常优美。不知何者是大女公子手笔,何者是二女公子手笔,反复细看,不忍释手,竟忘记了睡觉。侍女们便窃窃私议:"说道要等回信,所以不去睡觉。现在回信到了,看了这许久还不肯放,不知那边是怎样称心如意的美人。"她们都很懊恼,大约是想睡觉了。

次日朝雾还很浓重之时,匀亲王急忙起身,再写信到宇治。信中有云:

"失却良朋朝雾里,
鹿鸣悲切异寻常。

我的泣声,悲切不亚于你们呢。"大女公子看了信,想道:"回信写得太亲切了,深恐引起后患。我等过去依在父亲一人荫庇之下,幸得太平无事,安心度日。父亲死后,我等想不到居然能活到现在。今后如果为了意外之事,略微犯一些轻率之罪,则年来日夜为我等操心的亡父的灵魂,亦将蒙受创伤。"因此对于一切男女关系之事,非常谨慎恐惧,对此信恝不答复。其实她们并非轻视匀亲王而把他看作寻常之人。她们看了他那乘兴挥毫的笔迹和精当的措辞,也觉得优美可爱,确是不易多得的来信。不过她们虽然爱他的信,却认为对于这个高贵而多情的男子,自己这拙陋之身够不上写回信。因此她们想:"何必高攀呢?我们但愿以山乡贱民终此一生吧。"

只有对薰中纳言的回信,因为对方态度非常诚恳,故这边也不疏懒。双方常有书信往还。八亲王断七之后,薰君亲自来访。两女公子住在东室较低的一个房间里守孝。薰君走到房间旁边,召唤老侍女弁君来前。这愁云密布、暗淡无光的山庄中,突然进来一个英姿焕发、光彩夺人的贵人，使得两女公子局促不安，答话也说不出来。薰君说道："对我请勿如此疏远。应照亲王在日那样互相亲信，方可彼此晤谈。我不惯于花言巧语的风情行为。叫人传言，使我话也不大说得出来。"大女公子答道："我等苟延残喘，直至今日，真乃意外之事。然而心常失迷于永无醒期的乱梦中。仰望日月之光，也不知不觉地感到羞耻。故窗前也不敢走近去。"薰君说道："这也太过分了。居丧恭谨，确是出于一片深情。至于日月之光，倘是自心贪求欢畅而出去欣赏，才是罪过。你们如此待我，使我十分难堪。我还想探询小姐胸中悲哀之状而设法安慰呢。"侍女们说："果然不错，我家小姐的悲哀深切无比。承蒙设法安慰，美意实在不浅啊！"虽然只经过这淡然的几句谈话，但大女公子心情也逐渐平静起来，能理解薰君的好意了。她设想薰君即使只为对父亲的旧交情而来，如此不惮跋涉之劳，远道来访，好意也良可感谢。因此膝行而出，与薰君稍稍接近。薰君慰问她们的哀思，又叙述对八亲王的誓约，语言非常诚恳亲切。原来薰君没有雄赳赳、气昂昂的态度，故大女公子对之不觉得严肃可怕。然而想起了今天不得不和这不相识的男子亲口谈话，并且今后将仰仗他的照顾，和过去的情况比较之下，毕竟不胜伤心失意。她只是轻言细语地回答了一二句话，那意气消沉、萎靡不振之状，使得薰君异常怜悯。他从黑色帷屏的隙间窥看，但见大女公子神色非常痛苦。想象她孤居寂处之状，又回思那年黎明时分窥见姿色时的光景，便自言自语地吟诗曰：

"青葱已变焜黄色，
想见居丧憔悴姿。"

大女公子答道：

"丧服已成红泪薮，

我身无地可安居。

正是'丧服破绽垂线缕……'①"末了数字轻微得听不见，吟罢悲伤难忍，就退回内室去。薰君此时未便勉强挽留她，但意犹未尽，不胜怅惘。

出乎意外的，是那个老侍女弁君出来代替大女公子应对了。她对薰君讲了昔日今时许多可悲的事实。只因此人亲见又详悉那桩可惊可悲之事，故虽然形容异常衰老，薰君并不讨厌，亲切地与她共话。对她说道："我在孩提之时，即遭六条院先父之丧，深感人生于世虚幻可悲。故后来年龄渐增，长大成人，对于爵禄富厚，全然不感兴趣。惟有像这里的亲王那样的闲居静修的生涯，深得我心之所好。如今眼见亲王亦已化为乌有，愈觉人世之可悲，急欲抛弃此无常之世，遁入空门。只因亲王这两位遗眷孤苦无依，成了我的羁绊。我说这话，太无礼了。但我一定不负亲王遗嘱，只要我命生存于世，自当竭诚效劳。虽然如此，但我自从听你说了那件意想不到的旧事之后，越发不欲寄迹在这尘世之中了。"他边哭边说。弁君更加哭得厉害，话也说不出来。薰君的相貌竟与柏木一般无二。弁君看了，连久已忘记了的旧事也回忆起来，因此加倍悲伤，一句话也不说，只管吞声饮泣。这老侍女是柏木大纳言的乳母的女儿。她的父亲是两女公子的母舅，官至左中弁而身亡。她多年流寓远国，回京之时，两女公子的母亲也已亡故。对柏木大纳言家又已生疏，八亲王便收留了她。此人出身并不高贵，而且惯当宫女。但八亲王认为她不是无知无识的女子，就叫她服侍两女公子。关于柏木的秘密，她对于多年来朝夕相见而无话不说的两女公子，也不曾泄露一句话，一直隐藏在心里。但薰中纳言推想：老婆子多嘴饶舌，不问自说，乃世间常例。这弁君即使不会轻易地向一般人宣

---

① 古歌："丧服破绽垂线缕，条条好把泪珠穿。"见《古今和歌集》。

传，但对这两位含羞忍性、谨慎小心的女公子，说不定已经说过了。便觉可耻亦复可恨。他之所以不肯放弃而企图亲近她们，多半是为了想保守这秘密之故吧。

八亲王既逝世，此间不便留宿，薰君便准备回京。他回想："八亲王对我说'与君相见，今日恐是最后一次了'，我当时认为岂有此理，谁知果然不得再见。那时是秋天，现在还是秋天，曾日月之几何，而亲王已不知去向，人生实在虚幻无常啊！"八亲王不像一般人那样爱好装饰，故山庄中一切都很简单朴素，然而打扫得十分清洁，处处饶有清趣。现在常有法师出入，各处用帷屏隔开，诵经念佛的用具依然保存着。阿阇梨向两女公子启请："所有佛像等物，请移供于山寺中。"薰君听了这话，设想这些法师也都要离去，此后这山庄中人影绝迹，留在这里的人何等凄凉！不禁胸中痛苦无已。随从人告道："天色已很晚了。"只得含愁上车。适有鸣雁横空飞渡，便赋诗云：

"秋雾漫天心更苦，
雁鸣似叹世无常。"

薰君与匀亲王会面时，总是首先以宇治两女公子为话题。匀亲王以为现在八亲王已不在世，可以无所顾忌了，便竭诚地写信与两女公子。但两女公子计虑非常周到，一个字也不肯写回信给他。她们想："匀亲王非常好色，名闻于世。他把我们看成了风流香艳的对手。这人迹不到的蔓草荒烟之中写出去的回信，在他看来手笔何等幼稚而陈腐！"她们怀着自卑之感，所以不肯写回信给他。她们相与共话："唉！日子过得真无聊啊！原知人生如梦，但想不到悲哀之事立刻来到眼前。我们日常听到又看到人世无常的事例，也知道此乃一般定理。然而只是茫然地想起人生总有一死，不过或迟或早而已。如今回思往昔，虽然生命全无保障，但一向悠闲地度送岁月，无忧无惧，平安无事地过了多年。而现在听到风声,亦觉凄厉可怕;看到素不相识的人出入门庭,呼唤问讯,亦觉心惊肉跳。可怕可忧之事增添不少,实在不堪其苦。"两人含愁度日,眼泪没有干时。不觉已到岁暮。

霰雪飘零之时,到处风声凄厉。两女公子似觉这山居生涯是现在才开始的。侍女中有几个精神振作的人对两女公子说:"唉,这晦气的年头即将过完了。小姐快把过去的悲伤收拾起来,欢欢喜喜地迎接新春吧。"小姐想道:"这真是难事了。"八亲王生前常常闭居在山寺中念佛,故当时山上也常有法师等来访。阿阇梨也挂念两位女公子,有时派人前来问候。但现在八亲王已不在世,他自己也不便亲见。山庄里人影逐渐稀少,两女公子知道这原是当然之事,然而不胜悲伤。八亲王不在后,有些毫不足道的山农野老,有时也走进这山庄里来探望。众侍女难得看到这种人,都觉得稀罕。时值秋季,也有些山民樵些木柴、拾些果实,送到山庄里来。阿阇梨的山寺中,派法师送来木炭等物,并致词云:"多年以来,岁暮必致送微物,习以为常。今年如果断绝,于心有所不忍,故照旧例,务请赏收。"两女公子想起:过去每逢岁暮,此间亦必送棉衣去,以供阿阇梨闭居山寺时御寒之用,便用棉衣回敬他。法师偕童子辞了山庄,在很深的雪中登山回寺,忽隐忽现。两女公子流着眼泪目送他们。相与言道:"即使父亲削发为僧,只要活在世间,这样来来往往的人也自然会很多。我们无论何等寂寞,总不会与父亲不得见面。"大女公子便吟诗曰:

"人亡山路寂,无复往来人。
怅望松枝雪,如何遣此情?"

二女公子也吟诗云:

"山中松上雪,消尽又重积。

人死不重生,安得如松雪?"

此时天空又下雪了,使她们不胜羡慕。

薰中纳言想起新年里事绪纷忙,不会有工夫访问宇治,便在年底来到山庄。路上积雪甚深,普通行人也不见一个,薰中纳言却不惜千金之体,冒雪入山访问。其关怀之深切,使两女公子衷心感激,因此对待他比往常亲切:命侍女为他特设雅洁座位,又命把藏着的、未染黑的①火钵取出,把灰尘拂拭干净,供客人使用。众侍女回想起亲王在日对薰君欢迎之状,想与共话旧事。大女公子总觉得不好意思和他会面,但恐对方怪她不识好歹,只得勉强出来相见。虽然还是十分拘束,但说话比从前多,亲疏恰到好处,态度温和优雅。薰中纳言意犹未尽,觉得总不能永远如此疏远。但又想道:"这真是一时的冲动了。人心毕竟是容易动摇的。"便对大女公子说道:"匂亲王非常恨我呢。也许是由于我在谈话中乘便把尊大人对我的恳切的遗言向他泄露了之故。或者是由于此人十分敏感,善于推量人心之故,他屡次埋怨我道:'我指望你在小姐面前替我吹嘘。如今小姐对我如此冷淡,定然是你说了我的坏话。'这实在是我所意想不到之事。只因他上次来游宇治,是由我引导的,故我未便断然相拒。但不知小姐对他为何如此冷淡?世人都说匂亲王好色,其实全是谣传。此人用心异常深远。我只听见有些女人听了他的几句戏言,立刻轻率地服从他。他认为此种女人毫不足取,便不睬她们。谣传恐是由此而起的吧。世间有一种男子,凡事随缘,心无定见。处世落拓不拘,一味迁就别人。这样也好,那样也好。即使稍有不称心处,亦认为命该如此,无可奈何。与此种男子结为夫妇,倒也有爱情恒久的。然而一旦感情破裂,便像龙田川的浊水②一般

---

① 丧中用品,皆染黑色。
② 古歌:"龙田川水浊如此,恐是神南堤岸崩。"见《古今和歌集》。神南是地名。

流传恶名。以前的爱情消失得影迹全无。这也是世间常有之事。但匂亲王绝不是此种人。他用心非常深远,只要是称他的心、和他趣味相左之处不多的人,他决不轻易抛弃,决不做有始无终之事。他的性情我很熟悉,别人所不知的我都知道。如果你认为此人可取,愿意和他结缘,我一定竭诚效劳,玉成其事。那时我将东奔西走,跑得两脚酸痛呢。"他说时态度非常认真。大女公子认为他所指的不是她自己而是妹妹,她只要以长姐代父母的身份作答。但她左思右想,终觉得难于答复。后来笑道:"叫我说什么好呢?恋慕的话讲得太多,更使我难于作答了。"措词温雅,姿态非常可爱。薰君又说:"适才我所说的,不一定是关于大小姐自身的事。但请大小姐以兄姐之心,体谅我今天踏雪远来的一片诚意。匂亲王所属意的,似乎是二小姐。听说他曾有信来,隐约提及此事。但不知信是写给谁的?又不知给他的回信是谁写的?"大女公子见他如此探问,想道:"幸而至今没有给匂亲王写过信。如果当时戏耍,写过回信,虽然无伤大雅,但他说这种话,教我多么害羞,好难过啊!"便默默不答,但取笔写一首诗送给他。诗曰:

"冒雪入山君独堪,
传书通信更无人。"

薰君看诗说道:"如此郑重声明,反而疏远了。"便答诗云:

"走马冰川寻胜侣,
二人同渡我当先。①

但得如此,我便可尽力效劳了。"大女公子想不到他会说这话,心中不

---

① 意思是:我来玉成匂亲王与你妹妹之事,但先要玉成我与你之事。

快，默不作答。薰君觉得这位大女公子没有神圣不可侵犯的模样，但又不像时髦青年女子那样娇艳风骚，真是一位端详闲雅的淑女。他推量其人的模样，认为女子正该如此，才合乎自己的理想。因此他常在言语得便之时隐约表示恋慕之情。但大女公子只管装作不知。薰君觉得可耻，便转变话头，一本正经地续谈往昔的旧事。

随从人催促动身："天色倘暗足了，这大雪中行路更困难呢。"薰君只得准备回家。他又对大女公子说："我到处察看，觉得这山庄实在太孤寂了。我京中的邸宅，像山家一般清静，出入的人也极少。小姐倘肯迁居，我实不胜欣幸。"侍女们偶然听到这话，都觉得能够这样真好极了，大家笑逐颜开。小女公子看见这模样，想道："这太不成样子了！姐姐哪里会听他呢！"侍女们拿出果物来招待薰君，陈设十分体面。又拿出美好的酒肴来犒赏随从人等。以前蒙薰君赏赐一件香气馥郁的便袍而闻名于人的那个值宿人，髭须满脸，面目可憎，令人看了感到不快。薰君心念此人如何可供使唤呢，便唤他来前，问道："怎么样？亲王故世之后，你很伤心吧？"那人愁眉苦脸地哭泣着答道："正是呢。小人这孤苦无依之身，全靠亲王一人的荫庇，过了三十多年。如今即使流浪山野，亦无'树下'①可投靠了。"他的相貌变得更加丑陋。薰君叫他把八亲王生前供佛的房间打开，走进去一看，但见到处灰尘堆积，只有佛前的装饰依旧鲜艳不衰。八亲王诵经念佛时所坐的床已收拾起来，影迹不留了。他回想当年曾与亲王约定：自己如果出家，当以亲王为师。便吟诗曰：

"修行欲向柯根学，
不道人亡室已空。"②

① 古歌："孤客无依投树下，岂知树老叶飘零。"见《古今和歌集》。
② 古歌："居士修行处，山中柯树根。棱棱难坐卧，安得似香衾？"见《宇津保物语》。本回题名据此。

吟罢将身靠在柱上。青年侍女们窥看他的姿态，都在心中赞美。天色已暮，随从人走到附近替薰君管理庄院的人们那里，取些草料来秣马。薰君全不知道，忽见许多村夫牧子跟着随从人来拜见主子了。他想："被他们知道了实在不好啊！"便托辞掩饰，说是为访问老侍女弁君而来的。又吩咐弁君，叫她好好服侍两女公子，然后动身回京。

腊尽春来①，天色明丽，汀边的冰都解冻了。两女公子依然愁眉不展，自念如此悲伤，也能活到今日，真乃意外之事。阿阇梨的山寺里派人送些泽中的芹菜和山上的蕨菜来，说道是融雪之后摘得来的。侍女们便拿来做成素菜，供女公子佐膳。她们说："山乡自有风味，看到草木荣枯，知道春秋递变，也是很可喜的。"但两女公子想："有什么可喜呢？"大女公子便吟诗曰：

"家君若在山中住，
见蕨怀亲喜早春。"

二女公子也吟道：

"雪深汀畔青芹小，
家已无亲欲献谁？"

两人只是如此闲吟漫咏，消磨岁月。

薰中纳言和匀亲王逢时逢节都有信来。但多半是无甚意味的冗谈，照例省略不记。樱花盛开之时，匀亲王回想起去春咏"效颦插鬓边"之诗赠女公子之事。当时陪伴他游宇治的公子哥儿们说道："八亲王的山庄真有意思，可惜不能再访。"众口一词地称颂赞叹。匀亲王听

---

① 此时薰君二十四岁。

了不胜恋慕,便赋诗赠两女公子。诗曰:

"客岁经仙馆,樱花照眼明。
今春当手折,常向鬓边簪。"

他的口气得意扬扬。两女公子看了觉得这话岂有此理。但此时寂寞无事,看了这封精美的来信,觉得不便置之不理,且做表面的敷衍。二女公子便答以诗云:

"樱花经墨染,深锁隔云层。
欲折樱花者,迷离何处寻?"

她依然如此断然拒绝。匂亲王每次总是收到冷淡的回信,心中实在懊丧。无可奈何,只得这般那般地责备薰君不替他出力。薰君心中觉得好笑,便装作两女公子的全权保护人模样,和他应对。他每逢看到匂亲王有浮薄之心,必然告诫他道:"你如此浮薄,教我怎好出力呢?"匂亲王自己也知道应该小心,回答道:"我还不曾找到称心的人,这期间不免有浮薄之心耳。"夕雾左大臣想把第六个女公子嫁与匂亲王,但匂亲王不同意,左大臣心怀怨恨。匂亲王私下对人说道:"血统太近①是乏味的。何况左大臣察察为明,别人小有过失,也毫不容情。当他的女婿是困难的。"为此迟迟不允。

这一年三条宫邸遭了火灾,尼僧三公主迁居六条院。薰君为此奔走忙碌,许久不赴宇治访问。谨严之人的心情,自与普通人不同,最能忍耐持久。他虽然心中已经认定大女公子早晚是自己的人了,但在女方尚未表示心许的期间,决不做轻率唐突的行为。他只管确守八亲王

---

① 夕雾之女是源氏之孙女,匂亲王是源氏之外孙。二人是姑表兄妹。

的遗嘱而竭诚照顾，希望女公子理解他的诚心。

这一年夏天，天气比往年更加炎热，人人不堪其苦。薰君料想川上必然凉爽，便立刻动身赴宇治访问。早晨凉爽的时候从京中启程，但到达宇治时已经赤日当空，阳光炫目。薰君召唤那值宿人出来，叫他打开八亲王生前所居西室，入内休息。此时两女公子正住在中央正厅的佛堂里，离薰君所居太近，似觉不宜，便准备回自己房间去。她们虽然悄悄地行动，但因相去甚近，这边自然听到声音。薰君情不自禁了。他曾看到此西室与正厅之间所设纸门的一端，装锁的地方有一小孔，便把遮住纸门的屏风拉开，向孔中窥探。岂知洞孔的那边立着一架帷屏，把洞孔挡住。薰君心甚懊丧，想离去了。正在此时，一阵风来，把朝外的帘子吹起。有一个侍女叫道："外面望进来都看见了！把帷屏推出去挡住帘子吧。"薰君想道："这办法好笨啊！"心中很高兴，再向孔中窥视，但见高的帷屏、矮的帷屏都已推在佛堂面前的帘子旁边。和这纸门相对的一边的纸门开着，她们正从开着的纸门里走向那边的房间去。首先看见一人①走出来，从帷屏的垂布隙间向外窥视。——薰君的随从人等正在佛堂外面闲步纳凉。她身穿一件深灰色单衫，系着一条萱草色裙子。那深灰色被萱草色一衬托，显得异样美观，反而鲜艳夺目。这大约是与穿的人的体态有关吧。她肩上随意挂着吊带，手持念珠，隐在衣袖之中。身材苗条，姿态绰约。头发长垂，比衣裾略高，发端一丝不乱，光彩浓艳，非常美丽。薰君望见她的侧影，觉得异常可爱。他以前曾经隐约窥见明石皇后所生大公主的姿色，此时觉得这女公子的艳丽、温柔、优雅之相，正和大公主相似，心中赞叹不置。后来又有一人膝行而出，说道："那边的纸门外面窥得见呢！"可见此人用心周到，毫不疏忽，其人品甚可敬爱。她的头面和垂发似比前者高超而优雅。有几个无心无思的青年侍女答道："那边的纸

---

① 此人是二女公子。后来的是大女公子。

门外面立着屏风,客人不会马上就窥见的。"后来的女公子又说:"如果被他窥见了,真难为情。"她不放心,又膝行而入,那风度越发高雅了。她身穿黑色夹衫,颜色与前一人同样,但姿态比前一人更加温柔妩媚,令人不胜怜爱。她的头发大约稍有脱落,故末端略疏,颜色是色中最宝贵的翡翠色,一绺绺齐齐整整,非常美丽。她一手拿着一册写在紫色纸上的经文,手指比前一人纤细,可知身体是瘦削的。站着的那位女公子也来到门口,不知为了何事,向这边望望,嫣然一笑,非常娇媚。

第四十七回 总 角①

多年来听惯的川风,今秋特别凄凉刺耳,山庄里忙着准备八亲王周年忌辰事宜。一般应有佛事,都由薰中纳言与阿阇梨办理。两女公子则依照侍女等的劝请,做些琐碎的工作,例如缝制布施僧众的法服、在经卷上加以装饰等。但也含愁忍苦,有气无力。若无薰中纳言等的照拂,这周年忌辰不知何等落寞呢。薰中纳言亲自来到宇治,为了两女公子即将除服,诚恳地向她们吊慰。阿阇梨也来到山庄。此时两女公子正在编制香几四角的流苏,诵念"如此无聊岁月经"②等古歌,相与共话。薰君从帘子一端通过帷屏上垂布的隙缝,窥见络子,知道她们正在编制流苏,便吟唱"欲把泪珠粒粒穿"之古歌,推想伊势守家女公子③作此歌时,也怀着这种心情吧。帘内两女公子听了颇感兴趣,但也不好意思装作会意而开言作答。她们想道:"贯之所咏'心地非由纱

---

① 本回继前回之后,写薰君二十四岁八月至岁暮之事。
② 古歌:"身多忧患偏长命,如此无聊岁月经。"见《古今和歌集》。
③ 古歌:"啼声纺作长长线,欲把泪珠粒粒穿。"见《古今和歌六帖》。作者是伊势守藤原继荫之女,是宇多天皇的皇后藤原温子的宫女,得天皇宠爱。善作诗歌,为三十六歌仙之一。

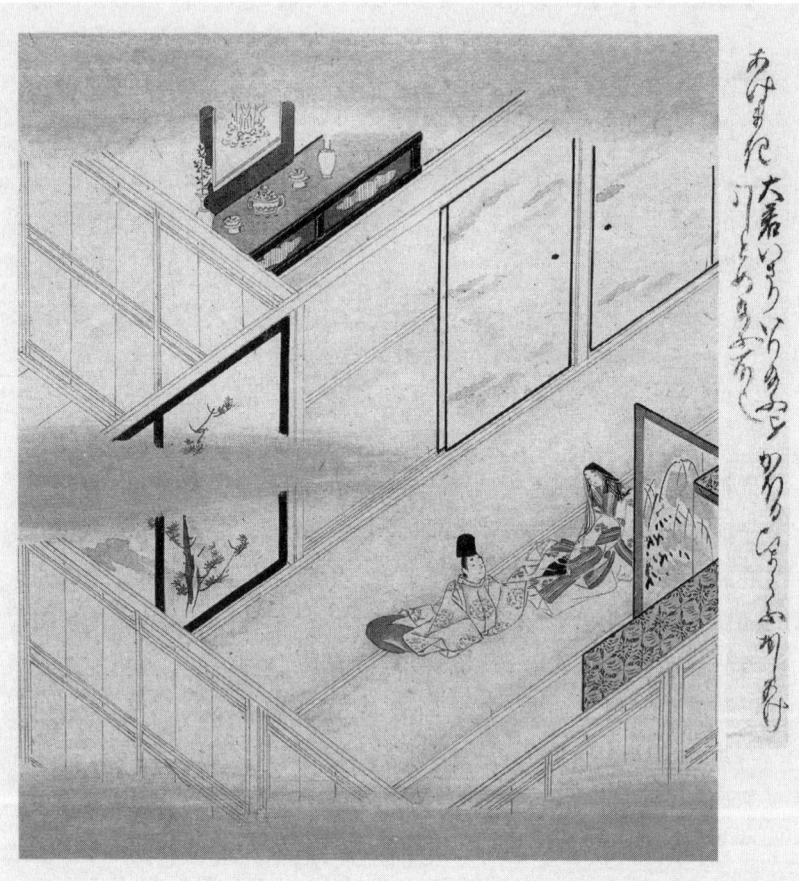

线织'①之歌,只是为了一时的生离,尚且有丝一般细的离愁,何况死别呢。可见古歌真是善于抒情的。"薰君正在起草愿文,记述经卷和佛像供养的旨趣,就用便笔题一首诗:

"永结良缘如总角,

红丝百转绕同心。"②

写好后叫人送进帘内去。大女公子一看,又是这一套,觉得讨厌,但也只得奉答:

"脆似泪珠穿不得,

红丝无法结良缘。"

吟罢想起"永远不相逢"③之古歌,不免沉思细恨。

薰君为了自己遭大女公子如此冷遇和拒绝,深觉可耻,便不再热烈追求,只是认真地商谈匀亲王和二女公子之事。对大女公子说:"匀亲王的本性,在恋爱方面是稍稍热心过度的,所以即使不是十分深爱渴慕的事,一经启口,便不肯收回成命。恐是因此之故,所以多方设法探询尊意。这件亲事其实是很可放心答应的,为什么如此坚决拒绝呢?人世男婚女嫁之事,您不是全然不理解的,但一直拒人于千里之外,辜负我这一片无私的忠诚,叫我好恨啊!今天无论如何,要请您把

---

① 古歌:"心地非由纱线织,离愁何故细如丝?"见《古今和歌集》。作者纪贯之,亦三十六歌仙之一,生于十世纪初。
② 总角是头发结成的髻。此处用以比喻编制流苏。又,总角代表少女,根据催马乐《总角》歌云:"总角呀总角!请你听我唱:你我分开睡,相隔约寻丈。双方滚拢来,从此长相傍。"本回题名据此。
③ 古歌:"犹似单线缝,独来又独往。永远不相逢,此生复何望?"见《古今和歌集》。

尊见明白告我。"他的语气非常认真。大女公子答道："正为了不敢辜负您的忠诚，所以我不借抛头露面，开诚相待。您倘不理解我这点心情，恐怕您心中怀着浅薄的想法吧。当然，倘是善解情趣之人，则处此荒寂之境，自有无穷感想。但我生性愚陋，只是茫然度日。先父在世之时，关于我等将来虽然曾有遗嘱：某事应该如何，某事应该如何，但是关于您所说的婚姻之事，全然不曾谈及。可知先父之意，确是教我们断绝结婚之念，如此度送一生。因此对于您的垂询，我实无法答复。不过舍妹年纪还轻，隐没在这深山之中，实甚可惜，故我亦曾私下计虑，但愿她不要就此变成朽木。只是不知命运如何耳。"说罢长叹一声，茫然耽入沉思，那模样甚是可怜。

薰君设想：她自己也是处女，怎么能够像长辈那样处理妹妹的婚事呢？她的不能答复原是理之当然。便召唤那老侍女弁君出来，和她商谈。对她说道："多年以来，我只是为了欲修后世而到这里来请教的。但亲王将近逝世之时，自觉寿命有限，曾将两女公子托付与我，叫我任意处置，我曾当面允诺。不料两女公子的意见与亲王的主张完全相左，对我态度非常强硬，不知由于何故？竟使我疑心她们另有打算呢。你当然也听到过：我的本性非常怪异，对世俗男女之事全不关心。然而恐是前世注定之故，我对大小姐如此热心爱慕。外间也渐渐有人纷纷传说。所以我想：既然如此，还不如依照亲王的遗志，让我和大小姐像世间普通夫妇一般开诚相见。此言虽属奢望，但世间岂无其例？"接着又说："勾亲王与二小姐之事，我也曾提出过。但大小姐不信任我，似乎有所顾虑。这又不知何故？"他说时愁容满面。倘是一般无知无识的侍女，此时一定随声附和，多嘴饶舌，说些讨好的话。但弁君不是这种人，她心中想道："倒真是两对好夫妻……"但嘴上答道："恐怕这两位小姐生性怪僻，与常人不同，故关于世俗婚嫁之事，似乎绝不想起。我们在这里当侍女的人，即使亲王在世的当年，谁也不曾蒙受荫庇。凡是重视自己前程的人，都找些适当借口，纷纷散去。那些自昔就有旧交的人，也都觉得在这里毫无希望。何况现在亲王已不在世，她们一刻也不能再留，都在那里发牢骚了。有的人说：'亲王在世之时，由于门第高贵之故，凡是不甚体面的亲事，都被认为委屈。因有这种古风的思想，故两位小姐的亲事一直拖延不决。现在她们已经失去依靠，应该变通办法，随缘成事。倘有强行讥议的人，其人反而不明事理，大可置之不理。无论怎样的人，总不能如此孤寂地度送一生吧。即使是只吃松叶的苦行头陀，也舍不得生命，总想活在世上，所以在佛教中各树一种宗派而修行。'她们说这种用意不良的话，常常使得这两位年轻的小姐心烦意乱。然而她们不屈不挠。大小姐只是关念二小姐之事，希望她能随俗事人。您不惮深山远道，常来访问，多年以来小姐们已经见惯，认为您是可亲之人，现在又常将种种大小事务同您商量。如果您有意和二小姐成亲，对大小姐说了她一定答应。匂亲王常有信来，但她们似乎认为此人并无诚意。"薰君答道："我曾受亲王那句可哀的遗言嘱托，故在我这朝露一般短促的生命尚存的期间，一定常来亲近。按理说，叫我同任何一位小姐结缘，都是一样的。蒙大小姐如此关心，我实不胜欣幸。然而我虽已看破红尘，情之所钟，还是恋恋不舍。要我改变初心，另恋一人，实在不能。我对大小姐的深情，决非世间寻常浮薄恋爱可比。我所希望的，只是隔着帘帏相向而坐，毫无隔阂地罄谈人世无常之理，大小姐也毫无顾虑地向我陈述心事。我没有特别亲睦的弟兄，实在非常寂寞。在这世间每有所感，无论是可哀的、可喜的，或可忧的，凡是触景生情，都只能藏在自己心中，沉闷度日。这生涯毕竟孤苦伶仃，故愿得大小姐开诚相怜。明石皇后是我姐姐，然而未便过分亲近，将琐屑无聊之事任意向她说述。三条院的公主虽然年纪轻得不像是我的母亲，毕竟地位不同，亦未便轻易和她亲近。至于其他女子，我都觉得疏远陌生，不敢接近。因有此种心情，所以我的生涯异常孤寂。谈情求爱之事，即使逢场作戏，我也非常嫌恶，绝不肯为。生性如此孤僻，不解风流，故对大小姐真心爱慕之情，也难于出口。我心中又是怨恨，又是焦灼，然而连一点渴慕之色也不曾向大小姐表示过，自己想想也觉得太冥顽了。至于匂亲王与二小姐之事，务请勿以我为存心不良，准许我的请求，如何？"老侍女听了这番话，心念此间生涯如此冷落，两位小姐能嫁这两个人，真乃求之不得。她一心希望玉成其事，然而两位小姐态度之严肃，叫人看了自惭，因此未能任意向她们劝说。薰君今宵准备在此留宿，和女公子从容谈话，就故意逡巡徘徊，直到日暮。

他口上虽不明言，但脸上逐渐显露怨恨之色，因此大女公子颇觉为难。同他随意谈话，越发感到痛苦了。然而大体说来，薰君毕竟是个深通情理的好人，所以大女公子对待他也并不十分冷淡，终于和他会面了。她叫人把自己所居的佛堂与薰君所居的客间之间的门打开，在佛前点起明灯，又在帘子旁边添置一个屏风。叫人在客间里也点起灯来。但薰君不要点灯，他说："我心中烦恼，不能顾到礼貌，光线不要太亮。"便将身子躺下。侍女们随意不拘地拿出些果物来请他吃，又拿出精美的酒肴来招待他的随从人员。侍女们群集在廊下等处，离开主客二人所居之处甚远。二人就悄悄地谈起话来。大女公子态度虽不十分融洽，却甚温柔妩媚。其娇声细语，深深地牵惹了薰君的心，使得他焦灼难堪，也可谓荒唐之至了。他时时在想："这点毫不足道的阻隔，成了我们中间的障碍物，叫我忍受焦灼之苦。我如此缺乏勇气，实在太愚笨了。"然而外表装作无事，只管纵谈一般世间的事情：可悲的、可喜的，以及种种富有趣味的事。大女公子预先吩咐侍女，叫她们留在帘内近旁。但侍女们想："不应该如此疏远他。"都不肯在这里守备。大家退出外面，倚靠在各处睡觉了，佛前的灯火也无人来剔亮。大女公子狼狈起来，低声呼唤侍女，然而唤不醒。她对薰君说："我心情不佳，颇感疲乏，让我休息一下，天亮时候再来和你晤谈。"便起身回内室去。薰君答道："我跋涉山路远道而来，比你更加疲乏，但如此和你谈谈，听你说说，便可慰我劳顿。你若舍弃了我，回内室去，教我好寂寞啊！"他就把屏风稍稍推开，钻进佛堂里来。大女公子半个身子已经进入内室，却被薰君拉住了。大女公子又是懊恼，又是忧惧，斥道："你所谓'毫无隔阂'，原来是如此么？真是荒唐！"那娇嗔之相更加可爱。薰君答道："你全然不了解我这毫无隔阂的心，所以我想请你了解。你说'荒唐'，是否担心我将有非礼之行？我可在佛前立誓。你一点也不要惧怕！我早就打定主意：决不使你伤心。外人料不到我会如此坚贞，但我决心终身做个与众不同的人。"他在幽暗的灯光之下把她堆垂在额前的头发撩起一看，但见她的容貌艳丽之极，简直是十全其美。他想："在如此荒寂的住处，好色之徒可以毫无阻碍地任所欲为。如果来访的人不是我而是别的男子，我一定会被挤出局外，那样的话，该多么遗憾啊！"回思过去自己优柔寡断，竟担心起来。然而看到她毫无办法地伤心饮泣的模样，又实在可怜，他想："现在切不可强求，将来她自有心情柔顺的时候。"他觉得使她惊惶失措，实在对她不起，便规规矩矩地用好言抚慰她。但大女公子恨恨地对他说道："我料不到你会起这念头，所以过去异乎寻常地亲近你。我穿着可哀的丧服，而你毫无顾忌地闯进来看，此心太浅薄了。明知我们懦弱无能，所以任情欺负。我这悲哀实在无法自慰。"她不曾提防，被薰君在灯光之下看到了憔悴的丧服姿态，非常困窘懊恼。薰君答道："你对我如此深恶痛疾，使我羞耻得话也说不出口了。你以身穿丧服为借口，固然是可以的。但是我想：你倘能体谅我长年效劳的忠诚，就不会为了丧服的忌讳而像初次见面一般疏远我吧。如此反而太拘泥了。"便从那天破晓残月之下听琴的情景开始，叙述多年来常为思慕大女公子而痛苦难忍的情状，说了一大篇话。大女公子听了深感羞耻，心情甚是不快。她反复思量："他原来怀着这种心思，外表装得多么冷静而诚实啊！"

薰君把身旁的短帷屏拉过来，遮隔了佛像，暂时躺下身子。佛前所供名香，气味非常馥郁。庭中芒草的香气也异常浓烈。此人道心深固，对佛比别人尊敬，在佛前不敢放肆。他想："如今她在丧服之中，我在此时同她缠扰，实属粗率无礼，而且违反了我的初心。应该等到丧满之后，那时她的心情多少总会软化起来吧。"他终于遏制了热情，心境渐渐安静下来。秋夜的情趣，即使不是这种地方，也自惹人哀思，何况在这山中，风声和篱间的虫声，都使人听了不胜凄凉之感。薰君谈论人世无常之事，大女公子有时也作对答，那姿态非常端详优美。打瞌睡的侍女们推察两人已经结缘，都走进自己的室中去睡觉了。大女公子回忆起父亲的遗言，想道："确实，人生在世，难免遭逢此种意外之苦患。"便觉万事都可悲伤，心地黯然，眼泪跟着宇治川的水声滚滚而下。

　　不知不觉之间，天色已经向晓。随从人等亦已起身，相与共话。马嘶之声也听到了。薰君想起了别人告诉他的有关旅宿的种种情状，颇感兴趣。他把映着晨光的纸门推开，和大女公子二人共同欣赏天空的美景。大女公子也稍稍膝行而出。这屋子不甚深，檐前相去甚近，从这里可以看到羊齿植物上闪闪发光的朝露。两人互相看看，姿态都很艳丽。薰君说道："我别无所求，但得如此与你相处，同心欣赏春花秋月，共话人世无常之状，于愿足矣。"他说时态度非常驯良，故大女公子的恐惧之心也渐渐消减，答道："最好不要如此直接对面。如果隔着一个帷屏，那么真个可以更加心无隔阂地谈话了。"天色渐明，听见近处群鸟出巢奋翅之声，山寺晨钟之声也隐约地响出。大女公子觉得同这男子如此同居一室，非常可耻，便劝道："此刻你总好回去了。教人见了实在难看。"薰君答道："冒着朝露回去，好像真有其事，反而不好，外人还会猜度我们有何关系呢。其实，我们外表可以装作寻常夫妇模样，而内里和他们不同。自今以后，一直保持清白的友谊。请你相信我决没有非礼之心。你倘不体谅我如此忠贞不拔之志，那真是太无情了。"他并没有告辞的意思。大女公子觉得只管如此坐着,样子实在难看,心中焦灼,便对他说:"以后一定照你所说,但今早请你遵从我的要求。"她的样子非常狼狈。薰君答道:"唉,真痛苦啊!破晓的别离啊!我真是'从来不作凌晨别,出户彷徨路途迷'①了!"说罢频频叹息。此时隐约听到某处鸡鸣之声,使他想起京中之事,便吟诗曰:

"荒山鸡唱声声苦,
百感交心对晓霞。"

大女公子答吟道:

"鸟声不到荒山里,
浊世烦忧过访来。"

薰君送她回进了内室的纸门,自己就从昨夜进来的门里出去,躺下身子,然而不能入睡。别后恋慕不已,想道:"倘我以前也如此恋慕,这几年来心情决不会如此平安吧。"便觉懒得回京都去了。

大女公子回到房中,心甚忧虑:不知侍女等对昨夜之事如何猜想。她不能立刻就寝,反复寻思:"没有父母,为人在世真苦。身边的人会干种种恶事,花样层出不穷,从中作弄摆布。结果难免发生意外之变,真可忧啊!"又想:"这个人的举止态度,并无可厌之处。父亲在世之时,也是如此看法,常说此人如果有意求婚,倒可许得。但我自己总是独身到底了。妹妹比我年轻,且又长得貌美,埋没一生,未免可惜。倘能像别人一般嫁个称意夫婿,实为可喜之事。这两人之事,我

---

① 此古歌见《花鸟余情》。

一定尽心竭力地玉成。但倘是我自身之事，又有谁来照料呢？此人倘是并不惹人注目的寻常男子，那么为了报答他多年来爱护之恩，我也不妨折节相从。可是此人气宇轩昂，令人望而却步，反而使我不敢亲近。我还不如独身度送此生吧。"她左思右想，啜泣直至天明。悲痛之余，心情恶劣，便走进二女公子所卧的内室中，睡在她身旁了。二女公子听见众侍女窃窃私议，情状与平时不同，独自躺着，心中正在疑怪。看见姐姐进来睡在她身旁，不胜之喜，连忙拿衣服来替她盖上。忽然闻到姐姐身上发散出一种浓烈的衣香，无疑是薰君身上所有的。她想起了那值宿人难于处理的那件衣服，推想侍女们所窃窃私议的确是事实了，便觉姐姐很是可怜。她就装作睡着的样子，一言不发。

　　薰君召唤弁君前来，详细吩咐了一番，又认真地写一封信给大女公子，然后动身返京。

　　大女公子想："我昨天对薰中纳言戏作了总角之歌，恐怕妹妹以为我昨夜有心和他'相隔约寻丈'而对晤吧？"觉得十分可耻，便托辞"心情不佳"，怏怏地病了一天。侍女们说："周年忌辰没有几天就到了。那些零零星星的事情，除了大小姐以外没有人能好好地办理。偏巧她又在这时候生病了。"二女公子正在编制香几上的流苏，她说："流苏上的饰花我不会做。"定要叫大女公子做。此时房中光线阴暗，没人看见，大女公子便坐起来，和她两人同做。

　　薰中纳言派人送信来了。大女公子说："我今天身体不好。"叫侍女们代为答复。侍女们都有怨言："叫人代笔多么失礼！太孩子气了。"周年忌辰过后，丧服该脱下了。两女公子当初预计：父亲死后片刻也不能生存。却终于糊里糊涂地过了一年，真乃意外的苦命生涯。想到这里，便伤心哭泣，教人看了实在难过。大女公子一年来穿惯了黑色丧服，现在换上淡墨色衣服，那容姿非常优雅。二女公子年纪正轻，更是艳丽无比。二女公子洗头发时，大女公子来帮她。她细看妹妹的容颜，觉得非常姣美，使她忘记了人世忧患。她想："倘能成全我的私愿，让妹妹嫁了那人，那人近看之下决不会不满意吧。"她觉得此事有把握，心甚欣喜。二女公子除了这姐姐以外，别无保护人。大女公子怀着父母之心照顾她。

　　薰中纳言思量："大女公子前因丧服在身，所以未便答应我的要求，如今丧服即将脱去了。"他焦灼地等到了九月里①，又到宇治来访问。他要求同上次一样直接晤谈。侍女们向大女公子传达，大女公子说："我心绪不佳，身体很不舒服……"说了种种理由，不肯和他会面。薰君说："如此无情，真是意想不到的啊！不知旁人看了作何感想。"便写了一封信叫人送进去。大女公子复道："如今虽过周忌，脱去丧服，但悲哀反而加深，心绪郁结，不能应对。"薰君未便再说怨恨的话，便召唤那老侍女弁君来前，和她谈了许多话。这里的侍女们度着世无其例的孤寂生涯，其惟一的慰藉者只是薰中纳言一人。她们都在谈论："若能如我们所愿，小姐配了这个郎君，移居常人所住的京都，那才是幸福了。"大家相与商量，只想把薰君带进大女公子房中去。大女公子并不深悉此种情况，但她想道："那人如此特别亲近这老侍女，可知这老侍女同情于他，或许怀着不良之心。试看古代小说中所述，女子为非作歹，往往非出自心所愿，大都是由侍女诱导的。不可不严防的，正是人心。"又想："如果那人用心深挚，就把妹妹嫁给他吧。照他的性情看来，即使女子相貌不甚美好，一经相逢，决不会冷遇她。何况妹妹的相貌，约略窥见便可令人满意。他大约心中满意而口上不说，因为不好意思表示他早就看中妹妹。他以前说本意不在妹妹而不接受我的劝告，一半是为了不欲使人知道他对我爱情浅薄，有所顾忌而已。"但她认为若不预先告知二女公子而独断独行，是罪过的行为。她推己及人，觉得对她不起，便在对她做了种种闲谈之后开口说：

----

① 八亲王周年忌辰是八月二十日，九月里已服满。

"父亲的遗志,是指望我们即使在世间孤苦度日,也不可轻率嫁人,以致惹人笑话。父亲在世之时,我们做了他出家的羁绊,扰乱了他的静修,罪业实甚深重。临终时的一句遗言,至少不可违背。为此我们孤居独处,并不深感痛苦。然而这些侍女常常抱怨我们,认为过分顽强,实在讨厌得很。惟关于你的身世,确是可虑:若与我一样孤居独处,任逝水流年悠悠空过,实甚可怜、可惜而又可悲。你总得像世间一般女子那样嫁个夫婿,那么我这个孤独的姐姐也可脸上增光,心情欢慰。"二女公子听了心甚不快,怪怨姐姐如何起这念头,便答道:"父亲并非叫姐姐一人独身终老呀!父亲深恐我没有主见,受人欺侮,对我的关念比对姐姐更深呢。为欲慰安姐姐的孤寂,除了由我朝夕奉陪,没有别的办法了。"她不免对姐姐怨恨。姐姐也觉得这话的确对她不起,只得认错:"我无非是为了这些侍女们常常怨我太怪僻,因此心思迷乱了。"便不再谈此事。

天色渐暮,薰君并不言归,大女公子甚是忧虑。弁君来向她传达薰君的话,并且代为不平,说他的怨恨是怪不得的。大女公子一言不答,只是叹气。她想:"我这一身今后如何处置呢?如果父亲在世,则听其安排,无论把我嫁给何等样人,都是宿世命定。处世原是'身不由心'①的。即使不幸,也是常例,不会受人非笑。此间所有侍女等人,年纪都较大,自以为聪明,扬扬得意地用适合自己身份的见解来向我劝说。然而都不是正道,只是奴仆之见,一厢情愿而已。"众侍女一味热心劝诱,但大女公子只觉得可恨可嫌,全然不为动心。同她无话不谈的二女公子,对于男女之事比姐姐更不关心,一向悠然自若,因此不能同她商量此事。她想:"我这一身何等乖戾!"只得一直背转身子,朝墙默坐沉思。侍女们都来劝她:"请大小姐脱去了这淡墨色衣服,换上平时的服装吧。"她们都想在今天玉成其事。大女公子十分困窘。其

---

① 古歌:"是非不敢公然说,身不由心处世难。"见《后撰集》。

实,她们倘真要拉拢,有什么障碍呢?在这狭小简陋的山庄里,真是古歌所谓"山梨花似锦,何处可藏身"①也。

但薰君不欲公开地由侍女说合。他原来就准备悄悄地进行,使外人不辨何时开始,自然而然地成就好事。所以他叫人对大女公子说:"如果小姐不允许,今后永远保持如此关系可也。"但弁君同几个老婆子私下商谈,意欲公开地玉成其事。这虽是出于好心,但恐是思虑浅薄之故,或者老年昏聩之故,大女公子非常讨厌她们。弁君来时,大女公子对她说:"父亲在世之时,多年之间,常常称道薰中纳言对我家之亲切与众不同。现在父亲去世之后,我家万事全赖他竭诚相助。想不到他忽然起了求爱之心,常常申恨诉怨,实在讨厌得很。我倘是随顺世俗、愿意婚嫁的人,那么他提出这样的要求,怎么会不接受呢?可是我自昔就断绝世俗之念,誓愿独身到底,因此非常痛苦。惟有我的妹妹,虚度青春,未免可惜。实在,只有为妹妹的将来着想,这孤居寂处的生活才是不适宜的。倘薰中纳言果真不忘父亲旧情,但愿他对妹妹和对我一样看待。她是我的同胞手足,我真心情愿把一切都让给她。希望你转达此意,善为说辞。"她羞涩地把心中欲说的话如实告诉了弁君。弁君深感同情,答道:"我以前早就察知大小姐怀着此种心情,曾经详细地对中纳言谈过。但他说:'要我如此转变念头,是不可能的。况且兵部卿亲王②近来恋慕之心更切,二小姐应该和他结缘,我自当尽力玉成。'这也是合乎理想之事。即使是父母俱存、悉心抚育长成的千金小姐,倘两人都能结成如此美满的姻缘,也是世间不易多得之事。恕我直说:我看了这衰败零落之状,常常担心两位小姐将来结果如何,不胜悲伤。人心日后是否会变,虽然不得而知,但无论如何,这总是美

---

① 古歌:"惯说人生苦,常言世智辛。山梨花似锦,何处可藏身?"见《古今和歌六帖》。"山梨"是地名,其发音与"无山"同,诗意双关,谓无山可藏身也。
② 即匂亲王。

满的宿世姻缘。小姐不肯违背亲王遗言,原是正理。但亲王之所以有此诫告,乃因恐怕没有适当人物而与品性不端之人结缘。他屡次说过:'这薰君如果有意求婚,那么我家一人有了着落,便可放心,此乃何等可喜之事。'凡是失去慈亲的女子,不论贵贱,由于意外之变而和身份不称的人结婚,世间不乏其例。这都是寻常之事,不会有人讥笑。何况薰中纳言的身份与人品,竟像特地定制的一般。如此诚心诚意地前来求婚,岂可怫然置之不理而一意孤行地遵守亲王遗言,埋头修行佛道呢?难道真能像神仙一般以云霞为粮食么?"她滔滔不绝地说了一大篇,大女公子非常讨厌,懊恼之极,只是横卧着,不答一语。

二女公子看见姐姐神色异常颓丧,甚是同情,便照例和她共寝。大女公子担心弁君等会引导薰君入室,然而这是一间无处可以藏身的狭小的房间。她把自己那件柔软的衣服盖在妹妹身上。因为天气还热,自己离开几步,睡在距妹妹稍远的地方。弁君把大女公子的话向薰君传达,薰君想道:"她为什么如此厌恶俗世呢?想是从小住在圣僧一般的父亲身边,所以早就彻悟无常之理吧。"越发觉得此女与自己性情相近,便不嫌她高傲了。他对弁君说:"如此说来,今后隔着帷屏晤谈也不行了。不过,只限今宵一次,请你引导我到她睡的地方去一下吧。"弁君也有此心,便安排众侍女早早就寝,同几个知情的老婆子商量行事。

黄昏过后不久,河上忽然起风,声甚凄厉。不甚坚固的板窗被吹得格格地响。弁君窃喜有这些声响掩护,人的脚步声可以不被听出,便引导薰君进两女公子的卧室中去。她知道两女公子睡在一处,觉得不甚方便。但她又想:"她们是经常如此的,我怎么可以劝她们今夜分房而睡呢?好在薰中纳言认得大小姐,不会弄错。"大女公子一直不曾睡着,忽然听见脚步声,立刻起身逃走。她想起自己迅速躲避,而妹妹还在无心无思地酣睡,觉得对她不起。然而有什么办法呢?心中非常难过。她很想唤她醒来，和她一同逃避。然而已经来不及了。她浑身发抖，从一旁窥看，但见幽暗的灯火光中，薰君穿着衬衣，装着熟悉的样子，撩起帷屏上的垂布，钻进里面来。大女公子想："妹妹真可怜！叫她怎么办呢？"那粗劣的墙壁旁边立着一个屏风，她就躲进屏风背后的肮脏地方去。她想："昼间我劝妹妹结婚，她尚且埋怨我。现在又放这个人进来，不知她将何等惊怪，何等痛恨我呢。"痛苦之极，回想过去一切事情，都是由于没有可靠的保护人而孤苦伶仃地活在世间，因而身受苦痛。便觉和父亲诀别而目送他登山那天傍晚的景象，仿佛就在目前，恋慕之心与悲痛之情充塞了胸中。

薰君看见只有一个人睡着，料想是弁君摆布好的，不胜欣喜，心中卜卜地跳动。仔细一看，原来不是大女公子而是二女公子。相貌相似，而娇美之色胜于乃姐。他看见二女公子惊惶失措之状，知道她原是不知情的，觉得很对她不起。而转念想到大女公子有意躲避，其冷酷无情实在深可痛恨。他想："这二女公子如果为他人所有，实在也舍不得。然而违背了我的本意，又很遗憾。我不愿意叫大女公子把我对她的爱情看作一时的浮薄心。今夜且斯文地过去吧。如果终于逃不了宿缘，对二女公子也发生了爱情，亦无大碍。因为不是别人，是她的胞妹呀。"他就按住热情，同上次对大女公子一样，温和亲切地同二女公子谈话，直到天明。

几个老婆子听见室中谈话，知道事情没有成就，互相诧问："二小姐哪里去了？真奇怪。"大家弄得莫名其妙。有人说："如此看来，其中必有缘故。"又有一个面目可憎的老婆子，张着牙齿零落的嘴巴说："我每次看到这位薰中纳言，似觉自己脸上的皱纹也都平了。这样标致可爱的郎君，大小姐为什么拼命躲避他呢？说不定，像人们常常讲起的，有一个可怕的魔鬼附在她身上了！"另一人说："喂，不要说这不祥的话！哪里会有魔鬼附在她身上！只因我家两位小姐从小生长在远离人群的地方，关于这种事情，没有人替她们做适当的指导，因此瑟缩不前。今后渐渐习惯，自然会成功的。"又有人说："但愿大小姐快点诚心诚意地接待他，早日图个享福。"她们谈谈说说，不知不觉地都睡着了。其中也有几个人发出很难听的鼾声。

这秋宵并非为了情人相逢而苦短①，但不久也就向晓了。薰君看了这各有所长的双美中一人的姿色，自然而然地感到不能餍足。最后对她说道："我俩相爱吧。你不可模仿你那可恨的姐姐的薄情！"和她约了后会之期，然后辞去。他仿佛做了一梦，自己也觉得奇怪。然而那个薄情人的态度究竟如何，他总想看个清楚，便按住了热情，走到一向住惯的那个房间里去，躺下身子。

弁君走进小姐房中，说道："真奇怪，二小姐哪里去了？"岂知二小姐为了昨夜突然遇此不速之客，心甚羞耻，正躺卧在那里，心中弄不懂究竟是怎么一回事。想起昨日昼间姐姐对她说的话，心中抱怨姐姐。天色已明，阳光照入室中，大女公子就像壁中的蟋蟀一般爬了出来。她知道妹妹心中非常懊恼，甚是抱歉，对她无言可说。她想："连妹妹也被他看清楚了，实在可耻！今后不可不严防了。"心中烦恼得很。

弁君又走到薰君那里，薰君把大女公子如何顽强、始终不肯会面之情详细告诉了她。弁君埋怨大女公子用心太深，行为太不讲理，气得发昏了，对薰君十分同情。薰君对她说道："以前大小姐待我冷酷，我以为还有好转的希望，所以做种种计划，借以自慰。然而今夜实在太可耻了，我很想投河自尽呢。亲王临终时舍不得两位小姐，向我谆谆嘱咐，我体谅他的苦心，所以不曾径自出家为僧。今后我对两位都不再有所企望了。只是大小姐对我的冷酷，我铭刻于心，始终不能忘怀。匂亲王恬不知耻地前来求婚。我推想大小姐在打主意：反正要结婚，不如嫁个身份较高的人。如此想来，她看不起我更是理之当然，我

---

① 古歌："秋宵长短原无定，但看逢人疏与亲。"见《古今和歌集》。

实在可耻,今后没有面目再来和你们相见了。罢了!我这等愚蠢的行径,至少请你们不要告诉别人!"他发了一阵牢骚之后,迥异寻常地急匆匆回京去了。

弁君等低声说道:"这样一来,对双方都很不利!"大女公子也想:"究竟怎么一回事啊?如果他不爱妹妹,怎么办呢?"她很担心,不胜痛苦,讨厌这些侍女全不理解主人心情而自作聪明。正在左思右想之时,薰君派人送信来了。此次收到他的来信,比往日更加欢喜,却也奇怪。但见那信束在一枝枫叶上。这枝枫叶一半青色,还不知秋光已到,另一半却已变得深红了。信中有诗曰:

"同枝染出不同色,
借问花神何者深?"

此诗全无怨恨之意,只是这简单的两句,对昨夜之事避而不谈。大女公子看了想道:"如此看来,他想不露痕迹地敷衍一下,就此离开了。"心中甚感不安。侍女们催促:"快写回信!"大女公子想叫妹妹写,不好意思开口;自己执笔又很为难。踌躇了一会,终于写道:

"花神用意虽难解,
恐是殷红色较深。"①

她若无其事地信手写成,笔致非常优美。薰君看了,觉得要对她怀恨而与之断绝,毕竟是不可能的。他想:"大女公子屡次说'她是我的同胞手足,我愿将一切让给她',我没有答应她,想必她抱怨我,因此昨夜做此布置吧。我忽视她的好意,对小女公子如此冷淡,她一定把我

---

① 两诗中皆以青叶红叶比喻姐妹二人。深者,情深也。

看作薄情人。因此我最初的愿望更加难于成遂了。从中传话的那个老侍女，也一定把我看作轻薄儿。总之，起了色情之念，已经悔之莫及。决心舍弃俗世而自己不能抑制欲念，已足于被天下人耻笑。何况效法世间一般好色之徒，只管缠绕一个对我无情的女子，更将被世人笑我是'无篷一小舟'①了。"他反复寻思，直到天亮。趁残月犹明、晓色清幽之时，便前往访问兵部卿亲王。

三条宫邸遭了火灾之后，薰君移居六条院内，与匂亲王居处相距甚近②，常常前往访问。匂亲王也觉得他迁来后有许多方便。薰君觉得这里很清静，真是优良的住处。庭中花木也与别处迥异，同一种花，同一种草木，这里的特别美丽。映入池塘的月影，也像画中所绘的一样。匂亲王正如薰君所料，已经起身。他闻得风中飘来一阵阵特别芬芳的香气，知道是薰君来了。连忙穿上常礼服，整一整衣冠，出来迎候。薰君升阶，不曾走到廊上，便在台阶上坐下。匂亲王没有请他再往上走，自己也在走廊的栏杆边坐下，纵谈世事。匂亲王在谈话中想起了宇治两女公子，一味埋怨薰君不肯替他出力。薰君自忖："真没道理啊！我自己都还不曾到手呢。"继而又想："我帮他把二女公子弄到手吧。那时我自己的事也就成功了。"便比往常更认真地同他商谈应采取的办法。破晓时分，可巧发起雾来。天色迷离，月亮蒙上了雾，树荫光线幽暗，颇饶雅趣。匂亲王想起了宇治山乡岑寂的光景，对薰君说："这几天内你往宇治，务必带我同去，不可把我扔下啊！"薰君终觉麻烦，面有难色。匂亲王戏赠诗云：

"旷野花开处，何须篱栅遮？
君心真吝啬，独占女郎花。"

---

① 古歌："无篷一小舟，来去堀江滨。犹似痴情者，重来恋此人。"见《古今和歌集》。
② 匂亲王也住在六条院内。

薰君答道：

"秋郊浓雾里，深锁女郎花。
热爱秋花者，方能赏翠华。

寻常人何由见得！"他有意刺激匀亲王。匀亲王说："真是个'喋喋叨叨者'①。"他终于生气了。薰君想道："匀亲王多年来一直和我缠绕不清。我因不知道二女公子品貌如何，所以未敢作成。我一直担心：见面后相貌是否丑陋？接近后性情能否像推想那样优美？昨夜一见，方知一切都无缺陷。大女公子煞费苦心，私下拟定计划，欲荐妹自代，我倘辜负好意，未免太不知情。然而要我移爱，实在不能遵命。我先把二女公子让与匀亲王吧。如此，匀亲王和二女公子两方都不会恨我了。"他私下如此摆布，但匀亲王并不得知，一味埋怨他小气，却也可笑。薰君对他说道："你像过去一样轻薄，致使女公子烦恼，实在教人为难。"他以女公子父母的身份说这话。匀亲王一本正经地答道："好，请你看着吧。我从来不曾像此次这样诚心诚意地恋慕呢。"薰君说道："直到现在，两女公子全然不曾表示应允之色。你要我玉成，实在是一件苦差事。"两人就详细商量访问宇治的办法。

八月二十六日是彼岸会②圆满之日，又是宜于婚嫁的吉日，薰君悄悄地做好准备，偷偷地带匀亲王到宇治去了。匀亲王的母亲明石皇后严禁匀亲王微行，如果被她知道，可不得了。但匀亲王热切盼望，薰君只得秘密帮助他，事情确是很困难的。此次不到对岸夕雾左大臣那个壮丽的山庄中借宿，故不须乘舟渡河。两人偷偷地来到附近薰君的庄院内，匀亲王在此下车等待，薰君独自先到八亲王山庄中去。此地不

---

① 古歌："女郎花艳艳，秋野竞芬芳。喋喋叨叨者，时光亦不长。"见《古今和歌集》。因诗中咏女郎花，故引此古歌中句来责他。
② 春分、秋分及前后各三日，共七日，举行法事，称为彼岸会。

会有人看到而议论，只有那个值宿员彷徨来去，但想来此人也不会知道内情。山庄中的人闻得中纳言大人到了，大家都来招待。两女公子听见薰君又来，都很担心。但大女公子想："我已向他表示过，叫他把心移向妹妹，我可放心了。"二女公子则以为薰君对姐姐的爱情殊深，不会移及我身。然而自从那天晚上受了惊吓之后，对姐姐不像从前那样亲信，已有戒心了。薰君凡有言语，本来都是由侍女传达的。"今天怎么办呢？"侍女们很为难。

日色既暮，薰君趁天光薄暗之时派一匹马去迎接匀亲王来到山庄。召唤弁君来前，对她说道："我还有一句话想对大小姐说。我明知道她已经嫌恶我了，再来求见，实在很难为情。然而就此隐忍不说，又不可能。务望你替我传达。再者，到了夜色稍深之时，请你再同那天一样，引导我到二小姐房中去。"对她说得十分恳切。弁君认为不论大小姐或二小姐，能够拉拢，一样是好的，便进去向大女公子传达。大女公子想道："果然不出所料，他已移向妹妹了。"她很高兴，心也安定了。便在那天晚上薰君进来的门相反方向的厢屋里，把纸门紧紧关闭，就在那里和薰君会晤。薰君开言道："我要说的，真不过一句话。大声叫喊，别人听见不好意思，请把这门略开一些吧。好气闷啊！"大女公子答道："这样谈话，也很听得清楚。"不肯开门。但继而又想："大约他现在真要移向妹妹了，不好意思瞒我，所以要和我一谈。这又何妨，我和他并非以前不曾见过面，不要过分冷酷，让他在夜色未深之时早早到妹妹那里去吧。"便略开纸门，露出头面。岂料薰君伸手到门缝中，抓住她的衣袖，把她拉过来，痛切地向她诉恨。大女公子想："真讨厌啊，太不成样子了！我怎么会答应他会面的！"她后悔之极，痛苦不堪。然而还是耐性敷衍他，希望他早早离去，要求他同对她一样地对待妹妹。这一片好心实甚可怜。

匀亲王遵照薰君指点，走近上次薰君进入的门口，把扇子拍两下，弁君以为是薰君，就走出来引导他。匀亲王推想这老侍女是以前习惯于引导薰君的,心中觉得好笑,就跟着她走进二女公子房中去了。大女公子全不知情,正在敷衍薰君,劝导他到妹妹房中去呢。薰君觉得可笑而又可怜。他想:"我严守秘密,不让她知道,将来她埋怨我,教我罪无可逭。"便对她说道:"此次我来,匂亲王定要跟我同来,我未便拒绝。他已经来了,并且已在不知不觉之间悄悄地混进令妹房中去了。想必是央求那个好事的弁君带他进去的吧。这样一来,我两头落空,成了世人的笑柄!"大女公子一闻此言,更觉出乎意外,吓得两眼昏黑,对他说道:"我想不到你如此心怀叵测,诡计多端,以致屡次上你的当。你欺侮我们!"其痛苦不可言喻。薰君答道:"今已无可奈何了。你生气是理之当然,我要向你深表道歉。如果不够,请你抓我,拧我吧。你爱慕那个身份高贵的匂亲王。然而宿缘早就注定,不是可以随心所欲的。匂亲王钟情于令妹,我很替你惋惜。但我自己夙愿未遂,置身无地,实甚伤心。还是请你相信这是宿世姻缘,把心肠软下来吧。这纸门的间隔能有多少坚固,真正相信我俩关系清白的人,是不会有的。央我引导来此的匂亲王心中,也决不会相信我今夜是如此苦闷直到天明的吧。"看他的样子,似将拉破纸门而闯入室内。大女公子痛苦不堪,心念还是敷衍一下,哄他回去,便镇静下来,对他说道:"你所说的宿世姻缘,是眼睛所看不到的。我命如何,不得而知,但觉'前路茫茫悲堕泪'①,眼前一片模糊而已。你将怎样对付我呢?我真像做个噩梦!如果后世有人把我当作话柄,定将同古代小说一样,夸张其事,无中生有,把我说成一个地道的笨人呢。你如此布置,心中究竟作何打算?使我无法推量。还望你不要想出这许多令人困窘的办法来折磨我吧。今天我倘得意外地保全了性命,则待我日后心情稍定,再当和你谈话。但此刻我心绪缭乱,非常痛苦,渴望在此休息,请你放了我吧。"这番话说得非常沉痛恳切,薰君看见她辞严义

---

① 古歌:"前路茫茫悲堕泪,纷纷滴向眼前来。"见《后撰集》。

正,能言善辩,觉得自己可耻,她很可怜,便对她说道:"我的小姐!我正因为严格遵从你的意见,所以弄得如此愚顽。你还要痛恨我,疏远我,叫我无话可说了。我实在不想再生存在这世间了!"后来又说:"那么,我们就隔着纸门谈话吧。但请你不要全然抛弃我。"就放开了大女公子的衣袖。大女公子立刻退入室内,但并不深入远避。薰君觉得她十分可怜,又说:"如此我已满意,就此直到天明,决不更进一步。"但他辗转不能入睡。因为河中水声越来越响,把人惊醒。夜半山风亦甚凄凉。仿佛身似山鸟①,长夜漫漫,盼不到天明。

天终于亮起来,山寺晨钟之声也听到了。薰君推想匂亲王现正酣睡,全无起身的样子,心中不胜妒恨,故作咳嗽声催他起来。这种行径却也可怪。他吟诗道:

"引人入胜境,自己反迷路。
苦心无处诉,破晓独归去。

世间哪有这样的事例啊!"大女公子答道:

"妾心古井水,君岂不知情。
自己投迷路,无须恨别人。"

吟声甚低,隐约可闻,薰君听了又舍不得离开,说道:"实在隔得太严密了!闷煞我也!"又说了许多怨恨的话。这时候天色渐渐放明,匂亲王从昨夜进去的门中走出来。随着他的温和的动作发散出衣香。他原是怀着窃玉偷香之心而仔细打扮的。弁君看见这个陌生的匂亲王走出来,甚是诧异,心中莫名其妙。但她相信薰君决不会在两女公子面上

―――――――――――――
① 山鸟雌雄分株而睡。

做坏事，也就放心了。

二人乘天色未明之时匆匆归京。匀亲王似觉这归时路程比来时更远了。预料今后往来不便，不免忧虑。想起古歌"岂能一夜不相逢"①之句，心甚懊恼。二人于清晨人影出入还少之时到达六条院，车子来到廊下，相与下车。两位贵人从这辆侍女们用的竹舆中下来，甚觉异样，连忙躲进室内，相视而笑。薰君对匀亲王说："此次效劳非寻常可比，你应感谢我了。"想起自己这引路人反而落空，心甚妒恨，但也并不向他诉苦。匀亲王一回到家，马上写慰问信送到宇治去。

且说宇治山庄中，两女公子都觉得仿佛做了一梦，心情异常恼乱。二女公子想起姐姐做这种种摆布，却装作不知，实在可恶可恨，因此看也不去看她。大女公子呢，并不知道昨夜会发生此事，不能预先向妹妹说明。但觉妹妹可怜，她的恨我是理之当然。众侍女都来问候："大小姐是怎么一回事？"然而这位身为家主的长姐已经气得发昏，不知所云。众侍女都弄得莫名其妙。大女公子将匀亲王来信启开，想给妹妹看。然而二女公子只管躺着，不肯起身。送信的使者等得不耐烦，催促道："等候多时了。"匀亲王的信中有诗云：

"冒霜犯露遥寻侣，
莫作等闲恋爱看。"

笔致流畅活泼，一气呵成，书体特别艳丽。大女公子寻思："若把此人当作外客看，确是个风流人物。但今已是我妹夫，却要担心他日后如何了。"她觉得此时自告奋勇代为作复，甚不相宜，就认真地教导妹妹，强要她亲自作复。犒赏使者的是紫菀色女装裤子一件，又添三重裙一条。使者不悉内情，受赐甚觉狼狈，便把衣服包好，交随从人拿

────────
① 古歌："恩爱夫妻新共枕，岂能一夜不相逢？"见《万叶集》。

了。这使者不是公然出差的人，乃是过去常到宇治送信的一个殿上童子。匂亲王不欲使外人知道，所以特地派遣此人。他推想这犒赏定是那个好事的老侍女所为，心中颇感不快。

是夜匂亲王仍请薰君引导赴宇治。但薰君说："今夜冷泉上皇召我，我非去不可，不能奉陪了。"拒绝他的要求。匂亲王想："此人的怪癖又发作了。"很讨厌他，也就不再强请。宇治的大女公子想："事已如此，岂可为了这件亲事非出女方本意而冷淡他呢？"心肠便软下来。这山庄里设备虽甚简陋，但也按照山乡风味，布置得齐齐整整，等候新婿上门。她想起匂亲王即将跋涉远道而来，觉得这一片诚心实甚可喜。这心情的变更也很奇怪。二女公子本人则茫然若失，一任旁人替她打扮，深红色的衣衫上滴满了眼泪。那个贤明的姐姐也不禁陪她泣下，对她说道："我明知自己不能长生在世，朝朝暮暮所考虑的，只是你的终身大事。这班老侍女在我耳边絮聒不休，都说这是一段美满姻缘。有年纪的人见多识广，想必是懂得事理的。阅世不深的我，有时也曾想起：我们两人固执己见，独身到老，恐怕不是办法。然而像今番那样出其不意，含羞忍耻，悲伤忧恼，实在是意想不到的！这定然是世人所谓'不可逃避的宿缘'了。我的处境真困难啊！且待你心情稍稍安定，我再把我对此事全不知情的原由告诉你。请你不要恨我！无端恨人是罪过的。"她抚摩着妹妹的头发说这番话。妹妹默默不答，她心知姐姐这番话的确出于一片好心，是顾虑她的前程。然而她作种种思量：将来倘被遗弃，做了世人的笑柄，使得姐姐失望，实在是伤心的。

匂亲王昨夜突然闯入，使得二女公子惊惶失措，此时尚且觉得她的容颜姣美无比，何况今夜她已变成一个柔顺的新妇，他对她的爱情越发加深了。但想起了遥远的山路来往不便，心中不胜痛苦，便怀着深挚的爱情，同她立下山盟海誓。二女公子一句话也不想听，毫无感动之色。无论何等娇生惯养的千金小姐，倘是和普通人稍多接近、家有父母兄弟而见惯男子行动的人，则初次和男子相处时，其羞耻之情与恐惧之心总不会如此难堪。可是我们这位二女公子，倒并非由于在家中受到推崇和溺爱，只因住在如此荒僻的山乡中，故而性格不喜接近生人，万事退缩不前。如今突然与男子共处，只觉得恐惧与羞耻。她生怕自己一切都和世人不同，显露出古怪的乡村陋相来，因此一句答话也说不出口，只管提心吊胆。然而她的品貌和才情，实比大女公子更强。

众侍女禀告大女公子："新婚第三夜应请吃饼。"大女公子觉得应该郑重举办此祝仪，便亲自出来筹划。但她不懂得怎样做法。而且女儿家装作长辈，出来照料此种事情，深恐别人见笑，因此红晕满颊，样子实甚可爱。她的态度优雅而高尚，慈祥而和蔼，对人富有同情，毕竟是具有大姐心肠之故吧。

薰中纳言派人送信来了。信中说道："昨夜本拟奉访，但奔走之劳，未蒙酬偿，心中不免怅恨。今宵理应前来帮办杂务，但因前晚借宿之处不佳，以致感受风寒，心绪更见恶劣，因此踌躇未决耳。"信笺用陆奥纸，信笔直书，不讲风趣。新婚第三夜的贺礼，是各种未曾缝制的织物，折叠成卷，盛在衣柜中的许多套盒内，派人送交老侍女弁君，说是赏赐侍女的衣料。这大约都是他母亲三公主处的现成物品，所以数量并不甚多。有些未曾练染的绢和绫，塞在底下。上面有赠与两女公子的两套衣服，质料非常精美。按照古风，在单衣的袖上题一首诗：

"卿虽不欲言衾枕，
　我借斯言慰苦情。"

此诗含有威胁之意。大女公子想起自己和妹妹都曾被薰君当面看见过，看了这诗更觉羞耻，不知复诗如何写法，心甚忧烦。此时送信来的几个使者都已逃匿①，她只得召唤一个拙陋的下仆过来，把复诗交付了他。诗曰：

"生憎衾枕缠绵事，
只许灵犀一点通。"

正值惊慌恼乱之余，故此诗甚是平凡，少有风趣。薰君看了，认为此乃直陈胸怀，很可怜她。

是晚匂亲王正在宫中，看来无法早退。心中不胜焦灼，惟有独自悲叹。明石皇后对他说道："你至今还是个独身之人，而好色之名已经渐渐传播在世间，毕竟是很不好的事。无论何事，总不可随心所欲，任情而动。父皇也曾这样说你，替你担心呢。"她埋怨他常居私邸。匂亲王听了这话，但觉痛苦之极，便走进自己的值宿室，且写一封信给宇治的女公子。写毕之后，心中还是闷闷不乐。正在此时，薰中纳言走进来了。此人与宇治有缘，他看见了异常高兴，对他说道："怎么办呢？天已经这样黑了，我心里真着急呢！"说罢连声叹气。薰中纳言想察探他对二女公子的态度如何，对他说道："你好几天不进宫了，今晚不在宫中值宿，立刻告退，恐怕你母后更将怪怨你吧。刚才我在侍女室中听见你母后责备你。我偷偷地引导你到宇治去，恐怕也要受到严厉的叱责吧。吓得我脸色也发青了。"匂亲王答道："母后以为我行为极坏，所以如此责备。这多半是别人向她胡言乱语之故。我哪一件事情受到了世人的非难？总之，这高贵的身份，反而害得我不能自由。"他真心地讨厌自己是个皇子。薰中纳言看他可怜，对他说道："你反正总要受到某一方面的责备。你今晚的罪过，由我来代顶吧，我也不惜糟

---

① 客气不受犒赏，所以逃匿。

蹋自身了。'山城木幡里'①，乘马去如何？不过乘马更不容易避免外人注目。"此时日色沉沉欲暮，看看即将入夜。匂亲王无可奈何，只得乘马出门。薰君对他说道："我不奉陪，反而更好，可在这里代你值宿。"他就留宿宫中。

薰中纳言入内参见明石皇后。皇后对他说道："匂皇子又出门去了，这种行径真是太不成样啊！皇上闻知了，定将怪我不加管束，教我怎么办呢？"皇后所生许多皇子，皆已长大成人，但她自己越发显得青春貌美了。薰中纳言想道："大公主一定长得和母后一样美貌。但愿有个机会，使我得像现在对皇后一般接近，至少听听她的娇音也好。"他不胜神往。继而又想："世间好色之徒，对不应该恋爱的人寄予相思，正是由于具有此种关系，即并不疏远，却又不能接近，因而发生的。像我这样性情乖僻的人，可谓世无其类了。然而一旦钟情了那个人，相思之苦便不堪言。"皇后身边的侍女，容姿和品性没有一个不良的。个个模样端正，相貌姣好。其中也有特别艳丽、惹人注目者。然而薰中纳言抱定主意，决不动心，对她们态度非常严肃。其中也有故作娇态、向他挑逗者。但皇后殿内乃高贵优雅的所在，故众侍女表面上都很稳重。然而世间人心各殊，所以也有私怀春情而隐约泄露于外者。薰中纳言看了，觉得人心种种不同，有可爱者，也有可怜者。他行住坐卧，无时不看到人世无常之相。

宇治山庄中，收到了薰中纳言隆重的贺仪，但直到夜深还不见匂亲王来临，只收到他一封信。大女公子想道："果然不出所料！"不胜伤心。将近夜半，凄厉的秋风中飘来一阵芬芳的香气，英姿焕发的匂亲王果然光临了。山庄中的人这一欢喜非同小可。二女公子本人也深感匂亲王的诚意，态度稍稍柔顺些了。她正当青春盛年，容颜十分娇

---

① 古歌："山城木幡里，原有马可通。只因思君切，徒步来相逢。"见《拾遗集》。木幡山位在京都与宇治之间，故引用此古歌句。

艳。今夜艳妆盛饰，其美丽越发无比。匂亲王看见过许许多多美人，也觉得此人实在生得不坏，自容貌以至一切姿态，近看时越发标致。山乡的老侍女们都张开了嘴，显出丑陋的笑颜，相与告道："我家这位花朵一般的小姐，如果嫁了一个庸庸碌碌的男子，多么可惜啊！如今这段姻缘真是宿世修来的。"她们又私下讥评大女公子性情怪僻，认为不应该拒绝薰中纳言的求爱。这些侍女都过了盛年，把薰中纳言所赠华丽织物制成衣衫，穿在身上，甚不相称。无论何人看了，都觉得不成体统。大女公子看看她们，想道："我身也已过却盛年，揽镜自视，容颜日见消瘦。这些侍女穿了不相称的衣服，没有一人认为自己难看。她们不顾自己发端稀疏，只管梳理额发，涂脂抹粉，沾沾自喜。我还没有像她们一样老丑，自以为眉清目秀，恐怕也是由于偏袒自己之故吧。"她看看这些侍女，怀着忧伤的心情躺下了。接着又想："照这模样，我更无面目会见俊美的男子。自今再过一二年，衰瘦势必更甚。女子的生涯真无常啊！"她伸出细弱可怜的纤手来端详一下，继续思量人世之事。

匂亲王回思今晚好不容易抽暇来此，想起今后还是不能自由往来，心中不胜悲伤。便把母后对他说的话告诉二女公子，又说："我心中虽然想念你，但未必常能与你相聚，请你切勿怀疑我是无情。我对你如果略有一点疏蔑之意，今夜就不会排除万难而来与你相会了。我惟恐你怀疑我心，胡思乱想，因此不顾一切，毅然出门。但今后深恐不能常常如此，所以我要想个妥当办法，迎接你迁往京中。"他这番话说得十分诚恳。但二女公子想道："他现在就想到今后不能常常相聚，则世间传说此人浮薄，恐怕是真的了。"她心情不快，回思自己生涯，顿感万种悲伤。

不久天色向晓。匂亲王开了边门，携二女公子同往窗前观赏晓色。但见朝雾弥漫，添得许多奇景。那些载柴的船，隐隐约约地在雾中行驶，后面泛着白浪。真是难得见到的住处啊！富有情趣的匂亲王心中颇感兴味。山端渐渐射出阳光，照见二女公子容颜美丽无比。匂亲王想："至高至贵的金枝玉叶，恐怕也不过这般模样吧。我因偏袒胞妹，认为大公主天下无双，其实非也。"他希望更仔细、更恣意地欣赏她的美貌，这匆匆一面，反而使他感到不满足了。水声时刻不停，宇治桥古色苍然，遥遥在望。朝雾逐渐消散，两岸景色更加显得荒凉满目。匂亲王说："这种地方，如何可以长年久居！"说罢流下泪来。二女公子听了颇觉羞耻。匂亲王生得相貌堂堂，俊秀无比。他信誓旦旦，表示愿生生世世为夫妇。二女公子意想不到结得这般良缘，觉得这丈夫比以前见惯的严肃的薰中纳言更为可亲。她仔细寻思："薰中纳言性情乖异，态度严肃，令人一见自感羞惭，不敢接近。而这位匂亲王呢，据传闻推测，比薰中纳言更加不可亲近。因此当时对于他的一封简单的来信，也犹豫不敢作复。岂知一经相识，便觉今后如果久不相见，何等寂寞无聊。此种感想，使我自己亦觉奇怪。"匂亲王的随从人等频频扬声咳嗽，催促返驾。匂亲王也希望趁早返京，免得受人注目。他心绪缭乱，向二女公子反复声言：今后难免有遭逢意外阻碍而不能相聚之夜。临别赠诗云：

"恩情无断绝，艳色似桥神。
恐有孤眠夜，中宵泪沾襟。"

他欲去又回，逡巡不决。二女公子答诗云：

"因缘长不绝，誓约信今宵。
愿得恩情久，长如宇治桥。"

她满怀悲伤，口虽不言，形容自见。匂亲王对她无限怜惜。二女公子怀着少女的柔情，目送朝阳中雄姿英发的情郎，偷偷地贪赏他遗下的衣香,好一片风流心情啊!他今晨迟归,阳光照得分明,故众侍女都能窥见他的姿态。她们都啧啧赞美,说道:"中纳言也很俊俏可爱,然而带有一种严肃之相。这位亲王呢,恐是身份更高之故吧,丰姿特别优美。"

匀亲王在归途上只管回想二女公子惜别伤离的娇容,竟想不顾体统,中途折回。然而恐被世人讥评,只得忍痛返京。今后欲再度偷访,很不容易了。他回京之后,每日写信送往宇治,源源不绝。宇治的人由此推想他的爱情是真挚的。然而久不来访,大女公子不免忧愁起来,她想:"我自己虽然决心不植这种愁根,却比自己的事更感痛苦。"但她知道妹妹本人一定更加悲伤,所以表面上装作若无其事,只是独身之志益坚,她想:"至少我自己不要遭受这种苦患。"

薰中纳言推想宇治的女公子一定望穿秋水。追思起来,这正是他这媒人的过失,便觉十分抱歉。因此他不断地访问匀亲王,探察他的心情。他看见匀亲王相思甚苦,知道不会断缘,便放心了。九月十日左右,山野景色的凄凉可想而知。有一个傍晚,天色暗淡,风雨欲来,层云密布,阴沉可怕。匀亲王心情特别恶劣,默坐沉思,一筹莫展,一心想赴宇治而不敢决行。薰中纳言猜测到他的心情,就在这时候来访问了。他口吟"初秋风雨暴,山里复如何"①的古歌,用以打动他的心。匀亲王不胜之喜,便劝他同行。于是照例两人共乘一车出发。入山越深,越是想见山中人心情更多痛苦。两人一路上所谈的只是宇治两女公子的苦况。黄昏时分,四周更见沉寂,加之冷雨潇潇,这秋景异常凄凉。衣衫被雨沾湿,衣香越是馥郁,似非人世之香。这样的两个人联袂偕来,山中人安得不惊喜相迎呢!众侍女近来常因亲王不来而啧有怨言,但此时全然忘却,大家笑逐颜开,连忙布设客座。早先这里

---

① 古歌:"初秋风雨暴,山里复如何?遥想山居者,青襟泪亦多。"见《新千载集》。

的老侍女从京中找寻两三个曾在贵族邸内当差的女儿和侄女,叫她们来此服侍二女公子。这些浅薄的少女向来看不起这孤寂的山庄,此时看见贵客临门,大家吃了一惊。大女公子此时看到匀亲王光临,也很欢喜。然而看见那个爱管闲事的薰君跟着他同来,却觉得可羞,并且有些讨厌。但她把薰中纳言的雍容沉着的气概和匀亲王比较一下,便觉匀亲王终不及他的稳重,薰中纳言毕竟是个世间难得的男子。

山乡生活虽然简陋,也尽力隆重地款待这位娇客。而对于薰中纳言,则看作主人方面的人,随意不拘地应付。只引导他到临时设备的客堂里,不使他接近内室。薰中纳言觉得这待遇太冷淡了。大女公子知道他怀恨,很可怜他,便和他隔着屏门晤谈。薰中纳言愤愤不平地说:"老是这样疏远我,实在是'戏不得'①了啊!"大女公子虽然渐渐了解薰中纳言的性情,但她为了妹妹的事,已经历尽忧伤,因此更加确信结婚是一件苦事,决心独身到老,无论如何也不肯以身许人。她想:"这人现在虽然可怜,但倘嫁给了他,将来一定为他受苦。与其如此,还不如彼此客来客去,永远保持纯洁的友情。"她的主意更坚决了。薰中纳言向她探问匀亲王的情况,大女公子虽不明言,但不出薰中纳言所料,向他隐约暗示忧虑之情。薰中纳言觉得抱歉,便把匀亲王如何想念二女公子、自己如何留意探察匀亲王心情等事告诉了她。大女公子对他谈话也比往常诚恳。她说:"且待可虑之期过去,心绪安静之时,当再奉告详情。"其态度并不冷淡可憎,然而屏门关闭得很严。薰中纳言想道:"我倘强把屏门拉开,她定然非常痛恨。料想她决不会另有所思而轻忽地爱上别人。"这个性情沉着的人虽然满腔热恋,终于努力镇静下去。只是怪怨她道:"隔着屏门谈话,很不痛快,我心苦闷之极。但愿能像上次一样晤谈。"大女公子答道:"我比以前更加'憔悴

---

① 古歌:"欲试忍耐心,戏做小离别;暂别心如焚,方知戏不得。"见《古今和歌集》。

深可耻'①了。生怕你看见了心生厌恶。我还是顾虑到这一点,自己也不知道出于何心。"说时带着笑声。薰中纳言觉得异常可亲,说道:"我被你这种心情拖延着,不知此身结局如何呢。"说罢叹息不已。这一晚终于像山鸟一般分株独宿到了天明。

匂亲王想不到薰中纳言是独宿的,对二女公子说:"中纳言被当作主人看待,十分舒服,很可欣羡呢。"二女公子听了很怀疑,不知他和姐姐究竟有何关系。匂亲王千难万难,好容易到了这里,想起不久即将离去,心中苦未餍足,因此也很愁闷。但两女公子不解他的心情,她们只管悲叹:"不知这段姻缘究竟如何,将来是否被人耻笑?"可知恋爱真是一件苦心劳思之事啊!

匂亲王意欲偷偷地将二女公子迁往京中,然而找不到适当的住处。六条院中呢,有夕雾左大臣占据一方。左大臣想尽办法,要把第六位女公子嫁与匂亲王,而匂亲王置之不理。因此他怀恨在心,常常毫不容与地讥评匂亲王的浮薄,并且向皇上和皇后愁诉。因此之故,匂亲王如果正式迎娶这毫无声望的宇治二女公子为夫人,则可顾虑之处甚多。这二女公子倘是一个寻常的情妇,则不妨叫她在宫中当差,反而容易处置。但匂亲王不便以寻常情妇待她。他设想:将来父皇退位,他的哥哥即位,他依照父皇、母后的意旨当了皇太子,那时这二女公子便可充当女御,占有高人一等的地位。目前他一味做繁荣幸福的梦想。然而未能实现,心中甚是痛苦。

薰中纳言把今春遭了火灾的三条宫邸重新建造,准备像模像样地迎娶宇治大女公子同居。他想:"我当臣下的,毕竟自由得多。匂亲王如此痛苦地想念二女公子,而只能提心吊胆地偷期相会,弄得彼此都

---

① 古歌:"憔悴深可耻,朝朝对镜颦。纵然睡梦里,亦不愿逢君。"见《古今和歌集》。下文"出于何心",暗示对他仍怀好感,故不欲使他看见丑颜。

很苦恼，实在十分可怜。我想索性把他们私通之事告诉了皇后和皇上。那时匂亲王暂时被人纷纷议论，虽然略感烦恼，但为二女公子计，是有利而无害的。像现在这样一夜也不得从容相聚，实在是痛苦的啊！我想使二女公子当一位堂堂的亲王夫人才好。"他这企图并不十分保守秘密。到了更衣节①，他想："除我之外，有谁顾念宇治的女公子呢？"便把三条宫邸落成后移居时备用的帐幔等物，悄悄地送往宇治，让她们先用。又吩咐乳母等特地为宇治的侍女们新制种种服装，一并送去。

十月初，薰中纳言想起宇治的鱼梁上风景正好，便劝请匂亲王前往观赏红叶。随从者只是亲王所亲近的人，以及殿上人中亲王所嘉许的几个人，原拟做小规模旅行。然而皇子的威势极盛，这消息自然广泛传播。于是左大臣夕雾的公子宰相中将也来参加了。但其中高级官员只有这宰相中将和薰中纳言二人，此外僚属则人数甚多。

薰中纳言写信给宇治的女公子，其中有这样的话："……当然须至贵处泊宿，务请先做准备。前年同来看花诸人，此次亦乘机前来，或将借避雨之名造府。幸勿使芳姿展露人前……"信中叙述甚详。宇治山庄中便更换帷帘，打扫各处，清除积集在岩石间而朽腐了的红叶，又除去蔓生在池塘中的水草。薰中纳言派人送来许多佳美的果物和肴馔，又遣送几名相当的服役人员。两女公子觉得不好意思，然而无可奈何，只得认为这也是前世注定之事，便接受了他的惠赠而静候贵客光临。

匂亲王的游船在宇治川中往返上下。船中演奏美妙的音乐，山庄里也能听到。船中情状隐约可以望见，故山庄中的青年侍女都走出岸边来观看。虽然不能看到匂亲王本人，但能望见这游船顶上装饰着红叶，像锦绣一般华丽。声声奏出的音乐随风飘来，气势十分浩大。世

---

① 十月初一日为更衣节，改用冬装。

人对皇子奉承异常殷勤，连私人出游时也如此体面。众侍女望见了这盛况，想道："真了不起啊！即使一年只有七夕相逢一度，也要欢迎这光明的牵牛星。"游览中准备赋诗，故有几位文章博士随驾同行。黄昏时分，停舟泊岸，一面奏乐，一面赋诗。诸人头上插着颜色或深或淡的红叶，共奏《海仙乐》。人人喜形于色，独有匀亲王怀着"何故人称近江海"①的心情。他遥念山庄中的二女公子抱恨如何，对一切都心不在焉。诸人各出适合时地的题目，相与赋诗吟诵。薰中纳言想等待众人稍稍静息之时，赴山庄访问，并将此意告知匀亲王。正在此时，宰相中将的哥哥卫门督奉了明石皇后懿旨，带了一大批随从人员，威武堂皇地赶上来了。原来皇子离都出游，即使是微行，消息也自会不胫而走，成为后世援例。何况匀亲王此次随从带得不多，突然启行。明石皇后闻之大惊，因此吩咐卫门督带了大批殿上人赶来。这形势实甚尴尬，匀皇子和薰中纳言都暗中叫苦，大家意兴索然。但不了解二人心事的人，管自飞觞醉月，乱舞高歌，直到东方既白。

匀亲王打算今天再在这里游玩一天，但京中又派中宫大夫带了许多殿上人来迎接他回宫。他心慌意乱，懊恨千万，实在不想回京。便写一封信给二女公子，信中并无一句言情抒怀的话，只是老老实实、详详细细地叙述感想。二女公子推想匀皇子左右人目繁多，事端纷忙，故并不复。她只是更加确信：像她这样微不足数的人，高攀尊贵的皇子，毕竟是不相称的。以前远居两地，阔别多时，因而苦思劳盼，原是应有之事；今见命驾而来，心中正感宽慰，岂知只在附近喧嚣取乐而过门不入。这便使得二女公子痛心疾首，方寸恼乱了。匀亲王更是忧愁苦闷，无限伤心。左右欲请皇子欣赏鱼梁上的冰鱼，取了许多，陈列在色彩或深或浅的红叶上，以供观赏。随从人等都极口称赞。匀亲王

---

① 古歌："四处不见海藻生，何故人称近江海？"见《后撰集》。日语中"海藻"与"相见"同音，"近江"与"相逢"同音。故等于说："这里不生叫作'相见'的植物，为何人称这海谓'相逢'？"

也跟着众人漫步闲玩，然而自己心情郁结，愁绪填胸，常常茫然地怅望天空。遥见八亲王山庄中的树梢，姿态特别优美。缠附在常青树上的常春藤的颜色也富有意趣，远看竟有凄凉之感。薰中纳言也很懊丧：预先写信通知她们，反而弄得没趣。去春随匀亲王游宇治的诸公子，想起了八亲王邸内樱花的美色，共话八亲王死后两位女公子的孤寂。其中也有人隐约闻知匀亲王与二女公子私通之事。但也有全不知情的人。总之，人生之事，无论这般那般，即使发生在这种荒山僻处，也自会传闻于世。他们众口一词地说："这两位女公子长得十分美貌，并且是弹筝妙手。因为八亲王在世之时，朝朝夜夜教导她们。"宰相中将遂赋诗曰：

"忆昔春芳日，曾窥两树樱。
秋来零落尽，寥寂不胜情。"

因知薰中纳言与八亲王交厚，故此诗是对薰中纳言而吟的。薰中纳言答道：

"春至群花放，秋来红叶翔。
山樱开又落，告我世无常。"

卫门督接着吟道：

"红叶映骄阳，山乡正盛妆。
游人看不足，秋去向何方？"

中宫大夫也吟道：

"好景何人赏？烟消无处寻。

多情惟葛藟，缠绕此岩阴。"

此人年纪最老，吟罢两泪交流，大约是想起了八亲王少年时的盛况吧。匂亲王亦赋诗云：

"秋尽添萧索，山居寂寞时。

松风应体恤，峰顶莫狂吹！"

吟罢泪下如雨。隐约闻知其事的人中，有的想道："皇子果然是热恋宇治女公子的。今日错过机会，不能相见，难怪他伤心啊！"此行规模盛大，随从众多，故不便访问山庄也。众人吟诵昨夜所作诗篇中的佳句，用和歌咏宇治秋色者亦甚多。但此种醉迷歌哭之时所作的诗歌，安得有佳作？此处略举一二，也陋不足观，其余均从略了。

山庄里的人听见匂亲王船上开路唱道之声渐去渐远，知道他不会到山庄里来了，大家大失所望。准备迎接贵客的侍女们，也都垂头丧气。大女公子尤为伤心，她想："果如外人所说：此人的心像鸭跖草的颜色一般容易变更。我仿佛听人说起：男人最善于说假话。这里几个身份低微的侍女，共谈古代故事，说男人对于自己所不爱的女人，会装作很爱的样子，说出许多甜言蜜语来。我一向以为：只有品格低劣的人中，才有这种口是心非的男人；身份高贵的男人就全然不同，他们要顾全世誉，言行必然谨慎小心，不会胡说妄为。如今方知这估计是错误的了。父亲在世之时，也风闻此人性情浮薄，无意和他攀亲。只因薰中纳言屡次夸说此人异常多情，终于意外地迎接他为妹婿，平添了这许多烦恼，真乃无谓之极！他浅薄无情，看不起我的妹妹，中纳言想必知道，不知作何感想。这里虽然没有特别客气的人，但众侍女心中都在讥诮，这真成了可耻的笑柄！"她左思右想，心绪缭乱，但觉烦恼无穷。二女公子本人则因匂亲王以前偶尔来时,曾对她立下山盟海誓,故存信赖之心。她想:"无论如何,总不会完全变心。他不能常来,定然是由于不可避免的故障。"她心中以此自慰。然而久不相逢,难免不怀怨恨。好容易来了,却又过门不入,真乃可恨可惜,因此更加伤心了。大女公子看了妹妹痛苦难堪的神色,想道:"如果妹妹的处境与别人一样幸福,有与普通富贵之家一样的住宅,匂亲王对她不会如此冷淡吧。"越发觉得这妹妹可怜了。她想:"我如果长生在世,恐怕也会遭逢同样的命运吧。薰中纳言这般那般地说许多话,无非是要打动我的心。我虽然一心想拒绝他,然而托词也有限度,终不能永远搪塞下去。况且这里的侍女都不知前车之鉴,只管千方百计地劝诱我和他结婚。我心虽然不愿,结果恐难避免。正因为如此,所以父亲在世之时,屡次谆谆叮嘱,劝我们独身到底。大约他预知有此种事情,所以作此诫告。我们原是薄命之人,所以落得父母双亡,孤苦无依。倘再加之以遇人不淑,贻笑大方,致使双亲饮恨于地下,实在太不幸了。但愿至少我一人不受此种苦患,而在罪孽未深之前早早死去。"她悲伤之极,心情实甚痛苦,饮食也全然不进了。她只是反复思量自己死后山庄中的情状,日夜悲叹。她看见了二女公子,心中非常难过,想道:"连我这做姐姐的也抛弃了她而死去,教她孤苦伶仃,何以自慰呢!我过去朝夕看到她那美丽的容姿,心甚欢慰,曾经用心抚育她,希望她长成一个高尚优雅的淑女,私下庆喜她的前程有望。如今虽然嫁得一个身份高贵的皇子,但其人如此冷淡,使她受人讥笑,今后教她有何脸面立身处世,如何能同别人一样享受幸福的生活呢!"她再三思量,觉得我姐妹两人毫不足道,活在这世间全无意趣,只是空过一生而已。念之不胜伤心。

且说匂亲王回京之后,准备立刻像上次那样偷偷地微行,再赴宇治。夕雾左大臣的儿子卫门督却到宫中去揭发他的秘密:"匂皇子与宇治八亲王家女儿私通,时常悄悄登程,远赴山乡。世人都在私下讥议他的轻率行为呢。"明石皇后也听到了,甚是担心。皇上闻之,大为不悦,他说:"让他任性不羁地住在私邸里,毕竟是不好的。"于是严加管束,从此要他经常住在宫中。

夕雾左大臣要把六女公子许配匀亲王,匀亲王不答应。现经双方议决,强迫他娶。薰中纳言闻之,甚是着急,然而无可如何。他独自寻思:"我这个人实在太古怪了。大约由于前世宿缘,我始终不忘记八亲王生前挂念两女公子时的苦情。又见两女公子貌美而命薄,可惜她们埋没一生,希望她们生涯幸福,便异常热心地加以照拂。适逢匀亲王钟情于她们,异常恳切地要求我玉成其事。我所爱的不是二女公子,而是大女公子。大女公子要把二女公子让给我,非我所愿。我就把二女公子介绍给了匀亲王。如今回想起来,好不后悔!其实我兼得了两女公子,也不会有人怪我。现已无法挽回,然而痛悔失策。"匀亲王则更加痛苦,他无时不想念二女公子,恋恋地关怀宇治山庄。明石皇后常常对他说:"你倘有中意的人,就叫她到这里来,一定让她同别人一样享福。皇上对你特别关怀。而你行为轻率,惹起世人讥议,我很替你惋惜。"

有一天时雨霏霏,昼静人闲,匀皇子来到大公主房中。此时大公主身边侍女不多,她正在静静地观赏图画。匀皇子隔着帷屏和她谈话。他一向认为这位胞姐品性高雅无比,加之容姿妩媚温柔,多年以来不曾见过第二人。他觉得世间女子没有人比得上她的品貌。只有冷泉院的公主①,世间声望甚高,家中教养又好,听说是很可爱的。他心中恋慕,但一向不曾出之于口。然而他今天看到了大公主,想道:"山庄里那个人,优美高雅之姿决不亚于我这位姐姐。"一想起二女公子,便不胜恋慕。为欲慰情,拿起散放在身边的画幅来欣赏,但见画着的都是各种美女的姿态,其中又画着所恋的男子的家屋。这是画家潜心

---

① 是弘徽殿女御所生的女儿。

模拟出来的人世诸相,有许多可使他联想宇治山庄。他颇感兴味,便向大公主索得数幅,欲以贻赠宇治的二女公子。其中有描写在五中将①故事的画,绘的是在五中将教他妹妹弹琴,题上"应有人来摘"②之诗。匀皇子看了,不知起了什么感想,稍稍靠近帷屏,低声向大公主说道:"嫡亲兄妹之间,古代的人也不用隔离,习以为常。你却对我这等疏远。"大公主不知道他看了什么画而说这话。他就把那幅画卷好,从帷屏的隙缝里塞进去给她看。大公主俯首看画,头发袅娜地挂在席地上,稍稍溢出在帷屏之外。匀皇子隐约窥见姿色,觉得越看越美。他想:"假使此人对我血统稍远些……"难于隐忍,便赋诗云:

"嫩草美如玉,只可隔帘看。
迎风弄娇姿,使我春心乱。"

大公主身边的侍女,见了匀皇子怕难为情,都在一旁躲避着。大公主想道:"别的诗都咏得,何必说这种古怪的话呢!"因此置之不答。匀皇子情知姐姐这态度是有理的。可知在五中将的那个咏"何须顾虑多"③的妹妹过于轻狂,实甚可憎。这大公主和匀皇子两人,是紫夫人特别疼爱而亲手抚育长成的。在许多皇子皇女中,这两人互相也特别亲近。明石皇后对大公主的关怀无微不至,侍女中略有缺陷的人,概不使用。故大公主身边的侍女中,有许多身份高贵的女子。匀皇子是个容易移情的人,看见姿色殊胜的侍女,就和她调笑。但他无时或忘宇治的二女公子,音信不通已多日了。

---

① 在五中将是在原业平的别名,是平安时代歌物语《伊势物语》中的主角。见第343页注③。
② 《伊势物语》中诗歌:"嫩草美如玉,应有人来摘。我虽无此分,私心甚可惜。"在五中将以嫩草比拟他的妹妹。
③ 《伊势物语》中诗歌:"既有同胞谊,何须顾虑多?君言美嫩草,可笑此诗歌。"是在五中将的妹妹回答他的诗。

宇治两女公子日日盼待匂亲王来到，觉得此次隔绝如此长久，可知终于被遗弃了，不胜悲伤。正在此时，薰中纳言来访。他是闻知大女公子患病，前来探望的。大女公子的病其实并不十分沉重，但也借此为由，谢绝会面。薰中纳言说："惊悉玉体违和，远道前来探望。还望许我接近病床。"他真心挂念，恳切要求。侍女们只得引导他到大女公子随意寝息之处的帘前。大女公子觉得讨厌，颇感痛苦，但也并不生嗔，坐起身来答话。薰中纳言向她详述那天匂亲王过门不入的原由，表明非出本意。最后劝道："务请宽心静待，切勿悲伤怨恨。"大女公子答道："舍妹亦并不何等怨恨。只是先父在世之时，屡次训诫我们切勿结婚，如今想起了不免伤心耳。"说罢似闻泣声。薰中纳言十分同情，觉得自己也很难以为情，便说道："世间无论何事都不简单，未可率尔推断。君等不悉世情，难免偏执己见，空劳怨恨。务请强自镇静！我确信此事可保无虑。"他回想对他人之事也如此关怀，自己觉得纳罕。

大女公子每到夜间，病势必沉重些。今夜有个陌生客人坐在近旁，二女公子替姐姐担心。侍女们便去对中纳言说："还请依照向例，到那边请坐。"中纳言答道："今天我是挂念大小姐病状，不顾一切特地来探望的。你们赶我出去，太不讲情理了。试问除我而外，谁能诚心诚意地远来问病呢？"他就出去和老侍女弁君商谈，吩咐她开始举办祈祷。大女公子闻之颇感不快，自念此身早已情愿死去，又何必祈祷。又念辜负美意而断然拒绝，亦太乏味。她毕竟希望长命，此心亦甚可怜。次日，薰中纳言说："今天小姐病状好些了吧？但愿能同昨天一样和我晤谈。"侍女便向大女公子传言。大女公子说："我连日患病，今天甚觉痛苦。中纳言既然如此要求，就请他进来吧。"薰中纳言不知大女公子的病究竟吉凶如何，心中十分悲伤。看见她今天态度比往常亲切，反而焦灼不安起来。便靠近病床，对她谈了许多话。大女公子说："我痛苦不能作答，且待病势稍减时再谈。"她的声音非常微弱而悲哀，薰中纳言觉得无限伤心，悲叹不已。但他终不能徒然地滞留在此，虽然非常担心，也只得准备回京。临行他说："这等地方毕竟不可久居。还不如以迁地疗养为由，移居适当的处所吧。"又叮嘱阿阇梨尽心祈祷，然后告别回京。

薰中纳言的随从中有一个人，不知何时早就和这里的一个侍女结缘。两人谈话之时，男的告诉女的："匂亲王已被皇上软禁，今后不许微行出游，必须闭居宫中了。又聘左大臣家六女公子为他的妻室。女家早年就有此意，故亲事一拍即合，年内就要举行婚礼。匂亲王对此亲事全然不感兴趣，虽然闭居宫中，还是一味萦心于浮薄之事。皇上和皇后屡次训诫，他终不听从。我们的主人呢，毕竟和别人大不相同，他过分严肃，别人都讨厌他。只有到这里来，你们都敬爱他。外人都说这种深情决非寻常可比呢。"这侍女又将这话转告她的同伴："他说如此这般。"大女公子闻之，越发伤心失望了。她想："妹妹与此人缘尽于此了。原来他爱上妹妹，是未曾娶得高贵妻室期间的逢场作戏，只因顾虑薰中纳言等责他薄情，故只在言语上假装多情而已。"这样一想，她也顾不上怪怨别人薄情，但觉自己越发置身无地，神思昏乱，便倒身躺下。她本已衰弱不堪，现在更不希望长生于世了。旁边虽然没有客气的人，但自觉无以为颜，不胜痛苦，便装作不曾听见那侍女的话，独自就寝了。此时二女公子在旁，由于"愁闷时"①而打瞌睡。她的姿态非常可爱：以肘代枕，沉沉入睡。鬓发如云，堆积枕畔，这景象异常美丽。大女公子向她注视了一会，历历回想起父亲的遗诫，不胜悲戚。她反复思量："父亲没有罪障，不至于堕入地狱吧。无论在何处，务请迎接我到父亲所在的地方去吧！父亲把我们这两个苦命的女儿抛舍在世间，连梦也不曾托一个呢！"

---

① 古歌："昔年依慈母，曾闻戒昼寝。但逢愁闷时，瞌睡苦难禁。"见《拾遗集》。此处引此古歌，暗示她忘记了八亲王的遗诫而结婚。

夕暮天色阴沉，冷雨霏霏。朔风凛冽，落木萧萧，其音凄凉无比。大女公子躺在床上，历历回思往事，缅想将来，其神情异常优雅。她身穿白色衫子。头发虽然久不梳理，但一丝不乱，光艳可鉴。日来久病，脸色略带苍白，反而更增清丽。那含愁凝睇的美容，应请知情识趣者来鉴赏。昼寝的那人被狂乱的风声惊醒，坐起身来。她身穿棣棠色和淡紫色的衣衫，色彩非常鲜丽。两颊微红，仿佛染着胭脂，容颜实甚娇艳，全无半点愁容。她对姐姐说：“我适才梦见父亲，他满面愁容，在这里环顾四周。”大女公子更加悲伤，说道：“自从父亲亡后，我常想在梦中拜见，岂知一次也不曾见过。”于是两人相对而哭。大女公子想：“近来我日夜思念父亲，或许他的灵魂在这里彷徨，亦未可知。我很想到他那里去。但我等罪孽深重，不知是否能去。”她竟在计虑后世之事了。她很想得到中国古代的返魂香①。

天色全黑之后，匂亲王派人送信来了。在这时候，此事亦可聊以慰情。二女公子并不立刻拆看来信。大女公子对她说道：“还是镇静下来，坦率地回他一封信吧。我倘就此死去，恐有比此更荒唐的人来缠扰你，很可担心。但得此人不忘旧情，偶通音问，别人就不敢胡行妄为了。故此人虽然可恨，亦有可赖之处。”二女公子说：“姐姐想舍弃了我而先死，太无情了！”她不禁掩面而泣。大女公子说：“父亲死后，我片刻也不想留在世间。只因命运限定，所以苟延至今。我之所以贪恋今日不知明日的世寿而惜此生命，无非是为了你呀！”便命人拿灯火来看信。其信照例写得非常详细，内有诗云：

"朝朝凝望处，同是此天空。
何故逢阴雨，愁思特地浓？"

---

① 传说：汉武帝烧返魂香，李夫人的灵魂出现。

此诗袭用古歌中"何曾如此湿青衫"①之意，是老生常谈。大约匂亲王以为聊胜于无，所以勉强咏成此诗。大女公子越发觉得可恨了。然而匂亲王是个世间稀有的美男子，加之为欲引人注目，常常装出风流俊俏之相。故年轻的二女公子被他迷住，亦属当然之理。一别多时，不免使她恋念。她常常回心转意，想道："他曾对我立下如此恳挚的山盟海誓，无论如何总不会就此断缘吧。"匂亲王的使者催索回信，说"今夜必须返命"。经众侍女劝请，二女公子仅答复了一首诗：

"深山秋寂寂，霰雪已飘零。
怅望长空色，朝朝添暗云。"

此时正是十月底，故诗中如此说。匂亲王想起不到宇治已有一个多月了，心甚焦灼。他夜夜想走，而故障甚多。今年的五节舞会来得很早②，宫中喧哗扰攘，甚是纷忙。匂亲王并非有意不去，但终于未能走访，遥想山庄中人望穿秋水了。他在宫中虽然有时和侍女们调笑，但时时刻刻不忘二女公子。关于左大臣家的亲事，明石皇后对他说道："你终当有个名正言顺的妻室。此外你倘有欲得之人，也不妨迎娶入宫，定当予以优遇。"匂亲王拒绝："请暂缓，尚须考虑。"因为他真心欲使二女公子不遭苦厄。但山庄中人不知道他这一片诚心，只是随着日月而增加悲伤。薰中纳言也觉得匂亲王的轻薄出乎意外。他万万想不到如此演变，真心地为二女公子惋惜。他几乎绝不去访晤匂亲王了。但他关怀山庄中的女公子，屡次前往探访。

到了十一月里，薰中纳言闻得大女公子病已稍愈，加之公私事绪纷忙，以致五六天不曾遣使存问。忽然想起，不知以后病状如何，便抛

---

① 古歌："十月年年多苦雨，何曾如此湿青衫！"见《源氏物语注释》。
② 五节舞会规定在十一月中的第一个丑日开始举行，故迟早每年不同。

开繁忙的要事，匆匆入山探望。他曾叮嘱祈祷须举行至病愈为止。今因病势稍愈，已请阿阇梨返山，故此时山庄中人数很少，照例由那个老侍女弁君出来，向薰中纳言报告病状。她说："说不出何种痛苦，并不是重大病症，只是饮食全然不进。大小姐本来身体柔弱，异乎常人。自从家里出了匂亲王那件事情之后，她的心情更加郁结，连果物也不吃一点了。都因如此日积月累，弄得身体异常衰弱，看来已经全无希望了。我们这种命苦的人，反而长生在世，眼看这种逆事。我毫无办法，恨不得早一步先死了。"没有说完，已经泣不成声。这原是怪不得的。薰中纳言说："为什么不早把这情况告诉我呢？近来冷泉院及宫中，事情都很繁忙，我好几天不曾前来探望，心中挂念得很！"他就被引导到以前到过的房间里，坐在大女公子枕畔，对她谈话。然而大女公子似乎已经不能作声，一句也不回答。薰中纳言恨恨地说："小姐病势如此沉重，谁也不来向我通报，实在太疏忽了。我无论何等挂念，也是枉费心机。"便招请那个阿阇梨及世间以灵验著名的许多僧人，于明日开始举行修法祈祷及诵经。又召集他的许多侍臣前来照料。上下人等喧哗扰攘，非常热闹。众侍女全然忘记了过去的忧愁，都觉得有希望了。

日色已暮，众侍女告薰中纳言："请那边坐。"就招待他在那里吃些泡饭等物。但薰中纳言说："总须让我在近旁侍候。"此时南厢已设有僧众座位。东面稍近大女公子病床，就在那里设个屏风，请薰中纳言入座。二女公子觉得薰中纳言离得太近，不好意思。但众侍女认为此人与大小姐有不可分离的深缘，对他都不疏远。从初夜时分①开始，命僧众不断地诵念《法华经》。仅由嗓音美好的十二个僧人诵念，故其声非常庄严。南厢内点着灯火，病室中则是黑暗的。薰中纳言把帷屏的垂布撩起，膝行到里面去看看。但只见两三个老侍女伺候着。二女

---

① 初夜是晚上十时左右。

公子看见薰中纳言进来，立刻回避了，故室内人数甚少。大女公子寂寞地躺卧着。薰中纳言对她说："为什么你一声也不响呢？"便执着她的手催她说话。大女公子气息奄奄，断断续续地说："我心里想说，但说时非常痛苦。多日不相见了，深恐就此死去，正在悲伤呢。"薰中纳言说："我不来望你，害得你如此盼待！"说罢号啕大哭起来。大女公子头上有些发热。薰中纳言说："你有何罪而得此恶报呢？想是负怨于人，因而患此重病的吧。"他把嘴凑近大女公子耳边，说了许多话。大女公子又是厌烦，又是羞耻，举起衣袖遮住了脸。她的身体比前更见衰弱，奄奄一息地躺着。薰中纳言想："如果就此死去，教我何以为心！"便觉肝肠欲断。隔帘对二女公子说："二小姐连日忙于看护，想必十分劳顿。今夜请好好安息，由我担任值宿可也。"二女公子有些不放心，但念个中或有缘故，便退居稍远之处。薰中纳言虽然不是和大女公子面对面，但坐在很近的旁边，以便照料。大女公子心里既不安，又羞涩。但她想："原来我同他有这样的宿缘！"她回思此人性情温厚沉着，稳重可靠。比较起那个人①来，实在优越得多。她深恐自己死后，在此人的回忆中是一个倔强顽固、冷酷无情的人，因此并不拒远他。薰中纳言通夜坐在她身旁，指挥众侍女，劝病人服汤药。但大女公子一口也不想喝。薰中纳言想："这病势险恶了！怎样可以保住性命呢？"他心中怀着无限忧虑。

通夜不断地诵经的僧人，到天明时分换了班，声音非常庄严。阿阇梨也通夜诵念，偶尔打个瞌睡，此时也已醒来，开始朗诵陀罗尼经。他虽然年老而喉音枯嗄，但因修行功夫甚深，听来法力甚宏。他向薰中纳言探询："今夜小姐病状如何？"随即叙述八亲王旧事，屡次举袖拭泪。他说："八亲王之灵不知现在何处。据贫僧推想，定然早已往生西方极乐世界。但前几天曾在梦中拜见，仍作世俗装束，对贫僧言道：

---

① 指匂亲王。

'我早已决心厌弃尘世,故对俗界毫无执着了。只因对两女儿略有挂念,不免心乱,以致暂时不能往生净土,实甚遗憾。我想请你替我做些功德,助我往生。'他这话说得非常清楚。贫僧一时想不出应做何种功德,只得尽我所能,请五六位在我寺中修行的僧人称名念佛。后又想得一法,叫他们举行'常不轻'①礼拜。"薰中纳言听了这话,深为感泣。大女公子闻知,心念我等两人竟妨碍了父亲往生极乐,罪孽实甚深重,悲伤之极,一时昏了过去。她躺在病榻上想道:"但愿于父亲尚未往生之前,我就去追随他,和他生在同一世界。"阿阇梨并不长谈,不久就去做功德。举行"常不轻"礼拜的五六个僧人巡行附近各村庄,直到京都。此时慑于晓风的寒威,回到了阿阇梨做功德的地方,来至山庄正门口,以非常尊严之声朗诵偈语,叩首礼拜。唱到这回向经文的末句,大家深为感动。薰中纳言原是深信佛法之人,其感动更是难于堪忍。二女公子频频挂念姐姐,走近后面的帷屏旁边来探看。薰中纳言听到声息,立刻正襟危坐,对她言道:"二小姐听这'常不轻'声音如何?这虽然不是正大的法事,但也非常庄严。"便赋诗云:

"冬晨霜重汀洲畔,
　众鸟悲鸣惹我愁。"

他用说话的语调诵这诗句。二女公子看见这人貌似她的薄情郎,可以当作那人看待,然而终于未便直接唱和,便叫弁君传言道:

"霜晨振翅悲鸣鸟,
　知否骚人万叠愁?"

---

① 《法华经》《常不轻菩萨品》曰:"我深敬汝等,不敢轻慢。所以者何?汝等皆行菩萨道,当得做佛。"唱着这二十四字经文,向各处巡行,见人即拜,叫作"常不轻"礼拜。

这老侍女实在不配当二女公子的代言人，但也像模像样地传达答诗。

薰中纳言回想："大女公子过去对于诗歌赠答等细事，也很谨慎小心，总是温和诚恳地待人。此次倘真个永别了，教我何以为心！"便忧惧万状。他忆起了阿阇梨梦见八亲王之事，推想八亲王在天之灵也挂念着两女公子的苦况，便在八亲王生前曾住的山寺里也请僧众诵经念佛。又遣使者往各处寺庙，为大女公子举办祈祷。京中公务私事一概请假。祭告神祇，祓除邪恶，凡百法事，无不做到。然而这病不是由于鬼怪作祟，故法事全无效验。如果病人自己盼望痊愈而向佛祈愿，则或可见效。但大女公子不然，她想："我还不如乘此机会，早日死去。中纳言如此接近我，全然不避嫌疑，今已无法拒远他了。如果就此和他结了缘，深恐这种亲切之情日后逐渐消减，弄得双方互相疏远，倒是很可忧虑之事。故我此次如果不死，定当以疾病为借口，削发为尼。只有如此，才是保证双方爱情长久的办法。"她打定主意，不管如此如彼，务须照此实行。但也不便骄矜地向薰中纳言说出，便对二女公子说道："我近来愈觉此身已无生望。听说授戒为尼，功德甚大，可以却病延年。你去请阿阇梨替我授戒吧。"众侍女听了这话，大家喧噪哭泣起来，说道："万无此理！中纳言大人如此操心担忧，叫他多么失望啊！"她们都认为此事不该，没有人向薰中纳言传达。大女公子不胜怅惘。

薰中纳言长久闭居在宇治山庄中，此消息渐渐传开，也有人特地到宇治来慰问。平日在他邸内出入的人和亲近的家臣，看见中纳言如此深切关怀大女公子，便各自替病人举办种种祈祷，大家忧愁叹息。薰中纳言想起今天是丰明节，遥念京中情状。是日北风狂吹，大雪纷飞。推想京中天气决不如此凄厉，心情自然暗淡起来。他想："我同她难道只有如此疏浅的缘分么？真命苦啊！但又无可怨恨，只能希望她的身体恢复原状，即使暂时也好，让我对着她那温柔绰约的芳姿，一诉我的心事。"他茫然耽入沉思，暗淡无光的一天就此过去，于是吟

诗云：

"阴云笼罩深山里，
暗淡心情度日难。"

山庄里的人，因有薰中纳言在此，大家倒觉得胆壮。

薰中纳言照例隔着帷屏坐在大女公子病榻近旁。一阵风来，把帷屏上的垂布吹起。二女公子就退避到里面。几个面貌丑陋的侍女也都躲开了。薰中纳言膝行至大女公子近旁，啼啼哭哭地说："小姐今天病状如何？我已竭尽心力，举办了种种祈祷，岂知都是枉然，连你的声音也听不到，真使我大失所望！万一小姐舍我而去，教我何等伤心啊！"大女公子似已进入失却知觉的状态，然而还能举袖遮面，断断续续地答道："等我病稍好些，当再与你谈话。此刻我只觉得昏沉欲绝，真可恨啊！"薰中纳言的眼泪更加难于止住了。忽念哭泣是不祥的，便努力忍耐，不欲被人看见。然而终于情不自禁地哭出声来。他想："我对她不知前世有何孽缘，因而热烈地恋慕，终于受尽了苦难而诀别？如果此人稍有缺陷，也可使我容易忘情。"他就向病人注目细看，但见她的容姿越发端庄优雅、可怜可爱了。她的手腕已很瘦细，身体虚弱几同人影。然而艳色曾不少衰，肌肤白嫩如昔。穿着柔软的白色衣衫，推开绣被而横卧着的姿态，竟像一个身体扁平的偶人。头发并不太密，然而堆积在枕畔，光艳可鉴，美丽之极。薰中纳言看了想道："不知结局如何！难道已无生望，不可挽救了么？"便觉无限惋惜。她卧病多时，许久不施膏沐，但其姿态比用心打扮、尽心修饰而装模作样的女人优美得多。薰中纳言仔细端详了一会，神魂飘荡起来，说道："你倘舍我而去，我一刻也不想留在这世间了。如果命运注定，强要我留在世间，我一定遁迹深山，与世长遗。所不放心者，只有孤苦伶仃地独留在世间的令妹。"他想用这话来引出大女公子的答语。大女公子把遮脸的衣袖稍稍揭开,答道:"我身如此薄命,被你视为无情之人,已无可奈何了。只是我曾婉言向你请求:对于我所遗下的妹妹,请你同爱我一样地爱她。当时你倘不违背我意,如今我死也瞑目了。我只为有这一点挂念,故对这世间不免留恋耳。"薰中纳言答道:"我身也如此命苦么!我因除你之外,决不能爱第二个人,故不曾听从你的劝告。如今思之,不胜后悔,且甚抱歉。但令妹之事,务请放心勿念。"他用这话安慰她。此时大女公子异常痛苦,薰中纳言便召唤做法事的阿阇梨等到病室里来,叫他们施行种种有效的祈祷。他自己也虔诚地求佛。

大约是佛菩萨特地要劝薰中纳言厌离此世,因而叫他经受一番如此残酷的苦厄吧,大女公子眼见得渐渐停止呼吸,像草木枯萎一般消逝了,呜呼哀哉!薰中纳言无法挽留,便捶胸顿足,号啕大哭起来,也顾不得旁人讥诮了。二女公子看见姐姐已经死去,放声痛哭,定欲追随同行,这也是难怪她的。那几个多嘴多舌的侍女说道:"在亡人身边是不祥的!"便把不省人事的二女公子拉开,扶往别处去。薰中纳言想:"无论如何不会有这等事,这不是做梦么?"便移近灯火,仔细观看,但见衣袖遮掩的颜面像沉沉入睡一样,端正美丽,与生前无异。他悲痛之余,竟想让这遗骸就此躺着,像蝉壳一般永久保存,常常得见。举行临终法事之时,照例须梳发。梳时芬芳四溢,气息全同生前一样,真乃一种美妙可爱的香气。薰中纳言想道:"我总希望能在此人身上某处找出缺点,以便减轻思慕之苦。倘佛菩萨真欲劝我厌离人世而行方便,务请助我发见可怕、可厌之处,使我减少悲伤!"他如此向佛祈愿。然而悲伤越发难以排遣。他就决心:"不如硬着心肠,送她去火葬吧!"于是照例准备仪式,真乃痛苦之事!薰中纳言由人扶着前往送葬,神思恍惚,两足如行空中。这最后的仪式也很寂寥,升空的烟亦不甚多。薰中纳言垂头丧气,茫茫然地返归宇治山庄。

七七期间,宇治山庄中人数众多,不甚感觉凄凉。只是二女公子深恐他人讥诮,甚感羞耻。痛念自身命苦,日夜悲伤,似乎也要去了。

匂亲王频频遭使慰问。惟大女公子一向视此人为意想不到的薄情人，直到死去犹不能谅解，故二女公子认为结识此人，是一段恶姻缘。薰中纳言想乘此忧愁苦恨的时机，成遂了出家之本愿。然而深恐三条宫邸中的母亲伤心，又挂念二女公子孤苦无依，左思右想，心绪缭乱。既而自忖："还不如依照大女公子遗言，把这妹妹当作死者遗念而爱护她吧。讲到我的本意，她虽然是大女公子的嫡亲妹妹，我也不肯把爱情移转到她身上。但与其让她孤苦伶仃，不如把她当作纯洁的话伴，常常来此相晤，亦可稍慰我对亡人永无尽期的恋慕。"他绝不返京，与世隔绝，只管忧愁苦恨地笼闭在山中。世人闻知情状，想见他对亡人恩情非浅，自宫中开始，各方来吊慰者甚多。

日子空空地过去。每逢七日的佛事都很隆重，祭祀供养，丰盛无比。然而名分所限，薰中纳言未便改穿丧服。于是大女公子生前亲近的几个侍女，就穿了深黑色的丧服①。薰中纳言无意中看到了，吟诗曰：

"未能为汝穿丧服，
　血泪沾襟亦枉然。"

他那淡红色的闪闪发光的衣服的襟袖上尽是眼泪。那怅望沉思的姿态，异常风流潇洒。众侍女从帘隙窥看，相与言道："大小姐青春夭折，其悲哀自不必说了。这位中纳言大人我们一向见惯，今后将成疏隔，想起了也觉万分可惜。他和大小姐的交情，真乃意想不到的奇迹啊！如此深情厚意，而双方终于无缘！"说罢都哭泣了。薰中纳言对二女公子说："我将视小姐为令姐的遗念，今后无论何事必以奉告，小姐有话亦请盼咐。望勿疏远见弃为幸。"二女公子自觉此身万事皆遭不幸，不胜羞耻，一次也不曾和他对晤。薰中纳言每有感触，想道："这

---

① 对死者关系亲、哀思深的，丧服的黑色亦深。侍女照理只须穿浅黑色衣服。

二女公子是个爽朗活泼的人，比乃姐富有孩子气而品质高雅。但不及乃姐的含蓄温柔。"

飞雪蔽天，竟日不息。薰中纳言怅望沉思，直到黄昏，世人所厌恶的、十二月的月亮，高照在明净如水的碧空中。他就卷起帘子，举头望月，又"欹枕"①而听那边山寺中宣告"今日又空过"②的隐约的晚钟声。即景赋诗云：

"人世无常难久住，
　拟随落月共西沉。"

此时北风甚烈，拟即命人关上板窗，忽见水面的冰像镜子一般反映着四周的山峰，月光清丽，夜景极美。薰中纳言想道："京中新建的三条宫邸富丽堂皇之极，但总觉没有这种清雅之趣。若得那人寿命稍稍延长，我便可和她共赏。"他反复思量，肝肠欲绝，又吟诗曰：

"拟入雪山寻死药，
　从今免得苦相思。"

他希望遇到那个教半个偈的鬼③，便可以求法为由，将身投与鬼吃。这真是一种怪诞的道心。

---

① 白居易《香炉峰下新卜山居草堂初成》诗中句云："遗爱寺钟欹枕听，香炉峰雪拨帘看。"
② 古歌："山寺晚钟声隐约，伤心今日又空过。"见《拾遗集》。
③ 雪山童子遇鬼，向之求法。鬼唱曰："诸行无常，是生灭法。"下半尚有二句，鬼因肚饥，唱不出。童子问："欲食何物？"鬼曰："欲食血肉。"童子曰："教我下半，我身即与你吃。"鬼续唱曰："生灭灭已，寂灭为乐。"童子乃将此四句偈书之石壁，投身喂鬼。此故事见《阿含经》及《涅槃经》。

薰中纳言召唤众侍女到身边来,对她们讲种种话。态度非常优雅,语调从容,含义深长。众侍女瞻仰丰采,年轻者心驰神往地爱慕他的美貌,年老者深为大女公子惋惜悲伤。有一个老侍女告道:"大小姐病势日渐加重,是因为她看见匂亲王态度意外冷淡,担心二小姐被世人讥笑。但她不欲使二小姐知道她如此担心,只是独自心中痛恨人世。在这期间,她连果物也不吃一点,身体就日渐衰弱了。大小姐表面上看来对诸事并不过分操心,而心底里深奥无限,无论何事都要仔细思考。她为二小姐的事一味忧恼,悲叹自己不该连亲王大人的遗诫也违背了。"她又追述大女公子生前常说的话,闻者无不掩面哭泣,悲伤不已。薰中纳言回想:"此乃我太糊涂,致使大女公子无端遭此忧恼。"他恨不得挽回以前的过错。推而广之,觉得人世一切都可怨恨。便专心一志地诵经念佛,准备通夜不睡,直到天明。在夜色甚深、雪风凛冽之时,忽闻门外人声嘈杂,又闻马嘶。法师等人都很惊诧:"如此严寒的夜半时分,不知何人踏雪而来。"但见匂亲王穿着旅装,满身濡湿,十分狼狈地走了进来。薰中纳言听到叩门声,知道是匂亲王,便走进隐藏之处去躲避了。

匂亲王知道大女公子七七之期还有数日未满,但因思念二女公子不胜其苦,便不顾风雪寒威,半夜里赶到宇治来。这诚意应可抵偿近月来疏慢之恶,然而二女公子不肯和他见面。因为她想起姐姐为此人而忧愤成疾,深感耻辱。姐姐不曾看见此人回心转意,就此死去,今后即使此人改过自新,亦无补于事了。众侍女都来劝请,说理应接见。二女公子才答应隔着屏障晤谈。匂亲王向她诉说月来怠慢的原因,言语滔滔不绝。二女公子茫茫然地听他说。匂亲王看见此人也已奄奄一息,深恐她将步姐姐后尘,觉得非常抱歉,又很担心。他今天是不顾母后将来谴责,拼着性命而来的。因此苦苦请求:"撤去屏障吧。"二女公子只答一语:"且待我神志清醒些……"终不肯和他对面。薰中纳言闻此情状,召唤几个解事的侍女来前,对她们说:"匂亲王违背初心,近几月来态度冷淡，固然罪无可逭，难怪二小姐怨恨。但惩戒亦有限度，不可过分伤情。匀亲王不曾受过如此冷遇，定然非常痛苦。"他私下叫侍女去向二女公子劝说。二女公子闻之，觉得此人也如此用心，叫我越发可耻了，便置之不答。匀亲王说："如此待我，实太无情。从前的山盟海誓都忘记了！"他频频叹息，空度时光。此时夜色凄凉，风声惨烈。他唉声叹气地独自躺着，虽是自作自受，毕竟也很可怜。二女公子便又隔着屏障和他晤谈。匀亲王向诸佛菩萨赌咒起誓，保证永远不变初心。二女公子想："他怎么会顺口说出这一大套话来？"反而觉得讨厌。但她此时心情，和恨别伤离时有所不同。看到匀亲王那可怜的模样，心肠自然发软，不能漠然地不睬他了。她茫茫然地听了一会，隐隐约约地念一首诗：

"回思往昔都无信，
预约将来怎可凭！"

匀亲王反而悲愤填胸了，答道：

"但念将来时日短，
目前应不背侬心。

世间万事皆空，无常迅速，请勿使我因遭人怨恨而罪孽深重啊！"又用许多话安慰她。二女公子答道："我心情非常恶劣……"便退入内室去。匀亲王也顾不得旁人讥笑，悲伤愁叹直到天明。他想："她的怨恨确是难怪。然而太不顾人面子，令人伤心落泪。可知她心中何等悲愤。"他左思右想，觉得二女公子实在可怜。

薰中纳言久住于此，形同主人，随意呼唤侍女。许多侍女替他料理膳食。匀亲王看了觉得可哀而亦复可笑。薰中纳言面庞非常苍白而瘦削，常常茫然若失地耽入沉思。匂亲王很可怜他，郑重地向他慰问。大女公子逝世情状，言之虽然无益，但薰中纳言很想向匂亲王诉说。既而觉得诉说起来心甚颓丧。又恐匂亲王笑他执迷不悟，因此对他很少说话。薰中纳言每天哭泣。日子既久，面貌也变了相，却反而比前更加清秀了。匂亲王想道："此人倘是女的，我必然会动恋慕之心。"这原是他的怪僻的邪念，但他因此而担心起来，打算在不受他人讥议及怨恨的情况下叫二女公子移居到京都去。二女公子对他如此无情，倘被父皇母后闻知，实甚不利，因此他很担心，决定今天就返京都。他对二女公子热诚地说尽了千言万语。二女公子也觉得冷淡使他难堪，想回答他几句话，然而终于不能舒怀。

到了岁暮，即使不是此种荒僻之处，天色也异乎寻常。宇治山中自不必说，没有一天晴明，风狂雨横，积雪不消。薰中纳言晨夕怅惘沉思，心地浑如梦境。大女公子断七之日，大做功德，非常体面。匂亲王也致送隆重吊仪，又斋僧布施。薰中纳言终不能久居此间而愁叹直到新年。各处亲朋，也都怪他闭居山中，久无音信。如今已过断七，自然非返京不可，但悲痛之情难于言喻。他住在这里期间，出入人数众多。今后离去，此间势必冷清，因此众侍女不胜悲伤。她们回忆目睹大女公子逝世而惊呼痛哭之时，觉得现在虽然安静，反比那时更加痛苦。她们都说："从前每逢兴会，常蒙他惠然来访。此番久居山庄，朝夕得仰尊颜，似觉比前更加温柔多情。无论闲情细事，或生计大事，都蒙他悉心照料。自今以后不能再见他了！"大家流下泪来。

匂亲王遣使送信与二女公子，信中有言："常思入山相会，每苦困难重重。拟请迁来京都，卜居敝邸附近。一切手续，均已办妥。"这是因为：明石皇后闻知匂皇子与二女公子之事，推想薰中纳言对大女公子如此痛苦地悼念，可知其妹定非凡俗之女，因而匂皇子倾心爱慕。她可怜匂皇子，便悄悄对他说道："你可教二女公子迁居二条院来，以便时时相会。"匂亲王疑心母后以此为借口,欲命二女公子替大公主当侍女。但念今后时时得与二女公子相见,实甚可喜。因此写这信与二女公子。薰中纳言闻知此事,想道:"我营造三条宫邸,本想给大女公子居住。大女公子既死,我正想迎二女公子来居,当作她的替身呢。"回想前情,不胜怅惘。至于匂亲王所怀疑于他的,他认为全然不近情理,绝不起这念头。他只是想:"能代父母照顾她的,除了我以外更有何人呢?"

第四十八回　早　蕨①

古歌云:"密叶丛林里,日光射进来"②,因此荒僻的宇治山庄里也能看到春光。但二女公子只觉得像做梦一般,不知道这些日子如何度送。年来她和姐姐两人情亲意洽,随着四时变易,晨夕共赏花香鸟语。有时闲吟戏咏,互相联句;有时共话浊世忧辛,以慰寂寥。如今失去了姐姐,遇有可喜可悲之事,无人可以告语。万事只能闷在胸中,独自伤心。昔年丧父,固然抱恨终天;此次丧姐,似觉比那时更多悲恸。思念无已,不知此后如何度日。因此一直心绪昏乱,连昼夜都不辨。有一天,阿阇梨派人送信来,信中说道:"岁时更新,不知近况如何?此间祈祷照常举行,曾不稍息。此次乃专为小姐一人祈求福德也。"随函送上蕨及问荆,装在一只精致的篮子里,附言道:"此蕨与问荆乃诸童子为供养贫僧而采得者,皆初生时鲜也。"笔迹非常粗劣。所附诗歌,故意写成字字分离,诗曰:

"年年采蕨供春膳,

---

① 本回继前回之后,写薰君二十五岁春天之事。
② 古歌:"密叶丛林里,日光射进来。无人行到处,也有好花开。"见《古今和歌集》。

今岁不忘旧日情。

请将此意禀告小姐。"信是写给侍女的。二女公子推想阿阇梨咏此诗时定然仔细推敲。她觉得诗意也很深切，比较起有口无心、花言巧语之人的作品来，动人得多，不禁流下泪来，命侍女代笔答诗云：

"摘来山蕨谁欣赏，
物是人非感慨深。"

又命犒赏使者。二女公子正当青春盛年，姿色十分姣美。近来身经种种忧患，玉容稍稍瘦削，然而非常娇艳，反而更增秀丽，相貌酷肖已故的大女公子。两人并存之时，只见各有其美，并不觉得肖似。但现在看来非常相像，骤然一见，竟令人忘记了大女公子已死，以为这正是她。众侍女看看这二女公子，想道："中纳言大人日夜思念大小姐，竟想保留她的遗骸，以便常常得见。既然如此，当初何不娶了二小姐，难道是没有宿缘的么？"她们都觉得遗憾。薰中纳言邸内常有人来宇治，故彼此情况随时传闻。据说薰中纳言由于悲伤过度，竟致神思恍惚，不顾新年佳节，两眼常是红肿。二女公子闻之，想见此人对姐姐的爱情确非浅薄，此时对他的同情就更深了。

匀亲王身份高贵，未便随意出门，就决心迎二女公子迁居京都。

正月二十日宫中举行内宴。一番纷忙过去之后，薰中纳言满怀愁恨，无可告语，不堪其苦，且往匀亲王宫中访晤。此时暮色苍茫，匀亲王正独坐窗前，沉思怅望。有时抚弄鸣筝，欣赏他所心爱的红梅的芳香。薰中纳言向梅树低处折取一枝，走进室内，那香气异常馥郁。匀亲王一时兴到，赋诗赠之：

"含苞犹未放，香气已清佳。

料得折花者，其心似此花。"①

薰中纳言答道：

"看花岂有惜花意，
既被人猜便折花。

你不要胡说八道啊！"两人如此戏谑，足见交情甚深。谈到最近详情，匀亲王首先探询宇治山庄之事："大女公子故后情况如何？"薰中纳言便向他历叙近几月来无穷的悲哀以及从那天直到今日思念不绝的苦况，又诉说时时触景生情而回忆起来的种种哀乐，真如世人所谓带泣带笑，说得淋漓尽致。何况匀亲王秉性多情，容易流泪，即使是别人的事，也要哭得衣袖上绞出水来，听了他这番话之后，对他表示无限的同情。

天色似乎也是知情识趣的，忽然笼罩了暮霞。到了夜里，猛烈地刮起风来。气候十分寒冷，仿佛还是冬天。风吹熄了灯。虽说"春夜何妨暗"②，毕竟不甚自在。然而两人都不肯停止说话。未及畅叙无穷无尽的衷曲，夜色已很深了。匀亲王闻知薰中纳言与大女公子爱情深厚无比，便道："喂喂！你虽然如此说，但你和她的关系总不止如此而已吧。"他疑心薰中纳言还有隐情未曾说出，想探问出来。这真是以小人之心度君子之腹了。但匀亲王是知情识趣之人，他一面安慰他，一面又同情他的苦痛，对他说各种各样的话，直说得他的哀愁消散。薰中纳言被他的花言巧语所哄骗，终于把郁结在心中而实在忍受不住的苦情稍稍发泄，便觉胸次顿时开朗了。匀亲王也同他商量二女公子迁

---

① 意思是说薰君心中爱二女公子，而表面上不露声色。
② 此古歌见第850页注②。

居京都之事，薰中纳言说："若能如此，实甚可喜！不然彼此都很痛苦，连我也觉得自己有过失。我要寻求我所永不忘怀的那人的遗爱，除了这人以外更有谁呢？故关于此人日常一切生活，我自认是保护人。但不知你是否会猜疑耳。"便把大女公子生前荐妹自代、请他勿视妹为外人之意，略略向他说明。但关于"岩濑森林内郭公"①似的那一夜对面共话之事，则秘而不宣。只是心中寻思："我如此思念大女公子，无以自慰，她的遗爱只此一人。我正该像匂亲王一般当她的保护人才好。"他越发后悔了。然而又想："如今后悔莫及。常常如此想念她，深恐发生荒谬的恋情，为人为己两皆不利，岂不愚哉！"便断绝了念头。又想："虽然如此，她迁居京都以后，真能照拂她的，除我而外更有何人？"就帮助匂亲王准备迁居之事。

宇治山庄里也忙着准备迁居，向各处物色了一些容貌姣好的青年侍女及女童，人人笑逐颜开。惟二女公子想起今后迁居京都，这"伏见邑""荒芜甚可惜"②，心中非常难过，终日愁叹不已。虽然如此，却又觉得坚决拒绝而定要闭居在这山庄里，亦无甚意义。匂亲王常常来信诉恨："如此分居两地，深缘势将断绝。不知小姐做何打算？"这话也有些道理。二女公子心绪缭乱，不知如何是好。迁京日期选定在二月初旬。看看日子渐近，二女公子留恋山庄中花木向荣的美景，又念身如抛舍了峰顶的春霞而遥去的鸿雁③，而所到之处又不是永久的住家，倒像旅舍一般，这是何等失却体面而惹人耻笑之事！因此顾虑多

---

① 古歌："岩濑森林内，郭公莫乱啼！啼时人忆别，相恋更增悲。"见《万叶集》。又："君若恋我时，来见岂不好。何必托人传言语，犹似岩濑林中郭公鸟！"见《花鸟余情》。但此处引用此二歌，皆不恰当。据《湖月抄》说："岩濑"（地名）与"托人传言"发音相同。此处引用此句，是不托人传言而对面共话之意。
② 古歌："吁嗟我终身，应住伏见邑。倘使迁居去，荒芜甚可惜。"见《古今和歌集》。伏见是地名，今用以比拟宇治。
③ 古歌："抛舍春霞遥去雁，多应惯住没花乡？"见《古今和歌集》。

端，怀着满腹烦闷，忧愁度日。姐姐的丧期已满，应该脱却丧服，到川原去举行祓禊，但又觉过于薄情。她心中常想，也常向人说出："我自幼丧母，记不起母亲面貌，不觉得恋念。姐姐是代母亲的，我应该穿深黑色丧服。"然而丧礼中没有这种制度，为此常感不满，悲恸无限。薰中纳言特派车辆、前驱人员及阴阳博士到宇治来，以供祓禊之用。并赠诗云：

"日月无常相，悲欢任宿缘。
才将丧服制，又把彩衣穿。"

真个送了各种美丽的彩衣来。又有迁居时犒赏众人的物品，虽不十分隆重，却也按照各人身份，考虑非常周到，这份贺仪实甚丰厚。众侍女告二女公子："薰中纳言大人处处不忘旧情，其诚恳实甚难得。亲兄弟也不会如此关切呢！"几个老年侍女对风情已不感兴趣，但觉受此重赏，真心感激。年轻的侍女相与告道："过去二小姐常得和他会见，今后居处各异，不易得见了。不知二小姐将何等挂念他呢。"

薰中纳言自己于二女公子乔迁前一日清早来到宇治，照例被招待在那客室里坐憩。他独自思量："如果大女公子在世，现在我已和她相亲相爱，我将趁先迎接她进京去了。"便历历回忆大女公子容貌、言语和性情。又想："她虽然不曾容允我，毕竟并不厌恶我，从来不曾严词厉色地拒绝我。正因我自己脾气古怪，以致造成障碍。"他辗转寻思，不胜悲痛。忽然想起这里的纸隔扇上有一个洞，他从前曾经从这里偷窥，便走近去看。但见里面帘子挂下，一点也看不见。室内众侍女怀念大女公子，都在吞声饮泣。二女公子更是泪如泉涌，无心计虑明日迁居之事，只是茫然若失地躺着。薰中纳言叫侍女向她传言："连月不曾奉访，其间忧愁苦恨，难以言传。今日拟向小姐略陈一二，俾得稍慰寸心。务望照例接见，请勿见拒为幸。不然，我犹似流落异国，越发痛苦了。"二女公子颇感为难，说道："我并不想使他伤心。不过哎呀！我的心情如此恶劣，深恐言语错乱，应对失礼，实甚担心。"众侍女你一言我一语地说："对人不起的！"于是在里间的纸隔扇旁边和他晤谈。

薰中纳言风度之优美，令人看了自感惭愧。许久不见，越发漂亮，容光焕发，动人心目。丰采与众不同，啊呀，何等可喜的人儿啊！二女公子看见了他，竟回想起片刻不忘的亡姐的面影来，不胜悲伤。薰中纳言对她说道："我对令姐的怀念，一言难尽。惟今日乃乔迁之喜，自应忌讳。"便不谈大女公子之事。接着说道："今后不久，我即将迁往小姐新居附近①。世人说起亲近，有'不避夜半与破晓'之谚。小姐今后无论何时有何需要，务请随意吩咐，不可客气。我只要生存于世，无不竭诚效劳。不知小姐意下如何。世间人心种种不同，小姐得不视此言为唐突乎？我亦不敢妄自断言也。"二女公子答道："我实在不想离开此故居。你虽说迁往我新居附近，但我心绪缭乱，无言可以奉告。"她说时每一句话尾音消失，态度非常可怜，与大女公子十分肖似。薰中纳言想道："我自心没有主意，致使此人为他人所得。"非常后悔，然已无可奈何，便不提那一夜之事，装作忘记的模样，泰然坐着。

庭前几树红梅，香色都甚可爱。黄莺也不忍飞过，频频啼啭。何况悲叹"春犹昔日春"②的两人的谈话，在这时候异常凄凉。春风吹入室内，花香和贵客的衣香虽非柑橘之香③，亦可令人追念往昔。二女公子回忆姐姐在世之时，为欲消遣岑寂，为欲安慰忧辛，常常专心一意地赏玩红梅。不堪追慕之情，遂吟诗曰：

---

① 二女公子迁居二条院，薰君迁居新筑的三条宫邸。
② 古歌："月是前年月，春犹昔日春。独怜身似旧，不是旧时身。"见《古今和歌集》。
③ 古歌："时逢五月闻柑橘，猛忆伊人舞袖香。"见《古今和歌集》。

"山乡风凛冽，愁杀看花人。
香色依然好，花前不见君。"

吟声隐约可闻，词句断断续续。薰中纳言觉得非常可亲，立即奉答一绝：

"曾傍梅花宿，花容似往年。
但愁移植处，不在我身边。"

不禁眼泪夺眶而出，便装作若无其事地偷偷揩拭，不再多言，只是告道："且待迁京之后，再行奉访，效劳一切。"说罢起身告辞。

薰中纳言吩咐众侍女准备二女公子迁居之事。又派定那个满面髭须的值宿人等留守山庄，并命令邻近自己庄园中人员常来照顾，连日常细事也处理得十分周到。那个老侍女弁君曾说："我侍奉两位小姐直到今日，这意外的长寿实甚可恶！老人引人不吉之感，就请大家当作我已不在人世可也。"她已出家当了尼姑。薰中纳言定要她出来相见，觉得她很可怜，照例同她讲了许多旧话，后来说道："今后我还想时时来此，只愁无人可与晤谈。你能留守山庄，乃大好事，我心不胜欣喜。"不曾说完就哭起来。弁君道："'越恨越繁荣'①的长命，实甚可恨。大小姐又不知为了何事而舍弃了我，使我觉得尘世一切都可悲伤。我的罪障何等深重啊！"便把她所想到的种种事情向薰中纳言诉苦，牢骚满腹，但薰中纳言只是善言抚慰。弁君年已老矣，只因当年风韵犹存，故削发后额际变样，反而年轻了些，另有一种优雅之相。薰中纳言悼念之极，设想当初何不叫大女公子出家。如果出家，寿命或许

---

① 古歌："可恨池中萍，越恨越繁荣。犹似恨伊人，越恨越情浓。"见《源氏物语注译》。

可得延长。虽是尼姑,倒可相与深谈佛道。他多方寻思,竟觉得这老婆子也很可羡慕,便把遮住她身子的帷屏稍稍拉开,细细地和她谈话。弁君年纪确已老矣,但言语与风度并不讨厌,可见当年高贵身份,犹有遗迹存焉。她愁眉苦脸地对薰中纳言赋诗云:

"老泪多如川,但愿投身死。
何苦贪残生,含悲而忍耻!"

薰中纳言对她说道:"投身而死,其实罪孽甚重。死者原可到达极乐净土,但投身自杀者不能,反会沉入地狱中极深的底层,又何苦呢!只要悟得世间一切皆空就好了。"便答她一诗:

"纵有泪如川,任尔投身死,
时刻念斯人,苦恋永不止。

不知到了何生何世,此恨才得稍慰呢!"他的悲哀无有尽期,无心返京,只管茫茫然地耽于沉思。此时日色已暮,但倘肆意在此泊宿,深恐匂亲王见怪,却甚没趣,便动身返京。

弁君把薰中纳言的心思与言语转告二女公子,悲哀之情越发难于自慰了。众侍女个个得意扬扬,忙于缝制衣饰。几个年老的侍女也忘记了自己的丑颜,这样那样地打扮,使弁君显得更憔悴了。她就赋诗诉愁:

"人皆盛饰登天都,
独有尼僧泪满襟。"

二女公子答道:

"萍飘絮泊衫应湿,
何异尼僧泪满襟?"

我赴京都,自料难于久住。倘有变故,当随时还乡,不会舍弃这故居。如此看来,你我还可会面。但念今后须暂时抛弃你在此孤苦度日,我便无心前往了。惟身为尼僧之人,亦不必终身闭居。还望你体念人世常情,时时入京过访。"这番话说得非常亲切。大女公子生前所常用而可作纪念的器物,都留在山庄中,供弁君使用。二女公子又对她说:"我看你对姐姐的悼念比别人更苦,可知你和她必有特别深厚的前世因缘,便觉你更可亲爱了。"弁君听了这话,越发恋恋不舍,就像孩子一般号哭起来,无法自慰,一任泪如雨下。

山庄中处处打扫干净,一切收拾停当。车辆靠近檐前停下。派来迎接的都是四位、五位官员,人数甚多。匂亲王定要亲迎,但因铺张太甚,反多不便之处,因此只取私下迎娶的方式。匂亲王在宫中等待,不胜心焦。薰中纳言也派了许多人来参加行列。此次迎娶,大体事务由匂亲王主办。内部种种细节,则概由薰中纳言调度,照顾无微不至。室内众侍女及室外奉迎人员都催促动身:"天色将暮了!"二女公子心情慌乱,不知前途到达的是何等去处,只觉得心情异常悲伤。和二女公子同车的侍女大辅君吟诗云:

"人生在世能逢喜,
幸未投身宇治川。"

吟时笑容满面。二女公子听了想道:"她和尼姑弁君心情大不相同。"未免心中不快。另一侍女吟诗云:

"昔年永诀情难忘,

今日荣行乐未央。"

二女公子想道："此二人皆已供职多年，对姐姐都很忠诚，岂知今已如此变心，不复谈起她了。世间人情浇薄，甚可恨也。"她竟懒得说话了。

从宇治入京，道里甚遥，山路险峻。二女公子看到这光景，想起匂亲王过去难得来访，她一向恨他薄情，今日始知确也难怪，对他稍稍谅解。初七夜的月亮清光皎洁地升上天空，四周云霞灿烂。二女公子从未远行，看了这夜景不免痛苦，终于悲伤起来，独吟云：

"闲观明月东山出，
为厌红尘又入山。"①

境遇变更，不知结果如何，心中不安。前途甚可担心。回思过去多年之间，其实何必忧愁苦闷呢？她恨不得年光倒流、回复昔日才好。

黄昏过后到达二条院。她从来不曾见过这等壮丽的宫殿，但觉神移目眩。车辆进入"三轩四轩"之中，匂亲王已经等得不耐烦，亲自走近车旁，扶二女公子下车。殿内装饰焕然一新，设备应有尽有。连众侍女的房室，也显然是由匂亲王自己用心布置的，真可谓尽善尽美了。世人起初不知道匂亲王对二女公子待遇厚薄如何，忽然看见如此排场，方知其爱情实在不浅。大家不胜惊叹，羡慕二女公子纳福。薰中纳言定于本月二十日过后迁居新建的三条宫邸，近来天天在那里察看工事。三条宫邸离二条院甚近。薰中纳言欲知二女公子迁居情况，这一天就在三条宫邸住到夜深。派赴宇治参加行列的人员回来了，向他禀告情况。他闻知匂亲王非常怜爱二女公子，一面感到欢喜，一面

---

① 此诗暗示她自己出山后，将来或许又将归山。

又痛惜自己错过机会，胸中悲伤不堪。只得独自反复吟咏"但愿流光能倒退"①的古歌。又吟诗云：

"虽无云雨巫山梦，
曾有清宵促膝缘。"

可见因嫉妒而起了诋毁的念头。

夕雾左大臣原定于本月内将六女公子嫁与匂亲王。现在匂亲王迎接了这个意外的人来，表示"先下手为强"，摆脱了六女公子，左大臣心中非常不快。匂亲王闻知此事，甚是抱歉，便时时写信去慰问。六女公子的着裳仪式早已准备，其隆重盛称于世。现在如果延期，势必受人讥笑，因此决定于二十日后举行。左大臣想起："薰中纳言是同族人②，和他攀亲不甚体面。然而把此人让给别人做女婿，实甚可惜，还不如把六女公子嫁给了他吧。他近年来偷偷地钟爱的那个大女公子已经死去，他正在寂寞悲伤呢。"便托一个相当的人，向薰中纳言探询意见。薰中纳言答道："我眼前但见人世无常之相，觉得人生实在可厌。况且此身也有不吉之感，故此种事情，千万不要提起。"他表示全然无意结婚。左大臣听了，恨恨地说："岂有此理！我卑躬屈膝地自荐，连这个人也拒绝起我来了？"两人虽是手足之亲，但因薰中纳言人品之高超令人敬畏，故亦不敢相强。

群花盛开之时，薰中纳言遥望二条院中的樱花，首先想起无主的宇治山庄，独自吟唱"任意落风前"③的古歌。意犹未足，便到二条院来访问匂亲王。匂亲王近来常住在这里，和二女公子相处十分亲睦。

---

① 古歌："但愿流光能倒退，依然复我旧时身。"见《源氏物语奥入》。
② 薰中纳言是夕雾的异母弟，是六女公子的叔父。
③ 古歌："蔓草萦阶砌，荒凉似野原。樱花无主管，任意落风前。"见《拾遗集》。

薰中纳言看了，觉得"这才像个样子"。然而不知何故，照例带有不快之感，却也奇怪。虽然如此，他却真心地深为二女公子得所而庆幸。匀亲王与薰君两人亲切地谈东说西。到了傍晚，匀亲王要进宫去，叫人装备车辆，许多随从人员聚拢来。薰中纳言便离开匀亲王，走到二女公子住处去。

二女公子与住在山庄中时大不相同，深居帘内，非常舒服。薰中纳言从帘影里窥见一个可爱的女童，便叫她向二女公子传达消息。帘内就送出一个坐垫来。有一侍女，大约是知道前情的人，出来传达二女公子的答话。薰中纳言说："相处甚近，本可朝夕相见，无所隔阂。但无甚要事而常来访问，太过亲密，深恐遭人责咎，为此逡巡不前。但觉曾几何时，世间景象已大异于昔。隔着春云遥望贵院庭中树木，不胜感慨之情。"其忧愁苦恨之色，深可怜悯。二女公子想道："真可惜啊，如果姐姐在世，住在三条邸中，我们便可随时往还。每逢春秋佳节，共赏花香鸟语，日子也可过得快乐些。"她回思往昔，觉得现在虽迁京都，却比从前长年忍受寂寞而闭居山庄中时更加悲伤，真乃遗憾无穷。众侍女也都来劝请："这位中纳言大人，小姐不可像普通一般人那样疏慢他。他过去无限忠诚之心，小姐当然知道，现在正该对他表示感谢了。"但二女公子觉得不用侍女传言而贸然出去和他直接见面，毕竟不好意思。正在此时，匀亲王因欲出门，进来向二女公子道别。他打扮得非常华丽，容姿实甚可观。他望见薰中纳言坐在帘外，便对二女公子说道："为何如此疏远，让他坐在帘外？他对你关怀无微不至，异乎寻常。我常恐他不怀好意。然而过分疏远他，毕竟是罪过的。你请他进来，和他谈谈旧事吧。"接着又改口说道："虽然如此，对他过分随意不拘，亦非所宜。此人心底里恐有可疑之处。"二女公子见他言语反复，颇感厌烦。但她自己心中想道："此人过去对我们关怀深切，现在不可疏慢了他。他也曾说过：叫我把他看作亡姐的替身而亲近他。我也希望有机会向他表示此心才好。"然而匀亲王常常疑神疑鬼，说长道短，使她颇感痛苦。

第四十九回　寄　生①

却说当年有一位藤壶女御，是已故左大臣②之女。今上还当太子时，她首先入宫为太子妃，因此今上特别宠爱她。然而这宠爱终于不曾使她立为皇后，空度了若干岁月。其间明石女御当了正宫，生了许多皇子，个个长大成人。而这位藤壶女御生育稀少，只有一位皇女，人称为二公主。藤壶女御被后来入宫的明石女御所压倒，自恨命苦，不胜悲伤。为欲补偿此缺憾，至少希望这女儿前程荣达，亦可稍慰初心。因此悉心教养这二公主，不遗余力。

这二公主生得相貌十分美丽，今上也非常怜爱她。只因明石皇后所生大公主一向宠爱无比，故世人一般都以为二公主不及大公主，但实际情况并不稍逊。女御的父亲左大臣在世时威望显赫，至今余势尚未全衰。故女御生涯十分优裕，自众侍女服饰以至四时行乐等事，无不体面周到，度着新颖而高雅的生活。二公主十四岁时，将举行着裳仪式。从春天起，就停止其他一切事务，专心准备这仪式。无论何事，务求尽善尽美，与众不同。祖先传下来的宝物，此时正好应用，故多方搜集，悉心装备。正在此时，藤壶女御于夏间被妖魔所祟，竟致一病不起，呜呼哀哉！此乃无可奈何之事，今上也只有悲伤叹息。这位女御为人情深意密，和蔼可亲，故殿上人无不悼惜，他们说道："宫中少了这位女御，今后将何等寂寞啊！"连地位并不甚高的女官，也没有一人不思慕她。何况二公主年纪还小，更是悲伤痛哭，恋念不已。今上闻之，心中难过，又很可怜她，便在七七四十九日丧忌过后，悄悄地把她

---

① 本回乃倒叙，写薰君二十四岁夏天至二十六岁夏天之事。
② 此左大臣即《梅枝》一回中的左大臣。其第三女由源氏提拔，入宫为太子（即今上）妃，称丽景殿女御。后迁藤壶院，改称藤壶女御。

迎回宫中①,并且天天到她室中看顾。二公主身穿黑色孝服,容颜瘦削,姿色反比从前更加娟秀可爱。性情也非常柔顺,比母亲藤壶女御沉静稳重,今上看了不胜欣慰。然而有一个实际问题:她母亲的娘家没有权势旺盛的母舅可做她的后援人,只有大藏卿和修理大夫,又都是她母亲的异母兄弟。这两人在世间既无人望,又无高贵地位。做女子的以此等人为保护人,实在是很痛苦的。今上觉得她很可怜,便亲自照顾她,为她操心之处甚多。

御苑中菊花经霜后色泽变得更鲜,正是盛开之时。天色凄凉,降下一阵时雨。今上记挂二公主,走到她房中,和她闲谈往事。二公主对答从容不迫,全无稚气,今上觉得非常可爱。他想:"这样一个窈窕淑女,世间不会没有赏识、爱护的人。"便回忆起他的父帝朱雀院将女儿三公主嫁与六条院源氏大人的故事来,想道:"一时间虽然有人讥评,说:'啊呀,皇女下嫁臣下,多么不体面啊!让她独身岂不是好?'但现在看来,那源中纳言②人品超群出众,三公主一切全仗这儿子照顾,昔日声望毫不衰减,依然度着高贵的生涯。当初倘不嫁与源氏大人,难保不发生意外之事,自会遭受世人的轻侮呢。"左思右想了一会,决心要趁自己在位期间为二公主选定驸马:就照朱雀院选定源氏的办法,这驸马除了薰中纳言之外别无更好的人了。他常常在想:"此人与皇女并肩,毫无不相称之处。他虽然已有钟情之人③,但决不会冷遇我女,做出有损名望的事来。他终非有个正夫人不可,还不如趁他未曾定亲以前先向他隐约示意吧。"

今上和二公主下棋。日色渐暮之时,霏霏小雨,颇饶风趣。菊花映着暮色,更增艳丽。今上看了,召唤侍臣来前,问道:"此刻殿上有

---

① 宫中规例,妃嫔患病必送回娘家,故藤壶女御死在娘家。二公主是随行的。
② 即薰中纳言。
③ 此时宇治大女公子未死。

谁人等？"侍臣奏道："有中务亲王、上野亲王、中纳言源氏朝臣。"今上说："叫中纳言朝臣到这里来。"薰中纳言便来到御前。此人确有单独被召的资格，身上的香气远远便已闻到，其他一切姿态都与众人不同。今上对他言道："今日时雨霏霏，比平日更觉悠闲。未便举行管弦之会①，实甚寂寞。为了消闲解闷，下棋这游戏最为适宜。"便命取出棋盘，叫薰中纳言走近前来，和他对着。薰中纳言常蒙今上召近身边，已成习惯，以为今日亦是寻常。今上对他说道："我有一件很好的赌品②，不肯轻易给人的，但给你却不惜。"薰中纳言听了这话，不知作何感想，只是惟惟听命。下了一会棋，今上三次之中输了两次。他说："好气人啊！"又说："今天先'许折一枝春'③。"薰中纳言并不答话，立刻走下阶去折取一枝美好的菊花，便赋诗奏闻：

"若是寻常篱下菊，
不妨任意折花枝。"

用意实甚深切。今上答道：

"园菊经霜枯萎早，
尚留香色在人间。"④

今上屡次向他隐约暗示此意。薰中纳言虽然非由传言而是直接承旨，但因向有古怪脾气，故并无立刻从命之意。他想："这不是我的本意。

---

① 二公主正为其母藤壶女御服丧，丧中停止管弦。
② 暗指二公主。
③ 纪齐名诗："闻得园中花养艳，请君许折一枝春。"见《和汉朗咏集》。
④ 园菊指藤壶女御，香色指二公主。

多年来别人屡次把可爱的人儿推荐给我①,我都巧妙地谢绝了。现在倘当了驸马,正好比和尚还了俗。"这想法也很奇怪。他明知有真心恋慕二公主而求之不得的人,心中却寻思:"倘是皇后生的,这才好呢。"这真是太僭越了。

夕雾左大臣约略闻知了此事。本来,他决意要把六女公子嫁给薰中纳言。他想:"即使薰中纳言不肯爽快答应,但只要恳切要求,他终究不会拒否。"现在发生了这件意外之事,他心中非常妒恨。念头一转,想道:"匂兵部卿亲王对我女儿虽然没有诚心,然而常常寄给她富有风情的书信,从未断绝。即使一时逢场作戏,总有前世宿缘,结果不会不爱她的。嫁给出身低微的寻常人,即使'密密深情不漏水'②,毕竟没有面子,不能使我满意。"继而又发牢骚:"在这人情浇薄的末世,女儿的事情甚可担心。皇帝尚且要访求女婿,何况做臣下的,女儿过了青春真没办法呢。"此言含有对今上讥讽之意。他就认真地请托妹妹明石皇后玉成六女公子与匂亲王之事。屡次要求,明石皇后不胜其烦,对匂亲王说:"真可怜啊!左大臣多年来如此热诚地要赘你为婿,你却与他作难,一味逃避,实在太无情了。做皇子的,运气好坏全视外戚如何而定。今上常常说起,想让位给你哥哥。那时你就有当皇太子的希望了。倘是臣下,则正夫人既定,不便分心另娶一人。虽然如此,像夕雾左大臣那样非常认真的人,也有两位夫人③,不是两方和睦相处,毫无妒恨么?何况是你,如果偿我宿愿而当了太子,则多娶几个女子,有何不可呢?"这一番话与往常不同,说得非常详细,而且理直气壮。匂亲王心中本来就不是全然无意的,怎么会当作荒唐之言而断然拒绝呢?他只是担心:当了夕雾的女婿,闭居在他那严肃刻板的府邸

---

① 指宇治大女公子劝他娶二女公子,夕雾要把六女公子嫁给他。
② 古歌:"密密深情不漏水,缘何相见永无期?"见《伊势物语》。
③ 云居雁与落叶公主。

里，不能像向来那样任情取乐，倒是很痛苦的。但念过分和这位大臣结怨，确是很不应该，心思便渐渐地软下来。但匂亲王原是个好色之徒，对按察大纳言红梅家女公子的恋情①尚未断绝，每逢樱花红叶之时，常常去信叙情，觉得无论哪位女公子都可爱。就这样，这一年②过去了。

次年，二公主丧服期满。因此议婚之事更是无所顾虑了。也有一些人向薰中纳言进言道："看样子，只要你开口求婚，今上就会答应。"薰中纳言寻思：过分冷淡，只当作不知，也太荒唐无礼了。于是每逢机会，也就隐约吐露求婚之意。今上岂有不睬之理！薰中纳言听人传说，今上已经定下结婚日期。他自己也已察知今上的意思。然而心中还在悲伤那短命而死的宇治大女公子，无时或忘。他想："真不幸啊！宿缘如此深厚的人，为何终于不得结为夫妇？"回想过去，但觉莫名其妙。他常常想："即使是品貌较差的人，只要略微有一点肖似宇治大女公子，我也会钟情于她。安得昔时汉武帝那种返魂香，让我再见她一面才好！"他并不盼望和那高贵的二公主结婚的日期早些来到。

夕雾左大臣赶紧准备六女公子与匂亲王的婚事，日子选定在八月内。二条院的二女公子闻之，想道："果然不出所料！哪里会没事呢？我早就料到：像我这样微不足道的人，定会遭逢不幸，惹人耻笑。早就知道此人生性浮薄，甚不可靠。但接近以后，倒也看不出无情之相，并且对我立下山盟海誓。今后他另有新欢，对我突然疏远之时，叫我怎能沉得住气呢？即使不像身份低微的人那样和我一刀两断，但痛苦之事一定甚多。我身毕竟命苦，恐怕结果非回山中不可了。"她觉得做了

---

① 匂亲王曾恋爱红梅的女儿。参看第四十三回《红梅》。红梅自第四十四回《竹河》以来已升任右大臣。此处为易于辨别，仍用他的旧官名"按察大纳言"。

② 这一年薰君二十四岁，冬十一月中宇治大女公子死。次年二月二女公子迁京都。上回《早蕨》所叙是次年之事。

弃妇回去而被山中人耻笑，比终身闭居在山中更没面子。违背了亡父生前反复教诫的遗言而轻率地离开了蔓草滋生的山庄，今日始知可耻可痛！"她想："已故的姐姐，从外表看来，什么事情都随意不拘，没有主见，但她心底里意志坚定，不可动摇。真是了不起的人！薰中纳言至今时刻不忘记她，终日悲伤叹息。倘姐姐不死而嫁给了他，恐怕也会遭逢此种事情呢。但她计虑甚深，决不上他的当，千方百计地距远他，甚至立意削发为尼。如果她还在世，一定做尼姑了。至今思之，姐姐何等贤明啊！父亲和姐姐的亡魂看到我这般光景，定在责我轻率无知了。"她又觉可耻，又觉可悲。然而现已无可奈何，又何必抱怨呢？便隐忍在心，只装作不知道六女公子之事。匀亲王近来对二女公子比往常更加亲热了，无论朝起夜寝，都情深意密地和她谈话。又和她誓约：不但今世，生生世世永为夫妇。

到了五月里，二女公子觉得身体异常，生起病来。并无特别苦痛，只是饮食比往常少进，终日躺卧。匀亲王还不曾见过这种样子，不甚了解，以为只是天气炎热之故。但毕竟觉得有些奇怪，有时也问她："你究竟怎么样了？照这病状看来，是怀孕呢。"二女公子甚觉羞耻，只是装作没事。也没有多嘴的侍女从旁转达，故匀亲王无从确悉。到了八月里，二女公子从别人那里听到了匀亲王与六女公子结婚的日期。匀亲王并不想瞒过二女公子，只因说出来很没趣，又对不起她，所以不告诉她。二女公子觉得如此秘密反而可恨。这结婚又不是偷偷地举行的，世间一般人都知道了，却连日子也不告诉她，叫她怎不怨恨呢？自从二女公子迁居二条院之后，除了特殊情由之外，匀亲王即使入宫，晚上也不在宫中值宿。其他各处也从来不去宿夜。今后忽然外宿，叫二女公子何以为情呢？为欲缓和这种苦痛，他这时候常常到宫中值宿，预先使二女公子习惯独宿。但二女公子只觉得他冷酷无情，不胜怨恨。

薰中纳言闻知此事，对二女公子深感同情，他想："匀亲王乃好色之徒，容易变心，虽然怜爱二女公子，今后势必得新忘旧。左大臣家势威显赫，如果不讲道理，硬把新婿独占，则近几月来不惯独宿的二女公子，今后坐待天明之夜定然很多，真可怜呢。如此想来，我这个人多么不中用啊！怎么会把这二女公子让给了匀亲王呢？我自从钟情于已故的大女公子之后，远离尘世而清澄皎洁的心也变成浑浊，只管为了这个人而意马心猿。我毕竟顾虑到：如果在她未曾心许之时强要成事，则违背了我当初指望神交的本意，所以只希望她稍怀好感、开诚解怀地对待我，然后静待将来发展。但她一面对我非常冷淡，一面又不能全然舍弃我，为了慰情，以'妹妹即是我身'为由，叫我把爱情移向非我所望的二女公子。我既怨且恨，思量首先要使她的计谋落空，便急忙把二女公子推荐给了匀亲王。由于优柔寡断，鬼迷心窍，竟引导匀亲王到宇治来成就其事。现在回想起来，当时好没主意啊！反复思量，不胜后悔。匀亲王倘多少能够回忆当时情况，我想他也许会怕我闻知此事而有所顾忌。然而罢了！他现在绝不会说起当时的事情了。可见耽好色情、容易变心的人，不但使女子受累，朋友也大上其当。他自然会做出轻薄的行径来。"他痛恨匀亲王。薰中纳言性喜专爱一人，故对别人的这种行为深感不满。他又想："自从那人去世之后，皇上有意将公主赐我，我也不觉得特别欣喜。我但望娶得二女公子，此心与日俱增，只因她与死者有骨肉之缘，使我不能忘怀也。世间姐妹之中，这二人特别亲爱。大女公子临终前曾对我说：'我所遗下的妹妹，请你与我同样看待。'又说：'我一生别无不称心之事。只是你不曾照我的安排娶得我妹，实甚遗憾，故对这世间尚有挂念耳。'大女公子在天之灵如果看到今日之事，定将恨我更深了。"他自己放弃了那人，夜夜抱枕独眠，听到一点儿风声就惊醒。仔细思量过去之事以及二女公子将来之计，但觉人生在世毫无意趣。

薰中纳言对侍女有时也戏作风情之言，有时召唤她们到身边来服侍。此等侍女之中，自然也有楚楚可观之人。但他真正倾心相爱的一个也没有，都是清清白白的。再者，有些女子身份并不低于宇治两女公子，只因时势移变，家道衰微，生涯孤苦无依。这些女子被找寻出来，派在三条宫邸供职的，为数甚多。但薰中纳言坚贞自守，从不沾惹她们。因为他深恐有了恋爱之人，将来出家离世之时受到羁绊。现在却为了宇治女公子而如此受苦，他自己也觉得乖戾。有一晚，由于想念此事，比平常更难入睡，不眠直到早晨。但见晓雾笼罩的篱内，各种花卉开得非常美丽，其中夹杂着短命的朝颜①，特别惹人注目。古歌云："天明花发艳，转瞬即凋零。"②此花象征人世无常，令人看了不胜感慨。他昨夜不曾关上格子窗，略微躺卧一会儿天就亮了，故此花开时，只有他一人看见。他就呼唤侍臣，对他们说："今天我要到北院③去，替我准备车子，排场不可太大。"侍臣答道："亲王昨日入宫值宿去了，昨夜随从人等带了空车回来的。"薰中纳言说："亲王虽不在家，但夫人患病，我要去探望。今天是入宫的日子，我须在日高之前回来。"便准备装束。出门之时，信步下阶，在花草中小立。虽不故意装出风流潇洒之姿态，却令人一看就觉得异常高尚优雅而不得不退避三舍，与那种装腔作势的好色之徒截然不同，自有一种优美的神情。他想摘朝颜花，把花蔓拉过来，露珠纷纷滴下。遂独吟云：

"晓露未消尽，朝颜已惨然。
昙花开刹那，何足惹人怜。

真是无常啊！"便摘了几朵。对女郎花则"不顾而去"④。

---

① 朝颜即牵牛花。
② 古歌："天明花发艳，转瞬即凋零。但看朝颜色，无常世相明。"见《花鸟余情》。
③ 二条院位在三条宫邸之北。
④ 古歌："瞥见女郎花，不顾匆匆去。只为此花枝，生在南山路。"见《古今和歌集》。

天色渐明，薰中纳言于晓雾迷离、晨光正美之时来到二条院。室中都是女人，还在放怀睡觉。他想："此时敲格子门或边门，或者扬声咳嗽，似嫌唐突。今天来得太早了。"便召唤随从人，叫他们向中门内探望一下。随从人回来说："格子窗都已掀开，侍女们似乎已在走动。"薰中纳言便下车，靠朝雾障身，从容移步而入。众侍女以为是匂亲王偷访情妇归来，闻到那种特殊的香气夹着雾气飘进来，方知是薰中纳言。几个青年侍女就肆无忌惮地评论："这位中纳言大人果然生得漂亮，只是过分一本正经，有些儿讨厌。"但她们不慌不忙，从容不迫地送出坐垫来，很有礼貌。薰中纳言说："准许我坐在这里，已蒙当作客人看待，不胜喜慰。然而如此疏远地放我在帘外，我心终觉不快，今后不敢常来访问了。"侍女答道："然则尊意如何？"薰中纳言说："像我这样的熟客人，应该到北面幽静之处去休息。但也听凭主人做主，不敢叫怨。"说罢，他靠在门槛上了。众侍女便劝请二女公子："还得小姐出去才是。"薰中纳言本来不是一个雄赳赳气昂昂的人，加之近来更加斯文一脉，因此二女公子觉得现在和他直接谈话，羞涩之感渐渐减少，很习惯了。薰中纳言看见二女公子面有病容，便问："近来贵体如何？"二女公子并无确切答复，只是神态比往常更加消沉。薰中纳言很可怜她，便像兄妹一般详细教导她种种人情世故，又多方安慰她。二女公子的声音异常肖似乃姐，肖似得奇怪，竟像大女公子本人。薰中纳言如果不怕旁人讥议，很想揭起帘子，走进去和她对面，仔细看看她那忧愁的容颜。他此时恍然省悟：世间无愁的人恐怕是没有的吧。便对二女公子说道："我自己相信：虽不能像别人那样享受荣华富贵，却很可无忧无虑、明哲保身地度送一世。然而由于自心作祟，遭逢了悲痛之事。又由于自心愚笨，受尽了后悔之苦，弄得万念俱灰，心无宁日。实在太无聊了！别人重视升官发财，因而忧愁悲叹，原是理之当然。比较起他们来，我的忧愁悲叹实在是罪孽深重的啊！"说着，把刚才摘得的朝颜花放在扇子上观赏，但见花瓣渐渐变红，色彩反而更美，

便将花塞入帘内,赠二女公子一诗:

"欲把朝颜花比汝,
只因与露有深缘。"①

这并非他故意做作,却是那露水自然地停留在他所持的花上,并不滴落。二女公子看了觉得很有意趣。那花是带着露水而枯萎的。遂答诗曰:

"露未消时花已萎,
未消之露更凄凉。"②

依靠什么呢?"吟声非常轻微,半吞半吐,断断续续地说出。这态度也非常肖似大女公子,就已使薰中纳言悲伤不堪了。

他对二女公子说道:"衰秋天色,令人分外增悲。我为排遣寂寥,前日曾赴宇治察看,但见'庭空篱倒'③,满目荒凉,悲伤之情,难于堪忍。回忆当年六条院先父亡故之后,无论其最后二三年间遁世时所居的嵯峨院④,或本邸六条院,凡是过访之人,无不感慨悲伤,不胜怀旧之情,洒了许多眼泪在庭院草木及池塘流水中而归去。在先父身边供职的妇人,不论上下,没有一个不是富于深情的。聚居在院内的诸夫人纷纷离散,各自度送离世出家的生涯去了。身份低微的侍女,更是悲伤叹息,无法慰情,心迷意乱,不顾前后。或远赴山林,或当了庸

---

① 以消逝的露比拟已死的大女公子。
② 此诗与前诗相反,以花比大女公子,以露比自身。
③ 古歌:"故里荒芜人已老,庭空篱倒似秋郊。"见《古今和歌集》。
④ 源氏晚年出家,栖隐嵯峨院。此事前文未曾提及,此处是初见。当是第四十一回《云隐》中事。

碌的田舍人，走投无路而彷徨各地者甚多。然而等到院宇悉皆荒芜、旧事尽行遗忘之后，反又好了：夕雾左大臣迁入六条院，明石皇后所生许多皇子也来居住，昔日的繁华又恢复了。当时沉痛无比的悲哀，经过若干年月，自有消释之时。可知悲哀原是有限度的。我虽溯说前事，但那时我年事尚幼，未能痛感丧父之悲哀。惟有最近与令姐诀别之苦痛，正像一个永无醒时的噩梦。同是悲伤人生无常，但此次的悲伤罪过更深，竟使我担心后世之事①呢。"说罢泪下如雨，可见其怀着无限深情。即使是对大女公子并无深交的人，看了薰中纳言的悲哀之相，也不能漠然无动于衷。何况二女公子自有伤心失意之事，近来比往常更加悲痛地恋念亡姐的面影。今天听了薰中纳言这一番话，伤心更甚，只是默默不语，眼泪流个不住。两人隔帘相对哀泣。

后来二女公子说道："古人有'尘世繁华多苦患……'②之诗。我身居山乡之时，并未特地将尘世和山乡两相比较，空过了若干年月。现在我很想到山中去过闲静的岁月，但未能如愿，我很羡慕弁君这老尼姑呢！本月二十过后是亡父三周年忌辰，我很想到那边去听听附近山寺的钟声。今特向你恳求，可否悄悄地带我去走一遭？"薰中纳言答道："你不欲使故居荒凉，原是一片好意。但山路崎岖，即使是行动便捷的男子，往返亦甚困难。故我虽然常常记挂，而终于隔了许久才去一次。亲王三周年忌辰应有佛事，皆已嘱咐阿阇梨举办。我看山庄房屋，还是捐献与佛寺吧。常去看视而赚得无穷感慨，亦是徒劳之事，不如改作佛寺，倒可抵消罪孽。愚意如此，但不知小姐更有何等高见。无论如何，我必遵命照办，务请依照尊意吩咐可也。万事毫无顾虑地命我办理，这正是我衷心的愿望。"他又讲了种种家常实际事务。二女公子听见薰中纳言已经承办佛事，觉得她自己也应该替亡父做些功

---

① 时人相信：对人世留恋，是一种罪过，可以妨碍死后往生极乐世界。
② 古歌："尘世繁华多苦患，山乡虽寂可安身。"见《古今和歌集》。

德。她的意思,是想以此为借口而赴宇治,就此闭居山中,不复出焉。此意不免在言语中泄露。薰中纳言便劝导她:"此事千万不可。万事平心静气为宜。"

日已高升,侍女群集。薰中纳言深恐居留太久,被人疑心有何隐事,便准备回去。他说:"我无论到何处,总不坐在帘外。今日心情很不自在。虽然如此,今后定当再来访问。"说罢起身告辞。他深知匂亲王的性情,怕他日后知道了,疑心他为何在主人出门期间来访,不大妥当。就召唤这里的家臣长官右京大夫来前,对他说道:"我听说亲王昨夜已经回府,所以前来访问。原来尚未归家,实甚遗憾。此刻我将入宫,或可在宫中相见。"右京大夫答道:"今天就要回来的。"薰中纳言说:"那么我傍晚再来吧。"说罢就出去了。

薰中纳言每次看到二女公子的模样,总要想起:"我为什么违反大女公子的意愿而不娶此人呢?真乃太没主意了。"后悔之念与日俱增。既而回心转意,想道:"今日何必后悔!都是我自作自受。"自从大女公子死后,他一直持斋,日夜勤修佛法。母亲三公主至今还很年轻,性情天真烂漫。但她也注意到了儿子这般模样,深恐不吉,甚是担心,对他说道:"'我身世寿无多日'①了!我总希望于在世期间看到你成家立业。我自己身为尼僧,未便阻止你出家离世。但你倘真个出家,我生在这世间毫无意趣,苦痛更多,罪孽也更深了。"薰中纳言诚惶诚恐,自知对不起母亲,便摒除一切哀思,在母亲面前装作无忧无虑的模样。

且说夕雾左大臣把六条院内的东殿装饰得辉煌灿烂,一切布置设备尽善尽美,专等匂亲王来入赘。十六夜的团圞明月渐渐上升,而匂亲王杳无消息。左大臣等得心焦了,想道:"匂亲王对此婚事本来不甚热心,难道不肯来么?"心中忐忑不安,便派人去探听消息。使者回来

---

① 古歌:"我身世寿无多日,何必心烦似乱麻?"见《古今和歌集》。

报告："亲王于今天傍晚从宫中退出，往二条院去了。"左大臣知道他在二条院有情人，心甚不快。设想今夜他如果不来，我将被世人耻笑了。便特派儿子头中将到二条院去迎接，赠诗一首：

"天上团圞月，清光上我阶。
如何宵过半，不见使君来？"

匀亲王想不让二女公子看见他今夜去入赘，怕她看见了心中难过。所以原定从宫中直接赴六条院，只是给她写了一封信去通知一下。但又非常可怜二女公子，不知她的回信中怎么说，所以又悄悄地回到二条院来。他看见二女公子姿色非常可爱，不忍抛舍了她而赴六条院去。知道她心情不快，对她说了许多誓不变心的话。明知"不能慰我情"①，也和她一同到窗前观赏月色。头中将正在此时来到。

二女公子近几日来心中愁绪万斛，然而不欲泄露，努力隐忍，装作若无其事的模样。因此听见头中将来到，只当作不知，神色泰然自若，心中实甚痛苦。匀亲王听见头中将来到，心念六女公子毕竟也很可怜，便准备前往，对二女公子说道："我去一下立刻回来。你一个人'莫对月明'②。我心绪缭乱，实甚痛苦。"他觉得两人相对非常难过，就从荫蔽处走往正殿去。二女公子目送他的背影，努力抑制悲伤之情，然而眼泪纷纷落下，大有'孤枕漂浮'③之感。她自己也很诧异："原来我也有嫉妒之情，人的心真是不足道啊！"又想："我姐妹两人自幼身世孤苦，单靠一个遗世独立的父亲抚养成人，在山乡度送了

---

① 古歌："更科舍姨山，月色太凄清。望月增忧思，不能慰我情。"见《古今和歌集》。舍姨山在信浓国更科郡。此处引用此歌，意思是不能慰二女公子之情。
② 白居易《赠内》诗："莫对月明思往事，损君颜色减君年。"
③ 古歌："泪川水量新来涨，孤枕漂浮睡不安。"见《拾遗集》。

悠长的岁月。当时只觉得一年四季总是凄凉寂寞，却并不知道世间有如此伤心彻骨的忧患。后来连续遭逢了父亲和姐姐的丧事，悲恸无限，片刻也不想生存在世。只因命不该绝，苟且偷生直到今天。最近迁来京都，出乎别人意料之外，也参与了富贵尊荣之列，原也不希望长久。但念只要夫妻团圆，总可受到怜爱，因此悲伤之情渐渐消减，平安无事直到今天。不料此次又发生了这意外之事，使我悲痛无极，眼见得我和他的因缘从此断绝了！我原可作如是想：他毕竟不是像父亲和姐姐那样与我永诀，今后虽然对我冷淡，也总得时时相见。但今夜如此狠心地舍弃了我，使我觉得前尘后事一旦成空，悲恸难忍，不能自己。我好痛苦啊！不过只要生存在世，或许自会……"她终于转过念头，聊以自慰。然而还是一任"舍姨山"的月亮皎皎升空，怀着万斛愁绪左思右想，直到天明。平时听见松风徐徐吹拂，比较起荒僻的宇治山庄来，在这里原是悠闲、平静而可爱的。但二女公子今夜并无此感，只觉得比柯叶的声音更加难听。吟诗云：

"山里松风秋瑟瑟，
何曾如此惹人愁？"

如此看来，从前在宇治山庄时的哀愁，恐怕她已经忘记了。几个老年侍女说道："小姐可回里面去了。看月亮是不祥的①。啊呀呀！连果物也不吃一点儿，怎么办呢？说出来难听：从前大小姐也不要吃东西，回想起来更觉不祥，真教人担心啊！"青年侍女们都叹息："世间忧患真多啊！"又相与议论："啊呀，怎么这样对待夫人啊！总不会就此抛弃了吧。无论如何，从前那么深厚的爱情，难道会一笔勾销！"二女公子听了这些话，心里很难过，但她想："现在听凭他怎么样，我抱定主意

---

① 当时习惯，认为凝视月亮是不吉祥的。

不说一句话。只是冷眼旁观,且看下文如何。"大概她不欲让别人说长道短,想把这怨恨藏在自己一人心中吧?知道前情的侍女互相告道:"可惜啊!薰中纳言大人如此深情厚意,当初何不嫁了他呢?"又说:"二小姐的命运真奇怪!"

匀亲王一方面对二女公子深感抱歉,但他原是好色之徒,一方面又想尽力讨好正在等他的新人,便兴致勃勃地打扮,浑身薰足了异常馥郁的衣香,姿态之艳丽不可言喻。六条院中等候新婿上门,排场之体面更不待言。匀亲王起初担心:"听说六女公子身体并不小巧纤弱,而是相当壮健的。但不知究竟如何?会不会大模大样、粗心粗思、毫无温柔之情而一味倚势凌人呢?如果这样,倒是煞风景了。"但见面之后,大概他并不觉得如此,所以对她恩爱很重。秋夜虽已较长,但因他来时已经更深,故不久天就亮了。

匀亲王回到二条院,并不立刻到二女公子房中,暂在自己室内休息。一觉醒来,就写慰问信给六女公子。旁边的侍女们交头接耳地议论:"看来恩情不浅呢!"又说:"这里的夫人真可怜。即使爱情两方平均,那边威势盛大,这里恐被压倒呢。"这些不是普通侍女,都是贴身服侍匀亲王的人,故对此事深感不满,发了许多牢骚,殿内充满了醋味。匀亲王本想在自己室中等待六条院回信,但昨晚一夜不曾见二女公子,似觉比往常外宿更加挂念,可怜她不知怎么样了,因此连忙来到她房中。二女公子刚刚醒来,容姿异常娇美。她看见匀亲王进来,觉得躺着不好意思,略微抬起身子。匀亲王看见她两眼微肿,红晕满颊,觉得今天比往常更加艳丽,便不知不觉地流下泪来。他默默地向她注视了一会。二女公子难以为情,低下了头。鬓发如云,冉冉下垂,姿色毕竟独擅其美。匀亲王心虚胆怯,一时说不出殷勤慰藉的话来。大约他想混蒙过去,故意说别的事:"你为什么身体一直不好呢?以前你说是天气炎热之故,我就盼待天凉。现已到了秋天,而你还是不见好转,真气人啊!做了种种祈祷,一点效验也没有,却也奇怪。虽然如此,法事还是继续举行为是。找得到法术灵验的高僧才好!请某僧官来做夜祈祷吧。"说了一篇冠冕堂皇的话。二女公子想:"他在实务方面也能言善辩。"心中颇感不快,但置之不答也不好意思,便对他说:"我的体质向来与他人不一样,现在虽然生病,不久自会痊愈。"匀亲王笑道:"你说得好干脆啊!"他觉得在温柔娇媚这方面,无人能与这位二女公子并比。但心中毕竟恋念六女公子,巴不得早点和她见面。可见他对六女公子的爱情决非浅鲜。虽然如此,但和二女公子对面相晤期间,爱情大约一点也不衰减,所以又对她立下生生世世为夫妇的誓愿,话语滔滔不绝。二女公子听了他的话,答道:"人命实甚短促,在这短促的'待命期间内'①竟也要受到你的冷遇么?那么至少后世不要违背你的誓言,那时我就不怕'蹈覆辙'②,再来追随你吧。"她一向竭力忍耐,然而今天实在忍不住,就哭起来了。近来她心中每有怨恨,总是千方百计地隐忍,不使匀亲王看出。大约现已积集太多,不能再隐忍,所以一经哭出,眼泪便收不住。自己觉得可厌可耻,连忙背过身子。匀亲王硬把她拉转来,对她说道:"我总以为你秉性顺良,定能相信我的誓言。原来你对我也有隔膜!不然,何以只隔一夜就变了心呢?"说着,用自己的衣袖替她拭泪。二女公子脸上略现笑容,答道:"只隔一夜就变了心的,正是你呢!从你的言语中可以察觉到了。"匀亲王说:"啊呀,我的好夫人,你的话何等幼稚啊!其实我胸中并不负疚,故很可放心。无论何等花言巧语,虚伪总是瞒不过的呀!你一向不懂得世间习俗,固然天真可爱,但也使人为难。喂,请你设身处地替我想想吧!我的处境真是所谓'身不由心'③啊!如果我有朝一日得遂青云之

---

① 古歌:"我命本无常,修短不可知。待命期间内,忧患莫频催!"见《古今和歌集》。
② 古歌:"不厌人情薄,流连在世荣。会当蹈覆辙,意外受讥评。"见《古今和歌集》。
③ 古歌:"是非不敢公然说,身不由心处世难。"见《后撰集》。

志①，我对你的爱情一定胜于其他一切女人，这一点我必须教你知道。但此事不可轻易出口，你只须保养身体，静待良机可也。"

正在此时，派赴六条院的使者回来了。他已喝得酩酊大醉，全然忘记了顾忌，公然地走到二女公子住处的正门前。他掮着许多珍贵的犒赏品和服装，身体几乎被埋没。众侍女看见这模样，知道是送慰问信的使者回来了。二女公子想道："他在什么时候迅速地写这慰问信的？"心中甚是不安。匀亲王虽然并不强欲隐瞒此事，但觉过分公开，使二女公子难堪，希望使者稍稍用心才好，因此心中颇感痛苦；然而现已无可奈何，便命侍女将回信取来。他想："事已如此，应该尽力表示对她全无隐瞒。"便当二女公子面前把信展开。一看，原来是六女公子的义母落叶公主②代笔的，心中稍稍安慰，便把信放下。虽然是代笔，在这里看毕竟很尴尬。信中写道："越俎代谋，实甚失礼。曾劝小女亲书，但因心绪恶劣，不堪执笔，只得代为作复耳：

朝露摧残何太甚，
女郎花萎减芳容。"

此书气品高雅，笔致优美。但匀亲王说："此诗含有怨恨之意，倒很麻烦了。其实我目前大可安心在此度日，却想不到发生这意外之事！"其实，倘是应守一夫一妻之制的寻常百姓，则丈夫娶了二妻而一妻妒恨，旁人都同情她。但匀亲王不能与常人相提并论。故终于发生此事，亦属理之当然。世人都认为匀亲王在诸皇子中地位特殊，将来有册立太子之望，即使多娶几位夫人，也不致受人讥评。因此他再娶六女公子，无人替二女公子叫屈。反之，匀亲王如此郑重其事地优待她，异乎寻

---

① 指立为皇太子。
② 六女公子是夕雾之妾藤典侍所生，过继给夕雾的第二妻落叶公主。

常地宠爱她,人都称道二女公子有福气呢。而二女公子自己心中,只因过去受宠太甚,已成习惯,如今忽然被人分爱,不免悲伤愁叹耳。她以前读古代小说,或听人传说,常怪女子为了男子分爱,何必如此深感苦痛。现在轮到自己身上,方始恍然大悟:此种苦痛确非寻常可比。此时匀亲王对二女公子,态度比往常更加温和诚恳,对她说道:"你一点东西也不吃,实在不行!"便把上好的果物送到她面前,又召唤手段高明的厨师,特地为她烹调肴馔,劝她进用。但二女公子一点也不想吃。匀亲王叹道:"这真是为难了!"此时天色渐暮,到了傍晚,他就回自己的正殿去。晚风送爽,天色清幽可爱。他原是风流潇洒之人,此时神情更见艳丽。但忧愁苦闷的二女公子心中,只觉得无限悲伤,难于忍受。她听到蝉鸣之声,思慕宇治山庄,遂吟诗云:

"蝉声不改当年调,
时值衰秋惹恨多。"

今夜匀亲王于夜色未深之时即赴六条院。二女公子听见开路喝道之声渐渐远去,但觉"泪比渔人钓浦多"①,自己也讨厌自己的妒心。她躺卧着,一面思量,一面倾听。回想起匀亲王最初就使她苦恼的种种情状,竟觉得追悔莫及。她想:"此次怀孕,不知结局如何。自己一族人中多短命者,此次我或许将死于难产,亦未可知。虽然性命无足轻重,但死去毕竟是可悲的。况且因产而死,罪孽深重……"她左思右想,一夜不眠,直到天明。

到了六女公子结婚三朝那一天,明石皇后玉体违和,大家都到宫中问候。但皇后是稍感风寒,并无重症,因此夕雾左大臣昼间就退出了。他邀请薰中纳言同车出宫。今夜的仪式,左大臣打算办得体面隆

---

① 古歌:"恋情欲绝扬声哭,泪比渔人钓浦多。"见《河海抄》。

重,尽善尽美,然而也有限度。他招请薰中纳言参与此会,颇觉难以为情①,但在诸亲百眷之中,和他血缘最近的,除了薰中纳言之外更无其他相当的人物。况且薰中纳言在布置仪式等方面,手段特别高明,因此招请了他。薰中纳言今天特别起劲,很早就赴六条院。他并不惋惜六女公子被他人所得,只管和左大臣两人同心协力地照料事务。左大臣心中窃感不快。匂亲王于黄昏过后来到六条院。新婿的席位设在正殿南厢的东面。置办筵席八桌,杯盘照例十分讲究。又有小席二桌,上设雕花脚的盘子,式样非常新颖,是盛三朝饼的。记录此种毫不足珍的琐事,笔者自觉乏味。

左大臣走出来说:"夜色已很深了!"便派侍女去请新郎赴席。匂亲王正和六女公子游戏取乐,并不立刻出来。云居雁夫人的兄弟左卫门督及藤宰相先出来了。过了一会,新郎好容易来到,容姿优美无比。主人头中将向匂亲王敬酒,劝请用菜。接着继续敬酒两三次。薰中纳言劝酒十分殷勤,匂亲王对他微笑。大约是因为他以前曾对薰中纳言说过"左大臣家里严肃刻板",认为这件亲事不甚相称,现在回想起来,所以对他微笑吧。但薰中纳言似乎不曾注意及此,只管一本正经地照料。他走到东厅去犒赏匂亲王的随从人员。其中身份高贵的殿上人甚多:四位者六人,每人犒赏女装一套,又加长褂一件;五位者十人,每人犒赏三重唐装一套,其裙腰装饰各人不同;六位者四人,每人犒赏绫绸长褂及裙等。犒赏品依照规定数量,似乎还嫌菲薄,因此在配色及质料上特别加工,务求尽善尽美。对于近侍及舍人,犒赏尤为优厚,甚至打破常规。此等繁华热闹之事,原是人人所爱读的,古代小说中首先描述此种情状,大约是为此吧?这里所列举的,恐怕太不详细呢。

薰中纳言的随从中有几个地位不甚高贵的人,夹杂在人丛中暗中

---

① 因以前曾欲将六女公子嫁与薰中纳言。

观看这盛况,回到三条宫邸之后叹息道:"我们这位大人为何如此老实,不肯去当左大臣家的女婿呢?孤居独处多乏味啊!"他们在中门旁边发牢骚,薰中纳言听到了觉得可笑。大约此时夜色已深,他们都想睡觉,刚才看见匀亲王的随从人等得意扬扬地醉饱了美酒佳肴而躺在一处休息,他们心中不胜羡慕吧。薰中纳言走进自己室中,躺着想道:"当新女婿多难为情啊!本来是至亲至眷①,却神气活现地出来坐席,在灯烛辉煌之下举杯敬酒,匀亲王倒对付得彬彬有礼呢。"他赞佩匀亲王态度漂亮。又想:"的确不错,我倘有个心爱的女儿,除了嫁给这匀亲王以外,即使宫中也不愿让她去。世人谁都想把女儿嫁给匀亲王,但他们又说:'还是源中纳言更好。'这句话已变成常谈。可见世人对我的评判不坏。只是我太乖僻,有些老气横秋。"想到这里,颇有骄矜之感。又想:"今上曾经表示欲将二公主降嫁与我,如果真有此意,我只管如此踌躇不决,如何是好?这虽然是脸上增光的事,但不知究竟如何。又不知二公主相貌生得怎样,如果很像已故的大女公子,我真是不胜欣喜了。"他有这种想法,可知毕竟不是全然无意的。照例不能入睡,寂寞无聊,便走进一个比别人更多怜爱的侍女按察君房中,在那里睡到天明。其实即使睡到日高三丈,也不会有人讥议,他却慌慌张张,急忙起身。按察君颇有不满之色,吟诗云:

"身越禁关偷结契,
心忧缘断恶名留。"

薰中纳言很可怜她,答道:

"关河水面人疑浅,

----
① 夕雾是匀亲王的母舅。

下有深渊不绝流。"

即使说"深",尚且很不可靠,何况说"水面浅"呢!按察君越发伤心了。薰中纳言打开边门,说道:"我实在是要你起来看看这天空。如此美景,怎么可以不看而睡觉呢?并不是模仿风流人物,只因近来失眠,每觉夜长难晓,思量今世之事,直至后世之事,不胜哀愁之至。"如此搪塞一下,就出去了。他不大对女子说风趣话,然而恐是他相貌生得俊俏可爱,女子们并不当他是无情人。偶尔听到他一句戏言的人,觉得即使只能在他身边看看他的美貌,也是好的。恐是因此之故,有的女子勉强找求关系,定要到三条宫邸去替出家为尼的三公主当侍女。随着各种各样的身份,发生各种各样的悲哀情节。

匀亲王在昼间仔细看看六女公子的容颜,觉得实甚美丽,对她的爱情越发深厚了。六女公子身材大小适度,体态窈窕无双,头面与垂发优美可爱,与常人迥不相同。肤色之娇艳令人吃惊,相貌之高贵令人自惭。总之,全身都无缺陷,"佳人"这两个字当之无愧。芳龄大约二十一二,已经不是童年,故身体上毫无不发育之处,一切圆满,正像盛开的花朵。父亲悉心教养,关怀无微不至,故品性上亦毫无缺陷。难怪父母对她如此痴心。只是讲到温柔与娇媚,总要首先想起二条院那位二女公子。六女公子在回答匀亲王问话时,虽然也很怕羞,但并不过分瑟缩,处处表示着多才多艺与聪明干练。她有优良的青年侍女三十人、女童六人,相貌都长得不坏。她们的服装,因为一般的华丽已经看厌,所以另取一种全新的样式,其美观出人意外。六女公子的婚仪,比三条院云居雁夫人所生大女公子入宫当太子妃时更加隆重,或许是为了匀亲王的声望与容姿特别优越之故吧。

自此以后,匀亲王不能自由赴二条院去。只因身份高贵,故昼间未便任意出门,只能在六条院南部从前惯住的地方度日。晚上也不能离开了六女公子而赴二条院去。因此二女公子常常望穿秋水。她想:

"这原是意中事，但想不到恩情立刻完全断绝。信乎，若是主意坚定之人，决不会忘却自身之微贱而高攀贵人。"反复思量，觉得当时贸然离开山庄，犹如南柯一梦，追悔莫及，悲伤不已。又想："还不如想个办法，悄悄地回宇治去吧。并非全然和他断绝，但亦可暂时慰我衷情。只要不同他结怨，原属无妨。"她再三考虑之余，终于不顾羞耻，写了一封信给薰中纳言，信中说道："前日承为亡父举办法事，曾由阿阇梨传告，均已详悉。若非足下不忘旧谊，热诚追荐，在天之灵何等孤寂！拜受嘉惠，感激不尽。如有机缘，再当面谢。"这信写在陆奥纸上，不拘形式，信笔直书，然亦清秀可爱。已故八亲王三周年忌辰，薰中纳言替他大做功德。二女公子衷心喜慰，向他道谢，虽只寥寥数语，显见真心感激。向例二女公子对薰中纳言来信作答，尚且顾虑多端，不肯放怀详述。此次却主动致书，并且说到"面谢"，薰中纳言看了受宠若惊，欢喜无量，心情大为兴奋。他想起匂亲王近正贪恋新欢，遗忘故人，推量二女公子定多苦痛，对她十分同情。因此这信虽然言词直率，并无风趣，薰中纳言却反复细看，爱不忍释。他的回信中说："来信拜悉。前日亲王三周年忌辰，小生敬怀圣僧之虔诚，前往祭奠。其所以并不奉告而私自前往者，实因小姐有同行之意，而窃以为不宜也。来书谓我'不忘旧谊'，未免对小生情缘估计太浅，不胜怅恨。余容面陈，惶恐拜复。"这信直率地写在一张坚实的白纸上。

次日傍晚，薰中纳言来到二条院。只因私下恋慕二女公子之情转浓，故今日的打扮煞费苦心。柔软的衣服上浓重地熏足衣香，竟有香气太烈之嫌。外加手持一把惯用的丁香汁染的扇子。全身香气之馥郁不可言喻。二女公子也常常想起当年宇治山庄中那离奇古怪的一夜的光景，虽然看见薰中纳言性情正直无私、斯文一脉，与常人迥不相同，但有时恐怕未免会想起："索性嫁了此人也好。"她已经不是无知小儿，把那可恨的匂亲王同他一比，显然觉得此人优越得多。因念过去常常和他隔物相会，实在对他不起，又恐被他看作不识情趣的女子。

因此今天请他进入帘内，自己则在正屋帘前添设一个帷屏，坐在稍深的地方和他会谈①。薰中纳言开言道："今日虽非小姐特地号唤，但蒙破例许可会面，不胜欣喜，理应立即前来叩访。但闻昨日亲王在府，或恐有所不便，因此延至今日。承于帘内赐坐，减少隔物，可见小生多年以来的愚诚，今已渐蒙谅解，实甚难得啊！"二女公子还是非常怕羞，似觉话也说不出来。好容易答道："先父三周年忌辰，幸蒙赐祭，不胜感激。倘照向例默志于心，则区区谢忱亦不能奉达，实甚遗憾，故而……"她说时态度十分恭谨，身体逐渐向内退缩，因此言语断断续续，声音隐隐约约。薰中纳言好不心焦，对她说道："小姐离我太远了！我正想竭诚奉告，并谨聆请教呢。"二女公子觉得果然相距太远了，便稍稍膝行而前。薰中纳言听得她走近来，胸中一阵乱跳，然而立刻镇静下来，装作若无其事的样子。他想起匂亲王对二女公子感情突然冷淡，便直言指责，又殷勤安慰，轻言细语地就各方面说了许多话。二女公子对匂亲王的怨恨，不便出之于口，她只向他表示"不怨处世难……"②的意思，用寥寥数语来岔开话头，然后诚恳地请求他带她往宇治一行。

　　薰中纳言答道："这一件事，依愚见看来，是不能效劳的。总须将尊意直率告知亲王，遵照他的指示行事，方为妥善。不然，万一稍有差错，亲王必将怪怨小姐轻率，结果实甚不佳。只要不被亲王误解，则往来迎送之事，小生自应一力担当，岂敢惮劳！小生为人一向正直无私，迥非寻常男子可比，此乃亲王所深悉也。"他口上虽如此说，其实深悔从前将二女公子让与匂亲王，无时或忘。只想如古歌所咏"但愿流光能倒退"，而把二女公子娶了回来。此时他对二女公子隐约吐露此意。谈谈说说，不觉天色渐暗。二女公子觉得不便久留他在帘内，便对他

---

① 厢屋与正屋间挂着二重帘子，客人坐在厢屋里，主人坐在正屋里。
② 古歌："不怨处世难，不怪人情薄。只恨宿命穷，此身长落寞。"见《河海抄》。

说:"罢了,今天我心绪恶劣,且待稍见好转,再行请教。"说罢即欲退入内室。薰中纳言十分懊丧,连忙说道:"那么,小姐准备几时动身呢?我可吩咐他们将路上蔓草稍稍清除。"他想讨好她。二女公子暂时止步,答道:"本月已将过完,下月初动身吧。只要悄悄地前往就好了,不必郑重其事地求人准许。"薰中纳言觉得这声音非常可爱,便比平时更热烈地回想起往事来。

他忍无可忍,竟从他靠身的柱子旁边的帘子底下探身进去,拉住了二女公子的衣袖。二女公子想道:"原来他不怀好意,真讨厌!"她无话可说,只是默默地向后倒退。薰中纳言紧跟着她,顺水推舟地把半个身子攒进帘内,就在她身边躺下了,说道:"不知我是否记错:小姐曾对我说过'没人看见是无妨的'。不知我是否听错,所以进来问问。请你不要疏远我!你这态度多么无情啊!"说时不胜怨恨之情。二女公子无心回答,但觉荒唐可恶,气得发昏。终于镇静下来,说道:"你的用心真乃出人意外!侍女们看见了成什么样子呢!太无礼了!"她辱骂他,几乎想哭出来。薰中纳言觉得这话也有几分道理,心中颇感抱歉。然而还是强辩:"我这行为不会受人非难。当年曾有一夜和你如此对晤,你总还记得吧。你姐姐也曾允许我亲近你。你以为我无礼,反而不知趣了。我决没有色情的野心,请你放心可也。"他说时态度从容不迫。但因近来常常追悔前事,苦痛越来越深,便把心事叨叨絮絮地向二女公子诉说,全无准备离去的样子。二女公子毫无办法,此时她的心情,狼狈两字已经不够形容了!她觉得对付此人,比对付全不相识的人更加可耻可恨,只有吞声饮泣。薰中纳言对她说道:"你何必如此呢?太孩子气了。"他看看二女公子,但觉说不出的可怜可爱。而她那含蓄优雅之神态,比那年夜间所见更加圆满成熟。想起了从前自动把此人让与他人,以致今日如此颠倒梦想,后悔不已,竟嘘嘘唏唏地哭了起来。二女公子身边只有两个侍女。她们望见一个素不相识的男子攒进帘内来,不知有何事情,连忙走近来看。看见这男子是薰中纳言，知道他是一向关怀亲切的熟客人，料想今日或有缘故。她们觉得不好意思留在近旁，便装作不知，退出外边去。二女公子更觉孤寂了。薰中纳言深悔当年失策，苦痛难于忍受，心情一时不易镇静。然而从前对晤一夜，尚且规规矩矩，一心不乱。今日当然不会胡作非为。但此种事情，不须详细叙述了。薰中纳言懊恨此行徒然无益，而外人看了又不成样。左思右想了一会，终于告辞而出。

薰中纳言以为还是夜里，岂知已近破晓。他深恐被人看到，惹起讥议，心中不免烦乱。这也是为了不欲损伤二女公子名誉。他听说二女公子为了怀孕而身体不适，今天看见果然如此。为了遮羞而束在身上的那条腰带，薰中纳言看了也觉得可怜，这也是使他不忍放肆的一个原因。他想："回想起来，我是屡次错过良机的。然而丧情灭理之事，毕竟违背我的本意；且凭一时冲动而胡行乱为之后，势必心无宁日。偷偷摸摸地追求欢会，实甚苦心劳思，又使得女方也平添忧患。"然而他这种贤明的思想不能扑灭热烈的情火，直到此时他还恋念二女公子，真乃岂有此理。他立志非把二女公子弄到手不可，其用心实甚不良。他只觉得二女公子那比以前稍稍消瘦而依旧风流娴雅的面影，片刻不曾离去，一直随附在他身旁，因此其他一切事情全都不在他心上了。他只是想："二女公子一心想赴宇治，我可否陪她去呢？只怕匂亲王不允许吧。不过，偷偷地带她去毕竟很不妥便。有何办法可以不受世人非难而成遂这个愿望呢？"他回家时已魂不附体，茫然地躺下了。

清晨天色尚未大亮之时，他就写信给二女公子。照例表面上是冠冕堂皇的文章，附有诗云：

"懊恨空归繁露道，
秋客依旧似当年。

蒙君冷遇,使我'不明事理枉多忧'①,此外无言可奉陈也。"二女公子想不复他,又恐向无此例,侍女们要诧怪。左右为难,结果略复数字:"来信拜收。心情异常恶劣,未能详复为歉。"薰中纳言接到回信,殊觉言语太少,甚是扫兴,只管恋恋不舍地回想她那可爱的面影。二女公子想是现已渐通人情世故,所以昨夜对薰中纳言虽然如此严拒痛斥,但并不十分嫌恶,态度非常稳静,且又温和婉转,终于推三托四,巧妙地把他送走。薰中纳言现在回想她那模样,心中又是嫉妒,又是悲伤,百感交集,愁闷不已。他想:"此人比较起从前来,样样都长进了。怕什么呢!将来匂亲王抛弃了她,叫她依靠我就是了。那时我虽然不能公然泰然地和她做夫妻,但可暗中往来。我又别无心爱之人,就叫她做我惟一的终身伴侣吧。"他只管筹划此事,其用心实在太不成样了。此人本来非常聪明正直,然而男子的心原都是可恶的。悲伤大女公子之死,虽然已徒劳无益,但并不像此次之痛苦。而此次呢,愁绪万叠,回肠百转,其苦不可言喻。他听见人说:"今天匂亲王到二条院了。"便忘记了自己是二女公子娘家的后援人,顿时妒火中烧,心痛欲裂。

　　匂亲王好多天不回二条院,自己也感到可恨,这一天忽然回来。二女公子觉得事到如今,何必再恨他呢,故对他绝不表示疏远之色。她请托薰中纳言带她回宇治山庄,薰中纳言也淡然不肯相助。如此一想,便觉世间实甚狭窄,使她无地容身,只有自叹命薄。她打定主意:"我只索在'命未消'②期间,听天由命,泰然度日。"便和颜悦色、真心诚意地招待匂亲王。因此匂亲王更加怜爱她,用千言万语来表达他久不回家的歉忱。二女公子腹部已稍稍膨大,身上束着那可羞的腹带,样子越发可怜。匂亲王不曾近看过怀孕的人,竟觉得稀罕。他在

---

① 古歌:"善解自身无怨恨,不明事理枉多忧。"见《河海抄》。
② 古歌:"池中水泡真堪美,身世飘浮命未消。"见《拾遗集》。

严肃刻板的六条院左大臣家住惯了，一朝回到二条院自邸，但觉一切都很舒服，都很可爱，便向二女公子重申山盟海誓，言语滔滔不绝。二女公子听了想道："世间男子大都是会花言巧语的吧。"便联想起昨夜那个肆无忌惮的人的模样来。她想："多年以来一向以为此人循规蹈矩，岂知碰到色情之事，一点规矩都没有了。如此想来，眼前这个人的山盟海誓，也是不可靠的。"但又觉得匂亲王的话略有几句可听。她又想起薰中纳言："哎呀，乘我不备而闯进帏内，毕竟是荒唐的啊！他说和我姐姐始终保持清白关系，确是很难得的。然而还是不可不防。"于是对薰中纳言更加警惕了。但念今后匂亲王势必又有久不还家之时，这期间很可担心，却又未便说出。此次二女公子对待匂亲王比以前殷勤得多，所以匂亲王非常怜爱她。忽然他闻得二女公子衣服上有薰中纳言身上的香气。这香气和寻常世间的香气不同，显然是此人所特有。何况匂亲王对于此道是富有研究的人。因此他觉得奇怪，便向二女公子盘问："到底有何事情？"又察看她的气色。二女公子原知事出有因，一句话也不能回答，但觉非常痛苦。匂亲王想："果然不出所料。此乃必然之事。我早就疑心他不会不转念头的。"他心中非常懊恼。二女公子也曾防到此事，所以昨夜连贴身单衣都换过。然而奇怪得很，想不到连身上都染着他的香气。匂亲王对她说道："香气如此浓重，可见你对他已经毫无间隔了。"又说了许多难听的话。二女公子痛苦之极，但觉置身无所。匂亲王又说："我对你关怀特别深切，你却'我先遗忘人'①。如此背叛丈夫，乃身份卑贱之人所为。我又不曾和你阔别经年，如何你就变心？你的无情真乃出我意料之外！"此外痛恨之言甚多，笔者不能尽行记录。二女公子只是一言不答。匂亲王越发妒恨了，吟诗曰：

---

① 古歌："人未遗忘我，我先遗忘人。如此无情者，岂可久相亲！"见《古今和歌六帖》。

"汝有新欢香染袖,
我怀旧谊恨缠身。"

二女公子被他如此痛骂,无言可以辩解,只是说道:"哪有此事!"便答诗曰:

"既有常同衾枕谊,
岂因细故便分离?"

吟罢嘤嘤啜泣,那模样无限可怜。匂亲王看了想道:"正因为如此,所以会牵惹那人的心。"妒火越发炽盛起来,自己也不禁纷纷落泪。真是个色情狂啊!二女公子姿色实在非常可爱可怜,即使真个犯了重大过失,对方也不忍全然疏远她。因此不久匂亲王的妒恨渐渐消失,不再责备,反而好言抚慰她了。

次日,匂亲王与二女公子从容睡到日上三竿,方始起身。就在二女公子房中盥洗,吃早粥。匂亲王在左大臣家看惯了高丽、唐土舶来的金碧辉煌的绫罗锦绣,现在看到自邸的装饰,觉得虽是寻常世间之物,却也十分可亲。侍女们的服装也有穿旧了的,这环境给人沉静之感。二女公子身穿柔软的淡紫色衫子,上罩暗红面子蓝里子的裲子。那随意不拘的姿态,比较起六女公子的全般簇新、富丽堂皇的服饰来,并不觉得逊色。她的温柔妩媚的姿色,对匂亲王的深恩重爱受之无愧。她的面庞本来丰肥圆满,近来稍稍清减,颜色越发白嫩,更显得高尚优雅了。原来匂亲王以前不曾发现这种香气时,早就担心:二女公子的容貌比其他女子优越得多,设想倘有非嫡亲兄弟的男子接近她,偶有机会听到她的声音,窥见她的相貌,岂能漠然无动于衷,势必对她发生恋慕之情。他根据自己的好色之心如此推测,所以常常留心察看,往往装作无意的样子,查看二女公子身边的橱子和小柜子,里面有否可做证据的书信。然而一点也找不出来，只找到些寥寥数语的寻常信件，偶然夹杂在其他物件之中。他觉得奇怪，常常疑心两人的关系总不会如此简单。所以今天发现了香气而如此猜忌，原是理之当然。他想："薰中纳言的丰采，凡是懂得风情的女子，看见了必然爱慕，哪里会坚决拒绝呢？这两人才貌相当，多分是互相爱上了。"因此又是伤心，又是愤怒，又是嫉妒。他对二女公子总是放心不了，所以这一天不曾出门，写了两三封信送六条院去。几个老年侍女便私下讥议："分别了才多久，积得这许多话！"

且说薰中纳言闻知匀亲王闭居在二条院，甚是担心。他想："真不该啊！我的用心何等愚蠢恶劣！我本该作为她娘家的后援人去照顾她，岂可忽萌邪念？"便努力扭转自己的心情，推想匀亲王即使宠爱六女公子，也决不会抛舍二女公子。于是替二女公子庆幸。他想起二女公子身边的侍女所穿衣服已经陈旧，便走到三公主那里，问道："母亲这里有没有现成的女装？我有个用处，想要几套呢。"三公主说："下个月做法事①用的白色服装，大概已经做好了。但染色的此刻还未置备。你有用处，立刻叫他们缝制吧。"薰中纳言说："那又何必呢！并不是重要用处，只须现成的就好了。"便吩咐裁缝所的侍女，叫她们拿出几套女装来，又添几件漂亮的裙子，这些都是现成的。此外又取了些不曾染色的绫绢。还有给二女公子本人做衣服的，是薰中纳言自己备用的红色砑光绢，又添上许多白绫。没有做女裙用的衣料，怎么办呢？便加了一条腰带，在带上系一首诗：

"心怜罗带好，物已属他人。
何必萦怀抱，徒劳诉恨情？"

———————————
① 每年正月、五月、九月做祈祷。这里是指九月。

薰中纳言派使者把这些衣物送交二女公子身边的侍女大辅君。这侍女年龄较长，是二女公子所亲信的。使者口头传言："奉上之衣物，系匆匆置办，毫不足观，尚请善为处置。"赠二女公子的衣料，力求不要显目，装进盒子，但包装特别讲究。大辅君并不拿去给二女公子看。只因薰中纳言此种馈赠，乃以前常有之事，大家早已见惯，不须谦让答谢、你推我辞，所以大辅君绝不觉得难于处置，就把衣料分送诸人，众侍女各自拿去缝衣服了。贴身服侍的青年侍女，服饰原应该特别讲究。那些下级侍女呢，平时惯穿粗布衣服的，如今穿了薰中纳言所赐的白色夹衫，虽然不甚惹目，倒也显得清爽。

实在，二女公子这里，能关心万事、照料一切的，除了薰中纳言而外更有何人呢？匂亲王对二女公子的宠爱原也异乎寻常，其关怀照顾也很周到。然而生活上琐屑之事，他哪能注意到呢？这位皇子生长深宫，养尊处优，不知世间疾苦为何物，原是当然之事。他经常度着风流艳雅的生活，玩弄花露还怕指冷呢。同他比较起来，像薰中纳言那样为了所爱之人而随时用心，一草一木也照顾到，实在是难能可贵。因此二女公子的乳母等人往往讥讽匂亲王："他的照顾算了吧！"女童中有几个人衣衫不整，二女公子看了颇觉羞耻，有时不免私下叹苦："住在这华厦里反而出丑了。"何况此时六条院左大臣家排场之奢华天下闻名，匂亲王的随从人等看到这里的状况，安得不见笑呢？因此二女公子更加不快，常常悲叹。薰中纳言很会推察她的心事，所以送这些衣物来。倘对交情疏阔之人，送这些琐屑之物太不成样，有失礼貌。但送二女公子，并无轻侮之嫌，有何不可呢？如果送她隆重的礼物，反而引起旁人讥议，被认为过分讨好。薰中纳言顾虑及此，所以只送些现成品。另外他又命人缝制种种美丽的衣服，又织造一些礼服，连同许多绫罗衣料一并送去。原来这位中纳言也是从小在锦绣丛中长大起来的，其养尊处优并不亚于匂亲王。心性异常骄矜，处世目空一切，真是个佼佼不群的超人。然而自从看到了已故八亲王宇治山庄的光景以来，始知失势之人，原来生涯如此悬殊，实甚可怜。于是推想广大世间种种情况，常常寄予深切的同情。可知这是一番沉痛的经验。

自此以后，薰中纳言总想摒除邪念，光明正大地照顾二女公子。然而力不从心，恋慕之情非常痛苦。因此写给二女公子的信，比以前详细了，动辄透露难于忍受的恋情。二女公子看了，自恨罪孽缠身，悲叹不已。她想："倘是素不相识之人，可以骂他一声'何其痴狂！'要拒绝他也很容易。可是此人不同，自昔早有交往，互相信赖。如果今天忽然和他决绝，反而引起别人疑怪。他那竭诚尽忠的心情与态度，我并非不知感激。但倘要我为此而开诚解怀地对待他，我实在颇多顾虑。究竟如何是好呢？"她左思右想，心绪缭乱。她身边的侍女之中，稍明事理而可与共话的青年人，都是新进来的，未便和她们深谈。一向熟悉的人，只是从宇治山乡带来的几个老侍女，同她们也没商量。志同道合而可与罄谈心事的人，简直没有。因此无时不怀念已故的姐姐。她想："如果姐姐在世，此人不会对我发生这种不良之心吧。"心中悲伤不堪。匂亲王的薄幸固已可悲，但薰中纳言之事使她更觉痛苦。

薰中纳言忍受不住了，照例于某日沉静的傍晚到二条院访问。二女公子立刻叫人送出坐垫去，并命侍女传言："今日心绪甚恶，未能晤谈为歉。"薰中纳言听到这话，心中非常悲伤，眼泪即将夺眶而出。恐被侍女看见了不好意思，便努力忍住，答道："患病之时，素不相识的僧人都要住在近旁呢。就请把我当作医师，许我进入帘内吧。如此传言问答，我这访问全无意趣了。"众侍女看见他的神色非常痛苦，想起那天夜间闯入帘内之事，对二女公子说："如此招待，确是太简慢了。"便把正殿的帘子放下，请薰中纳言进入守夜僧人所居的厢屋内。二女公子心中实在非常懊恼。但侍女既已如此说了，如果公然表示坚拒，深恐反而教人怀疑，因此只得忧心忡忡地稍稍膝行而前，和客人对晤。二女公子有时说几句话，然而声音非常轻微。薰中纳言听了，猛然想起大女公子患病初期的样子，觉得不祥。心中一阵悲伤，便觉眼前一片黑暗，一时说不出话来，支吾了好一会。他痛恨二女公子坐的地方太进深，便从帘下伸手进去，把那帷屏稍稍推开，照例顺水推舟地挨身进去。二女公子非常担心，无可奈何，只得召唤她的贴身侍女少将君，对她说道："我胸中疼痛，你且替我按一下。"薰中纳言听见了，说道："胸中疼痛，按住了越发难过吧。"他叹一口气，坐一坐端正，但心中讨厌这侍女在座，十分焦灼。又对二女公子说道："你为什么身体常是如此不适呢？我曾问过怀孕的人，据说起初确有一个时期身体不适，但不久就会复健。你大约是年纪太轻，过分担心之故吧。"二女公子非常羞愧，答道："胸痛之病，我是早已有的。亡姐也患此病。据说患此病者寿命都不长呢。"薰中纳言想起世间谁也没有"青松千年寿"①，很替二女公子担心，非常可怜她。便顾不得少将君在座，把自昔以来对二女公子的爱慕之情一一诉说，但把刺耳难闻的话删去，措词非常文雅，只叫二女公子听了心领神会，而别人听了不觉得异样。少将君听了，觉得此人的好意实在深可感谢。

薰中纳言常常睹物怀人，时刻不忘大女公子，故对二女公子说道："我从小厌恶尘世，常想清心寡欲地度此一生。然而恐是前世因缘注定之故，我虽常受令姐冷遇，而对她刻骨相思难忘。因此之故，本来的道心终于逐渐消失。为欲慰情，我也常想结识几个女子，看看她们的模样，或可排遣哀思。然而别的女子更无一人可以使我倾慕。经过万般苦思之后，确信世间没有一个女子能牵惹我心。所以如果有人把我当作好色之徒，我心甚觉可耻。今我对你如果稍有半点不良之心，自不足道。然而仅乎如此对晤，常把我心所思之事奉告，或者倾听你的谈话，彼此开诚畅谈，谁复能责咎呢？我心与众不同，一向正直无

---

① 古歌："青松千年寿，谁是此君俦？可叹浮生短，情场不自由。"见《古今和歌六帖》。

私,世间无人能非难我,还请你信任我吧。"他满怀怨恨,啼啼哭哭地说这番话。二女公子答道:"我如果不信任你,怎么会不顾旁人疑怪,如此接近地招待你呢?多年以来蒙你种种照拂,深感厚意。因此我把你看作特别可靠之人,此次曾经主动写信给你呢。"薰中纳言说:"你几时主动写信给我,我根本记不起来了。你的话说得多甜蜜啊!大约是指:为了准备赴宇治山乡,才写信来召唤我吧?我也确是蒙你信任,我心岂不感激?"他说时还是满怀怨恨。但因旁边有人听见,未便任情罄谈。他向窗外凝神眺望,但见天色渐渐幽暗,虫声历历可闻。庭中假山只见黑影,此外景色都已不能分辨。帘内的二女公子见他只管悄然不动地靠柱坐着,心中十分着急。薰中纳言低声吟诵古歌"人世恋情原有限……"①,接着说道:"苦痛忍受不住了!我很想到'无音乡'②去呢。至少,到宇治山乡去,即使不特建寺院,也要依照故人面影雕一个肖像,绘一幅画像,当作佛像,礼拜诵念。"二女公子说:"你发这个心愿,真正令人感动!不过说起雕像,教人联想起放入'洗手川'③里的偶像,反而对不起亡姐了。至于画像呢,世间有看黄金多少而定容貌美丑的画师④,所以也是不放心的。"薰中纳言说:"对啊!这雕匠和画师,怎能依照我的意思而造像呢!听说近世有一个雕匠,所雕的佛像真个能使天花乱坠。但愿有这等神工鬼斧才好。"讲来讲去,总忘不了大女公子。神色如此悲伤,显见其富于深情。

二女公子看他可怜,将身稍稍靠近他些,对他说道:"说起雕像,我忽然想到一件事,只是怪不好意思告诉你。"说时态度比以前亲切了

---

① 古歌:"人世恋情原有限,不须愁叹负心人。"见《古今和歌六帖》。
② 古歌:"不堪相思苦,未便高声哭。欲往无音乡,不知在何国。"见《古今和歌六帖》。
③ "洗手川"是寺院门前的川。举行祓禊时,将偶像放入川中,让它流去。意思是教偶像代受罪过。所以说"对不起亡姐"。
④ 汉武帝命画师毛延寿画宫女像。王昭君不送毛延寿黄金,毛延寿把她的容貌画得很丑,武帝信以为真,将王昭君遣嫁胡人。

些。薰中纳言喜出望外,连忙问道:"什么事呢?"同时从帷屏底下伸进手去,握住了二女公子的手。二女公子觉得很讨厌。但她正想设法制止他的恋情,以便放心地和他对话。而且如果声张起来,近旁的侍女看了也不成样。因此装作若无其事,对他说道:"有一个多年以来生死不明的人,今年夏天从远方来到京都,说要来访问我。我想这个人和我关系不疏,然而素未谋面,要立刻和她亲热恐也不能。前些时果然来了,一看,她的面貌和姐姐肖似得奇怪,我就立刻感到她很可亲。你常说我是亡姐的遗念,其实据侍女们说,我虽然和姐姐同胞,但在各方面都和姐姐大不相像。这个人同姐姐关系疏远,不知怎的反而如此毕肖。"薰中纳言听了,疑心自己是在做梦。他说:"一定是有缘分,才会如此亲密。但不知何以不曾听说过。"二女公子说:"唉,什么缘分,我也弄不清楚。父亲在世之时,常常担心自己死后,遗下的女儿孤苦无依,身世飘零。只在我一人身上,他已十分担心。如果再有此种事情,外间传说开去,更将惹人耻笑了。"薰中纳言从这话中察知:大约八亲王有一个私通的妇人,生下这个女儿,不知在哪里养育起来的。二女公子说她相貌酷肖大女公子,这句话攒进他耳朵里去,他就追问:"只有这几句话,使我不得要领。你既然对我说了,就请详细告诉我吧。"二女公子终觉不好意思,不肯对他详说,只是答道:"你倘要去寻访,我可把地址告诉你。至于详细情形,我也不甚明白。说得太详细了,只怕使你扫兴。"薰中纳言说:"为了寻访亡魂在处,即使是海上仙山①,亦当全力以赴。我对此人的恋慕虽未若是其甚,但与其如此魂思梦想,无法慰情,还不如前往寻访。只要能胜如令姐的雕像,便供奉她为宇治山乡的本尊,有何不可?还请你详细指示。"

二女公子见他如此坚决要求,说道:"这便怎么好呢!父亲不承认她为女儿,我却随口泄漏出去,实在太多嘴了。但我听见你说,要找神

---

① 指唐玄宗寻访杨贵妃亡魂。见白居易《长恨歌》。

工鬼斧来替姐姐雕像，我心十分感动，因此说出这个人来。"便告诉他："此人多年来住在很远的乡间。她的母亲可怜她，定要她和我通信交往。我未便置之不理，便时时给她回信。前些时她就来访我了。也许是灯光之下看不清吧，但见其人浑身上下无论哪一点，都比我所预想的漂亮得多。她的母亲正在担心她的前程。倘能蒙你供奉她为宇治山乡的本尊佛菩萨，真是她的无上幸福了。但恐这是盼不到的吧。"薰中纳言猜想：二女公子表面上虽然说得头头是道，其实是讨厌他的啰唣，想设法打发他。因此他心中颇感不快。然而想起那个肖似大女公子的人，毕竟有些眷恋。他想："她虽然深恶痛绝我那不应有的恋情，但表面上不做出使我难堪的行为来，可见她颇能体谅我的心意。"便觉心情异常兴奋。此时夜已很深。帘内的二女公子深恐侍女们看了不成体统，便趁薰中纳言不防之时悄悄地退入内室。薰中纳言左右寻思，觉得二女公子的退避是应该的。然而心中还是不胜怨恨惋惜，情思无法镇静。眼泪即将夺眶而出，又恐被人讥笑，只得努力忍住。百感交集，方寸恼乱。但他明白：不顾一切地胡行乱为，为人为己两皆不利，毕竟是使不得的。于是竭力忍耐，起身告辞而出，愁叹之声比往日更苦。

他在归途上想："我只管如此愁恨，将来如何是好呢？真痛苦啊！有什么办法可使我不受世人讥评而又如意称心呢？"想是由于对恋爱一道缺乏经验之故吧，他往往无端地替自己又替别人考虑未来可忧之事，通夜不眠直到天明。他想："二女公子说那人酷肖大女公子，但不知是否真实，总得看一看才好。她的母亲身份不高，则求爱想必不难。但倘那人不能使我称心，倒叫我麻烦了。"因此对这女子并不十分向往。

薰中纳言久不访问宇治八亲王旧邸，似觉亡人面影日渐疏远，心甚悲伤，便于九月二十日过后来至山庄。但觉山中秋风甚厉，木叶乱飞。守护这山庄的，只是凄凉骚乱的宇治川水声，难得看到人影。薰中纳言一见便觉黯然销魂，伤心无极。他召唤老尼姑弁君，弁君走到纸隔扇门口，站在一个深青色帷屏后面，告道："恕我失礼了！年纪一大，颜面丑陋可怕，见不得人了。"便不走出帷屏外面来。薰中纳言对她说道："我推想你在这里何等寂寞啊！除你以外，我更无知心之人，所以特来和你谈谈。不知不觉之间，又过了许多时光！"说时泪盈于睫，那老尼姑更是流泪不止。薰中纳言又说："回想起来，大小姐为二小姐的终身大事操心，正是去年这个时节。悲伤无时或已，就中秋风逼人之时更甚。大小姐所忧虑的果然不错，我隐约闻知二小姐与匂亲王的姻缘的确不甚美满呢。思想起来，事事都可痛心啊！"又说："不过不论情形这样或那样，只要活在世上，将来或有否极泰来之日。只是大小姐怀着这忧虑而死去，我总觉得是我的过失，想起了不胜悲伤。最近左大臣家的事情，其实不必担心，这是世间常有之事。匂亲王虽然又娶了六女公子，但对二小姐绝无疏远之色。说来说去，可悲的正是那个化作灰烬的人！死，原是谁也不能逃避之事，然而或先或后，总是使人悲伤难堪的啊！"说罢又哭泣起来。

随后派人去召请阿阇梨到山庄来，托他举办大女公子周年忌辰的佛事。又对他说："我想，我常常到这里来，回想不可挽回之事而伤心，亦属徒劳无益。因此想把这山庄拆毁，在你那山寺旁边建造一所佛殿。反正一定要造，不如早日动工。"就把几间佛堂、若干回廊及僧房，以及其他应有房室都画出来，同阿阇梨商談。阿阇梨大为赞善，说这是功德无量。薰中纳言又说："不过这是八亲王当年用心设计建造的住宅，我把它拆毁，似乎太无情义。但我推想他的本意，原是想在佛事上面做功德的，只因顾念身后还有两位女公子，所以不曾建造寺院。惟现在这是匂亲王夫人的产业，应归匂亲王所有。如此说来，未便把它改作寺院。我也不该任意处置。然而这地方太近河岸，过分显露，还不如把它拆毁，改造佛寺，另行建造庄屋。"阿阇梨说："此事无论从哪一方面看来，都是莫大功德。从前曾有一人，悲伤儿子死亡，把尸体包好了挂在颈上,挂了许多年。后来受了佛法感化,把尸囊舍弃,终于进入佛道①。如今大人看到这山庄,便触景生情,实甚不利于修行。若能改作寺院,则对后世有劝修之功德,理应早日动工。即请宣召阴阳博士,选定吉日。并雇用技术高明之工匠二三人,计划工事。其他细节,按照佛教宗门定规布置可也。"薰中纳言便就各项事宜规定办法。又召集附近领地内庄屋中人员,吩咐他们:"此次建造寺院,一切工事均须遵照阿阇梨指示。"转瞬之间日色已暮,是夜就在山庄泊宿。

薰中纳言想起:今天是最后一次看到这山庄了,便向各处巡视。但见佛像皆已迁入寺中,剩下的只是尼姑弁君使用的器具。设想她那孤寂的生涯,十分可怜,不知今后如何度日,便对她说:"这邸宅应当改造了。在尚未竣工之前,你可住在那边的廊房中。倘有物件欲送京中二小姐,可唤庄屋内人员来此,妥为办理。"又叮嘱她种种细事。倘是别的侍女,则如此老朽之人,不会受薰中纳言青睐。但此人与众不同,薰中纳言许她晚上睡在近旁,叫她述说往事。旁边并无他人,说话可以放心,故弁君也谈到薰中纳言的生父已故柏木权大纳言之事。她说:"权大纳言临终之时,渴望看看大人在襁褓中的姿态,那情状我至今还记得起来。我想不到活到今日,能拜见大人升官晋爵,定是当年勤恳服侍权大纳言而得来的善报。想起了又是欢喜,又是悲伤。又念我这苦命人老而不死,看到了许多逆事,便觉可耻而又可恨。二小姐屡次对我说:'你常常到京中来看看我吧。只管闭居在山中,把我完全抛弃了!'然而我这不祥之身,除了阿弥陀佛之外,不想拜见别人。"便娓娓不倦地叙述大女公子生前情状:什么时候曾说什么话;欣赏樱花、红叶之时曾咏什么诗歌……虽然声音发抖,倒也说得像模像样。薰中纳言听了,设想大女公子为人像小孩一般不多说话,而性情风流

---

① 据佛经中说:观音和势至前生是两个小孩,被继母杀死。父亲不胜悲痛,把两个孩尸裹入囊中,挂在颈上。后来受佛法感化,舍弃尸囊,进入佛道。

优雅。他听了弁君的话,恋慕之情越发增添,想道:"匂亲王夫人比她姐姐稍稍富有现代风味。她对于性情不相投合之人,态度很冷淡。只有对我深抱同情,愿意和我永结友谊。"他在心中如此比较两女公子的性行。

薰中纳言在谈话之中提起二女公子所说的那个可以代替大女公子的人。弁君答道:"此人现在是否在京,我不知道。关于她的情况,我都是听人传说的:已故八亲王尚未迁居山庄之前,夫人病故。不久,亲王和一个上等侍女私通。这侍女名叫中将君,品貌还不坏。但亲王和她交往时间甚短,别人都不知道。后来这中将君生了一个女儿。亲王原知此女儿是自己所生,但因嫌其烦累,此后不再和她交往。又为此事痛自惩戒,就此皈依佛法,度送僧侣一般的生涯。中将君失去依靠,只得辞职,后来嫁与一个陆奥守为妻,跟着他赴陆奥任地去了。过了几年,中将君返京,辗转央人向亲王示意:女儿抚养在家,平安无恙。亲王听到了,说道:'此事不须向我通报。'表示不肯收留。中将君不胜懊丧。后来她丈夫当了常陆介,又带了她赴任地去。此后久无音信。今年春天这位小姐到匂亲王府访问二小姐之事,我亦略有所闻。这位小姐今年大约二十岁。前些时她母亲曾有来信,说'小姐长得非常美丽,十分可怜',信中叙述甚详呢。"薰中纳言听了她的详细说明,想道:"如此看来,二女公子说她酷肖其姐,多半是真的了。"他盼望一见,便吩咐弁君:"只要其人略有几分肖似大小姐,即使住在他乡异国,我也要去寻找。八亲王虽然不认她为女儿,但毕竟是血统很近的人。你也不必特地去通知,只要在音问往还之时,乘便把我的意思告诉她。"弁君说:"她的母亲中将君是已故亲王夫人的侄女,和我是姑表姐妹关系。中将君在亲王家供职时,我住在外地,所以和她不甚熟悉。前些时二小姐的侍女大辅君从京中来信,说这位小姐希望到亲王坟上祭扫,叫我有所准备。但至今还不曾到这里来过。既蒙吩咐,等她来时我定当将尊意转达。"夜色已近黎明,薰中纳言准备回京。他就把昨夜黄昏后京中送来的绢帛等物赠送阿阇梨,又赏赐弁君。阿阇梨寺中诸法师及弁君的仆役,也都受赐布匹等物。这住处实甚荒寂,但因薰中纳言常常来访,多方照拂,故以弁君的身份而论,生涯过得十分安乐,她可以从容自在地修行佛法。

朔风异常凛冽,令人难于禁受。枝上红叶尽行脱落,狼藉满地,而全无人足践踏的痕迹。薰中纳言看了这景象,徘徊不忍遽去。有些寄生的常春藤附缠在姿态优美的深山古木上,还毫不褪色地活着。薰中纳言命人从其中摘取一些红叶,拟带回去送给二女公子。独自吟诗曰:

"当年曾追随,犹似寄生①草。
若无此旧谊,旅宿太孤悄。"

弁君答道:

"当年寄生处,荒凉剩朽木②。
今日重来访,哀哉此旅宿!"

此诗虽是十足的古风,但亦不无风趣,薰中纳言听了觉得聊可慰情。

薰中纳言遣人将红叶送给二女公子时,正值匂亲王在家。侍女漠不关心地送进去,说道:"这是南邸③送来的。"二女公子以为照例是谈情的信,非常担心,然而此时岂能隐藏。匂亲王含有意义似的说道:"好漂亮的红叶啊!"便取过来看。但见薰中纳言的信中写道:"尊处近日想必平安无事。小生前日曾赴宇治山乡,山中朝雾困人,更增伤

---

① 本回题名据此诗。
② 弁君以朽木自比。
③ 薰君所住的三条宫邸在二条院之南,故云。

感。详情他日面罄。该地山庄改造佛殿之事,已嘱咐阿阇梨照办。曾蒙金诺,故敢将庄屋移建他处。应有事宜,即请吩咐老尼弁君可也。"匂亲王看罢说道:"这封信写得好堂皇啊!大约他知道我在这里吧。"薰中纳言或许多少确有几分此种心理,二女公子看见信中并无别事,心中正在欣慰,听见匂亲王说这种猜疑的话,认为冤枉太甚,不胜怨恨,那娇嗔之相非常可爱。即使有万种罪状,也不怕人不容赦了。匂亲王对她说:"你写回信吧。我不看就是了。"便背转身子向着别处。二女公子觉得过分撒娇坚不肯写,教人看作古怪,便执笔写道:"闻君走访山乡,令人不胜欣羡!该地庄屋改造佛殿,诚属至善。将来我身出家,不须另觅岩穴,自有归宿之处。而旧居亦不致日渐荒芜。多承美意,无任感戴。"照这回信看来,两人交谊纯属普通友爱,无可指责之处。但匂亲王生性好色,以己度人,大概认为两人之间定有异乎寻常的关系而很不放心吧。

　　庭中秋草皆已枯萎,只有芒草与众不同,仿佛伸出了手,向人招徕,颇有风趣。更有尚未生穗的芒草,也像穿着露珠的丝线,细弱无力地望风披靡。此景虽属寻常,但当此晚风萧瑟之时,亦足催人哀思。匂亲王吟诗曰:

"玉露频频来润泽,
　幼芒哪得不知情?"①

他身穿平日惯穿的衣服,上面只加一件便袍,此时拿起琵琶来弹奏。他把琵琶合着黄钟调,弹出非常哀愁的曲子。二女公子原是喜爱音乐之人,听了这琵琶之声,心中怨恨顿时消释,把身子靠在矮几上,从小帷屏旁边稍稍探出头来,那姿态非常可爱。答诗曰:

---

① 玉露比薰君,幼芒比二女公子。

"吹到芒花风力弱，

可知秋色已凋零。①

悲秋虽非我一人之事，但……"说罢泪下如雨，毕竟觉得不好意思，连忙以扇遮面。匀亲王推量她的心情，也觉得很可怜。但猜疑终是不释，他想："正因为此人如此惹人怜爱，只恐那人不会放弃她呢。"便觉妒火中烧，不胜痛恨。

白菊尚未全然变紫②。其中特别用心栽培的，变紫反而更迟。但不知怎的，只有一枝已经变成非常美丽的紫色。匀亲王命人将这一枝折取过来，口中诵着"不是花中偏爱菊"③的古诗。对二女公子说道："从前有一位亲王，傍晚时吟着此诗而观赏菊花，忽然一位古代天人从空中翱翔而来，把琵琶秘曲教给他④。但今世万事都浅薄了，实甚可叹。"便停止弹奏，放下了琵琶。二女公子觉得遗憾，说道："只是人心变得浅薄罢了，古代传下来的技术怎么会变呢？"她似乎想听一听自己已经荒疏了的古传手法。匀亲王说："那么，我一人弹奏太单调，你来和我合奏吧。"便命侍女把筝取来，叫二女公子弹奏。二女公子说道："从前也曾有人教过我来，但现在都已记不清楚了。"她似乎有所顾虑，手也不触筝琴。匀亲王说："这一点点小事，你也要对我见外，实在太无情了！我最近逢到的那个人，虽然相处日子不多，尚未熟悉，但连幼稚的、生疏的事情也不隐瞒我。大凡女子，总须柔顺而天真才好，那位薰中纳言也曾做这样的定评。你对此君不是十分信任、非常

---

① 芒花比自己，风比匀亲王。暗示其移爱六女公子也。
② 白菊经霜，色渐变紫，为时人所欣赏。
③ 元稹诗云："不是花中偏爱菊，此花开后更无花。"
④ 相传：醍醐天皇的皇子西宫左大臣高明，一日在庭前赏菊，口吟此诗句。唐朝的琵琶妙手廉承武的灵魂化作一小儿，从空中飞来，指示他"开后"乃"开尽"之误。又把秘曲《石上流泉》教给他。见《河海抄》。

亲睦的么？"他认真地怨恨起来。二女公子无可奈何，只得拿起筝来，略弹一曲。弦线已弛，所以这一回弹南吕调。二女公子弹筝的爪音清朗悦耳。匂亲王唱催马乐《伊势海》①，嗓音高尚优美。众侍女躲在近边的隐蔽地方窃听，大家笑逐颜开。有几个老侍女相与议论："亲王另有所爱，原是遗憾。然而身份高贵的人，三妻四妾也是理之当然。我们的小姐毕竟是有福之人。从前孤居在宇治山乡之时，做梦也想不到能交这样的好运。现在她说要重归山乡，真是荒唐的想法！"她们喋喋不休，年轻的侍女都来制止："静些！"

匂亲王为了教二女公子弹琴，在二条院居住了三四天。他以日子不好、不宜出行为借口，不到六条院去，六条院里的人就怨恨起来。这一天夕雾左大臣从宫中退出，亲自来到二条院。匂亲王闻之，咕哝地说："如此大张旗鼓地到这里来做什么呢？"便走出房间，到正殿里迎接。夕雾说道："只因无甚要事，久不到这里来了。今日睹物思人，不胜感慨呢！"谈了些二条院的旧事之后，便带着匂亲王回六条院去了。随从的有夕雾的诸公子、高官贵族、殿上人等，冠盖如云，气势盛大。二条院里的人看了，都觉万难和他家并比，不免心情颇丧。众侍女都来窥看左大臣，也有人说："这位大臣真漂亮啊！他的公子也是如此，个个正当盛年，相貌堂堂，不过没有一人赶得上父亲。哎呀，真是个美男子啊！"然而似乎也有人说："如此身份高贵的人，特地亲自来接女婿，未免太过分了！这世间不成样子。"二女公子本人呢，回想自己过去的生涯，但觉终不能和这声势烜赫的人家相并肩，只是相形见绌。从此心情越发颓丧，更加痛切地希望："还不如无忧无虑地闲居在山乡中，最为安稳。"不知不觉之间，这一年又告终了。

到了正月底，二女公子产期临近，身体不适。匂亲王不曾见过这种状态，看了非常着急，不知如何是好。安产祈祷早已在许多寺院内

---

① 催马乐《伊势海》歌词："伊势渚清海潮退，摘海藻软拾海贝？"

举行，此时又开始增添了几处。二女公子身上非常痛苦，因此明石皇后也派人来慰问。二女公子同匂亲王结婚，至今已有三年。其间只有匂亲王一人真心宠爱她，世间一般人对她都不重视。现在闻知明石皇后也来慰问，大家吃惊，各方面都来探望。薰中纳言的担心不亚于匂亲王，常常忧愁叹息，计虑后果如何。但也只能做适度的问候，未便过分亲昵地表示关怀。他偷偷地替二女公子举办安产祈祷。

二公主的着裳仪式正在此时举行，举国臣民都为此事奔忙。一切准备工作，均由今上一人亲自筹划。故二公主虽然没有外戚做后援，着裳仪式的排场反而体面。她母亲已故藤壶女御生前预先替她置备着的东西自不必说，此外又命宫中作物所新制许多用具。几个国守也从外地进贡种种物品。这仪式盛大无比。今上原定：二公主举行着裳式后即招薰中纳言为驸马。故此时男方也应该有所准备。然而薰中纳言照例脾气古怪，全然不把此事放在心上，他只管为二女公子生产之事担心。

二月初，宫中举行临时任官式，薰中纳言升任权大纳言，又兼右大将之职。这是因为红梅右大臣辞去了他所兼任的左大将之职，原来的右大将升任为左大将，因此命薰君兼任了右大将。薰君升官后赴各处拜客，匂亲王处也必须一到。匂亲王为了二女公子患病，此时住在二条院，薰大将就来到二条院。匂亲王闻得他来，吃了一惊，说道："这里有许多僧人做祈祷，应酬很不方便呢。"只得换上新的衬衣和常礼服，整饰仪容，下阶来答拜。两人的姿态都很优美。薰大将向匂亲王启请："今夜即将犒赏卫府僚属，特设飨宴，务请光临。"匂亲王为了二女公子患病，能否出席，犹豫未决。这飨宴悉照夕雾左大臣以前的排场，在六条院举行。随从的诸亲王及高官贵族，云集殿上，其喧哗热闹不亚于夕雾升任左大臣时的飨宴。匂亲王终于也来出席，但因心挂两头，未曾终宴，匆匆告退。这里的六女公子听到了，说道："太失礼了，这算什么样子呢！"这并非为了二女公子身份低微，只是因为左大臣声势烜赫,这女儿骄傲成性,便目空一切,惟我独尊了。

次日早晨,二女公子好容易分娩,生下一个男孩儿。匀亲王的操心不曾白费,非常高兴。薰大将在升官之喜上又添了这一件喜事。为了答谢他昨夜出席飨宴,又兼庆贺他弄璋之喜,立刻亲到二条院来,站着①应酬了一会。因为匀亲王闭居在二条院中,所以没有一人不到这里来贺喜。致送产后礼物、第三日的祝贺,照例只是匀亲王家内私人参加。第五日晚上,薰大将致送屯食五十客、赌棋用的钱、盛在碗里的饭——这些都照世间常例。另有赠与产母的,是叠层方形食品盒三十具、婴儿衣服五套以及褓褓等物。这些礼物装潢并不华丽,以免旁人注目。但细看起来,件件非常精致,显见薰大将用心异常周到。还有赠与匀亲王的,是十二具嫩沉香木制的方几,高脚木盘上盛着点心。赏赐二女公子的侍女的,叠层方形食品盒自不必说,还有桧木制食品盒三十具,内盛各种各样的食物。但都不特地装潢,以免旁人注目。第七日晚上,明石皇后为之举行祝贺仪式,前来参加的人非常众多,自中宫大夫以至殿上人及高官贵族,不可胜数。今上闻知匀亲王生了儿子,说道:"匀皇子初次做父亲,我岂可不庆祝!"便御赐佩刀一具。第九日晚上是夕雾左大臣的祝仪。夕雾对二女公子虽然没有好感,但恐匀亲王心中不欢,所以也派诸公子前来道喜。此时二条院内无忧无虑,喜气洋洋。二女公子几月以来心多愁闷,身患病苦,一直忧伤烦恼。如今连日喜庆,脸上增光,心情也该稍稍宽慰了。薰大将想道:"二女公子做了母亲,今后对我势必更加疏远。而匀亲王对她的宠爱势必更深了。"他心中甚是遗憾。但念这原是自己当初的愿望,则又觉不胜欣慰。

且说二月二十日过后,藤壶公主②举行着裳仪式。次日薰大将即

---

① 当时习俗,认为产家污秽,故来客都不坐,站着谈话。
② 即二公主。其母居藤壶院,称为藤壶女御。母亡后,二公主仍居此院。

入赘,这一晚的事是不公开的。世间也有讥评此事的人,他们说:"天下闻名、宠爱无比的皇女,招赘一个臣下为女婿,毕竟是很不相称而又委屈的。即使今上已将公主许嫁薰大将,也不必如此匆匆成婚。"但今上的个性,凡事一经决定,必须赶快实行。今既招赘薰大将为驸马,便一心一意爱护这女婿,恩遇之深,古来竟无其例。入帝王家当女婿的,古往今来,不乏其人。但今上现正春秋鼎盛,而迫不及待地招赘一个类似臣下的人为婿,却是少有其例的事。所以夕雾左大臣对落叶公主①说:"薰大将如此深蒙圣眷,乃世间罕有之事,定是宿世因缘。六条院先父,尚且要到朱雀院晚年将近出家之时,才娶得薰大将的母亲三公主呢。我更不必说了,只在别人反对声中拾得了你这位公主。"落叶公主觉得确是如此,但因怕羞,默默不答。

结婚第三日之夜,自二公主的母舅大藏卿开始,以至向来照拂二公主的许多人,都受封赠为家臣。又非公开地犒赏薰大将的前驱、随身、车副、舍人等。此种细节,均照普通臣民人家办法。自此以后,薰大将每天悄悄地到二公主房中住宿。但他心中,还是时刻想念那个难于忘却的宇治大女公子。他白天在私邸内或起或卧,无时不沉思冥想。到了日暮,没精打采地赴藤壶院去。他不习惯此种生涯,颇感苦痛,便计划将二公主接到私邸来住。母亲三公主闻之,不胜欣喜,情愿将自己所住正殿让与二公主住。薰大将答道:"如此决不敢当!"便在西面新筑殿宇,造一走廊通向佛堂,意欲请母亲转居西面。东所前年失火之后,早已重建,富丽堂皇,轩敞宜人。此次更添修饰,详加设备。薰大将这计划,今上也闻知了。他想:"结婚未久,就毫无顾虑地移居私邸,是否妥当?"然而,虽曰帝皇,父母爱子之心的昏蒙,原是同众人一样的。他遣使送给三公主的信上,所谈的净是二公主之事。

---

① 落叶公主是夕雾的第二妻,本来是柏木之妻,柏木死后转嫁夕雾。事见第三十八回《夕雾》。

已故朱雀院曾把这位尼僧三公主郑重托付今上照拂。所以三公主虽已出家为尼，威望并不衰减，万事都同从前一样。凡三公主有所奏请，今上无不准许，可知圣眷深重。薰大将身受这两位尊贵人物的无限宠爱，可谓荣幸之至了。然而不知怎的，他心中并不特别欣喜，还是动辄沉思冥想。他只管操心于宇治建造佛寺的工事，盼望其早日落成。

薰大将屈指计算二女公子所生小公子的五十朝，用心准备庆祝的饼。连盛食物的箱笼盘盒都亲自设计。不用世间普通的东西，而全用沉香、紫檀、白银、黄金为材料。他召集各行各业的许多工匠，叫他们制造。这些工匠便各显身手，争工竞巧，造出种种珍品来。他自己呢，照例选匂亲王不在家的一天，亲赴二条院访问二女公子。恐是心理作用所使然：二条院里的人觉得他的模样比前更加神气，增添了高贵的风度。二女公子想道："现在他已娶了二公主，总不会再像从前那样情迷色恋，向我缠绕不休了吧。"便放心地出来和他会面。岂知他的态度依然如故，一见就落下泪来，说道："我这婚事其实非出心愿，如今更觉世事都不称意，心情越发迷乱了！"便诉说他的愁思。二女公子对他说道："呀，你这话岂有此理！被人听见了会泄漏出去呢！"但她想道："此人交了这般好运，毫无快慰之色，而还是不忘记故人，真乃深于情者。"她很可怜他，确信此人与众不同。又可惜姐姐早死了。如果在世，岂不甚好？但她又想："姐姐即使在世而嫁了他，结果也与我同样命运，两人都成了苦命之身。总之，家道衰微的人，决不能参与荣华之列。"如此一想，更觉姐姐决心不嫁而以此长终，真乃高明之见。

薰大将恳切要求看看新生的小公子。二女公子觉得怕羞，但她想道："如今何必拒绝他呢？此人只有无理求爱这一事是可恨的。除此以外，岂可拒绝他的要求？"她自己并不作答，但教乳母抱小公子出去给他看。将门之子，当然不会丑陋。这小公子长得异常白胖而美貌，声音洪亮，似乎已想说话。脸上时时露出笑容。薰大将看了心中艳羡，恨不得这孩子变了自己的儿子。可见他还是难于舍弃尘世的。他只是想："我那不可挽回的故人，生前倘能和我做了夫妻，留下这样一个孩子，多么好呢。"但他绝不企望最近新娶的那个荣华的二公主何日早生贵子，其心情也太怪僻了。笔者把此君描写成一个如此儿女之态的痴人，其实对他不起。如果他真是一个不通道理的怪人，皇上不会特别亲近他而赘他为驸马。推想起来，此人在朝廷政治方面定是才能出众的吧。薰大将看见二女公子肯将如此娇小的新生儿抱出来给他看，心甚感激，便比往常更亲切地和她谈话，不觉日色已暮。今日未便放心地在此逗留到深夜，心甚痛苦，只得连声叹气地告辞。他出去之后，也有几个饶舌的侍女说道："此人留下的衣香多么芬芳啊！真如古歌所谓'折得梅花香满袖'①，黄莺会来寻访呢。"

宫中推算：到了夏天，赴三条宫邸的方向不利。因此决定在四月初，未交立夏以前，叫二公主迁居三条宫邸。迁居的前一天，今上来到藤壶院，举行一个送别的藤花宴。南面厢屋的帘子一律卷上，其中设置今上的御座。此宴会不由藤壶院的主人二公主做主，而是皇上举办的公宴。故公卿王侯及殿上人的飨宴，均由宫中御厨供应。参与宴会的有夕雾左大臣、按察大纳言、已故髭黑大臣之子藤中纳言及其弟左兵卫督。亲王之中有三皇子②及其弟常陆亲王。殿上人的座位设在南庭的藤花下面。宣召一班乐队，把他们安排在后凉殿东面。到了日暮，命乐人奏双调，殿上管弦之会就此开始。二公主命人取出种种琴和笛来，从夕雾左大臣开始，诸公卿顺次将乐器奉献御前。已故六条院主亲笔书写而交付尼僧三公主的两卷琴谱，插上一枝五叶松，由薰大将呈上。夕雾左大臣接了，奉献御前。接着顺次奉上琴、筝、琵琶、和琴等，都是朱雀院的遗物。笛是夕雾梦中得柏木告语而转赠与薰君的纪念物③。今上曾经赞赏此笛，说是"音色之美无比"。薰大将想：

---

① 古歌："折得梅花香满袖，黄莺飞上近枝啼。"见《古今和歌集》。
② 三皇子即匂亲王。
③ 事见第三十六回《横笛》。

"除了今日的盛大宴会之外，何时更有良机呢？"因此取出这支笛来。于是夕雾左大臣奏和琴，三皇子奏琵琶，此外分赐诸人，开始演奏。薰大将的笛，今日尽情地吹出盖世无双的美音。殿上人中，几个善歌的人也都应召而出，演唱非常美妙的歌曲。二公主命人取点心，盛在四只沉香木制的食盒里，载在紫檀木制的高脚木盘上。衬布染成紫藤色，深浅有致，上面绣着藤花折枝。白银的酒器、琉璃的杯子、深蓝琉璃的瓶子，概由左兵卫督一手置办。今上赐酒一杯，夕雾左大臣受赐已多，今日不好意思接受。而亲王之中又无适当之人可以转让，便转让给薰大将。薰大将意欲辞退，但恐今上不悦，便接了酒杯，唱一声警跸①。其声音与姿态，原与普通仪式中无异，然而似觉特别优美，与众不同。大约由于今日他是天之骄子，所以看来更增光彩吧。薰大将把酒倾入另一瓷杯，怀藏了天子所赐的酒杯，然后喝干了酒，归还了瓷杯②，下阶拜舞谢恩。其姿态优美无比。地位尊贵的亲王及大臣蒙天子赐酒，尚且引为莫大之荣幸，何况薰大将以驸马身份受此恩宠，实乃世间稀有之珍闻。然而地位高下毕竟都有规定，薰大将拜舞之后只得退归末座，旁人看来实在委屈了他。

按察大纳言③看了不胜妒羡，希望自己能交这等鸿运才好。这是因为：他从前曾经倾心恋慕二公主的母亲藤壶女御。女御入宫之后，犹不断念，常常送情书去。最后又想娶得她所生的二公主，曾经托人向女御示意，要做二公主的保护人。但女御终于不曾将此意转告皇上。因此之故，按察大纳言心甚不快，他说："薰大将的人品果然佼佼不群，但今上在位之时，岂可如此隆重地优待一个女婿？九重之内，御

---

① 警跸是天子出入时从人呼唱之声，出曰警，入曰跸。赐酒时也如此呼唱。
② 天子赐酒，必须如此领受。
③ 此按察大纳言是谁，古来有两说：一说是红梅右大臣，按察大纳言是他的旧官名；一说是另一人，非红梅。

座之旁,让一个臣下任意出入,甚至举办飨宴,大张旗鼓地招待他,真是史无前例的啊!"他愤愤不平,讥讽得很凶。然而总想看看这个宴会,所以也来出席,心中却在生气。

殿上燃起纸烛,大家奉献祝歌。走近文台来呈献歌稿的人,个个脸上得意扬扬。然而这些诗歌,想必照例是稀奇古怪的陈腔滥调,所以笔者并不特地向人探询而一一记录。几位地位高贵的王侯,所咏的诗歌并不特别优秀。为欲纪念这个盛会,探询得一二首在此。这一首大约是薰大将走下庭中来折取藤花、奉献皇上饰冠时所咏的歌吧:

"欲为君王添冕饰,
　高抬罗袖摘藤花。"①

诗中得意之色,未免可厌。今上答诗云:

"藤花万世长鲜艳,
　今日贪看无餍时。"②

还有两首,不知是谁所作:

"此花原为君王摘,
　饰冕鲜明胜紫云。"

"移植九重深苑内,
　藤花香色不寻常。"

---

① 藤花比二公主,言高攀也。
② 藤花比薰大将。

这最后一首,似乎是那位生气的按察大纳言所咏。此种诗歌之中,或许有笔者误听之处。总之,皆非特别优秀之作。

夜色渐深,管弦之声更增佳趣。薰大将唱催马乐《安名尊》的嗓音美妙极了。按察大纳言昔年擅长唱歌,至今不曾荒疏,此时也神气十足地起来和薰大将合唱。夕雾左大臣的第七位公子,还是个幼童,已能吹笙,吹得非常美妙。今上赏赐他御衣一袭。他的父亲便下阶拜舞谢恩。今上于天色近晓之时还宫。犒赏物品,公卿及亲王等由今上颁赐;殿上人及乐人则由二公主赏赐,品类甚多。

是晚二公主从宫中迁居三条院,仪式非常盛大。皇上的侍女全部护送。二公主乘的是有庇的辇车。此外有无庇丝饰车三辆,黄金饰的槟榔毛车六辆,普通槟榔毛车二十辆,竹舆车二辆。陪送的侍女共三十人,女童及仆役八人。薰大将方面来迎接的车有十二辆,是三条院本邸的侍女们所乘的。犒赏公卿及殿上人的物品,精美无以复加。

迁居既毕,薰大将在本邸中从容细看二公主,但见她的容姿非常可爱。身材小巧,态度高尚优雅,毫无缺陷。他觉得自己命运不坏,心中颇感骄矜,希望因此而忘记了已故的宇治大女公子。然而终于不能忘记,还是时刻恋慕。他想:"这相思之苦在现世恐怕无法慰藉了。直须等到我死去成佛之后,明白了这段异常痛苦的因缘是何种恶业的果报,方始可以忘怀吧。"他专心料理宇治山庄改造佛寺的工事。

贺茂祭①的忙碌过了之后二十几日的某天,薰大将照例访问宇治。他检阅了佛寺的建筑工事,做了些应有的指示之后,思量如果不去探望那个"朽木"②,似觉对她不起,便往她的住处走去。忽见一辆

---

① 贺茂祭于每年四月中间的酉日举行。
② 指老尼弁君。前文弁君诗中自称朽木。

不甚华丽的女车，由许多腰间带着箭壶的雄赳赳的东国①武士簇拥着，又带着许多仆人，正在驶过宇治桥来，样子颇有威势。薰大将看了想道："这是乡下地方来的。"便走进新建的山庄去。他的随从人等还在纷忙不定的时候，那辆女车也向着山庄这边过来了。随从人等喧哗起来，薰大将制止了他们，叫他们去问："这车中是谁人？"一个操方言的男子答道："是前常陆守②大人家的浮舟小姐，赴初濑进香回来，顺路到此借宿一宵。"薰大将听了，记起以前二女公子和弁君的话，想道："对了，正是以前听说过的那个人。"便叫随从人等退避一旁，又遣人去对那方面的人说："请你们赶快把车子赶进来吧。这里另有一位客人借宿，但他是住在北面的，这南面空着。"薰大将的随从人等都穿便服，姿态并不堂皇，但从神色上看得出是高贵的人家，因此那方面的人有些狼狈，把马退避一旁表示谦让。那女车进入邸内，停在走廊西端。这山庄是新造的，帘子还未挂上，格子窗都关着。薰大将走进室中，就从南北两室中间隔着的纸门上的洞隙中偷窥。罩袍窸窣有声，他便把它脱去，只穿便袍和裙子。

车中人并不立刻下车，先叫人向老尼弁君探问情况："听说有一位贵人住在这里，不知是谁。"薰大将刚才闻知车中是此人之后，就预先告诫众人："决不可告诉他们我住在这里！"因此侍女们都会意，答道："请小姐快快下车吧。这里原有一位客人，但他是住在那边的。"同乘的一个青年侍女先下了车，把车上的帘子揭起。这青年侍女不像那些随从人的乡村气，看上去很顺眼。又有一个年纪较大的侍女下车，对车中人说："请快下车。"车中人答道："这里似乎有人看见的。"这声音微弱而文雅。那年纪较大的侍女用老练的口气说："您总

---

① 常陆国在关东，故称东国。
② 这里指的是常陆介。常陆的国守是由亲王担任的，臣下不能当国守。但实际政务由介掌管，故称介为守。

是说这样的话。这里一向是关上窗子的。这种地方,哪里有人看见呢?"车中人便小心翼翼地走下车来。但见其人头面和身材都很小巧优雅,薰大将一看就回想起大女公子来。她用扇子遮住脸,薰大将看不见她的颜貌,很焦急。他一边注视着,一边心头扑通扑通地乱跳。车子很高,而下车的地方很低。两个侍女若无其事地跨了下来,但这位女主人下车时颇感困难,她东看西看,许久才下了车,立刻膝行进入室内去了。她身穿深红色裙子,外罩暗红面蓝里子的常礼服和浅绿色的小礼服。她室中的纸隔扇边立着一个四尺高的屏风。但薰大将窥探的那个洞隙位在高处,所以完全看得清楚。这位浮舟小姐担心邻室有人窥看,把脸向着那边,斜倚着躺在那里。两个侍女毫无疲劳之色,相与谈话:"小姐今天累得很了!木津川中的渡船,二月里水浅的时候很平稳,但今天水涨,的确很可怕。不过其实算得了什么呢!想想我们东国的旅行,这里哪有可怕的地方!"小姐一言不发,默默地躺着。她露出的手臂,圆肥可爱。此人全不像是身份低微的常陆守的女儿,实在是一位高贵的千金小姐。

　　薰大将站着窥看,渐渐腰痛起来。但是,为欲使那边不觉得此地有人,还是一动不动地站着。但见那青年侍女吃惊地说:"好香啊!这种香气太美妙了!大约是那老尼姑在薰香吧。"那老侍女说:"的确,这种香气真好闻啊!京里的人到底风雅时髦。我们夫人在这方面算是天下闻名的能手,但在东国调制不出这种香料。这里的老尼姑生活虽然极其简朴,服装倒很讲究,尽管是灰色的、青色的,样子也很漂亮呢。"她如此称赞弁君。此时那边廊下走进一个女童来,说道:"请吃些茶点。"便接连地送过几盘食物来。侍女把果物送到小姐身边,叫她起来:"请小姐吃些果物吧。"但小姐不起来吃。两个侍女就拿些果物,大约是栗子吧,喀啦喀啦地嚼着吃。薰大将听不惯这种声音,颇感不快,便离开洞隙,退后几步。但一离开就想念那人,立刻又走过去窥看。比这女子身份高贵的人,自明石皇后开始,相貌漂亮的、人品温良的，他至今见过很多。除非十分优越的，总不能牵惹他的心目。所以别人都批评他过分老实。然而只有此次，这女子并无何等特别优美之处，他却贪看得不肯离去，真是一种怪僻的心理。

老尼姑弁君想，薰大将处也得去探望一下，便走过去。薰大将的随从人等机敏地回报她道："大人身体有些不适，此刻正在休息。"弁君想道："他以前说过要找寻这个人，大约今天想乘此机会和她会面，所以在那里等待日暮吧。"她不知他正在洞隙里窥看呢。薰大将领地中庄院里的人，照例送些装盒子的食品来，弁君那里也有一份。弁君想请东国来的人们也吃些，以表示招待，便整理一下衣饰，来到客人室中。那老侍女所称赞的装束，果然非常整洁，相貌也很端正清秀。弁君开言道："我道小姐昨天可到，等候了多时。为什么到今天这么晚的时候才来呢？"那老侍女答道："我家小姐途中疲劳得很，昨天在木津川那边泊宿了一宵。今天早晨是否可以登程，也踌躇了好久，所以到得晚了。"便催小姐起身。小姐好容易坐了起来，看见了这老尼姑，觉得难为情，把脸转向一旁。从薰大将这边望去，正好看得清楚。但见她的眉目与垂发的确非常优雅。薰大将对已故的大女公子的相貌虽然不曾仔细端详过，但一见此人，便觉完全肖似，回忆前尘，不禁又掉下泪来。小姐对弁君答话，声音很轻，然而很像匂亲王夫人的声音。薰大将想道："唉，多么可爱的人啊！世间有这等肖似的人，而我一向不知，实在太荒唐了。只要是与大女公子有关的人，即使身份比此人更低，倘如此酷肖乃姊，我也不会轻易放过。何况此人虽然不蒙八亲王认领，到底确是他的亲生女儿。"这样一想，便觉无限可爱，无限可喜。又想："我恨不得现在就走到她面前，对她说道：'原来你还活在世间！'这才可慰我心。玄宗皇帝叫方士寻到了蓬莱岛上，只取得些钗钿回来[1]，毕竟是不满意的吧。此人虽然不是大女公子本人，然而非常肖

---

[1] 杨贵妃的故事，见白居易《长恨歌》。

似,可慰我心。"大约他和此人宿缘甚深。老尼姑略谈一会,不久就告辞回内室去。两侍女闻到香气,弁君明知是薰大将在近处窥看之故。大约因此她不再多谈,就退出了。

　　日色渐暮,薰大将才离开洞隙,穿好衣服,照例召唤弁君到那纸隔扇边,向她探问情况。他说:"我来得正好,却是可喜。托你的事怎么样了?"老尼姑答道:"自从大人吩咐之后,我就静候适当机会。去年匆匆过去了。今年二月小姐赴初濑进香,道经此地,我始得和她见面。那时我就把大人的意思隐约告知她母亲。她母亲说:'叫她代替大女公子,实在是诚惶诚恐,不敢当的。'但那时候我闻知大人很忙①,未便谈及此事,所以不曾把她这话转达。本月小姐又去进香,今日方才回来。她归途中到此泊宿,和我亲昵,也只是为了怀念旧日情缘之故。但此次她母亲有事未便同行,只有小姐一人出门,所以我没有告诉她大人在此。"薰大将说:"我也不愿叫乡下人看见我这便服微行的姿态,所以诚告随从人等不可说出。然而很难说,那些底下人未见得会隐瞒到底吧。今天该怎么办呢?小姐一个人来,反而容易对付。你可向小姐传言:'我俩不期而遇,定有宿世深缘。'"弁君笑道:"真稀奇啊!你们这宿缘是几时结成的呀?"接着又说:"那么,我就向小姐传言吧。"说着回到室内去了。薰大将自言自语地吟诗曰:

　　"好鸟似相识,鸣声亦惯听。
　　分开榛荇路,跋涉远来寻。"②

弁君就到浮舟室中去传言了。

---

① 正在招驸马。
② 本文又名"貌鸟",即"好鸟",乃根据此诗。

第五十回 东 亭①

薰大将虽然有心攀登"筑波山",但倘强欲身入"丛林密"处②,将被世人讥评为轻率,不当稳便。因此心生顾虑,并不直接写信给浮舟,只是叫老尼姑弁君屡次向她母亲中将君隐约表示求爱之意。浮舟的母亲认为薰大将不会真心恋爱她的女儿。只觉得承蒙这位贵人如此用心寻找,实甚荣幸。她想:"这是当代一等红人,我的女儿若得身份相当,可知好哩。"她满腹踌躇。

常陆守的子女,已故的前妻所生者甚多。这后妻也生了一位小姐,父母非常疼爱,以下还有年幼的,参差五六人。常陆守对这许多子女,个个悉心抚育,独有对后妻带来的浮舟漠不关心,视同他人。因此这位夫人常常怨恨常陆守无情。她日夜筹思,切望这女儿嫁得一个好丈夫,提高身份,脸上增光。浮舟的容貌丰采,如果和其他姐妹一样平平常常,那么做母亲的也何必为她如此煞费苦心地日夜筹思呢,只要把她同别的女儿一律看待就是了。可是这浮舟生得如花似玉,在诸姐妹中佼佼不群。因此母亲很可怜她,为她抱屈。

当地贵公子等闻得常陆守有许多女儿,来信求婚者甚多。前夫人所生二三位小姐,都已选定相当女婿,婚嫁完毕。现在中将君也想替这前夫所生的女儿找一个如意称心的女婿。她朝夕照管浮舟,对她无限疼爱。常陆守出身并不微贱,他生于公卿之家,亲戚中也没有一个庸碌之人。家中财产十分富厚,因此生活相当骄奢,住的是华厦广宇,用的是锦衣玉食。只是在风雅方面有些缺憾,那性情异常粗暴,大有

---

① 本回继前回之后,写薰君二十六岁秋天之事。
② 古歌:"筑波山内丛林密,不阻真心欲入人。"见《新古今和歌集》。筑波山在常陆国。此文意思是说:虽欲寻访常陆守的养女,但真个向她求爱,有所未便。

田舍翁习气。大约是从小以来多年埋没在那远离京都的东国地方之故吧，惯说一口土话，声音含糊不清。他最怕豪门势家，对他们敬而远之。万事十全其美，只是缺乏雅趣，不谙琴笛之道而十分擅长弓箭。这原不过是普通地方官人家，但因财力雄厚，所以优秀的青年女子都集中到他家来当侍女。她们的装束非常华丽，有时合唱几个简易的歌曲，有时讲些故事，有时通夜不眠地守庚申①，做的都是粗浅庸俗的游戏。

　　恋慕浮舟的贵公子们闻知她家如此繁华，相与议论："这姑娘定然很可爱，相貌想必也很漂亮。"他们把她说成一个美人，大家醉心梦想。其中有一人叫作左近少将的，年纪只有二十二三，性情温和，才学之丰富乃众所周知。然而，恐是由于缺乏豪华时髦之相的缘故吧，以前往来的几个女子都和他断绝关系了。现在他非常诚恳地来向浮舟求婚。浮舟的母亲想道："在许多求婚者之中，此人最为合格，性情温和，见识丰富，人品也很高尚。境遇比他更好的高贵子弟，对于我们这种地方官人家的女儿，即使是长得很美貌，恐怕也不会来追求吧。"因此常把左近少将寄来的情书交付浮舟，每逢适当机会，便劝她写含有情趣的回信。这母亲就自作主张选定了浮舟的女婿。她下决心："常陆守虽然对她漠不关心，我定要拼着性命提拔这女儿。看到了她的美貌，决不会有人怠慢她的。"便和左近少将约定：今年八月中结婚。一面准备妆奁，细微琐屑的玩具等物，也务求其式样特别精美。泥金画，螺钿嵌，凡是做工精巧、式样优美的器物，她都藏起来，留给浮舟做妆奁；而把那些粗劣的物品给常陆守看，对他说："这是好的。"常陆守不大懂得好坏，不管这样那样，凡是女子的用品，越多越好地收购进来，陈列在亲生女儿房里，堆山塞海，人都几乎走不出来。他又向宫中

---

① 当时迷信：庚申日之夜如果睡了，便有一种虫，叫作三尸虫，上天去把这人的恶事告诉天帝，对这人不利。因此大家不睡，通宵做游戏。

的内教坊聘请琴和琵琶的教师,来教女儿学习。每逢教会一曲,他不论站着或坐着,就向教师膜拜,又喧哗扰攘地命人取出许多礼物来犒赏教师,使得教师的身体几乎埋藏在礼物中。有时教习华丽的大曲,于暮色清幽之时由教师与学生合奏,这常陆守听了也深受感动,泪流不止,胡乱地赞赏一番。浮舟的母亲略有审美修养,看到这种情状,觉得非常粗蠢,从来不跟着丈夫赞赏。丈夫常常恨她,对她说道:"你看不起我的女儿!"

且说那左近少将等候八月佳期,颇不耐烦,央人来催促:"既蒙金诺,何不提早结婚?"浮舟的母亲思量:要她一人独力提前准备,颇有困难之处;而对方人心究竟如何,也有些儿担心。当初说合的媒人来到之时,她便请他进来,对他说道:"关于这女儿的婚事,可虑之处甚多。以前蒙你作伐,我也考虑了很久。只因对方不是寻常之人,辱承青睐,未便违命,终于遵命订约。但此女实系无父之儿,靠我一人抚育成人,深恐教养不周,受人非难,这是我早就担心的。舍下原有许多青年女儿,但都有父亲照顾,自当听其做主,不须由我操心。只有这女儿,我深恐自己世寿无常,不免痛切关怀。久闻少将乃知情达理之人,因此忘怀一切顾虑,将她许配。但倘出乎意料之外,日后对方忽然变心,那时我们就成了世人的笑柄,真乃可悲之事了。"

这媒人就来到左近少将处,把常陆守夫人这一番话如实转达。少将勃然变色,对他说道:"我一向不知道这不是常陆守的亲生女儿呢!虽然同是他家的人,但外人闻知她是前夫所生,势必看轻。我在他家出入,也没面子。你没有打听清楚,岂可向我谎报!"媒人受了委屈,答道:"他家详细情况,我原是不知道的。只因我的妹妹在他家当差,知道内情,我才把您的意思向他们传达。我知道他家许多女儿之中,这浮舟小姐最宠爱,就确信她是常陆守的亲生女儿。我从来不曾听说他家养着别人所生的女儿,也不曾问过呢。我只听说:这位浮舟小姐德容兼备,母亲异常怜爱,悉心教养,希望她嫁个德才兼优的丈夫。那时您来问我：'有没有人可以替我向常陆守家说亲？'我告诉您：'我与他家有此关系。'就替您去做媒。您说我谎报，我决不能担当这罪名。"此人脾气很大，又能言善辩，其答语如此。左近少将也毫不客气地说："老实说，当地方官的女婿，外人看来不是很有面子的事。虽说现世通行如此，不须计较，只要岳父岳母看得起，其他缺憾都可抵消，然而实际上即使把前夫所生的女儿当亲生女儿一样看待，外人看来总以为我是贪他的财产而讨好他。源少纳言和赞歧守①都得意扬扬地出入其家。只有我却一点也得不到常陆守的眷顾而参与其列，实在太没面子了。"这媒人性情卑鄙，爱讨好人，觉得这头亲事说不成功很可惜，对双方都不利，便对左近少将说："您倘真要娶得常陆守的女儿，还有一个年纪虽然还小，我可替您去说说看。这是现在这位夫人所生的次女，人都尊称她为'公主'，常陆守非常疼爱她。"左近少将说道："呀！回掉了当初追求的人而要求调换另一个人，不像话吧！不过，我向他家求婚的本意，原是为了这位常陆守德隆望重，是个忠厚长者，希望他做我的靠山。我抱着这目的，方始向他家女儿求婚。我并非只要一个相貌漂亮的女子就行。如果我只要一个品貌兼优的女子，那么容易得很，要几个都有。我往往看到：家道贫寒、生活拮据而酷爱风雅的人，其结果总是弄得困窘潦倒，为世人所不齿。所以我总希望度送安稳富足的生涯，略受世人讥评也无所谓。你就去向常陆守说说看吧。如果他有许可之意，就照你的办法亦无不可。"

这媒人的妹妹，是在常陆守家西所——即浮舟房中——当差的。以前左近少将给浮舟的情书，都由此女传送。但媒人自己其实不曾见过常陆守。这一天他贸然地来到常陆守的居处，央人通报："有事要见主人。"常陆守冷淡地说："我曾听说此人常在这里出入，但我并未召他前来，今天他有什么事？"媒人央人代答："是左近少将大人派我来

---

① 此二人是常陆守的亲生女儿的夫婿。

拜见的。"常陆守便和他会面。媒人显出不好意思开口的样子,膝行到常陆守近旁,说道:"月前少将有信给夫人,向小姐求婚,已蒙许诺,约定于本月内结婚。少将已选定吉日,盼望早日成礼。岂料有人对少将说:'这位小姐虽然确是夫人所生,但不是常陆守的亲生女儿。你这贵公子攀这门亲,世人闻知了会说你讨好常陆守呢。大凡贵公子当地方官的女婿,总是希望岳父像对家中主君一般尊重他,像掌上明珠一般爱护他,万事关怀照拂。抱这目的而去当地方官女婿的人,原是有的。如今你所娶的不是常陆守的亲生女儿,则上述的希望怕谈不到了。岳父不把你当作女婿,对你的待遇比对别的女婿疏慢,在你实在是犯不着的。'有很多人常常这样非难他,此刻少将困窘得很。他当初原是看中大人威望显赫,家道隆盛,可做他的靠山,这才提出求婚的,却并不知道这位小姐是别人所生。因此他对我说:'据说此外年纪尚幼的小姐甚多,倘蒙许诺一人,得偿夙愿,实甚欣幸。你就替我去探探口气吧。'"

常陆守答道:"少将有这意思,我实不曾详悉。对于这个女儿,我实在应当同别的女儿一样看待。然而家里庸碌的子女甚多,我身能力有限,一一照顾,势难周到。其间夫人就多心起来,说我歧视此女,把她当作外人。因此关于此女之事,都不容我插嘴。少将求婚之事,我也略有所闻。但对我如此看重,我却一向不知。他要和我攀亲,我实不胜欣幸。我有一个非常疼爱的女儿。在许多女儿之中,我最爱此人,情愿为她舍命。曾有数人前来求婚,但我观今世之人性行浮薄,深恐早为定亲,反而使她受苦,因此概不答应。正在日夜筹思,总想找个稳重可靠的女婿。讲起这位少将,我年轻时曾在他老太爷大将大人麾下供职。那时我以家臣身份拜见这位少将,觉得真是一个英俊少年,私心倾慕,情愿为他服务。但因后来远赴外地任职,多年不返,遂致日渐生疏,久未登门拜访。今闻少将有此志望,使我诚惶诚恐,不胜感激。所谈之事不成问题。只是改变了少将原来的计划,生怕夫人怀恨，如是奈何？"这番话说得非常周详。媒人看见大事已定，不胜欣喜，说道："此事不须担心。少将只指望您一人许诺。他说：'即使年齿尚幼，只要是亲生父母所疼爱的，便符合我的本意。只是勉强追随，迹近谄媚，则非我所愿。'这位少将人品高贵，声望优越。虽是青年贵公子，全无骄奢淫逸之气，却是深通人情世故。领地庄园甚多，到处皆是。目下虽然收入尚少，然而自有优裕的家世，远胜于暴富得势的寻常人。他来年一定晋爵四位。此次升任天皇侍从长无疑，这是今上亲口说的。今上说道：'这朝臣富有才能，全无缺陷，何以至今尚无妻室？应即选定一岳丈作为后援人才是。此人不日即可升至公卿之位，有我在此，可保无虞。'皇上身旁一切事务，均由这少将一人承办。只因此君性情非常机警，故能担当重大任务。如此难得的乘龙佳婿，自动先来求婚，大人务须从速定夺才好。因为少将府上，欲得他为婿而前来说亲的人甚多，这里如果犹豫不决，他就向别处定亲了。我是专为贵府利益而前来说亲的。"此人信口开河，说了一大套甜言蜜语。常陆守原是个非常鄙俗的田舍翁，满面笑容地听他说罢，然后答道："目下收入尚少之话，全然不须谈及。只要我生存在世，一定全力照顾，不要说捧在掌上，捧到头顶上我也乐意，哪里会叫他感到缺乏呢？即使我中途死去，不能照顾到底，我所留下来的宝物和各处领地庄园，全归此女所有，无人敢来争夺。我家虽有许多子女，但此女从小就是我所特别疼爱的。但得少将真心爱护她，即使他要使尽珍珠宝贝去求取大臣之位，我也能供应无缺。当今皇上如此看得起他，我做他的后援人可保无虑了。这件亲事，为少将计，为小女计，都是幸福之事。你说对么？"媒人听见常陆守说得兴高采烈，非常欢喜，也不把此事告诉他妹妹，也不到浮舟母女处告辞，立刻赴少将邸内去了。

　　媒人觉得常陆守这一番话实在诚恳可喜，便如实转告左近少将。少将觉得有些鄙俗，然而并不讨厌，微笑着听媒人讲。听到"使尽珍珠宝贝去求取大臣之位"的话，觉得太过分了，有些刺耳。他听完之后踌蹰起来，说道："那么你有没有把这情况告诉夫人？她对此事一向非常热心，如今我背了约，深恐有人讥评我反复无常、蛮不讲理，如是奈何？"媒人说："这又何妨！现在这位小姐，也是夫人非常疼爱、悉心抚育成人的。只因浮舟小姐在姐妹中年龄最长，夫人担心她的婚事，因此首先将她许嫁。"少将也曾想到："这浮舟向来是夫人非常关怀的爱女。今我突然变卦，毋乃不可？"但他又想："让她暂时恨我无情吧，让世人讥讽我几句吧，我自己的前程幸福毕竟第一。"这左近少将的打算真是极度精明的。他如此变计之后，结婚日子也不调换，就在原来约定的一天晚上和浮舟的妹妹成婚了。

且说常陆守夫人正在悄悄地准备一切事宜：叫众侍女一律改穿新装，把房间装饰得焕然一新；叫浮舟洗头，整理服装，打扮得非常美丽，令人觉得即使嫁给像少将这样身份的人也是可惜的。夫人仔细寻思："这孩子真可怜啊！假使她父亲当年收留了她，让她在自己身边长大，那么即使父亲死了，薰大将所说的事——虽然很不敢当——我怎么会不答应呢？可是现在，只有我们自己知道她出身高贵，外人都不把她看作常陆守的亲生女儿。知道实情的人，反而为了当初八亲王不肯收留而看轻她。思量起来，实甚可悲！"又想："事已如此，无可奈何了。女子过了盛年不嫁，终非所宜。这少将出身不算贱，人品也还好，如此诚恳求婚，我就许了他吧。"她一心打定了主意。这是由于那个媒人花言巧语，妇女们更易轻信，因此上了他的当。

夫人想起婚期就在眼前，便心绪不宁，手忙脚乱。她不能安心坐定在女儿房中，只管忙忙碌碌地东奔西走。常陆守从外面进来，对她滔滔不绝地讲了一大篇话，他说："你瞒着我，想把恋慕我女儿的人夺走，真是不通道理，浅薄之极了！须知你那位高贵亲王家的小姐，贵公子们是不要的！而我们这种不成样子的下贱人家的女儿，他们倒是要追求的呢！你虽然用尽心计，可是对方全然无意，却看中了另外一人。既然如此，我就对他说'悉听尊便'，答应了他。"常陆守性情粗暴，全不替对方着想，任意乱讲。夫人大吃一惊，一句话也不说，只觉得世间可悲之事接踵而来，眼泪即将夺眶而出，立刻返身入内。她走到浮舟房中，看见她相貌异常娇艳，想道："无论如何，她的相貌决不比别人坏。"心中稍稍安慰，就和乳母二人谈话："人心如此浅薄，实甚可悲！我自知对于女儿个个都要一视同仁，惟有对这孩子的女婿，我特别关切，为他舍命也情愿。岂知此人为了她没有父亲而欺负她，舍弃了这长姐而改娶尚未成年的幼妹，哪有这种道理？我不忍看到又听到亲近人之中有这等可悲的事情。常陆守却看作极有面子的事，连忙答应下来，大肆宣扬，这两人倒是志同道合的一对翁婿。我决定今后对此事绝不插嘴，想暂时离开这里，到别处去住几时才好。"说着悲叹不已。乳母也很愤慨，痛恨他们欺负自家的小姐。她说："怕什么呢？断绝了这门亲事，多半是我家小姐的造化。这少将的心地如此卑鄙，恐怕小姐这般花容月貌他也不会赏识吧。我家小姐应该嫁个知情达理、博学多才的郎君。那薰大将大人的容貌风采，我上次隐约窥见，真漂亮啊，叫人看了寿命也可延长呢！他如此真心爱慕小姐，夫人还不如听天由命，把小姐许给了他吧。"夫人说道："唉，不要做这梦吧！我听人说：这位薰大将多年来决心不娶寻常女子。夕雾左大将、红梅按察大纳言、蜻蛉式部卿亲王①等，都非常诚恳地要把女儿嫁给他，但他一概谢绝，终于娶得了皇上所最宠爱的二公主。怎样十全无缺的美女，才能博得他真心的爱呢？我只想送小姐到薰大将的母亲三公主那里去当差，让她常常和大将见面。然而，三条院地方虽好，与人争宠毕竟也很没趣。匂亲王的夫人，世人都说她十分幸福，然而近来也遭到了忧患。如此看来，无论如何，只有不生二心的男子，才是体面而可靠的。只要看我自身，就可明白：已故的八亲王，人物原也风流潇洒，高尚优雅，然而不把我当作人看，真使我伤心啊！现在这常陆守

---

① 蜻蛉亲王是桐壶帝之子，源氏之弟。

呢,虽然无才无德,粗俗不堪,但是专志守一,从无二心,因此我得安心度送年月。有时他脾气暴躁,不讲情理,原也是讨厌的。然而大家并不真心痛恨,遇有不称心处,互相争吵一番,过后也就无事。公卿大夫、皇亲国戚人家,虽然荣华富贵,但我们这种身份低微的人,进去了也是徒然。无论何事,总须与自己身份相称。如此想来,我家小姐前途实甚可悲。总得替她找个如意称心的女婿,不致受人讪笑才好。"

常陆守忙着准备次女的婚事,对夫人说:"你这里有许多漂亮的侍女,暂时借我一用吧。帐幕等物,这里也有新制的,但时间匆促,来不及拿到那边去换,干脆就借用这里的房间吧。"他就来到浮舟所居的西所,有时站着,有时坐着,喧哗扰攘地装饰房间。浮舟的房间本来布置得很美观,各处安排都很妥帖。他却自作聪明地搬进些屏风来,东一个西一个地摆得乱七八糟;又不三不四地加入一个橱和一个双层柜。常陆守如此策划,自鸣得意。夫人虽然觉得难看,但因决心不再插嘴,只是袖手旁观。于是浮舟只得迁居北所。常陆守对夫人说:"你的心我完全知道了。同是你所生的女孩,想不到你对这一个如此冷淡。算了吧,世间没有母亲的女儿并非没有!"白昼里,常陆守就同乳母两人替女儿打扮装饰。这女儿相貌也长得不坏,年纪大约十五六岁,身材矮小,体态圆肥。头发长得很美,和礼服一样长短,下端密密丛丛。常陆守觉得这头发很可爱,用手抚摩着,说道:"其实不一定要把企图娶别人的男子招为女婿。然而这位少将人品高贵,才华盖世,多多少少的人都想招他为婿。让给别人多可惜啊!"他受了那媒人的骗而说这话,真是个傻瓜!左近少将也听信媒人的话,知道常陆守如此殷勤看待,觉得万事都无缺陷,便不变更婚期,就在约定的那天晚上来入赘了。

浮舟的母亲和乳母觉得此事荒唐,卑鄙可厌。住在这里照管浮舟,也很乏味。母亲便写一封信给匂亲王夫人,信中说道:"无端相扰,乃放肆不恭之行。因此多时以来,未敢任意致书。今者,小女浮舟欲回避凶神①，拟暂时迁居他处。尊府隐蔽之处如有僻静之室可蒙赐借，不胜欣幸。我身愚陋无知，一手抚育此女，定多不周之处，因此痛苦之事甚多。可仰仗者，惟有尊处而已。"此信显然是和泪写成的，二女公子看了甚觉可怜。她想："父亲生前不承认此人为女儿。现在父姐皆故，只留我一人在世，我擅自认她为妹，是否应该呢？但此人颠沛流离，艰难困苦，而我装作不知，置之不理，实在很不忍心。并无特异事故而姐妹东分西散，在亡人恐亦名誉攸关吧？"她心烦意乱，犹豫不决。浮舟的母亲也曾向二女公子的侍女大辅君诉苦，因此大辅君对二女公子说："中将君写这信来，必有不得已之苦衷。小姐复信不可冷淡，叫她难受。姐妹之中有庶出之人，乃世间常见之事。万不可过分疏远于她。"二女公子便复信道："既蒙见嘱，舍间西面有僻静之室可以让出。惟设备十分简陋，倘蒙不嫌弃，即请暂时来住可也。"中将君得信不胜欣喜，就决定悄悄地带浮舟前往。浮舟本来想亲近这位异母姐，此次婚事的变卦反而使她获得了机会，因此也很高兴。

　　常陆守一心想要隆重招待左近少将，但他不懂得如何可以办得体面阔绰，只管将东国土产的粗劣的绢一卷一卷地大量抛出，犒赏从人。又搬出许多食物来，到处摆满，大声呼唤，叫大家来吃。那些仆从都认为这招待真客气！少将也很得意，认为攀这门亲真乃英明之见。夫人觉得在这兴头上离家而去，一切不管，似乎太乖戾了，因此暂时忍耐，一任常陆守作为，自己冷眼旁观。常陆守奔忙策划：这里作为新婿的坐起间，那里作为随从人的住处。他家屋子原很宽敞，然而东所被前妻所生女儿的夫婿源少纳言占住。他家又有许多男子，因此没有空屋。浮舟的房间已给新婿占住，就叫浮舟住在走廊末端的屋子里。夫人颇感不满，觉得浮舟太委屈了，再三考虑的结果，才提出向二女公子

---

① 时人迷信：某时某地有凶神，对某人不利，其人必须迁地回避。此处乃以此为借口。

请求借住。夫人想起：浮舟没有体面的后援人，以致被人欺负。因此不管二女公子不曾正式承认这妹妹，定要把她送来。带来的只有乳母一人、青年侍女二三人，住在西厢北面人迹罕到的房间里。母夫人也陪同前来，特向二女公子问候。虽然多年以来音信隔绝，但毕竟不是陌生人。二女公子和她们会面并不含羞。常陆守夫人觉得这二女公子真乃有福之贵人，看到她照料小公子的模样，又是羡慕，又是悲伤。她想："我是已故八亲王夫人的侄女，也是至亲至戚。只因身为侍女，生下的女儿就不能参与姐妹之列，以致处境困苦，如此受人欺负。"这样一想，便觉今天强来亲近，亦甚乏味。此时二条院方向不利，无人前来访问，因此母夫人也在这里住了二三天。此次她方始可从容地看看这里的光景。

有一天，匀亲王回来了。常陆守夫人很想看看，便从缝隙中窥探，但见匀亲王容姿异常清丽，犹如刚才摘下来的一枝樱花。有几个四位、五位的殿上人跪在他面前伺候。这些殿上人，比较起虽然粗暴可恨而是她所真心信赖的丈夫常陆守来，风采、容貌和人品都优秀得多。一群家臣一一向他申报各种事务。又有许多年轻的五位官员，她都不认识。她的继子式部丞兼藏人的，当了宫中的御使，也来参见。她看了这位威势显赫、令人不敢迫近的匀亲王的神情，想道："唉，何等英俊的人物啊！嫁得这个丈夫的人真好福气！我不曾拜见他时，设想此人虽然高贵，但爱情不专，怀有二心，二女公子定多痛苦。现在想来，这种推测太浅薄了。我看匀亲王的容姿，觉得倘能做他的妻室，即使只能像织女星那样一年和他相逢一度，也是莫大的幸福啊！"此时但见匀亲王抱着小公子，正在逗他玩乐；二女公子隔着短屏坐着。匀亲王推开短屏，和她对面谈话。两人容貌都很艳丽，真乃一对璧人！回想起已故八亲王的寒酸之姿，两相比较，觉得虽然同是亲王，实有天壤之别。后来匀亲王进帐中去了，小公子就同青年侍女和乳母游戏。许多人前来请安，但匀亲王命人传言心情不佳，概不接见，一直睡到了日暮。这一天饮食也在这里进用。浮舟的母亲看了这种光景，想道："此间万事气象高贵，迥异寻常。看了这种光景之后，便觉自己家里虽然力求豪华，但因人品低劣，毕竟粗率可怜。只有我的浮舟，倘能匹配此种高贵人物，毫无不称之处。常陆守凭仗他那丰厚的财力，一心想把他的几个亲生女儿捧得皇后一般高。这些女儿虽然同是我腹中生下来的，然而浮舟比她们优越得多。如此想来，今后关于浮舟的前程，不可不抱高远的志望了。"她通夜不眠地打算将来之事。

匀亲王睡到日高方才起身。他说："母后又是身体不适，今天我要入宫请安。"便准备装束。浮舟的母亲又想看看，再从隙缝中窥探。但见匀亲王穿上华丽的大礼服，容姿又是高贵，又是娇艳，又是清秀，无人可与比拟。他还舍不得小公子，只管同他玩耍。后来吃过粥和饭团，便起身出门。今天早上来了些人员，正在侍从室中等候，此时都上前来，向匀亲王报告。其中有一人，自己确已用心打扮，然而毫无可观之处，面目猥琐可憎，身上穿着常礼服，腰间挂着佩刀。此人走到匀亲王面前，益觉相形见绌。便有两个侍女相与私语，一人说："这便是那常陆守的新女婿左近少将呀。起初定的亲是住在这里的浮舟小姐，后来他说要娶得常陆守的亲生女儿，才肯真心爱护，于是改娶了一个幼小的女童。"又一人说："可是，浮舟小姐带来的人绝不谈起此事；都是常陆守方面的人在谈论呢。"她们都没有防到浮舟的母亲听见。浮舟的母亲听见侍女们如此议论，气得要命。回思自己以前把少将当作好男子，真是上当！原来他是一个毫不足取的庸人。她就更加看不起他了。此时小公子匍匐而出，从帘子一端向外窥探。匀亲王瞥见了，又回转身，走近帘前，对二女公子说："母后如果身体好了，我立刻就回来。如果还不见愈，我今夜就得在宫中值宿。近来和你分别一夜就不自在，真难受呢！"他暂时抚慰小公子一番，便出门去。浮舟的母亲偷看他的容姿，觉得异常艳丽，反复百遍也看不厌。他出去之后，这里顿觉岑寂了。

她就来到二女公子房中，极口称赞匀亲王不置。二女公子觉得此人有些乡下人气，笑着听她讲。她对二女公子言道："当年夫人逝世之时，您还幼小得很呢①。亲王和身边的人都忧愁叹息，担心您的前途如何是好。全靠您宿世命好，在那山乡的怀抱之中也能顺利地长大成人。可惜的是大小姐早年夭折，真乃遗憾之事！"说罢流下泪来。二女公子也啜泣了，答道："人生于世，常有可恨可悲之事。但念自己犹能长生在世，有时亦可稍稍慰情。我所依靠的父母先我而死，原是世之常例。尤其是母亲，我连面貌也不知道，故悲哀之情也有限度。惟有姐姐夭折，使我非常伤心，永远不能忘怀。薰大将为她悲伤，千方百计也无法慰藉，足见此君富于深情，使我更加悼惜不已了。"中将君说："薰大将招了驸马，皇帝恩宠之深厚世无其例，想必骄矜满志了。如果大小姐在世，恐怕也不能阻止他当驸马吧。"二女公子说："这也难说。如果这样，我姐妹两人同样命运，更加惹人耻笑，倒不如早点死了的好。人早死了受人悼念，原是世之常情。可是这薰大将不知何故，异乎寻常地永不忘怀，连父亲死后的超荐功德等事也深切关怀，热心照顾呢。"她们谈得很亲切。

中将君又说："他甚至对老尼姑弁君说，要找寻这个微不足数的浮舟去赡养，作为大小姐的替身呢。此事我当然不敢妄想，但这也是为了'一枝紫草'②的缘故，虽然万不敢当，其深切关怀之情甚可感激。"就乘便谈到她为浮舟操心之苦痛，说时声泪俱下。关于左近少将欺负浮舟之事，既然外人都已知道，她也约略向二女公子谈及，但不甚详细。她说："只要我活在世间，怕什么呢！我可和她相伴，互相慰藉而共度岁月。所可虑者，我死之后，她遭逢意外之灾，弄得颠沛流离，那真是可悲的了。因此我在忧愁苦闷之时，不免想起：索性让她当了尼姑，闭居深山，专修佛法，从此断绝尘缘吧。"二女公子说："你的

---

① 八亲王夫人生了二女公子，即患产病而死。
② 古歌："一枝紫草生原野，遍地闲花尽有情。"见《古今和歌集》。紫草比大女公子，闲花比浮舟也。

处境确是困苦。然而无可奈何。受人欺侮，是我们这种孤儿分内之事呀！不过闭居深山，毕竟不是办法。像我，本已决心遵照父亲遗嘱，断绝尘缘，然而也会遭逢这种意外之变，在这里随俗沉浮。何况这浮舟妹妹，哪里做得到呢？花朵一般的人，穿了尼僧服装多可惜啊！"这是老成持重之言，中将君听了非常欣喜。这中将君年纪虽已不小，但因出身高贵，气度仍很优雅。只是身体过分肥胖，俨然是一位常陆守夫人。她说："已故八亲王无情无义，不认浮舟为女儿，使得她脸上无光，受人怠慢。现在能和您通问见面，往日的苦恨也消释了。"就对她罄谈过去多年来在外地的生活，也谈到陆奥地方浮岛的美景。她说："我在筑波山下的生涯，真所谓'惟我一身多苦患'①，无人可与共话。今天我才得把这情况向您罄诉了。我很想永远住在您身旁。只是那边还有许多讨厌的孩子，不知何等喧哗扰攘地在寻找母亲，故我长久躲在这里毕竟是不放心的。我沦落为地方官的妻子，常痛惜自身命苦，不愿叫浮舟蹈我覆辙。所以想把这孩子托付与您，听凭您处置，我概不闻问。"二女公子听了她这番愁诉，也觉得不忍叫浮舟受苦。浮舟原也生得品貌兼优，无可指摘。腼腆含羞，但不十分做作；像孩子一般天真，却又很有见识。她见了二女公子的贴身侍女，也巧妙地躲避。二女公子忽然想道："她说话时，语调也酷肖姐姐。我想叫寻求姐姐雕像的那个人来看看呢。"

　　正在此时，侍女们报道："薰大将来了！"便设置帷屏，准备迎客。浮舟的母亲说："好，让我也拜见一下吧。难得窥见过一面的人，都说这位大将异常美貌。但我想来，总比不上匂亲王吧。"二女公子身边的侍女说："照我们看来，谁比谁好很难说定。"二女公子说："两人并坐之时，亲王显然相形见绌。分别看时，则孰优孰劣难于分别。相貌漂亮的人，往往盖倒别人，真讨厌呢。"众侍女都笑起来，答道：

---

① 古歌："惟我一身多苦患，何须痛恨世间人？"见《拾遗集》。

"然而亲王是比不输的!无论何等美貌的男子,总盖不倒我们的亲王。"外面报告:大将现已下车。但闻威风凛凛的前驱之声。薰大将并不立刻入内,众人等了好久,他才缓步而入。浮舟的母亲初看一眼,并不觉得艳丽。然而仔细看时,的确非常优雅、高尚而清秀。她不知不觉地感到自己鄙陋可耻,连忙整理额发,竭力装出斯文一脉、端庄无比的模样来。薰大将大约是从宫中退出的,故随从人员甚多。他对二女公子说:"昨夜我闻知皇后玉体欠安,因即入宫问讯。皇子们都不在侧,皇后颇感寂寞,因此我就代匀亲王侍奉,直到现在。匀亲王今晨入宫也很迟。我猜想是你不好,把他拖住了吧?"二女公子只是答道:"承蒙代理,此深情厚意诚可感谢!"大约薰大将是觑定匀亲王今夜值宿宫中,特选这一天来访的。他照例和二女公子亲切晤谈。动辄谈到永远难忘的故人,又说对世事更加厌恶。措词并不十分明显,只是隐隐地诉说愁情。二女公子推想:"经过了许多年月,为什么还是如此念念不忘呢?大约是他最初已经说出对姐姐爱慕甚深,故至今不肯表示忘怀吧。"然而他的神情显然非常伤心,言语愈说愈多,二女公子心非木石,自然深为感动。只是有许多恨二女公子无情的话,她听了非常讨厌,又很担心。为欲杜绝他这种野心,她就说出那个可以当作雕像的人来,隐约告诉他:"这个人最近悄悄地住在这里。"薰大将听了这话当然不会漠不关心,颇有些儿神往。但也并不觉得心情立刻由此移彼,说道:"呀!这位本尊如果真能满足我的愿望,真是可尊敬的了!但倘依旧常使我心烦恼,那就反而亵渎了名山胜地。"二女公子答道:"归根到底,是你的求道心太不虔诚了!"说着吃吃地笑。浮舟的母亲在偷听,也觉得好笑。薰大将说道:"那么就请你转达我的意思吧。但你如此热心推荐他人,使我回忆起旧事①,颇有不祥之感呢。"说着又落下泪来。遂吟诗曰:

---

① 指从前大女公子把二女公子推荐给他。

"倘能代伊人，与我长相处。
可以做抚物①，拂去相思苦。"

照例用戏谑的口吻来掩饰本意。二女公子答道：

"抚物拂身后，投水不复问。
君言长相处，此语谁能信？

你是所谓'众手都来拉'②的纸币吧！如此说来，我向你提出此人，是多嘴了，对不起她呢。"薰大将说："岂不闻'终当到浅滩'③么？只是吾生渺茫，有如水泡。唉，我真像被你抛在河中的'抚物'，叫我何以慰情呢？"天色渐暮，客人不走，二女公子讨厌起来，劝他早归，说道："在此借宿的客人看了会诧怪的，今夜请你早些回去吧。"薰大将说："那么，请你向客人转达，说这是我多年来的夙愿，决不是逢场作戏之类的浅薄行为。你切勿使我失望！我平生不惯此道，遇事胆怯不前，实甚可笑呢。"如此叮嘱一番，就回去了。

浮舟的母亲极口赞美："这大将相貌真美丽啊！"她想："乳母往常突然想起这人时，就劝我把浮舟嫁给他。我总认为是荒唐之言，向不理睬。现在看到了他这相貌，觉得即使隔着银河，一年只逢一度，也情愿把女儿嫁给这光辉灿烂的牵牛星。我这女儿长得这般美貌，嫁给寻常人实甚可惜。只因在东国看惯了那些粗蛮的武士，以为那左近少将

---

① "抚物"是被禊时所用的纸人纸衣。祓终，以此拂拭身体后投入河中，意思是拂去灾殃。
② 古歌："众手都来拉纸币，我虽思取恐徒劳。"见《古今和歌集》。祓禊毕，大家拉过纸币来拂身，然后将纸币抛入河中。此处比喻爱薰君的女子甚多。
③ 古歌："争拉纸币人虽众，流去终当到浅滩。"见同上。这里引用此诗，意思是说：我所爱的，结果只有你。

是优秀人物。"她自悔当时见识浅陋。薰大将所倚靠过的罗汉松木柱、所坐过的垫子,都染上了异常美妙的余香,说起来别人还道是故意夸张。连常常拜见他的侍女们,也没有一次不极口赞美。有的人说:"阅读佛经,知道种种殊胜功德之中,香气芬芳最为尊贵。佛菩萨说这话确是有道理的。《药王品》等经文中,言之更详,说有一种毛孔里出来的香气叫作'牛头旃檀'①。这名称虽然可怕,但确有其事,眼前这薰大将便是证据,可见佛说是真实的。这位薰大将想必从小就勤修佛法吧。"又有人说:"不知他前世积了多少功德呢。"她们众口交誉,浮舟的母亲听了不知不觉地面露笑容。

二女公子把薰大将所说的话悄悄地告诉中将君,对她说道:"这薰大将性情固执,凡事一经决定,便不轻易变计。不过目前他新招驸马,这情况的确有些不利。但你既然要让她出家,就算是当了尼姑,还是试把她嫁给他吧。"中将君说:"我为欲使浮舟不遭苦患,不受人侮,所以打算叫她闭居在'不闻飞鸟声'②的深山中。但今天拜见了这位薰大将的容貌风采,连我这上了年纪的人也觉得若能依附在他身边,即使当奴仆也是福气。何况青年女子,看见了他一定倾心爱慕。然而我这女儿'身既不足数'③,会不会反而莳下了忧患的种子呢?原来做女子的,不论身份贵贱,为了男女之事,往往不但今世吃苦,到后世也还要受累。如此想来,这孩子实在可怜得很!然而一切请您做主。无论怎样,请您不要舍弃她!"二女公子颇感为难,叹息说道:"怎么办呢?就过去看来,这薰大将富有深情,很可信赖。但今后如何,难于预知了。"此外并不多说。

---

① 《法华经》《药王品》中说:"若有人闻是药王菩萨本事品,能随喜赞善者,是人现世口中,常出青莲花香。身毛孔中,常出牛头旃檀之香。"
② 古歌:"我心如深山,不闻飞鸟声。但望爱我者,能知我此心。"见《古今和歌集》。此处只引用前两句,与后两句无关。
③ 古歌:"身既不足数,不要相思苦。岂知亦犹人,沾袖泪如雨。"见《后撰集》。

次日破晓，常陆守派车子来接夫人。随带一封信来，信中言词似甚愤慨，并有威胁之语。夫人含泪向二女公子恳求："诚惶诚恐，万事拜托您了。这孩子还得暂时寄隐尊府。让她出家还是怎样，我犹豫未决。在这期间，虽然她是微不足数之身，也请您不要见弃，多多赐教。"浮舟不惯于离开母亲，心情郁抑。但因这二条院中环境新颖优美，又得暂时亲近这异母姐，所以心中还是欢欣。常陆守夫人的车子开出之时，天色已呈微明，恰巧匂亲王从宫中回家。他是为了记挂小公子，偷偷地从宫中退出的，所以不用平时出门排场，而乘简朴的车辆。常陆守夫人的车子和他相遇，立刻避开一旁。匂亲王的车子便来到廊下。他下车时望望那辆车子，问道："这是谁的车子，天没亮足就急忙离去？"他根据自己经验而推测，以为从情妇家里出来，才是这样偷偷摸摸的，这用心也太荒唐了。常陆守夫人的从者答道："是常陆守的贵夫人回去。"匂亲王随从人中有几个年轻人说道："称作'贵夫人'，好神气啊！"说得大家笑起来。常陆守夫人听见了，想起自己身份的确低微，不胜悲伤。正因为她专心关念浮舟之事，所以希望自己身份也高贵些才好。何况浮舟本人，如果嫁了一个身份低微的丈夫，她更将悲伤不堪呢。

匂亲王走进室内，对二女公子说："有一个叫作常陆守夫人的人，和这里有来往么？在这晓色苍茫的时候匆匆乘车出门，那车副等人非常神气呢。"口气中仍然表示疑虑。二女公子听了觉得难受，颇感痛苦，答道："这个人是大辅君年轻时的朋友，又不是什么了不起的人物，你何必大惊小怪呢！你只管疑神疑鬼，说这种难听的话。'但请勿诬蔑'①吧！"说着背转了身，姿态娇美可爱。这一晚匂亲王睡得好，不知东方之既白。许多人来访问，他才走出正殿来。原来明石皇后并

---

① 古歌："既蒙许相爱，何故又生疑？但请勿诬蔑，不妨将我遗。"见《后撰集》。

无大病，今已痊愈，因此诸人皆甚快慰。夕雾左大臣家几位公子相与赛棋，又做掩韵游戏。

傍晚时分，匂亲王来到二女公子室中。二女公子正在里面洗发，众侍女各在自己房中休息，室中空无一人。匂亲王呼一小女童来，叫她去对二女公子说："我回家时你偏偏洗发，叫人太难堪了。难道让我一人寂寞无聊么？"二女公子叫侍女大辅君出来对他说道："一向都是趁大人不在家时洗的。可是近来夫人异常疲劳，久不洗了。过了今天，本月内别无吉日。而九月、十月都是不宜洗发的①，所以只得今天洗。"她表示抱歉。此时小公子正在睡觉，故侍女们都在那边。匂亲王百无聊赖，且向各处闲步。他看见西边的屋子那面有一个面孔陌生的女童，猜想这屋子里住着新来的侍女，便走近去窥探。他从中间的纸隔扇的隙缝里张望一下，但见里面离开纸隔扇一尺左右的地方立着屏风，屏风一端沿着帘子设置着帷屏。帷屏上的一条垂布揭起着，那里露出女子的袖口，里面衬的是紫菀色的华丽衣服，外面罩的是女郎花色衫子。有一个屏风折叠着，从这里窥探，里面的人并不觉得。他想："这新来的侍女想必是很漂亮的吧。"便小心地拉开通向厢房的纸隔扇，悄悄地步入廊内，竟无一人得知。这里廊外的庭院里开着各种秋花，灿烂如锦。池塘一带的假石也饶有趣致。浮舟此时正躺在窗前欣赏此景。匂亲王把本来开着的纸隔扇再拉开些，从屏风的一端窥探。浮舟想不到是匂亲王，以为是常到这里来的侍女，便坐起身来，那姿态非常美妙。匂亲王原是好色之徒，此时岂肯放过，便拉住了浮舟的衣裾，又把刚才拉开的纸隔扇拉上，自己在纸隔扇和屏风之间坐下了。浮舟觉得奇怪，连忙以扇障面而向这边回顾，姿态又很美妙。匂亲王便握住她拿扇子的手，说道："你是谁？把名字告诉我！"浮舟害怕得

---

① 时人迷信，洗发须择吉日。每年正月、五月、九月是办佛事的，不宜洗发；十月叫作神无月，亦不宜洗发。

很。匂亲王把脸朝着屏风,不让她看见,行动非常诡秘。因此浮舟猜量他是最近热心找寻她的薰大将;闻到一股香气,更确信是薰大将,便觉非常羞耻,不知如何是好。乳母听见里面情况异常,觉得奇怪,就推开那边的屏风,走进来看,说道:"这是怎么一回事?真奇怪!"但匂亲王如同不闻,毫无顾忌。这虽是无聊之极的恶戏,但因此人本性能说会道,所以这样那样地谈个不住,不觉天色已经全黑。匂亲王对浮舟说:"你是谁?不把名字告诉我,我不放手。"便从容自在地躺下身子。乳母这时候才知道是匂亲王,惊诧之极,一句话也说不出来。

那边点起灯笼,侍女们在叫:"夫人已经洗好头发,马上就出来了。"除了坐起间之外,别处的格子窗已经一扇扇地在那里关了。浮舟的房间离正屋稍远,本来是不住人的,所以室中放着一组高架橱,各处墙上靠着许多套在袋里的屏风,还有种种物件零乱地堆置着。浮舟来住之后,这里便打开一面的纸隔扇,以便通向正屋。大辅君的女儿名叫右近的,也在此地当侍女,此时她正在挨着次序关一扇扇格子窗,逐渐向这边靠近。她叫道:"呀,暗得很啊!这里还没有上灯呢!辛辛苦苦老早就把格子窗关上,暗得叫人发慌!"便重新把格子窗打开。匂亲王听见了,稍感狼狈。乳母更加着急,但她原是个精明干练而无所顾忌的人,便对右近说道:"喂喂,这里出了怪事,我弄得毫无办法,动手不得了!"右近说:"什么事情呀?"便摸摸索索地走过来,看见一个穿衬衣的男子躺在浮舟身旁,又闻到浓烈的香气,便知道是匂亲王又做的好事。她推量浮舟是不会答应他的,便说道:"啊呀,这太不成样子了!叫我右近说什么好呢?赶快到那边去,悄悄地把这事告诉夫人吧。"说过就去了。这里的侍女都觉得把此事告诉夫人,太过分了。但匂亲王满不在乎。他想:"这是一个令人吃惊的美人呢!不知到底是谁?从右近的口气听来,似乎不是一个新来的普通侍女。"他莫名其妙,便问东问西,向浮舟缠绕不清。浮舟不胜其苦,表面虽不表示愤怒之色,但心中又是羞耻,又是懊恼,只想寻条死路。匂亲王便用软语温言抚慰她。

右近对二女公子说:"亲王如此如此……浮舟小姐真可怜,不知多么痛苦呢!"二女公子说:"又是老毛病发作了!浮舟的母亲知道了定然诧怪:认为这是多么轻率而荒唐的行为!她回去时还再三地说寄居在此很放心呢。"她觉得很对不起浮舟。然而她想:"有什么办法可以制止他呢?他是有这怪癖的人,侍女中稍有姿色的也不肯放过呢。但不知他怎么会知道浮舟在这里。"她懊恼之极,话也说不出来。右近和另一个叫作少将君的侍女议论:"今天来了许多王公大人,亲王陪他们在正殿里游戏。照往日规例,这些日子他总是很迟才回内室的。因此我们都放心地去休息了。岂知今天他进来特别早,以致发生此事,如今怎么好呢?那乳母真厉害,她一直守护着浮舟小姐,眼睛盯住亲王,几乎想把他赶出去呢!"

正在此时,宫中派使者来了,报道:"明石皇后今天傍晚忽然心痛,此刻病势甚重。"右近悄悄地对少将君说:"在这尴尬的时候生起病来,真不巧啊!我去传达吧。"少将君说:"不要去吧,这时候你去传达,徒劳无益,太不知趣了。你不要过分打扰人家。"右近说:"不要紧,现在还没有成那事。"二女公子听见了,想道:"此人有此种恶习,说出去多难听啊!稍具戒心的人,连我这里也不敢来了。"右近便去向匂亲王报告,把使者的话加以夸张。匂亲王听了不动声色,问道:"来的是谁?又要大惊小怪地来恐吓我了。"右近答道:"是皇后的侍臣,名叫平重经的。"匂亲王舍不得离开浮舟,竟不顾旁人耳目,一直待在这里。右近只得出去,把使者叫到这西室前面来,向他探问情况。刚才传达使者的话的人也来了。使者报道:"中务亲王①也已入宫去了。中宫大夫刚刚动身,小人在路上遇见他的车驾的。"匂亲王想起皇后确是常常突然生病的,今天如果不去,深恐惹人非议,便向浮舟说

---

① 中务亲王是匂亲王之弟。

了许多怨言，订了后会之期，然后离去。

　　浮舟犹如做了一个噩梦，汗流浃背地躺着。乳母替她打扇，说道："住在这种地方，万事都要当心，实在很不方便！今天已被他发现，来过一次，以后决不会有好事。啊呀，真可怕啊！尽管他是身份高贵的皇子，但名分上是姐夫，毕竟不成体统。不拘好坏，总得另选一个没有瓜葛的人才是。今天倘真的被他骗上，小姐名誉攸关，所以我装出降伏恶魔的神态，眼睛一直盯住他。他把我看作一个最讨厌的女仆，狠狠地拧我的手。这是下等人求爱的态度，实在可笑之极。今天我们家里，常陆守和夫人闹得很厉害呢！常陆守说：'你只照顾那一个，把我的女儿完全抛弃了。新女婿上门的日子，你故意出宿他处，成什么样子！'常陆守说得声势汹汹，连仆从们都听不惯，替夫人抱屈呢。都是那个左近少将不好，此人实在可恶。如果没有他这件事情，家里虽然常常小有争执，却并无大碍，多年来一直平安到如今了。"说着连声叹息。浮舟此时无暇考虑他事，只是悲伤这从未遭逢过的奇耻大辱，还要担心二女公子对此事如何想法。痛苦之极，只管俯伏着嘤嘤啜泣。乳母很可怜她，安慰她道："小姐何必如此伤心！没有母亲的人，孤苦无依，这才可悲呢。没有父亲而被世人看轻，原是遗憾之事，但倘有父亲而被不慈的继母所憎恶，还是没有父亲的好得多。总之，母亲定会替你安排，你切不可灰心。何况还有初濑的观世音菩萨呵护你，可怜你的身世而保佑你。像你这样不惯旅行的人，几次不惮跋涉而前往进香，菩萨定会答应你的祈愿而赐你幸福，使得向来侮蔑你的人又惊又愧。我们的小姐哪里会受世人耻笑呢！"她说得很乐观。

　　匀亲王匆忙出门。大约是贪近便，不走正门而走这里的门出去，因此浮舟房中也听得见说话声。但闻声音非常优美，吟咏着富有情趣的古歌而从这里经过。浮舟听了不由地感到讨厌。替换用的马拉了出来。匀亲王只带十余个值宿人员，进宫去了。

　　二女公子想起浮舟受了委屈，很可怜她，便装作不知此事，派人去对她说："皇后患病，亲王进宫去探望了，今夜不回家来。我想是今天洗发之故，身体也不舒服，到现在还不曾睡。请你到这里来坐坐吧。想你也是寂寞无聊的。"浮舟叫乳母代答："我心情不好，非常痛苦，想休息一下。"二女公子立刻又叫人来慰问："心情怎样不好？"浮舟答道："也说不出怎样不好，只觉得非常痛苦。"少将君和右近使个眼色，说道："夫人心中定然非常难过呢！"这也是因为这妹妹非比别人，所以夫人特别关心。她想："此事实甚遗憾，浮舟也太不幸了。薰大将屡次说起对她的恋慕之情，如果闻知此事，定会当她是个轻薄女子而看她不起。像亲王那样荒淫无度的人，有时会把毫无根据之事说得非常难听；反之，有时碰到确有几分荒谬之事，却又满不在乎。但薰大将不然，他口上虽不说出，而心中怀着怨恨，真是个善于隐忍而修养功深的人。浮舟身世飘零，又添上了一重不幸。多年以来，我从未和她相识会面，如今一见，觉得她的性情和容貌可爱而又可怜，教人不能抛舍。人生在世实在太艰辛，太痛苦了！就我自身境况而论，不称意之事虽然甚多，但可能和她同样遭逢不幸而终于不曾落魄，总算是有面子的。现在，只要那个讨厌的薰大将不再来缠绕我，乖乖地断绝了念头，我就更无可忧之事了。"她的头发很多，一时不易干燥，起居很不方便。她身穿一套白衣，窈窕可爱。

浮舟实在心绪恶劣得很。但乳母竭力怂恿她去，对她说道："不去实在不好，会使夫人怀疑真有什么事情。你只要坦然地前去访问好了。至于右近等人，我会把这事从头叙述给她们听的。"她就走到二女公子的纸隔扇面前，叫道："请右近姐姐出来，有话奉告！"右近就走出来。乳母对她说道："我家小姐刚才遭逢了那件奇怪的事情，受惊之余，身体发热，实在痛苦得很，叫人看了十分可怜。请你带她到夫人那里，给她些安慰吧。小姐自身毫无过失，叫她如此受惊，实甚冤枉！若是略微懂得男女之道的人，还稍好些。可是我家小姐全不懂得，当然十分可怜。"她就扶起浮舟来，叫她去见二女公子。浮舟已经气得发昏，只觉得在人前怕羞。但因性情过分柔顺，就让她们推送到二女公子房中去坐下。她的额发沾着眼泪，湿得厉害，她就背向灯火，以便隐藏。在一向认为二女公子的美貌无与伦比的众侍女看来，浮舟的姿色也并不逊色，确有高尚的美质。当时只有右近和少将君两人在侧，浮舟要躲也躲不过。两人仔细端详她，想道："亲王如果看上了这个人，定会闹出大事来。他生性爱新弃旧，只要是新的，即使姿色寻常的也要追求呢。"

  二女公子亲切地和浮舟谈话，对她说道："请你不要因为这里和你自己家里不同而局促不安。我们的大姐故世之后，我一直想念，无时或忘，实在不胜悲伤。我身又多苦恨，寂寞无聊地在世度日。现在看见你相貌酷肖大姐，觉得非常可亲，心中十分快慰。我身在世间更无亲人，你倘能用大姐那样的心情来爱我，我真是不胜欣幸了。"但浮舟因为惊魂未定，又因为犹有乡村鄙气，所以不知怎样回答才好。她只是说道："多年以来常叹姐姐和我遥隔山川，现在能够拜见，心中喜慰万分。"说时声音非常娇嫩。二女公子拿出些画册来给她看，叫右近诵读画中的文字，两人一同欣赏。浮舟和二女公子相向而坐，不再怕羞，只管专心看画。二女公子细看她映着灯光的容貌，觉得毫无缺点可指，简直十全其美。那额角眼梢充满秀气，和大女公子完全相似。她看着浮舟，只管思念姐姐，更没心情看画册了。她想："唉，这个人的相貌真可爱啊！怎么会这样酷肖姐姐呢？她又很肖似父亲。曾闻几个老侍女说：姐姐相貌像父亲，我相貌像母亲。面貌相似的人，看了怪可亲爱。"她拿浮舟来比拟父亲和姐姐，不禁流下泪来。又想："姐姐的姿态无限端庄高贵，一方面又亲切和爱，有过分温柔优雅之感。这浮舟呢，想是举止还带稚气、万事小心翼翼之故吧，在艳丽这点上不及姐姐。此人倘能再添一些安详稳重之相，做薰大将的配偶也当之无愧了。"她用做姐姐的心情来替浮舟打算。

  看罢画册，两人相与谈话，直到天色近晓之时方才就寝。二女公子叫浮舟睡在她身旁，和她谈父亲生前之事，以及多年来蛰居宇治山庄时情状，虽不从头至尾，却也漫谈了不少。浮舟非常想念亡父，可惜终于不得和他见面，不胜悲伤。知道昨夜之事的侍女中有一人说："实际情况不知究竟怎样？这位美貌的小姐，夫人虽然异常怜爱，然而已被玷污，怜爱也徒然了，真可怜啊！"右近答道："不，没有这回事。那乳母拉住了我，向我仔细诉说，听她说来确无此事。亲王出门时，口中也吟唱着'相逢犹似不相逢'①的古歌。但也难说，也许是故意吟唱此歌的吧？究竟如何，不得而知。不过昨夜灯光中细看这位小姐的神情，非常安详，不像是有过什么事情的。"她们悄悄地议论此事，都可怜这浮舟。

乳母向二条院借一辆车子，来到常陆守的邸内，把昨日之事从头至尾报告了夫人。夫人大为吃惊，心肝都摧折了。她想："侍女们一定看不起我的女儿，在那里讥评了。亲王夫人又不知作何感想。争风吃醋之事，贵人也是一样的。"她推己及人，便觉焦灼万状，刻不能待，就在当天傍晚来到二条院。恰巧匂亲王不在家，可以放心。便对二女公子说道："我把这幼稚无知的孩子寄托在府上，原是很可放心的。然而总是心挂两头，坐立不安。家里那些无知小儿也都在怪怨我呢。"二女公子答道："并不像你所说那样幼稚。你不放心，神色仓皇地说这些话，倒教我不好意思了。"说罢莞尔而笑。常陆守夫人看了她那安详稳静的神色，由于心中怀着鬼胎，局促不安起来。她不知道二女公子究竟如何想法，一时话也回答不出。后来说道："能在这里侍奉小姐，多年来的愿望就满足了。外间说出去也好听，真是有面子的事。然而……毕竟还是有所顾虑。终不如照原来的打算，让她闭居在深山中修行，倒是最可放心的。"说到这里哭泣起来。二女公子也觉得可怜，

---

① 古歌："夏夜初眠天即晓，相逢犹似不相逢。"见《河海抄》。另一说不是此歌，此处所引古歌不详。

对她说道:"在这里有什么不放心呢?如果我冷淡她,样样事情都不管她,那是自不必说了。……这里原有一个心地不良的人,常常会做出不成样子的事情来。然而大家都熟悉其人的脾气,处处用心提防,决不会让你女儿吃亏。不知道你对我是怎样猜想的。"常陆守夫人答道:"不不,我决不会疑心您冷淡。已故八亲王怕没面子,不肯认浮舟为女儿,这也不必再提了。但在另一方面,我和您原有不可分割的血统关系①。赖有这点缘分,我才敢把浮舟拜托您照顾。"这话说得非常恳切。最后又说:"明日和后日,是浮舟的严重的禁忌日,因此想带她到僻静的地方去闭居。改天再来拜望。"说罢便带着浮舟回去。二女公子觉得事出意外,不胜怅惘,但也不挽留她。常陆守夫人被昨天的怪事吓坏了,心绪不宁,匆匆告辞而去。

  常陆守夫人曾在三条地方建造一所小小的宅院,作为回避凶神的地方。屋宇本来简陋,且又尚未竣工,因此设备装饰都不很周全。她带浮舟到这宅院内,对她说道:"可怜啊!我为了你一人,赢得种种烦恼!在这个事与愿违的世界里,我实在不想待下去了。如果只为我一人,即使降低身份,过着不像人的生活,我也会听天由命,闭居在一个角落里度日。……那位夫人,本来是不承认你为妹妹的。我们去亲近她,如果惹出不成样子的事情来,将被世人耻笑。唉,真无聊啊!这里房屋虽然简陋,但无人知道,你暂且躲藏在这里吧。我自会替你另图善策。"她吩咐之后,自己就准备回家。浮舟啼啼哭哭,设想此身在这世间何等命苦,便觉心灰意懒。她实在是怪可怜的,但母亲痛苦更甚,她觉得把女儿关在这里,委屈了她,实甚可惜。她总希望女儿平安无事地长成,如意称心地完姻。如今遭逢了那件可悲可恨之事,深恐被外人看作轻薄女子,甚可担心。这母亲并非不明事理的人,只是容易动怒,又略有些儿刚愎自用。其实不妨把浮舟隐藏在自己邸内。但她

---

① 中将君是二女公子的母亲的侄女,她俩是表姐妹。

以为隐藏在自己家里会委屈浮舟,所以决定采取这办法。母女两人多年以来形影不离,朝夕相见,如今突然分居,彼此都不胜寂寞。母亲对女儿说:"这屋子还没有完全竣工,生怕有不谨慎之处,你必须小心在意。各处房间里的侍女都可叫来使唤。值宿人员虽然都已吩咐过了,还是很不放心。然而那边常陆守要生气,故我不得不回去,真痛苦啊!"母女两人挥泪而别。

常陆守为了款待新女婿左近少将,忙得不亦乐乎。他埋怨夫人,说她不肯和他同心协力,有损体面。夫人气得很,她想:"都是此人不好,惹起这许多纠纷。"她所最疼爱的女儿为此而遭受苦患,使她痛心疾首,因此全不把这女婿看在眼里。她回想前几天看见这少将在匂亲王面前,形容猥琐得不像一个人,因此十分看不起他,奉他为东床娇客的念头早已打消。但她想:"不知他在这里怎样,我还没有看见过他日常晏居时的模样呢。"就在有一天昼间,当少将闲居在家之时,走到他的房间旁边,向隙缝中窥探。但见他身穿柔软的白绫上衣,内衬鲜艳的砑光淡红梅色衫子,正坐在窗前欣赏庭中花木。她觉得此人姿态也还清秀,并无拙劣之相。那女儿还很稚气,无心无思地靠在一旁。她回想匂亲王和二女公子并坐时的模样,觉得这一对夫妻毕竟逊色得多。少将和身边几个侍女谈笑戏耍起来。夫人细看他那随意不拘的姿态,觉得不像以前在二条院看到时那样丑陋不堪入目。她疑心那天看到的是另外一个少将。正在此时,忽闻少将说道:"兵部卿亲王①家里的萩花真是特别好看!不知是哪里来的种子。同是花枝,他家的格外艳丽。前天我到他家,想折取一枝。但亲王正好要出门,我终于不曾折得。那时他还吟唱着'褪色萩花犹堪惜'②之歌。我真想叫年轻的女子看看他那时的丰采呢!"说罢,他自己也吟唱些诗歌。夫人在心中讥

---

① 即匂亲王。
② 古歌:"褪色萩花犹堪惜,何况繁露欲摧枝。"见《拾遗集》。

诮他:"算了吧!我想想此人品性之卑鄙,觉得不像个人;看看他在匂亲王面前时的丑陋,实在令人难堪。不知他在吟唱什么诗歌。"然而看他此时模样,毕竟不是全不知趣的人。她想试试他的才能,便命侍女传言,赠以诗曰:

"小荻有护篱,清高意自得。
绿叶逢霜露,何故即变色?"①

少将觉得对她不起,答曰:

"早知荻是宫城种,
决不分心向别花。"②

愿得拜见尊颜,面陈衷曲。"夫人想见他已知道浮舟是八亲王血统,她就越发希望她和二女公子同样地嫁个身份高贵的人了。于是薰大将的姿态风貌不由地浮现在她眼前。她想:"匂亲王和薰大将一样俊美,然而我对此人一开始就断念了,不把他放在心上了。他欺侮浮舟,擅自闯入室中,想起了深可痛恨。薰大将有心追求浮舟,毕竟不曾唐突地启口,表面上若无其事,真是很难得的。我尚且常常想起他,何况青年女子,安得不恋恋于心?像少将这种可厌的人,如果当真做了浮舟的夫婿,真乃太没面子了。"她只管为浮舟之事操心担忧,有时想这样,有时想那样,千方百计为她考虑善策,但实行起来困难得很。因为她想:"薰大将看惯了二公主那样身份高贵的人,即使有品貌优于浮舟的女子,怕也不容易使他动心吧。我在世间见闻所及,人的容貌和品性

---

① 小荻比浮舟,绿叶比少将,霜露比浮舟之妹。
② 宫城野是产荻花有名的地方;暗示浮舟乃八亲王之女。

的优劣,往往根据其人身份的高低而定。试看我的子女,常陆守所生的总赶不上八亲王所生的这个浮舟。又如这个少将,在常陆守邸内看来品貌优越无比,但和匂亲王一比较就相形见绌。由此盖可推量一切。薰大将已得当今皇上的爱女为妻,恐怕在他看来,浮舟粗陋可耻,毫无足取吧。"如此一想,不禁心灰意懒,茫然若失了。

　　浮舟住在三条的宅院里寂寞无聊,看看庭中花草,亦觉毫无意趣。往来出入的只有口操异样的东国方言的人。庭院中也没有可以赏心悦目的花卉。她在这枯燥无味的屋子里闷闷不乐地度送晨夕。回想二条院中二女公子的模样,这青年女子的心中不胜依恋。那个肆无忌惮的闯入者的模样,此时也浮现到她心头来。不知道他说些什么,但记得许许多多温存委婉的话。那身上的衣香,似乎到现在还留剩着。连可怕的情节也都回忆起来。有一天,母亲派人送一信来,殷勤慰问,挂念殊深。浮舟想起母亲如此苦心关怀,而自己却生不逢辰,不觉流下泪来。母亲信中有言:"吾儿独居定多不惯,不知心情何等寂寞?"浮舟的回信中说:"女儿在此并不寂寞,反觉安心。

　　但得远离浮世苦,
　　　身心安乐永无愁。"

此诗尚有童稚之气,母亲看了泪如泉涌,想起这女儿如此命薄,弄得置身无所,实在可怜之极,答以诗云:

　　"但得儿身交泰运,
　　　虽非人世也甘心。"

母女二人常以此种浅率之诗歌互相赠答,借以慰心。

　　且说薰大将每届秋色渐深之时,似乎已成习惯,总是夜夜失眠,想念大女公子，不胜悲恸。宇治新建的佛寺恰好在此时落成，他就亲自前往察看。久不来访，但觉山中红叶特别可爱。拆毁了的山庄的基地上，今已另建新屋，备极华丽。想起已故八亲王所建原来的山庄简单朴素，犹似高僧的居处，不胜依恋，便觉新建的屋宇改变模样，甚是可惜。因此感慨之情比往日更深。原来的山庄中的装饰设备，并不全体一律，有一部分非常庄严，另一部分十分纤丽，宜于女眷居住。现在把竹编屏风等粗率的家具移送新建的佛寺中供僧众使用，这里另行新制山乡风味的器什，然而并不简陋，非常优美而富有趣致。薰大将坐在池塘旁边的岩石上流连观赏，一时不肯起立，即景赋诗云：

"池塘清水依然满，
　不见亡人照影留。"

他把眼泪揩干，前往访问老尼姑弁君。弁君一见薰大将，悲从中来，几乎哭泣。薰大将就在门边坐下，把帘子的一端揭起，和她谈话。弁君隐身在帷屏背后对答。谈话中薰大将顺便说到浮舟："听说那位小姐前几天来到匂亲王家里。我觉得不好意思，不曾向她开口。还是请你传达吧。"弁君答道："前天她母亲来过信了。她们为了避凶，正在东奔西走。信中说道：'目前隐避在一简陋之小屋中，甚是可怜。如果宇治离京稍近，颇思托庇贵处，以求安心。然而山路崎岖，往来诚非易事。'"薰大将说："大家都怕走这山路，只有我一向不惮烦劳，常常跋涉而来。这是何等深厚的宿缘，想起了感慨无量！"说到这里，照例流下泪来。又说："那么，就请你写一封信，送到这无人注目的小屋中去吧。且慢，还是请你亲自去走一遭吧。"弁君答道："要传达尊意，事甚容易。只是现在再要我到京都去，实在为难。我连二条院也不曾去过呢。"薰大将说："你也何必如此！叫人送信，万一被人闻知，须不好看。即使是爱宕山中的高僧，也常因时制宜，下山进京去呢。打破自己清戒，成就他人夙愿，正是莫大功德。"弁君说："可惜，'我身不积济人德'①呀！进京去干这种事，被人听到了闹笑话呢。"她不愿去。薰大将异常坚决地强请："还是得你去一趟，此次正是绝好机会。后天我派车子来接你吧。你先把她寓居之所调查清楚。我决不胡行乱为，使你为难。"说着笑了起来。弁君不知道他有何意图，甚是担心。但念此人素无荒唐浅薄之行，一定顾惜外间声望，也决不会连累到她，便答道："既然如此，只得遵命。她的寓所离尊处甚近。但请您先去一信。不然，人家以为我自作聪明，多管闲事，当了尼姑还要做月下老人。这便太不成样了。"薰大将说："写信很容易，只是恐怕惹起世人议论，以为'右大将爱上了常陆守的女儿'。况且那常陆守是个粗暴的人。"弁君笑起来，觉得此人很可怜。天色渐暗，薰大将告辞出门。他采了些花草，折了几枝红叶，将以奉赠二公主。他对二公主并不疏远，只因表示对皇女的敬意，故不十分亲昵。皇上对他，像臣民的父亲一般亲爱。对他母亲尼僧三公主也照顾周至。因此薰大将也奉二公主为高贵无极的正夫人，对她非常重视。他深蒙圣眷，又荣任驸马，而私下移爱他人，自心亦觉歉愧。

到了约定的日子，薰大将派一个心腹的下仆，陪着一个素不相识的放牛人，驱车到宇治去迎接弁君。他对下仆说："到庄园里去挑选一个老实的人，叫他当警卫。"他前天早已和弁君约定，叫她必须进京，故弁君虽然很不乐意，也只得打扮一下，乘车出发。她看到山野的景色，想起古来种种诗歌，不胜感慨。不久车子来到了浮舟所居的三条宅院。这地方非常冷僻，不见人影。弁君很放心，叫车子进入院内，命引路人传言："弁君奉薰大将之命前来叩访。"便有一个以前伴赴初濑进香的青年侍女出来迎接，扶弁君下车。浮舟住在这荒凉的屋子里，晨夕愁叹，不胜寂寞。闻得这个可与话旧的人来了，喜不自胜，立刻唤

---

① 古歌："我身不积济人德，安得年高似古桥？"见《后撰集》。

她到自己房中相见。她想起这人所服侍过的人是我的父亲，便觉异常可亲。弁君对她说道："自从那天拜见小姐之后，私心仰慕，无时或忘。但老身早已出家为尼，与世长遗，故二条院二小姐处亦不曾前去拜访。惟此次薰大将再三嘱托，异常热心，因此只得勉强遵命，前来奉扰。"浮舟和乳母前日曾在二条院窥见薰大将丰采，不胜赞美。又曾听他说过时刻不忘浮舟，更深感激。却想不到如此突然地派人来访。

黄昏过后，有人轻轻地敲门，说是从宇治来的。弁君推想是薰大将的使者，便命人开门。但见一辆车子进入门内，她觉得奇怪。便有人来报告："要拜访尼僧老太太。"而所提的却是宇治山庄附近庄园的经理人的姓名。弁君就膝行到门口来接见。此时天空洒着微雨，冷风吹入门内，带进妙不可言的香气来，方知是薰大将来了。这个优越的人物突然降临，而此地乱七八糟，毫无准备，使得大家心慌意乱，忙叫"怎么办呢！"薰大将叫弁君传言："我想在这幽静的地方把近来思慕之苦心向小姐陈述一番。"浮舟狼狈不堪，不知如何作答。乳母着急了，说道："大将特地来访，难道可以不招待他，叫他回去么？派个人到常陆守邸内去悄悄地告知夫人吧，离开这里并不远的。"弁君说道："何必如此疏远呢！年轻人互相谈谈，不会立刻亲密起来。况且这位大将性情异常温厚周谨，若非小姐心忭，决不会任情而动。"此时雨势稍大，天空全黑，便有一个守夜的值宿人操着东国方言告道："东南角上的土墙坍损了，很不谨慎。这位客人的车子倘是要进来的，赶快进来，把大门关上吧。这种客人的随从人都是糊里糊涂的。"薰大将听不惯这种口音，觉得刺耳难闻。他吟唱着"佐野谁家可庇身"①的古歌，就在那乡村风的檐下坐下了。吟诗曰：

"草长东亭门紧闭，

---

① 古歌："漫天风雨行人苦，佐野谁家可庇身？"见《万叶集》。

雨中等待已多时。"①

他举袖拂去身上的雨点，衣香随风四散，芬芳过分浓烈，使得那些东国的乡人也吃惊了吧。

此时万无理由可以谢绝会面，只得在南面厢房内设一客座，请薰大将入内。浮舟不肯立刻出来与他相见，众侍女勉强扶她出来，把拉门关上，略微留一条隙缝。薰大将看了不快，说道："造这门的木匠真可恶！我从来不曾坐在这种门的外面呢。"不知怎么一来，他竟把门拉开，走进里面来了。他并不提及希望她代替大女公子的话，只是说："前在宇治邂逅相遇，窥见芳容以来，相思相望直至今日。如此念念不忘，定有宿世深缘。"浮舟容姿原来就妍丽动人，薰大将觉得不失所望，对她无限怜爱。

不久天色渐明，鸡声报晓。此处地近大路，户外人声嘈杂。但闻叫卖之人成群来往，而听不懂所喊的是什么物名。薰大将想象：在这黎明时分，头上顶着货物而叫卖的商人，形容都像鬼怪。他从来不曾在这种蓬门草舍中宿过夜，觉得别有趣味。后来听见这里守夜的人开门出去，各自回室中去休息了，他就召唤随从人夫，把车子赶到边门口来，自己抱了浮舟登车。事出意外，这里的人不胜骇怪，喧吵起来："现在是不宜结婚的九月里，这事情使不得啊！怎么办呢？"大家很着急。弁君也意想不到，很可怜浮舟；但她安慰众人，说道："大将自有主意，大家不必担心。我知道明天才交九月的节气。"原来今天是十三日。弁君又对薰大将说："今天我不能奉陪了。二小姐定会闻知此事。我若不去拜访，悄悄地来了就回去，太失礼了。"薰大将以为现在还

---

① 本回题名据此诗。此诗根据催马乐《东屋》，其词曰："（男）我在东屋檐下立，斜风细雨湿我裳。多谢我的好姐姐，快快开门接情郎。（女）此门无锁又无闩，一推便开无阻挡。请你自己推开门，我是你的好妻房。"参看第156页注②。

早,立刻把此事告知二女公子,似觉难以为情,答道:"你以后再向她道歉吧。今天到那边去,如果没有人引导,很不方便。"他强要弁君同去。又说:"再带一个侍女去才好。"便选定浮舟身边一个名叫侍从的侍女,叫她和弁君同乘。乳母和弁君带来的女童,都留在这里,她们都弄得莫名其妙。

  人们以为这车子将驱往附近某处,岂知一直向宇治去了。途中调换用的牛早已准备。经过川原,到了法性寺附近,天色方始大明。那个侍从偷窥薰大将的容姿,觉得俊美无比,不胜恋慕之情,便把世人对此事如何评议等事都忘记了。浮舟则因此事过分唐突,吓得神志昏迷,只管俯伏车中。薰大将对她说:"这一带地方路上石子高低不平,你觉得不舒服么?"便把她抱在膝上。车子前面遮着一件轻罗女袍①,鲜明的朝阳光辉射入车中,照得老尼姑弁君害羞。她想:"安得大小姐在世,让我伴她做此旅行!可恨我身长生在世,遭逢此种意外之变。"她心中悲伤,努力隐忍,然而不知不觉地愁形于面,泪下沾襟。侍从看了颇感不快,想道:"这婆子真讨厌啊!今天小姐新婚,车子里带个尼姑已经不吉祥了,为什么还要愁眉苦脸,啼啼哭哭呢!"她觉得此人可恨亦复可笑。原来侍从不知弁君心事,只当作老太婆爱哭。

  薰大将觉得眼前这个人儿的确可爱。然而一路上眺望秋天景色,怀旧之情油然而生。入山愈深,愈觉泪眼模糊,有如身在雾中。他靠在车中沉思冥想,那衣袖长长地露在车外,与浮舟的衣袖相重叠。被川雾润湿之后,他的淡蓝色衣袖衬着浮舟的红色衣袖,色彩非常鲜艳。车子下急坡时,方始发现,才把衣袖收进。他在不知不觉之间赋得一诗,自言自语地吟道:

---

  ① 坐在车中观赏风景时,车子前面挂一帷幕。但有时用女子长袍代替。

"愁对新人思旧侣,
弥天朝雾湿青衫。"

老尼姑听了更是泣不可抑,袖上几乎绞得出泪水来。侍从愈加奇怪了,她觉得这样子真难看,一路上喜气洋洋,怎么添了这种怪现象!薰大将听到弁君隐忍不住的啜泣声,自己也偷偷地弹泪。但念浮舟可怜,不知她看了作何感想,便对她说道:"我因多年以来屡次在这路上往返,今天触景生情,不知不觉地感慨起来。你也稍坐起来,看看这山中景色吧。这山非常深邃呢。"便强把她扶起来。浮舟做出恰当的姿势,以扇障面,羞答答地眺望山景,那眉目之间实在非常肖似大女公子。只是端庄而过分沉着,似觉稍有出入耳。薰大将觉得大女公子一方面像小儿一般天真烂漫,另一方面又用心深远,考虑周至。于是他对亡人的悼念之情依旧"充塞天空","无处逃"①了。

不久到达宇治山庄。薰大将想道:"可怜啊!她的亡魂宿在这里,此刻定然看见我来到吧。我做此种周章狼狈之事,毕竟为谁?无非是为了她呀!"下车之后,为欲使浮舟休息,暂时离开了她。浮舟在车中时,想起母亲对她何等挂念,不胜悲叹。但念如此艳丽的男子情深意密地和她共语,颇感心慰。于是跟着下车。老尼姑命车子停靠在走廊边,然后下车。薰大将看见了,想道:"此处不是我久居之地,她何必考虑得如此周到!"附近庄园里的许多人照例纷纷前来参见主人。浮舟的食事由老尼姑办理。适才来时,一路上荆榛满目。此刻进了山庄,便觉环境开朗,气象清幽。新建屋宇设计周妥,室中可以欣赏水光山色。浮舟近几日来愁闷之情,此时皆得排遣。然而想起了今后此身不知将被如何处置,则又恐惧不安,无法自慰。薰大将忙写信给京中的母亲及二公主。信中言道:"此间佛寺内部装饰尚未完竣。前日曾予指

---

① 古歌:"恋情充塞天空里,欲避相思无处逃。"见《古今和歌集》。

示。今日吉日，故匆匆前来检阅。近来心情烦恼，又想起这几天不宜出行，故今明两日将在此间斋戒。过后当即返京。"

薰大将平居晏处之时，姿态比出门时更加漂亮。走进室中时，使得浮舟自感羞惭，但因室中无处躲避，只得坐着。她的服饰由乳母等悉心置备，力求美观，然而不免略带乡村风度。薰大将不由得回想起大女公子常穿家常半旧衣服，丰姿反而高尚优雅。但浮舟的头发非常美丽，末端浓艳可爱。薰大将看了，觉得不亚于二公主的美发。他考虑她的前途，想道："我如何处置这个人呢？如果现在立刻收作妻室，迎往三条宫邸，则深恐世人讥议。如把她列入大群侍女之中，对她和众人一律看待，则又非我本意。如此看来，只有暂时让她隐避在这山庄里。然而不能常常见面，亦是一大缺憾。"他很可怜浮舟，诚恳亲切地和她谈话，直到天暮。其间也曾谈及已故八亲王之事。又历叙往事，兴趣横生，庄谐杂作。然而浮舟只是小心翼翼，羞羞答答，使得薰大将扫兴。但他想："这虽然是缺点，但小心谨慎总是好的，今后我当逐渐教养。反之，如果染着村俗恶趣，品质不良，言行冒失，那才真个不配当大女公子的替身了。"他终于回嗔作喜。

薰大将拿出山庄中原有的七弦琴和筝来，想起浮舟对此道必然更无知识，实甚可惜，只得独自一人弹奏。自从八亲王逝世之后，薰大将久不在此奏乐了，今日重温旧梦，自觉颇饶佳趣。正在乘兴鼓弦，心驰神往之际，月亮出来了。他回想八亲王弹出琴声，并非锋芒毕露，却很悠扬婉转，沁人心肺，便对浮舟说道："当年你父亲和大姐在世之时，你倘也在此地生长，今日你必更多理解人生情趣。八亲王的风度，即使是像我这样的外客，也觉得和蔼可亲，恋恋不舍。你为什么长年住在乡僻地方呢？"浮舟被问，深感羞愧，默默地斜倚着，手弄白扇。但见她的侧影，肌肤洁白如玉，额发低垂如画，这神情竟和大女公子一模一样。薰大将深为感动，越发想把丝竹之事好好地教会她，使她适合身份，便问她："这七弦琴你也略懂得些么？你长住吾妻地方①，吾妻的琴总会弹吧？"浮舟答道："我连那大和词也不大懂得，何况大和琴②。"薰大将见她回答得巧妙，觉得此女才情不坏。因念把她放在这里，不能随意前来相会，终非善策。他深感今后相思之苦，可见他对浮舟的爱情非寻常可比。他把七弦琴推开，口中吟诵"楚王台上夜琴声"③的古诗。在只讲弯弓射箭的东国地方长大起来的侍从，听了这吟声也觉得非常美妙，极口赞叹。可知她们不懂得上一句诗中所咏班婕妤看见秋扇而伤心的故事，而只是叹赏吟声的优美，见识也太浅了。薰大将想道："可吟诵的诗句甚多，我为什么偏偏取这不吉的句子呢？"此时老尼姑派人送果物来了。一个盒盖中铺着些红叶和常春藤，其间巧妙地布置着种种果物。衬在下面的纸上草率地写着一首诗，在明朗的月光之下显露出来。薰大将注目观看，好像急于想吃果物的样子。老尼姑的诗是：

"细草经秋虽变色，
月光清丽似当年。"④

书体是古风的。薰大将看了既感羞愧，又觉悲伤，也吟诗曰：

"绿水青山仍旧里，
深闺明月照新人。"

---

① 吾妻即东国。东国的琴名曰"吾妻琴"，这里故意称为"吾妻的琴"。
② "大和琴"即"吾妻琴"。"大和词"即"和歌"。这里表示浮舟回答得巧妙。
③ "班女闺中秋扇色，楚王台上夜琴声。"见《和汉朗咏集》。汉成帝的宫女班婕妤失宠，曾自比秋扇而赋诗。因浮舟手持白扇，故薰君想起此诗。但他只说出下句，暗示上一句。
④ 细草比薰君所爱的女子，月光比薰君。

这不算是答诗。他就叫侍从向老尼姑传达。

第五十一回 浮 舟①

匀亲王自从数月前某日傍晚与浮舟邂逅相遇以来,对她至今不能忘怀。他回忆此女虽非身份高贵之人,但品貌十分端详,实在非常可爱。此君原是好色之徒,那天仅能一握其手,于心终不餍足,思之不胜后悔。他又埋怨二女公子,怪她为了这些些小事,便如此嫉妒,把此女隐藏。因此常常责备她"太无情义"。二女公子不胜其苦,曾经想把此女来历向他如实说明。但她又想:"薰大将虽然不会把浮舟当作正式的妻房,但对她的爱情甚深,所以把她隐藏起来。我倘多嘴多舌地说穿了实情,匀亲王定然不肯就此罢休。此人本性实在不良,我身边的侍女之中,凡是偶因几句戏言而被他看中了的人,他都不肯放过,连不应该去的地方也会去追寻。何况他对这浮舟数月以来不能忘怀,一旦被他找到,定会做出不好看的事来。如果他从别处探知,那就无可如何了。此事对薰大将和浮舟两方都很不利,然而此人生性如此,我实无力防止。万一有事,我是她的姐姐,自然更觉可耻。但无论如何,我总不可轻举妄动,惹是生非。"她如此想定之后,心虽担忧,口上一言不发。她也并不另外捏造理由来哄骗搪塞,只装作世间普通女子嫉妒的模样,默不作声。

薰大将则异常从容自在地在那里打算。他推想浮舟在宇治等得心焦,很可怜她;但自己因身份高贵,行动拘束,若无适当机会,不易前去和她共叙,真比"神明禁相思"②更觉痛苦。然而他想:"不久我就会迎接她进京来过好日子的。目前我打算让她住在宇治,作为我入山

---

① 本回写薰君二十七岁春天之事。
② 古歌:"恋苦何妨来共叙,神明原不禁相思。"见《伊势物语》。

时的话伴。我将捏造一件事情，说是须在山中逗留多日才能完成，那时便可和她从容相叙。暂时把这无人注目的地方作为她的住处，使她渐渐了解我的意图而安下心来，我也可不受世人非难。如此稳步进行，实为上策。不然，如果立刻迎她入京，则世人势必喧哗诧怪：'突如其来！''是谁？''几时成功的？'这就违反了我当年到宇治学道的初志。而被二女公子知道了，又将怪我舍弃旧游之地，顿忘昔日交情。这实在不是我的本意。"他如此抑制恋情，又是过分迂阔的打算。他已经在准备浮舟迁京时的住处，悄悄地新建了一所宅院。近来公私皆忙，少有余暇。然而对于二女公子，还是同从前一样尽心照顾，曾不少懈，使旁人看了觉得奇怪。但二女公子现已渐渐通达人情世故，看到薰大将这种态度，觉得此人的确不忘旧情，自己是他恋人的妹妹，也蒙他如此关怀，这真是世间少有其例的多情人。她的感动实在不浅。薰大将年事渐长，人品和声望越发优越无比。而匂亲王对她的爱情常有不可信赖之时。此时她往往想道："我的宿命何等乖戾！我没有依照姐姐的安排嫁与薰大将，而嫁给了这个使我怄气的匂亲王。"然而她要和薰大将会面，是不容易的事。宇治时代的情况，相隔多年，已成往事。不曾深悉内情的人说："寻常百姓之家，为了不忘旧谊而亲睦往还，原是常有之事；身份如此高贵的人，为什么不顾规例，也轻易地和人交往呢？"人言如此，二女公子也很有顾虑。加之匂亲王一直怀疑她和薰大将的关系，因此她更加痛苦，更加恐惧，对薰大将自然疏远起来。然而薰大将对她还是亲睦，永不变心。匂亲王秉性浮薄，常有使她难堪的行径。然而小公子逐渐成长，非常可爱。匂亲王想起了别人不会替他生这样的儿子，对二女公子便十分重视，把她看作一位真心相爱的夫人，待她比六女公子更为优厚。因此二女公子的忧患比从前减少，可以安心度日。

过了正月初一之后，匂亲王从六条院来到二条院。小公子开年又长大了一岁。有一天昼间，匂亲王正在和小公子玩耍，看见一个幼年女童姗姗地走来，手中拿着一个用绿色晕渲的纸包好的大信封、一根附有小须笼①的小松枝，此外还有一封不加装饰的普通立文②式的信。她正要把这些东西送与二女公子。匀亲王问道："这是哪里送来的？"女童答道："是宇治送来给大辅君的。那使者找不到大辅君，交不出去。我想宇治来的东西向来是送交夫人看的，所以接受了。"她说时上气不接下气。继而又笑着说道："这须笼是用金属做的，上面涂着彩色。这松枝也做得很巧妙，同真的一样。"匀亲王也笑了，说道："拿过来，让我也来玩赏一下。"二女公子心中着急，说道："这封信交给大辅君去吧。"说时脸上泛红。匀亲王想道："大概是薰大将给她的信，故意说是给大辅的。用宇治的名义，定然是他的了。"就把信取了过来。但他到底有些顾虑：如果真是薰大将给她的，岂不使她难堪。便说道："我拆开来了。你不会怨我么？"二女公子说："太不成样子了！侍女们私人间的通信，你怎么可以拆看呢？"说时并无狼狈之色。匀亲王说："原来如此，那么我就拆看了。女人之间写的信是什么样儿的？"他把那封信拆开一看，但见笔迹非常稚嫩，信中写道："阔别多时，不觉岁历云暮。山中荒居岑寂，峰顶云封雾锁，不知何处是京华也。"信纸一端又附记曰："此粗陋之物，奉赠小公子哂纳。"此信写得并不特别漂亮，但看不出是谁的手笔。匀亲王心中疑怪，便把那封立文式的信也拆开来看，果然也是女子的笔迹。信中写道："岁历更新，尊府想必平安无事，贵体亦必康泰纳福。此间环境美好，照顾周到，然而终不适于小姐③居住。我等亦常奉劝：与其在此沉思闷坐，不如常往尊处奉访，以慰岑寂之心。但小姐鉴于上次所遭可耻可怕之事，已怀

---

① 笼子编剩的条子不剪去，像须一般保留着的，叫作须笼。
② 见第397页注①。
③ 此信是浮舟的侍女侍从写给二女公子的侍女大辅君的。小姐指浮舟。

戒心，不敢前来，言之不胜愁叹。卯槌①一柄，乃小姐奉赠小公子者，请于亲王不在家时代为奉呈。"此外又不顾新年忌讳，写着许多悲伤愁叹的话。匂亲王觉得此信乖异，反复察看，不胜讶怪，便问二女公子："你告诉我吧，这是谁写来的信？"二女公子答道："这是从前宇治山庄中一个侍女的女儿，听说最近不知为了何事，借住在那边。"匂亲王觉得这不是普通侍女的女儿所写的信。看到信中"上次所遭可耻可怕之事"一语，恍悟这便是以前邂逅的那个女子。他看看那卯槌，觉得非常精致，显然是寂寞无聊的人所做的。形成桠杈的小松枝上，插着一只人造的山橘，附有诗云：

"松枝虽幼前程远，
　敬祝贤郎福寿长。"

此诗并不十分出色，但匂亲王认为是他所想念的那个女子所咏的，看到了很注目，对二女公子说道："你写回信给她吧。不复太无情了。其实这种信不须隐藏，你又何必生气呢！好，我就到那边去吧。"匂亲王去后，二女公子悄悄地对少将君说："这件事弄糟了！东西交给这小孩，怎么你们都没看见？"少将君说："我们倘看见，怎么会让她送到亲王那里去呢！这孩子老是无心无思，多嘴多舌。一个人是从小看大的，小时候谨慎小心，大起来才会好呢。"她埋怨这女童。二女公子说："算了吧！不要怪怨这小孩子！"这女童是去年冬天有一个人推荐来的，相貌很漂亮，匂亲王也很喜欢她。

　　匂亲王回到自己室中，想道："事情真奇怪啊！我早就听说薰大将年来不断地到宇治去。并且有人说他有时悄悄地在那里宿夜。虽说是

---

① 卯槌是用桃木或玉、犀角、象牙制成的一个小槌，长三四寸，用五色丝线装饰。正月里第一个卯日用以辟邪。

为了纪念大女公子,但千金之子在这种地方泊宿,总是不相称的。原来他有这样的一个女子藏在那里!"他想起有一个掌管诗文的大内记①,名叫道定的,常在薰大将邸内出入,便召唤他。大内记立刻来了。他叫他把做掩韵游戏时所用的诗集选出来,堆积在手头的书架上,便中问他:"右大将近来还是常常到宇治么?听说那佛寺造得非常漂亮。我也想去看一看呢。"大内记答道:"佛寺造得实在庄严堂皇。听说还在计划建造一所非常讲究的念佛堂呢。从去年秋天起,右大将赴宇治的次数比往时更多了。他家的仆役们私下告诉我说:'大将在宇治藏着一个女子。这人不是普通一般的情妇,附近庄园里的人都受大将吩咐,去替她服役,或者值夜。京中本邸内也常悄悄地派人去照料。这女子真好福气!但住在这山乡里总是寂寞无聊的。'这话是去年十二月间他们对我说的。"匂亲王听得津津有味,说道:"这女子到底是谁,他们没有说起么?我听说他到宇治,是去访问一向住在那里的老尼姑的。"大内记说:"老尼姑是住在廊房里的。这女子住在此次新建的正殿内,有许多漂亮的侍女服侍,生活真阔绰呢。"匂亲王说:"这件事真耐人寻味!但不知他所隐藏的究竟是怎样的人,如此隐藏起来做何打算?此人毕竟另有一套,和普通人性情不同。我听见夕雾左大臣等在批评他,说此人学道之心太切,动辄前往山寺,甚至夜里在那里泊宿,实在太轻率了。当初我想:其实,他如此悄悄地出门,哪里是为了佛道!还不是为了挂念恋人的旧居之地!岂知都猜不对,原来是这么一回事!算了吧!名为比别人诚实而道貌岸然的人,其实反而有别人所想不到的秘密勾当。"他对此事颇感兴趣。这大内记是薰大将邸内一个亲信的家臣的女婿,故薰大将的隐事他都知道。匂亲王心中想道:"这女子是否我所邂逅的那个人,总得去认定一下才好。薰大将如此郑重其事地隐藏,想见此人不是寻常凡庸女子。但不知有何因缘而

---

① 大内记是起草诏命的文官。

和我家夫人相亲近。夫人和薰大将同心协力地隐藏这女子，真叫我妒煞了！"从此他专心考虑此事。

正月十八日的竞射和二十一日的内宴过去之后，匂亲王悠闲无事。地方官任免之期，人皆尽力钻营，却与匂亲王无关，他所考虑的只是如何可以秘密赴宇治一行。这大内记盼望升官，不分昼夜地讨好匂亲王。匂亲王也比往日更亲切地使唤他。他对大内记说："无论何等困难的事，你能照我所说的办到吗？"大内记恭恭敬敬地遵命。匂亲王又说："这话说出来不好意思。不瞒你说：我和住在宇治的那个女子，以前曾有一面之缘。后来此人行向不明，听说是右大将把她寻找出来藏在那边的。是否确实如此，不得而知。我只希望从隙缝中窥探一下，到底是否我所见过的那个人。但须十分秘密，绝不叫人知道，你有什么办法？"大内记一想：此事困难。但他答道："到宇治去，山路十分崎岖。然而里程并不很远，傍晚出发，亥子时间①即可到达。然后于破晓动身返京。如此，除了随从人员之外，不会有人知道。不过那边细情如何，不得而知了。"匂亲王说："你说的是。这条路我以前也曾走过一两次。我所顾虑的不在道路，倒在于外间非议，怕有人讥评我行动轻率。"他自己心中虽然也反复考虑，认为万不可行，但一经说出，就欲罢不能。于是选定随从人员：以前曾经陪他去过而熟悉那边情况的二三人，这大内记，还有一个青年人，是他的乳母的儿子，本来是六位藏人而现已升为五位的，这些都是他的亲信。又叫大内记去打听清楚：薰大将今明两日之内是不会赴宇治去的。到了出发的时候，他回想起从前的情形：从前薰大将和他异常亲睦，曾经引导他到宇治去。今日此行，实在对他不起。他就回想起种种事情来。然而不管如何，这位在京中也不敢微服出门的贵人，今天竟也穿上了粗布衣服。他想起骑马觉得可怕，认为是痛苦之事。但今日色胆包天，毅然入山，越走

---

① 亥子时间，即夜十时左右。

越深，一路上只是想："快点到吧！不知此行究竟如何？如果不能看到此女而空手归来，多么扫兴，那真是荒唐之行了。"他心头跳个不住。从京中到法性寺是乘车的，以后乘马。

急急忙忙地赶路，黄昏过后到达宇治。大内记先去找一个熟悉内情的、薰大将的家臣，向他探听情况，避开了值夜人所在之处，走到西面围着苇垣的地方，把苇垣稍稍拆毁些，钻了进去。他以前不曾到过这地方，不免有些慌张。幸而这是人迹罕到之处，无人注目。他摸索前进，但见正殿南面尚有幽暗的灯光，里面还有轻微的人声。他就回到外面，报告匂亲王："她们还没有睡，您可以从这里进去。"便替他带路。匂亲王走进里面，一脚跨到正殿廊上，看见格子窗有隙缝。但挂在那里的伊豫帘子①簌簌地响，他不由得屏住了呼吸。这屋子虽是新造且又很讲究的，但因竣工不久，有些隙缝尚未补好。侍女们以为谁也不会到这里来窥探，毫不戒备，那些窟窿也不填塞。匂亲王向内窥看，但见帷屏的垂布撩起在一边，灯火点亮着，有三四个侍女正在缝纫，还有一个相貌美好的女童正在搓线。匂亲王首先注目这女童，记得这面庞正是上次在二条院灯光之下看见过的。但又疑心也许看错。又见那时看到的一个侍女，名字也叫作右近②的，也在那里。浮舟以肘作枕，斜倚在那里凝望着灯火。那眉梢眼角和低垂的额发非常高尚优雅，与二女公子十分肖似。右近一面折叠手中的缝物，一面说道："小姐倘赴石山进香，要好几天才回来呢。昨天我听京中的使者说：'过了地方官任免期之后，二月初一左右，大将一定到这里来。'大将给小姐的信上怎么说的？"浮舟不答，脸上愁容可掬。右近又说："真不凑巧，好像故意逃避似的，倒很不好意思。"坐在右近对面的侍女说："小姐是去进香的，只要写一封信告诉大将就好了。怎么可以轻易地出

---

① 伊豫国所产的帘子。
② 二女公子有一侍女也叫右近。

门,不声不响地逃避呢?进香之后,不要到常陆守夫人家耽搁,立刻回到这里吧。这里虽然寂寞,倒安逸自在,可悠闲度日。在京中反而好像做客似的。"另一侍女说:"还不如暂不出门,在这里等待大将回来,又是安稳,又是得体。不久大将迎接小姐进京之后,尽可从从容容地去探望常陆守夫人。那位乳母真性急,何必匆匆忙忙地劝请进香呢?自古至今,凡事都要有耐性,结果才是幸福的。"右近说:"为什么不阻止乳母呢?一个人年纪老了,头脑往往不清。"她们在怪怨那乳母。匂亲王记得那天邂逅遇见浮舟时,旁边确有一个很讨厌的老婆子,觉得好像是梦中见过的。侍女们信口乱谈,说的话甚至刺耳难闻。有一人说:"二条院的匂亲王夫人真好福气!六条院左大臣威势如此盛大,待女婿如此优厚,然而二条院这位夫人生了小公子之后,亲王对她比六条院那位夫人重视得多了。这也是因为她身边没有像这里的乳母那样多管闲事的人,所以夫人可以自由自在,贤明地安排一切事情。"又一人说:"我们这里,只要大将真心宠爱我家小姐,永不变心,那么我家小姐也不会赶不上二条院夫人。"浮舟稍稍抬起身来,说道:"你说这些话多难听啊!倘是别人,由你们去说赶得上赶不上,对二条院夫人,你们千万不要说这种话。如果被她听到了,多难为情!"匂亲王听了这话,想道:"不知这女子和我家夫人有什么亲戚关系?相貌确是非常肖似的。"他就在心中把两人比较,觉得在优雅高贵方面,二女公子比此人占胜得多;此人只是一味娇艳,五官生得清丽可爱。照匂亲王的习性,凡是魂思梦想地要见的人,一旦果然见到了,即使其人确有缺点,也决不肯轻易放过。何况现在已把这浮舟看得清清楚楚,他心中所计虑的只是如何能把这人占为己有。他想:"看样子她就要出门。又好像是有母亲的。那么除了此地之外,还能向哪里去寻找她呢?今夜有什么办法可以到手呢?"此时他已魂不附体,只管向洞内窥视。

但闻右近说道:"唉,我想睡了。昨夜也不知不觉地做到了天亮。

这一点留到明天早上再缝也来得及。常陆守夫人虽然性急，放来迎接的车子总要日高时分才到。"便将缝物收起，把帷屏挂好，横卧着打起瞌睡来。浮舟也走进内室去睡觉了。右近站起身，到北面自己房中去转了一转，立刻回来，躺在小姐近旁睡觉了。侍女们都已想睡，不久大家都睡着了。匂亲王看到这光景，觉得没有其他办法，便轻轻地敲打格子门。右近听见了，问道："是谁？"匂亲王咳嗽两声。右近觉得这声音是贵人口吻，以为是薰大将回来了，便起身走出去。匂亲王在门外说道："先把这门打开！"右近答道："真奇怪，想不到大人在这时候回来，夜已经很深了！"匂亲王说："仲信①告诉我说：小姐明天要出门。我吃了一惊，连忙赶回来看。想不到在路上出了些事情。快开门吧！"这声音很像薰大将，因为说得很轻，不易辨别，所以右近全然想不到是另一人，便把门打开。匂亲王进了门，又低声说道："我在路上碰到了很可怕的事情，服装弄得奇奇怪怪，你不要把灯点得太亮了。"右近说道："哎呀！真可怕啊！"她战战兢兢地把灯火移开。匂亲王叮嘱她："不要让别人看到我，也不要叫人知道我回来了。"真亏他想得周到。他的声音本来和薰大将很相像，此时又用心模仿薰大将的态度，竟混进内室去了。右近听见他说"在路上碰到了很可怕的事情"，不知弄得怎么样了，很是担心，就伏在隐处窥看。但见他装束整齐而华丽，衣香之浓烈不逊于薰大将。他走近浮舟身边，脱下衣服，装作习惯的样子躺下去。右近说道："请到以前住的那个房间里去吧。"匂亲王不答。右近便把衾枕送上，叫起睡着了的侍女来，大家退往那边去睡了。随从人员向来不是归侍女们招待的，所以她们绝不怀疑。还有自作聪明的人说："这么夜深时分特地赶来，情义真重啊！小姐恐怕不知道他这一片好心吧。"右近说："喂，静些！夜静时分低声说话反而听得清楚。"于是大家都睡着了。浮舟发觉来的不是薰大将，惊惶万

---

① 大藏大辅仲信，是薰大将的家臣，是大内记的岳父。

状，不知所措。但匂亲王默不作声。他在人目昭彰的地方尚且肆无忌惮，此时更加不顾一切了。浮舟如果最初就知道不是薰大将，多少总可设法拒绝。但现在毫无办法，只觉得像做梦一般。匂亲王渐渐开口说话，向她诉说上次不得相亲之恨，以及别后相思之苦。浮舟此时才知道是匂亲王。她越发觉得可耻，想起将来被姐姐知道了如何是好，痛苦万状，只管哭个不住。匂亲王想起今后无法和她再会面，反而悲伤起来，也陪着她哭了。

　　夜色渐明。匂亲王的随从人来请主人动身返京。右近此时才知道是匂亲王，便向他传达。匂亲王不想返京，他热爱浮舟，永无厌时，又念再到宇治，谈何容易，想道："不管京中如何扰攘地寻找我，至少今天我必须住在这里。有道是'生前欢聚是便宜'①，今天就此告别，真要使我'为恋殉身'了！"便召唤右近前来，对她说道："我实在太不体谅人了！不过今天我决计不回京去。你去安排我的随从人等在附近地方好好地躲避起来。再吩咐我的家臣时方到京中去走一遭，有人问起我行踪时，回答说'微行赴山寺进香了'，要巧妙对付。"右近听了又惊又气，想起昨夜太不小心，闯了这祸，懊恨不已。只得勉强镇静下来，想道："事已如此，吵闹也是枉然，匂亲王面上又不好看。那天在二条院他见了小姐如此恋恋不舍，原来两人早有这不可逃避的宿世因缘。这是不能怪人的了。"她如此自慰，答道："今天京中派车子来迎接小姐呢。不知亲王在此有何主意？你俩既有这不可逃避的宿世因缘，我等也无话可说了。只是时候实在不巧。今天还请亲王回京为是。如果有意，下次再请过来。"匂亲王觉得她这话说得真漂亮，说道："我魂思梦想了多时，头脑已经发昏，所以外人如何非难，我一概不懂，只知道定要如此。稍能顾虑自己身份名誉的人，难道肯不避艰险，偷偷地到这里来么？京中来迎接，只要回报他们说：'今天是禁忌

---

① 古歌："为恋殉身何裨益？生前欢聚是便宜。"见《拾遗集》。

日子，不宜出门。'这是不可叫人知道的事，请你为我和她两人着想。别的事情都无须考虑了。"可知匂亲王此时已经迷恋浮舟，把世间一切讥评都忘记了。右近便走出去，对催促动身的随从人员说："亲王所言如此如此。此事实在太不成样，还望你们劝谏一番。此种荒唐行为，即使他本人要做，你们这些随从人员也应该尽力谏阻，怎么可以糊里糊涂地引导他来呢？倘使这里的村夫俗子得罪了这位皇子，怎么得了！"大内记心知此事的确糟透，哑口无言地站着考虑。右近又向他传言："名叫时方的是哪一位？亲王吩咐他如此如此。"时方笑道："被你骂了一顿，我已经吓坏，即使亲王不吩咐，我也想逃走了。老实告诉你：亲王这种荒唐行径，我们早已看清，大家都是拼着性命来的！你们这里的值宿人员就要起身了，我赶快走吧。"他立刻出去了。右近苦心考虑，如何可使家里的人不知道此事。这时候众侍女都已起身。右近对她们说道："大将出了些事情呢！昨夜回来时非常秘密。看样子是途中碰到了匪徒吧。曾吩咐我：不要叫人知道，衣服等也须在夜间悄悄地送进去。"侍女们说："哎呀！真可怕啊！木幡山一带非常荒凉。大概这回不像平时那样开路喝道，而是悄悄地经过，以致出了事情吧。哎呀！可怕极了！"右近说："喂！不要高声，静些儿吧。被那些仆役们听见了一点风声，就不得了。"她如此骗过了众侍女，心里却非常着急：如果碰得不巧，大将的使者来了，怎么办呢？便虔诚地祷告："初濑观世音菩萨！保佑我们今天平安无事！"

太阳高升时，格子窗都开了，右近随侍在浮舟身边。正厅的帘子一律挂下，贴上"禁忌"的字条。如果常陆守夫人亲自来接，准备骗她说"小姐昨夜梦见不祥"，请她不要会面。送进来的盥洗水同平日一样，只有一份。匂亲王觉得不周全，对浮舟说："你先洗吧。"浮舟看惯了斯文一脉的薰大将，如今看到了片刻不见她便焦灼欲死的匂亲王，想起所谓多情种者，大约就是这样的人了。又念此身命运何等乖戾，如果此事宣泄出去，不知外人将如何讥评。最担心的是恐被姐姐闻知。但匂亲王并未知道她是何人，他频频探问："我屡次问你，你总不肯说，教人好气啊！还望你把姓名告诉我吧。无论你出身何等微贱，我总越来越疼爱你。"但浮舟决不肯说。关于别的事情，她都和蔼可亲地回答，态度十分柔顺。因此匂亲王无限怜爱她。

日高时分，京中常陆守夫人派来迎接的人到了。有车二辆，骑马的七八人，照例是赳赳武夫。此外尚有随从的男子多人，都是粗蠢之辈，操着东国方言纷纷地进来了。众侍女讨厌他们，叫他们躲进那边的屋子里去。右近想道："怎么办呢？如果骗他们说薰大将在此，则如此高贵的人物在不在京中，外人自然知道，是骗不过的。"她就不同众侍女商量，独自写一封信给常陆守夫人，信中言道："小姐昨夜月信忽至，今日不便进香，实甚遗憾。加之昨日夜梦不祥，今日必须斋戒。出行之日适逢禁忌，真乃不巧之至。恐有鬼怪故意妨碍也。"她把此信交付来人，请他们吃过酒饭，回返京都。她又叫人去告诉老尼姑弁君："今天禁忌，小姐不赴石山进香了。"

浮舟平日只是怅望云山，但觉日长难暮。但今天匂亲王生怕日暮之后即将别去，看得寸阴如金，浮舟同情于他，也觉得转瞬日色已暮。在这昼长人静的春天，匂亲王细看浮舟，但觉妩媚可爱，毫无瑕疵，真所谓"相看终日厌时无"①。其实浮舟的容貌毕竟逊于二女公子。而比起年华鼎盛的六女公子来，相差更远。只因匂亲王爱她入迷，便把她看成盖世无双的美人。浮舟也一向认为薰大将是盖世无双的美男子，如今看到这风流俊俏的匂亲王，方知薰大将远不如他。匂亲王取过笔砚来，随意书写。他的戏笔非常美妙，绘画也十分生动，使得这青年女子倾心爱慕。画罢，他对浮舟说道："如果我不能随心所欲地前来与你相聚，这期间你可看看这幅画。"画中所写的是一对美貌男女互相偎傍的情景。他指着这幅画说："但愿我俩常常如此。"说罢流下泪来，吟

---

① 古歌："貌似山樱春雾罩，相看终日厌时无。"见《古今和歌集》。

诗云：

"纵然订得千春约，
　寿命无常总可悲。

我作此想，实甚不祥。今后我力不从心、使尽千方百计不能与你相会之时，恐怕真会失恋而死呢！当初你对我如此冷淡，其实我何必来寻找你，如今反而痛苦了。"浮舟就用他那蘸了墨的笔写道：

"如若无常惟寿命，
　世间不必叹人心。"①

匂亲王看了想道："如果我的心也无常而易变，确是可叹的了。"便觉浮舟十分可怜，笑着问她："你曾看见谁人对你变心？"便频频探询薰大将当初送她来此的情由。浮舟不胜其苦，答道："我不愿意说的，你何必定要盘问？"其娇嗔之相亦复天真可爱。匂亲王心念此事将来自会知道，便不强迫她说了。

　　入夜，赴京的使者左卫门大夫时方回来了。他找到右近，报道："明石皇后也派使者来探询亲王下落，他说皇后非常着急，说道：'左大臣也在生气。亲王对谁也不告知，擅自出游，举止实太轻率，且亦难保无意外之虞。倘被皇上闻知，我等难辞其咎。'我对人说：'亲王到东山去探望一位高僧了。'"接着时方又说："女人真是罪孽深重的东西啊！害得我们这种非亲非故的人也受累，还逼得我说谎。"右近说："你把女人说成高僧，好极好极！这点功德足可抵消你说谎的罪过了！你秦亲王的性情实在奇怪，怎么会有这种脾气的？如果我们预先知道

---

① 诗意是说：无常的不仅是寿命，男子的心也是无常的。

他要来,那么此事关系重大,我们一定设法对付。这样蛮不讲理,突如其来,叫我们怎么办呢!"她如此应对之后,便回进去见匀亲王,把时方的话如实传达。匀亲王原已料到京中为他非常着急,但他对浮舟说道:"我为身份所拘,行动不能自由,太痛苦了!但愿做个平凡的殿上人,即使暂时也好。像这种应该顾虑的事情,我一向肆无忌惮,怎么办呢?倘被薰大将知道了,不知他作何感想。我同他原是近亲,加之从小就是知己朋友,现在我做出这种伤情背义的事情来,被他知道了,我多么不好意思!今后又如何见面呢?我还想到:世人有'责人则明,恕己则昏'之说,深恐薰大将不知道自己劳人盼待之罪,而责备你不贞。所以我想带你离开此地,迁居到绝无人知的别处去。"匀亲王今天不便再通宵闭居在这里,只得准备回京,然而他的灵魂似乎已经落入浮舟怀袖中了①。天色尚未明亮之时,他的随从人员在外面咳嗽,表示催促动身。匀亲王携着浮舟的手来到边门口,并不立刻出去,吟诗曰:

"平生不识生离苦,
　泪眼昏花别路迷。"

浮舟也无限伤心,答吟云:

"袖小实难收别泪,
　身微无力挽行人。"

天色向晓,风声凄厉,严霜载途,行人似觉身上衣衫皆已冻冰。匀亲王上马之后,犹自屡次回头,恋恋不舍。但因许多随从人员在旁,未便任意回马,只得急急忙忙地前行,昏昏沉沉地离开了宇治。这两个五位

---

① 古歌:"别时似觉魂离舍,落入伊人怀袖中。"见《古今和歌集》。

官员——大内记道定和左卫门大夫时方——起初随侍匂亲王马头两旁步行，经过了险峻的山路之后，方才跨上自己的马。匂亲王但觉马蹄践踏岸边薄冰之声，也很凄凉悲惨。他回思从前也曾为了恋情而走这条山路，觉得对这山乡似有奇缘。

匂亲王回到二条院，想起二女公子故意把浮舟隐藏，心怀怨恨，因此不到她房中去而走进自己那间舒适的房间里躺下了。然而无论如何也睡不着，独自寻思，痛苦难堪，终于心肠软了下来，走进二女公子房中去。二女公子心无挂碍，安详地坐着。匂亲王一看，此人比起他最近看成稀世之宝的浮舟来，毕竟更胜一筹。而浮舟又非常肖似此人，便觉热恋满胸，痛苦不堪，走进帐中去睡觉了。二女公子跟着他进去。他对二女公子说道："我心情非常恶劣！似觉寿命将尽，实甚可悲。我真心爱你，但一旦舍你而死，你必立刻变心。因为那人①蓄意已久，定欲达到目的。"二女公子想道："这种荒唐的话，怎么如此认真地说出？"答道："你这话多难听啊！倘泄漏出去，被那人闻知，将疑心我在你面前说了什么话。真是太不成样了！我是身多忧患的人，听到你一句戏言，也要伤心呢。"便背转身子。匂亲王又认真地说："假定我真个恨你，你将作何感想？我对你总算宠爱了，外人都怪我宠爱过分呢！但在你心中，恐怕我不及那人吧。这就算是前世因缘，无可奈何了。但你处处隐瞒我，叫我好恨啊！"此时他想起了自己对浮舟有前世因缘，终于寻着了她，不觉掉下泪来。二女公子见他态度认真，心中不胜惊讶：不知道他听到了什么谣言？她只是默不作答，想道："我当初原是受那人摆布而轻率地和他结婚的。因此他处处疑心我和那人有暧昧关系。那人对我非亲非故，而我一向信任他，受他的照顾，确是我的过失。为此他就不信任我了。"她左思右想，悲伤不堪，那神情实甚可怜。原来匂亲王暂时不把找到浮舟之事告诉她，而借别的理由来

---

① 指薰大将。

怪怨她，因此二女公子以为他是真心怀疑她与薰大将有事而说这种气话，她就猜想有人造谣。在没有水落石出之前，她见了匂亲王不免感到羞耻。此时明石皇后从宫中派人送信来了。匂亲王吃了一惊，立刻回到自己室中，脸上还带怒容。但见明石皇后的信上写道："昨日你不曾进宫，皇上甚是挂念。如果健好，望即入见。我也久不看到你了。"他想起母后、父皇为他担心，自觉不好意思。然而心情实在非常不快，因此这一天终于没有入宫。许多高官贵族前来参见，但匂亲王一概挡驾，在帘内闭居了一天。

傍晚时分，薰大将来访。匂亲王说："请里面坐。"就亲切地和他会面。薰大将言道："听说你身体不适，皇后很担心呢。现在可好些？"匂亲王一见薰大将，便觉胸中扑通扑通地跳，话也不能多说。他想："此人本来像个得道和尚，然而道行未免太高深了：把那样可爱的人儿藏在山里，让她望穿秋水，而自己满不在乎。"倘在平时，即使逢到些些小事，他看见薰大将装作诚实人或自称诚实人时，必然极口讥笑他，说破他，如果发见了他在山中藏着女人，不知道将何等肆意地挖苦他呢。然而今天他一句戏言也不说，脸上只是显出非常痛苦的神色。薰大将蒙在鼓里，说道："我看你的样子很不舒服呢。虽然不是重病，但日子拖久了很不好。必须多多保重，当心受风。"他诚恳地慰问了一番，就告辞而去。匂亲王独自寻思："此人风度翩翩，令人看了自觉羞惭。山中那个女子把我和他相比，不知作何感想？"他想这样，想那样，时刻不忘地想念那山中女子。

且说宇治山庄中，因为石山进香作罢，大家很感寂寞。匂亲王派人送来长长的信，备述相思之苦。他派人送信，也很不放心，故特选一个全不知情的人，是时方大夫的家臣。右近对朋辈说：这是她从前相识的人，最近当了薰大将的随从，上次到宇治来遇到了她，因此依旧互相往还。万事全凭右近说谎。匆匆过了正月。匂亲王心中焦灼，然而未便再到宇治相访，但觉长此下去，将活不成。因此更添烦恼，终日愁叹。薰大将公事稍暇，照例微行来到宇治。先赴寺中拜佛，命僧众诵经，布施了各种物品，傍晚时分方始悄悄地来到浮舟房中。他虽然是微行，打扮并不十分朴素，头戴乌帽子，身穿常礼服，姿态异常清秀。缓步入室之时，风度特别优雅。浮舟深感无颜相见，对着天空也觉得可耻可怕。她心中不由地浮现出那个非礼相犯的人的面貌来，想起今天又要逢迎这个男子，但觉痛苦不堪。她想："匂亲王信中曾说：'我自从与你相识之后，似觉以前惯见的女子都可厌了。'听说他此后的确非常困顿，无论哪位夫人的地方都不再去。他家里正在忙着祈祷呢。如果他知道我今天又在接待薰大将，不知又将作何感想。"她心中非常痛苦。但她又想："这薰大将实在是一表人才，态度含蓄，举止文雅。在为久不访问做解释时，言语也不太多。他并不滥用'相思''悲伤'等语，而是巧妙地诉说会少离多之苦。但这却比声泪俱下的千言万语更加使人感动。这一点正是此人的特性。至于风流优艳方面，固然不及那人，然而讲到忠厚可靠、恒久不变之心，则远胜于那人。我这回意外地对那人发生了爱慕之情，倘被大将知道了，如何得了！那人丧心病狂地想我，而我竟会怜爱他，实在是荒唐之极的轻率行径！如果大将以我为荡妇而遗弃了我，我就孤苦伶仃，抱恨无穷了。"她深自警惕，满怀愁绪。薰大将全不知情，看看她的神色，想道："多时不见，她已变成大人模样，深通人情世故了。住在这寂寞的地方，想必多愁多恨吧。"他很可怜她，比往日更加殷勤地和她谈话，说道："我为你新造的屋子即将完工。前天我曾去察看，地点也在水边，但不像这里那样荒凉，也有樱花可供观赏。离三条宫邸甚近。你迁居之后，我们自然不再有朝夕相思之苦了。如果进行顺利，今春可以迁居。"浮舟想道："匂亲王昨日来信，也说已为我准备好一个清静的地方。薰大将不知此事，又为我如此打算，实甚可怜。然而我岂有追随匂亲王之理？"思量至此，匂亲王的面影浮现在眼前，但觉孽由自作，此身何其不幸，便嘤嘤地啜泣。薰大将安慰她道："你不要只管闷闷不乐，你精神振作时，我的心情也安乐。是不是有人在你面前造我的谣？我倘对你稍有一点冷淡之心，决不会不惜自己身份而远道跋涉来此。"时在月初，天空挂着眉月一弯，两人来到稍近窗前之处，躺着眺望夜色，各自沉思。男的回忆大女公子，不胜伤逝之情；女的思念今后更添忧患，悲叹自身命薄，两人各有苦衷。夜雾笼罩了山峰。站立在寒汀上的鹊，由于环境关系，姿态特别美观。宇治长桥遥遥在望。川上处处有载柴的船来来去去。此种景色都是别处所看不到的，故薰大将每次看到，总是回忆往日情景，似觉就在目前。即使这个恋人并不肖似大女公子，今天难得相聚，也是深可喜慰的。何况这浮舟酷肖大女公子，毫不逊色，而且渐渐通达人情世故，习惯京都生活，举止态度都很雅驯，薰大将觉得她比以前可爱得多了。但浮舟满怀忧惧，眼泪时时刻刻想夺眶而出。薰大将无法安慰她，赠以诗云：

"千春不朽无忧患，
　结契长如宇治桥。

今日你可看见我的真心了吧。"浮舟答曰：

"宇治桥长多断石，
　千春不朽语难凭。"

此次薰大将与浮舟比往日更觉难分难舍，他想在此暂留数日。但念世人物议，实甚可虑。不久便可长聚，今日何必贪欢。便回心转意，于破晓时分启程返京。一路上回想浮舟此次忽然变成大人模样，对她的挂念比往日更深了。

二月初十左右，宫中举行诗会，匀亲王与薰大将皆出席。会上演奏适合时令的各种曲调。匀亲王唱催马乐"梅枝"，嗓音非常优美。此人无论何事都远胜于他人，只有一事罪孽深重，便是耽于女色。天上忽然降雪，风势非常猛烈，音乐演奏立刻停止了。大家都到匂亲王的值宿室来，吃过酒饭，随意休息。薰大将要找一个人说话，步出檐前，在星光之下隐约望见雪已渐渐积厚。他身上的香气随风四散，真有古歌所谓"春夜何妨暗"之感。他闲诵"绣床铺只袖……今宵盼待劳"①的古歌，信口吟出寥寥数句，态度异常潇洒，意味特别深长。匂亲王正欲就寝，听见了他的吟声，怪他"可吟之歌甚多，何必特选此歌！"心中非常不快。他想："看来他同宇治那个女子不是泛泛之交。我以为这女子'铺只袖''独寝'而'盼待'的，只有我一人。岂知他也有同感，真可恨啊！这女子抛舍了如此关怀她的一个男子而更热情地爱慕我，不知是什么缘故？"他对薰大将吃醋。

次日早晨，雪已积得很厚。大家把昨日所作诗歌呈请御览。匂亲王此时正值盛年，站在御前，风姿异常优美。薰大将年龄和他相仿，恐是稍长二三岁之故，态度神情比他老成些，仿佛有意做作似的，竟是一个高尚贵公子的范本。世人都赞誉他，说他当皇帝的女婿毫无不足之处。他在学问方面和政治方面都不落人后。诗歌披诵既毕，大家从御前退出。人都称道匂亲王所作诗歌优秀，大声吟诵。但匂亲王本人全然不觉得高兴。他想："这些人怎么有闲情逸致来吟诵诗歌？"他对诗歌心不在焉，一味想念着浮舟。

匂亲王看出薰大将也在渴想浮舟，越发不放心起来。他就勉力筹划，有一天居然向宇治出发了。京中的雪已渐消融，犹有残雪似在等伴。但入山愈深，积雪愈厚。那些羊肠坂道埋在雪中，全无人迹，与往常情况大异。随从人等又是恐慌，又是吃力，几乎想哭出来。带路人道定，身为大内记，又兼任式部少卿，两者都是高贵的官职，但今天只

---

① 古歌："绣床铺只袖，独寝正无聊。宇治桥神女，今宵盼待劳。"见《古今和歌集》。古人独寝时，把睡衣的一只衣袖铺在席上，睡在这上面，表示怀人。

得适应情况，撩起衣裾而徒步护驾，那姿态实甚可笑。

　　宇治方面虽已得到亲王今天要来的通知，但念如此大雪，未必成行，大家不以为意。岂知到了夜深，果然有人来向右近通报了。浮舟闻知，对亲王的诚意也很感动。右近近来常常忧虑这个局面如何了结，心中非常痛苦。然而今宵看见亲王雪夜入山，一切顾虑都忘记了。事已如此，总不好劝他回去，她就找一个同自己一样为浮舟所亲信而知情达理的侍女，即名叫侍从的，同她商量："这件事非常困难！但愿你和我同心协力，严守秘密。"两人就设法引导匂亲王入内。他那在路上沾湿了的衣服，香气四溢，使得两人担心。全靠这香气与薰大将的相似，可以马虎过去。

　　匂亲王早有计虑：既然去了，当夜立即回京，倒不如不去的好。但山庄中人目众多，颇感拘束，所以他预先布置好：叫时方在对岸找一所屋子，准备带浮舟到那里去。时方比他先出发，在对岸安排好了，于夜深时分来山庄报命："一切都已准备。"右近在睡梦中被唤醒，不知道亲王要把小姐怎么样了，非常狼狈，昏昏沉沉地前来帮忙，好像玩雪的顽童一般浑身发抖。匂亲王不让人问明情由或提出反抗，只管抱了浮舟出门。右近只得留守在此，叫侍从跟着小姐前去。匂亲王抱着浮舟上船，就是浮舟平日朝夕望见的那种冒险伶仃的小舟。这船渡向对岸时，浮舟似觉离岸疾驶，遥赴东洋大海，心中恐怖，只管紧紧地抱住匂亲王，匂亲王觉得非常可爱。此时天空挂着残月，清光照遍四方，水面明净如镜。舟子报道："这个小岛叫作橘岛。"便暂时停船，以便欣赏。这小岛形似一大岩石，上面生着许多常青的橘树，枝叶繁茂。匂亲王对浮舟说："你看这些橘树！虽然微不足道，但其绿色千年不变。"便吟诗曰：

　　"轻舟来橘岛，结契两情深。
　　似此常青树，千年不变心。"

浮舟也觉得这道中景色十分新奇，答诗云：

"岛上生佳橘，常青不变心。
浮舟随叠浪，前途不分明。"①

由于风景和人都很可爱，匀亲王觉得此诗富有趣味。

不久小舟到达对岸。下船之时，匀亲王舍不得把浮舟让别人抱，便亲自抱了她上岸，而叫别人扶持自身。看见的人想道："这样子真难看啊！这女子毕竟是谁，值得如此宠爱？"这屋子是时方的叔父因幡守领地内的别庄，建筑不甚讲究，而且尚未竣工。因此设备亦颇简陋，那些竹编屏风等，都是匀亲王从未见过的粗货，风也不能全防。墙根的雪已经消融得斑斑驳驳，但此时天色阴晦，又下雪了。

不久太阳出来，照着檐前的冰箸，发出晶莹的光辉。浮舟的容颜映着这光辉，越发娇艳可爱。匀亲王微行而来，身上服装十分轻便。浮舟也因就睡时已卸装，此时只穿衬衣，娇小玲珑，丰姿更美。她自念毫无修饰，随意不拘的姿态对着这清丽无比的美少年，非常羞耻。然而无法隐避。她身穿白色的家常内衣五件，连袖口和衣裾上都流露出娇艳之色，反比五色灿烂的盛妆更美。匀亲王在常见的两位夫人身上，从来不曾看到过如此随意不拘的姿态，今天看见浮舟这样打扮，反而觉得新颖可喜。侍从也是个丰姿翘楚的青年侍女。浮舟想起自己这种行径不仅右近知道，这侍女也全般看到了，颇觉难以为情。匀亲王对侍从说："你又是谁？你不可把我的名字告诉人啊！"侍从觉得这位亲王风度实甚优美。这别庄的管理人把时方看作主人，殷勤招待。时方所住的房间和匀亲王的住处只隔一扇拉门，他住在那里得意扬扬。管理人非常尊敬他，低声下气地说话。时方看见他不识亲王而只认主

---

① 本回题名《浮舟》据此诗。浮舟这名字也由此借来。

人，觉得可笑，并不和他答话。后来吩咐他："据阴阳师占卜，我这几天有可怕的禁忌，京中也不可居住，所以到这里避凶。你不可让外人走近我来。"于是匂亲王和浮舟放心地欢叙了一天，绝无人来打扰。匂亲王推想薰大将来时浮舟是否也这样地对待他，便觉妒火中烧。他就把薰大将如何重视并宠爱二公主的情形讲给浮舟听。而关于薰大将吟诵古歌"绣床铺只袖"之事，则绝不谈起。其居心也可谓不良了。时方派人送进盥洗具及果物来。匂亲王同他开玩笑："如此尊贵的客人，不该当这种下贱的差使！"侍从是个多情的青年女子，爱慕这时方大夫，和他相对晤谈，直到日暮。匂亲王在雪景中遥望浮舟原来的住处，但见云霞断续之间露出几处树梢。雪山映着夕阳，像挂着的镜子一般闪闪发光。他就把昨夜来时一路艰险的情况讲给浮舟听，加以夸张，动人听闻。遂吟诗曰：

"马踏山头雪，车行渚上冰。
不曾迷道路，为汝却迷心。"

又取过粗劣的笔砚来，信手戏书"山城木幡里，原有马可通"的古歌。浮舟也在纸上题一首诗：

"乱舞风中雪，犹能冻作冰。
我身两不着，转瞬即消泯。"

写毕立刻勾消。匂亲王看到"两不着"三字，表示不快。浮舟一想，写这三字的确失策，羞耻之余，把纸撕破了。匂亲王的丰姿本来是令人百看不厌的，此时更加深深地感动了浮舟的心。他对浮舟说尽千言万语，其风度之优美不可言喻。

匂亲王对京中人说出外避凶两天，故在这期间可与浮舟从容欢聚，两人的情爱就越来越深。右近留守山庄，照例捏造借口，替浮舟送衣服去。浮舟今天把寝乱的头发稍加整饰，换上了深紫色和红梅色的衣服，色彩配合非常调和。侍从也脱去原来的旧衣，换一件华丽的新上装。匀亲王戏把这新上装给浮舟穿上，叫她捧盥洗盆①。他想："把此人送给大公主当侍女，大公主定然宠爱她。大公主身边虽有许多出身高贵的侍女，但相貌如此漂亮的恐怕没有吧。"这一天两人任情做种种游戏，有的不堪入目。匀亲王再三地对浮舟说，要秘密带她到京中去隐匿。并且要她对天立誓："在这期间决不和薰大将相见。"浮舟非常困窘，一句话也不能回答，甚至流下泪来。匀亲王看到这模样，想道："她在我面前，尚且不能忘怀那人！"不胜伤心。这一晚他有时诉恨，有时哭泣，直到天明。天色尚未亮足之时，他带了浮舟回对岸山庄，与来时一样，亲自抱她上船，对她说道："你所关怀的那个人，对你总不会如此亲切吧！你懂得了我的真心么？"浮舟想来的确如此，对他点点头，匀亲王觉得她非常可爱。右近开了边门，放他们进来。匀亲王就此告别而去，心中犹未餍足。

　　匀亲王返京，依旧回到二条院。他身心非常困恼，饮食也不能进。过了几天之后，面色发青，身体消瘦，样子完全变了。皇上以下所有亲故，都替他担忧，每天有许多人来问病，门庭若市。因此给浮舟的信，也不能写得详细。在宇治方面，那个爱管闲事的乳母，因为女儿分娩要她照顾，久已出门去了，此时方才回来。浮舟忌惮她，也不能放心地仔细阅读匀亲王的来信。浮舟住在如此荒僻的地方，所指望的只是薰大将的照拂，静待他来迎接。她母亲也很欣慰，认为此事虽然不是公开的，但薰大将已决心于最近期内来接，则不久定能迁居京中，这真是很体面、很可喜之事。因此她早已物色适当的侍女，选取相貌漂亮的女童，送到宇治山庄。浮舟心中也觉得这是当然之事，从当初就是

---

① 这种上装规定是宫中侍女穿的，故下文云云。

指望如此的。然而她一想起那个热狂的匂亲王,他那妒恨的神色和诉说的言语都浮现到她脑际来,便觉昏沉欲睡,一合眼就梦见匂亲王的姿态,连她自己也觉得讨厌。

一连多日,雨下个不住。匂亲王再度入山之事已经绝望,相思之苦实在难熬。他想起"慈亲束我如蚕茧"①,叹恨此身太不自由。真是难为了他!他就写一封长长的信给浮舟,内有诗曰:

"遥望君家云漠漠,
　长空暗淡我心悲。"

信笔乱书,却非常可观,富有趣致。浮舟年方青春,性情本不十分稳重,读了这封长长的情书,对他的爱慕之心越发加深了。然而想起最初结契的那位薰大将,觉得此人毕竟修养功深,人品优越。大约因为这是最初使她经历人事的人,所以她很重视,想道:"我那暧昧之事如果被他闻知,他势必疏远我,此时叫我如何是好?母亲正在焦灼盼望他早日迎我进京,遇到了这意外之变,势必非常伤心。而这个专心致志的匂亲王呢,我早就听说他是一个本性非常浮薄的男子,目前虽然如此爱我,日后如何不得而知。即使依旧爱我,把我隐匿在京中,长久地视为他的侧室,叫我怎么对得起我的姐姐呢?况且人世之事总不能隐瞒到底。例如在二条院那天傍晚,我只因偶然被他撞见,后来虽然躲藏在宇治山中,也终于被他找到。何况叫我住在京中,无论怎样隐匿,岂有不被薰大将闻知之理?"她左思右想了一会,终于悟得:"我自己也有过失。为此而被大将遗弃,实可痛心!"正在对着匂亲王的信胡思乱想之时,薰大将的使者送信来了。两封信同看,实太难堪。她便仍然躺在那里阅读匂亲王的长信。侍从对右近使个眼色:"她终于见

---

① 古歌:"慈亲束我如蚕茧,欲见姣娘可奈何!"见《拾遗集》。

新弃旧了。"这句话尽在不言之中。侍从说道:"这是当然的呀!大将的相貌固然优美无比,但亲王的风度毕竟更加俊俏。他放任不拘的时候,神情真娇艳呢!叫我做了小姐,受过了他这等爱怜之后,决不肯呆在这里。总要设法到皇后那里去当个宫女,才能常常看到他。"右近说:"你这个人也是靠不住的。比大将人品更高的人,到哪里去找啊?相貌且不谈,他那性情和仪态,多么优越!亲王的事,毕竟太不成样子了!将来如何解决呢?"两人信口谈论。右近本来独自一人操心,现在有了侍从,说起谎来也方便得多了。

薰大将的信中说:"多日不见,梦想为劳。常蒙赐书,不胜欣慰。纸短情长,书不尽意。"信的一端题着一首诗:

"苦雨添愁绪,心头久不晴。
川中春水涨,遥念远方人。

相思之情比往日更深矣!"这信写在白纸上,封成立文式。笔迹虽然不甚工致,但书法确有真实功夫。匂亲王的信则写得很长,信笺折得很小。两者各有趣致。右近等劝道:"趁无人看见之时,先给亲王写回信吧。"浮舟羞答答地说:"今天我不能写回信。"她只是随手题一首诗:

"里名宇治人忧患,
渐觉斯乡不可居。"①

近来她常常取出匂亲王所绘的画来观赏,每次总是对画啜泣。她左思右想,总觉得对匂亲王的因缘不会久长,但又觉得被薰大将锁闭起来而和匂亲王断绝关系,是可悲的。赋诗复匂亲王曰:

---

① 日文中"宇治"与"忧世"发音相同。

"身如萍絮难留住，
欲上山头化雨云。

但愿'没入'①而已。"匂亲王看了这诗，号啕大哭起来。他想："如此看来，她毕竟是爱我的。"浮舟那忧郁的面影就一直浮现在他眼前。那端庄的薰大将呢，从容不迫地展读浮舟的复书，想道："可怜啊！她在那里何等寂寞无聊！"便觉此人非常可爱。浮舟的答诗是：

"知心雨②降无休止，
袖上也愁水位高。"

薰大将反复观看，不忍释手。

有一天薰大将和二公主谈话，便中他对二公主说："有一件事，说出来生怕对你不起，所以至今未敢启口。不瞒你说：我早年就有一个女子养在外面。这女子一向被舍弃在荒僻地方，十分孤苦伶仃，我看她可怜，想叫她到附近地方来居住。我的性情自昔就和常人不同，不爱寻常家庭生活，常怀遗世独立之想。然而自从与公主结缡之后，就未便任意抛舍这尘世了。连这个一向不使人知的女子也叫我关怀，似觉舍弃她便是罪过。"二公主答道："我不知道什么事情可以使我嫉妒。"薰大将说："恐怕有人在皇上面前说我的坏话吧。世人搬是弄非，实在荒谬可恶！为了这女子，不值得大惊小怪。"

薰大将打算叫浮舟迁居到新造的屋子里，又担心外人纷纷宣扬，

---

① 古歌："此身化灰烬，没入白云里。君欲觅我时，但见荒烟起。"见《花鸟余情》。又："此身投沧海，没入荒波里。消失同水泡，谁复思念你？"见《新敕撰集》。此处所引用"没入"二字，出自此二古歌。前者与复诗中"化雨云"相关联；后者与浮舟后来投水相关联。

② 古歌："君心思我否，但看晴与雨。欲问知心雨，雨降竟如注。"见《古今和歌集》。她引用此歌，是怨恨薰君不思念她。

说"这屋子原来是为小夫人造的!"因此装饰屏门等事非常秘密。能办此事的人其实甚多,他却派了一个他所亲信的大藏大夫,名叫仲信的,以为此人可靠,吩咐他去装饰房屋。这仲信原是大内记道定的岳父,因此辗转传述,事情全都被匂亲王闻知了。大内记对匂亲王说:"绘屏风的画师,乃从随从人员中选出,都是亲信的家臣。一切设备实在都非常讲究。"匂亲王闻言,越发着急了。他想起自己有一个乳母,是一个远方国守的妻子,就要随丈夫赴任地去,其任地在下京方面。他就嘱托这国守:"有一个极秘密的女子,要暂时隐藏在你家里。"国守不知道这女子是何等样人,颇感为难。但因匂亲王郑重其事地托他,不敢不接受,便答道:"遵命。"匂亲王安排好了这隐藏所,稍稍放心了。国守定于三月底动身赴任地,匂亲王准备就在这天去接浮舟。派人通知右近:"我已如此布置定当,你们方面务须严守秘密。"但他自己未便亲赴宇治。同时右近也来回信,告诉他那个爱管闲事的乳母在家,叫他不要亲自来接。

薰大将则定于四月初十迎接浮舟入京。浮舟不愿"随波处处行"①,她想:"我的命运真奇怪!不知将来如何结局?"但觉心绪缭乱,打算到母亲处暂住,以便从容考虑。但常陆守家里因为少将的妻子产期将近,正在诵经祈祷,喧哗扰攘。即使去了,也不便同母亲赴石山进香。于是常陆守夫人到宇治来了。乳母出来迎接,对夫人说:"大将送了许多衣料来给侍女们做衣服。万事总要办得尽善尽美才好。然而叫我这老婆子一人做主,生怕办得全然不成样子呢。"她兴致勃勃地谈长说短。浮舟听了,想道:"如果做出怪事来让人耻笑,母亲和乳母又如何想法呢?那蛮不讲理的匂亲王今天也有信来,说'你纵然遁迹层云里②,我也定要寻到,与你同归于尽。还望

---

① 古歌:"寂寥难忍受,愿化作浮萍。但得川流导,随波处处行。"见《古今和歌集》。
② 古歌:"纵然遁迹层云里,定要寻时决不难。"见《古今和歌集》。

你安心下来，跟我去隐居吧。'叫我怎么办呢？"她心绪恶劣，躺卧在床。母亲看见她这般模样，甚是吃惊，问道："你为什么今天和往常不同？面色非常青白，且又消瘦了呢！"乳母答道："小姐近来身体一直不好，饮食也不大进，每日只是愁眉不展。"常陆守夫人道："真奇怪！难道是有鬼魂作祟？说是有喜呢，看来也不对，石山进香不是为了身子不净而作罢的么？"浮舟听了这话，心中异常难过，头也抬不起来。

　　日色既暮，明月当空。浮舟回想起那天晚上在对岸看到残月时的光景，眼泪流个不住，自己想想也觉得太荒唐了。常陆守夫人和乳母闲谈往事，又把住在那边的老尼姑弁君叫来共话。弁君叙述已故大女公子的情状，说她修养功夫极深，关于应有之事，都考虑得非常周到。然而眼看她青春夭逝了。她说："如果大小姐在世，定然也像二小姐一般做了高贵夫人，和你通信往还。那么你多年以来的孤苦生涯，也会变成无上幸福了。"常陆守夫人想道："我的浮舟和她们是亲姐妹呢。只要宿命亨通，如意称心，将来也不会比她们逊色吧。"对弁君说："我为这孩子操心担忧，至今已历多年，现在方得稍稍放心。今后她迁居京都，我们到这里来的机会很难得了。所以我要趁今天会面的时候，大家互相谈谈旧话。"弁君说："我总觉得我们出家为尼的人是不吉祥的，不应该常常来打扰小姐，所以见面之时不多。但现在她将舍我而乔迁京都，我倒不胜依恋之情了。然而我看这种地方毕竟荒僻不堪久居，乔迁京都真乃可喜之事。况且薰大将身份之高贵、品性之敦厚，乃世间罕有。他如此热心地找寻小姐，这一片诚意实非寻常可比。我早就对你如此说过，可见我不是胡言乱道的人。"常陆守夫人道："今后如何虽然不得而知，但现在大将的确热诚地爱她。这都是你老人家说合之功，我们十分感谢。辱承匂亲王夫人垂青，我们也很感激。只因发生了意外之变，几乎使得她流离失所，实甚可叹。"老尼姑笑道："这位亲王如此好色，实在令人讨厌。他家几个聪明一点的青年侍女都在那里叫苦呢。大辅姐姐的女儿右近①对我说：'亲王大体上说来原是一位贤良的主人，只是这件事讨厌。如果夫人知道了还要怪怨我们轻狂，那真是受罪了。'"浮舟躺着听她说，想道："他对侍女尚且如此，何况对我。"常陆守夫人说："唉，想想有些可怕。薰大将已有今上的女儿为妻。不过浮舟对公主关系是疏远的。我想，今后不论是好是坏，也只能听天由命。如果再碰到匂亲王，发生不应有之事，那么我无论何等悲伤，恐怕也见不到我的浮舟了！"浮舟听了两人交谈的话，但觉心胆俱裂。她想："我还是死了罢休。不然，终于会流传丑闻。"此时宇治川中水势汹涌，其声凄厉可怕。常陆守夫人说："别的河边水声并不如此可怕。这地方的荒僻实在是世间少有的。所以薰大将舍不得叫浮舟长住在这里。"她说时得意扬扬。于是大家谈论自古以来这河中所发生的可怕的事情。有一侍女说："前些时，这里的渡船夫的孙子，是个小孩，划船时一不小心，掉在河里淹死了！这条河里淹死的人向来很多。"浮舟想道："我身倘也投入河中，不知去向，则大家大失所望，但这失望不过是暂时之事。不然，我倘活在世间，则势必闹出怪事，惹人耻笑，而忧患永无绝期了。"如此想来，只要一死，则障碍全部消除，万事圆满解决。然而回头一想，又觉非常悲伤。她躺着听母亲诉说种种替她操心的话，但觉心乱如麻。母亲看见她精神萎靡，身体消瘦，非常担心，对乳母说："你去找个地方，替她举办祈祷。还得祭祀神佛，举行祓禊。"她们不知道她正在企图"祓禊洗手川"②，徒然地在那里喧嚣忙碌。母亲又盼咐乳母："侍女太少了。还须找寻适当的人。新来的不可带进京中去。凡身份高贵的妇人，虽然本人气度宽大，但万一有了争宠之事，两方侍女往往发生纠纷。所以

---

① 这右近是匂亲王家的侍女，不是浮舟的右近。
② 古歌："祓禊洗手川，誓不谈恋情。神明闻此誓，掩耳不要听。"见《古今和歌集》。洗手川是寺院门前的川。引用此句，意谓浮舟将断绝恋情而投水。

你要仔细选择，在这点上特别留心。"她无微不至地叮嘱了一番之后，又说："那边的产妇不知怎么样了，我也很担心。"意思是即日就要回去。浮舟忧伤之极，意气消沉，想到今后竟不能再见母亲了，说道："女儿心绪恶劣，离开母亲便觉孤苦无依，让我暂时跟母亲回去几天吧。"她依依不舍。母亲说道："我也这样想。可是那边也嘈杂得很。你的侍女们到那边去，要做缝纫也不方便，地方狭窄得很。怕什么呢！即使你迁居到了辽远的'武生国府'①，我也会悄悄地前来看望你的。我身份低微，害得你处处受委屈，实甚可怜。"说着流下泪来。

　　薰大将今天也有信来。他听说浮舟身体不适，不知近来如何，故特来信探问。信中说道："我本想亲自前来探望，只因不可避免之事甚多，以致未能如愿。现在你迁京之期已近，我的盼待之心反而更痛苦了。"匂亲王因为昨天的信得不到浮舟答复，今天又写信来，其中有言："你为什么犹豫不决？我担心你'随风飘泊去'②，已经气得发昏了！"他的信总是很长的。下雨的日子，两家的使者常常在此相逢，今日又碰到了。薰大将的随从和匂亲王的使者以前在式部少辅③家常常会面，彼此相识。薰大将的随从问道："你老兄常常到这里来干什么？"匂亲王的使者答道："我是来访问我的一个私人朋友的。"薰大将的随从说："访问私人朋友，难道亲自带情书④来的？你老兄真奇怪，何必隐瞒呢？"那人答道："老实对你说：是那位出云权守⑤的信，送给这里一个侍女的。"薰大将的随从看见他说话先后不符，觉得奇怪。但在这里定要寻根究底，也不成样，便各自回京去了。薰大将的

---

① 催马乐《道口》歌词："还乡诸公听我一言，请君转告我的双亲：我在道口武生国府，盼望彼此互通音信。"武生国府是地名。
② 古歌："盐灶须磨渚，青烟缥缈飏。随风飘泊去，不管到何方。"见《古今和歌集》。
③ 大内记道定，兼任式部少辅，已见前文。
④ 情书往往附有花枝，故看得出。
⑤ 时方是左卫门大夫，又兼出云权守。

随从是个机灵人,到了京中,吩咐陪他同行的童子说:"你偷偷地跟着这个人走,看他是否到左卫门大夫①家里去。"童子回来报道:"他到匀亲王家里,把回信交给式部少辅了。"匀亲王的使者是个愚笨的仆人,不觉察有人追随他的行踪,又不深知此事内情,以致被薰大将的随从看出底细,实甚遗憾。这随从回到三条院,正值薰大将即将出门之时,他就把回信交付一个家臣,叫他转呈。这一天明石皇后返六条院省亲,故薰大将穿了官袍前往侍候。前驱人等不多。这随从把回信交付与家臣时对他说道:"有一件事情很奇怪,我要探究底细,所以到此刻才回来。"薰大将约略听见,步出乘车的时候问这随从:"什么事情?"随从觉得此事不便让这家臣闻知,只是默默地站立致敬。薰大将知道其中必有缘故,也不再问,乘车出门去了。

明石皇后身体非常不适,诸皇子都来侍疾,许多公卿大夫前来问候,殿内非常嘈杂。但皇后并无特别重病。大内记道定是担任内务部政治的,公事繁忙,来得较迟。他要把宇治的回信送呈匀亲王。匀亲王便来到侍女值事房,召唤他到门口来,接受了回信。薰大将也正从里面走出来,瞥见匀亲王躲在侍女值事房里看信,想道:"一定是重要的情书了!"好奇心起,就站在那里窥看。但见匀亲王展开信来阅读,信写在红色的薄纸上,非常详细。匀亲王专心看信,一时顾不得其他。这时候夕雾左大臣也从里面出来,将经过侍女值事房。薰大将便从纸隔扇门口走出来,故作咳嗽,以提醒匀亲王,使他知道左大臣来了。匀亲王立刻把信藏过。左大臣向室中探望。匀亲王惊惶失措,连忙整理袍上的衣带。左大臣就在那里屈膝坐下,对他说道:"我要回去了。皇后这老毛病虽然长久不发了,但很可担心。你立刻派人去招请比叡山的住持僧来吧。"说罢匆忙地向别处去了。到了夜深时分,大家从皇后御前退出。左大臣叫匀亲王当先,带了许多皇子、公卿大夫、殿

---

① 时方是左卫门大夫,又兼出云权守。

上人等，一同赴自邸去。

　　薰大将最后退出。他想起出门时那个随从的态度，觉得有些奇怪。便趁前驱人等走到庭前去点灯的时候，召唤这随从过来，问道："刚才你说的是什么事情？"随从答道："今天早上小人在宇治山庄里，看见出云权守时方朝臣家的一个男仆，拿着一封结在樱花枝上的紫色薄纸信件，从西面的边门里交给一个侍女。小人向这男仆如此如此地探问，他的回答先后不符，似是说谎。小人怪他为何言语如此，特派一个童子跟着他走，童子看见他走到兵部卿亲王府上，把回信交给了式部少辅道定朝臣。"薰大将觉得奇怪，又问："山庄里送出来的回信是什么样子的？"随从答道："这个小人不曾看见，因为是从另一扇门里送出来的。但据童子说，是红色的，非常漂亮。"薰大将想起刚才看到匂亲王手里的信，觉得一点也不错。这随从能够如此侦察，实甚能干。但因近旁人多，他也不再细问。在归途中想道："这位亲王连角落里都找到，实在令人吃惊！不知道他因什么机会而知道有这个人的。又不知道是怎样地爱上她的。当初我以为在荒僻的山乡地方决不会出这种乱子，真是幼稚之见！论理，这女子倘是与我漠不相关的，你要爱她尽听尊便。可是我和你从小莫逆相亲，我曾经千方百计地为你拉线，替你带路，你对我难道可以做这等亏心负义之事？思想起来，实甚痛心！我对你那二女公子，虽亦倾心恋慕，然而多年以来，关系清清白白，足见我心何等稳重。况且我对二女公子，不是现今开始的不成体统的恋爱，而是本来早就相识的。只因我有顾虑：如果存心不良，为人为己都很痛苦，所以严守尺度。现在想来，实在太迂阔了。最近匂亲王连日患病，家中问病客多，异常纷乱，不知他怎么能够写信遥寄宇治的。也许已经开始往来了吧。宇治这条路，对恋人说来实在太远了。前些时我曾听说，有一天匂亲王失踪了，大家找寻他呢。他原来是为了这种事而心烦意乱，并不是生什么病。回想从前他恋爱二女公子时，为了不能到宇治去，那忧愁苦闷之状叫人看了发慌呢。"他如此历历回思，恍悟前日浮舟愁眉不展，神情恍惚，原来道理在此！诸事都已看清，心中好不悲伤！又想："世间最靠不住的，无过于人心了！这浮舟的模样端庄温雅，却不道是个水性杨花的女子，和匂亲王倒是志同道合的一对。"他想到这里，自己准备退出，而把浮舟让给匂亲王。然而又想："如果我当初是想娶她为正夫人的，倒要讲究。但事实并非如此，所以还不如把她当作情妇，听其所为吧。叫我从此和她断绝往来，倒是舍不得的。"如此反复考虑，令人觉得可笑。他又想："我倘嫌恶了她，把她抛弃，则匂亲王必然取了她去，据为己有。但他绝不会考虑到这女子日后的不幸。起初热爱、后来玩腻了送给大公主当侍女的女子，至今已有二三人。如果浮舟也被如此处理，叫我看到、听到了，多么难过啊！"他终于舍不得她。为欲探明情况，写一封信给她。趁无人在旁之时，召唤那个随从来前，问他："道定朝臣近来还是常和仲信家的女儿往来么？"随从答道："是。"又问："派到宇治去的，常常是你所说起的那个男仆么？……那边的女子一时家境衰落了，道定不知底细，也想去向她求爱呢。①"他叹一口气，又叮嘱他说："你把这信送去，切不可叫人看见！看见了不得了！"随从遵命，心中想道："少辅道定常常探询大将的动静，又打听宇治方面的情形，原来是有道理的。"但他不敢在大将面前随便饶舌。大将也不欲使仆人们知道详情，所以不再问他。宇治方面，看见薰大将的使者来得比往日更加频繁，增添了种种忧虑。他的信中只有寥寥数语：

"妄想美人盼待我，
不知波越末松山。②

---

① 在随从面前，故意不说匂亲王，而推在那天代接回信的道定身上。
② 古歌："我若负君怀异志，海波越过末松山。"见《古今和歌集》。末松山是一个高山的名称。

慎勿做惹人耻笑之事！"浮舟觉得这封信很奇怪，忧惧充塞胸中。如果表明理解此诗之意义而作复，实在难以为情；如果说他言语怪僻，不能理解，则又不成样子。于是把来信照原样折好，在上面添注数字："此信恐系误送到此，故特退还。今日身体异常不适，只字亦难奉复。"薰大将看了，想道："应付得实在巧妙，想不到她这样机敏。"他微微一笑，对她并无嫌恶之心。

浮舟看见薰大将信中虽不明言而隐约表示已有所知，心中更添恐惧。她想："此身终于要做出荒唐可耻的事情来了！"正在忧愁之时，右近走过来，说道："大将的信为什么退了回去？退回信件是不吉祥的啊！"浮舟答道："我看见信中言语怪僻，不能理解，想是送错了人，所以退了回去。"原来右近看出事有蹊跷，拿出去交付使者时已在途中打开信来看过了。右近这样做实在不好。她并不表示已经看过那信，说道："啊呀，怎么办呢！这事情叫大家都很痛苦！大将似乎已经听到消息了。"浮舟听了顿时红晕满颊，一句话也说不出来。她没想到右近已经看过那信，以为是另有知道薰大将情况的人告诉她，但也并不问她是从谁那里听来的。她想："这些侍女看到我这光景，不知作何感想？我实在可耻啊！虽然原是自作自受，我的命运也太苦了。"她不堪其忧，便躺卧下来。

右近和侍从两人谈话。右近说："我有一个姐姐，在常陆国时和两个男子相好。人世间不管身份高下，这种事情总是有的。这两个男子对我姐姐一样情深，不分优劣。我姐姐无所适从，弄得心迷意乱。有一次她对后相好的一个略微多表示了一点好感，那先相好的一个就嫉妒起来，终于把后一个杀死，他自己也不再和我姐姐往来了。可惜的是国守府里损失了一个能干的武士。而那个凶手呢，虽然也是国守府里优秀的家臣，但是犯了这种过失，怎么还能任用呢？就被驱逐出境。这都是女人糊涂之故，因此我姐姐也不能留在国守府内，只得出去当了东国的民妇。直到现在，我母亲想起了她还要哭泣呢。这真是罪孽深重的事啊！我讲这话虽然似乎不祥，但无论身份高下，在这种事情上糊里糊涂，实在是很不好的。即使不致丧失性命，也按各人身份而各有其痛苦。而身份高贵的人，有时反会受到比丧失性命更痛苦的耻辱呢！所以我家小姐总须确定一方面才好。匂亲王比薰大将情深，只要是诚意的，小姐不妨追随他，不必如此忧愁苦闷了。影响了身体也是无补于事的。夫人如此深切地关怀小姐，我母亲①又专心一意地准备迁居，妄想薰大将来迎接。岂知匂亲王比他先下手。真是糟糕透顶！"侍从说："哎呀，不要说这种可怕的话了！万事都是宿命注定的。只要是小姐心中稍稍倾慕的人，便是前世有缘的。实在，匂亲王那诚恳热烈的模样，叫人看了甚不敢当。薰大将虽然如此急欲迎娶，小姐不会倾向他吧。据我想来，还不如暂时躲避薰大将，追随了那多情的匂亲王。"她是热诚赞美匂亲王的，此时信口直言。但右近说："据我看来，还是到初濑或石山去求求观世音菩萨：无论追随哪一方，总要保佑我们太平无事。薰大将这儿领地内各庄院的办事人，都是粗蛮的武夫。宇治地方到处都是他们一族的人。凡在这山城国和大和国境内，大将领地各处庄院里的人，都是这里的那个内舍人②的亲戚。大将任命他的女婿右近大夫当总管，吩咐他办理一切事情。身份高贵的人不会做出粗鲁的事情来。然而不明事理的田舍人，经常轮流地在这里守夜。尽管希望在当值期间一点乱子也不出，然而难免发生意外的祸事。像那天夜间小舟渡河之事，叫人想起了不寒而栗！亲王异常小心谨慎，随从也不带一个，衣服总是穿得很简朴。如果被这些人看见了，真乃不堪设想啊！"浮舟听了她们这些话，想道："归根到底，是由于我的心倾向了匂亲王，所以她们说这些话。我真可耻！其实在我心中，对双方都不思慕。只是看到匂亲王焦灼万状，不知道他为何如

---

① 乳母是右近的母亲。
② 内舍人是宫中司理杂务的官。

此想我，因而像做梦一般吃惊，不免对他稍稍注意。然而对于久蒙照拂的薰大将，我决不想突然离开他。为此弄得如此心绪缭乱。诚如右近所说，闯出祸事来怎么办呢？"她左思右想了一会，说道："我真想死了！世间没有像我这样命苦的人！如此不幸之身，在下等人中也是少有其例的吧！"说罢便把身子俯伏着。这两个深知内情的侍女都说："小姐不可如此伤心！我们是为了要使你安心，所以说这些话的。从前，你即使有了可忧之事，也满不在乎，泰然自若。自从亲王之事发生以后，你一直忧伤烦恼，我们看了非常担心呢。"她们都心烦意乱，忙着商量办法。那乳母只管兴致勃勃地染衣料，缝服装，准备迁居。她把新来的几个美貌的女童唤到浮舟面前，对她说道："小姐看看这些孩子，散散心吧。只管躺在那里发愁，恐怕是有鬼魂作祟呢。"说罢叹息一声。

且说薰大将收到了那封退回的信之后，并不答复，匆匆过了数日。有一天，那个威势十足的内舍人到山庄来了。果如右近所说，其人非常粗蛮，是个体格魁梧的老人，声音嘶哑，说起话来语调异乎常人。他叫人传言："有话要对侍女谈。"右近就出来接见。他说："我蒙大将宣召，今日入京参见，此刻方才回来。大将吩咐种种杂务，其中说起一事：近有一位小姐住在这里，夜间警卫之事，因有我等担当，故京中不曾特派值宿人来此。但据悉近有来历不明之男子常与此间侍女往还。大将责问我，他说：'此事实太疏忽。守夜人应该查明情况。怎么你们会不知道呢？'但我并未闻知此事，便禀告大将：'某因身患重病，久未担任守夜之事，其实不悉此种情况。但曾派定干练男子，令其轮流守夜，不得懈怠。若果有此等非常事件发生，何以某迄未闻知？'大将言道：'今后必须小心在意！如果发生荒谬之事，定当严予惩办！'不知大将为什么说这种话，我实不胜惶恐。"右近听了这话，比听到猫头鹰叫更觉恐怖，一句话也回答不出。她回进里面，传达了内舍人的话，叹道："请听他的话！和我所预料的一点也不差！多分大将已经听到风声了。信也不写一封来。"乳母约略听到这些话,说道:"大将如此吩咐,我听了真高兴!这一带地方盗贼很多,那些值夜人不像从前那样认真,都找一些吊儿郎当的下司来代理,连巡夜也没有了。"她说时喜形于色。

　　浮舟看到这光景,想道:"此身的厄运果然即将来到!"加之匂亲王来信频问"何日可以相逢",诉说"缭乱似松苔"①的心情,使得她痛苦不堪。她想:"总而言之,我无论追随哪一方面,另一方面必然发生可怕的事情。惟有我一身赴死,是最安全的办法。从前曾有为了两个情夫同样热爱、难于解决而投身入水的事例②。我身如果活在世间,定将遭逢痛苦之事。则此身一死,又何足惜?我死之后,母亲当时必然悲伤,但她要照顾许多子女,后来自会忘怀。如果我活在世间,为了行为不端而惹人非笑,忍耻偷生,则母亲悲伤势必更甚。"浮舟为人天真烂漫,落落大方,而又温和柔顺。但因从小不曾受过高深的教养,缺乏涵养功夫,故一遇困窘,顿萌短见。她想毁灭旧信,不使后人看见。但并不众目昭彰地一次毁灭,而是逐渐处理,有的就灯火上烧毁,有的投在水里。不悉内情的侍女,以为她即将迁居京中,故把往日寂寞无聊时随意乱涂的字稿毁弃。侍从看见了,说道:"小姐何故如此!情侣之间真心诚意的通信,不欲让别人看见,尽可藏之箧底,闲时私下取出观看,每一封信各有其情趣。信笺如此讲究,而且满纸都是情深意密、令人感激的言语。如此全部毁灭,岂不可惜!"浮舟答道:"有什么可惜!这是不可给人看见的。我身在世不长久了。这些信留在世间,对

---

① 古歌:"何日逢君盼待久,芳心缭乱似松苔。"见《新敕撰集》。
② 从前津国有一女子,两个男子(菟原氏、智努氏)同样地热爱她。其母难于解决,命两男子到生田川上射水鸟,射中者是女婿。一人射中鸟头,一人射中鸟尾。女儿吟诗曰:"住世多忧患,投身愿自沉。生田川水好,毕竟是空名。"遂投身川中而死。两男子也投身川中,一人执女子手,一人执女子足,三人俱死。事见《大和物语》。《万叶集》中也有相似的故事。

亲王也是不利的。大将知道了，怪我恬不知耻地保藏这些信，多难为情！"她左思右想，不堪悲伤，又犹豫不决起来。因为她也曾隐约记得佛教中有一句话：背亲而死，罪孽最重。

匆匆过了三月二十。匂亲王约定的那人家定于二十八日动身赴任国。匂亲王给浮舟的信上说："是日夜间我定当前来迎接。望即早做准备，勿使仆从窥破形迹。此间严守秘密，绝不走漏风声，请勿怀疑。"浮舟想道："亲王微服而来，此间戒备森严，势必不能与我再见一面，而徒劳往返，真乃可悲之事！有什么办法可以相叙片刻呢？只得让他抱恨空归了。"匂亲王的面影又片刻不离地出现在她眼前。不堪其悲，便拿起那封信来遮掩了颜面。暂时隐忍一下，终于扬声大哭。右近连忙劝解："哎呀，小姐啊！你这样子，将被人家看出内情了。已经渐渐有人怀疑了呢。你不要只管悲伤，应该好好地写回信给他。有我右近在这里，无论何事都不怕。你这么小小的一个身体，即使要从空中飞行，亲王也能带走你。"浮舟略微镇静一下，拭泪答道："你们只管说我爱慕他，真使我伤心！如果事实如此，由你们说吧。可是我一向认为此事荒唐之极。只是那人蛮不讲理，硬说我爱慕他。我倘坚决拒绝，不知他会做出何等可怕的事情来。我每念及此，痛感自身命苦！"她把匂亲王的信置之不复。

匂亲王猜想："她始终不肯表示愿意跟我出走，而且连回信也没有，大概是由于薰大将劝诱她，她相信依靠他比依靠我合理，就决心跟他走了。"他明知这是当然之事，然而不胜惋惜，妒火燃烧起来。他苦苦寻思："虽然如此，但她确曾倾心爱我。定然是和我相别期间，侍女们在她面前说了我的坏话，她就变心了。"便觉"恋情充塞天空里"，忍无可忍，又不顾一切地赴宇治去了。

将近山庄，望见那篱垣外面警卫森严，气象与往日大异。便有人连声盘问："来者是谁？"匂亲王连忙退回，派一个熟悉当地情况的仆人前往，连这仆人也受盘问。可见情形与从前不同了。仆人不胜狼狈,连忙答道:"京中有要函派我送来。"便指出右近的一个女仆的名字,叫她出来相见,把情形告诉了她。女仆进去告知右近,右近非常狼狈,叫她出去回复:"今夜无论如何也不行,实在对不起得很!"仆人回去将此言报告了匂亲王。匂亲王想道:"为什么忽然这样疏远我了?"他不能忍受,对时方说:"还是你进去找侍从吧。总得替我想个好办法。"便派他前往。时方是个机灵人,信口开河地搪塞了一会,果然被他进去找到了侍从。侍从说:"听说,不知为了什么,薰大将发下紧急命令。因此最近守夜人警备森严,实在毫无办法了。我家小姐也为此十分忧虑。她深恐屈辱了亲王,非常担心。尤可虑者:今夜亲王如果被守夜人看到了,以后事情就更加难办。等不久以后亲王决定了来迎的日子,到那天晚上我们这里就悄悄地先做准备,通知你们来迎吧。"又告诉他这里的乳母晚上容易觉醒,叫他小心。时方答道:"亲王来此,一路上是很不容易的。看他的样子定要会见小姐呢。我倘回报他办不成功,他将责我怠慢。还请你和我同去,我们一同把情形向他详细说明吧。"便催侍从同走。侍从说:"这太没道理了!"两人争执期间,夜色已经很深。

　　匂亲王骑着马,站在稍远的地方。好几匹声音粗俗的村犬,跑出来向他狂吠,非常可怕。几个随从人都很担心,他们想:"我们人数很少,亲王又打扮得这样微贱,倘使走出几个不分皂白的暴徒来,怎么办呢?"时方只管催促侍从:"快走吧,快走吧!"终于带着她来了。侍从把长长的头发挟在胁下,让发端挂在前面,容姿非常可爱。时方劝她乘马,她一定不肯。时方便捧着她的长裾,替她当跟班。又把自己的木屐给她穿上,自己穿了同来的仆人那双粗劣的木屐。走到匂亲王面前,时方便把情况向他报告。然而这样地站在那里,谈话也很不方便。于是在一所草舍的墙阴下杂草繁茂的地方,铺上一块鞍韂,请匂亲王下马席地而坐。匂亲王自己心中寻思:"我这般模样多难看啊!眼见得此身将毁损在情场中,不能好好地做人了!"眼泪便流个不住。侍从心肠很软,看了他这模样更是不胜悲伤。匀亲王的容姿非常优美,即使是可怕的敌人所变成的鬼看见了,也不忍抛弃。他略微镇静一下,对侍从说道:"难道连说一句话都不行吗?为什么戒备忽然森严起来?想必是有人在薰大将面前毁谤我了。"侍从便把情况详细告诉他,说道:"不久决定了来迎的日子,务请预先妥善地做好准备。我们看到亲王如此不惜尊严,屡次劳驾,即使粉身碎骨,也必设法玉成其事。"匀亲王自己也觉得这样子难看,便不怪怨浮舟一方面了。其时夜已很深,与人为难的群犬不断地狂吠,随从人等把它们赶走。那些守夜人听到了,便拉动弓弦,发出声响。有一个男子怪声怪气地叫喊:"火烛小心!"匀亲王非常慌张,只得命驾返京,此时他心中的悲伤自不必说。对侍从吟道:

"白云遮断山山路,
无处舍身饮泣归。

那么你也早点回去吧。"便劝侍从归去。匀亲王容姿俊俏,风度优美,深夜露湿了衣裳,衣香随风四散,美妙不可言喻。侍从吞声饮泣地回山庄去了。

且说右近将谢绝匀亲王访问之事告诉了浮舟。浮舟闻之,心绪更加混乱了,一直躺在那里。正在此时,侍从回来,把情况一一告知了浮舟。浮舟一言不答,然而眼泪几乎使枕头浮了起来。又恐侍女们看见了诧怪,只得努力隐忍。次日早晨,自知两眼红肿难于见人,一直躺着不肯起身。后来勉强披衣束带,起来诵经。她心指望消减先亲而死的罪孽。又取出那天匀亲王所绘的画来看看,觉得他描绘时的姿态和俊俏的面貌,历历如在目前。想起昨夜不能和他交谈一语,今天倍觉悲痛,无限伤心。又想起那薰大将:"他指望迎我入京,从容相见,永远聚首。一旦听到了我的死耗,不知作何感想,实在对他不起。我死之后，世间恐怕也有非难我的人，想起了深觉可耻。然而与其活在世间，被人指为浮薄女子，当作笑柄，恶评传入薰大将耳中，则远不如死。"遂独吟云：

"忧患多时身可舍，
　却愁死后恶名留。"

她觉得对母亲也很可恋念。平时并不特别关心而相貌丑陋的弟妹，也很可恋念。又想起匂亲王夫人二女公子……愿得今生再见一面的人很多。众侍女准备薰大将来迎接，忙于缝衣染帛，说东谈西，但在浮舟听来全不入耳。到了晚上，她就考虑办法，如何可以避免人目而走出门去。因此通夜不眠，心绪恶劣，元气尽失。到了白天，她就向宇治川眺望，觉得死期比步入屠场的羊更近了。

匂亲王写了一封缠绵悱恻的情书来。浮舟现在不想再教人看到她的书札，所以连回信也不肯随意写一封，只写了一首诗：

"尸骨不留尘世里，
　使君何处哭新坟？"

交付使者带回去。她想叫薰大将也知道她赴死的决心。但她又想："我对双方都写信通知，他们原是亲密朋友，终于会互相说出，此事亦甚乏味。我将使任何人都不明我的去向，谁也不知我之所终。"就决定不告诉薰大将。

母亲从京中写信来了。信中说道："昨夜我做了一梦，看见你的模样异乎寻常。今天正在各处寺院举办诵经祈祷。想是昨夜梦后不曾再睡之故，今天白昼想睡，睡后又得一梦，梦见你逢到世人所认为不祥之事。醒后立刻写此信与你。务望小心在意为要。你的住处荒僻，薰大将时时赴访,他家二公主恐多怨气,若受其祟,甚是可怕①。正当你身体不适之时,我做这种噩梦,实在非常担心。我很想到宇治来探望你,但你的妹妹产前疾病缠绵,似有鬼怪作祟。我离开她片刻,常陆守就要严责,因此未能前来。希望你在附近寺院中也举办诵经祈祷。"此外又附有各种布施物品及致僧侣的请托书。浮舟想道:"我命已到大限,母亲犹然不知,说此关怀之语,实甚可悲!"便在派遣这使者赴寺院的期间写回信给母亲。欲说之事甚多,而无勇气走笔,只写了一首小诗:

"此生如梦何须恋,
　且待来生再结缘。"

寺中诵经的钟声随风飘来,浮舟躺在床上静听钟声,又赋一诗:

"钟声尽处添呜咽,
　为报慈亲我命终。"

她把此诗写在寺中取来的诵经卷数记录单上。那使者说:"今晚不能回京了。"便把记录单依旧系在那枝条②上。乳母说道:"我心跳得厉害呢!夫人也说做了噩梦。要吩咐守夜人小心在意!"浮舟躺着听她说,心中痛苦无限。乳母又说:"一点东西也不吃,实在不好。吃些羹吧。"说东说西,百般照顾。浮舟想道:"这乳母自以为清健,但已年老貌丑,我死之后,叫她何处去安身呢?"她替这乳母担心,觉得此人很可怜。她想把自己即将辞世之事隐约告诉她。然而语未出口,泪已先流,恐人见疑,终于未能说话。右近躺在她近旁,对她说道:"忧愁

---

① 时人迷信生魂能为人作祟。第九回《葵姬》即其一例。
② 诵经卷数记录单是结在一根树枝上的,此乃当时风习。

的人，灵魂会飘荡出去。小姐近来只管忧愁，所以夫人要做噩梦。小姐应该打定主意跟从哪一方面，然后听天由命吧。"说罢连声叹息。浮舟只是用她常穿的便服的衣袖遮住脸面，默默地躺着。

第五十二回　蜉　蝣①

次日清晨，宇治山庄中不见了浮舟，众侍女惊恐万状，东寻西找，终于不明下落。这正像小说中千金小姐被劫后次晨的光景，不须详述。京中母夫人的使者昨日不曾归去，母夫人不放心，今天又派一个使者来。这使者说："鸡鸣时分我就奉命出发了。"从乳母以至众侍女，个个周章狼狈，困惑万状，不知该如何作答。乳母等不知底细的人，只管惊惶骚扰。知道内情的右近和侍从，回想起浮舟近日忧愁苦闷之状，猜想她恐已投身赴水。右近啼啼哭哭地打开母夫人的信来，但见信中写道："恐是我为你操心太甚，不能安枕之故，昨夜在梦中也不能清楚地看见你。一合眼就被梦魇住。因此今天心情异常恶劣，念念不忘地惦记你。薰大将迎你入京之期已近，我想在这以前先迎接你到我这里。但今日天雨，容后再定。"右近再打开浮舟昨夜答复母亲的信来看看，读了那两首诗，号啕大哭起来。她想："果然不出我之所料！这诗中的话多么伤心啊！小姐下此决心，为何绝不让我知道呢？她从小万事都信任我，对我无话不谈。我也对她毫无隐讳。今当永别之时，她竟遗弃了我，绝不向我透露一点风声，真叫我好恨啊！"她捶胸顿足地大哭，竟像一个幼年的孩童。浮舟忧愁苦闷之状，她早已看惯。然而这位小姐性情一向温顺，她万万想不到她会走上这条绝路。因此骇怪万状，悲痛不已。乳母平日自作聪明，今天却呆若木鸡，嘴里只管念着"怎么办呢？怎么办呢？"

---

① 本回紧接前一回，写薰君二十七岁春天至秋天之事。

匂亲王看了浮舟回答他的诗，觉得诗中口气与往常不同，似乎含有别种意思，想道："她到底打算怎样呢？她原是有心爱我的。但只恐我变心，深怀疑虑，所以逃往别处去躲藏了吧？"他很不放心，便派一个使者去察探。使者到了山庄，只见满屋子的人都在号哭，信也无法送上。他向一个女仆探问情由，女仆答道："小姐昨夜忽然去世，大家正在惊慌失措呢。能做主的人偏偏又不在这里，我们一群底下人只得东靠西倚，弄得束手无策了。"这使者并不深悉内情，故亦不详细探问，就回京去了。他把所见情状报告了匂亲王。匂亲王如在梦中，十分惊诧。他想："我并未听说她患重病。只知道她近来常常闷闷不乐。然而昨天的回信中看不出这方面的迹象，笔致反而比往常更加秀美呢。"他疑团莫释，便召唤时方，对他说道："你去察看一下，问明确实情由。"时方答道："恐怕薰大将已经听到什么风声，所以严厉斥责守夜人，说他们怠职。近来仆役们出入都要拦阻，仔细盘问。我时方倘无适当借口，贸然赴宇治山庄，被大将得知了，深恐他要怀疑呢。况且那边突然死了一个人，定然喧哗扰攘，出入的人很多。"匂亲王说："你的话也不错，然而总不能听其自然，置之不理呀。你还得想个适当办法，去找那知情的侍从，问明究竟是怎么一回事。刚才这仆人所报告的恐有错误。"时方看见主人可怜，觉得不好意思违命，便在傍晚时分动身前往。

　　时方行动轻便，很快到达了宇治山庄。其时雨势已稍停息，但因山路崎岖，他不得不穿简便服装，形似一个仆人。走进山庄，就听见许多人在喧嚷，有人说"今夜应当行个葬礼！"时方一听吓呆了。他要求和右近会面，但右近挡驾，叫人向他传言说："现已茫然若失，不能起身。大夫驾临，今夜该是最后一次了。失迎不胜抱歉。"时方说道："如此说来，我不能探明情况，如何回去报命呢？至少那位侍从姐姐总得出来和我一见。"他恳切请求，侍从只得出来和他会面，对他说道："真是万万想不到啊！小姐之死，仿佛她自己也不曾预料到的。请你转告亲王：我们这里的人说悲伤也好，说什么也好，总之全像做梦一般，茫然不知所措了。且待心情稍稍安静之后，当把小姐近来愁闷之状，以及亲王来访那夜她的痛苦情况一一奉告。丧家不吉，等到四十九日忌辰过后，请大夫再来晤谈。"说罢啜泣不止。内室中也只听见许多人的哭声。其中有一人在嚷，大约是乳母吧："我的小姐啊！你到哪里去了？快点回来呀！连尸骨也看不见，叫我好伤心啊！往日里朝夕相见，还嫌不够亲近。我日日夜夜盼望小姐交运纳福，因此我这条老命也得延长到今天。想不到小姐忽然抛弃我，连去向也不得而知。鬼神不敢夺我的小姐。大家所深惜的人，帝释天也会让她还魂。夺取我家小姐的人，不论是人或者是鬼，都该快快把她还给我们！至少也得让我们看看她的遗骸。"她一五一十地哭诉。时方听见其中有尸骨不见等话，觉得奇怪，便对侍从说道："还请你把实情告诉我。或许是有人把她隐藏了吧？亲王要知道确实情况，我是代替他来的，是他派来的使者。现在不论是死亡或是被人隐藏，总是没有办法的了。但倘日后水落石出，而实情与我今天回去报告的不符，亲王定会向我这使者问罪。亲王以为虽然事已如此，或许传闻失实，尚有一线希望，所以特派我来向你们面询，这岂不是一番好意么？耽好女色之事，在中国古代朝廷里也不乏其例。但像我们亲王那样一往情深，我看是世间所没有的。"侍从想道："这真是个亲切的使者！我即使想隐瞒，这种世无其例的大事情将来自会揭穿的。"便答道："大夫疑心有人隐藏小姐，如果略有一点儿可能，我们这里的人为什么个个如此悲伤哭泣呢？实在是我家小姐近来非常忧愁苦闷，为此，薰大将说了她几句。小姐的母亲和这个高声哭喊的乳母，都忙着做准备，让她迁居到最初结缘的薰大将那里去。亲王的事情，小姐绝不让人知道，只在自己胸中感激思慕，因此她心情异常烦恼。万没想到她自己会起舍身赴死的念头，所以我们如此悲伤，那乳母怪声怪气地哭喊不住。"这话虽不详尽，总算把事实约略说明了。时方还是难于置信，说道："那么，以后再见吧。

我们立谈片刻，实在太不详尽。将来亲王定当亲自来访。"侍从答道："唉，那是不敢当。小姐与亲王的姻缘，现在如果被世人知道了，对已故的小姐说来，倒是光荣幸运之事。然而此事一向严守秘密，所以现在还是不可泄露，这才不负死者的遗志。"这里的人都在尽力设法，务使这不寻常的横死事件勿让外人知道。时方倘在这里久留，自会被人看出情由，因此侍从劝时方早点离去。时方就走了。

大雨滂沱之时，母夫人从京中赶来。她的悲痛无法言喻。她哭道："你倘在我眼前死去，虽然我也十分悲痛，但因死生乃世之常事，人间还有其例。如今尸骨不存，叫我何以为心？"浮舟为了匂亲王纠缠而忧愁苦闷等情，母夫人全然不知。因此她万没想到她会投水自尽。她疑心浮舟被鬼吞食，或者被狐狸精取去了。因为她记得古代小说中记载着这种怪异事件。东猜西想了一会，终于想起了她一向担心的二公主：她身边或许有心地不良的乳母，闻知薰大将将迎接浮舟入京，认为深可痛恨，便暗中勾结了这里的仆人下此毒手，亦未可知。于是她怀疑这里的仆人，问道："有没有新进来的陌生的仆人？"侍从等答道："没有。这里地点荒僻，住不惯的人一刻也做不牢，总是推说'我去一下就来'，便卷卷铺盖回乡去了。"这确是实情，本来在此任职的人，也有几个人辞职而去。所以这时候山庄中仆人甚少。侍从等回想小姐近几日来的神情，记得她常常哭着说"我真想死了"。又看看她平日所写的字，在砚台底下发现了"忧患多时身可舍，却愁死后恶名留"之诗，更确信她已投水，向宇治川凝眸眺望，听到那汹涌澎湃的水声，觉得可怕而又可悲，便和右近商谈："如此看来，小姐确是投水了，而我们还在东猜西测，使得各方关怀她的人都疑虑莫释，实在对他们不起。"又说："做那件秘密的事，原本不是出于小姐自己的心愿。做母亲的即使在她死后闻知此事，对方毕竟并非令人感到可耻的等闲之辈。我们索性把事情如实告诉了她吧。她为了不见遗骸而东猜西测，困惑万状，知道了实情也许可以稍稍减释疑虑。况且殡葬亡人，必须有个遗骸，才是人世常态。这没有遗骸的奇怪丧事倘延续多天，定将被外人看破情由。所以还不如把实情告诉了她，大家尽力隐讳，也可聊以遮蔽世人耳目。"两人便把事情悄悄地告诉了夫人，说话的人悲痛欲绝，几乎说不完全。夫人听了不胜伤心，想道："如此看来，吾儿确已亡身在这荒凉可怕的川流中了！"悲痛之极，恨不得自己也投身水中。后来对右近说："我想派人到水里去寻找，至少总要把遗骸好好地找回来，才好殡葬。"右近答道："此刻到水里去寻找，还有什么用处呢？遗骸早已流到去向不明的大海中去了。况且做此无益之事，叫世人纷纷传说，多难听啊！"母夫人左思右想，悲情充塞胸中，实在无法排遣。于是右近与侍从二人推一辆车子到浮舟房间门口，把她平日所铺的褥垫、身边常用的器具，以及她身上脱下来的衣服等等，尽行装入车中，叫乳母家做和尚的儿子及其叔父阿阇梨、平素熟悉的阿阇梨弟子、一向相识的老法师，以及七七四十九日中应邀来做功德的僧人，装作搬运亡人遗骸的样子，一同把车子拉出去。乳母和母夫人不堪悲痛，躺在地上号哭。此时那个内舍人——就是以前为了值夜之事来警戒右近的那个老人——带了他的女婿右近大夫也来了。他说："殡葬之事，应该禀明大将，择定日期，郑重举行才好。"右近答道："只因有个缘故，务求勿使人知，所以特地在今夜以前办了。"就把车子驱向对面山麓的草原上，勿令他人走近，仅由知道实情的几个僧人举办火葬。这火葬很简单，烟气一会儿就消失了。乡村人对于殡葬仪式，反而比城市人看重，迷信也更深，就有人讥评："这葬式真奇怪！规定的礼节和应有的事项都不完备，竟像身份卑贱人家的做法，草率了事。"又有一人说道："京都的人，凡有兄弟的人家，故意做得简单。"此外还有种种令人不安的讥评。右近想道："这种乡村人的讥评，已足令人警惕，何况消息不能隐瞒，不久就会传开去。将来薰大将闻知小姐没有遗骸，定会疑心匂亲王将人藏匿。匂亲王也会疑心薰大将藏匿。但他与大将交往亲密，虽然暂时疑心他，不久终会知道小姐究竟是否在他那里。而大将也定然不会一直疑心亲王藏匿。于是两人会猜想另有一人把小姐带走隐藏。小姐生前命好,备受高贵之人怜爱。死后如果被疑心跟下贱人逃走,实在太冤屈了。"她很担心,于是仔细察看山庄中所有的仆役,凡是在今天的混乱中偶然看破实情的人,她都郑重叮嘱其不可泄露。凡是不知实情的人,她绝不让他们知道,戒备得非常周密。两人互相告道:"过了几时之后,自当把小姐寻死的情由悄悄地告知大将和亲王。现在就让他们知道,反会减却他们的哀情。所以目下倘有人走漏风声,我们对不起死者。"这两人心中负疚甚深,所以尽力隐瞒。

且说薰大将为了母夫人尼僧三公主患病,此时正闭居石山佛寺中大办祈祷。离京远出,对宇治关念更深。但并无一人立刻前往石山报道宇治近况。首先是浮舟死后并不见薰大将的使者前来吊奠,宇治的人都认为没有面子。于是领地庄院就有一人前往石山,将事情如实报告。薰大将听了大吃一惊,不知所措。便派一向亲信的大藏大夫仲信前往吊唁,于浮舟死后第三天早晨到达宇治。仲信传达大将的话:"我闻知此不幸之事,便想立刻亲自前来。只因母夫人患病,正在举办祈祷,功德期限自有规定,以致未能如愿。昨夜殡葬之事,理应先来通知,延缓日期,郑重举办。为何如此匆遽,轻率了事?人死之后,丧事或繁或简,固然同是徒劳,然而此乃人生最后之举,你等如此简慢,竟受乡村小民之讥评,使我也丧失面子了。"众侍女闻知薰大将的使者来了,更增悲伤。听了这话,无言可对,只得以哭昏为由,不作详明的答复。

薰大将听了仲信的报告,沉思前事,不胜悲伤。他想:"宇治真是一个可恶的地方!我为什么叫浮舟住在这种地方呢?最近发生这桩意外之事,也是由于我把她放在那里认为可以安心,因而别人就去侵犯了。"他深悔自己疏忽大意,不通世故,胸中不胜悲痛。母夫人正在患病,他在这里悲痛这种不吉之事,甚不相宜,便下山返京。但他并不进入二公主房中，而是叫人传言："有一个和我接近的人遭逢不幸。虽无重大关系，我心不免悲伤。深恐不吉，暂不进房。"就独自在室中悲叹人世无常之苦。回想浮舟生前容姿，实在非常姣美可爱，更增悲伤恋慕之情。他想："她在世之日，我为什么不热诚地爱她，而空过岁月呢？如今回想起来，百思不能自解，后悔将无已时。在恋爱的事上，我是命里注定要遭受痛苦的。我本来立志异于众人，常思出家为僧。岂知事出意外，一直随俗沉浮，大约因此而受佛菩萨之谴责吧？也许是佛菩萨为欲使人起求道之心，行了个方便办法：隐去慈悲之色，故意叫人受苦。"于是悉心修行佛道。

匂亲王受苦更甚：自闻浮舟死耗，二三日间神志昏迷，似乎已经魂不附体。旁人都以为鬼怪作祟，十分惊慌。后来他的眼泪逐渐哭干，心情略微镇静下来，想起了浮舟生前模样，更增悲伤恋慕之情。他对于外人，只说身患重病。但无端哭肿两眼，不便叫人看见，便巧妙地设法隐蔽，然而悲伤之色自然显露。也有人说："亲王为了何事而如此伤心？看他忧愁得性命垂危呢！"薰大将详悉匂亲王忧伤之状，想道："果然不出我之所料，他和浮舟的关系不仅是寻常通信而已。浮舟这个人，只要被他一见，定然牵惹他的神魂。如果她生存在世，定会做出比过去更加使我难堪的事来。"如此一想，他对浮舟的悼念之情稍稍消减了。

到匂亲王家问病的人甚多，天天门庭若市。几乎无人不到，举世骚扰。此时薰大将想："他为了一个身份并不高贵的女子之死而闭居在家中哀悼，我倘不去慰问，似乎太乖戾了。"便前往访问。此时有一位式部卿亲王逝世，薰大将为这叔父服丧，穿着淡墨色丧服。但他心中只当作为他所悼惜的浮舟服丧，色彩倒很相称。他的面庞稍稍瘦削，然而相貌更增俊俏。别的问病人听见薰大将来，全都退出。这正是幽静的夕暮时分。匂亲王并非常常躺卧在床。疏远的人虽一概不见，一向出入帘内的人则并不拒绝会面。只是和薰大将相见有些顾虑，颇觉不好意思。一看到他，未曾开言，眼泪便欲夺眶而出，难于抑制。好容易镇静下来，说道："我其实并无大病，只是别人都说这病非要小心谨慎不可。父皇与母后也非常替我担心，真不敢当。我实在是看见世事无常，不胜感伤耳。"眼中泪如泉涌，他想避人注意，连忙举袖揩拭，但泪珠已经纷纷落下。他觉得不好意思，但念薰大将未必想到这眼泪是为浮舟流的，只是笑我怯弱如同儿女而已。便觉可耻。但薰大将想道："果然如此！他一直在为浮舟悲伤。不知两人几时开始往来的。数月以来，他常在笑我是个大傻瓜吧。"这样一想，他对浮舟的哀悼之情便忘怀了。匂亲王察看他的神色，想道："此人何等冷酷无情！凡人胸中怀抱哀愁之时，即使其哀愁不是为了死别，看到空中飞鸣的鸟也会引起悲伤之情。我今无端如此伤心哭泣，如果他察知我的心事，不会不感动而流下同情之泪的。只因此人深悟人世无常之理，所以泰然无动于衷。"便觉此人可羡可喜，把他看作美人曾经倚靠过的"青松柱"①。他想象薰大将与浮舟相对之状，觉得此人正是死者的遗念。

两人谈了些闲话之后，薰大将觉得浮舟之事不必过分隐讳，便开言道："自昔以来，我每逢有事隐藏在心而暂时不对你说，便觉非常难过。现在我侥幸而升官晋爵，你身居高位，更是少有闲暇，从容谈话的机会竟没有了。并无特别事由，我也不敢前来拜访，不知不觉间过了多时。今天告诉你一件事：你曾到过的宇治山庄中那个短命而死的大女公子，有一个同一血统的人，居住在意想不到的地方。我闻知了，就常常去看她，想对她加以照拂。但当时我方新婚，深恐平白地受人讥议，便把此女寄养在那荒僻的宇治山庄中。我并不常去看她。她似乎也不想专心依靠我一人。如果我要把她当作高贵的正夫人，当然不能让她如此。但我并无此心。而看看她的模样，也并无特别缺陷。因此我安心地怜爱她。岂知最近忽然死去。我想起世间诸事无常，不胜悲

---

① 古歌："剧怜座畔青松柱，曾是佳人笑倚来。"见《源氏物语注释》。

痛。此事想必你也闻知了吧。"此时他也忍不住流下泪来。他并不想叫匂亲王看到他悲伤，便觉不好意思。然而眼泪一经出眶，便无法制止，脸色有些狼狈。匂亲王想："他的态度异乎寻常，大约已经知道我的事情了吧？真遗憾。"但仍若无其事地说道："这真是可悲之事。我昨天也曾约略闻知。曾想派人前来慰问，探询情状。但因听说这是足下决意不欲使人知道之事，故未奉访耳。"他装作漠不关心地说，然而心中悲伤不堪，因此语甚寥寥。薰大将说："因为她与我关系如此，所以我也想推荐与你。但你自然已经见过了吧？她不是曾经到过你府上么？"这话中略有暗示。继而又说："你身心欠安之时，我对你说这些无甚意味的世事，有渎清听，实甚冒昧。务望保重为要。"他说过这话就告辞而去。归途上想道："他思念得好厉害啊！浮舟不幸短命而死，然而宿命生成是个高贵之人。这匂亲王是当代皇上、皇后异常宠爱的皇子。自颜貌姿态以至一切，在现今世间都是出类拔萃的。他的夫人都不是寻常人，在各方面都是高贵无比的淑女。但他撇开了她们而倾心热爱这浮舟。现在世人大肆骚扰，举办祈祷、诵经、祭祀、祓禊，各处都忙得不可开交，其实都是为了匂亲王悼念此女而生病之故。我也是个高贵之人，娶得当今皇家公主为夫人。我对浮舟的悼念，何曾不及匂亲王之深？如今想起她已死去，悲伤之情无法制止呢！虽说如此，这等悲伤实在是愚笨的。但愿不再如此。"他努力抑制哀情，然而还是左思右想，心绪缭乱。便独自吟诵白居易"人非木石皆有情……"①之诗，躺卧在那里。想起浮舟死后葬仪非常简单，不知她的姐姐二女公子闻知后作何感想，薰大将觉得很对人不起，又很不安心。他想："她的母亲身份低微。此种阶层的人家有一种迷信：有兄弟的人死后葬仪必须简单，因此草率了事吧。"思之心甚不快。宇治情况如何，他所不悉者甚多。为欲知道浮舟死时的情状，他想亲自赴宇治探问。然而在那边

---

① 白居易《李夫人》诗："人非木石皆有情，不如不遇倾城色。"

长留，实非所宜。如去了立刻回来，又觉于心不忍。心中犹豫不决，不胜烦恼。

转瞬已入四月。有一天傍晚，薰大将想起：浮舟如果不死，今日应是乔迁入京之日，便觉悲伤更甚。庭前近处的花橘发出可爱的香气。杜鹃飞过，啼了两声。薰大将独吟"杜宇若能通冥府"①之诗，犹觉未能慰情。这一天匀亲王正好来到北院②，薰大将便命人折取花橘一枝，赋诗系在枝上送去。诗曰：

"君若有心怜杜宇，
也当饮泣暗吞声。"③

匀亲王因见二女公子面貌酷肖浮舟，深为感慨。此时夫妇二人正在默坐沉思。忽接薰大将来书，读后觉得此诗颇有意义，便答诗曰：

"花橘香时人怀旧，
知情杜宇缓啼声。④

多啼令人心烦。"二女公子已经完全知道匀亲王与浮舟之事。她想："我的姐姐和妹妹都如此命薄，想是她们易于感伤、思虑太深所致。只有我一人不知忧患，大约是因此而能活到今天吧。然亦不知能苟延多久。"思之不胜伤心。匀亲王知道她已洞悉情由，觉得隐讳也太无情，便把过去之事略加修饰，从头至尾告诉了她。二女公子说："你隐瞒

---

① 古歌："杜宇若能通冥府，传言我正哭声哀。"见《古今和歌集》。时人相信杜鹃能通冥府。
② 二条院在薰大将所居三条院之北，故称之为北院。
③ 因相信杜鹃通冥府，故用以比已死的浮舟。
④ 花橘的香气令人怀旧，根据古歌"乍闻花橘芬芳气，猛忆伊人怀袖香"。见《古今和歌集》。

我，实甚可恨！"两人在谈话中时而哭泣，时而嬉笑。因为对方是死者的姐姐，所以谈话比对别人更为亲切。那边六条院内，万事大肆铺张。此次为匀亲王疾病举办祈祷，亦纷忙骚扰。问病之客甚多。岳父夕雾左大臣及诸舅兄弟时刻在旁问讯，实在不胜烦乱。这二条院里却很安静，匀亲王觉得可爱。

匀亲王寻思：浮舟到底为了何事而突然死去，此事竟像做一个梦。他心中怏怏不乐，便召唤时方等人，派他们到宇治去迎接右近。浮舟的母亲住在宇治，听听宇治川的水声，自己也想跳进水里。悲伤忧愁无法消解，不胜其苦，便回京去了。于是右近等只能和几个念佛的僧人做伴，非常寂寞无聊。正在此时，时方等人来了。以前这里值宿人警备森严，但现在更无一人前来阻挡。时方回思前事，想道："真遗憾啊！亲王最后一次来到这里时，竟被他们阻挡，不得入内。"便觉他很可怜。他们在京中看见亲王为了这不足道的恋情而忧伤悲叹，觉得无聊之极。但到了这里，回想起从前有好几夜不惮跋涉而来的情状，以及抱着浮舟乘舟时的光景，觉得其人丰姿何等优美。回思前事，大家垂头丧气，不胜感伤。右近出来会见时方，一见就泣不可抑，这原是难怪她的。时方对她说："匀亲王说如此如此，特地派我前来。"右近答道："现在热丧之中，我就入京去见亲王，别人看了都将诧怪，我有所顾虑。即使去见，也不能清清楚楚地报告，使亲王确悉详情。且待四十九日丧忌过去之后，我找个借口，对人说'我要出门一下'，这才像个样子。如果我能意外地苟延性命，则到了心情稍稍镇静之时，即使亲王不召唤我，我也定当把这做梦一般的情状向亲王诉说。"她今天不肯动身。时方大夫也哭起来，说道："亲王和小姐的关系如何，我们并不详悉。我们虽然是不知内情的人，但看见亲王对小姐宠爱无比，觉得不须急急地和你们亲近，将来自有替你们效劳的时候。现在发生了这件不可挽回的悲惨之事，就我们的心境来说，更加希望同你们亲近了。"又说："亲王思虑周至，特派车辆来接。如果空车回去，岂不使他失望？既然如此，就请另一位侍从姐姐前往如何？"右近便呼唤侍从，对她说道："那么你去走一遭吧。"侍从答道："我更不会诉说情况。并且我丧服在身，亲王府中得不禁忌？"时方说："亲王患病，府中正在举办祈祷，原有种种禁忌，然而似乎并不禁忌服丧之人。况且亲王与小姐宿缘如此深厚，他自己也应服丧。四十九日之期所剩已无多天，还请你今天劳驾吧。"侍从一向恋慕匂亲王的英姿。浮舟死后，她以为不得再见了。今天乘此机会去见，私心乐愿，便动身入京。她身穿黑色丧服，打扮得很漂亮。她现已没有主人，不必穿裳①，所以没有把裳染成淡墨色。今天就把一条淡紫色的叫随从者带着，以便参见亲王时系上。她设想如果小姐在世，她今天走这条路进京必须秘密。她是私下同情匂亲王与浮舟的恋爱的。她在路上不断地流泪，不久来到了匂亲王邸内。

匂亲王听说侍从来了，不胜悲痛。因为这件事太不好意思，所以没有告诉二女公子。匂亲王来到正殿上，叫侍从在廊前下车。他向她详细探问浮舟临终以前的情状，侍从把小姐那一时期悲伤愁叹之状，以及那天晚上哭泣之状，一一告诉了他。她说："小姐异常沉默，对万事都无精打采。虽有忧患之事，亦不大肯告诉人，只是闷在自己心里。想是因此之故，临终连遗言也没有。她如此痛下决心，实在做梦也想不到。"她报告得很详细，匂亲王听了越发悲伤，推想浮舟心情，怪她何不听天由命，随俗沉浮，而要如此痛下决心，投身溺水呢？又念当时如果看见她投水，拦腰抱住，多么好呢！便觉心痛如捣，然而现已无法挽回了。侍从也说："当她烧毁书信之时，我们何以不加注意，实在太疏忽了。"她回答匂亲王的问话，谈了一夜，直到天明。又把浮舟写在诵经卷数单上答复母亲的绝命诗读给他听。匂亲王向来对这侍从

---

① 裳即下裙，是系在外面的短裙，是女子礼服。在主人或贵人前必须穿裳。

并不十分注目,此时也觉得可亲可爱,对她说道:"你今后就在此间供职如何?你对我家夫人也不是生疏的。"侍从答道:"我虽欲在此供职,但心中悲痛未已。且待七七过后再说吧。"匂亲王说:"希望你再来。"他连此人也觉得依依不舍。破晓之时,侍从言归,匂亲王把以前为浮舟置办的梳箱一套和衣箱一套赏赐了她。他为浮舟置办的器物甚多,但赏赐侍从亦不宜太丰,所以只把与她身份相称之物送她。侍从来此,想不到会受赏,如今带了这许多东西回去,生怕同辈看到了诧怪,倒是麻烦之事。因此她很为难,然而不好意思退回,只得带着回去。到了山庄,与右近二人悄悄地打开来看。每逢寂寞无聊之时,看到这许多巧妙精致、新颖可爱的东西,不觉悲从中来,相与泣下。衣服也都是很华丽的。"在此丧忌之中,怎样隐藏这些东西呢?"两人相与愁叹。

薰大将也非常关念宇治情况,不堪其忧,便亲赴宇治来探视。他一路上回思昔日种种事情:"当初我由于何种宿缘而来访问她们的父亲八亲王呢?后来竟替他全家的人操心,连这个意想不到的弃女也照顾到。我之来此,本是欲向这位道行高深的先辈请教佛法,替自身后世修福。不意后来违背素志,动了凡心。大约正是为此而身受佛菩萨惩罚吧。"到了山庄,他就召唤右近,对她说道:"此间情状,我所闻知的很不清楚。这真是无限伤心之事!七七丧忌余日不多,我本想于丧忌过后来访,然而不能自制,就匆匆地来了。小姐毕竟患了什么病症,而如此突然亡身?"右近见问,想道:"小姐横死之事,老尼姑弁君等也都知道。将来总会被大将闻知。我倘隐瞒了他,将来他听见别人所说不同,反而要怪怨我。所以应该对他直说。"至于浮舟和匂亲王的秘密事件,右近曾煞费苦心地隐瞒,并且预先准备:如果面对这位态度异常严肃的薰大将,应该说怎样怎样的话。然而今天真个看见了他,准备好的话全都忘记了。她不胜狼狈,便把浮舟失踪前后情况如实告诉了他。薰大将听了,觉得这真是意想不到之事,一时说不出话来。他想："决不会真有这种事情！浮舟沉默寡言，一般人常说的话她也不肯多说，真是个温柔的淑女，怎么可能痛下决心而做出如此可怕之事？多半是这些侍女捏造事实来欺骗我。"他疑心匂亲王把浮舟隐藏起来，心中愈加烦乱了。然而回想匂亲王哀悼之色，分明是真实的。看这里的侍女们的模样，如果是假装哀悼，自然看得出来。此时山庄中上下人等闻知薰大将来到，大家伤心起来，一齐号啕大哭。薰大将听到了，问道："有没有与小姐一同失踪的人？还得把当时情况详细告诉我！我想小姐决不会嫌我冷淡而背弃我。究竟突然发生了什么不可告人之事，因而投身赴水？我始终不能相信。"右近看薰大将可怜；又见他果然怀疑，颇感为难，便对他说："大人当然知道：我家小姐自幼不幸，生长穷乡。近又僻处在这荒寂的山庄中。自此以后，平居常多愁闷。惟静候大人偶尔降临，是其乐事，竟可使她忘怀过去之不幸。她希望早日迁京，安居逸处，时时侍奉左右，口虽不言，心中无时或忘。后来闻得此事即将如愿，我们当侍女的人也都欢喜庆幸，忙于准备乔迁。那位常陆守夫人得遂长年之志，更是兴高采烈，日夜筹划乔迁之事。岂知后来大人来了一封莫名其妙的信。这里守夜人也来传达尊意，说侍女中有放肆之人，警卫必须森严。那些不通情理的粗暴村夫，竟有妄猜瞎测，乱造谣言者。而此后大人久无音信。于是小姐痛感自身自幼不幸，顿萌绝望之念。母夫人一向用尽心力，务求女儿交运纳福，不落人后。小姐此时觉得妄图幸福，反受世人讪笑，实甚伤心，于是沦入悲观，日夜愁叹。除了上述情况之外，竟想不出其他致死之原因。即使被鬼怪隐藏了，也总得留些痕迹。"说罢掩面大哭，悲伤不已。薰大将便不再怀疑，悲从中来，泪流不止。他说："我身不能随意作为，一举一动都受人注目。每逢挂念她时，总是想道：不久即将迎她入京，使她有名有目，无忧无虑，和我永远欢聚。全靠以此自慰，过了许多日子。她疑心我疏远她，而实际是她抛舍了我。真使我好伤心啊！有一件事，本来今日我已不想再提，但此间别无外人，不妨说说，这便是匂亲王之事。他和小姐究竟是几时开始往来的？这位亲王对于色情之事特具专长，善于诱惑女人之心。我料想小姐是为了不能常常和他相逢，不堪悲伤，因而投身自尽的。你须得如实告我，对我不可隐瞒！"右近想道："他确已完全知道了！"不胜遗憾，答道："这件深可痛心之事，原来大人已经闻知了？我右近是时刻不离小姐左右的……"她略想一想，又说："大人当然知道，小姐曾经悄悄地到亲王夫人那里住过几天。有一天，没料到亲王闯进了小姐室内。经我们严词抗拒，他终于走了出去。小姐害怕了，就迁居到三条地方那所简陋的屋子里。此后亲王见音信全无，就不再来纠缠了。小姐来此之后，不知他从何处闻知消息，派人送信来，这正是二月间之事。以后又有好几次来信，但小姐看也不看。我等劝她：'置之不理，太不礼貌了，反而显得小姐不懂情理。'于是小姐作复，大约有一二次吧。除此以外，我们并没有看到别的事情。"薰大将听了，想道："她的回答总不过如此，我强欲深究，也太乏味了。"于是俯首沉思，他想："浮舟珍视匂亲王，对他倾心爱慕。另一方面对我毕竟也不能忘情，以致左右为难，无法解决。她本来优柔寡断，又值居近水边，就起了这个念头。如果我不把她安置在家里，即使她遭逢极大的忧患，未必能找到一个'深谷'①而投身自杀。如此看来，这水实甚可恨！"他便深恶痛疾这宇治川。他近年来为了那可怜的大女公子和这浮舟，奔走往返于崎岖的山路上，如今回想起了觉得可哀。连"宇治"这个地名他也不愿再闻了。又想："匂亲王夫人最初向我提出此人时，把她比作大女公子的雕像，已是不祥之兆。总之，此人完全是由于我的疏忽而亡身的。"他想来想去，想到了浮舟的葬仪，觉得这母亲毕竟身份低微，女儿的后事办得如此草率，实甚遗憾。听了右近的详细报道，又想："做母亲的定然非常悲伤吧。浮

---

① 古歌："每逢忧患时，常思投深谷。深谷皆太浅，忧患何残酷！"见《古今和歌集》。

舟作为这样一个母亲的女儿，总算是出类拔萃的人物了。浮舟与匂亲王的秘密事情，做母亲的未必闻知。她定然以为我对浮舟的关系有何变卦，因而使她自杀，正在怨恨我呢。"便觉万分对她不起。

浮舟不死在家里，此屋中原无不祥之气。但因随从人等都在面前，故薰大将未便入内，命人将架车辕的台搬来当作凳子，坐在边门外面。但觉样子难看，后来就走到繁木荫处，以苔为茵，暂坐休息。想起今后不会再到这凄凉的地方来，心甚悲伤，便环顾四周，独自吟诗：

"我亦长辞忧患宅，
　谁人凭吊此荒居？"

阿阇梨今已任律师之职。薰大将召唤他到山庄来，吩咐他为浮舟举办法事，叫他增添念佛僧侣人数。自杀罪障甚深，故必须举办可以减轻罪障的法事。关于每个七日的诵经供养办法，均有详细指示。天色已经很暗，薰大将准备返京，心中反复思量："如果浮舟在世，我今夜不会就此归去。"他召唤老尼姑弁君。弁君派人代答道："此身太不祥了，为此日夜愁叹，神思愈益昏迷，惟有茫然奄卧而已。"她不肯出来参见。薰大将也不定要进去看她，就此上道。他在归途上痛悔不曾早日迎接浮舟入京，听到宇治川的水声，心如刀割，想道："连遗骸也找不到，何等悲惨的死别啊！不知她现在怎样，在何处海底与贝介为伍？"其哀思无法自慰。

浮舟的母亲因常陆守邸内正为祈祷女儿安产而举办法事，而自己又因到过丧家，身蒙不祥之气，所以返京后不赴常陆守邸内，暂时旅居在三条地方那所简陋的屋子里。她的哀思也无法自慰。一方面又挂念邸内的女儿是否安产。后来闻知这女儿平安地分娩了。但她因为身蒙不祥，未便去看产妇。对其他子女也无法照顾，只是茫然地度日。正在此时，薰大将悄悄地派人送信来了。母夫人虽然神志昏迷，也觉得十分可喜,又十分可悲。薰大将的信中写道:"此次不幸而遭逢意外之变,鄙人首先应向夫人致吊。然而心绪缭乱,泪眼昏花。推想夫人爱子情深,亦必悲伤至极。因此欲待心绪稍宁,再行奉候。不觉岁月匆匆,已过多时。痛感世事无常,更觉愁恨难消。但鄙人倘得侥幸存命于世,务请视我为令嫒之遗念,随时枉顾为幸。"此信写得非常诚恳,送信的使者就是那个大藏大夫仲信。薰大将又嘱仲信口头传言:"鄙人行事迟缓,以致年关已过而尚未迎接令嫒入京,夫人或将疑我恩情消减乎?然而既往不咎,自今以后,无论何事,必当尽力效劳。夫人亦请暗记在心。令郎等如欲出仕朝廷,鄙人定当尽力拔擢。"夫人认为子女之丧并无十分需要忌避的不洁,故无甚妨碍,坚请使者入内坐憩。自己挥泪作复,复书中说:"身逢逆事而能苟延残喘,忧伤度日,正乃仰承宠锡嘉言之故。多年以来,每见小女愁苦之状,常痛感此乃为母亲者出身微贱之罪。近蒙惠许迎接入京,正庆从此可得托庇长享幸福。岂知忽遭无可挽回之灾厄,令人闻'宇治'之名,亦觉凶恶可嫌,悲伤无极。今蒙赐书存问,殷勤抚慰,欣喜之余,自觉寿命可延。倘得暂时生存于世,自当仰仗鼎力之助。惟目前泪眼昏花,未能恭敬作复为歉。"送使者的礼品,若照普通规例,此时不甚相宜。不送则又觉招待不周。便把本欲奉呈薰大将的斑纹犀角带一条,以及精美佩刀一把装入袋中,载在使者车上,对仲信说:"此物乃死者遗念。"即以奉赠。使者返邸,薰大将看了这赠品,说道:"其实大可不必。"使者报道:"常陆守夫人亲自接见,啼啼哭哭地说了许多话。她说:'连无知小儿亦蒙体恤关怀,实令人诚惶诚恐。况我等乃身份低微之人,反觉羞惭无地。我当勿使外人知道何种关系,将所有不肖之子遣赴尊邸,令其服役。'"薰大将想道:"这些固然不是关系密切之人。然而天皇的后宫中,也并非没有地方官身份的女儿。如果由于有宿世因缘而蒙皇上宠爱,也不至于受世人讥评吧。至于普通臣下,娶贫贱人家的女儿或嫁过人的妇人为妻,也是常有之事。外人纷纷传说我爱上了一个地方守吏的女儿，但我最初就不打算娶她为正妻，所以不能指为我行为上的污点。况且那母亲丧失了一个女儿，不胜悲伤。故我必须看这女儿面上而照顾她的家人，以慰这母亲之心。"

且说常陆守到三条那屋子里来找他的夫人了。他怒气冲冲地站着叫道："家中女儿分娩之时，你却独自躲在这里！"原来夫人并未把浮舟年来下落和情况如实告诉他。他以为浮舟已经沦入困境。夫人想等薰大将迎接浮舟入京之后，才把这光彩之事告诉丈夫。但现在弄得这般模样，隐瞒也是徒然，便啼啼哭哭地把情况从头至尾告诉了他，并且拿出薰大将的信来给他看。常陆守是个卑鄙之人，崇拜高官贵族，看了这信大吃一惊，反复观玩，说道："这孩子抛弃了偌大的幸福而死去，真可惜啊！我也是大将的家臣，常常出入邸内，然而从未蒙大将召近身边。他是一位非常尊严的贵人啊！现在蒙他关怀我的儿子，我们真要交运了！"他满面喜色。夫人则痛惜浮舟已不在世，只管俯伏哭泣。常陆守此时也流下泪来。其实，如果浮舟在世，恐怕薰大将反而不会关怀到常陆守的儿子。只因他自己做错了事，致使浮舟丧命，心甚抱歉，至少要安慰她母亲，所以顾不得世人讥评了。

薰大将为浮舟举办七七的法事，却又怀疑她是否真个死去。但念无论死或不死，做功德总不是坏事。于是十分秘密地在宇治那律师的寺中大做道场。命令办事人：赠与六十位法师的布施品必须从丰。浮舟的母亲也来到宇治，另外添办几种佛事。匂亲王将黄金装入白银壶中，送到右近处。他深恐外人怀疑，不便公然为浮舟大办法事，这黄金只当作是右近供养的。不悉内情的人都说："为什么这侍女的供养那么阔绰？"薰大将方面，派遣了一大批亲信的家臣到山寺来办事。有许多人惊诧地说："真奇怪！这女子从未闻名，何以法事做得如此体面？她毕竟是何等样人？"此时常陆守也来了，他毫不客气地以主人自居。众人看了都觉得奇怪。常陆守近来因女婿少将生了儿子，大办庆祝，忙得不亦乐乎。他家中珍宝几乎应有尽有，近又收集了唐土和新罗①的种种物品。然而身份所限，这些物品毕竟甚不足观。这法事本来是秘密举办的，然而排场非常盛大。常陆守看了，想道："浮舟如果在世，其命运之高贵决非我等所能并比！"匂亲王夫人也送来种种布施物品，又命设筵宴请七僧。皇上也闻知了薰大将曾有如此一情妇，设想他对此人情爱甚深，未便使二公主知道，所以一向隐藏在宇治山中，觉得他很可怜。薰大将与匂亲王二人心中，一直为浮舟悲伤。匂亲王在情火炽盛之时忽然失去了恋人，更是非常痛心。然而他原是浮薄成性的人，为欲安慰悲情，试向别的女子求爱的事又多起来。薰大将则身任其咎，虽然多方照顾了浮舟的遗族，还是难于忘怀这莫可挽回的恨事。

且说明石皇后为叔父式部卿亲王服轻丧，这期间还住在六条院。匂亲王的哥哥二皇子代任了式部卿，这官位很尊严，不能常来参谒母后。匂亲王心绪不佳，寂寞无聊，常到与母后同来的姐姐大公主那里去闲玩，借以散心。大公主身边美貌侍女甚多，匂亲王未得仔细欣赏，引以为憾。薰大将也不禁动情，偷偷地爱上了大公主身边的侍女小宰相君，其人相貌也很漂亮。薰大将认为这是一个品性优越的女子。同是弹琴或弹琵琶，她的爪音、拨音比别人美妙。写信或讲话，也往往添加富有情趣的词句。匂亲王以前也认为这是一个美人，照例企图破坏薰大将对她的恋情而据为己有。但小宰相君说："我为什么要像别人那样服从他！"她的态度非常强硬。严肃的薰大将就相信"此人异于常人"。小宰相君察知薰大将心甚悲伤，不忍坐视，赋诗奉呈，诗曰：

"省识君心苦，同情不让人。
只因身份贱，不敢吐微忱。

---

① 即中国和朝鲜。

让我代她死了吧。"此诗写在一张雅致的信笺上。在这凄凉的夕暮,她善于推察大将的隐忧而奉呈此诗,其用心实甚可喜。薰大将答诗云:

"阅尽无常相,何尝露隐忧?
无人知我苦,除却汝心头。"

为了答谢她的好意,走进她房间里,对她说道:"我正在忧伤之时,得你赠诗分外喜慰。"薰大将一向矜庄持重,举止端详,不肯随便出入于侍女之室,是个高贵人物。而小宰相君的居处十分简陋,又窄又浅,便是宫中所谓"局"①的小屋。薰大将走近那拉门口时,小宰相君觉得不好意思。但她并不过分自卑,不慌不忙,巧妙应对。薰大将想道:"此人比我所爱的那人更加优雅可爱呢!为什么在这里当宫女呢?最好当了我的侍妾,让我来照管她吧。"但他这秘密企图绝不让人知道。

　　莲花盛开之时,明石皇后举办法华八讲。首先是为亡父六条院主,其次是为义母紫夫人。各各分定日期,供养经佛。这法会非常庄严盛大。讲第五卷的那一天,仪式尤为隆重,各处通过有亲戚关系之侍女到六条院来观光之人甚多。第五天朝座讲第八讲,功德圆满。这期间殿内暂作佛堂装饰,现在要恢复原状,因此北厢中的纸隔扇也都打开,以便仆役等进去布置装修。这时候就请大公主暂住西面廊房中。众侍女听讲疲倦了,各自回房中休息,大公主身边侍女甚少。薰大将因有要事必须与今天退出的法师中的一人商谈,便换了便袍走到钓殿里来找他。后来僧众全部退出,薰大将暂时坐在池塘旁边纳凉。此时人影稀少,前述的小宰相君等在附近设置帷屏,隔成小室,暂在那里休息。薰大将想道:"小宰相君或恐就在这里,听到衣衫窸窣之声呢。"便从中廊的纸隔扇的隙缝里窥探,但见里面不像普通侍女房间的

---

① 局是日本古代宫中独立的小屋,宫女等所居。

样子，布置得非常清爽。从参差的帷屏的隙间窥探，室内一目了然。其中有三个侍女和一个女童，把冰块盛在盖子里，正在喧嚷着要把它割开来。她们既不穿礼服，又不穿汗衫，都是放任不拘的样子。因此薰大将想不到这是大公主的住处。忽见那边有一个穿白罗衫子的女子，正在微笑着闲看众侍女喧哗弄冰，其颜貌美不可言。这正是大公主。这一天暑热难堪，大概她嫌浓密的头发披在后面太热，所以略略挽向前面，其姿态美妙无比。薰大将想："我见过的美人不少了，却从无一人比得上此人。"相形之下，她身边的侍女竟像土块一般了。他定一定神，仔细观看，又见一个侍女，身穿黄色生绢单衫，外缀淡紫色裙子，手中拿着扇子，打扮得特别齐整。此人对弄冰的人说道："你们这样费力，反而热了！还不如放着看看吧。"笑时眉目娇艳动人。薰大将一听声音，就知道这是他所属意的小宰相君。众侍女费了许多气力，终于把冰割碎，各人手持一块。也有人不成体统地把冰放在头上或贴在胸前。小宰相君用纸包了一块冰，送到大公主面前。大公主伸出那双晶莹洁白的玉手，用纸包的冰揩拭一下，说道："我不要拿，滴下水来很讨厌。"薰大将隐约听见她的声音，也觉得无限欢喜。他想："还在她很小的时候，我见过她。那时我自己也还是个无知无识的小儿，就觉得这女孩相貌真漂亮。后来就彼此隔绝，连情况也不明。今天是什么神佛赏赐我这个好机会？唉，这是否也会同从前一样，成为忧愁苦患的起因呢？"他不安地想着，痴立在那里瞭望。此时正在北面乘凉的一个女仆，忽然想起：自己因有要事，打开这纸隔扇走了出来，不曾关上。如果有人在这里窥探，自己将大受呵斥。她很担心，立刻慌张地跑回来。但见一个穿便袍的男子站在那里，不知是谁。她心中惶恐，也顾不得自己被人看见，就沿着回廊急急忙忙地奔来。薰大将想："我这种好色的行为，决不可叫人看见。"立刻转身离去，躲藏起来。那女仆想道："不得了啊！连帷屏都没有遮好，望进去全都看见！这官人大约是左大臣家的公子吧？陌生人不会到这里来。如果被人知道了,一定会追究:'是谁把纸隔扇打开的?'幸而这官人穿的单衣和裙子都是丝绸的,行动没有窸窣声,里面不会有人注意到吧。"她担心得很。薰大将想:"我本来道心日渐坚定了,只因宇治之事走错了一步,以致变成一个百苦交煎的凡夫!如果当时早早出家为僧,现已安居深山之中,不会如此心烦意乱了。"他辗转思忖,情绪缭乱。又想:"我为什么年来一直渴望看到大公主呢?如今见了,反而增加痛苦。这真是无可奈何之事。"

薰大将回三条院后,次日一早起身。看看夫人二公主的相貌,觉得非常姣美。但他想:"虽说大公主未必胜于这二公主,然而仔细看来,毕竟不同,大公主异常高雅,光艳照人,其美实在不可言喻!但这也许是我有成见之故,或者时地不同之故吧。"便对二公主说:"天气热得很呢。你换一件薄一点的衣服吧。女子的衣服须时时更新,才能显出各季节的风趣。"又对侍女说:"到皇后那里去,叫大弍①替公主缝一件轻罗单衫。"众侍女想:"我们公主青春美貌,大将要仔细欣赏。"大家很高兴。薰大将照例到佛堂诵经,然后回到自己室中休息。中午来到二公主房中,看见刚才吩咐侍女去要的轻罗单衫已经挂在帷屏上了。他对二公主说:"你为什么不穿?人多的时候,穿半透明的衣服似乎放肆,但现在无妨。"便亲手替她换衣。裙子也同昨日大公主所穿的一样,是红色的。二公主头发很浓密,长长地下垂,其美也不逊于大公主。然而各有特色,并不完全相同。他命人拿些冰来,叫众侍女把它割碎,拿一块送给二公主。如此模仿,自己心中也觉得可笑。他想:"世人有把所爱的人写入画中、借看画以慰情者。何况她是大公主的妹妹,更宜于替我慰情。"但他又想:"如果昨日我也能像今天一样参与其间,任意欣赏大公主……"这么一想,不觉叹息一声。便问二公主:"你近来写信给大公主么?"二公主答道:"没有。在宫中时,父皇

---

① 大弍是皇后身边的侍女。

叫我写，我就写给她。但此后长久不写了。"薰大将说："你嫁给了臣下，所以大公主不写信给你，真是遗憾。你赶快去见母后，向她诉说：你怨恨大公主。"二公主说："怎么可以怨恨呢？我不去说。"薰大将说："那么你可对母后说：大姐为了我是臣下，看我不起，所以我也不写信给她。"

这一天匆匆过去了。次日早晨，薰大将前往参见皇后。匀亲王照例也到。他身穿丁香汁染的深色轻罗单衣，外罩深紫色便袍，神情异常风流潇洒。他的相貌之美，并不亚于大公主①。肤色白皙，眉清目秀，比从前略微瘦些，然而非常动人。薰大将一见这个貌似大公主之人，恋情立刻涌上心头。他想："岂有此理！"赶快镇静下来。但觉比未见大公主以前更加痛苦了。匀亲王命人拿了许多画来，吩咐侍女将画送交大公主。他自己不久也到大公主那里去了。

薰大将走近明石皇后御前，和她谈谈法华八讲的尊严、六条院主与紫夫人在世时之事，看看送大公主后剩下来的画幅，顺便说道："我家那位二公主，为了辞别九重，降嫁臣下，心中常感委屈，很可怜呢。她认为大公主不同她通信，是由于自己已是臣下身份，故见弃于大公主。为此一向闷闷不乐。但望此种图画等物，以后便中也送她一些。由我带去也无不可。不过我带去就不大稀罕了。"明石皇后说："怪哉！怎么会见弃于大公主呢？她们两人在宫中时，相去很近，时时通信往还。后来分居两地，自然音问稀少了。我就劝大公主写信给她吧。你叫二公主也不要有顾虑。"薰大将说："二公主怎么可以冒昧写信呢？她虽然不是你亲生的，但我和你有姐弟之谊。倘蒙看在这面上加以青眼，实甚欣幸。况且她们本来惯于通信往还，如今忽然见弃，乃痛心之事。"他说这种话，实出于好色之心，但明石皇后意想不到。

---

① 匀亲王与大公主皆明石皇后所生，二人是嫡亲姐弟。二公主则是已故藤壶女御所生。

薰大将辞别明石皇后出来，想去望望那天晚上曾入其室的小宰相君，并且看看前天窥探过的那间廊房，借以慰情。便穿过正殿，走向大公主所居的西殿去。这里帘内的侍女戒备特别森严。薰大将相貌堂堂，威风凛凛地走近廊前，但见夕雾左大臣家诸公子正在那里和侍女们谈话，便在边门面前坐下，说道："我经常到这一带地方来，却难得和各位见面。真想不到，似觉自己已经变成了老翁，今后非下决心多来亲近亲近不可。你们这些年轻人看了会说我不相称吧？"说着向几个侄儿看看。有一个侍女说道："从今练习起来，定会返老还童。"这里的人随随便便说一两句话也有风趣，可见这殿内非常优雅，富于情味。他来这里并无事情，但和侍女们说说闲话，觉得非常舒服，因此坐得特别长久。

大公主来到母后那里，母后问道："薰大将到你那里去过了么？"跟从大公主来的侍女大纳言君答道："薰大将是来找小宰相君谈话的。"母后说："这个严肃的人也会关心女子而找她谈话？倘是个不大伶俐的女子，应付困难，心底里也将被看透了。但小宰相君是很可放心的。"她和薰大将虽然是姐弟，但向来对他很客气，故希望侍女们也小心应付他。大纳言君又说："薰大将特别喜欢小宰相君，常常到她房中去，长谈细说，直到夜深才出来。然而恐怕不是普通一般的恋爱吧？小宰相君说匂亲王是个非常薄情的人，所以连回信也不写给他，真屈辱了他！"说罢笑起来。明石皇后也笑了，说道："匂亲王那种讨厌的浮薄性情，小宰相君能够看出，却也可喜。我真想设法使他改掉这种恶癖才好。这实在是可耻的。这里的侍女们也都在讥笑呢。"大纳言君又说："我还听到很奇怪的事情呢：薰大将那个最近死了的女子，是匂亲王夫人的妹妹。大概不是同一母亲所生的吧。还有一个前常陆守某某之妻，据说是这女子的叔母或母亲，不知究竟是怎么一回事。这女子住在宇治，匂亲王和她私通了。薰大将闻讯，立刻准备迎接她进京，添派了许多守夜人去，警备非常森严。匂亲王又悄悄地去访，竟不能进门，在马上和一侍女立谈了一会就返京。这女子也恋慕匂亲王，有一天忽然失踪了。乳母等都说她已投水而死，哭得很悲伤呢。"明石皇后听了也很吃惊，说道："这种话是谁说的？真是荒唐可耻的事啊！不过这样的奇闻，世间自会纷纷传说，何以薰大将不曾说起？他说的只是人世无常之事，以及宇治八亲王一族大都命短之事，深为悲叹而已。"大纳言君说："娘娘请听我说：下等仆役说的话靠不住，我也知道。但这是在里面当差的一个女童说的。这女童有一天来到小宰相君的娘家，确确实实地说出这件事来。她还说：'不要把小姐横死之事告诉别人吧。情节实在奇离可怕，所以大家尽力隐讳。'大概宇治那边的人没有详细告诉薰大将吧？"明石皇后说："你叮嘱那个女童：切不可再把这件事说与别人听！匂亲王如此放荡，深恐将来身败名裂，如之奈何！"她非常担心。

　　后来大公主写信给二公主了。薰大将看了大公主的手笔，觉得异常秀美，心中不胜欣喜，悔不早点叫她们通信，早点欣赏这手笔。明石皇后也送了二公主许多美丽的图画。薰大将收集许多更美丽的图画，赠送大公主。其中有一幅画的是《芹川大将物语》中的情景：远君恋慕大公主①，有一个秋天的傍晚，不堪相思之苦，走进大公主室中去。画笔非常美妙。薰大将看了，觉得这远君很像是替自己写照，他想："我的大公主能像画中的大公主那样爱我才好。"便悲叹自己命苦，赋诗曰：

　　　"秋风吹荻凝珠露，
　　　暮色苍时我恨长。"

---

① 《芹川大将物语》今已失传。远君是一个男子，或曰"十君"。这大公主是这物语中的人物。

他想把这诗写在那幅画上送给大公主。但念在这世间，自己这种念头略微吐露一点，便会引起绝大麻烦，应该绝对不泄漏出去才是。如此左思右想，忧愁苦恨的结果，终于记起了那个已死的宇治大女公子："此人如果不死，我绝不会分心去爱别的女子。即使当今皇上欲以公主赐我，我也不会领受。且皇上闻知我有如此钟爱之人，也不会将公主嫁我。总之，害得我如此忧伤烦恼的，还是这'宇治桥姬'①！"如此苦思一番之后，又想到了那个匂亲王夫人，觉得又是可恋，又是可恨。当初自己让给了他，何等愚蠢！现在追悔莫及了。如此痛悔一番之后，又想到了那个突然死去的浮舟，觉得此女年幼无知，不通世故，轻率地自丧性命，何其愚痴。但又想起右近所述浮舟忧愁苦闷之状，以及闻知大将变志而负疚在心、悲伤饮泣之状，又觉得她很可怜。想道："我本来不拟娶她为正妻，只当她是个忠贞可喜的情妇，这人实在是很可爱的。如此想来，匂亲王也不可恨，浮舟也不足怪，都是我自己不会处理世事之罪。"他常常如此沉思冥想。

薰大将虽然气度安闲，举止端详，但逢到了恋爱之事，自然也会身心交困。何况那好色的匂亲王，自从浮舟死后，哀情无法宽慰。连可以当作浮舟的遗念而相与其诉哀情的人也没有。只有他的夫人二女公子，有时说"浮舟可怜"。然而她和这异母妹并不是从小一起长大，而是最近才见面相识的，所以对她的同情并不甚深。而匂亲王也不好意思在妻子面前任意说"浮舟可爱，浮舟可怜"。因此他把一向在宇治的侍从接到了二条院来。宇治山庄中自浮舟死后，侍女们纷纷散归，只有乳母和右近、侍从三人，不忘旧情，还守在那里。侍从对浮舟虽然并不十分亲密，但也暂时陪着乳母和右近做话伴。当初听到这荒凉的宇治川的水声，确信希望在前，可以自慰，而现在只觉得凄凉可怕。后来侍从终于辞别宇治，来到京都，住在一个简陋的地方。匂亲王派人

---

① 以宇治桥的女神比拟大女公子。

去找她，对她说道："你到这里来当差吧。"她感谢匀亲王的好意，但念这地方对她的旧主人浮舟有复杂关系，深恐众侍女纷纷传说，言语不堪入耳，因此不愿住在二条院，要求到明石皇后那里当侍女。匀亲王说："这样很好。你在那边，我可以私下差使你。"侍从思念到了宫中，可以消遣孤苦无依之情，便找人说情，到明石皇后那里当了宫女。别的宫女觉得此人身份虽低，然而相貌不坏，人品也好，便无人歧视她。薰大将也常常来此，侍从每次见到他，总觉不胜感伤。她以前听别人说，皇后那里有许多身份高贵的、像小说中所描写的千金小姐。现在她留心察看，渐渐觉得竟没有比得上她的旧主人浮舟的人。

　　且说今春逝世的式部卿亲王有个女儿，亲王夫人是她的后母，很不喜欢她。这后母的哥哥有马头，其人毫不足道，却恋慕这个女儿。后母不顾女儿委屈，答应把这女儿嫁给他。明石皇后偶然闻知此事，说道："可惜啊！她父亲在日非常疼爱她，如今要被糟蹋了！"这女儿也很悲伤，日夜愁叹。女儿的哥哥侍从便说："既然皇后这样慈祥地关怀……"最近就把这妹妹送进宫中。此女与大公主做伴，最为适当。因此特别受人尊敬。然而身份自有规定，所以给她取名为宫君，但不穿侍女制服，只添一条侍女用的短裙。实在也是很委屈的。匀亲王闻知此事，想道："恐怕只有这宫君，相貌比得上我所恋慕的浮舟。她父亲和八亲王原是兄弟。"他好色的老毛病还是不改，为了恋慕浮舟，便希望看看宫君。他念念不忘，总想早点看她。薰大将闻知宫君当了宫女，想道："这真是岂有此理之事啊！她父亲曾想把她嫁给皇太子，又曾表示想把她嫁给我，还是昨今之事呢！世事无常，逢到了衰运，还不如投身水底，也可免受讥评。"他对宫君的同情比别人更深。

　　明石皇后到了六条院之后，众侍女都觉得这里比宫中宽敞，更多趣味，住得更舒服。平日不常来伺候的侍女，也都跟来，无拘无束地住着。长长的一排边屋，以及回廊、廊房等处，住得满坑满谷。夕雾左大臣的威势不亚于源氏当时，凡事都经营得尽善尽美，用以招待皇后。

源氏这一族日渐繁荣，比较起从前来，一切排场反而更加新颖了。匂亲王如果依旧好色，则皇后居住六条院的期间，不知会做出多少色情之事来呢。幸而这时候他非常安静。别人看见了，都以为他生来具有的恶癖已经稍稍改去了。岂知近日老毛病又发作起来，看中了那个宫君，一直在打主意。

天气渐凉，明石皇后打算回宫中去。众青年侍女都觉得可惜，聚集在皇后殿前央请："秋色方盛，这里的红叶正美，难道不看么？"于是天天临水赏月，管弦之会不绝，比往常更热闹了。匂亲王最擅长音乐，常常参与演奏。此人虽然朝夕见惯，但其容貌之映丽，常像初开的花。薰大将则不常来此，众侍女都觉得此人仪表威严，难于接近。这两人同来参见皇后之时，侍从从屏后窥见了，想道："这两个人，都是我家小姐所爱慕的。小姐倘能活在世间，享受福报，多么好呢！顿萌短见，其心实在太怯弱了。"她对人装作不知道宇治那边的事情，绝不谈起，只在自己心里痛惜。匂亲王向母后详细禀告宫中之事，薰大将便告辞而出。侍从想道："不要让他看见我吧。未过小姐周年忌辰我就出来，深恐他怨我无情。"便躲避了。

薰大将走到东面的走廊边，看见开着的门口有许多侍女正在低声谈话。他就对她们说："你们应该知道我是最可亲近的人。女人也没有像我这样可以信托。我虽然是男人，却也能把女人须知之事教给你们。你们会渐渐了解我的心情的，所以我很高兴。"众侍女都默默不能作答。就中有一个名叫弁姐的，是一个熟悉世故而年事较长的侍女，答道："没有密切关系的人，总是不好意思亲近的。不过世间的事往往相反。就像我，并非对你有密切关系而可以任意不拘地相见的人。然而我们这种厚着面皮当侍女的人，装作怕羞而不理睬你，不是可笑的么？"薰大将说："你断言对我不必怕羞，我倒又觉得遗憾了。"他向里面望望，但见脱下的唐装堆在一旁，大约正在任情不拘地弄笔。砚台盖里盛着些琐碎的小花枝，看来是她玩耍的。有几个侍女躲进了帷屏后面；另有几个背转了身子，向开着的门口眺望。她们的头发都很美丽。薰大将便把那里的笔砚移过来，题一首诗：

"女郎花烂漫，伴宿卧花阴。
一片冰心洁，不蒙好色名。①

何故不放心呢？"就把这诗送给背转身子坐在纸隔扇后面的一个侍女看。这侍女身子也不转过来，从容不迫地振笔疾书道：

"女郎花名艳，素志自坚贞。
不比闲花草，任情染露痕。"

薰大将看看她的手笔，觉得虽然草草不工，却也颇有风趣，楚楚可观。他不知道此人是谁，想必是正欲上皇后殿前去，被他遮断了路，暂时滞留在此的。弁姐看了薰大将的诗，说道："说得斩钉截铁，像是老翁口气，太没趣了。"便赠诗曰：

"女郎花艳艳，正值盛开时。
试傍花阴宿，君心移不移？

然后可以确定好色不好色。"薰大将答以诗云：

"蒙君留我住，一宿自当陪。
倘是闲花草，余心决不移。"

---

① 古歌："遍地女郎花，伴花宿亦佳。时人讥好色，漫把恶名加。"此诗根据此歌，以女郎花比众侍女。

弁姐看了这诗说道："请勿侮辱我们！我说的是野宿在别的郊原上，不是我们留你宿！"薰大将略微说了几句无关紧要的话，侍女们希望他再说下去。但他已准备离去，说道："我只管拦住道路，太任性了，现在放你们走吧。今天你们特别怕羞，东避西躲，定然有个缘故吧？"说罢就站起身来走出去。有几个侍女想道："他以为我们都是像弁姐一样不怕羞的人，真冤枉了！"

薰大将靠在东面的栏杆上，在夕阳中眺望庭院里渐次开放的秋花。不堪忧伤之情，低声吟诵白居易的诗句"大抵四时心总苦，就中肠断是秋天"。①忽闻女子衣衫窸窣之声，分明是刚才背转身子吟诗的那个人，她穿过正殿的门，走向那边去了。此时匂亲王走过来，问侍女们："适才从这里走到那边去的是谁？"有一侍女答道："是大公主那里的侍女中将君。"薰大将想道："这也未免太不谨慎了。对于怀着好奇心探问的男人，怎么可以随随便便地公然把名字告诉他！"他替这女子抱屈。看见众侍女对匂亲王都很亲近，又觉得嫉妒。想道："想必是匂亲王态度强硬，所以众侍女只得服帖。我真倒霉，为了匂亲王的狂恋，一直妒恨忧伤，不知吃了多少苦头。这些侍女之中，定有品貌不凡的女子，是他所倾心热恋的。我将设法诱惑这女子，占为己有，让他也尝一尝我这种苦头的滋味吧。真正有思虑的女子，一定倾向我这方面。然而这种人不易多得。这就使我想起那二女公子来。她常嫌匂亲王的行为不适合他的身份，又明知我和她的恋情不便公开，被世人讥评起来也不好听，然而对我的友爱之情始终不曾放弃。能有这等见识，实在是世间难得的贤女。这许多侍女之中有否这样的人呢？我对她们生疏，不得而知了。近来寂寞无聊，夜寝不能安枕，让我来学习一下，也干一些风流逸事吧。"他现在这样想，也是不适合他的身份的。

薰大将又像前天偷窥一样，有意走向大公主所居的西廊方向去，

————————

① 见白居易诗《暮立》。

这种行径也是讨厌的。大公主晚上到明石皇后那里去了，众侍女无拘无束地在廊上看月亮，说闲话。有一人正在弹筝，音节十分美妙，爪音清脆悦耳。薰大将不让她们知道，悄悄地走近去，说道："为什么'故故'地①弹得如此美妙？"侍女们大吃一惊，来不及放下揭起着的帘子，有一人站起来答道："'气调'相似的兄弟②不在这里呀！"察其声音，这便是名叫中将君的人。薰大将也引用《游仙窟》中典故戏答道："我是'容貌'相似的母舅③呢！"他知道大公主不在此，觉得扫兴，问道："公主总是常在那边的，她在这归省期间做些什么事呢？"侍女答道："不论在哪里，都不做什么事，只是寻寻常常地度日而已。"薰大将想起大公主身份之优越，不知不觉地叹了一口气。深恐别人诧怪，努力装作无事，立刻拿过侍女们送出来的和琴，不加调整，就弹奏起来。这和琴合着律调，其声与秋天的季候非常适合，音节美妙动人。薰大将弹到半途忽然停止，热心听赏的侍女们异常惋惜，觉得反而难过。薰大将此时心事重重，他正在想："我的母亲身份不逊于这大公主。惟大公主乃皇后所生，这一点不同而已，其各受父帝宠爱，亦完全相同。然而这大公主特别优越，是什么缘故呢？想来皇后出生的明石浦是个胜境，所以地灵人杰吧。"又想："我能娶得二公主为妻，宿命已甚尊贵，若能兼得大公主，可知更好哩。"这真是妄想了。

　　已故式部卿亲王的女儿宫君，在大公主所居的西殿那里有她自己

---

① "故故将纤手，时时弄小弦。耳闻犹气绝，眼见若为怜。"是《游仙窟》中的句子。此书乃唐代张文成所著，写一男子游仙境，遇一美女名十娘，善弹琴。此四句乃男子描写十娘弹琴之状。
② "容貌似舅，潘安仁之外甥；气调如兄，崔季珪之小妹。"亦《游仙窟》中句，是十娘的侍女描写十娘的相貌。中将君引用此典，意思是说：匂亲王乃大公主之弟，你要看大公主，只要看匂亲王，但他不在这里。薰大将引用此典，意思是说：我是大公主之母舅，故不妨亲见大公主。
③ 同上。

的房间。许多青年侍女都在那里看月亮。薰大将想:"唉,可怜!此人与大公主同是皇家血统呢。"他回思式部卿亲王当年曾经有心将此女许配与他,觉得非无缘故,便走向那边去。但见两三个相貌姣好的女童,穿着值宿制服,在外面闲步。看见薰大将走过来,连忙退入室内,其娇羞之态可爱。但薰大将觉得这是世间常见之相。他走近南面一角里,咳嗽几声,便有一个年事稍长的侍女走出来。薰大将对她说道:"我常想对宫君表示同情之意。但用世人惯说的老生常谈,反而好像模仿浮泛的应酬话,所以正在努力'另外觅新词'①呢。"那侍女并不进去通报宫君,自作聪明地答道:"我家小姐意外地身逢此种境遇,常常回想起亲王生前对她的宠爱。又蒙大人时时寄予深切的同情,她闻知了不胜欣慰。"薰大将觉得这是对普通人的应酬话,无甚意味,心中颇感不快,说道:"我与你家小姐是嫡堂兄妹,原有不可分离的族谊。尤其是小姐身逢此种境遇,更应多多关怀。今后倘有事务见嘱,定当乐为效劳。但倘疏远回避,叫人传言通话,则我不敢再来访问了。"侍女觉得的确怠慢了他,心甚不安,便力劝宫君亲自应对。宫君便在帘内答道:"我今孤苦无依,'苍松亦已非故人'②了。乃蒙不忘旧谊,令人铭感五中。"这不是命人传言,而是亲口对答,其声十分娇嫩,并有优雅之趣。薰大将想道:"这倘是住在这里的一个普通宫女,倒是很有意思的。但她是亲王家的女公子,只因今日处此境遇,不得不与人直接通话。"他很可怜她。推想她的容貌亦必非常美丽,颇思见她一面。忽念此女定然使得那句亲王苦思劳心,觉得可笑。却又慨叹世间理想的女子不易多得。他想:"这宫君是身份高贵的亲王悉心教养成长的千金小姐,然而这种

---

① 古歌:"特地钟情汝,专心誓不移。相思字太泛,另外觅新词。"见《古今和歌六帖》。
② 古歌:"谁与话当年?亲友尽凋零。苍松虽长寿,亦已非故人。"见《古今和歌集》。

环境之下产生的美人,并不稀奇。最稀奇的,是出生于高僧一般枯寂的八亲王之家,成长在荒凉的宇治山乡中,而个个长得美玉无瑕。连那个被人视为身世飘零、意志薄弱的浮舟,对晤之时,也令人觉得非常优雅可爱。"可见他无论何时何地,都只是想念宇治一族的人。暮色沉沉之时,他历历回思对她们的异常恶劣的因缘,感伤不已。忽见许多蜉蝣忽隐忽现地飞来飞去,遂赋诗云:

"眼见蜉蝣在,有手不能取。
忽来忽消逝,去向不知处。①

世事也都是像这蜉蝣一般'似有亦如无'②的。"此诗照例是独吟的吧?

第五十三回 习 字

此时③比叡山横川地方住着某僧都,是个道行高深的法师。他有一个八十多岁的老母和一个五十岁左右的妹妹,都是尼僧。这母亲和妹妹很早以前许下愿心,此时要到初濑的观世音菩萨那里去还愿。僧都叫一个他所亲信而重视的弟子阿阇梨陪去,办理佛经供养等事。在那里做了许多功德,归途上经过一个叫作奈良坂的山的时

---

① 本回题名据此诗。日文是"蜻蛉",蜻蛉与蜉蝣发音相同,各注释本都确定是蜉蝣。
② 古歌:"蜉蝣生即死,似有亦如无。世事皆如此,莫谈荣与枯。"见《后撰集》。
③ 本回紧接第五十一回《浮舟》,写薰大将二十七岁三月至二十八岁夏天期间所发生的事。第五十二回《蜉蝣》亦紧接第五十一回,但单叙薰大将与匂亲王方面之事。本回则叙另一方面的事。这里的"此时"是指浮舟失踪前数日。

候，那母亲生起病来。年高的人生了病，怎么能再走余下的路程而安抵家中呢？大家都很担心。幸而宇治那边有一家向来相识的人家，就向这人家投宿。那老尼姑休养了一天，病还是很重，只得派人到横川去通知僧都。僧都正闭居在山中修道，曾经立下誓愿：今年决不下山。但他闻此消息，深恐老母风烛残年，亡身于旅途，非常担心，连忙下山到宇治来探视。虽然高寿之人死不足惜，但僧都还是亲自同几个道行高深的弟子举行祈祷，骚扰起来。这人家的主人闻知了，说道："我们要到吉野御岳去进香，正在这里斋戒。这样年老的人在这里生重病，倘有三长两短呢？"他深恐家里死了人不吉，有妨斋戒。僧都闻之，觉得此事确也难怪，实甚对他不起。又嫌此地狭窄而且肮脏，想带老母回家去。无奈此时回家方向不利，不宜出行。忽然想起已故朱雀院的领地中有一所屋子名叫宇治院，就在这附近，那守院人是和僧都相识的，便派一使者前往，要求借宿一两天。使者回来报道："守院人全家都到初濑去进香了。"他带了一个形容很古怪的看家老翁来。这老翁说："如果你们要来住，请早点来。院中的正屋都空着呢。到这边来进香的人常常来投宿的。"僧都说道："这便好极了。这屋子虽然是皇家的，但无人居住，倒很舒服。"便先派人去看看。因为常有人来投宿，这老翁惯于招待，虽然设备简陋，也整饬得很清楚。

  僧都带了数人先到宇治院，环顾四周，这地方实在荒凉可怕！他就吩咐："各位法师，请诵经吧！"陪赴初濑进香的阿阇梨和另一同等职位的僧人，想知道环境如何，叫一个能干的下级僧侣点起灯火，带他们到正屋后面人迹不到的地方去看看。但见树木丛茂，似乎是个森林，阴惨之气逼人。再向树林里面探望，看见地上放着一团白色的东西。这是什么呢？大家走近去，把灯火添亮些，站定了细看，好像是个什么东西坐着的样子。一个僧人说："大概是狐狸精化身吧？讨厌的东西，要它显出原形来！"便再走近一点。另一僧人说："喂，不要走近去吧，怕是个妖怪。"就举手结起退治妖魔的印来①，眼睛还是注视这东西。倘是有头发的人，一定吓得根根竖起，幸而拿着灯火的是个光头和尚。他毫不惧怕，毅然决然地走近去。但见这东西长着很长而很有光泽的头发，靠在一株大树根上高低不平的地方，正在吞声饮泣。这僧人说："这真是稀奇了！去请僧都来看看吧。"他觉得非常奇怪，连忙去见僧都，把所见情况告诉了他。僧都说："狐狸精变作人形，古来曾有这话。然而从未看见过。"就特地走出去看。此时因为老尼僧即将迁过来住，那些仆役之中能干的人，都在厨房等处忙着应有的种种准备，所以僧都身边人数甚少，他只带了四五个人同去。一看，这东西并无什么变化。他很奇怪，姑且站着守候一下。他希望天早点亮，可以看个分明，究竟是人还是什么。一面在心中念动退治妖魔的真言咒，并且试结手印。大概后来被他看清楚了，说道："这是个女人，并不是什么稀奇的怪物。走近去问问她吧。看来不是一个死人。也许是已经死了，被人丢在这里，又苏醒过来的。"僧人说："怎么可以把死人丢在这院子里呢？即使真个是人，恐怕也是被狐狸、林妖之类的东西所欺骗，带到这里来的。这对于病人很不相宜，生怕这是一个不吉的地方吧。"便呼唤那个看家老翁。呼唤时那边传来的回声非常可怕。那老翁的打扮很古怪，帽子掀在后脑上，从屋里出来了。僧人问他："这里有年轻的女人住着么？怎么有这等怪事！"便指给他看。老翁答道："这是狐狸精耍的花样。这林子里有狐狸精，常常做出奇怪的事情来。前年秋天，住在这里的一个人的孩子，还只两岁，被狐狸精抓了去。我到这里来找，那狐狸精不慌不忙，若无其事。"僧人问："这孩子死了么？"老翁答道："不死，照样活着。狐狸精不过吓吓人罢了。这家伙不会真个闹出大事情来的。"他说时仿佛表示这是很寻常的事。大概他正在关心夜深时分招待客人的饮食吧。僧都说道："如此说

---

① 手指装出各种姿势，叫作结印，是佛教真言宗的一种法术。

来，这是狐狸精之类的东西所做的事吧？还得仔细看看。"便叫那个毫不惧怕的僧人走近去。那僧人上前去喝道："你是鬼，是神，是狐狸精，还是林妖？天下闻名的得道高僧在这里，你能隐藏么？快快自己说出名目来！"便伸手扯她身上的衣服。这女人用衣袖遮住了脸，哭得更加厉害了。僧人又说："喂！可恶的林妖！你想隐藏？看你隐藏得了！"他想看她的面貌。又想这说不定是从前比叡山文殊楼中所见的那个无目无鼻的女鬼①，觉得有些嫌恶。然而他要在人前逞强，竟想剥她的衣服。这女子便俯伏在地，扬声号哭起来。僧人说："不管如何，世间不会有这等奇怪的事。"定要看个究竟。此时雨下得很大，有一人说："让她放在这里，怕要死了。把她拖到墙脚下去吧。"僧都说道："这确是一个人的模样。眼看着她尚未绝命而抛弃她在这里，太不慈悲了。即使是池中的游鱼、山间的鸣鹿，眼见被人捉去，将要就死，而不设法救援，也是很可悲伤的事。人命原是不久长，即使寿命只剩一二天，也非珍惜不可。无论她是被鬼神所祟，或者被人驱逐，或者被人诱骗，总是逢到了死于非命的遭遇。这种人必然蒙佛菩萨救援。且给她喝些汤菜，试试看是否可救。如果终于救不活来，那就没有办法了。"便吩咐这僧人把她抱进里面去。僧都的徒弟中也有人反对，说道："此事太不妥当了！室内有人正患重病，送进这怪物去，必然会发生不吉利的事情。"但也有人说："不管她是否鬼怪化身，眼见是一个活的人，而任凭她淋在雨中死去，到底是残忍的事。"如此各人各说。那些仆役最爱多嘴，往往歪曲事实。因此就让这女子躺卧在僻静而隐藏的地方，不教他们看见。

母尼僧迁居宇治院，下车的时候病势又重起来。大家都很担心，奔走忙乱了一会。等到病人稍稍安静之后，僧都问徒弟："刚才那个人

---

① 据《河海抄》说，此事载在绘画物语《朱盘》中。但《朱盘》这书今已失传。

现在怎么样了？"徒弟答道："还是昏昏沉沉，一句话也不说，生气全无，定然是被鬼怪迷住了。"那妹尼僧听见了，问道："什么事？"僧都答道："是这么这么一回事。我活了六十多岁，今天看到了一件怪事。"妹尼僧听了这话哭起来，说道："我在初濑寺中做了一个梦呢。是怎样的一个人？快让我看一看。"徒弟说："就在这东面的边门旁边，请快去看吧。"妹尼僧立刻跑过去看，但见其人身旁并无一人，被抛弃在那里。这是一个非常年轻貌美的女子，身穿一件白绫衫子，系着一条红裙，衣香非常芬芳，气品高雅无限。她说："这正是我所悲伤悼惜的女儿回来了！"一面哭泣，一面呼唤侍女，叫她们把这女子抱进室内去。侍女们不曾看见过她在树林中时的模样，所以并不害怕，就抱她进室内去了。这女子虽然全无生气，却还能略微睁开眼睛来望望。妹尼僧对她说道："你说话吧。你到底是谁？为什么来到这地方？"但她似乎没有知觉。妹尼僧便拿些汤来，亲手喂她喝。但她一味昏迷，似乎就要断气的样子。妹尼僧想："我已认领她，如果她死了，反而增添我的悲伤。"便对同来那个有法术的阿阇梨说："这个人似乎要死了。请你快快替她祈祷。"阿阇梨说："我早就说过不中用了。这是枉费心机。"但他还是向诸神诵般若心经，又做祈祷。僧都也走过来探视，问道："怎么样了？她究竟是被什么东西作祟？快制服了妖怪，问个明白。"这女子还是昏迷不醒，似乎即将消逝的样子。僧都的徒弟们便相与议论："这人不会活了。我等无端地遭逢这种不祥之事而耽搁在这里，实在倒霉。然而这女子看来是个身份高贵的人。即使死了，也不能随随便便地抛弃在这里。这真是为难了。"妹尼僧阻止他们，说道："轻些儿吧！不要让人听见。深恐引起麻烦。"她怜惜这个人，定要把她救活过来，对她竟比对患病的老母更重视，不顾一切地悉心看护她。这个女子虽然不知来历，然而相貌生得异常美丽。因此所有的侍女都希望她不要死，尽力地服侍她。这女子有时也睁开眼睛来，眼泪淌个不住。妹尼僧看了，对她说道："唉，真伤心啊！我知道你是佛菩萨引导到此,来代替我所痛惜的女儿的。你如果死去,我反而更添悲伤了!我和你能在此相遇,定有宿世因缘。你总得对我说几句话才好。"那女子好容易才开口说道:"我即使能活过来,也是个无用的废物了。请你不要让人看见,夜间把我扔进这条河里去吧。"那声音轻得几乎听不见。妹尼僧说:"你好容易说话了,我正高兴呢。想不到你说出这难听的话来。你为什么要说这可怕的话呢?你究竟是什么原因来到这地方的?"但她不再说话了。妹尼僧猜想她身上或许有伤残,所以不想活下去。但仔细察看,毫无缺陷,全身长得非常美丽。她就疑心:难道真是出来诱惑人心的妖魔化身?

　　僧都等一行人在宇治院闭居了两天,替母尼僧和这个女子祈祷,诵念之声不绝。同时人们纷纷议论这件怪事。住在这附近的乡人之中,有几个人从前曾在僧都处当过差,闻知僧都到此,都来访问,谈了许多话。他们说:"已故八亲王家的女公子,和薰大将结了因缘,最近并无大病,突然亡故,大家都很惊骇。我等要帮他们办理殡葬中的杂务,因此昨天不曾前来参见。"妹尼僧闻之,想道:"如此说来,是鬼怪取了那女公子的灵魂而化作这个人的吧?"便觉眼前这个人不是实体,是会消失的,心中不胜恐惧。侍女们说道:"昨夜这里也望见火光,这火葬仪式似乎并不隆重呢。"乡人答道:"是啊,他们故意从简,办得不很隆重。"乡人因为参与葬事,身子不洁,所以并不入内,交谈一会就回去了。侍女们说:"薰大将爱上八亲王家大女公子,但大女公子多年前早已死了。刚才他们所说的女公子是谁呢?薰大将已经娶了二公主,决不会另外爱上别的女子吧。"

　　后来母尼僧的病痊愈了。方向不利的时期也已过去。久居在这荒僻的地方也很乏味,便准备回家。侍女们说:"这个人还是非常衰弱,怎么可以上道?很可担心呢。"于是备办二辆车子,老人乘的车子里派两个尼僧服侍。妹尼僧乘的车子里带着这个人,叫她躺卧着,由另一侍女服侍。一路上车子不能迅速前行,常常要停下来,给这个人服汤药。她们的家住在比叡山西坂本的小野地方，此去路程很远。大家说，中途应该宿一夜。到了夜深时分，总算抵达了。僧都照料母亲，妹尼僧照料这个来历不明的人，都从车上抱下来休息。母尼僧是老病，平日也时常发作。此次经过路途风霜之后，又发作了几天。然而不久也就痊愈。僧都依旧上山去修道了。

僧都深恐外人传说他带了这样一个美人来，于他的身份不利，因此凡不曾亲见此事的徒众，他都不告诉他们。妹尼僧也叮嘱大家勿说出去。她深恐有人来寻找，很不放心。她诧怪这样高贵的人物，怎么会落魄在这种田舍人所居的地方。又疑心是入山进香的人在途中患了病，被后母之类的人偷偷地抛弃在那里的。这人除了"把我扔进这条河里去吧"一语之外，并不曾说过别的话。因此妹尼僧非常担心，一心希望她早点恢复健康。然而这人老是昏昏沉沉，全无起色。她觉得很奇怪，疑心她终无生望。但又不忍抛弃不管。她就把在初濑寺做的梦对人宣说，并请以前曾为这女子祈祷的阿阇梨悄悄地替她焚芥子①做祈祷。

妹尼僧如此悉心看护这女子，不觉过了四五个月，然而并不见效。她很烦恼，便写一封长长的信，派人送到山上去给僧都。信中有言道："我想请兄长下山来，救救这个人。她既能挨到今日，足见是不会死的人。定是顽强的鬼怪只管缠着她不去。佛一般慈悲的兄长！若要你入京，当然不便。但到这山麓上总是无妨的吧。"言词十分恳切。僧都答书道："此事实甚奇怪！其人竟能延命至今，当时若抛弃不顾，何等可惜！我能寻着她，亦定有前世缘分。今我定当试行救助。如果救助无效，那是她前世命定了。"不久他就下山。妹尼僧欢喜拜谢，把几个月以来的情况告诉僧都。她说："病得这样长久的人，形容总是憔悴的。岂知此人姿色一点也不衰减，一直非常清秀，绝无难看之处。

---

① 祈祷时焚芥子，是佛教密宗的做法。

我以为总要完结了,却想不到竟能活到现在。"她怀着满腔热爱之情,啼啼哭哭地说这番话。僧都说:"我最初找到她时,就觉得相貌异常秀美!且让我看一看吧。"便走过去窥探一下,说道:"容貌的确优越非凡!这是前世积德的善报,故能长得如此美貌。大概是犯了某种过错,因而遭逢此种灾厄吧。你曾听到什么消息?"妹尼僧说:"没有,一点也不曾听到。总之,这人是初濑的观世音菩萨赐给我的。"僧都说:"总是具有某种因缘,所以赐给你。没有因缘,怎么能成事呢?"他认为此事奇特,便开始替她祈祷。

这僧都闭居深山,朝廷召唤也不接受,现在轻易下山来替这样的一个人大办祈祷,倘被世人纷纷议论起来,实在很不好听。他自己这样想,他的徒弟们也这样说。因此秘密举办,不使外人闻知。他对众徒弟说:"各位请不要声张!我是一个不知羞惭的僧人,多次违反了佛戒。然而关于女人之事,从来不曾犯什么过错,亦从来不曾受人讥评。如今年届六十余龄,若再受人非难,也是前世命定的了。"徒弟们说:"若有不良之人乱造谣言,这便成了佛法上的瑕疵。"他们都不以为然。但僧都不管,立下种种严肃的誓言,说:"此次祈祷若不见效,死不罢休!"便通夜祈祷,直到天明,定要把这鬼魂移到巫婆身上,然后叫它说出来:是何种妖魔?为何如此使人受苦?又叫他的弟子阿阇梨来合力祈祷。于是几个月来绝不显露的鬼魂,终于被制服了。这鬼魂借巫婆之口大声叫道:"我本来是不会到这里来被你们如此制服的。我昔在世之时,是个修行有素的法师。只因死时在人世留有遗恨,便彷徨于鬼途,不得超生。这期间我住在许多美女所居的宇治山庄中,前年已曾制死了其中一人①。现在这个人自己真心厌世,日日夜夜地说'我要寻死',我就得其所哉。有一天深黑之夜,她独自彷徨,我就取了她去。然而观世音菩萨多方保护她,我终于被这僧都制服了。现在

---

① 指大女公子。下文说"现在这个人",便是浮舟。

我就走吧！"僧都便问："那么你叫什么名字？"大约是这巫婆怯弱之故，并不清楚地说出名字来。

鬼魂去后，这女子浮舟顿觉心头清爽，知觉也稍稍恢复了些。她环顾四周，一个认识的人也没有，只见许多衰老丑陋的僧人。她觉得仿佛来到了陌生的外国，心中非常悲伤。她回忆过去的情况，然而连自己住在哪里、叫什么名字也不大记得清楚。她只记得自己不要再活，决心投身河中。但现在来到了什么地方呢？她努力思索，渐渐地记起来："有一天晚上，我痛感自身命苦，不堪悲伤，于侍女等睡静之后，偷开边门，走了出去。其时风势猛烈，水声凄厉。我孤身独行，恐怖之极，前前后后都不省得，只管沿着廊檐走下去，方向也迷失了。此时欲回家也回不去，欲前行也不能，口中念着：'我坚决要离开这人世了！我生怕求死不得而被人看见。鬼也好，怪也好，请你们快来把我吃掉吧！'正在迷离恍惚之时，忽见一个相貌非常清秀的男子走近我来，对我说道：'来，到我那里去吧！'我似觉被他抱走，心想这大约是匂亲王吧。从此以后我就昏昏沉沉，只觉得这男子把我放在一个不知什么地方，他便无影无踪了。我想起不能成遂求死的本愿，非常悲伤，哭个不住。此后就完全失却知觉，无论如何也记不起了。现在听这里的人说，我在这里已经过了许多日子。受这些素不相识的人照顾，我的丑态全被他们看到了。"她觉得很可耻。想起求死不得，终于复苏，觉得非常遗憾，反比昏迷不醒之时更加消沉了。过去失却知觉的时候，有时也还糊里糊涂地吃些东西；如今清醒了，反而连一点汤药也不要喝。妹尼僧哭着对她说道："你怎么生了这么久的重病？长时间的热度现已退尽，心情也爽朗了，我看了心中正要替你高兴呢。"她时刻不离地看护她。家里的人看见这女子容貌如此美丽，大家怜爱她，尽心地照顾。她心中虽然还是想寻死，但她能忍受如此长期的重病，可知抵抗力甚强。后来渐渐能坐起身，饮食也渐进了，面庞却反而消瘦了些。妹尼僧不胜欢喜，一心希望她早早痊愈。有一天她对妹尼僧说道:"请允许我落发为尼。不然我就不愿活在世间。"妹尼僧说:"你这般美丽的相貌,怎么舍得让你当尼姑呢?"便把她顶上的头发略微剪落几根,给她受了五戒①。浮舟心中还不满足,但她本来是个性情温顺的人,所以也不强请。僧都对妹尼僧说:"今已大致无妨了。以后还得好好疗养,求其痊愈。"说罢就上山去了。

妹尼僧得到了这样一个美人,觉得仿佛做梦,心中不胜欢喜,便强要她坐起来,亲自替她梳头。浮舟病中全然不顾头发,只是把它束好了堆着。然而一丝不乱,解开来一看,光彩艳艳,非常美好。这地方"百年缺一岁"②的老女甚多,她们看看浮舟,觉得容光炫目,好比天上降下来的仙子,只怕她插翅飞去呢。她们对她说道:"你为什么只管愁眉不展?我们大家如此疼爱你,你为什么总是不肯亲近我们呢?你究竟是谁?家住哪里?为什么来到这个地方?"她们定要问她。浮舟觉得非常可耻,答道:"想必是在长期昏迷之中遗忘了一切吧,从前的情况我竟记不起了。所能隐约回忆的只有这一点:我一心想要离去这人世,每天夕暮走到檐前来沉思怅望。有一天,庭前一株大树背后走出一个人来,突然把我带走。除此以外,连我自己是谁也记不起来了。"她说时神情非常可怜。后来又说道:"务请勿使外人知道我还活着。如果有人知道了,非常麻烦。"说罢嘤嘤啜泣。妹尼僧觉得过分盘问得紧,使她痛苦,便不再问了。妹尼僧疼爱浮舟,比竹取翁疼爱赫映姬更甚,常恐她化阵青烟,从隙缝中消失了,因此很不安心。

这人家的主人母尼僧,也是品质高尚的人。妹尼僧原是一位高贵官员的夫人,后来这官员死了。她只生一个女儿,非常疼爱,赘了一位贵公子为婿,悉心照料他们。岂知这女儿又死了。她悲伤之极,便削发被缁,做了尼僧,从此隐居在这山乡中。寂寞无聊之时,常常忧伤悲

---

① 五戒是:杀、盗、淫、妄、酒。
② 古歌:"有女恋慕我,我见其白首。百年缺一岁,芳龄九十九。"见《伊势物语》。百年缺一岁,乃夸张其年老。

叹,总想找到一个相似之人,作为她所朝夕思慕的亡女的遗念。这回果然得到了这个意想不到的女子,而且相貌姿态比她的女儿优越得多。她觉得很奇怪,仿佛是做梦,心中不胜欣喜。这妹尼僧年纪虽然大了,容姿却很清秀,举止态度也很文雅。她们所住的小野地方,比浮舟从前所居的宇治山乡好很多,水声也很幽静。房屋建造式样别具风格,庭前树木姿态优美,花草也很可爱,是个极有趣致的住处。

渐渐到了秋季,天色清幽,催人感慨。附近的田里正在刈稻,许多青年女子依照当地农家姑娘的习惯,高声唱歌,欢笑自得。驱鸟板①的鸣声也很有趣味。这使得浮舟回忆起当年住在常陆国时的情景。这地方比夕雾左大臣家落叶公主的母亲所居的山乡更进深一些,所以松树非常繁茂,起风的时候,松涛之声异常凄凉。浮舟空闲无事,每日只是诵经念佛,悄然度送岁月。月明之夜,妹尼僧亦常弹琴作乐。她的徒弟名叫少将的小尼僧弹琵琶,和她合奏。她对浮舟说:"你也玩音乐么?空闲无事的时候,玩玩也好。"浮舟想道:"我从小命苦,不曾享过玩弄弦管的清福。自幼以至成人,一向不识风雅之趣,实甚可怜!"她每次看见这些年事已长的妇人玩弄丝竹排遣寂寥,总是不胜感慨,觉得此身实在毫无意趣,自己亦深为怜惜。习字的时候便写诗一首:

"我欲投身随激浪,
　谁将木栅阻川流?"

她意外得救,反增忧伤。思量今后如何度日,觉得此身实甚可嫌。每逢月明之夜,老尼僧等总是吟咏艳歌,回忆往昔,讲种种故事。但浮舟无法应对,只是独自沉思。又写诗云:

----

① 是驱逐鸟雀的设备。拉动绳子,木板敲打发声,可以惊散鸟雀。

"我身流落风尘里,
都下亲朋总不知。"

她常常想:"我决心赴死之时,觉得可恋之人甚多。但现在并不十分想念其他的人,只是记挂母亲,不知她何等悲伤!还有乳母,她一心希望我同别人一样荣华富贵,自我失踪以后,不知她何等失望,又不知她现在何处。她们怎么会知道我还活在世间呢?我现在一个知心的人也没有。从前时刻不离、无话不谈的右近等人,不知又如何了。"

青年女子要从今隔绝红尘而闭居在这荒寂的山乡中,是难能之事。因此常住在这里的,只有七八个年纪很大的老尼姑。她们的女儿及孙辈,有在京都宫中服役的,有住在别处的,常常到这里来访问。浮舟担心:"这些来客之中,倘有人出入于和我有关的人家,则我尚在世间的消息,自会传入什么人的耳中,这便使我羞死了。他们将推想我做了何等不端之事,以致沦落在此,便会把我看作世间少有的下流女子。"因此她绝不和这些来客见面。只有妹尼僧自己身边的两个侍女,一个也叫作侍从,一个叫作可莫姬的,派在浮舟房中服侍。这两个人的容貌与性情,自然比不上她从前所见的京都女子。因此每有所感,总想起她从前咏的诗句"但得远离浮世苦",恍悟这里便是远离浮世的地方。浮舟一直悄悄地躲在这里。妹尼僧也恐防这个人被人知道了真会发生事端,故对这里所有的人都不详细说明。

且说妹尼僧从前赘的女婿,现已升任中将。他的弟弟是个禅师,拜僧都为师父,此时随师父闭居在山中修道。诸兄弟常常上山去访问他。从京都到横川,必须道经小野,这一天中将便顺路来此访问。听见开路喝道之声,浮舟远远望见一个相貌堂堂的男子走进山庄来。她就回想起从前薰大将悄悄地来访宇治山庄时的情景,历历如在目前。这小野山庄也是一个非常荒凉寂寞的住处。然而在这里住惯的人,也安排得非常雅洁。墙根的瞿麦花开得很美丽,女郎花和桔梗也开始开花了。中将带了许多穿各种各样旅行服装的青年男子，自己也穿旅装，走进这院子里来。侍女请他在南面就坐。中将坐在那里眺望一下庭院景色。他的年纪大约二十七八，看来是个老成持重、深通世故的人。妹尼僧在纸隔扇旁边立一个帷屏，和他会面。未语先就哭泣，后来说道："年月易积，往日情景愈觉隔远了。贤婿不忘旧谊，至今犹蒙枉顾，实为山乡增光，至深欣感。却又觉得此乃一段奇缘。"中将同情这尼僧岳母的苦心，答道："往日情景，无时不在思念之中。只因尊处隔离尘俗，故尔未敢常来叨扰。舍弟入山修道，私心实甚羡慕，故常前往探视。然每次入山，往往有人请求挈带同行，以致未便造访。今日一概谢绝，故能前来晋谒也。"尼僧岳母说："你说羡慕入山修道，反而蹈袭了时下流行之语。若言不忘昔日之旧谊，不随浇薄之世俗，则感谢不尽矣。"便用泡饭等物招待随从人等，请中将吃的是莲子之类的东西。中将也因这是从前惯住的地方，觉得受此招待不须客气。忽然天上降下阵雨，把客人留住，岳母女婿两人便从容叙谈。

　　岳母想道："我的女儿已死，悲伤也是枉然。倒是这个女婿，人品如此十全其美，而为他人所有，实甚可悲。我的女儿为什么连一点遗念也不留呢？"她私心怜爱这女婿，觉得他虽然难得来访，也很可欣慰，便不待探问，把心事都说出来。至于那浮舟呢，也有她自己的许多回忆，那沉思冥想之态，异常可怜。她身穿一件毫无风趣的寻常白色衫子。裙子也是黑沉沉的，毫无光彩，大约是模仿这里的人常穿的桧皮色①裙子吧。她自己觉得：连服装也大异于往昔，样子多难看啊！然而她穿这种粗劣的布衣草裳，姿态反而更美。妹尼僧身边的侍女说："近来我们似乎都觉得已故的小姐复活了。今天竟又看到中将大人来访，真叫人不胜感慨！反正都要婚嫁的，何妨就叫他娶了现在这位小姐？两人真是一对天生佳偶呢。"浮舟听到这话，想道："哎呀，不好

------

① 桧皮色是带黑的红色。

了！我在这世间活下来，如果嫁了人，不管其人如何，总要使我回想起过去的恨事。今后我定要完全忘却此种事情。"

妹尼僧回内室去了。客人等待雨晴，不免心烦。听见一个名叫少将君的尼僧的声音，知是旧人，便呼唤她，对她说道："我推想从前的旧人都已散去，所以懒得来访。你们会怪我薄情么？"少将君曾多年服侍已故的小姐，是个亲信的侍女，便回忆往事，对他说了许多可悲的话。中将问道："适才我从回廊一端走进来的时候，正值一阵大风把帘子吹起，我从帘隙望见一个人，垂发长长的，模样和普通人不同。出家人的居处怎么会有这样的人？此人是谁？我正惊诧呢。"少将君知道他已经看见浮舟的后影了，想道："如果给他仔细看看，更要牵惹他的心呢。从前的小姐相貌比现在这人差得多，尚且使他至今不能忘怀。"她心中盘算着，答道："太太思念小姐，时刻不忘。正在无可自慰之时，忽然获得了这意想不到的人。近来朝夕相伴，以慰岑寂。大人不妨和她从从容容地见一次面。"中将想不到有这种事情，心中纳罕。但不知道是怎样的一个人，想必是非常美貌的。这偶然的一瞥，反而使他心神不定。他想探问详情，但少将君始终不肯直告，她只是说："过几时自然会明白的。"中将觉得：这样不客气地追问下去，也不成体统。此时随从人等叫道："雨停息了！天色也不早了！"中将被催促，只得动身返京。他走过庭前，折取一枝女郎花，站着信口独吟道："缁衣修道处，何用女郎花？……"①

中将去后，几个老尼僧相与称赞道："他顾虑到'人世多谣诼'②，到底是个规矩人。"妹尼僧也说道："此人相貌堂堂，老成持重，真是个好男子啊！我反正总要招婿，就同从前一样招了他吧。"又说："他赘在藤中纳言家，虽然常常到那边去，但和那女子感情不洽，

---

① 古歌："缁衣修道处，何用女郎花？人世多谣诼，传闻殊不佳。"见《后撰集》。

② 同上。

大都是宿在他父亲那里的。"她就对浮舟说："你一直忧愁苦闷，不肯和我们开诚实说，叫我好伤心啊！这五六年来，我时刻不忘地悼念我那死去的女儿。但自从找到你之后，我竟全然把她忘记了。世间原有挂念着你的人。但现在他们都以为你已亡故，对你渐渐忘怀了。世间无论何事，当时的心情总不会长久持续的。"浮舟听了这话，越发悲伤起来，含泪答道："我对妈妈绝不存心隐瞒。只因身逢奇遇，死而复生，便觉万事都像做梦，自己仿佛已是生在另一世界里的人，竟记不起世间还有曾经照拂过我的人。现在我所亲爱的，就只有你妈妈一人了。"她说时态度天真可爱，做妈妈的只是满面笑容地看着她。

中将辞了小野草庵，便上山去访问僧都。僧都奉他为稀客，和他畅谈世事。这天晚上他就在那里宿夜，请几位声音庄严的法师诵经，又共奏弦管，直至天明。他和那个当禅师的弟弟详细谈论种种事情，便中说道："此次途经小野，曾赴草庵访问，心中无限感慨。出家离世之人，犹有这等风雅情怀，真是难得的啊！"后来又说："那时刮起一阵风来，把帘子吹开，我从帘隙窥见一个长发美人。大概她怕外面有人看见吧，立刻回身入内，照那后影看来，决不是一个普通侍女。这等地方养着美貌女郎，很不相宜。她朝夕见惯的都是尼僧，久后自然和她们同化，这实在是不好的事。"禅师答道："听说这人是她们今春赴初濑进香时由于某种奇缘而找到的。"这禅师并未亲目目击此事，所以不能详述情状。中将说道："这真是可悲的事。不知她是怎样的一个人。想必是身逢忧患，心怀厌世，因而隐身在那荒僻之处的吧。倒很像是古代小说中的人物呢。"

次日，中将下山返京。道经小野，他说："不可过门不入。"便又进草庵访问。妹尼僧料得他要再来的，同女儿在世时一样地招待他。奔走伺候的小尼僧少将君等，虽然换了服装，风韵仍是优美。妹尼僧今天更是悲伤欲泣。谈话之中，中将乘便问道："听说有一女子躲避在这里，究竟是谁？"妹尼僧颇感为难，但念中将或已隐约窥见，瞒过他反而不好，便答道："我时刻不忘亡女，深恐更增罪孽，因此最近抚养了这女子，聊以慰情。但此女不知有何伤心之事，一直愁眉不展。她深恐有人知道她还活在世间，所以躲藏在这谷底一般的地方，使外人无法找到。但不知你何由闻知此事？"中将说道："即使是怀着轻浮之心来访，也能以深山跋涉之劳为由而蒙原谅。何况我是将她比拟我的亡妻，岂可把我看作外人而远拒？她究竟为了何事而厌弃人世？我想安慰她一番呢。"他表示愿得一见。临行时在便条上写了一首诗：

"女郎花艳艳，切勿向他人！
我寓虽遥远，设防守护君。"

叫少将君将纸条送与浮舟。妹尼僧也看到了这诗，便劝浮舟："这诗你应该答复。此人非常文雅，你可不须顾虑。"浮舟答道："我的字实在拙劣，怎么可以写复诗呢？"她决不肯写。妹尼僧说："这是失礼的事！"便代她写道："适才我曾对你说过：此人厌恶人世，实非常人可比。

女郎花厌世，移植草庵中。
不肯随人意，忧思乱我胸。"

中将心念此乃初次，不复亦自难怪，便原谅她，告辞归京都去了。

中将回京之后，想特地写信给这女子，但又觉得唐突。那时隐约的一瞥，一直不能忘怀。此女所忧虑的是何事，虽然不得而知，但总觉得非常可怜。于是在八月十日过后，入山狩猎小鸟时，乘便又来访问小野草庵。照例呼唤小尼僧少将君出来，叫她传言："自从那天瞥见芳姿之后，至今心绪不得安宁……"妹尼僧知道浮舟是不肯应对的，便代答道:"看来这孩子好似待乳山上的女郎花,另有意中人①吧。"中将和妹尼僧会面之后,告道:"前日闻知这位小姐有伤心之事,不知其人身世如何,颇思详悉一二。我也常恨万事不能称心,有心入山遁世,只因父母不许,以致身受阻碍,因循度日至今。恐是自己心情郁结之故,觉得乐天享福之人,性情与我不合。却想找个伤心饮恨之人,向她诉说衷情呢。"这话表示对浮舟恋慕之心甚切。妹尼僧答道:"你要寻找伤心饮恨之人,此女确甚适当。然而其人厌世之心异常深切,不愿像普通女子一般婚嫁,而只想出家为尼……即使是余龄已少的老人,到了即将落发被缁之时,亦不免凄然伤怀。何况妙龄少女,出家之后结局如何,实在很可担心。"这是做母亲者的口气。她就走进内室,对浮舟说道:"这样太无情了。你总得略微应酬一下才好。幽居寂处的人,对些些小事寄予情趣,也是世之常事。"她虽然多方劝说,但浮舟非常冷淡地答道:"我连对人说话的方法也不懂得,完全是个不中用的人了。"说罢就躺卧下来。外边客人说道:"怎么没有回音?太无情了!'约会在秋天'这话定然是骗我。"他不胜苦恨,遂吟诗曰:

"为有幽人待,寻芳到草庵。
衣沾原上露,惆怅空停骖。"

妹尼僧听见了,对浮舟说道:"啊呀,真对他不起了。至少这一首你总得答复他。"她力劝浮舟和唱。但浮舟实在不愿意作这种动情的诗。又念今天倘和了一首,以后势必每次要求和诗,将不胜其烦,因此默不作答。妹尼僧等都觉得太扫兴了。这妹尼僧年轻时原是个风流人物,今虽年老,情思犹存,就代答一诗云:

---

① 古歌:"好似女郎花,生在待乳山,另有意中人,约会在秋天。"见《新古今和歌集》。

"秋郊征途远，冷露满双骖。

沾湿君衫袖，非关我草庵。

此诗将使你扫兴了。"

帘内众女子，都不省得浮舟真心不欲使外人知道她还意外地活在世间，又回想过去，觉得这男子和已故的小姐一样可惜可恋，便对浮舟说道："今天偶尔逢此机会，和这中将说几句话，决不会有意外的后患。你可全然不动风情之念，只作知情识趣的样子，讲几句普通应酬话就是了。"她们想打动浮舟的心。这些女子虽然当了尼姑，毕竟没有老成持重之心，都爱好时髦，有时还唱唱粗劣的恋歌，装作少女模样。因此浮舟很担心，深恐她们会放进那男子来。她想："我已命里注定是个最苦恼的人，又不幸而苟延残喘，将来会沦落到什么地步呢！我但愿别人都看不见我，听不到我，完全把我遗弃吧。"她便倒身横卧着。那中将大约另有伤心之事，沉痛地叹息，低声地吹笛，又独吟"鹿鸣凄戚"①之歌，确是很有风趣的人。后来恨恨地说："我因思念故人而来此，却不道来了反而伤心。今已无法找到可慰我情的新欢，可知这里不是'无忧山路'②！"说罢就想回去。妹尼僧说："何不在此欣赏这'良宵花月'③？"便膝行而出。中将没精打采地答道："有什么可欣赏呢？我知道这里不是可慰我情的地方。"他想："过分留恋女色，毕竟不成体统。我只是因为曾经瞥见那女子的姿态，想借此慰我悼亡之情。但这女子过分拒远我，好像是深闺里的千金小姐，和这草庵生涯甚不相称，也很乏味。"就准备回去。妹尼僧十分惋惜，想起他的笛声也觉得可恋，便赠诗曰：

---

① 古歌："秋到荒山添寂寞，鹿鸣凄戚扰人眠。"见《古今和歌集》。
② 古歌："欲向无忧山路去，碍难舍弃意中人。"见《古今和歌集》。
③ 古歌："良宵花月清如此，欲与知心人共看。"见《后撰集》。

"望月山边近，何妨一宿停？
清光深夜好，君岂不知情？"

她作了这首浅率的诗，却对中将说："这是我家小姐所咏。"中将又兴奋起来，答诗曰：

"蒙君留我住，坐待月西沉。
若得窥香阁，不虚此一行。"

那个八十多岁的母尼僧隐约听见了笛声，也很想欣赏，便从里面走出来。她的话声颤抖得厉害，又不断地咳嗽。她并不谈起往事，大约没有认清楚这是她的外孙女婿吧。她对女儿说道："喂喂，来弹七弦琴吧。月夜吹横笛实在很有情趣。怎么样？侍女们！拿七弦琴来！"中将在帘外推想这是那母尼僧。他想："这样年老的人不知一向住在什么地方，怎么会活到今天的？她的外孙女反而先死。人世夭寿无定，真乃可悲之事。"便在笛上用盘涉调吹出一个美妙的乐曲。曲罢说道："怎么样？现在请弹七弦琴吧。"妹尼僧本来是个颇爱风流的人，说道："你的笛声比我以前听到的美妙得多，想是我的耳朵听惯了山风之声的缘故吧。"又说："啊呀，我的琴怕弹得不入调呢。"说罢就弹。时下的习俗，一般人爱弹七弦琴的日渐稀少，因此倒觉得她的琴声新颖可喜。松风之声与琴声相和合。月亮似乎也跟着琴声而清澄起来。那老尼僧越发感动，深夜也不想睡，只管坐着听赏。她说："我这老太婆年轻时也曾好好地弹过和琴。但恐现世此琴的弹法已经改变，所以我家那僧都阻止我，他说：'母亲的和琴弹得真难听！老年人除了念佛之外，不要干这些无聊的事吧！'我被他这么一说，就不弹了。但我藏着一张声音极美的和琴呢。"看她的样子很想一试其技。中将在帘外偷偷地笑，对她说道："僧都阻止你，太没道理了！所谓极乐净土之中，菩萨们也都演奏音乐，天人也表演舞蹈，都是很庄严的。这怎么会妨碍修行，获得罪障呢？今夜定要听一听岳祖母的妙技！"老尼僧被他这么一捧，更加兴致勃勃，叫道："喂，主殿①！把我的和琴拿来！"说时咳嗽不绝。旁人都觉得难堪，但念僧都阻止她弹和琴，她尚且要痛恨而向人诉苦，这老妇实甚可怜，便听其所为。和琴取到之后，她也不配合刚才的笛声的调子，只管任意在和琴上拨弄曲调。此时别的乐器都停止了，她自以为他们是要单独欣赏她的和琴之故，便得意扬扬地用迅速的拍子反复弹奏几句歌词的曲调："塔里当那，契里契里塔里当那……"真是奇怪的古风。中将赞道："弹得好极了！这是现今世人不曾听到过的歌调。"她的耳朵重听，问了旁人才明白，便说道："现今年轻人都不喜欢这种音乐吧。几个月之前来到这里的那位小姐，相貌生得非常漂亮，然而完全不懂得这种风雅之事，只是一天到晚躲在房间里呢。"她自以为贤明，在中将面前非笑浮舟，妹尼僧等都觉得难堪。老尼僧弹和琴尽兴之后，中将就告辞返京。他一路上吹笛，山风把笛声送到草庵里来，闻者无不赞叹，竟彻夜未眠，坐以待旦。

次日，中将派人送信来。信中言道："昨夜为了悼念旧侣，恋慕新人，只觉心绪烦乱，匆匆告别而归。

旧欢终不忘，新友苦难求。
彻夜高声哭，难消万斛愁。

还望教导小姐，使她稍稍谅解我心。倘若我能忍耐，何必以此种风情之事相托？"妹尼僧读了来书，比中将更觉难过，眼泪流个不住，便写回信：

---

① 主殿是一个侍女的名字。

"闻君吹玉笛，猛忆旧时情。

　　目送君行后，青衫涕泪零。

我家小姐竟像是不知情趣的人。此事昨夜老太太向你不问自告，想你已闻悉了吧。"中将觉得此信平凡，毫不足观，看罢就丢在一旁了。

　　中将的情书像风吹荻叶一般不断地飞来，浮舟非常讨厌。她觉得男人的用心都是荒唐可恶的。这便使她渐渐回忆起与匀亲王初见面时的情况来，她对人说："还是快快让我出家，好叫人断绝了这种念头。"于是学习经文，时时诵读，又在心中念佛。她对世间万事尽行抛舍。因此虽然是个少女，却全无风流之趣。妹尼僧等设想此人是本性生成阴郁的。但其容貌之美，实在使人越看越爱。因此妹尼僧原谅她的一切缺陷，朝夜守视着她，借以慰情。每逢浮舟微露笑容，她便如获至宝，欢喜无量。

　　到了九月里，妹尼僧又要赴初濑进香了。她多年以来寂寞无聊，思念爱女无时或忘。如今得到了这个与亲生女儿无异的美人，以慰暮年，她认为是初濑观世音菩萨保佑之故，不胜欣喜。为此再去进香，表示答谢。她对浮舟说道："你和我同去吧。不会有人知道。各处佛菩萨虽然同一，但到初濑进香，特别灵验。实例多得很呢。"她力劝浮舟同行。但浮舟想道："从前母亲与乳母也这样说，常常带我到初濑去进香。然而并无效验，连求死也不能如意，却遭逢了世无其例的苦难，真使我异常痛心。如今跟着这些素不相识的人登此旅途，有何意义呢？"她心中恐惧，不肯随行，但口上并不坚拒，只是答道："我总觉心绪恶劣。远道旅行，深恐途中不便，为此有所顾虑。"妹尼僧知道她是个非常胆小的人，也不勉强她同行。浮舟的习字纸中夹着一首诗：

　　"身生此世浑如梦，

不赴古川看二杉。"①

妹尼僧看见了,戏言道:"你说起'二杉',大概是有希望'再相见'的人吧。"这话触及了浮舟的心事,她心惊肉跳,脸色立刻变红了。那模样实在非常娇美。妹尼僧也吟诗曰:

"杉木根源虽不识,

也应看作旧时人。"

此答诗随口吟出,并不足观。妹尼僧本拟轻装简从,悄悄前往,但这里的人都希望随行。因此留在家里的人甚少。她怕浮舟寂寞,派能干的尼僧少将和另一名叫左卫门的年长侍女留着陪伴她,此外只有几个女童。

浮舟送诸人出门后,寂寞地回到房内,想道:"我身世飘零,除了依靠此人之外,毫无办法。现在此人也不在家,叫我好孤单啊!"正在寂寞无聊之时,中将派人送信来了。少将说:"请小姐拆看。"但浮舟睬也不睬。此后她更少与人见面,只是茫然地思前想后。少将对她说道:"小姐如此愁闷,连我也觉痛苦。我们来下棋吧。"浮舟答道:"下棋我也很笨拙。"嘴上虽这么说,然而好像有意一试。少将便把棋盘取来。她自以为能干,让浮舟先下。岂知浮舟手段非常高明。于是第二次她自己先下了。她说:"我希望师父早日回来看看小姐的棋。师父下棋真能干呢!僧都年轻时非常喜欢下棋,自以为手段高明,不亚于棋圣大德②。有一次对他妹妹说道:'我虽不以棋道著名于世,但你的棋

---

① 此诗根据古歌:"初濑古川边,二杉相对生。经年再相见,二杉依旧青。"见《古今和歌集》旋头歌。

② 延喜年间(即公元901—922年)日本有个棋道名人,名橘贞利,后来出家,法名宽莲,人称之为棋圣大德。大德即法师也。

总赢不过我。'两人便下起来,结果僧都输了二子。如此看来,师父的棋比棋圣大德还高明呢!唉,真了不起啊!"她说得兴致勃勃。此人年纪已大,尼僧的额发又很难看,玩这种技艺实不相称。浮舟觉得今天开了这个例是自找麻烦,下了一会之后,就推说精神不好,躺下来休息了。少将说:"小姐应当常常找些乐趣,开开胸怀。这样花容月貌的人,只管消沉度日,岂不可惜!这正好比是美玉之瑕呢。"秋夜风声凄厉,浮舟百感交集,独吟云:

"心虽不识秋宵苦,
冥想沉思泪自流。"

月亮出来了,天色清丽可爱。正在此时,昼间寄信来的中将到草庵来访问了。浮舟想道:"啊呀,不好了,怎么办呢?"立刻躲进最深的内室里去。少将对她说道:"这未免太不近人情了。月白风清之夜特地造访,此心也应体谅。还请小姐约略听听他说的话吧。不要以为听听男人讲话就会玷污身体的。"浮舟听了这话,深恐她带那男人进来,很是担心。她想推说出门去了,然而昼间那个使者曾经问明浮舟一人留在家中,早已回去报告了。因此中将说了许多怨恨的话。他说:"我并不想听见小姐亲口说话的声音,只希望她稍稍接近我些,听听我的诉说,说得对不对请她指教。"他说得舌疲唇焦,始终不得答复,便口出恨言道:"气死我也!住在这风雅的山乡,应该更加懂得情趣。如此绝不理睬,太冷酷了!"随即赋诗曰:

"山乡秋色厉,深夜更凄清。
惟有多愁者,真心知此情。"

小姐心中应有共通之感。"少将就责备浮舟:"师父不在家,出去应酬的人也没有。一直置之不理，太不通人情世故了！"浮舟迫不得已，只得低声吟诵两句诗：

"不识忧思虚度日，
　时人误解作愁人。"

这不是特地答复的口气。少将将此诗传告中将，中将深为感动，说道："还望你们劝劝她，请她稍稍走出来些。"他对这些侍女也很怨恨。少将答道："我家小姐原是异常冷淡的。"她走进里面去一看，浮舟已经逃进她从来不曾窥探过一下的老尼僧房间里去了。她不胜惊诧，只得出来向中将如实报告。中将说道："闭居在这山乡里沉思冥想的人，心情定多哀愁。但照大体看来，她并不是不识情趣的人。为什么她对我比不识情趣的人更冷淡呢？也许她在恋爱上有过痛苦的经历吧？究竟她为什么如此厌世而一直如此消沉？还望你告诉我。"他很想知道底细，恳切地探问。但少将怎能把真情告诉他呢？她只答道："这是我们师父所应该抚养的人。多年以来疏远了，上次赴初濑进香时忽然相遇，就领了回来。"

　　浮舟走进向来认为可怕的老尼僧房中，躺在她旁边，想睡也睡不着。老尼僧晚上睡着了，眠鼾声响得可怕。前面睡着两个年纪很大的尼僧，其眠鼾声之响不让于老尼僧。浮舟听了非常恐怖，担心今夜将被这些人吃掉。她虽然早已不惜生命，但因向来胆小，犹如赴水的人怕走独木桥而折回来一样①，心中惶惑万状。她是带了女童可莫姬到这里来的。但可莫姬生性轻狂，看见这难得来的男子在那里说恋情，便逃回那边去了。浮舟左等也不来，右等也不来，这真是个不可靠的使

---

① 当时传说的故事：有一人欲赴海边投水，行过独木桥时，觉得害怕，便折回来。

女。中将无可奈何,只得起身回京去。少将等都讥评浮舟:"真是一个不通情理的畏畏缩缩的人!糟蹋了这美丽的相貌!"大家都去睡觉了。

　　大约是半夜里吧,老尼僧咳嗽得厉害,醒过来了。浮舟在灯光中看见她脸色苍白,身上却披着一件黑衣。她发现浮舟睡在旁边,甚是诧怪,就像鼬鼠之类的动作①一样,以手加额,叫道:"真奇怪了,这是谁呀?"说时声音凄厉,眼光凝注,仿佛立刻要来吞食她的模样。浮舟想道:"从前我在宇治山庄被鬼怪捉去的时候,因为失却知觉,反而毫无痛苦;如今这个鬼不知道将怎样对付我,实甚可怕!我由于奇怪的遭遇,死而复生,重新做了人。回想起从前种种痛苦的事,心情恼乱,且又逢可厌可怕之事,何其命苦!然而我倘真个死去,也许会逢到比这更加可怕的厉鬼呢。"她躺着不能成眠,比平常更多地追思往事,便更觉此身之可悲。她想:"我也有个父亲,但我不曾见过一面,一向在远东的常陆国度送岁月。后来在京中偶然找到了一个姐姐,正在庆幸有所依靠,却不道遭逢了意外之变,同她断绝了交往。薰大将和我定了终身,我这苦命人渐渐有了幸福的希望,岂知又发生了可恨之事,断送了我这一生。思想起来,我当时对匂亲王略微感到一点恋慕之情,实在太不应该!全是为了此人的关系,使我成了飘零之身。如此想来,那时他以'橘岛常青树'为比喻而和我'结契',我为什么竟会相信他呢?这匂亲王实在可恶至极!薰大将起初对我淡然,后来爱我之心恒常不变,回想起他的种种情况,实在深可恋慕。如今我还活着,如果被他闻知,我觉得比被别人闻知更加可耻。只要我活在世上,也许还能从旁窥见他昔日的风采吧。哎呀!我这念头还是不行!这种事也是不应该想的。"她独自在心中反复思量。好容易听到了鸡鸣声,她非常欢喜,设想如果能听到母亲的声音②,更是何等欢喜!她想到了天

---

①　鼬鼠疑惑时,以足加额而注视。
②　此语根据行基诗:"山鸟吱吱鸣,闻声忆远人。思念我老父,思念我母亲。"

明，觉得心情非常恶劣。陪她来此的可莫姬还是不来，她只得依旧躺着。几个打眠鼾的老尼僧很早就起身了，要粥啦，要什么啦，一时啰唣不清。她们对浮舟说："你也快来吃一点吧。"说着，送到她身边来。浮舟从来没有见过这样笨拙的伺候，感到情绪十分恶劣，便说："心情不好……"委婉地拒绝了。岂知她们硬要劝食，实在太不识相。正在这时候，许多身份较低的僧人从山上下来，报道："僧都今天下山。"这里的尼僧问："为什么忽然下山？"僧人答道："一品公主①遭鬼怪作祟，宣召山上座主往宫中举行祈祷，但没有僧都参加，不能奏效。所以昨天两次遭使来召。左大臣家的四位少将于昨夜夜深时分上山；明石皇后也派人送信来。因此僧都今天下山来了。"这话说得神气活现。浮舟想道："我不怕难为情，去拜见僧都，请求他替我削发为尼吧。现在家里人少，没有人拦阻我，正是绝好机会。"她就起身，对老尼僧说："我心情异常恶劣，想趁僧都下山之便，请他给我落发受戒。请您老人家代为要求。"老尼僧糊里糊涂地答应了。浮舟便回到自己房中。她的头发一向是妹尼僧替她梳的，现在也不肯让他人触碰，自己梳又很不便，于是只将发端略微解开一点。她想起现在这姿态不能叫母亲再见一面，觉得虽是自己决心出家，实在也很可悲。想是由于久病之故，她的头发略有脱落，然而并不稀疏，还是非常浓密，长达六尺左右，发端特别丰丽，根根毛发都有光彩，实在非常美观。她独自吟唱"我母预期我披鬖"②之歌。

傍晚时分，僧都到小野草庵来了。侍女们早已把南面的屋子打扫布置，请他入座。但见许多光头和尚乱哄哄地走来走去，样子与平日大异，似乎觉得可怕。僧都走到母亲室中，问道："母亲近来好么？"又问："妹妹到初濑进香去了么？找到的那个人还住在这里吧？"母尼

---

① 一品公主即大公主。
② 古歌："我母预期我披鬖，自幼不抚我黑发。"是素性法师剃度时他的父亲遍照僧正所咏的歌。见《后撰集》。

僧答道："正是，她留在这里。她说心情恶劣，想请你给她剃度受戒呢。"僧都便走到浮舟房间门口，问道："小姐住在这里么？"说着，便在帷屏外面坐下。浮舟虽然难以为情，只得膝行而前，亲自应对。僧都对她说道："我等于无意中相遇，定有前世宿缘，故此次我为小姐禳解，甚是虔诚。惟我乃法师之身，若无要事，未便致书问候。因此自成疏阔。此间尽是拙陋之出家人，不知小姐居之，能惯适否？"浮舟答道："我已决心不欲生存于世，由于奇特之遭遇，至今犹自苟延残喘，实甚伤心。承蒙多方照拂，我虽不敏，亦知感谢盛情。但我仍是痛感厌世之情，终不能与俗人为伍，恳求僧都为我剃度授戒，让我出家为尼。此身即使生在俗世，亦不能效寻常女子之为人也。"僧都说："你年纪轻轻，来日方长，为什么决心要出家呢？此事反会使你身蒙罪障。因为发心出家之时，固然自觉道心坚强，然而经过若干年月之后，为女子者不免意志懈怠。"浮舟答道："我从小就是个多愁多恨的苦命人。母亲等也曾说过：'不如让她出家为尼吧。'到了知识稍开之后，更是厌恶世俗生活，一心只想为后世修福。恐是我的死期渐渐迫近之故，近来常觉精神非常衰弱。还望僧都慨允所请。"她啼哭着请求。僧都想道："真奇怪！如此容貌美丽的一个少女，为什么怀着厌世之心？那天我所镇伏的鬼怪，也曾说她厌世。如此想来，此人确有出家的因缘吧。此人若非禳解，恐怕活不到今天。一度被鬼怪所缠的人，若不出家，深恐以后更有可怕可危之事。"便对她说："不论情由如何，凡决心出家，皈依三宝①，总是诸佛菩萨所赞善的事。我乃法师之身，当然绝不反对。惟授戒之事，必须从容举行。我今夜须赴一品公主处，明日在宫中开始祈祷，七天期满退出之后，再与你授戒可也。"浮舟一想，如果那时妹尼僧已回家，势必阻止她出家，这就遗憾无穷了。她因心情非常恶劣，定欲立刻出家，便再度请求："我非常痛苦。如果以后

———————
① 三宝是佛宝、僧宝、法宝。

病势日重，即使受戒亦恐无效了。且喜今日拜见，正是绝好机会。"僧都慈悲为心，很可怜她，答道："夜已很深了。我从山上下来，从前年轻时不当一回事。现在年纪渐老，实在不堪其劳，正想略微休息一下，再进宫去。但你既如此性急，我就今夜与你授戒吧。"浮舟不胜欣喜，便取一把剪刀，放在梳栉箱的盖子里，呈送出来。僧都叫道："来，法师们到这里来！"最初在宇治找到浮舟的两个和尚，今天跟僧都同来这里。僧都叫进来的便是这两人。他对其中一个阿阇梨说："请你给小姐落发吧。"这阿阇梨想道："此人的确身世飘零，在这世间做俗家人定多痛苦。"他认为她应该出家。浮舟把头发从帷屏垂布的隙缝里送出来。这头发非常美丽可爱，因此阿阇梨拿着剪刀，一时不忍下手。

　　这时候少将因为她那当阿阇梨的哥哥跟僧都同来，她正在自己房间里和他谈话。左卫门也在招待一个相识的人。住在这山乡里的人，难得遇见熟人来到，所以都很兴奋，正在热心地同他们共谈家常琐事。浮舟身边只有可莫姬一人。她跑到少将那里，将此事报告了她。少将吃了一惊，连忙跑过来看，但见僧都正在脱下自己的袈裟来，披在浮舟身上，说道："以此略表仪式。"又对浮舟说道："请小姐对着父母所在的方向三拜！"浮舟不知道母亲所在之处是哪一个方向，悲痛难忍，竟自哭泣起来。少将说："哎呀！真想不到啊！怎么干这没道理的事呀！师父回家时定要大骂了！"僧都认为事已至此，这种话反而使她心迷意乱，甚不应该，便斥责少将。少将终于不敢走过来干涉。僧都念偈语道："流转三界中，恩爱不能断。弃恩入无为，真实报恩者。"①浮舟听了，想起我今已断恩爱，毕竟不胜悲伤。阿阇梨替她剪发，很费手续。剪罢，他说："以后请尼僧们慢慢地修整吧。"额发则由僧都亲自剪落。落发既毕，他对浮舟说道："你这美丽的容貌，今已改变，千万不可后悔啊！"便向她述说尊贵的教义。浮舟想道："这件不易办到

----

① 出家落发之前，须向父母、氏神、国王三拜。其时法师念此偈语。

的事,大家都阻止我,今天幸得办成,实甚可喜。"她觉得只要能够如此,今后便有做人的意义了。

僧都等去后,草庵中静悄悄的。夜风凄咽之时,少将等说道:"小姐在此生涯孤寂,此乃暂时之事。荣华富贵之时,指日可待。如今当了尼姑,来日方长,将如何度日?即使是衰老之人,到了离尘绝俗之时,也是非常悲痛的。"浮舟听见了想道:"现在我真是安心乐意了。不必考虑为人处世之事,正是莫大之幸福呢。"她只觉胸怀开朗。次日,浮舟想道:"我削发为尼之事,毕竟是别人所不赞许的。今日我改了尼装,被人见了很难为情。头发剪后,末端忽然松散,且又剪得不齐,安得一个不反对我的人,来替我修一修齐呢?"她处处有所顾虑,便把窗子关好,躲在幽暗的房间里。她素性沉默寡言,即使在从前,也不肯把自己所思之事一一告诉别人。何况现在,连亲睦商谈的人也没有。因此每逢心中困惑之时,只有对着砚台信手书写。其中有诗云:

"不分人与我,都作子虚看。
此世曾捐弃,今朝又弃捐。

如今一切都完了。"话虽如此,心中总是自伤的。又有诗曰:

"曾逢大限辞人世,
今日重新背世人。"

她把同一意义随意写成不同的诗。正在此时,中将派人送信来了。这里的人正在为浮舟之事喧哗议论,不知所措,便把事情告诉了来使。来使回去报告了中将,中将大失所望,想道:"此人意志如此坚决,所以连无关紧要的回信也不肯写一封,一直疏远我。现在这样一来,毕竟使我扫兴。前天晚上我还同少将商谈,想仔细看一看她那非常美丽的头发。少将曾回答我说'且候适当机会'呢。"他觉得非常可惜。便再派使者送一信来,信中说道:"事已如此,夫复何言!

> 轻舟远向莲台去,
> 我欲追随步后尘。"

此次浮舟竟破例地拿起信来看了。她正当感伤之时,看到中将绝望的语气,更添哀怜之情。此时她不知怎么一想,就在一小片纸的一端写道:

> "心已远离浮世岸,
> 轻舟犹未辨去向。"

她就同平日习字那样随意写出,叫少将另用纸张包好,送给中将。少将说:"要送给他,总得抄一抄清楚。"浮舟答道:"抄一遍反而会写坏。"少将就这样送给了中将。中将得到了答诗,非常珍视,然而已经无可如何,只是悲伤而已。

赴初濑进香的妹尼僧回来了,看见浮舟已经出家,不胜痛惜,对她说道:"我身为尼僧,应该劝你出家。但你年纪很轻,来日方长,今后如何度送岁月呢?我世寿几何,今日明日殊难预知。因此我多方考虑,向佛祈祷,保佑你终身平安无事。"说罢伏地痛哭,悲伤不已。浮舟推想:自己的生身母亲闻知她的死耗而又不见遗骸之时,也是如此悲伤的吧?便觉心如刀割,照例背转了身子,一言不答,那姿态非常娇美。妹尼僧又说:"你此举太孟浪了,好忍心啊!"便啼啼哭哭地替她准备尼装。淡墨色法衣是她裁剪惯了的,其他裙子、袈裟则另央人缝制。别的尼僧也都来替她缝法衣,教她穿着。她们说:"小姐来了,这山乡添了光彩,我们喜出望外。正想朝夕对晤,以慰岑寂。岂知也当了出世之人，真乃遗憾之事啊！"她们觉得可惜，大家埋怨僧都不该替她落发。

且说一品公主患病，僧都的禳解果如他的徒弟们所称颂的那样灵验，不久就痊愈了。于是世人越发赞佩僧都法力之尊严。犹恐病后复发，特将祈祷日子延长。因此僧都并不立刻回山，依旧留住宫中。岑寂的雨夜，明石皇后宣召僧都到公主寝处近旁做通夜祈祷。侍女们值宿看护了多天，都很疲劳，大都回房休息去了，故御前侍女甚少，随侍身旁的人也不多。明石皇后便也进入一品公主帐内，对僧都说："皇上以前就信任你，而此次的效验尤为显著。我越发想把后世之事仰仗你了。"僧都启禀："贫僧世寿已不久长，曾蒙佛菩萨屡次预示。就中今年明年，尤难度过。因此近来闭居深山，专心修持。此次因蒙宣召，故特破例下山。"以下又谈及此次作祟的鬼怪如何顽强、曾招出种种姓名……等可怕的事。便中又说："贫僧最近曾经遇到一件非常奇怪、世间稀有的事情呢。今年三月间，老母赴初濑观音寺还愿，归途中患病，借宿在一个名叫宇治院的宅中，以便休养。这是一座经年没有人住的广大宅院，贫僧等深恐有不良之物栖息其中，为重病人作祟，岂知果然……"便把找到一个女子的情形如实说出。明石皇后说："这确是一件稀奇的事！"她觉得害怕，便把近旁睡着了的侍女都叫醒。薰大将所怜爱的侍女小宰相君不曾睡觉，也听到僧都这话。其他被叫醒来的人则全都不曾听到。僧都觉察到明石皇后害怕，自悔不该说这件事，便不再详叙当时情况，只谈后来的事："此次贫僧下山之时，顺路访问住在小野草庵中的尼僧。进了庵室，这女子啼啼哭哭地向贫僧诉说出家的决心，诚恳地请求替她授戒，贫僧就给她剃度了。那尼僧是贫僧的妹妹，已故卫门督之妻，她有一个女儿，已经死了，获得了这女子非常欢喜，想拿她来代替她的女儿，全心全意地抚养她。贫僧给她剃度了，她就埋怨贫僧。这原是难怪她的，因为这女子相貌生得非常美丽，为了修行而瘦损芳容，实甚可惜。但不知此女究系何等样人。"这僧都能言善辩，滔滔不绝地讲。小宰相君问道："这种荒凉的地方，怎么会弄来了这样一个美人呢？她究竟是谁？现在想已知道了吧。"僧都答道："不知道。但现在或许她已经说出了。倘真是个身份高贵的人，总不能隐瞒到底。但田舍人家的女儿，也有生得这样美丽的。龙中不是会生出佛来的么？①这女子倘是身份低微的人，定然是前世罪孽轻微，故能得此美貌。"明石皇后便想起了以前宇治那边失踪了的浮舟。小宰相君也曾从匂亲王夫人那里听说过此人死得非常奇怪，料想僧都所说的或许正是此人，但也不能确定。僧都又说："这女子曾经说过：不要让别人知道她还活在世间。看来她似乎有凶恶的敌人，所以要躲藏吧。因为事情稀奇，所以乘便禀告。"明石皇后对小宰相君说："正是这个人了。你可告诉薰大将。"但她不曾确知这是否薰大将和浮舟双方都要隐瞒的事，觉得未便告诉这个斯文一脉的薰大将，故终于不曾叫小宰相君去说。

　　一品公主的病痊愈了。僧都也告辞归山。途中到小野草庵一转，妹尼僧大大地埋怨他："这样一个妙龄美女，你给她出了家反而会使她获得罪障呢！你商量也不同我商量一下，擅自行事，实在太不讲理了！"但这都是徒然的了。僧都说道："事已如此，现在只管念佛修行吧。世人不论老少，夭寿都无一定。她痛感人生无常，也是确有道理的。"浮舟听了这话，回思往事，颇觉可耻。僧都说："替她新制法服吧。"便拿出些绫、罗、绢来送给她。又对她说："我在存命期间，一定随时照顾你，你不须担忧。凡是生在这无常的世间而醉心于荣华富贵的人，无论是谁，都觉得这人世恋恋难舍。但你在这山林之中念佛修行，有何可恨，有何可耻呢？人生原是'命如叶薄'②的啊！"说罢又咏下面的诗句："松门到晓月徘徊……"他虽是法师之身，却也富有

---

① 龙女成佛，事见《法华经》。
② 白居易新乐府《陵园妾》诗中有云："陵园妾，颜色如花命如叶。命如叶薄将奈何……"下文又云："松门到晓月徘徊，柏城尽日风萧瑟。……"

优雅之趣。浮舟想道："这真是我所愿闻的话了。"今天尽日刮风，声甚凄咽。僧都说道："这种风声'萧瑟'的日子，伏处山林的人每易堕泪。"浮舟想道："我也是伏处山林的人，流泪不止正是理之当然。"便走近窗前，向外眺望，遥见山谷之间有许多穿各种旅装的人，向这边走来。欲上比叡山而经过这条路的人，甚是稀有。只有从名叫黑谷的山寺方面步行而来的僧人，有时偶然看到。今天看到这些穿旅装的俗人，浮舟觉得很奇怪。原来这是为了她而愁恨的中将。他是想为这不可挽回之事发些牢骚而来此的。看见这里的红叶非常美丽，比别处的红叶色彩更鲜，一进门来便觉意趣盎然，设想在这里倘能找到性情爽朗的女子，何等可喜！便对妹尼僧说："我因寂寞无聊，想来看看这里的红叶长得如何。总觉难忘旧情，想在这里托庇一宿。"便坐着欣赏红叶。妹尼僧照例容易流泪，泣着赠诗云：

"山麓寒风吹木落，
游人欲憩树无阴。"①

中将答道：

"山乡无复幽人待，
不忍行过坐看林。"

关于那个莫可挽回的浮舟，他还是不能忘怀，对少将说道："请让我约略窥看一下她改装后的姿态。"又责备她道："这是你以前答应我的，总得践约才是。"少将走进去一看，但见浮舟打扮得端端正正，似乎故意想叫人窥看。她身穿淡墨色绫衫，内衬暗淡的萱草色衣服。身材十

---

① 暗指浮舟已出家，中将在此泊宿已无风趣。

分小巧，体态玲珑可爱，打扮新颖入时。头发末端异常丰丽，好像一把展开的折扇。那端正秀丽的脸庞，化妆得恰到好处，两颊略现红晕。在佛前做功课时，念珠并不拿在手里，还挂在近旁的帷屏上。那一心不乱地诵经的模样，简直可以入画。少将每次看到她这模样，总是十分替她惋惜，眼泪流个不住。设想对她怀着恋慕之心的中将看见了，更不知何等感慨。大约此时正是适当机会，少将便把纸隔扇钩子旁边的一个洞指给中将看，又将阻碍视线的帷屏等拉开。中将向洞中窥探了一会，想道："如此美貌，出我意料之外。这真是一个绝代佳人啊！"便认为浮舟的出家乃由于他自己的过失，既觉可惜，又觉悔恨，终于不胜悲痛。忍无可忍之时，竟像发了疯似的。深恐里面听见，立即退出。他想："走失了如此美貌的一个女子，难道没有人来寻找？例如，某人的女儿逃隐不知去向，某人的女儿厌世出家为尼等等，世间自会纷纷传说……"他反复考虑，莫名其妙。又想："如此美貌之人，穿了尼装也并不难看，却反而增添清丽，令人销魂。我还是要设法偷偷地取得此人。"便诚恳地请求妹尼僧，对她说道："小姐在俗之时，未便与我会面。今已出家为尼，尽可放心地与我明谈了。务请如此向她劝导。我屡次来访，本来只为不忘令媛旧谊，今后又添一种新情了。"妹尼僧答道："此子孤苦伶仃，我正担心她的将来。你能真心不忘旧谊，时时来访，我心不胜欣慰。一旦我身亡故，此子实甚可怜呢！"中将听了这话，想见此女对妹尼僧必有密切关系，但不知究竟是谁，还是不得要领。便说道："要当小姐终身的保护人，则我身寿命修短难知，殊不可靠。但既蒙如此叮嘱，今后我决不变心。来此找寻而欲认领的人，果真没有么？不明底细虽然无须顾虑，但总觉得有些隔阂。"妹尼僧答道："如果她当俗家人而生活在世间，外人都知道有这个人，那么或许如你所说，有人会来寻找。但她现已出家为尼，和俗世完全隔绝了。她本人的志望正是如此。"中将又作一首诗，叫人转达浮舟：

"君因厌世离尘俗，
我被疏嫌抱恨长。"

少将便把中将深切恳挚之情详细向浮舟传达。又向她转述中将的话："请视我为兄妹关系的人，互相谈谈人世无常的琐事，亦可聊以慰情。"浮舟答道："你所谓深切恳挚之情，我听也听不懂，实甚遗憾。"她对这"我被疏嫌"的诗并不作答。她想："我身遭逢意外之忧患，人事早已置之度外。但愿身心皆如朽木，见弃于世，以此长终。"她的态度如此。因此多时以来异常郁闷，忧患频仍。但自从成遂了出家本意之后，心情也舒畅起来，有时和妹尼僧戏咏诗歌，或者围一局棋，愉悦地度送晨昏。修行也非常用功，《法华经》自不必说，其他佛经也读了不少。不久到了冬天，积雪甚深，行人绝迹之时，这小野草庵的环境实甚寂寥。

新年到了，但小野草庵中并不见春的影迹。溪流尚未解冰，不闻流水之声，亦甚寂寥。那个咏"为汝却迷心"的人，浮舟早已深恶痛疾，但当时的情景，她还是不忘。念佛诵经之暇，她常随意习字，其中有诗云：

"彤云蔽白日，山野雪花飘。
对景思前事，旧愁今未消。"

她想："我从这世上消失已有一年了，但恐还有人在思念我吧。"如此回忆往昔之时亦多。有一天，有一个人用一只寻常的篮盛了些新出的嫩菜，送来给妹尼僧。妹尼僧以此转赠浮舟，附一诗曰：

"山乡新菜嫩，带雪摘来初。
愿汝长安乐，青青似此蔬。"

浮舟答诗曰：

"山野深深雪，新蔬寂寂青。
从今延岁月，只为慰君情。"

妹尼僧觉得确是如此，心中十分感动，说道："若得身穿常人服装，前途有望，这才好呢！"说罢真心地哭起来。浮舟的房间檐前的红梅已经开花，色香与往年无异，使她想起"春犹昔日春"的古歌。她对红梅比对别的花更加爱好，难道是为了恋念"遗恨不能亲"①的衣香么？后夜做功课时，在佛前供净水，唤一年轻下级尼僧到庭前去折取一枝红梅。那红梅怀恨似的散落了几片花瓣。浮舟独自吟诗曰：

"谁将衫袖拂？人影已茫茫。
着意怜春晓，梅香似袖香。"

且说母尼僧有一个孙子，是在纪伊国当国守的，此次从任地回到京都。其人年约三十岁左右，相貌端整，意气轩昂。他向祖母问候："孙儿离京已有两年，这期间祖母安好么？"老祖母年已老耄，回答不清。他就去访问姑母，即妹尼僧，对她说道："老祖母竟全然昏聩了，真可怜啊！看来余命无多了。我不能侍奉在侧而长年远游他乡，实甚不该！我自父母双亡之后，一直把这老祖母当作父母看待呢。常陆守夫人②常来访问么？"所谓常陆守夫人，大概是这纪伊守的妹妹吧。妹尼僧答道："这里一年一年地过去，总是冷冷清清，越来越寂寥。常陆守夫人久无音信了。生怕你祖母等不到她回来呢。"浮舟听见他说起

---

① 古歌："君衣香可恋，遗恨不能亲。只为梅香似，折来聊慰情。"见《拾遗集》。引此歌，指匂亲王的衣香。
② 这常陆守夫人是当时的国守夫人，非浮舟之母。多数注释家皆如此说，惟《花鸟余情》说是浮舟之母。又，这常陆守夫人是纪伊守之妹，但一说是妹尼僧之妹。

"常陆守夫人",以为是她的母亲,不知不觉地倾耳而听。纪伊守又说:"我返京已有好多天了。只因公事繁忙,一直不得脱身。昨天本想到这里来的,又因薰大将赴宇治,我须奉陪,以致未果。他在已故八亲王的山庄里耽搁了一天。这是因为:薰大将和八亲王家大女公子通好,大女公子于前年亡故了。后来他又爱上了她的妹妹,悄悄地将她安顿在这山庄里,岂知这妹妹又在去年春天亡故了。这回他是为了替她办周年忌辰的佛事,去找那山寺里的律师,吩咐应有事宜。我也想奉赠一套女子服装,作为布施品。可否在你这里缝制?衣料可叫他们赶紧织起来。"浮舟听了这话,安得不感慨呢!她怕别人看见,背转身子,朝里面坐了。妹尼僧问道:"听说这位得道的八亲王有两位女公子,匂亲王夫人不知道是哪一位?"但纪伊守只管继续说:"薰大将后来爱上的那一位,是身份低微的人所生的。大将没有十分重视她,如今后悔莫及,非常悲伤。起初那一位死的时候,他也非常悲伤,几乎为此出家呢。"浮舟推想这纪伊守是薰大将所亲信的人,不觉害怕起来。但闻纪伊守继续说道:"奇怪得很,两位女公子都是在宇治亡故的。我看大将昨天的神色,还是非常悲戚呢。他走到宇治川岸边,向水上望望,十分伤心地哭泣。后来回到室中,在柱子上题一首诗:

湛湛荒江水,佳人影不留。
伤心江上客,泪落更难收。

他很少说话,只是神情异常悲伤。这种风流男子,女人看见了一定心移神往。便是我,也从小就真心崇仰这位优秀人物。一品当朝的大官,我也绝不企慕。我一向只是追随这位大将,直到今天。"浮舟想道:"这个并无何等高深修养的人,竟也能理解薰大将的人品。"又听见妹尼僧说:"这薰大将虽然不能和称为光君的六条院主相并比,但在现今世间,他们这一族声望最盛。那位夕雾左大臣怎么样?"纪伊守答道:"这位大臣相貌也非常清丽,才德又高,的确与众不同。还有那位匂亲王,容姿实在非常优美!我倘是女子,很想到他身边去当侍女呢。"这些话好像是有人教他故意说给浮舟听的。浮舟听了这话,既感悲伤,又很关心。虽与自身有关,似觉不是世间真有的事。纪伊守滔滔不绝地讲了一会,便回去了。

浮舟闻知薰大将至今还不曾忘记她,便挂念她的母亲,料想她一定也还在伤心吧。但现在她已经当了尼僧,即使能够见面,也是很扫兴了。妹尼僧等受纪伊守的请托,匆忙地料理染织,缝制女装。浮舟看见她们为她自己的周年忌辰办布施品,觉得非常怪异,但口上绝不说出。她看看她们的缝纫,妹尼僧对她说道:"你也来帮忙吧。你的针线手段是很高明的。"便把一件单衫递给她。浮舟颇感不快,手也不肯接触,答道:"我心情不佳。"就躺卧下来。妹尼僧立刻放下缝纫活儿,走来问她:"你怎么了?"她非常担心。另有一尼僧把一件表白里红的裣子套在红色的衫子上,对浮舟说道:"你须穿这样的衣服才好,那淡墨色的太乏味了。"浮舟便写一首诗:

"身有袈裟护,无心着绣裳。
着时怀往昔,空自恼人肠。"

她想:"可怜我身死之后,世事终不能隐瞒到底,她们自会探悉我的真名实姓。那时她们将恨我冷淡,怨我隐瞒吧。"她左思右想了一会,从容说道:"过去之事我全都忘记了。惟有看到你们缝制这种女装时,才隐约地想起往事,不胜感伤。"妹尼僧说:"你虽说忘记,记得起的事一定甚多。永远对我隐瞒,叫我好生怨恨!这种世俗服装的配色,我久已忘记,针线手段又很拙劣,看见了只是使我想起已故的女儿。你也有如此关怀你的母亲在世间么?像我,虽然明知女儿已经亡故,还是疑心她住在某地方,希望至少要找到这个地方才好。何况你去向不明，定然有许多人在思念你吧。"浮舟答道："我在俗世之时，原有一个母亲。但现在恐怕已经亡故了吧。"说罢流下泪来。为欲排遣哀情，又说："回忆往事，反会引起悲伤，所以我不对你说。决不是想隐瞒你。"她总是很少说话。

且说薰大将替浮舟办了周年忌辰法事，想起对浮舟的因缘已成空花泡影，不胜感伤，便尽力照顾浮舟的异父兄弟，即常陆守的儿子。其成年者擢升为藏人，或者到他自己的大将府里去当将监。其未成年的童子，则拟择其中面貌清秀者作为随从，以供使唤。有一个闲静的雨夜，薰大将去拜访明石皇后。此时皇后身边侍女甚少，两人就随意闲谈。便中薰大将说："前年我爱上了荒僻的宇治山乡中的一个女子，外人都讥议我。但我认为此乃前世因缘，无论何人，心之所爱便是有缘。我相信此理，管自常去访问。想是那地方不吉之故，遭到了伤心之事。此后便觉这地方道里辽远，长久不去访问了。前几天乘便又去了一次，由于屡次在那里痛感无常之故，觉得这圣僧的山庄是特地为欲引起人的道心而建造的。"明石皇后便想起了那僧都所说之事，觉得薰大将很可怜。便问："那地方有可怕的鬼怪栖居着吧？那女子是怎样死亡的？"薰大将推想，她大约觉得两人相继死亡之事很奇怪，所以这样问吧。便答道："也许是如此。那样荒僻的地方，必然有恶劣的东西栖居着。刚才我所说的那女子，死得非常奇怪。"但他并不详说。明石皇后想见此事毕竟是他所隐讳的。如果叫他知道别人已经闻悉，定然使他不快。她又想起匂亲王当时曾为此事忧愁甚至生病，虽属不该，亦甚可怜。可知两人都讳言这女子。因此明石皇后也不好意思再问。她只悄悄地对小宰相君说："听大将的口气，他为了那女子的事非常伤心呢。我很可怜他，想把僧都所说的话告诉他。但恐也许不是这个人，因此未便说出。僧都所说的话你全都听到，你可把其中不好听的话隐去，在谈话中乘便告诉他：僧都曾经说起这样的一件事。"小宰相君答道："此事皇后都不便对他说，我怎么可以对他说呢？"明石皇后说道:"这须得因人因时而定,不可一概而论。且我另外还有不便说的原因。"小宰相君理会得是匂亲王之事,觉得可笑。

她就在薰大将到她房中来谈话时,乘便把僧都的话告诉了他。薰大将觉得此事离奇古怪,安得不大吃一惊呢?他想:"前天皇后问我浮舟的情况,大概也已约略闻知此事了吧。她为什么不详细告诉我呢?未免可恨。但我也不曾把浮舟之事对她从头细说,却也难怪她了。我当时听见浮舟失踪之后,觉得此事难听,所以绝不透露出去。岂知外面反而纷纷传说了。这世间即使是活着的人有了秘密之事,也难于隐瞒。何况已死之人的事,人家当然更无所顾忌地传说了。"他觉得对这小宰相君,也不好意思把所有的情况全部告知,只是说道:"照这话看来,这人的模样和我所认为死得奇怪的人非常相像呢。现在这人还住在那边么?"小宰相君答道:"那僧都下山那一天,已经给她剃度为尼了。她以前患重病之时,早就想出家,旁人认为可惜,劝阻了她。但她本人学道之心非常坚决,终于出了家。"薰大将想道:"地方同是宇治。想想前后情状,此人与浮舟更无不同之点。如果把她找到,认明确是本人,真是意想不到的怪事了!惟听人传说,岂可确信?但倘由我亲自特地去寻找,深恐外人将讥笑我乖戾。还有,匂亲王倘亦已闻知,势必想起往事,去妨碍她求道的诚心。也许他已有计划,特地关照明石皇后勿对我说,所以明石皇后听到了这等稀奇的事,在我面前绝不谈起。如果明石皇后也已参与他的计划,那么我虽然非常怜爱浮舟,还不如当她已经死去,从此断绝吧。只要她还活着,那么将来到了黄泉路上,也许自有相逢的机会。但那时我决不会再动念头要把她据为己有了。"他左思右想,心绪缭乱。他料想明石皇后不会把此事告诉他,但想探察她的神色,便找个机会,对明石皇后说道:"有人告诉我,我所认为死得奇怪的那女了,并不曾死,流落在凹间呢!我很诧异,怎么会有这种事?然而我也一直在想:此女素性怯弱,似乎不会自己下决心干这种可怕的投河自尽、抛弃人世之事。照那人所说的模样，她似乎是被鬼怪摄去的。也许确是如此吧。"便把浮舟的情况稍稍详细地告诉她。关于匂亲王之事，他说得很客气，并不表示怨恨："匂亲王如果闻知我又探悉了这女子的下落，将以我为顽劣的好色之徒吧。所以我要装作并不知道此事。"明石皇后说道："那僧都说起此事之时，正是阴暗可怕的夜间，所以我没有仔细听他说。匂亲王怎么会闻知呢！我听了别人所说，觉得匂亲王习性实在不好。此事如果被他得知，那就更多麻烦了。世人都说他在男女恋情方面行为轻率可厌。我实在很替他担心呢。"薰大将觉得明石皇后性行实甚稳重，无论什么秘密事情，人家私下告诉她的，她决不泄露出去，他就放心了。

他想："她所居的山乡在哪里呢？我总要想个巧妙的办法到那里去看一看。首先要见到那僧都，才可知道确实情况。我必须去访问僧都。"他朝朝夜夜只是考虑此事。每月初八日，规定举办法事，并上比叡山供养药师佛，有时参拜山上的根本中堂。此次他准备下山后即赴横川，再由横川返京。并且随带浮舟的弟弟小君同行。至于浮舟家中其他的人，他现在并不立刻通知，且看将来情形再说。他之所以随带小君，大约是想使这做梦一般的情景增添些哀趣吧。他在一路上做种种猜想："如果认明了确是浮舟，而其人已经变装，夹杂在许多尼僧之中，或者，闻到了她另有情夫等不快之事，这便叫我何等伤心啊！"他的心情非常不安。

第五十四回　梦浮桥[①]

薰大将到了比叡山上，按照每月例规供养经佛。次日来到横山，僧都看见贵人驾临，甚是惊惶。以前薰大将为了举办祈祷等事，早年

[①] 本回继前回之后，写薰大将二十八岁五月之事。回名"梦浮桥"三字，在本回文中并未提及，想是将此长篇故事比作梦中浮桥之意。又，本回别名"法师"，乃根据回末薰君的诗。

就和这僧都相识，但并不特别亲热。此次一品公主患病，僧都替她举办祈祷，效验非常显著，薰大将亲眼目睹之后，便十分尊敬他，对他的信任比以前更深了。薰大将那样身价重大的贵人特地来访，僧都当然奔走忙碌，竭诚招待。两人细细地谈了一会佛法之后，僧都请薰大将吃些泡饭。到了四周人声渐静之时，薰大将问道："你在小野那边有熟识的人家么？"僧都答道："有的，但那地方非常鄙陋。贫僧的母亲是个老朽的尼僧，因为京中没有适当的住处，贫僧又常闭居在这山中，所以叫她住在这里附近的小野地方，便于朝夕前往探望。"薰大将说："那地方以前很热闹，现在衰落了。"然后向僧都靠近些，低声说道："有一件事，我也不甚确悉，想要问你，又恐你茫然不知何事，因此多方顾虑，不曾启口。不瞒你说：我有一个心爱的女子，听说隐藏在小野山乡中。如果确是如此，我颇思探寻她的近况如何。最近忽然闻得：她已当了你的弟子，你已给她落发受戒了，不知是否事实？此女年纪还轻，家里现有父母等人，有人说是我害她失踪的，正在怨恨呢。"

僧都听了这话，想道："果然不出我之所料。我看那女子的模样，原知道不是平常人。薰大将如此说，可知他对这女子的宠爱不浅。我虽然是法师，岂可不分皂白，立刻答应而替她改装落了发呢？"他心中狼狈，不知道怎样回答才好。又想："他一定闻悉实情了。如此详知情状而向我探问，我已无可隐瞒。强要隐瞒，反而不好。"他略略想了一想，答道："确有一人，贫僧近来心中常常觉得惊讶，不知此人究竟为了何事。大将所说的大约就是此人了吧？"便继续说道："住在那边的尼僧们到初濑去进香还愿，归途中在一所叫作宇治院的宅子里泊宿。贫僧的老母由于旅途劳顿，忽然生起病来。随从人等上山来报告，贫僧立刻下山，一到宇治院，就遇到了一件怪事。"他放低声音，悄悄地叙述了找到这女子的经过，又说："当时老母的病已经濒危，但贫僧顾不得了，只管忧愁如何可把这女子救活。看这女子的模样，也已近于死亡，只是还有奄奄一息。记得古代小说中，曾有灵堂中死尸还魂复活之事，如今所遇到的难道就是这种怪事么？实在非常稀奇。便把弟子中法术灵验的人从山上召唤下来，轮流替她做祈祷。老母已经到了死不足惜的高龄，但在旅途中患了重病，总须尽力救护，俾得回家安心念佛，往生极乐。因此贫僧专心为老母祈祷，不曾详细看到这女子的情状。只是照情况推量，大概是天狗、林妖之类的怪物欺侮她，把她带到那地方的吧。救活了，带她回到小野之后，曾有三个月不省人事，同死人一样。贫僧的妹妹，乃已故卫门督之妻，现已出家为尼。她只有一个女儿，已经死了多年，她至今还是悼惜不已，时时悲叹。如今找到的这个女子，年纪和她的女儿相同，而且相貌非常美丽，她认为是初濑观世音菩萨之所赐，不胜欣喜。她深恐这女子死去，焦灼万状，啼啼哭哭对贫僧诉苦，要求设法救治。后来贫僧就下山来到小野，替她举行护身祈祷。这女子果然渐渐好转，恢复了健康。但她还是悲伤，向贫僧恳求道：'我觉得迷住我的鬼怪尚未离开我身。请你给我受戒为尼，让我借此功德来摆脱这鬼怪的侵扰，为后世修福。'贫僧身为法师，对此事理应赞善，确曾给她授戒出家。至于此乃大将心爱之人，则全然无由得知。贫僧但念此乃世间稀有之事，可做世人谈话资料。但小野那些老尼僧深恐传扬出去，引起麻烦，所以严守秘密，数月以来一向不曾告诉别人。"

薰大将只因微闻其事，故特来此探询。现已证实这个久以为死亡了的人确系活着，吃惊之余，但觉如同做梦，忍不住要流下眼泪来。但在这道貌岸然的僧都面前，毕竟不好意思露出此态，便改变想法，装作若无其事。但僧都早已察知他的心事，想起薰大将如此疼爱此女，而其人在现世已变得与广人相似，都是自己的过失，获罪良多，便说道："此人为鬼怪所缠附，也是不可避免的前世宿业。想来她是高贵之家的小姐，但不知因何失错而飘零至此？"薰大将答道："以出身而论，她也可说是皇家的后裔吧。我本来也不是特别深爱她的，只因偶然机缘，做了她的保护人，却想不到她会飘零到这地步。可怪的是有一天影迹全无地消失了。我猜想她已投身水中，但可疑之处甚多，在这以前一直不明实情。现在知道她已出家为尼，正可减轻她的罪孽，真乃一大好事，我心实甚欣慰。只是她的母亲正在悲伤悼惜，我将以此消息向她告慰。但你的妹妹数月以来严守秘密，如今传述出去，岂不违反了她的本意？母女之情是不会断绝的。她母亲不堪其悲，定将前来探访呢。"接着又说："我今有一不情之请：可否请你陪我同赴小野一行？我既闻知此女确悉，岂能漠然置之不理？她如今虽已出家为尼，我也想和她谈谈如梦的前尘。"僧都看见薰大将神色非常感伤，想道："出家之人，自以为已经改变服装，断绝尘欲了，然而即使是须发都剃光的法师，也难保不动凡心。何况女人之身，更不可靠。我倘引导他去见此女，定将造成罪孽，如之奈何！"他心中惶惑恼乱，终于答道："今日明日有所障碍，未能下山。且待下月奉陪如何？"薰大将心甚不快。但倘对他说"今天定欲劳驾"，急于欲行，又觉得不成体统，便说："那么再见吧。"就准备回去。

薰大将来时随带着浮舟的弟弟小君童子。这童子的相貌生得比其他弟兄清秀。此时薰大将召唤他前来，对僧都说道："这孩子和那人是同胞，先派他去吧。可否请你备一封介绍信？不须说出我的名字，但言有人要来访问就是了。"僧都答道："贫僧倘做介绍，势必造成罪孽。此事前后情况，既已详细奉告，则大将只须自行前往，依照尊意行事，有何不可？"薰大将笑道："你说做此介绍势必造成罪孽，使我颇感羞惭。我身沉浮俗世之中，直至今日，真乃意外之事。我自幼深怀出家之志，只因三条院家母生涯岑寂，惟与我这一个不肖之子相依为命，这就成了难于摆脱的羁绊，致使我身缠上了俗世之事。这期间自然升高了官位，使我行动不能随心所欲，空怀着道心而因循度日。于是世俗应有之事日渐增多。不论公私，凡是不可避免之事，我都随俗应酬。若是可避免的，则竭尽浅陋之知识，恪守佛法之戒律，务求不犯过失。自问学道之心，实不亚于高僧。何况为了区区儿女柔情之事，岂肯干犯重罪！此乃决不会有之事，请勿怀疑。只因可怜她的母亲正在悲伤愁叹，所以想把所闻情状传告，使她得知详实。但得如此，我心不胜欣慰了。"他叙述了从小以来深信佛法的心愿。僧都认为确是实情，心甚赞善，对他说了许多尊贵的佛理。其间天色渐暮，薰大将思量此时顺路赴小野投宿，机会正好。然而毫无关系，贸然前往，毕竟有所不便。心烦意乱了一会，思量不如返京都去。此时僧都注目于浮舟之弟小君，正在赞誉他。薰大将便告道："就委托这孩子，请你略写数行交他送去吧。"僧都便写了信，交付小君，对他说道："今后你常常到山上来玩吧。须知我对你不是没有因缘的①。"这孩子并不懂得这句话的意思，只是接受了信，随着薰大将出门赴小野去。到了那里，薰大将叫随从人等稍稍散开，叮嘱大家静些。

且说小野草庵中，浮舟面对绿树丛生的青山，正在寂寞无聊地望着池塘上的飞萤，回思往事，借以慰情。忽然那遥远的山谷之间传来一片威势十足的开路喝道之声，又望见参参差差的许多火把的光焰。那些尼僧便走出檐前来看，其中一人说道："不知道是谁下山来，随从人员多得很呢。昼间送干海藻到僧都那里去，回信中说大将在横川，他正忙于招待，送去的海藻正用得着呢。"另一尼僧说："他所说的大将，就是二公主的驸马么？"这正是穷乡僻壤的田舍人口气。浮舟想道："恐怕确是他了。从前他常走这山路到宇治山庄来，我听得出几个很熟的随从人员的声音，分明夹杂在里头。许多日月过去了，从前的事还不能忘记。但在今日有何意义呢？"她觉得伤心，便念阿弥陀佛，借以遣怀，越发沉默不语了。这小野地方，只有赴横川去的人才经过。这里的人只有见人经过时才听见些浮世的声息。薰大将本想就在此时派小君前往，但念人目众多，殊属不便，就决定明日再派小君来此。

---

① 是他姐姐的师父。

次日，薰大将只派两三个平素亲信而不甚重要的家臣护送小君，又添加一个从前常赴宇治送信的随从人员。乘人不听见的时候，他唤小君到面前来，对他说道："你还记得你那姐姐的面貌么？人家都以为她现已不在世间了，其实她的确还活着呢。我不要叫外人知道，单派你前往探访。你母亲也暂时勿使她知道。因为告诉了她，她惊讶喧哗起来，反而使得不该知道的人都知道了。我看见你母亲悲伤，甚是可怜，所以去把她找寻出来。"小君还是一个童子，但也知道自己兄弟姐妹虽多，却没有一人赶得上这姐姐的美貌，所以一向很爱慕她。后来闻知她死去，他的童心中一直十分悲伤。现在听了薰大将这番话，不胜欣喜，流下泪来。他怕难为情，为欲掩羞，故意大声答应："是，是！"

这一天早上，小野草庵里收到了僧都的来信，信中说道："薰大将的使者小君，昨夜想已到你处来访过了？请你告诉小姐：'薰大将向我探问小姐情状。我给小姐授戒，本是无上功德，如今反而弄得乏味，使我不胜惶恐。'我自己欲说之事甚多，且待过了今明两日，再行走访面谈。"妹尼僧不知这是什么事情，甚是吃惊，便来到浮舟房中，把这信给她看。浮舟看了，脸红起来。想起世人已经知道她的下落，不胜痛苦。又念一向隐瞒，这妹尼僧定然怀恨，只得默默不答。妹尼僧满怀怨恨地对她说道："你还是把实情告诉我吧。如此隐瞒我，叫我好痛苦啊！"她因不知实情，慌得手足无措。正在此时，小君来了，叫人传言："我是从山上来的，带有僧都信件在此。"妹尼僧想：怎么僧都又有信来？颇觉奇怪，说道："看了这封信，想必可以知道实情了。"便叫人传言："请到这里来。"但见一个眉清目秀、举止端详的童子，穿着一身漂亮的衣服，缓步而入。里面送出一个圆坐垫去，小君就在帘子旁边跪下，说道："僧都吩咐，不要叫人传言。"妹尼僧便亲自出来应对。小君将信呈上，妹尼僧一看，封面上写着："修道女公子台升——自山中寄。"下面署着僧都姓名。妹尼僧把信交与浮舟。浮舟无法否认,但觉狼狈不堪,越发退入内室,不肯和人见面了。妹尼僧对她说道:"你平日原是不苟言笑的,但今天如此愁闷,实在使我伤心!"便把僧都来信拆开来看,但见信中写道:"今天薰大将来此,探问小姐情况,贫僧已将实情从头至尾详细奉告。据大将说:背弃深恩重爱,而侧身于田舍人之中,出家为尼,反将深受诸佛谴责。贫僧闻之不胜惶恐,然而无可如何。还请不背前盟,重归旧好,借以减消迷恋之罪。一日出家,功德无量①。故即使还俗,亦非徒劳,出家之功德仍属有效也。其余详情,且待他日面谈。此小君想必另有言语奉告。"这信中已经分明说出浮舟对薰大将的关系了,但外人全然不晓。

  妹尼僧责备浮舟:"这送信的童子不知是何人。你到现在还是强欲隐瞒,实在叫人不快!"浮舟只得稍稍转向外面,隔帘窥看那使者。原来这孩子便是她决心投河那天晚上恋念不舍的那个幼弟。她和弟弟在一起长大,当时这孩子很淘气,骄养成性,有些讨厌。但母亲非常疼爱他,常常带他到宇治来。后来渐渐长大,姐弟二人就互相亲爱。浮舟回想起童年时的心情,觉得浑如做梦。她首先想问问他母亲近况如何。其他诸人的情状,自会逐渐传闻,只有母亲音信全无。如今她看见了这弟弟,反而悲伤不堪,眼泪簌簌地落下来。妹尼僧觉得这童子很可爱,面貌与浮舟相像,说道:"此人想必是你的弟弟了。你要同他谈话,叫他到帘内来吧。"浮舟想道:"现在何必再见他呢?他早已知道我不在世间了。我已削发改装,再和亲人相见,亦自惭形秽。"她踌躇了一下,后来对妹尼僧说:"你们以为我对你们隐瞒,我想起了实在很痛苦,没有话可说了。请回想你们救我活来那时候,我的模样多么奇怪!从那时候起,我就失却常态,多半是灵魂已经变换了吧,过去之事无论如何也记不起来,自己也觉得奇怪。前些时那位纪伊守的谈话

---

① 《心地观经》云:"若善男子善女人发阿耨多罗三藐三菩提心,一日一夜出家修道,二百万劫不堕恶趣。"

中，有些话使我隐约想起似乎与我有关。但后来我细细寻思，终于不能清楚地回忆起来。只记得我母亲一人，她曾悉心抚养我，希望我超群出众，不知这母亲现在是否健在？我只有这一件事始终不忘，并且时时为此悲伤。今天我看到了这童子的面貌，似觉小时候看见过的，依恋之情难堪。然而即使这个人，我也不欲使他知道我还活在世间，直到我死。只有我的母亲，如果还在世间，我倒很想再见一面。至于这僧都信中所提及的那个人，我决不要让他知道我还活在世间。务请你想个办法，对他们说是弄错了人，就把我隐藏起来吧。"

妹尼僧答道："此事实甚困难！这僧都的性情，在法师之中也是过分坦率的，定然已将此事毫无保留地说出了。所以即使我要隐瞒，不久就会拆穿。况且薰大将不是无足轻重的人，岂可欺瞒他呢？"她着急了，喧吵起来。别的尼僧都说："从来不曾见过这样倔强的人！"于是在正屋旁边设个帷屏，请小君进入帘内。这童子虽已闻知姐姐在这里，但因年纪还小，不敢率尔提出。他说："还有一封信，务请本人拆阅。据僧都说，我的姐姐确系在此。但她何以对我如此冷淡呢？"说时两眼俯视。妹尼僧答道："唉，的确如此，你真是怪可怜的啊！"接着又说："可以拆阅这信的人，的确住在这里。但我们旁人，不知道是怎么一回事。还请你对我们说明。你年纪虽小，但既能担任使者，定然知情。"小君答道："你们冷淡我，把我当作外人，叫我说什么话呢？既被疏远，我也无话可说了。只是这一封信，必须直接交付。务请让我亲手奉呈。"妹尼僧对浮舟说："这小郎说得甚是有理。你总不该如此无情。这毕竟太忍心了。"她竭力怂恿，把浮舟拉到帷屏旁边。浮舟茫茫然地坐在那里，小君隔着帷屏窥看她的模样，分明认得是姐姐，便走近帷屏，将信呈上。说道："务请快快赐复，我好回去报命。"他怨恨姐姐冷淡，向她催索回信。

妹尼僧把信拆开，给浮舟看。这信的笔迹同从前一样优美，信笺照例薰上浓香，其馥郁世无比拟。少将、左卫门等少见多怪的好事者，从旁隐约偷窥，心中赞叹不置。薰大将的信中说："你过去犯了不可言喻的种种过失，我看僧都面上，一概原宥。现在我只想和你谈谈噩梦一般的旧事，心甚焦急。自觉愚痴可悯，不知他人更将如何非笑。"尚未写完，即附诗云：

"寻访法师承引导，
　岂知迷途入情场。

这孩子你还认得么？我因你去向不明，把他看作你的遗念，正在抚育他呢。"信中言语非常诚恳周至。薰大将既已来了如此详明的信，浮舟便无法推委。但念此身已经变装，不复是从前的人，突然被那人看到，实在难以为情。因此情绪纷乱，本来愁闷的心更加忧郁了，弄得毫无办法，终于俯伏着哭泣起来。妹尼僧觉得此人实在奇怪，心甚焦灼，便责问她："你怎样回复呢？"浮舟答道："我心情非常混乱，且请暂缓，不久自当奉复。我回思往事，竟全然记不起来。所以看了这信很诧异。他所谓'噩梦'不知所指何事，我竟莫名其妙。且待我心情稍稍安静之后，或许能够理解此信之意义。今天还是叫他把信拿回去吧。如果弄错了人，两方都不稳当。"便把展开的信交还妹尼僧。妹尼僧说："这真是太难堪了！过分失礼，使得我们这样侍奉你的人也不好交代呢！"她就噜苏起来。浮舟很讨厌她，觉得难于入耳，便把衣袖遮住了脸躺卧着。

　　做主人的妹尼僧只得出来稍稍应酬，对小君说："你姐姐想是被鬼怪迷住了，竟没有一刻爽健的时候，常是疾病缠绵。自从削发为尼之后，深恐被人找到，引起种种烦恼。我看了这模样甚是担心。果然不出所料，今天知道她有这许多伤心失意之事，实在对不起薰大将了！近来她一直心情恶劣，大约是看了来信更添烦恼之故吧，今天比往常更加神志不清了。"便照山乡风习招待小君饮食。小君的童心中但觉意兴索然，惶惑不安。他说："我特地奉使前来，归去将何以复命？但得一句话也就好了。"妹尼僧说："言之有理。"便将小君之言转告浮舟。但浮舟一言不发。妹尼僧无可奈何，出来对小君说道："你只能回去说'本人神志不清'了。此间山风虽烈，但离京都不远，务请以后再来。"小君觉得空自久留在此，毫无意趣，便告辞返京。他私心爱慕这姐姐而终于不得会面，又是懊丧，又是惋惜，满怀怨恨地回来见薰大将。薰大将正在盼待小君早归，看见他垂头丧气地回来，觉得特地遣使，反而扫兴。他左思右想，不禁猜测：自己从前曾经把她藏匿在宇治山庄中，现在或许另有男子模仿了他，把她藏匿在这小野草庵中吧？

译后记

（一）《源氏物语》一书，日本人尊之为古典文学之泰斗。辞典举例，大都首先引用此书中语。此书确系世界最早之散文长篇小说，成立于一〇〇六年左右，比中国最早之长篇小说《水浒传》《三国演义》早出世三百多年，比西洋最早之小说集薄伽丘（Boccàccio）所著《十日谈》（Decameron）亦早出世三百多年。书中叙述涉及三代，历时七十多年，登场人物有四百四十多名，亦可谓庞大矣。

（二）此书作者为当时宫廷一女官紫式部。此人生卒年月不确，一说生于圆融天皇天元元年，即公历九七八年，殁于一〇一五年。享年三十八岁；或曰，享年三十九岁；或曰，享年五十七岁。其人生而颖悟，幼时旁听父亲教长兄读《史记》，反比长兄善于记诵。后曾入宫为皇后讲解白居易诗文。又擅长琴筝，并精通佛典。二十二岁嫁藤原宣孝，生女贤子，亦有文名。宣孝早死。紫式部寡居时作《源氏物语》。或曰，末尾"宇治十帖"是贤子所续成；或曰，其父藤原为时创作大纲，由紫式部补写细部；或曰，《源氏物语》在紫式部之前早已有之，乃由紫式部修订而成者。年代既久，无法考实。

（三）因此之故，相传本子亦有大同小异者三种：一曰河内本，乃河内守源光行及其子源亲行所校订者，流行于镰仓时代（一一九二—一三三三），入室町时代（一三三八—一五七三）而绝迹，至大正时代又发现。二曰青表纸本，因其书封面青色，故名，乃藤原定家所校订者，流行于室町时代之后，直至今日。三曰别本，则又与上二者稍有异同。今日一般所采用者，乃青表纸本。

（四）此书有英、德、法译本。英译本最早，刊于一九二一年，译者瓦勒（Arthur Waley），书名 The Tale of Genji。德译本有二种，一是赫利芝卡（Herbart E. Herlitschka）所译，书名 *Die Geschichte von Prinzen Genji*；二是缪勒扎勃希（Maximilian Müller-Jabüsch）所译，书名 *Die Aventeur der Prinzen Genji*。法译本译者是归化法国之日本人山田氏，书名 *Le Romance de Genji*。

（五）关于此书之注释本，在日本甚多，主要者可举六种：藤原定家《源氏物语注释》、四辻善成《河海抄》、一条兼良《花鸟余情》、三条西公条《细流抄》、中院通胜《岷江入楚》、北村季吟《湖月抄》。现代日语译本亦甚多，主要者为谷崎润一郎译本、与谢野晶子译本、佐成谦太郎对译本。今此中文译本乃参考各家译注而成。原本文字古雅简朴，有似我国《论语》《檀弓》，因此不宜全用现代白话文翻译。今试用此种笔调译出，恨未能表达原文之风格也。

（六）此书内容，充分揭露了日本平安朝（九至十二世纪）初期封建统治阶级争权夺利、荒淫无度之相，反映了王朝贵族社会的矛盾及其日趋衰败之势。当时皇家藤原氏一族势力强盛，仕宦不重实力，专靠出身及裙带关系。只要有一姐妹或女儿入宫或嫁与贵人，其人便可升官发财，即所谓一人得道，鸡犬升天也。因此当时一切活动，皆以女性为中心。凡女子必习和歌，通汉学，擅琴筝，方可侍奉贵人。贵族之家若生女天资不高，则雇用许多富有才艺之侍女以辅助之。紫式部之时代，此风盛行达于极点。此作者久居宫廷，耳闻目睹此种情状，故能委曲描写，成此巨著。但作者本人亦贵族出身，故其文虽能如实揭露，有时也不免表示赞善与同情。然其内容充实，技巧娴熟，文字古雅，故日本人尊此书为古典文学之泰斗也。

一九六五年十一月二日译者记。

附一 源氏物语人物关系图

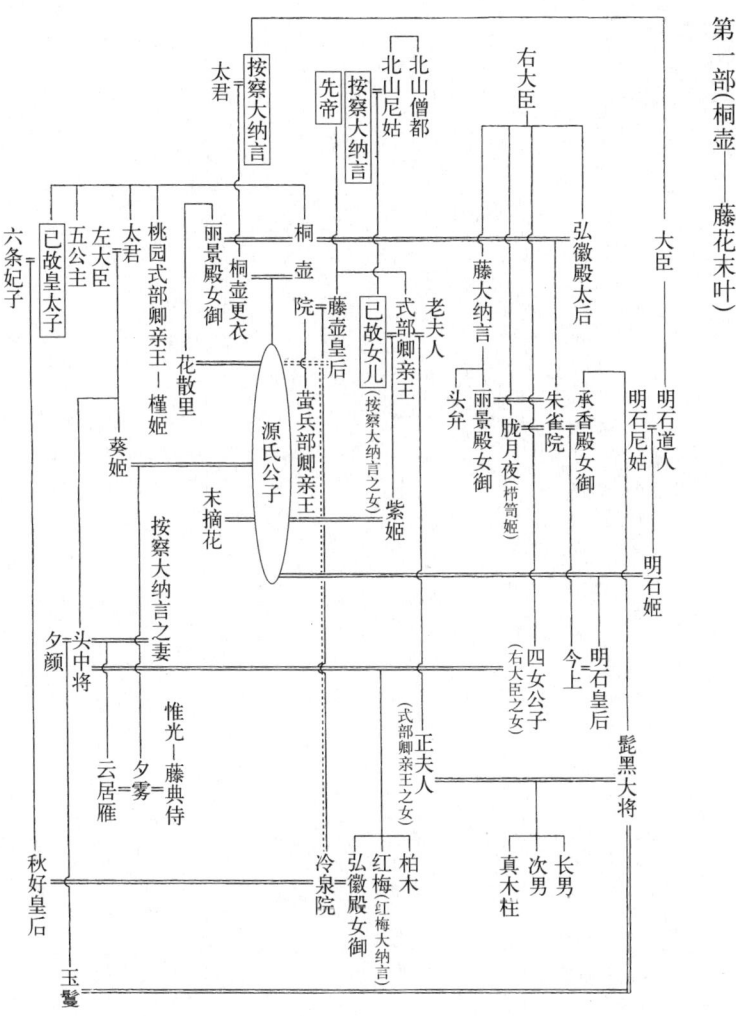

注：▢代表已故。

附一 源氏物语人物关系图　1239

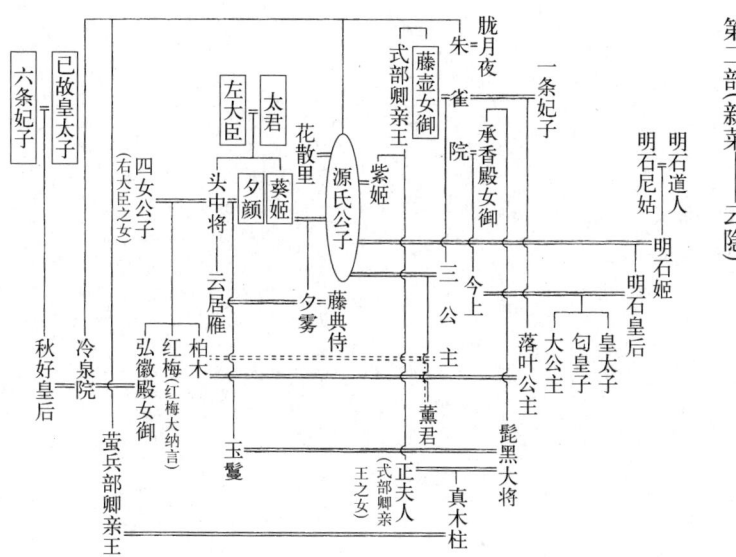

附一 源氏物语人物关系图 | 1241

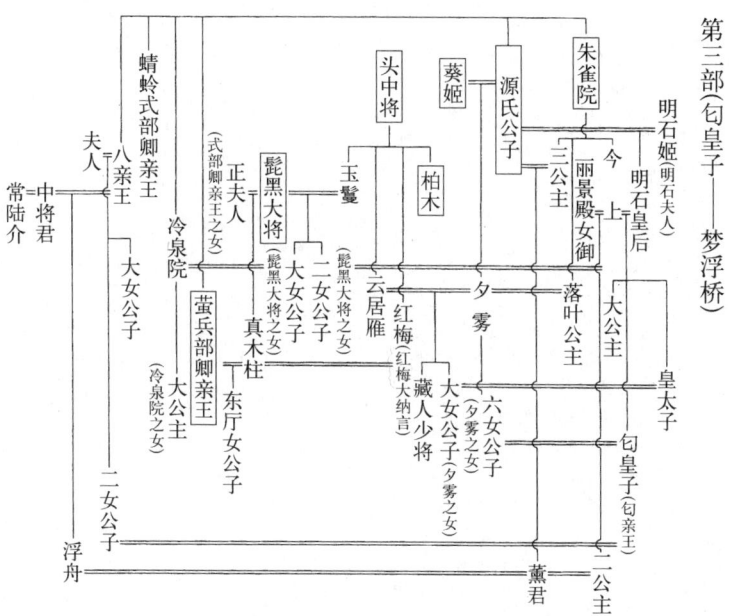

附二 平安京皇宫大内图

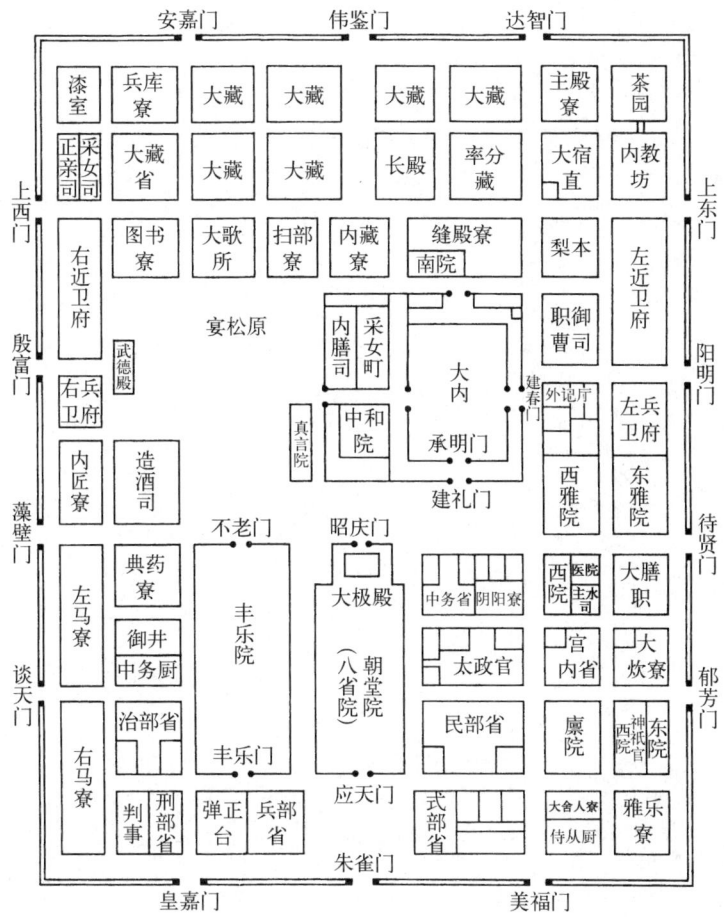

附三 平安京皇居图

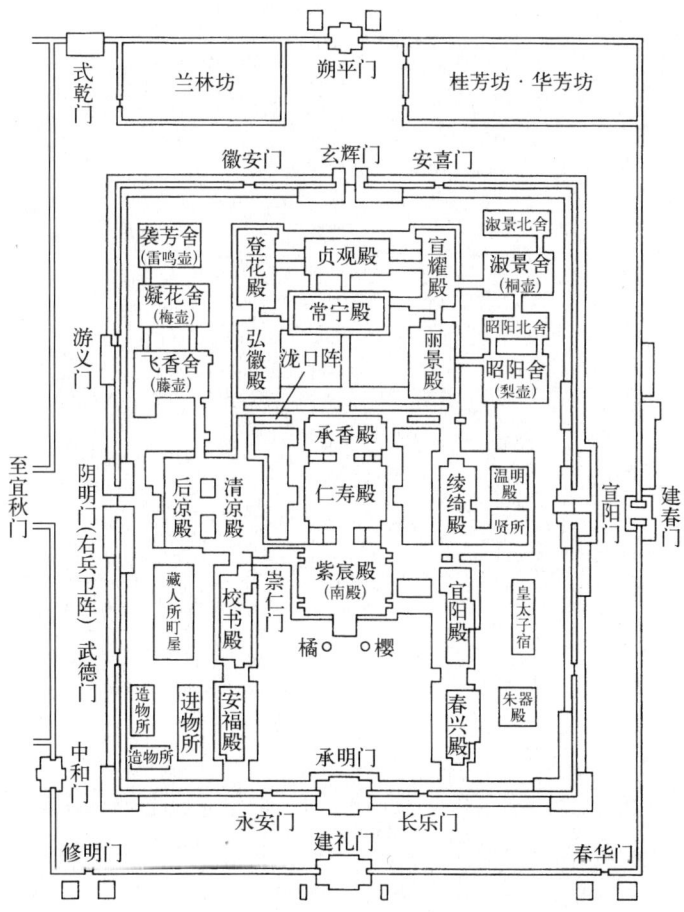